作 者 简 介

黄万华，浙江上虞人。山东大学文学院教授，现兼任中国世界华文文学学会监事长和多个全国性学会常务理事、理事。享受国务院政府特殊津贴专家。出版有《中国抗战时期沦陷区文学史》《史述和史论：战时中国文学研究》《跨越1949：战后中国大陆、台湾、香港文学转型研究》《新马百年华文小说史》《中国和海外20世纪汉语文学史论》《多源多流：双甲子台湾文学（史）》《百年香港文学史》等专著十七种，主编《美国华文文学论》等著作十四种。发表学术论文近100篇。曾获省优秀教师、省教学名师、宝钢优秀教师奖等荣誉。学术成果获国家教学成果二等奖、省社会科学研究成果一等奖、首届泰山文艺奖、首届齐鲁文学奖等。多次入选"中国哲学社会科学最有影响力学者"和"中国高贡献学者"。

国家出版基金项目

NATIONAL PUBLICATION FOUNDATION

百年海外华文文学

研究 上

BAINIAN HAIWAI

HUAWEN WENXUE YANJIU

黄万华 著

百花洲文艺出版社

图书在版编目（CIP）数据

百年海外华文文学研究 / 黄万华著. -- 南昌：百花洲文艺出版社，2022.6
ISBN 978-7-5500-3503-4

Ⅰ. ①百… Ⅱ. ①黄… Ⅲ. ①华文文学 – 文学研究 – 世界 – 文集
Ⅳ. ①I106-53

中国版本图书馆CIP数据核字（2019）第264554号

百年海外华文文学研究

黄万华 著

出 版 人	章华荣
责任编辑	童子乐
书籍设计	方 方
制 作	何 丹
出版发行	百花洲文艺出版社
社 址	南昌市红谷滩区世贸路898号博能中心一期A座20楼
邮 编	330038
经 销	全国新华书店
印 刷	湖北金港彩印有限公司
开 本	787mm×1092mm 1/16 印张 49.5
版 次	2022年6月第1版
印 次	2022年6月第1次印刷
字 数	800千字
书 号	ISBN 978-7-5500-3503-4
定 价	128.00元（全二册）

赣版权登字：05-2022-94

邮购联系 0791-86895108
网 址 http://www.bhzwy.com
图书若有印装错误，影响阅读，可向承印厂联系调换。

目录

绪论　百年海外华文文学的整体性研究

一

海外华文文学主要指中国本土之外作家用汉语创作的文学（包括双语写作的华人作家用非汉语写作又被翻译成汉语的作品），其"海外"的称谓只是就身处中国大陆（内地）的研究视野而言。百年海外华文文学则指上世纪初以来发生在海外各国的汉语文学，目前分布于70多个国家，大致可分为东南亚、东北亚、北美、欧洲、大洋洲等不同板块，近年来南美华文文学也有所兴起。面对地域如此广阔的文学存在，展开整体性研究显得格外重要，即在20世纪世界文学和中国文学的背景上，将不同板块、国别的华文文学打通，探寻其内在联系，展开海外华文文学的经典化研究，在百年海外华文文学史的写作、海外华文文学的重要课题研究上取得突破。

有文学创作就会有相应的文学研究，但有较自觉的学术意识的海外华文文学研究，则大致开始于上世纪70年代。新加坡的方修等对马华文学史的研究及相关文学史著述的出版，台湾旅美学者对美国华文文学的研究及相关研究著作的问世，可以视作东西方海外华文文学研究的自觉展开的开端。四十年过去，世界各国的华文文学研究依旧是海外华文文学研究的重要一翼。尽管其研究大多出于华文教育和华人社会生存的需要，注重本国华文文学的历史和现实问题，但也不断提出整体性的问题。一是会从本国华文文学的现实境遇中产生出富有挑战性的话题。这些话题往往事关海外华文文学发展的根本性问题，例如马来西亚华文文学界提出的马华文学"经典缺席"等问题，新加坡华文文学界提出的"双重传统"等问题，北美华文文学界提出的"流动"文学史观、"华语语系文学"等问题，其实都涉及了海外华文文学发展中的根本性问题。二是在海外现代文学理论资源的直接影响下，会产生出一些文学的前沿性问题。这些问题的探讨深化了海外华文文学的整体性研究，例如东南亚华文文学学者所作的"越界"研究，北美华文文学学者侧重的"离散"研究以及近期提出的"华语语系文学"等，都有多维度、多层次的研究特色，深入到海外华文文学的特质、价值等层面，对海外华文文学的创作和研究都起了推动作用。

台湾、香港与海外华人华侨的关系在1950年代后显得格外密切。从华人华侨史研究中逐步独立出来华文文学研究，其重点除了香港、台湾移居海外的作家研究外，更多的是中华文化传统在海外华文文学中的传播等。香港在东西方冷战意识形态对峙的年代扮演了延续、传播中华文化传统的重要角色；而台湾当局也曾以"文化中国"的"正统代表"来聚集人心，几十年来台湾的文化传统软实力积累丰厚。这种情况使得台湾、香港的海外华文文学研究较多地从传统在"离散"中的延续和丰富的角度关注海外华文文学的命运。尤其是香港，从上世纪50年代起，就自觉打开了海外华文文学的窗口，充分发挥了其沟通东西方华文文学的桥梁作用，很多刊物、出版社在这方面扮演了重要角色。例如，创办三十余年、出版发行了400多期的《香港文学》是全世界刊出海外华文文学专栏和作品最多的刊物，涉及的国家、地区和作家也最多。

中国大陆（内地）的研究由上世纪七八十年代的台港文学研究扩展到

八九十年代的海外华文文学研究，基本上是在"世界华文文学"的框架中进行。"世界华文文学"的提出，与"大中国文学观""文化中国"等观念的倡导有密切关联，与中国现当代文学研究的密切关系也就不言而喻。海外华文文学强调的多重的、流动的文学史观，对中国现当代文学也产生了影响。由于其"跨文化性"和"世界性"的特点，海外华文文学研究也被比较文学学科关注，甚至已成为中国比较文学研究的一个重要分支。同时它本身包含的"离散性""本土异质性""中心与边缘""国家认同和文化认同""民族与世界""东方与西方""现代与传统""本土与外来"和"身份"批评等课题也为文艺学所关注。这种研究领域的跨学科性如果得到深入沟通，海外华文文学的整体性研究也会得到深化。

1980年代以来，中国大陆（内地）的海外华文文学研究就其成果而言，大致在以下几个方面展开。一是海外国家、地区华文文学的研究。东南亚国家的华文文学史尤其较早得到研究，欧洲、北美等地区华文文学史研究则显得薄弱，也存在历史叙述缺漏，或缺乏史料的提炼，"入史"较粗疏，缺乏"经典化"等问题。倒是其中一些取专门的研究视角的国家、地区华文文学研究在海外华文文学的"内部"和"外部"研究上都有深入。二是海外华文文学的专题研究。这一方面的研究关注了海外华文文学的特质，并展开了相关理论的探讨，海外华文文学的"语种性""双重传统""越界视野""多重身份"和"离散写作"等问题得到了探讨。形象学的探讨有所深入，"异"的形象尤为受到关注，但也受视野所囿，问题的探讨与文学史结合得不够。三是从中国文学与海外华文文学关系的角度展开的研究，或是将海外华文文学置于世界华文文学的历史格局中予以考察的研究。这些研究沟通了中国现当代文学和海外华文文学的双向内在联系。不过，这方面的探讨还可以深入。近年来，学界在中华民族文学的背景下关注海外华文文学资源，并从"汉语文学"这一角度做了开掘的努力。但这种努力刚刚开始，无论是海

外华文文学资源的开掘和提炼，还是相关文学史观的调整和深化，或是中国文学和世界各国华文文学关系的把握等等，要解决的问题也很多。海外华文文学与中国古典文学关系的研究有所深入。文化母题在异域环境中的嬗变尤为受到关注。四是海外华文文学的现状及发展趋势方面的研究。其中20世纪80年代后的"新移民"作家的创作尤为受到关注，新世纪以来的海外华文文学也得到相应研究，为海外华文文学的健康发展提供了建设性意见，但还是显得较为零散；同时由于受到一些非文学因素的制约，一些重要作家、作品仍被遮蔽，影响了对"新移民"创作的整体性评价。五是关于海外华人学者的文学理论、批评建树和海外汉学的相关研究，近年也有拓展，以往较易被忽略的国家的汉学研究开始得到重视。当代海外华人学者的文学批评理论由于对中国大陆（内地）的文学研究产生"冲击"而被关注，对其研究也随之展开。这些研究大半正在进行中，但也还不足以全面地覆盖海外华人学者的文学理论、批评建树和海外汉学的相关重要内容，尤其是两者的"连接"点，如海外华人学者文学批评理论和实践对海外汉学的影响等尚未受到充分关注。海外华文诗学研究，即在海外华文文学的批评实践中建立的海外华文文学学科研究的诗学范畴和方法，虽已提出多年，但仍需要深入。所有这些研究基础和发展方向其实都指向了海外华文文学的整体性研究。

二

要展开海外华文文学的整体性研究，理解历史总体性的方法论和具有文学的生命整体意识是重要的。

历史总体性的方法论其实是马克思主义的精髓，即人类社会最终走向自由，人自身最终实现解放。而社会发展的现实与总体趋势有着辩证的联系和互动。总体化的历史进程有着极其丰富的差异性，甚至以差异性作为前提，从而呈现开放性的格局。五四开启的现代意义上的"人的文学"表现出文学对于"人"的认识的深化和对人性的全面解放的追求，反映了文学的历史总体趋势。中国现代文学种种现象都是这一文学总体历史进程中不同（特定）阶段的表现，都会在"人的文学"的历史进程中自我扬弃，直至走向"人的文学"的终极完善；而同时，文学的现实阶段和众多领域，在其复杂多样的存在中，克服着理论与实践、创作与现实之间的割裂，努力从文学的异化、物化中突围，使文学最终走向真正合乎人性的境界。正是这一点将实现现代中华民族不同时期、不同区域文学之间的根本性贯通，也是海外华文文学和中国现当代文学的内在呼应。这里，强调"历史总体性"并非遮蔽差异性，而揭示、接纳差异性是重要的。

文学的生命整体意识则是如16世纪末英国玄学派诗人约翰·邓恩所言："没有谁是个独立的岛屿，每个人都是大陆的一片土、整体的一部分。大海如把一个土块冲走，欧洲就小了一块，就像海峡缺了一块，就像你朋友或你自己的田庄缺了一块一样。每个人的死都等于减去我的一部分，因为我是包括在人类之中。因此不必派人打听丧钟为谁而敲，它是为你敲的。"不同板块、不同地区、不同层面的汉语文学尤其有着密不可分性，缺了任何一点点，民族新文学的血肉就少了一块；对任何一种文学的伤害，都是对自己文学生命的致命伤害。而将各地区的汉语文学视为一个生命整体，就把握到了不同时期民族新文学的血脉走向，自然也能更好地审视海外华文文学。

对包括东南亚、东亚、欧洲、北美、大洋洲、南美等地区在内的百年海外华文文学展开整体研究，其历史整合就要打通"国界、洲别"。各板块、各国华文文学有差异，分地区梳理清楚其历史是必要的，但应避免罗列各国华文文学历史，缺乏整体把握和有机联系的情况。为此，除了文学史料要翔实，有很好的学术梳理和提炼，尤其要对目前还被忽视的一些海外华文文学重要资源进行深入开掘，既要避免重要遗漏，又要防止庞杂琐碎外，还要在充分关注不同地区、国家海外文学的相异和不平衡性的基础上把握百年海外华文文学的历史一体性、文学整体性和丰富差异性，探讨切合海外华文文学状况的文学史框架。如何完成这种历史的"整合"，有多个方面是需要关注的。

百年海外华文文学史的体例上既要体现百年海外华文文学的整体观，揭示百年海外华文文学在20世纪人类进程和世界格局背景下的发生、发展过程及其基本线索、形态，又要充分关注不同地区、国度（尤其是东南亚地区和其他地区之间）由于历史、政治、经济、文化及对华政策不同影响下形成的华文文学丰富的差异性、不平衡性及其独特价值。世界性背景及其影响是海外华文文学历史性取向的重要因素，由此也催生海外华文文学的根本性价值。一战、二战、战后冷战意识形态阵营的形成和瓦解、世界多元化格局的出现，这些大致构成百年东西方海外华文文学历史发展及其分期的总体背景和重要主线。可以依循这种线索来探讨不同国家、地区华文文学的内在联系，甚至由此确定百年海外华文文学史的历史分期。但同时，我们必须自觉意识到，从上世纪初的第一次世界大战到90年代后世界多元格局开始形成，世界是处于"分裂"中的，海外华文文学所处国家起码也有着种种"殖民"和"被殖民"的差异，即便同属于民族独立国家或西方发达国家，其对华政策也有很大不同，这必然影响在该国的华人华侨的境遇和命运。这同样构成了海外华文文学的世界性背景。而文学有其"自治"性，并不一定与20世纪世界性的格局发生"同构"性的变化。所有这些，都提醒我们，当我们在20世纪人类历史进程中考察海外华文文学时，恰恰要充分关注各国的华文文学是如何以其独特的存在、发展体现出其与人类命运、世界变化的息息相关。

百年海外华文文学历史孕成的是一种多重的、流动的文学史观，它关注文学发生中的多源性、文学发展中的多种流脉和多种传统，强调突破单一"中心"和"边缘"的格局，去考察文学之间的互渗互应，从不同的角度去考察文学历史，从"活水源头"的文学创作中去建构文学史。这种多重的、流动的文学史观才可能真正把握百年海外华文文学的整体性。

　　具体而言，百年海外华文文学史既要展示各国华文文学在诸如新文学运动、左翼文学、抗战文学、乡土文学、女性文学、新生代创作、都市文学等方面的互相呼应，又要揭示各国，尤其是东西方不同国度的华文文学在"离散"中不同的跨文化寻求（要有东西方华文文学的比较意识和视野），关注各国华人华侨与不同国度其他民族相处中产生的文学独异性。五四新文学运动实际上是在中国和海外的互动中发生的，之后的左翼文学是世界范围内革命文学思潮和运动的产物，抗战文学更是置身于世界反法西斯战争中才真正显示出其价值，其他文学形态也往往如此。所有这些文学形态、运动在海外各国的华文文学中都有直接的激荡、回应。从这一角度去把握百年海外华文文学，其整体性自然会得以呈现。但百年海外华文文学是在"离散"语境中发生发展的，其价值恰恰在于它使得原本发生于现代中国语境中的文学有了更开阔的参照系和更丰富的形态，甚至使得在中国大陆（内地）语境中被遮蔽的内容得以浮现。例如，同是左翼文学，海外华文文学展现了更丰富的存在形态，启发我们从左翼文学的"在野性"去思考其革命性；同是现实主义文学，海外华文文学有着民族性和公民性之间的复杂纠结；同是乡土文学，海外华文文学在乡愁美学的开掘上得天独厚；同是都市文学，海外华文文学把世界资本性和人类人文性之间的矛盾冲突表现得淋漓尽致；同是女性文学，海外华文文学不仅挑战、颠覆传统男性权力话语，还对女性自身久被拘囿的艺术潜质有清醒的自审和不懈的开掘，更全面呈现其"浮出历史地表"的含义；同是新生代创作，海外华文文学的"'派'的终结，'代'的开始"的含义更显豁、鲜明……凡此种种，不一而足，都显示出文学的拓展。这种种拓展，都显示出海外华文文学的整体性。

　　1999年出版的拙著《新马百年华文小说史》的"内容提要"中有这样一

句话："写中国文学中没有的，想中国文学中应有的。""应有的"反映出中华民族新文学有其整体性，"没有的"则表现出各国华人华侨在与不同国度其他民族相处中产生的文学独异性。这种情况揭示出百年中华民族新文学的重要特征，即民族文学内部跨文化因素的产生、成长，它甚至是一个民族的义学现代性与其占典性之间的根本性区别。海外华文文学表现出来的跨文化意识、跨文化敏感等，使得中华文学内部的跨文化特征更为丰富、明显，也提供了处理文学的民族性和世界性之间关系的丰富经验。例如，海外华文文学对多元化和跨文化两个不同的价值取向的驾驭、平衡就是值得关注的。多元化和跨文化都强调文化的丰富性，但多元化包含多种文化并列展开求得生存的倾向，它在构成文化的丰富多样形态的同时，也潜伏着形成文化隔绝的某种危险；跨文化强调不同文化间的沟通，它在形成一种共同文化（人类文化）的基础上保存文化的丰富多样性，这对化解不同文化的现实隔绝、冲突、对峙极为有益，但一种共同文化的形成也潜伏着对原先多种文化制约、伤害的可能。所以，协调多元化和跨文化的关系，在沟通中保护自己民族文化的传统，在与他族的平等对话中融入世界文化，才是文学追求的跨文化境界。而海外华文作家的存在，使这种跨文化交流的实现越来越有可能。从当年深谙基督教文化的林语堂旅居海外时的创作（其在小说中诠释东方宗教，呈现异族形象，近乎完美地表现出一种跨文化境界，呈现了中国文化与西方文化的差异无法消除，但却可以互补共处的奇妙魅力。其散文将中国传统风范传达给西方世界的努力更卓有功绩，仅他在《生活的艺术》一书中将西方文化系统中难有对应的"韵、风、品、神、意、兴、骨、境、势、淡、萧疏、幽、枯"等中国美学观念介绍给西方世界，就很了不起；但他时时关注着人类的、世界的更根本性的问题）开始，作家们在跨文化的追求中仍保持自己民族的根性，在文化沟通、交流中来求得文化的多元化，这种努力是越来越明显了。

三

百年海外华文文学的历史整合，可以从经典筛选、文学传统、母语写作、汉学和文论等重要方面，纵横结合展开，全面开掘海外华文文学资源。

"经典化"始终是文学史的重要功能。海外华文文学的历史已近百年，其研究也有数十年历史，"经典化"已成为海外华文文学及其研究深入发展的关键，也足以提供多国家、多地区华文文学的整体性空间。海外华文文学的经典处于动态的建构中，其研究要以"当代性"为日后的经典化提供坚实基础。要改变目前海外华文文学研究中的某些"泛而无当"和"入史"粗疏的情况，也需要加强"经典化"研究。各种现实因素使海外华文文学的经典性被遮蔽，更需要展开其"典律构建"。"经典化"主要是作家作品的沉淀，要放到整个中华民族文学大的背景下去呈现；要格外关注中外文化如何渗透和交融的问题，以及中国本土文学不多见的文学现象；要从海外华文文学经典性的生成、发展及其机制探讨海外华文文学经典的价值生成、价值体系建构及其相关理论问题；要从海外华文文学各个时期的重要思潮、流派的文学价值尺度等与文学经典形成的关系，揭示海外华文文学经典性作品所体现的人类性、世界性意识及其对中华文化传统的丰富和发展；要充分关注海外华文文学经典性作品产生的跨文化语境，研究不同文化相遇、对话中文学想象的展开和文学形象的产生，例如"异"的形象就包含了极其丰富的义学话题。另外，既要坚持海外华文文学和中国现当代文学相对统一的经典性价值尺度，严格经典性的标准，又要关注海外华文文学的独特性，包括不同地区、国家华文文学的相异性；既要充分利用海外华文文学经典性作品的文学性经验，有效解释汉语文学经典的独创性，又要重视海外华文文学与所在国社会政治、经济、文化的密切关系；既要继续深入开展对已为人们熟知的著名作家，如白先勇、严歌苓等的作品的解读，也要充分关注至今尚未得到重视的重要作家，如程抱一、王鼎钧等的作品的研究。最后，要在文学的经典性阅读中深化海外华文文学的批评实践，关注海外华文文学经典性作品研究中的"双重跨文化"阅读，注重经典解码的多种方法，展开海外华文文学经典性作品的比较研究，推动海外华文文学的健康发展。

"没有本土，何来海外？"海外作家对自身创作的溯源，往往使得其将"海外华文文学"视为"一个本土的延伸"，将"本土和海外"视为"一个延伸和互动的关系"，由此来把握海外华文文学的"基本特性和传统"。①但另外一种似乎不同的声音也产生于海外华文作家切身的创作体验中，那就是或在居住国的外部压力下无奈戒"三皇五帝""二十四史"之"奶"，②或以"断奶"之举疗救自身而决绝地说"再见，中国"③。这两种看似相反的态度固然反映出东西方华文文学不同的处境和命运；它其实更反映出海外华文文学传统的复杂，恰恰需要通过打通东西方华文文学来审视。

现在一些论文讨论中国现代文学传统和海外华文文学的关系，较多关注中国现代文学传统对海外华文文学的单向、单一影响，其实中国现代文学传统在海外"离散"中不仅会在所在国各种因素激活下，彰显原先在中国本土被遮蔽、中断的流脉（这种影响非常有意义，但又非单向、单一影响考察能辨别的），而且会"带着自己的种子"在流徙中"落地生根"而生发出新的流脉。这些新的流脉与中国现代文学传统在文学属性、文学的生命形式认识、文学的审美范型等重要方面有着互补、对接、内在相通等关系。我们要突破以往研究泛泛考察影响、传承关系的做法，深入展开百年中国文学与世

① 梁华旭整理：《诗情·眼识·理据——张错访谈录》，（香港）《香港文学》第318期（2011年6月）。

② 何乃健：《戒奶》，见紫藤编辑工作室：《动地吟》，马来西亚紫藤有限公司1989年版，第73、74页。

③ 林建国：《马华文学"断奶"的理由》，载张永修、张光达、林春美主编：《辣味马华文学——90年代马华文学争论性课题文选》，雪兰莪中华大会堂、马来西亚"留台"校友会联合总会2002年版，第365—366页。

界各国华文文学的对话。百年海外华文文学有其独立性，也与包括中国大陆
（内地）、台湾、香港和澳门在内的中国现当代文学形成现代中华民族文学
复杂的"圈""层"图谱。海外华文文学的多种形态在不同层面上反映了中
华文化传统（包括五四文学传统）在世界的传播，也与百年中国文学构成密
切的互动关系（包括中国现代文学传统的"离散"等）。通过打通东西方华
文文学来审视海外华文文学的传统，重要的是抓住百年中华民族文学的根本
性问题。传统与现代、本土与外来、东方与西方、雅与俗等重大问题是百年
中华民族文学发生、发展的基本线索，其经验成为民族文化传统的重要资
源。考察海外华文文学在这些重要问题上的实践及其与百年中国文学的相关
实践、经验的相通、相异之处，突破以往只着眼于某一地区来研究上述问题
的局限，不仅能为海外华文文学的历史整合提供一种重要的整体性背景，而
且可以使这些重大问题的研究得以深化，由此充分揭示海外华文文学的价
值。比如从主题学、形象学、叙事学、文化研究等方面展开海外华文文学和
中国现当代文学的比较，考察在文学母题的变化、艺术形式的演进、文化内
涵的丰富等方面，海外华文文学和中国现当代文学的异同及其双向交流、影
响；研究海外华文文学在"漂泊""寻根"中延续中华文化传统，研究中国
现代文学传统的影响、离散与海外华文文学的关系。这些内容都具有研究的
前沿性，都会以各国、各地区华文文学的本土经验丰富百年中华民族文学的
传统。

　　语言研究是整体把握海外华文文学的重要内容。海外华文文学发生在各
地区、各国家，有其差异性，但都以母语汉语作为载体，这也使得汉语文学
成为一种世界性语种文学，其意义重大。汉语既是华人华侨在居住国写作的
精神原乡，也在海外华文文学中获得了丰富发展。在20世纪语言哲学的背景
下研究海外华文文学中丰富的语言现象，需要考察汉语在中华文化海外播传
过程中的变化及其原因；从语言心灵视野的角度深入考察各国华文文学的创

作，揭示作家在语言"双栖"（通过母语生活在民族传统中，依靠居住国语言获得现实生存）状态中的诗性寻求，探讨他们在"灵魂的语言"和"工具的语言"之间的沟通；考察海外华文文学如何汲取两千年文言传统和五四后现代白话演变中的营养，融入居住国多元文化的现实影响，表现出民族历史文化的"积藏"和"延续"，即探讨地方性汉语等因素在海外华文文学中的作用，揭示语言在民族生存发展中的决定性作用。同时，海外华文文学的海外生存，使其十分关注对各种媒介（包括语言）的利用，需要考察其与华文报刊、其他纸质媒介、网络、影视等的互动关系，深入研究华文文学的海外生存状态。只有这种海外生存状态得到全面揭示，我们才会真正进入海外华文文学的生命领域。

海外华文文论和汉学研究主要有两部分内容：一是对百年海外华文文学中重要的文学理论家、文学史家、文学批评家的建树展开研究，考察不同国度的历史、文化语境中，其理论学术建构与海外华文文学创作的关系及对中国现当代文学的影响，其理论范式、诗学范畴、批评话语的变化及其与西方文论之间关系的变化，尤其关注其在海外研究中对中华民族文学提出的一些新的理论命题，包括中国传统文论、五四现代文论基本范畴在海外华文文学中的演化及演化方式，并由此深化海外华文文学的诗学研究；二是展开对海外汉学家关于百年中国文学和海外华文文学研究的考察，尤其关注不同国度、地区，不同社会、时期汉学家对百年中国文学和海外华文文学研究的异同及其与百年中华民族新文学的关系的整体研究，探讨跨文化视野中的百年中国文学研究的经验及其对中国本土文学创作、文学批评的影响。这两部分的连接点，即中国旅外学者对各国汉学的影响应该得到充分研究。同时，这两部分都关注海外语境中针对百年中华民族文学的理论和批评，由此可以探讨不同文化的碰撞中文学理论和批评的深化，并为海外华文文学的理论建设拓展新的空间。

　　以上内容都具有海外华文文学存在的整体性。如果说，历史的整体性是以包含丰富的差异性为前提、呈现开放性的话，海外华文文学的整体性研究也恰恰在尊重差异、不连续性、相对自律和不平衡发展性中将各地区、各国家华文文学联系起来考察，既坚持隐含在总体性中的方法论，又关注对于种种"裂缝""异质"的分析。而当这两者并无很大的不一致时，海外华文文学的整体性研究就会得以深入了。

　　本书稿作为上述研究内容最初步的展开，分成两部分。《百年海外华文文学史》尝试将东南亚、北美、欧洲等地区的各国华文文学历史予以整合，分三个历史时期展开百年海外华文文学史的叙述，[①]从其百年的整体性上予以把握。《百年海外华文文学论》则就海外华文文学整体研究的重要问题展开论述。第八章是对其百年历史进程的总体考察：第一节从海外华文文学与"中国性""本土性"等的关系论述其百年历史的三个时期；第二、三、四节在揭示海外华文文学与包括五四传统在内的中华文化传统的关系中探讨其性质；第五、六节以不同对象讨论海外华文文学中"中国性""本土性""现代性"的复杂关系；第七、八、九节则选取不同时期的重要文学现象，在丰富的"本土"经验中深化对海外华文文学百年历史进程的认识。第九章、第十章分别讨论百年海外华文文学的经典化与语言世界。以往文学研究类著作的顺序一般是"史"在前、"论"在后，或者"史论不分家"。本书也以"史"为上编，"论"为下编。这样也适合高校开设海外华文文学课程参考之用。

---

　　① 该部分将力求对百年海外华文文学作文学史的观照，对作家的论述也作此观照，一些目前创作活跃并有成绩，但创作时间尚不太长的作家（如一些新移民作家）尚不纳入此列。我们在另外的文学批评研究中，已较多关注了这些作家。

上编
百年海外华文文学史

第一章　早期东南亚华文文学

海外华文文学的"早期"是指海外华文文学诞生后至1945年二次大战结束。此时期"华侨"是海外迁居者的主要身份，侨民思想内在主导了海外华文文学创作。海外华文文学与中国现代文学关系非常密切，甚至可视为中国现代文学的海外延伸。但海外华文文学的前途和价值在于"落地生根"而非"叶落归根"，其不同于中国文学的"中国性"和不同于所在国其他民族文学的"本土化"在"落地生根"中得以统一，这是海外华文文学的发展虽有曲折但仍生机勃勃的根本原因。海外华文文学就是这样开启它的百年历史的。早期海外华文文学，主要发生在东南亚、北美和欧洲。

第一节　早期马来亚华文文学（上）

历经百年风雨的海外华文文学，盛衰起伏，花果飘零，不少国家的华文文学，或靠新移民浪潮形成一时的创作高潮，但到了第二、三代就难以为继；或返回中国大陆（内地）、台湾、香港和澳门发展，难以在移居国落地生根；或随着居住国政治、经济形势的变化而阴晴交替，华文文学历史时有断裂。而居住了世界80%华人移民的东南亚地区（包括新加坡、马来西亚、泰国、菲律宾、印度尼西亚、越南、柬埔寨、缅甸、文莱、老挝、东帝汶十一个国家）形成了南洋华文文学传统，尤其是区位相近的"亚细安"（ASEAN的音译，即东南亚国家联盟）五国——新加坡、马来西亚、泰国、菲律宾、印度尼西亚，华文文学历史悠久。其中新马华文文学（1965年新加坡独立之前统称为马华文学，1965年之后的马来西亚、新加坡两国华文文学，分别称为马华文学和新华文学）更已深深扎根于新马土地，其百年历程无空白之时、断裂之处。本书中东南亚华文文学部分主要叙述这五个国家的华文文学历史。

从1826年新加坡、马六甲、槟城等地区被英国殖民者合并组成"海峡殖民地"（三州府），到1896年"马来联邦"建立，英国殖民统治扩展到整个马来半岛，现今的新加坡和马来西亚的一体性形成。而"自从二十世纪二十年代开始，新加坡、马来亚半岛、沙巴、砂劳越一带的华裔社会产生了一种以现代华文创作的文学……这个地区的华裔不但创作了这些作品，也开始了一种文学传统，也就是说，这种文学源流一开始之后，就不曾间断过……"①"现代华文"（即白话创作的文学）构成新马华文文学的主流，尽管"1920年以前，是旧文学一枝独秀的时期……只重视新文学而忽略旧文学，将不能勾画出当时文学的全貌"②，但对于马华民族而言，纯然的文言创作，其数量和活力都远不及白话文学，难以和本土资源相融合。所以，和中国五四新文学的诞生一样，新马华文文学主要是以现代白话文的创作开启了自己的历史。

据方修研究，马来亚地区的中文白话文学首次出现于创刊于1919年10月的《新国民日报》副刊③；而据杨松年考证，1917年11月15日的《新华侨》（综合性刊物）就已发表了署名"依之"的现代语体文小说《富》。1919年

---

① 陈应德：《马华文学正名的争论》，（马来西亚）《星洲日报·星云》1992年5月30日。

② 杨松年：《五四运动前后的新马华文文坛》，1989年4月台北"中华经济研究院""五四文学与文化变迁研讨会"论文。

③ 方修：《马华新文学简史》，马来西亚华校董事联合会总会1986年版，第1页。

8月《益群报》发起创立"新小说会"，而《新国民日报》开始刊发新诗。马华文学就大致诞生于这一时期。这以后的近百年中，马来亚华裔作家从事马华文学创作一直有着近乎对宗教奉献的执着。马来亚华人作家也从事马来文、英文创作，但无论是写作的热情，还是创作的实绩，始终远逊于华文创作。因此，从族群文化的角度而言，华文文学成为马来亚华裔文学的主体。

从马华新文学诞生至1930年代初期，马华报刊大量转载中国新文学的文论与创作。此类"剪稿"甚至到了1931年，还在相当多的重要报纸（《新国民日报》《南洋商报》《叻报》等）的副刊"居大多数"。而主导马华文坛的也是中国南来作家。这使得马华文学在中国五四新文学的强势影响下产生，其最初的格局几乎同步呼应中国新文学。以小说为例，便是从问题小说起步（1919），随后有南洋乡土小说的倡导（1927）、新兴小说（无产阶级文学）的兴盛（1928）、抗日小说的蜂起（1937），其发展轨迹明显反映了中国新文学的辐射影响，这种文学轨迹反映了20世纪初马华社会的结构特征。清末以来，南洋一直被中国革命党人视为他们的海外根据地，世界列强欺凌下产生的中国本土的民族主义成为南洋华侨社会的重要凝聚力。辛亥革命后，马华社会对以孙中山创建的中华民国的政治认同为核心的民族主义情绪始终高涨；马来亚华人对中国的社会、文化、经济等方面的关注和以各种行动表达的效忠的意识，远远超过了对于自己所生活的马来亚社会的关注和参与意识。而正是依靠这种华侨民族主义，马华民族才从零星散落的群体，经由宗乡社区、团体而形成有一定凝聚力的华侨社会。此时的马华民族中第一代移民还占大多数，都拥有中国生活经验，他们中大部分又是城市贫民、近代产业工人、种植劳力者等。马华知识分子队伍就是在这样的社会构成基础上，主要经由华侨社会自办教育体系形成，中国南来文化人往往是华侨教育体系的重要成员。这些都使得马华知识分子在殖民统治和买办压迫的现实境遇中，极易自觉借助中国革命思维来推动马华社会的自身发展。

马华文学出于上述原因而呼应中国新文学，这使得现实主义主导了马华文学，也埋下了日后马华文学中"中国情结"的复杂纠结；但与其说中国新文学影响乃至"干预"了马华文学的诞生，还不如说是五四新文化精神催生了中国新文学，也催生了马华文学。而马华文学呼应中国新文学，恰恰是在"南洋思想的萌芽"（1925—1926）、"南洋色彩的提倡"（1927—1933）、"马来亚地方性的提出"（1934—1936）①等马华文学本土化逐步深化的进程中展开的。中国新文学在马华文学中引起的每一次回应，都发生在马华文学本土化的现实需求中。也正是出于同一原因，马华文学也从诞生之时起便开始了本土化进程。小说《乘桴》发表于1927年12月6日马来亚《荔》副刊，可视为在马来亚土地上传播马华新兴文学即无产阶级革命文学的开始。其作者陈晴山（1894—1960，生于福建莆田，1918年赴马来亚安顺华校执教，1932年曾回国。此期间是他创作高产期，在马来亚槟城《南洋时报》副刊《荔》等发表的11篇小说、4部短剧和3篇文论于1936年结集为《荔子集》出版）也被视为当时马华新兴文学的重要作家。《乘桴》对孔子及其弟子的嘲讽受到中国五四运动批判传统文化的影响，但整个小说叙事的场景移到了南洋S岛，外来的殖民者成为小说叙事最主要的嘲讽对象："岛王""关吏"原本都是外来殖民者，却害怕"莫斯科来的怪物"；而随孔子前来的公孙赤和仲由，前者名字中有"赤"字，后者英文名字缩写为"CY"，也有赤化嫌疑，就被双双驱逐出境。小说在辛辣讽刺南洋殖民者的同时鲜明表达了新兴文学的政治倾向。《乘桴》已不乏南洋色彩的文学性描写，但还得挪用中国题材（孔子）来表达马来亚革命思潮（批判西方殖民者）。陈晴山的著名诗剧，如《牛女》（1926），也是移用中国牛郎织女的传说来表达自己的南洋情怀。但随后的马华诗剧《十字街头》（寰游，1930）就已完全立足马

---

① 参见杨松年：《战前新马文学本地意识的形成与发展》，新加坡国立大学中文系、新加坡八方文化企业公司2001年版。

来亚现实而倡导"全世界的饿者们"联合起来争取生存和自由的无产阶级革命理念了，全剧出现的"胶工""矿工""路工"形象正是当年马来亚经济萧条、陷入失业困境的劳动者的缩影，全剧的抗争呐喊都让人感受到是从南洋土地上发出的。

马华文学对南洋色彩的倡导当时还要借助于中国新文学的乡土小说理论和左翼文艺思潮，但马来亚本土知识分子已开始关注马华文学的独立性。张金燕（1901—1981，出生于新加坡）1927年初参与"专把南洋的色彩放入文艺里去"①的《新国民日报·荒岛》的创办，在理论主张和创作实践上都十分自觉地倡导南洋色彩。也许是土生土长于南洋的缘故，他已经开始"为了子子孙孙久留之策"来思考南洋文学的创作取向②，他宣称自己"对于南洋的色彩浓厚过祖宗的五经，饮椰浆多过大禹治下的水了"③，所以他对南洋土地及栖息于斯的华族的生存状态更有切肤之痛、入骨之爱，连连撰写了《南洋与文艺》《拉多两句——续南洋与文艺》《南洋文人现在的愿望》《说说南洋的文艺热》等文，热情鼓吹去描写"我们祖宗"南洋拓荒"一百多年的伟功"。但他要让自己的这种主张被马华文坛广泛接受，仍要强调"充分地认识和获得现在南洋华侨社会的意识形态"④，通过苦苦挣扎于南洋社会的"矿夫""车夫""森林苦工"等形象去表现这样一种左翼文学思潮。相比较之下，稍晚些的曾圣提，其关于南洋文艺的主张更具有前瞻性。他将南洋文艺看作植根于南洋土地的自足性体系，所以他在强调南洋"新鲜的环境供

---

① 黄孟文、徐迺翔主编：《新加坡华文文学史初稿》，新加坡国立大学中文系、新加坡八方文化企业公司2002年版，第21页。

② 撕狮：《南洋华侨的祖家观念》，（新加坡）《新国民日报·荒岛》第28期（1927年9月27日）。

③ 张金燕：《南洋与文艺》，（新加坡）《新国民日报·荒岛》第10期（1927年3月25日）。

④ 火星（张金燕）：《对于南洋的文艺说些不重要的话》，（新加坡）《叻报》1929年8月17日。

给我们无穷的材料"时，也"唾弃今日之自号自召，竞刀枪血泪等肤浅字面表现他们的所谓革命文学的浅肤"①。因为这种"革命文学"往往从中国大陆输入，而非产生于马来亚的土地，所以他建议从"采访马来人的文化"和"描写华人及其他人种的生活"②两方面入手来建设南洋文艺。等到1934年3月1日，马华文学史上第一本中篇小说《峇峇与娘惹》的作者丘士珍署名"废名"在《南洋商报》副刊《狮声》发表《地方作家谈》，提出马来亚"地方作家"应该得到重视的问题，引发广泛讨论。这篇文章肯定了马来亚本身的文艺应是"居留或侨生于马来亚的作家们创作的文艺"，并由此第一次提出了"马来亚地方文艺"的名称，"马华文学"作为一个在南洋殖民语境中接纳着中国新文学影响又开掘着马来亚本土特色的文学范畴被初步确定下来了。

1928年至1931年，马华文学还发生了新兴文学运动。而这除了中国左翼文学的影响，也有着马来亚本土政治背景的影响。1930年，以华人为主要成员的马来亚共产党在共产国际的支持下成立，此前中国共产党在南洋的分支——南洋共产党——已被英国殖民当局强力镇压。与南洋共产党关注中国大陆（内地）革命的政治目标不同，马来亚共产党更着力于以武装斗争夺取马来亚政权，所以其建立的"马来亚无产阶级作家联盟"旨在"为政治服务"的"政治"已是地地道道的马来亚政治，其"文学创作和教育"更着眼于宣传和组织马来亚民众参与马来亚民族独立斗争。这使得，此时期兴起的新兴文学运动（仅1930年夏前后一年中，马来亚第一份华文报纸《叻报》就发表10余篇论述新兴文学背景、形式、历史使命和现实意义的文章），虽然理论资源来自中国左翼文学理论，但面对的是马来亚1920年代末经济衰退、

---

①　曾圣提：《醒醒吧！星城的艺人》，（新加坡）《南洋商报·文艺周刊》第3期（1929年1月18日）。

②　大男（曾圣提）：《南洋的文艺》，（新加坡）《南洋商报·文艺界》1929年1月1日。

劳苦大众命运恶化的现实，更强调为南洋遭受双重压迫的马来亚工农大众写作。这种新兴文学主张与马华文学的本土化进程有着内在的一致性。

马华文学创作在1920年代中后期开始取得成就。小说方面，除前述陈晴山等外，李西浪的中篇小说《蛮花惨果》（1925）讲述中国文人范秋明只身离乡赴南洋任教，最终却无栖身之地，是最早描写马来亚（及婆罗洲）地域风情和华侨社会教育、经济的作品。吴仲青（1900—1948）的小说《刀祭》（1928）则在人物人格和心理分裂的描绘、小说结构张力的安排等现代小说的表现技巧上相当娴熟了。而1930年代初，马华文学就有了中篇小说《峇峇与娘惹》（1932）这样极为本土化的作品。海底山（原名林其仁，祖籍福建，1910年代就读于新加坡华侨中学）的中篇小说《拉多公公》（1930）最早书写华人和马来人生活于同一块土地而产生的共同命运感，将新兴文学的革命思潮和"家南洋"的马来亚本土文学追求结合了起来。小说在浓郁的南洋风情中展开浪漫主义想象，讲述马来领袖拉多公公为了改变马来亚的殖民地命运，与华人三保公结拜为兄弟，马来人和华人都作为南洋子民，共同兴邦建国的故事。小说中华族和马来族被描述为反对殖民统治、建设马来家园的命运共同体。曾玉羊的小说《生活圈外》（1930）讲述因生活走投无路而沦为窃贼的阿番锒铛入狱的遭遇，华人民间的粗俗语和警察的马来语已能巧妙交织，生动呈现了马来亚社会不同阶层之间的矛盾冲突，表达出对贫民大众的深切同情。饶楚瑜（？—1984，本名胡君苹）的小说《笼》（1934，后改名《囚笼》）被丘士珍称为当时南洋文坛乃至中国文坛"一篇难得的杰作"①，也在于它生动刻画了割胶工人从浑浑噩噩的生活中觉醒、组织起来为自身权益而斗争的情景，热带胶林的潮湿窒息和"鬼气十足"的割胶工五更起身的辛劳交织，其中的南洋叙事已显出其丰厚。

---

① 转引自马崙：《新马文坛人物扫描（1825～1990）》，（马来西亚）书辉出版社1991年版，第286页。

新诗创作方面，1920年就有马华新诗诞生。据马华著名作家温梓川（1911—1986）所言，马华第一本新诗集是1920年代任教于马来亚怡保华侨学校的高梦云的《高梦云诗集》（1923），而名重当时的诗人谭云山（1901—1982，湖南茶陵人，五四时期文学研究会成员，1924年南来新加坡工商学校任教）的《海畔》（1930）和《印度洋上》（1931）则是马华文坛的第二、三部诗集①。这些诗集作者都是南来文人，作品有写南洋风情的，但对南洋本地色彩的描绘成就不如小说。散见于报刊的马华新诗数量不少，以抒情诗为主，对南洋色彩的倡导、新兴文学的兴起等都有及时而强烈的回应，但成功之作不多，也缺乏有影响的诗人。

马华新剧运动略早于新剧创作。1919年11月起，《新国民日报》等发表文章，称赞星加坡（新加坡）、吉隆坡、怡保、槟城、芙蓉等地众多团体和华校热心戏剧改革，投身新剧演出。正是这些文章萌生出马华最初的戏剧观念："改良剧本为促社会进化大之助力"②；"社会革新，以戏剧为最占优势"③；……这些戏剧观念都联系着五四新文学启蒙思想疗救社会、指导人生的思潮，同时又开始注意戏剧叙事功能的发挥。而以较为完整的文字剧本见于报刊的戏剧大致出现于1923年后，邱国基、新晓、朱梦非等是第一批剧作者，他们的创作虽然还稚嫩，甚至平俗，然而却是为人生而戏剧，为社会而艺术，发出的是坚实的社会呐喊。邱国基的《鸦片毒》（1924）写小店东胡为沉溺于烟瘾而不可自拔，最后自杀以警世。这种个人悲剧由于置于官商勾结、兵匪一家、水灾肆虐、饿殍遍野的现实背景下而具有了社会意义。被称为"代表了这时期的戏剧文学的最高成就"的《买婚书》（作者新晓）是一出典型的"问题剧"。小学校长耀辉及其未婚妻碧云都"信奉社会主义"，

---

① 马崙：《马华文艺脉搏》，（马来西亚）嘉阳出版有限公司2002年版，第3页。
② 《新剧的出现》，（新加坡）《新国民日报》1919年11月20日。
③ 《怡保中华女校演白话剧——自由之路》，（新加坡）《新国民日报》1922年1月17日。

在购置结婚证书时，被报馆主笔、南洋大学社会学博士明星劝阻。博士反复告诉二人，既是自由恋爱，就"不是法律所能范围，证书所能包办，仪式所能支配"的，更不可用一纸结婚证书约束自身和对方。整出剧虽激昂有余，形象较为单薄，但确实充溢着狂飙突进、呼唤自由的五四精神，而其浪漫精神和青春气息在充满激情甚至激进的台词中富有感染力。同时，剧本所渲染的激情中也包含了一些富有启迪意义的思想，如"新旧合璧"会葬送改革，"社会的默化"对革命者是最可怕的"同化"等。

戏剧文学作为外来形式，叙事方式上的开放性和民族性构成其两翼，马华戏剧在其初创时期也开始注意到此。1926年有人撰文指出马华戏剧要"不止于心存家园"，还要有"世界眼光"。"剧场表演，所影响于群众心理甚大，最宜于从新世界潮流着手"①。1926年马华诗剧的登场（如陈晴山创作的《牛女》），到1930年《十字街头》（作者寰游）那样"成熟的新兴诗剧"的诞生，都一定程度上将写实与象征寓意两个层面结合，多少显示了艺术视野的拓展。而林珊珊的《良心之狱》刻画了窃据"侨领"的奸商陈嗣仁密谋陷害进步记者凌云霄时，面对玻璃镜柜产生的种种幻觉：忽而见凌云霄锒铛入狱，忽而见凌云霄囚衣脱落，忽而见牢狱门成了纪念碑……幻觉手法的运用加深了剧中人物恐惧、仇恨交织的心理，反映出此时马华剧作艺术表现力的深化。

马华社会多为闽潮人氏，戏剧一开始就有用漳泉、潮汕白话演出的。后来，剧作者们逐步认识到，马华戏剧民族化的关键是"创作南洋题材剧本"，"去体验华侨生活、华侨意识……用自己的新的见解、新的技巧、新的方式……不但在南洋要成为一个伟大的惊人的创作，同时，在国内、在世

---

① 诗琳：《戏剧的改良》，（新加坡）《新国民日报·戏剧世界》1926年7月30日。

界，也帮你可以得到一个地位"。①但戏剧叙事手段的相对单一等使剧作者们还难以立体地呈现剧本的南洋性。背景衬以椰林等热带风光。人物称谓尽量带有南洋味道，如"头家""头家嫂"等。人物对白时而插有闽粤方言，乃至马来话。人物动作也会夹杂马来歌舞，如林参天的《南洋的女朋友》台词中便有"沙耶"（我）、"马达"（警察）等马来话，并伴有"马来丹斯"（一种铜锣伴奏的马来舞）等动作。但这些用来增强南洋色彩的表现手段终究是表层的。剧作者们努力从人物的情感世界入手去开掘南洋色彩，但终因此时剧作者的生活视野所囿，而难以创作出南洋乡土色彩鲜明的作品来。当时较为成功的南洋剧作寥寥无几。《往死路上跑》（旧燕，1930）书写了华侨教育制度下培养出来的女子韩云心的悲剧命运。剧作特意点明"地点：南洋一个有男女中等学校的商埠"，大概也意在强调华侨教育制度和南洋商埠风气是造成人物结局凄惨的根由。韩云心中学毕业，无法抵御奢华生活的诱惑，自欺欺人地抱着"有了财富才可把生活过得有意义，甚至改造别人"的想法离开了热情有为的情侣江果夫，嫁给了有财有势的刘某，但终究没有完全沉沦于金钱。在刘某逼迫她枪击江果夫时，她转身击毙刘某，随即自杀身亡。剧作的矛盾冲突及其处理方式，在五四后大陆（内地）剧作中并不鲜见。但仔细体味，韩云心求学多年，思想开放，但生活处处无法自立；单纯而又略懂世故，迷于物质生活的优裕而又无法割舍对精神生活的追求；柔弱之中不乏果断，甚至敢做敢当……这些倒都有南洋现代女性的某些特征，剧作由此也多少表现出了南洋人文色彩。1920年代末开始的新兴戏剧运动倡导"以群众的集团生活编成剧本，以群众的感情……深刻地研究，在表演时才能感动群众"②。新兴戏剧以槟城《光华日报》副刊《戏剧》（1931

---

① 梅花：《戏剧在南洋》，（马来西亚）《光华日报·戏剧》1931年第15期。
② 原雨：《南洋新兴戏剧运动的展开》，（马来西亚）《光华日报·戏剧》1931年第3期。

年1月—1931年10月）等为主要阵地展开创作。马宁（1909—2001 ，原名黄震树，祖籍福建龙岩）当时创作的三部"轰动一时"的独幕剧就都发表于《戏剧》。其中《女招待的悲哀》以激昂的抒情讲述女招待李英和流落南洋的穷诗人在患难中相依为命，甚至相伴入狱，支撑他们的是那首刻骨铭心的《祖国吟》。另外两出剧《夫归》和《凄凄惨惨》都与流落南洋的穷番客的悲惨遭遇。这些剧形式上摒弃了文明戏的浅俗平庸而显出某种刚健清新，内容上着重表现南洋普通民众的现实困难，或沉郁写实，在中国故土和南洋社会的苦难交织中加重了现实主义的力度；或激昂抒情，表达南洋土地上的爱国主义，都很符合马华社会普通民众的欣赏习惯。1933年，新加坡"青年励志社"在当地设施最好的维多利亚皇家剧院上演马宁的这三个剧，盛况"前所未有"，而演出的成功、演技的成熟可视为马华戏剧步入了现代话剧的正轨。马华戏剧的成熟形态初步孕成于新兴戏剧这样一种面向大众的实践中是很有意义的。

第二节　早期马来亚华文文学（下）

1937年至1941年这五年，马华文学借助抗日援华运动的巨大感召力形成了第一个高潮，包括郁达夫等在内的一批中国著名作家抵达新马出报办刊，使马华文学跟中国抗战文学的联系更加密切。此举虽然暂时弱化了文学的本土意识，但极大消除了马华社会内部的隔膜。抗日救亡运动以"同一个民族的命运"这样一种政治、思想的凝聚力，将原先以宗亲、地域为主发生联系的松散的华人群落聚合成以民族归属为主的华人社会（1938年成立于新加坡的南侨总会中，有来自马来亚12个地区的华族成员，代表了马来亚所有华族聚居地区）。由于此时呼应中国抗战文学思潮较多的是政治认同上的呼应，这就可能悄悄地弱化马华文学同中国文学现实形态的时效联系，促使马华文学形成脱出中国新文学阶段性的自身轨迹。尤为值得关注的是，马来亚华人抗日情绪高涨，是因为抗日与他们的命运息息相关。当时华人绝大部分还是华侨身份，如果中国战败，会直接危及华人在马来亚的生存。但马华社会的抗日救亡意识并未停留于此，而且有着我们至今不能忽视的深化。

抗日救亡文学兴起后，《南洋商报·狮声》曾举行"我们笔尖的动向"的"特别征文"。吴文翔的文章主张鲜明地提出，"我们的笔尖"不仅"必须是救亡的"，"必须是反法西斯反封建的"，更"必须是提倡世界和平的"，"必须是指导人类向生活争取的"。[①]《狮声》（1933年）作为马来亚四大华文报纸（《南洋商报》《新国民日报》《星洲日报》《星中日报》）副刊中办刊时间最长的副刊之一，和《星洲日报·晨星》同为抗战时期马来亚影响最大的副刊。海外旅居的经历、命运使南洋华人将支持中国抗日不仅仅看作是支持中华民族的反侵略战争，也是延续五四反封建传统，更是置身于世界反法西斯阵营中，争取世界和平、人类解放的行为。抗战是中华民族第一次全面、直接投身于世界反侵略、反法西斯战争中，由此"从世界文明危机的高度感受到了野蛮和文明、专制和民主、压迫和自由的对峙"[②]。世界各国对中国抗日的巨大支持，中国艰苦卓绝的抗日对世界反法西斯阵营的强大支撑，两者互相强化了人类共同命运的认识，中国本土以外的华文作家在自己生存的环境中更真切地感受到这一点。所以，吴文翔的主张并非个案，《南洋商报·狮声》当时率先倡导"反侵略战争文学"，其意就是"意识到马华文学必须由'抗战文学'进入到意义更为广泛、更为深刻的'反侵略文学'"[③]。马华文学的这一认识表明马来亚华人明了二战的本质。马来亚华

①　转引自黄孟文、徐迺翔主编：《新加坡华文文学史初稿》，新加坡国立大学中文系、新加坡八方文化企业公司2002年版，第44页。

②　黄万华：《史述和史论：战时中国文学研究》，山东大学出版社2005年版，第352页。

③　莫嘉丽：《抗战时期的马华文学：浓郁的中国色彩》，见黄万华：《史述和史论：战时中国文学研究》，山东大学出版社2005年版，第732页。

族、中华民族都只有在与世界反法西斯力量同命运、共抗争中才可能获得自身的解放。当时中国南渡作家巴人（王任叔）、杨骚、高云览等也积极支持马华文学的这种取向，马华抗日救亡文学的两种最重要力量——马来亚本土作家和中国南渡作家——由此会合，必然打破马华社会传统的保守封闭，而将马华抗日救亡文学推向世界反侵略文学的前列。

1937—1941年这五年马华文学创作在三类马华作家中展开：一是中国南来的作家，如铁抗、丘士珍、林参天、殷枝阳等；二是本地的文学新人，如林晨、陈南、林敏等；三是老一辈的写作人，如孙流冰、林棘等。其作品的演变轨迹既同步于中国抗战文学的变化，即从前期激昂明朗的战斗气息、宣传功能强于形象价值，到后期沉郁冷峻的理性观照、感时忧世的创作视野有了多层面的拓展；马华文学的本土化进程又未中断，仍然关注了抗日救亡大潮中马华社会的种种问题。

马华救亡文学一开始就有它的世界反法西斯战争的视野，作品中较多出现了中国大陆（内地）现代文学中较少见到的异族形象，而这些异族形象都反映了马华文学从自身"离散"境遇出发鲜明表明的反侵略立场。丁倩的小说《委屈》（1938）讲述的"委屈"不仅从中日"混血"家庭遭遇的角度揭露了日本"大东亚圣战"的侵略本质，而且让人思考战争的非人性本质。大学教师杜先生娶有日本太太敏子，这一情况原本在五四前后留学日本的中国知识分子中并不罕见。然而中日战争爆发后，杜先生因为这一身份而与同事产生重重隔膜，他作为一个中国人参加救亡的热情也一再受挫。小说将叙事的重点放在敏子的"中国"遭遇上。她和杜先生往日相处融洽无间，但因为孩子在学校被讥讽为"小东洋"等事情，夫妇关系开始蒙上浓重阴影。杜先生母亲陷于沦陷区而欲脱身，敏子以日本人身份前往救助，却被日本宪兵当作中国间谍逮捕。然而，比她在日本宪兵那里遭受严刑和凌辱更难以忍受的是，她好不容易回到自己家后，往日对她疼爱有加的丈夫，在激昂的仇日反日的社会氛围中，对她的失踪、归来产生了重重怀疑。敏子有国难归，有家难归，这种不见容于祖国、亲人的现实和心灵悲剧不只是从一个特定角度揭露了日本对华战争的侵略本质，而且让人思考战争的非人性本质。夏衍的抗日名剧《法西斯细菌》（1942）通过俞实夫的日本妻子静子和在日本出生的女儿寿美子的遭遇，指出文明无力战胜"愚蠢和野蛮"①的悲剧才是一个民族真正的"悲剧"，而发出法西斯主义正是每个家族和整个民族、世界的共同敌人的呼声。这呼声《委屈》早早发出了。这种呼声，在马华抗日救亡文学中时时可以听到，例如，剧本《伟大》（沈阳，1939）写徐强、张健等南洋华工和马来人、印度人，甚至英国人，团结起来"保卫马来亚的和平"；《黄昏时候》（朱绪，1938）写南洋华侨反法西斯的热情如何让一个误入日本侵略陷阱的台湾少女醒悟而投身于抗日洪流；《夕影》（高云览，1939）写德意志星空下战争带来的深重灾难，传递出法西斯同样是德国人民的敌人的心声。②

此时马华小说对马华民族性格的展示几乎是全方位的，劳动者的疾恶如仇（如上官豸《非英雄史略》、萧克《码头上小天使》）、深明大义（如老蕾《弃家者》、国法《司机阿福》），市侩者的小奸小坏（如林晨《泡》、耘之《小囚人日记》），投机者的空疏卑琐（如林晨《导演先生》、哈莱《沉滓的浮起》），还有女性的贤惠郁悒（如林敏《一个女人》）等。这些人物性格的展现往往置于异域漂泊的环境中，有时又杂以热带风味的抒情性，其缘于而又异于中华本土民族的群体性已开始显露。这使得马华文学在紧密地呼应中国抗战文学思潮的同时，也开始显露自己的发展轨迹。

将马华民族的强悍精神表现得淋漓尽致的，是当时创作数量颇丰的小说

①　夏衍：《老鼠·虱子和历史》，见会林编：《夏衍研究资料》，中国戏剧出版社1983年版，第205页。

②　朱绪：《新马话剧活动四十五年》，新加坡文学书屋1985年版，第34页。

家乳婴（？—1988，本名陈树英，又名殷枝阳）。他的小说不仅充溢着狂飙突进的抗战激情，而且开始呈现马华民族在热带筚路蓝缕的垦荒生涯中养成的强悍性格。《八九百个》（1938）写出了在多年隔绝如死水的矿山中华籍工人百摧不灭的民族精魂。八九百个长年被窒闷在日本人开设的马来亚矿山的华籍工人在秉全、秉初、汉祥等热血青年的鼓动、组织下，为了不让日本人"再弄到一点铁，做了军火来杀我们同胞"，历经挫败而反抗斗志不改，终于如火山爆发，集体逃离矿山。他们在逃离前甚至采取了行动：烧毁全部住宅，"自己走开"，"更要使人家不能进来"。当时的抗战小说中，《八九百个》笔墨最为酣畅。热带雨林中的暴雨冲刷掉了一切耻辱，"国家不亡，同胞不死，自己不做亡国奴"成了天地间的最强音，马华民族的雄强性格在反抗民族压迫中得到升华。《牺牲者的治疗》（1948）发表于战后，题材延续了战前创作，而激情更深地蕴于冷静的描绘中。小说以一位医生的视角，呈现抗日青年遭受日人酷刑的情景。职业医生的客观沉着，更触目惊心地反映了日本法西斯对马来亚民众的残酷镇压。

与中国国内的抗战文学相似，此时期马华文学创作最有影响的是戏剧。此前的新兴戏剧运动以为劳苦大众直接发声的方式和宗旨为马华戏剧开拓了新的空间，而随后的救亡戏剧运动更为马华戏剧提供了宏大的舞台。1937年初，出生于吉隆坡的戴英浪从上海美术专科学校求学回到新加坡，不久就发起成立"业余话剧社"。1938年初剧社提出了《马来亚戏剧运动纲领草案》，明确表达了此时马华戏剧界同人的共识："为救亡而从事戏剧运动"，"提高戏剧艺术水准"，"以戏剧力量教育大众、组织大众"。① 对南洋华侨社会具有极大号召力和凝聚力的救亡戏剧运动由此展开，成百上千个业余戏剧团体创作演出了上百个救亡戏剧。开始的救亡剧多以南洋与中国

———————————

① 方修编：《马华新文学大系（九）》，（新加坡）星洲世界书局有限公司1971年版，第16页。

抗战为题材，如当时由业余话剧社"盛大演出"的叶尼剧作《伤兵医院》讲述上海战区一家伤兵医院里，从南洋回国参战的青年叶先生伤势严重。医生告知再过半小时药品运不到，他就性命难保。敌机狂轰之下，从日本拘留所历经磨难逃生的张排长、在火线上双目失明的飞行队罗队长，都准备重返前线。此时，前线传来胜利的消息，而南洋急运的药品也及时运到了。叶尼当时是写"救亡剧"最多的一个，开始的剧作同步呼应中国抗日文学的倾向非常明显，这使得他甚至在田汉的抗战名剧《回春之曲》问世后不久，就急切地将之改写成《春回来了》。戏剧讲述梅娘陪伴在上海血战中负重伤失去记忆的高维汉回到自小生活的海水映照着椰林的南洋，尽管仍然难以摆脱阔少陈三水的纠缠和父亲的威逼，她依然全心照料高维汉，并精心营造了让维汉"想起了以往"的生活环境，让维汉逐渐恢复了记忆，最终一起重回中国抗战前线去了。业余话剧社上演此剧后，反响广泛强烈，并引发了关于"南洋地方性剧本"的讨论，促使整个剧坛的创作重心逐渐转移到反映南洋当地的救亡现实上来。

叶尼即中国著名戏剧家吴天，也就是上海孤岛和沦陷时期颇有影响的剧作《孤岛三重奏》《海燕》《家》《海内外》《离恨天》等的作者"方君逸"。他1936年赴马来亚，以马来语"这个"的谐音"叶尼"作为自己在南洋创作的笔名，表明其创作与马来亚的密切联系。他1938年在《星中日报》新年特刊发表《论战时文艺》的长文，提出了"必须成为一种救亡的武器"的"南洋抗战文艺"的口号，引发了马华文学界关于抗战文艺的第一场大讨论。他当时的剧作非常及时、紧密地配合了中国大陆（内地）的抗战形势，现场动员力极强。但他同时也是一位非常重视戏剧的艺术水准的剧作家，曾出版戏剧理论著作《剧场艺术讲话》，翻译法国柯克兰的戏剧论著《表演艺术论》。1938年3月，他发表《南洋为什么没有伟大的作品产生？》一文，引发热烈讨论，而他的意见中包含了南洋文艺必须在这种时代潮流中提升艺术质量的看法。与此同时，他发表《论救亡戏剧与提高艺术水准》等文，直接提出用"提高艺术水准"去开展马华救亡文学运动的主张①，得到了广泛认同。

正是这种将抗日救亡与提升艺术水准统一的认识，推动了救亡剧去塑造在南洋土地上生生不息、顽强抗争的各种华人形象，他们都在抗日救亡中闪现新的生命光彩。《巨浪》（黄清谭、黄祝水执笔）呈现的是南洋日资锡矿场里华人劳工的抗争。日军攻占南京，屠戮百姓，锡矿场里日籍人员欢宴庆贺，华工在采矿中惨死，日籍经理反而要华工延长劳作时间，以满足日本扩大军火生产的需要……这一切终于激怒了犹如禁锢在囚室中的华工，他们集体暴动，逃出锡矿场，投身于抗日救亡运动。《忠义之家》（啸平），塑造的也是明大义、识大局的华工形象，但它将矛盾冲突设置在华人家庭的情境中。青年机工坤浪从小记得"岳飞精忠报国的故事"，抗战爆发，他决心回国以自己一技之长报效祖国于危难。他大哥坤福私欲膨胀，沦为汉奸，造谣惑父，使老父不放坤浪回国。坤浪关键时刻大义灭亲，让父亲明白真相，和父亲相约再见于"自由的新国家"。《觉醒》（流芒）突破了救亡戏剧的宣传鼓动功能，成功刻画了抗战中华商性格的丰富性、复杂性。故事发生在1937年末的马来亚某大城市，当地男女老少抵制日货，日商佐藤山秀面临关门困境。梁光俊系土生华人，经商致富，却已淡忘自己的民族血缘，以自己"生在马来亚"而鄙视"支那人"；而在佐藤山秀的厚利引诱前，他不仅将日货商标偷换为华货出售，而且打算彻底投靠日本。他的行为遭到老妻的痛斥。其子阿九虽生活已"峇峇"化，却积极抵制日货，被佐藤山秀蓄意驾车撞伤。梁光俊本人也被佐藤山秀殴打，斥为"支那猪猡"。他终于醒悟，投

---

① 叶尼：《论救亡戏剧与提高艺术水准》，（新加坡）《南洋周刊》1938年第21期，参见方修编：《马华新文学大系（九）》，（新加坡）星洲世界书局有限公司1971年版，第237—244页。

身"把日本人赶走"的"救国"剧作在紧凑的戏剧冲突中写出了"三代成峇"的土生华人在援华抗日中的觉醒，表现出抗日援华运动的巨大凝聚力。其他剧作中的人物，如《没有男子的戏剧》（叶尼）中的进步女教师叶先生、《归国之前》（沈阳）中的青年学生张永武等，都具有一定的戏剧丰满性。

援华抗日热潮在马来亚持续了四年多，但恐怕谁也没有认真想过日军侵占中国时的烧杀抢掠是否也会发生在马来亚。母亲、兄长都死于日寇入侵中的郁达夫一直到1941年下半年，还坚信日本不会入侵马来亚："马来亚的安全，是金汤永固，毫不成问题。"①然而，日军侵占的事实还是发生在马来亚华人居住的土地上，马来亚华人同中国民众一样遭到空前劫难。"援华抗日"发展到"抗日卫马"，反侵略反法西斯的抗日沟通了"华""马"。三年多的沦陷历史不仅使华人深深体验到，"华人必须抛弃固有的移民思想，关心居留地的政治经济，并和其他民族共同建立一个独立自主的国家，以避免遭受另一次被侵略，被掠夺的灾难"②，而且也使华人意识到，抗日救亡，不只是援助中国，也是在保卫马来亚。这种国家意识开始逐渐取代中国意识，促使马华文学发生变化。

第三节　丘士珍、林参天、铁抗等马华作家的创作

1930年代初，马华文学就有了中篇小说《峇峇与娘惹》（1932）这样极为本土化的作品，它也是马华新文学第一部中篇小说，而作者丘士珍（1905—？，原名丘天，祖籍福建龙岩）正是提出"马来亚地方文艺"的第

---

① 姚梦桐：《郁达夫旅新生活与作品研究》，新加坡新社1987年版，第177页。

② 林水檺、骆静山合编：《马来西亚华人史》，马来西亚"留台"校友会联合总会1984年版，第87页。

一人。他1929年开始在马来亚多种中文报刊发表文章，1934年3月1日在《南洋商报·狮声》发表《地方作家谈》，明确指出："马来亚有文艺，就是居留或侨生于马来亚的作家们所生产的文艺……凡是在某一个地方，努力文艺者，曾有文艺作品贡献于某个地方者，无疑地我们应该承认他是一个某个地方的地方作家……我们不应该盲目地重视以上海为中国文坛中心的中国文艺作家！我们也应该推崇马来亚的地方作家！"①该文不仅第一次从"马来亚"的地域、人文角度明确了"马来亚文艺"的存在和概念，即生活于马来亚土地的作家，贡献于马来亚的文学作品，而且清晰地表现出要摆脱对"中国文艺"的"盲目"追随，探索马来亚地方文学的创作道路和传统的追求。这种追求奠定了马华文学根植于马来亚土地、贡献于马来亚社会的传统的基础。

《峇峇与娘惹》正是丘士珍实践"马来亚地方文艺"主张的体现，最初发表于新加坡《民国日报》副刊。"峇峇"（男性）与"娘惹"（女性）是马华社会中"相对于中国出生的移民（新客）的称呼"②，亦称"海峡华人"。这一群体作为在马来亚出生的中国移民或与其他族群的联姻的后代，其大多接受英文教育，甚至视英国为自己的"祖家"，又受到马来文化极大影响，但很多方面还保留中国人的伦理、习俗、信仰等，尤有马来亚多族群文化的特征。《峇峇与娘惹》以南洋"新客"阿美在"海峡华人"家庭中的命运，着力展现了这种家庭中独特的峇峇文化。阿美是个新近来到南洋的中国女子，进入南洋富裕的峇顺家，目睹了这个被马、英文化同化后的家庭伦理解体、家道中落。在被卷入了这个家庭姐弟杀父的疑案后，她终于觉醒，告发了谋害父亲的丈夫峇顺。小说中的"老头儿"（老商人）妻妾有三，其三姨太与汽车夫阿贵、苏来和少爷峇峇暗中都有奸情，其一对儿女又姐弟乱

---

① 废名：《地方作家谈》，（新加坡）《南洋商报·狮声》1934年3月1日。

② 陈志明：《关于被涵化的马来西亚华人的若干问题》，见何国忠编：《百年回眸：马华文化与教育》，（马来西亚）华社研究中心2005年版，第40页。

伦。受南洋商情衰微影响，老头儿家业不振，他沉迷物欲，全无创业时的斗志，欲借女儿娘惹的婚事挽回家业，却将娘惹推入娼妓火坑。儿子峇峇以英伦子民自居，生活完全西化，连中文书信也不会书写。为了掩饰与姐姐的不伦之恋，与表妹阿美成家，仍然难断姐弟之恋。在妓院与娘惹相遇后，买通了三姨和车夫，害死了父亲，与娘惹"一无顾忌地在家里公然过着好像夫妇一般的享乐生活"，但最终难逃法律制裁。小说在中、马、英习俗交汇的日常场景和对话中，意味深长地揭示了"海峡华人"中的失根者背离了中华伦理道德后的悲剧。小说"开了反映涂抹有马来亚多元种族、殖民地、移民社会等本土化色彩的文学先河"[①]，以南来女子阿美作为叙事角色，逐步展现"海峡华人"家道衰微的缘由。而夹杂闽南方言和马来土语的人物对话与叙述语言，也使小说叙事较深地进入了峇峇这一南洋华人群体的生活和内心世界。小说创作于1930年左右，其所描写的马来亚经济萧条，以及结尾女主人公阿美"认清楚了谁是这社会的作俑者：她决意踏上征途，牺牲一切，为磐石下的大众谋解放，争自由！"，都明显具有马来亚新兴文学的倾向，也体现了《峇峇与娘惹》的马来亚时代色彩。《峇峇与娘惹》代表了早期马华文学在本土化进程中的成就。

　　丘士珍的小说集《没落》1934年由上海的生活书店出版，这是马华文学在中国出版的第一部作品。他1948年还出版了描写1941年马来亚被日军占领后当地民众奋勇抵抗的中篇小说《复仇》，被视为"战后马华文学的重要收获"。

　　林参天（1904—1972，祖籍浙江丽水，1927年移居马来亚，1929年开始在马来亚《星洲日报·野葩》《星中日报·星火》《新国民日报·瀑布》等发表文学作品）1935年完成的长篇小说《浓烟》是马华文学史上的第一部长

---

① 岳玉杰：《马华文学何成就百年》，《中国现代文学研究丛刊》2012年第8期。

篇小说，1936年与茅盾的小说集《泡沫》等一起被收入文学出版社（生活书店的化名单位）的"文学社丛书"出版。众所周知，傅东华、郑振铎主编的《文学》（1933—1937）是1930年代文学质量最高的刊物之一，由生活书店发起，鲁迅、茅盾、叶圣陶、郁达夫等名家都参与了编辑，其刊发的佳作数以百计。《浓烟》被收入与《文学》关联密切的"文学社丛书"，表明离散的马华文学的质量得到了五四文学界的重视和肯定，其文学史意义不言而喻。

《浓烟》以作者长期任教的马来亚华校的生活为素材，以"华侨的保守性是十分坚固的"和有志知识分子推动南洋社会变革的坚韧努力之间的矛盾传统为主线，讲述北马"啼儿国"一所国民学校（华侨子弟学校）的教学生活。学校虽然设有英语等现代教育课程，却充满传统保守的教育理念。从学校管理层到教员，奉行的是封建宗法社会传统下对学生"敢打""会打"的"藤条"教育理念。就连印裔教员佛生，也借"藤条"政策，毒打学生，发泄自己的种族愤恨。富有理想抱负的教员毛振东主张平等、民主的教育理念和自主学习的方法，大声疾呼，"现代教育，把孩子看作有人格的……教育是社会的事业，也可说是造福人类的事业"，推行"注重自动教育，废除体罚"的教学改革，但遭到重重阻力，更被佛生等维护"师道尊严"者设计陷害，致使教育改革最终失败。

现代教育题材，是五四新文学所开拓的一个领域，而《浓烟》将这一题材扩展到海外华侨教育。小说叙事的重点始终在南洋华人社会和"国民"教育的改革上。华人漂洋过海，登岸之后，往往先通过地域组织或家族，加强族群宗亲的联系，随后就以兴办华文教育的方式，进一步聚合人心，在异地安身立命。所以，其教育体制有着浓重的封建教育色彩，而南洋华人谋生致富又与商业息息相关，也严重影响到教育领域。这一切正是《浓烟》所致力揭示的。学校前任校长，身体力行"藤条"教育，对学生"敢打""会打"，明明严重损伤了学生身心健康，却被侨界所"敬仰"。"南洋是商业社会，'文化'根本就引不起他们的重视。""在资本主义底社会，一切都成了商品化，神圣的教育，在他们看来，不过是一种点缀品吧了。"①这里的"他们"，是指学校管理层的总理、学监、财政等和"董事部"。这样一种体制，造成了师生之间、教师之间、校方和董事部之间错综复杂的矛盾，学校风潮迭起，但结果都打击了教育改革的力量：具有现代教育理念的教务主任被辞退，较为开明的新任校长提呈辞职信，全力教学改革的毛振东也黯然离校。

《浓烟》不仅日常场景充满南洋风味，学校所在地的城镇，既有浓厚的马来族、华族传统风情，又有现代交通、商贸的建筑风貌，处处充满富有时代气息的个人感受，还在华侨教育这一海外华文文学的开拓性题材中写出了南洋经验、南洋题旨。南洋华人社会历史上的封闭保守性，华文教育在海外华人生存发展中的至关重要性，都使得《浓烟》所切入的华文教育题材成为马华文学本土意识萌生的重要内容。小说有一特别值得关注的内容：学校两位最致力于教学改革的教员毛振东和李勉之长谈到南洋华文教育弊端时，尤其关注到教材全部是有关中国的内容，南洋"在地"的内容不见丝毫，学生学习接受障碍重重，学成也难以立足南洋社会。所以，他们教学改革的重要内容是，教材"都要适应南洋的应用才是"，"国语的材料应首先注重文章的文艺性"，凸显了华文教育的南洋本土性和现代性。而《浓烟》在展开华教题材时，又始终突出尊重个性、追求自由的五四精神。毛振东、李勉之热情地在学生中倡导反封建礼教、反资本主义的思想。学生的华文水平大为提高，思想也积极追求自由平等。这些使得《浓烟》在上海出版后"回到"马来亚得到了马华社会的广泛赞赏。而此时已是中国抗战全面爆发使得马华社

---

① 林参天：《浓烟》，文学出版社1936年版，第93—99页。

会"侨民意识腾涨，本地意识遭受挫折"①的时期。它其实表明"马华文学的在地化进程并未因抗日救亡的兴起而中断，五四思想启蒙在马华文学中开启的传统在马华社会抗日救亡热潮中仍有延续。对于马华社会而言，它需要抗日救亡去凝聚马华民族的意志，激发其斗志，也需要思想启蒙去推进华人社会的变革，而这两者的统一点在于马华社会自身的需求"②。

林参天长期从事马来亚华文教育工作，其创作也开启了马华文学教育题材小说的创作。他1938年还完成了长篇小说《热瘴》，仍然关注南洋华文教育问题，被视为《浓烟》的姐妹篇，1961年收入李汝琳主编的《南方文丛》（新加坡青年书局）。他在战后则出版了短篇小说集《余哀》（1960）。

战前的马华文学也已经出现了铁抗（原名郑卓群，1913—1942，祖籍广东潮阳）那样的优秀作家。被视为"马华文学修史第一人"的方修认为，"铁抗的作品在抗战前后，比一般当时的作家有深度"，"不会比香港'100强'（指《亚洲周刊》评选的"20世纪中文小说100强"——笔者注）里的一些小说差"。③他17岁开始写作，在汕头报馆工作时曾印行过一本小说集。1936年（另一说为1937年或1939年）才到新加坡，先后任职于新加坡报社和邦咯岛新民小学，1942年初被日军杀害。南洋生活短短三五年中，他的中篇小说《试炼时代》和短篇小说集《白蚁》（1940）等将他历史记忆中的中国、现实想象中的中国和身边变动着的马华社会融合成丰厚的艺术形象。

铁抗最有影响的作品是被视为"马华文学现实主义作品流传隔代的经典

---

①　杨松年：《编写新马华文文学史的新思考》，见陈荣照主编：《新马华族文史论丛》，（新加坡）新社1999年版，第27页。

②　黄一：《马华抗日救亡文学中的在地意识》，《中国现代文学研究丛刊》2015年第9期。

③　［马来西亚］张永修：《马华文学史整理第一人》，（新加坡）《南洋商报·南洋文艺》1999年10月9日。

之作"①的小说《白蚁》（1939）。这篇小说之所以被视为马华文学"典律的建立""当之无愧的开端"，是因为它体现了早期马华文学"社会写实主义的程式"和"良好的艺术品质"。②小说创作的年份和小说故事场景的时间都是1939年，中国抗战进入持久战的艰难时刻，中日双方的战略相持一方面使得战场较量持久展开，另一方面也使得各种政治力量进行着各自的谋划。《白蚁》切入的场景正是南洋社会各类人物"利用"抗日而各自谋取私利：护侨社社长陈鹏举谋生的手段是扩充"会员"而获得不菲的"会员"登记费；印行《马华救亡领袖录》的王九圣自然是利用"领袖"们的沽名之心来钓取一己私利；明目张胆冒充奉召"回国抗日"的"铁军团长"的林德明以"我不杀死一万个鬼子，决不姓林"的誓言骗钱募款，暗中谋划的是带"麻坡老妍头阿雪"，"回去广西，开店，做小老板，大老板，发财，做官"；而想用假古董骗筹"川资"的萧思义打出的幌子则是要到延安谋"一官半职来救国"……小说将马来亚援华抗日阵营中众多的"华威先生"聚合到牙兰加地筹赈分会主席萧伯益之宅，在战争"筹赈"的背景下，通过几个戏剧性场景的描写，让这些"抗日人物"各自心怀鬼胎，玩弄心计，诱骗对方，其恶性膨胀的权力欲暴露无遗。小说在人物对话、内心独白中写活了各种人物性格，显示出相当深厚的叙事功力。

　　《白蚁》是马华抗日救亡文学对中国抗日战争彼时现实极为及时的介入，但整篇小说完全是在具有南洋风味的语境中展开叙事，展现的是在马来亚土地上的思考。小说尽管关注着祖国的战事，甚至关注到"延安，怪有生气的一个地方"，但笔墨着力之处都在"华社"被"白蚁"一样的败类掏空

---

① 陈雪风：《解读〈白蚁〉的人物群》，许文荣、孙彦庄主编：《马华文学文本解读》（上册），（马来西亚）马来亚大学中文系毕业生协会、马来亚大学中文系2012年版，第97页。

② 黄锦树：《注释南方——马华文学短论集》，（马来西亚）有人出版社2015年版，第64—65页。

的痛心现实，其犀利的讽刺也体现了铁抗自言的讽刺"原则"："不应以马来亚以外的素材为主"，"具有本质意义"。[①]这篇小说在马华文学界不同文学观念的作家、批评家中都获得了肯定，表明马华现实主义文学确实产生于中国和马来亚的社会现实所引发的马华作家的国族观念中。

铁抗的小说往往在中国抗日战争背景下，直接明朗地去揭示那场战争的本质。《运输兵阿部信一》（1938）写日军运输兵阿部信一在中国抗日热潮中终于醒悟，以年轻的生命换得六万发子弹，并转送给中国抗日军队；《在动荡中》写中国淞沪大战中两个昔日同窗分属于中、日交战军队，互相展开了激烈的心理交锋；中篇小说《试炼时代》（1938年8月）讲述青年张健在日本侵华战争全面爆发后从华北到江南的战地迁徙中经历的种种磨炼，揭示了战争的残酷与对人性的毁灭。这些小说的立足点显然都是以中国抗日战争的正义性、世界性唤醒马来亚华人援助祖国抗日的意识。同时，铁抗的小说也直接关注战争中南洋华人社会的新生。除了《白蚁》外，还有一些作品深入涉及了这一题材。小说《洋玩具》（1941）在一种更具南洋风味的语境中，调侃嘲弄了从小接受西化教育的峇峇马奇烈无聊、空虚的生活。这个对汉语完全陌生的华人后裔到华人学校教授英语，对自己的同胞毫无感情，对中国（祖国）正遭受的危难也异常冷漠，向往的只是都市生活。小说由此表达出抗日时期的另一种历史反思：殖民教育所造就的"洋玩具"是对中华民族的极大伤害。铁抗的小说表现出政治上强烈呼应中国抗日思潮、生活储量上深入开掘马华社会资源二者并重的特点。马华文学的民族性格有了文学定位和表现。

铁抗的文学评论文章曾在战后结集成《马华文艺丛谈》出版，其中《马华文艺是什么》《马华口语的汲取》《马华文艺的地方性》《马华戏剧的检

---

① 铁抗：《谈讽刺》，方修编：《铁抗作品选》，（新加坡）上海书局（私人）有限公司1979年版，第114—115页。

讨》《马华方言文艺杂论》《马华文艺现实化问题》等文既关注马华文学自身发展的诸多重要问题，也论及文学、语言的众多本质性问题，颇有见地，反映出铁抗侨居马来亚三五年就成为马华文学史最重要作家之一的原因。

第四节　菲律宾、印度尼西亚等国早期华文文学

16世纪60年代，菲律宾沦为西班牙殖民地；1898年则成为美国的殖民地。菲律宾华人活动历史已有一千多年，但中国移民较大规模抵达菲律宾开始于明代万历年间马尼拉被辟为对华贸易商埠之后。现居菲律宾的华人，大部分是在菲律宾土生土长的菲籍华人，生活习俗上已"菲化"，而此"菲化"有西方文化的长期影响。例如菲律宾是天主教国家，中青年华人也多信奉天主教。菲律宾华人社会则是商业社会，"华籍和菲籍华人，还不到菲国人口的百分之二，却掌握菲国的经济实力"①，作家也亦商亦文者居多。

菲律宾在19世纪80年代开始出现华文报纸，20世纪20年代菲华报纸开设文艺副刊，以旧体文学为主。新文学的最初突破发生于戏剧。1918年，桂华山（1896—1987，福建安海人，1918年赴菲经商）、颜文初（1882—1942，福建晋江人，1912年移居菲律宾，马尼拉中西学校校长）等出于"'话剧'对于学校及社会教育之巨大影响"，遂共同发起成立了演出新剧的话剧团，得到菲华社会"各阶层人士之热烈支持"。该团由颜文初、周一尘两人专门负责编剧，所演出话剧"具有历史意义者，有'波兰亡国恨'、'高丽亡国恨'等。属于家庭伦理者，有'恶姑虐待弱媳'、'万里寻夫'等"。"更依据有名故事编成'三英刺伊藤'一剧，即韩国（朝鲜）志士安重根刺杀日本伊藤博文故事"，以弘扬"热爱国家民族及舍生取义之精神"，而"对于

---

① 林婷婷：《推车的异乡人》，（台湾）巨龙文化事业有限公司1992年版，第32页。

编导、布景、灯光、道具、效果等各方面，均在不断积极改进，期求到达国际水平"。①这些演出，无论是剧本创作，还是舞台追求，都完全属于现代话剧了。在桂华山等人的积极倡导下，华侨新剧社、中华新剧研究社等菲华话剧团体相继在1920年代成立，展开编剧、演出活动，《艺术月刊》（1926年创刊于马尼拉，新剧研究社杨华魂编辑，共出4期）等刊物也随之问世。这些都早于被视为"菲华报纸的第一个文艺副刊"——《华侨商报·新潮》（蓝天民主编，1934）和"菲华历史上第一个新文艺团体""黑影文艺社"（林健民、李法西、林西谷等创办，1933）。菲华新文学开启于现代话剧这一形式，反映出戏剧在华人社会的巨大影响，而菲华新文学从诞生之日起就自觉服务于菲华社会的变革，于是自然首先选择了现代话剧这一形式。

1930年代初期，随着菲华新文学团体的成立、菲华新文艺刊物（《洪涛三日刊》《海风旬刊》等）的创办，菲华新文学在各种现代文学体式中都得以展开，而现代华文教育和华文报刊成为菲华文学发展的坚实基础。除马尼拉外，怡朗因为有创办于1912年的华商中学等学校和多家华文报纸，也成为菲华新文学的重要发源地。而随后的抗日救亡运动，更有力推动了菲华文学的发展。1937年夏秋之际，菲律宾华侨文化界抗日救国会、菲律宾华侨学生救亡协会成立；翌年，菲律宾华侨各劳工团体联合会成立。怡朗等地也成立了当地的华侨救亡协会，其出版的刊物《救亡月刊》《学生战线》《菲岛劳工》等都重视抗日救亡文艺活动，抗日文学与普罗文学得以结合，奠定了菲华文学的现实主义传统。后来成为菲华重要作家的芥子等都成长于这一时期。此时期有影响的创作很少，当时众多话剧团体演出的剧本大多来自中国，菲华文学史上最早的纯文学刊物《天马月刊》（林健民创办于1934年），也主要是依靠当时从中国内陆来到福建泉州黎明中学执教的著名作家

---

① 桂华山：《桂华山九十忆述》，香港华侨投资建业有限公司1986年版，第150页。

和学者巴金、丽尼、吕骥、梁披云等的来稿支撑。菲华文学有实绩的本地化进程的切实展开是在战后了，但后来菲华文学的一些重要作家都成长于这一时期。

施颖洲（1919—2013，出生于福建晋江，1922年移居菲律宾，毕业于菲律宾大学）1930年代中期开始在菲律宾和中国的报刊发表新诗和散文。《海外的卖报童》（1938）充满激情地塑造了"新世纪的马尼拉信使"（街头报童）的形象：他们"让数十双鞋子／脚皮／在高兴里磨穿"，"踏遍／大街／小巷／连成一条无形的正义的战线"，"向四方播种光明"，将"卖报的盈利／汗滴／气力／全献为救国捐"。[①]这一形象全然改变了五四以来中国新文学中的报童形象，成为菲华社会、菲华文学执着追求光明理想的缩影。施颖洲后来服务报业近五十年，历任菲律宾《中正日报》《大中华日报》《联合日报》等重要报纸的总编，而这些报刊都成为菲华文学的重要发源地。他同时也成为1950年代至1990年代菲华重要文学团体的组织者、领导者，并从编选出版《文艺年选》（1946）开始，编选出版了十余种菲华文学作品选，成为菲律宾本土华文文学史的基石。施颖洲对菲华文学的重要贡献反映了菲华文学与华文报业的密切关系，他自己的创作则主要是散文和翻译。其散文视野辽阔，情意深厚，多写"故乡种子，异国泥土"（《义山》）的华人生涯，其所译《古典名诗选译》（英译中，1971）、《世界名诗选译》（中文本，1965）、《现代名诗选译》（中文本，1969）等真正沟通了中西文学。

林健民（1914—1999，出生于福建晋江，11岁时移居菲律宾）1930年代不仅发起成立首个菲华文学团体，也创办了第一份菲华新文学综合刊物《天马月刊》（1934—1936）。在此期间他开始发表散文，议论的创见和文采的丰富受到好评。他经商有成，热情资助菲华文学发展，东南亚华文文学的儒

---

① 施颖洲：《海外的卖报童》，（菲律宾）《烽火》第17期（1938年7月）。

商传统正是开启于以林健民为代表的一代华人。他自身创作一度中断，后期的长篇叙事诗《菲律宾不流血的革命》（1988）写1980年代后期菲律宾政治变革迫使马科斯独裁政权倒台的事件，其对于菲律宾政治的直接介入在菲华文学中是较为罕见的；《林健民文集》（1991）中的怀人之作代表了其散文成就，如《忆女诗人童蕴珍》（1985）在少女童蕴珍爱之切、失之痛的婚姻悲剧中忆写1930年代巴金、丽尼、吕骥等十多位作家、艺术家、学者在泉州古庙创办黎明中学、传播新文化的往事，历史的真实、时代的真切和人物的个性、命运交融于富有情感的叙事中。

早期菲华文学的作家还有林一萍、高若虹、陈菊侬、蒋江玉、叶向民等，他们共同催生了菲华新文学。太平洋战争爆发后，菲律宾也遭日军侵占，华文文学在法西斯密网中顽强生存。杜若抗战期间加入菲华地下抗日组织，编辑《大汉魂》宣传抗日，而其诗《颂大汉魂》也是以"大汉子孙的赤诚"祭献祖国，在异域延续大汉之魂——中华民族精神。杜埃、林林、梁上苑等也创作了反映中国、菲律宾抗日斗争的诗歌。

印尼是华人华侨最多的国家之一。1930年，华侨华人已达120余万人，当今华人有千万以上。印尼文化形成较为特殊，印尼语的成熟迟至1940年代。此前，从19世纪至20世纪初，印尼华人普遍使用华人马来由语，其特点是在混合了马来语、印尼方言、荷兰语、英语、汉语时掺杂了许多福建方言。"后来这种语言普及到印尼各个阶层，变成带有普遍性的共同使用的语言，就是被称为通俗马来由语……这种语言活跃于各地区之间、各民族之间和各种族之间。"[1]土生印尼华人也用这种语言创作，即印尼侨生马来由文学，其作品数量庞大。据法国女学者克劳婷·苏尔梦统计，作品总数达3005部，体

---

[1] 林万里：《印尼侨生马来由文学》，见［法］耶谷·苏玛尔卓：《印尼侨生马来由文学研究》，林万里译，（香港）获益出版事业有限公司1998年版，序文第15页。

式包括小说、诗歌、戏剧和翻译。①印尼侨生马来由文学虽非华文文学，但它"从中国古典小说及唐宋诗词（用马来由文的从口译到笔译——笔者注）中得到文学养分"，也受到欧洲的"文艺复兴运动的洗礼"，②很受广大读者欢迎，出现了李金福（1853—1912）那样有影响的土生印尼华人作家。他在1884到1912年间共完成了25部译作和创作，包括长篇叙事诗《西蒂·阿克巴丽的故事》，取材于中国故事的小说《七粒星》和《梁天来》，以及现实题材的小说《报仇》《坏人集团》和《大老千》等。后来很多土生华人作家都仿效李金福的文笔。华人马来由语文学实际上为印华文学的诞生和发展准备了条件。

　　1928年印尼青年宣誓节发生了倡导"一个祖国、一个民族和一个语言"的爱国青年运动，华人马来由文学开始式微，1940年代后逐步被印尼语文学取而代之，土生印尼华人也转入印尼语创作。从中国晚清革命风潮起，一批仁人志士到南洋鼓吹中国民族革命，而印尼大部分华人移民也视自己为中国国民。在此影响下，华文在印华社会重新受到重视，原先已疏离汉字、华语的印尼华人华裔通过接受华文教育再次"汉化"③，呼应五四新文化的印华文学应运而生。1921年，倡导民族主义的洪渊源从中国请来宋中铨等人，在巴城参与创办华文版《新报》，之后开设副刊《小新报》，刊发白话小说、新诗和杂文。随后，《天声日报》（1921）、《南洋日报》（1922）等也开设文艺副刊。1937年起，《新报》又出版《新报新年增刊》，"能容纳更多的小说、散文、新诗和古典诗词"，印华文学诞生后有了坚实发展。而至中

---

①　林万里：《印尼侨生马来由文学》，见［法］耶谷·苏玛尔卓：《印尼侨生马来由文学研究》，林万里译，（香港）获益出版事业有限公司1998年版，序文第18页。

②　严唯真：《印华新诗行程简述——〈翡翠带上〉序言》，见严唯真主编：《翡翠带上》，（香港）获益出版事业有限公司1997年版，序言第2页。

③　犁青：《印华文学的常青树》，严唯真：《严唯真诗文选》，（香港）获益出版事业有限公司1998年版，序言第2页。

国抗战全面爆发，印华文学也出现了抗战文学创作热潮，同时作品也体现出华人开始对印尼产生了家园甚至祖国意识。印尼华文报刊，如万隆的《汇流》、棉兰的《苏门答腊民报》、巴达维亚（雅加达的旧称）的《朝报》、泗水的《新村》等，所刊发的抗战文艺作品，在讴歌抗战"前线""永不泯灭的红花"时，也"梦见明天的世界／是一个绮丽的家园"（犁青《花朵》），这"家园"显然是指印尼这一新家园。而当第一代印尼语文学在二战期间产生时，马上有华人将其代表性作家凯里·安哇尔的作品翻译成华文，"从精神道义上支持印尼人民的民族解放运动"①。印尼华文文学一开始就与印尼土地有着密切联系，这是它后来历经艰难而得以生存发展的根本原因。

泰国是华人、华侨人数众多的国家中唯一未真正发生过华人和其他族群冲突的国家。泰国王朝历史约七百年，中泰通婚已长达三百余年。泰国大城王朝、郑王朝时期都有严禁泰国女子与毗邻的包括马来人、印尼人等外国人联姻的法律，然而，中国人却被视为"自家人"，不受禁婚法律限制。所以，中、泰通婚现象较为普遍，两族的血缘关系是各国中最密切的。泰国也曾有排华法律，但针对的是中国而非泰国华人。中国的政治因素会影响泰华文学的生存状态，而泰国华人一直与泰国其他族群保持着良好关系。

1903年，泰国出现第一份中文报纸《汉境日报》，1922年吴春泽创办的《湄江杂志》是目前了解到的泰国最早的综合性文艺刊物。随后又有了《国民杂志》（1926）等文学性刊物，而此时期的《中华民报》也开始设有文艺副刊《小说林》《中华丛林》。泰华文学就萌生于这些报刊。泰华文学的发生直接受到中国五四新文学的影响。例如，泰华话剧的起点为"1922年泰国

①　严唯真：《印华新诗行程简述——〈翡翠带上〉序言》，见严唯真主编：《翡翠带上》，（香港）获益出版事业有限公司1997年版，序言第2页。

华文报《中华民报》文艺版《小说林》转载了洪深的话剧《赵阎王》"[①]，之后陈景川、苏醒寰、谢吟等组织"青年觉悟社"，编写新剧本，在曼谷等地演出，促成泰华戏剧的兴起。但泰华文学一开始是面向泰华读者，为泰华读者而写作，因此也受制于泰国华侨华人的观念认同、情感指向。

　　林蝶衣的《破梦集》（1933）、《桥上集》（1935）、《扁豆花》，符开先的《萍》（1933）等新诗集是泰华文学最早的作品集，其中林蝶衣1928年开始文学创作，坚持70余年。郑开修的《梅子》（1933）等则是泰华早期的散文集。这些创作都立足社会批判，强调作家社会责任的担当，其中更能收到社会效果的杂文成为1930年代泰华文学的主流。到中国抗战全面爆发，泰华文学也出现抗日救亡文学热潮，这种全身心的投入也导致1939年泰国亲日军人政权执政后，华文报刊面临全面被取缔的命运，泰华文学沉寂了五六年。

　　菲律宾、印尼、泰国等国华文新文学与马华文学一样，历史较为久远，开始的格局虽是华侨文学，但与五四时期中国留日学生的面向中国的文学不同，已开始其视居住国为本土的进程，进而在战后转变为居住国华人文学。

---

① 周宁主编：《东南亚华语戏剧史》（上册），厦门大学出版社2007年版，第29页。

第二章 早期北美、欧洲华文文学

第一节 北美等地华文文学的发生

北美华文文学主要发生在美国。华人登陆北美，开始于1565年西班牙在菲律宾和墨西哥之间进行官办贸易之后，[①]欧洲殖民国家在亚洲和美洲的拓展推动了中国商品的输出，华人在这种商业贸易环境中抵达墨西哥，并进而漂泊至美国加拿大东西海岸。现今美国的加利福尼亚、犹他、内华达等州当时还属于墨西哥，或被西班牙统治，华人在这些地区的活动成为美国华人在北美最早的足迹。从1785年中美开始直接贸易，到1868年美国政府允许华人大量移民来美，中国文化已登陆北美大陆，但早期华工的乡野生活环境及其文化修养使他们未能留下异域生涯的文学写照。最早反映赴美华工生活、命运的是在中国国内发表的作品。1882年和1888年，美国国会两次通过法案排华，严禁中国劳工来美并且限制在美中国劳工的就业，在美华工命运引人关注，"反美华工禁约文学"应运而生，其中一些出自旅美者的作品成为美国华文文学的"先声"。一是晚清诗人黄遵宪（1848—1905）1882年至

---

① ［美］麦礼谦：《从华侨到华人——二十世纪美国华人社会发展史》，三联书店（香港）有限公司1992年版，第1页。

1885年出任清政府驻美国旧金山总领事期间所作五言长诗《逐客篇》，另一是1905年在上海出版的小说《苦社会》，两者皆收入阿英编《反美华工禁约文学集》（1960，中华书局）。黄遵宪的身份是外交官，旅美时间约三年，对美国政府排华的来龙去脉了如指掌，又对华工在美国的种种屈辱感同身受。《逐客篇》真实记录了赴美华工"蓝缕启山林""丘墟变城郭"的历史功绩，充分揭露了清政府国力衰微（"呜呼民何辜，值此国运剥。轩顼五千年，到今国极弱。"）和美政府的自私偏见（"黄白红黑种，一律等土著。逮今不百年，食言曾不怍。"）是华工"无地容漂泊"厄运的根源。《苦社会》作者的具体身份不明，书前"漱石生"的序言中道，此书作者"以旅美之人，述旅美之事"，"书既成，航海递华"。全书48回，前22回讲述晚清社会底层民众生活的贫困、黑暗，华人在国内难以生存，被迫漂洋过海；中间12回讲述华人航海途中、登岸之后所受折磨痛苦；后14回转向对"禁约"处境中旧金山唐人街惊恐不安的生活的描述，华人的民族意识和政治意识开始觉醒。这两部作品的作者身份是否为旅美作家，还需要讨论，但作品题材、题旨等无疑都密切关联着旅美华工的生存经验，两部作品的旧金山背景也是美国华人移民最初的生存空间，这些都影响了日后美华文学的展开。

　　旅美华人为了谋生，开始从乡野迁往城镇，逐步形成自足生存的"唐人街"。1854年起在华人聚居的旧金山等地开始有美国人所办华文报纸《金山日闻录》[①]《东涯新录》《沙架免度新录》等华文报纸，1893年华人记者及编辑伍盘照创办于旧金山的《华美新报》（1900年更名为《中西日报》，发行至1951年）则成为华人在美洲所办影响最大的中文报纸，至20世纪初旧金山一地已有四家中文报纸和数份中文周刊。[②]这些报刊较为看重政治、宗教等内

---

　　①　美国麻省历史学会藏有1854年4月22日《金山日闻录》创刊号。

　　②　［美］尹晓煌：《美国华裔文学史》，徐颖果主译，南开大学出版社2006年版，第177页。

容，但也为华文文学的发展提供了最初空间。1870年前后美国华文报纸就刊发了表达异国思乡之情和海外华人社会的伦理道德的华文文学作品①，一种不同于中国本土文学的书写开始在美国本土出现。而1910年至1940年被囚禁于旧金山金门湾外天使岛的近20万华人，拘禁期间在居住木屋里刻留下百余首悲诉"应知国弱人心死""故乡远忆云山断"的诗词，成为美国本土上最早产生的一批华文作品。这些华文诗作1970年代被发现，1980年被华人历史专项项目组收集整理，后由华盛顿大学出版社出版，随即更有专门研究②，引起广泛关注。天使岛诗歌语境已完全是海外流徙的生活，所抒写的内容将漂洋过海而遭"囚困"的个人命运与故乡"国弱人心死"的历史困境对照、联系，囚禁的屈辱、思乡的情意、"雄心死不灰"的壮志，以及面临不知是否被遣返的前景而"应知悔此来""空劳精卫功"的情绪，交织成诗作丰富复杂的题旨。这些诗歌都最早保留了旅美华人的生命体验和谋生历史，艺术表达也有其深度，成为北美华文写作的一个重要源头。

　　几乎在同时，北美华文写作中开启了另一条重要线索，它发生于中美最早期的文化交流中。1878年，哈佛大学决定设立中文讲座的教席，晚清诗人戈鲲化（1838—1882，著有《人寿堂诗钞》等）被聘为哈佛大学第一位中文教师，于1879年抵美登上哈佛讲台。哈佛任教期间，戈鲲化自编中文教材《华质英文》（*Chinese Verseand Prose*）③，收录了戈鲲化自己的诗作15首，其中11首为抵美之后所作，均有英文译文和解释。在美期间，戈鲲化与哈佛大学、耶鲁大学等大学语言教师时有交往，并赠诗给他们（如写于1881年的

---

① 　［美］尹晓煌：《美国华裔文学史》，徐颖果主译，南开大学出版社2006年版，第179页。

② 　华裔学者麦礼谦、林小琴、杨月芳合著，中英文对照的《埃伦诗集：天使岛诗歌与华人移民历史　1910—1940》（华盛顿大学出版社出版）对天使岛木屋诗进行了整理、校勘和英文翻译、注释，成为学术界研究天使岛诗歌的主要依据。该书中文简体字本于2019年出版。

③ 　2000年江苏古籍出版社《戈鲲化集》收录此书。

《赠哈佛特书院罗马文掌教刘恩》《赠耶而书院华文掌教前驻中国使节卫廉士（三畏）》）。就时间而言，戈鲲化旅美写作的年代最早，他在美的文化活动被当时的美国学界视为来自中国的"交流智慧"，而他那些主要面向美国社会、民众的诗作自然开启了中国文化进入北美大陆的进程。

中美最早期的文化交流自然还有留学美国计划的展开。1847年留学美国、1854年成为美国耶鲁大学第一位中国毕业生的容闳，1867年建议清政府选派120名12岁至15岁优秀幼童出洋留学，分为4批，每批30人，学习的科目为"军政、步算、制造诸学"，1872年促成此事。容闳1902年返回美国后，用英文写成自传体作品《西学东渐记》（*My Life in China and America*，直译为"我在中国和美国的生活"），1909年在美国出版，而1915年就译成中文本，在中文读者中产生了重要影响，被视为20世纪中国的经典性文本。[①]全书22章，从幼年时代写起，记录了他留学美国、四次归国、参与晚清种种变革、直至戊戌变法的经历，真实反映了近代中国官方与民间、沿海和内陆的广大社会空间所发生的诸多变化，由此折射西学东渐的历史进程。值得关注的是，《西学东渐记》开启了中国知识分子海外语境中的北美写作。《西学东渐记》用英文写成，整个写作、出版过程都发生于20世纪初的美国，最初的读者也主要是西方读者。这些因素使得《西学东渐记》成为容闳作为海外中国知识分子向西方展示东方中国的窗口。它通过容闳个人的经历，让西方人看到，近代中西文化交流的潮流中，中国知识分子如何艰难谋求自强救国的道路，维新中国、变革中国的理想、信仰如何孕成于中国社会各个阶层……近代中国，第一次如此真切地走进了西方世界。从这个意义上说，

[①]　《西学东渐记》2011年被中国出版集团的"中国文库"收入出版。该文库的出版前言明言："'中国文库'主要收选20世纪以来我国出版的哲学社会科学研究、文学艺术创作、科学文化普及等方面的优秀著作。这些著作，对我国百余年来的政治、经济、文化和社会的发展产生过重大积极的影响，至今仍具有重要价值，是中国读者必读、必备的经典性、工具性名著。"

《西学东渐记》开启了中国近代文化向西方世界的传播，而它出自容闳这样一位在美国度过近四十年岁月、终老美国又始终没有放弃中国国籍的中国知识界人士之手，呼应着同一时代旅欧的陈季同等人的写作，也表明，晚清知识分子海外语境中的写作，对近代中国历史中发生的西学东渐潮流，作出了东学西渐的回应（陈季同等的回应更为鲜明、强烈）。

五四前后，从胡适、陈衡哲、冰心、梁实秋、许地山、闻一多到朱湘、林语堂、洪深等一大批中国青年知识分子留学美国，借西方之风，构建、丰富了萌生中的中国新文学。但留美学生学成后大都回国，他们关注的重点也使其跟美国华人华侨社会存在隔膜，其创作是一种留学背景下的中国新文学。美华文学的催生力量，仍主要在于美国华侨华人社会的变动。美华文学的第一个强盛势头是由二战期间华侨抗战文艺的兴起呈现出来的。在此期间，中美结成反法西斯同盟，美国华人积极参与美国反法西斯战争的表现（当时华人中的20%应征入伍），赢得了美国社会各阶层的赞誉，也使美国歧视华人的政策有根本性改变，"排华法案"最终于1943年撤销。在此期间，中国大陆（内地）的战祸也使大批华侨子弟移居美国，沟通了中国抗战文艺和美国反法西斯战争文学。林语堂旅居美国创作了有关中国抗战和旅美华人生活的作品，在美国社会引起强烈反响。在这种情况下，美华抗战文艺得以蓬勃发展。叱咤社（1937）、民铎社（1939）、芦烽话剧社（1940）、新文字研究会（1940）、联合救国宣传团（1942）、加省华侨青年救国团（1943）等二三十个美华抗日文艺团体在美国旧金山、纽约、洛杉矶等地广泛开展活动，盛极一时。美国本土上的华文文学概念就是在此时形成的。1942年，纽约华人成立华侨文化社，创办《华侨文阵》，这是美国第一份华文纯文学刊物。该刊物在1942年明确提出了跟中国大陆（内地）文艺有着区别的美国本地华人文艺的概念。[①]而在此前，《美洲华侨日报》（1940年创办于纽约）、《中美周报》（1942年创刊于纽约）等颇有影响的华文报刊都辟有副刊，刊发了相当数量的华文作品，作者多为华侨青年。这些作品"虽然大部分与中国和抗战有关，但间中也有采用华侨社会题材，描写华侨人物，甚至运用华侨辞汇的创作"[②]。这些构成了"美华文学"概念提出的创作背景。1945年1月和5月，美洲华侨青年文艺社和美洲华侨文艺社相继成立，成员众多。前者是美国本土第一个跨地区的华文文学组织，后者则创办《绿洲文艺》，但两者仍以"华侨文艺"自命，其身份认同仍在"华侨"。美国华文文学也以不同于中国文学的"华侨文学"的身份开始了自己的历程。

毗邻美国、国土面积世界第二的加拿大，20世纪人口最多时还未及3000万，其地大物博吸引着华人前往。华人去加拿大的历史可以追溯到18世纪后期澳门华人受雇抵达温哥华。1858年，加拿大菲沙河金矿的发现，开启了大批华人移民加拿大的历史，之后历经1880—1885年的太平洋铁路修建、1885—1923年的北加金矿开采，成千上万华人劳工进入加拿大。但从1923年至1947年，华人成为加拿大唯一拒绝接纳的族群。1947年，加拿大允许华人移民加入加拿大国籍。到20世纪末，加拿大华人增至80万人左右，主要居住在西岸的温哥华、亚伯达和东岸的多伦多等地。加拿大最早的华文报纸是创办于1903年的温哥华《日新报》，1899年则有了加拿大首家华文学校"乐群义塾"。1923年至1947年，加拿大全面禁止华人进入，不少华人被拘禁，其中也有人在拘禁场所墙壁留下诗文，但这些在加拿大完成的华文创作未得到保存、整理。1941年末的香港保卫战中，加拿人曾派出温尼伯榴弹兵团和皇

---

① ［美］麦礼谦：《从华侨到华人：二十世纪美国华人社会发展史》，三联书店（香港）有限公司1992年版，第319页。

② ［美］麦礼谦：《从华侨到华人：二十世纪美国华人社会发展史》，三联书店（香港）有限公司1992年版，第319页。

家加拿大来复枪团近2000名士兵参战，近半士兵阵亡，多少反映出加拿大与中国的关联，但这一历史很少被中国（香港）关注。中、加较长时间处于较为疏隔的状态。尽管加拿大华文教育、华文报刊的历史都已百年，但华文创作一直沉寂，甚至要到1980年代移民潮之后，加拿大华文文学才从零散变得聚合。

第二节　林语堂的海外创作

林语堂1919年至1922年留学美国哈佛大学。1936年8月，应赛珍珠邀请，林语堂全家由上海赴美，之后林语堂定居于纽约写作。在1966年迁居台北前的二十年中，林语堂绝大部分时间旅居美国，其创作是美国语境中的产物。他以双语写作，其英文重要作品都被翻译成中文，且在中文读者圈影响很大，成为第一个在中西读者中都产生广泛影响的华文作家。

林语堂赴美前，其第一本英文散文集《吾国与吾民》（1935）在当年美国畅销书目上名列首位。此书9章，介绍了中国人的性格、心灵、生活和文学艺术，其高远立意和广博知识交织融汇，在雅美的文笔、从容的叙述中将中国文化的丰富内涵——道出，也显示了林语堂沟通中西文化的努力。抗战全面爆发后，林语堂除在美国积极宣传抗日外，仍致力于弘扬中华民族文化。战时旅美写作奠定了林语堂在中国文学史上的地位。他一生的著述中，这一时期出版的作品数量最多，体式最广，颇多质量上乘之作（林语堂自述最喜爱的几部作品，如《京华烟云》《苏东坡传》等都写于这一时期）。这些文学作品不仅返回中国为人们熟知，而且直接进入了英语语种的文化消费圈，向西方读者传达了中华传统文化和中国人民现实生活的真实信息，并为西方读者广泛接受。

林语堂抗战时期的创作能被西方世界广泛接受，其原因是多方面的。林语堂的创作主张历来富有个性。异域写作的生活有可能使他不受国内社会、政治生活制约，在怀国思乡的心境和对母体文化的距离观照中获得一种蕴含着关于战争、民族、家园的忧患意识的创作视野。这种超脱了国内现实政治派别纷争而又联系着国家命运的海外创作视野，和林语堂向西方世界介绍以中国传统文化为代表的东方文化的旅美动机，促成了林语堂的旅美创作。1939年，林语堂完成了70万字的英文长篇小说《京华烟云》。当年在美国出版，1940年代在美国销售了25万册。1940年在上海、北平分别出版了中译本，并被改编成中文同名话剧刊出，之后又多次被提名为诺贝尔文学奖候选作品。这部小说的创作缘于林语堂欲为西方读者翻译《红楼梦》却"再三思虑而感此非其时也"，因为"《红楼梦》与现代中国距离太远"。所以，《京华烟云》虽是借描写北京城中姚、曾、牛三大家族的浮沉兴衰和三代人的悲欢离合来推崇道家文化，但小说"生死循环，新陈代谢，乃为至道"的题旨始终是结合现代中国的变迁和现代人生的体验而表现的，充溢着激昂向上的力量。小说褒扬姚氏、贬斥牛家的倾向明显。姚思安（又译姚思庵）顺乎自然、超脱礼俗的生活追求，其女姚木兰多好奇、爱梦想的生活态度，其婿孔立夫以老庄之道求得人性的复归，在小说中都有充分展示。姚思安家财万贯，儿孙满堂，但他无意于红尘的一切追求，喜欢"在生活上能贴近大自然的运行节奏"，恬淡自适。他的地位、经历，使他无法完全赞同新思想新事物，但他豁达大度，宽容明理。他最后散财埋名，云游四海，在对人生的"超脱"中享尽了人生乐趣。木兰也深得道家文化精髓。她嫁非所爱，但能从痛苦中重新求得心灵平衡。她运用巧思妙计帮助曼娘从丧夫之悲中解脱出来，办法就是顺乎自然想开去。夫妇生活的风波中，她的胸襟风度绝非一般女子可比。她始终保持一种初到人世的对美的敏锐感受力。衣食住行，她处处能从中发现诗意，而其中返璞归真为最美。而姚家的对立面牛家父子不断追求功名富贵，结果遭万人唾骂，也为道家人所耻笑。整部小说又以姚木兰由富家女子成为山村农妇的两次"解脱"为主线。这种艺术构思和描写反映出林语堂对道家文化的审视点在于道家文化对中华民族生活态度、审美意识、情感方式的积极影响上。

尽管《京华烟云》无法摆脱道家哲学同二十世纪三四十年代中国现实发生的深刻冲突，因而使小说在将人物形象塑造为道家精神的载体时出现某种程度的意念化，但小说谈老庄的主导情感是积极向上。整部《京华烟云》分《道家的女儿》《庭园悲剧》《秋之歌》三部，分别借庄子之语做了三个题目：何谓"道"，道之用，道之盛衰盈亏。而其中的"生死循环，新陈代谢"的"至道"始终结合着现代人生的体验。例如，小说中几次写到曾文璞手绢里的那块甲骨、姚木兰童年珍爱的玉石小动物和她同孔立夫登泰山时见到的秦始皇无字碑，这些意象深层蕴藏的，正是庄子哲学所探寻的人类心灵深处最深沉、最古老的忧患和最迫切、最现实的希望：对于自由与永恒的渴望和对死亡与渺小的悲哀。而木兰在女儿阿满为国捐躯后，终于开始悟到人永恒存在于民族或更大的集体中，"她觉得中国也是如此，老的叶子一片一片地掉了。新芽儿已然长起来，精力足，希望大"。《京华烟云》在谈及道家的养生、知足、无为时，对其可能派生的和平哲学及对改革的麻木冷漠都有扬弃，反映出战争中的一种警惕；对道家"达观"而产生的自由意识、傲骨精神等的表现，也都置于废帝制、立共和、抗倭寇的背景上。

《京华烟云》作为一部首先在西方出版的小说，较成功地借鉴了《红楼梦》。小说中明显呼应着大观园的姚宅静宜园，焚诗稿殉情的红玉也活脱脱对应着林黛玉。这些相似又非刻意模仿，而是结合着现代中国生活的体验。比如，姚家二女儿莫愁世俗的智慧、传统的贤淑，从礼合节、顺世明理的言谈举止，"安分随时""藏愚""守拙"的处世为人方式，甚至其驯夫术（其夫孔立夫是个激进的改革派），其对待兄弟体仁（一个薛蟠式的纨绔子弟）的态度，都有薛宝钗的投影，但她少有薛宝钗那种"冷"的气质，矜持自制下蕴藏着炽热的情感，她的守旧在时代潮流中也有变化。小说蛛网式的结构，层层剥笋、水到渠成的写人笔法，精微细腻的细节、环境描写，百科全书式的社会文化、风土习俗、山光水色的描写，都有着地地道道的"红楼家教"。

林语堂1941年出版了他的第二部长篇小说《风声鹤唳》，描写七七事变后姚思安的孙子姚博雅和一个经历奇特、复杂的女子崔梅玲之间的故事。小说从道家文化转向了佛教文化，但由于作者创作时强烈的"为国作宣传"的念头，男女主人公的活动都被直接置于抗日烽火之中，佛教文化的文学诠释也直接联系于抗日战争。崔梅玲误入陷阱，被爱国志士和汉奸集团同时追捕，后在佛教红十字会老彭的感化下成了救助难民的"观音姐姐"。个人主义者的姚博雅也"为友舍命"，牺牲在抗日战场上。这部小说在美国的反响远不如《京华烟云》。这也说明了，《京华烟云》的话语方式更符合林语堂的创作个性和他此时的创作心态，也更适应西方世界了解中国的文化需求。

战时旅美期间，最成功地体现了林语堂"对西方人讲中国文化"的写作旨意的是1937年出版的《生活的艺术》。此书在美国印行40版以上，在英、法、德、丹麦、瑞典、西班牙、葡萄牙、荷兰等国也畅销三四十年而不衰，而此书中译本则于1940年在上海出版。林语堂说，写这本书"我要表现中国人的观点……我只想表现一种为中国最优越最睿智的哲人们所知道，并且在他们的民间智慧和文学里表现出来的人生观和事物观"[1]。全书从儒家的伦理观念和道家的处世态度出发，立足于东西文化的比较，用潇洒空灵的散文笔调，深入浅出，清新自然地讲述中国人日常生活中"对人生和自然的高度诗意感觉性"和乐天知命的"达观"，并从中呈现中西文化的差异及它们的精神。由此林语堂获得美国三所大学的荣誉博士学位。

---

[1]　林语堂：《生活的艺术》，黄嘉德译，"民国丛书"第二编第65册，上海书店1990年版，第1页。

　　林语堂1940年代旅美期间另一引人注目之作是历史人物传记《苏东坡传》（创作于1945年，英文版出于1947年，中译本出于1970年代）。林语堂仍从他偏爱的"幽默"出发，将苏东坡写成一位深悟儒、道、释文化精义的"快活天才"，借苏东坡在贬谪黄州、流放海南的困境中，既不失道义上的浩然之气，又善于在超脱中享尽人生乐趣，写出了"道地的中国人的气质"。林语堂笔下的苏东坡不仅反映了他考察、表现历史的独特视角和方式，也包含了战争环境中一部分中国人的生存体验。全书写得晓畅通达，苏东坡本事和诗文穿插自如，叙述情趣盎然。林语堂此时期还出版有《孔子的智慧》《啼笑皆非》等著述，都表现出向西方世界传播中国文化的价值取向。

　　林语堂强烈的文化意识使他的旅美创作更多地作为一种文化品格而存在。即便在民族存亡的危急关头，林语堂也较少有（并非没有）民族斗士的姿态，而仍较多具有文化使者的意味。抗战期间，林语堂两度短暂回国，但最终旅美，便是这种选择的结果。他战时旅美创作呈现出来的强烈的回归传统的意识，却脱却了传统文化的沉重负荷，也少了现实郁闷感。无论是《苏东坡传》一类的历史诠释，还是《京华烟云》一类的现实观照，都有在中国作家创作中绝少的西方浪漫主义的超然、洒脱和个体生命自由状态中的卓然独行。这正是其海外写作的结果。

　　林语堂创作于1948年的长篇小说《唐人街》也是具有文学史意义的一部小说。作为第一部描写唐人街华人人生的作品，《唐人街》开拓了20世纪海外华文文学重要母题，呈现了中华传统的异域生命力。作品以祖籍广东的汤姆在美国胼手胝足的创业历程来观照中华传统文化。比如"面子"是《唐人街》中多次写到的，但往往不是取国内作家的批判视角，而是充分意识到"面子"对中国人而言的复杂含义。如对于汤姆的母亲冯太太而言"面子"是指"任何一个人，包括她自己，都不能做出使家庭蒙羞的事。她在中国有这种想法，在美国也如此"，而不让家庭蒙羞，最重要的就是"节俭""勤劳"。这样，"面子"包含了令西方人折服的中国人的品性。《唐人街》中的老杜洛更是中华文化异域形态的一种象征，他终生研读中国古文，其"精明而又充满智慧"，好像"已阅历了中国三千年的历史"。他以宽容善良之心对待暴力排华的美国人，并坚信"硬的松脆的东西迟早都会破裂，但柔软的东西仍然存在"。这种沉默的乃至可怕的忍耐力，恰是异乡华人的生命力。在对汤姆的妹妹伊娃、汤姆的女友艾丝的描写中，《唐人街》更是呈现了中国文化跟西方文化的差异无法消弭但却可以互补共处的奇妙魅力。《唐人街》中的华人在艰辛苦难中透出的乐观自信乃至欢乐，正是林语堂此时对民族生活基调的深刻体悟，也是他对中西方文化进行异域解读的最好诠释。

林语堂创作又一贡献是他提供了"对话式，或称娓语体、闲谈体"[①]的成熟形式。在五四至1930年代中国现代散文中，鲁迅、胡适等人的作品为代表的启蒙体，郭沫若、郁达夫等人的作品为代表的自语体，是散文的主导形体。尽管《论语》时期，林语堂的文风已视作者、读者是"老友"，自觉追求"以谈话腔调入文"，但这种文体的真正成熟，则是在其海外创作中。林语堂一直到《八十自叙》中，才胸有成竹地回顾说："我创出一种风格。这种风格的秘诀就是把读者引为知己，向他说真心话，就犹如对老朋友畅所欲言毫不避讳一样。所有我写的书都有这个特点，自有其魔力。"[②]海外写作使娓语体这种构成双向心灵交流的文体更能满足读者（包括西方读者）的需求。林语堂文化使者而非民族斗士的身份确认使他的海外写作更适合运用娓语体，而他将娓语体引入散文（如《生活的艺术》）、小说（如《京华烟云》）、人物传记（如《苏东坡传》）等各种体裁中，使之成为心灵自由的

---

① 王兆胜：《心灵的对语——论林语堂的文体模式》，《海南师院学报》1999年第1期。

② 林语堂：《八十自叙》，张振玉译，（台湾）德华出版社1977年版，第113页。

充分释放，成为对人性、文化尊重的最好载体。娓语体由此成为林语堂包容心理、雍容气质、闲散心灵的融合。而这种娓语体也使得西方读者易于消除接受中国文化时的心理障碍，在轻松的阅读氛围中接受包括生活艺术在内的中国文化，从而实现了"对西方／东方二元对立的最深刻的消解"。

第三节 欧洲华文文学的发生和陈季同、盛成、蒋彝等的创作

欧洲华文文学（简称欧华文学）是指发生在欧洲这一地理空间的汉语文学，以旅居欧洲的华人作家为写作主体。世界华文文学版图中，东南亚、北美、欧洲是三个华文文学历史已有（近）百年而各有特色的版块。欧华文学的独特性在于它在语种最多样、文化传统悠久的西方大洲，既富有建设性地参与了五四新文学传统的形成、发展，更极具创造性地开启、推进了中华文化传统的现代性转换。它让中西方文化从未有过地接近，从而对中华文化的海外传播、走向世界做出了最富有实绩也最有世界性影响的贡献。

欧华文学已有百余年历史，大致可分二战结束前、二战后至1970年代、1980年代后三个时期。西欧国家从19世纪末中国留欧学生计划实施开始就有华文文学萌芽，一战期间中国劳工赴欧洲战场也促使欧华文学发生；北欧国家则迟至1970年代后，中国大陆（内地）、台湾及香港的中国人移民北欧后产生华文文学；东欧国家则在1980年代后，中国大陆（内地）移民进入后产生华文文学。整个欧华文学没有东南亚华文文学在殖民统治时期和民族国家独立以后承受的族群冲突、民族压迫而带来的文化压力，也无美国一度实行歧视华人法案而造成的艰难境地，赴欧留学移民的历史展开得一向较为和缓、平和。此种影响下的欧华文学也一直体现出长远平和的文化走向。

19世纪后期中国官方就有留欧学生计划的实施，民间留学的一个重要去向也指向欧洲，加上中国政府驻欧使节的文化活动，形成中国文化进入欧洲

的潮流。此潮流中的陈季同成为第一位创作有成的旅欧作家。他的创作极为自觉地呈现、表达中国传统的主流文化，但也表现出种种现代性的变革，由此开启了欧华文学的序幕。到了二十世纪二三十年代，赴欧的学者，包括徐志摩、老舍、巴金、林徽因、苏雪林、艾青、傅雷、朱自清、朱光潜、钱锺书、郑振铎、宗白华、戴望舒、许地山、冯至、季羡林等在内的旅欧中国作家，后来均成为中国现代文学运动的重要成员。此时期的旅欧作家基本上都在学有所成后回国，他们虽有异域创作的作品，其作品却很难归于海外华文文学，很大程度上是留欧背景下的中国现代文学创作。但值得关注的是，他们全身心地融入世界文化潮流而又能较为自然地与中国文化传统连接的创作姿态，极大地影响了日后的欧华文学。一方面，跟留学日本的情况不同，留学欧洲的传统一开始就未完全卷入晚清以来汲取外来资源"速强制胜"的社会潮流，而是看重民族文化的长远建设；西方民主、自由的观念又逐步被排斥于中国国情选择的社会解放道路之外，只能较多地呼应人性理想、形象意识等层面；中西文化的根本差异也使作家将关注的重点放在文化营养的汲取上。另一方面，欧洲本身在文化上既多样又融合，一些国家往往通用几种语言。例如在当下欧华文学中占有重要位置的瑞士（目前欧洲覆盖国家最多的欧华作家协会由瑞士籍华人作家赵淑侠发起，两任会长也都为瑞士华人作家）有4种官方（应用）语言——德语、法语、意大利语及罗曼什语，英语应用也很广泛。多语言环境对外来文化较易接纳，而且跟20世纪初日本"鄙视"中国文化传统的社会氛围不同，欧美社会对悠久的中国文化传统有着仰慕、神往，"东方文化救世论"盛行于一部分欧洲知识分子中，挑战前人的反叛意识，使一些欧洲作家力图借助中国文化传统来建构新的美学境界。这样一种环境也使旅欧作家的中国文化背景在汲取异域文化时仍得到了较从容的展开。例如，1920年代留学欧洲的盛成结识了法国大诗人瓦雷里（Paul Valery，当时梁宗岱译为"梵乐希"），这位法国院士深居简出，但却极友善地接待盛成，甚至借以钱款。1928年，盛成"宣传中国民族的文化"的法语小说《我的母亲》出版，瓦雷里亲笔为之作序，一时轰动欧美文坛，《我的母亲》也随之被译成各种文字出版。盛成回国前夕，瓦雷里特设盛宴为其饯行，法国文学界泰斗纪德、克劳代尔等都光临宴席，此种礼遇反映了这些欧洲大作家对《我的母亲》所代表的中国文化传统的敬仰、崇重。而盛成当时成为聚合了阿拉贡、艾吕雅、布鲁东、毕加索等大家的法国"达达主义"运动的东方成员，因此可以直接从超现实主义的源头汲取养分；他执教于柏林大学时（1927），却讲授以《易经》为代表的中国古代哲学。正是在此后，他完成了长篇纪实小说《我的母亲》，在讲述生身母亲身世及其困难的一生中表达了其"万象归一"的文化情结。盛成当时在欧洲出版的多部作品可以代表接受中国古典文化传统而又经受五四文化洗礼的旅欧作家在一种双向交流的文化环境中所达到的创作境界，而这有利于华文作家完成中西诗艺的融合。

所以，在五四前后留学且成名的许多旅欧中国作家身上，东西文化多表现为较平和自然的交融，他们对异域文化的借鉴，少有群体的价值预设，而多是个性的生命感知，即使是"误读"，也往往是个体的"误读"。中西文化冲突即使在具体作家创作经历中产生过难以融入的精神苦痛，但对整个民族新文学而言，却是一种长远平和的蜕变。

由此也可以看出，欧华文学参与了中国五四文学传统的建构，却不同于东南亚华文文学一开始就在社会意识层面上引入了五四新文化感时忧国的传统。欧华作家虽然不乏感时忧国之责任感，但更看重文学本分——自由之思想、独立之人格，因而较多地潜心艺术、学术，展开的是平和悠长的文化建设。他们的这种努力，使得包括五四在内的中华文化传统与西方文化的对话得以成功展开。五四前后旅欧作家开拓的这一传统，一直影响着日后的欧华文学，甚至决定了欧华文学的基本走向。而晚清的陈季同、五四时期的盛成、1930年代的蒋彝，作为早期欧华文学中的成就卓著者，最先体现了这一创作走向。

一

欧华文学的序幕开启于晚清民初。其开启者是晚清外交官陈季同（1852—1907）。本书下编有专节介绍陈季同的海外写作如何开启了中华文化的欧洲传播，而对于海外华文文学而言，陈季同创作更重要的意义在于开启了海外语境中的汉语创作。

所谓"海外语境中的创作"是指作品创作目的、产生过程、传播影响等都不同于我们所熟知的如郁达夫、巴金、老舍等有海外经历的作家创作的海外背景的作品，"海外"成为作品创作、传播最重要的语境。这大致有两类情况。一是晚清后不同时期，其身份始终是中国文化人的创作者较长时间居留海外并进行创作。其写作动机往往并非参与中国国内的思想启蒙、变革救亡等社会潮流，创作常常发生在跨文化对话之中，作品面向海外读者，世界由此了解中国现当代文学的发生、发展。其中文版本返回中国后，参与中国现当代文学的进程。代表者有晚清的陈季同、五四时期的盛成、三四十年代的林语堂和熊式一等。二是第一代移民中加入外国国籍的创作者。从身份而言，他们已属于居留国，但其前期创作往往完成于中国，加入外国国籍后，继续汉语创作，或双语创作。以居留国语言创作的作品会以中文版本进入中文读者的文学生活，影响、参与中国现当代文学进程。代表者有战后的程抱一、1980年代后的高行健和哈金等。他们的创作都可以视为中国的"旅外文学"，与中国现当代文学关系密切，甚至就是中国现当代文学的重要组成部分。陈季同的创作，就成为中国现代文学的重要起点。

晚清民初的文学变革，将小说推向文坛的中心，成为中国现代文学史上发生的重要事件。而此时身处欧洲的陈季同在与法国文化界的广泛交流中意识到"不可妄自尊大，自命为独一无二的文学之邦"，"非奋力前进，不能竞存"，①由此产生了中国文学"要勉力的"是"不要局于一国的文学，嚣然自足，该推扩而参加世界的文学"的强烈愿望，为此，"非把我们文学上相传的习惯改革不可，不但成见要破除，连方式都要变换"。这种打开了世界视野的现代意识，直接推动陈季同自觉突破中国文学"只守定诗古文词的几种体格，做发抒思想情绪的正鹄，领域很狭"的传统，进入到西方"重视"而"我们又鄙夷不屑"的"小说戏曲"领域。②于是，有了他1890年在法国出版的中篇小说《黄衫客传奇》，也有了他1904年在上海出版的"中国独幕轻喜剧"《英勇的爱》。无论是在中国现代小说领域，还是中国现代戏剧领域，陈季同都提供了"第一部"。陈季同的小说、剧本当时虽未在中国国内产生影响，但欧洲读者正是通过他的小说、戏剧得以知道一种新的文学在古老中国诞生。就是说，陈季同的创作向世界宣告了一种新的中国文学的诞生，也让日后的中国现代文学史得以发现19世纪末的中国作家在叙事文学上开拓的新局面。

陈季同当年曾经谈到小说"这类文学在中国并不太受重视"，他甚至不了解"小说是什么"。他恰恰是从法国文学中发现小说就是用"千差万别"的"形式"重新处理"过去发生在缓慢的驿车上的故事"。③《黄衫客传奇》就是陈季同用新形式处理《霍小玉传》这一唐代传奇故事的创作。陈季同十分钟爱甚至偏爱中国古典文化。但在海外语境的写作中，他又自觉意识到不能仅仅出于"明显的爱国主义"而向西方展示"非常好的中国事物"。④他创

---

① 曾朴：《曾先生答书》，见胡适：《胡适文存三集》，亚东图书馆1930年版，第1129页。

② 曾朴：《曾先生答书》，见胡适：《胡适文存三集》，亚东图书馆1930年版，第1131页。

③ 陈季同：《巴黎印象记》，段映虹译，广西师范大学出版社2006年版，第137—141页。

④ 陈季同：《吾国》，李华川译，广西师范大学出版社2006年版，第120页。

作《黄衫客传奇》，仍以传播中国文化为己任，所以对4000字左右的《霍小玉传》进行了大幅度的改写，将其扩充为一部300多页的现代小说，将负情郎李益改写成痴情而善良的读书人，最终与他挚爱的小玉相会于另一个世界，由此展示"东方世界""古老中国"美好的人情。而为了让李益始终对小玉怀有深情却又造成小玉身亡的悲剧结果合理而可信，小说情节始终围绕李益的内心世界展开。从小说开篇，李益的内心就处于"想要而又放弃"的冲突中，他往往"决定向右走"，但"最终却选择了向左走"，"高贵慷慨的性格也包含软弱和惰性的成分"，不断地"陷入与自我的斗争之中"。在奉母命而成婚、被逼婚后走马上任等需要他决断的人生关键时刻，他都"好像有另一个像自己的人"替他做出了悲剧性的选择，他的一生最终成为"内心阻断决断"的悲剧人生。而小说从心理分析的角度展现中国传统伦理悲剧的发生，深刻揭露了封建家族伦理对个人生命的摧残。小说由此体现出的心理刻画的内容、深度、方法，都达到了中国文学的新高度。

陈季同一向视风俗为一个民族文化之根本，他认为"人被风俗所制约，就像按照万有引力定律，未来人类在宇宙中的生存无法离开天空一样"[1]。《黄衫客传奇》当年也被法国评论界称赞为"以一种清晰而富于想象力的方式描绘了他的同胞的生活习俗"[2]。小说情节的展开和人物命运的推进中，中国传统习俗，从建筑、书画等艺术，到节庆、婚典等礼俗，处处呈现出中国人的生活观念和日常生趣，也巧妙传呈现出中国的社会、家庭结构。陈季同曾为法国作家潘若思的长篇小说《珠江传奇》作序，称赞这部讲述中国广东江湖传奇的小说出于法国人笔下，却"于中华风上、律法、政治、教化颇能详焉"，其叙事又能"虚中写实，幻里传真"，"使阅者如历中土，如履

---

① 陈季同：《吾国》，李华川译，广西师范大学出版社2006年版，第16页。

② 陈季同：《黄衫客传奇》附录一，李华川译，人民文学出版社2010年版，第118页。

羊城"。陈季同认为，小说能如此，是因为作者讲述中国（东方），"不杂己意"，而能"设身处地"，"善体人情"，"使中西文字融会贯通"。陈季同甚至为此发出"谁谓天下非一家哉？"的感叹。[①]而当陈季同向欧洲读者讲述中国故事时，他也会设身处地从接受者的角度思考如何讲述自己国家的传统，追求中西文字融会贯通。这样一种追求，使陈季同小说的叙事语言浸染在古典汉语的诗意中，这与欧化白话文小说割裂与古典诗语联系的情况不同。《黄衫客传奇》中，从李益第一次去城东金山岛寺院见小玉时，他所见的松林红瓦充满生命的"愉悦"，到最终蓝天暖阳下，李益随小玉飘然而去，每一个场景都有着丰盈的抒情意味，令人想到中国古典文学"超文类的抒情传统"。例如原先《霍小玉传》中只出现了一次的"黄衫客"，其来历不清；而在《黄衫客传奇》中清楚交代其为霍小玉家族的"保护神"，且出现了四次，每次出现，都是在男女主人公命运转折的关键时刻，以人物梦境般的感觉（幻觉）发生，呈现出主人公的内心世界。李益与小玉初次见面时，画幅上栩栩如生的黄衫客以柔和而悲伤的目光注视着李益，而小玉母亲郑夫人的笑语"如果对不起小玉，他会找您算账的"，连同画像让李益心里隐隐感到"可怕"，在暗示男女主人公的悲剧命运中，表明李益一开始内心就陷入了个人爱情与家族伦理的矛盾冲突中。李益回家，在被迫成婚之际，恍惚中又见到黄衫客那张"曾经微笑着的面容凝结着可怕的怨恨"，并用弓箭瞄向自己，让李益猛然意识到自己的软弱、惰性已铸成大错，无法摆脱悲惨的结局。小玉得知李益背弃誓言，一度对李益充满怨恨。她小睡中，见到黄衫客带来李益，豁然打开心扉，临终前与情人和解。而此时李益仿佛又看到黄衫客，引领他来到郑府，终于在小玉离世之际见到了她。黄衫客最后一次出现，是在"妈妈失去了孩子，丈夫失去了爱妻"的最悲痛时刻，"太阳

---

① 李华川：《陈季同编年事辑》，见李华川：《晚清一个外交官的文化历程》，北京大学出版社2004年版，第193页。

将一大块白云变成平缓的银色山峰", 李益在幻觉中看到"黄衫客从天上飘然而落, 小玉跟他在一起", 李益在小玉温情款款的微笑中随之而去。两人无法在现实中冲破封建伦理的阻隔, 但心灵终于在另一个世界相会。黄衫客形象的虚幻性, 来自男女主人公内心的情感追求和生活想象, 这种中国古典抒情意味也散发出西方读者熟悉的命运的神秘感和生活的梦幻气息。

陈季同是在中国古典诗语与现代法文"相遇"的思维中完成《黄衫客传奇》的, 中西文化交流的自觉意识决定了他对古典汉语诗意的保存和对现代法文资源的汲取。《黄衫客传奇》以主人公心灵的历程来结构全篇, 人物的心理刻画、悲剧命运都在意象丰富、描绘精细的语言中完成, 远远超过了同时期的中国小说。其中文译本语言的优美、典雅尽管有着译者创造力的因素, 但译者也认为是陈季同的原著提供了五四前后难得一见的小说佳作。中国现代小说, 就是在《黄衫客传奇》既充分汲取西方现代小说营养又不割断与中国古典诗语的联系中拉开了序幕, 不仅显示出"中国与海外"的文学新格局, 而且以对语言(文体)的寻求开启了中国文学现代化进程。

陈季同的《巴黎印象记》(1891, 原书全名为《一个中国人描绘的巴黎人》)作为其唯一域外题材的作品, 开启了近现代中国域外游记的一个重要端绪, 其"旨在引领欧洲读者进入一个中国人的头脑深处", 看看欧洲的"奇异景象会使一个来自中央之国的人产生什么样的想法",[①]就是说, 描述异域风土人情、历史现实使一个中国旅欧者有心灵上的"唤醒"、情感的共鸣, 由此让法国人了解中国文化, 才是作者写域外题材的目的。这使得《巴黎印象记》不同于近代以来主要面向中国国内读者的域外游记, 而成为"东学西渐"的又一文本。"中国独幕轻喜剧"《英勇的爱》(1904)则是陈季同最后一本法文著作, 远早于被称为"新剧"的中国现代话剧的出现, 以西

---

① 陈季同:《巴黎印象记·序言》, 段映虹译, 广西师范大学出版社2006年版, 第1页。

方轻喜剧形式，表现中国传统的婚姻和家庭生活，表达了对中国传统守节女子命运的关怀，揭示了完全社会道德化的家庭婚姻生活对个人存在的忽视。

陈季同的小说、游记、剧本创作，从思想内容，到表现形式，都破除了"我们文学上相传的习惯"，而与世界文学潮流有所"一致了"，[1]从而开启了"中国与海外"的民族文学新格局。而他写作中发挥的平和、谦恭和宽容的中华传统，超越国家、民族之间一时剑拔弩张的对峙，进入久远而开阔的文化对话。其平朴、从容的海外写作经验拉开了欧华文学的序幕。

二

盛成（1899—1996，江苏仪征人）是继陈季同之后，又一位可视为欧华文学开拓者的作家。盛成作为辛亥革命、五四运动的参与者，于1919年末，以"五四运动嫡系的延续"（勤工俭学）[2]的身份来到欧洲，留学法国，前后旅居欧洲的时间长达二十余年。他是第一位双语写作产生重要影响的中国作家，而他归国时期的活动，也始终处于跨文化语境中。例如他1947年后在台湾的十八年中，任教于台湾大学、文化大学等高校，同时讲授孔孟荀哲学和西洋政治思想史等中西课程，而其笔耕不辍，既将中国古典名著（《易经》《老残游记》等）译成法文，或以法语创作诗集，在法国出版；又将欧洲文学名著（但丁、巴尔扎克、瓦雷里等人作品）译成汉语，或以中文撰写诸多中西比较研究著述，在中国多地出版。盛成的写作和文化活动，在欧洲产生了广泛影响，他由此获得法国总统所颁的法国荣誉骑士勋章。所有这一切，都让我们可以将他视为欧华文学的又一位先行者。

---

① 曾朴：《曾先生答书》，见胡适：《胡适文存三集》，亚东图书馆1930年版，第1131页。

② 盛成：《海外工读十年纪实》再版序言，《盛成文集·纪实文学卷》，安徽文艺出版社1998年版，第144页。

　　盛成的第一部作品是长篇纪实小说《我的母亲》（1928），百万册的销量，16种文字的译本，20多种文字的评论，迄今仍是法国高校文科的必读名著……这些都表明，它是五四后在欧洲影响最大的一部中国新文学作品。《我的母亲》的中文版由盛成自己执笔，1935年在上海出版。《我的母亲》开篇引用"梁惠王问：'天下恶乎定？'孟子答：'定于一！'"，并表明，"人类是一体，人道无二用"，"各种人有各种人的文化"，却"仍不能不归于一"，即实现"人"的彻底解放。而"因世界现势，非提倡民族意识，不足以图存，更无新文化之可言"。[①]这些都反映出盛成所接受的古典传统与五四文化的双重影响，成为他旅欧写作的出发点和最终归宿。

　　《我的母亲》是"拿一位最可爱与最柔和的母亲，来在全人类底面前，做全民族的代表"，写出"中国的本来面目"，不仅是以"人人有的""母亲"和"人人受的""母教"来向世界展示中华民族的性格、历史和命运，由此（天下母亲的"归一"）来探求人类的"大同"、世界的"归一"，也是要突破"中国家族制度，向重父系，不重母系"的历史局限，以母亲"人中之至情者"坚韧、智慧的一生表现包括五四在内的中国近现代历史的巨大变革，呈现中国民间强韧的生命力。[②]全书以"返魂梅"（母亲故乡仪征东门外准提庵里一棵一本五干、两度复活的千年古梅）为中心意象，讲述母亲生命力顽强的一生。母亲年幼时渴望"梅儿自然长，花儿自然放"，成年后始终与"弯枝""曲本"摧残女性、无视生命的封建礼教抗争，在"做人"的一生中表现出极其强韧的生命力，反封建、尊人性的五四精神在"返魂梅"所映现的日常化叙事中得到鲜明表现。

---

　　①　盛成：《我的母亲》叙言，《盛成文集·纪实文学卷·我的母亲》，安徽文艺出版社1998年版，叙言第1—3页。

　　②　盛成：《我的母亲》叙言，《盛成文集·纪实文学卷·我的母亲》，安徽文艺出版社1998年版，叙言第2—5页。

《我的母亲》始终着笔于母亲的家事，却鲜明映现出中国近现代历史的风云。盛成写母亲的柔笔将晚清风云变幻中的政治变革，慈禧太后、袁世凯、张勋等政治人物的沉浮，中国自鸦片战争后五十年的历史，与母亲一家的家事，故乡的礼仪习俗、风土人情，都活泼、率真地交织在一起，其写法就是"常借家事喻国事，而又隐切世界各国之一切政治"，有着"精心妙绪"。[①]例如，母亲平素对子女所言往往是以妇人持家之言喻天下治国之理，其口中、眼中的家事国事，与人的尊严、对社会的公平的维护和追求密切关联，写活了一个中国传统妇人朴真的家事如何回应晚清民初风起云涌的社会变革。这种写法让欧洲民众真切感受到近现代中国正在发生的巨大变革。

盛成写作《我的母亲》之前，曾去拜访当年法国最负盛名的作家瓦雷里，瓦雷里对他说过两句话："我生平极爱写实的作品。""不要用华丽的文章来写，愈真率愈妙！"[②]同陈季同一样，盛成有极为自觉的跨文化意识，如何通过母亲的形象让法国民众了解中国是他考虑最多的问题。瓦雷里的建议显然极大影响了《我的母亲》叙事语言的风格，盛成也就以平实朴正的语言写出母亲的天性和经历。《我的母亲》的叙事口语化、生活化，民间性强。述及母亲的生活时，就用母亲的亲口述说，亲切中呈现出民间语言的丰富。终结一章题为《青山训》，更是记录了母亲生前对儿女常说的话，共80余条。这些家训饱含慈母爱意，更引导子女成人做事，将整部作品的叙事推向高潮。《青山训》中，母亲曾发问："何以有许多知书识字的人，往往会误了自己的子女，弄成新不新，旧不旧；高不成，低不就！"这一发问，恰是母亲含辛茹苦抚养子女中日夜思虑的。而在《青山训》中，她也回答了这一问题。她对子女费尽心力照料，"家里这几年来，弄得山穷水尽"，"把

---

① 万叶：《中国少年海外立志者之成功史》，《上海时报》1928年7月27日，转引自盛成：《海外工读十年纪实》，中华书局1932年版，第265页。

② 盛成：《海外工读十年纪实》，中华书局1932年版，第231页。

好的让你们，好让你们成人，做大事"，然而，"你们下代的事，你们自己作主"。"我服事上人，仍依老规矩。我待你们，依新规矩，只要你们把新规矩告诉我，我都依着去行。"这样一种母亲胸怀，足以让子女在新旧变革的年代把握自己，造福社会。在五四前后那个时代风云变化多端的年代，母亲常说："你们现在以为我不懂国家大事，国家还不是同人家一样，得人就好，不得人就坏么。""私争私斗，不顾大局，如何得见太平世界。""我没有私亲、没有私产、没有私见，所以我对得起天地鬼神，还有甚么对不起你们。"这些朴素见解包含的真知灼见，恰恰是日后儿女们报效国家、社会的久远之道。而母亲的为人处世，又有力地引导着儿女们投入五四新潮："做人要做仁人！要做君子人！""饿肚子的人，给他饭吃。""受苦的人，拿心去安慰他。""我遇着苦人，才能谈得到一起。"①一个生活在传统中的母亲，其朴真的人生观却如此应合五四的变革主张。整部《我的母亲》在这样一种"母训"中结束，也是将叙事语言的民间口语化、生活性充分凸显了。

民间性深层次话语，始终是中国现代小说最重要的语言资源。而在海外语境中的创作，叙事语言的民间口语化，往往联系着作家语言原乡的建构，作家会通过对故乡记忆中的生活口语的感受、体验，建构他的语言原乡，安放他的异域心灵。《我的母亲》保持民间语言的原汁原味。一是让人物回归到最原朴的层面。母亲始终以最素朴无饰的方式生活，其一生与中国近现代历史风云密切相连，言语却摆脱"官话"的一切影响。其善良、强韧、从容、乐观等，都非作为作者意图宣扬的理想人格，而是作为中国民间的生存品格展开。二是沉潜至人物内心，找到人物单纯而丰富、朴素而深厚的话语方式：少有地简约，没有采用方言写作，但剔除了一切赘余，通篇是人物最

---

① 　盛成：《盛成文集·纪实文学卷·我的母亲》，安徽文艺出版社1998年版，第135—139页。

单纯也最本真的言语、动作。人物也就全然由地方习俗熏陶出来。1928年的《我的母亲》，呈现了海外语境中的中国小说看重、开掘叙事语言的民间资源的努力。

盛成二十世纪二三十年代旅欧出版的纪实文学还有《海外工读十年纪实》和《意国留踪记》。前者记叙作者在欧洲勤工俭学十年的经历，并"借英、法、德、意、俄、土、埃及、印度为镜，直照出中国的本来面目"①。后者作为讲述1922年"我"转学到意大利后的经历的作品，是盛成上世纪二三十年代创作中写得最好的一部作品，它"化合了神曲和十日谈的体裁"，杂糅了游记、随笔、诗歌、小说等各种写法，由此对"欧洲精神"的介绍成为一个亲历五四运动的中国青年深刻的"内心的介绍"②，从而进一步在走近欧洲中焕发出五四"人的解放"的精神。这两本书与《我的母亲》一样，当年都有了法文、中文版本（盛成在法国出版的作品集还有《东方与西方》《归一与体合》等），盛成开启了同一部作品的双语创作，密切联系了中国文学与海外华文文学。

三

1930年代在欧洲以一种特殊的写作方式表现出包括五四新文化在内的中国文化"东学西进"的是蒋彝（1903—1977）1937年在英国出版的《湖区画记》，这是他日后海外生涯中总共出版了13本的"哑行者画记"系列的第一本。蒋彝年少时便学习诗词绘画，时逢中国近代时局大变，社会黑暗，胸中抱负难以施展，便于1933年赴英国伦敦大学学习政治学，本计划学成归国一展宏图，却在世界局势等种种影响下继续旅居海外。在英生活二十二年后，

---

① 盛成：《我的母亲》叙言，《盛成文集·纪实文学卷·我的母亲》，安徽文艺出版社1998年版，叙言第3页。

② 盛成：《意国留踪记》，中华书局1937年版，卷头语。

他于1955年又移居美国生活二十二年。从早先的《伦敦画记》《牛津画记》《爱丁堡画记》，到后来的《日本画记》《旧金山画记》《巴黎画记》和《波士顿画记》等，蒋彝始终立足于东方行者的审美视野，充分发掘中国诗画丰富的艺术资源，将写意、工笔、白描等绘画技法与游记创作巧妙糅合，同时将图画、诗歌、书法融合，以横贯中西的笔触解读西方的风景、建筑等风物的特色，呈现一个中国旅欧者眼中的西方。"画记"这一文图互释下诗、书、画同构的作品，成为早期欧华文学中独异的艺术创造。

蒋彝幼年时便对绘画颇有兴趣，12岁时，"开始认真地跟着父亲学习绘画"，逐渐"了解中国绘画的历史和一些名画家的轶事"。①这不仅为他后来的绘画奠定了深厚的艺术功底，而且激发了他诗、书、画同构创作灵感的产生，使他自觉地在文图互释的创作思路下营造出具有东方特色的诗画意境，并以此来描绘西方国度的自然山水。《湖区画记》记录了蒋彝游历英国湖区瓦斯特湖、德韵特湖、八德连湖等7个湖泊所见的胜景和观景感受。全书共配有12幅插图，皆为蒋彝自己的画作，每篇文章均有一两则中国书法的题字，亦是出自蒋彝之手。在绘画的技巧上，蒋彝沿袭了中国传统水墨画的风格，借助毛笔"不同的运笔速度及水墨量"，"可在宣纸上画出光和影"。②"蒋彝是少数试图以传统的中国艺术形式表现西方世界的先驱，而'哑行者'系列也证明，他所试验的技法与题材都具扩张性"，因而"他是最大胆且富原创性的作家之一"。③这种"以传统的中国艺术形式表现西方世界"的思路正是蒋彝融合了诗人、画家、书法家的三重身份，并通过水墨图画的介入、古体诗歌的创作以及中文书法的起承转合，使作品统一在文本层面，继而在视

---

① 郑达：《西行画记——蒋彝传》，商务印书馆2012年版，第17页。

② 郑达：《湖区画记》前言，见蒋彝：《湖区画记》，朱凤莲译，上海人民出版社2010年版，第9页。

③ 郑达：《湖区画记》前言，见蒋彝：《湖区画记》，朱凤莲译，上海人民出版社2010年版，第10页。

觉观感上呈现出诗、书、画同构的东方意境，完成了文图互释下以东方笔触书写西方见闻的异乡人札记。

例如《瓦斯特湖》一文中，蒋彝记录了自己抵达沃斯谷山岬后的印象和感受，生动描写了晨雾笼罩下的瓦斯特湖景观。在极目远眺中，作者只见尽头处雾霭缭绕，四周看不见山峦，也不见其他屋子，"细雨微光中，远处白茫茫的海洋映衬着两侧阴郁的树丛"，使作者"不禁想起惠斯勒的画作"，这与文中的水墨图画相得益彰。图画中，毛笔的黑墨涂抹出远山依稀的轮廓和近处的"苍郁小树林"，中间则以中国山水画的留白技法勾勒出大片白色湖面，描绘了细雨中瓦斯特湖水宁静无波的景象。[1]在黑墨与留白的衔接处，作者自然地运用浅墨进行渲染，赋予了整个画面微雨朦胧的诗情画意，极具中国传统山水画的古典风格。加之下文中作者在描写狂风骤雨时以诗入文，对自然展开古典的抒情，采用五言古体诗描述自己的所见："一山高嵬峣，笑挟白云入。清游遭天忌，狂雨来何急。倚石自悠然，不知衣袂湿。"[2]诗歌既在游记的正文中，同时又被作者按照中国书法的体式重复地写于该文段之后，使得诗歌与书法浑然一体。诗歌的横写与书法的竖列排版，尽管构成了形式上的对照，却在内容上体现了统一的旨归，蕴含着陶渊明"采菊东篱下，悠然见南山"的田园况味。加之篇末的图画《瓦斯特湖畔的宜人午后》对自然进行摹写，画中重峦叠嶂，小屋和林木依山傍水，营造了清新质朴、悠然自得的意境。这与先前诗歌、书法中的"倚石自悠然"遥相呼应，促进了文图内容和风格的互释、互动，展现了诗、书、画同构的东方意境。与此类似，在《湖区画记》的其他游记中，蒋彝均将水墨画、诗歌、书法融为一体，不断地进行以中国艺术形式诠释西方自然风景的艺术尝试，在文图互释

---

① 蒋彝：《湖区画记》，朱凤莲译，上海人民出版社2010年版，第32—34页。

② 蒋彝：《湖区画记》，朱凤莲译，上海人民出版社2010年版，第56页。

的过程中探寻中西审美感知的共通性。

《湖区画记》不仅向西方世界传播了中国传统诗、书、画同构的东方意境，也体现了五四新文化思想在欧洲的发展。蒋彝是在1918年参加学校组织的一战胜利庆祝游行活动、高呼口号"庆贺世界和平"、欢唱《和平之歌》（"战争的结束，标志着整个中国新意识的开始"）之际，"开始对政治、现代社会表示关注"的。①上大学时，"科学救国"学说盛行，蒋彝未听家人的建议选择文学专业，而是毅然选择了化学专业。由于接触到了新的思想理念和科学文化知识，大学时代成为他人生中的重要时期，引发了他的"社会和政治的意识，以及对国家前途的深切关注"②。旅欧后，欧洲的局部战争、中国故土的反侵略战争，乃至第二次世界大战的全面爆发，不断地冲击着蒋彝的民族观念，使其突破了出国前守一族之安定、保一国之昌盛的民族主义思想，继而转向更为开阔的全球性视域，即以艺术的普世价值化解种族歧视、打破对立、缓解冲突、汇通各民族共同情感的世界主义。这一观念的转向成为他文图创作的核心题旨，流露在游记的字里行间，表达了对民族身份、伦理道德的深刻思考，把握住了战争时期东西交汇下的艺术共鸣。

1936年，蒋彝的湖区之行前四天，西班牙内战爆发，其湖区的游览难免笼罩在对战争的忧虑中。面对湖水中的游鱼，蒋彝忍不住发问："你们也在种族、国籍、语言或所谓的'文化与文明'间画出界线吗？"③对世界各民族共处前景和人类命运前途的担忧总是萦绕在蒋彝的心头，潜藏于他闲赏山水的豁达背后，奠定了游记隐而不彰的忧患基调。但这种忧思随即又在自然山水的宁静风貌中消散，使人在古典诗歌的婉转静好中获得心灵的恩藉。在他看来，"人类的文化感情和思想世界，决不会因为战争的破坏而受到改

---

① 郑达：《西行画记——蒋彝传》，商务印书馆2012年版，第26页。
② 郑达：《西行画记——蒋彝传》，商务印书馆2012年版，第28页。
③ 蒋彝：《湖区画记》，朱凤莲译，上海人民出版社2010年版，第93页。

变"①。因此，蒋彝的文图创作不仅是文学作品在形式上的现代试验，还是他自中国远行至海外后反思战争而由民族主义转向世界主义的观念流变的体现，也是他试图缓和民族矛盾、突破种族界限的艺术探寻，寄托了以文化的认同和情感的共鸣维持世界和平的美好宏愿。

《湖区画记》中的《瓦斯特湖》一篇，作者借助图画《大陡岩山对面云雾缭绕的岩坡》中的自然景观，抒发了自然面貌相同而人类不同的感慨。图画中山峦与云雾和谐统一，这与作者理想的人类相处状态相呼应，从而暗示了水墨画的象征内涵，拓展了文图互译在情感写意层面的深度。而在《伦敦画记》中，作者开篇的献词便直指文本的思想精义，既表达了对兄长的敬意和缅怀，又寄蕴着文学艺术抚慰创伤的普世意义，因而作者在献词中写道："同时献给，1938年7月25日，敌寇入侵我家乡九江的日子。"②而在《风雨中的伦敦》一文中，当作者感受到风雨的哀怨时，不免联想到托马斯·哈代诗歌中被沉重心事压抑的人们，继而联想到来自祖国和欧洲的战争消息，对时局的忧虑成为压在他心头的重荷，喷涌成笔下磅礴的诗篇："胸中块垒总难平，谁挽银河洗甲兵？天亦如人多变化，时晴时雨不分明。"这首诗与文中嵌入的书法前后呼应，随着书法字体的由大到小，诗人的抒情也渐入尾声，其难平的心绪在短暂的宣泄之后亦得到了舒缓，整个书法作品构成图画的同时，又与诗歌的情感暗自契合，使得文章从诗、书内容的简单对应层递到诗、画情感的复杂糅合，展现了文图互译下文学作为艺术载体所具备的排遣忧思的普世功用。在《牛津画记》中，《羞怯的容颜》一文记叙了作者游历港口草原时的所思所感，生动、形象地刻画了马和牛"共享同一片草地"、欢快嬉戏、活力充沛的和谐情态。特别是当作者走进马群附近的石南

---

① 郑达：《西行画记——蒋彝传》，商务印书馆2012年版，第189页。

② 蒋彝：《伦敦画记》，阮叔梅译，上海人民出版社2010年版，献词页。

树丛，发现"每匹马都有自己的独特个性，有些安详地小口吃草，有些漫无目的地小跑步，有些则仍成列地相互追逐"。①文字的传神描写照应了文中《港口草原的秋天》这一图画。画面中草原宽广，水流静谧，树木掩映，牛马雀跃，一幅闲适散漫的秋日牛马图跃然纸上，与清新自然的文字共同营造了文图互译的和谐意境。但作者的思绪并不止于此，而是延伸到对港口草原昔日英国内战场景的想象上，延伸到对餐桌上、马背上的"大人物们"的想象上。在蒋彝看来，从古至今，腐败君王的身边从不缺乏热衷权力的知识分子，他们的虚荣心和野心早已吞没他们的仁爱道德，使他们对权力趋之若鹜。尽管蒋彝坦言自己也不能摆脱这类知识分子的支配，但他仍然拒绝在乎任何"主义"，因为他所倡导的是一种"生命的正直品格"。因此，他认为"人不是为了个人或国家的利益而存在，应该为了全人类的福祉而活"。作者从眼前的和谐画面出发，想象、审视了战争与和平的历史演变，在作品中直言不讳地表达了其世界主义的主张，灌注了其对民族界限与道德伦理的终极思考，展现了其试图立足于人类命运共同体的高度，深刻挖掘个体自身的价值的意图。激昂的议论之后，作者的语调又回归了先前的平静，补充叙说了"轰炸机飞过之后，这儿仍是如此安详"，②同时，再次呼应了图画中流露的和谐宁静，点明了文图互译的深刻意涵，"在目前的战争中，艺术发挥很大的作用，它提供慰藉，无论是前方沐血奋战的英勇将士，还是后方夜以继日全力以赴的民众"③。而图画和文学作为艺术的载体，正是在世界主义视野的引领下，促进了文图互译的创作实践，昭示了人类未来命运的和平走向，沟通了全球性潮流下中西文化乃至世界各族情感。

蒋彝旅居海外四十余年，其"哑行者画记"系列在风格上东西并蓄，内

① 蒋彝：《牛津画记》，罗漪文、罗丽如译，上海人民出版社2010年版，第170—173页。
② 蒋彝：《牛津画记》，罗漪文、罗丽如译，上海人民出版社2010年版，第175—176页。
③ 郑达：《西行画记——蒋彝传》，商务印书馆2012年版，第193页。

容题材包罗万象，其将绘画、诗歌、书法熔于一炉的创作模式，拓展了以中国艺术形式诠释西方人情风物的深度和广度，展现了全球性视域下文图互释、文图互译的独特思路。在文图创作的过程中，蒋彝始终立足于东方行者的审美视野，充分汲取中国诗画传统丰富的艺术资源，运用写意、工笔、白描等绘画技法，为游记嵌入相适相配的图画；同时，在文章中撰写大量的中国古典诗歌，并承袭中国书法的体式，插入题字，透过东方的观感，准确地诠释了西方的特质，自觉营造了文图互释下诗、书、画同构的东方意境。在战争的历史语境下，蒋彝既在作品中深刻体察了民族身份、伦理道德在全球性视域下的价值选择，又在不断的旅外异乡书写中，借助文图呼应的视觉经验，探寻民族主义立场向世界主义观念的转变，向西方世界展示了五四新文化影响下的一代在海外的精神面貌。

第三章　战后东南亚华文文学

　　战后（海外华文文学的"战后"是指1945年第二次世界大战结束后到二十世纪七八十年代）海外华文文学在东南亚、北美、欧洲多个地区展开，而东南亚华文文学生存、发展最重要的背景是东南亚华侨社会向华人社会的转换。

　　东南亚华侨在二战中经历了东南亚各国被日军占领的痛苦，加深了对居住国的"家园"情感，他们深深体会到："华人必须抛弃固有的移民思想，关心居留地的政治经济，并和其他民族共同建立一个独立自主的国家，以避免遭受另一次被侵略，被掠夺的灾难。"①战后东南亚各国开始了各自争取民族独立、建设现代国家的历史进程，促进了东南亚各国华侨社会向华人社会转换并进而共处于各国国民社会中。但这一过程也显得较为艰难，传统的华侨意识一时难以被取代。例如，1948年2月，马来亚联邦成立，而在当时《南侨日报》主办的"马来亚未来政制华侨民意的测验"中，95.6%的人选择"双重国籍"，表明华人在国家认同上仍处于彷徨中。②这使得东南亚华侨在各国

---

　　①　林水檺、骆静山合编：《马来西亚华人史》，马来西亚"留台"校友会联合总会1984年版，第87页。

　　②　林水檺、骆静山合编：《马来西亚华人史》，马来西亚"留台"校友会联合总会1984年版，第101页。

社会的现代转型中处于不利的地位，加上政治意识形态等因素，华侨与中国的关系也会影响（损害）到华侨在居留国的权益，包括文化权益。

1960年代初，唐君毅在《中华民族之花果飘零》一文中提出了"灵根自植"的文化主张，即海外华人凭借自己的力量种植中华文明的"灵根"，培育壮大中华文化传统之道。该文对近百年中不同社会制度、国家架构的海外各地区华人落地生根的艰辛历程及其现状进行了总结，海外华人让同一种源头的中华文化在不同地域、社会中各凭"灵根"，自成传统，在丰富中华文化的现实形态中传承民族文化传统，在各地各国独立自足形成"中华性"。余英时1960年代也提出，以"民族文化"这一"今天世界上最坚强的精神力量"超越"某种共同的阶级意识"和"某一特殊的政治理想"，[1]以此作为中华文化重建的重要课题。东南亚华人正是在"被迫离开我熟识的空间和文化的中心而流徙到外国的时候，这份对中国的固执的爱，忽然升华为一种无比的力量……更清澈地认识到中国深层文化的美学形态和这形态所能……复活的民族风范"[2]，这成为他们在居留国生存、发展的巨大精神力量。他们逐步超越包含强烈的现代民族国家意识和密切联系着现实中国政治、经济、军事等层面变化的"中国性"，在融入当地社会中形成主要表现为精神、伦理、审美情感等文化层面的中华文化的"在地"传统，以各国华人自己的方式与世界文学（包括所在国其他文学）对话、沟通，这构成战后东南亚华文文学最重要的背景。

---

① 余英时：《试论中国文化的重建问题》，见余英时：《中国思想传统的现代诠释》，江苏人民出版社1989年版，第51页。

② 叶维廉：《母亲，你是中国最根深的力量》，见陶然主编：《香港当代作家作品合集选·散文卷》（下册），（香港）明报月刊出版社、（新加坡）青年书局2011年版，第338页。

第一节 战后马华文学的现实主义格局和韦晕等的创作

马来亚独立前，新加坡有着重要地位，大部分马华文学活动集中于新加坡。等到1957年马来亚联邦独立、定都于吉隆坡后，马华文学活动的重心有所转移，马华文学史跟新华文学史有了明显区别。到1965年新、马分家，马华文学史从马来亚华文文学史演变为马来西亚华文文学史，其文学活动在新加坡以外的大马地区（包括沙巴、沙捞越）展开，但新、马两国华文作家之间仍有密切联系。

战后马来亚的局势复杂。华人在抗日卫马斗争中的贡献，战后一度得到英国殖民当局的承认，英国在实施马来亚联邦的计划之初也认为应给予华人与马来人平等的权利。但随后在日益高涨的马来民族政治情绪的压力下，英殖民当局通过了对非马来族显得严峻和苛刻的法律条文。1957年马来亚独立时所草拟的宪章，更是确认马来人永久性的特权，马来语为国语。而马华社会缺乏应变的政治经验，一些政治领袖人物过分关注中国国共斗争，而对本地政治相对淡漠，加上与马共合作政策的失败，马华社会在仓促应变中实际上丧失了部分参政的权利，尤其在教育体制和语言制度方面受到或潜或显的不平等对待。1951年起，马来亚华校从三年级起强制教授巫文，五年级起强制教授英文，华校所用史地课本的内容也侧重马来亚和亚洲，目的在于养成学生"效忠马来亚"的"马来亚观念"，但政府并未实行如印尼那样具有法律约束的同化政策。这促进了华人对马来亚的认同，但华人社会也处于严重挤压之中。华文教育受到严重损害，华文生存空间缩小，但华文文学仍在生存、发展。

1948年，马华文坛发生了一场在建立马华文学本土传统上既有开拓意义又带有过渡色彩的论争。论争双方"马华文艺派"和"侨民文艺派"之间的主要分歧在于现实主义"本土化"：后者坚持"马华文艺乃中国文艺的一支流",甚至主张建立"中华文艺联合会马来亚分会"来领导马华文坛；[①]前者则认为"马来亚要求独立，马来亚的华人要做独立国的主人，马华文艺自然没有理由不独立发展，没有理由追随中国文学的路向"[②]。这场论争实际上是当时马来亚华人社会双重国籍民众心态的反映。在马来亚联合邦已成立的1948年，95.6%的华人仍然支持双重国籍，表明华人社会正处于一种过渡状态。而在这场论争中，远在香港的郭沫若和夏衍在《文艺生活》分别发表题为《申述"马华化"问题的意见》和《马华文艺试论》的文章，都认为马来亚华人应"负起对中国及马来亚的双重任务"，马华文艺对马来亚的现实和中国的现实都应该加以表现。这种意见正是把握了当时马华社会华人的社会心态。但论争最终肯定了马华文学建立本地传统的历史趋势，表明战后马华文学开始了新历程。这种新历程，一方面表现为南来作家群创作模式的蜕变：中国社会的沧桑变化、中华人文的悠悠历史，在其创作中逐步 "退"而成为一种背景、一种潜在影响，马来西亚社会圈内人的情感逐渐主导其对创作对象的体验。另一方面，本土作家群在血缘、地缘交织的文化环境中崛起，他们的创作浸染于既有传统的独立性又开始融入南洋自然地理环境的马华社会，而中华文化作为他们个体生命开始前就埋藏着的集体血脉，也或隐或显地影响着他们从现时的地域文化中提取什么。这两种创作都延续了马华文学的现实主义传统，而与马来亚现实的密切联系加深了这种传统。

战后马华文学最先产生影响的是小说家姚紫（1920—1982，1947年南来新加坡），他的小说《秀子姑娘》1949年连载于《南洋商报》，随即出版单行本，一个月3版，售数达16000册，一时成为文坛新闻。小说讲述1940年代后期的南洋战地，出身军人世家的日本女俘秀子同俘虏营姚主任之间一段

---

① 米军：《向马华文艺界建议》，（马来西亚）《星洲日报·晨星》1947年2月24日。

② 方修：《战后马华文学史初稿》，马来西亚华校董事联合会总会1987年版，第75页。

哀婉的爱情纠葛，以爱情与政治、尽忠天皇与渴望和平的尖锐冲突，惊心动魄地揭示了"人类需要的是什么？人类不需要的又是什么？"之后，他共出版了16种小说集。在战后初期、1950年代反黄运动期间、五六十年代新马独立自治运动时期、1960年代马来亚独立时期，姚紫的小说都留下了重要的印记。其中的历史反思除了充满民族意识外，更多地交织了对人性的思考。例如曾被译成英文发表于伦敦杂志的《窝浪拉里》，就容纳了深广的人性思考。小说描写荷兰女子兰娜在日军入侵南洋后做了阶下囚，但其殖民心理故态依旧，她出逃丛林，被一个化名"窝浪拉里"的华人所救，继而相爱。而当她重新恢复地位后，便又以殖民者的傲慢、偏见鄙夷窝浪拉里。如同《秀子姑娘》一样，小说构筑了多对富有张力的人物关系，在南洋殖民历史和战争现实的背景下，入骨剖析了人类自欺、虚荣等弱点，尤其将殖民性格中的阶级因素和人性根源融于一体，在对立冲突而又有着内在联系的张力关系中引人深思。

姚紫的小说多写女性，且侧重开掘她们的情感世界，被误解为"向色情生活方面找题材"[①]。事实上，姚紫的小说较早脱出了战前马华小说社会写实的格局，他选择、提炼的女性形象往往历史负荷沉重、人性层面复杂、人生经历传奇，其命运中包含的历史思索既与南洋历史变迁息息相关，又有对人类命运的关怀。尤其是秀子、兰娜一类有着殖民烙印的女性形象的塑造，在马华文学史上更有意义和价值。姚紫的华文功底深厚，文笔清脱，直接描绘女性的外形内神时，婉曲微妙中有其清纯。

战后马华的南来作家中，最重要的当推韦晕（1913—1996，原名区文庄，祖籍山东，生于香港）。他1930年代曾在沈从文主编的《国闻周报》（天津）和叶灵凤主编的《文艺画报》发表小说，1937年南来后在郁达夫主

---

① 方修：《战后马华文学史初稿》，马来西亚华校董事联合会总会1987年版，第104页。

编的《星洲日报》副刊《晨星》开始发表作品，此后以"上官孓"的笔名在诸多报刊发表小说，成为当时马华小说界发表作品最多的一个，但作品主要内容还是中国故乡生活。二战后，他的创作更多表现地道的南洋生活，而他一生15种作品集有8种出版于1956年至1962年。长篇小说《浅滩》（1960）以李金辉、张铎两个家庭在南洋土地迥异的人生沉浮，集中呈现了战后1950年代马华社会的巨大变动。历史场景展开中，人物众多，角色各异，头家、财副、社团秘书、教员、记者、绅士、地痞、女佣、弃妇、风尘女子……卑微崇高交织，沉沦奋起互见，呈现出马华社会政治、经济、教育领域的风云，"颇有大河小说的浑厚气概"①。 中篇小说《还乡愿》（1958）对于老番客老东的漂泊心态、孤独境地有深刻刻画，他始终怀念家乡的晚熟荔枝，看不起南洋红毛丹，但"一生韭菜命，长些就得割，长些就得割"，终生"抛妻别子"， "一条咸水草当腰带，十多年来仍旧是一条咸水草……"浑浑噩噩过日子， "小时一条龙，大来一条虫"，最终客死异乡。小说多视角的叙事摄录下了从日据时期到战后马来社会边缘群体的丰富历史面影。他众多的短篇小说题材多样，表现手法也多姿多彩，而作者对其笔下人物的体察则有一种悲天悯人的博大胸怀。 如《使徒行传外记》呈现弃儿士提劳从"兜售圣经的基督徒"变成"被诅咒为魔鬼的疤面人"的经历，而作品以一位善者（沙里亚）的眼光写出"恶"（士提劳）与"恶"（卡尔门）的对峙，确实比一般善恶二元对立的现实主义小说模式更能引起读者深入思考。《白区来的消息》描写梁牛因马来社会"剿共"而家毁人亡的悲剧，在紧急法令的社会环境中展示被社会遗弃者的复杂心理。《他乡》将南洋、北美、中国香港、中国内地的多种空间交织在一起，虽仍用写实手法，但人物命运的开放性结局突破了现实主义"悬念"的设置，呈现了多重漂泊中的"他乡"的丰富意

---

① ［马来西亚］林水檺、何启良、何国忠等编：《马来西亚华人史新编》第三册，马来西亚中华大会堂总会1998年版，第305—306页。

味。在这些小说里，华、巫、印等多族群都被纳入叙事视野，而福建话、音译马来文等都被运用于叙事语言中，反映出马华文学与马来亚土地日益密切的联系。

韦晕1950年代的小说就被视为"马来西亚华裔的'扎根文学'"[①]。《乌鸦港上黄昏》的发表时间是1952年，文末却用马来人的伊斯兰教纪年"伊历1373年"和华族的"春、暮"两者并置的年月时间，由此传达两个民族友好相处、共同建设马来亚国家的愿望。小说讲述华族老渔夫伙金在马来渔民沙立夫冒死相救行为感召下对娇妻奸情的宽恕，有着作家一贯的对人性弱点的悲悯。日军占领南洋时，五旬老番客伙金以五千军票买得年轻的南洋女子阿珠，使他竟然有了这样的念头："不是鬼子来了，阿珠那小妮子会跟自己一起么？"一个"过番了三十把年头"的老渔翁完全以自己个人的得失作为判断是非的标准，当他发现阿珠有情人时，怒不可遏地要处置妻子。暴雨之夜，海上遇险，受沙立夫相救，他死里逃生，这使他第一次在异邦尝到了别种民族给自己生命的温暖。这种温暖让他最终在黑暗中扔掉了手中复仇的巴冷刀。小说富有热带风情格调的习俗、场景描写在闽南语与马来语的自然交织中更让人感受到友族和善相处的希望。韦晕的其他小说也传达出这种强烈的愿望，如《春汛》《旧地》都讲述华人和异族的婚恋所发生的悲剧，发出冲破种族隔阂的强烈呼声，充盈着对马来亚土地的归属感和对国家的认同感。韦晕创作视域的兼容性也非常明显，战后马华文学界很少有人如他那样把作品写得那样富有热带风情格调，也很少有人像他那样在写实中从容自如地融入现代小说技巧。《小记黄昏镇》讲述一个人称"黑蜘蛛"的理发女和印度人孟加里染病后使小镇变成"死镇"的故事。那华族龙泉肉骨茶铺、印族"罗知真乃"餐馆的习俗极为真切，而全篇心理镜头反复转换，组接极

---

① 1991年韦晕获第二届"马华文学奖"评委会评语。

为流畅。《寄泊站》对夜色海雾中老舵手、小船工的漂泊生活描写得真切逼人，仿佛闻得见海风之腥，而船停泊于不属任何一方管辖的礁丛中的构思则使小说成为海外移民精神漂泊的一则寓言。1991年，韦晕获得第二届"马华文学奖"（此奖由众多马来西亚华人团体联合设立于1989年，被视为马华文学最高奖），评委认为他的作品具有"强烈的马来西亚本土意识和鲜明的地方色彩"，"不但有坚实的内容，而且表现技巧与手法多姿多彩"，成为"马华文学的一个标志"。而就创作方法而言，韦晕的创作表明马华文学"源自五四新文学传统以来那种感时忧国的写实主义到了60年代应已臻于顶点"[①]。

最早四届"马华文学奖"的另外三位得主方北方、姚拓、云里风的创作也在六七十年代前后达到各自的巅峰状态。

方北方（1918—2008，原名方作斌，生于广东惠来）1928年南来马来亚，其创作在1990年代末遭到了黄锦树等新生代作家的严峻挑战，但"在马华文坛，提起方北方，他永远是一个令人肃然起敬的老作家"[②]。他1930年代就开始发表作品，先后出有31种作品集。中篇小说《娘惹与峇峇》（1954）曾被译成日文在东京出版。该小说通过林娘惹及其儿孙居于"番腔十足"的峇峇文化圈内，受到多种文化的巨大压力而产生的分化，写出了华人文化认同的变迁史。小说以林细峇对"我"的讲述，展现了1910年代至1950年代，一家三代（李天福、林峇峇、林细峇）的变化所面临的社会文化环境。李天福因贫贱而入赘富有的林娘惹家，生活的艰难磨损了他年轻时的朝气，无论作为丈夫还是父亲，都显得低三下四；儿子林峇峇完全西化，沉迷酒色，日军占领马来亚时，他甚至为日本人所利用开设赌馆以赚钱；林细峇则在接受

---

① ［马来西亚］林水檺、何启良、何国忠等编：《马来西亚华人史新编》第三册，马来西亚中华大会堂总会1998年版，第302页。

② 《长者的风范》，（马来西亚）《蕉风》第452期（1993年1、2月）。

了良好的华文教育后，成为一名思想开明、刚直有为的新青年，于大是大非有铮铮铁骨，于人伦亲情有柔肠真意。很显然，这样一种三代人命运的设计，使得小说的题旨重在批判殖民教育而倡导华文教育。被称为"马华文坛第一套长篇三部曲"的《迟亮的早晨》（1957）、《刹那的正午》（1967）和《幻灭的黄昏》（1978）描写1937年到1949年中国大陆（内地）上一群热血青年的经历，其中包含有借中国大陆（内地）题材思考马华命运之意。他后来所写"马来亚三部曲"（《树大根深》《枝荣叶茂》《花飘果堕》）"是气魄宏伟的一部有关华人在大马的开拓史诗"[1]。小说表现出"文学是经国的大业"的观念，其写作方法也引起了质疑[2]。

姚拓（1922—2009，原名姚天平，河南巩义人。1950年移居香港）1957年从香港移居马来亚，他在吉隆坡主持的《学生周报》和《蕉风》（马来西亚出版时间最长的华文刊物）大力倡导现代主义文学，但他的5种小说集却是现实主义之作。他1960年代前的小说，其"故事的背景多数是在中国"。但此后的小说，"故事内容完全以马来西亚为背景"。姚拓将血缘亲族的乡土情结、同一祖先的文化认同感与更广阔的、非地缘关系的人性相亲之情融合，这使得他所写的《德牛哥与德中嫂》《二表哥》《弯弯的岸壁》都"水准奇高"，"令人读后铭心刻骨"。[3]《姚拓小说选》所收12篇作品皆写马来亚生活，几乎篇篇带有既缘于汉民族历史生活也染有华人身居异邦的现实境遇色彩的喜剧风格，《义务媒人》《降头》等都表现出华人在生活的沉重感中拥有的幽默财富。

---

① ［马来西亚］林水檺、何启良、何国忠等编：《马来西亚华人史新编》第三册，马来西亚中华大会堂总会1998年版，第280页。

② 可参阅黄万华《新马百年华文小说史》（山东文艺出版社1999年）第126—132页有关方北方小说的内容。

③ ［马来西亚］林水檺、何启良、何国忠等编：《马来西亚华人史新编》第三册，马来西亚中华大会堂总会1998年版，第285页。

姚拓的散文多写乡土情怀，《美丽的童年》（1962）吸引马华读者的恰恰是"描述了一个较为遥远可却充满跟热带的蕉风椰雨不同的世界"[①]。他的5种戏剧集也多改编自中国文学作品，或改写中国古典题材，"创作水准相当高"[②]。姚拓的创作表明，在南洋土地上保存、传播故土文化，仍有可能是保持马华文学生命力的一个重要方面。

云里风（1933—2018，原名陈春德，1949年从中国福建移居马来亚）也在1950年代开始发表作品。他的小说集《望子成龙》《相逢怨》在1970年代率先被译成马来文出版，马来语文学界称赞其为"华族生活的忠实写照"。其创作也脱胎于马华文学的现实主义传统，现实批判性强，塑造了一系列栩栩如生的马来亚华人形象。"马华文学奖"的头四位得主都系南来作家，反映出1970年代前的马华文学跟中国新文学传统的密切联系。

南来作家中，除了"马华文学奖"四得主外，丘絮絮（1909—1967，1950年代出有9种小说集和多种诗集、散文集）的学府小说、于沫我（1915—1983，出有小说集9种）的商界小说、李汝琳（1914—1991，1947年南来新加坡，曾编过《新马文艺丛书》36种、《南方文丛》12种、《新马戏剧丛书》6种）的政治小说，都是战后马华文学有影响的创作，开启了日后新马小说的一些重要流脉。杏影（1912—1967）的随笔、连士升（1907—1973）的人物传记、钟祺（1928—1970，1947年南来，1950年代出有诗集《自然的颂歌》《土地的话》）赞颂自然的诗作、周粲（1934— ，出有作品集80余种，1950年代出有诗集《孩子的梦》《青春》等）以童心直觉感知世界的诗作（他后来的儿童文学创作两度获"新加坡书籍奖"）等，也都是战后马华文学不同

---

① ［马来西亚］林水檺、何启良、何国忠等编：《马来西亚华人史新编》第三册，马来西亚中华大会堂总会1998年版，第288页。

② ［马来西亚］林水檺、何启良、何国忠等编：《马来西亚华人史新编》第三册，马来西亚中华大会堂总会1998年版，第289页。

领域的重要开拓。其他南来作家中，力匡、常夫、陈容子、黄崖、黄思聘等都在这一时期发表或出版了各自创作中最重要的作品，其中不少来自香港，反映出此时香港文学与南洋文学的密切联系。南来作家群借鉴化用五四新文学传统而构成马华小说本土传统的重要进程，给日后的马华文学留下了丰富的历史启迪。

1955年左右，新马本土作家群创作自成格局的局面大致形成，他们的杰出代表是和姚紫、韦晕一起被称为"现实主义文坛三剑客"的苗秀（1920—1980，1934年开始发表作品，出有小说集十余种）。他的小说被译成英、日、俄多种语言出版，是第一位显示了马华小说的成熟形态并产生了国际影响的小说家。苗秀早期小说《新加坡屋顶下》（1952）、《旅愁》（1953）、《第十六个》（1955）就生动呈现了构成南洋华文小说特殊色、味的热带城市的风土习俗和生活在其中的华人的历史命运、心灵世界，常以契诃夫"含泪的微笑"的笔调成功刻画华人社会底层人物，被视为战后"小说本土化"的最早成果。中篇小说《新加坡屋顶下》（1952）中的扒手陈万"盗亦有道"，他仗义为贵威嫂偿还高利贷，又数次帮风尘女子赛赛渡过难关。短篇小说集《旅愁》（1953）中的诸多小人物在凄风苦雨的社会环境中也都不失操守、理想。后来的长篇小说《残夜行》（1978），同样真挚描写了下等妓女叶莎莉生活于日寇蹂躏的沉沉黑夜中，却始终不泯向往自由、追求光明之心；她的心灵、言行影响了周围的人，就连"头房阿娟"雪菲也在风尘滚打中明了民族大义，于危急时刻掩护了抗日志士。

苗秀称得上马华文学中上竭力刻画"马来亚这个殖民社会的历史动态"的第一人。他的很多小说被置于1941年日寇入侵南洋这一悲壮的时代背景下，深入至这历史风云中华人的精神世界。长篇小说《火浪》（1960）描写华人知识分子在兵临城下的危急局势中的磨难、分化，直逼人物性格、心理的写法生动呈现出梅挺秀、姚红雪等人义无反顾地将生命交给反侵略战争的

凛然正气和夏财副、林玲等人在畏惧和坚强之间的心灵搏斗，张来等人则在动摇、彷徨中毁灭了青春。中篇小说《小城忧郁》（1962）以挚爱妹妹的哥哥忍痛阻隔妹妹和她暗恋之人的爱情的悲剧写出了日寇铁蹄蹂躏下人民不屈的抗争。1992—1994年，中国社会科学院外国文学研究所和重庆出版社合作出版"世界反法西斯文学书系"，收入的新加坡华文小说仅苗秀和姚紫两人的作品。苗秀的文学活动一直主要在新加坡，1971年他因为创作成绩卓著而获新加坡共和国公共服务勋章。

居于大马彭亨州的原上草（1922—1999，本名古德贤）虽生于中国，但4岁时即定居马来亚。他从1961年起出版了5种小说集。《微尘》中的清道夫崩牙朱，活脱脱是阿Q形象在1940年代马华社会的再世，个体生存智慧的"富足"和群体生存现状的贫贱间的巨大反差，深刻揭示了马华民族生存的艰难。长篇小说《乱世儿女》以日军南侵前后为背景，通过少年翁阿德兵荒马乱之中挣扎求生的经历，展示了马来亚东海岸关丹山城人民在战争和饥荒中的流亡命运。

1964年，赵戎（1920—1988，五六十年代出有多种小说集，从1951年的《芭洋上》开始就表现"多姿的热带题材"，曾主编《新马华文文学大系》的史料卷和散文卷）在评论青年作家谢克（1931— ，出有小说集《为了下一代》《困城》《学成归来》等）作品时，"兴奋马华文学界的构成份子逐渐改观过来，以往，马华文艺界多是从中国南来的，现在，土生土长的马华作家越来越多，这有助于发掘当地题材，丰富马华文艺底创作内容与实践成效"，而马华本地作家"必然写出反映现实的有高度价值的作品来的"。[①]这一时期年轻的本土作家中确实涌现了一批颇有创作实绩者。

南马麻坡一带，1962年5月文学刊物《新潮》创刊，接着又成立了南马

---

① 赵心：《谢克论》，（马来西亚）《通报·晨钟》1964年9月20日。

文艺研究会，涌现了一批文学新秀。梦平自1950年代末期起出版了16种小说集，被称为"韦晕之后马华文坛最杰出的乡土作家"[①]。其小说引人关注的是他始终从扎根于同一块土地的角度塑造友族形象，探索异族关系。《摆渡老人》写风雨摆渡、舍己救人的马来老人，《铁道上的火花》写在失恋痛苦中却救了一车旅客的印裔青年，《欢聚时光》写因重男轻女习俗而被送给马来人当养女的华人女子在马来族人中得到的爱，长篇小说《槟榔花开》（原名《迟开的槟榔花》）在1960年代马来亚人民争取"默迪卡"（独立）的背景上，以华族青年黄贵清和马来少女玛莉安、马来青年耶谷和华族姑娘紫瑛的未果爱情写出了异族间沟通的艰难。梦平的这些小说跟其他马华作家的异族题材小说，如梁园的《土地》描写黄益伯因儿子亚牛娶马来姑娘而背负"出卖祖宗"的罪名，菊凡的《叛》将异族自由通婚视作传统宗亲种族社会解体后人际关系和心灵秩序的动荡、重组，郑祖的《半菜番》以赌徒阿乐为避债而"入赘"原住少数民族"海番"的遭遇而呈现人性弱点等，共同构成了马华文学最独异也最艰难的一种本地化进程。马华作家在这一题材上胆识的积累、策略的探寻、叙事的深入，密切联系着马华社会在"种族两极化"间的动荡起伏。此外，马汉、年红的小说，梁志庆的散文，小曼的诗作等，也都显示了此时南马文坛创作的实绩。

北马槟威这一带，在萧遥天、温梓川、方北方等前行辈的带领、影响下，一批后来成为大马华文文坛杰出作家的年轻作者如陈强华、小黑、陈政欣、宋子衡、方昂、菊凡、雨川等都开始崭露头角。

华文文学相对滞后的沙捞越，从1950年代起也有一批本地作家活跃于当地文坛。巍萌（1933—1986，出有小说、散文、戏剧集十余种）是沙捞越第一个出版小说集的本地作家，其小说《养鸡人家》《鲁素英》《红毛丹成

---

① 陈应德：《梦平文学创作初探》，载陈应德编著：《梦平小说研究》，（马来西亚）书辉出版社1998年版，第121页。

熟的时候》等将沙捞越风光的奇异和生活的悲凉交织在一起，生动地表现了沙捞越平凡日子里的朴实人心。曾长期担任沙捞越华人作家协会会长的吴岸（1937—2015，本名丘立基，生于沙捞越古晋）1962年出版第一本诗集《盾上的诗篇》，其中深情地吟道："沙捞越是个美丽的盾，／斜斜地挂在赤道上，／年轻的诗人，请问／你要在盾上写下什么诗篇？∥让人们在你的诗句中／听见拉让江的激流声，／听见它在高山、平原和海洋／所发出的各种美妙的语言……∥写吧，诗人，在这原始的盾上，／添上新时代战斗的图案。／写吧，诗人，在祖国的土地上／以生命写下最壮丽的诗篇。"①悠扬绵长而又激昂磅礴的诗句，视马来亚土地为自己的祖国，将自己的生命紧紧与拉让江融合在一起，南洋乡土气息浓郁，吴岸由此被称为"拉让江畔的诗人"。事实上，吴岸是最早表现出落地生根意识的诗人之一。他写于1957年的诗《祖国》同样深情地展开了与父母前辈的对话："你的祖国曾是我梦里的天堂，／你一次又一次地要我记住，／那里的泥土埋着祖宗的枯骨，／我永远记得——可是母亲，再见了！∥我的祖国也在向我呼唤，／她在我脚下，不在彼岸，／这椰风蕉雨的炎热的土地呵！／这狂涛冲击着的阴暗的海岛呵！"②彼岸，祖宗的泥土，梦里的天堂；脚下，炎热的风雨，阴暗的狂涛。"永远记得"的要告别，风吹雨打的要相依，这中间构成了强大的诗的张力，呈现出战后马来亚华人命运的巨大转折，祖国不再是"埋着祖宗"的故土，而是切切实实踩在脚下的马来亚土地。所以，"祖宗的骨埋在他们的乡土里，／我的骨要埋在我的乡土里！"③刚健、清新的诗句，表达出激越昂扬的认同马来亚的情感。但1966年至1976年，吴岸却因参与政治斗争拘押于集中营而搁笔十年。1982年，他才重返诗坛，相继出版了《达邦树礼赞》（1982）、

---

① 吴岸：《吴岸诗选》，华艺出版社1996年版，第27页。
② 吴岸：《吴岸诗选》，华艺出版社1996年版，第20页。
③ 吴岸：《吴岸诗选》，华艺出版社1996年版，第20页。

《我何曾睡着》（1985）、《残损的微笑》（2008）等6种诗集，《到生活中寻找缪斯》（1987）、《坚持与探索》（2004）等3种文论集。1995年，吴岸获沙捞越政府颁发的华族文学奖。1999年，"吴岸作品国际学术研讨会"在马来西亚召开。他的诗因其题材的多样性、手法的应变创新，而被称"一度占据了马华诗国的半壁江山"[1]。

战后马华散文一个值得关注的起点是马来亚地志书写，这是马华文学"在地"书写的重要内容，也是马华文学本土化进程的一个起点。吴进（1918—2002，本名杜运燮，出生于马来西亚，16岁时到中国，毕业于西南联大外文系，后成为"九叶诗派"成员。1946年回马来亚）的散文集《热带风光》（1951）以读书札记的文体，对马来亚的种族、社会、语言、文化、历史展开了百科全书式的书写，可视为马华文学"'在地文化'书写的重要起点"[2]。

第二节　战后马华现代主义文学创作的展开

1957年马来亚独立后，马来人和华人因为各自的族群身份认同，时常发生冲突甚至对峙，1961年教育法令的相关条文进一步威胁到了华校的存在。1965年新马分治后，马来西亚确立了"以马来语为国语""以伊斯兰教为国教"的国家原则（1967）。1971年8月16日至20日在马来亚大学召开的国家文化大会则确立了以下国家文化的方向：

一、马来西亚的国家文化必须以本地区原住民的文化为核心。

---

[1]　转引自［马来西亚］林水檺、何启良、何国忠等编：《马来西亚华人史新编》第三册，马来西亚中华大会堂总会1998年版，第313页。

[2]　［马来西亚］陈大为：《最年轻的麒麟——马华文学在台湾（1963—2012）》，台湾文学馆2012年版，第20页。

二、其他适合及恰当的文化元素可被接受为国家文化的元素，但是必须符合第一及第三项的概念才会被考虑。

三、伊斯兰教为塑造国家文化的重要元素。

在上述同质化的国家文化政策的"指引"下，华族文化被严重排斥，中文的书写也遭到严格限制，这使得占马来西亚人口三分之一的华人面临"失根"的危险。华人这种边缘化的状况自然对华文文学提出了维系民族血脉的要求，甚至要求文学更多地参与改变华人生存境遇的社会实践。此时，马来西亚跟中国大陆（内地）已断绝了正常来往，但现实主义一直"宰制"马华文学，使其始终没有脱卸"斗士"的角色。这种情况本无可非议，但在1960年代以后，也明显桎梏了马华文学的自我容纳能力，阻滞马华文学艺术质量的提升，马华文学甚至出现了停滞、僵化的趋向。马华文学自然要作另一种探寻，尤其是青年作者，"已对盘踞在马华文坛数十年的'写实主义'表示不耐甚至厌恶了"①，于是，另一种文学力量在历史的期待中崛起。

1965年新马分治后，马华社会遭受到的政治、经济、文化压力及其内部的分裂，将马华文学驱入沉寂。马来西亚出版的华文作品集仅十余种，降至战后最低点。这一时期开始的"再移民"现象，使人才向美国、加拿大及中国的台湾、香港地区流失。这损害了马华社会，但也拓展了马华社会同外部世界的联系。当时的香港，极为自觉地承担了"中华文化在海外传承"的责任②，一些香港文化人士来到马来亚开展文学活动，而一批在台湾、香港等华文主流社会学成而归的青年知识者开始成为马华文坛重要的新生力量。香港、台湾文学，特别是两地的现代主义文学，通过这些新生力量发挥影响，并与马华社会的《蕉风》（创办于1955年，1999年休刊，2003年复刊，共出

---

① 马崙：《马华当代文学选》第二辑（小说）导论，见《马华当代文学选》第二辑，马来西亚华人文化协会1985年版，第3页。

② 黄万华：《百年香港文学史》，花城出版社2017年版，第54页。

版500余期）、《学生周报》（和《蕉风》同为香港来到马来亚人士出版）等报刊对西方现代主义文学的译介相呼应；加上《海天》《荒原》《新潮》《银星》所刊马华诗人的现代诗作，马华文坛逐渐涌动起一股强劲的现代文学潮流。马华文学成为海外华文文学中最早、最持久地展开现代主义文学探索的文学，其范围之广、种类之丰富，甚至使得马华文学可被视为南洋"现代派"。

　　马来西亚和新加坡一样，地处东西方文化交汇之地，又历来和香港等地文化交流密切，其文学风气开放、包容。马华社会长期受压的状况使得包括作家诗人、文学读者在内的许多华人感到自己生活于一个"自我"被禁锢的环境中，易与西方现代主义思潮产生共鸣。1963年4月，当时致力于介绍欧美现代主义文学的《蕉风》刊出启事，欲减少介绍西方现代主义文学的篇幅。未料及一个月内，编辑部收到了数百封读者来信，要求保留原有的固定篇幅来介绍西方现代主义文学，并由此引发了一场关于西方现代派文学的讨论。讨论使编辑部强烈感受到"星马读者急切的需要认识和了解现代文学"①。这一事实清楚地表明，现代文学在马华社会中的传播有广泛的受众基础。而《蕉风》将介绍西方现代派文学视为"牵涉到马华文坛今后一个阶段的趋向"②的方针大略，所以其态度积极进取中有冷静慎重，前瞻中又进退有分寸，既努力借助西方现代主义文学来"打开门户"，革故鼎新，以"给文坛带来新的生机、新的希望、新的光彩"③，又注意到了西方现代派小说对于马华读者来说，难免有"缺乏情节""晦涩难懂""西洋味道太浓厚"等"缺点"④，所以既热情鼓励青年作者们"大胆拿来"，将马华小说推进到"人类

---

① 陆星：《为现代文学申辩》，（马来西亚）《蕉风》第127期（1963年5月）。

② 《编者的话》，（马来西亚）《蕉风》第128期（1963年6月）。

③ 陆星：《为现代文学申辩》，（马来西亚）《蕉风》第127期（1963年5月）。

④ 江清：《现代文学的缺点》，（马来西亚）《蕉风》第128期（1963年6月）。

精神、心理上探讨"的层面，又告诫青年作者要"为我所用"，对西方现代派文学"细致地看个清楚"，以决定取舍。尤为可贵的是，《蕉风》既立足于"反映人生，反映社会，也反映时代"①这样一个马华文学传统的立足点来对待现代主义文学的探索，也始终未忘面对"现代西方文化的挑战"的"含有民族色彩"的新文化②的责任。1960年代的马华社会有着应和西方现代主义思潮的精神土壤：疏离母体文化的失落感，反叛都市文化的迷惘感，不满社会失序的危机感……但《蕉风》并未因此对西方现代主义思潮"不设防"。《蕉风》对现代主义文艺理论的介绍采取"精简"的方式，注意根据马来西亚的国情来选择介绍对象。《蕉风》意识到，读者过去大多"接触的都是比较接近古典主义的作品，他们习惯的是完整的结构，着重情节的描写和以动作和对话为中心的作品；他们对现代文学是陌生的……""摆在我们面前的并不是批判现代文学的问题，而是如何使本邦文艺作者和读者与现代文学接上一个环结的问题"。③因此引导读者构成介绍《蕉风》、引进现代主义文艺的重要一环。《蕉风》经常刊发对现代主义有不同看法的读者来信，以告诫现代主义文学的介绍者们必须顾及读者的欣赏口味和接受能力；同时也积极引导读者提升接受能力，丰富欣赏口味，拓展接受现代文学的视野，包括以"现身说法"的方式，从每个读者都会有的感受出发，引导读者去理解现代主义作品。这样，在马华文学的实践中、互动中的作者、编者、读者都从"文艺属于一种创作，内容求新，形式也求新"④这样一个开放的角度理解、展开马华现代文学。日后半个多世纪中，尽管有种种冲突，但马华文学一直既立足于汲取西方现代文化资源的新文化要包含民族色彩的文学要素这一基

---

① 陆星：《为现代文学申辩》，（马来西亚）《蕉风》第127期（1963年5月）。

② 高宾：《我们有救了！》，（马来西亚）《蕉风》第128期（1963年6月）。

③ 马各：《如何连接环结》，（马来西亚）《蕉风》第129期（1963年7月）。

④ 陈孟记录：《我们的基本信念》，（马来西亚）《蕉风》第131期（1963年9月）。

点，展开现代文学的探索，也始终反映社会人生和时代，追求"最具现实精神"的"现代人的生活"。这样一种基点和实践，使马华现代文学成为既充分汲取西方现代主义精神和形式探索经验又开放接纳文学创新的整个世界的创作。这就是马华文学作为文学的"现代派"的实质。

1963年8月在马来亚太平举行的青年作者座谈会，是马华现代文学阵营形成的重要标志。出席会议的张寒、温祥英、陈慧桦等26名青年作者，后来在马华现代小说、诗歌等创作上成为举足轻重者。会议的两份记录对马华文学的现实态势作了评估，认为"目前有不少青年作者，一方面承受传统文学的精华，扬弃其缺点，一方面吸取现代文学的特点，从事内容新、意境新、形式新的小说创作"。同时，以往"专向本邦老牌作家学习风格的青年作者，也开始感到传统作品不太适合于这个时代，而尝试'新'的小说创作"。正是在这一背景下，"才有""注重人物的心理活动的描述，所作的是人类精神及心理的探讨"的"现代派小说"的出现。[1]会议倡导，"应容许各家各派存在，尽力采纳各家各派的长处，扬弃它们的短处"，但"文艺属于一种创作"，"创出一种新的流派"，才是"非常可贵"的。[2]这些看法表明，马华现代文学创作阵营是以一种较为开放、平和的心态开始其文学征程的，其目标是突破传统，尊崇创新，以提升马华文学的艺术质量，而将外来因素化为自己的创作实践，成为他们实践的主要课题。之后，《蕉风》倡导的现代主义与现实主义之间也有论战，甚至不乏对立，但总体上处于互相渗透、补充的态势，共同推进马华文学的现代艺术探索进程。

与此同时，《蕉风》开始刊发本地作者的现代作品，《学生周报》的《诗之页》也进行了革新，突破首先在诗歌创作上取得。一般认为，在台湾

---

① 梦平记录：《我们对马华文坛的看法》，（马来西亚）《蕉风》第133期（1963年11月）。

② 陈孟记录：《我们的基本信念》，（马来西亚）《蕉风》第131期（1963年9月）。

求学归来的白垚1959年在《学生周报》发表《麻河静立》是这一现代诗运动的发端。1962年后，《蕉风》刊发了许多马华作者的多首现代诗，槟城的银星诗社所出《银星诗页》《银星》，黄崖等人创办的《海天》（北马）、《荒原》（中马）、《新潮》（南马）等也都发表了不少现代诗。其中《银星》刊发的作品"最富有港台甚至西方盛期现代主义作品的种种特质"①。1969年，陈瑞献加入《蕉风》编辑部，更是不遗余力译介现代文学与文化思潮，马华现代主义文学运动进入高潮。而这一时期，现代主义思潮也在马来西亚在台求学学生中展开。1960年代中期，在台求学的王润华、陈慧桦、淡莹等合创星座诗社，出版《星座诗刊》。几乎同一时期，陈慧桦跟秦岳、李弦等在台湾师范大学创立喷泉诗社。之后，陈慧桦又在台大参与大地诗社的创办。这些诗社使台湾和大马现代诗坛间有了广泛交流。1973年，温任平等人发起成立天狼星诗社。1975年，该诗社成员温瑞安、黄昏星、方娥真等求学于台湾，在台北创办《天狼星诗刊》。出版4期后，诗社成员于1976年1月重新组合成神州诗社，出版《神州诗刊》等，以"发扬民族诗社，复兴中华文化"为宗旨，但所创作诗歌却深受台湾现代诗风影响。该社核心成员分布于中国台湾、中国香港、马来西亚、新加坡等地，实际上已起着沟通多地华文现代主义诗风的作用。而马华诗坛正是在多方接纳现代诗潮中，逐步进入到现代主义诗歌的成熟阶段。

　　马华现代诗的先驱白垚（1934—2015，本名刘伯尧，亦称刘国坚，1957年赴马来亚，1981年迁居美国）曾主编《学生周报》和《蕉风》，1959年3月发表的诗作《麻河静立》（作于1958年）被视为马华现代诗的滥觞之作。但他唯一的作品集《缕云起于绿草》迟至2007年才问世，由马来西亚大梦书房出版。《麻河静立》以麻河水声落日、捡蚌妇人的场景表达情绪，被陈瑞献

　　① ［马来西亚］林水檺、何启良、何国忠等编：《马来西亚华人史新编》第三册，马来西亚中华大会堂总会1998年版，第314页。

称赞"才情高感觉敏锐"①，清新可读中确多现代诗意味。白垚的系列文章《现代诗闲话》当时的影响更大。杨际光（1926—2001，生于江苏无锡）的《雨天集》（1968）最明显地延续了1940年代内地的现代主义诗歌传统。作者1950年代初期从内地来到香港，为当时香港最有影响的现代文学刊物《文艺新潮》译介西方现代文学作品。《雨天集》所收80余首诗歌大多发表于这一时期的香港刊物，内容多暗含对香港社会的批判，出版也在香港。但诗集出版时，作者已于1959年移居于马来亚吉隆坡，其诗作幻美的诗风对马来亚华文诗坛产生很大影响。此诗集2001年新版在吉隆坡问世，2010年出版的《海外新诗钞》也将《雨天集》作为二十世纪五六十年代将五四多元的新诗传统带到海外的重要诗作收入。

白垚、杨际光都为南来文人，而1970年问世的诗集《鸟及其他》的作者李有成（李苍，1948—　）则为出生于马来亚槟城的本土诗人。其诗作在"60年代的马华现代诗"中，"最具开创性，最能承前启后"，甚至"可跻身马华现代文学（现代诗）之早期经典之一"。②李有成1969年和姚拓、白垚等接编、改革《蕉风》月刊，《鸟及其他》就创作于此前后。1958年，曾在1950年代香港颇受年轻读者喜爱的诗人③力匡来到马来亚长期居住，他的诗作也在马华青年读者中产生了很大吸引力。但20来岁的李有成却最先突破了"力匡式的十四行诗体"的模式，自觉于"试验新的技巧与形式"，以他早慧的诗的敏感，在个人化的语感、新鲜的意象、隐喻性场景、多样的诗结构中，写出了身居马来亚土地，对时光的焦虑、对生活的迷惘、对战争的抗议、对亲情的回忆……每一首诗，都展示了不同的诗的经验世界，充满了青

① 陈瑞献：《永别白垚》，（新加坡）《南洋商报·南洋文艺》2015年7月7日。

② 温任平：《经典议论：李有成诗集〈鸟及其他1966—1969选集〉》，见黄万华、戴小华主编：《全球语境·多元对话·马华文学：第二届马华文学国际学术会议论文集》，山东文艺出版社2004年版，第92、81页。

③ 详见黄万华：《百年香港文学史》，花城出版社2017年版，第119—121页。

年诗人的"欣喜和惊异"。

六七十年代重要的现代诗人还有创立天狼星诗社的温任平（1944—　，本名温瑞庭），他1960年代初期就开始现代诗写作，结集为《无弦琴》《流放是一种伤》《众生的神》等。其诗作以"我只是一个独来独往的歌者／歌着，流放着"（《流放是一种伤》）的姿态，叩问着"我从哪里来""我现在何处"，表达出华人处于国家认同与文化认同的矛盾中的焦虑和寻找。这种"流放"的形象与他笔下的屈原形象（温任平创作了多首书写屈原的诗作，在马华诗坛影响较大）叠合，被人称为"屈原情意结"①，从而开启了"马华中国性现代主义"②，与当时马华文学西化的现代主义文学并存同行。

稍晚些的梅淑贞（1949—　，出生于马来亚槟榔屿）是"70年代初马华优秀女诗人"③，其《梅诗集》④收入《城中幽灵》《花之湾》等三十首诗，可视为"华裔马来西亚文学中少数最优秀的作品之一"⑤。同时期，马华现代诗集还有艾文的《艾文诗》⑥。

随后在马华现代诗歌的开拓上，值得关注的是傅承得（1959—　，出生于槟城，1980—1984年就读于台湾大学中文系，出有诗集《哭城传奇》《赶在风雨之前》《有梦如刀》，散文集《等一株树》《我有一个梦》等），这不仅是因为他早早获得了大马旅台文学奖现代诗首奖，更是因为他在台学成返

①　谢川成：《现代诗诠释》，（马来西亚）天狼星出版社1981年版，第94—111页。

②　［马来西亚］张光达：《现代性与文化属性——论六〇、七〇年代马华现代诗的时代性质》，见陈大为、钟怡雯、胡金伦主编：《赤道回声——马华文学读本Ⅱ》，（台湾）万卷楼图书股份有限公司2004年版，第199页。

③　［马来西亚］马崙：《新马华文作者风采》，（马来西亚）彩虹出版有限公司2000年版，第236页。

④　［马来西亚］梅淑贞：《梅诗集》，（马来西亚）犀牛出版社1972年版。

⑤　张锦忠1985年所言，转引自温任平：《经典议论：李有成诗集〈鸟及其他1966—1969选集〉》，见黄万华、戴小华主编：《全球语境·多元对话·马华文学：第二届马华文学国际学术会议论文集》，山东文艺出版社2004年版，第93页。

⑥　艾文：《艾文诗》，（马来西亚）棕榈出版社1973年版。

马后一直致力于推动马华现代文学运动。比起那些创作成绩卓著但留居台湾的马华诗人而言，他对马华现代诗坛的影响和贡献更切实一些。

傅承得1975年开始创作诗歌，其创作获各种奖项12次。他的诗在现代层面上强烈传达出对国家、民族命运的关切。"这是我们的江山／我们关心，我们痛惜／因为我们如此深爱"（《因为我们如此深爱》），这种对马来西亚土地血浓于水的情感，使傅承得一直追求着融史入诗。系列长诗《赶在风雨之前》（其诗集《赶在风雨之前》，收诗49首，吉隆坡十方出版社1988年出版，内容比系列长诗《赶在风雨之前》多）就以"我"同"你"的对诉，诗思奔涌地抒写"炎黄子孙，原就多灾多难／走入风雨，走出历史"的"另一次长征"，不忘"胎记"，经"浴火"而得"清平心境"，在历史的多个层面上剖析了迁居马来西亚的几代华人的心理追寻，也表现了华人对1987年大马险些爆发的种族武装冲突的惊怯、忧虑、悲愤等情感。他在"十·廿七"种族冲突中写下的《山雨欲来》、《濠雨岁月》（此两首诗以风雨为中心意象结构全篇）、《惊魂》（以吉隆坡街头军人向平民开枪的新闻呈现真实的社会氛围）、《夜雨》（日记体形式，多视点的叙述）、《浴火的前身》（借古喻今）等诗作形式多样，广为流传，成为华人历史的一种印记。这些诗被人称为"政治抒情诗"，触及时事，直面社会重大事件，但能在隐喻中冷却情感，在反抒情中摄录住真实的历史氛围，这些都是现代诗的写法。如"一叶虫蛀的橘黄／飘落时轻轻的叹息"（《岁暮风景》），对"虫蛀"现实的愤懑，对民族命运飘落的悲叹，多种历史意味都呈现于"一叶知秋寒"的图景中；而"栖鸟惊起，鲜血滴落／静谧回返的时候"（《八十年末北回有感》），奇异地将"动""静"粘连，将血腥下的"钳口"现实暗示得摄人心魄。傅承得的诗中，"行""驰"的意象、场景最多，飞瀑、曲溪、风雨、夜车……这些意象一路写来，体现的是大马华人的心灵历程。

马华现代小说在1960年代前期的探索时期就表现出一种多元格局。首批

求学台湾的作家张寒（1939— ，本名张子深，生于马来亚霹雳州，1960年代后出有短篇小说集2种，中篇小说7篇）曾获台湾"海外文化奖"（1969）。他用南洋乡土情味十足的笔调写十足的意识流小说，叙述语气上犹如南洋乡间老人娓娓道来，放得很开，内在节奏上却紧咬意识流小说的精髓，环环不松口。《翻种》博采西方现代派小说众长的前卫艺术意识中又有着强烈的平民意识，《翻种》等小说将心理时序的渗透、联想的组合等意识流手法成功用于社会底层劳动者的心理呈现，微妙的心理活动被描写得带有浓厚的家常气息；而《武林恨》是"千万别把它当作武侠小说来看"的，它实际上是张寒用自己的现代体验，借"武林"题材对人的生存困境所作的一番处理。宋子衡（1939—2012，1963年后出版《宋子衡短篇》《冷场》《裸魂》等小说集）自小沉入社会底层，对人性、道德、善恶等人生难题的怀疑诘问使他认同现代主义小说观，而他的人生阅历又使他常从社会群体的生存、心理状况去揭示上述人生难题。他在"诗的架构"中，将读者最熟悉的乡村生活意味同探究现代人生最深刻的问题结合在一起，提供了《命运线上的岔路》《乐天庐夜宴》等出色的南洋现代小说，他本人也成为马华文坛最杰出的现代小说家之一。加上温祥英、黄戈二等人的创作，应该说马华现代小说是在一种不拘泥于派别的壁垒分明也不囿于创作理论的条条框框的自由心态中开始探寻历程的。

1960年代后期，马华现代小说进入奠基时期，作家对生命现象、生存本质日益关注，而新马分家后社会急剧转型而导致的人际关系的纷繁复杂乃至荒谬也开始凸现。菊凡（1939— ，本名游贵辉，1968年后出有小说集《暮色中》《落雨的日子》等）的小说不仅将现代派小说技巧引入表现马华教育题材和南洋乡土生活的作品中，而且借助于现代小说的艺术视角突入了种族、党派、政治等创作"禁区"。乡土和现代的结合，始终是马华现代小说追求的大境界，一些作品还表现出魔幻现实主义等在热带雨林背景上的成功运用。陈政欣（1948— ，出有小说集《树与旅途》《山的阴影》等）曾自叙"父老们南来的故事应该是我们小说作者淘不尽的素材宝藏"，而他则"喜欢把一些幻想式的、超现实的概念及手法表现在我的小说中"。《鬼屋》《送上山去》等将平凡的日常生活感受用怪异离奇的艺术神韵"熏陶"过，在亡魂怨鬼跟现实生活的交界处呈现出马华社会的文化渊源，并延伸向人类古老的文化心理，呈现出马来西亚这块处于东西方交汇路口的神奇土地也天造地设般孕育着魔幻现实主义的因素。温瑞安（1954— ）赴台求学前所写"类武侠小说"，如《凶手》《凿痕》等，都是将南洋神奇的乡土跟中国古典意味交织成某种"武侠"氛围，从中真实细微地呈现现代人的心灵世界。纷繁的意象、无尽的心理暗示，被极具传统"武侠"煽动力的语言安排得妥帖自如。他1974年赴台求学，1976年创立神州诗社，创作、出版了散文集《狂旗》（1977）、《龙哭千里》（1977）、《神州人》（1979），诗集《山河录》（1979）等。这些"纯文学"作品"为1970年代的马华文学留下许多掷地有声的名篇"[①]。然而，让温瑞安获得巨大声誉的依然是他身在南洋时开始的武侠小说创作。他第一部小说集《凿痕》中作品多为他在马来西亚创作的"类武侠小说"。而未赴台前，他已在香港《武侠春秋》发表"四大名捕"故事之一的小说《追杀》。他后来开启的"超新武侠小说"，作品多达数百部，其中"四大名捕系列"和"神州奇侠系列"海内外影响广泛，使他获得了继金庸、古龙之后武侠小说大家的美誉。温瑞安的武侠小说，也怀胎于南洋华族乡土中，包括南洋华人生涯孕育的中国文化情结。李忆莙（1952— ，著有长篇小说《春秋流转》、小说集《梦海之滩》等）的早期小说有着东方式沧桑感与西方现代主义的某种融合，后来继续写沧桑人生中的女性，乡土回归中的反思不时被置于一种较开阔的民族人文背景上，呈

---

① ［马来西亚］陈大为：《最年轻的麒麟——马华文学在台湾（1963—2012）》，台湾文学馆2012年版，第70页。

现出丰厚的艺术境界。《亲爱的，我们曾在意大利》写得最生动的是女主角对"小时候蚊帐里的温馨"又怀恋又恐惧的心情，"母亲的蚊帐"所暗示的"命定""传统"也就有了丰富的乡土人生意味。她后来的小说取得了更大成就。梅淑贞、麦秀等也是本时期值得关注的作家。他们小说的种种写法，也已具备了超越马华小说乡土传统的创作积累。

马华现代小说（文学）的成熟时期是在1970年以后。一批优秀的现代小说家的出现，使马华现代、后现代小说在丰富的南洋乡土积淀中得以形成其成熟形态。其中最出色的是旅台作家的小说创作。

第三节　商晚筠、李永平、潘雨桐等马华旅外作家的创作

"旅外作家"不只是意味着作家迁徙离开了自己的国家，也意味着他流散于原先的传统之外，就是说，只有一种已经形成了自身传统的文学，才会产生"旅外作家"。马华文学旅外作家（群）的出现，恰恰是马华文学在马来亚这个非华文主流国家已经形成自身独立的传统的印证。

与中国大陆（内地）、台湾、香港等地的旅外作家不同，马华旅外作家的"外"主要是华文主流社会的地区，尤其是台湾。自然，马华旅外作家也进入过欧美国家，但他们创作的主要栖息地是华文主流社会，有的会返回马来亚，也有不少就定居于香港、台湾。台湾国民党当局在二十世纪五六十年代实行的"侨生政策"，吸引了大批东南亚华人子弟求学台湾（马来西亚就有约4万名华人学子求学台湾）。从1960年代初期开始，王润华、陈慧桦、淡莹、温瑞安等马来西亚赴台求学学生先后成立星座诗社、神州诗社等社团。他们在台湾学成后大多留学美国，后来都成了新马有影响的作家，其作品也入选台湾有代表性的文学选集。马华旅外作家的历史也由此开启。此后，求学台湾的潘雨桐、商晚筠、李永平、张贵兴在七八十年代的台湾小说评奖中

连连有所斩获，前两人学成后返回马来西亚，后两人则一直留居台湾，创作不辍，成就卓然。1990年代后，则有林幸谦、黄锦树、陈大为、钟怡雯、辛金顺、吴龙川等"六字辈"（指1960年代出生）旅外马华作家在台湾小说、散文、诗歌、武侠小说等奖项评奖中表现出色，形成又一波旅外（台）马华文学潮。旅外马华作家虽各自为战，但其创作还是互相呼应的，整体上反映了处于"双重边缘"（马华文学在马来西亚国内的边缘地位和旅外作家在台湾、美国等地的边缘地位）中的马华作家的创作取向和美学追求。"六字辈"后的马华旅外作家创作在第五章中述及，这里述及的几位作家的创作反映出马华现代主义文学在1970年代开始产生的重要影响。

英年早逝的商晚筠（1952—1995，原名黄绿绿）是在1972年求学台湾后开始小说创作的，1978年回马，1980年又曾赴台，是最早在台湾和马来西亚同时获得小说奖的马华作家（1977、1978年，她三篇小说获《幼狮文艺》和《联合报》小说奖，1978年，她获马来西亚"王万才青年文学奖"小说组奖）。商晚筠就读的台大外文系是台湾现代派小说"大本营"，而她求学台湾时，正值台湾现代文学思潮和乡土文学思潮交替之际。其实，从1950年代开始，朱西宁、司马中原等书写的中原乡土叙事，钟理和、钟肇政等开启的战后台湾乡土叙事，都包含有现代小说因素。而随后《台湾文艺》时期的青年作家，如李乔、王祯和、宋泽莱等，都从现代小说起步，转向对台湾现实的关怀。现代和乡土的交汇，既使台湾乡土文学有其深度，也使台湾现代小说获得本土化的创作动力。这无疑影响了商晚筠。她最早获得台湾小说奖项的《木板屋的印度人》从一个"漂泊"民族的眼中写出了另一个"漂泊"民族的命运，极为典型地呈现了马来西亚多种族的乡土社会。她后来的一些小说也在各种族文化相处的背景下富有生活真气地呈现了一个多元种族社会中生命无奈的复杂形态，如《洗衣妇》《夏丽赫》《暴风眼》等。其敏锐的艺术感受力和娴熟的象征技巧提供了以往华文文学中从未有过的南洋乡土艺术氛围，显示出马华作家沉潜于多元种族文化的底蕴才能构建起的乡土现代世界。而她的小说最迷人处就在于她将两种极致——乡土情调的极致和现代笔法的极致——结合在一起。《蝴蝶结》透过都市的冷淡、绝情、人性浮移、迷惑而充溢着祭祀土地、礼赞生命的乡土之情。《七色花水》在热带生活风味和华族传统意识交织的生活场景中令人回味不已地表现了生命的困境。总之，她的小说的确以丰厚的乡土积淀和多层面现代主义气息的融合，显示了一种成熟中的东方现代主义。

商晚筠第二次赴台所受的影响，她在接受采访时更有直言："我从1986年开始到现在所写的几篇小说，都是从女性的观点出发，在台湾这已经发展了一大段了，可是在马来西亚仍没有任何共鸣，所以我还会朝这个方向写去……"①第二次赴台后的商晚筠，其小说的女性视角更为自觉、开阔，她不仅在众多作品中塑造了性格鲜明的反叛传统父权的女性形象，尤其是挑战现代职场男性文化霸权的职业女性，如《季妮》（1987）中的摄影记者季妮，《人间·烟火》中的大杂货商女儿许典尔等，而且突入马来亚社会禁区的一些题材，表现出成熟的女性意识。1990年代，新马一些刊物在举办文学创作比赛时，征稿启事还赫然印上"不得涉及政治、种族、宗教、教育等敏感问题"的"警示"，而商晚筠在1987年马来西亚种族冲突事件发生后写的小说《暴风眼》，用女性视野、情怀举重若轻地处理了这一棘手题材。小说讲述聪慧、精明的女记者度幸舫主持《华声日报》，先后报道华人界十大新闻，使《华声日报》跻身全国性大报之列，广告收入滚滚而来。1987年天后宫种族冲突中，报社"十万火急"召回度幸舫，"漏夜赶考场"，要她编出两大版新闻"暴风眼"。然而，在政府实行大逮捕后，报馆随即以"新闻误导"为由，勒令度幸舫离职。度幸舫"自我放逐"，来到她曾度假的北方山林。

① 杨锦郁：《走出华玲小镇——访大马作家商晚筠》，见杨锦郁：《严肃的游戏——当代文艺访谈录》，（台湾）三民出版社1994年版，第54页。

暴风雨之夜，一向视度幸舫为自己曾孙女的原住民老村长拔旺为解救度幸舫饮弹身亡。商晚筠的才华让她将两个色彩错杂的时空差遣得出神入化：一个是原始神秘的丛林原住民村落，猎户、农夫在古朴纯真的生活氛围中和谐相处；另一个则是阴暗破碎的现代都市，杀机隐伏，人欲遮没人性。而商晚筠的女性意识使她深味女主人公作为职业女性"坠入错调的时空夹缝中，出不去，回不来"的困境：度幸舫在采访中，政治立场都会站在华人社会一边，然而这对于她总显得虚浮，盘桓不去却也把握不住；显得确实明了的，倒是她在生活中和原住民的无拘无隔，其女性的日常生命意识时时得到共鸣、抚慰。种族间的差异，一旦整体化、政治化，就难免对峙、冲突；但如果回到家常的、个体的生活中，相通的生命体验会淡化、消解敌对的隔膜。商晚筠的女性叙事显然让人体悟到这一点。

商晚筠的女性叙事打破了马华女作家创作"沉睡的女性主义意识"，她受台湾女性主义影响，而其创作又超越了同时代台湾女性主义写作。

与商晚筠差不多时间获得小说奖的李永平（1947—2017，生于婆罗洲英属沙捞越古晋）求学台湾要比商晚筠早五年，1976年至1982年留学美国，获比较文学博士学位，回台后定居台湾，并为此放弃了马来西亚国籍，是马华作家中最早定居台湾且定居时间最长的作家，其创作已成为马华旅外文学成就的一个坐标。他的文学创作在华文主流地区受到肯定，成为作品入选"20世纪中文小说100强"的唯一东南亚作家，他的小说还曾获第九届"时报文学奖"小说推荐奖、《联合报·读书人》最佳书奖、第三届"红楼梦奖：世界华文长篇小说奖"专家推荐奖、第三届"中山杯"华侨华人文学奖评委会大奖、第十九届"台湾文艺奖"等，他个人因为文学创作成绩突出被评为第十届台大杰出校友。

李永平的小说，一开始就关注马来西亚多元族群社会中人的命运。中篇小说《婆罗洲之子》（1966年获婆罗洲文化局第三届征文比赛首奖）讲述有

华族血统的大禄士的人生遭遇。大禄士自小与达雅人生长在长屋中，成年后在他即将被任命为祭典助手时，却被宣告其生父是华人。血统的"原罪"使大禄士不仅失去了成为祭典助手的资格，而且沦为众矢之的，变成族人敌视的对象。之后，大禄士的种种不幸经历皆源于他"半个支那"的身份，种族间的紧张关系借由大禄士这一个混种之子的角色得以集中展现。最终，大禄士在洪灾突发之际积极营救被困者，化解了族人对他的误解和敌意。故事的结尾营造出这样一片祥和景象："风雨完全停了。我和阿玛并肩站在山头上。'阿玛，今后没有人再叫我半个支那了。'我愉快地说，'我相信有一天，没有人再说你是达雅，他是支那了。大家都是在这块土地上生活的。正如姆丁所说的。'……'是的，我们都是婆罗洲的子女'。太阳从东方升起，洪水开始退去。"[①]这一完满结局透露出作者的理想主义情怀，渴望寻求能够消弭种族和血缘间成见的途径，以共同生活的土地去凝聚所有仰仗婆罗洲水土生存的民族，却难免带有一定的乌托邦色彩。

李永平1968年的小说《拉子妇》（原刊于台湾《大学新闻》，时名为《土妇的血》，后又被《大学杂志》刊载，更名为《拉子妇》，并由台大外文系主任颜元叔撰写评论）可说是马华文学异族题材小说中最好的作品，在"不可忘根"名义下的民族自大、人性偏见弥漫于小说中的多种场景，成为一种沉重的时空存在。李永平是在1960年代马来西亚"肃杀"的政治气氛中"不想为了国家认同而住进疯人院"[②]而出走马来西亚的，而《拉子妇》却反省华族的自大和偏见。小说以倒叙开始，主人公拉子婶是一位嫁入沙捞越华人家庭的达雅族妇女，沙捞越华人歧视地把当地土著唤作"拉子"。尽管拉子婶会讲华语且为人勤恳善良，但因种族身份被祖父认为娶作儿媳有辱门

---

① 李永平：《婆罗洲之子与拉子妇》，（台湾）麦田出版2018年版，第95页。

② 李永平：《致"祖国读者"》，《大河尽头 上卷：溯流》简体版序，上海人民出版社2012年版，第10页。

风，甚至一度要将三叔赶出家门，而孩子辈们也常常捉弄她。在饱受长期的身心压力之后，拉子婶终于病倒了。就在三叔迎娶新妻——一位唐人女子——的八个月后，拉子婶悄无声息地死去。小说借由二妹之口道出了作者内心深处的悲愤与伤感："二哥，只有一句怜悯的话呵！大家为什么不开腔？为什么不说一些哀悼的话？我现在明白了。没有什么庄严伟大的原因，只因为拉子婶是一个拉子，一个微不足道的拉子！对一个死去的拉子妇表示过分的悲悼，有失高贵的中国人的身份呵！"①《拉子妇》已无乌托邦幻想的成分，直指华人社会的黑暗面，描绘残酷罪恶的叙述暴露了南洋华族社会的倨傲、偏见，字里行间流露出的哀伤和悔恨显示出突破种族意识的人性关怀。

李永平后来的小说一直以乡土层面寄寓现代思考，并呈现出一种"非领土化"的文化意味，从《吉陵春秋》到《雨雪霏霏》《大河尽头》，都在多时空的出入中显示出极富前瞻性的创作潜力。

1986年的《吉陵春秋》是李永平影响最大的作品（2003年英文版由美国哥伦比亚大学出版，2010年日文版由京都人文书院出版，2013年上海人民出版社推出简体版）。故事以吉陵镇为背景，讲述了无赖孙四房因垂涎棺材铺老板刘老实之妻长笙的美貌，在全镇拜观音之日将其强暴。长笙不堪屈辱愤而自杀，随后刘老实杀了孙四房的老婆和怂恿孙四房行恶的妓女春红，为妻报仇的刘老实自首入狱，尽管精神失常的杀人犯已被囚禁，但吉陵镇上的镇民们却终日活在惴惴不安的恐惧中。吉陵镇是李永平虚构而成的，是他对未曾涉足的遥远唐山的文学想象，余光中在小说序言中将其喻为"十二瓣的观

① 李永平：《婆罗洲之子与拉子妇》，（台湾）麦田出版2018年版，第96页。

音莲"[1]，以清纯的文体创造了一个亦幻亦真的"中国传统的下层社会"[2]。李永平一改以往思乡怀旧文学的格调，其笔下的吉陵镇不夹杂丝毫浪游之子对原乡之根的热忱和追忆，而充满了血腥和罪恶。王德威将李永平对吉陵镇的创造称为"对原乡传统的重大'贡献'"[3]。

从《吉陵春秋》起，李永平的小说采取一种分合自如的结构。《吉陵春秋》由12个短篇构成，12个短篇又可以独自成篇。《吉陵春秋》的单篇从1978年起就在台湾小说比赛中获奖，其之所以分合皆可，是因为李永平叙事的重点不在于情节的展开，而在于特定氛围的营造、心理刻画的深入。获第4届台湾"联合报小说奖"第一名的《日头雨》（1979）属于《吉陵春秋》中的一篇，以"跟孙四房造了孽"的小乐的心理活动为中心，写刘老实回吉陵镇复仇的传闻给小镇带来的惊恐不安。小说以"日头雨"这一"要变天了"的自然意象，反复渲染笼罩小镇的压抑室闷。"那晚万福巷里迎观音娘娘"时发生的强暴事件，表面上只是孙四房几个流氓作恶，其实包括命馆先生、众多茶客、"坳子佬"们等在内的小镇居民，都参与其中，道德的败坏是集体的。《吉陵春秋》摆脱了一般旅居者自传式的影响，又消解了旅外文学乡思的羁绊，而以一个子虚乌有的"原乡"小镇传达出对人性漂泊中的善恶的思考，以乡土层面寄寓现代思考，显示出极富前瞻性的创作潜力。

李永平旅外写作的坐标意义在于他将"混融"提升至极为美妙的境界。李永平说过他有三位"娘亲"："生我、养我，用她那原始的棕色的奶水喂饱我的肚子，滋润我的心灵"的婆罗洲，"在我走到人生的十字路口"

---

① 余光中：《十二瓣的观音莲》，详见李永平：《吉陵春秋》，（台湾）洪范书店1986年版，序言第1页。

② 余光中：《十二瓣的观音莲》，详见李永平：《吉陵春秋》，（台湾）洪范书店1986年版，序言第7页。

③ 王德威：《想像中国的方法：历史·小说·叙事》，生活·读书·新知三联书店1998年版，第244页。

时"收容我，让我在世界上有个安身立命的地方"的台湾，"盘踞我内心一个隐密的角落，像个老妈妈般，不弃不离地守护着我"的"母亲中国"。①这三者在他作品中融为一体，其达到的深广度是华文文学所追寻的原乡中罕见的。长篇小说《海东青：台北的一则寓言》（1992）是李永平一度辞去教职、蛰居四载完成的，写在美国执教了八年的华裔马来西亚人靳五与纯真、早慧的7岁女孩朱鸰在鲲京（台北）相识相知的故事，两人对谈、交流中借"台北"的空间寄寓复杂的中国情结。小说渲染街道多以中国大陆地名命名，宛如一幅"大中国的缩影"，"国父"孙中山的形象也时而出现在小说中；而"海东人"就是台湾人，他们生活在海峡的东面。小说反复出现了弥尔月子中心数十个"哺着娃儿"的母亲"目光炯炯望着大街"的意象，而来自"南部乡下"、唱着台湾民谣的安乐新始终在寻找自己的母亲。朱鸰父亲向靳五讲解日本侵台后将所有街道地标以日文命名，而国民党接收台湾后，"大笔一挥"，全市所有街道"都改了中国名"，"我们这个小岛代表全中国"；地方女议员许玉桂则对此表示"笑死人"。"假仙！假仙！"……"漫游"的所见所闻都如"序言"所言，"中华民国临时首都的市街图""像极一幅海棠无恙、万古长青的中国大地图"，"《海东青》这部寓言，因此也是一则预言，书中描绘的那座城市，那万种风情千样繁华荟萃于蓬莱仙岛的奇境"也许会"出现于十数亿炎黄子孙栖息的古老中国大地"。而以朱鸰为代表的懵懂少女的困惑迷惘则揭示了看似繁华锦绣的都市梦中极度的商业化和物质化的生活追求最终冲击了中华传统的道德操守和伦理底线，小说的这一寓言在时隔六年的长篇小说《朱鸰漫游仙境》中再次复活。小说中，朱鸰与其他六个小女孩一同在西门町展开了一场冒险之旅，所谓的"仙境"台北其实充满了诱惑和危机。故事的最后七个小女孩集体失

---

① 李永平：《致"祖国读者"》，《大河尽头 上卷：溯流》简体版序，上海人民出版社2012年版，第11页。

踪，此后再也没有人见过她们。城市的堕落之手伸向了弱小无力的少女，所谓的梦乡已变成梦魇，道德的崩塌与沦丧令人瞠目。如果说李永平在《婆罗洲之子》中抱有乌托邦幻想的成分，那么到了《海东青》和《朱鸰漫游仙境》中，乌托邦则被"恶托邦"替代，"以往许多作家力图用孩童的眼光来筛选掉故乡人、事上的丑恶、虚假，而在现实苦难、人性沉沦中在内心深处保留一方人类童年的净土。但《朱鸰漫游仙境》中的孩童视角已无力抵御虚饰与丑陋"①。尽管作者意欲经由这两部小说向台湾执政当局表达抗诉与批判，但在白色恐怖的氛围中却又不得不有所收敛，每每使用曲笔，因此创造出了文字的大迷宫。评论声中既有赞叹李永平的文字驾驭和文体创新能力超群的，也不乏批评其小说语言晦涩不易阅读的。

2002年的《雨雪霏霏：婆罗洲童年记事》（曾获台湾《联合报·读书人》最佳书奖、台湾《中央日报·出版与阅读》"中文创作类十大好书"）也是分、合皆可，叙事方式则延续了从《海东青》开始的"与台北7岁女孩朱鸰对谈"的方式，每章都可作为一个短篇或中篇看待。如最后一章《望乡》被人看作中篇小说的佳作。②这篇与日本影片《望乡》构成互文的小说讲述3个从台湾被掳来的"慰安妇"战后在婆罗洲丛林废弃铁道边"台湾寮"中的生活。她们膀臂被刻上的黑字"慰"，使她们"就像中国古代的犯人，脸上黥了个字"，永远回不了家了，只得在"我"——一个7岁男孩身上显露"女人的母爱"。而"我"最终为了体弱多病的母亲不再为我担心，竟向警方告发了她们。这个婆罗洲台湾寮的故事，沟通了李永平的两个故乡，典雅优美的文字和惨烈苦难的童年之间的丰盈张力再次呈现"原乡者的梦魇"的复杂纠结。其他各篇包括父辈们在艰难处境中辛苦谋生、日本举兵侵略婆罗洲、

① 黄万华：《新马百年华文小说史》，山东文艺出版社1999年版，第207页。

② 刘俊选编的《海外华文文学读本·中篇小说卷》就收入《望乡》。

沙捞越共产党人游击队的顽强抗争、叶月明老师投奔革命队伍消失在丛林之中、初恋田玉娘患病死去、主人公曾经迷恋的女孩司徒玛丽堕落的悲剧故事等。这些事件共同呈现出李永平在人生启蒙时代的重要经验，成为他文学生命最初滋生萌芽的重要源泉。朱鸽是小说中一个至关重要的人物，她不仅是纯洁与美好的化身，而且兼具灵魂指引者的身份，正如小说里"李永平"的一段独白："是你，朱鸽，让我鼓起勇气检视我在南洋的成长经验，是你帮助我面对心中的魔，是你要我睁大眼睛，看看自己到底是个怎样的人……你这个不爱回家、喜欢迢迢流浪、与我有缘邂逅台北街头的小姑娘，终于把我这个自我放逐、多年来逃亡在外四处漂泊的浪子，给带回家了……"①。李永平用文字臆造而成的朱鸽犹如精灵一般，聆听作者倾吐衷肠之余，也成为一面镜子，以善之名映射出人性之恶。

从《海东青》和《朱鸽漫游仙境》到《雨雪霏霏：婆罗洲童年记事》，尽管着墨较多处都是写现实罪恶与社会黑暗面，讲述女性受难遭际，但作者的书写由向外转为向内，更加注重自视其身，意欲在文学创作中探讨"我从哪里来"的生命哲学命题。作者不避内心的恶魔，赤诚地将自己灵魂隐秘处暴露于众。小说中"李永平"与玩伴无情地将石头掷向病得奄奄一息的老狗，面对沉沦的司徒玛丽，"我"不仅没有丝毫怜悯反而嫌恶地向她吐口水，作者以近乎残酷的自剖方式反省了人性的恶意。王德威认为："在李永平的逻辑里，原乡的沦落成为他的宿命，种族的禁忌，宗法的失落，混血的恐惧，甚至信仰的沦丧、精神的失常都因此而起。"②如何赎罪、如何从心灵的枷锁中挣脱却是难解的问题，或许华文书写就是李永平自我救赎的一剂

---

① 李永平：《雨雪霏霏：婆罗洲童年记事》，（台湾）天下远见出版股份有限公司2002年版，第259、260页。

② 王德威：《原罪与原乡》，见李永平：《雨雪霏霏：婆罗洲童年记事》，上海人民出版社2014年版，第4页。

良方，"就如涤荡的作用，人性中的怯懦自私造成悲剧，把悲惨之痛说出来了，心灵也就受到了洗涤"①，而他对朱鸰的倍加珍视与呵护怜惜则是其救赎欲望在文本中的外在流露。同时，《雨雪霏霏：婆罗洲童年记事》的语言风格与之前作品相比，也有了明显变化。

李永平的文学创作痴迷于在小说世界中展现汉字的魅力，他认为自己的创作大致经历了"见山是山""见山不是山""见山又是山"三重境界，而这"'山'是文字风格，也是情节内涵，两者是分不开的。写作《海东青》时的构想，确是把它当作第三的境界，但动笔后忽然念头一转：这样的题材，应该让我在'见山不是山'的第二境界中多迤逦一次，再修炼一番，反正我还年轻，仍在'流浪'——精神上、形体上的'漂逐'（《海东青》中最常出现的两个字）。因此，有现在这么一本书。这一生终究要进入'见山又是山'的第三境界的，否则我的写作志业就不算完成"②。在"见山是山"的第一重境界里书写的作品（《婆罗洲之子》和《拉子妇》）中，蕉林椰雨的南洋风情和婆罗洲多民族聚居的复杂情形使李永平的汉语书写镀上一层浓厚的雨林风味，《吉陵春秋》以一种追求"纯正"的中国北方方言的姿态向文化原乡致敬，这些正是"见山是山"的第一重境界。而《海东青》和《朱鸰漫游仙境》是以文字迷宫的形式讲述令人战栗的都市童话，构筑了荒诞的现代性寓言，则是李永平所言"见山不是山"的"第二境界"了。

经历了前两个阶段的文学实践和历练，李永平一再调整内心的矛盾纠葛，试图寻找一种恰如其分的言说方式，最终他在婆罗洲的童年记忆里实现了内心的平和，并确证："我不可能回到《拉子妇》的语言了，我不可能回

---

① 齐邦媛口述，潘煊访问整理：《〈雨雪霏霏〉与马华文学图像》，详见李永平：《雨雪霏霏：婆罗洲童年记事》，（台湾）天下远见出版股份有限公司2002年版，"序"第Ⅶ页。

② 李永平：《我的故乡，我如何讲述》，详见高嘉谦主编：《见山又是山：李永平研究》，（台湾）麦田出版2017年版，第15页。

到《婆罗洲之子》那种语言了，因为我经历过了见山不是山的阶段了，我要回到'又是山'的境界。关键在'又'这个字，跟第一个境界你看到的山不一样了。"[①]李永平采用一种不纯正、不地道、带有南洋风味的华语记录了他在婆罗洲的记忆，这种言语风格首先表现在《雨雪霏霏：婆罗洲童年记事》中，随后在《大河尽头　上卷：溯流》《大河尽头　下卷：山》以及《朱鸰书》（通称"月河三部曲"）中，这种"见山又是山"的第三境界得到更淋漓尽致的体现。李永平希望能够通过创作"月河三部曲"将南洋的华语提升到文学的层次，他最终选定的言说方式恰恰是最适合讲述婆罗洲故事的。经过再创造的华文不仅恰如其分地彰显了李永平的浪游身份，而且能更好地还原婆罗洲社会和族人的生活风貌。

李永平的"压轴"之作《大河尽头》，其上、下卷（《溯流》和《山》）分别入选2008年、2010年《亚洲周刊》十大华文小说，并荣获第三届"红楼梦奖：世界华文长篇小说奖"决审团奖。小说讲述青春期的华人少年永（"我"）跟随其父昔日的荷兰女情人克莉丝汀娜·房龙（即被永唤作姑妈的克丝婷），溯婆罗洲第一大河卡布雅斯河而上，直抵原住民达雅克人的圣山峇都帝坂的行程。热带雨林原始氛围诱发的放浪形骸，青春萌发的少年情欲，奇妙地指向或见证了外来者对原始资源疯狂的"物掠夺"和对土著女性无情的"性掠夺"。同时，朝圣自然和孺慕之情在极为抒情的笔触中展开，神秘的雨林传奇和神圣的生命赞歌交融，文体在清纯中散发繁复浓郁的修辞气息，文字锤炼的功力成就了这部抒情史诗般的长篇小说。

小说中，同行去圣山的人众多，但最终抵达圣山完成旅途的只有永和克丝婷。永的未成年人与华人双重身份，显然与同船而行的西方旅伴身份相异。而这种边缘人的异己身份却使其在充满诱惑的世界中得以保全自持，在

①　李永平：《我的故乡，我如何讲述》，详见高嘉谦主编：《见山又是山：李永平研究》，（台湾）麦田出版2017年版，第15页。

月夜之下面对白人男女交媾合欢的性爱狂欢邀请，即使一次次地幻想融入其中，永终究只是徘徊于放纵、宣泄欲念的罪恶大门之外。永是一个敏感多愁绪的少年。在目睹了白人旅伴从体面优雅的知识分子转变为情欲泛滥、行为怪诞、劣迹斑斑的纵欲者时，永对他们的态度从尊敬仰慕到鄙夷抗拒；对待纤夫加隆老人以及为了给老伴儿惊喜而背负梳妆台艰苦跋涉的年迈长者，永的内心生发出钦佩和敬畏；对道貌岸然的殖民传教士峇爸·皮德罗，永则感到震惊和发怵；面对质朴单纯的原始部落族人，尤其是妇女和幼童时，永表现出自然亲近的情感倾向。在多层次的情感体验中，永在情感机制层面形成了明晰的或认同或拒斥的情感选择，而这些个人化的复杂情感恰恰刻画出少年永踌躇而敏感的性格特质。

《大河尽头》中，李永平设计了一场充满未知与挑战的雨林之旅。主人公永通过这场朝圣之旅，完成了从少年到成年的蜕变，借助克丝婷残破的子宫获得重生。这场探寻之旅是李永平的精神朝圣之行，他在方块字中摸索原乡根底，探寻生命存在的意义。小说中，永对克丝婷的情感经历了多重转变：从最初"只听得自己一颗心突突跳不住，耳根臊红上来，忍不住也伸手，捂住裤裆抖簌簌跟随她的节奏扭动身子"[①]，仅对克丝婷存在肉欲遐思与窥视欲望；到目睹克丝婷在二战中留下的疮疤后，对克丝婷的情感态度转向尊重与理解；再到永"深深地把自己的脸庞埋藏在她的腹肚里，放悲声，哗啦哗啦哭起来了"[②]；最终转变为对克丝婷宽容慈悲的母性之爱心怀感恩与崇拜。尽管历经万难登上了圣山，所见之景确实如同辛蒲森爵士所描述的蛮荒无奇，但短短一个月间永所经历的一波三折的情感体悟其实就是少年永的成年仪式，克丝婷已然完成了她对永的许诺。这场冒险旅程对少年永而言重在

---

① 李永平：《大河尽头 上卷：溯流》，（台湾）麦田出版2008年版，第87页。

② 李永平：《大河尽头 下卷：山》，（台湾）麦田出版2010年版，第294页。

成长，而对于中年永来说则重在溯源和赎罪。小说是以中年永向少女朱鸰讲述其十五岁的一场启蒙之旅开始的，永向朱鸰坦白了他"试图用一簇缤纷婀娜古典图腾似的中国方块字，追忆、整理、探索少年时代在南海蛮荒这段孽缘，妄想借以洗刷心中的罪恶"①，而他的罪不在为非作歹而是在缄默之中品尝共犯的滋味。

2015年"月河三部曲"的终结篇《朱鸰书》出版（获第四十届"金鼎奖"图书类文学奖）。小说以主人公朱鸰讲述她在婆罗洲一年冒险经历的方式展开叙事，朱鸰在雨林浪迹途上先后结识了伊曼、兰雅、阿美霞、娣娣·龙木等女孩。她们中不少人都被峇爸澳西引诱侵犯却无从反抗，深陷在用邪恶编织的梦幻泡影里。她们共同搭乘幽灵船心甘情愿跟从峇爸澳西前往小儿国。为了除暴安良、保卫家园，朱鸰最后化身黄魔女将白魔法师峇爸诛灭。《朱鸰书》中，李永平延续着对恶托邦原乡的写意。围绕在柔弱清纯的无辜少女周身的是性侵、战乱、死亡、阴谋等层层残酷与阴暗，李永平将恶写到极致却是有意为之。他曾在采访中谈到就是要让读者在阅读时感到悲惨和心痛，这大概也是他验证和唤醒人性的一种书写方式。其实，这部长篇小说要比此前的《雨雪霏霏：婆罗洲童年记事》和《大河尽头》更加"光明"些，作者本人也认为："《朱鸰书》是我迄今最满意的一本！好像在发泄什么一样，冲破了小说书写、社会道德规范、文学束缚等障碍，真正随心所欲。"②以黄魔女手刃白魔法师这一情节来宣告故事结局，也一吐多年来积郁在作者心中的哀怨与愤懑。

李永平的绝笔之作是没有终篇的武侠小说《新侠女图》（2017年8月起连载于台北《文讯》，共14回）。小说讲述明朝正德末年，17岁的女侠白玉钗

---

① 李永平：《大河尽头　上卷：溯流》，（台湾）麦田出版2008年版，第283页。

② 孙梓评：《这个世界本来是美丽的：李永平谈〈朱鸰书〉》，详见高嘉谦主编：《见山又是山：李永平研究》，（台湾）麦田出版2017年版，第291页。

只身一人从广东北上赴京报仇的故事，仇家是号称三千岁的白公公。白玉钗一路经历波折，既受到了贵人相助也遇到过恶人无赖，更意外寻得失散多年的五妹⋯⋯这一新女侠形象，"接壤了唐代传奇和侠义小说中侠女的贞烈强悍和不事二夫外，更有一股不可侵犯的高洁品格"①，由此"展现一个南洋浪子对古典浪漫中国的憧憬和想象⋯⋯"②

除了文学创作外，李永平还是一位多产的翻译家，他自言："在廿多册翻译书里头，有几本比较值得译。第一本是《大河湾》，另一本是《幽黯国度》。"③大量翻译的经验对其小说创作产生了一定影响。

1958年就求学台湾，后获美国遗传学博士且长期从事种植业的潘雨桐（1937—　，本名潘贵昌，出生于马来西亚森美兰文丁）在描写东马园丘生活中成了马华最优秀的小说家之一。他的早期小说集《因风飞过蔷薇》《昨夜星辰》就因为致力于用现代小说技法呈现华族传统的美学意境而受到白先勇称赞。后来的作品从题目到叙事的意境、意象、寓意，也都华族古典意味浓厚。如果说，李永平身居台湾而将"台北古晋婆罗洲南洋东海中国世界"（李永平自言）融合呈现为"原乡者的梦魇"，那么，潘雨桐则不离马来西亚而更挥洒自如地将南洋、美洲、台中、西双版纳等各地的不同风情在主体和漂泊的痛苦纠结中交铸成一种更浑厚迷人的小说世界，表达马来西亚华人身份困惑等复杂情感。《紫月亮》讲述被母亲狠心"抛弃"而在二舅父家寄养长大的"我"无法接受二舅父对"我"的婚姻安排。从早期的获奖小说《癌》（1980）到后来不断推出的力作《乡关》（1981）、《一水天涯》

---

① 张贵兴：《南洋少年历险记》，详见李永平：《新侠女图》，（台湾）麦田出版2018年版，第3页。

② 李永平：《迌迌：李永平自选集（1968—2002）》，（台湾）麦田出版2003年版，第44、45页。

③ 王润华、许通元、李永平：《从婆罗洲到北台湾——李永平的文学行旅》，（马来西亚）《蕉风》第511期。

（1987）、《咀嚼死亡》（1992）、《那个从西双版纳来的女人叫蒂奴》（1992）、《野店》（1998），潘雨桐不断尝试扩大自己的"国际视域"，并丰富自己的表现手法。乡愁、教育、人性关怀等传统主题往往在他写实兼后设、陌异化呈现等叙事中演绎成种种现代悲剧。《幽浮程式》就以写意和讽喻相衬的手法，虚实交织地呈现了电脑程式主宰的现代社会中性灵的毁灭。

潘雨桐的散文更有意义和价值。华人飘落异域，都是为了谋生，而第一代移民的谋生，往往是从拓荒开始的。这种向自然索取的拓荒生涯对移民是种严峻考验：异域土地如何视同故土，如何在家园意识中去珍惜自己刚踏上的陌生土地，生存中如何不逾越"戒杀"之限？这些都是华人在他乡落地生根中有着特殊意义的寻求。潘雨桐的散文真切地探索这些问题，《大地浮雕》呈现的正是这样一种回答。散文讲述阿祖在河边用电锯伐木，谁也没看见他是怎样跌落河中，成了一个血人。叙事中两种"血"的意象穿插、映现、呼应，弥漫出一种神秘的敬畏感。一是阿祖受伤身亡时凝固的血块、暗淡的血水、点点的血迹；一是大树的"血"："赤红的树脂映着阳光，犹似凝结了的血块。这原木是大树的血啊，那样的屹立山原，俯仰天地间，千百年已过去，从天的尽头开始，莽莽相依，直到河岸，才踟蹰不去。"如今一根根倒下，渡河而下。阿祖是山林流浪儿，他原本"属于雨林属于群山"。为了生存，他加入了伐木者行列，而跟他"共同度过在雨林订盟的今生今世"的阿祖女人也"只会种玉蜀黍"。阿祖和他的女人的生存质朴单一，然而也无情破坏了整个雨林的生存。散文中不时穿插着各种雨林传说、知识，烘托出阿祖生存的困境，如讲雨林的雨季，滞留在苏拉维西海域的西南风，与北方苏禄海的流风相互对峙，开始各自相安；后来，苏拉维西海域上的风云反卷而来，双方反目成仇，终成狂风暴雨，大地狂飙。"一滴露水，一蕾小花，都各有天地，生命本在其中生生不息。但这样的机缘并非常驻"，一方侵入另一方，终致家园、生命被毁："于此大地，于此雨林，于此大河，我们如何相对，已没有了贫富，没有了贵贱，而回归到了自然。还有什么比心灵回归到自然来得澄明呢？"这就是潘雨桐寻找到的，心灵回归了自然，也就会摆脱了一切杀戮。

第四节　新加坡华文文学独立发展的开启（1965—1970年代）和陈瑞献、郭宝崑等的创作

新加坡在1959年成为自治邦，李光耀领导的人民行动党在1959年、1963年两次大选中获胜，组建政府。1963年曾与马来亚、沙捞越、沙巴组成马来西亚联邦，两年后退出马来西亚联邦成为独立国家，随后实行发展经济的政策而加速了其现代都市化进程。新马两家华文文学仍有密切联系。例如1969年8月，新加坡陈瑞献被邀加入《蕉风》，加强了新、马现代文学的联系；更多的新加坡青年作家的作品也出现在《蕉风》，推动《蕉风》表现出相当开阔的文学视野。但新加坡建国必然开启新华文学的独立发展。1970年，《新加坡华文文学作品选集》（孟毅编选）出版，"新加坡华文文学"一词首次进入文学史建构，新华文学也开始其独立于马华文学之外但又与马华文学关系密切的历史进程。

新加坡建国初期困难、矛盾重重，各种政策都为了国家的生存、发展作了大调整，使华文文学处于某种困境。新加坡实行英语至上的教育政策，行政通用英语，学校授课推行英语，选择华校的学生锐减，华校倒闭，华文地位一落千丈。华文报纸副刊和文学杂志缩减，文学作品出版量下降，甚至使得中长篇小说等一度濒临绝产。但新加坡终究是华人占国内人口总数比例最高的国家，民间发展华文文学热情不减，虽在新加坡有"要让一个人破产，就让他去办华文杂志"一说，但民间的华文文学刊物仍如雨后春笋，六七十

年代出版的华文文学、文化刊物多达百种。虽长期出刊者少，但前赴后继，薪火不断，使新华文学在艰难中依靠各方的努力慢慢复苏，篇幅灵活短小的诗歌、散文、微型小说等得到大力发展。一大批青年作家，包括女性作家逐步成为创作主力，其创作方法多样，创作实践也化解了原先现实主义与现代主义的对立。新加坡高校中文学会、新加坡中学教师会、《星洲日报》社等报社（团体）和新加坡文化部等举办的华文写作比赛、文学座谈会等活动不间断展开。建国后十年，新加坡出版的华文作品集仍有近300种，开启了新加坡华文文学的独立发展历程。

新加坡建国后不久，包括陈瑞献、英培安、完颜藉、王润华、淡莹、贺兰宁、南子、流川等在内的青年诗人群崛起，是新华文坛最重要的现象之一。他们中不少人求学台湾，受台湾现代主义文学思潮熏陶，回新加坡后大力探索新的文学表现，对新华文坛产生重大冲击，引发的"写实与现代"持久争论，拓展了新华文学的创作视野和空间。其中完颜藉（1930— ，本名梁明广，祖籍海南，毕业于南洋大学中文系）被视为新加坡"文坛罕见的先知先觉者。在60年代末，通过文艺的编串，他把新马文艺带入新地带，鼓起新风气，创造新景象"①。他1967年2月8日接编《南洋商报·文艺》副刊，提出了作品"不分畛域"、作者"不分阶层"的"二不主义"，并强调文学的出路在于有"好的""文学货色"。②这种开放的文学视野使《南洋商报·文艺》很快成为新马现代文学的重镇之一（《南洋商报·文艺》积极倡导现代主义文学，但也兼容现实主义文学，发表了相当数量的现实主义作品）。作为这一时期新加坡现代文学的催生者，完颜藉对现代主义文学发表了很

---

① 陈瑞献：《略说明广》，方桂香主编：《陈瑞献选集》，（新加坡）创意圈工作室2006年版，第300页。

② 《〈文艺〉版的二不主义》（征稿启事），（新加坡）《南洋商报·文艺》1967年2月8日（13版）。

多重要看法。他在1968年1月1日《南洋商报》发表《六八年第一声鸡啼的时候》，指出现代文学是对"陈腐的内容与古董的形式"的"义无反顾"的反叛，是为了"阻止语言完全被剥去心灵代议士的资格"，他同样追求"表达真"，只是"打破了传统的方格子"。针对批评现代主义文学"晦涩"的说法，完颜藉认为，"不习惯是晦涩的母亲"，"意境的浓缩与文学的浓缩加上现代人的特殊复杂感触"使现代主义文学"打破以往文艺的习惯"，使习惯阅读者注定"看起来要吃力"，"因此也是晦涩的"。同年10月，他又在新加坡《文艺季风》第5期发表《开个窗，看看窗外，如何？》，就当时现代主义文学最遭非议的"脱离现实"作了深入的分析。"现代主义文学"并不脱离现代人的生活，"'现代'两字，不能照字面的意义去解释……真正的现代作家，具有现代人的经验与感觉是不可缺少的条件。……现代人的生活，比过去人的生活复杂得多，许多原有的手法已经不够达到效果"，而现代主义正是为了表达现代人的生活才产生的。现代主义作品的手法也未"脱离现实"："现代诗最恼人的（古诗亦然），全是它的高度象征手法。其实象征并非邪魔外道，他仍是为了写实而来。这'实'便是诗人心中的意境（写诗的人无法否认意境是现实——外在现实侵入诗人心灵，经过诗人心灵过滤后的现实）。许多现代诗所追求的正是这种最高度的象征手法。"他因此希望人们去"认识一些最具有代表性的现代作家"，就会意识到现代文学恰恰是追求"最具现实精神"的"现代人生活"。完颜藉从新加坡华文文学要反映现代新加坡人的经验和感觉、完成新加坡社会的现代书写必须实行艺术突破的时代使命和文学视野出发，提出了其现代主义文学主张。

此期间完颜藉还主编《南洋商报·青年园地》（1967—1970）、《南洋商报·文丛》（1971—1972）、《南洋商报·咖啡座》（1978—1983）、《南洋商报·窗》（1979—1980）等副刊。这些副刊都"锐意宣扬现代文学创作"①，使得完颜藉的文学主张得以实践、展开。完颜藉在这些副刊上一方面重视外国优秀作品的译介（如《南洋商报·文艺》创刊号就刊发了毛姆的小说《知足常乐》和钱歌川介绍二次大战结束后英美文艺新思潮的《疲堕的一代找到归宿》等；完颜藉自己开始翻译乔伊斯的名著《尤利西斯》，在《蕉风》连载，希望这位现代小说的"前驱"和"宗师"能"指示"后来者的"路子"②），另一方面则大力扶持本地作家的创作，"苦心培养了现代文学的幼苗，造就许多新的现代诗手"③。当时聚合在《南洋商报·文艺》的文学新锐有南子、郭四海、谢清、文凯、流川、陈成贵、陈君、钟夏田、梦虹、张景云等，其中不少在新诗或现代小说创作上颇有作为，其中陈瑞献的文学成就足以代表新加坡建国后现代主义文学达到的高度。

陈瑞献（1943—　，笔名牧羚奴，出生于印度尼西亚北苏门答腊，祖籍中国福建南安，幼年时来新加坡读书，后毕业于南洋大学现代语言文学系，1987年成为法兰西艺术研究院驻外院士中唯一的东南亚艺术家，1968年后的四十年中已出版各类著作50种）"天纵奇才"④，文凡小说、诗歌、散文、剧本、寓言、翻译，样样精通；艺计书法、篆刻、水墨、油画、胶彩、纸刻，无一不佳。他且酷好参禅学佛，实践诗禅合一。这使得他早期的现代小说、诗歌创作也异彩纷呈。

陈瑞献曾自言选择现代主义的创作方法，是出于反叛"当年流行于（新马）文坛的'现实主义'为唯一的文学体制"的文风、进入"自由的创作"

---

① 方桂香主编：《陈瑞献选集》，（新加坡）创意圈工作室2006年版，封底。

② 完颜藉：《开个窗，看看窗外，如何？》，（新加坡）《文艺季风》第5期（1968年5月）。

③ 林也：《解放的新世界——新马现代文学的发展》，（马来西亚）《蕉风》第232期（1972年6月）。

④ 马崙：《新马文坛人物扫描（1823～1990）》，（马来西亚）书辉出版社1991年版，第264页。

境地的追求。他的小说、诗歌正是他以自由心态化用外来艺术资源、寻求反映现实和开掘心灵的开阔世界的结晶。

陈瑞献的早期小说结集为《牧羚奴小说集》（1969），这部新加坡第一本现代派色彩浓郁的小说集收入11篇小说，其独异的结构技巧和多样的心理剖析手法当时就引起众目关注。《白厣》在展示"白厣"这一人间阴世的愚昧、丑恶和其中人性的煎熬、拷问、挣扎、反抗等时，交错融入了表现主义、意识流、荒诞派、魔幻现实主义等小说艺术因素。小说中，皮伯身上几乎集中了一切人性的恶：贪婪性、占有欲、破坏癖……而这一切恶又表现得如此彻底。作品将皮伯种种现实的恶置于麻风院那梦境一般的环境，让人物在疯癫状态中暴露内心，象征、暗喻的手法使皮伯沉沦的环境在某种神秘的气氛中富有现实暗示性。众多现代小说手法运用的同时，作品的思想脉络仍明晰而富有层次，"惩恶治毒"的题旨得到表达，而杂感笔触、现代诗思路夹杂其中也拓展了作品题旨。《不可触的》采用多重性场景片段组合结构：整篇小说由四个虚实相间的日常生活场景营造一种凄清苦寂的氛围，而每个生活场景又由几个非纵向延续性的形象片段构成，似断实连地互相呼应；形象片段的同一时段里，又往往通过主人公的感觉、思绪生发出，或联系起几个不同时空的生活小片段。在这样一种多重性片段结构中，不同生活碎片巧妙叠合、组接，互相印证、强化，既强烈表现了主人公"被世界所抛弃"而落入"不可触"贱民的命运悲剧，又在凄清苦寂的作品氛围中暗示出"不可触"命运丰富的现实意义。这种小说结构借鉴了西方现代小说的因素，也是陈瑞献自己的创造。

陈瑞献中学时期就开始研读佛经，《内空之旅》等小说以现代小说技法写佛门修行、无我解脱，成功地表现了现代人生的佛法佛缘。他的小说创新锐意强劲，仍非常注意小说叙事性的发挥。向感觉层面开掘情感，将情感的内向性和日常化结合，叙事体态多变和情绪多向度的一致，泛潜意识的成分加深，但仍不排斥情节与细节的叙事魅力……这些都使得陈瑞献1960年代的小说让人耳目一新且仍循着叙事文学的发展轨迹。陈瑞献后来还创作有一些小说，被收入中国长江文艺出版社的《陈瑞献选集·小说·剧本卷》。这些小说兼有传统和现代章法，东西方思路互通，文体多样，充分显示了新加坡文化的特色。

陈瑞献的诗集《巨人》（1968）、《牧羚奴诗二集》（1971）也是新加坡建国初期文学的重要成果，呈现出陈瑞献的现代诗与民族文化传统的多重对话。

《巨人》被称为新马华文学史上第一本现代主义诗集，收录了三首同题为《巨人》的诗，第一首《巨人》是写诗人父亲的："你把灵魂把胸膛交给浩淼／面对海盗的长发与短剑／煎熬下，半个燠热的世纪／升华了你无尽的爱和大义……"。陈瑞献的父亲出身捕鱼人家，后来靠奋斗成了马六甲海峡的富商贤达，在民众中享有豪杰的美名。陈瑞献写父亲南来渡海，建家园，聚民众，对自己有如山重的养育之恩，对民众有似海深的同胞之情。父亲的人格，其形象成为陈瑞献对"巨人"的最初向往。两年后，陈瑞献写了第二首《巨人》，诗中的巨人形象是孙中山。诗作将孙中山的远见、智慧、胸襟、劳绩在历史长河中一一呈现，其形象成为国族命运的象征。如第二节，从写孙中山海纳百川的胸襟起笔，"你不筑坝，你有容海的大腹"，由此探入历朝历代君王们堵民之口的历史，凸显孙中山的民主意识；"你的须林，盐花渗泌着盐露"，从"海"联想到"盐花"，由孙之胸襟而及孙之容貌，富有想象力地呈现孙中山为民操劳而白了双鬓的艰辛；"你与大禹孪生，洪水的克星"，孙中山是现代中国的"大禹"。短短三句，让人对孙中山肃然起敬。第三节写孙中山为国族谋取富强的业绩，却转换成奇异丰富的意象："在一片患浮肿病的叶之内外／有船在疏导，有辇在颠簸／有车在冲刺，有橇在飞扬／冰河凋谢，当葵形星在大地燃烧"，那"一片患浮肿病的叶"可看作贫弱中国的象征（中国地图一向被喻为"海棠叶"）。如果将船之疏导看作病叶之脉络的疏通，那么辇之颠簸、车之冲刺、橇之飞扬等意象纷至沓来，暗示出近代中国兴革之频繁，葵形星之燃烧、冰河之凋谢则让人感受到中国新生的希望。总之，整首诗在现代诗的意境中凸现了对孙中山这一现代中国巨人的想象。又隔了一年，陈瑞献写了第三首《巨人》。此时正值他大学毕业，他在此诗中已进入跟佛陀这位大巨人的心灵对话。陈瑞献在谈到三首《巨人》时曾说："我父亲是小巨人，孙中山是中巨人，佛陀是大巨人。第三首《巨人》分三段，也是沿此思路开展，所以，做佛才是我最大的抱负。"①亲缘（父亲）、国族（孙中山）、人类（佛陀），依次展开，是陈瑞献走近佛陀这位大巨人的心灵历程。诗的第一段写体魄之强、节操之贞、动力之大，呼应着"我"从血缘那里得到的巨人般的力量。第二节写普罗米修斯等希腊英雄，写田横五百壮士等中国烈士，表达着"我"的效仿之心。第三节佛陀的出现是无形的，又是无所不在的，"一个，两个"，"亿亿万万"，皆为佛陀也，"我是佛陀／在现代诞生"，既是自述其志，成佛陀的大心愿，也是对佛法的现代体悟。在写下《巨人》后不久，陈瑞献曾以艺术家的心愿谈起宗教，他说："我是个有神论者，在天道里有一天多一个神，便可能是你他或是我自己。……宗教已由'恐惧造成最初的神'，演变成智化的信仰，甚或是对生死的极理智的探索。"②陈瑞献就是从佛教的高度来看待包括文学艺术在内的人间一切，完成着"我是佛陀"的大心愿。

从亲情敬仰，到国族崇拜，再到佛陀心愿，在这三个阶段，陈瑞献都是由现实境遇引发"巨人"心愿的。中国传统文人往往将佛教视为精神避难所，而陈瑞献反而以一种积极的进取，通过佛学的潜修，破除一切外在的偏

---

① 方桂香：《巨匠陈瑞献》，（新加坡）创意圈工作室2002年版，第252页。

② 方桂香：《巨匠陈瑞献》，（新加坡）创意圈工作室2002年版，第223页。

执；破开囚笼，达到生命的本真，在自度度人中来求得艺术生命的提升和现代社会的共存互尊。陈瑞献"佛缘"中的现实性情结所呈现的佛教的"现实性"和作家的"现世性"追求的结合，形成新加坡华文文学中特有的传统与现代交融的色彩。陈瑞献后来的诗作，其现代诗的探求不断越界而出，其中华文化传统的情结越加丰厚。正如他在其现代诗《庚辰二月二"龙抬头"致祭黄帝陵》（2000）中所表达的一样，个人生命走得再远，那"丝的开始""米的源头""符号的最初"连同那"大灵魂的祖先"都始终相随。生命会有裂变，身份会有变异，栖居地遍于天涯海角，传统也会有各自的构建，但中华文化始终是新加坡华人的大灵魂。这是陈瑞献诗歌创作的基本走向，也是新加坡独立建国后华文文学的基本态势。

本时期新加坡华文小说创作有成绩的有韦西（1935— ），其小说集《割爱》（1968）、《为了爱，要恨》（1977）南洋乡土气息浓郁，其中的教育题材小说包含了对殖民教育制度转换为民族教育制度的思考；范北羚（1932—2012）的小说集《火把》（1973）在众多人物形象刻画中表现出鲜明强烈的新加坡国家意识；郭四海（1944— ）的小说集《永远的期待》（1964）、《青春的脚步》（1967）等叙事结构丰富多变，人物形象塑造中马来族形象的刻画尤有价值；谢克（1931— ）被称为新华"小说上的速写大家"①，其小说集《困城》《学成归来》简洁明快地塑造人物个性，叙事风格既师承张天翼的讽刺艺术，也有吴组缃细密流动而淡然有味的笔触，显示出新加坡华文文学与中国现代文学的艺术关系。

1950年代开始戏剧活动的郭宝崑（1939—2002，祖籍河北衡水，1949年定居新加坡，1990年获"新加坡文化奖"）1964年从悉尼国立戏剧学院毕业后回新加坡创办新加坡表演艺术学院，创作了《喂，醒醒》（1968）等多种

---

① 方桂香：《巨匠陈瑞献》，（新加坡）创意圈工作室2002年版，第223页。

剧作，成为新加坡戏剧界最重要的剧作家和导演，其创作也颇能反映新加坡建国后华文文学的走向。

在许多人眼中，郭宝崑是新加坡为数不多能实现对本身文化与民族的超越，将视角扩展到其他文化源流的戏剧家。他第一个把布莱希特的作品搬上新加坡舞台，第一个把格洛托夫斯基的戏剧体系引进新华戏剧界。他的本土戏剧不仅在戏剧表演上锐意创新，而且常呈现多元语言流源（华语、英语、马来语、淡米尔语）的形态。他较早时期创作的本土剧《嗃呸店》以一对祖孙间的矛盾冲突展示了华人在南洋创业的百年历史，呈现出一种交织华族传统和南洋风情的心理氛围。《郑和的后代》在明代远航海外的郑和与其后代的"平行对比"中，揭示了华族历史的苍茫悲凉。在郑和几下西洋的英雄姿态后面，既有着郑和被桎梏的无奈身影，又有着其后代无休止的悲叹，从而呈现出民族历史中那种无视个性差异的异化力量。《寻找小猫的妈妈》首次在同一个剧中采用了华语（包括潮州话、福建话、广东话、客家话等方言）、英语、马来语、淡米尔语等各种语言，以表现多元文化国度中共同的生命体验。剧情上更有超越族群的种种启迪。如孤绝中的福建老妇人离家出走，路遇一位印度老爷爷。两位老人语言不通，却伏地以各种手势、摹声、拟状，诉说自身，而获得了对方的理解。这种人类共同生命体验的沟通是异常震撼人心的。

郭宝崑一开始的戏剧活动就将编、译、导和教学、演出结合在一起。他熟谙华英双语，兼采中西戏剧之长，注重华语戏剧之间的交流，连续展开艺术实验探索。从1960年代的表演艺术学院，到1990年代的多元化艺术中心，他始终依托于舞台演出实践的革新，使自己的剧本创作成为一种具有很大艺术容纳性的"剧场"艺术。具有黑色喜剧艺术风格的《棺材太大洞太小》（1984）被视为郭宝崑的代表作。剧中主人公因为祖父的特大号棺材不符合墓地的统一规格而与墓地主管发生了一系列争吵，最终迫使坚持棺材标准尺寸的主管破例批了额外坟地，让祖父安然入土，而剧中主人公却不禁反问自己：“祖父的棺材的确很有特色，可是人家抬不起，坟口放不下啊！要搞个标准型的呢？……方便是方便，就怕是全都一个样子，将来子孙们会把祖宗的坟搞乱啰……到底怎么样好呢？我不知道……我不知道……”这种两难的感叹，在“棺材太大”和“洞太小”的矛盾冲突中，揭示了剧中的多种含义：既揭示了现实体制的僵化死板对人的戕害、对传统的漠视和伤害（墓地主管方在争执中曾提出四种解决方案，无一例外都毫不尊重死者和传统），又反省着祖父所代表的家族文化传统的衰微（祖父的“大家庭”已“散了”，而他那口“又稀有、又精致、又结实、又光滑、又沉重的棺材”成了“看客”们云集的起因，处处显出其“不合时宜”）。这些都将观众从富有情节趣味的现实纠纷中拉离出来，进入对人类疏离其自身存在本质的状况的思考。剧情的现实冲突性和题旨的形而上思考性，共同构成了郭宝崑剧作富有戏剧魅力的两个方面。

对生命意义的质疑是郭宝崑剧本中的主要声音。而这种质疑主要指向了社会（包括族群）心理的主流形态。《傻姑娘和怪老树》（1987）中的傻姑娘被视为思维怪异的人，只有在同老树的内心对话中，才会显露出她思维的质朴、纯净和不乏深刻。当人们以“发展环境”为借口要砍树时，傻姑娘挺身而出，保护怪老树，甚至不惜与树同归于尽。剧中那棵怪异的老树始终包含种种不确定的意义，它和傻姑娘不乏诗意的对话会引起读者、观众对现实生活多方面的联想，但对众口一词的主流意识形态的挑战姿态是明显的，对生命个体存在的高度关怀通过单纯的形式得到了较深刻的表现。其他剧作，如《单日不可停车》（1986）在日常生活规范中揭示的个体权利跟体制规则的冲突，《寻找小猫的妈妈》涉及的语言环境的陌生化引发的对自身文化身份的质疑，《老九》和《鹰猫会》呈现的社会强势力构成的对人个性的压抑，都写出了社会体制、族群习俗造成的人的本质存在的疏离、失落。

第五节 "六八世代"崛起中新华文学的发展和王润华、淡莹等的创作

新加坡建国后的六七十年代，共出版诗集约120种，居各文体之首。新诗作家有百位之多。而成立于1968年的新加坡五月出版社是在以后较长一段时间新加坡唯一出版现代文学书籍的民营出版社，成立后短短几年中就以丛书形式出版了11种现代诗集、3种现代小说集、2种文论集。作者全部是当时跻身新加坡现代主义文学阵营的青年作家，包括陈瑞献、贺兰宁、英培安、南子、谢清、流川等，被称为"六八世代"，开新加坡出版现代文学创作之风气。1970年，该出版社出版《新加坡15诗人新诗集》，收录文恺、吴伟才、沈璧浩、完颜藉、林方等人诗作144首，展示了新加坡现代主义诗歌运动的初步成就。这些诗作表达了"诗人独对文学良知负责"[①]的创作态度和对"有深度的诗"[②]的艺术追求，代表了"'六八世代'诗人本身的自我典律建构"[③]。1978年，南子、谢清、王润华、淡莹等又创办五月诗社，出版了39期《五月诗刊》，延续、扩大了"六八世代"的创作成就。"六八世代"都出生于1940年代，又以战后出生居多，他们开始挣脱单一的现实主义的桎梏，坚持文学本位的创作立场，既反对"诗成为某种特定意识形态的附属品"，也警惕对"外地理论"的"依模制作"，追求"创造"的"高度个性化"。[④]"六八世代"的崛起，表明新加坡建国后的华文文学开始于自觉的现代文学思潮中，新加坡建国后第一批重要诗人由此涌现。而在新加坡开放的

---

① 孟季仲：《15人序》，贺兰宁编：《新加坡15诗人新诗集》，（新加坡）五月出版社1968年版，第37页。

② 流川：《15人序》，贺兰宁编：《新加坡15诗人新诗集》，（新加坡）五月出版社1968年版，第25页。

③ 张锦忠：《南洋论述：马华文学与文化属性》，（台湾）麦田出版2003年版，第54页。

④ 牧羚奴：《巨人·自序》，（新加坡）五月出版社1968年版，第2—3页。

背景下，"六八世代"从现代出发，却表现出与传统的沟通，在华文教育衰微的建国环境中顽强传承、发展着华族文化的传统。其中，王润华、淡莹的创作成就最高。

王润华（1941—　，祖籍广东从化，生于马来西亚霹雳州）1960年代先后求学于中国台湾、美国，博士毕业后进入美国爱荷华大学从事文学研究，1970年代回新加坡任教于南洋大学、新加坡国立大学二十余年，之后又从教于中国台湾、马来西亚，其身份多栖的经历使他创作视野开阔。其创作成就主要是诗歌和散文。出有诗集《患病的太阳》《橡胶树》等，散文集《南洋乡土集》《把黑夜带回家》等，在学术领域也多有建树。

王润华开始诗歌创作正值新加坡英语至上、华文衰微之时，其诗作看重汉语"表现出历史文化的'延续感'和'积藏感'"①。他几乎是用一种宗教般的虔诚，吸取着两千年文言传统和五四后现代白话演变中的营养，融入着居住国多元文化的现实影响。民族语言"积藏感""延续感"的寻求，使他回到汉语的源头，去体悟、承接民族语言丰富的生命形态。

1970年代，王润华以其组诗《象外象》奠定其诗坛影响。这组诗独异地以汉字之象来沟通古今之象，既从汉字"死象之骨"来"想其生"，又注入现代人的感悟，将汉字这样一种具象语言符号中"积藏"的富有本民族文化情感和美学气质、品格的内容开掘出来。如《秋》："太阳终于将秋风／磨成一把镰刀／去收获野生的稻穗／／谷种的灵魂／原是一朵火花／燃烧自己绿色的腰。"石镰和野稻撞击的场景，被想象成社稷的崇拜，丰收还只是自然的赐予。这一先辈初民的生存实况叠加起太阳的图腾、土地的精灵的原始想象，构成了人们心中的"秋"。又如《（河）》："哗啦啦的江水／以一把浪花／切开我——／我的声音在右／遗体在左／／河岸的行僧／只听见我的呼

---

① 温任平：《静中听雷》，（马来西亚）大将出版社2004年版，第169页。

声／却看不见坠河的我。"这里的想象格外独异，"九曲"黄河，只以一把
浪花，就切开了"我"的声音（灵魂）和肉体，行僧救得了"我"的灵魂，
还不了"我"的身。这种想象是诗人个性对汉字沉积的意象性的大胆开掘，
而"江""僧"等字的嵌入，巧妙地使"河"这一"象"获得了一种历史流
变的张力。其他如《早》所呈现的"太阳站在白茅上／饮着风／吃着露／将
黑夜的影子／吐在落叶底下"，《暮》所想象的"寺院／金黄色的钟声／将
夕阳击落／野草丛中"，《东》所寻求的"太阳钉在神木上／春／夏／秋／
冬／照着神秘的大门"，都是对汉字诗性隐喻的绝妙解读，于字形之外呈现
华人祖先的生存之象、想象之象。当王润华努力"复原"汉字诞生时人们初
始的、率直的、直觉体验的言语心态，借汉字中保留的丰富的感性形态构筑
自己的精神原乡时，他提供了复苏人类对自然世界的感性生命经验的独特途
径，也让汉字在象形之体内外奔涌起充沛的想象力，延续起民族的历史。

王润华诗歌回到民族传统的途径多种多样，其中他与自然山水的对话
（诗集《山水诗》《人文山水诗集》）而呈现的人文山水最引人关注。他在
1980年代提出了"每天细心听听地球的声音"的文学命题。他说，"野兽、
森林、河海、水中的生物和空气，都比我们更了解世界，它们都是地球的代
言人。"[1]他诗歌写得最多最好的也是他"聆听植物与鸟群风雨的对话"，从
中找到人的信仰、习俗、神话、梦想。他让自然山水的博大、清纯、和谐接
纳和洗涤陶冶自己的心灵，使心灵摆脱知性的侵扰、理性的羁绊；同时，他
又以自己对人文（人物、文化、历史）的种种记忆、想象进入了自然山水，
山水由此呈现出"以人为本位"的新的生命形态。在王润华的人文山水诗
中，静默的自然成为思想的源泉，心的蜕变完成于倾听自然之中。《佛国出
家记·坐禅》正是通过一幅幅人的身心同自然交融的图景在想象中呈现出心

---

① 王润华：《白鲸之死及其他》，见《王润华文集》，鹭江出版社1995年版，第179页。

灵的完善："……雨点走过湖面后／我们的坐姿就像一朵朵含苞／待放的荷花／午寐时／我们昏昏迷迷的把自己／睡成一朵朵野蘑菇／黄昏后／我们又清醒／如一盏盏长明灯的火焰∥三个月后／湖水清澈如一面镜／反映着天地万物／而我们的心清静如一片肥沃的土地／万物茂盛的生长着。"这真是一幅至美的图景，坐姿——荷花，睡意——野蘑菇，心境——清水沃土，没有纤尘，没有芥蒂，天地间只有一片澄明，心接纳万物，映照天地，物我相融无间而成一个最广大明净的世界。

王润华的人文山水诗，也是他地球意识、环保意识的表达，他焦灼于人类的现代活动不仅吞蚀自然山水，也吞没人文传统，呼吁回到"童年"，回归自然。他在1980年代就开始写那些"无法回归美丽大地"的"受伤的山水"："善解人意的白鲸"被人类的化学废料变成了"一片巨大的白浪／静静地躺在沙滩上／忘记回去海洋"（《白鲸记》）；核电厂"巨大的云朵"笼罩下，"天空没有飞翔的小鸟／河里没有戏水的鱼虾／经过野径的猎人抱怨／找不到野兔狐狸的踪迹"，而"冷杉树发现自己／全身长着粗大的铁钉"（《一棵冷杉树》）；……这些诗都从生物（鸥鸟、海鸥等）的视角来感受那"受伤的风景"，它们的惊恐、困惑更呈现出掠夺、伤害山水的贪婪的可怕。而《吞噬青山绿水的恐龙——记大马华人开采锡矿的金山沟》一诗更是严厉审视漂洋过海的华人对自然的掠夺。华人飘落异域，都是为了谋生。而第一代移民的谋生，往往是从拓荒开始的。这种索取自然的拓荒生涯对移民是种严峻考验。

王润华从南洋乡土出发，让山水深深浸润于地域的历史记忆、文物习俗中，以民族性、文物化的山水抗衡全球化、物质化的现实。他对南洋乡土的历史体悟，使他的心灵能进入南洋山水风物之中，并进而形成了一种内窥视角，使山水风物更具乡土性、历史感。他那组《热带水果皇族的家谱》以"皇族"之神奇寓历史，影射人类，颇有意味。《榴莲》凸显其"武者的风度"，"我的脾气虽然燥热／却不是冷漠骄傲的暴君"，即便是"异乡人"，只要"恩爱地吻我一次"，也会"抛弃家园／长久定居在我的国土"。榴莲代表了本土人拥抱土地的情怀。对榴莲的朝拜，正是对南洋土地的认同。《山竹》落笔于其"冰洁如雪的肉体"，她仪态端庄，味清质凉，跟榴莲恰成互补之势，于是被誉为南洋水果皇族中的王后，"从此，她戴着沉重的冠冕／庄严的坐在梅花座上／以明章（原文如此——笔者注）妇道，来感化天下"。据说有位西方旅行家安娜·佛卜斯尝过山竹清凉宜心的美味，禁不住说："如果地球上能有更多这种果子，则将无需要教堂和监狱，因为那时不会有罪恶了。"①山竹的淡远，成为东方道德的一种象征。而《凤梨》的家世，"根据园艺家的记忆"，其祖父是"南美洲被推翻的暴君／葡萄牙水手把他放逐到南洋群岛"。"每当有人称我王梨／每当在水边散步／偶然低头看见戴着皇冠的倒影／我的心里便充满辛酸的回忆∥为了怕遭受诛灭九族／我逃亡到橡胶园／在高大榴莲树的阴影下／想恢复王位／而不惜发动一场战争"。凤梨形似皇冠，加上其外来身份，于是又被想象成地缘政治斗争的象征，其中纠结着的仍是南洋乡土性和殖民现代性的矛盾。其他各诗，《红毛丹》写其娇丽而易萎的"贵妃容"，《尖美娜》写其"像一颗颗沉重的黄金"的"公主命"，《木瓜》写其惊醒中被"切成两条独木舟／载满了密密麻麻的黑蚂蚁／在急流中翻来覆去"的困窘境，《杨桃》写其酣睡中被"摘星的少年／一粒一粒的／投入充满虚幻的／张大的口中"，《人心果》写其"甜蜜的心"在黑暗中的腐烂……所有这些诗，都从热带水果皇族诸成员的内视角打量着南洋世界的风风雨雨，以人性体悟南洋风物，同时也将人心南洋风物化了。

人物山水，是王润华人文山水的重要内容。而在人物山水中，王润华写

---

① 王润华：《王润华自选集》，（台湾）黎明文化事业股份有限公司1986年版，第177页。

得最有意味的是华人在"异域"土地上的生活足迹。他写白先勇所住美国加州隐谷，后园里遍种山茶与杜鹃，"血一般红／雪一样白"盛开，成了红楼众花神的化身，即便是加州的雨水，也"令人想起《红楼梦》的还泪神话"："那一棵／在西方灵河岸上／三生石畔的／绛珠仙草／受了千年甘露的灌溉／现在日日夜夜／把一生的眼泪还他／缠绵不尽的泪水／滴湿了整个花园／勾引出多少风流冤家／下凡时／情思幻化成／大红大白的花"。（《访隐谷的白寓花园》）《红楼梦》中三生石畔的绛珠仙草为报答神瑛侍者的"雨露之恩"，历世下凡，化为林黛玉对贾宝玉的坚贞爱情。这一中国人的神话，被白先勇重新演绎于"西方灵河岸上"。正是白先勇小说同《红楼梦》的密切关系，白寓后园的山茶杜鹃给了王润华种种东方的想象，从而赋予了那片家宅土地新的生命。隐谷白寓虽在美国，"却是已被中文化的美国的土地"[①]。他写汉学大师周策纵在美国威斯康星州的"弃园"更有神来之笔："推开柴门，他惊讶地发现／原来覆盖着秋叶的庭院／一片绿草像他的草书／有劲地扎根在大地上／在秋风中飞舞"。（《弃园诗抄·扫落叶记》）当年林语堂向美国人介绍中国书法的精神是"代表了一种万物有灵的原则"（《中国人·中国书法》），中国书法从一切自然中捕捉艺术灵感，形成自己变化万千的生命韵律。如今，周策纵的"柴门"生涯，使"弃园"秋风中的落叶绿草，"像他的草书／有劲地扎根"在美国"大地上"。东方艺术的美，灵化了西方的土地，甚至沟通了传统和现代的精神联系。

　　王润华的散文也始终跟自然相伴。他的第一本散文集《夜夜在墓影下》（1966）是留在马来西亚热带橡胶园的记忆，随后的《南洋乡土集》（1981）是"献给"东南亚的热带丛林这一"野生动植物的天堂与神话"，《秋叶行》（1988）是困居城市后，"经常需要回去山野，让大自然净化自

---

① 王润华：《人文山水诗集·自序》，（台湾）万卷楼图书股份有限公司2005年版，第1—3页。

己的心灵，重新认识自己"而写的。等到他写《把黑夜带回家》时，他更是"为了地球的环境生态，撰写一系列环保意识很强的散文"。[①]山水草木是王润华思索、写作的资源。用写作表达着对自然万物的人文关怀，这是王润华创作最重要、最可贵之处，也是他建构自己的人文山水世界的基点。《当洛矶山和我相遇在大冰原上》写加拿大洛矶山（今译"落基山"）的"每一座山峰都有自己的面貌，而且拥有自己的个性、语言和宗教信仰"。这篇山的游记是要表达一个重要的看法：发现自然万物的"语言、个性、感受、各种内心和外在的经验"，是人类最伟大的发现，也是个人心灵体验的最值得珍惜的成果，所以，游览山水，"不再用照相机去捕捉"，"而用我自己有思想的眼睛去看，有感受的耳朵去聆听，用心去了解"。全文充满了富有神韵、想象的拟人，山的丰富形象自然是作者心灵能听到山的各种声音的结果，是对山的灵性感同身受的结果，山的面貌超尘绝俗而各有妙处，山谷更各有个性，"喜欢万籁之音的鼓励白桦树繁殖；喜欢寂静的，则要求冷杉生长"。山的时间则由"山的情绪变化"决定，山的"心情沉重，大概在发思古之幽情"，"时间便是黎明时分"；"山穿了一身白纱，闪闪发亮，时间忽然变成明媚的午后"，但随即"因为另一座的脸色而进入夜幕低垂的时间"。因为是心灵与群山的对话，文章也充满知性：写"山的文化"，"洛矶山群保存各自独立的文化传统，各座山还保留自己浓厚的地方色彩和风格"，"洛矶山始终反对各族文化熔为一炉的理论"；写"山的宗教，是宣扬绿色和自然"，"人类来自自然，人与自然是平等的，而且具有亲戚关系"；写"山的语言"，"像印第安人的部落，没有书写的文字，只有彼此不相通的方言"；写"山的恋爱"，山之间的间隔"保留着彼此的一份神秘感，山便永恒地恋爱着另一座山"；写"山的忧虑"，"它拒绝与大草原平

---

① 王润华：《把黑夜带回家·献给地球的散文（自序）》，（台湾）尔雅出版社有限公司1995年版，序言第1—2页。

坦辽阔的思想认同"而显得"孤独"……所有这些，是洛矶山群自己的经验，也是看山的人的体验、认同，两者交融。山水和人文，不分彼此，这是宇宙间至高至大的和谐，也是王润华对人间至美至善的追求。

林方（1942—　，出生于印尼，本名林锡龙）1957年开始诗歌创作，出有诗集《水穷处看云》[①]《林方短诗选》[②]。林方是担任五月诗社社长时间最长的诗人，曾为《五月现代诗选》作序，长期致力于新加坡的现代诗运动，深谙西方现代诗资源。其诗作《寻梦路》对青春迷惘中人性的省察，《水穷处看云》对孤独困惑中自我的剖析，《石榴》对"马来岛的南端""我年轻的祖国"诞生的致敬，等等，都有着象征、暗示、隐喻的巧思。生动的感觉形象融合抽象思维中的想象的腾跃，诗的经验世界的戏剧性展示等，诸多现代诗因素从西方现代诗语境中脱离，化用在新加坡诗人的现代诗的创作中。六七十年代的林方自觉以"反传统与创新"　来"建设属于自己的特色与风格"，[③]投入到当时新加坡诗坛"建立起新的诗观，新的创作态度与表现方法"的"新诗的再革命"[④]。其在诗歌创作之外所做的努力，出版文学刊物、设立诗歌讲习所等，产生了更大的影响。

淡莹（1943—　，女，本名刘宝珍，祖籍广东梅县，生于马来西亚霹雳州）1959年开始发表诗作，1961年参与创办北马"海天诗社"，1962年后赴台求学期间参与创办星座诗社，1966年出版第一本诗集《千万遍阳关》，同年返马任教，之后又出版了诗集《单人道》（1968）、《太极诗谱》（1979）等，直至2012年，还出版诗集《也是人间事》。1974年，她的诗被

---

①　林方：《水穷处看云》，（新加坡）泛亚文化事业公司1982年版。

②　林方：《林方短诗选》，（香港）银河出版社2002年版。

③　林方：《斑兰叶包扎的粽子——序〈五月现代诗选〉》，见南子主编：《五月现代诗选》，（新加坡）五月诗社1989年版，序言第14—15页。

④　王润华：《从几本诗选看新加坡华文诗坛的新方向》，见王润华：《从新华文学到世界华文文学》，新加坡潮州八邑会馆文教委员会出版组1994年版，第102页。

收入马来西亚第一本现代诗选《大马诗选》（温任平主编）。淡莹留学美国期间与新加坡诗人王润华结婚，1974年后定居新加坡。其创作获"东南亚文学奖"（1995）、"新加坡文化奖"（1996）等，成为最有影响的新加坡华文女诗人之一，也是东南亚乃至海外华文文学中最优秀的女诗人之一。而她在六七十年代的诗歌成就更引人注目，因为那时她就开始了中、西以及传统与现代诗歌资源的融汇。

淡莹求学美国威斯康星大学时，受教于周策纵，其早期诗作就为周策纵欣赏。《回首·皆空》（1967）写游览马来西亚名胜霹雳洞之岩壁众神画像而产生的"弃红尘之感"："山悠然，魂更悠然"的物我交融中，"悠然"而生"禅宗与我同坐，回首／皆空，红尘落在青峰外"，然而，"我欲乘烟雾普渡／风从谷底乍卷起／吹我入许多茫然中"，心灵的感悟和现实的纠结冲突，反而使其钟情传统的追求更为执着。1971年，她在圣塔芭芭拉加州大学（今加利福尼亚大学圣塔芭芭拉分校）教授古典文学、中国文化，创作了多首古典题材诗，奠定了其华文诗坛的地位。《楚霸王》凸现项羽"霸气磅礴"的形象："他是黑夜中""一团天火"，"从江东熊熊焚烧到阿房宫"，然而，"错就错在那杯温酒／没有把鸿门燃成／一册楚国史／却让隐形的蛟龙／衔着江山／遁入山间莽草"，最终，"他把宝剑舞成数百道／人鬼隔绝的路"。《虞姬》呈现"一朵／开错了季节的／海棠花"如何"遽然化作一堆／春泥"的悲剧。历史的重压和女子的懦弱纠缠住命运，她最终"如凌空的剑花／倏然逃逸出／谣传纷纷的／重瞳"。《乌骓》中，那"驮着江东一股霸气／创下楚国江山"的爱骓在主人自刎后长嘶"沉入深深的江底"。这些形象充满动感，交相辉映，在浓缩的历史画面中传达出深切的生命体验。

淡莹1976年开始创作的太极拳招式诗四十首是她诗歌生涯中又一力作，后结集《太极诗谱》，以"太极拳"这一中华民族最独异的"招式"表现

"佛教是中国数千年来的传统精神支柱"。诗人自己真切的人生感受、生命情感"自然地流露出"佛义禅理。①如《栽捶》："一捶下去 ／ 我突然变卦 ／ 把积压了 ／ 十五载的 ／ 冤仇 ／ 私欲 ／ 全埋在 ／ 这一小钵 ／ 净土里 ／ 到了春天 ／ 开放出来的 ／ 竟是三两株 ／ 菊花 ／ 及淡淡的 ／ 白莲。"诗从刚健强劲的"一捶"起笔，随即陡转，以"变卦"写出刹那间的变化。刹那，本就来自梵文Ksana，佛经所言"一念中有九十刹那"，就是强调时间须臾即尽，而变化正寓于其中。刹那间的体验、感受、意识，往往是个体实有的。而这里的"突然变卦"，就是"我"刹那间体悟所得变化，这种变化又缘自佛理的修持、灭除。出拳不是在冤冤相报中宣泄冤仇，也不是在纵情沉浮中满足私欲，而是将这一切深埋于"这一小钵 ／ 净土里"。这里，"钵""净土"都明言了"我"是求佛理所得，摆脱世俗之复仇，摒弃尘世之物欲。埋起了"冤仇""私欲"，正是灭除一切烦恼之因果。于是，有了诗终结处极美的一幕。傲骨的菊花、幽远的白莲，一向是传统人格、情操的写照，如今它们交融于那钵净土，则意味着人世恩怨爱仇消泯于天地之中。一旦如此，便是摆脱了一切尘世的束缚，"无人无我，无贪瞋、无憎爱、无胜负。但除却如许多种妄想，性自本来清净，即是修行菩提佛法等"②，这便是佛教所言自性清净的至善本质了。而淡莹把这化成了清明幽远的人生哲理和至美境界。

《太极诗谱》中的其他诗篇也常有人生感受中渗透出佛理禅趣的。《扙手》言"生命线 ／ 感情线 ／ 事业线 ／ 往反折叠之后 ／ 竟幻变为 ／ 一张椭圆形的 ／ 网罟／／任你是 ／ 七级浮屠 ／ 或是 ／ 一片磬音 ／ 也休想逃避 ／ 这次劫难"，生命、感情、事业，往往是芸芸众生一生所求，这才有了以手相看命相。殊不知，"三线"往返之中会幻变为一张命运之网，任是"浮屠"之

---

① 淡莹：《太极诗谱·自序》，新加坡教育出版社1979年版，第3页。

② 转引自张锡坤等：《禅与中国文学》，吉林文史出版社1992年版，第41页。

造、"磬音"之奏，都躲不过这张自织的网罟。这正是佛教对人生命运的体认，从肉体的病痛生死之苦，到感情精神逼迫烦恼之痛，皆因环境无常，人又不能主宰自我而生，这种一切皆苦的人生观念便是《扙手》所撒出的"网罟"。《金鸡独立》中，刚柔相间的金鸡独立，本是一种蓄势，可爆发，也可灭寂，"我"却在平和中把它化成了一种不即不离、去往自由的境界。生命的乐趣并不在于剑拔弩张的"出击"，而在于安时处顺的"平常心"。公鸡闲散拔步于"禾堆里"，随意啄食"零零落落／被遗忘的稻粒"，这一悠然闲散的形象，实在是任运随缘的处世态度的极好写照，在"大千世界"和"一芥微尘"的对照中更显出高人一着的境界。《撤身捶》言人生无常中的选择，《十字摆莲》表达彻底自度的佛教情怀。这些诗都表明，丰厚独异的人生感受，使诗人在舒缓从容的太极拳招式中悟到了佛理禅义，而佛缘禅义又加深着她的人生感受。当淡莹把这两者融合于太极拳的一招一式之中时，她展示了一种至美至善的图景，这种至美至善正孕成于佛教对人生的现世性、日常性的拯救。

淡莹自叙"多年写诗的心得是遣词用字必须比其他文体更凝练精准，必须达到'言有尽而意无穷'的境界"①。《海魂》（1979）被收入新加坡中学课本，是淡莹见到报纸所刊越南难民浮尸海上的照片"有感而作"，却依旧形式严整中变化，字词精确中多义，节奏分明中丰富，内在气韵贯通中起伏。"你"在"倾尽一生血汗，买舟／舟成了风雨飘摇的家／渡海，航线成了无岸之旅"的漂泊中折射出那些被自己的国家放逐而无处可归者的命运。"你是你父母终日倚间的／一脉香烟／你是你妻子午夜梦回的／刻骨相思／你是你稚儿嗷嗷待哺的／全然依傍"，然而，"甚至水都有身份有国籍／不容混淆，不许擅改／而你什么都没有，除了沧桑／你的国籍是淼淼的公海"。

---

① 淡莹：《也是人间事》自序，（台湾）新地文化艺术公司2012年版，第21页。

这些以"你"而展开的诗句句式严整，以层层叠加和强烈反差形成巨大的语言张力，引领读者进入深蕴诗人深切同情与无比愤懑的世界。而诗中又穿插新闻报道式的长句，延缓诗节奏的急迫，让人更加深思"你"的命运："外交会议上，紧握着人权的／手，何时才伸展到浩瀚水面／把一张张被遗弃的焦虑面孔／粘贴在备忘录上。"然而，即便"狂涛"吞没了"你"，也只是"第二天，在世界各大报章上／成为一则无关痛痒的新闻"……意在言外，情在理中，强烈的反讽，传达出诗人对历史巨变中生命承受最沉重负荷的平民百姓的深切关怀。

南子（1945—　，祖籍福建永春，生于新加坡，本名李元本）作为五月诗社发起人，被视为新加坡现代文学的开拓者之一。其创作兼及小说、杂文多种文体，但以新诗影响最大，从收有早期诗作的诗集《苹果定律》（获"新加坡书籍奖"），到90年代的诗集《生物钟》，他重生活和诗的感悟。《苹果定律》"还原"牛顿从"那枚怀孕过重的苹果""沿美丽的铅垂线直直降下"中感悟出重力存在的情景，又从这多个意象聚合的情景中悟出生活的认识："一切总是机缘的契合／他翩翩的身影从我眸中流走／我竟不能如牛顿／抓紧一枚苹果／一则无憾的定律。"让所有机缘契合而成就事情的是"人"，"如牛顿"那样的人。现代诗的诸多手法都被南子用来感悟生命、人生，这种感悟使得南子后来走向禅诗的创作，他主编的《佛教新诗选》（1990）收有他的诗14首，以新诗感悟禅理、阐释佛义，颇有影响。南子的小说从1964年就开始运用意识流手法拓展人物世界，之后一直不间断尝试用现代小说技法赋予作品"自己的华彩，自己的血脉，自己的筋肉"，其小说结集为《年岁的齿痕》（1987）。

第六节 菲律宾、印尼、泰国、越南等国战后三十年华文文学

菲律宾战后华文文学的发展得力于华文教育的复苏和发展。1972年之前，菲律宾"中文学校还是侨校，教科书与国内用的完全相同。并且因为战乱，出现一些移民的良师，他们善于教导，植下了四十年间扎实的国文基础"①，而这成为菲华文学产生、发展的最重要基础。尤其是1945年至1949年，国民党政府一直奉行双国籍政策；1955年前，中华人民共和国也承认双重国籍，而此时东南亚国家都忙于自己国家独立前后的社会问题，这些都为华侨社会民间展开华文教育提供了充足的空间，华校毕业生就业出路也较开阔。1947年，菲律宾与中国政府签订中菲友好条约，承认华侨在菲开办华校的合法权利，之后，华文教育兴盛。1956年，菲律宾华校发展到150所，形成从小学至大专完整的华文教育建制，在校学生48000余人，中文教师1649人。1973年菲律宾军政府全面管制华校之前，华校在校学生达68000余人。

在华文教育蓬勃发展的背景下，菲华文学也进入其兴盛时期。战后初期，菲律宾9家华文报纸（《公理报》《华侨商报》《大华日报》《华侨导报》《中正日报》《前锋日报》等）都辟有文艺副刊。1947年第一部菲华青年作家合集《钩梦集》出版（臧克家作序），所收72篇作品都发表于马尼拉《大华日报》副刊《长城》，体裁包括诗歌、散文、小说、戏剧等，内容多为菲律宾沦陷时期的生活，表明诸多体式的文学创作都开始了其本土化的进程。1951年，菲律宾华侨文艺工作者联合会（以下简称菲华文艺工作者联合会或菲华文联，由其编辑出版的书上有时会标注为"菲律宾艺文联合会"）作为菲华社会第一个全国性文艺团体，展开了包括创办《文联季刊》（共出版12期，施颖洲、亚薇主编）、举办青年文艺讲习班（1953）、开展各种作

---

① 林忠民：《序言》，徐洒翔主编：《二十世纪菲律宾华文文学图文志·新诗散文卷》，沈阳出版社2009年版，第1页。

品评奖等活动，其主要成员施颖洲、杜若、芥子、亚薇、本予等的文学活动一直延续了半个多世纪。此外，还有近20个菲华文艺团体。这些社团大多"在报馆有自己的版位，都自己写稿，自己编排"①，使菲华文学有了菲律宾本地广阔的园地。此时期，菲华文学与台湾文学的联系加强。菲华作家苏子、亚微、许希哲在台湾创办"旨在沟通海内及海外，台湾、香港与菲岛文艺界朋友的声气，增扩自由作家文章发表的园地"②的大型文艺刊物《剧与艺》（1964年4月—1972年7月，共16期）。而台湾重要诗人覃子豪、纪弦、余光中、蓉子等相继赴菲律宾讲学，其现代主义诗风也影响了菲华文坛，甚至开启了菲华现代主义文学。

战后菲律宾华文文学也是在诗歌创作上取得最显著的成就，在五六十年代华文新诗史中出现了一批有影响的诗人。亚薇（1926—1987，本名蔡景福，祖籍福建晋江，出生于马尼拉）长期执教于菲律宾华校。1946年他主编《前锋日报》副刊《北望》，开始其数十年的文学生涯，出有散文集《故国的召唤》、诗集《情诗三十首》及《亚薇自选集》等。他在1969年曾获菲律宾总统颁发的"菲律宾华人杰出诗人奖"，代表了此时期菲华诗歌的成就。《三色菫》一诗沉醉于大自然"三色美妙的融化"，其诗歌也情感繁复，语言多姿。其情诗浓郁情感中有知性的表达。如《美女樱》以"白瓣中心一点嫩绿／紫瓣中心一点乳白／红瓣中心一点鹅黄"的樱之美抒写"难测的感情"与"超凡的理智"冲撞中的爱情。另一些关注社会现实的诗作以情感的复杂呈现社会的复杂。如《马尼拉，谁能轻轻地摇你入梦？》，那种希望"在椰风底旋律里，在蕉雨底节拍中"，"躺在自然静谧的柔怀里安睡"而不能的情感既主导全诗对马尼拉"多少人赞爱，多少人咒诅"面目的揭示，

---

① 林忠民：《序言》，徐迺翔主编：《二十世纪菲律宾华文文学图文志·新诗散文卷》，沈阳出版社2009年版，第2页。

② 王礼溥：《菲华文艺六十年》，（菲律宾）菲华艺文联合会1989年版，第89页。

又构成全诗跌宕起伏的节奏。

林泉（1927— ，本名刘德星，祖籍福建思明，9岁移居菲律宾）毕业于化工专业，业余从事诗歌创作数十年，出有诗集《窗内的建筑》（1967）、《心灵的阳光》（1972）、《树的信仰》（1989）和《视野》等。他是最早获得多项新诗奖、产生境外影响的菲华诗人，首次获奖是1965年的台湾"葡萄园诗社新诗奖"。葡萄园诗社在现代诗中回归传统、在传统中体现创新的追求也明显体现在他的诗中。林泉曾在《画荷》称画家所画荷花"在池塘之外／在天地之外"，"自灵视中／聆听错综线条于颜色里／津津说出的／一朵荷花"。这种沟通视、听、说的"灵视"显然是艺术感觉，而林泉认为李白的诗"时常具有超现实的倾向"[①]等，也是在诗的艺术感觉上沟通古今。林泉的诗正是以艺术感觉完成"远古与现在同时存在"，这使他的好诗无论感悟历史，还是书写日常，越到后期，其诗艺术感觉越丰盈，这是非常难得的。《王彬北桥》写潇潇雨中撑伞怅望，丰富的感觉中自然风光和社会景象交汇，"遍是先祖斑斑的足印"的历史回望和"解开身心绳索"的心灵渴求交织，表达出"徘徊的生命／必还是有道路流转"的信念。《雨的手势》写"雨带来江湖／带来河海"的磅礴之势，凸显由"雨的手势"形成的浩瀚空间，诗绪随雨势飞越，"有如蓦然我的鞋子，践踏在昼夜思念的／另一个国土上／而嵌入那版图内的／江湖满地／河海纵横／正是此刻由雨的手势／插入我的心中"，乡思在开阔的心灵空间中表达得淋漓畅快。

白雁子（1929— ，本名李维宣，祖籍福建晋江）1950年代开始发表作品，1960年代出版诗集《白雁子诗选》和《年灯》，是当时颇为活跃的"晨光之友"作家群（1950年代初期以《公理报》副刊《晨光》为中心形成的青年作家群，1980年代曾重新聚合，成立晨光文艺社）的最重要成员之一。白

[①] 林泉：《心中花园》，（菲律宾）现代诗研究会1995年版，第43页。

雁子的诗歌咏青春和爱情，但他更直面现实。《顶呱呱和笑眯眯》一诗非常难得地反映了贫富悬殊造成的菲华社会与菲律宾本地居民的矛盾："亲爱的菲律宾朋友说：／'中国人，顶呱呱，个个都富有'……'中国人，笑眯眯，夜夜吃大菜'"，"'你们的坟墓华丽，／我们的学府简陋，／你们关在别墅里豪饮痛赌。'／菲律宾人还这样对我说。"华人凭借自己的勤劳辛苦和经商经验，在东南亚一些较为落后的殖民地国家处于相对富裕的阶层，形成了与本地民众的对峙冲突，"我"对此"感到惊奇"，因为"我"也和"亲爱的菲律宾人"一样，"像挑工，像洗衣妇人"。诗作以阶级观念化解民族矛盾，正是战后菲律宾社会的真实投影。白雁子的诗在1949年曾引发了菲华诗坛的第一场争论，争论的焦点是什么样的诗才是新诗，反映出菲华诗坛诗的自觉。而此后白雁子的诗也日趋成熟，诗意单纯时力求蕴蓄。如《秋吻》借夜雨使"原野青葱""河流豪爽奔放""百花缤纷蓬勃"抒写"我"的生命志向，将"夜雨滂沱"的室外与"秋吻如雨"的室内沟通一体，呈现"我的心身里／有原野／有河流／更有百花"的生命体验；诗意复杂时则力避晦涩。如《熬炼》以"禅坐时""恍有所见"来观照现实生活，将对佛家思想的诗意阐释与对现实生活的清醒认知结合："我把品格个性，／付交青松白鹤，／留下一具肉体，／任凭生活熬炼。"这种个人化体验使"禅坐"之意切实而清晰。

楚复生（1934— ，本名陈扶助，生于福建晋江，幼年迁居菲律宾，毕业于菲律宾华侨师专）1960年出版诗集《北斗》，跻身当时菲华文坛少数出版个人诗集的诗人行列。他追求在诗中表现自己，让诗作"为自己的生命而讴歌"（《去国十年》），直面巨大动荡的社会现实时表达自己反抗压制、追求自由的心灵："絷我以镣铐，胁我以戈矛／生死如朝露之瞬息／我怀着鸣鸠报雨的激情／在风暴的年代讴歌"（《在风暴的年代讴歌》）；留恋于自然山水时也是安放自己的心灵："把生命付与浪花、绿岛、远山"（《细雨》）。楚复生诗作的语言将古典诗意和乡土气息融合，别有风味。如作于1950年代的《未名圃之晨》写清晨竹叶露珠如"摇落的秋思"，充满传统田园诗意，又泥土气息浓郁，词句朴实，情感朴真："那辛勤的老菜农已经熄了灯 / 在河滨洗青芋的泥；/ 小鹡鸰也耐不住寂寞，/ 结伴腾向翡翠的天宇。" 楚复生2003年出有《陈扶助诗文选集》，其作品一直在面向社会人生中表达自我。

战后菲华文学叙事文体创作有成绩的是林泥水（1929—1991，福建晋江人，战后初期移居菲律宾），他1951年就读马尼拉培元中学时参加菲华文艺工作者联合会的小说创作比赛获第二名，由此激发创作兴趣。中学期间开始戏剧创作，之后又在小说、诗歌、散文诸多领域有成绩，出有戏剧集《马尼拉屋檐下》（1957）、诗文集《片片异彩》和小说集《恍惚的夜晚》。林泥水以"倾向现实"作为自己的创作原则。①而他五六十年代的创作成绩最显著的是戏剧，共创作了13个剧本，提供了菲华戏剧本地化的第一批重要成果。《马尼拉屋檐下》以"侨领"曹章华的家庭冲突揭示菲华社会商业习气的弊端。兄弟反目为仇，夫妻同床异梦，儿子为一己恋情逼死他人情侣，女儿不堪父亲干预离家出走，而曹章华自己在诬陷兄长使其入狱后，也未逃牢狱之灾。家最终毁于自私牟利的商业风气，这对于菲华社会尤有警示意义。剧作人物多样，各自性格鲜明，日常生活气氛浓郁，当时由马尼拉业余剧艺社演出多场，广受欢迎。林泥水随后创作的另一个多幕剧《阿飞传》以泉州方言塑造菲华社会"耳熟能详的小人物"，也取得了良好的演出效果，更反映出作者"确切地表现当地人、事、物"的努力。

林泥水的小说同样富有南洋乡土气息，《恍惚的夜晚》所写金钱与美人交易中心灵的堕落，《墙》所揭示的穷、富之间心灵的严重隔阂，《上天

---

① 王礼溥：《菲华文艺六十年》，（菲律宾）菲华艺文联合会1989年版，第241页。

堂》所嘲讽的现实冷漠中信教的虚妄，等等，这些小说都表现了对菲华社会现实的热切关注。林泥水的诗歌语言凝练精深，富有诗性张力，显示出与质朴的小说语言不同的风格。《鸽的联想》写安详地点烟欣赏窗外晨景："习习清风／有鸽群起飞／轻轻然兜浴初阳"，但当透窗窥望，鸽群黑点"掠过线条纵横的方窗"，蓦然间，"香烟也含有火药味"。全诗语言精悍，情感的转折在语词张力中被处理得极有力度，期望和平的心愿富有感染力。《终站》抒写人生终点之感，场景描绘凝聚古典诗词意境，结尾却不乏口语化的讲述，趁自己还有力气划燃一根火柴，"赶明儿"焚一座住宅纸龛，"阳间没有住过自己的房屋"，那就在"幽界"，"谁先到站／谁就先看守我们的住宅"。无奈人生的浓缩和"终站"心愿的复杂，同样在语言张力中得到充分表现。

战后，印尼独立，被日本占领者查封的《新报》《天声日报》很快复刊，其副刊《小新报》《绿原》和新创办的《生活报》副刊《印华文艺》，以及《文艺线》《新潮》等众多刊物聚合起近百位印华作家，创作呈一时之盛。印尼本土出版了第一本印华文学作品集——黑婴的短篇小说集《时代的感动》，随后其中篇小说《红白旗下》又在香港出版。华文新诗产生的长篇抒情诗和叙事诗也较为成功。印华文学质量全面提升，但创作格局还是属于"面向中国"的"华侨文学"。[①]

中华人民共和国成立后，印尼是最早与中国建立外交关系的东南亚国家之一，印华文学也得以顺利发展，"处于'印尼华侨文学'的全盛期和开始向'印尼华文文学'的过渡时期"[②]。印尼各大城市如椰城、万隆、泗水、棉兰等都成立了华文文学社团，新发行了《华侨民报·印华文学》《大公商

---

① 楚复生：《北斗·序》，（新加坡）椰风出版社1960年版，第7页。

② 犁青：《印华文学的常青树》，见严唯真：《严唯真诗文选》，（香港）获益出版事业有限公司1998年版，第3页。

报·萌芽》《新报·椰岛》等文学副刊，与原有文学刊物一起，发表的作品题材更为广泛，优秀之作不断产生。其中的印尼家园意识开始显露，如诗人冯世才1950年代的诗《站在峇当哈里河旁》中如此吟唱："印度尼西亚——三千艘不沉的船，／向着美好的未来开航"，而"我要献出全部力量，／因为我知道：谁是最好的船长"。身处"千岛之国"，油然而生的是"当家做主人"的自信自傲，自然视印尼为自己的家园了。印华文学界也提出了"面向印尼"的文艺方向，但"这是站在华侨的立场而面向印尼的"，[①]思考较多的是中印友好中华侨的利益，这使得印华文学的生存发展取决于中印关系等政治因素的变化。1955年万隆会议后，中印达成《关于双重国籍问题的条约》，规定成年华人根据自己利益选择国籍，二者只能择其一，而社团、报刊、学校等组织及印中籍民不得互相参与干涉。此后，印尼政府对华外交友好，对国内华侨、华人却采取经济和文化上限制、削弱、排斥的政策。1957年，《生活报》被吊销出版许可证；1959年，《新报》被勒令停刊。但与此同时，加入印尼籍的华人则利用合法的国民身份，又先后在新创办的《忠诚报》《首都日报》《火炬报》等开辟了《火花》《绿洲》《椰风》《赤道线》等文艺副刊，华文文学在柳暗花明中曲折发展。1959年，华人成立"翡翠文化基金会"，五年中出版华文书籍近百种，其中多半是"印华文丛""文艺小集""翡翠青年文艺专辑"等文学作品集。其中有印华文学的第一本新诗集——冯世才（1938—2000，出生于印尼）的《明朗的日子》（1964）。冯世才的诗有受何其芳格律诗理论影响的新格律体，但更多为自由体，内容多写对印尼乡土上的童年记忆或青春爱情，前者如《忆故乡》《十二月的雨》等，后者如《囚徒》《火车站》等。这些诗无论是意象，还是情感，都完全"生发于"印尼土地。

---

① 严唯真：《试谈印华文艺的性质及其走向》，见立锋主编：《印华诗文选》，香港新绿图书社1999年版，第16页。

由于中国印尼外交关系和印尼共产党的影响等原因，五六十年代的印华文学是东南亚华文文学中受中国大陆（内地）政治影响最深的，其亲共反蒋的政治倾向明显，与中国大陆（内地）的政治运动关系也较密切，例如1964年"翡翠文化基金会"接连出版了三种学习"劳动人民的好儿子雷锋"的华文读物。文学理论、创作走向，在顾及印尼社会现实的同时也呈现出和中国大陆（内地）社会主义文艺的一致性。当时印华文坛发生的几次论争，如1964年9月开始的关于"写光明与黑暗""歌颂与暴露"的论争，双方虽有分歧，却都认同"写光明与黑暗"的问题"在毛主席的《在延安文艺座谈会上的讲话》里，已经解决"。[1]而最终论争结束的一个重要原因是要警惕"蒋帮特务分子"的"挑拨离间，破坏团结"。[2]这一时期印华文学思潮左翼倾向明显。对五六十年代印华文学出力最大的黄裕荣（1936—1983，原籍广东梅县，1950年移居雅加达）身体严重残疾，除自己创作了众多小说诗歌散文外，还担任了"翡翠文化基金会"和《忠诚报》所办文艺刊物的主编。他的《印华文艺评论集》第一、二册（1965）是印华文学仅有的文学评论集，所收评论都针对印华文学创作现状和具体作品，代表了当时印华文学界的创作观念。黄裕荣强调文学作品"一切为主题思想服务"，号召"多写华侨劳动者"和"印尼人民的先进形象"，倡导乐观积极的生活态度。这些恰恰是此时期印华文学的基本走向和特点。

此时期诗歌创作中，为"华侨劳动者"树碑立传成为主流呼唤。一些诗作备受赞赏，就在于这些诗作立足印尼土地，热情歌颂、深入开掘了劳动者的日常形象。如"香蕉叶是你最便宜的碗盘／你一伸手就能取到，／它为你长满全群岛"，"倦了仰天一躺，／盖上一身黑绒的夜空"，"清晨，你

---

① 孺子牛：《写光明还是黑暗？》，（印度尼西亚）《生活周报》1964年10月3日；林立：《答复葛文先生的批评》，（印度尼西亚）《忠诚报》1964年10月26日。

② 苍松：《一点感想》，（印度尼西亚）《火炬报》1964年11月20日。

一仰头就碰着朝阳，／扭腰伸拳顶破碧穹"（黄西安，《咏当地劳动者》，1963），这首诗刻画千岛之国劳动者艰难生活的形象，突出的却是他们的豪迈气概、乐观情怀，颇有中国五六十年代"红旗歌谣"的气势。也有些诗作关注印尼"劳动华侨"拓荒的历史，刻画他们对故乡祖国的思念之情。黎瑞昌《阿刘伯》（1962）讲述阿刘伯在"赤道滚热的骄阳下"，"开垦了这荒凉的山地"，"青春在山风中溜逝，／体力在锄头上消磨"，而三十年的艰辛凝聚在接到家信要回信时的一瞬间："千言万语啊／从何谈起？／应该从第一根白发谈起，／还是从那别离的一刹？"情感的饱满让华侨劳动者形象得以生动呈现。

小说创作中，《异国朋友》（鲁莽汉，1964）讲述华人女子徐英与印尼青年沙利·乌汀由邻居而成为知友的故事。徐英喜欢且常翻译印尼文学，在翻译沙利·乌汀的小说时认识了这位读哲学专业的大学生。沙利·乌汀是革命烈士的儿子，对周围邻居都充满"朴素的劳动人民间的感情"；他半工半读，踩人力车拉活，还创作小说。其小说都刻画"革命战士、农民市民、进步的知识分子"等"坚强、朴实、正直的形象"，"代表着印尼民族的特性"，而他"有那么顽强的生活力量，是他找到了组织，他已经将他年青的生命与祖国与民族的命运密切的连在一起了"。他爱上了徐英，却始终"像一个哥哥关切着他的妹妹"，最终为救护遭歹徒劫持的徐英负伤。而在徐英的心目中，"他是个既拿笔杆又带着枪的战士"。《异国朋友》对异族进步青年形象的刻画，在印华文学中是"不可多得"的，其形象也较为丰满鲜明，而作者始终从革命性、阶级性的角度塑造沙利·乌汀这一形象，非常明显地显示出毛泽东文艺思想的影响。

此时期印华文学的复杂性在于万隆会议解决了双重国籍问题后，印尼华人分成印尼华侨和印尼共和国公民，印华文学也就分成"印尼华侨文学"和"印尼华裔文学"。"两个国籍不同的印华文学，其所负担的任务在许多方面是有差别的"。例如有人就认为，暴露"侵蚀国家财富的贪官污吏"等并非"当前印尼华侨文艺工作者的任务"，[①]这牵涉到敏感的国籍身份问题。当时华文报刊出版人虽有华侨、华裔公民身份之分，但所刊作品的作者身份却是混杂的。一般情况下，加入印尼国籍的华人创作较为关注印尼国家体制等问题，但又表现得较为谨慎；而华侨则较多在中国局势影响下参与印尼政治。印尼华人人数不少，但只约占印尼人口总数的4%；经商者较多，但大多数只是小商贩，所以，印尼社会发生危机时，华人往往成为印尼国内政治的牺牲品。1965年印尼共产党"九卅政变"失败，苏加诺政府下台，中国因为支持印尼共产党而与印尼关系严重恶化，几十万印尼华人受牵连而遭屠杀。苏哈托军人政权更实行全面查禁华文的政策，华文学校停办，华文报刊全部被查禁，"华文书籍与黄色刊物、有害药物被并列为违禁品"[②]，华名也被禁止公开使用，甚至个人藏书也遭焚毁。1967年10月，中国印尼外交关系中断，华人作家创作自由更被剥夺。但印华文学还在四个层面上艰难地保存着。一是印尼大学里的汉学系还得以开办，但着重传播的是中国古典文学。二是印尼华人社会的民间写作。这种写作面向印尼现实社会，及时开掘着印尼华人社会的语言资源。虽然民间写作作品的面世异常艰难，但在数百万印尼华人中传承了华文现实形态的薪火。印华资深作家黄东平曾忆及他1993年在印尼秘密出版杂文集《短稿二集》的情景：先用佛经画像多层包起手稿通过邮局检查，将手稿寄至新加坡排版；再通过朋友帮忙分批带过海关，用"新加坡岛屿文化社"的名义在雅加达秘密印刷；最后在许多"全心地热爱着故国文字"的华人的帮助下将书销售一空。三是华文被禁年代中印尼国内唯一半官方、以华印双语出版的《印度尼西亚日报》（1966年创办）。该报

---

① 葛文：《文艺上的"一分为二"》，（印度尼西亚）《火炬报》1964年10月15日。

② 慕·阿敏：《浅谈印尼华文文学的现状及其发展方向（代序）》，见立锋主编：《印华诗文选》，香港新绿图书社1999年版，第6页。

的文艺副刊《青春园地》《椰风》《文艺园地》等推出过200余位印尼华人作家的作品，其功不可没。但在很长一段时间里，该报为印尼情报部门掌握，所以其所刊华文作品也就有了必须遵守的"秩序"，无法容纳印尼华人更深更真的心声。四是印尼境外的一些华文报刊，包括"流亡"在外的印尼华人参与的一些华文刊物，主要分布在中国香港、中国台湾、新加坡等地。印尼国内华人的作品辗转寄达这些报刊发表。

尽管印尼华人所受不公平待遇是举世罕见的，然而他们视印尼为故乡的情感却更深切。"流浪的孩子回来了，／拖着一身的疲惫和尘土"，"故乡的风为他拂去疲惫和尘土，／故乡的河为他洗涤委曲和伤痕"（文涧《流浪的孩子，回来了！》）；"归箭搭在满弓的弦上；／越远越久越拉越紧"（莎萍《乡情》）；"故乡的高脚屋／庭园里白玉兰／飘香来我梦中"（陈冬龙《故乡的高脚屋》）；"多情的土地，难忘的故乡"，"年老的心湖啊！／怎能容纳下如此深邃的思念……"（文涧《多情的土地，难忘的故乡》）这些思乡之诗，所言"故乡"，都非万里外的长城风、黄河水，而是诗人脚下的印尼土地。诗人们都是自自然然地视印尼为故乡，这种天长日久的地缘、血缘情感，跟印尼华人的现实境遇纠结在一起，显得更加朴实、庄穆。印华作家们对自己民族传统的维系、传承，绝非梦回母土，而是期求能有一份跟印尼土地相配的华族文化遗产。此时期的印华文学，就是在这样一种心灵寻求中孕蓄、开掘着自己的语言资源。《鲸鱼的感情》（阿蕉）抒写对旧日恋人的思念，借情感拓开了思索的空间："这一走，到底是从他乡回到了故乡，还是从故乡走往他乡？""百万年后"，"景非物换"，人们将"惊异"，"所谓'原住民'与'非原住民'一词在远古的社会中竟会引起过极大的风波"，苦恋和深思的纠结交汇，使此文的语言既刻骨铭心，又振聋发聩，绝非一般恋情之作可比。《井》（彩凤）是忆童年之作，东爪哇加威山下那口深不见底的水井，在"我"童年的记忆中留下了太多的东西：父辈心闲手不闲的拓荒，与原住民"比邻相居，亲如一家人"的日常生活，这些构成南洋华人史基石的重大场景，在童年视野中都化作了亲情琐事，使全文有着随岁月流逝而日渐珍贵的情意。这些思怀之作表明，处于禁绝中的印华语言之所以还有着那样丰润的生命力，以至于开禁后立刻呈现它的丰富形态。这是因为印华语言始终浸润在印尼华人最宝贵、最深切的情感中，即和印尼土地休戚相关的共同命运中。印华作家们首先是用华文来抒写他们最基本的生存情感，说明华文本身正成为印华作家的一种基本生存方式，并不仅仅是言说者要借助语言说些什么，而是华文本身就在言说。当印尼华人社会处于30年风雨飘摇的禁绝环境中，印华作家总是在最深切乃至隐秘的情感被触动之时落笔成文，天长日久，"父亲""故乡""井"这些"言"本身越来越丰富地取得印尼的特定含义，甚至成为印尼文化环境中的"先验基础"。它们又在后来作家的创作中，通过各种组合、变化（小说情节、人物关系、意象呈现等）表达得更加丰富、含蓄。这样，印华文学实际上已在印尼土地上开掘了一口深井。

华文遭到查禁的三十余年中，印华社会跟华文主流社会的文化通道日益狭窄，只有台港的武侠、言情作品还能悄悄进入印尼。这类作品不犯禁忌，又有怡情娱心之用，一度在印尼华人社会中很流行。"一些文艺爱好者和写作人没有更好的选择，在聊胜于无的情况下也接受它的影响，它的唯一好处是使如今40岁上下的这一群在方形文字的浸淫中不致对华文生疏和断层。"[1]而60年代后的台港通俗小说已有某种高雅化的趋势，语言的生活和文化气息多层而交织，其审美趣味更符合华人的传统观念和欣赏习惯，而其语言技法的翻新也带有更多东方色彩。这种影响使得此时期印华文学显得更加纯情、炽热。1997年出版的《印华短篇小说选》是收录华文禁绝时期的印华短篇小

---

① 东瑞：《尺幅万里，看树看林——序〈印华短篇小说选〉》，《华文文学》1998年第1期。

说选集，其中一半是言情小说，而这些作品"泰半是美得令人几乎窒息，写得回肠荡气的牧歌和抒情诗"①。同时，尽管华语交际圈日益缩小，但印华文学仍从开掘生活语言源泉中形成自己的语言风格。印华作家大多人生坎坷，处于风雨飘摇之中的印华文学却少哀婉之音，反而从坎坷生活的磨炼中，从人生苦难的化解中，从跟其他民族的宽容相处中，逐渐孕蓄语言的幽默感。而这种幽默感和海岛雨林的乡土气息交融，形成印华文学坚韧、明快的风格。

此时期艰难处境中，原有作家或封笔，或迁居，少数作家在蛰伏中写作，茜茜丽亚、柔密欧·郑等新一代作家在艰难磨炼中崛起。

茜茜丽亚（女，本名金爱钦，祖籍福建福清，1944年出生于印尼中爪哇）1960年代后期开始在《印度尼西亚日报》发表众多作品。其诗尤其感动了广大读者，一时"在她周围形成了一个面很广的'茜迷'族群"②，她也成为印尼华文被查禁时期"芳名远播"的华语诗人，后来出有个人诗文集《只为了一个承诺》和三人（谢梦涵、袁霓、茜茜丽亚）合集《三人行》。茜茜丽亚最广为传诵的是她的爱情诗，而其情诗将男女之情与对诗歌的挚爱之情融合在一起，互相借助，回旋激荡。如她写于1972年的一组情诗是在和诗友唱和中完成的。开始是书写自己从故乡北加浪岸来到"遥远的城市"，"寻找有爱和温馨的幽雅之处／却掉进那冒着浓烟的山谷里"（《我不能再飞了》），得到诗友的回应："你还是一样的可以高飞"，在"文章之无穷"中。她也以诗回应："只要我已追寻到那纯真与恬淡的诗的翱翔／我还是仍然要高飞"。（《我还是仍然要高飞》）果然，她一首首情诗，坦诚地倾诉

① 东瑞：《尺幅万里，看树看林——序〈印华短篇小说选〉》，《华文文学》1998年第1期。

② 东瑞：《"我本是首凄恻的诗"——茜茜丽雅诗选〈只为了一个承诺〉序一》，见茜茜丽亚：《只为了一个承诺》，（香港）获益出版事业有限公司2000年版，第13页。

"世俗的束缚"中，爱情的惆怅、彷徨，甚至怯懦。但她既有自己"尝到人生的苦杯"却要从诗里"采撷满裙的快乐与幸福，／发给许许多多痛苦忧伤的心灵！"（《我已深深地爱上诗》）的信念，又有"为了觅求那缕委婉诗情／我终须飞，飞在那云上、云上！"的"勇气和力量"（《我还感到怯弱》），在诗中"把情感升达到至美至善的意境"。对诗的钟爱使她的诗情既有个人化情感表达的率真，又获得人类性挚爱的提升，同时又重视艺术锤炼，丰富的情感浓缩于精练的形式中，篇幅短小精悍，节奏鲜明，词句凄美中有潇洒。

茜茜丽亚其他题材的诗也极具个人风格，咏物诗常取日常事物，寄寓深切关怀个体生命之意，如《雨伞》《气球》等；旅游诗善取典型意象，多象征含义，如《沙朗岸湖的马》等。她对华人命运、国家前途更抱以殷切关怀，针对华人的大规模暴力事件发生后，她写下多首沉痛的诗："没有预约／就这样骤然而来／一场　莫名战斗／在梦魇血衣里／爆发∥看不清是敌是友／分不清阴间阳间／……时间，企图把记忆抹白／梦魇，在心海越沉越黑。"（《梦魇》）人类文明年代却杀戮无辜、阴阳混淆的荒诞，被诗人感受得如此真切、深刻，"哭泣的印度尼西亚／绘着彷徨无助的梦"（《哭泣的印度尼西亚》），是诗人和国家、印尼人和华人一起的哭泣。茜茜丽亚的小说也富有诗意，抒情色彩浓郁。《榕树下的风铃》将恋情置于家乡老榕树摇摆着的叮当风铃中，一个身不由己的异乡男子跟一个身患绝症的少女相恋，沟通心灵的是他不曾去过、只是由她口述的一个纯朴寂静的小城，她出生的故乡……如诗似画的语言将生离死别写得哀绝凄美。

印尼华文文学中的第二本个人诗集《跃起》（1979）出自柔密欧·郑（1924—1995，本名郑志平，生于印尼）之笔。他早年在新加坡接受华文教育，14岁起在新加坡多家报刊发表诗歌、散文，六七十年代在印尼坚持创作。中国古典诗功力的养成和西方现代诗营养的吸收成就了其诗，充分展现了印华诗歌在文化困境中的顽强生存。《清明四句》《葬花》《游鱼》《荷》等诗都是以现代诗手法写传统意境，别开生面中有着移民生涯的深刻印记。如《清明四句》："清明雨纷纷落于烂泥河岸／母亲仅是茫茫然地永远睡着／一只只小螃蟹横起爬满布着墓碑／子孙已读不出祖先的姓氏。"以清明时节雨纷纷的传统意象开篇，全诗却弥漫陌生化效果，传达出失根之痛。《黄昏》在岁暮老人凝视秋树"那一片枯黄／为什么还没掉下来"的镜头呈现中，写生命迟暮之感。老人视觉所感受到的"黄昏怎的猝然伸直"有着内在的惊心动魄，手杖化为"没有名氏的墓碑"的幻觉无法摆脱落叶不归根的无奈，生命短暂的悲凉在内外交融中被表现得无以复加。

柔密欧·郑对诗歌有殉身之情，坚信"如果拿破仑用剑所不能触及的／还可仗着巴尔扎克的一支笔"（《你还是一样的可以高飞》），诗可以使"闭塞的心门从容地被开启"（《爱诗吧！诗是你的解忧剂》），追求"用诗磨练自己把思路打开"（《要飞，就飞在那云上，云上》），所以，他的诗，无论咏物，还是悼情，都能以新鲜的意象、独异的感受表达出丰富的诗情诗意。《思念》《你走啊走出我的等待》等诗写青春爱情，跨时空的想象，纵横古今的意象，让浓烈的恋情得以含蓄地表达，自由体式中有词句的精心锤炼，让人欣喜印华诗坛有如此精致的现代诗。柔密欧·郑后来还出有短篇小说集《随着涟漪散去了的桨声》（1994）和散文集《夕阳红上白头来》（1995），都嫁接了他的诗情。例如，小说《走不出相思巷的》写"诗礼传家"的琴姑"比墓色更模糊了"的一天，所有的场景都"静得简直如人横在坟墓内"，而人物内心却有强烈的波动，充满青春生命欲挣脱锁链而不得的悲情。而他的散文更是在"紧张、拥挤、争斗、气愤"的现代生活中追求属于自己的"宁静恬淡的心儿"，展现"使现代人解渴的甘泉与驻足的绿洲"。①所写对大自然的亲近、对童年的回归等，都让心灵在诗情中滋润。

---

① 柔密欧·郑：《夕阳红上白头来》，（新加坡）玲子大众传播中心1995年版，第14页。

二战结束后的半个世纪中，泰国有过20多种中文日报和近百种中文刊物，绝大部分辟有文艺副刊，其中不少以文艺为主，泰华文学一直有着充足的本土发展空间。战后，一大批泰国出生、后到中国大陆（内地）求学的青年作者返回泰国，成为泰华文学生力军。整个1950年代，泰华文学在小说、诗歌、散文并驾齐驱的发展中进入兴盛时期。但从1950年代末期到1980年代初期，泰国政府对华政策逆转，对泰国华校、华文报刊也采取限制政策，泰华文学在艰难时局中曲折发展。

1950年代以前，泰华作家基本上是"抱着'独在异乡为异客'的心绪"创作，"就是一些在泰国出生的作者，他们也充满着矛盾的基调和彷徨感"，"他们心目中的祖国、故乡，指的仍是中国"；到了60年代后期，才"由'叶落归根'变为'落地生根'"，创作立场由"宾"转变为"主"。[1]泰华文学也一直较为"保守"[2]，长期恪守五四新文学的现实主义传统，极少现代文学的变革，其兴盛也是现实主义文学的兴盛。小说成就最为突出，产生了第一批泰华长篇小说。修人（1926—1995，本名许业信）的《一个坤銮的故事》（1952）讲述"坤銮"（泰王所封第四等爵位的尊称）郑通出身极为贫贱，以苦干、诚信、冒险的拼搏，成为富甲一方的巨商，真实记录了泰国华人的奋斗历史，也思考了海外华人社会形成中体现的民族劣根性等问题。陈仃（？—1970，本名林青）的《三聘姑娘》（1954）讲述泰国华人聚居的曼谷三聘街兴记号老板三个女儿宝珠、秀珠、佩珠的婚姻故事，呈现泰国唐人街社会在战后时代浪潮冲击下的变化，传达出新一代华人的理想追求。陆留（1913—1987，祖籍广东澄海，出生于泰国）的《风雨京华》（1956）则取材于作者抗战期间返回中国投身抗战的经历，描写泰华爱国青

---

① 司马攻：《泰华文学漫谈》，（泰国）八音出版社1994年版，第11页。

② 司马攻：《泰华文学漫谈》，（泰国）八音出版社1994年版，第15页。

年追求正义、反抗侵略的壮丽人生。这些长篇小说代表了泰华现实主义文学1950年代达到的文学高度。

1960年代是泰华文学短篇小说创作热潮时期，文学刊物也以发表短篇小说为主。《曼谷新闻周报》等在1960年代初期举办短篇小说金牌赛，其中尤以1958年创办于曼谷的《七洲洋》（"七洲洋"为沟通中国和泰国的海洋区域之名）文学月刊（共发行19期）影响为大。此刊"抱着对文艺的喜爱"，以"只知耕耘，不计收获"①的努力，推进泰华文学各种体式，尤其是短篇小说的创作。它刊出的短篇小说数量最多，举办了"短篇金牌奖征文赛"，组织短篇作者交流创作经验，扶持了一批短篇小说作者。其中就有在《七洲洋》发表了20篇小说并获得"短篇金牌奖"第一名的黎毅。

黎毅（1930—2012，本名曾昭淳，广东潮安人，1940年代定居泰国，1950年代中期开始文学创作，出有《黎毅短篇小说集》、散文集《往事随想录》等，1996年获第一届"亚细安华文文学奖"）的短篇小说是五六十年代泰华文学中题材广泛、写实出色的作品，细节丰富，描写传神，他由此被称为"泰华的莫泊桑"②。他多写社会小人物，对异族民众也怀有深切的人文关怀。《鲁哈多和他的老牛》（1960）成功刻画了印人鲁哈多这一"年老的异乡客"形象。他靠一头瘦弱的乳牛谋生，相依为命中困境重重，最终牛死人散。小说以"我"和"伯父"与鲁哈多的交往展开叙事，在社会矛盾复杂激烈中写出了华人和印度裔人充满人道之爱的相处。小说人物性格真实丰富，鲁哈多有在无奈中的赖账、掺假等举动，但他勤劳、善良，对乳牛更有人性之爱；"伯父"为人吝啬，对鲁哈多却有同情之心、帮助之举；而"我"对鲁哈多更有理解和同情。人与牛之爱，华人和印人之友爱，这两者在朴实真

---

① 编者：《创刊寄语》，（泰国）《七洲洋》创刊号（1958年）。

② 年腊梅：《泰华写作人剪影》，（泰国）八音出版社1990年版，第179页。

切的叙事中互相映衬，生动感人。《夜航风雨》（1959，《七洲洋》"短篇金牌奖征文赛"第一名）讲述泰人崙湛用五十年水上拼命的血汗钱挣得了一条大木船。狂风暴雨的航行中船漏进水，他不顾危险几次潜水修船。船不断下沉，他因为"没有船，活不成"，始终无法弃船，最终与船一起沉没……小说依然采用"我"与崙湛同船而行的视角展开叙述，结尾他老伴获救后对着滚滚江水喃喃自语"他一定不会溺毙，一定不会……"，真切凸显崙湛艰难生活中与家人相濡以沫的情感和他顽强求生的力量，也传达出对泰族劳苦者命运的深切关怀。这些小说出现在1950年代后期，在整个华文文学史中都显示出其价值。

倪长游（1927—2012，本名倪隆盛，祖籍广东揭阳）的小说多产，有300多篇短篇和5部中篇，其创作高峰在1970年代。他参与了泰华两部接龙小说《破毕舍歪传》和《风雨耀华力》的创作。前者完成于1950年代末，是他和方思若等五位作家合作写成，喜剧化地讲述一个流落街头的"破毕舍"（潮州话，破落的败家子之意）的传奇故事。"破毕舍"出身富商大府，花天酒地中毁掉祖业，过着乞丐般的日子，后重新做人，自力谋生。小说人物众多，社会场景开阔，对1950年代泰华社会商业化现实和华人劣根性有深刻揭示。后者则由倪长游和年腊梅等共9位泰华作家合作完成于1964年，讲述华人青年李俊和鸭脯从祖居的泰南胶林来到曼谷繁华的唐人街耀华力路谋生的故事。学生出身的李俊和从小被社会遗弃的鸭脯性格迥异，但都未失去传统美德，也必然与商业化的都市社会发生激烈冲突。小说的"进城"叙事对1960年代泰国的社会矛盾有多方面的揭露，对传统观念也有所反思。这两部长篇小说的接龙形式发挥了不同作家在叙事悬念上的想象力，可读性强。倪长游1960年代还出版了短篇小说集《新的一代》和《温暖在人间》等，多为揭露、批判现实的作品。他的写实小说针对性强，在文学观念较为保守的泰华社会常因"对号入座"而惹来麻烦，于是便借鉴中国小说的鬼怪传奇传统，相继完成了长篇小说《鬼蜮正传》和中篇小说《狗精传》《回梦录》等，以"神界"鬼域、善男信女写人域，以此警世，①由此表现出对社会现实深刻细致的观察力。倪长游后来还创作有微型小说集《只说一句》。

越南有华人100多万，1940年代起逐步产生、发展了越华文学，其历史大致可以南北越统一为界线分成两个时期。1975年统一之前，近90%的华人居住在南越，有近10家中文报纸（《亚洲》《成功》《远东》《越华》《奋斗》《人人》等）都辟有文学副刊，还有众多华人文学社团（"水手诗社""海韵文艺社""书生文社""奔流文社""涛声文社"等）刊物，但有影响的个人性写作发展缓慢。1960年代，越华文坛与台湾、香港文坛交流扩大，台湾《创世纪》《笠》《葡萄园》《幼狮文艺》，香港《当代文艺》等影响较大的刊物流传南越，洛夫等台湾诗人访问南越，这些都促进了越华文坛创作的个人多样性。1966年，越华诗坛第一本新诗集《十二人诗辑》（银发等）出版，表现出越华诗坛的新质。

越南统一之后，华人因为原先的"南越"身份，地位一落千丈，甚至遭到大规模政治迫害，"越华文学的精英大部分去了外国"②，国内华文文学日益衰败。全越南无独立的中文报纸，唯一的中文报纸是胡志明市（原南越首都西贡市，60%越南华人居住于此）越共机关报《西贡解放日报》的中文版，其周日有"文艺创作"版，1990年开辟了半月副刊《桂冠文艺》，《西贡解放日报周刊》也辟有《文艺创作》专栏。《越华文学艺术》（1997，胡志明市各民族文学协会下属的华文文学会出版）、《越南华文文学》（2008）等为数很少的越华文学期刊往往不定期出版，华文文学园地萎缩明显。从1975年到2011年，全越南只自费出版了20余部华文作品（包括中译作

---

① 司马攻：《泰华文学漫谈》，（泰国）八音出版社1994年版，第126页。
② ［越南］谢振煜：《越华文学三十五年》，《华文文学》2011年第3期。

品），大都为散文、诗歌。1993年，陈进义主编的《越华现代诗抄》①是越南统一近二十年后第一本越华诗选。但越华文学是海外唯一社会主义国家中的华文文学，有其价值。社会主义文学所要求的主旋律在越华文学中可以感受得到。例如文锦宁（1942— ，祖籍广东宝安，生于越南西贡）的诗《手》赞颂"霹雳一声／开了山 辟了地／闯开条条康庄大道"的手，"轰轰烈烈／打出天下 扭转乾坤／奠造座座辉煌京城"的手，"撼摇天庭 或／遮蔽太阳 或／摘星撷月"的手，批判"合十在背后""让历史的浪涛冲蚀"得"空白"的手，足以呼应中国的红色民歌。

---

① 陈进义主编：《越华现代诗抄》，（越南）民族文化出版社1993年版。

第四章　战后北美、欧洲等地区华文文学

第一节　战后美国华文文学和鹿桥、黎锦扬等的创作

1940年代中后期美华文学的第一个高潮开始形成。1945年，美国东西两岸的一批华侨青年组成了美国本土上第一个跨地区的华侨青年文学组织"华侨青年文艺组"，在《美洲华侨日报》副刊推出了《绿洲》专刊，集中刊发华侨文艺作品和论文。1947年，华侨文化社等又在纽约创办《新苗》月刊，并出版《突围》等作品集。1948年，三藩市华侨青年轻骑文艺社也创办社刊《轻骑》。这些美华文学团体此呼彼应，其创作无论是诗歌、小说、散文，还是论述，在反映在美华人华侨的生活经历、苦难境遇上都有了一定深度。

此时还发生了一种有利于美华文学长远发展的情况。抗战胜利后，国民政府恢复了战前派遣留学生留美的传统。而与战前留美学生学成回国不同，由于中国内战局势，相当部分留美学生滞留美国。随后中国政局有了根本性变动，一部分留学生学成后旅居美国，如鹿桥等青年作家。留学生较高的文化修养，使其投身文学者为美华文学的长远建设积累了力量。美华文学从艺术成就而言，战后开始有了质的飞跃。

1950年代后，由于美国移民政策的变化，移民美国的中国人急速增加，

1950年美国华人总数12万，2000年则已经增加到300万人。同时，美国土生华裔占华人总数的比例从60%降为30%，土生华裔的文学创作和阅读以英文为主，而非土生华人则以华语为主。美国华人这种构成的变化为中文报刊的兴起和华文文学的生存、发展提供了最重要的基础。但同时，美华文学面临一个复杂纷乱的生存环境。一方面，由于中美对峙，美国社会反共的麦卡锡主义和故态复萌的种族歧视、排华情绪结合，使华人华侨的生存再次面临困境。另一方面，1950年代后的美国国家政策已明确主张各族裔的平等，少数族裔进入美国主流社会的机会和积极性大为增加，华人华侨基本上完成了由"叶落归根"到"落地生根"的转化。在这种环境中，中国现实政治、文化的影响有所减弱，中华文化传统成为华人社团创造华埠发展机会的重要资源（如旧金山、洛杉矶等地1950年代初开始每年举行农历春节庆会）。这些因素交会作用，为美华文学的生存发展提供了土壤。当时，旧金山"绿源书店"、美国西部地区"新文化协会"、华侨民主青年团等团体以及《金门侨报》《美洲华侨日报》等报刊都为美华文学的创作提供了阵地，但美国本土孕育的华文文学仍显得较为零散。此时华文文学的重新聚合首先发生在战后从中国大陆（内地）旅居美国的文化人士中。其中最有影响的是唐德刚、顾献梁等发起成立的白马文艺社及其诗人群。

白马文艺社之前，有林语堂女儿林太乙及其夫黎明主编的《天风月刊》，可能是当时由美华作家自己创办的唯一的文学刊物。1954年，林语堂离开美国，《天风月刊》停刊。随后，白马文艺社成立，其名中，"白马"二字为顾献梁（1914—1979，1930年代曾与钱锺书同事，1947年旅居美国，后去台湾，著名艺术评论家）提议，含有唐朝玄奘印度留学白马取经之意；"文艺"二字则为唐德刚（1920—2009，1948年留学美国，近代史大家，出有历史著作20余种，1950年代创立"中国口述历史协会"，被称为"中国口述历史第一人"。其散文则被称为"唐派散文"）添加，欲将组织扩展至有"文"有"艺"。白马文艺社出有《生活月刊》（1956）、《海外论坛》（1960—1962）等刊物，很快聚合起一批颇有才华和理想的华人作家、艺术家。他们基本上是抗战前后"自我放逐"到海外的知识分子，自觉于五四文化精神的继承，尤其是1940年代中国大陆文学传统的延续，对中国古典文化传统也极为珍惜，于"东学西进"上努力甚大，在中国大陆、台湾不同的政治意识形态之外，潜心于文化的积累、发展。由此，胡适对白马文艺社称誉有加。

白马文艺社主要成员多喜爱写作新诗，其中艾山（1912—1996，本名林振述，1938年毕业于西南联大外文系）的诗作最有影响。他1940年代开始创作，沈从文曾在自己主编的《今日评论》称赞艾山是"西南青年作家中最具有创造性的作家"①。艾山1948年旅美后，出有诗集《暗草集》（1956）、《埋沙集》（1960）。前者主要收录1948年前的诗作，内容多为战争年代一个青年知识分子经验世界的展开，写法有着"里尔克、奥登和他们在中国的知音冯至、卞之琳的影响"②。例如《鱼儿草》，其格调新而风趣古，"我"借"友人失恋"的诉说却是冷隽的非个人化抒情，令人想到卞之琳1930年代的诗作，但又完全是1940年代作者诗的经验世界的展现。后者所收作品则都为艾山去国后所作，颇有诗风焕然一新之感，诗旨、形式皆多样化，率性挥洒，佳作颇多。《李莎》《待题（准十四行）》《水上表演》等力作形式迥异，从口语化的挥洒，到"新规则"的规整，都以自由的心态表达出深厚的人道关怀。艾山后来还有诗集《明波集》③，而他英译的老子《道德经》被认为是诸多译本中最好的。

白马文艺社后来变成"海外华文作家笔会"，而围绕胡适形成的"白马

① 转引自王子韩：《旅美爱国诗人——林振述》，《福建史志》2010年第5期。

② 邵燕祥：《艾山：陌生的名字亲切的诗》，《人民文学》2006年第2期。

③ 《明波集》收入澳门国际名家出版社1994年版的《艾山诗选》。

文艺"作者群中，则出现了周策纵、鹿桥等重要作家。

周策纵（1916—2007，1948年留美）13岁开始写旧体诗，初中时就在上海大东书局出版的《学生文艺丛刊》发表旧体诗，晚年出版的《周策纵旧诗存》收录其1929—2003年所作旧体诗千余首。其一生"语必不离诗"，日常生活也"枕于诗，坐于诗，动以诗随，静以诗侣"①，其旧体诗是海外中国知识分子一笔丰富的精神遗产。周策纵也长时期创作新诗，其《胡说草：周策纵新诗全集》所收诗作，有自由体、象征诗、新格体、现代主义诗，甚至后现代诗（例如写于1992年的《读书》），几乎融合了五四以后中国新诗的各种形式，又化入了中国古典诗歌的元素，称得上中国诗歌资源的全面展示。

鹿桥（1919—2002，本名吴讷孙，福建福州人，生于北京）毕业于西南联大，1945年赴美攻读耶鲁大学博士，此后一直居住于美国，成为国际知名的东方艺术史教授（1984年自华盛顿大学以"杰出特级终身教授"的身份退休，1998年华盛顿大学设立"吴讷孙亚洲艺术及文化纪念讲座"）。他的《未央歌》是旅美作家在台湾出版的第一部中文长篇小说（小说创作完成于1945年，1959年曾在香港自印出版，1967年由台湾商务印书馆出版）；其他作品，包括短篇小说集《人子》（1974）、长篇小说《忏情书》（1975）、散文集《市廛居》（1998）等都首版于台湾。他写《未央歌》是"以小说的形式，传达祈祷中国文化千秋万代不要中断的想法"，这也是"白马"作者群的创作取向。这部60万言的小说讲述了西南联大四个学生余孟勤、伍宝笙、蔺燕梅、童孝贤人格成长的故事。"四个人合起来"构成了小说的主角，寄托了作者理想化人格的完善和交融。绰号"圣人"的余孟勤修身养性，摩顶放踵，追求着至善完美，体现出儒家理想人格。童孝贤充满孩子气，喜欢一切顺其自然，"用出世精神，作入世事业"，以悟性走近道家哲

---

① 陈致编：《周策纵旧诗存·序》，（香港）汇智出版有限公司2006年版，第2页。

学。伍宝笙平和博爱,其仁慈宽厚,有如普度众生的观音。蔺燕梅悲天悯人的孤独抑郁,使她几次欲入教堂寻找皈依,最终随"修道"下乡去了。有意味的是,这四个人身上都或多或少有着其他三个人的影子。而他们各自的人格成长,既有战争环境中的理想寻求,更有着互相间的扶携,合起来则是完美人格的塑造、完成,颇有点儒、道、禅,乃至跟基督教的互援、合流的意味了。而四人的友情、爱情关系也各自受到儒、道、禅的各种影响,余孟勤和伍宝笙"花前订婚",蔺燕梅最终心属童孝贤。这种人物关系揭示了小说在"成长"这一叙事架构中寄寓的哲理,青春的赞歌和爱与美的人生在"天人""东西方"交汇中得到了统一。小说以一种"既真实,又浪漫,既入世,又脱俗"的笔调描写了充溢在师生同学间的"步履相随,感情融洽,随时质疑问题的关切与呵护",成为一种纯美的文本,而友情的恒久尤为感人。例如余孟勤和蔺燕梅滋生情意,但最终没有结成眷属,而是保持淳厚友谊;而范宽湖偷吻蔺燕梅,导致蔺燕梅咬破嘴唇,但两人之间仍有友情中的默契……这些都摄录了战争年代校园生活最美的面影。

《未央歌》讲述抗战时期的校园生活,充满浪漫情怀,似乎与时代相隔遥远,却有另一种时代的真实。小说所写西南联大师生来自北大、清华、南开这三所原本中国最具学术自由精神的高校,而西南联大"自然、自由、自在、如云、如海、如山"学术精神和人生襟怀正是三校精神在战争年代的云南土地上的结晶。西南联大旧址所竖立的国立西南联合大学纪念碑所言"合作无间,同无妨异,异不害同……万物并育而不相害,道并行而不相悖;小德川流,大德敦化,此天地之所以为大……实为民主之真谛。联合大学以其兼容并包之精神,转移社会一时之风气。内树学术自由之规模,外来民主堡垒之称号",正是西南联大历史的浓缩,与《未央歌》中青年学子们乐观向上的生活完全一致。小说所洋溢的青春、乐观情调,所揭示的西南联大情怀的深度和从容是校园理想风格的产物,生动呈现了青年学子们战争流亡中仍在成长的校园生涯。小说内容和主旨联系着民族复兴的久远建设，是战争年代中国有识之士长远目光所在，也是战后海外华人作家理想、抱负的表达。

司马长风称赞《未央歌》体现了"民族风格的圆熟和焕发"，"使中国小说的秧苗，重新植入《水浒传》《红楼梦》和《儒林外史》的土壤，因此，根舒枝展、叶绿花红，读来几乎无一字不悦目，无一句不赏心"。①其实，《未央歌》更在一种中西融汇的追求中完成了民族艺术传统的复归：清朴飘逸的浪漫叙事；"新文言"古朴典雅中吸收了欧化长句严密细腻的表现力；结构上兼容并收了《红楼梦》《水浒传》《儒林外史》等的长处，但又以"感觉"来组织叙事，既大开大阖，又虚实相间；笔墨的抒情性上，风轻云淡的点染和油画般的描绘交相辉映。《未央歌》问世后，极受读者欢迎，在台湾就发行再版30余次。小说1990年列台湾《中国时报》"四十年来影响我们最深的书籍"中50年代作品的第一名，1999年入选《亚洲周刊》评选的"20世纪中文小说100强"。

鹿桥随后创作的小说集《人子》也引起广泛关注。出版翌年，台北广城出版社就出版了《见仁见智谈〈人子〉》一书，收有胡兰成、周梦蝶、王鼎钧等名家评述。《人子》是由13篇近似寓言的短篇小说组成，在叙事上有两个明显的特征。一是小说中的小王子、老法师等人物有着宗教的、神话的、民间传统的原型和隐喻；二是13篇作品合起来完成了自我成长的整个生命历程，正如作者在自序中所言："依了人生经历的过程来排列：从降生，而启智，而成长，然后经过种种体验，才认识逝亡，最后境界则是在有限的人生中只可模拟、冥想而不可捉摸的永恒。"这种对生命历程、意义及宇宙存在的体悟，仍融汇儒释道思想。例如《人子》一篇，讲述9岁的小王子，隐姓埋名，随师天下历练，15岁生日才能回宫登基为王。老法师吩咐王子："我

---

① 司马长风：《鹿桥的〈未央歌〉》，（台湾）《更生日报》1978年4月15日。

教你做太子的第一课是分辨善恶。六年以后，我要教你做太子的最后一课，也还是分辨善恶！""你一定要在善恶不能两存时才可以杀恶，而且要杀得快，杀得决绝。"然而，云游四海的王子最后在老法师分身为二，一个为善，一个为恶时，终究下不了手。此时，老法师飞身而起，一剑劈杀了王子。然而，王子尸首却飘然上天，成佛而去。王子为什么不下手杀"恶"？无论是因为他宁可牺牲自身也不能误杀，还是他已将善恶相泯，都已成为"道之终始"的象征，这便是"人子"。整本《人子》，语言清畅，意象鲜明，却含义丰富，以至于王鼎钧说，解读清楚《人子》，"要写比《人子》更厚的一本书"。

鹿桥也是一位具有"经由传统教育涵养出的中国学人风骨"的学者，自言"左手写诗篇，右手写论文"，"在学术论文方面，能融汇各国文化，将历史、哲学思想等结合艺术，开创新的研究方向"。[1]他的学术成就令人想到战后美国现代汉学的形成。

就海外华文文学而言，汉语写作和所在国非汉语的官方语言写作往往构成"旅外"与"在地"的关系，"在地"程度最深的当是以所在国家和地区非汉语的官方语言写作。美国华文文学战后的一个重要成绩表现为此时期在美国产生影响的是几位打入美国主流社会的华人作家，首先是黎锦扬（1915—2018）[2]。他是五四时期的湖南乡土作家黎锦明一家"黎门八骏"中的小弟。其大哥黎锦熙是著名的语言文字学家、毛泽东的国文老师，四哥锦纾留学法国时与邓小平是同宿舍好友；而他则成为最早将中国文化带进百老汇的旅美作家。黎锦扬1940年毕业于西南联大，抗战后期留学美国，1947年，在耶鲁大学获得艺术硕士学位，以唐人街为题材，开始创作，其短篇小

---

① 张恒豪编选：《台湾现当代作家研究资料汇编62 鹿桥》，台湾文学馆2014年版，第44页。

② 黎锦扬创作在本书下编有具体叙述。

说《禁币》获《作家文摘》征文奖。唐人街生活促使黎锦扬创作了英文长篇小说《花鼓歌》，小说以美国移民法禁止华人妇女入境为背景，围绕观念传统的父亲王奇洋和开始认同西方文化的儿子之间在婚事、事业上的冲突，讲述代际、族群冲突所包含的东方和西方、传统和现代的复杂关系。1957年出版当年该书荣登《纽约时报》畅销书排行榜，黎锦扬也成为继林语堂之后第二位享此殊荣的华人作家。随后，《花鼓歌》的中文译本（欧阳璜译）在香港出版。同时，《花鼓歌》被改编成百老汇音乐剧，在纽约和伦敦两地就上演了1000多场，得到6项东尼奖提名，又由环球影城拍成电影，也造成轰动。2002年，华裔美国剧作家黄哲伦推出新版音乐剧《花鼓歌》，在洛杉矶上演再次备受好评，小说《花鼓歌》也再度重版，"至今仍是美国人心目中中国文化的典型"。《花鼓歌》等作品的创作表明，此时的美国华文文学开始其"在地生产"，正是以双语写作的方式产生效果。

同样从事双语创作而有影响的乔志高（1912—2008，本名高克毅，祖籍江苏江宁，生于美国密歇根州，1915年回国）1933年毕业于北平燕京大学，1934年赴美留学，之后大部分时间都在美国。他第一本散文集《纽约客谈》（1964）虽出版较晚，但从1930年代后期起，他就开始在《宇宙风》《西风》等刊物上发表从中国人的观点观察美国文化、诠释美国语言的文章。他一生出版的13种散文集大部分是关于美国风土人情和美国语言的，亦庄亦谐的文笔将英语词汇演变的考证和社会习俗变化的体察结合在一起展开，知识性、社会性兼容中有其散文魅力。同时，他也用英语在美国报刊介绍中国文化，文笔稳健，讲述生动，影响颇大。他是最早自觉从事双语创作并取得实绩的赴美作家。

战后美国华文文学发展的又一个重要方面，是促成了美国现代汉学的重要分支——中国现代文学研究的形成。这开启于夏志清和其兄长夏济安，后来历经夏济安的入室弟子李欧梵、刘绍铭和刘绍铭的学生王德威等几代的努力，已产生重大影响。1921年生于上海浦东的夏志清（籍贯江苏吴县）毕业于沪江大学。1946年他随兄长夏济安（白先勇等人大学时的恩师）赴北京大学英文系任助教，适逢胡适回国担任北大校长，支持青年教师出国深造，夏志清由此留学美国。1951年在耶鲁大学获英国文学博士学位，开始他的学术生涯。他原攻英美文学，后转向中国文学。1961年完成《中国现代小说史》，翌年转往哥伦比亚大学任教近三十年，1968年完成《中国古典小说》。这两部著作奠定其在西方汉学界的地位。夏志清还著有《爱情·社会·小说》（1970）、《文学的前途》（1974）、《人的文学》（1977）、《新文学的传统》（1979）等，成为现代中国文学研究的巨擘。夏志清研究的最大个性在于其出于"对文学的无条件的爱"的"率直、率真、率性"，其成就也在于在"直言无忌"的自由状态中创造性地完成了其中国文学研究。他对鲁迅的评价有偏颇之论，也有真知灼见，皆出于对文学的真诚，可以成为我们"神化、圣化鲁迅的解毒剂"。[①]夏志清还著有《鸡窗集》等散文集，以谈文说艺、忆友记事为主，同样洋溢其文学世界的童心真情。

第二节　旅美台湾文群（上）：白先勇、於梨华、聂华苓、陈若曦等的小说创作

1951年，美国政府开始加强对外文化交流，很多高校与台湾高校结成姐妹校；美国的经济援助帮助台湾开始实现经济起飞，台湾地区与美国关系密切，台湾民众，尤其是知识界，对美国形成好感。在此背景下，台湾出现求学美国热潮。而两岸关系紧张导致的国族认同危机，使在美求学者学成后留居国外者大量增加。中国文学史中，首次出现由留学生文学发展成旅外文学

---

① 刘再复：《夏志清先生纪事》，（香港）《城市文艺》第70期（2014年4月）。

的现象。而由此形成的台湾文群，其文学成就和影响，都卓然有成，有力地提升了美华文学的质量。

台湾文群在美华文坛崛起之时，正值中美关系对立时期，但台湾文群中许多作家，都能超越政治意识形态的历史纠葛，深入开掘文化冲突的主题，倾心力于文学本体圆融之境的构建。他们的作品绝大部分仍在台湾发表、出版，而他们的创作则逐步具有了美国华人社会的本土性，这使得他们跟台湾文坛构成了一种良好的互动关系。台湾文群移居美国持续时间较长，他们处于美国华文文坛主流的局势也一直延续到1980年代。

传统的创造性转化是战后旅美台湾文群最重要的创作取向之一。他们超脱了"身在其中"的距离观照，对中国历史、文化既有了更深的眷恋，也有了更冷静的审视。他们摆脱了文学意识形态化的束缚，又在破除历史整体主义中获得了基于民族、国家的多元思考，使其对"创造性转化"的实践富有成效。白先勇、王鼎钧、杨牧、郑愁予、叶维廉等在化用传统上有大家风范。同时，台湾文群有稳健的变革姿态。他们脱离了海峡两岸各自的政治结构，旅外文学得以卸却深重的政治使命；由于美国经济环境的富足稳实，旅外作家也较少受经济文化的负面影响，始终沉潜于文学本体；他们直接面对西方现代文化，创作心平气和，传统、现代之间的平衡协调从容，心态开放而探索稳健。而其创作，首先在小说上取得了突破。

於梨华（1931—2020，浙江镇海人）1947年随家人迁台，1953年从台湾大学历史系毕业后即赴美求学，以做最廉价的女佣开始了独立谋生，此后一直定居美国。她是台湾最早赴美的求学者，半个多世纪的小说创作使她成为台湾旅外文学的最先开拓者。1956年，於梨华以短篇小说《扬子江头几多愁》获美国"米高梅文学创作奖"，开始了其异国的文学生涯。她的成名作是长篇小说《梦回青河》（1963）。这部后来拍成电视剧一再热播的抗战小说，在异域回忆故乡的心境中，刻画了一个大家庭三代成员的各自命运和他们的悲欢离合。作为台湾第一部描写抗战时期沦陷区生活的小说，它以人性善恶的分化、家族命运的沉浮来揭示战争对人的生活的巨大影响，不仅得以摆脱50年代冷战意识形态的拘囿，而且事实上进入了思考战争的人类本质（而非单一的阶级本质、民族本质）的层面。它也描绘了一个大家族在抗战这样一种困难时期的流散离析，凸显了每次中国社会大变动中家庭命运总是最变化多端的历史现实，但它关注的重心始终在人性、人之命运的批判性审视上。异族的侵占、家庭的变动，都是悲剧的缘由，但悲剧最致命的根由生植于人性之中。小说中"我"在理性上明了良知所在，但"我"的嫉恨"一口口吞没母亲给我的好的品格、正直不屈和宽容"，最终把美云送上了不归路。《梦回青河》将"我"——"一个能辨善恶，而没有勇气从善，没有勇气完全从恶"的人的那种"敌""友"相杂、"伴侣""刽子手"相冲撞的心理活动刻画得大起大落，撼人心魄。人性在情感、欲望的旋涡中会有如此复杂的纠结，甚至时隐时现于人的下意识中，让人无法抗拒，令人不禁思考这种日常生活中义利、善恶纠结的人性一旦面临民族大义公理的考验又会有怎样的结果。小说由此写出了人性的弱点是怎样在严酷的战争环境中摧灭着生命，战争环境中最可怕的消亡并非肉体的消亡，而是人性、自我的消亡。《梦回青河》包含於梨华自己抗战时期在浙江故乡的生命记忆，又写成于五六十年代她从台湾去美国又回台湾的辗转中，是作者半个多世纪创作生涯中第一部长篇小说。它真切呈现了一个作家战争时期的生命体验，也揭示了文学真正应该关注的是什么。

随后於梨华的创作重点移向了漂泊海外的旅美生活。1962年，於梨华回台湾住了一年，适逢台湾社会发生关于中西文化命运的大论争，目睹台湾社会在西方文化入侵面前的软弱无助，于是以十年居美生活的积累，在1966年完成了她的第6本小说——长篇小说《又见棕榈　又见棕榈》，研究中国现代小说素有真知灼见的夏志清也由此称她为"最有毅力、潜心求自己艺术进步，想为当今文坛留下几篇值得给后世诵读的作品的"[①]作家。小说描写牟天磊旅美十年的人生经历。他离开台湾时，独自对校门前的几棵棕榈许愿，"自己也要象它们的主干一样，挺直无畏出人头地"[②]；十年后，他学成业就，回到台湾来到棕榈树下，却在一种心灵的苍老感中低下了头，一种比雾更迷蒙、比海更浩瀚、比冰更寒心的寂寞始终如影相随。一次，情侣意珊问他到底吃了什么苦，他说："没有具体的苦可以讲……那是一种无形的东西……我是一个岛，岛上都是沙，每颗沙都是寂寞。"[③]他又跟妹妹天美说："Gertrude Stein对海明威说你们是失落的一代，我们呢？我们这一代呢，应该是没有根的一代了吧？"[④]至此，"无根的一代"成为《又见棕榈　又见棕榈》的又名。

《又见棕榈　又见棕榈》所写"无根"是文化、事业上的失根。於梨华是战后中国作家中最早感受到民族文化危机并予以表现的人。小说描写牟天磊进了台北"喜临门"，"除了所有的面孔都是黄皮肤之外，他几乎以为自己踏进了芝加哥勒虚街的舞厅"[⑤]；而原先在天磊印象中安静、肃然、洁净的郑成功庙，却处处"脏与乱"。牟天磊伤心至极：一个文化如此脆弱的民族，一个对自己的历史如此漫不经心的民族，它会让人感到"有根"吗？牟天磊功成业就是在美国，两种文化都无法归依，他只能处于精神的、文化的放逐之中。小说所写的"无根"，有着身在海外心存故园的民族感，也有着超越种种民族、人类隔阂的寻求，深化了台湾文学中的"放逐"主题。由

---

① 夏志清序，见於梨华：《又见棕榈　又见棕榈》，福建人民出版社1980年版，序言第3页。

② 於梨华：《又见棕榈　又见棕榈》，福建人民出版社1980年版，第49页。

③ 於梨华：《又见棕榈　又见棕榈》，福建人民出版社1980年版，第80—81页。

④ 於梨华：《又见棕榈　又见棕榈》，福建人民出版社1980年版，第80—81页。

⑤ 於梨华：《又见棕榈　又见棕榈》，福建人民出版社1980年版，第27—28页。

此，於梨华"真正成了'没有根的一代'的代言人"①。

於梨华小说一向有着中西合璧的追求，讲故事的传统技巧和多层次的现代小说结构，写实手法和意识流转换，外部冲突的描绘和内心世界的开掘都能结合在一起。《又见棕榈　又见棕榈》把主人公的三种存在，"过去、现在和未来"，灵活地糅合在一起。过去的记忆、未来的迷惘，自然妥帖地穿插于人物现时的意识中。而人物之间的冲突也往往来自不同的时间存在，如天磊生活在长长的回忆中，而意珊生活在将来的希望中。这样，三个时空的交叉，不仅结构起人物的外部冲突，更深入到了人物的内心深处。小说在表达"无根"这样一个富有时代性人类性的题旨时，"打碎了功利主义文学的信条"，"延续了、发扬了中国文学上有高度成就的一种特殊传统"，即"风花雪月"的传统。②主人公在日常生活中寂寥无寄的感伤，通过从台湾南岛到北美原野的各种自然意象得到了真切的呈现。小说语言清畅严谨，既大胆引入了不少西方文学的语法句法，又采用感觉丰富的日常白话来表现，"句法是欧化的，而从不给人欧化的印象"③。如写天磊在佳利家听中国旧唱片："第四支古老遥远的《苏武牧羊》，这支歌使他尖锐的忆起他小时，他母亲在灯下一面缝衣服，一面哼'苏武……牧羊北海边，雪地又冰天……'他坐在一边，一面听，一面做功课的情景。突然，手指挡不住，掌心盛不住的眼泪匆促地奔流下来。"④前一句的长度是罕见的，跟长长的记忆十分吻合。句子有记忆，有感觉，有气息，而且是人们共有的，把远在美国的生活

---

① 白先勇：《流浪的中国人——台湾小说放逐主题》，（香港）《明报月刊》1976年第1期。

② 夏志清序，见於梨华：《又见棕榈　又见棕榈》，福建人民出版社1980年版，序言第11页。

③ 夏志清序，见於梨华：《又见棕榈　又见棕榈》，福建人民出版社1980年版，序言第6页。

④ 於梨华：《又见棕榈　又见棕榈》，福建人民出版社1980年版，第52页。

变成了人们能切身感受到的情境。

於梨华1967年获台湾"嘉新文艺奖"。此后她创作实力不减。1970年代的长篇小说《傅家的儿女们》，1990年代的长篇小说《一个天使的沉沦》，从海外留学生的"中国觉醒"写到海外华人第二代的命运悲剧，都产生了广泛影响。

和於梨华一起开拓旅外文学的还有吉铮、孟丝两位女作家。

吉铮（1937—1968，河北深泽县人）1955年就读于台大外文系时考取公费求学美国，此后一直旅居美国，1950年代末开始文学创作，1967年出版了两部长篇小说、一部短篇小说集。长篇小说《拾乡》讲述女主人公荣之怡到美国求学后的爱情、婚姻、家庭等生活，既有自己漂泊流离中自我身份认同的困惑，也有对出生于美国的下一代身份认同的担忧。另一部长篇小说《海那边》中，男女主角范希彦和于凤在留美艰辛岁月里的爱情之所以屡经挫折，也是因为跟那种"你连站脚的地方都寻不到"的"无根的感觉"相关联。吉铮的小说有她真切的感受，文笔也好。如果不是英年早逝，她能对旅外文学做更多贡献。

孟丝（1936— ，江苏徐州人，本名薛兴霞，1963年获美国匹兹堡大学硕士学位后长期任职于美国大学、地方图书馆）1967年出版第一本小说集《生日宴》，之后又出版了小说集《白亭巷》（1969）、《吴淞夜渡》（1970）等。孟丝的小说将"苍老"的早熟与澄明的热情交织于异域生涯中，构成小说想象世界的独特魅力。《生日宴》用时空闪回、交错等手法，在笑青五十寿辰的酒宴上，让主人公回到重庆时代、台北岁月、美国旅途中。笑青原先的安排是为了自己身后丈夫仍有人照料。不料，生命对她的传统妇道开了玩笑。她病体康复，日夜面对着自己苦心孤诣造成的"亲者背叛"的局面，为自己属于的传统痛心。她仍活着，可丈夫已不需要她了。后来，丈夫去世，笑青去了美国，投奔儿子宁儿，"宁儿，已成了她的一切"。然而，恰恰是异乡生活使儿子已独立，不再需要她……小说一气呵成地让笑青的"需要感"连受重挫，直至毁灭于异国的现代家庭生活中，透露出一种文化的失落感。孟丝小说在言情框架中写文化冲突、文化失落，往往将主人公的命运、心理冲突推到一种极致，但又在极细微的家庭场景中化解冲突、归于平和。《白兰花》写自小对数学极有悟性的秦心莲只是因为校方一条不成文的规矩（"夫妇不能同校任教授"），心甘情愿入厨做主妇，以成全丈夫胡应农的事业，却不料"自初中一年级便在美国东岸受教育……真正融合两种文化于一体，因此在各种场合都运握掌管得恰到好处"的谭敏敏轻而易举俘获了胡应农，而秦心莲最终只能以"因缘聚散本无常"的传统来"点化"现实困境。六七十年代的华文女作家中，孟丝的小说感受力当是一流了。小说章法的虚实、手法的细腻、文笔的清秀，大处小处皆相宜的艺术驾驭力，都令人感到传统、现代糅合的妥帖。

1964年移居美国的聂华苓（1925—　，湖北应山人）在美华文学中占有特殊地位。她好几种自传书的扉页都写着："我是一棵树。／根在大陆。／干在台湾。／枝叶在爱荷华。"大陆、台湾、海外，是她的三生三世。2011年5月，台北举行了"百年文学新趋势：向爱荷华国际写作计划致敬"系列活动，聂华苓的"三生三世"也成为华文文学的一种象征。大陆、台湾、海外，都是文学的故乡。聂华苓也用文学告诉人们，如何去爱，如何不被政治意识形态、世俗成见、族群偏见所拘囿；而爱的苍白、僵化、狭小，会使得文学的创造力萎缩。她已出版作品集20余种，除了讲述抗战时期少女成长历程的长篇小说《失去的金铃子》（1960）和"针对台湾社会生活的'现实'而说的老实话"[1]的短篇小说集《台湾轶事》（创作于1949—1964年）外，其余都创作于旅美后，成为战后美华文学的重要财富。

---

① 聂华苓：《台湾轶事·写在前面》，北京出版社1980年版。

聂华苓在1960年代就自觉地写"中国人在这个时代的处境，而延伸到'人'的处境"①。她1964年迁居美国，从家国之愁到漂泊之苦，重新领悟了"我的母语就是我的根。中国是我的原乡"②。这种"原乡"意义上的根，使她写"中国人、中国事"，更关注作为"人"的小说人物的命运。其作品也往往成为一则意味深长丰富的民族寓言。长篇小说《桑青与桃红》完成于1970年代（1976年中文初版，1981英文版，1990年获美国"国家图书奖"）。这部长篇小说曾被作为中国"女性心理的开山之作"而得到广泛研究，后来又被视为"离散"（diaspora）文学的"始作俑者"③，而它所呈现的20世纪中国知识分子的"流亡"历程更被人关注。1990年代，美国几所大学讲授中国文学的教授，不约而同选择了《桑青与桃红》作为其教科书。1997年，张敬珏主编的《亚美文学族群手册》出版，其中《华美文学》一章更认为，《桑青与桃红》之"多重论述位置乃华美文学复杂性指标之一"④。为什么一部《桑青与桃红》在不同时代会具有不同的意义，展现出如此丰富的诠释层面？就因为这部带有自传色彩的长篇小说在"写真的象征"中超越了个人、国族，展现的是人的根本性处境。小说采取了一种整体性的象征结构，但各个具体场景仍有很多写实。小说分四部，桑青是故事开始女主人公还是纯真少女时的名字。第一部写抗战全面爆发，纯朴的桑青乘船逃难，整整一船人被困于险恶的瞿塘峡，进退不得；第二部写日本投降，桑青投奔家姑沈家，解放军兵临北平城下，桑青匆忙完婚，再次仓促出走；

① 王庆麟：《聂华苓访问记——介绍"国际作家工作室"》，（台湾）《幼狮文艺》第169期（1968年1月）。

② 聂华苓：《桑青与桃红小识》，见聂华苓：《桑青与桃红》，（台湾）时报文化出版事业有限公司1997年版，第1页。

③ 李欧梵：《重划〈桑青与桃红〉的地图》，见聂华苓：《桑青与桃红》，（台湾）时报文化出版事业有限公司1997年版，第3、4页。

④ King-Kok Cheung（ed.），*An Interethnic Companion to Asian American Literature*（Cambridge：Cambridge University Press，1997），p.50.

第三部桑青到了台湾，因丈夫挪用公款，被警察追捕，一家人"隐居"于一个布满尘埃、老鼠横行、与世隔绝、摇摇欲坠的小阁楼里，在"爬行"中度日；第四部写桑青非法移民到美国，又处于移民局不断的调查追寻中，精神、性格分裂，成了逃亡中的"桃红"。小说以女主人公的这种经历，将海外中国人失去家国、放逐流亡而产生的精神痛苦和人格分裂同近现代中国的历史动乱联系在一起，困陷和流浪贯串于小说始终，从而成为近现代中国命运困境的一种象征。桑青心中一直存在着一种"外乡人"的隐痛，三峡、北平、台北、北美……不管身处何地，桑青始终无法摆脱"外乡人"身份的痛苦与折磨。这种"现代流浪者"的命运，隐寓着现代海外中国人的悲剧。小说的这种民族寓言意味，使这部小说被称作当时台湾文学中最具雄心的一部作品。但小说中女性逃离叙事的线索也很丰富。第一部瞿塘峡的船上，不仅有那个敢爱敢恨的桃花女，"他好，一辈子的夫妻！他不好，他走他的阳关大道，我过我的独木桥"；还有原朴的桑青和流亡学生的"性狂欢"，也是桑青（女性）悲剧命运的开始。第四部中，桃红在信中说："我要为孩子找一个出生的地方，我将出生一个有血有肉的小生命。"这小生命，有如小说卷末《跋》中所言"直到今天""还在那儿来回飞着"的帝女雀，是女性新生的化身，也是"永远在路上"的象征。而帝女雀呼应篇首"楔子"中以身体抗争天帝的刑天形象，使小说中女性反抗父权传统的意蕴更加显豁。同样在"楔子"中，桃红还在公寓墙上涂鸦了这样的句子："谁怕蒋介石／谁怕毛泽东／Who is afraid of Virginia Woolf（谁怕伍尔芙——引者注）。"小说时空线索繁杂而清晰，以"桑青"叙事时，语言简约、短促显得压抑；以"桃红"叙事时，语言紊乱、恍惚，却透出狂放，这样构成的语言张力更凸显了主人公的命运。

聂华苓后来的长篇小说《千山外，水长流》，以中美混血儿莲儿的寻父历程表达了希望东西方文化相遇而共生的心愿。此外，她还有英文专著《沈从文评传》和多种散文集。创作之外，文化交流活动成为聂华苓的文学生涯，尤其是其海外文学生涯最重要的贡献。1972年，聂华苓与安格尔合作翻译的《毛泽东诗词选》出版，轰动西方文化界，尤其是美国汉学界。为了翻译好毛泽东诗词，聂华苓阅读了大量共产主义、共产党的材料，而安格尔则大量阅读了近代中国历史资料，三四行诗，有时需要撰写整整两页注释。她由此被纳入国民党当局的"黑名单"，整整二十年不能踏足台湾。聂华苓并不认同共产主义，她"所认同的是中国历史、中国文化、中国河山、中国人——炎黄子孙的中国"[①]。她正是从这一立场来翻译毛泽东诗词，将此作为中外文化交流的重要内容。

对文学跨越国界力量的理解，使聂华苓在1967年与安格尔一起，将美国爱荷华大学的"作家工作室"扩展为"国际作家工作室"。爱荷华大学原先的"作家工作室"在美国现代文学史上就占有重要地位，美国文坛很多举足轻重的作家是从这里走出来的。而且"国际作家工作室"将这种传统扩展到世界。在东西方冷战对峙的年代，这样的邀请有时无法得到学校充分的经费支持，聂华苓就自己去筹款，解决一个作家平均8000多美元的费用。"国际作家工作室"先后接待了来自70余个国家和地区的1200多位作家，其中汉语写作的作家100多位。连安格尔也惊异，为了让不同倾向的作家生活在一起互相交流，她一个弱女子身上会有如此大的力量。"国际作家工作室"也打开了中国大陆（内地）作家和世界交流的大门，诗人艾青1978年复出后公开讲的第一句话就是："我的大门是聂华苓和安格尔打开的，再也关不上了。"[②]艾青是聂华苓最早邀请参与国际作家工作室的中国大陆（内地）作家之一，

---

① 杨青矗：《不是故乡的故乡——访保罗·安格尔和聂华苓》，（台湾）《自立晚报》1986年6月7日，10版。

② 杨青矗：《不是故乡的故乡——访保罗·安格尔和聂华苓》，（台湾）《自立晚报》1986年6月7日，10版。

汪曾祺、吴祖光、王蒙、丁玲、冯骥才、张贤亮、阿城、王安忆等身影也都
曾出现在爱荷华大学。迟子建感动地说过，是聂华苓"最早为新时期中国文
学中最为活跃的作家，打开了看世界的窗口"①。1976年，世界各国300多名
作家联合提名他们夫妇为诺贝尔和平奖候选人，提名书说："安格尔夫妇是
实现国际合作梦想的一个独特的文学组织的建筑师。在艺术史上，从没有一
对夫妇这样无私地献身于一个伟大的理想。"这一理想的展开，也正是美华
文学甚至整个海外华文文学所追求的。

　　台湾旅外文学的发生，在很大程度上是五六十年代台湾现代主义文学海
外延伸的结果，从《现代文学》出发的台湾现代派小说作家中，相当多的成
员留学美国。白先勇、欧阳子、丛甦、陈若曦等都属于这一群体。他们的创
作与台湾的现代主义创作构成经常性的互动，展开现代与传统之间的多方面
对话，为传统与现代的汇流做出重要贡献。

　　白先勇（1937—　，广西桂林人）的两类系列小说，以描写赴美留学生
的认同困境为主的"纽约客"和描写大陆迁台人士生存困境的"台北人"大
部分完成于1960年代（"纽约客"系列小说从1964年开始发表，部分收录于
1967年出版的《谪仙记》，以《纽约客》之名出版则是2007年了；1965年4月
发表的《永远的尹雪艳》是"台北人"的首篇，起初的8篇"台北人"于1968
年结集为《游园惊梦》，1971年的《台北人》则收入14篇小说），这两类小
说奠定了他在中国现代文学史的地位。他1957年考入台湾大学外文系，大三
时跟同窗好友创办了《现代文学》，影响广泛。同时开始小说创作，早期小
说结集为《寂寞的十七岁》。1963年留学美国，在爱荷华大学获硕士学位后
任教于圣塔芭拉加州大学，直至退休。

　　白先勇的早期小说多从少年记忆的视角，在大陆生活风情和个人体验的

---

　　① 迟子建：《一个人和三个时代》，（香港）《香港文学》第291期（2009年3月）。

抒写中，涉笔于性欲、潜意识、死亡等层面的内容。《玉卿嫂》（1960）以少年容哥儿（"我"）的眼光，叙写了"文文静静""好爽净，好标致"的玉卿嫂在情欲炙烧中跟情人庆生同归于尽的悲剧，人物变态心理在少年不谙情事的眼光中被呈现得令人不寒而栗。但白先勇的小说较快摆脱了这种少年视角。1962年末，白先勇完成了小说《芝加哥之死》，这是他"纽约客""台北人"系列的第一篇。白先勇讲到他自己那时进入了"一种天地悠悠之念，顷刻间，混沌的心景，竟澄明清澈起来"，甚至有"感到脱胎换骨"的心境。[①]他从家事的变迁、异国的羁留中体悟到个体生命的脆弱、不可知。他很自然地转向传统、转向民族文化去寻求永恒，去求得自身求生意志、灵魂感应能力跟文化母体的永恒合一。在这种"天地悠悠之念"中白先勇产生了对"中国文学的最高境界"的全部追求："从屈原的《离骚》到杜甫的《秋兴八首》所表现的人世沧桑的""苍凉感"，"《三国演义》中青山依旧在，几度夕阳红"的历史感以及《红楼梦》"好了歌"中"古今将相在何方，荒冢一堆草没了"的无常感。[②]对这种文学境界的追求和对现代小说艺术因素的借鉴化用两者融合在一起，构成了白先勇的小说世界。

《台北人》是白先勇最重要的小说集，白先勇由此动用了他人生中最厚重的"积蓄"：他对父辈（白崇禧）所经历的民族兴衰、政治纷争的体悟。然而，从《台北人》的第一篇小说《永远的尹雪艳》开始，他就摆脱了其国民党将领后代的身份，将时代的深切忧患、国人的沉痛经验转化为生命的追寻。他说，《台北人》写的是"人对流逝的时间的怀念与追寻"，只是"其中难加上一点历史"，[③]这使得《台北人》孕蓄的社会、历史意识最终进入

---

① 白先勇：《蓦然回首》，《白先勇文集第四卷：第六只手指》，花城出版社2000年版，第11页。

② 张葆莘：《白先勇的文学生涯》，《文汇增刊》1980年第5期。

③ 白先勇：《第六只手指》，（香港）华汉文化事业公司1988年版，第273页。

了如欧阳子所言的"今昔之比""灵肉之争""生死之谜"的时空意识,[①]
白先勇的"脱胎换骨"成为艺术生命的深刻蜕变。《那片血一般红的杜鹃
花》(1969)中的主人公王雄,是个18岁被抓丁到了台湾的湖南种田人,几
十年中念念不忘老家乡下的小妹子,冥冥之中把思念转移到对东家小姐丽儿
的服侍上。但现实粉碎了他的虚幻寄托,他在更虚幻的"乡下有赶尸的,人
死在外头,要是家里有挂得紧的亲人,那些死人跑回去跑得才快呢"的传说
中投海自尽。对于王雄来说,"今与昔"就是丽儿与小妹子,这是时代动乱
中离乡背井造成的眷恋、愁苦;"灵与肉"就是他对丽儿的精神之爱和对喜
妹的肉体之迷,"'灵'与'昔'互相印证,'肉'与'今'互相认同";
"生死之谜"就是他的自杀与杜鹃花的怒放。他被纠缠于其中而不得解脱。
《永远的尹雪艳》中尹雪艳是"上海百乐门时代永恒的象征,京沪繁华的佐
证",然而她却冷艳逼人,甚至是死神的化身。她"通身银白",那种"死
亡之色"中却透着一种熏得人"进入半醉的状态"的"麝香"。她"风一般
的"一出场,"大家都好似被一股潜力镇住了",这股镇力,未必不是人类
对于死亡的不解之力。小说中还有这样的细节:徐壮图"随着吴经理来到尹
雪艳的公馆",而在徐壮图祭悼会的当晚,"吴经理又带了两位新客人(余
经理和周董事长——引者注)来"。这位帮着尹雪艳不断"拘"人的吴经
理,其肉身已不断在溃烂。其中的含义自然在于直指死亡的魔力。小说在昔
今对比中表现社会众生相的同时,悲悯人类对生死的惘然、"无常"中的
"皆空"。白先勇深刻理解了"台北人"身心分裂于时空(过去和现在、大
陆和台湾)的悲剧意蕴的人类性。

《台北人》所题"朱雀桥边野草花,乌衣巷口夕阳斜。旧时王谢堂前
燕,飞入寻常百姓家"(刘禹锡《乌衣巷》),暗示出深深的隐痛。这种隐

---

① 欧阳子:《白先勇的小说世界——〈台北人〉之主题探讨》,见柯庆明编选:《台湾现
当代作家研究资料汇编43 白先勇》,台湾文学馆2013年版,第171—185页。

痛是生命无所依托的流放者，既被剥夺了过去的记忆，又丧失了未来归宿，彻底与他自身生活分离而产生的荒谬感，它渗透于整部作品中。《游园惊梦》被人称为"中国文学史上，就中短篇小说类型来论"，"最精彩最杰出的一个创作品"。①小说中的钱夫人和窦夫人，虽一个凄清冷寂，一个"大金大红"，但两个人作为昔日的昆曲名角，都已经离开了舞台，"演员和舞台之间的分离，真正构成荒谬感"（加缪语）。不仅如此，她们还都被自己的亲妹妹抢夺过男人。尽管窦夫人那个享尽荣华富贵的宴会被勾画成一个永恒的仙境，不断引发着钱夫人的"梦游"，但两个人实际上都已成为"人生如梦"的诠释。小说中比比皆是的比喻、暗示、反讽、双关等，都不断让人感受到，一切富丽堂皇的气派、辉煌鲜明的色彩，都将变成一场梦。这是一种真正的历史沧桑感，一种属于人类的历史沧桑感。

《游园惊梦》中的沧桑感，还来自白先勇对包括昆曲在内的中国传统文化艺术衰微命运的关切。这种文化焦灼感，使白先勇笔下的《纽约客》更多地传达出身心放逐的文化意味。《芝加哥之死》（1964）中的吴汉魂是在"汉魂"无所寄寓中远离芝加哥华灯的"鬼火"而投湖自尽的。《火岛之行》（1965）中的林刚是因为不合西方新潮文化而永远只配当"伴郎"，不能当"新郎"。《安乐乡的一天》（1964）中的依萍过上了世俗眼光中天堂般的日子，却受着"人间天堂的痛苦"：既要应付美国太太们的好奇心，又烦恼于在美国出生的女儿对"中国人"身份的拒斥。《谪仙记》（1965）中的李彤，当年"自称是'中国'"，一身"红得最艳"的旗袍，"像一轮骤从海里跳出来的太阳"，但最终在西方"过客"的心境中跳下威尼斯河成了孤魂野鬼。所有的"纽约客"中，都有深重的生命苦味，透露出失落的中国文化的悲哀。

---

① 欧阳子：《〈游园惊梦〉的写作技巧和引申含义》，见白先勇：《白先勇文集第二卷：台北人》，花城出版社2000年版，第367—368页。

白先勇小说的现代技巧是娴熟多样的，其作品成为"细读法"的最好文本。《永远的尹雪艳》中的嘲讽技巧，《那片血一般红的杜鹃花》中的隐喻象征，《游园惊梦》中的意识流技巧、反讽运用等，都到了炉火纯青的地步，"中国与西洋、传统与现代已浑然一体"①。1960年代的《台北人》成为日后长久被人们传阅、记忆的作品，白先勇也由此被称为"当代短篇小说家中少见的奇才"②。

1983年，白先勇的长篇小说《孽子》出版。《台北人》扉页所题是"纪念先父母以及他们那个忧患重重的时代"，《孽子》扉页所题则为"写给那一群，在最深最深的黑夜里，独自彷徨街头，无所依归的孩子们"，表明白先勇的小说视野从第一代外省人在台湾的境遇扩展到了在台湾长大的少年一代。《孽子》是台湾文学第一本男同性恋长篇小说，但仍有着白先勇的家国想象、人类悲悯。小说讲述台北馆前街新公园莲花池畔一个少年同性恋"王国"的故事。李青（"我"）的父亲是大陆来的被革职军官，母亲是台湾桃园乡下的养女。李青年未弱冠，因同性恋被中学勒令退学，又被父亲逐出家门。在遭到家庭和社会双重彻底放逐后，他沦落到新公园一角，和一群台北少年，"好像是虎狼满布的森林中，一群劫后余生的麋鹿，异常警觉"地生活着，一个个悲剧也发生在他们中间。大学毕业生龙子（外省籍）和阿凤（本地孤儿）间如"天雷勾动了地火"，"情痴"龙子用尖刀"讨"走了阿凤的心。清秀的桃太郎、剽悍的"铁牛"，也都死的死，疯的疯。小说用这一个个鲜活生命的消殒，写出了在同性恋这种特殊现象面前人类的局限和偏狭。小说也通过对台北少年及其父子关系的描绘，表达了作者的家国想象。小说中的"孽子"或被父逐出，如李青；或无父可依，如小玉。他们迷恋于

---

① 姚一苇：《论白先勇的〈游园惊梦〉》，《欣赏与批评》，（台湾）联经出版事业公司1989年版，第231页。

② 夏志清：《白先勇论（上）》，（台湾）《现代文学》第39期（1969年12月）。

青春自我，在龙山寺、华西街那样的环境中挥洒从"血里带来"的野性，最终又得到了"救赎"。那个白发白眉，颇有仙风道骨的公园守门人郭老理解"孽子"们的天性。傅崇山老爷子更以爱心接纳"孽子"们。傅老爷子当年从军时，士兵野地苟合，他当场枪决；儿子傅卫年轻有为，但其同性恋行为也被他视为"禽兽"，绝情冷酷地逼使儿子在他58岁生日那天开枪自杀。他后来目睹阿凤之死，终于"一股哀怜油然而生"："我才发下宏愿，伸手去援救你们这一群在公园里浮沉的孩子。"他用尽余生让"孽子"向"人子"归依。《安乐乡》一章结尾，傅老爷子病逝。"孽子"们抬灵柩上山，将傅家父子埋于一起，一路皮肉磨出鲜血，白孝服泛起一片夕辉。"一声声撼天震地的悲啸，随着夕辉的血浪，沸沸滚滚往山脚冲流下去"，诸子们"在那浴血般的夕阳影里，也一齐白纷纷地跪拜了下去"。安乐乡的哭墓仪式，终于有了莲花池头的新生，"孽子"们或回归家庭，或认祖归宗，或自立门户。跟《台北人》的怀旧伤逝不同，《孽子》最终使黑夜中的流浪儿有所归依，白先勇的这种家国想象中富有历史的深意。

白先勇的小说被译成英、法、德、日、韩等文字，被评论为"杰出的"作品。① 白先勇还创作有不少散文，结集为《昔我往矣》等。他退休后致力于昆曲的改编演出，其青春版《牡丹亭》和新版《玉簪记》在海峡两岸脍炙人口。2012年出版的《父亲与民国——白崇禧将军身影集》是他晚年力作。上册《戎马生涯》讲述白崇禧从北伐、蒋桂战争到抗日、国共内战的戎马生涯；下册《台湾岁月》记叙"二二八"事件后，白崇禧赴台直至去世的生活，家人亲情和民国历史交汇于回忆之中。

欧阳子（1939— ，本名洪智慧，台湾南投人，生于日本广岛）1961年毕业于台湾大学外文系。就学期间，他和白先勇等一起创办《现代文学》，

---

① 尹玲：《研悲情为金粉的歌剧——白先勇小说在欧洲》，见白先勇：《白先勇文集第三卷：孽子》，花城出版社2000年版，第355页。

并开始发表小说，结集为《那长头发的女孩》《秋叶》，1967年后因眼疾中止创作。她1962年赴美留学，1965年定居得克萨斯州至今，从事翻译和文学评论，其评论集《王谢堂前的燕子——〈台北人〉的研析与索隐》有广泛影响。

"心理二字囊括了欧阳子小说的一切题材。"①欧阳子擅长于人物复杂微妙心理的刻画，并由此剖析人类行为的动机，但结构上又遵循古典主义在艺术形式上的要求，语言也往往是传统式白描。《花瓶》描写夫妇生活中变态的自尊心理和占有心理。小说以主人公石治川家中一只质地细腻而坚实的花瓶呈现出石治川潜意识中对妻子冯琳的嫉恨："每当他的手指慢慢在它冰冷的光面上滑动，他总有种难以形容的快感，尖锐的，近乎痛苦的"，但倘有客人来，"摸着它赞叹"，"这时他难受的程度，就如人家把他的心肝挖了出来，捧在手上啧啧赞美一般"。然而，冯琳在生活上处处占上风，使石治川只能以"精神胜利法"自欺。一天夜里，石治川想趁冯琳熟睡扼死她以挽回自尊，终无力做成。他本以为自己的行动瞒过了冯琳，不料冯琳并未熟睡，一切皆知。石治川遭到更大"屈辱"，陷入精神瘫痪。小说构思精巧，笔调细腻而冷静地层层剥露人物心理。《魔女》写"圣女一般完美"的母亲受虐式的爱，《秋叶》写名分上的母子关系中人性的多面，《觉醒》写母亲对儿子充满占有欲的爱，《最后的一刻》写中学教员李浩然对学生偏袒的心理中深藏着的自我创伤。这些小说都从人物情感生活的非常态性入手，在道德的巨大压力和人物的情不能自已中大胆剖析深藏于人类心灵深处的种种创伤；而小说的反讽意味，又呈现出作者对人物的悲悯心理。小说经常运用的心理"推理"手法，则增强了小说的可读性。在中国现代心理分析小说中，欧阳子是进行了大胆探索并产生广泛影响的一个作家。

---

① 白先勇：《崎岖的心路——〈秋叶〉序》，见白先勇：《蓦然回首》，（台湾）尔雅出版社有限公司1978年版，第28页。

欧阳子留美后的创作也关注不同文化的矛盾、冲突。《考验》写中国留学生美莲与美国同学保罗约会引起的风波，中国同学将其行为视为"不想做中国人"的背叛，要将她从这种"危险"中解救出来。而美莲"视自己与保罗之间的友谊为一种象征，一种考验，仿佛她想以与他交往，甚至以爱他，来证明这种文化联姻的可能性"，但她最终发现："他俩从未真正接触过，而且永远无缘接触……距离过远，接触不到。是的，距离——由不同的国籍、种族和文化所造成的距离。"小说对美莲与异族交往的复杂心理描绘细腻。例如她在保罗面前衣着、举止都强化着东方传统，但当保罗赞扬儒家学说时，她又无法接受，认为这"不合时代潮流"。这种欲迎还拒的异性交往姿态，并非简单的东方主义可以解释，而包含了丰富的文化意味：一种民族文化在本土足以自信地接纳、融合他族文化，但一旦进入异域，它会产生种种进退两难。

丛甦（1939— ，山东文登人，本名丛掖滋）1955年考入台大外文系后开始发表小说，毕业后赴美留学，创作有短篇小说集《白色的网》（1969）、《秋雾》（1972）等。她的小说擅长描写人成长过程中的焦灼、苦闷，而笔触之广，思路之敏，感受之密，文笔之捷，都广受好评。《盲猎》（1960）以寓言方式讲述主人公和伙伴在黑色森林里猎取黑鸟而迷失方向、无助无告的故事，意象繁密，细节控制恰到好处，充分渲染出那种摸索中看不见自己也看不见影子的焦急无助，弥漫出一种迷失的梦魇气氛，折射出现代人如同盲猎般的人生摸索，表达出人类探寻自身存在的迷茫与焦虑。《想飞》（1977）中的主人公沈聪从中国北方流落中国台湾，再迁徙至美国，在身心疲累中不断回到童年放飞风筝的梦中，最后从56层高楼坠落而亡，以拒绝生存的姿态获得了他心中最自由的生命形态。主人公绝望的姿态和小说死亡的主题，在梦魇、梦幻的气氛转换中得到了充分表现。丛甦是台湾小说家中最早接受西方存在主义影响、探讨人类生存困境的一个。在艺术表现上，丛甦也成功地将写实主义和象征主义结合在一起，求得"内外两层面的真实"。

丛甦1970年代后又出版了《中国人》（1978）、《兽与魔》等近10种小说集和《净土沙鸥》等散文集，表达出"中国可以没有我们而存在，但是我们不能没有中国而存在"①的中国情结，并以海外华人的境遇和命运生动描写了"中国是一种精神，一种默契"（《中国人》）、"做中国人是一种感受，一种灵犀，一种认同和肯定"（《自由人》）的情感世界。

陈若曦（1938—　，本名陈秀美，台北人）1961年毕业于台大外文系，出身木匠世家的底层社会生活经验和参与创办《现代文学》的经历使她早期创作多以现代小说心理、民俗或意识流观点处理乡土题材。《灰眼黑猫》（1959）讲述农家姑娘文姐被逼嫁给乡里首富朱家后的命运，乡土风俗描写逼真。文姐备受朱家虐待，失子成疯、死于非命的遭遇也缘自封建家族生活的压迫，但小说却以乡下古老传说中"厄运的化身"灰眼黑猫将叙事引向了命运的探索。文姐小时放风筝时灰眼黑猫跟风筝一起坠落，出嫁时衣橱里莫名其妙藏着一只灰眼黑猫。之后，灰眼黑猫形影不离地跟着她，甚至进入她的梦魇。灰眼黑猫像是一种超验的世界的象征，控制了文姐的命运。这种在扭曲、夸张、荒诞中表现出来的超现实世界，象征性地揭示了环境对人极度的威胁。小说结构也由此更为严谨。《最后夜戏》（1961）描写歌仔戏衰落中艺人的悲苦命运。女艺人金喜仔十年前是个人人捧场的角儿，如今电影夺走了观众，她不得不靠毒品透支精力以谋生。当毒品影响到了她哺乳期的幼儿阿宝时，她痛苦地决心戒毒。野台戏场景的乡土气息浓烈撩人。而意识流的画面拓展了小说的思想艺术空间。

陈若曦1962年去美国留学，1966年带着对社会主义的信仰和丈夫一起到中国大陆（内地），后在南京华东水利学院任教，亲身经历了"文革"，

---

① 丛甦：《中国人·序》，（台湾）时报文化出版事业有限公司1978年版，序言第3页。

1973年去香港。1974年她开始发表关于"文革"的小说，是对"伤痕文学"的最先触及，而以归来知识分子的视角来透视"文革"也有其深刻之处。这些小说1976年结集为《尹县长》出版，获"联合报特别小说奖"和第一届"吴三连文学奖"，英译本则获1978年"美国图书馆协会书卷奖"。《尹县长》以第一人称讲述起义有功的尹飞龙在任陕西兴安县长期间亲民勤政，对共产党忠心耿耿，却不明不白在"文革"中被枪决。临刑时他还高喊"毛主席万岁"来表明自己的忠心，而"旁观者"对领袖语录的理解却各执一词，揭示了尹飞龙个人悲剧的根源。小说叙述者的讲述一直不露声色，有时甚至无言无声，只有那秋尽冬来的山风才让人感到悲剧的逼近，促使人去思考。《耿尔在北京》描写留美归国学者耿尔的爱情、婚姻在政治冲击下的深重伤痕。他理工出身，献身中国大陆（内地）建设，"文革"爆发，他希望"能和工人血统的小晴结合，不但自己的思想改造有脱胎换骨的可能，就是子女身上也将流着工人阶级的血液"。但他的"美国佬"身份像"只烙了火印的牛仔，终身洗刷不掉"，党组织的意见否定了这一婚事。耿尔的第二个恋人是出身地主家庭的小金，党也不"批准"，他始终孑然一身。小说生动刻画了耿尔与这两个女子互相的恋爱，白先勇认为，作者由此"真正要阐释的最终主题"，是"人与人之间"的"同情与怜悯"，"才是人类唯一的救赎之道"①。《晶晶的生日》中，"孩子爸爸为了怕他生在异国，特地专程赶回中国，还没有出娘胎，就取了'卫东'的学名在等待；才几个月大，便举在头上认毛主席的像；妈妈还不会喊，便学会'毛'呀'毛'地叫了"。却未料四岁的孩子游戏时完全出于无心的语言游戏而喊出了一句对毛主席大不敬的话，面临"调查、录音、入档案"的危险，但也得到了安奶奶爽直憨厚的安慰，因此透出人性的温暖和为人的尊严。这些小说对"文革"极左根源的思

---

① 白先勇：《乌托邦的追寻与幻灭》，（台湾）《中国时报》1997年11月1日。

考比1978年后中国大陆（内地）的伤痕文学思考要深刻，而更有价值是陈若曦"以小说家敏锐的观察，将'文革'悲惨恐怖的经验，提炼升华，化成了艺术……变成阐释普遍人性的文学作品"①。

陈若曦1974年移民加拿大，1979年移居美国，开始在海外华人题材中探讨不同文化的冲突和融合，表现出对移民、女性、国族命运的深切关怀，写作上则坚持从《尹县长》开始的写实主义方法。小说《乔琪》中女主角在出国前一夜意识到："枷锁是天生的，而我又是弱者……即使能逃到另一个陌生的国度，我又怎能逃脱这些人性的枷锁呢？"陈若曦移民题材写得最多的，就是这种人性枷锁下的逃脱。长篇小说《突围》（1983）讲述旅美的大学教授骆翔之想摆脱婚姻困局寻求自己的爱情，却又无法卸却自己的家庭责任，只得长期处于突围而不成的状态。长篇小说《远见》（1984）中的台湾女子廖淑贞贤惠坚韧，听从丈夫安排前往美国，在苦不堪言的帮佣生活中争取到了绿卡，却遭到丈夫的背叛。她终于明白"我不能依附别人，首先应该独立生活"。长篇小说《纸婚》（1987）是陈若曦多地迁居后对东西方文化关系的一种新思考。小说以日记体形式讲述中国大陆（内地）女子尤怡平（"我"）和美国同性恋者项·墨菲的真诚友情。尤怡平在面临递解出境的困境中得到了项·墨菲的帮助，有了生存的自信和能力。而项·墨菲在重病中，尤怡平悉心照料，以"生活艺术家"的巧手慧心为病榻上的项带来人间晚晴。两人本来只是纸婚关系，却在互谅互助的相处中产生了真挚感情，也有了不同文化心灵的沟通。尤怡平有了"大可不必把辱华的帽子往自己头上戴"的自信，也积极认同美国向上的价值观念；而项·墨菲则将"去中国"作为自己"活下去的动力"。人性的相通、族群的沟通不只是美好的想象，它的实现正来自尤怡平和项·墨菲互相之间的包容、理解和帮助。

---

① 白先勇：《乌托邦的追寻与幻灭》，（台湾）《中国时报》1997年11月1日。

　　陈若曦一生追求理想中的乌托邦，创作之外也积极投身人权、环保等社会活动，创建了"海外华人女作家协会"。2011年，她获得第15届"台湾文艺奖"。

　　1970年代初在美国发生的保钓运动是赴美留学生规模最大的一次政治运动，对留美学生的价值取向产生很大影响。创作"保钓"题材小说影响大的有兼科学家和作家双重身份的张系国（1944—　，南昌人），他1949年随家人定居台湾，1966年赴美留学，1968年在柏克莱加州大学获工学博士学位，之后长期任教于美国康奈尔大学、匹兹堡大学等高校。他对文学的倾心超过科学。《香蕉船》（1976）以回台湾相亲的留学生黄国权受托监护在纽约跳船未成的李姓船员回台北的故事，讲述赴美者"回不去"的游子心境。这种对海外游子生活及其心态的了解，使得张系国以长篇小说《昨日之怒》、短篇小说《割礼》《红孩儿》等真实记录了保钓运动中各种留学生的面影、心态，政治分化中其实有着海外游子对自己民族、国家归属的艰辛寻求。但作为科学家，张系国的文学成就更多地体现在科幻小说创作中。他的海外题材创作具有深切的人文关怀。当他转向科幻小说创作时，对未来科技世界里人类的命运的关怀成为其科幻小说的重要主题。他第一篇科幻小说《超人列传》（1968）讲述杰出的物理学家斐人杰依靠机器人技术成为"超人"之后，发现同类超人们变得无视生命，他们甚至谋划用"人工脑"技术淘汰"旧人类"，斐人杰终于醒悟，将自己曾孙女的儿子和邻居小女孩带至另一星球，让这一对"亚当""夏娃"长大后能繁衍人类，而他自己孤独地死于宇宙中。张系国深厚的科学背景使他的科幻想象奇特，而他的人文关怀使他在科幻题材中拓展了人性的向度，人性不仅存在于人与人的相处中，也存在于人与其支配物（人造物）的关系中。科技提供着越来越先进的人造物，包括机器人在内的人造物世界对人性产生了新的诱惑、挑战，使人性世界变得更为复杂。

张系国自认他写作以来最满意的作品《棋王》（1975）是一部相当特殊的科学题材小说，借"科学"题材探讨人之存在问题。小说以神童棋王的遭遇揭示了1970年代台湾社会经济起飞、传统价值观念分崩离析的现实，淋漓尽致地描绘了人们将未卜先知的神童当作摇钱树的情景。但这写实的题旨，只是《棋王》叙事的辅线，其叙事的主线是神童之发现、考验、变质，"正面的主题在于探讨所谓神童的意义"①。神童为什么神力消失，是因为他自己选择了放弃。在"前有繁复的天机要他独力去搏斗，后有社会的压力要利用他的神通"时，他"竟发现了人的尊严和勇气"，决心"舍天巧不用，而用人谋"，以自拯的勇气求得人真正的自由。②而小说的叙事主人公程凌第一次见到神童时，就感受到小孩的目光既异常明亮，也"透露出无边苍老的生命洪荒"；在了解到神童神奇的行动后，一直担心，"如果神童洞悉未来，历史的重担会压得他透不过气来"；最后，神童丧失异禀，却以自己的努力战胜了棋赛对手，程凌由此受到震撼，也恢复了对自己画作的信心。这样一种叙事线索也凸现了"天赋"并非"人为"自由所包含的意义。世事如弈，《棋王》的意义在于其寓意。张系国的小说本来"长于思想，颇有知性"，《棋王》更是借"神童"之题材，探讨莱布尼兹"单子论"、热力学"熵"理论等科学理论中的哲学，其用意也指向人之自由的探讨。

《棋王》的魅力是多方面的，故事悬念设置和破解紧凑集中，起伏跌宕而又节奏明快，小说中哲学的探讨也始终未脱出可读性的层面；程凌、刘教授等知识者形象穿行于君子与小人之间，可白可黑，善恶兼有，人性体现在小说人物身上都有极大的弹性；语言上保持了张系国小说一向的丰富活泼，

---

① 余光中：《天机欲觑话棋王》，张系国：《棋王》，（台湾）洪范书店1979年版，前言第5页。
② 余光中：《天机欲觑话棋王》，张系国：《棋王》，（台湾）洪范书店1979年版，前言第6、9页。

而在对白上尤有人物身份各殊的现实感，也如影视对白那样简洁明快，跟整部小说诙谐、洒脱的叙事语言相得益彰。虽是科学题材小说，却也适合大众阅读。

科幻小说的人文关怀使张系国在1980年代初提出了"科幻中国化"的主张："我们中国的作家，我们中国的历史，我们中国的神话，恐怕也是不能忽视的。"①科幻小说的题材往往来自西方先进的科学理论和技术，而张系国将中国的历史和神话视为科幻小说创作重要来源，拓展出科幻小说中国化的重要路径。他的"城三部曲"（《五玉碟》《龙城飞将》《一羽毛》，1983—1991）讲述历史悠久的呼回城民众反抗闪族占领军的悲壮历史。"星际战争"的科幻题材中，从故事悬念的设置、冲突结构的安排，到权力斗争的纠结、人物情义的展示，都有着中国读者所熟悉的包括明清小说名著在内的中国传统，也糅入了武侠小说等因素。《倾城之恋》（1977）写两个出生年代相距千年的地球男女王辛和梅心相爱。王辛迷恋上了呼回文明史中安留纪末叶的景象，然而，时光甬道已封闭了那段时间。王辛明知有去无回，仍执意前往，梅心也与他一起"没有过去，也没有未来"地相守在"这一刻"。科幻与言情，一起完成了科幻的中国化叙事。

张系国还创立了专门出版科幻小说的台北知识系统出版有限公司（1982），推动"时报文学奖"附设"张系国科幻小说奖"（1984），创办台湾第一个科幻文学杂志《幻象》。他以在美国这样一个科技国家中养成的科学素养和人文情怀，影响了黄海、黄凡、张大春、叶言都、吕应钟等作家的科幻小说创作，1980年代也成为台湾科幻小说的一个高峰。

同样经历了保钓运动却有着另一种创作轨迹的是郭松棻（1938—2005，本名郭松芬，台北人）。他和白先勇、陈若曦等是台大同窗，大一时就发

① 张系国编：《当代科幻小说选Ⅱ》，（台湾）知识系统出版有限公司1985年版，第237页。

表小说《王怀和他的女人》（1958），1966年赴美留学，师从陈世骧教授。1971年他因积极参与保钓和统运，台湾旅行证件被取消，就长期居住美国直至去世。1983年，他重新开始小说创作，之后结集出版的小说集有《郭松棻集》（1993）、《双月记》（2001）、《奔跑的母亲》（2002）和《惊婚》（遗作，2012）。

郭松棻最早引起台湾文坛关注的小说，是以台湾光复初期包括"二二八"事件在内的历史伤痕为题材的小说。这一题材的处理，有着郭松棻通过海外经历所获得的眼光、情怀。郭松棻1961年就曾发表《沙特存在主义的自我幻灭》，这是台湾最早介绍存在主义哲学的文章之一。留美后，郭松棻曾长时间对马克思主义和社会学有兴趣，并下功夫将马克思的东西"清理得透透彻彻"①。这之后，郭松棻才抱着"文学要求精血的奉献……文学是这样的嗜血，一定要求你的献身"②的信念创作小说。这样一种背景使得郭松棻切入历史伤痛创作时，人的存在状况始终是他书写的重点。中篇小说《月印》（1984）以日据时期"红色地下小组"被追捕年月与"二二八"事件后的高压岁月相对照，侥幸存活下来的铁敏最终被捕杀于当局的肃清运动中。这种年轻生命被政治扼杀的悲剧，却是完成于青春浪漫和个人私密的憧憬中。铁敏投身于左翼运动，有着他理想的浪漫情怀。而他的妻子文惠也一直有着守护自己家庭的心愿，她的悉心照料在死亡边缘拉回了重病的丈夫。她唯恐再失去他，无意中举报家中藏有一箱"红书"，却将丈夫送上不归路。小说细腻、沉静的叙述展开的是文惠和丈夫相爱相惜的温馨日常。即便是写到铁敏，点染的也是他面对现实的生命细节。文惠和铁敏似乎所思相距甚远，却

---

① 简义明：《郭松棻访谈》，张恒豪编选：《台湾现当代作家研究资料汇编46 郭松棻》，台湾文学馆2013年版，第112页。

② 《郭松棻小传》，张恒豪编选：《台湾现当代作家研究资料汇编46 郭松棻》，台湾文学馆2013年版，第36页。

都是青年的情感和理想。所以，铁敏并非死于文惠无知的告发，而是亡于对正常生活的期冀被摧毁。短篇小说《今夜星光灿烂》（1997）是郭松棻参考前台湾行政长官陈仪的生平和被害内幕材料写成的。[1]对陈仪这一台湾战后的重要人物，小说并不评说其功过是非，对与陈仪关联密切的"二二八"事件也完全"无视"，而是刻画将军临刑前夜对自己"戎马一生"的反省与了悟。叱咤风云的岁月中，"他没有一刻感到拥有自己"，"几千年的血泪从来都寂然不作声，任其自然流化"，如今惊醒将军："我是谁？"而如将军夫人的家书所言："战争，都是你们男人家玩出来的把戏。""都说是为了天下的太平……只怕要造成几代的悽惶不能终日。"将军存在的缺憾恰恰是与战争的荒谬密切相连，由此醒悟，将军"获得了生命最后的救赎与超越"[2]。历史情境、事件成为郭松棻潜入人的内在本质的最佳入口，而历史视野反而更加广阔。

郭松棻的小说"量少质精"，"对小说的艺术性和美学结构极重视，坚持两者的高度与深度"。[3]中篇小说《论写作》（1993）中，那位"把生命剔出白脂，苦心寻找着一种文体"，"让文章的筋骨峋立起来"的作家正是郭松棻自己的写照。他展现的老辣内敛的文风、文字的淬炼、构思的沉郁、寄托的深远，都有长久海外生活中激情归于平淡后的磨炼。《雪盲》（1985）中，中国台湾、中国大陆，日本，美国等不同时空交替出现，第二人称"你"（幸銮）的叙事实际上是"我"内心回望、反省的徐徐展开，让最浪漫的笔触和最虚无的理想张弛起伏。当年得到一本《鲁迅文集》，恋书中，"你连身边的母亲都不去理会了。你但愿自己再也站不起来。让双手沾满地

①　简义明：《郭松棻访谈》，张恒豪编选：《台湾现当代作家研究资料汇编46　郭松棻》，台湾文学馆2013年版，第128页。

②　郭松棻：《奔跑的母亲》，（台湾）麦田出版2002年版，第274页。

③　《郭松棻小传》，张恒豪编选：《台湾现当代作家研究资料汇编46　郭松棻》，台湾文学馆2013年版，第35页。

泥，甚至让自己的腿断去。跟着手上的这本书一起沉下去……沉下去"。多年后，幸銮在美国一所训练赌场警察的沙漠学校里开设"鲁迅"课程，讲授"孔乙己"。警察们"原无需鲁迅"，但"给分高"吸引了他们。每次讲完"孔乙己"，幸銮都会感到那种学无用处如孔乙己一样的行乞之感，"你想象以孔乙己的身姿，用满是污泥的手爬出了教室，甚至让自己的腿断去"，最终"在风沙中沉落……沉到底"。"你"的自残生命，连同小说中其他人物（校长、其兄、米娘）的性格和命运，在作者凝练的诗性语言和绵延的叙述方式中，暴露了人生和生活的荒谬悖反，让人思考人的重建和解放。

《惊婚》是郭松棻唯一的长篇，完成于1980年代初期。[①]小说从亚树和倚红的教堂婚礼开始，讲述他们和父辈的精神世界，台湾人难以承受的台湾社会历史再次在个人的幽微心理和创伤肉体中得以呈现。郭松棻的小说始终没有述及在他生涯中极为重要的保钓运动，而他小说对浪漫理想的"追悼"情怀可以让人触摸到他当年投身保钓运动的真实动机。郭松棻最终在小说中实现了他对人的存在的关怀。

第三节　旅美台湾文群（下）：杨牧、王鼎钧等的创作

除了小说创作，旅美台湾文群在诗歌、散文等领域也不乏名家、大家。

台湾"现代诗八家"（余光中、罗门、郑愁予、杨牧、洛夫、痖弦、周梦蝶、商禽）中，郑愁予和杨牧可以归入美华诗人。1950年代开启的台湾现代诗运动，在追求思想自由中沟通现代和传统，尤其是在将中国传统和善性西化作为现代诗建设两翼的实践中，取得了丰硕成果。而台湾旅美诗人的创作，正是在海外写作的语境中，成功探索出现代与传统沟通的多种路径。

---

① 简义明：《郭松棻访谈》，张恒豪编选：《台湾现当代作家研究资料汇编46　郭松棻》，台湾文学馆2013年版，第129页。

郑愁予（1933— ，本名郑文韬，出生于山东济南）的诗作都有非常中国化、东方化的现代感，以至于许多迁居国外的中国人，带着《郑愁予诗集》去国，"就像带了一撮家乡的泥土"[①]，他也成为中国新诗诗人中传唱度最高的诗人之一。郑愁予早慧，1967年出国前已创作了日后知名度最高的那些诗作。例如，被誉为"现代抒情诗的绝唱"的《错误》创作于1954年，被杨牧称为其第一本诗集《梦土上》中"最震撼人心的抒情诗"、新诗"声音的把握远胜过徐志摩的《再别康桥》"[②]的《赋别》也写于此时期。"影响台湾30年的30本书"中的唯一诗集，后来在"台湾文学经典30部"的名单中也列为诗类"前茅"的《郑愁予诗集》，收录的绝大部分也是郑愁予旅美前的诗作。相比较之下，比郑愁予早三年旅美的杨牧，却是在海外生涯中成就了其诗歌创作。

杨牧（1940—2020，原名王靖献，曾用笔名叶珊，台湾花莲人）是少有的台湾战后本土作家。他1955年就读花莲中学高级部时，就开始在《现代诗》《蓝星》《创世纪》等发表诗作。早期诗集《水之湄》（1960）和《花季》（1963）多写青春梦幻意识、少年孤独心态，情景相融，色调和谐，抒情婉约精致。意象也多取自古诗宋词，但语言已显得繁复，能用一连串隐喻推动意象的组合。杨牧1964年赴美，翌年列名于《现代文学》编委，再次跻身现代主义文学运动。诗集《灯船》（1966）是作者创作由抒情转向抒情叙事并重的分水岭，诗中漂泊意象的刻画往往借助于诗中角色所处情境来展开，意境显得沉静朴厚。诗作向传统的汲取也不仅表现在诗意象历史范围的扩大（从汉唐到宋元，都有意象的选取），而且在诗的结构和内在情韵也更

---

① 郑愁予：《郑愁予诗的自选Ⅰ》，生活·读书·新知三联书店2000年版，"书前自识"第7页。

② 杨牧：《郑愁予传奇》，见叶维廉主编：《中国现代作家论》，（台湾）联经出版事业公司1976年版，第86页。

趋向于传统的回归，语言更富有张力。出版《灯船》的当年，杨牧入柏克莱加州大学攻读文学博士学位，师从出身北大的陈世骧教授，在其悉心指导下，对包括《诗经》、《楚辞》、《文心雕龙》、唐诗在内的中国文学传统有了更深入的研究，"东向而见西墙"，中西诗艺的沟通更为广阔。陈世骧是汉学研究中中国文学抒情传统理论的奠基者，在他的影响下杨牧摸索到了一条"摆脱流行的意象和一般的腔调"的"自己的诗"的"新路"，[①]那就是将中国文学超文类的抒情传统与西方以史诗和戏剧为主轴的叙事传统结合，在诗的写作上，探索在中国抒情诗传统中引入西方戏剧张力等因素的创作方法，在叙述性历史感和诗作的抒情性格的交错拉锯中化用中西艺术资源，从而丰富中国的抒情诗传统。1971年出版的诗集《传说》表明了他兼顾传统和西方双重坐标的艺术选择。《十二星象练习曲》以东方属相生肖与西方星座喻象的呼应，写越战中美国士兵的精神创伤，在乾坤阴阳之道中形成了中西文化的互渗。《山洪》将诗人在花莲大地震中的死亡恐怖感化为一组台湾少数民族的神话结构，表达对生身土地和原初生命的敬畏。《第二次的空门》《流萤》《武宿夜组曲》等诗也都在化用古典资源中表达出现代人的思想情感。《传说》由此入选"台湾文学经典30部"。

杨牧诗作抒情性与叙事性结合得最成功的是他的古事新述。他的学术背景和艺术功力，使他得心应手地将中国抒情文学传统延续到现代诗，而众多古典题材被他融入现代诗歌。他常使用"戏剧独白体"[②]，以第一人称扮演历史人物，进入其内心世界，在强有力的叙事结构中，展开一种"新古典"的抒情。《延陵季子挂剑》（1969）的叙事来自春秋时期季札北游前对徐国国君有赠剑之诺，未及返回，徐君在"怀人"中病亡，季札解剑悬于徐君坟冢

---

① 叶珊：《灯船·自序》，（台湾）文星书店1966年版，第2页。
② 须文蔚：《杨牧评论与研究综述》，须文蔚编选：《台湾现当代作家研究资料汇编50 杨牧》，台湾文学馆2013年版，第101页。

旁的树上，以履行"南旋赠与的承诺"。诗作以第一人称展开季子在故人坟前舞剑哭诉，"袭其声音和形容，融汇他的背景、经验，直接切入他即临当下，发抒他的感慨"①。这样，历史叙事成为世事沧桑、生命无奈的表达，当年知己相聚，"宝剑出鞘"，"谁知北地胭脂，齐鲁衣冠／诵诗三百竟使我变成／一介迟迟不返的儒者"，"儒者断腕于你渐深的／墓林，此后非侠非儒"，"你死于怀人，我病为渔樵／那疲倦的划桨人就是／曾经傲慢过，敦厚过的我"，一种自我的省察将历史典故转化为诗情之美。《林冲夜奔——声音的戏剧》（1974）将杨牧诗作擅长"听觉意象"②的优势发挥至完美程度。诗作挪用元杂剧的阕目形式，分成四折，分别由"风声·偶然风、雪混声""山神声·偶然判官、小鬼混声""林冲声""雪声·偶然风、雪、山神混声"四类声音充当叙述者，这些叙述者也都是各折的抒情主人公。《水浒》中"林冲夜奔"的故事已家喻户晓，现在由特殊的抒情叙述者来展开。"我们是沧州今夜最焦灼的／风雪"的"风雪"叙事立场，"我枉为山神，灵在五岳／这一切都看得仔细"的"山神"叙事立场，都充满了对林冲的同情，如"你是今夜沧州最关心的雪／怪那多舌的山茱萸，黄杨木／兀自不停地燃烧着／挽留一条向火的血性汉子／当窗悬挂丝帘幕／也难教他回想青春的娘子／／教他寒冷抖索／寻思嗜酒——／五里外有那市井／何不去沽些来吃？""火""酒"意象，是情节因素，更是林冲性格、命运的暗示。这种叙事，充满感情，推动情节发展的也是情感因素，放大了林冲受冤被逼的凄楚、悲壮。而在加入全剧的"声音"形式上，有叙述、咏叹、独白等多种声音，形成强大的戏剧张力，使林冲形象得到多面表现。如最后一折，写林冲

①　杨牧：《从抽象到疏离：那里时间将把我们遗忘》，（台湾）《联合报·联合副刊》2004年12月29日。

②　陈黎、张芬龄：《杨牧诗艺备忘录》，须文蔚编选：《台湾现当代作家研究资料汇编50 杨牧》，台湾文学馆2013年版，第241页。

乘船往梁山落草，所有的"声音"一起登场，每段都以"风静了，我是／默默的雪"开头，以"山是忧戚的样子"收束，风雪、山神都以满腹悲戚相送。而林冲则笼罩在如烟如雾的山水中，"行船悄悄"，驶往梁山。这结尾，叙事与抒情已水乳交融。

"潜心古典以发现艺术的超越"①是杨牧创作的动力，也是其诗作登峰造极的原因。他的《妙玉坐禅》（1985）改写《红楼梦》中妙玉故事，深得《红楼梦》真谛，而又在现代诗形式中巧妙处理、提升。《红楼梦》的旁知叙事在《妙玉坐禅》中变成"我"（妙玉）的内心独白，全诗情节与《红楼梦》无甚差异，但结构发挥了抒情诗的长处，不再如章回小说那样按照时间顺序展开，而是分"鱼目、红梅、月葬、断弦、劫数"5个小节，倒叙、插叙、跳跃、拼接，情感跌宕起伏，心理层层剖露。对妙玉的情绪、言语、举动，描绘得如《红楼梦》含蓄细腻，但诗句词义音韵的丰富性更强。如《红楼梦》第八十七回中，宝玉观妙玉下棋，宝玉走后，妙玉坐禅心慌意乱，入梦受惊。《妙玉坐禅》这样展开："他自雪中来／一盏茶，又向雪中去／屋里多了一层暖香／些许冷清的诗意……／然而我已经完全看开了，然而／我是不是看开了？我在槛外颠蹶……／纵有千年铁门槛／我心中奔过千乘万骑／踏熄了低迷的炉香／让我俯身向前，就这样轻轻／轻轻吹灭龛头的火焰，／帐里两只凤凰／屏上一对鸳鸯。"一切都是妙玉内心的声音，而杨牧处置得如此"严密整炼，使诗中的各个字词语汇都有'言外之意'的契合"②。大雪、清茶、暖香、冷意、铁槛、乘骑、炉香、龛火、凤凰、鸳鸯……这些意象，在妙玉轻软的举止和强烈的内心动作（如俯身轻轻吹灭和千乘万骑踏熄）中都带上了浓浓的情意。词的丰富含义产生于词句之间的关系，而这里词句的

---

① 杨牧：《一首诗的完成》，（台湾）洪范书店1989年版，第28页。
② 赖芳伶：《孤傲深隐与暧昧激情——试论〈红楼梦〉和杨牧的〈妙玉坐禅〉》，（台湾）《东华汉学》第3期（2005年5月）。

关系缘自杨牧对妙玉内心的理解和把握，那就是从人性及其导致的困惑上省察妙玉。他让坐禅的妙玉充分去行动，又能从她内心的骚动提炼出最确切的语言形式。两个"看开了"的句式，传统的双声叠韵的呼应，"轻轻／轻轻"的复沓等等，形成丰富生动的语态，将旁人看来"孤洁得很"、内心充满激情却又道不清的妙玉一点点地托出。爱欲与宗教的冲突，是人的原本生存状态与寻求永恒、神圣之间的冲突，这种困惑无法彻底揭开，才成为文学最终的指向。

杨牧投身于现代主义诗歌运动，也将乡土因素融入现代诗。他在《现代诗的台湾源流》（收入《文学的源流》一书，1984）中充分肯定了台湾意识、经验是台湾现代诗的重要源头，更创作了许多台湾乡土现代诗。《吴凤》（1979）系列诗作将阿里山少数民族关于吴凤杀身成仁的传说化为"美丽庄严的人格"和"和谐平安的世界"；《热兰遮城》（1975）多层面书写17世纪荷兰人登陆台南安平的殖民历史，在人性、个性的世界里呈现台湾的动人；《花莲》《俯视》《仰望》等诗更是在人生的各种复杂情思中将台湾山水人文描绘得丰盈感人。更重要的是，台湾山水声色已成为杨牧现代诗丰富意象和辞藻的重要源头，使他的现代诗有着台湾的内骨和血肉。

杨牧的散文不输诗作。从1966年的《叶珊散文集》到2009年的《奇莱后书》，他17种散文集成为"诗人散文"的典范。早期散文与同时期诗歌互相呼应，有着浪漫主义的种种追求。《搜索者》（1982）是他"散文的成熟高峰，内涵形式莫非集前此大成而圆满高华"[1]，抒情议论，人文视野开阔，生命、文学的诸多命题，在他的一一"搜索"中显露深意。散文体裁和诗的方式，具象和隐喻，社会良知和艺术良心，一一相映成辉。《山风海雨》（1987）、《方向归零》（1991）、《昔我往矣》（1997）都是自传体

---

① 何寄澎：《"诗人"散文的典范——论杨牧散文之特殊格调与地位》，（台湾）《台大中文学报》第10期（1998年10月）。

散文,以孩童的思绪,在真实与虚拟的交汇中将个人在"诗"中的成长、故乡在"离乡"回望中的历史——"再诠释""再创造",代表了其"散文创作之巅峰"。[①]杨牧在学术和翻译上也成绩斐然,著有《传统的与现代的》(1974)、《隐喻与实现》(2001)、《译事》(2007)等中英文论著11种。他多方面的成功,成为战后台湾旅美文群创作高度的一种标志。

台湾著名作家马森曾断言:"如果选出中国当代十大散文家,当然不会遗漏王鼎钧先生,如果选出五大散文家呢?王鼎钧先生也是有份的。"[②]他所言王鼎钧旅美虽晚至1970年代,但旅美四十余年至今,已被视为美华文学界的"常青树"。

王鼎钧1951年开始发表作品,散文是其最擅长的文类,至今已出版《海水天涯中国人》《心灵分享》等40余种散文集,多次获台湾图书"金鼎奖"、"时报文学奖"散文奖、"吴鲁芹散文奖"等。1999年,其作品入选"台湾文学经典30部"。王鼎钧旅美前已创作丰硕,与其旅美后的创作呼应密切,甚至一脉相承。他1963年出版第一本作品集《文路》,之后近10种作品集,也都以纯净清新的文风议事说理、关怀人生,从中显露他刚健开朗的人生观。一直到1970年,抒情散文集《情人眼》出版,突破了以往"固定成型"的报栏写作。1975年他在五十而知天命之年,出版了《开放的人生》和《人生试金石》,翌年又推出《我们现代人》,合称"人生三书",开台湾"金句文选"(即以精辟之句阐释人生智慧,激励人生修养)之先河,并成为日后脍炙人口的经典文本,台湾销售数达40万册。与此同时,他又写出《碎琉璃》(1978)、《灵感》(1978)等风格相异的散文集,在历史、文

---

① 《杨牧小传》,须文蔚编选:《台湾现当代作家研究资料汇编50 杨牧》,台湾文学馆2013年版,第44页。

② 马森:《弥香酒液》,王鼎钧:《风雨阴晴·风雨集序》,(台湾)尔雅出版社有限公司2000年版,第6页。

学的不同天地里呈现中国人的命运和心灵。

王鼎钧六七十年代的散文可以归入感时忧世的文学传统，他的成功在于他避免了感时忧世文学传统的潜在危机。王鼎钧曾以"胎生""卵生"比喻两种创作过程："胎生"就是由内而外，由作家内在复杂的心潮情海（尤其是其挫败、痛苦等情态）孕成作品；而"卵生"则是由外而内，"作家出于对社会、人群的'使命感'，才开始'孵卵'"①。王鼎钧是"长期在宣传机构写稿审稿中悟出""卵生"方式"不可偏废"，②并以"卵生"方式写出"传世"之作。一是他将"社会使命"看作"作家要孵的蛋"③时，始终着眼于人生的真实意义，开掘历史和人性的内涵，而不被一时的政治风云所遮蔽。从"人生三书"到后来相继问世的《灵感》《随缘破密》《千手捕蝶》等书，风貌各异，却都"表现了作家对社会的责任感与关怀"④。而这些不乏"社会使命"题旨的散文集，给予人的始终是"人情""智慧"之味。二是他始终立足于文学层面来看待作家的"社会使命"，这不仅使他始终将人性的完善看作文字所表现的最基本的人生意义，也使他的说理散文一直如三月春阳充盈艺术的暖意，其寓意象征和抒情幽默的交融呈现恒久的艺术光辉。三是他始终用自己独异的感悟、深刻的哲思去"孵化""社会使命"之"蛋"。在这种过程中，"卵生"中已有"胎生"。自言"卵生"而成的《我们现代人》一书是激励青年人要有"在山泉水清，出山泉水勇"的人生，睿智耀人的警句往往孕成于作者全身心投入的生命体悟。尤其在古典的改写中，作者现代生命体验的孕育更加不可或缺。四是他以"写出全人类的问题"的胸襟来关注人生，而他取之于人生的思想资源又多元丰富，这使

---

① 蔡倩茹：《王鼎钧论》，（台湾）尔雅出版社有限公司2002年版，第38页。

② 蔡倩茹：《王鼎钧论》，（台湾）尔雅出版社有限公司2002年版，第39页。

③ 蔡倩茹：《王鼎钧论》，（台湾）尔雅出版社有限公司2002年版，第49页。

④ 蔡倩茹：《王鼎钧论》，（台湾）尔雅出版社有限公司2002年版，第49页。

得他关注"善／恶""美／丑""得／失"等问题不会失之于"二元对立"的建构，而跃动着切实有力的辩证思维。当他关注"善／恶"之辨时，他的思绪直逼"善""恶"的深层，纵横启阖的论析，奔涌着多种思想资源的活力，如"手中握一把屠刀的人，有立地成佛的资格"①，而"伟人"也"坐着天使与魔鬼并驾的马车"，是讲"善""恶"并存；"过度的善良会摧毁它的本身"②，甚至一个人"因笃信规则而被骑马驰骤者践踏"以致"愤而唾弃一切社会规范"而成恶，是讲"善""恶"转化；"因诚实而丧生的多，因虚伪而丧生的少"③，是直言人生"善""恶"的真相；但因此而"抛弃道德"，反而会成为"罪恶的祭品"，"美德"始终是人生备战"最后的盔甲"④，最终仍归之于扬善抑恶……这样论"善"析"恶"，称得上大手笔了，而又使人心悦诚服。五是王鼎钧的"人生说理"散文呈现家常话风。这不仅缘自他平易亲切娓娓道来的风格，更得自他的亲民心态。他切切实实地关注百姓的日常人生，了悟他们的琐细悲欢，即便在哲学、宗教层面论析人生也处处渗透着王鼎钧对世态民心的真切体悟。王鼎钧的"人生说理"散文，将散文的社会使命发挥得淋漓尽致，却又突破了体制意识形态的陷阱。

王鼎钧的漂泊经历丰富，他自1942年从家乡兰陵出走，七十年中，"经历七个国家，看五种文化、三种制度"，深切体会着乡愁，养成了"兰有剑气，不能伤人"的谦和大气，形成独特的"乡愁美学"。

五四后新文学涉及的"乡愁"题旨往往免不了启蒙的指向。五四时期的"乡愁"，首先成为乡土文学对中国农村宗法社会的批判。五六十年代台湾的"乡愁"书写，笼罩上了国民党当局"反攻大陆"的政治阴影。80年代

---

① 王鼎钧：《人生试金石》，作者自印1975年版，第126页。
② 王鼎钧：《随缘破密·故事套着故事》，（台湾）尔雅出版社有限公司1997年版。
③ 王鼎钧：《人生试金石》，作者自印1975年版，第132页。
④ 王鼎钧：《随缘破密·我将如何》，（台湾）尔雅出版社有限公司1997年版。

后，"乡愁"的题旨又难免与海峡两岸的统一联系在一起。"乡愁美学"内涵被忽略，其丰富的生命内涵被遮蔽。王鼎钧是最早直言"乡愁是美学"①的，即"乡愁"应该是作家在离乡的心灵历程中，时时体悟乡愁的底蕴并沉潜至"原乡"的追寻中，表达人生观照的复杂性和审美传达的丰富性。王鼎钧的"乡愁美学"正是在"何处是故乡，什么是故乡"的追问中展开的。《左心房漩涡》这部1988年被金石堂书店评为台湾"10本最具影响力的书"之一的作品，最集中地书写了乡愁这"一个复杂而美丽的结"。全书4编34篇，皆用"我"对"你"的呼唤、寻觅、对话写成，包含着"后世"对"前生"的呼唤（王鼎钧在书中言自己有"两世为人"之感）。而"后世""前生"与现实三者的"对话"，聚合起人世天地间的万千思绪和情感。例如，《水心》一文就是用"我"对"你"的沧桑和智慧的体悟写成，凄然中有温馨，悲怆中有豁达，豪气中不乏儿女情，苦吟中有更多人生智慧。其文气笔调，确如经过几重风雨的葡萄有着繁重的醉意，将乡愁表现得淳厚而深刻。文章从沧桑的人生体悟入笔，以"中天明月，万古千秋，被流星陨石撞出多少伤痕"人们却"只看见她的从容光洁" 想见用血写成、唯有自知的乡愁"经文"，以千万年惊涛而成的岩皱石褶中"画不圆的圈圈"（年轮）想见岁月坎坷所成就的人生智慧，从而呈现出乡愁在时间长河中沉积的深邃和丰厚。他以离家半个多世纪的情感经历、血肉人生，浓缩起乡愁的种种悖论，追寻"原乡"的深刻含义："我已经为了身在异乡、思念故乡而饱受责难，不能为了回到故乡、怀念异乡再受责难"，这是在绝了"还乡"之情中凝聚起割舍不尽的原乡之情："故乡只在传说里，只在心上纸上。故乡要你离它越远它才越真实"，这是用终生心血浇灌才得以形成的原乡想象，人生痛楚、磨难才使故乡升华为一种圣地；"山势无情，流水无主……那进了河流

---

① 王鼎钧：《左心房漩涡·脚印》，（台湾）尔雅出版社有限公司1988年版，第201页。

的，就是河水了，那进了湖泊的，就是湖水了，那进了大江的，就是江水了，那蒸发成汽的，就是雨水露水了。我只是天地间的一瓢水！"历史的无奈中保存下人生的澄澈，以乡情洞见人生，以乡愁沉淀历史，沉郁中足见豁达，大启大阖于天地间。①

乡愁因乡土而生，然而，何谓乡土，却在中国人的漂泊生涯中发生了很多变化。正是乡土、故国空间的多种拓展，赋予了"乡愁"以丰富的美学内涵。正如王鼎钧所言，如果从现实境遇看，离乡迁居海外有如遁入"空门"，"乡愁"会成为"失根""无根"的悲哀；但从生命原型看，离开母体则"是一种必要，是保存和发展的另一种方式。它们不会是'无根的一代'，它们有根，它们是带着根走的，根就在它们的生命里"②，所以他说："心灵的安顿就是心灵的故乡"，"它和出生的原乡分别存在"，"原乡，此身迟早终须离开，心灵的故乡此生终须拥有"。③有了心灵安顿中生命展开的追求，传统的家园观念有了无比开阔的空间，"乡愁"也有了生命再创造的喜悦。乡愁之浓烈，归根结底是因为它伸入了人的生命原型。王鼎钧笔下的乡愁往往是一种脱却了具体记忆，超越了实体接触的母国情结。它根植于人类追本溯源的原初愿望，融入于人类不断流离、追索的迷惘中。他以一种豁达的心胸意识到，迁居海外是一种"堕胎"，是"他们祖先第二次的死"，但"天下所有的中国人都是同根的果实。大时代把我们分送到天涯海角，是要这世界上的人有更多机会看见中国人的光辉"。④正是这种对时代的体悟构成了其"乡愁美学"的重要基石。但王鼎钧显然并不限于此，他

---

① 王鼎钧：《左心房漩涡·水心》，（台湾）尔雅出版社有限公司1988年版，第11—13页。

② 王鼎钧：《我们现代人·本是同根生》，国际文化出版公司2007年版，第68页。

③ 王鼎钧：《活到老，真好·心灵的故乡慰远人》，（台湾）尔雅出版社有限公司1999年版，第15页。

④ 王鼎钧：《我们现代人·本是同根生》，国际文化出版公司2007年版，第68页。

将自己的乡愁伸进了人类的生命原型中，"所有的故乡都从异乡演变而来，故乡是祖先流浪的最后一站！"①人类在其生存中始终是漂泊不定的，就如婴儿从被剪断脐带起注定无法再回归母体。而当他孕育下一个新生命时，他也为新生命提供了一个欲回归而不能的母体。乡愁产生于这种欲回母体而不能的追寻中。王鼎钧从"祖先流浪"中去追忆故乡，从自己的漂泊中去寻找故乡，而追忆和寻找都指向了人的生命原型，表达出回到生命源头的渴望和这种渴望的难以实现。他写"土里梦游"，将故乡"尘土"包含的历史写得回肠荡气（《单身温度·土》）；他写"断裂意象"，在"生命的断层"中体悟"再生"（《左心房漩涡·明灭》）；他更在漂泊欲念和回归意识的交糅中写生命的悖论："故乡要你离它越远它才越真实，你闭目不看才最清楚……""涧溪赴海料无还"和"月魄在天终不死"的人生张力，使乡愁成为人类生命的重要原型。②

王鼎钧的散文是最具"中国性"的作品，这种"中国性"包含了丰富的"现代性的中国化"。例如，王鼎钧信奉基督教，在日常生活中走近上帝，他的散文充满了从自己漫长丰富的人生阅历和激烈撞击的世变中升华的大爱。而王鼎钧散文的"爱"往往是将中国传统的"情"扬长弃短而提升的。中国文化传统重"情"而轻"爱"，文学作品注重的是伦理、亲缘、族群等关系决定的"情"，而忽略从生命出发的"爱"。王鼎钧散文关注的却是从生命、人类悲悯而生发的爱，有时甚至是在"绝情"中表现出广博的爱（例如，对故乡，他在"绝了还乡之情"中充满了对生命原乡的爱）。这实际上是"福音的中国化""爱的中国化"。他的一些散文"道是无情却有大爱"，其会在日后中国文化传统的发展中显示出更重要的价值和意义。王鼎

---

① 王鼎钧：《左心房漩涡·水心》，（台湾）尔雅出版社有限公司1988年版，第13页。

② 王鼎钧：《左心房漩涡·水心》，（台湾）尔雅出版社有限公司1988年版，第11—13页。

钧散文的技巧也在"现代性"和"中国性"中展开。他探寻幽微的人性，深入精神的原乡，种种象征、隐喻、荒诞的写法，已与西方现代文学对接。而与五六十年代台湾的现代诗、现代小说进行西方的移植有所不同，他是从中原乡土世界出发，在自身漂泊的生涯中回应、接受现代主义的。"早在台湾新世代作家风靡于拉丁美洲的'魔幻写实'之前，王鼎钧的作品已经与拉美有些作品不谋而合……在魔幻与写实之间出入自得"①。这种"不谋而合"正说明他的创作的现代倾向和"中国性"是融合的。

王鼎钧称自己"四世为人"。"抗战流亡""内战流徙""移民出国"，"大时代"三次割断他的"生活史"，为此，他在晚年写了"王鼎钧回忆录四部曲"。这一用自身生命的燃烧求得历史的真实的回忆录是王鼎钧写作生涯的又一高峰，注定会传之后世。普通人的历史价值、真实感受，大时代的历史风云，都积淀其中，在后世的流传中让人触摸半个世纪从中国大陆到台湾的历史风云，感受凡人苍生的生活。王鼎钧写个人回忆录，所费心血，都浸透他对历史的诚实、对生命的尊重。他的个人眼光确确实实摆脱了历史意识形态的种种负面影响，让人感受得到历史的质感，又浸透了把握住主客体距离的冷静从容。作家创造力之大，再次在散文这一包容性极大的文体中被印证得淋漓尽致。《文学江湖》（2009）是王鼎钧回忆录四部曲的最后一部，全书三辑《十年灯》《十年乱花》《十年一线天》分别讲述了作者1950年代、1960年代、1970年代在台湾文坛的"人性锻炼"。其中以"说出来就解脱了"的真心讲述的1950年代至1970年代台湾文坛的历史真相足以撼动人心，为人们重新审视那个年代的文学历史提供了丰富的启迪，也在一个文学青年走上创作道路的真实经历中折射出变幻莫测的时代风云，留下深邃

---

① 郑明娳：《出入魔幻与写实之间》，王鼎钧：《风雨阴晴·风雨集序》，（台湾）尔雅出版社有限公司2000年版，第7页。

的历史价值。据说王鼎钧原本要把回忆录的内容构思为长篇小说《遗嘱》①，此书的"摒弃技巧，纯任真心"也有如巴金写《随想录》宣称的，是"这一代作家留给后人的遗嘱"了。《文学江湖》把作者在台湾三十年的青壮年生涯浓缩于政治高压下危机四伏、身不由己的台湾文坛，真实揭示了"作家和政客是两种人"的历史本相，表达了中国战乱中文学的拯救力量。其中写得最刻骨铭心的是王鼎钧的文学根性，处处可见对文学的"真的喜欢"，写文章的"尽心、尽力、尽性、尽意"。半个多世纪后，年过八旬的王鼎钧在自己普通平房的家中数年如一日举办"文学星期一"，一群"将文学变为日常生活与心灵修养的组成部分"的中国人"听鼎公讲课，一起讨论写作"②。年已古稀，王鼎钧和文友们对文学"真的喜欢"仍如往昔。这种一生视文学为心中圣火的挚爱，是王鼎钧留给后世的最大精神财富。

第四节　欧洲华文文学的形成和熊式一、韩素音等的创作

陈季同、盛成等人海外语境中的写作，开启了欧洲早期的华人创作。他们后都离开了欧洲，其旅欧写作，又多以所在国主流语言完成；而欧洲华裔居民近200万，却一直少有华文写作。旅欧中国作家定居欧洲，逐步形成欧华文学的格局，这一情况出现于二战结束以后。二战后，原先因战争而中断的中国作家的旅欧得以恢复。但随着中国内战的再次兴起以及随后政权的更替、社会制度的变化，一些旅欧者难以返回中国，他们开始在欧洲定居下来。程抱　、熊式　、熊秉明等，就是在此时期赴欧并长期留居欧洲的。

① 张瑞芳：《江湖路远——评王鼎钧〈文学江湖〉》，（台湾）《文讯》第283期（2009年5月）。

② 刘荒田：《王鼎钧先生与"文学星期一"》，（香港）《香港文学》第298期（2009年10月）。

1949年国民党退守台湾地区后，又有一批作家陆续从台湾迁居欧洲，赵淑侠、郑宝娟、吕大明等就是以台湾为出发地留居欧洲的。台湾在1960年代形成了留学欧美的热潮，而战后迁居欧洲的中国作家在1960年代生活也安定了下来，开始进入创作的旺盛时期。欧华文学就在此时期出现了第一个创作高潮。但战后欧洲一直处于东西方冷战意识形态的阴影之下，欧华作家的创作也是"各自为战"，作品大部分在台湾、香港地区出版。

欧华文学从形成开始就呈现"散中见聚"的状态。欧洲国家的文化传统、语言文字相异，欧华文学分布在22个国家，有16种语言作为官方语言使用；西欧、北欧、东欧的现代历史和社会体制也有较大差异。近代以来，欧洲文化相对于中华文化又处于某种强势地位。华人散居于欧洲数十个国家，较少聚居于"唐人街"这样的华人社区，而往往直接居住于各国各种类型的社区中。华人对欧洲文化从隔海仰视变成置身其中，可以远近俯仰，从各个角度去审视，而中华文化则成了他们心中最重要的尺度，固守的是精神文化层面，摆脱了由现实境遇引发的对传统的怨怒，甚至偏激。加上欧洲各国的人文因素的影响，使得欧华作家们对西方文化仰视而不低首，对华族传统眷恋而不乏清醒审视。同时，与其他宗教背景的移民不同，中国移民的儒、道等文化背景使得他们的信仰无某些宗教的"排他性"，更不构成对居住国原有文化的危险。这显然使得其文化易与居住国其他文化传统和睦相处、平等对话。这种文化姿态，成为欧华文学"散中见聚"的基本状态。

正是这种创作姿态，使欧华文学更多地体现出一种"文化中和"的特质。正如欧华作家明言的："我们长居欧洲，多多少少都受到些欧洲文化的熏陶，以至我们的思想和生活面，既不同于中国本土作家，也不同于真正的欧洲作家，它可以说是揉和了中国儒家思想和西方基督教文明的一种特殊品质，这其中当然可能产生一些负面作用，譬如说因徘徊在两种迥异的文化间，所引起的矛盾和冲突，但相对的，基于这种迥异，使两种文化互容互谅，截长补短，去芜存菁，产生一种新的精神的可能性更大。这种新的精神，正是我们这些居住在欧洲的华文作家们，写作灵感和题材的泉源。"[①]相当数量的欧华文学作品，以一种较成熟的眼光投注到两种异质文化的深处进行互补观照，以一种非纯然的华族思维及情感方式进行言说，表现出中华民族有容乃大的睿智。在整个世界东西方文化交流失衡的20世纪，欧华作家"具有一种揉和了中国儒家思想和西方基督教文明的特质"，"更习惯以这两种特质的混合观点来看人生，看世界"，[②]使欧华文学呈现出东西方文化平和对话的境界。

　　欧洲文化历史悠久，艺术传统深厚，包括徐悲鸿等在内的中国艺术家都曾旅居欧洲，进行中西艺术交流。这种艺术氛围影响了欧华文学，使其极为重视艺术上的表现，尽管欧华文学有相当多的作品远未完成艺术蜕变，但其中的佼佼者确也达到了中西艺术交融的较高境界，较早产生了在西方世界也有广泛影响的重要作家。

　　五四以来旅居英国的中国作家人数众多，但大多后又回国，这种情况延续至今。五四时期与冰心、庐隐等齐名的凌叔华（1900—1990）于1946年随丈夫陈西滢寓居伦敦，之后除1950年代曾任教于新加坡、1960年代曾任教于加拿大外，其余大部分时间都在英国，属于少数在英国度过后半生的华文作家。她旅英后作品不多，但其自传体小说《古韵》（*Ancient Melodies*）由英国霍加斯书屋出版，很快成为畅销书，1969、1988等年份多次再版（中文繁、简体字译本分别初版于1991年和2003年）。这位当年与冰心、林徽因并称为"民国文坛二大才女"的旅外女作家，也由此被称为"第一位征服欧洲的中国女作家"。《古韵》是在英国著名小说家弗吉尼亚·伍尔芙的鼓励下

---

① 赵淑侠：《一棵小树——欧洲华文作家协会成立大会讲辞》，《四海》1991年第4期。

② 赵淑侠：《从欧洲华文文学到海外华文文学》，《海南师范大学学报》（社会科学版）2007年第4期。

完成的，伍尔芙当年给凌叔华《古韵》的建议是："在形式和意蕴上写得更贴近中国……只当是写给中国读者的。然后，就英文文法略加润色。"①《古韵》中甚至有三章《搬家》《一件喜事》②《樱花节》，来自凌叔华的中文同名原作。这可以表明，《古韵》面对的是中文和英文两种读者，这使得它可以避免落入"迎合西方对中国的想象"的陷阱。而《古韵》"征服欧洲"的因素在于它向欧洲人展示了一个"古韵犹存，不绝于耳"的中国人情感世界。小说的第一章节为《凌叔华的画簿》，收有凌叔华17幅水墨画，正文中也有凌叔华配合小说情节的插图。凌叔华自小习画，其工笔、写意，都为国内外绘画界名家所称道。《古韵》之画所展示的雅风秀韵，与《古韵》叙事相呼应，将欧洲读者领入一个古老文明的诗意的国度。正文中的8幅插图，分别对应《穿红衣服的人》《搬家》《中秋节》《一件小事》《阴谋》《贲先生》《老花匠和他的朋友》《义父义母》8章。这些章节都描述作者孩童记忆中最亲近或印象深刻的人物，从父母亲到启蒙老师、仆佣朋友，人物刻画简洁传神。而他们留给作者的记忆，实际上也是作者成长中自我认知的过程。从传统读书官宦人家到进入新式学校，"我"所认识的世界在一步步拓展，从家庭到个人，都在发生变化，这一切都向西方展示了古老文明国度生命的延续和焕发。《古韵》没有了凌叔华五四时期小说对父权社会的抗争，尽管它展示的是一个一夫多妾的传统士大夫家庭院落里的日常生活，却在孩童时期的甜蜜、感伤、困惑中，充溢着传统的温馨。但这并非对包括一夫多妾在内的封建家庭伦理的赞美，也非向西方展示中国传统的陋习，③而是以个人经历展示的一种中国"真貌"。

---

① 傅光明：《凌叔华的〈古韵〉》，《中国图书评论》1991年第3期。

② 凌叔华《搬家》，初刊于《新月》第2卷6、7号（1929年9月）；《一件喜事》初载于1936年8月9日《大公报·文艺副刊》。

③ 《古韵》在当时遭受了这样的批评、指责。

英华文学地位的确定要到1980年代后了，此时期有影响的是凌叔华这样的双语写作的作家。而与凌叔华写作方式有所不同的熊式一，本时期用中文"翻译"了他创作于三四十年代的戏剧和小说，在华文文学界产生了广泛影响，成为战后英华文学的重要成就。

熊式一（1902—1991），原名熊适逸，号适斋居士，江西南昌人。1932年留学英国，视英国作家巴蕾（James Matthew Barrie，今译"巴里"）为"近百年最令人钦仰的剧作家"。此前他曾翻译巴蕾的剧作《可敬的克莱登》《半个钟头》《七位女客》，分别发表于1929年20卷3至6期和1930年21卷10期的《小说月报》，被徐志摩称为"中国研究英国戏剧的第一人"。此后他翻译了《巴蕾戏剧全集》百余万字，同时也将中国的《西厢记》译成英文并在伦敦上演。1934年，熊式一用英文写成四幕剧本《王宝川》，由伦敦麦勋书局出版，"极得佳评"，随后英国人民国立剧院将此剧编排演出，大受欢迎，1935年又赴美国演出。此后，他又完成了英文长篇小说《天桥》（1943）。1954年，熊式一赴新加坡任南洋大学文学院院长。一年后，他离开南洋大学到香港创办清华书院。在港期间，他用中文再写《王宝川》（1956）并出版，还在香港演出了粤语舞台剧《王宝川》。他也用中文重写了《天桥》并连载于《星岛晚报》，陈寅恪读后赠诗："海外林熊各擅场，卢前王后费评量。北都旧俗非吾识，爱听天桥话故乡。"他在香港一直居住到1980年代后期，也来往于美国、英国和我国的香港、台湾之间，最后病逝于北京。

《王宝川》在英国连演二年达900多场，后被译成数十种语言，并被一些国家列为中小学必读教材。该剧改编于中国传统戏曲《王宝钏》，熊式一将"钏"（Armlet）改为"川"（Stream），认为"'川'字已比'钏'字雅多了……Stream既是单音字，而且可以入诗"①。而《王宝川》确实将一出中国传统通俗剧改写成了雅俗共赏的现代舞台剧。

《王宝川》讲述当朝宰相王允的三女儿王宝川忤逆父意，不计贫富，嫁与王府园丁薛平贵。薛平贵从军出征西凉，十八年音讯全无，谣传他已阵亡。王宝川独守寒窑，一贫如洗，始终不改从夫之志。薛平贵当年征战途中遭王允的二女婿魏虎暗害，幸被西凉公主所救，平定了西凉各部落，并登基当了西凉国王。他得到王宝川所写血书，归心似箭，推掉了与西凉公主的婚事，终与王宝川团聚。熊式一大幅度改写了民间流传甚广的王宝钏与薛平贵的故事。例如，增写了赏雪作诗一幕，使王宝川与薛平贵的相识有了基础，王宝川彩楼抛绣球托终身也更合情合理；剧本也改写了原先一夫二妻的结局，让薛平贵与西凉公主以兄妹相处，不仅淘洗了传统戏曲中的糟粕，也让王宝川与薛平贵的情义更纯真。这些都让外国观众在生动的舞台情节中感受到中华传统文化的魅力。

《王宝川》想方设法让外国观众领会中国传统戏曲艺术表现的美感。例如每场戏开头的舞台提示，叙述角度和口吻都是包括作者和观众在内的"我们"。舞台布景保留了传统戏曲的虚拟性，舞台提示也处处"完全让观众们自己去想象"。剧中人物的台词，往往有着"中西合璧"的幽默，对于西方人来说也具有很强的可读性、可观性。例如，相国老夫人是一位传统的贤妻良母，信服三从四德，"当着父与夫不能兼顾的时候，她就舍父而从夫，若是夫与子不能兼顾，她便舍夫而从子"；然而，对待女儿婚事，她却开口"男子汉大丈夫，要是怕老婆，一定有出息的"，闭口"普天下的好家庭，都是妇女人作主的"，在温慈和善之中透出十足的"女性主义"气派，让人会心而笑。西凉公主这一人物的塑造也引人关注。尽管剧中的西凉是一个

---

① 熊式一：《王宝川·中文版序》，商务印书馆2006年版，第192页。

"所有一切的风俗习惯和我们中国的恰恰相反"的"古怪"地方，西凉公主却温顺贤良，善解人意，她帮助薛平贵登基称王；在得知薛平贵家有结发之妻后，不仅原谅了薛平贵的毁约之举，而且保护薛平贵返回家乡。这一异族形象的成功塑造，使《王宝川》赞颂的人性人情之真和贫贱不移、富贵不淫的坚贞情操更有了"全球伦理"的视野。

熊式一在1930年代还创作了《大学教授》《财神》《孟母三迁》等剧本，而他翻译的元曲巨著《西厢记》在西方也产生了巨大影响。萧伯纳曾称赞《西厢记》是"和英国古代最佳舞台诗剧并驾齐驱，而且只有中国13世纪才能产生"[①]的剧作。《西厢记》后来成为英美各大学中文系与亚洲研究所的教材。熊式一则在《王宝川》中文本出版后，又将他所译《西厢记》英文本编为粤语戏剧，在香港出版，也在香港舞台演出。熊式一为向西方世界传播中华文化做出了重要贡献。

西方文化界"东林西熊"的说法，主要因为林语堂的《京华烟云》在美国享有盛誉，熊式一的《天桥》则在英国广受青睐，而两部小说都诞生于二战期间。长篇小说《天桥》是熊式一继《王宝川》后又一次轰动全英的作品，1943年在伦敦出版当月即售罄而重印，最终重印十余次，也很快有了法文、德文、西文、瑞典文、捷克文、荷兰文各种译本，"东林西熊"的说法即产生于此书出版后。1960年，熊式一将《天桥》写成中文，同年先刊载于香港《星洲晚报》，随即以单行本出版，成为华文文学界颇有影响的作品。

《天桥》1943年初版的"代序"是英国桂冠诗人梅斯菲尔德（John Masefield）的诗作《读〈天桥〉有感》。这位英国诗坛骄子对《天桥》的喜爱和解读，让人看到欧洲人通过《天桥》所感受到的中国。在梅斯菲尔德读《天桥》而引发的想象中，主人公李大同从一个在"明月"下，"只想在绿

---

① 燕邇符：《王宝川·代序》，熊式一：《王宝川》，商务印书馆2006年版，序言第3页。

草庭院内／种植李树或白玫瑰"的少年，成长为"有钢铁的志愿／要学会砍伐、斩断／那乱成一团的野草"的战士，因为"在宽广／寥阔的中国土地上，／找不到任何僻壤——／可用来种树的地方"；而最终，"李大同准定能觅得／他心灵安宁的寓所；／盛开的李树将绽放／白花像雪花般飘扬，／上面有宁静的月亮／在静海一般的天上"。这些诗意的想象，将国家前途与个人命运结合在一起。而《天桥》描绘的，正是这样一幅"完整的、动人心弦的、呼之欲出的图画"。于西方而言，"《天桥》是一本比任何关于目前中国趋势的论著式报告更启发的小说"。① 小说讲述主人公李大同32年的人生经历，他刚降生于打鱼人家就因为父母无力抚养而被当地财主李明"收养"，童年受尽歧视、苦难，成年后投身于晚清维新到民国成立的社会变革中，与国家一起获得新生。真实的历史人物、事件和虚构的小说情节，在作者擅长的戏剧冲突结构中，生动呈现了近代以来中外风雨中古老国度的巨大变化。而小说的讽刺手法、喜剧色彩、幽默笔调，在反省历史中写活了李大同周围的人物，也凸现了李大同在人生抉择中的成长。全书共17章，每章皆以中国成语、谚语、诗语等（如"种瓜得瓜，种豆得豆，天网恢恢，疏而不漏""千算万算，不如老天爷一算""射人先射马，擒贼先擒王"）为题，以中国传统的智慧、信仰、伦理等概括故事情节、暗示人物命运，表现出极为自觉的"让西方了解中国"的创作动机。②

英国国籍的韩素音（1917—2012，本名周光瑚，祖籍四川成都）出生于河南信阳，长于北京等地，其父为中国人，其母为比利时人。她一生坎坷，经历四次异国爱情、婚姻，辗转于中国、比利时、英国、马来西亚、新加坡、瑞士等地。其作品多为英文创作，也多有中文译本。她1941年在成都完

---

① 此为1940年代英国大文豪赫伯特·乔治·威尔斯在其所著《近年回忆录》中的评价，转引自熊式一：《天桥·香港版序》，外语教学与研究出版社2012年版，序言第11页。

② 熊式一在1960年香港高原出版社版《天桥》的序中清楚表明了这一创作动机。

成了和玛利安合作的小说《目的地重庆》，1943年在美、英两国出版。小说以蒋介石夫妇的经历为素材，讲述了中国的苦难。韩素音也从此开始了自己的创作生涯。1952年，韩素音出版了带有自传色彩的小说《爱情至上》（也译为《瑰宝》），小说讲述了一位欧亚混血女子和一位英国记者战后在香港和内地经历的刻骨铭心的爱情。而这一爱情故事，被赋予了"完全摒弃原有的优越感和自卑感，东方新生国家和西方古老国家在平等的基础上，相互怀着善良的愿望，相互作出贡献"①的时代意义，对种族身份和文化认同有深刻反思。1956年，韩素音与印度军人陆文星相爱结婚，又创作了一部爱情小说《青山不老》（1958），小说讲述女主角安妮厌倦乏味的家庭生活，外出教学，在尼泊尔开始了她与昂里·梅农的坎坷生活，最后收获了爱情。在这一对异国男女的爱情故事中，小说同样涉及了东西方文化杂处时的交融和冲突。"我有幸生于两种不同文化之中，不得不独立思考，因为身受的两种文化往往是相互矛盾的。"②韩素音这种自觉、强烈的跨文化意识，构成了其爱情小说的独特意蕴。

韩素音较长时期居住于欧洲，但她视中国为自己根之所在，关注亚洲的命运。抗日战争全面爆发和中华人民共和国成立这两个中国历史的重要关头，韩素音都回到中国，与中国同甘苦共患难。五卷本《韩素音自传》（中文简体字本分别为《残树》《凡花》《寂夏》《吾宅双门》《再生凤凰》）出版于1965—1985年之间，在讲述19世纪末至20世纪70年代自己和家庭的命运变迁中，充满了对中国现代文化的认同和对中华民族精神的热爱。作者表示撰写自传正是出于"民族文化的幸存有赖于民族自觉及热爱这一文化的过去"③的愿望和努力。50余万字的长篇小说《盼到黎明》（1982，也译为《待

---

① 丘菊贤主编：《韩素音研究文集》，香港天马图书有限公司2001年版，第206页。

② 韩素音：《明天的眼睛》，沈大力、马清文译，华文出版社2000年版，第18页。

③ 韩素音：《韩素音自传·序言》，中国华侨出版社公司1991年版，第1页。

到黎明到来时》）是韩素音"写给外国读者看"的中国当代史，讲述医生任永（也译为"靳雍"）和他的美国妻子斯蒂芬妮从抗日战争到"文革"的艰难历程。小说写到任永放弃去美国的机会而执意留在中国时说："中国人里面像他这样的不止千百万，他们都是党外知识分子，愿意留在共产主义的中国，因为中国就是中国，就是中国，与世长存，万古长青。"这概括了小说的题旨，任永最后死于"文革"浩劫，但始终怀有中国强大的希望。小说在展开人物坎坷命运时，描述了包括儒、道在内的中国文化传统的魅力及其影响，也塑造了形形色色的西方人形象，由此展示了现代东西方政治、文化的复杂关系，表达出作者对人类黎明的理解和追求。

战后初期出国且创作有影响的还有熊秉明（1922—2002），他早年毕业于西南联大哲学系，1947年后，旅居法国五十余年，在文学、绘画、雕塑、书法等方面多有成就，获法国棕榈骑士勋章。著有《教中文》等诗集和《看蒙娜丽莎看》《关于罗丹》等艺术随笔集，后结集为《熊秉明文集》（1999）。

熊秉明在巴黎第三大学东方语言学院教授汉语多年，其诗也常以朴素的诗质、短小的篇幅展现汉语字词句的魔力和表达他对母语的挚爱。《黑板、粉笔、中国人》一诗中，"我"十年如一日地站在讲台上，"说了一遍又一遍／'这是黑板／这是粉笔／我是中国人'"。岁月流逝，"我的头发一天一天／从黑板的颜色／变成粉笔的颜色／而且像粉笔一样渐渐／短了，断了／短成可笑的模样"，但"我"仍不知疲倦地讲着，"这是黑板／这是粉笔／我是中国人"。简朴如日常的诗句书写出诗人旅外多年，"似乎一天一天地更不像中国人了／又似乎一天一天地更像中国人了"的生存状态，在一种看似悖反的情境中呈现出痴爱母语、执着于民族文化传统的赤子之心。《的》一诗只有一句用"的"字连接起来的长句："翻出来一件／隔着冬雾的／隔着雪原的／隔着山隔着海的／隔着十万里路的／别离了四分之一个世纪的／母亲亲手／为孩子织的／沾着箱底的樟脑香／的／旧毛衣"。这中间有千山万水的空间之隔和漫漫岁月的时间之伤，却用简单的"的"字加以勾连，使之畅通，一层一层意思连接在一起，突破了时空之隔，最后连接到"旧毛衣"，情感随之爆发。"的"字的妙用，凸现了熊秉明对汉语包含的质朴诗意的敏悟。

熊秉明曾将他的艺术展命名为"远行与回归"，其艺术随笔也在浅显而生动的讲述中表达了这一题旨：漂泊海外，浸淫于西方文化，然后返身发现自己民族文化传统的价值。《佛像和我们》就是讲述作者自己在西方"回顾东方"、发现东方的心灵历程。正是在欧洲的求学、创作经历，使作者不仅意识到"西方"是一个与时俱迁的文化活体，也从西方文化环境中重新领悟中国文化传统的魅力，"那是对自己古传统新的正视、新的认同、新的反思，而有久别回归的激动"。文章将作者对艺术美的领悟过程与对文化传统的发现过程生动地结合在一起，对读者是一次切实有效的艺术启蒙，又为日后人们思考全球化境遇中中国文化的未来提供了有益的启示。

战后欧华文学的形成，正值东西方冷战意识形态严重对峙之时，欧华文学却沟通了东西方的文化对话。而程抱一那样的欧华作家，更在现代意义上让东西方文化交汇融合，共同推进人类文明进步。

第五节　程抱一的文学创作

法国一直没有统一的华文文学团体，华文文学却是名家名著迭出。当年留法成就了陈季同、盛成、梁宗岱、袁昌英、陈学昭、冯沅君、陆侃如、苏雪林、戴望舒、闻家驷、傅雷、郭麟阁、齐香、罗大冈、李治华、张若名、王道乾等名家。法国文化界对中国文化一向抱有友好甚至仰慕之情，许多留法作家都得到法国文化界的友善相待。这种文化环境，有利于华文作家完成中西诗艺的融合，法国华文文学在现代与传统的交融中取得了较高的艺术成就。而战后法国华文文学界最引人瞩目的，就是产生了程抱一这样一位文学大师。

程抱一（1929— ）原名程纪贤，祖籍江西南昌，出生于山东济南，肄业于南京金陵大学外文系。1948年程抱一赴法留学，在巴黎第九大学取得博士学位，随后任教于巴黎第七大学东方语言文化系，1973年加入法国籍。程抱一旅居法国后的最初十余年中，"一无所有"，中国大学的毕业文凭在法国无效，更找不到工作。那时候故国文化与法国文化尚无对接，中国文化、艺术在法国远未受人瞩目，致力于中华文化传统的延续不会带来任何现实功利。就在这样一种环境中，程抱一潜心于吸收西方文化的精华，又孜孜不倦地探索中国本土古代艺术、绘画和诗歌传统的意义，由此展开自己的文学创作。在这种文化"隐居"生活中，程抱一取得了卓越的成就。他1940年代开始写作，1970年代在法国成名，故他的文学成就在战后欧华文学中集中叙述。程抱一1975年前主要用中文写作，曾出版散文集《和亚丁谈里尔克》等；此后开始用法文写作，但其主要作品已译成中文。著述在30种以上，小说有长篇《天一言》《此情可待》和中篇《游魂归来时》，诗集有《树与石》《冲虚之书》《万有之东》等10余种，艺术论著、专著则有《中国诗语言研究》《美的五次沉思》等10余种。2001年程抱一荣获"法兰西学院文学大奖"和法国总统颁布的荣誉骑士勋章，2002年当选为法兰西学院自1635年成立以来唯一的亚裔院士。

本书下编《"本源"与"他者"交流后的升华：从程抱一创作看海外华文文学的经典性》一节将专门介绍程抱一的成就，述及他的文学创作，相关内容可参阅该节。这里，从战后至今欧洲华文文学的角度，介绍程抱一的文学创作成就。

战后欧洲的重建，恢复、发展了经济，虽然东西方冷战意识形态激烈对峙，但欧洲思想界各种思潮激荡，新的学派不断涌现，在哲学背景上，则发生了从认识哲学向语言哲学的转换。作为思考、表达和陈述本质的语言成为哲学思考的中心，哲学体系从知识的体系转变为确定和发现意义的活动体系。在此背景下，结构主义在法国兴起。这种以语言结构的分析为基础、探讨人类文化如何受语言结构影响的学说（其范围包括典章制度、神话体系、文学创作、社会建制等的学说），直接影响了旅欧作家对汉语的认识。程抱一的文学创作就是在此背景下展开的。他认为结构主义作为一种"真有价值的意念""已逐步化入人类的精神形成中"，"作为方法论成为人文科学研究中的有机部分"。[1]他最初在法国有影响的著述，就是运用结构主义、结合唐诗研究汉语的《中国诗语言》（1977）。例如，他分析汉字在字形和语音层面、语法层面、意象层面的表意功能时，分别以王维《辛夷坞》、王维《终南别业》、李白《静夜思》为例，道出汉语独特而强盛的表意性。之后，程抱一从两个方面展开他对汉语资源的深入开掘，这使得他的文学语言，尤其是小说叙事语言达到了一个新的高度。

一是程抱一从传统最悠久深厚的中国古典诗歌中，开掘汉语"得以表达人与世界的微妙的互相依存关系"的潜能，转化为小说叙事的方式。他对中国古典诗语的词汇与句法、形式与格律、意象等层面的特点穷尽探寻，一一将它们转化为小说叙事的因素。例如他分析律诗做出了几乎全部省略三种语法人称的这样一种"自觉选择"："它造就了这样一种语言，这种语言使人称主语（主体）与人和事物处于一种特殊的关系中。通过主体的隐没，或者更确切地说通过使其到场'不言而喻'，主体将外部现象内在化。"[2]也就是说，"外部现象"的叙述成为主体内心的呈现，而这恰恰是现代小说所

---

① 程抱一：《中国诗画语言研究》，涂卫群译，江苏人民出版社2006年版，第1页。

② 程抱一：《中国诗画语言研究》，涂卫群译，江苏人民出版社2006年版，第31页。

追求的。汉语诗语的这一特性，可以启发小说家采取多种叙事方式：如果叙事包含了一个"主语"（例如第一人称"我"或者第三人称"他"），人称代词的省略，使得"我"或"他"与叙述事物（环境、过程）认同，叙述往往成为"一场心灵体验"①；如果叙事暗含了两个"主语"（例如一个"我"和一个"你"），人称代词的省略，可以让叙述者沉浸于"无所不在的心灵世界"，"使客观的、描述性的叙述与内心叙述恰相吻合"，叙事可以成为心灵的觉醒、"人达到忘言状态"的过程②；如果叙事牵涉到几个人称（"我""你""他"），人称代词的省略，可以在多位人物（"我""你""他"）之间"创造一种'主体际的'意识"，叙述者"同时具备多个视点"，时而"与这位或那位人物相认同"，叙事成为"一位复数的人物的内心论辩"，从而将"叙述与故事微妙地交融在一起"③。而在程抱一的小说中，我们可以看到这些叙事方式的巧妙运用。

二是程抱一一直视"美"为"从种种生命内部深处喷发出来的一种欲求"，"是生命内在喷发出的向着美、向着让其此在的生命完美的冲动"④；而文学作为一种"第三元"⑤的存在，不断趋向生命"大开"的过程，正是通过语言呈现生命至真状态才得以实现。在程抱一的心目中，由于各种历史的、社会的因素制约，人生往往难以达到生命"大开"的状态；或者可以说，人是距离生命"大开"的世界最远的生物，而文学才能反映人生命最终"大开"的历程。程抱一创作的探求就在于，不断打开文学反映人生命最终

---

① 程抱一：《中国诗画语言研究》，涂卫群译，江苏人民出版社2006年版，第32页。

② 程抱一：《中国诗画语言研究》，涂卫群译，江苏人民出版社2006年版，第34页。

③ 程抱一：《中国诗画语言研究》，涂卫群译，江苏人民出版社2006年版，第35页。

④ 程抱一：《美的五次沉思》，朱静、牛竞凡译，人民文学出版社2012年版，第24、39页。

⑤ "第三元"是程抱一从中国文化传统中提炼出的重要思想，对他的创作影响极大。除本书下编《"本源"与"他者"交流后的升华：从程抱一创作看海外华文文学的经典性》一节外，还可参阅下编《第三元：百年海外华文文学经典化的一种视角》一节。

"大开"历程的大门。他从取得丰硕成果的诗歌创作转向小说创作，就是要将文学反映人生命最终"大开"历程的门扉打开得更大。

程抱一的文学创作是从中文诗歌开始的。由于有深厚的中国古典诗歌修养，又熟悉西方诗歌"向死而生，体现悲剧性"的传统，程抱一的诗作成功地将中西两种似乎迥然不同的传统结合起来，实现了艺术的升华。

程抱一在1960年代写过一首中文无题长诗，收录于《和亚丁谈里尔克》（台湾纯文学出版社1972年）一书中。诗的首句为"心胸包容亘古罕见的矛盾"，随即以磅礴的气势、雄强的意象在大幅度的跳跃、持续中，在"至丑与至美兼存　残忍与柔情并在"的情感张力中，呼唤历史，记忆痛苦，表达出民族和人类的大悲大喜；同时，诗又从"菜花鲜得耀眼四月的狗都疯了　甘蔗甜得腻嘴五月的蛇都瘫了"如此鲜明强烈的感性出发，向着"乐极然而大悲端严然而大慈"的"生命大变化"提升，乡土的意象和隔绝性的悲剧意识结合在一起，表现了在事物相反相成中寻找生命存在的努力。1980年，程抱一出版了中文诗集《叁歌集》（香港华实印务版，分"遥歌""恋歌""悲歌"三部分），其中的"悲歌"力图通过文字穿过悲剧，找到生命的存在。"恋歌"也不是表现狭义上的爱情，而是人间的激情。他的诗一开始，就是"对生命的奥秘始终不断的质问和探测"[1]，其中对死亡的思考尤为深刻。跟冯至一样，程抱一从里尔克那里找到了共鸣：死亡"使我们个别的生命突然变成无可替代的，使我们把每个时辰当作独一的，使我们的欲望化为飞跃，使我们不断追求意义"，"只有把死亡纳入我们的生命，我们才能领会'全生'的真趋向，我们的至深经验：爱与痛苦，才能取得真义；我们将步入生命的'大开'"。[2]生死相依，死亡使生命具有意义，由此构成了生命的巅

---

① 程抱一语，见余熙、程平：《约会巴黎》，新世界出版社2003年版，第19页。

② ［法］程抱一：《和亚丁谈里尔克》，（台湾）纯文学出版社1972年版，第10—11页。

峰，所以他在诗中反复吟道："萌芽即终结，／终结即萌芽；／深渊即顶峰，／顶峰即深渊"①，"大开之下，万物逐一显露。／它们真途决非流逝、枯竭"②。重要的是，程抱一最终用诗穿越了死亡，在宇宙万物的生生不息中获得了永生。

中西文化的对话和融合，是程抱一毕生的创作追求，而对中西文化"第三元"的自觉探寻，是程抱一最重要的文化贡献。程抱一认为："一元的文化是死的，是没有沟通的，比如大一统、专制；二元是动态的，但是对立的，西方文化是二元的；三元是动态的，超越二元，又使得二元臣服，三元是'中'，中生于二，又超于二。两个主体交流可以创造出真与美。"③程抱一的诗作就充满了对"第三元"的思索。《冲虚之书》以具象而又形而上的诗句探索着生命世界的三元之理，呈现出此生命与他生命沟通之时的圆融、和谐。"天地之间。／并非两可／而是真三，／冲虚之气／自成一体。／／它，生自二，／因大开而起／从此不停地／提升，超越……／肉身在其中完成，／又在未完成中；／果子在其中充实，／又在未盈满中"④，生命的"大开"中包含了生死的统一，由此而生的"真三"高于"生"与"死"而不断超越，宇宙万物生命的境界都以此为至高境界。"人与神、人与人、人与天地之间的对话关系都是超于二的，只有对话关系才能滋生出最高境界"⑤。就是说，任何二元之间的对话关系都会产生"真三"的最高境界，"不是身连

---

① ［法］程抱一：《万有之东——程抱一诗辑》，朱静译，同济大学出版社2007年版，第321页。

② ［法］程抱一：《万有之东——程抱一诗辑》，朱静译，同济大学出版社2007年版，第167页。

③ 晨枫：《中西合璧：创造性的融合——访程抱一先生》，［法］程抱一：《天一言》，杨年熙译，山东友谊出版社2004年版，第288页。

④ ［法］程抱一：《万有之东——程抱一诗辑》，朱静译，同济大学出版社2007年版，第326—328页。

⑤ 张宁：《程抱一先生与他的获奖小说〈天一言〉：与张宁对话》，http：www.francebooks.info.

身，／而是心连心。／并不消除血肉，／亦不排除水、火"。二元之间有差异，有冲突，但又通过一个世界即对话的世界而共同存在，"于是吹起冲虚真气，／于是飞过不速天使！"[①]程抱一的诗在中西文化相遇中求索到了生命可沟通、可变化之处。

程抱一的《万有之东》是2005年列入法国伽里冯出版社"具有经典意义"[②]的《诗》丛书出版的诗辑，在法国"销售一空，一版再版"[③]。程抱一说诗集的题目"万有之东"中的"东"，并非指"东方"，而是"超越一切事物之外"的意思。整本诗集就是探讨这种超越、永恒是如何实现的。《万有之东》的第一首诗，就表达了这样一种追求："石撑起树，／树俯向石。／／树石成环，／天地相连。／／周流而不断更新／宇宙间奥秘之三才。／／长久流落之人，／终于来此坐守／／绿荫下的王国。"[④]一幅传统的山水画，树冲天，石入地；而"人"的介入，使天地相连的"环"，成为"周流而不断更新"的开放之环，天道、地道、人道之"三才"互依互存，生生不息，诗意升华于永恒的生存。随后的多首诗，又通过树与石这两个意象展现了永恒的存在。原先在诗人的眼中，石头可以穿越时空。人的肉体会消逝，岩石却能在经历过风雨剥蚀后，继续存在，并将所经历的一切都深深地印刻下来，"因为我们忘事，你们留有记忆"[⑤]，"你保留了我们的／血脉、皱

---

① ［法］程抱一：《万有之东——程抱一诗辑》，朱静译，同济大学出版社2007年版，第381页。

② 朱静：《译者前言》，［法］程抱一：《万有之东——程抱一诗辑》，同济大学出版社2007年版，前言第1页。

③ 朱静：《译者前言》，［法］程抱一：《万有之东——程抱一诗辑》，同济大学出版社2007年版，前言第1页。

④ ［法］程抱一：《万有之东——程抱一诗辑》，朱静译，同济大学出版社2007年版，第3页。

⑤ ［法］程抱一：《万有之东——程抱一诗辑》，朱静译，同济大学出版社2007年版，第41页。

纹、曲折，／包涵我们一时之欢，／包涵我们永久磨难"①。但是后来诗人发现其实岩石的印记也有被腐蚀的一天，岩石本身也有粉身碎骨化为乌有的一天，所以岩石并不是想象中那样可以永存。然后作者通过追寻岩石的最初形态发现，岩石的永恒性恰恰存在于它被摧毁被腐蚀的缝隙中，"在那迷茫的缝隙里，／导引我们／沿着矿苗／走向欲望喷发之所在，／那一切重汇之元炉"②。泉水可以从石缝中奔涌出来，火光可以在闪电将岩石击碎的一瞬间迸发出来，小草可以从磐石中生根发芽，大地更是由岩石构成的，所以其实岩石的永恒性并不在于它自身，而是在于它不再以石头的形式存在，"让鱼化为水，／让水化为石，／让它们相互开启，／让它们相互关闭，／鱼闭于水，水闭于石"③。当岩石与世间的其他事物相互转化时，它才能得到不断地更新，从而永远地保留下来。而这个时候，诗人也完成了由"不见山"到"复见山"的飞跃："复见山时，所获得的乃是一种感悟：生命真谛不应是一物对另一物的主宰，而应是彼此间的融通。"④见山时，只是把对象看成一个孤立的个体；而到复见山时，则是把对象放置于整个宇宙之间，去观察它与周围事物的联系。树也同样如此，它以自我为中心不断地向上生长，勾连起天与地；但也为周围的一切付出，提供栖息场所，孕育果实，抵御风暴……它经历了风吹雨打及寒冷的严冬，还有更多无法预料的灾难，但是它还是存活下来，"出土根蔓／耗尽腐土，／回应那／灼伤了的／最高枝"⑤，

---

① ［法］程抱一：《万有之东——程抱一诗辑》，朱静译，同济大学出版社2007年版，第27页。

② ［法］程抱一：《万有之东——程抱一诗辑》，朱静译，同济大学出版社2007年版，第19页。

③ ［法］程抱一：《万有之东——程抱一诗辑》，朱静译，同济大学出版社2007年版，第47页。

④ 高宣扬、［法］程抱一：《对话》，张彤译，北京大学出版社2011年版，第105页。

⑤ ［法］程抱一：《万有之东——程抱一诗辑》，朱静译，同济大学出版社2007年版，第96页。

所以树也在不断地更新变化中得以永生。

同样地，《谁来言说我们的夜晚》中，诗人对夜晚的认识也经历了如是的过程。相对于白天来讲，夜晚给我们的印象是黑暗的、静谧的，为一天的终结。但经过对其的探寻我们可发现，所有在白天无法言说的秘密都可以在夜晚中埋藏，所有在白天被埋没的声音都在寂静的夜里显得更加清亮，所有在白天被忽略的光亮也在夜晚中更加引人注目。总之所有白天存在的一切，都在夜晚重新活了一遍，以新的形式、新的意义。所以夜晚并不意味着终结，它既是终点也是起点。"真正的光／来自夜；真正的夜／滋生光"[1]，这句诗点出了整首诗歌的主题：黎明与黑夜从来不是对立存在的，而是自黑夜而生；夜晚的本质恰恰在于它非夜晚的形式，夜晚因此从一天的终点变成了新一天的起点。正如作者自己所说的："像马拉美一样，我用夜这个字，来表达闪亮的暗藏的秘密。闪亮的是一个月牙、一群星座，一会儿蒙上面纱、一会儿揭去面纱。就像不断地提醒我们，夜绝不仅仅只是夜。"[2]

程抱一的诗作揭示了永恒存在于主体与主体之间。无论是树木、岩石，还是夜晚，它们之所以永远地存在，正是因为它们与其他事物之间存在各种各样的联系，从而发生不同的转化：山与山之间两相遥望；河水与雨水之间交替循环；烛光点亮夜晚，夜晚保护烛光……这些千丝万缕的联系使得它们并不以自身的毁灭为终结，而是将生命渗入宇宙的各个角落，从而得以永存。在《沿着爱之长河》里，诗人用"爱"去意指事物之间的联系，"爱即身心／超我而开怀"[3]，爱就是敞开心扉地去接纳其他事物。这种包容理解

---

① ［法］程抱一：《万有之东——程抱一诗辑》，朱静译，同济大学出版社2007年版，第266页。

② 转引自牛竞凡：《自我之说与生活之道——程抱一法语诗歌的主题特征分析之二》，《名作欣赏》2010年第15期。

③ ［法］程抱一：《万有之东——程抱一诗辑》，朱静译，同济大学出版社2007年版，第212页。

的过程，既是爱本身也是对爱的实现。每当诗人与树木、鸟、岩石、泉水、壁画等各种事物进行对话时，诗人并没有把它们当作客体看待，将主体的性质凌驾于客体之上，而是认为万物有灵，无论是有生命的还是无生命的，只要是存在于世的，便是平等的，值得怀着一颗虔诚的心去与之对话。于是，主体与客体之间的对立关系不在了，客体不再作为主体的依附出现，而是成为与主体同等地位的存在。这样便为主体与主体之间的关系提供了无限可能。主体之间可以碰撞，可以渗透，可以交融，也可以对立。程抱一不断在诗歌中提到"永恒"，或与"永恒"同类的词，而这些"永恒"均产生于主体与主体之间的相互作用，一个单纯的主体是无法有这样的功能的。"大爱命运，从来不是 / 直线轨迹，而是圈圈 / 同心之圆。环环相连，/ 因爱而升。直至接上 / 硕大初圆。"①这里，程抱一再次阐释他的三元思想：所有的变化都非直线发展，而是一个圆环，但并不是单纯地重复，而是回到原点时，又会开启新的起点，与过去又有不同。而推动这一循环的便是事物与事物之间的"爱"，爱是他们之间的联系，一切永恒的东西从此产生。诗人说："我创作过恋歌，但不是小我的感情发泄，而是对人的激情的探索和表达，是对生命神秘层次的探求。"②程抱一正是怀着这样一颗虔诚的心来与宇宙万事万物对话。其诗作呈现了每个独立的存在物的无限性，从而也于彼之无限中找到了自身生命的永恒所在。

程抱一的诗作追求包容、超越的高远意境，无论是诗句所呈现的神韵生动的画面，还是内在哲思的汩汩流淌，都有着中西文化相遇之大美。如《砚台石》一诗："碧绿·蔚蓝 / 黄·红·橙。// 自光而放的彩，/ 自物而发的

---

① ［法］程抱一：《万有之东——程抱一诗辑》，朱静译，同济大学出版社2007年版，第165页。

② ［法］程抱一、钱林森：《文化汇通、精神提升与艺术创造》，乐黛云、［法］李比雄主编：《跨文化对话》第17辑，上海三联书店2005年版，第100—101页。

彩，//以血·肉在此/结成未名联姻，//一夜暂短激情/焚于眼·手之间//蔚蓝·碧绿/橙·红·黄。//转身的彩虹返向/元初之星云。//唯有它曾谙晓/梦中无色之味，//谙晓以黑·白描述/无可描述的灰。"①全诗简约含蓄，写意传神，都脱胎于中国古典诗词；末句很自然表达出的"在可见的东西里抓住不可见的东西，从有限中寻找无限"的哲思，也是很中国式的；色彩词序的颠倒暗示出的生命吸纳自然之气，包含着种种生命主体的思考，又见出西方文化传统的影响。而这一切，都使"砚台石"这一中国意象显得和润而丰盈。"我们总是闭合、终结。//然而是在我们之间/不断地喷发那/生命所期愿的/至于，/至高，/至为无穷之变。//爱即身心/超我而开怀；/爱即吐说：/'你将永在！'"②

让程抱一在欧洲产生更大影响的是他的小说创作。程抱一在世界性语言哲学的背景下，系统地发掘中国古典诗语资源，融汇中国传统绘画、史传、抒情等艺术因素，其小说叙事语言成为反映人生命"大开"历程的存在。

小说《天一言》是程抱一第一部用法文创作的长篇小说，并获得法国极有权威的"费米娜文学奖"，后有两个版本的中文译本。小说原先的书名是《在河那边》，而河流确是小说里最常出现的意象。从天一小时候与父亲爬庐山看到长江的壮丽景象开始，河流便贯穿着主人公的一生。无论是长江、黑龙江、塞纳河、卢瓦尔河，还是流经田园的一条小河，都让天一发出由衷的感叹，让他感到生命的释放和燃烧。这是因为河流的大循坏是整个宇宙大循环的具体化。河水蒸发变成气体，气体升到空中变成云，云相聚后降雨，雨落到河中，为河流提供新的源泉。河水—云—雨之间相互转换，从而有了

---

① ［法］程抱一：《万有之东——程抱一诗辑》，朱静译，同济大学出版社2007年版，第28—29页。

② ［法］程抱一：《万有之东——程抱一诗辑》，朱静译，同济大学出版社2007年版，第212页。

滔滔不绝的江河大川。其中，"云"便是有形的冲虚之气，它联结了天上的雨和地上的水，使得河水可以历久弥新，永不干涸。天一从小就很喜欢观察庐山的云雾，并且认为"云"将是他的人生要素。这其实表明了作者的观点——人是由冲虚之气构成的，人也是这大循环中的一支，"它永远在什么地方，同时又不在任何地方"①。所以小说里，天一多次预见到自己的命运将是一种流浪，就像云一样漂泊不定。他一生也的确辗转多地。小说共分三部，就是围绕天一的流浪生涯展开的。第一部《出发的史诗》讲述天一出生后在战乱中的中国的流徙、成长，南昌、四川、敦煌，他结识了东北青年孙浩郎、川戏女演员卢玉梅，三个人之间产生了刻骨铭心的友情、爱情。第二部《转折的历程》讲述1948年天一来到巴黎学画，法国、荷兰、意大利，他进入西方艺术世界，用心灵探求着新的创作形式，也和法国女子薇荷妮克淳朴美好地相处。第三部《回归的神话》讲述1957年初，天一为了寻找困境中的玉梅而回到中国，上海、杭州、北大荒，他与浩郎一起承受严冬荒野中的精神炼狱，最终回归于生命之海的"元气"……所有这一切，正像一条生命的河流，流经多地，穿过空虚，穿过变异，最后到达入海口，汇入永恒的生命律动中。在小说里，作者也借F教授的口道出了他的以河为例的三元思想："在海和山、阴和阳之间也连接成更大的一种圆环。这两种实体，由于河的关系，进入了相互作用的程序：海水蒸发到天上，成为雨落到山上，形成河的源头。这时起点便连结上终点，终点又新开起点。"②河水自身本有源头和入海口，但在这种循环中，它的终点也是另一个起点，河水不断得到更新，从而保持了河流的奔腾不息。这恰如人的一生，从生到死，同样有起点和终点，但只要处于宇宙这种大循环下，生命与生命相互转换、联结，就能实现

①　[法]程抱一：《天一言》，杨年熙译，人民文学出版社2009年版，第6页。

②　[法]程抱一：《天一言》，杨年熙译，人民文学出版社2009年版，第134页。

对生与死的超越。叙事方式上，《天一言》采用了小说主人公赵天一1982年在中国一间收容所里回忆往事的方式，但又经过了"我"（天一的友人）的"重组"。从叙事人称而言，小说有两个"我"。而两个"我"的关系，从小说开篇，幼年的天一深夜听"叫魂"，随后感觉自己"出魂附体"。到结尾，当浩郎倒地死亡时，天一却看到了自己，都暗示出互相间的"认同"。对"他者"的叙述，都成为"自我"的"内在化"。整部小说讲述的"出发""转折""回归"，正是天一等小说人物生命"大开"的历程。

《天一言》的深层结构是对"第三元"的自觉探寻。小说以天一、玉梅和浩郎三人之间的爱情与友情为主线展开叙事，时间跨度近六十年。在这生命历程中，天一生命中重要的人相继离开人世，他自己也多次与死亡擦身而过，包括他曾有过三次想要自杀的冲动。而从天一人生轨迹中那三次自杀冲动可以看出，浩郎与玉梅是他活下去的理由，没有他们，他便会失去生命。但是小说快结尾处，浩郎在"文革"中死于红卫兵的殴打，天一由此逃离出来。这时候他完全可以如前三次一样去自杀，但是他并没有这样做，而是选择用文字的方式把自己的一生写下来。是什么改变了天一？小说中，主人公始终直面生活中的悲剧，父母的死，玉梅的死，浩郎的死，以及天一再也无法见到的薇荷妮克，都表明了生死之别是人类永远无法摆脱的问题。如何超越生死二元的对立，就是小说提出的"三元"命题，即生命如何永远处于不断变化和更新中。

小说开篇天一回应叫魂女人的呼喊的情节，就暗示出人得以沟通生与死的渠道。由于叫魂之夜的影响，当天一置身于上吊女人的房间时，他并没有感到害怕，而是通过观察女人的遗照，而与死者产生了沟通。此时生死界限变得十分模糊，在天一的脑海里，死不再像其他小孩所想那样，被看作生的对立面那么可怕，而是被认为是可以与生相联系甚至和生等同的万物循环运作的标志。天一的一生经历了太多的生离死别，妹妹、爸爸、妈妈、玉梅、浩郎、薇荷妮克……太多的人他都来不及见最后一面。当这些人离开他的时候，他最终没有选择追随他们而去，而是活了下来，就是因为他知道其实他们还活着，以另一种形式。当父亲过世后，他感觉到"他的灵魂从身体里解脱出来，好像反而较有能力保护他活在世上的家人"；当玉梅自杀后，他想要了结自己，但是仍有一种念头支撑他去完成应该做的："死去的人，比活人还更像在活着；他们强迫我继续留在这个世界上，哪怕是活几天几个月。"死者将生命给予了活着的人，他们的肉体也会转化成别的形式，与活着的人同在："我将母亲的骨灰撒在地上，这块土地继续滋养活着的人。"所以当天一与浩郎面对奔流不息的黑龙江时，他分明感受到了自己与玉梅、浩郎三个人已经合为一体。那时候虽然玉梅已经死了，但是他仍有这种切身的感受：在宇宙的大循环下，死去的人正如水向云的转化一样，以另一种形式存在于世，一切将获得重生。

　　小说从意象（天、地循环中的"云"等）到人物关系（天一、浩郎、玉梅，三个人物之间友情、爱情），都渗透了作者对"生于二，又超于二"的"三"的寻找。天一经历了与太多人的生离死别：妹妹、爸爸、妈妈、玉梅、浩郎、薇荷妮克……他最终没有绝望自杀，是因为他找到了超越"生""死"二元的"第三元"，那就是用文字把自己的一生写下来。程抱一在《天一言》的中文版自序中引用法国作家普鲁斯特所言"真正的生命是再活过的生命。而那再活过的生命是由记忆语言之再创造而获得的"。由此出发，程抱一意识到，任何二元之间的对话关系都会产生"真三"的最高境界，语言是实现由二元向三元转化的决定性因素。《天一言》将四个主要人物天一、玉梅、浩郎和薇荷妮克安排成在绘画、戏剧、诗歌、音乐四个不同的艺术领域各有所长，而语言作为更高层次上"人类超越自我进入创作的途径"，使得"任何的创作"，都成为"一门特殊的言语"①。小说也由此展开了人与自然、人与社会、人与人之间的广泛对话。这种对话甚至打破了时空、生死的界限，实现了生命的永恒。

由此，《天一言》的叙事语言也有了回归大地的至美，不管是写叙事引发的思考，还是写在人物思绪中流淌出来的种种想法，也都极为自然、清爽、亲切，有丰富的想象力，更有穷究后的柳暗花明之感，融汇着中西文化深度沟通后的智慧，展现出"从无以探测的土地深处，仅靠语言的力量"来呈现一个中国人的一生"所累积的珍宝"的魅力。

长篇小说《此情可待》使程抱一成为首位获法兰西学院颁发的法语文学大奖的亚裔作家。该小说被法国文学界视为"传世之作"，展示的"人类精神潜在地具有的最高境界"②依然指向了生命大开的"第三元"。漂泊江湖的道生与兰英相遇生情，历经磨难。那种"灵魂相系，这比肉身相系更亲密更不可分"的爱情产生于男女两方却又超越双方，最终使兰英"死而复生"。小说在展开这一主线的同时，也有着一条支线，那就是道生与欧洲传教士的相遇、交往。小说故事来自明末一位隐居深山野林的文士所撰写的《山人叙事》，其手稿被一位在中国度过漫长岁月的老汉学家带回了巴黎，在罗岳蒙修道院珍藏多年，被"我"出席在巴黎罗岳蒙修道院举行的"以不同文化间的交流为主题"的讨论会时发现。如果说，任何文本的意义都产生于文本与读者的交流之间，那么，小说前言交代的从《山人叙事》，到《此情可待》，叙事的几重"传递"，正暗示出故事的意义将发生在不同文化的相遇中。而当小说正文展开道生与兰英爱恋之情的叙事时，其"激情"高潮的关键时刻都有道生与欧洲传教士的交往。道生信仰的道家与基督教信仰差

---

① ［法］程抱一、高宣扬：《对话》，张彤译，北京大学出版社2011年版，第63页。

② 高宣扬：《爱与美——与程抱一的对话录》，［法］程抱一：《此情可待》，刘自强译，人民文学出版社2009年版，第168页。

异巨大，道生却在"真爱"问题上能与陌生的传教士毫无阻隔地交流，"他们……互相注视时，却有巨大同情回旋在冲虚之气所开启的空间"①。这"冲虚之气"正是不同文化"互相注视"而生的生命真爱。中国民间男女的恋情故事被明末中西文化交流的潮流激发出的爱的真义，正是人的生命"大开"的境界。

程抱一最新的小说《游魂归来时》②以"荆轲刺秦"的历史"积淀"探寻"友情和爱情是否能并存？'三'的关系是人类所能及的吗？"这一人类生活的根本性问题的答案。作品的再次巨大成功也印证了程抱一的文学观念："美的作品总是产生自某种'（二者）之间'，它是一种'三'。"③《游魂归来时》正是从程抱一和"荆轲刺秦"历史两者的"相互作用"中"喷发而出，使得两者都能超越自身"的一种"三"，一个在程抱一和"荆轲刺秦"历史对话中产生，让友情、爱情生发的至真至美的情感呈现生命自由的至高境界的中国故事。

《游魂归来时》分"五幕"，每幕以小说人物的独白为主，配以"合唱"，讲述荆轲、高渐离和春娘三个"生来就是为了彼此相遇"的人的故事。小说叙事采用的戏剧独白体在"荆轲刺秦"的史传传统中融入了中国抒情传统，让人们所熟知的"荆轲刺秦"的历史故事在人物独白所深入的内心世界中生发"在灵与肉的对话中得以实现"的"真正的三"。而《游魂归来时》戏剧独白体叙事的成功，甚至完美，在于它形式与内容水乳交融中包含了中国文化的精华。例如，以诗画"合一"的风采传达出中国文化的风韵。程抱一很早就体悟到，中国文化"只有在艺术中，特别是绘画中，当画家开

① ［法］程抱一：《此情可待》，刘自强译，人民文学出版社2009年版，第145页。
② ［法］程抱一：《游魂归来时》，裴程译，人民文学出版社2015年版。
③ ［法］程抱一：《美的五次沉思》，朱静、牛竞凡译，人民文学出版社2012年版，第108页。

怀与生命宇宙对话时，有创造者达到了真'三'意境"①。他首先是从中国传统绘画中领悟"真'三'"世界的存在，所以在小说创作中就会自觉地追求写作和绘画的深层交汇，并由此探寻人类文化的最高境界。

《游魂归来时》借鉴绘画而展开叙事是多方面的，一是"时间化入空间"，即将"荆轲刺秦"这一历史事件中人物"经历的时间转达为灵动的空间"②。小说中三人的独白背后，程抱一呈现了一种"时间—空间"上的变易。三人的内心独白是从"现在"这一时间点出发来追忆"过去"的。记忆的内容既具时间性，也具空间性。凭借着记忆，人们就回归到过去的时间那个特定空间，时间就此转化为空间。三人的独白又往往是集中在某一场景中的各自倾诉，时间似凝固了一般，而此情此景下的心声则得到了深刻呈现。这在某种意义上很像中国绘画里的长卷画，在展开的过程中会不断看到画面的变化。当独白连接起来构成对故事发展的叙述时，体现的就是小说中流淌着的时间；当独白作为各自的讲述彼此交错，从不同的角度勾勒出场景时，所强调的则是小说中的空间内容。于是，"时间"在此变易成了"空间"；而在隐匿的时间之上所展现的，就是一个"大开"的空间。从叙述形式和文本细节中，我们感知到了程抱一所创造的"大开"的世界。

二是对中国绘画中"虚"的存在及其作用的借鉴。程抱一认为，"时间—空间的变易只有借助虚来实现"③，换句话说，戏剧独白只是对于"时

① 高宣扬、[法]程抱一：《对话》，张彤译，北京大学出版社2011年版，第122页。

② [法]程抱一：《中国诗画语言研究》，涂卫群译，江苏人民出版社2006年版，第362页。

③ [法]程抱一：《中国诗画语言研究》，涂卫群译，江苏人民出版社2006年版，第362页。

间—空间的变易"的"呈现",而"实现"这样的变易则需要借助"虚"①。这如中国山水画所呈现的:"虚促成了天地之间的相互作用,甚至演变,并由此促成空间和时间的相互作用和转化。"②正是因为有"虚"的存在,画面中代表自然两极的山水,才能保持一种交互关系。若是没有"虚"的存在,画面中每个生命个体就是孤立的,彼此间没有交流。此处的"虚"所代言的,不再是抽象概念,而可被视为解读绘画创作的一个原则——"关系"。程抱一正是以"荆轲刺秦"这一故事作为小说的基本面,而意在塑造三位浪漫且神秘的人物及其彼此间的"关系"。春娘、荆轲、高渐离三人间的关系,是在不断的变动中最后达到了和谐至美的状态。起初三人构成了在可见的独白平面内的三线"交织";之后随着故事的不断推进,春娘被召进宫、荆轲刺秦败亡——可见的独白平面内只存留下两人,而另一人相对于其他二人则以"不可见"的方式继续存在,如此便形成了立体的倒三角截面的"交织";至小说最后,荆轲、高渐离皆不存于现世,但春娘却能够清晰地感知二人的存在,立体的正三角截面的"交织"形成了。三人自始至终都不存在真正的分离。这种关系似一股动态变化且未中断的"气脉",贯穿于始终。《游魂归来时》中,除了三位主角之间的关系,还存在着一个更大范围的"关系"——它是隐藏在戏剧独白"迷雾"中的空间结构:"合唱"作为

---

① 程抱一在《中国诗画语言研究》将"虚"理解为:"正是它,通过在一个既定的系统内引入间断性和可逆性,从而使得系统的构成单位超越僵硬的对立和单向的发展,同时为人提供了一种以整体化的方式接触宇宙的可能性。"他认为"虚"贯穿于中国文化的诸多方面:"在音乐中,无声不是可以机械地计算的节拍;通过打断持续的展开,它创造出这样一个空间,这空间则使声音得以自我超越并达到一种声外之声。""在诗歌中,虚的引入通过取消某些语法词——这些词恰恰被称为虚词,以及在一首诗的内部设立一种独创性的形式——对仗来实现。""在宋代和元代的某些画作中……虚(没有画迹的空间)直至占据了三分之二的画面……虚不是一个毫无生气的存在,在它内部流动着把可见世界和一个不可见世界联系起来的气息。""打破线性透视的虚。"(江苏人民出版社2006年版,第321—323页)

② [法]程抱一:《中国诗画语言研究》,涂卫群译,江苏人民出版社2006年版,第335页。

"剧中人"的见证和陪同存在，而三个"剧中人"的存在价值又指向他们"心灵的珍宝"，于是——"我们"见证"剧中人"，而"剧中人"见证"心灵的珍宝"——这一层层的视角正构成了"你站在桥上看风景，看风景的人在楼上看你"的赏画者与画中人之关系。《游魂归来时》构成的这种赏画者与画中人的空间结构，充分体现出了程抱一意欲让所有的赏画者"亲历宇宙间所有事物的本质，并由此而自我完成"的美好愿望。而这个"宇宙"可以看作是他所建构的"三元"和谐的至美世界。

三是对中国长卷画艺术视点的化用。中国画的双重透视法（又称"移动透视"）与西方绘画"设定一个优选视点和一条没影线"[1]的线性透视不同，它不仅能构成赏画者与画中人的多层空间结构、承载多维时空，还能够"把不同空间，以至不同时间的观察""组织在同一画面上"，其中的视点在移动中平、仰、俯、侧不断变化，[2]让"应邀神游至画面深处的观者，每次从一个部分到另一个部分，都会感到在经历一重飞跃"[3]。当程抱一的第三部小说探寻、责问"生命存在"[4]时，他对中国长卷画艺术视点的化用，不仅令小说创作沟通了图文，还凭借着由双重透视的形式所呈现出的多维时空，使其创作随时空的变换在精神层面愈加深刻，"恶与美、生和死"等问题的探讨呈现出的是"创造者达到"的"真'三'意境"。

例如"恶与美"的呈现，程抱一采用"荆轲刺秦"作为小说底本，秦始皇所象征的，乃是野蛮残暴、血腥杀戮；而荆轲、高渐离等，皆是为道义而

---

① ［法］程抱一：《中国诗画语言研究》，涂卫群译，江苏人民出版社2006年版，第357页。

② 何福仁：《〈我城〉的一种读法》，见西西：《我城》，（台湾）洪范书店1999年版，第237—260页。

③ ［法］程抱一：《中国诗画语言研究》，涂卫群译，江苏人民出版社2006年版，第359页。

④ 钱林森：《生命不息，创造不止——法兰西华裔院士、著名诗人程抱一访谈》，《粤海风》2004年第6期。

献身的真正的勇士。小说首先发问的是，反抗者们的内在动力是什么呢？程抱一认为，是美。"作为现时存在，每个生命都具有潜在的向美能力，尤其是具有'美的欲求'"①。当美被毁灭时，正义者自然挺身而出捍卫它。

程抱一对美的思考并没有止步于此。每个生命都有"美的欲求"，可究竟什么是真正的"美"呢？为了回答这个问题，《游魂归来时》对于叙事底本作出的最大的变动是"春娘"的出现。女性在程抱一的认知中有着无比高尚的地位。之前两部小说作品中的玉梅、兰英，由内而外皆是至美之存在。到了《游魂归来时》中，这一至美的象征就成了春娘。春娘幼时因天灾家破人亡，14岁时被养父奸污，后来又因容貌出众被召进宫为妃，成为无耻欲望的牺牲品。显然，这个至美之存在，因为命运而饱受摧残。但再残缺，至美仍旧是至美，"美是某种潜在的东西，它始终存在着，它是从种种生命内部深处喷发出来的一种欲求"②。春娘的美，固然在于她女性身份的原初之完满，但更在于她生命内部喷发出的、对他者有着引渡与召唤作用的欲求，即程抱一所说的"美吸引美，美增加美，美提升美"③。她作为"美"的存在，拥有唤醒"真美"的无穷力量。

"真正的美是领悟的美和向着美的冲动，它激发出爱，丰富了我们爱的观念。"④高渐离初见春娘后思想发生了变化：他由从前对于女性的饥渴、厌恶，到遇见春娘后对女性"有冲动和欲望，但是却缄默不言，在沉默中欣赏和崇拜"。于是我们看到，高渐离因春娘的存在，正在逐渐完成向"真

---

① ［法］程抱一：《美的五次沉思》，朱静、牛竞凡译，人民文学出版社2012年版，第17页。

② ［法］程抱一：《美的五次沉思》，朱静、牛竞凡译，人民文学出版社2012年版，第24页。

③ ［法］程抱一：《美的五次沉思》，朱静、牛竞凡译，人民文学出版社2012年版，第78页。

④ ［法］程抱一：《美的五次沉思》，朱静、牛竞凡译，人民文学出版社2012年版，第45页。

美"的进化。而荆轲亦因为春娘、高渐离的存在而反观自身："在此期间，我体验到和抗暴不同的情感。令人升华的友情，还有无法言说的对一个女人之爱。这些感情不仅重要，而且可以作为生存的理由。"他也因此而走向了"真美"之路。

总之，《游魂归来时》完美呈现了从中国历史中升华起的灵肉对话的最高境界，也证明了自身："艺之大者在于倾听自身灵魂与天地之魂的感应，并让他人也能听到这种感应的共鸣。"①这正是包括小说在内的文学的最高境界。

无法（也不应该）预设地以"抒情体小说""诗性小说"等去看待程抱一的小说，但它们又确实有着丰沛的诗意，一种生命大开的诗意。恰如程抱一2009年的新诗集《真光出自真夜》，这部"万分完整、无懈可击的诗集"②所呈现的，"真光，／从黑夜里喷涌而出；／真夜，／孕育喷涌而出的光"（程抱一《夏娃》）。诗人在与天地万物交流中呈现的生命大开的诗意，始终充盈在程抱一小说中。这也是汉语潜能在小说叙事中得以充分开掘的结果。

---

① ［法］程抱一：《游魂归来时》，裴程译，人民文学出版社2015年版，第27—28页。
② ［法］布吕内尔：《真光出自真夜》，李佳颖译，见褚孝泉主编：《程抱一研究论文集》，复旦大学出版社2013年版，第8页。

第五章　近三十余年东南亚华文文学

第一节　蜕变而成重镇的马来西亚华文文学

　　1991年起马华文坛接连发生几场争论，包括"马华文学的定位""经典缺席""作品选辑和文学史研究""文学及其研究的困境""断奶论和马华文学"等，不仅其规模、影响是马华文学历史和同时期其他地区华文文学所没有的，而且其包孕的历史反省力和创作及其理论突破力也是马华文学从未有过的。先是黄锦树发表《"马华文学"全称之商榷》[①]一文，立足于"对马华文学史做全盘整顿、探源、瞻远，以便和大马华人史相契合"，而提议将"马华文学""全称复原"为"马来西亚华人文学"。黄锦树的提议不只是要扩大"马华文学"的语言书写范围，更主要的是力图打破"'华极'的思考模式"，将马华文学史从偏向于"文化上的强烈认同中国，甚至有'纯化'倾向"中解脱出来。黄锦树对"'马华文学'是马来西亚华文文学的简称"这一"早已经是普通常识，被广泛地接受、引用"的"定论"的颠覆，意在"探索、前瞻大马华人的未来"，但跟马华文学的历史和现状产生了激

---

　　① （马来西亚）《星洲日报·文艺春秋》1991年1月19日。

烈冲突。事隔一年，禤素莱《开庭审判》①一文更在马华文坛引发"掷弹"效果。文章叙述了"日本东南亚史学会""权威衮衮诸公"断言"马华文学""不以本土语言为本"，是"连自己的政府也不承认的文学"，"根本不能冠以'马来西亚'四个字"。禤素莱的文章道出的是马华文学的某种历史困境。之后的多场争论其实都是针对马华社会的封闭传统和华文文学现实主义的自我桎梏而发生的，表明马华文学正在发生蜕变，即如何开放于整个马来西亚社会和世界文学，做到无论是创作观念、内容和方法，都能令马华文学所包含的"中国性""本土性""现代性"在马来西亚华人"落地生根"中得以统一。

马华文学仍然是指在马来西亚这一国家空间中用华文创作的文学，而它的生存环境确有其严峻之处。一是华文读者群的受限。2010年的人口调查中，640万华人占马来西亚人口的24.6%，远低于马来人的67.4%。每年，约有10万小学生、7万初中生、5万高中生报考华文科，即便如此，华文教育出身的人数在华人社会所占比例也有限。二是马来族掌控政府部门大部分资源，马华文学很难获得国家出版资金，而主要依靠华人社团提供文学出版基金（如1977年由吉隆坡福建会馆和大马福联会设立的"双福文学出版基金"，成立后三十七年内资助出版233部华文作品，兴安会馆主编出版的"马华文学丛书"则有12辑106种作品）。但近三十年以来马华文学依靠民间力量，影响日益扩大，其中"花踪文学奖"的影响最为广泛。

设立于1990年的"花踪文学奖"（两年一届，第1至12届由《星洲日报》主办，2015年起其中的"世界华文文学奖"由世界华文媒体集团旗下《星洲日报》《香港明报》《亚洲周刊》等六家媒体联合举办）设有马华小说、散文、诗歌等奖项（第9届起设"马华文学大奖"）。由于评选看重文学自

---

① （马来西亚）《星洲日报·星云》1992年5月1日。

身，奖项评选得到马华文学界老中青三代一致认同，成为提升马华文学质量的重要途径。"花踪文学奖"从第六届起还设立奖金丰厚的"世界华文文学奖"，被余光中等称为"有得到奥斯卡奖的感觉"，获此殊荣的有王安忆、陈映真、西西、杨牧、王文兴、聂华苓、阎连科、余光中。由于获奖者皆为华文主流地区创作卓有成就者，和马华文学获奖者一起名副其实显示了世界华文文学的成就，"花踪奖"因而被华文文学界看重，"马华文坛是东南亚华文文学重镇"也被世界各地华文文学界所承认。1980年代设立的"马华文学奖"将马华旅外作家也纳入评奖范围，同样扩大了马华文学国内外呼应的影响。

20世纪末以来，随着中马交流的密切，马来西亚国内华文环境有所改善，第一所华文大学南方学院建立后，设立了马华文学馆（1998），马华文学历史得以保存，现状得以展示。马华文学创作质量大幅度提升。例如，成立于2003年的有人出版社专营文学出版，坚持出版的优良品质，出版了众多马华重要作家的作品。这些作家包括黄远雄、李宗舜、张锦忠、辛金顺、黄锦树、方路、黎紫书、梁靖芬、曾翎龙、龚万辉等，由此形成的"有人作者群"被视为当下"马华文坛的中坚力量"①，而其创作质量令人耳目一新。各种文体创作多样性体现出的艺术质量，足以让马华文学自傲为"东南亚华文文学重镇"。

1979年，子凡（游川）"具有里程碑意义"的诗集《回音》（吉隆坡鼓手出版社）出版，所收48首诗呈现了"一个相当完整的历史主体"，②这一历史主体在对大马华人命运的关注中全面置换了"中华性"／"中国性"的传统资源。例如，他在《我们》中吟道："至于乡愁，我们土生土长／若有，

---

① 曾翎龙：《马来西亚华文文学出版的10个关键词》，（台湾）《文讯》第361期（2015年11月）。

② 林建国：《为什么马华文学？》，（台湾）《中外文学》第21卷第10期（1993年）。

也只不过是一丝／传统节日的神伤／在粽子里。没有诗人忠魂话凄凉／切开月饼，没有杀鞑子的悲壮。"端午还在，粽子还在，中秋还在，月饼还在，但都已有了跟"故国"不同的指涉。其"神伤"已告别了中华历史，而切切实实展开了马来土地上的历史对话。

正是在这样一种南洋主体意识驱使下，1980年代后的马华诗坛不乏硕果，尤其是现代诗风貌各异，且植根于马华历史与现实。方昂（1952—　，本名方崇侨，1982年后出有《夜莺》《鸟权》《檐滴》等诗集和《一种塑像》等散文集）将日常的哲思、后现代的解构和自我剖白熔铸成诗，在多种诗风交织中呈现个性，将对历史的痴迷、对终极的感悟沉积于诗中，渗透出现代诗独特的魅力。游川（1953—2007，本名林友泉，1988年曾与傅承得等举办现代诗曲朗唱会，影响广泛，1993年后出有《血是一切真相》《美国可乐中国佛》等诗集）是马华诗坛"少数靠诗集而成为受欢迎的作家"。他的作品将反讽寓于口语中，把对人生的深切体悟孕成奇趣另趣，形式的精悍丰富更引人注目。创作三十余年，他"不断深化人文精神与雕塑创作风格"，"70年代，他透过现代手法探索内心与物我关系；80年代，则多用平行、对比和夸张技巧深化本土意识……90年代后，他取材更广：曲笔、逆转、悬宕、幻化和戏剧化，更使作品大开大合与理趣纵横"，[①]这甚至呈现出马华诗坛的某种历史轨迹。陈慧桦（1942—　，本名陈鹏翔，1960年代中期就读台湾大学外文系期间为星座诗社核心成员，出有《云想与山茶》《我想像一头骆驼》等诗集和《板歌》等评论集）早期诗作出色地将古典意象转化为现代诗的意境，1968年出版了第一本"溢流着当时现代存在思想"的诗集《多角城》后，慢慢转向了"后现代"这样一种"可资借鉴模拟的风尚"。他对"后殖民"记忆的发掘，他以从容舒展的姿态进行的内省和反思，他在虚实、内外

---

① 傅承得：《本色》，载游川著，傅承得编选：《美国可乐中国佛：游川诗选》，（马来西亚）千秋事业社1998年版，第199—200页。

的交割、拼贴中呈现的精微表现力和巨大倾覆力，他在前卫、实验姿态中表现出的对"雄浑美学"的追求和对"社会关怀"传统的拓展，都表明他带给大马诗坛的是一种成熟的后现代主义。李敬德（1965— ）也是一位值得专文叙述的诗人。他在南洋诗禅同宗的层面上体悟语言，外界万物和佛心禅缘的融合，现代人的焦虑和古佛教的清静交织，使他的诗作在呈现明心见性、悟及本心的心路中表现出一种激昂无拘而又神清意远的现代风格，让人感觉到南洋现代性追求的某种终极层面。沙禽（1951— ，本名陈文煌）的诗写南洋华人历史的苦涩，但又成为南洋华人现实生存本身；作品内容有对经典的叛逆，对戒律的反抗，但更多的是多元历史寻求。他以诗歌"年长者"的实践呈现了马华文学容纳创新变异的空间。

马华现代诗的艺术探索根植于马来西亚社会现实，其艺术表达的复杂性和反映社会现实的深度同步发展。林若隐（1964— ，本名林慧娟，曾获"星洲日报文学奖"新诗首奖）的诗《马来西亚和我的梦》（1990）写于1980年代末马来西亚政府实施政治大逮捕引起的社会大动荡中。然而，与以往的政治诗不同，林若隐在书写政治风暴中的感受时，"成功地融合后现代观念和女性自我意识，表现为一崭新的语言文本形式"[1]，日常生活中细腻、私密的女性思维和感受与无序、口语化、碎片化的后现代语言形式结合在一起，在逼视女性深层的生活欲望中寻找马来西亚土地的梦。与直接书写政治动荡中的民族忧患意识相比，这首诗在切入二十世纪八九十年代的马来西亚社会现实上反而显得深刻。林若隐此诗的代表性，就在于反映出马华作家对现实的执着感和对形势的敏锐度始终相伴而行。新锐题材的创作会包含起马来西亚的历史和现实。吕育陶的诗集《在我万能的想像王国》（1999）、《黄袜子，自辩书》（2008），不乏政治喻诗，却表现出相当前卫的意识，其对制

---

① 许文荣、孙彦庄主编：《马华文学文本解读》（下册），（马来西亚）马来亚大学中文系毕业生协会、马来亚大学中文系2012年版，第680页。

度化的种族政治主义的批判有着深刻的自我反省,虚拟的"寓言"抵达了历史的真实。其他诗人,包括沙河、小曼、黄远雄、叶明、辛金顺、张光达、方路、龙川、邱琲钧、赵少杰等的现代诗都各有其境界,在马华现代诗史中留下了不可忽视的足迹。

诗歌在马华文学中始终未被驱至"边缘",除了报纸副刊的"礼遇",也表现在无论是"惊世骇俗"的前卫实验,还是淡远恒久的传统溯源,在马华文坛都有着适宜它生存的土壤。

张锦忠在给洪泉小说集《欧阳香》(1988)作序时谈及1980年代的马来西亚,"用'蛇隐'来喻叙事言谈、'横眉'喻评论言谈",结果,"蛇隐果然变成蛇萎,横眉亦不得不俯首","这种后现代状况,在马来西亚,更是不得不然的尴尬/悲凉处境"。①对马华作家来说,马来西亚可能是个既宽松而又高度压抑的国家,对一些涉及种族关系、"马共"历史等的题材,作家一直难以涉笔。而在这上面取得突破的恰是1980年代后的马华现代小说,小黑就是这种创作"突围"中极有代表性的作家。

小黑(1951— ,本名陈奇杰,毕业于马来亚大学数学系,长期任教于中学,出有《寻人启事》等5种小说集和《和眼镜蛇打招呼》等4种散文集,获第9届"马华文学奖")自言"我一向喜欢尝试将政治掺入小说,尤其是一些禁区的题材,充满诱惑"。1989年,他得知"马共总书记,居然就是我服务的学校的老校友",更引发了他创作"马共"等政治禁区题材小说的愿望。但"关于政治的书写,我们常常会失去控制,使小说弄糊了",小黑的成功,在于他自觉意识到,"安禄山之乱会过去,但是李白的朝辞白帝彩云间会流传下来……文学的魅力永远凌驾于政治的粗暴",作家的责任是"如何

① 张锦忠:《"蛇隐"与"横眉"注——序洪泉小说集〈欧阳香〉》,见《时光如此遥远——随笔马华文学》,(马来西亚)有人出版社2015年版,第210—211页。

以文学的优美来记载政治的暴戾"。[①]他的小说，集中用现代小说手法反映、解读扑朔迷离的马来西亚历史。中篇小说《十·廿七的文学纪实与其他》涉笔1987年10月各族冲突、动乱（茅草行动）这样一个尖锐而又敏感的政治事件时，采用"绘画上常见的拼图Collage手法"，将关于"茅草行动"的各种文体文字巧妙组合，通过华人汉生教授在"十·廿七"大动乱中迷失于"雾林"中的悬案和他"祖国啊祖国，我爱你，你爱我吗？"的心灵历程，在痛定思痛的多个心理层面上呈现出马来西亚华族在从侨民社会到国民社会角色转换中面临的重重压力，提炼出1987事件中多种复杂的历史滋味。《细雨纷纷》《树林》等小说讲述父母那一代投身马共武装斗争的往事，但小黑的创作无意去评判父辈政治抉择的是非，而欲借重现五六十年代那段历史的人文氛围，借历史长河漂洗不去的亲情和小人物"被动的悲哀"及由此而"诉不尽的哀怨、悔恨、遗憾、挫折、疲惫、神伤"（《白水黑山·跋》）来思考人类行动的盲点。中篇小说《白水黑山》则以得自南洋乡土的意象和体悟于历史巨变的思索，借黑山、白水两镇三家四十余年（从三四十年代抗日卫马到七八十年代经济起飞）的沉浮兴衰，来寻觅马来西亚华族人文变迁中的民族血脉。两大迥然有异的情节板块（"我"所写家史小说《白水黑山》中的章节和杨、陈、白三家至今健在的父辈子孙的生活）奇异交织，在摄录特定社会氛围中呈现历史过失。

梁放（1953—　，本名梁光明，出生于沙捞越，1986年后出有《烟雨砂隆》《玛拉阿姐》等小说集和《旧雨》等散文集）的"湮没系列小说"也是大胆涉足1960年代"沙共"历史的 "伤痕"小说，《锌片屋顶上的月光》在孩童梦魇和现代孤寂的交织中重现了1960年代特定的政治恐惧和人们的淡忘心理。小说女主角在严酷的政治抉择面前，只是用爱情的忠诚释放了她生

---

① 小黑：《结束的旅程》，（台湾）酿出版2012年版，第6—8页。

命中最本质的意义，从而责疑了"国法"和革命。《一屏锦重重的牵牛花》也从亲情、爱情的角度来构成1950年代政治大变动的深厚背景，象征性意象在讽喻中启迪着人们从普通人的角度去反思历史运动、事件的功过得失。此外，雨川的《埋葬了的鲜花》、商晚筠的《暴风眼》、驼铃的《硝烟散尽时》、李永平的《黑鸦与太阳》等小说也在各异的笔调中表达了他们对马共历史、种族冲突这样一些历史"禁区"的反思。

梁放还有"乡土作家"之美誉，其获奖小说《龙吐珠》（1984）讲述东马原住少数民族（陆达雅族、伊班族等，被华人称为没有文化的土人，即"拉子"）女性嫁入华族后的悲惨命运。小说中的"我"是个华伊混血儿，在父亲抛弃母亲回唐山后，"承续阿爸劣性"的"我"甚至耻于认伊班母亲，但"我"最终醒悟："肖龙"的阿爸雕在木箱上的腾云驾雾之龙已被蛀成瞎眼，而母亲坟头的"龙吐珠"才开放得纯洁鲜艳。为什么一个遭受民族不平等待遇的民族会对另一个更弱小的民族施以"暴政"？小说表达出的忏悔是要救赎自己，也是救赎民族的心灵。这种马来亚土地上比华族更为弱势的少数民族书写，同样反映出马华作家的民族反省，而这种民族反省才会使马华文学更深植根于马来亚土地。

自然，表明马华小说越来越深地植根于南洋乡土但又突破着华族传统樊篱的，是其对异族题材的开掘和拓展。贺淑芳的获奖小说《别再提起》（2002）讲述"我"的大舅父为了获得伊斯兰教徒的经济好处，瞒着家人入了伊斯兰教。过世后按照伊斯兰教礼俗，大舅母不能继承遗产，死者后娶的伊斯兰教妻子才能办理其葬礼，于是本该肃穆的葬礼上演了抢尸的闹剧。更荒诞的是拉扯中尸体粪便四溅，而"宗教局告诉家属，伊斯兰教徒的粪便必需埋葬在伊斯兰教徒的坟场里。舅母愤恨地说，这堆粪便是由两个信奉道教的女人煮出来的三餐所变成的"，卑俗污秽的粪便此时成了宗教、族群间难以化解的矛盾的象征。① 小说以二十年后"我"的童年回忆展开，一方面呈现"小孩子不要乱讲话"年代的童言无忌；另一方面又以后设叙事表现童年记忆的真伪难辨，更揭示族群矛盾的错综复杂。这篇小说也暗示出，马来西亚多元种族题材的开掘，是百年马华文学最独异也是最困难的。

雨川（1940—2007，本名黄俊发，出有《生活的历程》等4种小说集）曾言："身处异域，接触者多为异族，故作品中常有异族出现。"② 他写异族别有情味，平常中透出亲切。《平原上的故事》的背景是紧张对峙一触即发的种族冲突，但这一切在甘榜华人和马来人琐细、真实的日常生活中归于平静。《村之毁》（1991）中"拆村"的场景跟老人弥留之际"这村拆不得"的"梦呓"交织起半个世纪华人命运遭遇：殖民杀戮，种族暴乱，家族分裂……然而人性之真实，亲情之恒久，仍超越了异族的、历史的隔阂。驼铃（1936—　，本名彭龙飞，出有《家福》等5种小说集和诗集《吉打的人家》）的中篇《硝烟散尽时》在闯进"马共"这一创作禁区时，将历史底蕴寓于乡土的情趣、风味中，使时代遗恨、人生缺憾完美融入乡土人生的悲欢离合中。而他的《可可园里的黄昏》（1985）等小说集被中国著名"九叶派"诗人杜运燮称赞其"富有乡土味、山芭味"，并多次描写"华、巫、印、英各族人的活动"，表现了"多元化社会的特性"。《可可园里的黄昏》当年正因为这些特色而被日本学者译成日文收入《第三世界文学杰作集》，其中传统华族社会对一桩异族婚姻的反省目光弥漫出消解种族隔膜的人类亲情。驼铃1993年还翻译了马来乡土小说集《旋毛儿》，也见出异族交流的努力。

东南亚华族是中华民族中跟异族直接相处时间最长久的群体，然而，多

---

① 贺淑芳：《别再提起》，（马来西亚）《蕉风》第491期。
② 雨川给笔者的信，2002年11月5日。

元种族题材的开掘却一直是最困难的，族群纷争、民族主义倾向、文化认同对国家体制的影响等因素，一直使异族题材成为创作中敏感而艰难的领域。马华文学异族形象数量和深度上的不足，也反映了马华社会在文化优越感和文化恐惧感交织中形成的传统封闭性。1980年代后，马华小说的进步之一就体现在作家们越来越关注华族跟异族相处这一重要人文生态，并且表现出多种创作指向；异族形象的变化，也呈现出马华文学在传统突围中的身影。洪泉（1952—　，本名沈洪全）1980年代的小说集《欧阳香》就显露出对人性的深刻探索和沉郁苍茫的"夕阳"风格。稍后的系列小说《传说》被人称为地道的马来西亚现代"聊斋"，有的就用写实和梦幻交织的笔触描写马来人的生存状态。再后，在他的小说《诱惑》中，一个异族风尘女子却让小说主人公处处感到母亲的存在，唤起他童年、少年的种种回忆，从而呈现出从生活方式到心灵皈依的多个层面的"拯救"。菊凡1980年代的小说《脸》描写巫族男子哈密在种族党派政治中的沉沦，以此呈现马来西亚种族社会政治堕落和人性复归的矛盾对峙，题旨取向明确单一，大致反映出此时期马华文学的单一取向。1990年代后，马华小说对异族题材的处理就显得视野开阔而开掘深刻，陈绍安（1965—　，出有小说集《水楼台前的曹长安》和诗集《童话里的情诗》等）的《古巴列传》就在多层面人事交织中使异族形象获得了多向意义，不仅成功塑造了再也古巴这一印裔平民形象，而且以戏谑的叙事触及了由国家政策造成的种族不平等，使历史遗忘回到历史真相本身；以沉重的历史反省氛围的营造，在"他者"视界中呈现华族国民性弱点，也以近于悲悯的笔调，将再也古巴驱至孤立无援的绝境，以其心灵煎熬呈现人性困境……在这样的穿梭叙事中，再也古巴这一异族形象已非单一的或质疑"他者"，或审察自我，而包容起一种较博大的人文关怀。

　　马华小说也有从正面切入华族和他民族相处的历史。被誉为马来西亚

"第一位撰写南洋华族长篇历史小说的学者"①郑良树的长篇小说《青云传奇》《石叻风云》《柔佛的新曙光》，以"宗教—礼俗—文化落地生根"的历史意识生动描写了清康熙王朝后南洋华族先民的生命历程。身居异国他乡，竟可以如同面对故土那样感到亲近；面对他族文化，竟能够跟与自然相处一样协调，这种境界，实在是安土重迁的中华民族难以企及的。然而，在郑良树的历史小说中，这种境界却在南洋华族早期历史中就被认同、接受。《青云传奇》所写马六甲华族最早的甲必丹李为经之子李肇域跟廖内马来王朝公主法地玛的恋情、婚姻，就是超越了"原住"和"外来"之分、"中心"和"边缘"之别的华族历史观的动人呈现。这种历史观照，足以安放一个民族的心灵。

乡土和现代的结合，始终是马华现代小说追求的大境界。到八九十年代，马华文坛有好几篇获奖小说不约而同表现出一种探寻身份认同危机的创作倾向，如毅修（1960—　　，本名纪连国，出有小说集《辗转》《穿过气候》等）的《侵蚀》《候鸟高飞时》，张永众的《夜啊，长长的夜》，柏一（1964—　　，女，本名黄慧琴，出有《荒唐不是梦》《黑恋》等8种小说集和《把自由留给自己》等4种散文集）的《弃礼》《水仙花之约》等。这些小说均出于青年作家之手，其中的"身份困惑"既呈现出马华民族生存困境的历史面貌，更有着亲近南洋土地的真挚人性。这些小说聚合起来，以激昂的气势表明，一种出发于马来西亚乡土而终极于世界艺术视野的创作潮流已经形成。年轻一代作家们感到自己的艺术生命跟南洋土地密不可分，他们在解读这块土地的文化密码时，推出了一批足以代表马华小说再出发的作品。李天葆、黎紫书是其中的佼佼者。

李天葆，广东大埔人，1969年生于吉隆坡，17岁开始文学创作，1990年

---

① 周伟民：《第一位撰写南洋华族长篇历史小说的学者》，见郑良树：《马来西亚华社社文史论集》，（马来西亚）南方学院出版社1999年版，第161—168页。

代便在马华文坛崭露头角，曾获"星洲日报文学奖"马华小说首奖、马来西亚首届"客联"（客家公会联合会）小说一等奖、第三届及第七届"乡青"小说首奖、第二届"花踪"小说首奖、第二届马来西亚雪华堂"优秀青年作家奖"。已出版著作包括散文集《红鱼戏琉璃》《红灯闹语》，小说集《桃红秋千记》《南洋遗事》《民间传奇》《槟榔艳》《绮罗香》《盛世天光》，部分小说被译成日文在海外出版。曾主编马来西亚"七字辈"至"八字辈"的散文诗歌选集《没有别的，只有存在》，为《万象》杂志撰写专栏《春灯燕》，为马来西亚《南洋商报·星期刊》撰写怀旧专栏《珠帘倒卷时光》，后续其他类似专栏有《繁华再续》《葆记桃花源》《百花亭》《桃月町》《天宝图》等，杂文专栏有《蕉窗椰影月更娇》《游花园》，书评专栏《宝莲灯》等。

小说《桃红刺青》获"大马客联小说奖"时，李天葆才21岁。《桃红刺青》写漆匠和暗娼的恋情，题材古旧，却多角度地"把两个卑微的生命归化到壮烈中去"，显示出南洋乡土世界对于生命意识的浸润。而小说在意象处理、气氛营造、场景调度上都多少受到张爱玲小说的影响。这之后的十余年，李天葆的小说一直才气逼人地传达着乡土气韵，驱遣自如地运用色彩繁复、暗示纷呈的语言，在人物神韵的呈现中构筑起一个蕴含多层象征意蕴的南洋世界。而他写得最好的，往往是南洋华人传统社会。他的语言地地道道化自《红楼梦》传统，日常描绘也有"张爱玲谱系"之神韵，其"中国性"豁然可现，但他的乡土已无疑是马来西亚。如《水香记》就用一位男性作家从张爱玲小说中脱出的笔调，描写了地母庙文化氛围中的女性命运，隐没在从遥远都市吹来的风中。《州府人物连环志》（1993）中的南洋州府"纵使不是自己的原乡，却比任何一个处所都亲"，印度妇"口里说着惠州客话"，华人伙计"用粤音""学马来语"，一个个州府人物就在这样文化混杂的环境中演绎自己的一生。在新移民阿欢心中，唐山"旧居"的一切已遥不可及，就是"阿娘的坟，只不过一个土堆，没有立墓碑；他在上面种了一棵树。梦里的小树摇晃飘动，弱不可支，风吹得紧之时，唯恐就会连根拔起"。故乡已无根，只要一踏上南洋州府的土地，就是不归路，小说中精雕细刻的六个华人，来处各个不同，但归属都只有一个：落地生根于南洋。当小说中乌木算盘、八仙桌、雕花梯、山水折扇、雕花花梨木眠床等"中国旧物"一一出现在南洋州府时，州府华人们的悲欢离合也都与马来亚土地息息相关了。李天葆可以与前述的李永平呼应，其在中国文化传统中浸淫之深，光是那一口典雅、纯正、清亮的汉语语言，就非中国大陆（内地）作家可以小觑。以此来写纯然的南洋社会，不管是人物命运，还是风土人情，都栩栩如生，"中国性"已深深扎根于南洋土地了。

李天葆自文学创作生涯伊始，就对古韵古香的旧南洋遗事题材情有独钟。他后来的作品几乎都是围绕这个路子铺展开来，不断地用笔墨勾勒他心中的仿古世界。其小说有一突出特色——浓厚的怀旧情调，这种书写倾向与李天葆喜欢缅怀过往时光的癖好密切相关。李天葆曾自称是一个偏爱怀旧的人："我特别眷恋一些脱离实践而独存人世的传说故事，也许是寄予人生无常，不得不从古老的天地里寻觅永恒安稳的感觉，一如老人以过去的美好岁月来继续活下去。……我喜欢俗世，可是每当跟人群格格不入的时候，便会逃回这个浮游于现实之外的梦土里——无论是彩绘的聊斋图画，还是李贺那阴森幽冷的鬼诗。"①从这个角度看，李天葆营造的这方古老天地是他寻求内心的安稳平和、规避现实羁绊与矛盾的世外桃源，一个用文字建构的精神乌托邦。早在李天葆初涉文坛时，陈雪风就曾评价他的创作倾向更契合现代主义流派："创作的意念，注重的是语言与情景的经营。对于作品的题旨，并

---

①　李忆莙：《新生代小说家李天葆之论述》，《南洋遗事》，（马来西亚）中华独中出版社1999年版，第203页。

不予以严肃的看待，有者甚至意识地将之放逐。"①

2002年台北一方出版有限公司出版了李天葆的小说集《槟榔艳》，共收录了《莫忘影中人》《旧乐园巷之一：昙花》《旧乐园巷之二：眉凝霜，艳歌渺渺》《秋千：落花天》《桃红刺青》《腊梅二度》《水香记》《州府人物连环志》8篇小说。李天葆以怀旧的情感和苍凉的笔调复现了斑驳岁月里的南洋记忆，其笔下的故事大多围绕女主人公的身世及情感遭际展开：频频出入于老吉隆坡影楼酷爱拍照以追忆青春年华的妇人金莲娇，母亲病故后不得不辍学做工补贴家用的琼花，曾在南天时代被男孩儿们众星捧月般恋慕而今年老色衰风尘味十足的檀香，心有所属但却不能与倾慕的郎君终成眷属的痴情女子简描花，以及无数个同桃红一样"自幼在乡下被养母带大，过后找个土生的豪客出高价买了初夜。小地方待不下去，养母便托熟人带她们到城里的旅馆接生意，每个月扣些钱拿回去孝敬她"②的命运不济的可怜少女们。在自序《艳字当头》中，李天葆谈道："我们家里的车衣女工，基本上一人一个故事，还有我母亲阿姨无端占了我小说一部分改头换面的主角。"③小说字里行间透露出对经历不幸的底层女性的同情和怜惜。在对上一辈人时运命数追思和叙述的同时，李天葆也道出了大马华人的生存之难。

其中，《州府人物连环志》堪称李天葆的短篇代表之作。该小说获得第二届"花踪"小说首奖，并于2000年被收录进由陈大为、钟怡雯主编的《马华文学读本Ⅰ：赤道形声》、2012年被收进许文荣、孙彦庄主编的《马华文学文本解读》（上册），颇受学界及读者青睐。小说以六个身份各异但皆是从唐山漂泊到州府谋生的人物——从白手起家到声名鹊起的仇凤堂，迫于

① 陈雪风：《传统与创新——序南洋文艺1996小说年选》，详见陈和锦编：《旱天花露——南洋文艺1996小说年选》，（马来西亚）南洋商报社1997年版，序言第2页。

② 李天葆：《槟榔艳》，（台湾）一方出版有限公司2002年版，第118页。

③ 李天葆：《槟榔艳》，（台湾）一方出版有限公司2002年版，第6页。

生计而出卖肉体与青春的妓女玉霓虹、香芸、小金莲，兢兢业业的柜台伙计阿欢以及亡命赌徒金树——划分章节。无论在他乡的生存境况是喜是忧，这群游子异客"内心都有远离故土的寥落之感，也都无法割断和故国的血脉羁绊"①。李天葆以细腻多情的笔触展现了第一代华人移民在原乡和他乡间的情感纠葛："大路边一个老贩夫，一步拐一步，挑着一个大竹篮子，里面装着瓷神像，观音、关帝公、如来佛、齐天大圣……远方的神明都来了；不管来到何处，熟悉的膜拜对象总亦步亦趋，从海角保佑到天涯；一位位衣装辉煌的菩萨永恒地坐那儿聆听，只要焚了枝香，闭眼，便默念一些低微琐碎的愿望。"②游子们浪迹天涯海角也不忘将原乡的风俗信仰移植在他乡的水土中，既是出于对故乡的惦念，也透露出把他乡当作故乡的思度。

2006年，李天葆长篇小说《盛世天光》由麦田出版推出。小说以老吉隆坡为背景设置人物、构筑故事情节，读者在阅读中处处可见老吉隆坡的痕迹。作品中历史浮沉与个人命运的交错、怀旧复古的情感趋向、虚实结合的梦幻叙述以及对命运多舛的女性主体之关注，都彰显出李天葆张派传人的创作特征。李天葆在代序《都门梦忆》中谈道："我们活着，就有顾影回眸的坏习惯……面对隔着轻快铁透明车窗外的现代风光，高耸的双峰宝塔，略带仿古夕阳长柱形的时代广场，再外往前走下去，俯瞰英殖民时代老监狱，时空交错，我可也没忘记童年时候的此处，方圆一里内，整八间戏院，如今无一幸存，仿佛跟自己的记忆开玩笑……"③《盛世天光》是李天葆缅怀童年在老吉隆坡生活的幻化文字，无论是风情盎然的旧南洋风采，还是历史纵横中小人物的命运浮沉，抑或是虚实结合亦真亦幻的笔调，都是为了致敬他心中

① 王列耀、温明明等：《20世纪90年代马来西亚华文报纸副刊与"新生代文学"》，中国社会科学出版社2015年版，第310页。

② 李天葆：《槟榔艳》，（台湾）一方出版有限公司2002年版，第197页。

③ 李天葆：《盛世天光》，（台湾）麦田出版2006年版，第3、4页。

所向往的泛黄旧忆。正如他在序言里谈道："人生该来的，意料之外的，发生在自己身上，发生在吉隆坡身上；怀着旧有记忆里的我不忍认识她，她也漠然地历尽沧桑下去。"①

　　为了还原老吉隆坡的真实面貌，李天葆在《盛世天光》中所设置的街巷房屋、饮食小吃、人物的服饰配件等无不显示着老吉隆坡的别致风情，浸满了怀旧笔墨。其中最出彩的当数各色马来风味小吃。小说中多次出现马来特色饮食，如马来人的腌黄瓜大葱、马来盏煮臭豆、娘惹粽子，以及1920年代末南洋半岛的华人过年置办的各色年货："暗棕色年糕上贴着飞金红纸，一条条榴莲糕斜躺在潮州蕉柑侧边，靠着铁盒英国太妃糖的有三两只名贵洋酒。"②前者是普通人家皆可消费的平价小食，后者是金蕊这类大户人家才能享受的珍品，展示了老吉隆坡不同人家的衣食日常。

　　李天葆还适时地将一些旧南洋社会的重大事件穿插进文本中，进一步加深小说叙述的历史沧桑感；同时将几代人物的命数境遇置放在时代变迁的浪潮中，营造出一种人世浮沉的苍凉感。南洋州府还没进入日治时代之前，唐山的烽火战事牵动人心，"这里的人一方面筹钱抗日，拯救同胞，一方面还觉得'萝葡头'不至于把魔力伸向南方，即使来了，至少也有英国红毛抵挡；况且长久以来，洋枪洋炮，到底仍是红毛人在行，怎样都轮不到东洋鬼张牙舞爪；货商们聚集在梅苑酒楼的雅座里，高谈阔论"③。梅苑酒楼颇有老舍笔下裕泰茶馆的味道。小说透过梅苑酒楼这一横截面巧妙地展现出战争来临前人心动荡、社会不安的情势。日据时期，日军入侵南洋给当地许多村镇造成巨大创痛："过后据说离丹绒镇不到二十里的村落，一番奸盗烧杀，大

---

①　李天葆：《盛世天光》，（台湾）麦田出版2006年版，第5页。

②　李天葆：《盛世天光》，（台湾）麦田出版2006年版，第64页。

③　李天葆：《盛世天光》，（台湾）麦田出版2006年版，第76页。

概只剩下不到二十的活口。然而丹绒镇神奇地保存下来，冥冥中有主宰。"①
这里的主宰即指玉蝉，懵懂少女玉蝉被母亲金蕊送到丹绒镇，却在那里惨遭
日军强奸，她的牺牲换来了丹绒镇女人们的安全，然而这种幸免何尝不是建
立在玉蝉及其子女的永世悲怆之上。月芙月蓉成人时，南洋社会"左"风盛
行："说起共产党，一般人只有同情，一种几乎是感情上的自然反应，亲友
之间总有几个是热衷于解放事业的，继而无端的失踪，恐怕是进入森林报
道，反殖民地反资本主义，身负解放全民族之使命……但老于世故的市民谈
到一半，便住了嘴，在茶室里喝咖啡也不大提起。"②白色恐怖背景下，人与
人之间的猜忌、防范、隔阂愈演愈烈。

《盛世天光》也可看作一部女系图谱，第一代是金蕊银蕊，第二代是惜
妹玉蝉，第三代则是月芙月蓉和蝶芬黛芳。三代女人的坎坷命运及其悲剧结
局与社会历史大背景紧密结合，重在突出人物形象，宏大的历史浮沉在爱恨
情仇中被淡化了。人物的传奇境遇、玄妙的命数定论、笼罩全篇的银蕊的灵
魂情影，都让小说充满虚幻色彩。李天葆认为，文艺作品如果"刻意从历史
政治的架构里创作，美其名曰提升，其实与性格不合"③。对于李天葆而言，
写小说重要的是刻画人物，讲述故事，创造意境，而并非在意其功利价值和
说教功能，小说中历史风云及政治动荡等相关描述在他那里并不具备故事时
代背景之外的附加意义。王德威认为相较于同辈作家黄锦树、黎紫书而言，
李天葆"俨然是个不可救药的'骸骨迷恋者'"④。而这份秉持却也显示出他
对文学工具论的鄙夷，以及对无功利的文学创作及纯美艺术境界的追求。

2010年，麦田出版和城邦文化事业股份有限公司联合推出了王德威主编

---

① 李天葆：《盛世天光》，（台湾）麦田出版2006年版，第90页。

② 李天葆：《盛世天光》，（台湾）麦田出版2006年版，第142页。

③ 李天葆：《盛世天光》，（台湾）麦田出版2006年版，第4页。

④ 王德威：《罗愁绮恨话南洋——李天葆和他的"天葆"遗事》，详见李天葆：《绮罗
香》，（台湾）麦田出版、城邦文化事业股份有限公司2010年版，序论第8页。

的"当代小说家Ⅱ"之一的《绮罗香》，该小说集包含16个痴男怨女的红尘旧事，大多以女性形象为中心展开叙事。李天葆尤其偏好为那些陋室明娟作传，他认为"凡是陋室里皆是明娟，落在尘埃无不是奇花，背景总得是险恶江湖闯荡出一片笙歌柔靡，几近原始的柳巷芳草纵然粗俗，也带三分痴情。我是过早认识了风月尤物的可歌可泣，对纯情玉女完全封杀"①。《绮罗香》里"十艳忆檀郎"系列中的女主角大多是堕入风尘的艳女，虽然职业卑微但却不乏痴情一片：《绮罗香》中盛名赫赫的脱衣舞女郎绿蔷薇，宁愿被诋毁和抨击却仍要坚持与年轻裁缝阿润共度形同夫妻的伴侣人生；《绛帐海棠春》里为了找出杀害谭鹦哥的仇家而把珠宝首饰统统散尽的海棠春，甚至被骗出卖色相与尊严；依靠姿色和坑蒙拐骗的伎俩孤身带着儿子辗转谋生的女老千黄金娇等：都是至情至性之女子。

此外，《五楼芳心》中默默扮演故去姐姐生前的家庭角色、自愿承担照顾姐夫和侄子余后生活责任的芳铃；《彩凤相思筵》里一生钟情于亡夫、独自艰难支撑生活抚养两个双生儿、最后却不得善终的绝技厨娘凤姑；《猫儿端凳美人坐》中看似恬不知耻、疯癫落魄，实则是出于难以接受意中人意外身亡而精神失常的老妇美人鱼等——她们虽不是艳压群芳之辈，但却都在平淡人世中以一种柔弱却坚韧的方式固守内心的情义。"绮罗染到风尘的芳香，低到泥尘烂泥里去，不一定会历劫修成红莲，可能半途就枯死，然而刹那芬芳，即使一缕飘香也是永恒。"②李天葆孜孜不倦地从这些身出淤泥却不放过一瞬绽放的昙花似的女性身上寻觅那虽然短暂但又永恒的魅力，"瞻仰"她们在承载苦难创伤的同时所散发出的圣母光辉。

---

① 李天葆：《绮罗风尘芳香和圣母声光》，详见李天葆：《绮罗香》，（台湾）麦田出版、城邦文化事业股份有限公司2010年版，第19—20页。

② 李天葆：《绮罗香》，（台湾）麦田出版、城邦文化事业股份有限公司2010年版，第30页。

　　除了从古典文学志怪及上代人的陈年往事中汲取写作素材，李天葆还频频从老电影、老照片、旧唱片中捕捉灵感。山东画报出版社于2012年和2014年先后出版了李天葆的《珠帘倒卷时光》和《斜阳金粉》，其中收录的均为其在回顾老电影、老照片，听过时老歌曲时写下的评论、感触与遐思。李天葆曾为马来西亚《南洋商报·星期刊》撰写昔日光影时代曲专栏《珠帘倒卷时光》，这便是选集《珠帘倒卷时光》的来由。集子包含"重温金粉梦""瑶台仙姬旁""时代曲金声玉音""民国艳影浮尘""海外繁华盛开""香岛生明月""迷楼旧窗观幻影""红了樱桃碎了心""回眸的一抹春色"九辑，对1930年代老影片、香港粤剧及彼时的流行小曲进行品评回味。一众曾经艳名芬芳的女星像李丽华、白光、芳艳芬、余丽珍、李香兰、尤敏、林黛、夏梦、白燕等均是作者驻足凝视的对象，在漫漫时光废墟中寻觅佳人幻影，独自陶醉流连。李天葆在《看一看时光的百花洲》中声明："这里是南洋地方，过去的马来半岛州府，后来的马来亚，1963年才有的马来西亚。这些流散海外的我们，早已落地生根，奇异的地理位置，在空气里接触到的是上海的靡靡之音、香港邵氏的黄梅调、黄婉秋的刘三姐；看了《小铃铛》，然后看台湾'中影'出品的《八百壮士》，再去看古龙武侠的《流星蝴蝶剑》，没有隔阂，没有突兀，也不觉得时空有任何错置落差。"[①]可见他的文字并非是借中国写南洋，而是对落地生根的大马华人生活情状的记叙与抒情。

　　《斜阳金粉》中收录的篇章在内容上较之《珠帘倒卷时光》更丰富多元，均是李天葆昔日的专栏文章，共分"春灯燕""倚栏看旧日金粉""拾花点翠""绮世恋语"四辑。其中"春灯燕"中的文章大多在《万象》杂志刊登过，有不少写张爱玲的篇幅，《风味追想以及读张琐记》《泪凝香销云

① 详见李天葆：《珠帘倒卷时光》，山东画报出版社2012年版，代序第1页。

霞散》《张灯映月——一个张迷的回忆录》等均属此类。"倚栏看旧日金粉"中多是写老影星的文章，谈论对象与《珠帘倒卷时光》多有重叠。李天葆自称是旧云烟的窥探者："自恨不是白头宫女话天宝，即使在年月上轧一角，随意拣一片彩瓷片，也是一樽双耳蟠龙红梅瓷瓶，只是来不及，或者光年飞船走了，我仅是臆想伏在光阴月洞门边看繁华云烟的窥探者——无偿地徘徊在时代遗落的花月痕，算是一种情意结。"①这一自述道出了其乐于拾掇往昔时光碎片的审美趣味和创作倾向。后两辑"拾花点翠"和"绮世恋语"分别是对古时传奇人物的绮思异想以及更接近作者自身生活的充满闲情趣意的短小絮语。

李天葆近乎无可救药地沉浸在怀旧的世界里，反复为芸芸多情女子撰写人物志。他本人虽也曾担忧终有一天会被读者厌弃，但却仍舍弃不了这份怀旧情结。无心插柳柳成荫，"李天葆在自己单一的艺术风格中寻找灵魂慰藉的处所，这种单纯的艺术风格，一纯到底，反成了李天葆独步马华文坛的特色，也是成就他的重要原因"②。由于痴迷于雕琢盛世的华丽与苍凉，且语言风格绮丽流彩，李天葆一度被称作"南洋张爱玲"；而他偏好叙写痴男怨女的传奇故事，在红尘往事中颓然暗伤的情绪又与鸳鸯蝴蝶派小说如出一辙，王德威称其为"二十世纪末迟到的鸳鸯蝴蝶派作家，而且流落到了南方以南"③。实际上，李天葆独特的文学风格反而开拓了当代马华文学的疆界，使得马华文学的发展有了更加多元的可能。

1971年出生的黎紫书（本名林宝玲）24岁就获被视为马来西亚"文学奥斯卡"的"花踪文学奖"马华小说首奖，之后成为"花踪文学奖"设立后获

---

① 详见李天葆：《斜阳金粉》，山东画报出版社2014年版，序第2页。

② 金进：《当年的灯都不在了——李天葆的南洋遗事怀旧书写方式论析》，《华文文学》2010年第6期。

③ 王德威：《罗愁绮恨话南洋——李天葆和他的"天葆"遗事》，详见李天葆：《绮罗香》，（台湾）麦田出版、城邦文化事业股份有限公司2010年版，序论第12页。

此奖最多的作家，其微型小说集《微型黎紫书》、短篇小说集《天国之门》《山瘟》更获中国大陆、台湾的多项重要文学奖，被王德威称作各种题材小说"都优以为之"。黎紫书小说呈现的南洋乡土世界，无论是叙事方式、格调还是情节氛围，都有着一种南洋"魔力"。《推开阁楼之窗》中，那半掩半开的寂寂阁楼，隐蔽着有如南洋雨林一样疯长的生命力。小爱母女，还有那肩上站着鹦鹉的说故事者，都想从"蔽天密林"中找到自己命运的出口，却都由此付出了生命。地道的南洋风情故事，弥漫开极浓郁的热带雨林生命气息。《山瘟》呈现的是英殖民时期华人的历史，雨林日常魔幻的叙事切入马共武装斗争这一"禁区"，"我祖上""野马脱缰"似的生涯却受制于"山神温义"和"黄老仙师"。前者是马共第三独立队队长，山林豪杰，在马共与政府签订和约后仍隐身深山老林打游击；后者实际上来自前者身亡之后，生死相随的同志关系成了心理、精神上猎和被猎的关系。这种人生悖谬在雨林游击生活的真实复原和汉民族家族习俗的南洋"变异"中被剖析得惊魂摄魄。魔幻叙事和历史洞察的相映，让人惊叹这位女作家的气度。《州府纪略》采用多重视角叙述，通过11个人的"回溯"，将马共奇女子谭燕梅的一生完整呈现。小说以小人物的情爱隐喻政治，但政治并不能完全覆盖情爱，由此把一位马共奇女子写得有滋有味。谭燕梅唱戏唱得迷倒众生，长得又无可挑剔，有青梅竹马的恋人爱她，也有富商的追捧，却偏偏因为在读书时救过马共刘远闻，一生从此改变。但刘远闻却如同政治理想，带给谭燕梅的是虚幻的未来和切实的痛苦。谭燕梅甚至陷入与刘远闻、黄彩莲的三角恋纠葛中。谭燕梅最终在日军重围中救了刘远闻，带走黄彩莲临终前生下的男婴。政治理想点燃了她的生命，而她最终是用个体生命真正延续了历史。

　　除了这类南洋历史、风情小说，黎紫书还以充沛的才气创作了一批女性知性小说，往往在充沛乃至疯长的非常雨林生命力中表达出罕见的女性知性气质。《有天使走过的街道》中那位病妇对美少年的守望，在对人间至美的崇拜和世俗的嫉妒、贪婪中，不时迸发出女性久被遮蔽的知性。这种知性根植于女性丰富的生命体验，将女性潜在情感、隐秘内心在一种细密的自我剖析中慢慢引向女性的归属。《天国之门》用一种布道之声呈现肉体和灵魂的纠结，"母亲""弹钢琴的女人""教主日学的女孩"，分别以女性感受的不同层面，诱发出"我"情感的喷涌、爆裂，而又都指向对叩响"天国之门"的恐惧和向往，其叙事的细密和剖理的冷静睿智交织起一种冷艳逼人的女性气质。

　　黎紫书的创作同样有强烈的现实感，关注马华社会的命运。微型小说《阿爷的木瓜树》以一个华人少年的眼光呈现"只懂华文"的阿爷与"说流利的英语"的父母之间的冲突。父亲以节约开支为名，取消了家中订阅多年的华文报纸，阿爷只能从垃圾桶中捡回家人买菜时包装用过的旧报纸阅读、收藏，结果父亲宣布阿爷患上帕金森症，把阿爷送进了老人院，阿爷种下的木瓜树也被父亲砍掉了。小说充满种种隐喻，热带暴风雨、木屋、木瓜树、华文报纸、垃圾桶、老人院等意象组成的世界指向了华文教育的危机。小说《流年》写一种随岁月流逝而弥的情感。女主人公"我"，纪晓雅，一个处于青春的"憎恨"年月的中学生梦多而古怪，而有一个梦是真正属于"我"的，"我把下唇咬出一股甜甜的血腥。不是吗，你扔掉了爸爸留给我的《唐诗三百首》……不要哭了，妈妈。语言是我饲养多年，却仍桀骜不驯的宠物"。父亲死后，妈妈另嫁，"我""仅能以沉默驾驭我暴烈亢奋的语言之兽"。而当妈妈扔掉了爸爸留下的《唐诗三百首》，"我"反而日寝夜寐于唐诗中了。40岁的庄望老师吸引住了"我"，开始也仅仅因为"我喜欢他有那么唐诗的名字。庄生晓梦迷蝴蝶，望帝春心托杜鹃"。庄望是教书法班的老师，"我"和他之间的交往最"惊心动魄"是"我"求老师暑假"教我书法"："悲伤怎能诉诸隶书。魏碑可能会比较好吧。隶书，太压抑了。"汉字书法特有的动感，传达出"我"压抑的心灵所求的释放，谁也不能无视在"我"对父亲、对庄望的眷恋中有的对汉语的爱慕，哪怕只是汉字可以寄托、唤起"我"的"恋父"情结。故事的结局，"搞师生恋的老师被调到另一座城市去了"。初恋中虚妄的坚贞，被遗弃的凄凉美感……"我"此时感受到的一切，也正是作者对汉语命运的暗示。而黎紫书饱写隶、楷、草各体汉字唤起的生命质感，汉字书法包含的丰富而深刻的生命韵律、生命形式乃至生命构造由此得到呈现。她对中华文化的深刻体验、执着追求鲜明显现。

黎紫书曾经这样谈及自己的创作追求：她以小说《国北边陲》去竞争"花踪文学奖"中的"世界华文文学奖"〔此奖项向全世界华文作家开放，往往授予实力雄厚的中国大陆（内地）、台湾和香港等地的作家，如王安忆、陈映真、西西、杨牧、王文兴、聂华苓、阎连科、余光中等〕时，明确意识到要用"马华本土性"去征服评委，所以，她在小说中安排了几乎所有的马华本土因素，果然如愿以偿。《国北边陲》讲述陈氏家族，曾祖父"初抵南洋，被押入丛林开山辟路，某夜饥从中来，遇一奇兽而宰食，疑触犯山魈"，壮年病发暴毙，一百岁长者断言，"除非觅得神草龙舌，否则世代子孙命不过三十"；为摆脱此厄运，祖父七兄弟流离于东西马密林，即便追随马共打游击，也未忘"寻找"龙舌草的家族使命，却无一幸免命不过三十。父亲在如"千万浴火蚂蟥"啃啮的病痛中写下临终日记，最后在国北边陲深山寻得丢失了神效根部的"龙舌"而溺水送命。儿辈已分化，儿子循着父亲之死的线索执着寻找，堂兄弟们则以"早早开枝散叶"来对抗死亡。三十大限前，儿子在原住民帮助下，终于寻得龙舌草，才明白，龙舌"无根"。儿子带着"龙舌"来寻应已作古的异母兄长，未料想兄长却靠"独家秘制"的马来人壮阳药方家丁兴旺……小说的场景、人物、情节、氛围，乃至词句，都是地道而纯然的马华本土风味。然而，黎紫书也意识到自己要走出马华本土性。之后，她在创作中，比如写作小说《生活的全盘方式》等时，就只是想到人的故事、人的命运，完全不在意它发生于何地和何人身上，要寻找的只是讲好这个小说故事需要的东西。她越来越少地在作品中强调自己马华女性的身份，而是执着于文学的根本。这预示出其文学潜力还会不断爆发。

李天葆、黎紫书的小说似乎并无明显的身份危机，他们非常自信于自己艺术生命跟南洋乡土的密不可分，"华极"思维定式的影响已消淡无几，而对汉语内蕴魅力的开掘则臻于淋漓尽致的境地。

马华小说近三十年发展可提及的还有微型小说。从1980年代起，一些在现代主义小说时期颇有成绩的作家，如小黑、陈政欣、洪泉等，一些后起的小说新秀，如朵拉、许友彬等，一些在现实主义领域内做着深入开掘的作家，如雨川、碧澄、梦平等，都在微型小说创作中有不俗表现。1999年，马来西亚承办了第三届世界华文微型小说学术研讨会。但有意味的是，著名的马华文学史论家马崙（梦平）在述及1990年代初马华小说的"三衰"现象时，将其中的两种现象跟微型小说的兴盛联系在一起，即"现阶段的马华小说作家，所创作的多数是短篇小说和微型小说，极少进行中篇或长篇小说的创作，势必造成马华长篇小说更歉收"，"目前的各报文艺副刊编辑，似乎越来越不喜欢选刊5千字以上或1万5千字以内的小说作品，却偏爱刊登极短篇小说。这样必然会影响小说作者的创作兴趣"。[1]似乎是为了避免这一情况的发生，马华作家有意识地展开了长篇创作。而马华小说进入新世纪后一个充满希望的现象，就是优秀长篇小说的出现。

丁云（1952—　，本名陈春安，1980年代后出有《焚给泥土》等6种小说集）1975年开始创作，2007年他出版了第一部长篇小说《赤道惊蛰》。

2010年，黎紫书出版了她出于"渴望"而创作的长篇小说《告别的年代》，小说当年入选《亚洲周刊》年度中文十大小说，翌年获第11届"花踪

---

① 马崙：《马华文学之窗》，（新加坡）新亚出版社1997年版，第53页。

文学奖"的"马华文学大奖"。小说结构颇有不寻常之处。作品一开始就交代了《告别的年代》"是一本从第513页开始的书",叙述的第一段文字"一九六九年陈金海观看影片《荡妇迷春》时心脏病猝发……"也似乎是"一部长篇里的某段文字"。了解马来西亚历史的人都知道,1969年5月13日马来西亚发生了大规模种族冲突,"513"这一禁忌数字蕴含的难以告人的意味成为沉重的历史存在,故事开始于"无法印证那五百一十二页的存在",小说由三个不同年代的"杜丽安"的叙述展开。小说主角杜丽安一开始在读《告别的年代》,这是她有生以来阅读的第一本小说,她正好读到第513页第3段。对她而言,《告别的年代》前512页确确实实地存在。小说的另一人物,住在五月花旅馆的女读者"你"从图书馆尘封书籍中发现那本从第513页开始的《告别的年代》并带回阅读。"你"也叫杜丽安,前一个杜丽安的故事在她的阅读中展开:杜丽安原是戏院的普通售票员,爆发种族冲突的5月13日那天遭人袭击而被黑道人物钢波所救,之后成了钢波的继室,执掌酒楼后颇有经营才能,与继子继女周旋有方,甚至与继女的情人保持暧昧……其中的爱恨情仇,在鲜活的南洋华人市镇风俗中,确实"写活了一个旧时代"①。小说中,"你"的阅读是一种对以往年代的寻找。小说第一章开始,还安排了第三个"杜丽安",化名"韶子"的作者,透露出整部小说的后设叙事。以这样一种多重叙事结构表达"寻觅和遗失"的题旨,也许就是要让各种声音"有足够的空间""说出各自的对白"②,历史毕竟是复杂的。

获第12届"马来西亚华文文学奖"的李忆莙(1952—)原先已出有《春秋流转》《镜花三段》等长篇小说,2012年的长篇小说《遗梦之北》入选当年亚洲周刊年度十大中文小说。《遗梦之北》"透过不同年代的历史事

---

① 黄锦树:《艰难的告别》,见黎紫书:《告别的年代》序,新星出版社2012年版,第5页。

② 黎紫书:《告别的年代》,新星出版社2012年版,第313页。

件"，"描述一个'文化马来西亚'，一个极富远古东土思维的南洋"，[①]
以"未完成"的"人生"这样一种"真实的状态"，表达"我生命历程中最
大的感悟"[②]。小说主要以少女水晶的眼光、情怀，讲述叶、林两个家族几
代人"先有了土壤，才埋下种子"的百年沧桑。传说，叶水晶的曾外公札西
顿珠是云南藏人，精通西藏密宗占术，盛年之时是云南雪域山峰的喇嘛。某
日在寺院诵经，他与一女孩一见钟情，"在蓝天白云、青稞芳香的围绕之中
好好地爱了一场"。还俗后为了生计，他成了法力高强的神巫。各门派神巫
之间争斗激烈，他为逃避仇家追杀，携妻儿流亡南洋。女儿青稞嫁入叶家，
叶家此后连连厄运，儿孙辈意外死亡，突发性疯癫。水晶祖母留下佛珠，这
曾外公的家传之物，传女不传男，天荒地老般深远而恒久，却也无法暗佑后
人，生者心灰意冷而出家。小说还写到水晶小舅公林保海作为军人尽效忠国
家的职责而去"剿共"，却深深伤害了乡亲家人，残肢退伍；水晶母亲当年
在"集中营"一样的"新村"是"思想进步的新女性，有抱负，有理想"，
准备翻山越过马泰边境投奔马共，最后万念俱灰……祖先"受咒"的阴影与
现实社会的政治交织在一起，陪伴水晶度过她的少女时代，小说描绘南洋华
人社会风情时所表现出的开阔深远，是马华本土作品中罕见的。

　　小说创作还可以提及的是陈政欣《荡漾水乡》（2013），"马华文学第
一本以中国题材书写的小说集"[③]。收录的8篇小说都是讲述中国大陆（内
地）改革开放后的故事，呈现了一个出生于南洋的华人所感受的今日中国。
小说呈现的资本主义新自由主义经济大潮中市场神祇被顶礼膜拜的中国景象
发人深省，而一个个商界故事也呈现了亚太地区（澳大利亚、印尼、新加

---

①　李忆莙：《关于〈遗梦之北〉的写作》，《遗梦之北——李忆莙长篇小说》跋，（台湾）酿出版2012年版，第328页。

②　李忆莙：《遗梦之北——李忆莙长篇小说》序，（台湾）酿出版2012年版。

③　陈政欣：《荡漾水乡》，（马来西亚）有人出版社2013年版，封底语。

坡、马来西亚等国）华人重回古国所经历的"再离散或双重离散的过程"。首篇《三城》就以在澳大利亚土生土长的第三代华人林麦克被公司派遣到上海、沈阳、西安三座城市的三个"第一天"，展现这个从未到过中国而其父辈当年都选择"背弃和逃离中国"的华裔青年"再汉化"的生命历程。他不仅从不识汉字到能够"直接阅读中文撰写的中国近代史与小说"，而且逐渐走进了中国"民间文化与地理风貌"。但即便是他和中国恋人梅芬情意已深，他也"更愿意成为全球化的世界公民，而不是让一些国界来囚困"自己。而这并非"怀抱世界主义理念或理想"，而是因为他身处全球资本主义的时代，他要以"可以在中国工作，也可以在世界上的任何国家工作"拥抱全球化。小说涉及的"再汉化"和全球化的话题，不只是马华小说题材的拓展，其反映出的马来西亚华人的生存新状况也让人窥见马华文学的新动向。

马华文坛较少有以散文创作自成一家的，但散文并未由此没落。早期的连士升、苗秀、韦晕、威北华、杏影、君绍、王葛、慧适、苗芒、忧草、莫河、鲁莽、翠园、陈蝶等都各有出色之作。其中，"鲁莽以文字瑰丽见称，忧草现代感敏锐，慧适的散文洋溢着一股清新的田园气息"，而"温瑞安风格雄奇浪漫"，温任平的散文"多次蜕变"，从"平淡朴素"进入"繁富多姿"。女作家中，方娥真显得突出，"其文字风格柔婉且气氛控制亦颇适宜"。①这些作家的创作呈现了马华散文传承中的成熟趋向。1990年代后，散文的地志书写兴起，扩展了1980年代马华诗坛刻画吉隆坡茨厂街的地志书写，也使战后吴进散文集《热带风光》开启的地志书写得到延续。西马的杜忠全、辛金顺、陈政欣，东马的沈庆旺、杨艺雄等的创作，都在马华地志书写上取得丰硕成果。而尤为值得关注的是，马华散文在其历史进展中也日益

---

① 温任平编：《马华当代文学选》第一辑，马来西亚华人文化协会1985年版，第5页。

关注"形式的及精神的""马来西亚化"①。当马来西亚化渗透于更袒露个人内心、更密切关联日常人生的散文时，马华民族的面影就更清晰地留存于历史中了。所以，无论是马华资深作家，如李有成、张景云、冰谷等对历史岁月的回望，还是不同世代、性别作家，如曾翎龙、张玮栩等对南洋乡土（乡村和城镇）的书写，都让人感到一股浓浓的马来西亚味。

马华散文的这种创作趋势，即一方面个人风格更独姿卓然，另一方面马来西亚化更呈一种自然澄明的境地，在1980年代后表现得更为明了，而以散文创作自成一脉的作家也在涌现之中。

前述潘雨桐的散文在娓娓叙事中孕蓄起种种摇撼心灵之力，一篇《大地浮雕》，将对卑微人生的关爱和对自然生命的关切融为一体，风俗神韵和自然神力交织而成妙异境界，呈现出作者博大深邃的胸怀。热带雨林的传统意象，在潘雨桐笔下，往往既升腾起古朴深远的生命力，又弥漫开摄人心魄的现代美。《东谷纪事》将解读原住民的生命密码跟破译绿色植物的生存奥秘浑然天成地融合于一种"天地人"意识中，让人惊叹马来岛国生命形态的丰富，而这也构成马华散文最独异的资源。

在散文创作上跟潘雨桐有着呼应的是何乃健（1946—2014，出有《碎叶》等诗集、《那年的草色》等散文集）。他的散文有着新的感时忧世的社会使命感和自我反省意识，所感所忧者是自然生态的被伤害，所反省者是人类和自然的关系。《石城与榕树》在泰国披迈石城的毁败和印度榕树的独木成林的对比中，凸显了榕树"母树以无我的精神，让每枝气根都能和自己一样自由地舒展和生长，没有倾轧，没有攻讦，没有争夺"，才"浑然而成一个永远长青的小千世界"的"生命的真谛"，呼唤着"什么时候，人类能从

---

① 温任平编：《马华当代文学选》第一辑，马来西亚华人文化协会1985年版，第4页。

榕树的谦逊中反省，气根与主干，其实尊卑不分，一切众生皆平等！"①《青山·大海·荒漠》则在大海的澎湃和青山的木讷对比中思考"为什么青山永远生机盎然，而大漠却愈来愈荒芜"："青山无私地献出每寸土壤，让大树扎根，让小草蔓延，让苍苔繁衍。正因为青山的悲心，白云与青山如影随形，甘霖永泽山林。反观大漠的我执深重，每次喜获雨水的润泽，都吝啬地把水份深埋于地底，结果寸草不生，甚至仙人掌也萎缩于风砂里，白云也失去了踪迹。"而现实中，"私欲与贪念正逐渐蚕蚀著嶙峋的青山"，"瞋恚与痴妄正刮起狂飙，把沙丘移向绿洲"，要紧的是不要让人心完全被风化为沙漠。从"青山"和"荒漠"的分界，警醒于"悲心"与"我执"的冲突。②这些感受思考都由南洋土地引发，更有其价值意义了。

1980年代后校园散文也呈兴盛之势。潘碧华（1965— ，出有《传火人》等散文集）在1987年前后编过《读中文系的人》等多部马来亚大学散文选，就是这种成果的呈现。潘碧华自己所写散文，如《赶梦》《守一扇门》等，也以灵动丰盈的笔触，素描校园生活，让人返回一种古典而童真的人文氛围。而她所写多为中文系的学习生活，所以这种校园生活已对接马华民族的生存状态。校园散文的兴起，标志着马华散文的一种交接，不仅是作者构成逐步过渡到了更具学院背景的新生代，而且在散文的思维架构、艺术层面经营等方面都完成着一种历史的交接。

1990年代马华散文小品的创作格局有所深化，这大概可以以辛金顺（1963— ，出有《风起的时候》《最后的家园》等诗集）的散文集《一笑人间万事》（1992）为发轫之作。他常以系列小品的形式，剖析生命存在的历史和现实形态，在咀嚼回味中探寻民族的存在价值和个体的生命意义，尤

---

① 田思、何乃健：《含泪为大地抚伤》，（马来西亚）千秋事业社1999年版，第116页。
② 田思、何乃健：《含泪为大地抚伤》，（马来西亚）千秋事业社1999年版，第114页。

其是呈现年轻一代承受马来西亚华族百年沧桑风雨凝聚下的失落孤寂。生存体验和生存智慧的融合诠释，深化了他笔下"人间行脚"的日常方式。《江山有待》（1989）将传统的乡恋题材写得"举重若轻"，就是用充盈的生命感受托载起"这片土地我如何走得开呢"这句沉甸甸的民族命运感慨。这种"与大化并存"对生命本根的体验该是最马来西亚化的了。禤素莱（1966—）留学日本、德国，本节开头所提及的那篇《开庭审判》其实充溢着她对马华文学的挚爱。她的散文的历史意识扑面而来，会把人裹围得严严实实。一本《吉山河水去无声》（1993）就是要让南洋的大山大河承载起先祖的命运变迁，就连那篇抒写父辈和"我"之隔膜的《苔痕依旧》，沉甸甸的仍是"传承香火"的传统诉求。

1990年后的马华散文的意义，还在于"马华文学不再是置于'地方色彩'的标准下才能研究的作品。我们不需要任何批评的优惠"，"必须在公正严苛……的标准下，接受研究与批评。这才是马华文学加速成长的最佳途径"。①这样一种文学史的突破意识，正是通过马华散文的创作实践首先提出的。例如，马华新世代作家对语言质地的感悟、锤炼在散文创作上是最引人注目的，因为散文的情感视野、题旨传达等最容易渗透进日常语言。马来西亚华文教育环境恶化，华语交际空间缩小，社会的语言储蓄功能弱化，使新世代作家从文化认同的角度更精心呵护、丰富汉语。林春美（1968—　）在其散文集《给古人写信》中表述的对汉字华语那种刻骨铭心的情感，已经超越了"肤色""血缘""香火薪传""献身华社"等层面，更多的是"对这种语言文字无法抗拒的爱"②，对汉字本身魅力的痴迷，对汉字所勾连起的历史、现实乃至未来的爱恋。她以此来守望华文这片土地。这种开阔而深入的

---

① 钟怡雯主编：《马华当代散文选（1990—1995）》，（台湾）文史哲出版社1996年版，序言第12页。

② 林春美：《给古人写信·读中文系的人》，马来西亚雨林小站1995年版。

视野将民族语言看作人类思维的珍贵财富，它不仅会保有汉字的高洁传统，而且会为汉字的丰富拓展开多维时空，从而为恒久追问中的马华文学的文化属性提供新的建设性因素。

散文作者中还应该提及蔡明亮，他1970年代开始散文创作，曾获首届沙捞越华文文艺创作奖散文组首奖。1980年代转向电影导演，其影片在法国、美国、中国台湾、新加坡多地权威影展中获大奖，被称为"傲视国际的创作巨擘"，成为马华文学界的骄傲。

2001年，马华作家协会编选的《马华文学大系》（10卷本）开始陆续出版。此前，马华新生代作家编选的《马华当代诗选（1990—1994）》《马华当代散文选（1990—1995）》《一水天涯——马华当代小说选》《马华文学读本Ⅰ：赤道形声》《马华文学读本Ⅱ：赤道回声》相继出版。这些选本既有历史包容性，又有某种前瞻性，甚至挑战性，呈现了马华文学的历史足迹和潜在力量，也对本节开头述及的问题有所回答。马华文学已以它的历史存在成为世界华文文学中重要的一元，其不可置换性已构成它的独特价值。而它的前景，是置身于马来西亚国族环境中，扩展为马来西亚华人文学（包括以马来文、英文创作的华裔作品），还是继续留在世界性语种文学格局内，体现汉语言文学的多元价值，已不是最重要的，因为它已经在传统的纯然的汉学思维模式的文学以外，提供了一种在多元文化思维环境中产生的汉语文学。其价值，就在于它包孕许多挑战性课题及其实践。

第二节　多语种国家文学格局中的新加坡华文文学

1982年2月，曾任新加坡文化部长的王鼎昌在"新马华文文学史展"开幕式提出了"建国文学"的主张，认为新加坡建国后，国家意识确立，工商经济发展，应该因地制宜适时地展开"提供新加坡人民的精神食粮"、有益于

"现代新加坡人应有的人生观和价值观"的"建国文学"。随后，《南洋商报》与新加坡写作人协会（原为成立于1970年的新加坡作家协会，1976年更为此名，1987年又恢复旧名）合作出版了《吾土吾民创作选》（6册）。所收"以吾土为背景，以吾民为题材"的作品，刻画新加坡各阶层民众形象，"将他们的情操意愿，不论是高雅的、卑微的，是光明的、阴暗的，都一一反映出来"[1]，表明新加坡独立后华文文学传统已开始形成。而多语种文学格局，是新加坡华文文学传统形成、发展最重要的国家文化背景。

1987年起，新加坡所有学校将各族的母语列为第二语言，英文作为通用的教育、工作语言为华人、马来人、印度人采用，而华文与马来语、淡米尔语一样为各自族群运用。新加坡国家文学成为多语种文学，华文文学无须如马华文学、泰华文学等那样寄生／被排斥于主流语种（马来语、泰语等）文学所构成的国家文学中，新华文学与新加坡英文文学、马来文文学、淡米尔文文学一起构成新加坡国家文学。例如，新加坡国家部门颁发的"新加坡文学奖""新加坡金笔奖"等，都以英语、华语、马来语、淡米尔语四语设立奖项，开放给使用这四种语言写作的作者。新华文学是在四语种文学并存中展开其想象，这不仅使得新华文学获得了国家文学的地位，也使其能从多语种文学的抱负、成就中获得更多资源。但英文的共同语地位，包括新加坡教育全面以英文为主，使华人学生的母语水平大幅度下降，也使华文文学面临写作和阅读人群减少的困境。

作为多语种国家文学组成部分的新华文学，在努力提升自身的同时，也大力拓展世界华文文学的存在空间。"世界华文文学"这一命名最早出现在王润华等新加坡作家、学者的论述中，继而影响了世界各国华文文学。1981年，《南洋商报》开始举办"金狮奖"华文创作比赛，邀请海内外作家担任

---

① 黄孟文、徐迺翔主编：《新加坡华文文学史初稿》，新加坡国立大学中文系、新加坡八方文化企业公司2002年版，第216页。

评委，并借此举办各种文学活动，扩大新华文学与世界华文文学的交流。1983年，《星洲日报》联合新加坡写作人协会、新加坡文艺研究会等，主办第一届国际华文文艺营。两大报合并《联合早报》《联合晚报》后，"金狮奖"和国际华文文艺营得以继续举办，连同1988年的华文文学大同世界国际会议、1995年的世界华文作家代表大会，新加坡成为聚集世界各地华文作家的重地，新华文学也由此积极扮演了联络、沟通世界华文文学的重要角色。

多语种国家文学格局中的新华文学处于与新加坡其他语种文学自由竞争、平等交流中，中生代、新生代作家成为新华文学创作的主要力量。

中生代新华作家影响大的当首推早年投身于新马现代主义文学运动、出有诗集《手术台上》（1968）、《无根的弦》（1974）的英培安（1947—　，出生于新加坡）。他1980年开始专职写作，在小说创作上取得重要成绩，作品以中文写成，也被译成英文、巫文等在新加坡、中国台湾等地出版，并入选《亚洲周刊》年度十大中文书籍，其影响之广泛是新华作家中少有的。

英培安的小说一向有叙事形态上的创新锐意。长篇《一个像我这样的男人》（1987，获"新加坡国家书籍奖"）受中南美洲作家和西欧小说家影响，采用接近索尔·贝娄式心理写实主义的结构和技巧，以变化多端的心理时间作为叙事结构的基本线索，让小说主角的生活获得更多反省意义。《孤寂的脸》（1989）则交替使用"你""我""他"三者叙事观点，并与繁杂多变的时空结合在一起，不仅使作品所描述的一个受传统华文教育的男人在情欲、伦理、从业上面对的困境得到了多层面、全视角的展现，而且使小说所展现的困境不只是小说人物"他"的，也会是作者和读者"你"和"我"的。在采用上述小说结构时，英培安十分注意深化小说意蕴的语境。如《一个像我这样的男人》使用杂文式犀利酣畅的语言来写人物内心独白，使人物的思想片段得到鲜明凸现，也使小说的心理层面更加丰富。而《孤寂的脸》在繁复变换的叙事视角中始终保持一种孤独自语的语调，即使有时叙述节奏快速急迫，也潜行着一种无法摆脱的孤寂。这种语言气氛所力图揭示的华族传统道德观、价值观，让现代社会男性陷入内心困境呈现得更为充分。

新华文学一直较为缺乏有影响的长篇小说，而英培安认为"写一部长篇小说等于创造一个世界"。他的长篇写作也不局限于新加坡阅读环境，而是参与"参赛的是国际上许多名作家，评审的是许多有品位的读者"的"长远的文学创作比赛"①，追求艺术视野的开阔。《骚动》（2002）在三十余年的历史跨度中，讲述1950年代一代学子参与新加坡学潮及之后的漂泊。小说主人公一女三男，都是1950年代新加坡华校反抗殖民政府教育政策的左翼学潮中的热血青年。学潮失败后，达明和子勤逃离新加坡栖居香港，伟康经受牢狱之灾后求学内地，国良则留在新加坡读夜校，同窗散居世界各地，当年的政治理想都烟消云散。无论是伟康在内地压抑的遭遇，还是达明在香港有钱有闲的生活，都似乎只有在个人情欲中"才感到生命的活力与意义"。小说在生动呈现1950年代学潮这一新加坡重要历史的同时，写出了一代青年的追求和沉沦。《骚动》的叙事形式也有创新，"不仅把叙事的时间和情节全打散，从不同的方向叙述故事，还不时与阅读中的读者对话，与小说的主人翁交流，甚至让小说的主人翁离开情节，与读者对话"②，这些都加深了小说的意蕴。例如女主角子勤会和小说作者"我"对话，表达她不同意作者对她的命运安排而"失踪"的想法；子勤也会出面告诫读者，警惕男作家的叙事往往牺牲女性的个性与自由。这些具有后设叙事性质的手法，在小说历史大叙事的框架中凸显了追求平等的女性意识，丰富了小说的意蕴。

英培安的另一部长篇小说《戏服》入选2015年《亚洲周刊》"中文十大小说"。从主人公梁炳宏初闯南洋来到新加坡，写到其孙儿梁剑秋学戏后离

---

① 　《文讯》编辑部：《推动之力——台湾与新加坡华文小说奖助与补助机制座谈会》，（台湾）《文讯》第362期（2015年12月）。

② 　英培安：《骚动·前言》，（台湾）尔雅出版社有限公司2002年版，第3页。

家不知所去，风雨七八十年中，梁家三代和新加坡盛极而衰的粤剧一样，命运曲折，不知所终。当年新加坡粤剧蓬勃向上，喜欢演戏的梁炳宏错失入戏班成名的机会。其孙剑秋在他精心调教下，从戏迷而成名角。但在新加坡逐步成为一个英文主流的现代都市的社会进程中，传统戏曲衰微，中学未毕业的梁剑秋甚至失去立足谋生的空间，前途不知何在。小说叙事交错，人物性格鲜明生动，1930年代后新加坡不同时代的社会风貌历历在目，从题材到细节，都显出英培安念兹在兹的情怀。

中生代作家长篇小说创作有成绩的还有原甸（1940—　，本名林佑璋）。他长期从事文艺副刊编辑，较早进行诗歌创作，在2002年出版长篇小说《活祭》，与英培安的《骚动》形成强烈呼应。小说也讲述1950年代的华校生三十多年的寻求和失望。主人公毕业于创办于1955年的南洋第一所华文大学南洋大学，积极投身于社会革命运动，因不满新加坡压制华文的西化教育，也为了社会主义理想的追求，来到中国。"中国，在他们的话题中是神秘又充满诱惑的。很遥远，但又很近，遥远到他们觉得迷蒙又凄美；但又很近，可是又看不清楚。"[①]但内地的现实最终使他离开，流落香港将近二十年，终于在宗教信仰中找到归宿，他也回到了故乡新加坡。小说所截取的生活横断面非常具有不同时代的鲜明特色，显示出中生代资深作家要记录1950年代至1980年代这一历史时期的努力。陈美华（1943—　）1989年后出有《窈窕淑女》《突破》等多种长篇小说，其第一人称的叙事角度，往往交汇了伦理学、社会学、历史学、心理学、民俗学等多种视域来表现商界生活，在新加坡商界小说的发展上有所建树。流军（1940—　，本名赖涌涛）的长篇《浊流》也是商界题材小说，讲述"情谊可比桃园结义的刘关张"的林全德、牛一火、洪锦泰合股"三合公司"，终被商业社会唯利是图的"浊流"吞没，

---

① 原甸：《活祭》，（新加坡）玲子传媒私人有限公司2002年版，第36页。

人物命运、性格的分化与新加坡社会转型密切相连。新加坡作家常有经商体验，新加坡华文商界小说则是各国华文文学中较早有突破的。流军的另一部长篇小说《赤道洪流》则是"新马首部描写抗日战争史实的巨著"，以记者田雨丰在新马沦陷时期的遭遇为线索，正面描写了华人顽强抗击入侵日军的悲壮业绩，史实叙述的气势、民间气息的语言、人物群像的塑造很好地结合在一起，艺术较为圆熟。

中生代作家中女作家群的崛起是1980年代新华文学引人瞩目的现象。1979年，《民众报》为"使新加坡各方面的发展得到平衡的进境"，举办短篇小说创作比赛，孟紫《金鱼》、张曦娜《尘烬》、蔡淑卿《犊》获一、二、三名，而这三位作者皆为女性。同年举办的另一次全国性小说比赛，头三名也皆为女作者夺得。此事成为新加坡文坛佳话，也表明新华女作家的崛起。1970年代，随着社会生活环境、读者阅读需求和女性自身文化结构的改变，新加坡已逐步形成70余人的女作者群。1977年开始，新加坡教育出版社推出"新屿文丛"，第一批4种小说集的作者蓉子、蓝玉、君盈绿、黄华是清一色的女性。同年8月，新加坡教育出版社的《妇女作品专辑》问世，教育部长何家良的序指出，"此间从事写作的妇女"和"喜欢阅读女作家作品的读者"都"有了显著的增加"。在这种创作与阅读互为促进的环境中，一批创作个性各异的女作家脱颖而出。

大器晚成的孟紫（1928—　，本名陈美今）执教三十余年后才闯进文坛，1981年后出有小说集6种，而教育小说是她作品中最有个性的，也开启了新加坡教育小说的重要时期。中篇小说《幕》《今后我是真的》既有对学府与官府、学校与学店等是非界限的入骨剖析，又深刻剖视了受教育弊端裹挟的知识分子的矛盾心理。作品文笔老到，细密而本色地写出了教育界的真态实景，且有思考深度。孟紫小说也堪称现代都市教育小说，这不仅在于其文笔失却了往常校园文学的平和、温馨，而显得叙事节奏快速，场景切换频繁，

词汇色彩奇异，还在于小说从构思到人物都跃动现代人的思维节拍，提出的问题往往紧扣现代都市教育的关键，所塑造人物也突破以往"为人师表者"的单一层面，师生关系更多地包含现代都市社会中的情感沟通、现代教育技巧中的人性关怀等因素。孟紫创作厚积薄发，所以艺术表现上也有"回首人生时的轻松与机智"。她注重情节的"浓缩"，以求人物塑造的血肉丰满和灵魂深度。她的写实手法活泼多变，借鉴意识流技巧则简洁明快，语言从容清新而不乏锋芒，比喻尤为新颖脱俗。

蔡淑卿（1939— ，生于马来西亚，毕业于南洋大学现代语言文学系）是新华女作家中最早著有长篇小说的。长篇小说《千里柳绿》（1982）讲述新加坡旅游团的中国之行，巧妙通过旅途的友爱互助，侧面反映了新加坡人民同心协力建国立邦的进程及其精神，充溢着新加坡公民的国家自豪感。她的短篇小说更有对新加坡社会慧心独具的体验。如《摇篮》借女主角于宛为儿子办澳大利亚户口一事，写出了融民族、国家意识于一体的归属感与人物内心寻求最终水乳交融在一起，是典型的新加坡"建国文学"。

女作家中，多产且质优的是尤今（1950— ，本名谭幼今，生于马来西亚霹雳州）。她1971年就读南洋大学时就获"全国五大专短篇小说创作比赛"第二名，是第一届"新华文学奖"（新加坡文艺协会颁发）得主。1979年后出版了10余种小说集，以女性视角审视、描绘不同文化背景下各色人物（其中相当部分是男性形象）的命运，突破了传统闺秀文学的视野，显露出多元民族国家的文化特色。《织布匠》中的茵娣娜天生丽质，把印度传统国服沙里具有的含蓄与奔放的美发挥得淋漓尽致。然而传统风俗、家庭礼教却使她甘心承受"被茧所缚"的痛苦，委身为妾。作品针脚细密地描写了茵娣娜对传统习俗下婚姻的恐惧、麻木，并于其中写出了女性美的毁灭。《沙漠的噩梦》讲述叙利亚律师穆罕地为了妻子的学业与弟弟的康复只身赴沙特阿拉伯谋职，结果因违反居住国的酒令而入狱。作品渲染穆罕地故乡盎然的古意及孕于其中的美好灵魂。穆罕地认为自己未尽兄长之责而导致患绝症的弟弟自杀，正是在这种深深内疚中酗酒而惹祸。他的美好心灵和不幸结局的反差被表现得动人心弦。其他小说，如《他是一条活的亚文河》所写新西兰人比利的孝道，《风筝在云里笑》所写爱尔兰人茱莉亚的相夫养子之"道"，《骆驼塔巴》中所写英国人塔巴的不幸婚姻等，都联系着人物各自国家的文化习俗和他们漂泊异国的遭遇。同样很有意味的是，由于小说全使用了第一人称的叙事视角，自然渗进了相当浓郁的华族文化，如儒家文化的色彩，交织成小说独特意境。

尤今精于在情味浓郁的散文意境中构筑小说情节，文笔洒脱、清新、婉丽，却有豪放遒劲之气。事实上，她的散文数量多于小说，质量上乘，影响不亚于小说。散文集《沙漠里的小白屋》《太阳不肯回家去》等，语言秀丽，意象丰盈，尤其是其游记，情景交融，意味丰富。如《自绘人生图案的女人——记老挝风情》在异域人物和风光交融中有着深切的人文关怀。文章将銮巴拉邦（今译"琅勃拉邦"）这座东南亚诸国中原貌保持得最好的古都的自然风光、建筑市容与老挝人安贫乐道、随遇而安的性格，闲适、淡泊的生活方式、节奏都描绘得丝丝入扣，在有如与世隔绝的世外桃源的氛围中，凸现了一个"高高兴兴地骑在生活的轮子上，随心所欲地让轮子在人生的道路上辗出一道道让她顺心而叫别人醉心的花纹图案"的老挝女子。文姐茹思变革，图进取，心灵手巧，用多种手艺谋生财之道，保持着老挝人的乐观、和睦，却不为其"高度闭塞"所拘囿，而是将心灵窗户彻底向世界打开，由此深切关怀着"在一个务农而又长期封闭的国度里，要为广大的国民培养起一套全新的生命观和价值观"的问题。[①]

孙爱玲（1949—　，出生于新加坡）1976年开始小说创作，其第二部小说

---

① 　尤今：《人间天堂》，东方出版中心2000年版，第56、60、62页。

集《碧螺十里香》1990年获"新加坡书籍奖",表明了其文化(言情)小说
在新华文坛的地位。孙爱玲曾取得新加坡南洋大学文学学士、香港大学哲学
硕士和博士学位,这种教育背景使她涉足女性文学创作时,会在言情层面较
多注入文化意蕴。她自叙将《红楼梦》及其传人(如张爱玲)的小说艺术奉
为"金科玉律"①,她的小说也正是在民族文化传统的层面上传达出雅洁、
温婉的魅力。东方文化积淀丰厚的物品往往成为孙爱玲小说构思的焦点,从
不同角度、层面丰富了小说的文化意蕴。《羽丁香》讲述女主人公羽丁香化
用中国古代珠宝设计使"得宝斋"起死回生,在人造首饰上写出了东方文化
的高雅、聪睿。《白香祖与〈孔雀图〉》对粤绣的花式图形、针法绣工如数
家珍,而一幅国宝《孔雀图》写活了淡泊名利、执着变革的东方人格精神。
《碧螺十里香》以二祖母关凤慈的一生写出一个时代的变迁。她出身贫苦,
曾为女伶,但志气高洁,举止脱俗,治家平身,进退有道,这一切有如传统
名茗碧螺茶十里香,令人回味再三。《斑布曲》写"我"与出身马来族的继
母阿伊莎及其女儿莎琳娜的感情纠葛,哀婉缠绵。这不仅由那近乎神奇的蜡
染织品勾连起,而且脱出一般言情模式,在南洋各族对永恒艺术的执着追求
中升华主人公的情感。孙爱玲对传统文物的摹形绘色令人惊叹,而更有文学
价值的是她由此构成人物生命中极有光彩的一部分。

孙爱玲小说的情爱模式较少单纯的情欲性爱因素,这中间不仅积淀着兼
及情理的东方文化内核,也包含孙爱玲小说将情爱首先作为一种文化行为加
以把握的努力。她的早期小说都写"女人的小故事",有着对女性在父权
强势文化侵袭中生存危机的同情,但更多是对女性愿望在现实境遇中深化的
内涵的揭示:女性对爱情、婚姻、家庭的追求中渗透有现代人格的自尊自强
自立。到了孙爱玲的第三部小说集《玉魂扣》(1990),情爱往往只是一种

---

① 孙爱玲:《绿绿杨柳风·心声》,(新加坡)草根书室1988年版,第3页。

情节框架，框架中的内容则是作者要解析的文化。如《天凉日影飞》《风茄放香的日子》，这些题目取自《圣经》的爱情诗篇《雅歌》，所写亚安、漓渊、皓星、尧坤的爱情纠葛也完全成为作者力图解析的东方社会基督教文化的载体。整体上讲，孙爱玲小说的人物世界更多是新加坡多元社会的文化世界。

孙爱玲小说理性意识强，艺术控制力也分寸得当。她创作前往往要研读相关的文化典籍、物品，"对小人物、小故事、小动作、不经意的对白"，又"特别有感应，有灵性"，[①]所以她的小说构思细腻，视角多变，但又清爽明洁，善于将感觉和体验融合成一种文化氛围，并恰到好处地运用生活细节，构成一幅幅新颖独特的华族文化艺术画面。孙爱玲还另有散文集《水晶集》等。

中生代有影响的女作家中，还有蓉子（1949—　，本名李赛蓉，1970年代开始写作，出有《又是雨季》等多种小说集和《难道风情老无份》等多种散文集）、梅筠（1949—　，本名辜楚霞，1970年代开始创作，出有《捕蝶人》等多种小说集）、蓝玉（1941—　，1970年代后出有《生活底脚印》等4种散文集和《跳不出后巷的女人》等5种小说集）、陈华淑（1938—　，出有小说散文合集《追云月》、散文集《冰灯辉映的晚上》等）。

新加坡微型小说的兴起和成熟，也是在中生代创作中完成的。1987年，新加坡华文书籍展工委会主办"全国微型小说创作比赛"，出版收录34位作者作品的《微型小说佳作选》；1989年，彭飞编辑的《新加坡微型小说选》收有47位作者的作品。周黎（1934—　）的《恶魔之夜》（1988）和洪牛的《掌上惊雷》（1988）是新加坡最早的微型小说集。之后，有近10位中生代作家出版了个人的微型小说集。其中黄孟文（1937—　，美国华盛顿大学哲学

---

① 孙爱玲：《绿绿杨柳风·心声》，（新加坡）草根书室1988年版，第4页。

博士）是最自觉的倡导者和实践者。

黄孟文求学期间曾专门研究过小说学，对微型小说创作的选择一开始就有自觉的文体意识。他曾多次撰文谈微型小说，论述的核心是如何立足现代都市社会，让微型小说也能成大气候。他在1990年编选新加坡微型小说选；1992年，他任会长的新加坡作家协会创办《微型小说季刊》；1994年，积极组织了首届世界华文微型小说研讨会，在新加坡召开；之后，又大力推动世界华文微型小说会的成立与活动。他自己在1991、1994年分别出版了微型小说集《安乐窝》和《学府夏冬》。这些都有效推进了新加坡华文微型小说的发展。

黄孟文对微型小说的定位一开始就突破了"短篇小说微型化"的误区，他的微型小说也未囿于传统短篇小说的叙事功能。他常用一个生活场景写出情绪、意会、思考、氛围、意境。《焚书》和《官椅》都只截取一个生活场景。前者描写老人君瑞将自己毕生购置的千册华文典籍付之一炬的无奈心境，在一种"焚根"的悲凉气氛中展现了华族文化的历史处境和现实困境。后者只用卸任署长庄老先生终日坐于定做的"官椅"上以寻回昔日乐趣而终不能的小镜头，呈现出一个官僚退休后交织着嫉恨、不平、孤独的失落心态。这些场景重于故事、气氛渲染甚于叙事发展的构想，将意境、氛围等美学内容表现于小说，使微型小说像诗一样精粹、隽永。黄孟文的微型小说既有对现实人生的真切体验，又有较为娴熟的现代小说的手法。《窃听器》在描写方达荣六秩大寿之日借助窃听器听到了同行、下属、挚友、长者，乃至妻子对自己的种种议论，将心理写实、黑色幽默和超现实主义手法等小说因素构成艺术张力场，使人物的种种"腹诽"折射出人性弱点、商业社会的道德沦丧和现代社会人际关系的扭曲等多层面的内容。黄孟文将对社会、人生的深刻思考纳入了微型小说精悍而洒脱的形式中，创造出一种有思想智慧深度的小说美。

　　张挥（1942—　，本名张荣日，出生于马来西亚）的微型小说集《45.45会议机密》曾获"新加坡书籍奖"（1992），其中的同名小说成为微型小说名篇。张挥长期执教于华校，《45.45会议机密》讲述华校教育出身的老师在新加坡英文至上的教育环境中承受的巨大压力和无辜罪名，以一种"沉默"的会议气氛写出一场"冤狱"的形成。在800余字篇幅中，作者巧妙使用了58个数字。而这些数字都联系着新加坡社会的急遽变动，不仅使小说情节波澜起伏，而且呈现出人物心理的起伏变化，产生强烈的艺术震撼力。他另一微型小说集《十梦录》追求"把每一篇小说写得尽善尽美"。《狮城旧事》上下两篇，各由舞女白笑、车夫阿辉的叙事视点构成跨越三十余年时空的历史透视焦点。两个小人物既朦胧又明晰的情感交流却负载起1950年代整个新加坡华人社会创建南洋大学的巨大热忱，象征寓意和社会写实水乳交融。《十梦录》采用梦幻意识形式，真实而开阔地传达出新加坡华人社会的文化裂变。《门槛上的吸烟者》则以现实意识流手法，将从殖民时代到独立建国的近百年沧桑历史，浓缩于阿老手指缝间夹着的一支香烟。而通篇烟雾弥漫的氛围，使读者对作品题意可以有多种解读。张挥还出有多种散文杂文集，多涉笔于华文教育，同样印证着他对民族文化血脉所系的华文教育的深刻忧虑。张挥1992年获"东南亚文学奖"。

　　微型小说在出生于五六十年代的、与新加坡共和国"同步"成长的华人新生代作家的创作中更为成熟。他们中许多人作为"末代华校生"承受过语言教育转换过程中的精神放逐之痛，更受到新加坡1980年代急速进入后现代社会种种变革的影响。他们创作很活跃，富有创新，使新华文学"有所突破"，被称为新华文学的"再出发"。

　　出生于加冷河畔的希尼尔（1957—　，本名谢惠平）1989年以一本"根植于文化乡土上的诗集"《绑架岁月》引起新华文坛关注。几乎与此同时，他的微型小说创作也一发而不可收，获新加坡第一届"金狮奖"小说第一名。

小说集《生命里难以承受的重》和《认真面具》都获得"新加坡书籍奖"，收录1988年后的微型小说百余篇，其独特的艺术震撼力被视为新华小说重要的新收获。

希尼尔深悟新加坡华人在社会急遽变化中被"连根拔起"的心灵痛苦和急切寻根而不得的精神迷惘。他的小说颇有气势地将这种心灵冲突外化为一种"客观投影"，在咫尺条幅中酿成悲凉厚重的艺术韵味。《南洋SIN氏第四代祖屋出卖草志》通篇以父子对话，将历史眷恋同现实"代沟"之间的冲突写得意气酣畅，将寻根的目光引向脚下南洋土地，由此寻到的生命之根，积淀着新加坡华人魂系"双重家园"的情绪体验和命运思考。其他小说，如《舅公呀，呸》描写"华文传统"如何被无知、偏见毁灭；《宝剑生锈》借一把演出《荆轲刺秦王》的宝剑，道出民族高风亮节的失落；《布拉岗马地》则抒写父亲弥留之际也无法割舍对旧居之地的情感……所写都是新加坡本土化了的华族情感，使人感到其小说根植于新加坡乡土的内涵。

希尼尔的小说从新加坡乡土出发，其终极视野却是世界性的，他致力于开掘新加坡乡土历史和现实的诸多层面，具体而微，关注的目光却始终落在人类普遍性的层面上。《退刀记》《野宴》《横田少佐》《认真面具》《异质伤口》等小说都涉及二战日本侵占东南亚所犯罪行，而作者不仅将小说作为历史见证，更作为人性记录来写，常以两种文化背景下形成的观察点写出人类忏悔、抉择的彷徨。《或者龙族》《捐精》《生命里难以承受的重》《浮城六记》等诗和小说都落笔于新加坡后现代时代华人精神的迷惘、抉择的艰难，由此写出的也是人类共同的困境。希尼尔小说能够始终敏锐捕捉住一个又一个颇有新意的题旨，就在于他的文化心态始终寻求与全人类精神需求的相通。小说文体上，希尼尔也以极大的创新锐意参与新华文学传统的建立。他所创造的现代都市小说体式，借鉴化用了现代社会诸多大众传媒和其他文献资料，如新闻报道、广告、调查报告、会议档案、抽样分析，乃至请束、讣告等，让其成为"一组较大规模的社会现象"的浓缩。如《变迁》以三则实录的讣告构成一篇颇具震撼力的小说。三则讣告，从最早的到最晚的相隔仅二十余年。讣告文体、用语"实录"的形式变化之大，浓缩起所有30岁以上华人都曾有过的"被连根拔起"的迷惘感、恐惧感和遗弃感。其他如《现象三十六变》以抽样调查的形式全面揭示新加坡社会的价值迷失，《让我们一起除去老祖宗》以"内部传阅"的会议档案形式，揭示以同宗同乡联姻的华人社团在现代金钱关系面前的消亡。这些小说的魅力就在于作者对一些普通乃至简单的形式进行驱遣自如、妙想迭至的组合，并置于东西文化大撞击的背景下，关注新加坡华人的命运，由此提供了一种开阔明朗的智慧世界。

谢裕民（1959— ）的创作格局有异于其哥哥希尼尔，他18岁和希尼尔合出散文集《六弦琴之歌》后，在小说创作上异军突起，三次夺得新加坡小说"金狮奖"，34岁时获新加坡新闻与艺术部所颁"青年艺术奖"，随后（1995年）参加美国爱荷华"国际写作计划"，被称为"新加坡文学从乡土走向一种都市化的新领域"过程中"最引人瞩目"的作家。

谢裕民第一本小说集《最闷族》（1989）所收18篇小说，皆注明"城市小说"，表明其开掘"城和人"的主题。《归来去兮》是其第一篇探讨"城市"文化氛围与人的文化性格之间复杂关系的作品，描写在中国生活三十余年的大哥回到久别的新加坡与父母兄妹重逢，面临"如果一切重来"的人生困惑，最终返回了中国。小说显露出谢裕民的创作视点：他视新加坡为乡土，要写出新加坡"城"中华人性格的演变和再形成。而这是真正属于新华文学传统的东西。1994年，谢裕民出版小说集《世说新语》，其笔势更纵横于新加坡华人生活的诸多层面，针砭世俗，戏谑嘲讽之中有其深刻性。《北京唐人街》传神地勾勒了华洋杂处、急速变动的生活环境中浅薄、盲从的市民众生相，《爱拼才会赢》《我们的文学史》对新加坡华人社会的保守心态、怕输心理深刻揭示，《遗嘱》意在展现华人社会以家谱体现的历史的脆弱，《孔子之吻》则思考五千年文化之根"脱节"于新加坡社会的深层原因……这些都显示其透视"新加坡性格"的深度。

小说形式、技巧的试验，始终是城市文学关注的热点。《世说新语》51篇大致呈现谢裕民探索小说新形式的方向：对应于营造新加坡城的文化氛围来寻求小说文体。《世说新语》每篇作品篇首都有一句孕有历史和艺术张力的话语，与小说正文构成各各相异的对应关系。各篇的具体构思则追求"返璞归真""越短越过瘾"，适合城市人阅读。

谢裕民后来也关注历史叙事，其中篇小说《安汶假期》（2005），讲述新加坡父子两人到印尼马鲁古群岛首府安汶寻根的故事。他们的先祖原籍安徽凤阳，朱姓，明亡后逃亡台湾途中遇海上台风流落安汶。至19世纪中叶，朱氏后人已被视为岛上土著，只是"声类京腔"。祖父被一来到安汶的粤人带回中国后又移民印尼，1960年代为逃避印尼反华暴乱再次回到中国，而将其子留托于新加坡，他便是到安汶寻根的"我"的父亲。安汶家族的后人在他们父子眼中，完全就是土著："我们的血统到底要追溯到哪里？三代前有印尼土著血统，再往前原来还是明朝的贵族。谁知道再往前追溯，会不会不是汉人？"这是虚构还是历史真相？对南洋华人而言，南洋确确实实是他们唯一的故乡了，而其中的血缘亲情难以道尽。

散文、诗歌创作上才气充溢的梁文福（1964—　，南洋理工大学文学博士，1990年《联合早报》校园版主办的"我最喜欢的作家"评选活动中，在"国内作家"和"国内外作家"两组中均排名第一。出有诗集《盛满凉凉的歌》，散文集《最后的牛车水》等，获新加坡第一届"青年艺术家奖""新加坡书籍奖"等）出版第一本散文集《曾经》（1983）时，年仅19岁，却已经以"曾经"的情感、视野提出"何者为东，何者为西"（《纵西风二度又如何》）等人生、国家的重要问题，其文化自信和爱国情感确非中生代作家可同日而语的，古典与现代双重滋养的文笔从容中激情荡漾。他在小说创作上富有创新锐意。小说集《梁文福的21个梦》（1992）讲述了21个"荒谬得合理，或合理得荒谬"的梦，每个梦后面都附有确有其人的"云游僧"继程、青年戏剧家韩劳达和诗人蔡志礼的"解梦语"。于是21个梦使人或领悟到禅理，或咀嚼其戏味，或感受到诗意，而又都不可说尽。这种多重视角的叙事，大大拓展了梦境梦语的层面。而21个梦本身以梦中"我"与寻猫少年的相逢、失散首尾呼应，在同各色人物的对话中，夹杂着现实生活场景，以表达对生命的意义的寻求。作者织梦的笔调妙想纷集，机巧屡见，其嘲讽、调侃、戏谑，却又在机锋中透出真诚。如《我看到自己躺在梦里》假想自己的葬礼有如一个世事嘈杂的露天吟诗会，而作品中现实世俗和古典梦幻的交织，却使人感到作者似乎把一场露天吟诗会处理成假想的葬礼，由此显示出对创作、阅读环境中充斥的矫情的嘲弄。《锁住梦的大屋子》对"垂帘"实行思想专制的抨击大胆显豁。题旨的丰盈、文体的奇巧新颖，使梁文福的小说在新生代作家创作中也显得卓尔不群。

新生代作家大多以写诗起步，而现代文艺边缘性、综合性的文化氛围使他们的小说创作往往更具有艺术的多栖性。董农政的《伤舌》（1984）就展现一种"以诗、小说、散文三种不同特色笔调交汇的综合结构"。《邂逅眼神》以充满生命思索的眼神的转移结构全篇，《战争》用战争恐怖的梦境与世俗意味的工作午餐的对照构成情节框架，其中意象的叠印、叙述节奏的起伏、语言意味的多层次、写实和抒情笔调的交汇等，都"可以令人有着无穷的体味、咀嚼和感受，恍如一座三棱面的紫晶石，无论从哪个角度，都可以幻化出万千风姿，备增意境上的无穷效果"①。而这些，既化自传统诗文，又具有现代诗的艺术意味和效果。《伤舌》后的小说集《没有时间的雪》

① 杜南发：《伤舌·序》，董农政：《伤舌》，新加坡文学书屋1984年版，第2页。

（1999），在继续融合小说与诗歌、散文的要素，甚至消泯不同文体界限的同时，又以古今交融的内容构思显示其创作独特的边缘性。《地球守护神》《败》等在科幻、武侠等情节框架中表现出强烈的文化寻根意识。《如果你在阵中，你想你能走出阵外吗？》《觅罗盘》等颇有新意地展开对五行学说的现代解读。古老文化和现代忧患的交织，构成董农政小说的独特视角。

创作以诗歌为主的郭永秀（1951— ），其诗集《筷子的故事》1990年获新加坡国家书籍理事会颁发的诗歌组"高度表扬奖"，"筷子"这一东方故土意象在郭永秀现代诗的感悟中成为民族命运的一种象征。开篇"五指微拢，轻轻／夹起五千年的芬芳／精致，如慢磨细琢的象牙雕刻／轻灵，如伸缩自如的关节／简单而实用——／是手中两支等长的平衡"，就将多层次的象征、暗示，水乳交融于独异而丰富的感性呈现中。"微拢""轻轻"的动作，"慢磨细琢""精致"的质地，"轻灵""伸缩自如"的举止……都弥漫出东方人的生活气质、情调、趣味，又暗示出东方文化的品质、历史、命运。诗作从容舒缓的节奏，从整体上丰富了"筷子"的东方文化象征意义。随后，诗在交替有序的节奏中以"筷子"的意象展开南洋华人移民的命运史迹：离乡的无奈、急切，拓荒的艰难、强悍，新的生命的蔓延，历史"蜕变"中家园的重建……这一切都与"筷子"意象的内涵意味丝丝入扣，而"单筷易折"的民族典故负载起南洋华人寻根的力量。整首诗包含了"边缘"漂泊安身立命的历史叙事、生命记忆转换成的文化认同、民族寻根中的中华想象，这些都呈现出"筷子"的文化母体意味。郭永秀长期从事音乐创作，其诗的乐感也强。他的另一诗集《月光小夜曲》中浓郁的抒情意味，正得力于诗作旋律、节奏的丰富而分明。

新生代作家中，创作有实绩的还有张曦娜（1954— ，女，著有小说集《掠过的风》《变调》等，曾连续四次获新加坡小说"金狮奖"，并获"新加坡书籍奖"）、胡月宝（1965— ，女，毕业于台湾大学中文系，著有小说集《撞墙》《女人女人》、散文集《心尘》等）、馨竹（1949—　，本名曾琳琳，著有小说集《人情结》《夏季里的秋天》，散文集《晚风送我到河畔》等）等。

2015年5月，《联合早报》副刊《文艺城》推出1980年代和1990年代出生的华文创作者系列，称之为"后转调世代"。他们所受教育都以英文为主，但仍热衷于华文写作，其崛起也许会成为新加坡华文文学的一种"新出发"。

第三节　新马旅外新生代作家等的创作

1980年代后新马旅外作家的创作不仅成就骄人，而且对新马国内，乃至东南亚各国华文文学构成一种"重建再构"的关系，并逐步成为新马华文文学传统的重要组成部分。1980年代后新马旅外作家大部分属于1960年代后出生的华人新生代，其创作既产生于全球化语境，又密切联系着华人在居住国所处地位和社会参与方式等的变化，反映出地域性与全球性兼有的创作走向。

张贵兴（1956—　）年龄属于中生代，他和李永平一样来自沙捞越，但出生和求学台湾年月都比李永平晚九年，其创作成熟时期也在1980年代后。这里将他置于新马旅外新生代作家之前叙述。

张贵兴聪慧少成，14岁开始写作，1978年至1980年连续三年获台湾"时报文学奖"短篇小说奖。之后创作力持久旺盛，1990年代后创作了以其故乡婆罗洲为题材的6部长篇小说，连获台湾《中国时报》《联合报》《中央日报》的多项重要文学奖项和"花踪文学奖"的"马华文学大奖"、台湾文学"金典奖"等。而他的新作长篇小说《野猪渡河》2020年获第8届"红楼梦奖：世界华文长篇小说奖"首奖，成就了马华文学史上的最高成绩。

张贵兴在台求学前的小说，即使在马华现代小说中也是个"异数"，其意象之繁杂、组接之奇妙远甚于现代派诗歌，并时而在种种虚拟、反讽、狂欢中对现代主义的死亡、自由、孤独等一一解构。他留居台湾后的早期小说已表现出狂放的乡野传奇笔法，如《伏虎》描述爷爷最终以"断根"之举降伏了狂野纵欲的二叔吕烈，叙事大开大合，人物性格狂野爽朗，语言奔放浓烈。他创作的高峰出现在转向长篇小说后，其问世的6部长篇显示出马华小说从未达到过的高远繁复的境界和潜在的无穷创造力，开掘的依然是他从小熟悉的婆罗洲雨林生活和历史。《赛莲之歌》（1992）、《顽皮家族》（1996）、《群象》（1998）、《猴杯》（2000）、《我思念的长眠中的南国公主》（2001）等都将热带王国多族群的生命活力在东西、古今意象的交织中呈现得情酣意兴，并不时孕蓄起种种颠覆和再构的力量，对沙捞越华人的复杂历史展开了深入的处理。

张贵兴居住台湾多年，作品始终在南洋风味的艺术呈现中表达出对华人生存处境的关怀。长篇小说《群象》讲述1960年代马共游击队在沙捞越的传奇生涯。马来亚共产党的主要成员是马来亚华人、华侨。英殖民时期，马共因其政治理想主义色彩而被英雄传奇化。而在马来亚独立后，马共仍坚持热带雨林的游击战争。华人是沙捞越最大的族群，以华人为主体的沙捞越共产党在1963年开始采取以武装斗争为主的策略，其力量一度十分强大，但1970年左右趋于瓦解。这一华人重要历史至今扑朔迷离。《群象》以男孩出走、溯河深入雨林寻找亲人、随后与身为沙共领导人的舅舅在雨林中寻找失踪的象群（传说婆罗洲雨林群象系郑和带来而衍生，后遭英国殖民者大规模屠戮）和失落的象牙（作为革命武装斗争的资本）的线索展开叙事，巧妙运用魔幻写实手法勾勒出浓密奇艳的热带雨林世界。群象传说和少数民族历史、神话穿插交织，赤道雨林画面所生发的丰富细节，舅舅自白和男孩梦境所呈现的"革命堕落"场景，都凸现出马共兴亡历史中包含的华人命运。

沙捞越华人与当地土著的复杂历史关系是张贵兴小说关注的一个重点。长篇小说《猴杯》中，中学教师雉在沉重的内疚自责中回到故乡雨林，因为妹妹的初生婴儿畸形而陷入更大困惑。而妹妹及其婴儿的生理残缺的真相在雉深入雨林寻找妹妹中得以揭示，它所指向的母亲的弱势惊心动魄地反映了华人南洋拓荒历史中族群、性别、阶级等交织的复杂关系。雉的曾祖善用权谋，收买了殖民当局，在拓荒中建立了他辽阔的雨林王国，和其儿子残酷掠夺着原住民的土地、身体，其意志和欲望比雨林猛兽更令人恐惧憎恶。雉的妹妹其实是被雉的祖父强占的达雅克族少女，雉的家族也陷入了与达雅克族的仇杀中。然而，雉在深入雨林揭开家族历史的历程中得到了达雅克族少女亚妮妮的真诚相助，并最终与亚妮妮结合，掀过了历史沉重的一页。张贵兴由此表现出来的民族自省和批判精神，在他丰饶的雨林审美体验的表达中抵达了历史的深度。

《野猪渡河》[①]讲述1941年末日军攻占婆罗洲，盛产石油的小渔港猪芭村群居华人遭受到日军大规模杀戮。在历史恩怨情仇的复杂纠葛和大自然莽荒强力的冲击中，村民们抗争、溃败。小说中的"野猪"象征地指向了"人的内在兽性"和雨林的"洪荒之力"两个层面，小说叙事也有着族群（华日英荷和原住民达雅克族）关系和大自然施虐两条线索，深刻表达了双重抵抗杀戮的题旨。"张贵兴以惊人的文学想象力，调动对热带雨林的天候、土壤、水果、野兽的全部感官（视觉、听觉、嗅觉、触觉）"，在上述两条线索的展开中，"建构了他在生与死、人与兽、善与恶之间，曲折迂回的历史哲学和暴力美学。——笔力雄劲，构思恢宏，《野猪渡河》成就了世界华文文学的又一经典巨著"。[②]

---

① 　张贵兴：《野猪渡河》，（台湾）联经出版事业有限公司2018年版。
② 　这是黄子平对第8届"红楼梦奖：世界华文长篇小说奖"首奖作品《野猪渡河》的评语。

陈大为（1969— ，曾获"台北文学奖"、"联合报文学奖"散文及新诗第一名、"中央日报文学奖"新诗第一名及散文第二名等，现任台北大学中国文学系教授）是旅台马华作家中新生代意识最自觉的一位，就读于台湾东吴大学中文硕士班时，就由著名的文史哲出版社出版了他主编的《马华当代诗选（1990—1994）》，入选诗歌以作者的"字辈"、世代为每卷之间的划分标准。这种派的消解、"代"（辈）的凸显的文学观念，正是新生代意识的核心。之后，陈大为教学、创作之余，策划了"马华文学系列""马华文学读本"等有影响的选本，在兼容并包的同时集中推介马华新生代的创作。他的多本论文集，《亚洲中文现代诗的都市书写（1980—1999）》《亚细亚的象形诗维》《诠释的差异：当代马华文学论集》《亚洲阅读：都市文学与文化（1950—2004）》等，用心细腻，出力勤勉，在历史脉络和世代演变中梳理时代的美学原则，为当时处于马华文学传统秩序边缘的新生代作家搭建平台。

陈大为更让人关注的是他的文学创作，尤其是其诗作；其创作上自觉的突围意识代表了新生代的创作追求，不仅自觉地与传统现实主义拉开了距离，而且不断挑战自我风格，其诗风的变异是自觉的艺术蜕变。从追求意象思维的情思哲学，重组时空，拓展语言张力，到追求叙事技巧，讲究语言策略，呈现精致中有颠覆性的审美形态，再到日常性表达的随机应变，以"轻松"靠近诗的平民性，以原生性还原指向静观朴淡的艺术美，其创作始终处于反僵化的突围。

陈大为的前四部诗集，分别书写"远古的神话中国"（《治洪前书》）、"解构的历史中国"（《再鸿门》）、"华人移民的南洋史诗"（《尽是魅影的城国》）、"马来西亚的多元种族文化与地志书写"（《靠近罗摩衍那》）。诗人的自我、小我，不断寻求着跟历史的大我对话、跟鬼神的异我对话、跟多元的他者对话，自信、智慧如汩汩活水，思维、语言也始终处于饱满圆润的状态。聊斋鬼魅是陈大为"童年的最爱"，他由此进入"真的虚构，假的真实"的诗世界；他痴迷"神话形象"与"历史叙事"的转换，由此构建成民间隐喻的博大空间；他深谙正史的气象和野史的秘方如何互相搓揉，于是驱遣种种历史叙事策略以"我自荐为霸王剑"；他惜乡愁如金，视"多元种族"为经典，由此呈现原乡的迷人情景。他身处"边缘"同时面对"神州""台北""吉隆坡"数个中心，诗作拥有更丰富的资源。他从南洋审视中原，又从台北反观南洋。他对鲧、庄周、屈原、曹操、项羽……这些几乎成为中国历史代名词的形象，剥落虚饰，"浓缩庞大"，烛明真伪，颠覆内外，叙事策略的现代性赋予古典形象以新的文化内涵。他构建南洋史诗，对殖民神话、宗法史缘、国族霸权一一予以清醒凌厉的审视，呈现出丰盈而深邃的南洋移民史观。他以"深情而疏离的新来客"[①]的眼光体察台北，又如"脱缰而奔的野马"驱遣远古之政教乱象，讥刺台北政治。"边缘"成为陈大为源源不断的创作动力，也使他始终坚守诗的本分。例如，马华文学中，涉笔最多的中国古典形象是屈原。而陈大为26岁时写的组诗《屈程式》[②]以源自内心体验的深刻批判性，以诗的内省本质获得了"屈原"言说的最大自由性。全诗所写的龙舟赛诗中的屈原、家庭端午中的屈原、课本传承中的屈原和楚辞中的屈原，都源自陈大为自身的日常感觉和历史反省。在民间的习俗礼节、家庭的节庆生活和课本的标准答案中，屈原都被简化、僵化、程式化：或在集体意识的接力中被注册成"深度催眠"的符号，或在食粽的永恒味觉中失去历史的张力，或被"殉国"这一"死亡的衍义"吞尽其重重忧患。但屈原仍活着，他"独独醒在自己的叙述里"。强势的传统"导读"，"简直像拓碑一样／我是那紧贴的宣纸无从挣扎"，只有

---

① 罗智成：《在"边缘"开采创作的锡矿》，见陈大为：《尽是魅影的城国》，（台湾）时报文化出版企业股份有限公司2001年版，序言第12—13页。

② 陈大为：《再鸿门》，（台湾）文史哲出版社1997年版，第37—44页。

用自己的生命去解读屈原，才能看到屈原这个"独醒的世界"。所以，"楚辞里的屈原才是屈原"，是陈大为将屈原代表的楚辞看作人格、情感的自由言说和深刻内省的源头发出的内心呐喊，也是陈大为文学生存状态的自我言说：文学如同屈原，"独独醒在自己的叙述里"。

作为马华新生代旅台作家，陈大为无疑用自己的诗广阔久远地体现了他对母语的挚爱，他把每一首诗都当作"一次语言技巧的自我锻炼——小至句法修辞，大至整体性的诗语言"①，始终把自己笼罩在语言锤炼的世界里。陈大为的诗歌"策略"少不了现代、后现代的艺术影响，句法上也免不了西方影响，但他诗意象的东方性／中华性浓烈繁密到令人叹为观止。陈大为最懂得"所谓传统，主要指通过语言传下来的传统，即用文字写出来的传统"②，也懂得汉字意象性隐藏着华族根本性的智慧、思维、秘密（他从小就对汉字的意象性有特殊敏感，"部首"早早燃起他"熊熊"字恋，也由小篆回到"汉字的童年"），所以他的诗会利用汉字的形声、会意，融合具象和抽象，也充满了汉语典故、历史的意象。"写实一头遥传的麟兽"，他以文字呈现东方传统，不仅摆脱国族、"中心"等界限的束缚，认同中华文化，而且以心灵与母语的相通相融完成着原乡意义上的合一。陈大为在诗歌创作上擅长多元技巧的创造和交融，各种异质的艺术因素在他笔下得到包容、平衡，并且向散文延伸。而他教学、研究、创作"三栖"的状态也颇有浑融之感，互添乐趣。这是陈大为创作潜力之所在。

黄锦树（1967— ，获"马华文学奖"、"时报文学奖"小说首奖、"洪醒夫小说奖"等，1994年后出有小说集《梦与猪与黎明》《乌暗暝》《刻背》《南洋人民共和国备忘录》《鱼》等）对马华文学史的影响更明显，

---

① 陈大为：《再鸿门》，（台湾）文史哲出版社1997年版，第138页。

② 涂纪亮：《伽达默尔》，见涂纪亮编：《当代西方著名哲学家评传》第1卷，山东人民出版社1996年版，第418页。

1990年代马华文坛的多次论战是由他引发的，其提出的论题对马华文坛的冲击和建设性作用很大。而他的"后设小说"，大概可以代表新生代作家对"马共之类牵涉到华人社群的历史禁忌"的新思考。《郑增寿》以"和马共的历史终结有关"的"郑增寿失踪"案件为线索，在一系列"民间侦破"方式中，一再以叙述视角的暂时性、假定性、含混性来暗示出探究清"马共"历史的艰难。作者在铺衍作品中借对小说文类、叙事观点、语言符号的不断质疑而对华人历史、身份进行追问，在南洋反思上拓展出了另类的思考空间。《大卷宗》在童年的幻觉、青年时的梦游和"临终"前的虚妄感中展示了一种可以预制乃至复制的历史轮回，表达了在"内在中国"层面上对"马共"历史的探寻。《鱼骸》中，热带雨林沼泽中只身潜游寻觅兄长的骸骨，台北校园"修道院"中深夜独享龟语卜灼的神秘乐趣，两种奇境的叙事交替进行，前者带出了马共兴衰的历史和青春热血的抛洒，后者通向了甲骨文化历史的深处。小说主人公对骸骨龟卜的迷恋，在亲缘（家族）血缘（民族）中寻找归宿，以青年亢奋遗精的方式和中年"回不去了"的自觉，呈现出欲在生命源头安放心灵而不得的悲凉。作者将被视为创作禁区的马共历史置于青春原欲的宣泄中表现，并自然地转换成文化的"招魂"。

　　集中反映黄锦树创作追求的是他的"旧家系列""马华文学史系列""星马政治狂想曲"等小说。"旧家系列"讲述马华民族的生存困境，在南洋"旧家"氛围中重建"离去—归来—再离去"的叙事。《火与土》（2003）讲述"我"一再清醒地返回父亲的旧园，去体验那种百年停滞的丛林荒凉。"我"在那毁于大火的木屋废墟上将旧日信件日记焚成纸灰，家族最隐秘的信息就藏于"火"与"土"之中。"我"目睹"吾家旧物"被强悍的印尼非法移民"盗用"，家族的"火"（父亲的烟斗）、"土"（开荒的锄、斧）奇异地失落／延续于异族的漂泊生涯中。这些都使得"归家"成为生死纠结的旅程。《撤退》（1990）描写英国人、日本人"来了，又走了"

的历史变迁，描写主人公"不管你走到哪里，都离不开这块你生长的土地"的执着。然而，"来了，走了——令他目眩头晕，只有土地是实实在在的踏在脚下"，他终于醒悟到，谁"也不可能永远是这一块土地的主人"，"土地是土地自己的主人……"人们不断地从自己脚下的土地出走，只有土地永远沉默地固守着自己。这种破除人类中心主义从而真正回归土地的"出走"，呈现出黄锦树书写南洋"旧家"历史的"野心"。南洋雨林土地有超越于垦荒者、占领者而真正属于它自身的历史，这些小说中，黄锦树比诗人还要敏锐、丰裕的南洋感觉证实了他的"南洋之子"身份。

"马华文学史"系列力图写出前辈作家"看不到、抓不到"的，以解构的方式延续马华文学史。《死在南方》（1992）以郁达夫战时的南洋流亡与失踪探寻马华文学史的起源。小说中，郁达夫流落南洋的文学踪迹，都被命名为"残稿"和《没落》《遗嘱》《迟暮》《最后》《末了》这样一些章节，而且是以"引文"的形式"还原它本体的存有"。这些历史碎片在南洋故乡的情境中变得血肉丰满。郁达夫失踪之谜在众多南洋华人的经历中转换成家庭和公众记忆中的"赵廉传奇"，又在"我"的荒原探险中成为"悄悄的归来"，以至"我""无意识地让自己成为亡灵最后的化身"。《零余者的背影》（1998）中，"零余者"郁达夫战后被日本军方的"遗令"囚禁于海中荒岛，他迷恋的仍是"文学的骸骨"，在远离尘世中默写唐诗古文，最后甚至信奉伊斯兰教，皈依真主。然而，他也依旧"想念富阳家乡的那位妻子"，以至他"归真"后荒岛岬角上多了一块"向北方"的"望妇石"。郁达夫是流落、寄寓南洋的中国作家中最负盛名者，他在南洋的踪迹不断延伸至种种"边界之外"，并具有了"无限的能指"。于是，郁达夫"死在南方"的命运，成为马华文学始源处的巨大象征性空间，揭示出马华文学起源的丰富性。

《胶林深处》（1994）是黄锦树最早的"马华文学史"小说。作品中，那黑森森的胶林，从林荫的浓淡，到林野的气息，都有着无尽的深邃，仿佛一座艺术符号的"象征的森林"，然而长居于胶林深处的作家林材却无法跟其相应和。林材家境清寒，社会底层经历丰富，又酷嗜文学，但这一切并未带给他创作活力。尽管他笔耕不辍，发表了912篇、420余万言的小说，但最后连他自己也觉得，这些"扣紧时代的脉搏""为人民，为文学史"而写的作品"不是麻痹，也是睡着了的文字"。作品将马华文学传统的解构置于中国五四白话文和现实主义的源头。到了《M的失踪》（1991），黄锦树的"文学史焦虑"有了更多的自觉。小说借寻找一位被推荐为诺贝尔文学奖候选人的马来西亚作家"M"，一方面用一种"无所顾忌"的笔法将马华文学界各流派的代表作家（一一冠以真实姓名）几乎"一网打尽"，表现出凶猛的解构力；另一方面则以孕于南洋乡土的丰沛想象力，呈现了"M""失踪"的山林浮水屋世界，而这一世界仍是预设的，从而表现出一种无法走出传统的清醒。两种叙事巧妙转换，浑然一体。此后，黄锦树不少小说都采取了对前辈作品"重写——再生"的方式，以此表明其建构的意向。《伤逝》自然源出于鲁迅，《植有木瓜的小镇》典出台湾日据时期著名作家龙瑛宗，《错误》化用郑愁予名诗所写"母亲的等待"，《少女病》则孕成于日本作家田山花袋、川端康成等的作品。黄锦树小说中的主人公经常能"看见自己"，看见自己回到了生命的本初状态（《撤退》），看见自己"只不过是个过客"（《错误》），看见自己不会"真的醒来"（《梦与猪与黎明》），由此也呈现出新生代的自审。这种自审，显然有利于新生代对马华文学史的承担。

最能呈现黄锦树小说诡谲的叙事风格的，是他的"星马政治狂想"小说。《我的朋友鸭都拉》（2002）讲述主人公"牺牲小我，为国家的未来谋出路"，娶四个不同种族的妻子——一个华人，一个马来人，一个印度人，一个"山番"，却不知最后尸归何处。这种"政治抱负"和结局够荒唐、狂妄了，但小说借此写出了种族环境中经济、文化政治化的现实情景，讥刺之多，戏谑之绝，都见出作者政治想象力的丰富。《猴屁股，火与危险的事物》（2000，原名《全权代表的秘密档案》）以"孤岛寓言"的形式，将政治戏谑发挥到了极致。小说有钱锺书《人·兽·鬼》的奇诡、机警，但在措置裕如中更犀利尖刻。作品锋芒所向虽及中国大陆、台湾、南洋诸地，但其"政治狂想"之地仍在"星马"。小说中那位已退休而等待"被追谥为国父"的南洋岛国长者在种种戏谑中"化身"为新加坡开国总理李光耀，失败而被因于海中孤岛的神秘人物则被直呼其名"陈平"（马共一号人物），这些都表明小说有"大大改写南洋华人史尤其是马共研究"的勃勃野心，而这又集中表现在小说对"身份混淆"的"狂想"中。档案中马共一号人物的身份在自述和他述的撞击中疑窦丛生，两个政敌其实在写同一部著作，荒岛人猴相处乃至杂交……这些奇诡的叙事都使得本有着明确指向的政治叙事轰然坍陷，其中"性"的戏谑对政治动机更起着拆解作用。黄锦树一再挑战政治叙事的极限，以此叩问文化的最终归宿。《天国的后门》（1999）将当时马来西亚首相马哈蒂尔和政敌副首相安华的争斗移入小说场景，那座名为"天国"的国家监狱成为其政治的象征。监狱大墙的壁画成为各种文化的涂鸦，遮蔽住牢狱生涯，而唯一空白的木质后门成为可疑所在，老谋深算的新狱长正是"以过人的政治敏感"意识到了"那块木板铁定和华人有关"而展开秘密调查。"天国之门"被洪水冲溃，最后流至马来村庄成为马来裔老者的床板，这一归宿也正是黄锦树政治狂想的终点。

庞大的后设结构和繁复的意象经营是黄锦树小说叙事最得心应手的。他的前卫技巧常使他的叙事进入"未知"层面而引人注目。比如，他的历史叙事会进入"未来叙事"层面。不同于科幻想象、电脑虚拟世界的未来叙事，黄锦树小说的"未来叙事"是被他的历史意识驱动的。《大卷宗》（1989）中那栋窗牖紧闭、跟野生植物紧紧纠缠的楼阁使久寻的"我"有走回往昔的错觉，而"我一踏入时即走入未来"。"我"在英国伦敦档案馆殖民部档案里查到殖民时代马来亚华人的一份"大卷宗""遗失"，直觉使"我"感到这跟当年穿窗逃遁的祖父有关。"我"回国做田野考察，"从民间的立场去勘测被埋没的历史点滴"，最终在祖父隐居写作的住处找到了他的尸骨和他留下的大量文稿。让"我"惊异的是，祖父所写关于马来西亚共产党、马来亚华人历史的文稿，其气息是"我"在梦中许多次嗅闻过的。"我"更惊讶地发现，祖父旧文稿中"一再地引用十年、二十年甚至四十年后的著作"，"我的博士论文……还有赵（"我"的女友——引者注）在晚年写的一部关于华族领袖的书"，这些甚至没有完成的东西都被祖父列入参考书目。"我"猛然悟到，祖父"他已经挪用了我三十岁以后注定拥有的年岁、精力，来助他完成那也许算得上'伟大'的著作"，梦中"那个忙于著述的我是我那被消耗的未来"，"此刻过去、现在、未来同时呈现，在思索东南亚华人的命运的同时……我将在时空中不着痕迹地消失，消失在历史叙述的边缘"。更具"未来"延续性的是，当"我自觉一种震动……像置身于母体的子宫中——接着是一种感觉，无"时，"我"又预感到，"赵"在垂老时也会明白她的家学渊源同样意味着以"未来"复制"过去"。童年的幻觉、青年时的梦游和"临终"前的虚妄，一起完成了极富生活和历史实感的"未来"叙事。祖、父、子三辈生活轨迹的叠合（祖父早已背弃的早年志业在父亲身上"遗传"，而祖父又早已写完了"我"的研究课题）表明"未来"是现实、历史的"预支"。黄锦树从马华民族的文化焦虑中深刻觉察到马华文化"内在中国"的历史属性跟马华民族社会外境、未来走向的冲突，所以他赋予小说中的"我"不可思议的"未来"感知能力，暗示出，马来西亚华人如果缺乏中华文化的"在地"生产能力，而仅仅是中华文化的消费者（"复制"正是一种消费方式），其未来是岌岌可危的。

　　钟怡雯（1969—　，1995年后出有散文集《河宴》《垂钓睡眠》等，获

"联合报文学奖"散文第一名、"时报文学奖"散文首奖、"梁实秋文学奖"等）一向被人视为"多面的夏娃"。她的散文"山水"兼得，情思双栖。其感受沟通着现实和神秘世界，其为人为文又从容出入于传统和现代之间。钟怡雯早早说过："马华文学不再是置于'地方色彩'的标准下才能研究的作品。我们不需要任何批评的优惠，马华散文必须在公正严苛……的标准下，接受研究与批评。这才是马华文学加速成长的最佳途径。"①置于跟中国大陆（内地）、台湾和香港散文一样"公正严苛"的评判标准下，钟怡雯的散文也是形质俱佳的。

被余光中推崇为"真正诡奇而达惊悚境地的杰作"②的《凝视》，描写发生在年幼的"我"跟去世的曾祖父母遗照之间的种种日常魔幻。曾祖父母成为一种纯然的传统、凝固的历史，"我"凝视他们的遗照所能接收到的讯息只有责怪、惩罚。然而，尽管二老遗照的眼光无所不在，"任凭我走到哪里，都被盯着，眼神简直就贴在我背后一般"，但初生牛犊的"我"仍有办法来化解对于祖辈的戒慎恐惧。过年大扫除时，家里派定"我"清扫祖先的供台。虽然"我实在没有勇气把鸡毛掸子拂到照片上，愈靠近照片，他们的表情愈严肃，五官咄咄逼人"，但"我"颤抖的心里仍在"不停地盘算，如果鸡毛逗出了他们的喷嚏，我该往哪儿躲"。这种儿童恐惧，会引发笑声，轻而易举地瓦解了维系三代的祖辈威严。接着，"我"在曾祖父的照片后面，发现了一只正破壳而出的小壁虎。它吃力挪步的极小动作，似乎在二老冷峻的眼神、嘴角上搅起一丝笑意，祖辈无可置疑的权威被这小小生命彻底倾覆……钟怡雯由此写道："那次大扫除好像一个告别仪式，永别那段被凝

---

① 钟怡雯主编：《马华当代散文选（1990—1995）》，（台湾）文史哲出版社1996年版，序言第12页。

② 余光中：《狸奴的腹语——读钟怡雯的散文》，钟怡雯：《听说》，（台湾）九歌出版社2000年版，第8页。

视的日子。可是凝视的力量却从来未曾停止……"道出了其告别"原乡"、走出传统的心灵祈求。正是这种"出走"的强烈愿望，使钟怡雯散文成为1980年代后华人新生代散文中富有代表性的创作。例如，钟怡雯的南洋叙事使她的身份认同显得清爽利落。《我的神州》是华人落地生根的历史叙事。橡胶林内的金宝小镇成了"我"无休止寻觅的"神州"，不只是因为爷爷奶奶在那里过了大半辈子，乳白的胶汁奶大了"老唐山"的子孙，也不只是因为叔姨们的日常亲切中已没有了"唐山"的乡愁，而他们才是我记忆中复杂而难忘的存在，更是因为胶林中的金宝小镇的消失。"神州"也许只存在于想象和遥想之中。《可能的地图》也是写溯源而不可得。祖父让"我"去寻访的70多年前居住的有如那"漏遗的地理，和嵌在正史缝隙的野史"一样难以寻觅的小山芭，它甚至存在于另一时空。然而，它是"我"感受得到的"一种干净透明的本质，充塞在天地之间"。这些久寻而不得的经历在钟怡雯笔下并无惆怅、迷惘、失落，她在有血有肉的现实中体会到寻到"根"的感觉，并在自己的想象、回忆中呼应着"根"。所以她颠覆"叶亚来"的历史"僵尸"形象，呈现他在日常生活习惯的细微转变中有了第二故乡，让他在俗常的戏谑中还原人的趣味（《叶亚来》）；她在故乡和他乡"两个纬度"间回荡，对异乡"在情感上""也许并不认同"，却因日常的记忆，"不知不觉"地在那里扎下了根（《回荡，在两个纬度之间》）。钟怡雯曾调侃自己是"从生命到心情都属于蒲公英的人类"（《六月》）。这种带着自己的种子四处漂泊的心境、状况正是钟怡雯最有意义的身份认同，也是南洋新生代创作生命力的写照。

　　钟怡雯散文充盈灵动的诗化语言，也有小说架构的叙述。《河宴》的首篇《人间》回忆"我"和小祖母在家人冷漠的猜疑中"梦土"似的相守，就很难区分是散文还是小说。《灵媒》讲述"我"与"半神半人"的"灵媒"的对峙，叙事的脉络时时由"我"丰富细腻的感觉疏通着，全篇由此有了一种奇异的诗意。这种文体兼容的写法在钟怡雯散文中一直有一种自然、迷人的呈现，也有着接纳了万千生命的感觉。她的文气孕成于天地之间，感觉又沟通了现实和神秘世界，文中意象丰富而独异。《乱葬的记忆》写香蕉林中的初恋。那种原始的单纯的青春气息，充溢着天地间最丰沛的生命力，但最终成为大化中的平静、沉默。其刻骨铭心的程度，在"初恋"题材的散文中是罕见的，而"盛满昨夜未干的雨水"的牵牛花几乎也盛满了人间的不忍和不舍。《灶》写失明的奶奶与灶为伍的家常生活，那份在黑暗探索中的安定感，借由"那座与人无尤，静静的灶"极其丰富地呈现出来，足以抚慰众多心灵。《给时间的战帖》中那"拢成饱满的水滴模样"的笔毛具有无穷的文化魔力，它所吐涌出的隶楷行草字体呈现出钟怡雯心中贮藏着多少对中华文化不绝的想象和眷恋！这些刚柔相间的意象，不时腾跃出钟怡雯对散文艺术的新追求。

华人新生代旅港作家也成气候。林幸谦（1963—　，生于马来西亚森美兰州，1995年后出有《狂欢与破碎——边陲人生与颠覆书写》《漂移国土》等散文集、《诗体的仪式》《千岛南洋》等诗集）毕业于马来亚大学中文系，求学台湾、香港，之后任教于香港浸会大学中文系。在1980年代后期获多项台湾、香港散文奖后，他被视为马华新世代杰出的散文家。1995年的散文集《狂欢与破碎——边陲人生与颠覆书写》，更奠定了其在马华散文界的地位。林幸谦的散文是用最决绝的解构奔涌起最深挚的爱恋，最真切的人生描写和最自由的言说方式近于奇妙地融合在一起。《狂欢与破碎——原乡神话、我及其他》（1994）正是以思想的自由在颠覆海外华人的原乡情结的同时却又构筑了"和万物保有同样的根"的恒久记忆。《中文系情结》对"体制内的中文系"诸多身份的质疑都带有摧灭之力，然而他要复活的正是民族生命源头上的活力。林幸谦的诗则在更精练的意象、更内在的情感中表达海外华人与中国"故乡"的复杂纠结。《中国崇拜》（1994）"在图腾宴上／

忍着泪／把吞下的传统回吐／我吐出我的中国／自己变回蛇体／钻入黑暗的地狱／冬眠／现在中国／纯属个人的私事／梦中没有故乡／传统都在变体／独尝梦的空虚……"诗句中浓缩的华人历史、凝聚的新生心愿，深广而撼人魂魄。

也斯曾评论吴耀宗（1965—　，出生于新加坡，1988年后出有诗集《心软》《孤独自成风暴》等、小说集《人间秀气》《火般冷》等）的小说"有他新加坡的背景，有对港台文学的回应，有他出国前后视野的逐步开阔与技巧的逐步成熟"，而形成"一种糅合了温柔敦厚与尖锐批评的风格"，"为华文文学这种文类添加了新章，扩阔了范围，丰富了幅度"。[1]吴耀宗曾以"韦铜雀"的笔名出版作品集，其硕士、博士论文都是研究中国古典文学，浸淫其中久矣。他留学美国，任教于香港高校，其创作确实糅合了新加坡、中国港台等各种背景。小说处女作《媚将》（1986）获新加坡全国短篇小说第二名，清秀笔调却能渲染透骨凉气，将同性恋者、人称"媚将"的乾弈引发的自杀悲剧表现得惊心动魄，以柔克刚的叙述语调真切表现现代社会人生。《人间秀气》题材与《媚将》相仿，对同性恋者趋于同情和认同，笔墨更多转移至人物心象的呈现，畸形都市生活题材的小说显出一种空灵蕴藉的笔调。《停放悲哀》表达生命传递、承接、中断中的遗憾，表现形式上无所羁绊、趋脱法度的纯朴自然，渗透出道家的审美气息。《火般冷》中的诸多作品，多写现代职场、社会教育、公共秩序、家庭伦理等中的异化，主旨表达冷静含蓄，叙述多有诗意的多义性和层次感，善于通过"颠覆文字的结构与刻意扭曲词语的原意"营造特有氛围来深化题旨。

---

① 吴耀宗：《火般冷》，（香港）青文书屋2002年版，第8页。

第四节　菲律宾、泰国、印尼等国华文文学的复苏和发展

东南亚各国华文文学在二十世纪六七十年代几乎都有过沉寂，而在1980年代后迎来其复苏和发展。

1972年，菲律宾实行军事管制，军政府实行戒严令，几乎所有中文报纸被勒令停办，只剩下《公理报》与《大中华日报》合并而成的《联合日报》和1975年新创办的《东方日报》有中文版面，但这两个报刊都无中文副刊。侨校也遭到菲化，华校各部门负责人和60%的董事会成员皆为菲人，中文班只能办到初中，每周华文课程时长仅10小时。如此严峻的环境使菲华文学遭受重创，甚至沉寂，直至1981年军事管制结束，菲华文学复苏，进入新的发展时期。1982年12月，施颖洲、王礼溥、林忠民等48位菲华作家发起成立菲律宾华文文艺协会，新潮文艺社、菲华艺文联合会、千岛诗社等20余个文学社团陆续诞生，《世界日报·文艺》《联合日报·竹苑》等副刊和《菲华文艺》《晨光》《艺文月刊》等文学刊物纷纷问世，菲律宾本土的华文文学创作、传播的体系和机制重新建立，发展迅速。

经过磨难的菲华作家更深地理解自己和菲律宾土地的关系。柯清淡（1936—　，祖籍福建晋江，1948年定居菲律宾，出有《五月花节》等作品集）的散文《五月花节》（1983）就是一篇极为典型的"异族交融"文本。五月花节是菲律宾天主教的传统节日，但从小父亲就鄙视地称之为"番仔的风俗"，"使我永远把这场面，视为一种'非我族类者'的玩艺"。尽管五月花节的音乐、仪仗、演员，都引起"我"作为孩童的好感、羡慕，"但我总觉得他们毕竟都不属于'咱人'的人类"。然而，三十五年后，"我"却被高票推举为五月花节的"老大哥"，组织了规模浩大的五月花节，而儿女们也都出现在五月花节的"淑女绅士和童子琴手"队伍中，父亲当年"那句话突然嘶哑无力"。散文在昔今时空的穿插交织中亲切生动展现了"原住

民"和"外来者""由陌生而产生敌对、相持、隔膜，但却由于长期相处而互相了解，达到最终的融洽，遂成为这另一群人中的成员"，丰富的细节呈现出"外族沙文主义"和"中华民族主义"之间复杂的纠结，显示出自强而自省的异域生存状态。这一生存背景使菲华文学更深地植根于菲律宾土地。

1980年代后，最先显示创作实绩的是重返菲华文坛的五六十年代作家。

林忠民（1928—2012，祖籍中国厦门，毕业于马尼拉市立大学）1940年代就发表作品于菲律宾报刊，但一直到2003年才出版唯一作品集《再生的兰花》。其文也有兰花的深幽清远之美，所写不乏百日花红、千回月圆的少年情怀，也有从一草之贱、一木之微中感悟风韵、神采的独到灵性，更有在文化源头遨游的情怀和在历史中安放心灵的情操，日常情意和艺术美感、文化意识和历史情操处处交汇。《三代之爱》写"我"和外婆"两代人却有三代的爱"的情意，却由此悟出：海外华侨的命运是一篇史诗，"我外婆不过是其中一个泡沫，刹那成空"，但"若没有她们同辈的这些泡沫，史诗恐怕要中断"，构成海外华人历史最深沉最广大背景的正是外婆的日常亲情。领悟这种亲情，也就懂得海外华人寻根生根的历史本相。《棱棱峰石——悼念杜若、芥子和亚薇》追忆"中华文化在紧要的关头，往往有些可敬的老师，作存亡继绝的圣工"，讲述1940年代菲华文坛三杰杜若、芥子、亚薇传承中华文化一腔赤诚却无法尽展抱负，相信"历史的恢弘，容得了每一世代的里程碑，不计两碑之间风光如何"，在开阔的文化胸怀和深邃的历史意识中表达出深厚的爱。林忠民充满对文学的爱，数十年中对菲华文学社团活动贡献甚大。

菲律宾作家联盟的第一位华人理事云鹤（1942—2012，本名蓝廷骏，祖籍中国厦门，出生于马尼拉）17岁（1959）出版了第一本诗集《忧郁的五线谱》，随后4年中又出版了《秋天里的春天》等3部诗集，成为1960年代菲华诗坛出版诗集最多的青年诗人。云鹤抒情气质浓厚，早期诗作受二十世纪五六十年代台湾现代诗风影响较深，唯美倾向、知性探求、现代手法成为其主要追求，而诗的意境又有浓厚的古典风味。《蓝尘》《落月》等诗词句雅丽凄清，画面纤巧精妙，韵律刚柔相济，情感低回忧郁，而诗中的"我""你"的指向含蓄多义，意象跳跃，句法多变，都显示出云鹤对现代诗美的强烈追求，也让人窥见此时期台湾诗坛与菲华诗歌之间的密切联系。

菲律宾军事管制时期，云鹤搁笔辍文，直至1980年代重返菲华诗坛，《野生植物》（1985）、《诗影交辉》（1989）、《云鹤的诗100首》（2002）等诗集艺术手法多变而娴熟，诗情则更多面向现实。其脍炙人口的《野生植物》一诗，篇幅短小而内容丰富："有叶／却没有茎／有茎／却没有根／有根／却没有泥土／／那是一种野生植物／名字叫／华侨"。寥寥30余字，写尽华侨的历史、命运和心态、性格，而其中华侨海外生涯中顽强的生命力最让人感动。无土难生根，无根难成活，然而，尽管漂泊的身份让人无土可依，异域的环境迫人失源断根，海外华人却依然在野生环境中生根伸茎、枝叶茂繁。传统的顶针、复沓修辞手法形成"没有"和"有"之间的奇妙张力，"有"生于"无"，"没有"却生"有"，直面生存困境而更生发生命力。《乡愁》将"比墨色浓的乡愁"化成对"家"的寻求，《路》以"风和日丽"飘逸之云"背后的沉郁"写华人异域生存的隐忧，《雪》在"毕生未见而渴于一见"的冬雪中寄寓故国情结。这些诗作都对菲律宾华人的心态、处境有深切表现，称得上菲华诗歌的佳作。

月曲了（1941—2011，本名蔡景龙，祖籍福建晋江，出生于马尼拉）1960年代开始诗歌创作，而出版第一本诗集《月曲了诗选》则在1986年，之后又有《月曲了诗集》（2002）等。月曲了曾有这样的诗句："自中年到老年／必经之地，竟是童年"，其意是说面对日益恶化的人文生态，文学才是唯一可以寻回的童年。他的诗以心灵体验、感悟海外华人的历史命运。《大小树》一诗写道："街旁各棵大小树／枝已参天叶已落地／还是想不透／／移

民局的上空 / 一族云 / 要来就来 / 要去就去。""枝已参天"自然暗示出"各棵大小树"已"落地生根",而随即"叶已落地"在转折中暗示另一人生走向"叶落归根"。一声"想不透",也许正是"落地生根"和"叶落归根"间的徘徊,但也指向了下节诗中的"要来就来,要去就去"。"一族云"而非"一簇云",更强烈地体现出以云喻人的写法,而来去自由无拘的流云跟以国界拘囿人的移民局构成的反讽则更凸现了海外华人的历史境遇。《独饮》以现代"绝句"形式写月下独饮思乡这一在古典诗词中反复出现的情景:"果真没有一粒花生 / 能剥开异国清脆的残晓 / 而桌上的月光 / 已经三寸厚了。"彻夜独酌,浓香的花生都无法送走异国的长夜;月光久留不去,只照他乡而不照故乡。两个具象的叠合,在词语的诗性移用中,让感性生发出知性的张力,将海外华人"独坐"之情表达得含蓄而浓重。作为菲律宾土生土长的华人,月曲了诗作中的乡愁多苦涩,反映出菲律宾华人的生存困境。

月曲了富有诗情,语言功力深,又善于吸收诗的现代手法,在舒缓、清亮的诗风中展现现代诗的气质。《天色已静(之二)——悼诗人王若》想象亡人回到"比天堂温暖"的"家",在阴阳两隔的渺茫中写未尽的亲情:"伸不出什么 / 也要伸出一只手 / 去抚摸她憔悴的脸 / 而你的手 / 她以为 / 以为是冰冷的月光","虽房间的灯火 / 照得你好痛 / 你也要留下 / 走入她的眼睛 / 住在回忆里 / 永不再出来"。《房间旷野》写时间的存在意义,诗人"微笑的等"时间使封闭之房间成了无边无垠的旷野海洋。"日历如帆有去无回 / 又要带我出海了",时间让人感觉到自我的存在,每个人对时间都有自己的把握。"一杯半杯 咖啡海浪 / 虽荡起浓郁的 / 千缕终是过眼云烟",诗人在感受时间让物质存在"由新到旧"的变化中,保持了收放自如、张弛有道的人生态度。这些诗,传统美感、现代诗意充盈其中。

施柳莺(1948— ,1961年从香港移居菲律宾,毕业于菲律宾中正学院中文系，中学时代开始写作，著有短篇小说集《上帝的手》、散文集《掌中汉字》和《施柳莺文集》）1969年以小说《机房往事》获《大中华日报》小说比赛第一名，施柳莺也脱颖而出于菲华文坛。她的作品既充溢对中华文化传统的挚爱，又对菲律宾土地满怀养育深情。散文《菲律宾才是我的乡愁》写自己回到一生所爱、魂牵梦萦的祖国，才强烈感受到，"长江、黄河，仍然是我子我孙追寻回顾的源头"，但"菲律宾，噢，无论您多么穷困，多么破烂，您才是我的家，我的乡愁"。并非土生菲律宾华人的施柳莺对菲律宾有如此浓烈的思乡之情，而是因为她所爱的人生活于这块土地，她也深深感恩于菲律宾养育了自己。她教育后代"敬仰爱戴"咱们中国的国父，也教后代"菲律宾的扶西·黎刹是民族英雄，跟国父一样伟大"（《烛泪》）。她从一位死于地震的华人男孩掌心上留下的汉字中，看到在"生你育你的菲律宾"，"咱们的仓颉不会老"（《掌中汉字》）。这种不忘祖根、植根新土的情怀，是施柳莺作品最真切动人也最深刻之处，也使她的散文对现实反应敏锐，充满情意，更有丰富的艺术审美。施柳莺的小说也有类似题旨的开掘。《丁香结》（1989）写乡愁的破灭和重生。厨师潘的乡愁一直寄托在当年老家邻居那个纤腰不盈一握的女孩丁香身上。尽管在学生们一个个被"手中那本红册子"变得像"一群群从原始部落来的小野人"的"文革"中，丁香带头造反，扫荡"经书史记""稗官小说""弹词元曲"，全然不顾"家、父母、兄弟"，潘还是原谅了她。然而，当年旧院落里单薄纤秀的影子实实在在成了今日酒店里浑身肥肉的背影时，潘心里几十年的结被"冲开了"，他不再为那虚无缥缈的过去"不冷不热地拖掉"当下，他要在自己脚下的土地上扎下自己情感的根子。小说中还出现了一个"出世仔"女孩克拉，潘对她情感的变化也正是对菲律宾土地情感的变化。施柳莺小说艺术的古典风味（这在其《天凉好个秋》《恨别鸟惊心》《丁香结》等小说的意境、氛围、人物命运等中表现尤为突出）是根植于菲华社会的，其题旨常批判菲华社会重商功利，或反思民族文化传统，艺术表现上也常取西方现代小说重情感、意识开掘和象征、隐喻表达的叙事方式。

亚蓝（1939—1991，本名黄碧兰，祖籍福建惠安，出生于马尼拉，生前创作约200万字，1994年出有《亚蓝作品选集》）的小说《英治吾妻》当是1980年代菲华文学中最好的"乡土小说"之一，在"我"为培叔代笔写家书的场景中浮现南洋华人移民艰辛的一生。小说以培叔口授的给"英治吾妻"的"每封信是一句话像一把刀，割得英婶的心支离破碎"开始，以给"明仔吾儿"的家信所言"你阿母从小至大，勤奋持家，备极辛劳……切切记住，要'厚葬'你母亲——父字"收尾，在极其浓郁的南洋乡土气息中，展现了培叔让结发妻"做了三十年挂名夫妻"的"无情无义"后面的辛酸苦涩。政府实行商业菲化，华籍的培叔很多行业不能经营，只得在偏远乡村开办面包店，长年烟熏火燎，在能干的"黑鬼婆"的帮衬下，赚点蝇头小利。其中的辛苦，让家人用着他的钱心都会软。他思乡念旧，汇钱不断，但又极力阻挠结发之妻来菲，最后导致英婶病亡。培叔、英婶，阴阳相隔，但谁都怨不了谁，生活的重压下，谁都只能如此。将底层华人的生活、命运写得"泥土气息"如此真切的，实不多见。作者叙事灵活，语言流畅的同时散发出闽南腔、番仔话的乡土气息，将菲华社会小人物的心态呈现得活灵活现，也让非菲华社会的读者都能真切触摸到菲华社会的生活脉搏。

施约翰（1939—　，祖籍福建晋江，生于马尼拉）曾留学美国、加拿大，1980年代返回菲律宾。他1957年发表第一篇作品《疯女》，此后创作主要是小说，出版有《施约翰文集》。《指路牌的风波》叙事利落，讲述接任圣保罗医院院长的玛丽·克里丝蒂修女办事精悍，业绩出色，但内心好胜，争权夺利意识强烈，最后败在"来自菲律宾，却拿中国护照的"陆振中手中。小说嘲讽西式的观念、管理，显然有着作者曾从菲律宾移居美国、加拿大的体验。

复苏的菲华文学显得青黄不接，战后出生而有影响的作家较少。张琪（1949— ，祖籍山东临沂，生于台湾，毕业于菲律宾圣道杜玛斯大学文学专业）1980年代前期开始文学创作，曾在马尼拉《世界日报》开设专栏，出有诗集《想的故事》等。她的诗文历史视野开阔，艺术想象丰富，常于寻常之物中感悟、升华出生命的诗意。《雨！你来之形声义！》借助汉字形声义统一中的丰盈内涵，捕捉、表现"雨"的意象。通过雨之"形"，表现作者寓情之深，跨越时空的漂泊，"雨"和诗人间的沟通。眼前飘飘洒洒的雨，瞬间泻黄河，走长江，裹挟来千年的记忆、万里的情思："顺黄河的水势／从天倾泻／从此湿了多少年的秋海棠／／你走一趟长江／江上哽咽起无限的往事……"离乡者的情意和"湿了多少年的秋海棠"的民族记忆交融。而诗人听到的"雨"之"声"，有着人生万千的欢欣喜悦："你如风声／泅游入我少年／最雅致美丽的秘密"；更有着民族历史的悲壮："你也热血澎湃／是如读一页中国现代史／怒吼长啸／喝醒入睡的苦难"。听雨声，有如读历史，异域的雨声，成了故国的历史风雨声。而最后展开的"雨"之"义"，更斑斓多彩："一弧彩虹诠释你的意义：红雨烈烈／橙雨浪漫／黄雨如虎／绿雨清清／蓝雨如珠／靛雨静沉／紫雨烟幕／只是，你在史册上留了几夜的／黑雨凄凄。""红橙黄绿蓝靛紫"的雨后彩虹，有如人们对历史的各种解读，也有如故乡在游子心中呈现的各种想象，悲壮、刚烈、浪漫、清纯、绚丽、沉静等等弥漫、交织，而雨过虹现之时，仍无法忘却暗夜凄雨。一个"雨"字的形声义，张琪的异域想象，折射出一代代华人移民的身世，倾诉着一代代华族人民的命运，诠释着一代代历史人物的悲欢……中国传统诗文中的听雨、观雨，在诗人思念故国、回顾历史的想象中获得了新的意义。

其他菲华作家中，佩琼（1959— ，原名戴佩卿，祖籍福建南安，生于菲律宾，毕业于菲律宾圣古斯汀大学）的小说《油纸伞》以戴望舒《雨巷》一诗江南细雨中的"油纸伞"为小说的中心意象，讲述一对菲律宾华人青年凄美的爱情。文斌的女友珍妮"比这里一般中国女孩还要'中国'得多"，非常自觉地"在自己生活里努力保存一些中国文化"，然而，只是因为她是"血统一半是'番仔'"的"出世仔"，一向开明的文斌母亲就极力阻挠儿子与她来往，担心的只是"番仔""跟我们的思想不一定相同"；而文斌屈从了母亲的意见，让珍妮悲哀"自己是马铃薯，不管怎样的向往，不管怎样的努力，不管内里怎样的黄了，外面仍然是褐色的"，甚至喊出了"难道要我剥皮不成？"的悲愤。小说还展开了"马铃薯"和"香蕉"的对照。文斌的表哥表妹"生长于美国，都自称是'香蕉'"，无法剥去黄肤色，但内心都西化了。小说在"中国"的油纸伞下却难以容纳两个真情相爱的青年男女，在缠绵叙事中揭示了华族"重视皮肤的颜色"的人种"优越感"，让人深思。紫茗（1930—　，原名庄子明，祖籍福建晋江，毕业于菲律宾远东大学新闻系，出版有长篇小说《十诫的故事》、短篇小说集《阿局外传》等）的小说《卖身契》（1989）真实反映了华侨入籍居留国的复杂心态。阿丁流汗水、泪水换取回来的低微收入难以维持生计，便申请入籍，以"享有许多优待的权利"。他固执的想法是入籍如同卖身，于是办理入籍手续时，有如把自己送上衙门受折磨般痛苦。但为了家、孩子，他又甘心做"献祭的羔羊"。身份更换，他提醒自己"你就是烧成了灰还是黄色的"，但又将公民证书装入精致镜框，悬挂客厅……丰富的细节中，普通华人入籍的"告别"心态纤毫毕露。

　　玛宁宁·明克兰特（1972—2000）的父母都是菲律宾人，1971年应聘到北京中央人民广播电台工作，玛宁宁出生于北京，并在北京完成了初中学业，1986年返回菲律宾，参加菲华新潮文艺社，开始中文创作，出版有中文诗集《我的诗》《音鸣：一本诗稿》。作为非华人血统的菲华诗人，玛宁宁的华文诗有着对"我的根源"菲律宾土地的挚爱，也有对"我成长的地方"中国的怀念（《感觉》），两种文化滋养了她的情感和哲思。其语言清新可人，情怀清纯丰盈。如《发呆》写"看着一滴水，／看它滴在桌上""滑到地上""被吸收""被蒸发"的情景，凸现青春少女眼光中的那一滴水，"净如仙水""明如冰心""化成珍珠""变成小湖"，永久珍藏在"记忆"中。《裂缝》中，作者抚摸着"那裂缝"，从"感到难忍的压抑"到"透出心里的伤口"，从"悟出人生的道理"到"看破了红尘"，所感所思与"裂缝"这一意象始终丝丝入扣，又层层深入，最终指向一种新"憧憬"的"升起"。这些诗句式整齐而灵活，语词淡雅明洁，娴熟的汉语运用中有文化深情。作为非华人的创作，也有对华文作为世界性语种写作的期待。

1980年代后，泰国军政府的政策趋于宽松，泰国国内民主有所恢复，泰华文学也得以发展。泰华文艺团体数量增多，泰华作家协会、泰华文艺作家协会、泰商文友会、泰华诗学社、泰中艺术协会等聚合起300余位泰华作者；《新中原报》《世界日报》《星暹日报》《中华日报》等大报都辟有版面充足的文艺副刊，每周能容纳15万字左右的创作量；泰华文学在泰国国内也能出版文学作品集，除出版相关华文作品集的泰华作家协会外，也有八音出版社等华文出版机构。这种较完整的泰国本土传播机制为泰华文学发展提供了开阔空间。

1990年代泰华文坛提出了"冲出湄南河，面向全世界"的主张。泰国华人中，潮汕籍占绝大多数，泰华作品也多受潮汕方言影响，而此时期的泰华文学的语言已充分注意突破潮汕方言的局限而能被更多读者接受。同时，传统现实主义的写法也有所突破，丰富多样的新诗体式中，已出现转承西方现代诗风或借鉴现代媒体功能的种种实践。李少儒、岭南人、史青、曾天、子帆、饶公桥等诗人都出版了体现泰华诗歌新风貌的新诗集。散文由于有多位名家出现而成为泰华文学成就最引人注目的文体。从1940年代起，泰华作家散文创作的数量最多，不少诗人、小说家都是散文好手。到七八十年代，除了五六十年代的白令海、倪长游、李少儒等散文家外，更有梦莉、司马攻、林牧、饶公桥、琴思钢、伍滨、姚宗伟等后起者，提供了托物言志、写人述史、抒怀言情等题旨的名篇佳作。小说则相继出现微型小说和"闪小说"的创作热潮，前者发生于1990年后，1996年泰华作协出版《泰华微型小说集》和2006年成功举办泰华微型小说征文比赛，代表了泰华微型小说的成就；后者则发生在2011年后。闪小说与微型小说的主要区别在于字数，闪小说的字数一般限定在300字以内，手法上常借鉴电影剪接的手法，奇巧而真实地以小见大。泰华文坛一些擅长写小诗的诗人，如曾心、岭南人等也加入闪小说的创作。2012年，泰华作协出版《泰华闪小说集》，收录36位作者的作品；翌年，泰华作协举办泰华闪小说比赛，《亚洲日报》副刊《泰华文艺》刊出比赛作品244篇。闪小说在短短几年中就成为泰华小说的重要新体式。这两种文体，都受到中国大陆（内地）文学影响，但其成为泰华小说的主导性体式，却是在中国文学中没有发生的。

泰国是佛教国家，华人却以经商为主（90%的华人从事工商业），中国文化在泰国商业界中保存和衍生比其他各界更完整。作家也多亦商亦文，关注、表现这两者也就成为泰华文学的重要内容。司马攻（1933—　，本名马君楚，祖籍广东潮阳，出生于泰国，1960年代开始文学创作，出有微型小说集《独醒》、闪小说集《心有灵犀》、散文集《明月水中来》《人妖·古船》等十余种作品集）自己的经商经历使他1986年重新开始文学创作后，创作了不少商界文化题材的作品。《心壶》（微型小说）写"以心得物"："我"去礼佛，却舍禁于方丈室中五把造型古朴的名贵小茶壶，便设法使用商业手段——占有名贵小茶壶。未料巴空大师主动奉送，终于使"我"明白，得失只在一念之间，心无杂念，心爱之物才能永久留于心中。《演员》中的史得扬"生意越做越小"，是因为他"不是一个会演戏的人"。即便在老同学中，他也被误解。唯利是图等商业风气侵袭之深，正是小说要揭示的。司马攻的散文在怀乡忆旧中建构中华文化的精神家园。《明月水中来》通过一把喝工夫茶的小茶壶在祖孙三代间的流转传达出传承民族文化传统的理想情怀。《水仙，你为什么不开花？》则通过汕头买的水仙在曼谷迟迟含苞而不开花的遗憾，流露出一种文化的失落感，潜在的仍是对民族文化能得以保存发扬的希望。

梦莉（1938— ，本名徐爱珍，祖籍广东澄海，出生于泰国）是泰华作家中在中国大陆和台湾出版散文集和获奖最多的一位，1990年代是她散文创作的高峰，出有《烟湖更添一段愁》《在月光下砌座小塔》《人在天涯》等散文集。梦莉有一散文《客厅的转变》，讲述自己从小喜欢"古色古香，不静不喧的中国式厅堂陈设"，便将新居三楼安排成中国式客厅。然而，孩子逐渐长大，"她们的'势力'也逐渐由她们的卧室向这间客厅扩张"，"一间纯中式的客厅，渐渐地变成了中泰杂拌的厅堂"，"后来，泰式摆设在客厅中所占的分量越来越重，地方色彩愈来愈浓"。然而，"那套中式红木家具仍闪闪生辉，绚美隽永"，因为"中式的红木家具，有一种淳朴、谦虚的气质，它们很容易相处"，"和其他各式家具，或别类摆设相组合"，"也显得十分融洽、协调"。梦莉开放、包容的胸怀由此可见。梦莉散文写法多样，但都从容、柔美。《李伯走了》写华人厨师的性格，《小薇的童年》写儿童的悲惨命运，都将内心情感寓于真切的日常场景描绘中。《在水之滨》将湄南河沟通于自己的"心河"，在湄南河的沉默中写心中之"潮汐"，从而传达出内心的复杂情感。

曾心〔1938— ，本名曾时新，祖籍广东普宁，生于曼谷，1960年代曾求学于中国大陆（内地），1982年返回曼谷〕在小说、散文、诗歌、文论等方面都有作品集问世，而其诗作成绩最显著，《曾心短诗集》（2003）、《凉亭》（2006）等诗集都有中英文对照本。《曾心自选集——小诗三百首》（2011）所收300首诗皆为短诗，短诗的丰收正是泰华文学写作、接受环境的产物。曾心短诗原先还有十余行的,而后来都精练至六行之内(他与岭南人等七位泰华诗人议定小诗不超过六行),写生命、人生、自然、时代感悟越加深切。它们孕育于泰国华人的生存经验、智慧,有着作者的独特感悟。如《老柳》(2005)写"越老越把头低下/——吻自己的根"流露出历经沧桑的土地之情,《榴梿》(2004)写"散发芬芳/受人妒嫉/沁透香味/被人臭骂//算了/干脆化作无数尖刃",《龟》(2004)写"遭受欺压/把头缩成一块硬石//过后/继续走路",则都在南洋风物中传达华人忍耐中顽强生存的体验。而在曾心短诗表达的人生智慧中,佛义禅意充盈于字里行间。有直接写佛事传意的,如《念珠》(2010):"解不开的心事/结成一串念珠//拨动念珠/解开一桩桩心事//心向彼岸靠近/彼岸——无岸。"更有写人生、情爱,甚至时局,也充满静思见心的禅意的,如《渡口》(2004)写情侣送别:"双手紧紧握着/又轻轻放开//哦!忘记带来玫瑰/即从水中捧起一朵浪花。"紧握又放开,水花即玫瑰,炽热的情爱化作"性即心,心即佛"的禅意。《红云》写于2009年4月泰国红衫军街头运动风起云涌之时,借夕照红云之意象,规劝狂热的政治民众要留有"栖身之家"。孜孜以求名利于朝野的年代,曾心对禅道的深悟在佛教之地的泰国也有其难能可贵之处。曾心还与诗友们合办"小诗磨坊"诗社,出版《小诗磨坊》诗刊,推动泰华小诗创作,被人称为"不求诗外结果,只有写诗的过程和写诗的快乐"的"真诗社""真诗人"[①]。这也正是泰华诗坛的真实写照。

曾心早年创作过小说《过时的种子》等,影响不大。他2002年出有微型小说集《蓝眼睛》,多涉及泰华社会华文教育的式微和传统伦理的沉沦,近年又开始闪小说创作。大概因为这两种小说文体和小诗的相通,其创作也较为成功,颇有影响。《卖牛》(2013年泰华闪小说比赛第一名)写老农乃

---

① 刘再复:《"无目的"的诗人诗社最可爱——序泰华〈小诗磨坊〉第七集》,(泰国)《泰华文学》第67期(2013年9月)。

仑辛苦养大耕牛，重病中以远低于市价的价格将牛"托付"给同样怜牛的乃宽。临终前乃仑将卖牛钱款留给乃宽，要他好好待牛，牛老也勿屠宰。人、牛恩爱相依的叙述，充满情感丰富的想象，闪耀人性光辉。

中国改革开放后，中国与印尼关系获得改善，1990年，两国恢复外交关系，印尼华文环境有所宽松，但印尼政府长时期实行的歧视甚至迫害华人的政策还有所延续。在1998年对华人大规模暴力事件发生前，相关调查表明，"华人的政治权利被剥夺。在政府部门和国营企业就职的权利也被剥夺，他们必须随身携带印有特殊号码的身份证。国立学校限制录取华人学生，目的是迫使他们去私立学校或海外就读"①。中文被禁局面也未完全结束。但包括印华作家在内的印尼华人已"都认同印尼是自己的祖国，明确自己是印尼的华裔公民"②，印华创作已融入印尼土地。而随着世界华文文学局面的打开，印华作家对外交流增加，《绿岛》、"绿岛文艺社丛书"等印华文学刊物、书籍得以在香港等地出版。这些都促进了印尼国内华文创作的复苏和发展，仅1995年、1996两年出版的印华新诗集就近10种。待到1998年军人政府垮台，印尼开始其真正民主化进程，印华文学获得一种平等发展的机会，发展更为迅速。

印华作家中，创作数量最多的黄东平（1923—2014，祖籍福建金门，生于印尼加里曼丹岛，幼年曾回金门故乡居住，后在香港接受中文教育，1940年代后侨居印尼爪哇岛）2003年出版了500万言的《黄东平文集》，包括诗歌、散文、小说、剧本等多种体式，但最有影响的是其小说创作。他将自己从1966年起费时二十余年完成的百余万字长篇小说三部曲命名为《侨歌》

---

① 《印度尼西亚的华人》，（香港）《南华早报》1997年5月29日。

② 严唯真：《试谈印华文艺的性质及其走向》，立锋主编：《印华诗文选》，香港新绿图书社1999年版，第17页。

（《七洲洋外》《赤道线上》《烈日底下》），又将自己的诗集取名《侨风》《侨风二集》，表明其是以华侨而非华人的身份写作，而其创作确实代表了印华文学从华侨文学转换为华人写作的长期性、过渡性特征。黄东平思想左倾，又有很深的中国情结，认同新中国，坚守"咱们中国人"的立场，这使得他的作品始终在建构华侨历史。这种写作在印尼政治环境中遭受压力。而他"侨歌"三部曲的前两部恰恰是在华文遭查禁的1970年代完成、出版，凝聚着印华作家有如"大石块底下的野草""拼全力"①成长的艰辛，成为印华文学的重要里程碑。《侨歌》讲述20世纪初印尼坷埠小镇"中国人大街"的侨民生活，塑造了众多生活于荷兰殖民者统治下的南洋群岛的印尼华侨形象，其中福昌货栈老板李熙昌等人物性格的复杂性、生动性在上世纪六七十年代的汉语文学中显得突出，反映出作者海外乡土生活积累的深厚。小说人物与具有"热带和海外华人特殊情调"的"中国人大街"的习俗、气氛水乳交融，呈现了战后东南亚华文文学中最丰满、生动的唐人街形象。小说叙事重在寻民族之根，而小说也写出了侨民在异域聚居中互助创业的进程，其间既有对荷兰殖民者的抗争，也有和印尼人的交往，更多的自然是华侨社会内部面临艰难时局时的同舟共济。这种进程已包含了从"中国人"向印尼华人的转变，或者说，作者的创作观念本身就叠加了"侨民"和"国民"两种身份，加上作者左翼的阶级观念得以超越种族界限，对华侨社会弊端的揭示也表明华人海外生存发展必须有更大包容性。凡此种种，使得《侨歌》依然成为印尼华人生存之歌。但《侨歌》也反映出，在印尼土生华人较快融入印尼社会的同时，印华文学从"侨民"身份向"国民"身份的转换时间却比新加坡、马来西亚等东南亚国家要漫长，这恰恰是印尼华人社会语言演变影响的结果。

---

① 黄东平：《大石块底下的野草》，辽宁教育出版社1997年版，第3页。

　　黄东平的金门同乡莎萍（1936—　，本名陈喜生，周岁时随家从金门迁居印尼，出有《等待》等）1956年开始发表诗作，早早涉及了南洋劳工历史的书写。《契约工人》（1960）写华工"一个麻袋，一根扁担／那就是四十年的血汗／条条皱纹，个个疤痕／标写着四十年的苦难"，篇幅短小，词句凝练，浓缩起华人劳工的命运。《你是谁？——坟说的话》（1964）是其诗作中最长的一首，分"你是谁？""你是怎样活的？""你是怎样死的？""如今……"四部分，以亡灵"我"的诉说，展现了华人劳工"生命的价值呵／就像没有姓名的牛羊"的历史：百余年前"给人骗了"，只身"来到了杳无人烟的地方"，"给自己种上了苦难和凄凉"。地狱般劳作中，也曾爆发反抗，最终"被杀死了——／死在远离故乡的土地上"。全诗意象惊心动魄，情感刻骨铭心，展现出五六十年代印华文学对于华人历史真实再现的担当。莎萍1965年后创作沉寂三十年，1995年复出文坛后创作体式多样，但仍以诗作影响最大。他常将诗作命名为"小水滴""诗滴"，以短小的篇幅凝练起深沉的思考，化成"诗化警句"，"体现了东方的睿智深悟"[①]。这是莎萍诗作最有特色之处，也是他对民族传统最深情的解读。

　　严唯真（1933—2008，本名林志强，祖籍广东梅县，出生于印尼）1948年开始写作，1950年代先后在《新报》《火炬报》主编《椰岛文艺》，同时发表了众多诗歌，其中写得最好的是"短小而优美的散文诗"。《覆舟山短笛》借外表"驯服"、地下却"烧滚着岩浆，跃跃在动"的覆舟山，歌咏印尼人民武装抗击日本入侵者的旺盛斗志；《沙浪岸湖》《茉莉芬河》《梭罗河》等作品中印尼的壮丽河山与人民的英雄壮举互相映衬，诗意纯真而深厚，充满对印尼土地的挚爱。1965年以后，严唯真在不得已封笔的蛰居中，孜孜以求于唐诗宋词的今译以及日本俳句和印尼诗文的今译，先后完成《李

---

　　① 东瑞：《半个世纪的等待和回眸——印尼资深诗人莎萍的诗歌题材和艺术技巧》，莎萍：《等待》，（印度尼西亚）印华作协2002年版，序言第14—15页。

清照词今译》《苏东坡诗词今译》《宋词今译》等，并将《老子》译成印尼文的《哲学之歌》。在印尼华文跟古代、外国语言的"互换"、沟通中，确认、把握印华语言的"身份"，并锤炼了自己的诗艺。1980年代后，他重新开始创作，《严唯真诗文选》（1998）中95%以上作品是新作。其诗精心锤炼中而丰富多姿，《龙的土地上》70多首诗，皆为17字短诗，化用17音的"日俳"，思、境交融而浓缩。如《丁香山》两首之一："丁香添酒香／诗气何其浓／愿君醉却醒／郑重。"这是写给韩国华文作家许世旭的，情浓思深，以一当十，情的表达和诗的思考交融。系列散文诗《天干地支曲》洋洋洒洒24首，将缪斯女神的率真眼光和"我"揭示人生人性的勇气交融，在天干、地支的一一书写中，呈现对时间、人生、艺术、美感、情欲、性灵、政治、时代、生命、创造等等的广泛思考。如《申》一诗："轻盈盈如飞云，重沉沉如泰山，轻重都有质感。／取长补短的虚实／点到即止的朦胧／开合有度的刚柔／深长细匀的呼吸／端庄和谐的对称／化醇化生的阴阳／无极太极的人生平圆和立体圆。／这样的人生人性，充满梦的野味和醒的秀气。"古今、中西的美都在此交汇，人生与艺术水乳交融。严唯真的散文以雄浑见长，《早安，亚非大街！》是他1987年复出文坛的第一篇作品，以亚非大街的晨运浓缩万隆会议和平原则问世以来30多年的往事，日常的亲切和历史的风云交织，在传统的阴阳调和哲学的思考中，呼唤"长江、恒河、尼罗河、伊洛瓦底江、梭罗河汇流到这里手挽手；泰山、富士山、乞力马札罗山、覆舟山聚集到这里肩并肩"。《这椰岛之国啊……》（1988）借椰树之美写自己在椰岛的成长："所以，我的炎黄血里渗入了梭罗河的滔滔流水；所以，我的汉唐肉里充满了芭蕉和椰树的精灵之气；所以，我的神州骨里胶黏了覆舟火山的熔岩精髓；所以，我的赤县心里跳动着婆罗佛塔的神奇的韵律；所以，我的华夏魂里也汇合了这岛国人民的不屈的坚贞性格……"文章气势恢宏，情感激越，点与面、虚与实相得益彰，称得上文化大散文。

　　因于精神牢笼三十余年的印华文学，其语言技巧并未囿于单一，西方现代小说也成为印华作家汲取语言养料的一方天地。荒诞、暗示、黑色幽默、意识流动、内心独白、多声部对白、时空交错等现代语言技巧在印华小说中都有成功运用。林万里（1938—　，祖籍福建福清，印尼万隆清华高中毕业后入学北京师范学院中文系，1962年毕业后返回印尼，开始文学创作，出有《结婚季节》《托你的福》等小说集）的创作有着这方面的代表性。他的小说多讽刺意味，写实真切但又似寓言。《结婚季节》嘲讽华人社会应酬之风中的人情关系、功利观念。"榴莲飘香的季节，也是结婚请帖纷飞的时候"，"请帖就像秋天里的落叶一样，铺天盖地地飘下来"，阿贵哥一家一天要应酬9场婚宴，而这种分等级、讲面子的"家庭外交"成为华人生存的真实写照。小说描绘阿贵哥夫妇在婚宴间疲于奔命却因睡过头而耽误赴宴，处处可见调侃之言，背后有着作者对华人社会陋习不改的焦虑。《驾鹤西归》借一富贾死后意识在尘世的飘浮和灵魂在阴府的行走这样的对照性结构来进行人性多层面的揭示和批判，其思路的犀利和想象的机巧，令人想起鲁迅杂文和钱锺书小说的影响。"时间旅行手法"的使用使主人公的意识突破了过去、现在和将来的界限，从自己"身后"亲朋好友的表现中窥见了自己生前的种种劣迹，嘲讽他人和调侃自我的交织颇有"黑色幽默"的味道，并将批判的笔触深入到了拜金主义、繁文缛节、流行文化、商品经济、宗亲观念等领域。阴府作为尘世生活的投影，其夸大、变形、扭曲的表现，使人间的阴暗、丑恶更得到了凸现。作者人生的智慧和文学的才能在这些现代语言的技巧中得到了较为淋漓尽致的发挥。林万里还创作有喜剧。《虎门客栈》在"古老王朝"的客栈里上演用科学新发明骗人钱财不得的闹剧，表达种种基于人性的古训，传神写意之中将中外古今因素展现于一个舞台，戏谑十足，意味深长。林万里讽刺喜剧性的创作，颇能传达出印华文学的特有气质。

　　袁霓（1955—　，本名叶丽珍，祖籍广东梅县，出生于印尼雅加达，17

岁起发表华文作品，出有小说集《花梦》等）的创作被称为"写得很美"而"充满印尼乡土意识"，①而她的文笔细腻生动，语言简洁明了。《花梦》（1977）讲述"我"和混血儿莱蒙之间"一段花梦——菩提花盛开，青藤缠绕，草儿青翠、黄菊摇曳，蒲公英飘逸的梦"，全篇段落、句子都很短，尤其是每段两三行，使叙事迅捷地转折、递进、起伏，将不同血缘少年男女的纯美梦表现得丰富多姿。这种语言似乎非常适合非华语环境中的叙述，词语句式的简明和叙事层次的丰富相得益彰。即便是开掘人物内心、呈现意识流动，也没有西方现代小说的繁复。如《心语》（1977）、《他来吧，明天？》（1977）等小说，故事情节淡化，通篇凸显人物思绪意识，但都表达得明快简练。袁霓1978年后辍笔近十年，重返文坛后的小说，题材变得多样，对人生的关怀更加深切。《爱我PLEASE》（1988）写变性人芬妮的悲哀，她是"全印尼阴阳人大选美会选出来的美后"，而她"要像每一个正常的女人一样，有一个好的归宿"，却无法被社会所接受。小说依旧明快地叙述了男性社会只被她的美色吸引，而完全无视她"用我的生命真正地爱一个男人"的情感，呼唤着社会习俗的改变。《母亲》是根据一则残杀儿童的新闻报道改写的，写母亲目光中的凶手。在母亲心灵中，凶手始终是"温顺的儿子"，但她又无法不正视已发生的血案。于是，她深信是儿子体内的恶魔驱使他犯罪，她要驱魔。这种心理分析的写法从人之天性的角度写社会犯罪问题，文学性强，对社会犯罪根源的思考也更深入。

袁霓的诗集《男人是一幅画》是不多见的华文、印尼文双语诗集，被印尼人作家称赞为"呈现了中国古诗的柔情与浪漫"，"不仅可以见证印华诗

---

① 东瑞：《花开花落梦里梦外》，袁霓：《花梦》，（香港）获益出版事业有限公司1997年版，第8页。

人的存在及其贡献，同时也将使印尼文学更富有特色"。[1]袁霓的柔爱表现在爱情、友情、亲情、关爱自然之情多个方面，柔情似水而胸怀开阔。《你在何方》《柔情的环》《轻烟》等诗都以对"你"的深情呼唤表达心中挚爱，但"你"又确实可以被想象成恋人、亲人、友人，甚至自然万物。表达内心情感的方式也不乏新意，如《心情》（1999）一诗，以强烈的内心动作呈现超现实的场景：先是"收集着你的一举一动／放进我的行囊里／带你回家"，随后"坐在迎风的窗口／整理着你的一言一笑／细心地收藏在我的／生活里"，而在"风起雨又落"时，"抚摸着你的言笑／把脸埋在你的影子里／取暖"，这些想象中的举动充满真挚的美。

1990年代后，印华文学发展一直较为强劲，除上述作家外，高鹰、黄裕荣、立锋、白放情、刘昶、明芳、阿五、曾三清、林义彪等不同世代的重要作家都有重要作品问世。印华文坛也出现了微型小说创作热潮，虽比新马泰华文微型小说发力迟，但参与者众多，创作成果丰硕，"反映的生活面极广，内容的丰富性、技巧的多样性，都达到一定水准"，风格、类型也异彩纷呈，很快在印华文坛"举足轻重"了。除了前述小说家外，还涌现了莫名妙、白羽、谢梦涵、北雁等众多微型小说好手，使"印华作为一个'微型大国'指日可待"。[2]

---

[1]　阿玛敦·约西·赫梵达：《序》，袁霓：《男人是一幅画》，（印度尼西亚）印华作协2001年版，第XII页。

[2]　东瑞：《印尼正向"微型"大国迈进》，东瑞编选：《印华微型小说选：52人合集》，（香港）获益出版事业有限公司1998年版，第15页。

第六章　近三十余年欧洲华文文学

　　欧华文学创作的第二个高潮出现在1980年代。1980年代后，中国大陆（内地）民众移居欧洲各国的浪潮，其规模之大和分布国家之多，使欧洲真正成为继东南亚、北美之后第三个华人聚居中心。高行健、林湄、虹影等新移民作家成为这一创作高潮的主体。1991年3月在巴黎成立的欧洲华文作家协会扩展到欧洲22个国家，中国大陆（内地）新移居欧洲的作家也成立了众多的文学组织，如欧洲华文文学会、欧洲华文文学笔会等，甚至在东欧国家也活跃着中国新移民作家组织，例如2006年成立并开始文学活动的捷克华文作家协会。欧华作家原先的散落状态有所改观。欧洲一体化进程使散居于欧洲各国的华文作家加强了交流。跟东南亚国家华人的祖籍地主要是东南沿海的情况不同，欧华作家的祖籍地显得更为多样，他们大都属于第一代移民，各自的生活方式相异，创作环境多变，艺术领域多栖，因此，必须通过相互交流才能打破原先的各种阻隔，形成文学发展的某种凝聚力。

　　1970年代前，欧洲华文报刊寥寥，即使有华文创作，也大都发表于台湾、香港等地的报刊。此后欧洲华文报刊有较迅速的发展，现今欧洲各国的华文报刊已近百种，遍及西欧、南欧、中欧、东欧、北欧等地区，欧洲华文传媒协会至今已有25个国家60多家会员单位，其中尤以《星岛日报》欧洲版（伦敦）、《文汇报》欧洲版（伦敦）、《欧洲日报》（巴黎）、《欧洲时报》（巴黎）四大日报影响最大，都刊发华文作品。其他由华人社团创办的华文报刊，如《德国侨报》、《华侨通讯》（荷兰）、《欧华侨报》（奥地利）、《欧洲华声报》（西班牙）、《欧洲之声》（匈牙利）等，也提供了华文创作发表的园地，其中1999年9月在德国班贝格（Bamberg）创刊的《环欧信息》（*European Chinese News*，后更名"《本月刊》"）是第一份在欧洲"本土"诞生的"上架"中文杂志（"上架"刊物是指以营利为目的，拥有国际标准刊号，正规发行，而且销售渠道畅通的刊物。拥有国际标准刊号的刊物，德国各大图书馆每期收藏），有2000多固定订户，每期发行18000份，发行至德国、英国、法国、意大利、西班牙、比利时、卢森堡、荷兰、奥地利、匈牙利、捷克、瑞士等12个国家。该刊辟有专栏发表随笔、小说、散文、杂文等。1990年代后还出现了瑞典《北极光》、荷兰《郁金香》、丹麦《美人鱼》等华文电子期刊，为华文创作提供的园地虽然有限，但也促进了欧洲各国华文文学在欧洲本土的交流。

前述战后欧华文学久远平和的艺术追求继续深入展开，使得它在世界性语种最多样、文化传统悠久丰富的西方大洲，既富有建设性地参与了五四新文学传统的形成、发展，更极有创造性地开启、推进了中国文化传统的现代性转换。它让中西方文化从未有过地接近，从而对中华文化的海外传播、走向世界做出了富有实绩也极有世界性影响的贡献。

第一节　德国、瑞士及荷兰、比利时、卢森堡华文文学 和赵淑侠、杨炼、林湄等的创作

从中国五四时期至1930年代，德国曾接纳过陈寅恪、林语堂、宗白华、冯至、季羡林等有影响的中国学者和作家，但德国华文文学一直到1990年代才开始形成气候。旅德华人数量不多，来源地广。汉堡是全德最大的华人聚

居地，有万余华人。欧洲各国中，德国与中国的文学交流始终较为密切。德国是欧洲重要的汉学策源地，时至今日，马汉茂、海因茨·舍恩、赫茨费尔特、顾彬等德国汉学家对包括五四新文学在内的中国文学的论著，仍是欧洲汉学中极有影响的。他们的写作一方面构成了德华文学的重要内容，另一方面对德国华人的汉语写作起到了促进作用。

德国华文作家有影响的是关愚谦（1931—2018，生于广州，长于上海）1953年毕业于北京俄语学院，"文革"中被迫离开中国。这段经历使他后来完成了长篇小说《浪：一个"叛国者"的人生传奇》。小说讲述了一个背有"叛国者"罪名、九死一生的中国知识分子在海外漂泊中依然不改爱国情志的心灵历程。作者明言自己是父母之邦的孩子："祖国就是我的母亲。祖国再受尽磨难，祖国再穷困，祖国再使我受委屈，我对祖国仍然充满了真挚深情的爱……如果我的所作所为，会使母亲痛苦和失望，会伤害我的亲人，我是决不会去做的。"①关愚谦1977年获汉堡大学文学博士后，留校任教，兼任欧华学会理事长、《德中论坛》主编等职。他与德国汉学家顾彬合编德文版6卷本《鲁迅选集》，自己则著有《到处留情》《德国万象》等作品集。2006年，关愚谦与艺术家单凡获汉堡州政府颁发的"艺术与科学奖"，这是此奖自1956年设立后第一次颁发给华人。

关愚谦致力于传播中华文化，和妻子（汉学家海佩春）合作出版了德、英、意文的《中国文化指南》《中国古代民间故事选》《中国风俗与习惯》《曹操生平及功过》《中国巨变》等。他的欧洲游记，则在远古近史、山水人物的出入中，向中国百姓介绍了一个古老而年轻的欧洲。他写德国的"老东老西"（东德、西德）居民不同的性格，细微而真切。历史的隔阂甚至使有的人"希望再建起新的柏林墙来"，但岁月推移，双方也日益接近，"不

---

① 关愚谦：《浪：一个"叛国者"的人生传奇》，人民文学出版社2001年版，第444页。

分东和西了"（《易北河畔避居造书记》），让人感受到民族血缘亲情对于历史隔阂的消解；他描写希腊古迹处处充盈个性，从游览伯罗奔尼撒半岛感受到"《荷马史诗》的人物忽然活了起来"，到惊叹奥林匹亚古址时对"为什么希腊再也强大不起来"的思考，都见出作者心灵与希腊古迹的对话（《希腊古迹漫游》）。关愚谦把欧洲描述得异常鲜活，既在欧洲的历史漫游中融入中国人的思考，又跳出把西方纳入"东方视野"的局限，有着一种恢宏开放的视野。他曾动情描述华人大提琴家马友友的"丝绸之路"音乐会。马友友说，他到过全球各个角落演出，每每想到"千百年来这些不同的文化、宗教和思想"影响的国家之间"错综复杂的联系是如何形成的"，"那些不同传统的音乐语言是如何结合到一起的"，他相信这中间有着"人的共同性"，由此"我们就可以久而久之习惯地进入各民族的文化之中"。马友友的"丝绸之路工程"就是致力于"把东西方的文化艺术糅合起来，使各族人民和谐相处"（《马友友和他的"丝绸之路"》）。关愚谦的世界游记，也是追求东西文化的融合和思想的交流。

其他德华作家中，陈玉慧（1957— ），1979年留学法国，后旅居美国，现定居德国，1990年代后出有小说集《深夜走过蓝色的城市》等10余部作品集。她的长篇小说《海神家族》（2004）获香港第一届"红楼梦奖：世界华文长篇小说奖"（2006）和台湾文学长篇小说"金典奖"（2007），并被译成德文出版。小说在台湾女子"我"和德籍丈夫的回台之旅中，多线索交叉地讲述了台湾移民和殖民的历史，女性视角中的家族叙事使台湾历史在去蔽除魅中得到了丰富的呈现。《海神家族》也成为新世纪德华文学的重要收获。此外，旅德女作家谭绿屏、麦胜梅等的散文都有别具一格的特色。

地处北欧的瑞士属于德语系国家，又有着独特的文化传统与和谐的人文环境。其华文文学之所以引人关注，很重要的一点是因为瑞士有欧洲最有影响的华文作家之一赵淑侠。而她发起并任首任会长的欧洲华文作家协会，也使瑞士这一小国成为欧洲华文文学的一个重镇。

赵淑侠（1931— ），女，祖籍黑龙江肇东，生于北京。抗战时期流落至四川重庆，战后回东北，1949年随父迁居台湾。1960年赴法国留学，学习美术设计，不久移居瑞士，在那里成家定居，一直到21世纪初迁居美国。她主要的作品都完成于瑞士，有《西窗一夜雨》《湖畔梦痕》等短篇小说集，《我们的歌》《落第》《春江》《塞纳河畔》《赛金花》等长篇小说，《紫枫园随笔》《异乡情怀》《文学女人的情关》《海内存知己》等散文集。《梦痕》《翡翠环指》《我们的歌》3部小说集被译成德语。她曾经是瑞士作家协会、笔会及德国作家协会的会员。

赵淑侠一生漂泊，旅居海外半个世纪，却始终认为，"我到底是个道道地地的中国人，一张国籍证明无法改变我的心，更不能稍减我对故国的关怀"①，"我流着中国人的血液，背负着中国几千年来的文化背景，脑子里是中国思想，脸上生着中国人的五官，除了做中国人之外，我永远无法做别的什么人"②。这些抒发于1970年代的感慨，所言"祖国""中国"，自然消泯了其制度国家的意义而凸显了其文化层面的含义。长篇小说《塞纳河畔》（1985）中的柳少征对现实层面上的大陆和台湾地区均不满意，但又视大陆、台湾均为"吾土""吾民"之所在。主人公在台湾得罪权贵入狱，服刑后辗转到了巴黎，历经与法国姑娘妮卡、女画家林蕾、女博士夏慧兰的生离死别，印证了算命预言——"一辈子劳心，半辈子打单"，内心充满了被放逐的苦涩，却一直在"黄河""淡水河""黄山、泰山和阿里山""四川大曲和金门高粱"的思恋中苦苦寻求。他的侄儿柳正明，其父在"文革"中被

---

① 赵淑侠：《我们的歌》，华文出版社1991年版，第734页。

② 赵淑侠：《紫枫园随笔》，中国友谊出版公司1984年版，第126页。

迫害致死，后与恋人谢辛美各自回大陆和台湾。然而，这却不是分手，而是有着终会团聚成眷属的希望。这些都构成了《塞纳河畔》中赵淑侠独异而丰富的中国情结。

赵淑侠的精神皈依在中华文化传统，但她也追求"更多更广的认知和沟通"，在自己选择的第二故乡——欧洲，"真正感受到自己是这块新土里的一员，不以自外的心情来从事创作，而会有一种两种不同文化水乳交融后的和谐感，成就感"。①她的短篇小说中有不少作品开掘了西方社会中的人性美和人情美。《阿格立的理发师》中的理发师"灰尘"先生行善播爱，认定"人与人之间的关系可以说全建筑在一个'爱'字上……无论哪一种爱都有自我牺牲的意味"。《彼德回来了》中的青年彼德涉世未深，为寻求自我而漂泊流浪，最后领悟到"一个独立自由的人，必是有独立的思考能力，能辨别是非、了解自己、知道自己该做什么、不盲从也不乱冲动的人"。赵淑侠笔下的华人形象也开始自觉追求中西文化的互补。《赛纳河之王》中的画家王南强到巴黎学画，17年中，尽管遭受了诸多误解非议，却始终致力于东西方文化的融合，从而使中国画体现出一种刚劲雄浑的质地，在忍饥挨饿中也绝不媚俗，最终"让中国画的美，揉进西方艺术里，为全世界人接受"。赵淑侠的第一部长篇历史小说《赛金花》（1990）也反映了她开阔的文化视野和成熟的文化心态。小说将一代名妓赛金花置于清末内忧外患的广阔历史背景上，对其不凡的经历、复杂的性格进行了人性的阐释，"讨论当时的女性地位，暴露娼妓存在和纳妾制度的非人性，社会的不平等，以及庚子之役等等"。②而由此呈现的作者对赛金花这一晚清名妓心灵和命运的深刻把握，正来自对面向世界的中国的理解。"妓女地位虽贱，唯她们也是血肉之躯，

---

① 赵淑侠：《一棵小树——欧洲华文作家协会成立大会讲辞》，《四海》1991年第4期。

② 赵淑侠自序，见赵淑侠著，金宏达、于春编：《我们的歌》，安徽文艺出版社1997年版，自序第6页。

也有感觉和感情"①，整部小说围绕赛金花跃动在血肉之躯中的心灵逐渐觉醒而展开，讲述了赛金花在被赶出洪家后三次为妓、三次从良的坎坷命途，在揭示中国封建社会愚昧、专权的本质中，展现了中国女性心灵意识觉醒的曲折过程。赛金花12岁堕入风尘，16岁嫁给状元洪文卿做妾。洪文卿虽然改善了赛金花出卖色相的生存境遇，但却无法帮她挣脱世俗道德的严酷枷锁。嫡庶尊卑与门第之见成为她身上难以磨灭的封建烙印，剥夺了她在洪家乃至整个社会表达自我的权利。在国内，无论身在何处，赛金花都常常由于多舛的身世和卑微的地位受到他人的轻视，即使别人"用轻辱的口吻"②决定她出洋的事情，她也只能安静地言听计从。直到她随洪文卿出使俄国、德意志和奥地利三国，西方人尊敬地称呼她为"公使夫人"，以平等、友好的态度接待她，传教士苏菲亚更是鼓励她"你的生命是属于你的，又不是属于他们的"③，赛金花的现代女性意识才得以启蒙。饱受冷待与欺辱的女性自尊受到了前所未有的尊重，赛金花的原有认知被打破，她重估自己的人生价值，思索生存的意义，产生了"他们越认为我卑微，我便偏要尊贵尊贵给他们看"的反抗意识。到德国后，她凭借流利的德语"渐渐打入柏林的上流社交圈子"④，使西方人对大清朝和中国人留下了美好的印象。这使她找寻到了自我的价值，认为自己虽是出身花船的姑娘却胜过饱读诗书的男子，能够为国尽力，不辱使命。男尊女卑的封建观念在这一刻开始瓦解，为赛金花后期的心灵意识觉醒提供了丰沃的土壤。在国外，她大胆追求个性，喜好奔放的西方服饰，对教堂婚礼亦充满好奇，不顾洪文卿的反对，执意独自一人到慕尼黑参加苏菲亚的婚礼，甚至与德国青年华尔德私订终身。回国后，深受西

---

① 赵淑侠：《赛金花隐没于红尘尽处》，见赵淑侠：《赛金花》，北京十月文艺出版社1990年版，序言第10页。

② 赵淑侠：《赛金花》，北京十月文艺出版社1990年版，第67页。

③ 赵淑侠：《赛金花》，北京十月文艺出版社1990年版，第104页。

④ 赵淑侠：《赛金花》，北京十月文艺出版社1990年版，第104页。

方平等思想的影响，赛金花的反抗意识被等级森严的伦理规矩激发，面对洪夫人的指责教训，她与其针锋相对，力图澄清不实的谣言。当洪文卿去世，女儿被洪家夺走，钱财被管家独吞，赛金花的心灵真正觉醒，她领悟到自己"不是一个真正的人，而是一个依附在洪状元身上存在的假人"①，于是她决心依靠自己，秉着"我的生命属于我自己"②的理念，不顾洪家人的干涉阻挠，重入风尘谋求生计。赛金花独立、自主的意识在封建伦理的夹缝中生根、萌芽，而后一次次在人生穷途末路时觉醒，促使她摆脱依赖心理，顽强谋生。赛金花的思想、行动动摇了中国千百年来的封建伦理道德，包含了丰富的五四启蒙思想，体现了作者对人的解放的关注、对女性内心世界的深刻体察。赛金花由此还产生了强烈的平等观念和民族意识。在八国联军侵华的局势中，国家内忧外患，她挺身而出，义正词严地对瓦德西言明民族平等和国家大义，为中华民族争取和平，从而促进了双方议和的进程，当时就赢得了国人的赞许和尊重，让一个被传统社会鄙视的风尘女子的自我价值，在民族、国家的层面得以实现。尽管赛金花最后仍然难逃被夫家赶出家门的悲剧，但赵淑侠塑造的赛金花，以其挣脱心灵枷锁，大胆、勇敢追求自我价值的实现，成为中国历史上的新女性。而她的悲剧命运，恰恰揭示了中国女性在寻求自我解放、追求个性自由的过程中与封建道德难以调和的矛盾，深刻批判了中国封建社会逼良为娼的吃人本质。这些都在小说苍凉、凝重的叙事中得到了生动深刻的表现，闪现出五四精神的光芒。

赵淑侠曾在散文《书展》（1991）中，称赞林语堂40年代旅居美国时的创作"真正能够象西方作家那样""进入西方的'寻常百姓家'，为社会上一般消费者，象阅读他们自己的文艺小说一样，能引起读欲并喜爱的"，她

---

① 赵淑侠：《赛金花》，北京十月文艺出版社1990年版，第230页。
② 赵淑侠：《赛金花》，北京十月文艺出版社1990年版，第264页。

盼着"今天的中国能再出几个林语堂"。^①赵淑侠的小说创作正体现了这种希望和追求，她的作品脱出了以往留学生文学表现"无根放逐之苦"的传统，努力体悟人类之情、人性之根，显示出开阔的艺术视野。即使写漂泊流徙中的海外中国人，也有既奉献于国家民族又关怀着人类世界的胸襟和抱负。她在谈及自己60万言的长篇小说《我们的歌》（1980）时说："一个民族如果要获得其它民族的尊重，她不但要坚强完美，还要保有她的性格和特色，而且必得是真正的她自己"，"必然是因为我们自尊、自强、自信"。^②这里所表露的民族意识是复兴中华民族、赢得世界尊重的民族意识。《我们的歌》中的江啸风极具音乐才华，深受海尔教授的赏识。他本可以留在德国发展，却放弃博士学位，决心回去，以弘扬民族文化为己任，创造中国的音乐。因为他认为"西方音乐再好，也不属于我们。如果我们的音乐水准太差，或是根本就没有自己的音乐，是个'无声的民族'，我们就更该多下点功夫，创造自己的音乐"^③。所以小说全篇立足音乐的民族性，也最具有世界性，描写了江啸风如何谱写"以西方技巧、东方感情、中国精神汇合而成的曲调"^④，传递出从"山里、森林里、泥土里、文化里、中国人民历经苦难的灵魂里"^⑤创造民族之歌的崇高追求，这种崇高追求必然为人类精神宝库增添新的财富。小说所塑造的音乐家江啸风、科学家何绍祥和他的妻子余织云，人生信仰有异，生活经历各有曲折，但他们最终都以激昂向上的精神投身于时代潮流；他们身上民族意识的觉醒，有着坚实的海外人生作基础，一扫以往民族意识的狭隘，而明晰地指向人类的未来，充满了民族的希望。《我们的歌》

---

① 赵淑侠：《书展》，《华文文学》1991年第1期。

② 赵淑侠著，金宏达、于青编：《我们的歌》，安徽文艺出版社1997年版，第713页。

③ 赵淑侠著，金宏达、于青编：《我们的歌》，安徽文艺出版社1997年版，第83—84页。

④ 赵淑侠著，金宏达、于青编：《我们的歌》，安徽文艺出版社1997年版，第169页。

⑤ 赵淑侠著，金宏达、于青编：《我们的歌》，安徽文艺出版社1997年版，第105页。

寄托了作者身居海外希望复兴中华文化的民族意识，体现了"先有民族主义，后有世界主义"的深刻思想。

赵淑侠2008年的长篇小说新作《凄情纳兰》取材清代词人纳兰容若的爱情生活，表达了对"情"超越现实功利甚至超越生死界限的看法：情是天地间的灵气凝聚成的最美的精神。小说将纳兰容若这一形象刻画得血肉丰满，不只是因为作者历史考据功夫甚深，更因为作家心胸开阔地理解了纳兰容若的情感世界，所以小说不仅在出尘拔俗的精神境地中描写了纳兰容若与红颜知己的交往，而且笔墨酣畅地刻画了纳兰容若对其父为他仕途着想而安排的"王公贝勒"朋友圈子毫无兴趣，而与汉族布衣文人如吴兆骞、顾贞观等交好的诸多感人情景。作为满族达官贵人的子弟，纳兰容若的"情"，却完全突破了族群、门第、性别等传统世俗观念，而包容起人类最具共同性的因素。小说在中国台湾《世界日报》和中国大陆《作家》同时发表，更被欧华文学界称道，因为小说成功塑造了"跨越时空"的融合"文学人类"的"阴和阳"的历史人物形象。①而赵淑侠能从纳兰容若的词作（现存纳兰所作词共348首，《凄情纳兰》引用的纳兰词有80多首）中，借助于小说情节等，生发出诸多极为感动人的场景，开掘出主人公重情义、重然诺等品格，也确实称得上对传统的现代皈依了。这样的小说，的确把海外中国人题材的创作推到了一个更高的层次。

赵淑侠在《告别紫枫园》（1994）一文中借迁居搬家一事，表达过这样的心情：告别过去虽心中有痛，"但从此放下那些古老的包袱"，"抖落一身灰尘"，"在新天地间重塑环境"，"不亦快哉"。这也可以视为赵淑侠在创作上始终不自我拘囿而不懈追求的写照。她的小说直面海外人生的复杂性，以丰盈的细节描写真实的浪子生涯，但又有明亮的理想色彩，人物"在

---

① 余心乐：《赵淑侠笔下"文学人类"的阴与阳》，（香港）《香港文学》第302期（2010年2月）。

飘离中知所依返，于复归时寻求超越"。她的小说艺术构思和表现手法丰富多样，就长篇小说而言，《塞纳河畔》的象征手法，《春江》的心理剖析，《我们的歌》的点线结构，都颇具艺术匠心。她的小说着力于塑造人物丰满的个性和灵魂的深度，《我们的歌》中的江啸风、《塞纳河畔》中的柳少征和夏慧兰、《赛纳河之王》中的王南强、《赛金花》中的赛金花，都是海外华文小说中富有艺术魅力的人物形象。

赵淑侠又擅长散文创作，其作品集数超过小说，质量也不逊于小说。她的散文题旨除了怀想故土、归乡寻根、山水怡情、友人开怀外，更有着对女性命运的关切。《文学女人的情关》（1992）一书，以三毛、萧红、吉铮等女作家为例，探讨女性迈不过情关的命运困境。《情困与解脱》（1994）一书，则从探讨爱情的本质，来启发尤重感情的女性在"情困"中"破茧而出"。这些作品显现出赵淑侠的女性视野和女性关怀，她总是从情感层面来关注女性的生存和发展。同时，这些作品也显现出赵叔侠散文的特色：一是哲思和诗美的结合，感性丰盈的叙事、描述中有着种种哲理的思考；二是柔情审美中有刚健之"侠"气，着笔于人生激励，行文明快清爽。

朱文辉（1948—　，祖籍广东台山，生于台湾台东，有用于犯罪推理文学的笔名"余心乐"、用于一般文学作品及微型小说的笔名"迷途醉客"和用于剖析、对比中、德两种语境之风貌的笔名"字海语夫"）和赵淑侠是"瑞士华人中仅有的两个小说作者"[①]。他1972年毕业于台湾文化大学德国文学系，后留学于苏黎世大学，1975年旅居瑞士至今，曾任欧华作家协会会长。余心乐写作文类包括小说、杂文、报告文学、文学评论、传播理论等，而以犯罪推理小说创作著称。他1980年后出版有长篇推理小说《推理之旅》，中篇推理小说《松鹤楼》《生死线上》，短篇推理小说《异类的接触》等，曾

---

① 赵淑侠：《序〈推理之旅〉》，余心乐：《推理之旅》，（台湾）林白出版有限公司1992年版，第2页。

获"林佛儿推理小说奖"。这些小说集中塑造了旅瑞华人名探张汉瑞的形象。张汉瑞1982年由台湾到瑞士留学,学成后与聪颖贤惠的瑞士女子艾北亚结婚。他是个推理小说迷,在瑞士发生的多场惨剧疑案中,运用清晰缜密的推理,又受妻子灵感的启发,屡屡准确破案,成为名探。这一华人名探形象诞生于神探福尔摩斯的"故乡",真是别有意味。

朱文辉所写推理小说大多属于"本格推理小说",即以严密的逻辑分析作为破案的主要手段,作案者和侦探双方对峙展开斗智,给读者带来极大的阅读趣味。余心乐的小说不仅文字不俗、结构严谨、人物刻画生动,而且构思、叙事方式等在化用西方侦探推理小说"结构性诡计"和"叙述性诡计"中常有创新之探索。《推理之旅》讲述一群台湾游客来到瑞士麦灵根,凭吊世界名探福尔摩斯最后决斗坠崖之处,不料发生血案。同行中的张汉瑞"初试啼声",查出了凶手。小说采取了变换时空的叙事方式,使案情显得更加扑朔迷离。正文第一篇正面展开张汉瑞破案的逻辑推论,第二篇以"附录"的形式发表"读者"质疑张汉瑞逻辑推理"破绽"的来信和张汉瑞的回信,进一步增强智力角逐的趣味和强度。破案收尾,又以张汉瑞讲述1940年代由美国推理小说家叶慈完成而至今不知尘封何处的解谜推理小说《负伤的提洛人之冒险》作结,使小说结局更有新的暗示意味。

朱文辉推崇瑞士推理文学大师Alexander Heimann,称其为"人文骑士","在他掌握的文字世界里/神勇与犯罪剑来枪往",全在于他在犯罪文学世界中传达出"黑尔维其亚"(瑞士民族最原始的老祖宗)的智慧和人文关怀,如同中国的屈原一样,沾着家乡之水,"写出生命的诗篇"。朱文辉将自己比作"一名口操华语/试着潜入德语犯罪文学世界的/诗歌学徒"。① 这使得他创作侦探推理小说,旨在从中华民族丰富的文化遗产以及当代巨大

---

① 余心乐:《诗人节的际遇以肉躯为笔》,池莲子主编:《欧华诗人选集》,文汇出版社2017年版,第37页。

的进步和成就中，运用有别于西方侦探推理小说传统的方法，透过侦探文学的表达形式，去解剖人类的共性，同时也寓阅读趣味于富有诗意的智力游戏中。朱文辉自小受父辈的传统文化熏陶，就读的文化大学又是1962年张其昀所办弘扬中华文化的学府，所以，他笔下的张汉瑞风度儒雅、举止谦和而又擅长推理，其不少破案巧思，源于对诸如三十六计、孙子兵法等中国谋略的体悟；在诡秘案情的展开中，又有传统小说的明快叙述。小说在人物心理活动中，又往往穿插有中华诗文佳句，平添了推理小说的文学意味。这些都使侦探推理小说这一外来小说体裁具有民族特色。

著名诗人杨炼1955年出生于瑞士，成长于北京，1988年，应澳大利亚文学艺术委员会邀请，前往澳大利亚访问一年，从此开始了他自己所称的"世界性漂流"，足迹遍及欧洲、美洲、澳大利亚各个角落。他现为瑞士籍，居住英国。杨炼是《今天》杂志的主要作者之一，1970年代后期开始写诗，以长诗著称。《礼魂》《西藏》《逝者》《自在者说》《与死亡对称》等大型组诗有着作者苦心经营的"智力"结构，每部组诗包含若干首诗；每首诗中又分若干章节，对应史书典籍之中的天人关系，以此来到达超越天人界限的"智者的自在境界"。他出国后创作以诗和散文为主，兼及文学与艺术批评，共有诗集11种、散文集2种，后编为《杨炼作品1982—1997》（诗歌卷：《大海停止之处》，散文、文论卷：《鬼话·智力的空间》）、《杨炼新作1998—2002：幸福鬼魂手记》、《杨炼创作总集》等，并被译为20余种文字在各国出版。作品获意大利"Flaiano国际诗歌奖"、英国诗歌书籍协会推荐英译诗集奖、意大利"诺尼诺国际文学奖"等。杨炼的海外诗作更入佳境，玄思丰厚，语言炉火纯青，意境出神入化，代表着欧华诗歌所达到的高度。

杨炼是个极为重视语言和形式的诗人，他多次疾呼："作为诗人，我要

求的是——持续地赋予形式"①，"在诗歌创作中，我一直认为，离开了对形式和语言的讲究，就谈不到意义或含义"②。而在海外写作的生涯中，他对诗的形式的探索、创新与激活中国诗歌传统成为一体。他提出的"后锋"诗学"与大家习惯说的'先锋'相反，大家比后劲，比耐力，……要求的就是思想和诗学的深度，而深度来自敏感和深思……你能把李白、杜甫创造性地扒皮抽筋，汲取其神髓，变化其形，那你写的不仅是硕果仅存的中文诗，更或许是对世界诗歌有意义的诗。这种焦虑完全是诗人自觉的一部分，是争取'后锋'资格的一部分！"③杨炼就是这样把实验性朝着过去开放、接续传统并自觉创造的"后锋"，而对汉语诗歌形式的自觉，成为杨炼诗歌创作接续传统并自觉创造的根本所在。

杨炼对形式的自觉，受到屈原、《易经》、杜甫的形式传统的影响。杨炼曾直言："在中文诗歌传统中，与我血缘关联最深的首推屈原。他的精神境界——尤其体现在《天问》中——以及用每一首作品'完成'一个主题的能力，令我叹服莫名。"④屈原诗篇在精神境界上，体现出对宇宙、神话、历史、现实和自我进行的深度质问，包罗万象又思想深邃，表现出把握自然、社会和自我的强烈要求。在形式创造上，屈原为每一首长诗创造一个特定的形式，创造出一整套具有中华民族特质的象征体系，使人获得强烈的审美快感。他的这种形式创造，也来自对传统（独具巫术魅力的楚文化）的

---

① 杨炼：《中文之内》，见杨炼：《鬼话·智力的空间》，上海文艺出版社1998年版，第172页。

② 杨炼：《每个诗人都必须创造出自己的形式——与英国诗人赫伯特、帕蒂和唐晓渡对话：找到21世纪诗歌交流的语法》，见杨炼：《唯一的母语：诗意的环球对话》，华东师范大学出版社2012年版，第91页。

③ 杨炼：《"后锋"诗学及其他——与唐晓渡、张学昕谈二十世纪八十年代以来的诗歌创作》，见杨炼：《一座向下修建的塔》，凤凰出版社2009年版，第315—319页。

④ 杨炼：《一座向下修建的塔——答木朵问》，见杨炼：《一座向下修建的塔》，凤凰出版社2009年版，第234页。

重新发现。这些对杨炼的影响是多面且深刻的。杨炼提出诗的"智力的空间",认为一首诗应当使得不同层次的感受并存,以个体反映普遍。这得益于《易经》的启示:"《易经》的伟大……在于它归纳不同层次创造出一个既矛盾运动(内部各部分)又和谐静止(外部整体)、既对立(阴、阳)又互补(阴阳)、既有限(形式)又无限(内涵)——以有限把握无限的'框架'。"①《易经》以有限的象征符号,来把握天地万物无限的存在现象。一首诗,也应当以有限的文字、意象,来将现实中的复杂经验提升得具有普遍意义,渗透不同时间、空间的人类感受,使之在一首诗内并存。以有限把握无限,这对诗人的诗歌形式创造提出了更高的要求,也是杨炼对诗歌结构层次创造的追求。而杜甫"把握形式的浑厚功力"②对杨炼的影响更为直接,他曾对"古今律诗第一"的杜甫《登高》一诗在平仄、对仗、非线性叙述、文本四方面进行了深入研究,认为其"荟萃了古诗形式的诸多特征:视觉／意象、声调／音乐、句式／结构、共时／空间、文本／超验等等,它能被读成自传、历史、政治、哲学、诗学、独特的时空观甚至宇宙观"③。这激发了杨炼对诗歌的听觉形式、视觉形式和空间形式的创造,渗透了汉字、意象、结构、文本四方面,使杨炼的诗作体现出圆融的艺术境界。

汉字具有音响性,中国古典诗歌以汉字的音响性形成平仄韵律。杨炼认为,"汉字声音的存在方式,和欧洲拼音语言根本不同……读音完全隐身在视觉背后……因此,我把这个'看不见的'声音,称为诗歌'秘密的能

---

① 杨炼:《智力的空间》,见杨炼:《鬼话·智力的空间》,上海文艺出版社1998年版,第158页。

② 杨炼:《一座向下修建的塔——答木朵问》,见杨炼:《一座向下修建的塔》,凤凰出版社2009年版,第234页。

③ 杨炼:《"空间诗学"及其他——中文古诗形式的美学压力及其当代突围》,见杨炼:《一座向下修建的塔》,凤凰出版社2009年版,第102页。

量'"①。他将平仄纳入当代诗歌创作，不是简单地回归古典，而是使古典与现代在中文诗歌中共同构成有机的整体。比如《同心圆》中的"言"部分，其中的《谁》②这首诗，表面上看有点"天书"的味道。字面上看，全诗字与字之间几乎没有什么联系，但如果触及杨炼所言汉字那"看不见的"音乐，可以发现《谁》这首诗严格遵循着"浪淘沙"的平仄规定，运用的是李煜的长短句双调小令体"浪淘沙"，双调54字，前后片各五句、四平韵。这种双调小令体多作激越凄壮之音，李煜用这种格律来表现亡国之痛、故土之思、羁旅之苦，杨炼则用这种格律来传达对天地苍茫、人类命运、自我存在的深刻质疑和无限感慨。对自我的追寻，总是以一个凄美而悲凉的姿势结束，得不到答案。标题"谁"在这个意义上概括了全诗的主旨。"浪淘沙""激越悲壮"的特性，也使诗歌主题进入更深层次。这种"激越悲壮"是旷古之音，由晚唐回荡至今，对古词格律的援用，传达出诗作的普世性价值。

把古典诗词对汉字音乐性的开掘纳入当代诗歌创作，杨炼着力于在诗的形式创造和诗的内涵之间找到联系。如《一只苏黎世的天鹅》中的"五指之美美在死死握紧茫然"③，体会这句诗的音乐感，"五指""美美""死死"三组两个上声连用，与李清照的"凄凄惨惨戚戚"形成呼应，略去字面而倾听声音，便能看见诗歌形式与内涵相互激发的美。除了直接援用古典格律"群体"，杨炼还在诗歌创作中，以从古诗格律中得到的启示去探索白话的音乐性。如《死者的一月》中的第一句，"父亲　从一年中切下这最黑的一

①　杨炼：《诗歌是我们唯一的母语——与汴庭博对话》，见杨炼：《唯一的母语：诗意的环球对话》，华东师范大学出版社2012年版，第72页。

②　杨炼：《谁》，见杨炼：《杨炼创作总集　1978—2015》卷四，华东师范大学出版社2016年版，第91页。

③　杨炼：《一只苏黎世的天鹅》，见杨炼：《杨炼创作总集　1978—2015》卷四，华东师范大学出版社2016年版，第153页。

个月／一月　母亲们盲目中一下午音乐"①，将它们读出声来，能明显感觉到
在舌尖跳动的节奏，这是音乐的和声与变奏。古典诗歌教会当代诗人塑造诗
歌的音乐感。汉字是呈现节奏与韵律的载体，音乐感是敞开视觉想象、开掘
内涵深度的动力，胸中、笔下有音乐，诗作便有气韵。

　　杨炼的诗歌创作十分关注意象和结构。他完成短诗集《大海停止之处》
（1992—1993年作品集）时，语言驾驭熟稔，形式与内涵互为动力，诗一再
抵达"活着的深度"，标志其进入创作的成熟期。而意象体系的建构，受到
中文古典诗歌意象的滋养。杨炼利用汉语的抽象性、空间性，即中文的词性
不定、语序自由等语法灵活的特点，形成了一套具有结构性、空间性的意象
体系，进入"意象—结构"这一被杨炼视为诗人"对语言与诗更加成熟"的
阶段②：意象在结构中展开、深化，结构因意象而丰富、直感；意象创造具
有超现实主义式的"震惊"，这"震惊"又紧紧围绕着诗所要完成的主题。
《死诗人的城》一诗就有这种意象与结构、主题的相互激发：

　　　　并非只有活过的人　才配去死

　　　　那些一生埋在寂静下的名字

　　　　签署了寂静　这座被你亲手瓜分的城

　　　　一条空旷的街伪装成送葬的队伍

　　　　而月光铁一般坚硬

　　　　白铁皮的手心里骨头咂咂响

　　　　早被忘记的窗外　小鼓咚咚响

---

　　①　杨炼：《死者的一月》，见杨炼：《杨炼创作总集　1978—2015》卷四，华东师范大学
出版社2016年版，第23页。

　　②　杨炼：《建构诗意的空间，以敞开生之可能》，见杨炼：《鬼话·智力的空间》，上海
文艺出版社1998年版，第257页。

你生前删掉的每个字回来删掉你

毫不吝惜地删　狠狠地删

删去世界后　标本中的脸更近更清晰

删去眼睛　目光就擦亮沿途的玻璃

雕刻一只线条纤细的鸟

像你看着它被打碎的那一只

被揉皱　丢弃　墙角腐烂的手稿上

你最后的死已经很熟悉

一间等待移出死亡残骸的老屋子①

对于这首诗的结构，杨炼认为："两段之间两个相反的层次：第一，从现实到语言——诗人之死到死去诗人的诗；第二，从语言到现实——没有了诗人的诗，反过来更清晰地暴露出诗人之死的本质（从来没有活过）。"②上段的"送葬的队伍""月光""骨头"等，下段的"标本中的脸""墙角腐烂的手稿""一间等待移出死亡残骸的老屋子"等，共同构成了整首诗的"死亡意象"。这些意象并非时间上线性的排列，而是空间上平行的组成，由横向上宏观的"被你亲手瓜分的城"，到微观的"一条空旷的街"；由纵向上天上的"铁一般坚硬"的"月光"，到地上"白铁皮的手心"里的"骨头"；由顺向的"你""删掉""字"，到逆向的"字""删掉你"；由不可能的"删去世界""删去眼睛"，到可能的"墙角腐烂的手稿"。诗歌意象最终

① 杨炼：《死诗人的城》，见杨炼：《杨炼创作总集 1978—2015》卷三，华东师范大学出版社2015年版，第117页。

② 杨炼：《建构诗意的空间，以敞开生之可能》，见杨炼：《鬼话·智力的空间》，上海文艺出版社1998年版，第257页。

终止于"一间等待移出死亡残骸的老屋子"——通过改变视角与透视关系、打破时空秩序和运用蒙太奇手法，来调节控制文本意义间隙。整首诗呈现空间上的"同心圆"结构，共同指向"死亡主题"这一"圆心"。全诗浸透着对诗人生命的深刻追问。意象的跳跃造成时空的断裂感，从而改变意象的线性流动，创造出诗歌立体复合的空间感，形成"意象—结构"的表述。

这首诗中的"死亡意象"是杨炼诗歌创作的重要命题。他认为死亡使生命充满意义，诗人的创作应该向死而生、绝处逢生，否则只会堕入"死诗人的城"。死亡这个词，"囊括了所有那些虚度的，被耗费的生命"[1]，具有囊括所有时间的空间性。杨炼运用汉语的非时间性，表达人类处境和命运的不变的诗意，因此"死亡意象"又成了杨炼语言的某种内涵。正如"月光铁一般坚硬"中的"月"，曾是"诗佛"王维笔下"明月松间照，清泉石上流"的充满禅机的清澈的那轮"月"，这透明得如在眼前的具象，充满着对生命的感悟、对自然的体认、对无我之境的追求。这轮"月"曾照"松间"，在今天，"铁一般坚硬"。这种超现实的想象超越了杨炼个人的对死亡的体验，达到一种人性的、人类的普遍性，这是诗的落脚点。"死亡意象"的效果在"同心圆"结构中不断深化。这一结构也因意象的多重性而变得丰富、多层，构成对诗人把握语言与现实的关系的深刻思考，"死亡主题"也因中文的非时间性而抵达了人类的普遍性。

可以说，杨炼个人意象体系的建构，基于对中文传统表达特性的把握，以及对中国古典诗歌意象体系的激活。那轮"月"之所以从王维的"松间"，一直"照"到杨炼笔下变得"铁一般坚硬"，是因为"照"与"坚硬"都没有时态限制，贯穿了过去、现在甚至将来。没有中文的这种特性，就表达不出这种对生命的普遍追问的诗意。同时，杨炼这一代诗人，返回到

---

① 杨炼：《冥思板块的移动——答叶辉访谈》，见杨炼：《一座向下修建的塔》，凤凰出版社2009年版，第251页。

"月亮、土地、黑夜、生命、死亡"等语言、意象上，与《唐诗三百首》有几乎同样的语言和意象，在创造性地组合古典意象中传达出现代人的复杂感受，表达出复杂的现代内心，也净化了当代诗歌语言，恢复了汉字古典、感性的本质。

杨炼诗作与中国古典诗歌的联系，是内在而深刻的。他以个人的现代经验，通过自觉创造，利用中文的"空间性"以及激活中文古典诗歌的传统，在诗的文本中建构出超验世界。杨炼十分倾心杜甫《登高》，认为"无边落木萧萧下，不尽长江滚滚来"是以音响来绘画的"可怕的美"[①]，"万里悲秋常作客，百年多病独登台"是"十四字十层"（原为蘅塘退士注），这两联都是《登高》这首"古今律诗第一"中最令人震惊的对仗。于是，杨炼在《同心圆》组诗中创作了四首《递进的迷宫》，分别以"无边落木萧萧下""不尽长江滚滚来""万里悲秋常做客""百年多病独登台"为副标题，形成了现代与历史、自我与古人的呼应，建构出诗的超验世界。《递进的迷宫——无边落木萧萧下》中，"我向自己学会无痛／听清一滴流不动的血／水银 被铆住时坍塌"，伤痛由凝滞到崩塌，写出了"无边落木萧萧下"中愁绪从高到低、一泻而下的奔涌之势；"房子移进名字 做客的云移进一个下午／落木 都无边"。《登高》中的"萧萧"形容枯干的树叶之声，杨炼这句诗与之相呼应的是，有空间边界限制且定位固定的"房子"与形状瞬息万变且漂泊不定的"做客的云"两个意象对比形成张力，通过"移进"一词，使客居他乡的漂泊之感更加无边、无限。这种愁苦仿佛本就枯干的树叶还在无限地变干，本就在飘落的树叶还在无限地飘落——"都无边"的是"落木"，更是漂泊之苦。《登高》中"万里悲秋常作客"七个字呈现出杜甫内心的五层悲哀，且越现越深：作客——常作客——在秋

---

① 杨炼：《"空间诗学"及其他——中文古诗形式的美学压力及其当代突围》，见杨炼：《一座向下修建的塔》，凤凰出版社2009年版，第104页。

天常作客——在悲凉的秋天常作客——在万里之外的悲凉的秋天常做客。杨炼也在《递进的迷宫——万里悲秋常做客》一诗中体现出千年前杜甫的这五层悲哀，诗开篇的"城市钻研抒情的姿势　纠正一滴血／排比洋葱和邮差制服上的阳光／城市不朽　如每个人小小的现实"，以及"多少头颅创作一块小旅馆枕上的油迹"，写出了杨炼"作客"的环境，客居于一个"城市"，并在"小旅馆"寄宿。"八点半　恐怖分子准时炸毁早餐的面包屑／十二点半　胃响彻痉挛的闹钟／黄昏七点　飞机银光闪闪像一枚大醉的别针"，以具体的时间，写出了时间的无限，正是因为"常作客"，所以才知道每天各个时间点都会发生什么，对这些事件都已经熟悉、习惯，表明"作客"时间之久。虽然"春天的独眼中一万棵桃花进进出出"表明时间在春天，但"你们的风呼啸在脊椎衣架间／我们整齐地舔到　鱼钩倒刺上／透明上腭无情的存在／秒针移动的针尖内一毫克黑暗／扎进年龄的星星闪耀什么电流　什么镇静剂"这几句诗，则传达出"悲秋"的凄凉感，以"春天"的乐景写"悲秋"般的哀情。读者在这诗产生的张力中，体会千年前杜甫诗中"在悲凉的秋天常作客"的凄苦心境。诗最后两行的"停　优雅的零点　风格的顶点／驶向天堂的码头"，"天堂"是永远无法到达的虚空之境，却还要驶去，可见诗人已离家"万里"。"停"与"驶"之间再次形成诗意的对抗，这种张力传达出诗人漂泊的无边、遥远，无法"停"，只能一直"驶"。整首诗在结尾这句诗中触及最深层的悲哀："在万里之外的悲凉的秋天常作客。"杜甫《登高》形式上的对比、冲突，以及诗意上的深刻、悠远，都在当代的杨炼《递进的迷宫》四首诗里再次被激活。杜甫的孤独"前不见古人，后不见来者"，在唐代便已写尽了千年之后当代杨炼的孤独，《登高》与《递进的迷宫》皆建构出超验的世界。

杨炼诗歌创作中还有一项富有意义的活动："方言写作"。2009年，杨炼应邀参加斯洛文尼亚薇拉尼查国际文学节，置身于20多种中欧语言中，他意识到一切语言都必须"深深扎根于自身"并且"充分向周围文化敞开"，[①]否则便会灭亡。他在对比中发现了中文的缺陷："斯洛文尼亚只有二百万人口，却有数种方言能用自己的文字书写，反观中国十几亿人口，却只有普通话一种文字……只要写，文字就把我们从自己的根上切下，而纳入一个官方的、悬空的、抽象的'存在'。两千多年了，我们有'中国文化'，却没有真正的'地方文化'，更遑论'个人文化'。"[②]由此，他诞生了"方言写作"这一想法，除了多次多地与斯洛文尼亚诗人施泰格尔对话，并进行双方"方言诗"的互译外，杨炼自己还与其他几位中文诗人都开始尝试用自己的方言来写作。《方言写作》[③]就是杨炼2001年创作的一首方言诗，写的是关于他家老保姆当年住的"板桥二条"胡同里的乡愁，自觉实践了他"方言写作"的"希望，通过当代自觉，有意识打开这三个层次：方言发音，书写系统，文学形式，重建我称之为中文的'形式主义传统'"[④]，以此来建立方言所在地的地域文化（但又超越地域局限）和诗人的个人文化。而在方言发音的层面，这首诗巧用北京方言多轻声和儿化音的特点，承载悠然、闲适的北京文化，使乡愁显得细腻又悠长；在"书写系统"的层面上，发明能体现出北京地域文化的新字（如老北京人说的"我'，发音是"m"，紧闭嘴唇只发鼻音，杨炼就用古典化的"吾"，打叉封闭那个"口"，绘制了一个新字"唔"字，"给唔们写　黄土这部书"），颇多北京特有意象之"语"（如"板桥二条的花枝都甜了""茫茫人海中的小胡同"），也多北京方言

---

① 杨炼：《诗意思考的全球化——或另一标题：寻找当代杰作》，见杨炼：《唯一的母语：诗意的环球对话》，华东师范大学出版社2012年版，第12页。

② 杨炼：《诗意思考的全球化——或另一标题：寻找当代杰作》，见杨炼：《唯一的母语：诗意的环球对话》，华东师范大学出版社2012年版，第12页。

③ 杨炼：《方言写作》，见杨炼：《杨炼创作总集　1978—2015》卷五，华东师范大学出版社2018年版，第294—296页。

④ 杨炼：《把蘑菇放进锅里》，见杨炼：《唯一的母语：诗意的环球对话》，华东师范大学出版社2012年版，第119页。

的句式（如诗的第三节"坐在门槛上多少年　夜喉喑过／什么　板桥二条是座他各个儿的／御花园　每一夜捯进那一夜"）。这些方言因素巧妙融入了全诗内涵丰富的结构。（全诗八节，每节三行诗。前四节分别以听觉、触觉、视觉、嗅觉写"他"记忆中的"板桥二条"胡同。其中的意象构成语意上的"冲突"、跳跃，却共同指向对胡同情境的描绘，韵脚都采用西方诗歌的随韵形式。后四节，第五节讲"他"写的是"诗"；第六节"他"写的是"书"；第七节"他"写的是"乡愁"，由此达到情感抒发的高潮；第八节则讲"他"没写什么："他压根没写出的　四姑娘远远嫁走／他被回眸的眼神切下　两千岁了／还没哭出"，在与第五、六、七节的对比中，"回眸"呼应前四节的内容。这四节的韵脚有"剪不断理还乱"的复杂性，与情感的抒发相适应。相互冲突、对比、呼应的诗节，刺激语言充分敞开，形成书写乡愁的"同心圆"空间。全诗传达出生发于个人体验而超越时空的浓浓乡愁，由此揭示了杨炼的一种信念：方言"在所在地域扎根深"，同时"又向周围文化敞开"，才有活力。

荷兰、比利时、卢森堡是三个毗邻德国的欧洲小国，那里的"老百姓比德英法人显得安详、平和、与世无争"，其民风也"较质朴实在"。①三国华文文学在这样一种人文环境中发展较迅疾，交流也较密切。1991年，荷比卢华人写作协会成立；1998年，创办了纯文学会刊《荷露》，要"借着笔墨文字表达异乡人的际遇、融入当地社会文化的感受以及在中西文化碰撞、交融中的体会"②。协会邀请了荷兰莱顿大学伊里玛教授、比利时根特大学魏查理教授、中国作家王蒙、旅法作家高行健任顾问，表现出开阔的文学交流视

---

① 关愚谦：《到处留情》，上海书店出版社2007年版，第145页。

② 《荷露·创刊语》，（荷兰）《荷露》第1期（1998年7月）。

野。2013年，荷比卢华人写作协会扩展为欧华文学会，成员扩展到包括东欧国家在内的欧洲各国的作家。2016年，该会在布拉格召开欧华文学会首届高端论坛，研讨欧华文学历史和发展，荷比卢华文文学也在欧华文学中占有了重要位置。

荷兰华文作家中，林湄（1945— ，女，本名林梅，福建福清人。1973年迁居香港，1989年移居比利时，1990年定居荷兰，发起成立了欧华文学会）创作成果丰硕，出版有《泪洒苦行路》《天望》等10部长篇小说，另有《不动的风车》等数部小说集和《我歌我泣》等多种散文集。

林湄的小说较深刻地描绘了几代旅欧华人的心灵历程，表现出兼容并纳东西方文化的开阔视野。《浮生外记》（1994）讲述荷兰小镇奥德莱的华人胡磊、杨世顺四代老少的异域生涯。奥德莱在二战后成了欧、亚、非各洲多国的移民杂居区，而华人社群在这种多元文化环境中仍构筑着自足封闭的生存体系。胡磊的父亲胡海清终生经营餐馆，"华人的天地就是餐馆，楼上楼下，堂外堂内"；儿女婚亲，更要回大陆（内地）挑选乡下妹。胡磊虽"生于此长于此，洋味却不浓，比传统的中国人还要传统"，恪守"母亲的话像一本圣旨，父亲的话像一部历史"的家训族规，只是敌不过爱情的诱惑，才娶了荷兰女子艾玛。两人和美生活三十余载，人近老年，胡磊却发现"多少年来一直为自己没有娶到中国太太感到遗憾"，结果与女佣丽玲发生了婚外情。胡磊及其亲家杨世顺的家业都无人继承，甚至无奈拍卖；儿女们或离家独居，或躬行独身，四世同堂而歧路，自然本色地表现了几代华人在异域有固守、有遗弃、有摄取、有吐纳的生存状态。小说时而引入艾玛、格拉士等异族视角，构成了华族传统和异域文化的双向交流。林湄的小说摆脱了早期移民文学的放逐心理、"边缘"心态，在审视异域文化的清醒自觉中显示出新移民的自信自立。长篇小说《漂泊》（1990）讲述流落到荷兰的中国女画家吉利与荷兰富家子弟迪克的婚恋情爱，展开了东西方文化在家庭生活中难以言明的冲突。

2004年，林湄出版长篇小说《天望》，作者利用自己的边缘视角，通过巧妙的构思，在深刻繁复的探讨和追寻中，力图解答关于人类存在之意义的终极命题。小说设置了两条主线，对华人移民边缘状态的刻画主要集中在女主人公微云这条线上，另一条主线是弗来得牵扯出来的海伦和罗明华的故事。海伦和罗明华这两个人物都与西方文化有密切关系。海伦父亲曾留学国外，幼时受基督教影响，后来成为教徒；罗明华是个欧洲混血儿，也是基督教的教友。这两个人物的人生轨迹是移民边缘性的最佳诠释，而他们的最终选择也强化了整个小说的主题。《天望》结构新异，以微云和弗来得两个人物为中心的两条互相交织的主线串联起小说中的其他人物，类似《水浒传》式的嵌套型结构。整个故事分成长短不一的五大篇，篇章名以传统的五行（水、土、火、金、木）命名，既有中国特色，又形象地概括了情节发展的五个阶段。小说叙事笔法细腻，但叙述中穿插了大量思辨考问和议论化的心理描写，与小说的艺术空间如何和谐，成为《天望》并未解决的问题。

林湄2014年出版了十年磨一剑的60万言长篇小说巨著《天外》，继续她超越现实的对人性、自我终极的探寻。林湄不相信"世上有绝对的、权威的、公义无私的文艺批评家"[1]，使《天外》的表达注定具有实验性。全书分《欲》《缘》《执》《怨》《幻》5篇，55节的标题，也都是《原我、旧我和今我》《生命本质源于"性"》那样的形而上思考或《"家"就是家人家务和家事》《活的真谛就是劳苦愁烦》那样的日常感悟。小说以郝忻、吴一念夫妇的留欧经历为主线，展开新移民在欧洲的心灵历程。他们都是"文革"后第一批大学生，毕业后不久出国。在"异乡生活清静无喧，人际关系单纯少虑"而又"言论自由、无人监管、秉法行事、全民福利"的环境中，郝忻

---

① 林湄：《天外·后记》，新世界出版社2014年版，第557页。

迷上了浮士德,一心要写一部"探究浮士德、堂吉诃德与贾宝玉、孔乙己和阿Q精神的异同"的"传世之作",虽然也被妻子拉入新世纪中欧经济、文化交流大潮,开办"翰林院"赚钱,但始终要从欧陆的历史和精神沉积中探究信仰。小说穿梭于商界、家庭等欲望实象与思索人类生命深度的"天外"视角中,充满灵魂的悲欣,也在中西文化交流等问题上发人深省。

林湄的文字始终有一种历尽流荡、挫伤、沧桑之后的淡定,而其散文随笔更有一种女性作者特有的柔情绮思。

著名诗人多多(1951— ,原名栗世征,生于北京,"白洋淀诗派"重要成员)1989年出国,旅居荷兰十五年。2004年回国后,被聘为海南大学人文传播学院教授,2010年受邀到中国人民大学做驻校诗人。多多曾说,他有犹太血统,"外祖家是世居开封的犹太人"[①]。若能确证,便不难理解他诗里的"离散"(diaspora)情结的存在,一种带着种子在流徙中的文化传播。他早期诗作欧化风格明显,如《当人民从干酪上站起》(1972)、《玛格丽和我的旅行》(1974)仅标题就洋味扑鼻,但其内部独特的音乐性构成了与传统血缘的关联,诗句也往往呈现鲜明的民族心理积淀和文化历史烙印。海外创作则更加凸显历史传承,其纵向传承是中国古诗,横向传承的则是西方现代诗,正如他认为的,诗歌"代表一个民族、一种语言最具尊严的部分"[②]。多多在诗艺上坚持孤独而不倦的探索,拒绝卷入"各种主义、流派和标签"[③]中去,"通过对于痛苦的认知,对于个体生命的内省,展示了人类生存的困境;以近乎疯狂的对文化和语言的挑战,丰富了中国当代诗歌的内涵和表现

---

① 参见宋海泉:《白洋淀琐忆》,见刘禾编:《持灯的使者》,广西师范大学出版社2009年版,第118页。

② 《多多:我主张借诗还魂》(访谈),《南方都市报》2005年4月9日。

③ 参见黄灿然:《最初的契约》,见多多:《阿姆斯特丹的河流》,北岳文艺出版社2000年版,代序第1页。

力"①，但诗作也"显出绝对的晦暗（opacity）"②。

生于台湾、现居荷兰的丘彦明曾任《联合报》副刊编辑、《联合文学》杂志总编辑，积累了极其丰富的文学经验，久居城市的她移居欧洲后，却创作了《浮生悠悠》《荷兰牧歌——家住圣·安哈塔村》《在荷兰过日子》等一系列浸淫于乡村田园的散文集（《浮生悠悠》几乎同时在海峡两岸获得好评，它在获台湾《联合报》《中国时报》的年度十大好书奖后不久，也进军大陆2008年"人民网读书频道"，并入选"三十年中国最具影响力的三百本书"），在异国他乡触摸久违的泥土，在自家"种地"的生活中再次回归中国人的田园情结。大陆读者称她的荷兰散文简直就是现代的"浮生六记"，夫妇在千年小镇的百年老屋中安居乐业，种菜植花，嬉戏牛羊，观河赏星。中国传统的淡泊致远，充盈着全书。即便书中作者手绘的种种植物素描，寥寥几笔所勾勒的异国风貌人情，也在恬淡素朴中让人感到亲切。而那种种心情融于赏花观燕中，又透出现代生活的热情。如赏君子兰，"它就是那日出，也正是那日落"；观大丽花，"光艳照人，大丽花当仁不让"。在异国他乡将中国传统的田园生活、隐逸文化表现得如此真切，不只是因为荷兰小镇和作者的田园情结十分契合，更在于作者"落地生根"的新移民心态，如同作者所写那些从中国寄来的漂洋过海的菜种与花种的故事。书中所写的一切，不管是居家的夫妇乐事、朋友趣事，还是外出结识荷兰乡民的喜悦亲切，都让人感受到浮生足以落地生根了。丘彦明还编选有《在欧洲天空下：旅欧华文作家文选》（2008），收录16个国家37位长居欧洲的华文作家作品，包含作者久居欧洲融入生活之后的深刻体认与省思。

荷兰华文作家群中，还有荷兰本土用华文写诗的安·布宜丝和新移民作

---

① 郑先：《未完成的篇章》，见刘禾编：《持灯的使者》，广西师范大学出版社2009年版，第86页。

② 杨小滨：《历史与修辞》，敦煌文艺出版社1999年版，第179页。

家池莲子、林冬漪、孙一琪、王展鸿、赵燕、孙逸勤、周青、赵安玉、廖蓉、陈军等。毕业于北大英语系的王露禄用荷兰文创作了10余部小说，在荷兰文中融入丰富的中国元素，引人关注。

比利时华文创作也人才济济。章平（1958—　，浙江青田人，1979年旅居荷兰，现居比利时）在经营餐厅业之余坚持从事文学创作。他早期诗作结集为《心的墙、树和孩子》《飘雪的世界》等，表现出一种从温润雅致到清苍瘦涩的变化。1990年代以来，章平更多致力于小说创作，出版了《孑影游魂》《冬之雪》等5部长篇小说和30多篇中短篇小说。

异文化的环境使章平悟到了"人性中的善良或一些优秀的品质，在现实的行动中总伴随着缺陷，总有不完整性，且人所自恃的尊严似乎也时常处于或断续或萎缩或脆弱的状态"[1]。于是，他在长篇小说《冬之雪》中描写了三个华人青年艺术家在北欧陌生的人文环境中的选择：鸿雪在家产被洗劫一空的困境中，仍坚持撰写《侨史》，要在先辈的人文血脉中寻到生命的光彩；之临一直无法忘却凡·高的梦，艺术在其心目中最终胜过了金钱；秦冬因抢劫案入狱，但在牢狱中仍做着他诗人的梦。《冬之雪》在一种清纯晶莹如冬雪的笔调中，写主人公们在他们自身的缺陷上构建了他们自身的善良和别的一些优良品质，并在北欧大地上闪耀出华族的人格力量。中篇小说《狗肉的道歉》和短篇小说《教堂广场上的鸽子》，是跨文化意味极浓的佳作。前者描写德国西北小镇汉林酒楼的掌厨"他"，无法在现实交往中瓦解外族与本族两种文化的偏见，只能在跟狗的对话中构筑一个想象的文化世界，以完成自我；后者写来自中国乡村的杨果，在异域羁旅生涯中，以教堂广场上的鸽子，暗示其自由而又无法远飞的命运。这些小说既有强烈的个人生存体验色彩，又反映出西方文化强大压力下华人文化的命运。

---

[1] 章平：《冬之雪：三个中国艺术家在欧洲》，中国青年出版社1997年版，第284页。

2006年，章平出版了80多万字的"红尘往事三部曲"（《红皮影》《天阴石》《桃源》），这是海外华文文学中以"文革"为题材创作的一部新作。小说摆脱了以往在政治文化层面上反思"文革"的模式，以仲龙、忆光、李亚宾三个年轻人在"文革"中的不同经历，在民众日常生活经验的层面上体察和反映民族集体无意识的历史，从而反思"文革"伤痕。小说充满了神秘家园的温情回忆，温莎镇和桃源镇村民们自然淳朴的生活中交织着充满传奇性的人文景观、民间风俗和佛道鬼神观念，并时时出现奇幻事象，暗示出"文革"劫难中民众的种种心理，从而使"红尘往事三部曲"有了深入的意义指向：《红皮影》写人类在非常力量操控下盲动的荒诞性命运，《天阴石》写仇恨意识的长期灌输对人类良知的可怕吞噬，《桃源》写追问终极真理的悲凉结局，从而思考了人性的脆弱，以及人类如何保护自己精神家园的问题。小说语言饱蕴来自民间和传统的活力，文中有大量具有吴越初民语言意象和情趣的土语、市语、口语，洋溢着江南水乡气息，极多的词性活用，在具体生活场景的表现上体现出汉语表意灵活性的长处。

章平还出有《章平诗选》，其诗被认为"美学上承卞之琳早年诗作的玄思……而在哲学思维上，他可以说是庄子的门生，精神境界往往由泰然自许到豁然开放"[1]。

第二节　法国华文文学和郑宝娟等的创作

法国是欧洲华文文学成就最高的国家，除前述程抱一等之外，当今有影响的法华作家也人数众多。

旅法作家高行健（1940—　，原籍江苏泰州，出生于江西赣州）是20世纪

---

[1]　池莲子主编：《欧华诗人选集》，文汇出版社2017年版，第7页。

80年代华文文坛上少见的文学全能型人才，在小说研究与小说创作、戏剧研究与戏剧创作方面均有成就。他1962年毕业于北京外国语学院法语系，在接受西方现代主义文学思潮方面具有得天独厚的条件。1980年，高行健在广东《随笔》丛刊发表了一系列介绍西方现代派创作技巧的文章，并于1981年出版了《现代小说技巧初探》，引发了"现实主义与现代主义"之间的文艺论争。1983年发表了用心灵独白的意识流手法写成的《母亲》，把纯熟的现代主义形式技巧与独特的个人生命感受融为一体。他在国内时期创作的先锋戏剧中，《绝对信号》（与刘会远合作）、《车站》与《野人》在艺术上已相当圆融，戏剧承载的社会生活面相当宏阔，舞台表演运用的形式和手段诡奇多变。

高行健1985年起连续应邀访问德国、法国、英国、丹麦、瑞典等国，主要活动是做戏剧报告和举办个人画展。1987年他旅居法国后，戏剧也成为他最重要的创作形式之一，著有十余种剧作，被译成英、法、德、日等文字，并在美、英、法、德、瑞典、比利时、丹麦、罗马尼亚、澳大利亚等国和中国香港、中国台湾等地的著名戏剧节和剧场演出。

《要什么样的戏剧》一文集中表达了高行健在导演制兴起后的剧本创作危机中的追求。他将自己探索的"新鲜的剧作"概括成这样几点：一是"剧作主要是表演的艺术，是剧场里的艺术，因而得有一种剧场性"，"凡是包含动作或作为动作的延伸的过程……都可以构成戏剧性"。二是"把思辨不妨还给哲学家，而把感知留给戏剧"，"戏剧中展示的正是这越乎理性与非理性的人的状态"。戏剧给人的智慧，"无非是提供某种感知的方式，借此达到某种境界，让直觉和悟性得以透视人灵魂中的幽冥之处"。三是"未来的剧作不能因为重视戏剧的表现形式便牺牲语言"。剧本要"重新发现现代人语言的色香味，进而创造一种现代的戏剧语言。它将在剧场里恢复语言从诞生起就拥有的魔力与魅力，用以释放人心中潜在的意愿、混沌状态的感受和弥漫开来的情绪的磁场，达到更为充分更为直接的感染和交流"。"这种语言显然是舞台上形体和视觉的语言所不能替代的，而又同它密切联系在一起"。《冥城》（1988）取材于庄周戏妻"大劈棺"的传说。"上阕"演长年在外的庄周佯装暴病身亡，运棺回家，自己又假扮楚公子，挑逗其妻，诳称自己心口犯病，只有劈棺相救。庄妻受骗，明了真相后举斧自尽。"下阕"演庄妻在阴间呼冤，反受判官、无常羞辱，最后又被冥王判为妖精再受煎熬。"尾声"则以庄周独吟"生之犹死，死之亦生，生生死死，了了不知"作结。剧作以庄妻在人世及阴间的受难表达了对女性命运的关怀，并以"人之原罪"的思考让人感知伦常之中人性的挣扎。庄周、庄妻的角色呈现表演的三重性，即演员的自我、中性的扮演者和叙述者、角色。演员登场时都先以旁观者目光介绍角色，然后再进入扮演者状态进行角色的自我介绍，随后才进入角色状态。这样，"把演员扮演角色的这一过程拉长"，给演出带来了"一种大格调的仪式和剧场性"。[①]剧情展开中，运用了傩舞面具、京剧脸谱、川剧变脸、高跷、杂耍等，力图恢复现代戏剧丧失了的娱乐和游戏的功效，增强演出的感知色彩。剧作的台词富有音乐性，古代语言、民间语言和现代语言穿插结合，复沓手法的运用，都会唤起听觉上奇妙的直感，充分渲染了特定的戏剧氛围。另一剧本《山海经传》（1989）也成功地对传统题材进行了现代戏剧的处理，以70多个天神的登场展现了从女娲造人到大禹一统天下的历史，歌舞音乐、杂耍烟火、说书祭神，乃至交响乐大合唱等因素都被糅合其中，呈现出一种既不同于传统戏曲也有异于西方话剧的艺术戏剧。

　　高行健的剧作思考生死、爱恨等问题，但努力表现的始终是人的心理感受的真实。《生死界》（1991）以一个女人扮演者的台词展开全部叙事，辅

---

① 高行健：《有关演出〈冥城〉的建议与说明》，见高行健：《冥城》，（台湾）联合文学出版社有限公司2001年版，第100页。

之以一位扮演男人、鬼、老人的丑角的动作和另一位扮演女人的舞者呈现种种心象的舞蹈动作，糅进了种种悲剧、喜剧、闹剧的因素，展现了女性出入于生死的内心世界，台词、动作、道具都能调动观众的心理想象力。《对话与反诘》（1992）借用禅宗公案的对话方式质疑语言及其虚妄，而全剧表演的重心，仍在于语言后面隐藏的人之本性。高行健的创作在形式上有种种创新的探索，而他"对戏剧形式的种种追求无非想尽可能展示现时代人之生存状态这赤裸裸不加掩饰的真实"①。同时，他也警惕于消费社会唯新是好的诱惑，认为艺术家抵制这种诱惑，较之抗拒政治和社会习俗的压力甚至更为困难。他以这种艺术探索留存下的10余种剧本，是二十世纪八九十年代华文戏剧创作的重要收获。

高行健一直主张"一种冷的文学"，作家"置身于社会的边缘，以便静观和内省"，写作也纯然是"精神自救"，"以区别于那种文以载道，抨击时政，干预社会乃至于抒怀言志的文学"。②其长诗《逍遥如鸟》展现写作中得以自由的内心世界："听风展翅／这夜行毫无目的／自在而逍遥"，摆脱了现实功利羁绊，"自由便无所不在"，借助禅宗觉和悟进入"空如同满／令永恒与瞬间交融"的境界，现代人的自由心灵在庄子的"大逍遥精神"得以展现。他的另一首长诗《游神与玄思》言，"自言自语／乃语言的宗旨／而游思随想／恰是诗的本意"，更将作家个人内心的自语看作创作生命的栖息地；而"将生存转化为关注／睁开另一只慧眼／把对象作为审美"，由此走出政治意识形态阴影，抗衡商业文化等现实功利压力，展示人的生命自由。同时，高行健认为，文学关注人，必须"回到脆弱的具体的个人，以及制约

① 高行健：《另一种戏》，见高行健：《生死界》，（台湾）联合文学出版社有限公司2001年版，第127页。

② 高行健：《我主张一种冷的文学》，见高行健：《没有主义》，（台湾）联经出版事业公司2001年版，第15—19页。

个人的种种社会关系"，以此为出发点，"才可能展示现今社会中人的真实
处境和种种困境"；作家以"独立思考的自由"，"超越意识形态和政党政
治的模式"，"才可能把握到真实"，才可能使文学的人道关怀不至于成为
"空话"。[①]正视人是脆弱的个体的存在，以作家思考、创作的自由去表达对
个体生命的深切关怀，是高行健创作的出发点。而在具体题材上高行健也一
向关注中国文化传统中以往被忽视，甚至濒临消亡的文化，"以儒家为代表
的伦理教化与修身哲学"之外的"另一种中国文化"，即长江流域非儒家正
统的包括道、佛、巫和羌、苗、彝等少数民族遗存文化在内的民间文化。这
种文化"浸透一种隐逸精神"，对其他文化的发展不构成压迫，而又"成为
逃避政治压迫的文人的一种生活方式"。它包括"始终保留宗教文化的独立
形态"的道、佛，"主要体现为以老庄的自然观哲学、魏晋玄学和脱离了宗
教形态的禅学"为代表的"纯粹的东方精神"以及多民族的"民间文化"。[②]
《山海经传》就使流失的中华远古神话体系在现代戏剧舞台形象中重新呈
现，由此展示中华文化传统的多源多流，寻找中华民族文化内部的跨文化对
话。对"另一种中国文化"的寻找，使高行健的创作越来越多地开掘以往被
忽略的老庄、禅宗那一脉的资源。三幕八场现代戏曲《八月雪》（1997）将
禅宗六祖慧能作为禅宗革新中的思想家展开他的一生。剧作将慧能"放逐"
到蛮荒之地的岭南，而时间背景却是盛唐，暗示出禅宗的革新来自"边缘"
对"中心"的"突围"。围绕五祖弘忍传法六祖慧能这一最著名的禅门公
案，作者设置了包括"这禅师""那禅师""是禅师""非禅师""一禅
师""又禅师"等众多意味深长的人物与慧能对话于"菩提本无树，明镜亦

①　高行健、刘再复、朴宰雨对谈：《走出民族国家的思维模式》，（香港）《文学评论》
第18期（2012年2月）。

②　高行健：《文学与玄学·关于〈灵山〉》，见高行健：《没有主义》，（台湾）联经出
版事业公司2001年版，第201页。

无台，佛性常清静，何处有尘埃？"，在"到彼岸都是大智慧，发平常心即是大慈悲"[1]的感悟中强调了慧能在"回到平常心"中摆脱各种现实功利、权力的引诱和束缚而得生命的大自在的思想。高行健的长诗《逍遥如鸟》，其呈现的"大鸟"形象极似庄子《逍遥游》中那"无所待"而翱翔的大鹏。但他更要呈现的是内心的"逍遥游"，一种在写作中得以实现的自由。

居留西欧期间，高行健也有更多的闲暇对个体生命历程进行反思。在此基础上，他创作了两部带有强烈自传体意味的长篇小说——《灵山》和《一个人的圣经》。1984年，《车站》遭到错位批判，高行健被医院误诊为癌症。万念俱灰之余，他独自漫游了长江流域七八个省的自然保护区和这些省份的少数民族地区。《灵山》是对当年舍却躯壳之后精神历险的艺术记录，心灵的"朝圣"和"反思"成为其叙事的核心，幻觉和记忆、虚构与真实交织中展开的是纯然的个人精神历程。正是通过作者的"神游"，《灵山》显露出上述"被官方正统文学掩盖了的中国文化的另一番面貌"，即长江流域非儒家正统的包括道、佛、巫的文化和羌、苗、彝等少数民族遗存文化在内的民间文化。《一个人的圣经》则是高行健对家族史和个人成长史的追忆，充满了物是人非的感伤和叹息。小说主人公后来终于意识到，"这自由也不在身外，其实就在你自己身上，就在于你是否意识到，知不知道使用"[2]。然而，个体经验中政治生活留下的创伤隔断了主人公努力唤起的温暖的历史记忆，现实生活中虽辗转逃避也无法阻止政治力量对其命运沉浮的拨弄。小说也由此写出主人公复杂气质的交织，形成了隐秘驳杂的心理情感活动过程。

这两部小说中，《灵山》最能代表高行健的文学成就。高行健创作《灵山》历时七年，完成于1989年9月。在1991年初，马悦然就完成了瑞典文译

---

① 高行健：《八月雪》，（台湾）联经出版事业公司2000年版，第128页。
② 高行健：《一个人的圣经》，（香港）天地图书有限公司2000年版，第241页。

本。此时，台湾版的《灵山》出版不久，马悦然是依据高行健的打印稿翻译的，斯德哥尔摩大学东方语言学院在当年5月还举办了《灵山》讨论会。《灵山》如此快地引起西方学术界的关注，体现了其在高行健文学创作中的地位和影响，也成为诺贝尔文学奖评审委员会颁奖的重要依据。诺贝尔文学奖评审委员会称《灵山》"由多重叙事编织而成，有互相映衬的多个主人公，借以展现同一自我的不同面向。作者灵活自在地运用人称代名词，急速转换叙事观点，迫使读者对所有人物的告白产生质疑。这种写作策略来自他的戏剧创作。他的剧作常常要求演员在扮演角色的同时，又抽离自身，从外部描述。有'你'、'我'、'他／她'等人称代名词，呈现复杂多变的内心距离"①。这种写作策略，是高行健对小说叙事的重要贡献：从"意识流"推进到"语言流"。

高行健的小说创作起步于对西方现代派艺术手法特别是意识流技巧的借鉴，不过到写作《灵山》和《一个人的圣经》时，已经形成了对小说艺术的独特理解。1980年代，高行健在运用意识流技巧的小说实践中，逐渐认识到语言并不能真正描摹、呈现人物的心理意识运动过程，用语言表现出来的所谓意识流并非真正的意识流。他偏爱语言的"活"和"美"，开始更加强调语言通过联想、暗示、象征、隐喻等唤起和调动对方感受的能力，并将其称为语言的"潜能力"。他更意识到汉语的词性、动词的时态、主谓语顺序、人称转换等的自由性，"现实、回忆与想象，在汉语中都呈现为超越语法观念的永恒的现时性，也就成为超乎时间观念的语言流"，从而把握到"从汉语结构的很多机制可以引发更为自由的表述方法"。②他努力调动汉语的潜

---

① 瑞典皇家学院：《2000年诺贝尔文学奖授奖颂词》，（台湾）《联合文学》第17卷第4期（2001年2月）。

② 高行健：《没有主义》（1993年在台湾联合报系"四十年来中国文学"会议上发言），见高行健：《没有主义》，（台湾）联经出版事业公司2001年版，第6—7页。

能力，即运用我们能够捕捉到并且写得出来的最能表现人物内心意识的语言来表现人物的精神世界，而不是用支离破碎的语言形式去模仿意识或潜意识的直接流露。高行健称《灵山》中"第一人称我和第二人称你，前者在现实世界中旅行，有前者派生出来的后者则在想象中神游。随后，才由你中派生出她，再随后，她之化解又导致我之异化为他之出现"①。小说中"旅行"的"我"沿长江途经十来个省市最后回到北京，将所见所闻——据实道来，那是一种"现地"的经历；"神游"的"你"产生于"我"和自己内心的对话，"你"从乌伊镇出发，从东向西出发去寻找灵山，最终登上昆仑山。"我""你"两者"行走"的方向相反，但都终止于有雪之地。"你"的叙述来自小说男性主人公的内心对话，其生活私人性更为浓厚，于是自然派生出种种女性"她"的叙述。而"他"作为"我之异化"出现，则是指"'他'也出于'我'的思考"，但却是以"我"的"自我意识升华后的中性的眼睛"展开的"自我观照"②。就是说，"他"走出了"我"的个人日常生活及其影响，从清醒的反省的角度审视"我"，同时又扮演"我"。这类似于一个"素有训练富有舞台经验"的演员，既扮演角色，又"不是盲目投入到角色中"，而是"牢牢把握玩味他的角色"③。由此产生的"我"和"他"之间的艺术张力更深地进入了小说主人公的内心世界。这样一种多声部、多流向的对话，使汉语的色香味得以更多地挥发，叙述的语音语调、句子的节奏旋律，如汩汩流水，毫不间断，自然悦耳地流淌，无须依靠情节、故事，词句本身就会唤起人的丰富的感受从而产生想象。《灵山》的完成，

---

① 高行健：《文学与玄学·关于〈灵山〉》，见高行健：《没有主义》，（台湾）联经出版事业公司2001年版，第198—199页。

② 高行健：《论创作》，（香港）明报月刊出版社、（新加坡）青年书局2008年版，第286页。

③ 高行健：《剧作法与中性演员》，见高行健：《没有主义》，（台湾）联经出版事业公司2001年版，第258页。

标志着小说创作感知世界的一种新方式——富于流动性与音乐性的"语言流"——的成功。正是考虑到将现代小说艺术从"意识流"推进到"语言流"的贡献，高行健被授予2000年度诺贝尔文学奖。

台湾旅法的郑宝娟（1957— ，女，祖籍河南荥阳，出生于台湾云林）20岁创作的《望乡》获第一届"联合报文学奖"长篇小说奖，其"早慧"的文学才华令文坛关注，后又获"中央日报文学奖"。她1987年旅法至今，所出30余种创作集中，旅法后作品占2/3以上，是旅法作家中颇有影响的华人女作家。

郑宝娟的小说多达21部，其中长篇小说有《望乡》《裸夜》等6部，短篇小说有《无心圆》《边缘心情》等集子，创作成果的丰硕，被人称为"天下第一捕快"[①]。出国前，她与袁琼琼、苏伟贞、蒋晓云等列名于台湾当代闺秀作家，其小说被称为"栖身于浪漫与现实之间的女性叙事"；出国后小说仍多写爱恨情仇的人性本质，其中有不同道德观的冲突。人物多为形形色色的都市人，着力开掘其人生困境和生命恐惧。无论是《一生中的一周时光》《伤逝》《有一个女人》等小说写恩爱转化成仇恨，还是《无心圆》《短命桃花》等小说写现代交易性的婚姻，都在悲喜剧因素交织之中，写出了都市沉浮中人性的困顿、情感的贫弱，而在道德观的冲突中也见出了人性救赎的希望。

郑宝娟把写作视为"一条朝自己内在掏剖、挖掘的冒险历程"[②]，所以她笔下的人物都较有人性的深度、灵魂的深度，而海外生存的环境强化了小说所写的人性沉沦、灵魂救赎。《巴黎望春风》中的"我"，陷入"对自由横

---

①　林燿德：《天下第一捕快郑宝娟——一位值得正视的作家》，（台湾）《自由青年》1987年11月。

②　郑宝娟：《三十岁》，见郑宝娟：《有一个女人》，（台湾）时报文化出版事业有限公司1987年版，自序第2页。

糊的理解”，结果在“巴黎这个狂蜂浪蝶的世界”成为“多余的人”。《女祸》中的香港仔洛基，自以为来法国是人生“最明智的选择”，却以耗尽自己的情感为代价而坠入虚无。郑宝娟以女性的“边缘”眼光审视海外华人的漂泊生涯，其文化认同超越了东西方的二元对峙，深入到人类性困境的层面，题材不回避时代性，而人物塑造始终致力于对人性本质的探寻和展露。她感受敏锐，描写细腻，如果对照她在散文中对法国人的认识，就可以更清晰看到她对人物命运的描绘。在她的笔下，在巴黎，人人都是异邦人，感受不到家的感觉，但它又对旅人体贴，对穷人不势利（《巴黎·巴黎》）；法国人懒散、清闲，勤勉在法国成为一种有碍他人生存权的罪名（《法国人懒惰吗？》）。理解她对法国的观察，就能更深感受其小说对人物命运的刻画。《燕子的季节》讲述迷人的台湾女子燕妮在“百无禁忌”的法国“猎夫”，“守身如玉”的她最终只能逆程而归。短篇小说的篇幅，却展开了燕妮与五个法国人的情感周旋，“在这个充满感官的刺激的国度，女孩们十五六岁就……像一朵朵等不及春天就急于开放的玫瑰，她就更珍爱自己的清淡退敛了。她是一朵夏季最后的睡莲，明净、贞亮、神秘，而且永远让人期待。也像一个只有谜面没有谜底的纯灵的智能角力游戏”。同时她也有着“自私又现实”的“猎夫”标准，所以，即便在“看着自己投在地上淡灰的影子，都想把它一把攫入怀里紧紧抱住”的寂寞中，她还是保持着自己“金刚不坏之身”，至多在纯美脱俗的梦中放纵一下情感。但最后，她还是“婢妾”地投入了一个“颓废的法国青年”的怀抱而陷入绝望。燕妮在法国的失败，是女性根性上的情感追求和其所依恃的华族传统之间的冲突在法国文化环境中被激化的结果。

郑宝娟曾这样评价被视为“通俗文学”的侦探小说：“都说‘文学就是人学’……就这个观点看，在所有文学的类型中，侦探小说应该最贴近这个定义，因为里头充满人与人的冲突与对抗”，“再也没有其他文类像侦探小说这样致力于娱乐效果的追求了"。然而，"侦探小说作家中还真不缺乏文字魔术师、社会黑暗面的揭发者，甚至人类永恒精神家园的眺望者与守护者"，"对深层人性的求索呢，侦探小说作家也可以做得很好"。①郑宝娟借西方有大量忠实读者的侦探小说表达了她沟通严肃文学和通俗文学的创作追求。她的小说也借鉴通俗小说的写法增强阅读吸引力。长篇小说《绿色的心》（1992）以女主人公沈云收到五封引起她巨大恐惧的恐吓信设置情节悬念，信中署名沈云大学时期的男友"华石"，声称要对沈云过去"无情的背叛"进行报复，而沈云和"我"（叙事者，沈云的知己）反复追查、推断的结果，却是信出于沈云的丈夫冯朝阳之手。小说将故事的情节悬念和人物的心理悬念紧密结合在一起，情节环环相扣，悬念波澜迭起，在对五封信的多次解读中，剖视写信人灰色的病态心理，揭示了人性弱点对家庭、爱情的毁灭。而"有情人终成眷属"的结局又传达出了现实生活的亮色。

郑宝娟旅法后的散文创作被认为"在质、量上甚至超越了小说"，成为她"创作的新高点"。②她出有《本城的女人》《巴黎屋檐下》《无苔的花园》等8部散文集，其中对社会的种种观察，笔锋犀利，文化思考独特。郑宝娟的小说散文，其语言一直保持着汲取中西文化营养、提炼于现实生活的新鲜感，语汇句式的丰富多变性，反映出了海外华文文学语言的特色。

写散文的吕大明（1947—　，女，出生于福建南安，在台湾长大）1975年留学英国，1985年定居巴黎至今，先后出版有《冬天黄昏的风笛》《写在秋风里》《寻找希望的星空》《几何缘三角情》等9部散文集，另有电视剧本《兰婷》等。她的散文大多创作于旅欧以后，有着浸润于中西艺术想象中的"绝美"，尤其常借鉴发源于法国的印象主义，借助光色的变化，表达着

①　郑宝娟：《一开始就有一具尸体》，（香港）《香港文学》第288期（2008年12月）。

②　郑宝娟：《日安，巴黎的忧郁——论郑宝娟散文》，陈芳明、张瑞芬主编：《五十年来台湾女性散文·评论篇》，（台湾）麦田出版2006年版，第364页。

对美的追求。《伏尔加河之梦》写于她旅欧十八年后，讲述她留学英国时结识的俄罗斯女友安娜对伏尔加河的深情挚爱。安娜自小丧母，长姐如母，精心照料安娜，并让她走出了乡野。在柔声的讲述中，安娜的异母姐姐仿佛米勒画中的牧羊女，"米勒是以暗晦色的黄、褐、绿作底色，混上柠檬黄、朱红、深青色来画这幅画"，其中饱含了宗教虔诚的心情，"令人想起那位牧羊圣女，巴黎的守护神——嘉奴赎"。暗晦的色感，令人感受到俄罗斯妇女默默"将生命的重担负荷在自己双肩上"的坚毅、沉郁。安娜对中国"谜一般的想象"和"我"对伏尔加河梦幻般的向往，也在这种沉郁感中交织成一种互相感染的特异的乡愁。吕大明曾言："以印象派大师来说，他们捕捉雾时的印象，以丰富的艺术技巧表达出来，那一瞬间就成了永恒。"（《寂寞异乡客》）《谪凡记》描写黄昏日落，万物如何神奇地化为"实有的空无"。《春在无边绿意间》则叙说天地间那些小生物被造物主赋予更多悟性相通于自然……吕大明用印象主义的殊异文字，将大自然和人的心灵化成了永恒的艺术美。

吕大明的散文多写山水自然、人文景观，旅法作家祖慰评论她的散文"如屈原的诗一般，是一个有着浓郁的情感与灵性的奇葩异卉之园，一草一木无不是现代悲歌喜唱的移注。她体验过中国旧礼教对人性的压抑，她体味了十多年的飘零海外的如卡谬笔下的'局外人'的苦涩，可是她把这一切熔冶为温馨婉约的美，移进中国的、法兰西的、英伦的比屈原多得多的花花草草的神髓里"①，说明吕氏追慕灵思的艺术努力。吕大明的散文，包含着丰富的文化想象，古今中外的文人逸事、典籍妙语纷纷被驱遣于其笔下，呈现出自然心灵化、人文历史化的美境。有的文章写景状物，甚至段段有文化典故，而又自然贴切地映现其景其物。早期的《英伦随笔》（1980）在梦回故

---

① 吕大明：《流过记忆》，河北教育出版社1995年版，序言第5页。

园对相思的抚慰中写苏格兰四季风光中的历史韵味（《苏格兰之歌》）、塞纳河畔秋意中的艺术氛围（《塞纳河畔的忧郁》）、英国人的饮食文化和宗教信仰（《英国人的休闲生活》）等，都诗意朦胧，情意深沉。之后写异国山水，更将自然与人文相融。《夏的飨宴》描写盛夏酷暑的欧洲风光，周邦彦的词、汤显祖的曲与华兹华斯、济慈的诗篇构成一种奇异而迷人的对话，把爱的多种色彩渲染得令人魂萦梦绕。《胡桃核世界》讲欧洲友人的故事：从小把梦失落在中国的珍妮弗，把异乡学子看成自己子女的拉贝夫人，向往在迷人的乡土中实现文学梦的史蒂芬姐妹。而这些普通的欧洲人形象，都是作者在对欧洲文学名著名家的生动回顾中完成的。吕大明的文章结构新异多变，追求天语伦音的纯美，展示了开放于中西文化的视野、学养给散文带来的新境界。

蓬草（1946—　，原名冯淑燕，原籍广东新会，生于香港）1965年第一篇较重要的短篇小说《再会，傲慢》在《中国学生周报》征文比赛青年组中进入前10名，她开始对文学创作产生浓厚兴趣。1975年赴法定居。她能使用英、法语，但她"觉得最美丽的仍然是中文"，所以"坚持用中文写作"。[①]她1979年出版《蓬草小说自选集》，之后又出版了长篇小说《婚礼》和《出走的妻子》《顶楼上的黑猫》等6种小说集，《亲爱的苏珊娜》等4种散文集和小说散文合集《北飞的人》。她的两部电影剧本《花城》和《倾城之恋》均已拍成电影。

蓬草旅居法国，而她对香港草根阶层生活、命运的真切书写使她被视为1970年代香港的重要小说家之一。《十三婆的黄昏》（1975）写十三婆和女儿一家挤住在"丑鄙粗劣的徙置房"的困窘生活。十三婆唯一餍足的是她珍藏的8件金饰品够自己的棺材本。未料香港经济凋零，社会打劫事件屡屡发

---

①　蓬草、卢玮銮：《"与蓬草对话"对谈抄本》，（香港）《香港文学》311期（2010年11月）。

生，十三婆的金饰品也被洗劫一空，她身后都无"栖身之地"了。小说以十三婆、女儿、女婿、外孙等多个人物的感受，丰富地呈现了香港贫民的生活场景。十三婆家人贫薄的日子充满琐细的争吵，但仍不乏家的温暖，然而，香港环境，从苦寂的徙置区，到机声轰鸣的工地，给人的感受始终是阴暗、丑陋、别扭。这种复杂感受真实折射了香港的社会状况。

蓬草的小说有如她自己说的，"我是一条深海的鱼，潜游自在，舒然往来，我是真真正正的以四海为家"，但又"意识到自己不过是一个活在陆地上，用双脚走路的人"，常常在理解现实而又超越现实中展示生活"无穷无尽的可能性"。①《北飞的人》（1980）讲述一个住在无窗房子里的女孩，插上一对颜色斑斓的翅膀北飞，去遥远的地方寻找让她魂牵梦绕的人；而当她幸福地南返时，她决定"快快搬家，搬进一间可以把阳光引进来的屋子"。小说有浓郁的童话色彩，而女孩为美好事物所感动、无所顾忌去寻求的情感是蓬草表现得最感人的内容。被拍成电视剧的短篇小说《翅膀》（1982）中的阿木也有如童话人物那样美好，但又极其真切。在出版社做设计的阿木"只是普普通通的一个人……谦逊，良善，温柔"，对周围的人们总怀着尊敬和感谢，然而陷于竞争、争斗的人们却不能忍受阿木的"与众不同"，他们的恶作剧使阿木被开除。阿木在去职的第二天一早来到办公室，为他最后的一幅设计——一只振翅起飞的鸟儿，添画了原先缺少的一只翅膀，随后就和他妻子离开了这个城市，"像是去一处遥远而美丽的地方！"小说质朴的叙事与人物的纯真水乳交融，在疼惜人的品质正失去其美好的讲述中，始终充满了对人性复归的渴望。

蓬草的散文同样充溢对人的自由的寻求，较早期的散文《亲爱的苏珊娜》（1976）回忆童年"航海"的游戏和所受"成人的侵扰"，"船的欸

---

① 蓬草：《森林·自序》，（台湾）联合文学出版社有限公司1993年版，第2页。

乃，海的荡漾，风的吹抚，无边无尽的航程和梦想，实在不单属于我们"，即便"旅程永远是遥远和找不着岸"，海所展示的无边无垠的世界始终寄托着童年的，也是人类的梦想。后期散文《七色鸟》（2012）对法国巴黎生活和当代法国社会文化有生动形象的描绘，以对"看得见"的人事物的描绘探寻"看不见"的精神世界，见解独特中的主线仍然是"自由"。这些都有着海外写作的印记。蓬草的散文语言依然丰富多姿，海外题材散文语言清亮、雅丽，而香港题材散文语言则世俗色彩鲜明浓重。《看大戏》（1978）写香港岁末"满溢着热闹高兴"的"看大戏"，着笔于戏台下观众种种"自娱"的"传统"，浓墨重彩地呈现香港市民社会的众相众说，香港乡土气息浓郁。这类作品使蓬草旅居法国四十年仍被视为重要的香港作家。

绿骑士（原名陈重馨，广东台山人）1969年毕业于香港大学英文系，1973年留学法国国立高等美术学院，后定居巴黎。著有散文小说集《绿骑士之歌》《棉衣》《深山薄雪草》，小说集《石梦》等。在异域生活多年的绿骑士乡情柔和深厚，叙事充满抒情笔调。《棉衣》（1981）写从香港侨居法国的胜嫂给"人缘好，跟那群外国同学很死党"的儿子广仔缝制轻暖的丝绵衣。那闪着细怯银光的长针，"像一根很害羞，缩得极小的神仙棒"，既显示出胜嫂巧夺天工的缝纫手艺，又包含着她不轻易表露的母爱。而乖巧懂事的儿子上山滑雪时最终还是留下了那件端庄大方、厚贴得舒服的中式棉衣，母爱还是被隔绝在不同的生活方式之外。胜嫂家居情景，香港"乡里"的浓郁风情和巴黎侨民"屈在厨房中"的日常场景在小说的细微描绘中一一生动呈现，而新一代华人就成长于其中。

同样从香港迁居法国的女作家黎翠华是位属于新世纪的欧华作家，她的第一本散文集《悠游巴黎》出版于2000年，之后的散文集《紫荆笺》《山水遥遥》《在诺曼第的日子》等都在旅法岁月的描绘中体现出深厚的艺术功力，因而得到广泛好评。黎翠华从繁华纷杂的香港都市生活脱身，也未投入

巴黎那样的现代都会（她的丈夫在巴黎工作），而是在简朴宁静的小镇读书、写作、教书法，"过着在香港人看来不啻是半隐的生活"。然而，黎翠华散文的迷人之处不在于她对自然的回归，而在于她在乡村和都市的张力中所透出的对生活、生命的看法。她习惯了独处，会享受单纯，心灵对大自然极有感应，但她"又很高兴回到城市"，"滚滚红尘，人世的繁华也是一场不容错过的盛会"，原因就在于，她懂得，唯有城市的"复杂和丰富"才能突显自然、乡村"简单的意义"。①这种认识，显然不同于当年沈从文等回归乡村世界的动机，更多带有现代人对自在而充满生命力的生活的寻求，是"现代"让她明悟"传统"，是"城市"驱动她去寻找"乡村"，也唯有"远行"才让她"回归"。在写法上，因为她是置于异域他国的环境中，感受、体验到的往往是东西方民族感通的，前景（自然、乡村）和背景（城市）也构成了更丰富的艺术张力。背景使前景变得更为丰厚，不仅让人感受到大自然"对人的'疗养'作用，对受创心灵的治疗和净化功能"，更让人体验到一种"超越国族、种族的眼光"所捕捉到的"人与人情感上真诚的感通、交流"。②像《隆冬》写大雪天素不相识的人相遇如故人，互道的"你好！"有如"劫后余生"的"重新感应人的存在"，"雪使这个世界变得干净、纯洁、安宁"，"寒冷令人强烈的意识到自己的存在，同时也意识到别人的存在"。③这种感受的发现和表达令人在感动不已中体会到人之间的相通。黎翠华对移民生涯包含的丰富张力的把握和表现让人再次体会到欧华文学驾驭不同文化的魅力。

出生于北京的山飒旅居法国二十多年，曾在法兰西神学院攻读哲学。

---

① 王良和、黎翠华：《凭倒影去观察自己——与黎翠华谈她的散文》，（香港）《香港文学》第310期（2010年10月）。

② 王良和、黎翠华：《凭倒影去观察自己——与黎翠华谈她的散文》，（香港）《香港文学》第310期（2010年10月）。

③ 黎翠华：《在诺曼第的日子》，（香港）天地图书有限公司2003年版，第15—20页。

1997年开始法语小说创作，写的就是法语长篇小说《天安门》。她屡获法国各种文学奖项，至今已发表了7部法语小说。而她的代表作《围棋少女》（2001年法国"青少年龚古尔奖"）和《柳的四生》（1999年法国"卡兹文学奖"）都通过翻译返回了中文世界，有如当年的林语堂的作品一样，先进入西方寻常百姓家传播中华文化（《围棋少女》已被译成30余种文字，改编成的话剧在德国成功上演，长篇小说《女皇》也被译成20多种文字，在日本、韩国、美国畅销），再被中文读者所接纳。这种语言、传播上"远行而回归"的结果来自山飒极其自觉的文化交流意识。让世界看到文化中国，一个最好的途径是在对方的语言中融入、表现中国文化。在法语的优美语境中回荡起汉语的韵律、充盈中文的意境，是山飒的文化梦想。所以，山飒的小说一开始就切入纯然的中国题材，叙事方式上则往往"越界"而出。《围棋少女》在"对弈""棋逢对手"这些中国传统意味极浓的场景、氛围、布局中，展开东北沦陷时期，中国少女和日军间谍在千风广场棋盘上的对抗，在大幅度跨越的时空世界中，生发出超越种族、国家、战争的爱情。《柳的四生》在中国明代到清末再到当下的不同朝代（时代）的穿越中，讲述两对夫妻、四个兄妹各自的一生，在传统的生命轮回中，以空间错位的多维表现手法，表达对生命之美的终极寻找；而书中穿插大量的中国传统节庆文化，与生死轮回的故事巧妙呼应，通篇弥漫着浓郁的中华文化氛围。《女皇》（2003）以第一人称呈现武则天的内心世界，《亚洲王》（2006）讲述马其顿国王征伐亚细亚中的爱情故事，无论中外题材，她都将东方女性细腻的心理体验深入到久远的历史中。她用古典法文表现中国文化的内在意蕴，使法文焕然一新。这种"远行"至异国语言之中而表达自己灵魂中的"根"的创作，显示出新一代欧华作家的自信和功力。而且，与高行健、程抱一一样，年轻的山飒也浸透了传统中国文人诗书画同构的意念。她举办的《飞仙》《裸琴》《旅》《西方岁月·东方智慧》等个人画展，以西式抽象风格表现传统中国哲学的修为，让人在叹为观止中感受到中西文化对话的无限前景。

戴思杰（1954—　，生于四川成都，1983年旅法）的首部法语小说《巴尔扎克与小裁缝》（2000）也获法国"费米娜奖"，出版短短三年中，发行量超过100万，并先后6次获奖，在40个国家翻译出版。2002年，同名电影由作者自编自导完成，在第55届戛纳电影节上作为注目单元的开幕电影首映，并获得第60届美国"金球奖"最佳外语片提名。其中文译本则由著名学者余中先完成，在中文读者中影响广泛。这部在中外皆有影响的小说讲述的是以巴尔扎克为代表的西方文学经典与中国乡村文化相遇而唤醒人性对美与自由的向往、追求的故事。故事讲述1970年代，"我"和阿罗作为知识青年，被下放至偏远闭塞的天凤山接受贫下中农"再教育"。朋友四眼的一只皮箱里的禁书，却让他们接受了以巴尔扎克为代表的西方文学经典的"再教育"，并力图以此去"改造""长得很漂亮，却没有文化"的乡村姑娘小裁缝……故事发生的时间是狂热批判"封资修"文化的"文化大革命"时期，地点则是远离现代文明的偏远山区。从时间和空间上看，两种文化的相遇，阻隔重重、充满禁忌。乡土文化与西方现代文化，相遇在最为困难的情况下，但依然唤醒了人的个体意识。

中国的乡土文化，与法兰西文化、西方文化，原本包含着不同的价值取向。前者强调集体主义，后者强调个人主义。"上山下乡"本是一场集体主义运动，但"我"初读《约翰·克利斯朵夫》，却被其中"热情洋溢的却又不带任何狭窄心胸的个人主义"吸引和震慑。生长在集体主义的文化环境下，"我"借由文学获得了个人主义的生命启示。"我"对"一个人还能跟整个世界进行抗争"的惊异，对个体精神"精彩和辉煌"的赞叹，恰恰说明两种文化价值的异质性。而从表面上看，这似乎是一个文化征服的故事——法兰西（西方）文化征服了中国的乡土文化。"我"和阿罗在天凤山插队落户，本来是为了接受乡土文化的"再教育"，却受到了西方文化的洗礼；小裁缝是西方文学经典改造的对象，小裁缝所代表的中国乡土文化，最终被巴尔扎克所代表的西方文化"诱惑"。然而，两种文化相遇的基础，在于它们有共同点；两种文化相互沟通的前提，在于二者能够共通。无论何时何地，人性本真不会改变；无论在哪一种文化传统里，对爱与美的热爱、对知识与自由的追求，是永恒不变的。老磨工的小曲伴随着他肚皮的运动，歌唱生命的激情；"我"的小提琴演奏毛主席颂歌的曲调，歌词的改编无法抹杀它的生命力；《莫扎特想念毛主席》抚慰人心，让村民的眼神回归温柔。不管是来自中国乡土文化的民歌，还是来自西方文化的古典乐，都是对生命自由的表达。音乐、文学、电影，艺术之美在文化中共同存在，生命的自由境界是任何文化的终极追求，也是每一个个体生命存在的终极意义。

小说的结构包含三个人的情感经历，"我"和阿罗都爱上了小裁缝，友情、爱情的交织让三个人的关系达到了平衡的状态。"我"与阿罗之间友情深厚，彼此信任；阿罗和小裁缝的爱情在明处，"我"跟小裁缝的情感在暗处涌动；阿罗对小裁缝的爱炽烈，"我"对小裁缝的倾慕含蓄内敛。故事正是在三个人的情感结构中展开的。而三人命运在小说情节中的收束出人意料，小裁缝远走高飞的结局，使主题意蕴不局限于两种文化胜负的较量，叙事内涵也不再是简单的文化征服。意味深长的结尾，呈现了小说包含的"三"的对话。

"我"和阿罗的目的，始终是改造小裁缝。"改造"本身就包含了偏向一端的倾向性。在他们眼中，愚昧无知与有知识、有文化，山村姑娘与城市女孩，这些是二元对立的两极。他们为小裁缝阅读巴尔扎克等西方文学经典，是为了以西方文化去除乡土文化在小裁缝身上的痕迹。怀抱着"征服者的热情"，"我"和阿罗梦想着把小裁缝塑造成自己向往的样子，不曾预料故事发展偏离了他们的"改造"计划。小裁缝走出大山，决定到大城市去，超越了"我"和阿罗搭建的二元对立结构——她的出走，指明了西方文学经典"再教育"的实质。

　　"我"和阿罗把西方文学经典的阅读，看作了知识文化的讲授和灌输，认为那是城市女孩的必修课。只要小裁缝接触到巴尔扎克等人的小说，就会宣告"一个略带笨拙的漂亮村姑的消亡"，她会变成他们期望的模样。当"我"和阿罗后知后觉地发现"我们其实并没有把握住我们给她阅读的那些小说的精髓"时，小裁缝已经在西方文学经典的引导下，完成了自我意识的觉醒："巴尔扎克让她明白了一个道理：一个女人的美是一件无价之宝。"对于美的自觉，是自我意识觉醒的标志。从前小裁缝感慨"但这就是命"，现在她主动改变命运，争取独立和自由。前后的鲜明对比，呈现出西方文学经典的"再教育"不仅令女性觉知自己的美，而且促成了自我意识与自由意志的萌发。

　　小裁缝对于巴尔扎克的独特理解，是两种文化在她的内心世界相遇、交融后形成的观点。小裁缝自我意识的觉醒、个人自由的追求，是两种文化在她内心相遇引起的最深刻的领悟，甚至超越了"我"和阿罗"二"的认知。小说采用"讲故事"的形式，阿罗和"我"口述电影《卖花姑娘》，"我"为老裁缝讲述《基督山伯爵》，或是老磨工、阿罗、小裁缝讲生活中同一个"故事"……虚构的故事、真实的生活、讲故事的人、听故事的人构成一个特殊的场域，他们都从自己内心出发参与到叙事过程中，构成一个自由对话的情境，不同文化的对话深入小说的肌理，也跳出第一人称"我"的单一视角，让不同人物发出属于自己的声音。这样既可以潜入各人内心，又可以构成人物之间的潜在对白，形成交互的多重声音结构。读者由此鸟瞰到的故事全貌是同一个主题下，几种声音既相互区别又互为补充、浑然一体展现的现实生活和内心世界，由此延伸而成的故事结局在直面"饥渴"的现实中焕发出向往自由、追求美好的人性光辉。

　　活跃于当今法国华文文坛上的，还有创作《西行的黄魔笛》而以报告文学见长的祖慰，以长篇自传体小说《巴黎泪》名世的周勤丽，等等。他们各有各的书写策略，但共同的追求，是将中国文化的蕴藉和法国文化的优美展现出来，讲究艺术情怀，作品也多了一些从容的气度和典雅的行文。这也成为法华文学的一个显著特色。

第三节　英国、瑞典等国华文文学和虹影等的创作

五四以来旅居英国的中国作家人数众多，但大多后又回国，这种情况延续至今。1980年代后移居英国的华文作家增多，但仍有不少来往于英国与中国之间，其最后的归宿尚未确定，例如赵毅衡（1942— ）1982年留学美国，1988年旅居英国后任教于伦敦大学东方学院，但后来回国任教。1988年英国华文写作协会成立，英华文学作为英国的一种语种文学得到确认，创作影响日益扩大。

虹影（1962— ，生于重庆）是当今海外华文作家中少数靠写作谋生的作家之一。她1991年留学英国，至今出版的小说有20余部，代表作有《饥饿的女儿》《K》《上海之死》《阿难》《女子有行》等，其作品不仅在中国国内畅销，屡获台湾《联合报》《中央日报》小说奖，也在英国、美国、德国、挪威、瑞典、法国、澳大利亚、日本、希腊、波兰、以色列等国以25种文字出版，有的作品还被改编成舞台剧演出。虹影的创作从诗歌开始，她所获第一个海外的文学奖项是英国《丝语》时报华人诗歌一等奖（1991），所出第一本个人创作集是诗集《天堂鸟》（1988），她的散文集《曾经》《虹影打伞》等也别有风味。这些都影响到她的小说创作，其小说在流行和实验中显示出多种风格。

虹影的女性叙事有着强烈的探索意识。长篇小说《女子有行》（1997）展现了女性文学中罕见的"未来叙事"，即在虚拟的未来世界中，以非同寻

常的想象，探索超现实体验，思考人类的命运。这部小说由三部中篇小说组成：《上海：康乃馨俱乐部》讲述未来的2011年，历来被男权压抑的女性展开了无情报复，成为飞扬暴虐的惩治者；《纽约：逃出纽约》在女性的孤独、压抑和迷茫中，描写出未来时空中由种族、信仰、科技、移民、环保等引发的激烈冲突；《布拉格：城市的陷落》中，以华信公司为代表的东方商团掌控了布拉格的经济命脉，"东方压倒西方"的"未来异景"，呈现出全球化时代更趋紧张的对立。这种种与现实错置的未来图景，揭示出人类的根本性困境，而女性的命运在这种未来叙事中更引人关注。小说几乎将所有现实问题，从宗教信仰到女权主义，都置于未来的上海、纽约和布拉格中呈现，结尾有如寓言：死人派对、做爱，女主人公找不到活下去的理由，只能冲进电脑三维世界，一醉了之，未来世界弥漫着驱之难散的困惑。虹影自己看重、着色极多的中篇小说《那年纽约咖啡红》（2004），更是一篇逞奇斗怪、想象狂飞的"未来小说"。小说在"我"的境外逃亡中表现出种种文化对抗，东西方历史在诡谲的"未来"中被奇妙糅合，但"男有男境，女有女界"，世界的未来终是分离。虹影"未来叙事"这一别具特色的实验，打破了"中国小说家一直不会或不愿想象未来"的传统①，显示了海外"流散文学"的特色。

虹影直言："文明冲突将会是一个几十年的大题目。对于异乡者，这就是一个切身的大难题……"②她的小说极为关注中西文化冲突与调节的困境。长篇小说《K》（1999）和《阿难》（2002）都是描写中西文化冲突下的爱情悲剧，哪怕情人之间，最后都难以沟通。《K》取材于英国诗人朱利安20世纪30年代到中国"闹革命"而陷入了与一位中国女作家的情爱之中的

---

① 赵毅衡推荐词，见虹影：《那年纽约咖啡红》，百花文艺出版社2004年版。

② 虹影：《女人为什么写作》，见虹影：《鹤止步》，山东文艺出版社2005年版，第212页。

旧事，叙事却指向了"后性解放"时代。朱利安最后落荒而走，女主人公K
却留下来承受一切，两个异国男女的灼热情爱最终无法冲破文化的隔阂，而
中国女性比主张性自由的英国人表现得更决绝、更健康。短篇小说《飞翔》
讲述"文革"悲剧。"雨果文学奖"得主阿尔丹当年思想左倾，被称为"法
国红卫兵的头儿"。他在中国教授法文时，还没有来得及与中国女学生柳小
柳开始恋爱，柳小柳就被视为"叛国"而失踪了，"文革"中更因为此事而
香消玉殒。阿尔丹一直在苦苦寻找她。小说在两对师生的关系中让历史的真
相缓缓浮现。当年同是阿尔丹学生的"他"曾目睹柳小柳在巨大政治压力下
的自杀，而"他"任教法国大学后，指导的研究生苏珊娜的论文选题为《阿
尔丹与〈桃花扇〉》，一个要解开阿尔丹的心结，也会冲开"他"记忆防线
的题目。政治悲剧在文化灾难中展开，"他"劝苏珊娜放弃那选题时说过，
"你对我的国家实在太不了解了"，这句话也是对阿尔丹所言。阿尔丹只沉
醉于中国传统诗文，却不明白中国的少数道德说教让"我们的心"变得"易
嫁"。而当"他"明白这一切后，只能在"飞翔"中了结一切。《阿难》是
以"恒河边，两家人的孽缘与劫难，一家是中国人和印度人，另一家是中国
人和英国人。他们在二战时期结下的恩恩怨怨，现在由他们的下一代人来承
担前辈的罪孽"这样一个东方故事，来表现"中西文化冲突的爱情悲剧，一
曲永恒的哀歌"。①虽然小说因为顾及"惊险言情犯罪加哲理"等流行因素，
造成了叙事上的某种割裂，但小说在多条"追捕"线索（苏菲对情人阿难的
追寻，孟浩对罪犯阿难的追捕，"我"对歌手阿难的寻访）的交织中，揭示
了阿难的毁灭是文化的毁灭。

　　虹影的小说有智性，更有诗性。长篇小说《饥饿的女儿》（1997）被视
为虹影最好的小说之一，被译成18种文字出版。小说讲述"我"在20世纪60

---

① 　虹影、止庵：《关于流散文学、泰比特测试以及异国爱情的对话——虹影与止庵对谈
录》，《作家》2001年第12期。

年代出生、在饥饿中长大的苦难史，有很浓重的自传色彩。作者甚至在书中没有虚构什么情节，表达上却是诗性胜过写实，澄净的画面，简练的文字，行云流水似的结构，都使小说盈满生活的诗意。《K》大胆描写性爱，但艺术表现力很有分寸感，男女性爱得以在诗性表达中升华。《飞翔》中，"秦淮灯船酒旗"与凯旋门罗浮宫构成的奇妙映照，满盈西方想象东方和东方感悟西方的诗意，让"文革"的悲剧成为对文化诗意的蛮横剥夺。长篇小说《孔雀的叫喊》（2003）在"三峡"题材中也充满对历史的苦难记忆，但作者巧妙化用宋明时期流传的"度柳翠"的故事，通过工程师柳璀和乡村妇女陈阿姨两个不同视角的勾连、相通，在"转世""度化"的神秘叙事中，接通了1950年代和1990年代的历史联系。而柳璀最终摆脱了她父亲的政治方式（1950年代）和她丈夫的技术官僚方式（1990年代），从陈月明的人文审美方式那里获得了超越。这种"生于一，嫁于二，悟于三"的"度化"，发出了如"孔雀的叫喊"那样微弱而美好的声音。古代"度柳翠"的化用，使苦难的叙事成为诗性的表达。正如虹影自言，她追慕古代笔记小说"短短的一个个故事，讲得像一首首诗"①。《鹤止步》（2005）所收的8个中短篇小说中，其想象都由古代笔记小说引发，在每篇小说后面附上相对应的古代笔记小说，正表示了作者对这种诗意的来源的敬意，而由此激发出的是讲地道的中国故事的激情。例如中篇小说《鹤止步》文后附了明代王同轨《耳谈》，所述两同性恋者的情怨，跟《鹤止步》相近类似。而《鹤止步》的终结意象，湖心里腾起的鹤欲飞，升起的腿却突然静止不动，也暗示出《鹤止步》在同性恋这一题材上的传统"回归"。小说的环境是上海"孤岛"时期，人物是汪伪"76号"机构中的两个杀手。杨世荣在南京之役中曾"一条条战壕死守，缠住日本人精锐的海军陆战队"，被埋于阵亡者的断臂碎肢中，后来

---

① 虹影：《我为故事狂》，见虹影：《鹤止步》，山东文艺出版社2005年版，第2页。

却阴差阳错进了"当日的对手"的机关。他恼火于自己"粗野丘八""下贱末流""伪逆附敌"的现状，但百般无奈。谭因是他收留的一个街头小瘪三，年轻、张狂。故事也是抗战年代，谭因杀了重庆代表贺家麟，杨世荣为他背"死囚"之名……后来谭因薄情相忘，杨世荣却仍以死相救。然而小说故事活脱脱从传统市井小说化出，在杨世荣跟谭因紧张的身体纠结、心理对峙中，生活颠沛不安，但杨世荣如当年死守栖霞山阵地死守住他的信义底线："前面的这个将死的人，或许是他在这个世界上唯一许诺过忠诚的，不管对方怎么样，他不想列出账单看看谁欠了谁多少。只要他有过许诺，他就只能珍贵那个许诺，因为他没有向任何人、任何党派、任何政治许诺过忠诚。他也没有必要在这时候放弃他忠诚的权利。"细加辨析，虹影写同性恋者的心态和情感方式，已带有她异域生涯的影响；但整个叙事，又回到了那个"饥饿"的国土上。虹影的叙事立场，始终是泥水血浆中的下层者立场。杨世荣默许谭因去挑逗贺家麟以至造成命案，根源于杨世荣强烈感受到的自己在贺家麟绅士目光中是个"偷鸡摸狗之徒"。但他最终用自己的信义之举作出了足以使"鹤止步"的人生姿态。虹影旅居欧洲已十余年，仍能讲述如此地道的中国本土故事，可见出其钟情所在。

虹影喜欢讲故事，从不掩饰她以想象力讲故事时的狂喜。"重写海上花"系列长篇小说再次显示了她讲故事的才华。《上海王》（2003）讲述申剧名角筱月桂的风尘成长经历。一个乡下女孩，成了上海滩三代黑帮老大的情人，又开创了一个新剧种，在权力和情欲的旋涡中挣扎，最终成了君临上海十里洋场的幕后"上海工"。《上海魔术师》（2006）讲述战后上海"大世界"流浪艺人的少年之恋。被犹太人"所罗门王"收养的中国男孩和杂耍班女孩在"兄妹之谜"中坠入情网，舞台绝技和现实逃生结合在一起的叙事，最终指向了"此生无法分离"的归宿。这些上海传奇不仅被虹影讲得有滋有味，文体上也各有创新，而且在中西、华洋的交织与纠结中呈现人性升华中的丰富含义，巧妙借"上海"对跨越中西文化的人性展开思考。例如《上海之死》（2005）"讲故事"的魅力自然来自结局的奇峰兀起：为英国情报局工作的女明星于堇历经艰险，从日本军方获取了珍珠港美国海军基地将被偷袭的绝密情报。然而，当她向上司也是其生死与共的养父休伯特报告时，却将情报改成了"武士刀指向新加坡"。而休伯特在得知了日本将偷袭珍珠港的确切情报后，也没有向他的祖国送出情报。一个外国间谍，从其中国养女身上理解了如何"帮助中国"，父女俩相继自杀，一起"在日出之际，来看世界上最美的落日——上海的落日"。虹影再次在跨文化语境中改写了历史。然而，《上海之死》结局的这一魅力并非只来自情节的陡转及其包含的历史"改写"——一个中国女子以美国太平洋舰队受重创的沉重代价改变了中国抗日战争的命运，也来自《上海之死》历史叙事的海外语境及其手法。

《上海之死》反映出虹影对"城"的感受力精微至深，对1941年深秋初冬的上海有着入骨的呈现，从天气的湿冷，到人气的醉醒，都有着整整一个时代的气息。但虹影对上海体悟的入骨还是在她讲故事中把人物的命运自然转化成了"城"的命运。例如，于堇跟丈夫倪则仁关系最终破裂的根本原因，是倪则仁借为军统管理上海物资"获利巨万，兴奋异常"。而她之所以接受休伯特的请求，为英国情报部门工作，一个重要原因是"休伯特这个人从来不把钱当作生活的一个内容"。战争加剧了人生抉择在欲望上的分化，上海成为巴黎沦陷、伦敦轰炸背景下人欲的象征，这种象征揭示了二战的时代本质。小说由此在人物命运的纠结中展开深入人性的思考。

虹影小说历来有东方的阴柔的唯美主义对西方的唯理主义的征服的主题诠释，《上海之死》无疑有着这种痕迹。但当小说展开休伯特、于堇父女俩关系时，这一主题诠释显然消退了。小说要在人、城俱亡的悲剧历史中寻求东西方人性的相通。这种叙事，在虹影富有文化气息的细节穿插中，更能呈现出一种时代的死亡。例如，休伯特、于堇父女双双殉身的悲剧，在那个"双鱼相衔"的手镯上折射出最终的意味。休伯特曾意识到，他跟于堇，"可以亲密如父女，平等如朋友，相依为命"，然而，那层浅浅的肤色之别，就足以切断他的全部的爱。悲剧恰恰是在这上面发生的。正是在"关键时刻到了，那裂痕从心底撕开"之中，于堇为了"帮助中国"，不得不"背叛"英国养父，隐瞒了真实的情报。而当休伯特终于明白"于堇归根到底是个中国人，哪怕无爹无娘，依然是个中国人"时，他也放弃了他的祖国，追随于堇而去。此时，他看见于堇临终前戴上了双鱼相衔的手镯。那是于堇16岁生日时，休伯特替她买的。在中国文化中，"鱼"往往是"情侣"的隐语，此时"双鱼相衔"这一意象正是在文化传统、民间情义的意义上，超越了战争时期"国家""民族"层面中包含的对峙，也超越了肤色之别、种族之隔。休伯特的"硬汉子"哲学也由此崩溃。他甚至感悟到，战争，就是"糟蹋自己，消耗生命，而且冷血残忍"。此外，小说的主要场景安排在地处法租界的兰心大戏院，而"兰心"这一来自古罗马大演说家西塞罗家乡学苑之名的拉丁语被妙译成"蕙质兰心"的中国传统之义；小说中的歌舞片《狐步上海》快速变换的节奏跟那本歌德尼采双题签的1774年版本《少年维特之烦恼》被日本人当作破烂扔弃却又被天价拍卖回伦敦的命运相互映照；《夜半歌声》将现代上海和古罗马斗兽场并置……这些都使小说叙事在中西、华洋的交织与纠结中呈现出"上海之死"在人性升华中的丰富含义，也使得虹影的写作始终是一种海外写作。

旅英另一位女作家友友（本名刘友红，1988年出国，1996年起任教于英国伦敦高校，出有《她看见两个月亮》《替身蓝调》《河潮》等小说集和英文长篇小说《鬼潮》等）的艺术感受力敏锐丰富，文学叙事常从极为细腻的文字表现走向知性表达。《孤悬的风》讲述男子遥与女子玛雅神秘玄妙的交往，以对女体（脖颈、脚趾、嘴唇、骨骼）完美而出神的描写，表达灵魂、身体、思想、情感之间的复杂纠结，又似是永恒艺术的塑造。

旅英新移民作家中，还有郭小橹（著有《恋人版中英词典》《我心中的石头镇》等小说和多种电影）、简宛（来自台北，著有《叶归何处》《地上的云》《欧游心影》等散文集）、陈平（著有《七宝楼台》，并进入2002年度中国小说十佳排行榜）、苏立群等，也都显示了雄厚的创作实力。

瑞典因为是诺贝尔文学奖颁发国，对华文文学的关注有其持久之处。一些华文作家也在瑞典旅居创作。万之，本名陈迈平。1952年11月出生于江苏常熟，1986年前往挪威奥斯陆大学攻读戏剧学博士学位，1990年起在瑞典斯德哥尔摩大学东亚学院中文系任教。2001年起从事职业翻译工作至今，2009年当选为瑞典笔会理事兼国际秘书。他1970年代中开始文学创作，出版有小说集《十三岁的足球》和评论集《诺贝尔文学奖传奇》，改编电影剧本《孩子王》（根据阿城小说改编，陈凯歌导演），翻译和编辑文集《沟通：面向世界的中文文学》等。他的早期作品就放弃大格局而从"小我"入手，以生命的烛火探测人性的幽微，以心理分析的笔法来描绘人与人之间随环境而变化的复杂而微妙的情感关联，具有明显的现代主义色彩，在伤痕文学盛行时期显示出他对人性的深刻关怀。1990年代后的海外创作延续了其人文气息浓厚、拒斥激越的政治主题的创作取向，以平实的意识流笔法，在内心的波澜起伏中，呈现强烈的戏剧效果，同时更重视开辟小说形式的新途径。例如其小说常尝试一种戏剧对话体的叙事形式，用不同角色的叙述来探索不同叙述方向的可能性。小说《穿风衣的女人》就以一个在机场出口处焦急等待接机者的穿风衣女人的内心独白和旁观者（一个或两个，小说中的"你"也可视为"我"的衍生者）对穿风衣女人的猜测、想象交叉展开，探讨"当代意味"的小说"存在种种不同的发展的可能性"，而恰恰是多种可能性的叙述增强了小说的可读性、意味性。《归路迢迢》等小说也做着类似探索，揭示出小说的力量正在于它所表现的"生活可能是什么"。万之在《诺贝尔文学奖传奇》中所言"挖掘文学之美，维护诗歌之美，就是最高的伦理，最好的道德"，也是他的文学追求。他还和妻子（著名汉学家马悦然的得意弟子陈安娜），译介了莫言、余华、苏童、韩少功、王安忆等诸多中国作家的作品，为华文文学在西方的传播做出了重要贡献。

第七章 近三十余年北美等地区华文文学

第一节 1980年代后的美国华文文学和严歌苓、哈金等的创作

大概从1980年代中后期起，随着华人社会"文化中国"观念的形成，加上海峡两岸文化力量的推动，美国华文文学社团如雨后春笋般出现，蔚为大观。文学团体开始较明确地分成中国台湾文化背景和中国大陆背景，各有报刊园地，后来界限有所模糊，甚至"合流"。其中北美华文作家协会（1991，会员700余人）、美国华文文艺界协会（1994，会员前后近百人）、中国文化学社（1987）等影响都较广泛。众多华文文学团体的活动，表明本土性美华文学环境有了很大拓展，它们在美国国内积极构建包括报刊、出版社、文学评奖、文学讲座、文学会议、文学网络等在内的华文文学运行机构与机制，又与中国大陆（内地）、台湾、香港文化界密切交流，促进了美华文学多元语境中创作格局的丰富。

战后美华文学中影响很大的"台湾文群"及其衍生的移民作家群的创作仍有新的成果、新的影响。一是移居美国多年的台湾作家创作取得新成绩，如郭松棻等，前面已述及。1970年代后旅美的台湾作家也人数众多，成果丰硕。1979年旅美的曹又方（1942—2009）创作力旺盛，将其旅美体会到的道

德、尊重、责任等引入家庭题材创作中，《美国月亮》的长篇架构容纳的是美籍华人家庭习见的老夫少妻题材，小说中陶敏士、周起凤这对老少伴侣屡起冲突时，使干戈得以化解的是他们各自向上的传统品格：看重情义，善解人意，宽厚包容……在美国的苍穹下，他们跨越了婚姻原先包含的世俗危机。另一部旅美后的长篇小说《蓝珍珠》描写女主角江小湾面对两位挚爱自己的男人的难题，也是在传统道德的升华中得以解决的。曹又方小说聚焦家庭转型中的激烈冲突，冲突的处理多色调，其价值取向趋于传统的转化，颇有华人社会特色。

张错（1943—　，本名张振翱）1970年代就享有诗名。1988年他曾认真思考在台湾定居，但他最终选择自我放逐，返回美国，因为他感到，在遥望中，心中的一切总还存在，而他的诗作也在"遥望"中呈现更丰厚的诗美。"距离产生遥望"，这"距离"更多地是指作为美学距离的心境距离："远方透视，灵台清澈，远离颠倒梦想。而近处审察，关心则乱，见树不见林。"情也如此，"保持一份心境距离……自有清香徐来"。[1]而对于海外华人作家来说，"距离"中"遥望"的往往是沉潜于民族历史，横越五千多年的历史，直贯数十朝代的传统，足以产生浩瀚的距离。这种透过距离的遥望，需要饱览群书，亲至遗迹，聆听历史回音。这些都是文化人本位的欲望，也是超越时空的乡思寄托、乡愁表达，其中足以产生丰富的美。张错的《另一种遥望》（2004）就以"沉潜古文物"，呈现出"距离"的美。正如他所说，沉潜古文物，"它不是占有，因为经常可望而不可欲，也无法占有"，但它使人流恋如醉。张错"多用文物配图入诗，以文呈象"，"不为史实驱圈，亦不为形相蛊惑"，[2]而借古文物之特征驰骋于其艺术情怀中。

---

①　张错：《另一种遥望》，（台湾）麦田出版2004年版，第91页。

②　张错：《另一种遥望》，（台湾）麦田出版2004年版，第92页。

例如《青衣人——唐绞胎骑马狩猎俑》一诗,以诗的意象跟陶俑的艺术形象构成古今"互文"。"蓦然勒缰／马似通灵夏然而止",历史的定格和艺术的成型交融在一起,裹挟起想象的力量。"血色条纹顺流而下"的彩绘是"大宛汗血名种／驰骋时汗流浃背"的历史遗迹,"抽弓搭箭""翻身仰望"的造型是"终南山下蓝田软玉"的想象存在,而当完美的艺术造型使"时间静止／青春暂时停驻"时,历史的"想象声响"又起:"他一旦启动时间猎杀／同时也成为时间猎物"。动静之中有着丰富的古今对话。这样的咏物诗,确实是在"距离遥望"中突破了"史实驱囿""形相蛊惑"。

张错更多的咏古文物诗融入了他海外漂泊的体验,从而使他回望故土原乡更有了千里在即的丰富性。例如他2003年在休斯敦美术馆中国文物收藏展览饱尝"唐三彩华丽盛宴"后所写唐三彩陶俑组诗,凸现的就是"唐人胸襟辽阔,天下一家,就连唐太宗也说过:'自古贵中华,贱夷狄,朕独爱之如一'"那样一种多元民族历史。《唐三彩载乐驼》一诗艺术视野中呈现的双峰驼驼背上四个弹唱的胡人,悠然想起的是唐太宗宫中非汉族而为混血儿的琵琶名家罗黑黑;诗末那一笔"金色骆驼昂首侧向后／好像在聆听久违的乡音／也好象不胜负荷",古域的骆驼在大唐之土聆听乡音,诗人在历史回音中听到的也是多元文化交融中的华丽情怀了。

张错笔下的"遥望"有着多种指向,但其最终归向是精神原乡。他在《遥望》一诗中从宋末文天祥在潮州海门每日登高遥望大海而宋帝终不至的迷茫眼神,写到一代代憨直潮州妇女送夫出洋攀"迸裂如初绽莲花"的巨石、欲窥望今生来世的忧郁眼神。孤臣孽子,痴女孝妇,在"不可胜数的约会与误会"中承受悲剧,但他们都用"执着遥望"来"拒绝／绝望"。而在《禁忌的游戏》一诗中,他以一种心理测验游戏表达游子的性格意向。第一回游戏是"在荒岛选择短刀、绳子或收音机"。"你"选择了短刀,"那是武人反应／随身刀刃／亲逾妻儿／壮年三场浴血相搏／雪亮刀锋一泓秋水／如垂首弯眉”。第二回游戏是“在纸牌选择下弦月、沙漏或同心圆”。“你”
选择了下弦月，“那是文士反应／……语言随河水流淌／思念在涟漪扩散／
漫长缄默衍生信任／同舟一命互相依赖”。但“你”仍不甘心，要做第三回
游戏，在终点“选择回家道路”。你选择的“不是快速捷径”，而是循原来
“长路回家”，一路走来的长途又成了归路，只有了“夕阳”“晚风”。这
种“归途”中的“遥望”，已“分不出是汗水还是眼泪”。但这种选择才是
“你”的心愿，“遥望”在“归乡”中成为游子的性格指向……张错用自己
的诗作将“遥望”演绎成“乡愁”的审美形态，它是游子的精神涉跋、心灵
袒露。其终点，其核心，必然是精神原乡。

　　与张错相近，抒写回望中的乡愁的是旅美女诗人潘郁琦，其诗才为诸多
诗界前辈称道。其诗集《桥畔，我犹在等你》“前世预写今生，今生终究也
是来世”①，这种“三世缘”使海外乡愁在“遥望”中成为绵绵无尽的生命延
续。《又见枫红》是从“来世”写乡愁，“缓缓的走入／再生的一季／瑰丽／
一片殷红的叶／赫然／唤起我久久遗忘的小名”。“遗忘”的“唤起”，是
“来世”对“今生”的续写。所以，虽然“随手捡起”的枫叶，已“一片片
皆是迸裂的过去”，但“乡愁”却“原来是以胭脂覆盖的颜色／缠绵着无语
的山脉”；红枫虽会褪色，但那恒久静默的山脉却永远会让红枫一次次重新
闪耀起生命的光彩。《如果枫叶未红》则是从“前世”来写“今生”。贯串
全诗的“枫叶”意象，成了“前世”对“今生”的承诺、约定。“如果枫叶
未红／必然是你／忘却了与秋有约／却在夏的喧哗里／早早以胭脂妆扮”。
“秋”是思念的季节，枫叶红了，那是“秋声”在探寻“长大外的地址”；
那是“秋山”“写下血脉中苦的纵横”……在这些重重叠叠纷至沓来的秋的
意象中，“我”苦苦的等待从“上一季”延续到了“今生”，而一声又一声

---

① 潘郁琦：《桥畔，我犹在等你·后记》，（台湾）大地出版社2003年版，第245页。

"如果枫叶未红"，则以生命的焦灼感透露出思念的执着。"今生"回溯"前世"，延伸到"来世"，乡愁在回忆中完成着今生跟前世、来世的对话，从源头寻到归宿的心灵历程，"我的血脉醒着／呼应着／一滴悬在昨天／一滴留在今天／另一滴守候着明天"。

旅美台湾作家的散文创作，应提及的是吴玲瑶（1951— ），1970年代旅美，1980年代后十余年间出版了《幽默人生》《女人爱幽默》等20多种作品集，多为写"中国人适应海外生活和种种趣事"的幽默小品。写男女两性微妙关系和中西文化差异互补，尤见其机敏诙谐，美国的泛幽默文化在她笔下中国化，洞明世事，超然物外，充满反思，坦露自我。以中国传统的静观自得之闲，融入女性恬淡琐细的幽默感，文笔纯真优美，充满美感和快感。

1980年代中国国门禁锢三十余年后重新打开，由此引发"移民潮"，美国成为中国新移民最主要的居留国。1990年代后，中国大陆（内地）旅美作家打出了"新移民文学"的旗号，开始成为美华文学生力军。新移民作家世代差别较大，有属于"文革"前的一代人，中国社会的变迁与个人命运的沉浮复杂纠结；"老三届"一代大多有"知青"身份，"洋插队"是他们人生第二次、更遥远的漂泊；有与海外新生代年龄相仿的，其反叛性、超越性、独立性强烈；还有年龄更年轻的，其成长伴随现代网络社会的拓展，显示出更契合全球化趋势和国际消费社会转型的创作走向。所以，美国新移民作家的创作，有群体趋同性，更有内部差异性，也给美华文学带来丰富的多样性。美国新移民作家的中国背景深厚，其作品的出版、发行，与中国关系密切，其海外语境中的创作有着明显的中国影响，不少作家的创作被视为中国当代文学的海外延伸。

美国新移民文学中，最早产生影响的一位作家是查建英（1959— ）。她的"留美故事"系列及其代表作《丛林下的冰河》在1980年代后期就被广泛关注。其笔下人物往往远隔重洋，回望大陆。查建英的海外创作，预示出新移民文学与中国大陆（内地）的密切关系。随后崛起的是严歌苓，她持久的创作，尤其是她在文学的语言空间上的努力，使得新移民文学成为百年海外华文文学中的重要新流脉。

美国新移民作家中，严歌苓（1958—　，1989年旅美至今）无疑是最有文学史地位的一位。她出国前已有《一个女兵的悄悄话》《雌性的草地》等长篇小说问世，且有好评。然而，严歌苓曾经多次讲过，她在芝加哥艺术学院的学习，是她关于人的观念的一次"重新洗牌"。之后的旅美生涯使她的文化资源、价值尺度等都有了变化，甚至有了某种新的叙事身份，她由此走出包括"文革"在内的历史影响。同时，严歌苓的海外创作经历了从故土"连根拔起"而"在新土扎根"的充满伤痛和慰藉的过程。她一直将语言看作自己海外生存的最重要内容，认为语言是生命意识、生命情感、生命形式本身的呈现。她在很长时间里拒绝电脑写作，而坚持"刀耕火种"的手写，就因为她只有在这样一种语言流淌中才能充分感受到汉语血肉的质感，从而让语言跟她的情感世界完全融为一体，而那一个个键盘敲出来的汉字会用一种现代方式截断语言跟生命的联系。严歌苓在非母语的写作环境中，用这样"原始"的方法保持她的母语感觉，语言成为她最重要最丰富的生命感觉，这是严歌苓海外写作的核心。

"因为语塞而内心感觉变得非常丰富的男性移民，会怎样在心灵和肉体都寂寞的处境中以想象力去填充那诱人的虚空！"这是严歌苓对自己曾获台湾"中央日报文学奖"一等奖的小说《女房东》的回顾。"因为英语的表达还不顺畅"，反而使得异域生涯的内心感觉异常丰富起来；因为还没有"在美国结结实实驻扎下来"，反而有了那种"美得触目惊心"的想象。[①]边缘的语言和人生状态使严歌苓获得了艺术的敏感、善感，她在《女房东》中借中

---

① 严歌苓：《严歌苓自选集·女房东》，山东文艺出版社2006年版，第63页。

西房客、房东间那条半透明的丝质衬裙写出了丰盈的生命感觉，薄，柔软、凉滑，似有若无，魔一般的飘逝、消融……一条丝质衬裙的诸多质感无处不暗示出一个身患绝症的西方女子和一个漂泊无依的东方男子各自寻找着的生命安全感、相依感，暗示出寻找和失落的丰富意味。严歌苓将感觉视为比话语更丰富更触目惊心的"语言"，其艺术感觉和语言感觉是融汇在一起的。所以，她对于语言的驱遣才那样得心应手。

严歌苓创作的潜力还在于她关注并熟悉民间语言的各种形态。也许是从"西方"再返回"东方"的缘故，严歌苓对我们民族民间的喜剧性语言资源更加敏感。跟西方民族日常生活平民化和上帝崇拜神圣化不同，汉民族的多神膜拜有着平民化倾向，而日常的、现实的生活却等级分明，因而发生着一次又一次造神运动，中国民众也一再承受偶像崇拜的精神奴役。喜剧在很多时候是对精神苦难的一种化解，是用"看透人"的笑声去粉碎偶像崇拜的枷锁。而在日常谈吐中将圣人、贤人还原为常人、凡人的本相，以庄严和荒诞两种色彩的互补、渗透消解掉神圣的光环，是民间喜剧性语言的重要形态。严歌苓对此体悟甚深。《扮演者》这篇小说，按严歌苓的说法，是呈现了她"性格的另一面"——"爱开玩笑"，其实正是严歌苓性格跟民间喜剧性语言形态的契合。小说讲述一个"喜剧性人物扮演领袖"的故事。在"文革"那个"隐喻无限"的年代，"领袖崇拜"成为最大的精神苦难，化解它的唯一办法就是将它戏谑化。小说中，钱克是个内里"半人半仙"的"二流子"人物，却因"相貌中的伟大潜在"被沈编导相中，扮演现代舞剧《娄山关》中的领袖独舞。"沈编导想以隔离来营造大人物特有的距离感与神秘感"，于是钱克独居斗室，终日跟"西风烈，长空雁叫……马蹄声碎，喇叭声咽"的《娄山关》词相伴，天天在共产党党史、毛泽东诗词的"读书、写字、练书法"中度日。终于，钱克变了，他的眼"微开微合、似笑非笑，一切尽收眼底，一切又不在眼中"，"他走过来，旧军大衣挥洒出他的神威。他像一只猛虎一样步态持重，有一点慵懒"……"所有人对他惊人的相似大抽一口冷气"，"连他自己都看不透如此的酷似竟只是一场扮演"。于是，周围凡俗众生都对钱克视若神明，那个14岁女孩小蓉更是情愿为他作祭坛的牺牲，而他也"不能再回去做钱克"。小说以"文革"年代日常生活中的这种"造神"运动完成了对"神"的颠覆，种种在时间的距离中显得"荒诞"的话语成了绝妙的喜剧性因素。

对于小说家来说，叙事方式是最重要的语言形态。严歌苓小说的叙事方式是在不断转换的。同类题材，不同叙事方式的运用，往往更见出其叙事方式变化的魔力。《魔旦》和《白蛇》都是写同性恋题材的，也都运用着"复调"的叙事方式，然而，异域的"复调"和本土的"复调"还是使这两篇小说同途殊归。《魔旦》讲述"我"寻找1930年代唐人街的显赫人物——"金山第一旦"的阿玫，"无意"中进入了同性恋者奥古斯特的世界。但小说实际上是要表明，各种"历史"，尤其是移民历史，如何将"莫名其妙"的存在，在"戏剧化的重复转述"中"渐渐变成了不可推翻的历史"。所以，小说始终存在着多种不确定的叙事，"中国移民历史展览馆"的"陈列"，街心广场老人们的热心介绍，温约翰头头是道的说法……所有这些叙事，或互相矛盾，或自露破绽。而"我"的叙事，则在这些叙事中横冲直撞，以一个新移民的想象完成了六十年前移民的叙事。在"我"的叙事中，非常有意味的是，"我"、阿玫、奥古斯特都在寻找多年前"不明不白消失"的阿陆。"我"、阿玫、奥古斯特作为不同年代（年龄）的"后来者"，各自在想象中同阿玫相互渗入、相互感应，完成着阿陆的"未来时态"叙事，而"我"同时又作为阿玫"未来时态"的幽灵在作品中完成着阿玫的叙事。这样一种多重交感的叙述方式，揭示了移民历史后面一代代不能解脱的移民情结操纵和驾驭着种族的、文化的指向。异域的"复调"呈现指向而无法揭示谜底，《白蛇》的本土"复调"却着力于谜底的揭示。小说刻意用"官方版本""民间版本""不为人知的版本"几种反差巨大的叙述文本，来确认那个特定年代不可思议的神奇故事后面的谜底，那个封存在人们狂乱的心灵史中的谜底。在那个政治僵化的"文革"年代，不为人知的情感世界却在扭曲中显出惊世骇俗的丰富，既质疑、消解着人的一些最基本的"生存方式"（例如，小说近乎惊心动魄地写到34岁的女舞蹈家孙丽坤在女扮男装的徐群珊面前饥渴地裸露全身时的醒悟，同时消解了"遮掩"和"赤裸"的意义、价值），又扭转着人们被扭曲的天性（如徐群珊从"造作的北方小爷儿"渐渐又变成"真正的珊珊"），从而在"末日完美地逝去前一切就露出谜底"的悲哀中留下一点希望。严歌苓是从自己的感受出发来选择不同的叙事方式的，她"只想和故事中的人物们相伴下去"，不同的人物，有不同的相伴方式，于是便有了如舞姿那样灵动多变而迷人的叙事。

严歌苓在东西方文化之间出入自如，其叙事方式也有了更多的语言魅力。她谈到自己尝试用英文写作时说："两种语言最能区别的是幽默，那是不可翻译的。一个作家能否在两种幽默间游刃有余，是很考验人的。英文写作时的我是勇猛的、鲁莽的、直白的，中文背后的我是曲折、含蓄、丰富、复杂和老奸巨猾的。这是我的双重性格。"[①]跨越语言就是跨越性格，跨越种种"不可翻译"的东西，如气质、情调等。在两种语言之间"游刃有余"，要跨越的不仅是两种文化，而且是两个"自我"。这种语言的跨越几乎成为严歌苓小说的一种原动力。她一直在小说中兴趣盎然地探寻语言的各种存在，甚至让它们直接构成叙事演进的动力。长篇小说《人寰》（1998，获1998年台湾第二届"中国时报百万小说奖"和2000年"上海文学奖"）的叙事身份就是由母语（汉语）和英语两种语言的存在扮演的。一个移民美国的女博士生（"我"）在导师（恋人）舒茨教授的建议下来做心理疗治，用半

①　严歌苓：《十年一觉美国梦》，《华文文学》2005年第3期。

生不熟的英语向心理医生萨德讲述自己在中国"母语思维"中一段刻骨铭心的情感经历。"我"的"英语叙事"在"鲁莽"和"放肆"中让本性"最真切地"呈现。然而，当"另一种语言"使记忆中过去被遮蔽的存在浮现时，它也有可能造成新的遮蔽。而且，英语讲述的是"我"在母语思维中度过的岁月，这种讲述不可能摆脱母语的"监视"。实际上，小说中的"英语叙事"不得不在母语"在场"时进行。而且，整部小说还是在"母语翻译"中完成叙事的，这些都使得小说叙事在两种语言存在的转换和跨越中呈现出了独特的魅力。

《人寰》讲述"我"父亲和贺一骑之间的恩怨，本来是典型的共和国叙事。进城干部贺一骑在反右中保护了"我"父亲，父亲为了报恩，"从头到尾"替贺一骑完成了一部近百万字的小说，小说轰动文坛。"文革"中，贺一骑成了罪人，父亲在难以言明的心境中对贺一骑反戈一击。然而，"文革"结束，父亲陷入更深的"欠债"，他再次替贺一骑捉刀代笔……小说几乎在叙事的每一个关键点上都有意识地设置了两种语言的存在。例如，"我"讲述自己有过自杀的念头，写了遗嘱。然而"我"在非母语中作出的自杀安排，贺（一骑）叔叔在母语中却懵然无知。随后，舒茨教授的追问引发了"我"在"未来完成式"这一"给人无际的展望，无际的宿命感"的英语时态中对11岁那年在火车上跟贺叔叔第一次"非常越轨的感觉"的回忆：路途中，两个人在一盆热水中洗脚，含羞草般敏感的脚心脚背在完全陌生的触碰中释放出全身心的感知，禁欲理想反而使中国人的肉体演变得"每一寸领土都可耕，都是沃土"，甚至"那不可耕的，也具有存在的意义"。这样一种性感知，显然不只是属于11岁女孩的，它已笼罩在西方（英语）的影响之中。心理医生这个对话者虽然没有直接在小说叙事中出现，但"我"的讲述一步步都是在他的诱问下发生的，这使得叙事更带有非母语意味了。而贺叔叔似乎的确"没意识到他与他语言间的相互责任"。那夜，是贺叔叔的

"语言"对"我"施行了性启蒙。然而，他却"被自己那个完全正常的行动中派生出的异常惊得一动不动"。"连火车也一动不动了。"……小说就是这样在两种语言存在之间的张力中获得了叙事的推进力。

"我"依仗着英语的"不知深浅"回顾着在故土的成长，一些用母语难以启齿的事显露出它们特有的生命意味。然而，当"我"面对英语本土时，"我"却对英语感到无力、困惑，乃至恐惧。小说两次写到"我"面对舒茨教授的"施舍"时，"我"从英语世界的退却、逃脱。而正是"沉静而忧悒，哑然中含着宽而深的吐纳"的母语成功地保护了"我"从英语强势控制世界中逃脱。在这两次逃脱中，弱势的母语还以沉静哑然的方式"颠覆"了英语的强悍。这些母语和非母语之间的对峙、监视、滑动，使"我"的叙事在呈现东西方话语的差异时又超越了差异。于是，"我"父亲和贺一骑、"我"和贺叔叔之间的故事就获得了新异丰富的叙事魅力。

父亲跟贺一骑的交往，完全是在"我"跟贺叔叔的心理、情感、肉体的纠结中"穿插"着呈现出来的。6岁的"我"对贺叔叔的仰望，11岁的"我"为贺叔叔作出的"牺牲"，18岁的"我"对贺叔叔在恨中孕蓄出的爱……这一切都显得超前。这种超前性，似乎既是政治化压抑所致，又是西方人性启蒙话语中的"想象"。小说叙事将倾诉中的自言自语的氛围、语调、节奏都调节得十分融洽、自然，并且恰到好处地进入某种"变奏"，从而呈现了"文革"生活形态跟西方启蒙话语对话中的追想。这样一来，"我"父亲和贺一骑之间的叙事就向历史、人生打开了多扇窗口。这些窗口分别通向个人的不同记忆和不同个人的记忆，使得贺一骑的"欺世盗名"、"我"父亲的"恩将仇报"，都有了不同于公众记忆的意味。"我不愿离开他。但我要摆脱"，"我"对舒茨的这一态度，成为小说叙事中"我"父亲跟贺一骑、"我"跟贺叔叔之间最基本的关系。尤其是"我"父亲和贺一骑之间，已不是"利用和反叛"，而是"以各自的异端，天悬地殊来填补彼此内心那不可言喻的需要"……从而超越了"时尚和口号"控制下的人生，也摆脱了传统的恩恩怨怨，获得着丰富而真实的人性。小说结束于"我"在"我好像成了他""心情也变成了他的心情"的忧伤中却彻底离开了"他"。小说叙事的最后一句话是"感谢你忍受了我一年的用词不当"。是的，只有在"用词不当"的叙事中，那种"最不能离开时的离开"的人生意蕴才可能呈现出来。《人寰》自觉的语言意识表明，严歌苓会在语言跨越中融汇起中西不同的文化资源，使她的小说叙事有更深厚、更开阔的背景。事实上，在《冤家》《也是亚当，也是夏娃》等小说中，我们已开始感受到中西两种不同的幽默的"相处"。

作为女作家，严歌苓的小说在女性形象塑造上有重大突破。长篇小说《扶桑》在海外卑微境地中，极有文化厚重力地塑造了闪耀"母性""雌性"光辉的东方女性。扶桑"包含受难、宽恕，和对于自身毁灭的情愿"的母性，即便面对"掠夺和侵害"她也"敞开自己"的雌性，巨大的苦难使得她的宽容和柔顺成为"弱势对强势"的救赎。这一切，都是以往女性文学绝少涉及的。而小说在后来者新移民的叙述中展示扶桑命运，历史与现实交错，超越时空的跨文化语境让扶桑的命运成为东方移民的宿命。另一部长篇小说《第九个寡妇》是严歌苓回到"本土"叙事的力作，小说中的王葡萄通身焕发出并不类似于扶桑的"地母"气息和光彩。在王葡萄的人生中，有两条平行的生命轨迹——救护公公和养育儿子。王葡萄从河滩地背回气息奄奄的孙二大，把他藏在储红薯的地窖里。在风云变幻的非常年代，她把公公藏养了十几年——那狭小的地窖，成了充盈养性之气的生命空间。几近失明的孙二大在漆黑的地窖里养得银发雪须，满面平和。小说中另一个颇有象征意味的空间是王葡萄寄养孩子的炷子庙。王葡萄跟孙家老二孙少勇做爱怀孕。当孙少勇为了进步大义灭亲请求上级处决父亲孙二大后，王葡萄瞒着孙少勇生下了儿子，把儿子寄养到了炷子庙。那里的侏儒们"虽然是些半截子人，心都是整个的"，而此时的王葡萄"像是做了几世的母亲，安泰、沉着"，跟侏儒们息息相通。处于史屯的疯狂之外的地窖、矬子庙构成了一种生活的循环，"老天一点儿一点儿在收走二大，又把它收走的一点儿一点儿给回到孩子身上"，疏通着这种生命循环的，是王葡萄的母性。这种孕育于中国本土的苦难、智慧之中深邃、博大、神秘、迷人的母性，又是一种纯然的天性。她"简直是从远古一步跨到眼前的"，浑顽未开，不谙世事，心上却能"一下子放下这么多男人"，"个个的都叫她疼"。唱戏的朱梅、当医生的孙少勇、作家老朴……她都让他们饱饱尝到了女人的灵性、爱心，她也由此滋养了自己的生命。从1940年代到1970年代饥渴的中国社会中，王葡萄的生命呈现出了让人惊叹的丰盈。她最后收养了女知青遗弃下的女婴，又以地窖保护了被逼做计划生育手术"断根"的枝子……她以俗世的举止话语，施行自度度人的智慧和爱心，渐渐呈现出迷人的佛性。小说语言风格也有着很大的转变，那是一种从未在严歌苓小说中出现过的语言风格。泥巴土块的真气被严歌苓吸纳了，一点一点化开着小说中的叙事、人物，蛮性野趣与风轻云淡奇妙地互相渗透，烘托人性，化解苦难，使故事的曲折离奇还原为生活的真切丰厚。严歌苓在小说中不仅跟人物对话，也处处跟天地灵物对话，小说中的老牛老鳖、小豹小狗，都通于人性，使小说的语言环境更渗透天地之灵性、乡土之真性。小说人物的乡土腔显然是严歌苓不熟悉的，严歌苓却模拟得惟妙惟肖，对女性命运的深切关怀滋养了其语言的汩汩活水。

严歌苓当是小说佳作数量最多的当代女作家。《陆犯焉识》被改编成电影《归来》，展示了中国知识分子的悲剧人生是在政治风暴中失去了日常亲情的爱，陆焉识最终归来却要面对夫妻、母女"陌路"的虚无；《少女小渔》在异国假婚姻中深情道出人与人之间的本真；《天浴》将流放高原的少女的洁净纯真在历史、人性的污浊中荡然无存的悲剧表现得惊心动魄；《金陵十三钗》在中国人的历史屈辱和反抗中写个人的命运，对战争与人的思考抵达人性的深度；《无出路咖啡馆》在一中国女子与一美国外交官的短暂恋情中展示新移民的生存状态，内心世界的展示丰富奇崛……所有这些小说，都将留存美华文学史，告知人们：语言感觉，艺术感觉，生命感觉，对严歌苓而言是水乳交融的存在，这些也是她小说叙事的恒久魅力所在。

以小说《伤痕》开启了中国当代新时期"伤痕文学"的卢新华1986年旅居美国后，创作一度沉寂。新世纪后创作了多部小说，以长篇小说《伤魂》（2013）最为引人关注。从《伤痕》到《伤魂》，时间跨度长达35年，而从小说题目即可让人感受到，卢新华创作思想一以贯之：从人性之伤损展开反省、批判。《伤魂》讲述主人公龚合国从青年入伍到中年仕途"无灵魂"的人生，他所谓处世诀窍的"频道论"，杂糅了传统官场、商场世俗等因素，完全以现实功利为取向，而无良知道义，虽一时春风得意，却时时恐惧相随，最终陷入精神错乱。龚合国的"伤魂"，折射出种种现实社会之痛。从官场到商界，文化传统成为和领导保持"高度一致"以谋取个人利益的权术，信仰只关乎升官发财。小说在写实中融入象征、荒诞、黑色幽默、魔幻现实等手法，更促使人们去反省社会病症。卢新华的另一部长篇小说《紫禁女》（2004）讲述"半封半闭"的"石女"与三位男子的情感经历，借"石女"在完整的性观念上的"觉醒"表达如何突破"先天性"封闭，走向自由开放的寻求。在性的书写上，《紫禁女》视之为人性的重要内容而展开，大胆而理性。这两部长篇小说所塑造的主人公形象，独异而丰满，成为新世纪华文文学中重要的人物形象。

陈谦（1989年赴美留学，供职于美国硅谷高科技公司）1990年代中期以"啸尘"的笔名开始网络业余写作的历程，长期在海外知名文学网站"国风"撰写专栏文章，2002年后出版长篇小说《爱在无爱的硅谷》（2002年）、中篇小说集《覆水》（2004年）等，成为美华新移民作家的代表之一。人性、人情的探索和追问是其小说题旨，而"寻找"往往是其下笔用力最深的。《爱在无爱的硅谷》围绕苏菊对王夏的爱情选择展开，为此，苏菊不惜扔下硅谷的一切，过起荒原生活。但苏菊后来"意识到，她那时喜欢的其实不一定是王夏，而更像是被王夏激发出的、她心灵深处被世俗世界压抑着的那种她所深深迷恋的梦幻"。硅谷丽人的生活使苏菊感到单调和窒息，于是，追寻梦境中的自我传奇、实现她生命的飞翔的丰盈状态和人生的多重丰富性和可演绎性，就成了她不可避免的自我选择。这种"可以叙述的人生"是个致命的诱惑，王夏只是她靠近这个诱惑的契机。苏菊最终又回到了纽约，但她并不后悔自己当初的选择，"如果人生重新来过，我是怎样呢？我想的是，也许我还是会这样……我不是那种人家告诉我不存在，我就不去找的人"。小说由此展示的寻找的激情、过程甚至姿态，一种高于生活的向上的生命流动性的呈现，正是美国新移民的一种生存状态。

沙石、袁劲梅、吕红、施雨、苏炜、张惠雯等的小说也各有建树，显示新移民作家创作的深厚实力。

主要写散文的刘荒田1980年赴美。在美三十多年，于俗世生活的打拼之外，潜心开辟自己的精神园地，出版有《唐人街的桃花》（1996）、《"假洋鬼子"的悲欢歌哭》（2001）、《中年对海》（2004）、《听雨密西西比》（2005）等20余种散文集。他的笔在东西文化的交汇处出奇制胜，于一种美式幽默中加入中式的趣味。现代诗一般的抒情，琐屑中新异的论断，成就了这位移民作家散文写作独特的境界。

"人间有味是红尘"，是著名作家邵燕祥给刘荒田"美国红尘"系列作品所作序言的题目。"金山客"的身份让刘荒田体认到了两种俗世红尘的况味；草根阶层的文化人身份，也使他在进入文学书写时具有了对于红尘中种种人事的包容和熟稔。他自己奔逐于旧金山街头一天打两份工的经历，使他的文字亦如他的脚步，涉及最多的是酒店和超市，是唐人街的腊食店和游弋于街区之间的巴士……这些文字透出俗世的智慧和包容，在一种理性的笔调中，充满沉潜底层的移民对于浮生悲喜的亲近。而另一方面，回眸在一个旅居海外多年的游子那里，不仅带上了"逝者如斯"的生命苍凉之感，还因为与万里之外的故国家山的文化情感联系，有了乡思乡愁的深刻内蕴。此时刘荒田的散文，因情感和岁月的凝聚累积而变得沉重，却也因为有了形而上的生命回溯，成就了它诗意的轻扬。刘荒田众多散文，或对行走于两种文化夹缝中的旅外华人生活有着全面观照，在文明冲突和生活压迫中所产生的世故的从容、无奈、亲切和嘲谑意味；或以中年游子在"乡思""生命"诸主题上的诗意徘徊，续写漂泊生涯中种种生命意味，其创作成就是显著的。

与刘荒田同属于旅美华人"草根文群"①的黄运基（1932—2012）1948年就移居美国，但其小说创作则迟至1990年代才展开，长期的旅美生活积累促成了其长篇小说"异乡三部曲"（《奔流》《狂潮》《巨浪》）的创作。该系列小说因摄录了战后美国华人社会底层的历史面影而价值独特，称得上旅美华人"草根文群"的代表作。而其创立的《美华文化人报》（后更名为《美华文学》）是1990年代后在美国本土出版的最重要的一种华文文学刊物，提供了美国本土构筑华文文学出版园地的重要经验。

美国新移民作家基本上从事汉语创作，双语写作的也远不如欧华作家多，哈金（1956—　，本名金雪飞）则是例外。他1985年定居美国，1992年获美国布兰迪斯大学（Brandeis University）博士学位，其间就选择以非母语的英文进行文学创作，随即进入写作班进行专门训练，成为当今美国主流文坛最为知名的华人作家，2006年当选为美国科学与艺术院院士（American Academy of Arts and Sciences），2014年当选美国艺术文学院（American Academy of Arts and Letters）首位华裔文学院士，现于美国波士顿大学（Boston University）教授文学创作。哈金共出版（中）长篇小说8部、短篇小说集4

① 关于旅美华人"草根文群"的创作，可参阅黄万华主编的《美国华文文学论》，山东文艺出版社2000年版。

部、诗集5部、评论集1部。歌剧1部。除两部诗集《另一个空间》和《路上的家园》由汉语写作外，其余均为英语创作，但其作品也几乎全译为中文在台湾或大陆出版，在华语地区产生了较为深广的影响。

哈金对于英文创作的最早尝试是从诗歌开始的。哈金第一本诗集《沉默之间：来自中国的声音》（*Between Silences*），其卷首诗《死兵的独白》（*The Dead Soldier's Talk*）是哈金旁听写作课时提交的作业。哈金早期诗作明显受中国古典诗词和英国诗歌传统尤其是现代派诗歌的影响，重视诗歌的叙事性和戏剧性，大量运用戏剧独白手法，语言简练精妙，但内容题材仍旧以中国历史与中国生活故事为主，带有一定程度的自传性质。哈金的诗歌实践帮助他快速寻找到进入英语语言的方式，"从英语的边缘到汉语的边缘……提供了一种跨越文化和语言的广角镜视角"①。但是哈金仍感受到作为非母语作家从事英语诗歌创作的局限性，"在英语文学中，没有非母语的伟大诗人，但在小说中则有宏大的传统"②，他以康拉德、纳博科夫等非英语母语作家为榜样，很快转入小说创作。

1999年出版的《等待》（*Waiting*）是哈金的第一部长篇小说，获得"美国国家图书奖"（National Book Award）和美国"笔会／福克纳小说奖"（PEN／Faulkner Award）两项文学领域的顶级大奖，入围2000年"普利策奖"小说类决赛名单。自此哈金在美国文坛声名鹊起，成为第一个也是唯一获得美国文学最高奖项的华裔作家。《等待》讲述的是典型的中国故事，军医孔林与包办婚姻的妻子——农村小脚女人刘淑玉长期分居，经历漫长的等待和烦冗的离婚官司才最终与他的情人——城市女人吴曼娜结婚生子。小说叙事的历史向度横跨二十年（从1960年代中期到1980年代中期），历经"文

① 具体论述参见［美］明迪：《叙事与独白：哈金诗歌论》，《诗探索》2012年第7期。

② ［美］哈金：《历史事件中的个人故事——在台北"中央研究院"欧美研究所的演讲》，《华文文学》2011年第2期。

革"、改革开放等重大历史事件。中国社会的巨大变革、城乡之间的巨大反差流动在故事的讲述中，社会物质丰富的同时也带来价值体系崩塌和道德迷乱。但哈金刻意淡化时代背景，着意书写个人悲欢。长达18年的离婚悬案不仅给刘淑玉和吴曼娜两位女性带来身心的巨大消耗，也让孔林在两方之间煎熬抉择，最终发现这18年不过是为了等待而等待，长期的心理伤害早已让孔林失去爱的本能。哈金通过揭示人物的复杂心理，寻找灵魂深处的搏动，让人震撼于"它的对于人心的细腻、敏锐的层层深入，尤其是它的对于痛苦的惊人的感受力"①。

　　"哈金小说所叙述的就是中国历史和现实的根部，那些紧紧抓住泥土的有力的根，当它们隆出地面时让我们看到了密集的关节，这些老骥伏枥的关节讲述的就是生存的力量。"②哈金的前期小说创作以其浓郁的中国色彩和地方风情吸引了美国读者，而英语语言与中国故事拉扯出的两种不同体系的文化之间的独特张力，使得跨越语文疆界的写作生发出跨越族群、具有普世价值的文学主题，通过表现人的生存困境传达出人道关怀与批判精神。1998年出版的中篇小说《池塘》（*In the Pond*）极富讽刺意味，讲述化肥厂的一名钳工邵彬因领导行施特权未能分得房子，便利用自己的书画特长写申诉信、发表漫画、公开演讲抨击领导，并试图通过另谋工作、参加高考逃离现状，最终却满足于上级领导的安抚而放弃离开工厂，揭示了小市民渴望逃离"池塘"到自愿深陷"池塘"的悲剧人生和价值幻灭。2002年出版的长篇小说《疯狂》（*The Crazed*）讲述研究生万坚在照顾自己的导师也是他未婚妻的父亲杨教授的过程中，透过杨教授支离破碎的呓语，拼凑推断出他精神崩溃的重重原因，揭开以"精神贵族"自居的知识分子心灵烦乱卑琐、痛苦煎熬

---

① 残雪：《哈金之痛——读〈等待〉》，《小说界》2005年第6期。
② 余华：《一个作家的力量》，《小说界》2005年第6期。

的隐秘。为了避免重蹈杨教授的覆辙，万坚最终选择逃离社会体系寻找自由灵魂。相较于中长篇创作，哈金短篇小说因其篇幅短小精练，更突显出其创作毫无遮掩、真实直接的风格，小说内容也大多来源于真人真事的拼接与改编。如短篇小说集《好兵》（*Oceans of Words*）描写军队生活中的性压抑、恶劣环境、心理问题等，显然与哈金青少年阶段五年服役生涯息息相关；《光天化日》（*Under the Red Flag*）收录12部短篇，主题犀利，以"文革"为背景展开特殊年代文化人情的世事图景；《新郎》（*The Bridegroom*）将时空背景转移至改革开放之后，半数以上的小说内容反映出资本主义浪潮席卷下乡土中国面临的冲击。哈金的创作始终未离开中国语境，他本人也呼唤创作"伟大的中国小说"，即"一部关于中国人经验的长篇小说，其中对人物和生活的描述如此深刻、丰富、真切并富有同情心，使得每一个有感情、有文化的中国人都能在故事中找到认同感"。[①]

在中国观念、中国经验的影响下，哈金尝试历史题材创作，从个人经验深入历史话语。2004年哈金出版长篇小说《战废品》再次获得"笔会/福克纳小说奖"，入围2005年"普利策奖"。小说并未将着眼点放置于宏大的战争背景，而是关注战俘营中生命宛如废品的俘虏，反思战争带给人们身心的巨大创伤。他的另一部历史小说《南京安魂曲》（*Nanjing Requiem*）的英文、中文简体、中文繁体版本同时于2011年出版，引起海内外巨大反响。小说通过高安玲这位中国女性角色，讲述南京陷落后身为金陵女子学院院长的美国基督教女传教士魏特林女士所经历的一切，"有着纪录片般的真实感，触目惊心的场景和苦难中的人生纷至沓来"[②]。哈金创造性地介入南京大屠杀这一沉重的历史事件，以魏特琳难以承受心灵重创而自杀的结局表现近代

---

① ［美］哈金：《呼唤"伟大的中国小说"》，《青年文学》2008年第11期。
② 余华：《我们的安魂曲》，《军营文化天地》2012年第2期。

中国人的集体创伤，为确保历史的真实性，哈金参阅大量有关朝鲜战争、二战以及南京大屠杀的中英文著作和史料。他曾引用艾略特的"Only through time，time is conquered."来论证文学的意义应该从"个人"开始，故事和细节唯有牢固地建立于史实上，才不会被时间轻易地侵蚀。①《南京安魂曲》以真实动人的历史细节传达出的思考在美籍华人作家创作的南京大屠杀题材小说②中有其重要位置。那就是和《战废品》一样，哈金超越国家界限视角对某一民族的悲怆进行审视，超越历史与空间使个体的、民族的苦难上升到世界的、大众的高度，实现对人类命运和生存境遇的反思。

近年来，哈金的小说创作题材呈现出由"中国故事"转向"美国故事"的趋势，聚焦美国新移民的现实遭际，写作题材的改变或许是哈金逐渐适应并服膺于美国文坛主流写作的有力表现。2007年出版的长篇小说《自由生活》（*A Free Life*）第一次触及美国本土。小说讲述1985年从中国到美国留学的武男，本计划博士毕业后回国教书，却因国内局势而决定留在美国。为了生存，他放弃学业，先后做过工厂夜间管理员、文学杂志社编辑、餐馆打工者，最后在亚特兰大盘下一家小餐馆维持生计，并有了自己的房子，实现了移民一代的"美国梦"。但经济独立后的武男仍感到精神空虚匮乏，毅然放弃现有生活，追求他所热爱的诗歌创作，实现精神的真正自由。小说故事情节与哈金本人经历相似之处颇多，而哈金"试图在形而上的维度上来探讨移民经验"③，赞赏新移民敢于倔强追随丰富心灵世界和精神生活的行动。2009年出版的短篇小说集《落地》（*A Good Fall*）聚焦纽约法拉盛新中国城移民

---

① ［美］哈金：《历史事件中的个人故事——在台北"中央研究院"欧美研究所的演讲》，《华文文学》2011年第2期。

② 美籍华人作家创作的"南京大屠杀"题材小说有祁寿华《紫金山燃烧的时刻》、严歌苓《金陵十三钗》、郑洪《南京不哭》等。

③ 河西：《自由的思想——海外学人访谈录》，生活·读书·新知三联书店2012年版，第87页。

面临的困境和问题，但总体基调积极幽默，充溢着敢于直面困境的勇气和对生活的热爱。《樱花树后的房子》讲述"我"和越籍华人妓女阿虹的爱情故事，最终"我"和阿虹冲破债主老鳄的压迫开启崭新生活。《英语教授》则有"范进中举"的讽刺意味：美国华裔教授唐陆生因提交终身教职的材料中错了一个字而担心被那些"抱有敌意"的美国白人同事挑剔，终日惴惴不安，甚至考虑离开学术圈；虚惊一场最终成功评上教职的唐陆生却在狂喜中精神失常。小说以调笑的口吻意味深长地彰显了移民身处异质地域的恐惧和作为文化"他者"的焦虑。2014—2017年，哈金又接连推出两部长篇小说《背叛指南》和《折腾到底》，进一步探讨少数族裔在美国生存时面临的重重困境与难题。小说所充斥的无法克服的孤独感，不被理解的焦虑、封闭和痛苦属于每一个人，也属于哈金本人。这种跨越文化、历史、种族的价值共鸣与普世关怀，正是哈金作品的魅力所在。

哈金既被视为中国当代文坛的海外华文作家，也是美国文坛的少数族裔作家。这注定哈金难以逃脱中美两方文化传统和现实处境的影响，并且要面对两种传统带给他的"影响的焦虑"。在文学题材上，哈金总体经历了从"写中国"到"写中国人在美国"的转变，表现出一步步融入美国主流文坛的努力。他既接受西方知识分子有关生命哲学的立场、自由平等的观念，也保留中国文化传统，形成普世认同、跨越时空的文学主题。这种跨界融合不仅体现在内容主题的交融升华中，也体现在他独特的语言实践中。

哈金选择以非母语的英语进行创作本就是一种极富挑战性的行为和"痛苦的决定"。哈金声称英文写作完全是因"生存的本能"驱使，为养家糊口只得接受"世界给予的角色"，"选择英文写作是我个人的悲剧"。[①]为了融入英语语境，他的每一部小说都要反复修改几十遍，对英语用词反复斟酌的把

---

① ［美］哈金：《落地》，江苏文艺出版社2012年版，序言第3页。

握，付出极其繁重的努力。哈金多次提到自己选择英文写作所经历的艰辛，甚至屡次鼓励年轻作家一定要坚持用母语进行写作。然而在非母语作家的英文写作方面，哈金确有独到之处，作品屡获殊荣也证明了哈金语言实验的成功。无论是小说还是诗歌，哈金文学创作的语言都显示出平实朴素、简洁清晰的特点，运用典型的英文写作和美国作家班的创作笔法，未受西方现代主义或后现代主义繁复的叙事模式影响，余华称之为"推土机似的叙述方式，笨拙并且轰然作响"[①]。哈金"极简"的语言主张恰恰维护了语言的"可译性"，使得哈金作品翻译成汉语时可以自然形成一种"文化内翻译"。[②]如《等待》《池塘》《新郎》等作品的译者金亮提及翻译过程中他追求逐字逐句地精确对照，哈金亲自翻译《落地》时也在序言中称自己采取"硬译"的方式，在诗作中常常直接以中文拼音入诗。哈金认为"一位作家必须找到自己在语言中的位置。……一个母语不是英语的作家和那些美国小说界的'正规军'有不同的任务。我们必须要面临和考虑这样一个问题：我们如何丰富英语文学、如何形成自己独特的风格和文体"[③]。其创作对语言疆域的跨越的确是其写作的一种创造性实践。而哈金也自始至终积极关注甚至参与作品的汉语翻译。2015年开始，哈金出版了两部汉语诗集。以非母语作家蜚声美国文坛的哈金开始回归母语创作，他始终认定"用中文写作就是回家的路"。

第二节　加拿大华文文学和东方白、张翎等的创作

前述1980年代移民潮之后，加拿大华文文学才从零散变得聚合。但从1960年代起，印尼、越南、柬埔寨、老挝等东南亚国家和南美一些国家的华

---

① 余华：《一个作家的力量》，《小说界》2005年第6期。

② 具体论述参见罗玉华：《论哈金的"极简"艺术》，《当代作家评论》2018年第1期。

③ 河西：《哈金专访》，《华文文学》2006年第2期。

人都因为居住国政局的原因，移居加拿大，而加拿大于1971年起开始实行多元化政策，推动了华人的大量迁入。1990年代中期，加拿大成为香港华人的理想移居地。进入21世纪后，中国大陆（内地）成为加拿大华人的主要来源地。截至2015年，加拿大华人总数达180余万人，其中约五分之一出生于加拿大，其余的华人来源则多种多样。这种人口构成促进了加拿大华文文学的兴盛。1987年，第一个旅加华人作家组织"加拿大华裔写作人协会"（Chinese Canadian Writers'Association）成立，数年后，改名为"加拿大华裔作家协会"（英文名称依旧），聚合起百余位华人作家。该协会创会成员主要是来自香港的作家，但之后成员包括了来自大陆（内地）、台湾和东南亚的华人作家，协会也在华盛顿、纽约、香港、台北、北京、南京等地有联络代表。协会以文学讲座、文学研讨会（1997年至2017年举办了10届华人文学研讨会）、创办刊物（先后在《大汉公报》《星岛日报》与《环球华报》推出《加华文学》专版，并出有中英双语季刊《加华作家》）、出版作品（以"加华作协"名义出版会员文集8种、丛书16种）等方式展开文学活动。而在加华著名作家中，有来自台湾的东方白，来自大陆（内地）的张翎，来自香港的陈浩泉等，也反映出加华文学构成的多元多样。

加华文学中，东方白（1938— ，本名林文德，生于台湾台北）称得上第一位创作成果丰硕而出色的加华作家。他1965年从台湾到加拿大留学，1970年获得工程博士学位，此后一直任职于加拿大萨克其万大学水文系和亚伯达省环保局水文部，退休后仍居住于加拿大。他1960年代初期就读台湾大学时就创作颇丰，但1969年才出版第一部小说集《临死的基督徒》，此后众多作品集都完成于旅加生涯中。东方白的小说虽都在台北出版，却是加拿大语境中的汉语创作，他小说的诸多人物产生于加华社会，即便是纯然讲述台湾故事，也往往面向加华社会。例如，他描写被诬以共产党罪名的台湾政治受难者的长篇小说《真美的百合》（2004）原先就限定在美洲发行。所以，东方白的创作是他半个多世纪留居加拿大的产物。

东方白就读于台北"建国中学"和台湾大学，与白先勇中学、大学同校，后又都长期旅居北美，两人被称为"建中二白"。而白先勇等大学时期创办的《现代文学》也是东方白重要的创作起点，他在《现代文学》发表的小说曾得到白先勇、欧阳子等的称赞。但东方白后来的创作道路与白先勇有所不同。

东方白留居加拿大后的重要作品是长篇小说《露意湖》（1977），讲述留学北美的陈秉钧与女友丁黎美的爱情悲剧。丁黎美的父亲当年赴美而不归，母亲独自含辛茹苦抚育其长大，这成为笼罩他们俩恋情的阴影。小说分成四部，分别描述了他们在北美相识、热恋、订婚和返台后终因家人反对而分手的故事。小说素材全部来自留加同乡会中一同乡请求东方白"为他写小说"而提供的自己亲身经历。那位同乡讲述自己的经历和心境时，其他人"在场听了没什么，但经东方白写成小说就是那么动人"，甚至在"小说完成后两年，女主角看完《露意湖》又回来跟男主角结婚"。[①]《露意湖》之所以感人（1977年在《中华日报》连载7个月，1978年成书出版后5次再版，可见其受读者欢迎程度），是因为作者全身心投入了他的移民体验，凸现了男女主人公挣扎在自主与传统、人为与命定之间的悲剧。加拿大、华盛顿、台湾多时空的转换，"露意湖"的象征呈现，都展现出小说视野和布局的开阔、雄伟，强化了个人悲剧的时代性，使爱情婚恋这一传统题材获得了海外语境中的新意义。

东方白广为人知是他的大河小说《浪淘沙》（1901 1989年连载于《台湾文艺》《文学界》，1990年初版，当年获台湾《中国时报》"开卷年度十大好书奖"。《浪淘沙》中的一部分2005年被改编成电视连续剧，成为台湾

---

① 郑琼琼：《〈浪淘沙〉的背后》，彭瑞金编选：《台湾现当代作家研究资料汇编80 东方白》，台湾文学馆2015年版，第133页。

首部大河连续剧），这部160万言的巨著是他苦写十年完成的。小说创作的起因与《露意湖》相似，温哥华一位82岁的台湾女医生一生历尽沧桑，"希望有人替她写故事"，东方白得知后由此采访并开始创作《浪淘沙》。小说分浪、淘、沙三部，在1895年乙未割台至二战后的时代背景下，讲述台湾第一位女医师丘雅信、留日的教育家江东兰以及二战中曾当过"台湾志愿兵"的周明德三个家族的沧桑岁月（2005—2006年，《浪淘沙》以《浪淘沙之丘雅信家族》《浪淘沙之周明德家族》《浪淘沙之江东兰家族》三种版本出版），在横跨中国大陆和中国台湾、日本、南洋和北美等地的空间中，展开作为客家人、福佬人、福州人等后代的台湾人的命运描写。小说以1895年5月日本军舰驶入台湾淡水河口，拿着笔墨纸砚与日本兵"讲和"的澳底村民之死开篇，终篇于小说主人公在加拿大汇聚时的禅悟，将对台湾历史命运的关怀与人本的关怀融合在一起。齐邦媛称赞《浪淘沙》说，"当台湾的政治斗争、街头抗争、竞选口号都成了几笔带过的往事时，这些厚重的小说，仍会稳稳地坐在许多书架上，在各式灯下，被取下来津津有味地读着"①，这道出了《浪淘沙》的文学史价值。

东方白虽是工科出身，一辈子从事水文事业，其阅读却异常广泛，"文学作品当然最多，其他不但上至天文，下至地理，而且旁及音乐、历史、宗教、绘画……不一而足。他能直接阅读英文、日文、法文，还兼德文、俄文"②。这样一种视野，使他在《浪淘沙》中将三个主角塑造成在中西文化洗礼中的爱者、智者。丘雅信少女读书时养成悲天悯人的慈爱之心，一生漂泊于世界各地，始终从医行善。江东兰毕业于日本早稻田大学，参加过二战的海战，深刻体会到"兵者凶也"的"老子道理"，钦佩战俘营中具有佛教信

---

① 齐邦媛：《冰湖雪山与南国乡梦》，（台湾）《中国时报》1996年5月30日。

② 林镇山：《人本主义的呐喊——试论东方白的〈浪淘沙〉》，彭瑞金编选：《台湾现当代作家研究资料汇编80 东方白》，台湾文学馆2015年版，第157页。

仰的长谷川敢于违抗日本军部规定的仁慈行为，体悟到"同中求异，战争之始；异中求同，和平之祖"。江东兰的学生周明德受他影响，明白了"世上只有善人与恶人之别，岂有国籍种族之分"。他曾在菲律宾从事抗日活动，回台后被征为"志愿兵"训练成轰炸机飞行员，在轰炸重庆时被俘，随后就参加了抗日军，转战滇缅公路……这些小说主人公都有着跨越族群、地域界限的爱的寻求，这种寻求在台湾人半个多世纪的苦难生涯中显得格外珍贵，也的的确确有着海外写作语境中的人文情怀。

2002年出版的小说集《魂轿》封面上注明"东方白'后浪淘沙'小说集"，表明作者延续《浪淘沙》历史叙事的创作意愿。这部小说集与作者同年出版的中篇小说《小乖的世界》一样，在《浪淘沙》较少涉及的历史背景（例如台湾"二二八"事件后的历史）下展开人物命运，其中颇多涉及台湾民众省籍、族群纠结的作品。《古早》中，台湾女孩玉兰与外省籍军人于中尉真诚相爱，惹怒了歧视"外省猪"的番伯公，诬告于中尉而导致其被军方枪决，玉兰也在压抑中身亡。然而，玉兰弟弟土生，其女儿却嫁与外省人，生活融洽幸福。悲喜对照，表达出化解省籍情结、实现族群融洽的心愿。《小乖的世界》中的小乖是个"80后"女孩，父亲是外省籍人，母亲是台湾人，家中充满夫妻之爱、兄妹之情。待到母亲病逝，老父回大陆省亲、再婚，家中风波屡起。但不管何时，小乖对父亲始终理解、同情："是战争逼他离开家乡，叫他流落异乡，却梦回故乡，等年老回到故乡，故乡已变成异乡，只好又回到原来的异乡，永远做个没有故乡的异乡人。"这也是作者的心声，包含对异乡人的理解和尊重，也包含异国生涯的体悟。这些涉及省籍、族群题材的小说，正是台湾社会近半个多世纪生活的真实面影，也有着作者远离台湾、旅居海外境遇中对故乡的深切观照。

东方白还出有7卷本的"东方白文学自传"《真与美》，其篇幅与《浪淘沙》相当，被认为是继承了作家自传"最赤裸和真实"精神的真传。[①]这部兼具小说、自传、回忆录，乃至诗的特质的作品，以文学人"眼里的人间真实追求的是人间之美，而不是说教的善"[②]，可以说是东方白一生文学实践的写照。从《露意湖》开始，东方白的作品几乎都据侨居海外（加拿大）的真人真事写成，散文集《夸父的脚印》（1990）也是他沉思于加拿大白溪、莎河所作。从这意义上讲，东方白的创作与加拿大土地密切相连。他出发于南土台湾，而在海外完成了心灵、艺术的蜕变。

东方白留居加拿大并开始创作时，未免有"孤军作战"之感。但1980年代后，他在加拿大有了众多同道者。新移民作家也在加拿大崛起，其中张翎显然是最引人注目的一位。《邮购新娘》中编排故事的殚精竭虑和苦心经营，也潇洒自如地走出了创作《金山》时对历史的小心翼翼和深切依赖。

1983年毕业于复旦大学外文系的张翎留居加拿大已三十余年，海外业余写作也已三十多年。她的创作全然没有"乡愁"，早期小说如《望月》《尘世》《交错的彼岸》等，人物来往于中国和北美，不是"乡愁"的旅程，而是不同文化相会引发的人生悲欢，原乡之情和异乡之爱交相辉映。之后张翎的题材视野开阔，几乎在新移民创作题材的任何一个领域，都颇多佳作，而"我的加拿大生活经验，让我看到中国经验看不到的地方"的眼光、情怀又使得她往往在与别人同类的题材中另辟蹊径。作为新移民，张翎感到自己与华人先侨血脉相通，长篇小说《金山》讲述晚清赴加拿大"淘金"的华工修建太平洋铁路的艰辛历程，中国的家族小说在跨越太平洋的叙事中获得世界近现代历史的意义，生动的家族故事在严谨的史实钩沉中真切呈现了华人在

---

① 叶石涛：《台湾作家的自画像——〈真与美〉》，（台湾）《民众日报》2000年1月20日。

② 彭瑞金：《东方白研究综述》，彭瑞金编选：《台湾现当代作家研究资料汇编80 东方白，台湾文学馆2015年版，第81页。

西方历史中的存在价值。《睡吧，芙洛，睡吧》展开的是被贩卖到加拿大淘金小镇的湖南少女刘小河的异国生涯。这个被小镇居民称为"芙洛"的中国女子，用自己的坚韧、谦和的品质和博大的情怀保护了诸多的中国同胞，还让族群等级分明的小镇打破了种族隔阂，开始了友好往来和相处。中华民族的精神道德在一个跨海的苦难女子的生命韧性中得以永存。这些对海外华人历史的开掘，在新移民文学中有着标志性意义。张翎也不回避移民生涯中种种现实复杂的冲突，《邮购新娘》《羊》等小说主人公的命运无一不表达了张翎对跨国界生涯中个体生命所面临的巨大挑战的深切体悟。在海外生活必然面临的文化冲突中，这些作品写出的确是作为个体存在的人的命运。当张翎小说"回到"中国大陆（内地）题材时，她关注的也仍然是个体存在的人的命运。例如她引起巨大关注的讲述中国唐山大地震的长篇小说《余震》，在瞬间发生的大地震中，年轻母亲面临自己的两个孩子只能救一个的无奈选择，造成久远的伤痛，写出了人在无法抗拒的自然灾难中更无法避免的心灵隐痛。面对中国历史和现实，张翎创作多了反思和省悟，这大概也是因为海外写作语境让她对文学关怀有了更多理解。

作为海外女作家，张翎成功塑造了众多女性形象，如《望月》中的孙望月、《交错的彼岸》中的黄蕙宁、《邮购新娘》中的江涓涓、《阿喜上学》中的阿喜等，无疑提升了女性叙事的境界。早有论者指出："张翎不落男性话语窠臼对女性主体性的真实展现，并不事先带有反男权的主观动机，但在客观上起到了打破男性'天然'的书写权利、消解男性叙事权威的作用。"[1]长篇小说《阵痛》（2011）在延续以往作品文笔细腻、情感丰沛和结构精妙的特点的同时，实现了审美诗学上的有效突破，其女性叙事也进入一个新境界。小说讲述上官吟春（勤奋嫂）、孙小桃（小陶）、宋武生三代女

<hr>

[1] 林丹娅、朱郁文：《从互文性看张翎与严歌苓之叙事特征与意义》，《东南学术》2010年第5期。

子"爱""痛"交织的人生历程，她们不仅经历了小说题记引述《旧约·创世纪》所说的"怀胎的苦楚"和生产的苦痛，而且在国破家亡、"夫"离子散和梦想破灭的重重打击下，遍尝了人世的甜酸苦辣而致痛彻心扉。她们的肉体遭受了无以复加的摧折和疼痛，她们的内心与灵魂也承受着长久而沉重的压抑与梦魇。正是在这种摧折与疼痛、压抑和梦魇中，一幕幕时代的巨影逐渐清晰，一个个人性的传奇不断凝铸，历史与个体的本真逐渐得以敞开。《阵痛》以沉实而冷峻的思维、宏阔而高迈的识见，将女性个体与大千世界及广阔历史密切关联起来，以三（多）代女性相似的生命疼痛体验，呈示出恒常又普世的人性秘密和生命本质，顺理成章地完成了对宏大历史叙事的质疑和解构，尤其以女性在历史大河中的隐忍、委曲、奋不顾身和隐秘成长，写出时代的隐痛和伤痕，将女性推向了历史的宏阔现场，实现了女性叙事的真正价值。

《阵痛》的女性叙事呈现出朴素和圆润的审美品质，这是对于历史性别更为广阔和深刻的展示与诘问。《阵痛》中的三代女性，在经受和领略了生命中的刻骨之疼和铭心之爱后，在母性的感召、呼唤和启迪之下，都无一例外地走向了对生命的尊重和热爱，为了举起生命的大旗而放下了所有——声誉、名利甚至爱情和仇恨。这是一种超越了男性之根的伟大，也是一种超越了性别战争的广阔。在巨大的社会动荡造成的艰难生活抉择中，小说女主人公的价值选择也显得圆通和质朴。上官吟春遭受日本军人的劫持和羞辱后，也未失去要与心爱的大先生（陶之性）在一起的生活之梦。这和她后来面对谷医生和仇阿宝的选择，都包含对生命实在与质朴的理解。这种理解使她面对生活中的苦难时总能做出最符合人性的选择，虽然这种选择包含不符合传统道德价值判断的因素，却是历史和人性最为真挚的一面。《阵痛》在不动声色中完成了历史伦理与个体伦理的有效平衡，实现了历史真实与女性个体的双重回归。

《阵痛》也是一部人性的大书，小说通过绵密而曲折的叙述，一一展示了三代女性各自人生中无所不在的疼痛，从而达到人性探析的深广。主人公的爱恋之痛、生育之痛、生命之痛，不仅是对生命无边疼痛的咀嚼，更来自对人间大爱的凝视和颂扬。小说中那些命中注定的疼痛背后，无不闪现着与生俱来的爱意绵绵，在痛与爱的密密缠绕中人性的真谛获得升华。这恰是小说写人性的独特之处。

《阵痛》叙事整合的圆融也令人耳目一新。叙述方式多种多样，游刃有余。小说由三代女性各自不同的人生经历连缀交织而成，但每一部分的叙事都不落俗套，显得浑然天成。《逃产篇》（1942—1943年）以悬念开篇，在抗战年代的人生苦难中展现吟春与大先生的爱恋。《危产篇》（1951—1967年）"花开两朵各表一枝"：一枝紧紧围绕老虎灶和勤奋嫂发散，把谷医生和仇阿宝的人生与命运裹挟进来，展示出那个时代成年人遭遇的爱恨情仇与甜酸苦辣；一枝则开始慢慢向此篇的主人公小桃生发开去，通过一代青年的成长历程与感情交集，呈示出那个时代不可抗拒的历史巨影和命运起伏。《路产篇》（1991—2001年）中又一个主人公武生登台亮相，扑面而来的是爱情、事业这些属于现代青年生活和生命核心的关键主题。而天衣无缝中揭示的武生的血缘关系，又重新回到了吟春和小桃这条生命的链条上来。最后《论产篇》（2008年）中杜路得关于生孩子的惊人之语，一方面是对此前三代女性生育经历看似轻描淡写的总结，另一方面则是对小说开篇引言关于女性怀胎与生育苦楚的再次回应，进一步提升了小说的深刻内涵。总之，小说在看似漫不经心的叙述中，其实步步设伏、草蛇灰线，既放得开，又收得拢，不仅达到了收放自如、调控有度的叙事效果，而且扩展了小说的叙述空间和时间，丰富了小说的内涵和意蕴，使小说显得多姿多彩，极富张力和诗性。小说的叙述风格密实、婉约。

1987年赴加拿大留学的李彦也是"加拿大新移民华文小说"的代表作

家，而她双语创作的实践（她在1995年发表首部英文长篇小说*Daughters of the Red Land*，并因此获1996年加拿大全国小说新书奖提名。此作品由她本人用中文译写为《红浮萍》，于2010年出版。另有中文长篇小说《嫁得西风》《海底》，英文长篇小说*Lily in the Snow*（《雪百合》）、中文作品集《羊群》《吕梁箫声》《尺素天涯》，译作《白宫生活》等），这些作品作为一个"产生于现代文化大摇篮的'两栖性'生命"①的"展开"，既向中文世界展现了移民华人生活百态，传达出人道主义关怀，又向西方世界传播了中华文化。她同时与中国和西方两个"中心"保持距离，以"边缘"身份进行观审，融汇了中国文化与西方文化、英文写作与中文写作、学者身份与作家身份等多种因素，众多因素之间又互有张力，呈现丰富的文化意味。《红浮萍》《嫁得西风》《羊群》等作品被北美多所大学选为教材，也显示出李彦作品的史学功能和语言学价值。

李彦身处西方，其笔下多为华人故事，中国历史与西方当下互为映衬，所描绘出的"阴盛阳衰"的世界也体现出对人类生存困境的关注。依据1995年*Daughters of the Red Land*译写的《红浮萍》，以历史亲历者"平"的视角，用第一人称描述了平及其母亲、外婆在中国的遭遇。出生于19世纪末的外婆，曾经历过军阀混战、国共内战、土改等政治风波；母亲"雯"是一位追求"凭自己的本事打天下"②的人格独立的女性，在"反右"运动和"文革"中，遭受迫害却顽强生存；"平"的童年因政治运动而充满苦难，继承了母亲坚毅的性格，最终来到加拿大留学，毕业后在加拿大"富孀"的庄园中做保姆而获得了写作机会。外婆、母亲和女儿，作为中国当代"红"色历史中的"浮萍"，都具有"在生命不能承受之重的境遇里，'漂浮'而不

---

① 刘再复：《历史的见证与人性的见证——读李彦的〈红浮萍〉》，见李彦：《红浮萍》，作家出版社2010年版，序言第1页。

② 李彦：《红浮萍》，作家出版社2010年版，第31页。

'沉沦'"①的女性品质，这是一种从浮萍到脊梁的独立人格。李彦以"局内人"的身份来讲述中国故事，沉重而冷静，质朴而深邃，展示出"中国当代生存和心灵层面上磨难与奋进的历史"②。《红浮萍》采用双向的叙述框架，既写中国又写西方。中国故事与加拿大"富孀"的悲剧命运，体现出中西方人性共通的困境。小说追问个体灵魂是如何在外界力量的控制下被扭曲甚至变异的，体现对人文生态中顽疾基因的反思。一部部苦难史还原出生命的底色。

　　1999年发表的《嫁得西风》、2013年发表的《海底》，则更关注移民华人在海外的生活和心路历程。李彦笔下的新移民，都是尚未真正融入加拿大主流社会的华人，人物的"边缘"地位更有利于作家从中窥探人的普遍困境。《嫁得西风》讲述来自中国大陆（内地）、台湾、香港的女性在加拿大的漂泊历程。米太太"精打细算，巧妙地利用别人为她服务"③；来自北京的夏杨因丈夫与人偷情便果断离婚，而来自台湾的元慧则忍气吞声愿意一夫两妻；因政治运动而疏忽与女儿的亲情的陶培瑾，看重名誉和虚荣；精明的上海人白雅芬，在一个月退货期限之内及时退掉电风扇，享受清凉而不花半分钱……尽管华人性格各有不同，甚至时有矛盾，但也有相依相助、共渡移民生活难关的时候，体现出作家对中华文化的向心力与离散力的审视与考察。《海底》则描绘了江鸥、珊瑚、银嫚、龙牧师、老蟹等人物在海外社会底层的悲欢歌哭。他们的海外经历与《嫁得西风》中的人物大多相似。两部作品共同揭露了华人撒谎诈骗、投机取巧、不讲原则只看私交、"各人自扫门前雪"的冷漠自私等痼疾，也描绘出西方社会资本主义制度对环境和人的

---

① 王红旗、李彦：《新移民文学女性经验的独特诠释——旅加中英文双语作家李彦访谈（中）》，《名作欣赏》2016年第13期。

② 刘再复：《历史的见证与人性的见证——读李彦的〈红浮萍〉》，见李彦：《红浮萍》，作家出版社2010年版，序言第2页。

③ 李彦：《嫁得西风》，文化艺术出版社2000年版，第117页。

异化、教会的虚伪和教条主义、表面安抚少数族裔实质却存在种族歧视等现状，使读者能够"终于默认了海底世界的残酷"①。李彦通过描写西方底层华人的边缘生活，表达对这些在"西风"中漂泊、在"海底"中挣扎的移民华人的同情，以及对他们美好未来的憧憬。

李彦笔下几乎所有华人男性都以无能、虚伪、冷漠无情等负面形象出现，华人男性被"阉割"的现象体现出李彦对男权社会的反叛。有博士学历却因大龄、低能而被裁员失业在家的老贾，与儿子联合起来让妻子挣钱、做家务而自己一无所能的老蟹，为扩大声誉而给自己颁发博士头衔的舞刀弄枪的鲍师傅，在政治运动中为保全自己而采取政治联姻、婚后又与人偷情的丁抗美，等等，这些具有"内心黑洞洞的孤寂和抹不掉的脆弱"的男性大多为华人女性的丈夫，为海外华人女性的艰苦命运加重了一层悲剧色彩，同时也反衬出华人女性刚毅顽强的独立人格。

在移民生活百态的表象下，李彦呈现的是对人类和社会的理性观省。比如"越是追求非凡与高尚，生活就越要把平庸掰碎给你看"②；"人类社会缺少的，是勤劳快乐的清洁工，而非酸腐沮丧的博士生"③；等等。李彦以"古老的中华文化熏陶下的中国人被卷入这个世界性的现代化过程中的断面和折光"④，探索人性、社会、文化、历史、两性等宏大命题，使作品得以超越地域、时代的藩篱，走向国际主义和人道主义。

李彦曾在一次访谈中表示："采用哪种语言写作，取决于想向谁讲故事：如果我想向主流社会讲述华裔新移民的故事，我就会用英语写作；如果

---

① 李彦：《海底》，人民文学出版社2013年版，第13页。

② 李彦：《海底》，人民文学出版社2013年版，第8页。

③ 李彦：《海底》，人民文学出版社2013年版，第17页。

④ 陈瑞琳：《从〈红浮萍〉到〈嫁得西风〉——读加拿大女作家李彦的中、英文小说》，见李彦：《羊群》，上海人民出版社2008年版，第337页。

我想让国内的同胞了解海外华人的生存状态，我就用中文。"①她正是根据读者的语言和阅读习惯、历史和文化背景调整叙述策略与创作语言，用英文书写中国故事与历史文化。

叙述策略的转换，包括叙事结构的安排和人物命名。西方小说叙事结构多为线性，"由简入繁，人物和主题逐步展开，使线条清晰，避免让人摸不着头脑"②，这也许与线性排列、强调简洁清晰的英文思维有关。而中国的小说大体遵循章回体小说的网状结构，人物众多，线索繁复，纵横开花，注重结构的空间性。因此，李彦的英文小说线索较单一，行文更清晰。中文小说如《嫁得西风》，就以"中华妇女会"为纲要，其中的每个人物都有各自的生活故事，形成众多节点，点与点之间相互独立又有勾连，将众多人物和线索置于一个叙事框架内，又如张开的网，收放自如，展示每个人物不同的身世、经历，折射出移民华人的生活百态。这种空间性，或许与汉字的空间结构思维也有关联。在人物命名方面，李彦则融汇了中西方思维，以具体事物对人物进行命名，既符合西方的直观思维，又符合汉语注重意蕴的特点。人物性格与名字有某种相似的隐喻关系，使人物特点更鲜明。如英文小说*Lily in the Snow*中的人物名百合、麒麟、王子、茶花等等。中文小说《羊群》中每个人物的姓氏也是各种动物的谐音：朱（猪）、杨（羊）、侯（猴）……以此来喻示人物的动物特征。又如《海底》，"江鸥"指代小说中这一女性人物乘风破浪、以一身纯白在苦难中坚守的品质；狡猾、精于算计的女性被命名为"银嫚"；银嫚的丈夫是"老蟹"，暗示其看似老实憨厚其实蛮横无理的特点……所有人物都以水生动物来命名，与其艰苦的海外生存环境共同构成

---

① 蔡晓惠、李彦：《中英文双语创作与中华文化传播——与加拿大华裔双语作家李彦的对话》，《南方文坛》2017年第3期。

② 李彦：《尺素天涯：白求恩最后的情书及其他》，商务印书馆国际有限公司2015年版，第235页。

对小说标题"海底"的隐喻。灵活调整叙事结构，以实物对人物进行命名，这种叙述策略，顺应西方人的阅读习惯，使其得以了解中国历史与文化。

创作语言的转换，体现为用不同语言创作不同作品，或对同一作品实行两种语言的转换，即译写。不同语言有不同的特点，简洁、清晰的英文有助于思想的自由流畅的表达，理性而深刻；具有意境和音韵美的汉字虽然迟滞了思维的顺畅表达，但更能激发情绪感触和审美趋向。在滑铁卢大学教授汉语课使李彦注意到汉语区别于西方语言的特点并运用于创作中。如短篇小说《忘年》："车轮将他载入神秘的夜雾，也载走了你最后一片寄托。无望地等待中，古老的樱桃树开花结果，叶生叶落，年轮在一圈圈加阔……也许，你终于悟出了，手中缚着的，是一条挣不断的红丝线，一头系着对新大陆深深的痴迷，一头牵扯着对故土难舍的眷恋。"[1]将对故国的深情寄托于可见的画面与红丝线，又以"雾""托""果""落"等韵脚，传达出汉语的音韵美，让读者在视听中感知海外华人的浓浓乡愁，使"现代情绪为一抹浓淡相宜的古典美学情蕴所包裹"[2]。但也因这种表述方式与现实语言差距较大，有时难免给人做作、矫情的印象。此外，用英文写作也是一个反思自己的过程，换一种语言即是换一种思维和视角，来客观审视中国人与中国文化，增进西方对中国的了解与交流。

译写，即翻译和编写，有语种的变化，也有内容、结构、风格的变化。李彦在与友人的信中谈道："译写给了创作者自由，不必拘泥于原文在特定语言表达上的局限性……给创作者更宽阔的思维和想象空间，得以弥补和完

---

[1] 李彦：《忘年》，见李彦：《吕梁箫声》，商务印书馆国际有限公司2015年版，第112—113页。

[2] 易淑琼：《走不出的意境——华裔双语作家李彦〈红浮萍〉中文译写本的诗性语言书写策略》，《名作欣赏》2012年第36期。

善原著留下的缺憾。"①《红浮萍》是对*Daughters of the Red Land*的译写，《海底》是对*Lily in the Snow*的译写。就《海底》来说，与英文原著相比，作家对人物、情节作出了删减，使情节更紧凑，结构更严密；语言风格更是一改平实、素朴的英语行文，以中国典故、传说、诗词、民歌彰显出跌宕、斑斓而挥洒自如的汉语文风，传达中国的文化和政治体验。②这种译写往往涉及素材转用，即同一类素材、同一类人物多次出现在不同的作品当中，李彦的数本中英文小说都有相似或相同情节，使人有雷同之感，但有时转用并非简单的重复或自我复制，而是用自己新的感悟使这一素材有新的拓展和深化，显示出李彦的自我超越。

李彦对白求恩有深深的崇敬之情，著有专述白求恩的《尺素天涯：白求恩最后的情书及其他》。白求恩的国际主义精神和人道主义精神也无不影响着李彦，使她的文学作品总是充满了宽容和悲悯。李彦曾认真地谈到自己的信仰："如果一定要问我信仰什么，我想，我信仰国际主义精神和人道主义精神，像白求恩一样。我的作品，也是在我对东西方文化进行对比和思考之后，尽可能地去挖掘人性中共同的美好。"③身处海外，李彦有机会接触到不同文化背景的人，使她能够意识到，不管语言、种族、信仰如何不同，人们的内心世界都共同追求着真善美。她的作品总是呈现出西方的当下与东方的历史交映的特色，在哀伤书写中，保持着一双冷观的眼睛，在不断观照中发现基督教文化、中华文化、共产主义之间的共通之处，从具体的地域、时代、文化中超脱出来，冷静地审视人性、人类社会的困境，体现出一种国际主义和人道主义关怀。

---

① 李彦：《噗其名·答友人——给加拿大法裔女作家的十二封信》，见李彦：《尺素天涯：白求恩最后的情书及其他》，商务印书馆国际有限公司2015年版，第237页。

② 赵庆庆：《论加拿大双语作家李彦的自我译写》，《华文文学》2014年第5期。

③ 赵明：《给后人留下真实的历史——记加拿大华裔双语女作家李彦》，《世界华文文学论坛》2011年第4期。

陈河（1958—　，本名陈小卫，生于浙江温州）是近年来继张翎之后加华文坛迅速崛起的又一位新移民作家。1987年发表小说处女作《你是一个勇敢的人》，后相继发表《布偶》《菲亚特》《车站》等中短篇小说七篇，题材涉及军旅生活、青少年时代的"白日梦"以及改革开放初期温州社会转型中的人与事，在现实主义题材中引入梦境、幻觉描写等现代主义手法，在浙江文坛产生了一定影响，1992年当选温州市作家协会副主席。1994年出国，在阿尔巴尼亚经营药品生意，其间遭绑架，七天后获救。1999年移民加拿大，定居多伦多至今。2006年重拾创作，作品先后在《收获》《人民文学》等著名刊物发表，出版有中短篇小说集《黑白电影里的城市》《女孩和三文鱼》《去斯可比之路》《义乌之囚》，长篇小说《沙捞越战事》《布偶》《红白黑》《米罗山营地》《在暗夜中欢笑》《甲骨时光》《外苏河之战》，并获得多个奖项。

陈河曾在创作谈《为何写作》中阐述其文学理念："写作其实就是写作者不断地给自己的内心图景做自画像。"①对于"内心深处那团模糊的光芒"，作家必须反复描摹，直至能够准确传达出"外部世界在内心深处投射的光和影"。②因而与大多数作家刻意避免重复不同，陈河正是在个人经验的反复挖掘、抒写中抵达内心深处。华侨棉织厂保全工、阿尔巴尼亚华商、被绑架者、多伦多新移民、历史寻访者……不同时间、空间的生命体验在陈河记忆中沉淀、发酵，一旦重新拾笔，便转化为充足的叙事资源，并在反复抒写中形成了"阿尔巴尼亚传奇系列""北美华人故事系列""温州往事系列""发掘历史系列"等系列小说，构建出极为宏阔的文学版图。

陈河认为"在阿尔巴尼亚的五年是我一生中最有意义的时刻"③。重返文坛后的第一篇小说《被绑架者说》（2006）即是他回顾阿尔巴尼亚经商与历

①②③陈河：《为何写作》，见陈河：《从瞭望山庄到花楸橡树》，花城出版社2017年版，第104—105、102、101页。

险生涯的中篇纪实性作品，作者以质朴沉实的口吻将阿国普通民众的生活、社会局势的动荡、经商过程中的艰辛娓娓道来，开启了"阿尔巴尼亚传奇系列"的创作。尤其是其中交织着青春原欲和英雄梦幻的"米拉情结"、被绑架后细致敏锐的生命感受，成为后续小说一再出现的重要元素。

中篇小说《黑白电影里的城市》（2009）集中体现了陈河的"米拉情结"，获首届"郁达夫小说奖"中篇小说奖。小说以《被绑架者说》为蓝本，讲述药品商人李松在阿尔巴尼亚南方小城吉诺卡斯特的传奇经历，蕴含着历史与当下、战争与和平、英雄与情欲、爱情与死亡等多重主题。小说自始至终弥漫着一种时光流逝的美感，以李松无意间看到的少女雕像为青春记忆的触发点，将二战历史中的女游击队员米拉、阿尔巴尼亚电影《宁死不屈》中演员饰演的米拉、无花果树下的雕像米拉三种形象交叠为一，以此打通了1940年代德国占领下的时间、1970年代电影流行的时间以及现在进行的时间。伴随情节的推进，历史、梦幻与现实三条线索不断交错，并在李松被捕后达到高潮。阿国因政府非法集资爆发武装起义，李松在潜意识中的"米拉情结"的驱使下拿起武器，参与革命。后被赶来维和的德国士兵逮捕，并被关押在一座古堡之中。机缘巧合的是，该地也正是1944年真正的米拉被纳粹德军囚禁之处。然而时代更迭，中年人心中的青春原欲和英雄梦幻在商品社会已注定无可寻觅，这份1970年代的集体记忆也只能寄存于电影与小说之中，供后人追忆缅怀。怀旧、崇高与荒诞在李松走出监室的那一刻构成复调，从而酝酿出"一阵对时间的悲喜交集的感动"。

此后，陈河发表了一系列以阿尔巴尼亚生活为题材的作品，中篇小说《去斯可比之路》（2010）展现两个平凡人物别样的人生路途。段小海在护照蓝色印章的召唤下，放弃优厚的工作和体面的家庭，先后前往科威特、利比亚、地拉那承包基建项目，却在命运的捉弄下屡屡碰壁，历经磨难，终于在前往斯可比的路上与美丽的马其顿姑娘阿丽霞相遇相知，"好像集聚了一生的情感在这短暂的时间里全释放出来了"。李玫玫因不甘在餐馆跑堂两度逃离罗马，远赴阿尔巴尼亚经商，在动荡岁月中与段小海等人结成深厚友谊。但生意也随战乱急转直下，李玫玫最终偷走段小海的两万美金，与阿尔巴尼亚情人逃离地拉那，在阿姆斯特丹运河红灯区贩卖大麻。虽然两人都未走上"条条大路通罗马"的成功之路，但陈河却看到了他们真诚的追寻与无悔的选择，并未对他们的失意和堕落做世俗的评判，而是在小说中展现他们内心"凶猛的精灵"，挖掘其中"让人透不过气来的人生的悲剧美感"①。李玫玫的逃离罗马之路、段小海的前往斯可比之路也因此具有了哲学层面的象征意味。

长篇小说《在暗夜中欢笑》（2013）讲述阿国动乱背景下有妇之夫李布与有夫之妇柳银犁的"倾城之恋"，被陈河视为"走出阿尔巴尼亚"之作，成为"阿尔巴尼亚传奇系列"的终篇。作品仍然取材于陈河在阿尔巴尼亚的传奇经历，但作者此次无意构建一个宏大叙事或新移民史诗，"只想写两个在战乱中的异国他乡萍水相逢的普通人的苦难而优美的爱情"②。作者借用柏格森的生命哲学，以超越世俗道德的视角，细腻展现李布晦暗的感官世界、迂回的思虑忏悔以及对柳银犁的痛苦思念。在小说结尾，柳银犁远赴非洲，李布则藏身于一个连地图上也找不到的铁托洼小镇，他们都在漂泊中继续追寻着生命的救赎，小说由此升华出超越时间与空间的人类永恒的情感。陈河的"阿尔巴尼亚情结"也在这部"大的作品"中得到了释怀和安放，实现了"走出阿尔巴尼亚"的夙愿。

在回顾阿尔巴尼亚生活的同时，陈河也将目光投注于北美的小留学生与

---

① 陈河：《一条充满象征意义的路——中篇小说〈去斯可比之路〉创作谈》，见陈河：《从瞭望山庄到花楸橡树》，花城出版社2017年版，第143页。

② 陈河：《追忆过去的时光——〈在暗夜中欢笑〉创作谈》，见陈河：《从瞭望山庄到花楸橡树》，花城出版社2017年版，第140页。

新移民的人生境遇，创作出一系列中短篇的"北美华人故事"。此类创作多取材于社会热点话题和作者自身的社区生活，以别出心裁的文化意象隐喻华人在异质环境中的生活百态，使其小说超越传奇叙事而成为一则则寓言。回归文坛后的第二篇作品中篇小说《女孩和三文鱼》（2006）即选取"三文鱼"这一独特意象，以其千里迢迢洄游至出生地，产子后死去的"生命循环"暗喻海外游子漂泊辛酸的生活境遇。小说改编自西雅图华裔女孩被绑架遇害的真实案件，但不同于一般的犯罪小说，小说刻意回避了嫌犯周沸冰的犯案过程，而以周沸冰女友依娟的视角抽丝剥茧般揭示出他犯罪的心理动因：童年时亲情的缺席、寄人篱下的创痛以及留学海外的孤独无依，无不促使他逃离人群，遁入网络和荒野，或从按摩女等"边缘人"那里寻求认同；久经压抑的自我在女友被房东打耳光之后爆发，最终以报复房东女儿的方式宣泄出来，而女房东的冷漠刻薄背后潜藏的是海外生活的艰辛。在异质环境中，即便是同族之间，也有可能是施害者和受害者的关系，作者由此深刻揭示出后现代社会人类普遍的精神困境。

　　陈河更多的"北美华人故事"将关注焦点转向多伦多新移民的日常生活。中篇小说《西尼罗症》（2008）的故事发生在"移民加拿大的第二年"，"我"一家搬入一个新的多伦多社区。为尽快融入当地文化与社区环境，"我"对邻居家的万圣节派对显示出过分的关切，对久未露面的邻居斯沃尼夫人也产生出不自觉的幻想，因而与偏于保守的妻子产生分歧与争执，而突然降临的"西尼罗病毒"更使一家人沉浸在焦虑惊恐之中。小说中的"西尼罗病毒"颇具象征意味，它经鸟类携带由埃及进加拿大，经蚊虫叮咬后传给人类，感染者死亡率极高，且无疫苗可以预防，正象征着携带各自文化基因进入移居国的新移民未卜的前途。而"我"最终感染西尼罗病毒的结局，无疑给后来的移民的生活罩上了一层浓重的阴影。

　　中篇小说《猹》（2013）入选中国小说学会2013年度中篇小说排行榜，

并获该年度"人民文学奖"中篇小说奖。小说中的"我""来加拿大定居已有十多个年头了",时间与空间的距离使"我"看似和自己的历史传统分离,然而浣熊入侵阁楼事件却使"我"潜意识中的中国文化基因再次浮现。在尝试移置、诱捕等遵循多伦多法律的手段驱逐浣熊未果后,"我"忍无可忍,在惯性思维的驱使下效法"闰土刺猹",上演了一出大战浣熊的悲喜剧,最终因虐待动物被捕,并遭到邻里的联名抵制。作者一方面通过人与动物的故事,展现出"新移民家庭在适应移居国环境过程中深度的焦虑感"①;另一方面以"猹"这一意象打开小说的背景和时空,以多元文化的视角反观自身的固有思维,强烈质疑"唯人独大"的中国传统观念,显示出较其早期新移民题材创作更为开放的文化心态。

陈河的"温州往事系列"小说一方面接续了他出国前的创作,关注特定历史背景下温州的人与事;另一方面由于文化视野的转换呈现出新的艺术风貌。短篇小说《夜巡》(2008)是作者1990年代初的旧作,获首届"咖啡馆短篇小说奖"。小说讲述在1970年代中期的历史背景下,治安联防队员镇球与鹤子一家的较量。由于"红袖章"赋予了青年镇球随意搜查定罪的权力,他便将青春冲动掩盖在"执法"的借口之下,对鹤子家的北方男人展开了不依不饶的追踪。在这个过程中,以镇球为代表的权力意志与以老太太为代表的个体自由反复交战。前者始终无法将后者吞噬,因此在北方男人逃离之后镇球"感到空虚至极",并最终在老太太的训斥之下"忽觉毛骨悚然"。小说以独特视角切入"文革"历史,展现出权力意志压制之下个体自由的顽强生命力。

长篇小说《布偶》(2010)位列中国小说学会2010年度长篇小说排行榜

---

① 陈河:《并非只是人和动物之间的故事 猹》,见陈河:《从瞭望山庄到花楸橡树》,花城出版社2017年版,第152页。

第四名，被陈河视作他"最好、最有价值的一部小说"①。作品改编自作者发表于1989年的同名短篇小说，原作取材于陈河少年时期在华侨棉织厂任保全工时的生活体验，以青春期的"我"的眼光打探隔绝于"文革"中期温州社会的教堂工厂和裴家花园，展现其中的华侨生活超越时代与地点的"动人的优美"，以及被排斥在外的"我"的寂寞心绪。改编后的作品融入了作者多年的"生命经验与想法"②，讲述吕莫丘与柯依丽的爱情悲剧。旅居海外的经历使作者从对华侨的旁观者转换为局内人，因此小说不但以吕莫丘被判罪流放的命运揭示出极左政治下的人性荒诞，更通过柯依丽难产而死的结局刻画出华侨裴达峰的扭曲心理。裴达峰是波恩华侨与当地女招待的私生子，出生几个月后生母即留下一个布偶独自出走，无奈之下父亲将其遗弃至孤儿院，成长过程中被那里的孩子和大人骂作"黄猴"，后被父亲找到带回中国，又被当地同学讥为"番人峰""约克猪"，并遭遇来自主流社会的种种不公对待。母爱缺席与文化偏见使其产生极为强烈的身份焦虑，为追寻"他的生命的一切真相"并"回到母亲生产出他的地方去"，他努力钻研西医，甚至假扮医生到产科病房窥探，后被发现并示众，女友逃跑，因而对主流社会萌生仇恨。这些精神创伤最终在"文革"中转化为极强的破坏力。为维护教堂工厂这一乌托邦的纯洁，他排斥出身工人阶级的吕莫丘，谋划拆散吕莫丘与柯依丽，执意进行接生计划，导致柯依丽惨死。小说结尾，柯依丽的血流注到生母留给裴达峰的布偶身上，"渐渐变成了红褐色，而且明显膨胀起来了，像吃得很饱的动物样子"。人物的命运也如同被施了蛊的布偶难以掌控，裴达峰在毁灭他人的同时也毁灭了自己，小说由此挖掘出比政治因素更为深存的文化偏见对人性的戕害。

① 江少川：《与陈河的对话》，《文学教育（上）》2013年第1期。
② 江少川：《与陈河的对话》，《文学教育（上）》2013年第1期。

与以上三类偏重于个人经验抒写的系列小说相比，陈河的"发掘历史系列"更倾向于历史材料的处理，作者通过追踪、阅读、访谈等方式钩沉鲜为人知的隐秘历史，发掘在历史中被遮蔽的人性光芒，充分运用还原的想象力与虚构的想象力，对历史小说中纪实与虚构的对话与结合进行了有益的探索。长篇小说《沙捞越战事》（2009）获第二届"华人华侨文学主体作品类最佳作品奖"，讲述二战时期加拿大华裔军人周天化远赴马来亚丛林对日作战的传奇历程。小说以周天化的视角为我们展现了一场颇具传奇色彩的丛林战争，纷繁复杂的抗战局势、诡秘血腥的原始部族、浪漫凄美的异族爱恋等元素纷至沓来，元叙事、故事圈套等先锋手法的运用更为情节增添了扑朔迷离的悬疑色彩。但作者的关注焦点并不在传奇与悬疑，而在于通过周天化在战争中的命运展现人类的孤独、勇气，表达由此生发出的对战争的反思。周天化出生于加拿大，却没有加拿大国籍。被加拿大人视为中国人，却从未去过中国。从小在日本人社区长大，并从那里收获了人生最初的友谊与恋情，却以英军特工的身份赴马来亚抗日。在空投过程中周天化被日军俘虏，被迫成为日军的间谍，后又成为英军、马共游击队和土著依班族之间的联络员。这些极为复杂含混的身份使他在寻求自我认同的过程中屡屡受挫，一再产生"我要去哪里？我为什么要去？"的自我怀疑。小说结尾，当周天化奉命再次上路去游击队营地为英军发送电报时，周天化已"不知道为谁而战""对一切感到了厌倦"，虽然最终完成任务，发出了"影响第二次世界大战战局的重要情报"，却被游击队长神鹰误认为是日军奸细当场击毙。这个"普通的华裔二战士兵"的事迹也随着岁月的流逝被人淡忘。小说以周天化超越族群的视角与悲惨曲折的命运有力揭示出战争的残酷与荒诞，从而使作品超越了传奇叙事，成为一则战争寓言。

长篇非虚构小说《米罗山营地》（2012）继续发掘二战时期马来亚的抗战历史。作品以卡迪卡素夫人《悲悯阙如》（*No Dram of Mercy*）、陈平《我方的历史》（*My Side of History*）等亲历者的回忆录、日记、136部队报告以及作者现场走访记录等史料为蓝本，分两条线索再现了马来亚抗战的全景图。主线记录重庆与英国军方派遣特工乘潜艇深入马来亚半岛组建136特种部队，和马共华人游击队合作抗日的历史，展现了一场从"心智"到"心灵"的结盟历程；副线讲述混血女医生卡迪卡素无偿为华人游击队疗伤，后被日本侵略者折磨致残，最终获得英皇乔治勋章的动人事迹。小说再现了博爱无私的卡迪卡素夫妇、坚定不移的共产主义者陈平、热忱爱国的儒商林谋盛、机智勇敢的国民党士兵梁元明等一批英雄群像，着重展现他们"抵抗和斗争的勇气、力量和智慧"，同时也通过卡迪卡素一家的悲惨遭遇正面揭露了日军犯下的灭绝人性的罪恶。和富于传奇元素与虚构色彩的《沙捞越战事》不同，此次作者以"重现历史、排除娱乐"[1]为目标，有意淡化其中的谍战情节与血腥场面，采用非虚构的形式，一方面以冷静客观的态度、纪录片式镜头还原了历史的全貌，另一方面以小说家的观察构建能力，再现了历史的细节与氛围，不失为非虚构写作的一次成功尝试。

在完成两部域外华人抗战题材的历史小说后，陈河又将目光转回中国本土，经过五年的艰辛写作完成了长篇小说《甲骨时光》（2016），获华侨华人"中山文学奖"大奖。小说以虚实相间、交错互文的双线叙事构建出甲骨历史的多维时空：实线力求于史有据、严格考证，展现二十世纪二三十年代，杨鸣条等中央出野考察队的考古学家与甲骨文专家赶赴安阳这座充满欲望的城市，在和外国势力与地方势力的竞赛中发掘、保护甲骨文遗址的曲折历程；虚线则充分发挥小说家的想象力，通过杨鸣条的灵异感应与奇幻梦境穿越回3000多年前的殷商时期，讲述贞人大犬因祭祀、铭刻，放弃与宛丘巫女的爱情，终生守护卜辞甲骨档案的故事。小说结尾处，杨鸣条在梦中飞

---

[1]　吴越：《陈河"天命"还是写作人》，《文汇报》2012年10月9日。

起，目睹了"牧野之战"及殷商城的毁灭，也获得了破解藏宝地图的关键，随后重返安阳，成功抢救出殷墟遗址。虚实两线最终交融汇聚，殷商时间与民国时间豁然贯通，殷商空间与安阳空间交叠为一，纪实与虚构水乳交融，小说在历史的质地上获得了超脱于尘埃之上的轻盈，实现了作者"要写一本好看的而且有品位"①的小说的初衷。值得注意的是，陈河在向民国学者致敬的同时，也以大量笔墨刻画出暗负国家委托而来的日本人青木泽雄、加拿大人怀特主教等文物淘宝者的复杂人性，在揭示他们文物掠夺实质的同时，细致展现他们对理想使命的追寻、对人类文明的热爱，显示出深植于民族根性的世界性视野。

《甲骨时光》之后，作者在参阅了大量史料与老兵回忆录的基础上，完成了以1960年代中国抗美援越战争为历史背景的长篇小说《外苏河之战》（2018），入选中国小说学会2018年度长篇小说排行榜。小说中"我"受母亲委托，赴越南寻找、探望舅舅陵墓，由此钩沉出舅舅赵淮海在越南参战过程中的爱情悲剧、曲折命运与心路历程。作者由此展现出一代中国青年纯真的理想与迷茫，也表现出对战争、政治与生命的深刻思考。红卫兵赵淮海在单纯浪漫的革命理想的召唤下偷渡至越南参战，却在其后逐步体会到战争的残酷与生命的脆弱，由此对战争中生命的意义产生困惑。在战友袁邦奎为救一头猪而付出生命代价却被人们奉为英雄之后，赵淮海心中产生了"一种特别奇怪的空洞"。在经历了南越村民为掩护部队惨死，恋人库小媛因政治诬陷逃入丛林等悲剧后，执着理想的赵淮海最终选择战死以寻求解脱。小说同时也以库小媛饮弹自尽的悲剧、政工组长甄闻达的忏悔与苦痛、美国飞行员史密斯的被俘经历与晚年生活等故事表达了对极左政治与荒诞战争的强烈批判。作者借鉴君特·格拉斯《蟹行》的笔法，以"我"寻找舅舅陵墓的故事

---

① 陈河：《殷墟归来者——揭秘〈甲骨时光〉》，见陈河：《从瞭望山庄到花楸橡树》，花城出版社2017年版，第173页。

切入历史，形成当下与过往的对话，在叙述中不断转换视角，于过往与当下的反复穿插映照中深入事件内部。历史材料也得以在正文中自由呈现，增强了小说的真实性与现场感，在虚构的故事中呈现出非虚构的力量，显示出作者把握历史小说中虚实关系的纯熟功力。

第三节　大洋洲和东北亚华文文学

大洋洲两个主要国家澳大利亚和新西兰从19世纪中叶起已陆续有中国移民，澳大利亚华人在1851年澳大利亚发现金矿后就曾达到5万人，但华文文学的出现则是1970年代以后的事情了。1970年代的中南半岛难民、1980年代的香港移民、1990年代的中国新移民是澳大利亚当代华人的主要构成，他们大多是因原居住地区发生巨大变动而移居澳大利亚，在不到半个世纪的时间里，澳大利亚华人就近百万，并较快在包括政府机构在内的澳大利亚政治、经济、文化领域发挥作用和影响。在这一背景下，澳大利亚华文文学应运而生。1980年代开始，澳大利亚华文报纸《星岛日报》《澳洲新报》《澳洲日报》《自立快报》《东华时报》《华联时报》等的副刊和华文杂志《大世界》《华联杂志》等陆续出现从中国香港、中国内地移居澳大利亚的华人的散文、诗词、回忆录等。1990年代后，澳大利亚开始出现华人文学团体，1992年成立的澳大利亚华文作家协会和随后的新州作协、大洋文联、澳大利亚华文诗人笔会等都较为活跃，此外，还有"酒井园诗社"（2000，出版《酒井园》诗刊）等华文文学团体。1995年末，欧阳昱在墨尔本创办纯文学刊物《原乡》；1996年初，收录30位华人作者作品的中英文双语集《纸上的脚印》在悉尼作家节首发；1998年，悉尼出版《她们没有爱情——悉尼华文女作家小说集》；之后，何与怀主编悉尼《澳洲新报》副刊《澳华新文苑》，并出版"澳华新文苑丛书"……这些都表明华文文学在澳大利亚本土的创作、传播机制已经形成。与此同时，澳华作家的作品集纷纷在中国大陆（内地）、台湾、香港出版，扩展了澳华文学的生存空间和影响。澳大利亚是世界上独领风骚的多元种族社会，其人口三分之二混有一种以上的民族血统，五分之一出生于海外。仅在悉尼，就有40种语言的120种民族报纸出版发行。这种多元文化状况，使澳华作家更有自信立足于澳大利亚社会，也使他们的创作呈现出多元民族的丰姿。

澳华文学历史短暂，作家基本上来自1980年代后的新移民。文学大师金庸及其同道梁羽生、文坛老将郁风及其夫婿黄苗子等，都在1980年代移居澳大利亚；稍早一些的有刘渭平、黄雍廉、李承基、吴干群、徐家祯、唐向前、冰夫、黄玉液、西彤等老一辈澳华作家；但澳华文坛上最活跃的是年轻新移民。《原乡》创刊时有一篇颇有意味的《编者小语》："有人问我为何将本刊中文的'原乡'译作英文的'otherland'，说'otherland'在中文的意思不是'异乡'吗？……'原乡'之于'异乡'，正如'异乡'之于'原乡'，是一正一反的关系，宛如镜中映像。本来生活在'原乡'的人，现在来到了'异乡'，在另一片土地上建立了自己新的家园。这样一个移植的过程，对我们关于国家民族，乃至文学、文化的观念都提出了新的挑战。'原乡'何在？ '异乡'谁属？ 我们是中国大一统文化的附庸'海外华人'，还是新时代民族大融合浪潮下产生的'新澳大利亚人'？我们是人在'异乡'，心回'原乡'，还是人去'原乡'，心归'异乡'？或是二者兼而有之？种种问题，值得二十世纪末我们这一代飘零天涯的'原乡'人深思。澳大利亚作家阿列克斯·米勒说得好：'流放如归家，错置即正位'，在这一个时空似乎倒错的国度里，'原乡'和'异乡'的位置互换一下也是未尝不可的。""原乡"这一历来在中国人心目中显得神圣、恒久的概念在这里被颠覆，乃至消解了。身在异乡，没有了传统的文化恐惧和忧虑，而是以豁达开朗的胸襟和视野看待异域文化，这种心态使澳华作家们从容而迅速地开始融入当地社会。跟东南亚各国的华文文学相比较，澳华文学几乎是以数倍于东南亚华文文学的速度完成着融入当地社会的进程。在文学上，澳华文学也快速超越不同的文学发展阶段，恰如萧虹在给悉尼9位华文女作家的小说合集《她们没有爱情》作序时说："大陆新时期以来的女作家，从对爱情和女性自身的命运朦胧的觉醒，到带有女性主义色彩的尖锐批评，又转为新写实主义那种清醒面对现实的作风，走过迂回艰辛的道路。而悉尼的华文女作家可能在短短的时间里就飞跃过这些阶段……"①面对一个表达自身愿望没有了压抑而又质朴开放的文化环境，澳华作家们完全拥有了创作的自由。但同时，他们的文学情结、创作才能也面临真正的挑战考验。

在澳大利亚获文学博士学位的欧阳昱（1955—　，著有中文诗集《墨尔本之夏》《B系列》《二度飘流》等，另有英文诗集、译作20余部）是澳大利亚新移民中创作成绩最大也最具代表性和影响力的作家。他的首部英文诗集出版时间（1995）早于中文诗集（1998），英文诗集数量也多于中文诗集，且多次获奖。这种双语写作使他更快融入澳大利亚主流文学界（他较早加入澳大利亚作家协会，得到10余项澳大利亚创作基金资助），而他也是澳华作家中作品见载地最多的〔他在中国大陆（内地）、台湾、香港等地40余种文学刊物发表作品〕。欧阳昱早期诗作以无归属的身份存在表达澳大利亚新移民的精神探求，《我的家在墨尔本／我的家在黄州》中，诗人寓居澳大利亚数年，"从前那种发现新大陆的感受／与日俱减"，"在长夜难眠的非赤县天／听那一辆辆不知干吗开个不停的车子"时，他会发现虽然墨尔本电脑"早已自动编入了它的双语程序"，但他一直"在用一种／几千年前就已存在的语言写字"，于是，他会发问："我的家在黄州／那个大江东去的城市／浪淘尽的岂止是千古风流人物"。然而，那个"我的家早已不属于我"，即

---

① 千波、小雨、王世彦等：《她们没有爱情——悉尼华文女作家小说集》，（澳大利亚）墨盈创作室1998年版，第2页。

使踏入旧街重见故居，"流浪的感觉"仍"再一次在我不能思乡的胸中升腾"，于是"总想有朝一日回到我／墨尔本的家"。在这种有家可居而又归不得的特异境遇中，诗人悲叹自己的归宿将是一个"田园将芜胡不归的准澳洲老头"。①之后，欧阳昱的诗作最自觉地表现了后殖民时代种种文化话题，敏锐的感受、丰富的想象引发深刻的思考。《最后一个中国诗人的歌》被视为"澳洲文学中《荒原》式的作品"②，呈现的是后殖民时代"荒原"中的感悟：从西方引进的语汇以"革命"的名义"斩断了我祖先的根"，"我"不得不离开那个"对我的病一筹莫展的国家"，要去"寻找另一个世界"，最终却成为"搁浅在西方海岸上的鲸鱼"，这种"生而带有安乐死的集体无意识"构成新移民的宿命。③《后殖民主义之说一解》等诗更是多方位直接对照"殖民时代"与"后殖民时代"，诗中的"你"从被迫、被动的接受到主动、自觉的投靠，传达出对殖民危机加深的警惕和忧虑。欧阳昱还著有中文长篇小说《愤怒的吴自立》和英文长篇小说*The Eastern Slope Chronicle*（《东坡纪事》）（2002）。后者与他2010年出版的《英语班》、2011年出版的《散漫野史》，构成其英文长篇小说"黄州三部曲"。2013年，他的《自译集》入围澳大利亚新南威尔士州"总理奖"。

　　在多元文化的澳大利亚，少数族裔文学是其国家文学的重要组成部分，欧阳昱的创作走的是少数族裔文学的路子。而在华裔文学中，影响更大的有布赖恩·卡斯特罗。至2005年，他已出版8部长篇小说，其成名作《候鸟》及其他重要作品（如2003年的长篇小说《上海舞》，已有中文译本）都讲述澳大利亚华人移民"寻根问祖"的历史，而其创作往往作为"外国文学"得到

---

① 欧阳昱：《二度飘流》，（澳大利亚）原乡出版社2005年版，第158—160页。

② 奥列：《双语作家欧阳昱》，见钱超英编：《澳大利亚新华人文学及文化研究资料选》，中国美术学院出版社2002年版，第302页。

③ 钱超英：《澳大利亚新华人文学中的死亡》，见钱超英编：《澳大利亚新华人文学及文化研究资料选》，中国美术学院出版社2002年版，第270—273页。

研究。

　　被称为"大陆移民澳洲的青年作家之首位"①的黄惟群（1953—　　）1987年移民澳大利亚，1995年出版小说散文合集《不同的世界》，所收作品大多描写、呈现澳大利亚其他种族的生活。《赛思和他的女人与狗》在巧妙化用"一男二女三条狗"这种颇有中国情味的构思中，写活了澳人赛思和土著女子玛格丽特的生存状态。玛格丽特和赛思奇异微妙的"家庭"生活跟赛思颇有特色的摆摊生意交织在一起，散发出不同背景的种族文化交汇而成的特有气息。赛思和他的女人与狗的相处方式跟华族差异太大，这种差异极易令人产生惊诧、不安。然而，作品不仅将这一小说题材处理成散文，而且在叙述语调上平静亲切，很少有文化距离引起的局促不安。黄惟群面对跟自己民族的文化迥然相异的世界，既不猎奇，也不疏离，始终用温馨的笔调呈现澳大利亚人平凡真实的人生原型。《喔，麦克》所写麦克寻找自我中的"毕竟是个澳洲人"的感受，《所长雪蒙》所写雪蒙在"自然、不做作"中呈现的女性美，《风景旧曾谙》中所写詹尼"夕光残照"的晚年生活……这些散文的平易亲切，都让人感觉到一种"圈内人"的心态。对于差异实在过大的问题，黄惟群则在小说的架构中，以虚拟的作品氛围来淡化差异，表达他对澳大利亚习俗的文化理解。《处女安吉拉》描写聪明漂亮的安吉拉看重婚前的贞节而形单影只，《劳森的故事》描写有着"成熟智慧"的劳森的两次异族婚姻，《劳拉的梦想》描写年轻的劳拉在明快、潇洒的生活风格中透出的"好逸恶劳"……这些小说写得通达从容而不乏"童真"，对传统中国文化难以容纳的性开放、不重"孝道"、享乐主义等，作者都用一种咀嚼玩味、诙谐幽默的笔调写出，表现出对一种"尽可能分秒必争地付诸行动"的"人生的大智大慧"的理解。在黄惟群的人生视角中，澳大利亚是我们这个地球

---

　　①　刘真语，见黄惟群：《不同的世界》，（香港）明窗出版社1995年版，封底页。

上最后一块属于年轻人的土地，它容纳得下年轻人的青春活力和浪漫想象，也容纳得下他们一切在其他地方难免被老者轻蔑耻笑的举动作风。正是这种"青春"的创作心态，化解开了中国人的现实主义生活态度同澳大利亚人浪漫生活间的差异，使华人作家的创作很快根植于澳大利亚的异乡土地。

抗凝（1959—　，曾用笔名林达，1991年赴澳）的小说被视为澳华文学的成熟之作，其中篇小说《天黑之前回家》以"我"、父母、外婆和外公三代人对"家"的寻求交错结构起整部小说。外婆27岁战乱逃难时，鬼使神差离开朝东的"走难"大军而携家南行，幸免于难；40岁遇百年未遇台风时又受直觉驱使预感大屋将坍而救出了几十个人。命运平白无故送给外婆两次展示个人"才智"的机会，这使得她同外公的家庭位置倒置，甚至使得外公无奈出走。母亲从22岁起就痴迷法医工作，而长久的解剖工作又使她在潜意识里恐惧自己"死于非命"，更担忧死后，"一个虚假的过去完全可以理直气壮地代替一个真实的过去"，这"几乎耗掉了她的一生"。"我"抗拒了母亲强迫"我"学医的种种诱惑，但接受了母亲"人的一生要留下一本书"的心愿，出洋求学于斯福坦丁大学神学院，决心写一本关于以色列战争的书，却和大卫坠入了爱河。母亲父亲、外公外婆的家庭生活充满互相牵制，却被写得有着种种特殊的温馨。"我"在新家无拘无束，却被写得单调乏味。不同滋味的"家"被反复切换，但小说人物也在不断强化着这样一种人生旋律：天黑前要回家、会回家。小说由此弥漫出浓重的身份焦虑。抗凝还著有长篇小说《金融危机600日》等。

著名武侠小说家梁羽生在给澳华作家张奥列（1951—　）的创作集《澳洲风流》作序时，曾引用了海外华人的三副对联。第一副是早期留美学生中流行的"望洋兴叹；与鬼为邻"，难以化解的乡愁，产生于跟居住国文化的格格不入中。第二副是澳大利亚卡市新华埠的牌坊联："既来之，则安之，最喜地容尊汉腊；为福也，抑祸也？敢忘身是避秦人。"卡市新华埠是越南华人的聚居之地，他们两度漂泊的经历使他们对澳大利亚能容纳、尊重华族的风俗文化喜出望外，但他们对陌生的异域文化环境仍疑惑重重。第三副对联则是："四海皆兄弟焉，何须论异族同族；五洲一乾坤耳，底事分他乡故乡。"此时移民的人生视野不仅不再对立于居住地他族文化，而且越出澳大利亚，视世界为一家了。三副对联，折射出海外华人在异域文化环境中的恐惧、疑惑、自信。相对于其他国度的华人而言，澳大利亚华人的确少一些文化恐惧，多一些文化自信。张奥列1991年末移居悉尼，仅隔了三年，就出版了纪实文学集《悉尼写真》和小说散文集《澳洲风流》，后来又出有《家在悉尼》等。老作家陈残云赞"《悉尼写真》有一种广阔的视野和宏观的构架"[1]，说明张奥列的异域创作一开始就脱出了单纯介绍风土人情的层面。张奥列坚持从"澳洲华人的独特视角去透视"澳大利亚时，着重描写"中国人在澳洲的千姿百态"，以揭示"东西文化的碰撞与理解"。[2]小说《未成年少女》在一对上海籍留学生夫妇跟其17岁女儿的冲突中显示了传统价值的失落。但跟类似新移民小说不同的是，母女俩的激烈冲突最终得到了化解，女儿"澳洲妹"的生活价值观多少得到了母亲的认可。《潇洒一回》以中国男子"他"对一澳大利亚女子产生的心理错觉写了亚裔移民对澳大利亚文化的"误断"。即便是以澳大利亚鬼妹爱丽丝为小说主角的《不羁的爱丽丝》，也是在爱丽丝"自由散漫的生活方式"、"游戏人生的生活态度"、同中国男友"我"的相处相撞中揭示东西方观念的差异。爱丽丝性观念的开放和性方式的自由，足以让"我"瞠目结舌，难以认同；但爱丽丝在这种无遮无掩、无牵无挂中显露的坦诚无邪，也足以让"我"愧怍，甚至得到某种净

---

① 转引自梁羽生：《看澳洲风流　盼大同世界——序张奥列新著〈澳洲风流〉》，见张奥列：《澳洲风流》，（香港）开益出版社1996年版，序言第2—3页。

② 张奥列：《泰然处之看风流——〈澳洲风流〉后记》，见张奥列：《澳洲风流》，（香港）开益出版社1996年版。

化……澳大利亚的明媚阳光和无拘的生活方式，使张奥列的小说获得了一个清晰而丰富的参照系，得以再次审视自己民族文化的过去和现在。

施国英（1965—　，女，1989年移居澳大利亚）被视为澳华作家中"探析西人生活和性格最细致和最有深度的少数作家之一"。小说《马克的故事》在同性恋者马克身上浓缩起澳大利亚因素，又让他个性鲜明地生存于小说中。马克，一个自我放弃、放逐的西方知识分子，明了"一个人成为政治家就不再是他自己了"，便从前途无可限量的政治仕途中全身退出，生之潇洒和活之重荷的矛盾冲突中，细节的丰满包含了作者的同情。《洋尼姑》中的瑞典女子视自由选择为生命本质，她从印度情人关于生不如死的感觉描述中找到了安顿自己历经沧桑的心的地方。《彼尔的故事》则在彼尔老头和中国女子张云的婚事中写出了彼尔的宽厚、乐观、善解人意。施国英的这些小说在描绘异族，尤其是西方人士上的细致和深度代表了澳华文学的一种高度，颇有超越东西方主义的意味，本来多少含有异域生活刺激性的故事情节被处理得舒缓平和，看淡开去的叙述语调使小说在形而上的层面上理解了他族文化。她的中篇小说《错爱》讲述新移民李琳达的故事，在性格刻画方面细致而有深度。

沈志敏（1956—　，出生于上海，1990年赴澳，出有小说集《变色湖》《动感宝藏》等）的小说《与袋鼠搏击》实在是赴澳新移民生存的象征。"我"因为与同事上班时拳击而遭开除，独自驶车在荒山野岭，被一头孔武有力的大袋鼠误认为碾死了母袋鼠和小袋鼠，"我"不得不与前来复仇的大袋鼠及其家族在数百公里的途中展开殊死搏斗。死亡边缘时刻，一头灵活异常的袋鼠似乎证明了"我"的无辜，复仇的大袋鼠和"我"握手告别。而"我"却省察到，它们找"我"复仇没有错，"撞死它们同胞的是人，我也是人，属同类"。小说在广阔无垠的澳大利亚沙漠上展开"与袋鼠搏击"的传奇故事，交织着某种虚幻的真切描写使故事完全成为"人能否逃脱自己的命运"的象征，理解、摆脱"没冤没仇"的"复仇"，也许是掌握自己命运的关键。

辛千波（1966—　，1989年赴澳）结集为《旅澳随笔》的散文清新、健朗，充满着"我热爱这片温润的，生长着成群美利奴羊的土地"的感情。然而，她的小说却往往用男性粗暴蛮横的想象和感觉，呈现着澳大利亚土地上的懒散、贪婪，乃至荒涩，似乎要撕扯碎澳大利亚这个新家。《绿蜥蜴咖啡室》在红狮酒吧和绿蜥蜴咖啡室的狂暴对峙中表现了生命精力无端的浪费，而"畸形的大鸟""墨绿色的怪物""贼头贼脑的飞虫""四爪蹒跚的小异兽"等诱发厌恶感的动物意象不时出现在"我"和异国情侣的生活中，弥漫起类兽生活的厌倦感。《大鸟笼》中的"我"原先抱着"飞出去"的愿望定居澳大利亚，自嘲地将地下室住所称为"大鸟笼"。但即使是这个阴暗潮湿的"大鸟笼"，在城里也不可多得了。在"我"看来，满城都是肥胖、丑陋，赤裸裸地呈现一副人生干瘪相。《回》中的玛格丽兹，精力充沛，但如那西红柿饱满、裂开，"浪花四溅，瘫软如狗屎"。这些小说呈现的贫乏感、荒凉感、丑陋感往往出现在理应温馨、浪漫的情侣或家庭生活中，这种在青春岁月描述中呈现的"死亡"预感并非生命的终结，而是自我的迷失，由此折射出澳大利亚新移民脱离了原先的民族国家集体结构后的孤立恐惧。

澳华作家人才济济，澳华作家们的出国背景、动机相对单一，所去的国度意识形态宽容而多元。但即便在澳大利亚这样的多元文化主义国度里，华人所能享受到的也主要是生活方式的多样化，在由政治、经济、法律、文化等构成的国家资源系统中，华人不可避免仍处于相对边缘的地位，澳华作家最终落根于何处也取决于故国和新家之间的文化张力场的变化。这使得澳华文学也许在较长时间里会是一种过渡状态的"准民族"文学，其前景仍有不确定之处。

人口只及澳大利亚四分之一，但同为南半球最大的移民接受地的新西兰也活跃着1980年代后移居的华人作家。其中，从香港移民新西兰的林爽以《纽西兰的原住民》（1998）一书得到新西兰主流社会的高度好评。毛利族是新西兰岛国的土著民族，但在欧洲移民大量涌入后，他们沦为被统治的少数民族，在全国人口中只占14%左右。《纽西兰的原住民》讲述毛利族神话、传统及历史，不仅被毛利族所接纳、赞赏，而且也得到当地主流社会的广泛肯定。林爽一直以仁者爱人的传统人文情怀接纳着文化多元观，更关爱着弱小民族。她在讲述毛利族神话、传统和历史时，既无猎奇炫世之意，也无居高临下之心，行文中常有"实与华人无异！""此与中国传统甚为相似""这跟汉族的……竟不谋而合呢！"等语，足见其视毛利文化为"兄弟文化"的平等心态。她在接触毛利民族时感受最深的是"毛利族人对其本身传统文化之重视实与华人无异"，从人类的命运这一角度出发关注毛利族传统。她曾引用杜维明的话说明"现代的科学主义为人类造成了困境"，需要通过"向原住民学习，如美国的印第安人、纽国的毛利人及中国的少数民族"等来解决，"因为能真正听到地球声音、听到地球预言的，就是这些与泥土和社群有千丝万缕联系的原住民，他们有敬畏、爱护大自然环境的最基本知识"。[①]走出西方启蒙理性、工具理性的困境，关注更亲近于泥土、地球的原住民的声音，精心保护他们的传统，是对全人类的拯救，也是对自己民族传统的丰富，因为这会沟通自己民族的文化传统和人类文化母体的根本联系。这正是移民到新西兰一类国家的华人作家创作很重要的一种价值。

创作有影响的新西兰华人作家，还有书写新西兰地域风情的胡仄佳、创作探索性小说的谢宏等。中国诗人顾城1988年移居新西兰，1993年自杀前完成以其新西兰激流岛生活为题材的长篇小说《英儿》，被称为中国作家"新海外华文文学"的重要作品。但总体而言，新西兰华文文学尚未具备华文国

---

① 林爽：《展翅奥克兰——一个香港教师的移民故事》，（香港）当代文艺出版社2001年版，第306—307页。

别文学史的意义和价值。

东亚国家日本和韩国与中国的文化关系密切，却未如东南亚国家那样形成本国华文文学的历史传统，其华文创作形态也不同于东南亚华文文学。在此一并简述。

朝鲜半岛使用汉字的历史长达千余年。从三国（高句丽、百济、新罗）时期，到统一的高丽朝代，诸多文学名家都用汉字创作，汉文文学成为朝鲜半岛文学的主流。15世纪后，韩文经创制而诞生，汉文也仍然被使用。1910年朝鲜半岛沦为日本殖民地后，一部分朝鲜（韩国）作家流落至中国东北，办报刊，出版文学作品，朝鲜系作家成为东北地区重要的作家群体。朝鲜新文学的翻译介绍，也得到中国文坛的诸多关注。例如，被视为"朝鲜现代新锐作家"的张赫宙，抗战时期其作品介绍到中国来的，有胡风翻译的小说（集）《山灵》、马耳翻译的小说集《流荡》、范泉翻译的散文集《朝鲜春》和长篇童话集《黑白记》，数量之多，在东方文学中是罕见的。张赫宙的作品，甚至直接影响了台湾作家的创作。

二战结束后，韩国政府废除汉字，韩国华侨人数也少至2万人，华文文学几乎绝迹。1992年中韩建交至今，韩国华文文学仍然乏善可陈，唯一令人欣慰的是韩国作家许世旭（1934—2010，出生于韩国全罗北道）长达半个世纪的中文写作，成为非华人血缘而创作华文诗文数量最多、成就最高的作家。许世旭视华文为"宜于抒写东方情怀"的语言，其中文诗集《雪花赋》（1985）、《一盏灯》（2005），中文散文集《城土与草叶》（1988）、《移动的故乡》（2004）等充满仰慕、感恩中华文化的深情厚谊，渗透中国古典文化的意蕴情调，但也以华文动情书写了故乡韩国的家人亲情、山水风物、历史风云，写法多样，不乏现代派文学的技法。他长期任教于韩国外国语大学中文系，其对中国文学的研究影响了整个韩国汉学界，带动了韩国学者的华文研究与写作。1990年代后，韩国对包括台湾、香港文学在内的中国现代文学研究深入，朴宰雨、金惠俊等学者均以华文写作，但以华文创作文学作品的还很罕见。

近代以来中国留日学生作家的创作，台湾日据时期留日作家的创作，分别在中国现代文学史和台湾文学史中为人所知。二战结束后，日本的华文创作一直显得零散，却出现了华裔文学大家陈舜臣（1924—2015，出生于日本神户，祖籍台湾台北）。他1950年代开始推理小说和历史小说创作，相继获得"江户川乱步奖""直木奖""推理作家协会奖"等重要奖项。陈舜臣以日文写作，但其作品在台湾和大陆有多种中文译作。他的推理小说在原本属于西方的小说形式中融入了深厚的中国文化元素。《枯草之根》（1961）讲述华人侦探陶展文侦破黑市交易商人徐铭义离奇被害的案件，陶展文的侠者风范、儒者学养，甚至其对中医的喜好，都生动呈现了一个中华文化情结深厚的现代侦探形象。《青玉狮子香炉》（1969）玉雕师李同源精心所制青玉赝品被当作真品原件作为故宫珍宝运至台湾，然而，此件赝品被人当作真品后不翼而飞。当初，李同源爱慕的女子素英用自身体温激起李的创作激情；如今，青玉狮子香炉真假扑朔迷离，由此而生的惆怅正是对中华文化命运的惆怅。这些推理小说的悬念张力产生于与中华文化关联密切的历史中，人物更有着"将（中国——引者注）文化加以血肉化的人才具有的神韵"。

陈舜臣1967年出版《鸦片战争》后，其取材中国历史的小说多达百余种，但译成中文的不多。《甲午战争》（1981，日文版本书名直译为《大江不流·小说日清战争》）所涉题材在中日关系中敏感而重要。小说将甲午之战视为中日关系"不幸的历史原点"，虽不直接评判甲午战争的性质，但直面日本侵华战争的历史，又通过小说人物塑造、情节建构，生动地传达中国文化的意念和形态。两者的结合足以让日本读者反省侵华战争，并正确理解中国近代以来追求民族独立和国家现代化的历史。历史小说成为陈舜臣推动中日文化对话、交流的重要渠道，而他诸多随笔也往往如此。《忆竹》洋洋洒洒谈中、日的竹文化，从浩如烟海的竹典故中选取的是竹子"超越了既成的规范，即并非珍奇，亦非凡俗"的特点，论及竹子的各种画法都"不失竹的真髓"，结尾"在今天人世间，常可听到这样声嘶力竭的喊声：'绝无仅有，只此一家。'每每这时，我就不由得忆起画竹来……"，意味深长传达的都是中国传统文化的风骨。

比陈舜臣在日本文坛成名早的邱永汉（1924—2012），其长篇小说《香港》（1954）获日本大众文学最高奖"直木奖"。陈舜臣和邱永汉分别出版过《日本人与中国人》（1971）和《中国人与日本人》（1993），都受到广泛关注，反映出中日"同中之异"的探讨成为日本华裔作家创作的一个焦点。

日华文学初成规模的情况，与澳华文学相仿。1990年代后，以留学生为主体的留日新移民创作使日华文学初成规模。1992年后，文学刊物《荒岛》、《华人》、《蓝·BLUE》（汉日双语）等相继创刊，其中创刊于2000年的纯文学刊物《蓝·BLUE》（创刊人刘晓峰、刘燕子等，2006年出至21期停刊），每期四五十万字，创作与理论并重，先锋文学、地下文学、校园文学等都得到关注，中日文学的比较、交流更得到重视，体现出构建日华文学史的自觉意识。2011年，王敏、华纯、林祈等发起成立了日本华文文学笔会，聚合了80多位日华文学创作者。2017年，该会设立了"日华文学奖"。1980年代后，日华涌现了一大批青年作家。其中蒋濮（1949—　，1980年代中期赴日，代表作有小说《东京没有爱情》等）、张石（代表作为小说《东京伤逝》）、毛丹青（1962—　，1987年移居日本，代表作有日文《日本虫眼纪行》、中文《狂走日本》）等的创作较早产生了影响。

中日文化的相近相通，近代以来中日关系的复杂化，使日华文学处于相当特殊的语境。

日华作家创作以文化题材居多，往往由中国的某一文化典故起题、切入，多从自身的感受进入日本文化，寻找其人类相通性。如李长声（1949—　，吉林长春人，1988年后定居日本，出有散文集《樱下漫读》《四帖半闲话》《浮世物语》《日边瞻日本》等30余种）出国前从事日本文学研究，在日本高校从事教学和研究，其散文学识丰盈，幽默睿智的纵谈中对日本社会、文化各方面有个人化的透悟，被视为知日派的"引领者"。《日本闲话三题》，趣谈唐代传入的"天狗"的"日本化"，考证日本的"犊鼻裈"（兜裆布）的历史，对照中国的臭豆腐和日本的鱼鲊，从日常生活习俗切入不同文化之间的交流、民族精神和"陋习"的纠缠等问题，自然贴切，知识的丰赡和思想的亲切交融，很能引起中日读者共同的兴趣。刘黎儿（1956—　，台湾基隆人，1983年赴日，出有散文集《东京·风情·男女》《东京·爱情·物语》等）的《樱花情》写"色、香都很淡"的樱花"蓄含着魔性"，造成"极端激烈的风情"，用心体会到樱花"自然的无常"、瞬间的繁华对日本人心境、心力的巨大影响，从自身的丰富感觉中理解日本普通男女的情感世界：对"一瞬一瞬的火焰"的追求和珍惜。林祁（1952—　，江西南昌人，出生于厦门，北大文学博士，曾任教于日本名古屋商科大学，出有散文集《心灵的回声》《归来的陌生人》，诗集《唇边》《情结》等）的《四月雪飞秘汤》（2007）也是以"不入温泉无以感知日本文化"来写四月樱花深处、飞雪之中纵情浴温泉，体会"久在樊笼里"的"对自然界和生命本体自由的渴望"。这些显然都提供了有效走进日本的一种方式。黑孩（1963—　，本名耿仁秋，辽宁大连人，1992年赴日，出有散文集《夕阳又在西逝》《女人最后的华丽》，小说集《父亲和他的情人》等）的《尺八》从苏曼殊诗句"春雨楼头尺八箫"的忧郁、孤独起题，用自己漂泊的感受和中国文化的传统去理解日本老者尺八箫曲"超出极限超出时空"的综合性意味，那是"将一种生命犹疑的灰暗施与人类的心灵"的不可把握感，是"神秘、孤独、忧郁、死亡与流连的综合体"，有着"否定"中的人生思考和生命存在，它来自日本文化的深处，却是每颗"灵性的心"都可以感受到的、不同的民族在人的生命根性上的"心心相印"。黑孩近年致力于小说创作，长篇小说《惠比寿花园广场》（2020）、中篇小说《百分之百的痛》（2019）都引起中国国内文学界的关注。写诗的田原（1965年生，1990年代赴日，出有诗集《岸的诞生》《田原诗选》等）2001年的日文诗作获日本第一届"留学生文学奖"，自此开始中日双语诗歌创作。田原执教于日本国立东北大学，其创作有自觉的语言意识，将日语写作视为以"母语之外的语言进行一次写作的'自我革命'和'脱胎换骨'"[①]。他的日语诗作发挥了"日语这种语言空间的开阔性和杂性以及多元性"，而他很多中文诗作又是从其日文诗自译，再次回到"母语的思维方式和中国式的文化情调"，这种语言的穿越都有着"自己的生命经验和记忆"。[②]田原的诗作，显示的正是日华文学的特殊语境。

　　另一些一度产生影响的作家后来离日回国，其创作难以构成日华文学史的资源。而杨逸（1964—　　，1987年赴日）有影响的作品（小说《渗透时光的早晨》等）属于日文创作。整体而言，日华文学与新西兰、韩国等国华文文学一样，其文学史形态尚不完整。新世纪以来，包括留日华人和本土日本人两类作家的华文创作，都呈现新的甚至不乏强盛的势头。这是否可能产生日华文学，乃至日华文学史的新形态，值得观望。

---

① 田原：《田原诗选》，人民文学出版社2007年版，第236页。

② 田原：《田原诗选》，人民文学出版社2007年版，第231、236页。

百年海外

华文文学

研究 下

黄万华 著

BAINIAN HAIWAI
HUAWEN WENXUE YANJIU

百花洲文艺出版社

下编
百年海外华文文学论

第八章 百年海外华文文学的历史进程

第一节 "出走"与"走出":
百年海外华文文学的历史进程

海外华文文学产生于华人背井离乡、漂洋过海的"出走"。这种"出走"一开始就面临"落叶归根"还是"落地生根"的人生选择。这种选择不只关乎出走者的个人命运,往往更关乎族群的共同前途。"落叶归根"既联系着中国人的传统心态和惯常人生,也与中国社会的变化密切相连;而"落地生根"既产生于华人在"有来无回"的海外境遇中久居他乡的历史,也反映出海外华人社会"在地"化的成熟。所以,前者会有浓厚,甚至鲜明的"中国性",后者则有着独特而复杂的"本土性"。海外华文文学从整体而言并不属于百年中国文学,而是海外各国以华人移民为创作主体的汉语文学,大体上可作为诸多华人居住国的少数族群文学(即便是在华人人口占优势的新加坡,英文使用者仍然超过华文使用者),使得汉语文学成为世界性语种文学,其价值正在此。所以,海外华文文学的"中国性"不同于中国文学的"中国性"。海外华文文学的"本土"不是中国,而是其已视为家园的居住国,但其"本土性"也不同于居住国其他民族文学(往往是该国的"国家文学")的"本土性"。海外华文文学正是在不断地走出"中国性"、走出"本土性"的历史进程中走向中华民族文学的新形态，更走向文学的新境界。这种"出走"与"走出"构成了海外华文文学的百年历程。

一、早期海外华文文学："中国性"转向"中华性"的本土化

百年海外华文文学大致可以分成三个时期：各国华文文学诞生后至1945年二次大战结束的"早期"，1940年代后期至1970年代的战后三十余年，1980年代后的三十余年。

在海外华文文学的早期，"华侨"是海外迁居者的主要身份，"我是中国人"的侨民思想内在主导了其创作，海外华文文学与中国现代文学的关系非常密切，甚至被视为中国现代文学的海外延伸。然而，"长居久安"的情感、思想也开始自觉，一种新的文学源流产生并再也没有断流，百年海外华文文学的传统由此形成。

零散的海外华文创作发生得早，各国开始的时间也不一样。而作为族群，甚至国别的华文文学，最早则发生在南洋，而非西洋、东洋。居住了世界80%华人移民的东南亚地区，尤其是其中的新加坡、马来西亚、泰国、菲律宾、印度尼西亚五国，华文文学历史悠久，在早期海外华文文学中最有代表性。特别是当时的马来亚地区的华文文学，最先开始构建自身的文学传统。马华文学在"1920年以前，是旧文学一枝独秀"[①]。而从1917年左右开始，马来亚"华裔社会产生了一种以现代华文创作的文学"[②]，华人作家从事现代华文，即白话文创作的"那种近乎对宗教奉献的执着"，始终超过马华民族从事旧体文学和马来文、英文创作的热情。所以，从族群文化的角度而

---

① 杨松年：《五四运动前后的新马华文文坛》，1989年4月台北"中华经济研究院""五四文学与文化变迁研讨会"论文。

② 陈应德：《马华文学止名的争论》，见（马来西亚）《星洲日报·星云》1992年5月30日。

言，现代华文创作成为马来亚华族文学创作的主体。

当时的南洋华人从漂洋过海谋生的零散个人聚合成群体，再经由同宗同乡的社区、团体而逐步形成华侨社会。华侨社会的形成、稳固需要一种超越宗族、家乡、地域的凝聚力。而清末以来，中国革命党人一向视南洋为他们的海外根据地，中国本土的民族主义被南洋华侨普遍认同、接受。辛亥革命后，南洋社会形成了以对孙中山创建的中华民国的政治认同为核心，而对中国的社会、文化、经济等方面全面效忠的民族意识，这成为南洋华侨社会形成中最重要的凝聚力。这一背景下产生的南洋华文文学，又主要由中国南来文人倡导。包含民国、五四等重要因素的中国情结成为南洋华文文学发生的重要基石。南洋华文文学中"出走—归来"的叙事模式和形象，往往有着"中国"的巨大召唤，尤其是现实中国的召唤。例如，作为马华文学第一个创作高潮的援华抗日文学中，"归来"的召唤力便是中国的抗日。当时马来亚演出反响极其强烈的多幕剧《春回来了》是依据田汉的抗战名剧《回春之曲》改写成的，讲述梅娘陪伴在中国"八一三"战火中失去记忆的高维汉回到从小熟悉的南洋椰林海滩，周全细心地安排了足以让高维汉"想起了以往"的环境，且悉心照料他，"海水映闪着椰树的影"的南洋让高维汉恢复了记忆；但"归来"的指向却依旧是中国，最后两人相伴再赴中国抗日前线。全剧发生在蕉风椰雨的南洋，而燃烧在南洋华人热血青年心中的是中国抗日的烽火硝烟。

然而，恰恰也是《春回来了》这样"中国性"鲜明的创作引发了关于"南洋地方性"的讨论。值得关注的是，最先倡导"南洋地方性"的作家往往土生土长于南洋土地，他们不是出于其他原因，而是"为子子孙孙久留之策"[①]来思考文学的南洋色彩。无论是"第一个有意识地提倡创作具有南洋色

---

① 撕狮：《南洋华侨的祖家观念》，（新加坡）《新国民日报·荒岛》第28期（1927年9月27日）。

彩的文学的文艺刊物"①《荒岛》（1927年1月—1928年5月，张金燕编辑），还是创刊之始就自觉倡导"在高椰胶树之下，以血与汗铸造南洋文艺的铁塔"②的《文艺周刊》（1929年1月—6月，曾圣提编辑），其倡导者都已意识到自己及后代的出路和前途已在南洋，而马华文学更应该是马来亚土地的产物，这样的南洋文艺无疑在南洋土地上获得了彻底的自足性。此时马华文学的"中国性"往往来自现实中国的政治召唤；张金燕、曾圣提等的主张恰恰是要走出这种"中国性"，而着眼于南洋华人长久生存之计，开始了南洋华文文学的"在地"化进程。

海外华文文学的前途和价值在于"落地生根"而非"落叶归根"，因为海外华人的历史是他们离散而"落地生根"的心灵历程。华人漂洋过海，登岸安家，往往首先依靠宗亲同乡抱团聚拢，建立宗祠寺庙安放心灵；随后会开办华文学校，创办华文报刊，以华文聚拢人心、延续血脉，华文文学也随之产生。这一历史进程表明，海外华文文学产生于华人心灵安放地的寻找过程，其指向会从包含强烈的现代民族国家意识（主要表现在政治、经济、军事等层面，也会传递到文化、文学层面）的"中国性"转变为表现为精神的、伦理的、审美情感的等文化层面内容的"中华性"，而"中华性"可以使各地各国华文文学能以自己的方式与世界文学（包括所在国其他文学）对话、沟通，并形成自己的传统。③这种从"中国性"转向"中华性"，正是早期海外华文文学走出"中国性"的努力，是其形成居留国本土传统的开端。早期南洋文学中被日后文学史关注的很多作品都体现了这一努力。例如海底山的中篇小说《拉多公公》（1930），是最早书写南洋华人和马来人命运共

---

① 苗秀：《马华文学史话》，（新加坡）青年书局1968年版，第115页。

② 《〈文艺周刊〉的志愿》，（新加坡）《南洋商报·文艺周刊》创刊号（1929年1月11日）。

③ 黄万华：《文化转换中的世界华文文学》，中国社会科学出版社1999年版，第32页。

同体的作品，表达出"家南洋"的马来亚本土文学追求。小说在富有南洋风情的浪漫想象中，讲述华人三保公与马来族领袖拉多公公这对结拜兄弟的故事。他们领导南洋不同民族子民所开展的兴邦建国斗争，就是要改变马来亚殖民化的命运，而华族和马来族在反对殖民统治、建设马来家园的斗争中亲如家人。《峇峇与娘惹》（1931）是马华新文学第一部中篇小说，而作者丘士珍正是"马来亚地方文艺"的率先提出者。[①]他在1934年3月1日《南洋商报·狮声》发表《地方作家谈》，明确指出："马来亚有文艺，就是居留或侨生于马来亚的作家所生产的文艺。……我们不应该盲目地重视以上海为中国文坛中心的中国文艺作家！我们也应该推崇马来亚的地方作家！"[②]这里，不仅第一次从"马来亚"的地域、人文角度明确了"马来亚文艺"的存在，即生活于马来亚土地的作家贡献给马来亚的文学作品，而且清晰地表现出要摆脱对"中国文艺"的"盲目"追随，探索马来亚华文文学的创作道路和传统的追求。而《峇峇与娘惹》以一个中国出生的移民（新客）的眼光，展开"峇峇"（男性）与"娘惹"（女性）这一在马来亚出生的中国移民后代或与其他族群联姻的群体（亦称"海峡华人"）的家庭叙事。这一类家庭接受英文教育，又受到马来文化极大影响，但还保留中国人的伦理习俗信仰等，尤有马来亚多族群文化的特征。小说所展示的那个富裕的峇峇家庭被马、英文化同化后伦理解体、家道衰微的过程，揭示了"海峡华人"中的失根者的悲剧。小说开了反映马来亚多元种族、殖民地、移民社会等本土化色彩的文学先河[③]，而其所关注的是多元种族、殖民地、移民社会等环境中中华文化的命运。南洋华文文学的第一部长篇小说《浓烟》是最早关注南洋华文教育的

---

① 曾圣提：《醒醒吧！星城的艺人》，（新加坡）《南洋商报·文艺周刊》第3期（1929年1月18日）。

② 废名：《地方作家谈》，（新加坡）《南洋商报·狮声》1934年3月1日。

③ 岳玉杰：《马华文学何以成就百年》，《中国现代文学研究丛刊》2012年第8期。

作品之一，而小说展示的南洋华校弊端丛生，尤其是教材全部是有关中国的教材，没有丝毫南洋内容，学生理解接受困难，即使学成也难以适应南洋社会。小说中，富有理想抱负的教员毛振东等不仅努力改进教学，认为教材要适应南洋的实际应用"，但最终黯然离校。这些早期南洋华文文学的重要作品即便有"出走—归来"的叙事，也不是对来自中国现实政治的巨大召唤的回应，而是出走海外者对中华文化与海外华人命运的关注。

北美等地早期华文文学与南洋华文文学不同，尚未形成族群性的创作，但北美华文文学也以不同于中国文学的"华侨文学"的身份开始了自己的历程，其"中国性"同样鲜明。美国华文文学开启于"反美华工禁约文学"，即反映1882年和1888年美国国会两次通过排华法案，严禁中国劳工来美和限制在美中国劳工的就业后在美华工命运的创作。1905年在上海出版的小说《苦社会》"以旅美之人，述旅美之事"。全书讲述晚清华人漂洋过海，受尽非人之苦，登岸旧金山后被囚禁，终日惊恐不安，最终开始觉醒，作品题材、题旨等无疑都产生于旅美华工的生存经验中，作品的"旧金山"背景也是中国移民最初的生存背景，这些在日后美华文学的移民历史书写、草根文群创作中都有回应。而在美国创办的华文报纸，1870年前后就刊发过有别于中国本土文学的华文文学作品，表达思乡之情和华人社会的伦理道德。[①] 与"反美华工禁约文学"相关联的是，1910年起被囚禁于旧金山金门湾天使岛的近20万华人，曾在拘禁木屋里刻留的百余首诗词。天使岛诗歌虽主要以中国古诗形式写成，作者又多为无名者，但诗歌语境完全是这20万华人海外流徙而遭囚禁，在书写种种刻骨铭心的思乡之情中，表达出"雄心死不灰"的报国壮志；而面临被囚禁、被遣返的现实，悲悼同胞所遭受的厄运，也流露出"知悔""空劳"的复杂情绪。这些都最早保留了海外华人的生命体验，

---

① 韩小明：《美国华裔文学之根与花蕾》，转引自尹晓煌：《美国华文文学史》，徐颖果主译，南开大学出版社2006年版，第179页。

记录了华人海外谋生的历史，其古典诗歌的形式显示出中国文化的独特性，成为北美华文写作的重要源头。

美国本土的华文文学是以不同于中国文学的"华侨文学"的身份开始了自己的历程，而这开启于二战时期。1940年，正是在美国侨胞"比任何时期更为热烈、更能一致"地投身"抗日运动"的背景下，建立"以华侨生活为本位，以华侨社会做背景，用报告文学或小说体裁技术"的"华侨大众文艺"的主张被正式提出。① 此后，"民族主义文学+西洋民主思想"的"华侨文学"得以展开，这里的"民族主义文学"溯源的当时的美国华侨原籍多为广东，而广东经受过宋明"两次亡国奴种的惨痛锤炼"，"鸦片战争和英法联军之役"又让广东"一度有亡省之痛"，加上"香港之割，开全国失地之先河"，故广东的民族主义文学自宋明后"久而不坠"并经由海外流亡者"把民族思想从广东带到了海外，播散在华侨社会里"。② 而"一九三七至一九四〇年的这几年间，许多曾受过文学洗礼甚至做过文学工作的广东人都流亡海外。尤其是美洲"，与当地"接受新兴的西方的民主思想洗礼"的华侨汇合，③ 产生了"对于数千年世代相传的自己祖国、自己语言文字以及自己民族的优秀传统之热爱"，更"尊重其他民族的平等，同时希望世界人类优秀的理想在自己国内实现，主张各国人民的亲爱、团结"，④ 由此催生了美国华侨文学。旧金山、纽约、洛杉矶等华人聚居地涌现了二三十个美华文艺

---

① 老梅：《华侨大众文艺》，原载《美洲华侨日报·新生》（1940年7月17日），收入李亚萍编：《抗战中的文学崛起：20世纪40年代美华文学资料选编》，暨南大学出版社2021年版，第233页。

② 温泉：《广东文学论》，（美国）《华侨文阵》第1卷第4期（1944年）。

③ 温泉：《广东文学论》，（美国）《华侨文阵》第1卷第4期（1944年）。

④ 温泉：《华侨文艺十年》，原载1949年版"华侨文艺丛书之四"《突围》，收入李亚萍编：《抗战中的文学崛起：20世纪40年代美华文学资料选编》，暨南大学出版社2021年版，第275页。

团体，形成美国本土华文文学的第一个高潮。这一被忽视的文学历史[①][5]表明，美华文学诞生于中西文化的交汇中。

1941年美国对日宣战后，留美华侨纷纷参战，一些从军的华侨更是远戍于中、印、缅战区，他们创作的二战华人军旅文学（主要体裁是小说）成为此时期美国华侨文学最重要的内容之一，其小说人物往往在中国抗日、世界反法西斯的斗争中经受住了考验。中美共同命运成为二战美国华侨文学的重要内容，中美文化的交流、沟通则成为美华文学的重要立足点。

而值得关注的是，此时期旅居美国的林语堂的创作在美国社会引起强烈反响。林语堂赴美前，其第一本英文散文集《吾国与吾民》（1935）在当年美国畅销书目上名列首位。此书共9章，介绍了中国人的性格、心灵、生活和文学艺术，其高远立意和广博知识交织融汇，在雅美的文笔、从容的叙述中将中国文化的丰富内涵一一道出，也显示了林语堂沟通中西文化的努力。抗战全面爆发后，林语堂除在美国积极宣传中国抗日外，仍致力于弘扬中华民族文化。他一生近70种著述中，这一时期出版的作品数量最多，体式最广，颇多质量上乘之作（林语堂自述最喜爱的几部作品，如《京华烟云》《苏东坡传》《生活的艺术》等都写于这一时期）。这些文学作品不仅返回中国为人们熟知，而且直接进入了英语语种的文化消费圈，向西方读者传达了中华传统文化和中国人民现实生活的真实信息，并为西方读者广泛接受。

林语堂抗战时期创作能被西方世界广泛接受，其原因是多方面的，其中很重要的一点是，异域写作的生活有可能使他远离国内社会、政治生活制约，在怀国思乡的心境和对母体文化的距离观照中获得一种蕴含着关于战争、民族、家园的忧患意识的创作视野。这种超脱了国内现实政治派别纷争

---

① 国内对美国华文文学的学术研究，至今较多关注1950年代后的台湾留美文群和80年代后的新移民文学，对美国华文文学起源于华侨文学这一重要史实较为忽视。事实上，这一起源至今影响着美国华文文学，例如1980年代后旅美"草根文群"的创作。

而又联系着国家命运的海外创作视野，和林语堂成功向西方世界介绍以中国传统文化为代表的东方文化的实践，对旅美华人影响极大。"对西方人讲中国文化"成为日后诸多旅美作家的写作旨意，而这正是"美华文学"概念提出的创作背景。1945年1月和5月，美洲华侨青年文艺社和美洲华侨文艺社相继成立，成员众多。前者是美国本土上第一个跨地区的华文文学组织，后者则创办了《绿洲文艺》，两者仍以"华侨文艺"自命，其身份认同仍在"华侨"，但由此表现出早期美华文学主要是向西方世界传递中华文化，已经开启了由"中国性"向"中华性"的转换。战后美华文学的重要成就大多表现于此。

毗邻美国的加拿大，华文文学情况也大致如此，只是显得更为零散。例如1923年至1947年，加拿大全面禁止华人进入，不少华人被拘禁，其中也有人在拘禁场所墙壁留下诗文，但这些在加拿大完成的华文创作未得到保存、整理。

早期海外华文文学在鲜明的"中国性"中产生，密切了其与中国社会和文学的联系；而它作为文学，对"中华性"的追求，则必然开始海外华文文学自身传统的建构，从而开启海外华文文学本土化进程。

二、战后海外华文文学：多方面"走出"的展开

战后海外华文文学在东南亚、北美、欧洲等多个地区展开。面临华侨社会向华人社会的重大转换，在"中国性"向"中华性"转化的过程中，同一种源头的中华文化在不同地域、社会中，各凭"灵根"，自成传统。此时的"中华性"显得丰富而复杂。[①]正是在这一背景下，华文文学加速了其"本土化"的进程。

---

① 黄万华：《在地和旅外：从"三史"看华文文学和中华文化》，《广东社会科学》2017年第4期。

二战中日军占领、统治东南亚的历史使东南亚各国华侨普遍意识到，必须走出"移民"意识，和居留国其他民族共同建设一个独立自由的国家，才能摆脱被侵略、被奴役的命运。但东南亚各国的局势复杂多变，华人在国家和族群的认同上也处于彷徨中，东南亚地区争取民族独立、建设现代化国家的历史进程比较复杂。影响了华人在各居留国的命运。

战后马来亚的局势复杂。华人在抗日卫马斗争中的贡献，战后一度得到英国殖民当局的承认，英国实施马来亚联邦的计划时开始也认为应给予华人与马来人平等的权利，但随后在日益高涨的马来民族政治情绪的压力下，英殖民当局通过了对非马来族显得严峻和苛刻的法律条文。而马华社会缺乏应变的政治经验，一些政治领袖人物过分关注中国国共斗争，而对本地政治相对淡漠，加上马共合作政策的失败，马华社会在仓促应变中实际上丧失了相当多的参政权利，尤其在教育体制和语言制度方面受到或潜或显的不平等对待。1951年起，马来亚华校从三年级起强制教授巫文，五年级起强制教授英文，华校所用史地课本也侧重马来亚和亚洲，目的在于养成学生"效忠马来亚"的"马来亚观念"。这促进了华人对马来亚的国家认同，但华文教育受到严重损害，华文创作空间缩小。

1948年马华文坛关于"马华文艺独特性"的争论激烈，但最终肯定了马华文学建立本地传统的历史趋势，只是文学作者在要不要摆脱中国的影响，如何建立起马华文学的特色上，内心有着种种矛盾。1948年8月，英国殖民政府为了对付日益强大的中共、马共力量，宣布马来亚进入"紧急状态"，实行戒严，马来亚华侨与共产党的联系被削弱，乃全杜绝。[①]1949年后，中国大陆书籍被全面禁止进口。这种情况淡化了五四后中国文学对马华文学的巨大影响，而马来亚华人希望摆脱殖民地统治，得以在南洋土地上长居久安。

---

① 谢诗坚：《马来西亚华人政治思潮演变》，（马来西亚）谢诗坚出版1984年版，第32—33页。

在这一背景下，"马来亚作家的本地意识逐渐浓厚，他们意识到既然已经选择在马来亚这块土地上生活下去，就应该投入本地社会建设，关心本地发展，也应该多创作以本地为背景的写作题材"①。战后马华文学由此开始了新历程。

以当时马来亚南来作家中最重要的韦晕（祖籍山东，生于香港，1937年南来，共出15种作品集，其中8种出版于1956年至1962年，1991年获得吉隆坡与雪兰莪中华工商总会颁发的第二届马华文学奖）为例，他1950年代的小说被视为"马来西亚华裔的'扎根文学'，也可以说是广义的马来西亚爱国文学"，就在于他战后的创作走出了早期创作的中国故乡题材，越来越具有"强烈的马来西亚本土意识和鲜明的地方色彩"，甚至成为"马华文学的一个标志"。②例如发表于1952年的小说《乌鸦港上黄昏》，引人注目的是，文末注明写作的时间是马来人所信奉的伊斯兰教纪年"伊历1373年"和华族惯用的"春、暮"，两者并置。这一时间的特殊表达反映出作品所处的马来文化和华族文化共存交织的环境，甚至包含作者对马、华两大民族能友好携手、共同建设民族独立国家的期待。小说情节的转折因素也正是华族老渔夫伙金和马来渔民沙立夫的相遇。伙金是一个"过番了三十把年头"的老渔民，日本占领南洋时期，他意外娶了土生土长于马来半岛的"小妮子"阿珠。当他觉察阿珠婚外偷情后，愤怒难忍。就在他一心复仇之时，他在海上遇险，被沙立夫冒死相救，"第一次在番邦尝到了别种民族给自己这贱命一些温暖"，这种温暖使他宽恕了娇妻的奸情。小说着力描绘的是"唐山客"生活枯藤似的萎靡，而无论是马来人沙立夫，还是华人阿珠，"充满了热力的胴体"如南洋"疯长"的热带植物。这种对照性描写，让人意识到伙金的

---

① 潘碧华：《马华文学的时代记忆》，马来亚大学中文系2009年版，第7页。

② 1991年韦晕获第二届马华文学奖的评委会评语。转引自黄万华：《新马百年华文小说史》，山东文艺出版社1999年版，第134—135页。

"放手"确实隐喻"唐山客"的"过客"生活终究让位于马来亚本土家园生活。韦晕的其他小说也充盈着对马来亚土地的归属感和对国家的认同感。在马来亚国家文化政策明显排斥华人文化的时代，韦晕的小说实际上却"包容着马来西亚国家文化的血和肉"。

然而，就创作方法而言，韦晕的创作也表明马华文学"源自五四新文学传统以来那种感时忧国的写实主义到了60年代应臻于顶点"①，就是说，当马华文学题材等方面越来越具有"马华性"时，其创作仍然笼罩在源自中国的感时忧国文学传统的影响之下。马华文学最为关注的是马华社会现实，最先四届马华文学奖的另外三位得主方北方、姚拓、云里风的创作也都在六七十年代达到各自的巅峰状态，而他们的创作也充分体现了马华文学的现实主义传统。这种传统在华族文化被严重排斥、华人被边缘化的情况下，自然对华文文学提出了维系民族血脉的要求，甚至要求文学更多地参与改变华人生存境遇的社会实践。此时，马来西亚与中国大陆（内地）已断绝了正常来往，但源自中国大陆（内地）的现实主义一直"宰制"马华文学，使其始终没有脱卸掉"斗士"的角色。

这种现实主义"斗士"的角色也是战后东南亚其他国家华文文学的身份，尤其是华人受到压制时。例如印尼，1955年万隆会议后，印尼政府对华外交友好，对国内华侨、华人却采取经济和文化上限制、削弱、排斥的政策。印尼社会危机发生时，华人更成为印尼国内政治的牺牲品。1965年印尼共产党"九卅政变"失败，苏加诺政府下台，中国因为支持印尼共产党而与印尼关系严重受损，几十万印尼华人受牵连而遭屠杀。苏哈托军人政权更实行全面查禁华文的政策，华文学校停办，华文报刊全部被查禁，"华文书籍与黄色刊物、有害药

---

① 林水檺、何启良、何国忠等合编：《马来西亚华人史新编》（第三册），马来西亚中华大会堂总会1998年版，第302页。

物被并列为违禁品"①，华名也被禁止公开使用，甚至个人藏书也遭焚毁。泰国在20世纪50年代末期到70年代初期，政府对华政策逆转，对泰国华校、华文报刊也采取限制政策，泰华文学处于艰难时局中。越南统一之后，华人因为原先的"南越"身份，地位一落千丈，甚至遭到大规模政治迫害，"越华文学的精英大部分去了外国"②，国内华文文学日益衰败，全越南无独立的中文报纸。这种种情况使华文文学必然承担起在华人中传承华文薪火的使命，而现实主义传统推动华文文学扮演单一的民族政治抵抗者的角色，不仅桎梏了华文文学的自我容纳能力，阻滞其艺术质量的提升，还会使东南亚国家的华人文化与各国国家意识形态形成某种恶性循环的局面，即华人社会以族群文化去抗衡当局的压制，又遭到当局更严厉的压制。

事实上，1937年至1941年，全面抗战前五年，南洋抗日文学的兴起，原本是因为当时华人绝大部分还是华侨身份，如果中国战败，会直接危及他们在南洋的生存。但南洋华人社会的抗日救亡意识并未停留于此。当时的《南洋商报·狮声》（1933年创办）是南洋华文报纸创办时间最长的副刊之一，和《星洲日报·晨星》同为抗战时期影响最大的南洋华文报纸副刊。《狮声》率先倡导"反侵略战争文学"，从"反法西斯反封建"③关系"世界和平"和"人类生活"的意义上看待抗日文学。它推出数个"反侵略专号"，其意就是南洋华文文学"必须由'抗战文学'进入到意义更为广泛、更为深刻的'反侵略文学'"④，"反侵略文学"更为广泛、深刻的意义就在于揭示

---

① 慕·阿敏：《浅谈印尼华文文学的现状及其发展方向（代序）》，见立锋主编：《印华诗文选》，香港新绿图书社1999年版，第6页。

② 谢振煜：《越华文学三十五年》，《华文文学》2011年第3期。

③ 转引自黄孟文、徐迺翔主编：《新加坡华文文学史初稿》，新加坡国立大学中文系、新加坡八方文化企业公司2002年版，第44页。

④ 莫嘉丽：《抗战时期的马华文学：浓郁的中国色彩》，见黄万华：《史述和史论：战时中国文学研究》，山东大学出版社2005年版，第732页。

了二次大战的本质，表明华人与世界、人类的命运共同性[①]。这种认识打破了南洋华人社会传统的保守封闭，深化了南洋抗日救亡文学的内涵。这种"人类命运共同"的思想延续到战后，成为南洋华文文学在艰难生存中突破自身局限、探求提升生存空间的重要动力。

　　1960年代东南亚各国华文文学中涌动起的现代主义文学思潮应该视为东南亚华文文学把眼光投向世界的必然。这中间的情况自然是复杂的，却推动了东南亚华文文学走出源自中国的现实主义的封闭。比如新加坡，其迟至1965年建国，华人与马来人的分歧、冲突是重要原因；而其建国后，又采取了英文强势的国家策略，华文生存面临新的危机。新加坡独立后最重要的作家群体是"六八世代"，因成立于1968年的新加坡五月出版社在较长一段时间中是新加坡唯一出版华文文学书籍的民营出版社而得名。五月出版社以丛书形式出版的作品集的作者，全部是当时跻身新加坡现代主义文学阵营的青年作家，包括陈瑞献、英培安、南子、流川等，开新加坡出版现代文学创作之风气。"六八世代"作家群体的创作表达了"诗人独对文学良知负责"[②]的创作态度和对"有深度的诗"[③]的艺术追求，代表了"'六八世代'作家本身的自我典律建构"[④]。1978年，南子、谢清、王润华、淡莹等又创办五月诗社，出版《五月诗刊》，延续、扩大了"六八世代"的创作成就。"六八世代"都出生于1940年代，又以战后出生居多，他们开始挣脱单一的现实主义的桎梏，坚持文学本位的创作立场，既反对"诗成为某种特定意识形态的附属品"，也警惕对"外地理论"的"依模制作"，追求"创造"的"高度个

---

①　黄一：《马华抗日救亡文学中的在地意识》，《中国现代文学研究丛刊》2015年第9期。

②　孟季仲：《15人序》，见贺兰宁编：《新加坡15诗人新诗集》，（新加坡）五月出版社1970年版，第37页。

③　流川：《15人序》，见贺兰宁编：《新加坡15诗人新诗集》，（新加坡）五月出版社1970年版，第25页。

④　张锦忠：《南洋论述：马华文学与文化属性》，（台湾）麦田出版2003年版，第54页。

性化"。①陈瑞献、英培安、王润华、淡莹等后来都取得了很高的艺术成就，甚至可以代表新加坡华文文学所达到的高度。"六八世代"的崛起，发生在华文教育衰微的建国环境下需要顽强传承、发展民族文化传统的语境中，而他们的创作却开始于自觉的现代（主义）文学思潮中，从现代出发，与传统沟通而不囿于传统。这里，现代主义文学所包含的文学的普世性、人类性显然给予"六八世代"开阔的视野。例如陈瑞献曾自言选择现代主义的创作方法，是出于反叛"当年流行于（新马）文坛的'现实主义'为唯一的文学体制"的文风，进入"自由的创作"境地的追求。而他后来也正是在中西文化交汇、现代与传统的对话中成为新加坡的"国宝"。中国文学现实主义的传统是极为强大的，对东南亚华文文学的影响也久远而强大。"走出"现实主义对东南亚华文文学的主宰，正是战后东南亚华文文学本土化进程的展开，而这一展开不是以往那样单一抗衡当局对华文文学的压制，而是努力摆脱对中国文学资源的依附，致力于在居留国本土积累文学力量。"六八世代"成员后来又致力于"双重文学传统"的建构，就是希望在继承中华文学大传统的同时，"走出"中国那种在"某种共同的阶级意识"和"某一特殊的政治理想"下孕育而成的文学传统，而发展海外华文文学自身的传统。

这种"走出"，也联系着东南亚华人作家的又一种"出走"。由于本国华文生存的困境，加上台湾国民党当局在五六十年代实行的"侨生政策"和香港的开放，大批东南亚华人子弟求学于台湾或居留香港。这种向华文主流社会（香港社会汉语"包围"英语）的"回流"，使得东南亚华文作家更深入地从中华文化整体性、丰富性的角度看待自身。而此时香港、台湾都发生了极其强劲的现代主义思潮，其取向都是要走出政治意识形态对文学的"劫持"，追求包括五四新文学传统在内的中国文学传统与世界文化潮流的对

---

① 牧羚奴：《巨人》自序，（新加坡）五月出版社1968年版，第2—3页。

接。这契合了战后东南亚华文文学走出困境的努力。这种密切海外华文文学与中国文学传统的联系但又同时"走出"现实中国的情况推动了东南亚华文文学在其本土扎根的进程。

当然，也有不同的情况。例如泰国，尽管泰华文学也发生较早，但一直到1950年代，泰华作家基本上是"抱着'独在异乡为异客'的心绪"创作，"就是一些在泰国出生的作者，他们也充满着矛盾的基调和彷徨感"，"他们心目中的祖国、故乡，指的仍是中国"。到了60年代后期，才"由'叶落归根'变为'落地生根'"，创作立场由"宾"转移为"主"。①但即便作者的国籍已不是中国，泰华文学仍一直较为"保守"②，长期恪守五四新文学的现实主义传统，极少现代文学的变革，其兴盛也是现实主义文学的兴盛。这种文学上未"走出"中国的状况，制约了泰华文学成就的取得。

战后，北美、欧洲发生了一种有利于华文文学长远发展的情况。抗战胜利后，国民政府恢复了战前派遣留学生留美的传统，而与战前留美学生学成回国不同，由于中国的内战局势，相当部分留美学生滞留美国。随后中国政局有了根本性变动，一部分留学生学成后旅居欧美，日后文学成就卓然的程抱一、鹿桥等就是这样开始其欧美生涯。战后欧美华文文学的另一重要力量是"台湾文群"。1950年代起，在美援背景下，台湾出现留学美国的热潮。而时局导致的国族认同危机，使留美学成后留居国外者大量增加，形成"台湾文群"。从於梨华、吉铮、孟丝等，到白先勇、陈若曦、郭松棻等，他们"出走"而不归，取得了海外创作成就。留学生较高的文化修养使其投身文学者为欧美华文文学的长远建设积累了力量。就艺术成就而言，战后的欧美华文文学开始有了质的飞跃。

---

① 司马攻：《泰华文学漫谈》，（泰国）八音出版社1994年版，第11页。
② 司马攻：《泰华文学漫谈》，（泰国）八音出版社1994年版，第15页。

真正意义上的欧华文学格局形成于二次大战后，因为从那时候起，欧洲才开始有了长期留居的华文作家群体，但它的序幕却开启于晚清民初。晚清旅居欧洲的中国文人是第一代完整地接受了中国传统文化教育同时又系统地学习了西方知识、理论的中国知识分子。他们后来都回国了，但他们旅欧的创作，从思想内容到表现形式都与世界文学"接轨"，由此开启了中华民族文学的现代性进程。笔者曾经谈及，欧华文学与东南亚华文文学相比，有着三个显著的不同。其一，与东南亚华文文学从一开始就在社会意识层面上深深地介入了五四新文化感时忧国的传统不同，欧华作家虽然不乏感时忧国之责任，但更看重文学本分——自由之思想、独立之人格，因而较多地潜心艺术、学术，展开的是平和悠长的文化建设。他们的这种努力，使得包括五四在内的中华文化传统与西方文化的对话得以成功展开。其二，与东南亚华文文学相比，欧华文学无须承担以传承中华文化传统来凝聚族群力量、抗争民族压迫的重任。旅居海外的状态，还可以避免华文主流（华人主导的）社会常常出现的因政治、经济等现实功利需求对振兴民族文化传统的制约和压力。他们甘于寂寞地耕耘于民族文化，由此成就了欧华文学对中华文化传统价值的重新发现和提升。其三，与东南亚华文文学作为华人族群的"代言人"不同，欧华文学从形成伊始就呈现一种"散中见聚"的状态：一方面，欧华作家散居于欧洲数十个国家，为其内省、独思创造了前提，从而形成了欧华文学艺术追求的不同层面；另一方面，作为个体虽然处于"孤独"之中，但其"灵根自植"中华文化的个人性努力，增强了欧华文学的"在地"生产能力，提升了海外华文文学的质量。①这大致也符合北美，尤其是美国华文文学的情况。以留学生身份出走，旅居他国坚持母语创作，往往是一种个人选择。而欧美华人社会的状况无须华文文学与族群权益、命运密切关

---

① 黄万华：《本源与"他者"交流后的升华：欧华文学与中华文化》，《南国学术》2016年第3期。

联，欧美华文文学也早早走出了中国五四新文学感时忧国的现实主义传统。这种"走出"，使得他们的创作着眼于更长远的中华文化建设，更创造性地开启、推进了中国文化多源多流传统，尤其是对被历史遮蔽的文化传统进行了现代性转换；在"本源"与"他者"两种文化精华的对话交流中，将中华文化的核心价值提升为人类的普世性价值，并使之得到世界性传播，从而对中华文化走向世界做出了富有实绩也具有世界性影响的贡献。程抱一、叶维廉、白先勇等无一不是如此，而这发生在二十世纪六七十年代的战后，其意义更为重大。

三、1980年代后的海外华文文学：
走出"中国性"和"本土性"的文学新境界

1980年代后，以中国大陆（内地）为出走地的新移民是影响海外华文文学走向的最重要因素之一，中国大陆（内地）的读者也主要通过他们的创作了解海外华文文学的现状，但已成传统的海外华文文学历史显然更不可忽视。例如与新移民文学同时发生的海外新生代作家，将这批出生于二十世纪六七十年代海外各国的华人作家的创作与1980年代后的新移民作家创作对照，也许更能让人把握近三十余年海外华文文学的进程。

马来西亚的黎紫书（1971—　）24岁就获被视为马来西亚"文学奥斯卡"的"花踪文学奖"马华小说首奖，而后成为获此奖最多的作家，其作品更获台湾、香港等地的多项重要文学奖。她是马华第四代移民，其华文教育也完全完成于马来西亚，其创作颇能代表马华本土新生代的取向。她曾经这样谈及自己的创作追求：她以小说《国北边陲》去竞争花踪文学奖中的世界华文文学奖（此奖项向全世界华文作家开放，往往授予实力雄厚的中国大陆（内地）、台湾和香港等地的作家，如王安忆、陈映真、西西、杨牧、王文兴、聂华苓、阎连科、余光中等）时，明确意识到要用"马华本土性"去征服评委，所以，她在小说中安排了几乎所有的"马华本土"因素，果然如愿以偿。然而，她也意识到自己要走出马华本土性。此后，她在创作中，比如在写作小说《生活的全盘方式》等时，就只是想到人的故事、人的命运，完全不在意它发生于何地和何人身上，要寻找的只是讲好这个小说故事所需要的东西。在李天葆（1969— ）等人，包括更年轻的马华本土成长的作家的创作中，也存在着这种情况。他们已经非常自信于自己艺术生命与南洋乡土的密不可分，"华极"思维定式的影响已消淡无几；同时，他们创作的个人性更为自觉，不再承担文学维系民族文化血脉等社会重任，这使得他们必然走出马华本土性，而在整个汉语文学，甚至整个世界文学的艺术世界中展开自己的创作。这种出发于马来西亚乡土，而终极于文学自身艺术视野的创作潮流的出现，体现了马华文学蜕变而成"重镇"的努力。

这种努力可视之始于1991年马华文坛接连发生的争论，包括"马华文学的定位""经典缺席""作品选辑和文学史研究""文学及其研究的困境"和"断奶论和马华文学"等。不仅其规模、影响是马华文学历史上和同时期其他地区华文文学绝无仅有的，而且其包孕的历史反省力、创作及其理论的突破力也是马华文学从未有过的。这些争论其实都是针对马华社会的封闭传统和华文文学现实主义的自我桎梏而发生的，表明马华文学正在发生蜕变，即向整个马来西亚社会和世界文学开放。无论是创作观念、内容和方法，都能使马华文学所包含的"中华性""本土性""现代性"等在马来西亚华人真正全面融入马来西亚社会、成为马来西亚国家主人的过程中得以统一。争论使得马华新生代越来越自觉于"马华文学不再是置于'地方色彩'的标准下才能研究的作品。我们不需要任何批评的优惠"，马华文学"必须在公正严苛的、与中国大陆和台湾相等的标准下，接受研究与批评。这才是马华文学加速成长的最佳途径"①。置于与中国大陆（内地）、台湾、香港的文学一

_____

① 钟怡雯：《马华当代散文选（1990—1995）》序，（台湾）文史哲出版社1996年版。

样"公正严苛"的评判标准下，是马华文学走出本土性而获得的文学评判尺度，展开的自然主要仍然是马华社会（或是马来西亚社会），而展现的却是共同的汉语世界中的艺术世界。这显然极大提升了马华文学的质量。例如，成立于2003年的有人出版社专营文学出版，坚持出版的优良品质，出版了众多马华重要作家的作品。这些作家包括黄远雄、李宗舜、张锦忠、辛金顺、黄锦树、方路、黎紫书、梁靖芬、曾翎龙、龚万辉等，由此形成的"有人作者群"被视为当下"马华文坛的中坚力量"[1]，而其创作质量令人耳目一新。各种文体创作多样性体现出的艺术质量足以让马华文学成为东南亚华文文学重镇。

马华社会是个历史较为久远的移民社会，其文化必然具有很强的"落地生根"性，在"有来无回"的境遇中久居南洋而融合于南洋乡土。马华文学的本土性也就往往表现于其"落地生根"性，这种本土性是始终不会缺乏的。1990年代后马华文学的一种倾向是力图全面摆脱"中国性"，其情况似乎类似于当年以民族文化对抗马来亚当局的压制。然而，如同一位旅居海外的台湾诗人在谈及台湾文化的本土性时所言："文化的优生学里，没有纯种，相反，它要求的却是极大地混血杂生（hybridity）。"[2]马华文学的本土性也产生于"混杂"中，如果一味在题材、语言上过分"依附本土"，"变成在本土诗的脉络中或本土诗的上下文中写诗"，对本土性的"依附如同对意识形态的依附，会导致诗人疏忽诗歌中最重要的东西：诗艺上的独立探索精神和对自身灵魂的省察"。[3]创作切入本土风物和历史脉络时，更注重和自我对话，回归诗艺自身才是重要的。而当马华文学史多地置身于与中国大陆

---

① 曾翎龙：《马来西亚华文文学出版的10个关键词》，（台湾）《文讯》第361期（2015年11月）。

② 张错：《文化脉动》，台北三民书局1995年版，第139页。

③ 黄灿然主编：《香港当代作家作品合集选·诗歌卷》序，（香港）明报月刊出版社、（新加坡）青年书局2011年版，第Ⅷ页。

（内地）、台湾、香港文学一样"公正严苛"的评判标准下的文学世界时，它走出了对本土性的依附，尤其是以本土性单一地对抗诸如"中国性"等的局限，以文学的兼容并蓄获得了自身发展的极大空间。

东南亚各国华文文学在六七十年代几乎都有过沉寂，也都在1980年代后的各国政治、社会变化中迎来其复苏和发展。马华文学的这种趋势也表现在各国相异的本土化进程中。

菲华诗人月曲了"蛰伏"二十余年后有这样的诗句："自中年到老年／必经之地，竟是童年。"面对恶化的生存环境，文学才是唯一可以寻回的童年，而菲华文学犹如那"有叶／却没有茎／有茎／却没有根／有根／却没有泥土"的"野生植物"（云鹤《野生植物》）一样强韧。复苏后的菲华文学，如柯清淡散文《五月花节》（1983）所写的那样，走出了"外族沙文主义"和"中华民族主义"复杂纠结的阴影，显示出自强而自省的异域生存状态，这使菲华文学更深地植根于菲律宾土地。而如林忠民那样充满对现实功利无所为而有为于文学的爱，更是菲华文学的持久动力。所以，无论是老一辈作家如云鹤、月曲了、施柳莺等复出后的作品，还是战后出生的新一代作家如张琪、佩琼等的创作，都致力于菲华文学自身质量的提升。

印尼华人所历经的磨难和印华文学的顽强生存都是海外华文文学中罕见的。尽管如同被视为印华文学重要里程碑的长篇小说《侨歌》三部曲（黄东平著，计百余万字）所反映出的那样，在印尼土生华人较快融入印尼社会的同时，印华文学从"侨民"身份向"国民"身份的转换却比新马等国家要漫长，但包括印华作家在内的印尼华人已"都认同印尼是自己的祖国，明确自己是印尼的华裔公民"[①]；而印华作家们的写作，也绝非梦回母土，而是期求能有一份与印尼土地"相配"的华族文化遗产。所以，在被因于精神牢笼的

---

① 严唯真：《试谈印华文艺的性质及其走向》，见立锋主编：《印华诗文选》，香港新绿图书社1999年版，第17页。

三十余年中，印华文学却始终在超越血缘维系、坚持心灵寻求中孕蓄、开掘着自己的语言资源。柔密欧·郑、茜茜丽亚、彩凤等印尼华文作家在印尼华文查禁时期坚持创作的作品让人感受到，曾处于长期禁绝中的印华语言之所以还有着那样丰润的生命力，就在于印华语言始终浸润在印尼华人最深切、最久远的情感中，即和印尼土地息息相关的共同命运中。印华文学实际上已在印尼土地上开掘了一口深井。这口深井在印尼华文解禁后提供给印华文学汩汩活水，而印华作家又不断引入新的源头。严唯真在1965年后的封笔蛰居中，以"面壁"之功，坚持唐诗宋词、日本俳句和印尼诗文的今译，在印尼华文与古汉语、外国语言的"互换"、对话中，确认、把握印华语言的"身份"，并锤炼了自己的诗艺。1980年代后，他重新开始创作，其诗语言因精心锤炼而丰富多姿。《龙的土地上》等70多首诗，皆为17字短诗，化用十七音的"日俳"，思境交融而浓缩，情浓思深，以一当十，情的表达和诗的思考交融拥抱。系列散文诗《天干地支曲》洋洋洒洒24首，将缪斯女神的率真眼光和"我"揭示人生、人性的勇气交融，在天干、地支的一一书写中，呈现对时间、人生、艺术、美感、情欲、性灵、政治、时代、生命、创造等的广泛思考。这些诗都将汉语生发意义的潜能在个人化表达中发挥得淋漓尽致。林万里的小说集则开掘另一语言资源，荒诞、暗示、黑色幽默、意识流动、内心独白、多声部对白、时空交错等现代语言技巧在其小说中都有成功运用。袁霓"写得很美"而"充满印尼乡土意识"①的作品，其抒情性语言似乎也非常适合印尼华语环境中的叙述，词语句式的简明和叙事层次的丰富相得益彰。即便是开掘人物内心、呈现意识流动，也没有西方现代小说的繁复，其故事情节淡化，通篇凸显人物思绪意识，但都表达得明快简练。而她的诗集《男人是一幅画》以华文、印尼文双语进行创作，其表达被印尼作家

---

① 东瑞：《花开花落 梦里梦外》，见袁霓：《花梦》，（香港）获益出版事业有限公司1997年版，第8页。

称赞为"呈现了中国古诗的柔情与浪漫","不仅可以见证印华诗人的存在及其贡献，同时也将使印尼文学更富有特色"。①

被囚于精神牢笼三十余年的印华文学复出，不是以"民族斗士"的抗争形象，而是以汉语世界的自由遨游者的身份占有自己的一席之地。正如马华新生代的林春美（1968—　）在其散文集《给古人写信》中表现的对汉字华语那种刻骨铭心的情感，已经超越了"肤色""血缘""献身华社"等层面来守望华文这片土地，更多的是"对这种语言文字无法抗拒的爱"，②对汉字本身魅力的痴迷，对汉字所勾连起的历史、现实乃至未来的爱恋。这种开阔而深入的视野将民族语言看作人类思维的珍贵财富，努力保有汉字的高洁传统，并为汉字的丰富拓展开拓多维时空，从而为海外华文文学的文化属性提供新的建设性因素。1980年代后的东南亚华文文学的变化很多，而这一变化是最有意义的。

同样的变化也发生在欧美华文文学中。高行健是一位在海外华文文学史上有重要影响的作家。高行健主要是因为在创作中发现了"现实、回忆与想象，在汉语中都呈现为超越语法观念的永恒的现时性，也就成为超乎时间观念的语言流"，从而把握到"从汉语结构的很多机制可以引发更为自由的表述方法"，③而被追捧。高行健1980年代后期移居欧洲，这正是从中国大陆（内地）出发的新移民作家开始崛起之时。高行健一直主张"一种冷的文学"，作家"置身于社会的边缘，以便静观和内省"，写作也纯然是"精神自救"，"以区别于那种文以载道，抨击时政，干预社会乃至于抒怀言志的

---

① 阿玛敦·约西·赫梵达：《序》，见袁霓：《男人是一幅画》，印华作家协会2001年版，第XII页。

② 林春美：《给古人写信·读中文系的人》，马来西亚雨林小站1995年版。

③ 高行健：《没有主义》（1993年在台湾联合报系"四十年来中国文学"会议上发言），见《没有主义》，（台湾）联经出版事业公司2001年版，第6—7页。

文学"。①其长诗《游神与玄思》言，"自言自语／乃语言的宗旨／而游思随想／恰是诗的本意"，更将作家内心自由的自语看作创作的终极关怀，作家独立思想的表达是创作的本质所在。这不仅使他更为关注中国文化传统中以往被忽视的、在"以儒家为代表的伦理教化与修身哲学"之外的"另一种中国文化"。这种文化"浸透一种隐逸精神"，不构成对其他文化发展的压迫。它包括"始终保留宗教文化的独立形态"的道、佛，"主要体现为以老庄的自然观哲学、魏晋玄学和脱离了宗教形态的禅学"为代表的"纯粹的东方精神"以及多民族的"民间文化"。②而且他更从汉语世界中求得生命的大自在，从汉语表达的自由性和潜能中找到了文学感知，以及表现世界的一种新方式——富于流动性与音乐性的"语言流"。

程抱一的成就更为广博，而他同样是从语言世界出发，向世界展示中华文化的"最精华部分"，并让"故国文化与法国文化对接"。他最早产生影响的著作《中国诗语言研究》（1977），从汉字所决定的表意实践如何开发了人生存的所有精神维度的角度，分析了汉字体系所包含的中国宇宙论思想，并以唐诗的"丰富性和多样性以及对形式的探索"作为主要对象，在词汇和句法层、格律层、象征层三个层面上揭示了汉语诗歌语言所包含的"虚实""阴阳""天地人"等中华文化的深刻内涵。程抱一一直视语言为人"生命存在的方式"，"人类的奥秘又总是隐藏在语言之中"。③当他到了"五十而知天命，该是进行个人艺术创作的大好时光了"时，他选择了当时还只能"支吾其词的表达"的法语，是"为了开创另一种更根本的对话"。④

---

① 高行健：《我主张一种冷的文学》，见《没有主义》，（台湾）联经出版事业公司2001年版，第1页。

② 高行健：《文学与玄学·关于〈灵山〉》，见《没有主义》，（台湾）联经出版事业公司2001年版，第201页。

③ 高宣扬、程抱一：《对话》，张彤译，北京大学出版社2011年版，第63页。

④ 高宣扬、程抱一：《对话》，张彤译，北京大学出版社2011年版，第81—83页。

这一"更根本的对话"，是通过母语与法语的对话而深入了解人的存在和人类文化的奥秘。他坚信汉语与法语是世界上两种伟大文化的生命源头，而生命源头上的交流才足以产生丰富双方，也丰富人类文化的新东西。当我们阅读那些由法文回译为中文的程抱一作品时，其中至情大美之丰富深邃，确是两种文化生命源头交流的珍贵结晶。这不仅丰富了法语文学的"在地"性，也丰富了汉语文学的"旅外"性。

程抱一自然并非新移民作家，而他代表了欧美华文文学的一种传统：无功利地从内心生发传承中华文化的个人化写作愿望，甘于寂寞地耕耘。1990年代后，新移民作家开始成为欧美华文文学的生力军。新移民作家世代差别较大：有属于"文革"前的一代人，共和国前三十年的动荡变迁与个人命运的沉浮复杂纠结；"老三届"一代大多有"知青"身份，"洋插队"是他们人生第二次更遥远的离散；有与海外新生代年龄相仿的，其反叛性、超越性、独立性强烈；还有更年轻的，其成长伴随现代网络社会的发展，显示出更契合全球化趋势和国际消费社会转型的创作走向。所以，新移民作家的创作，既有群体趋同性，更有内部差异性，给欧美华文文学带来了丰富的多样性，而程抱一的传统在新移民作家中得以延续。新移民作家写作行为的个人性往往是他们与国内作家最大的区别之一，其心灵的栖息地无疑是母语。同时，新移民作家是在全球化语境中开始其写作的，他们往往自觉意识到，"在可怕的所谓'世界图景'中"，诗的重要使命是"以个性对抗共性，以自由对抗'一体化'"，所以，诗人"首先要抗拒的是诗本身的'一体化'"，以发出最独特的诗的声音。从这点出发，恰恰需要作家"以自己的个性自由来守护""语言的'尊严'"。[①]例如，在美国新移民作家中，严歌苓无疑是最有文学史地位的一位。她在芝加哥艺术学院的学习，是她关于

---

① 杨克：《欧阳昱访谈录》，《香港笔会》2000年6月号。

人的观念的一次"重新洗牌"，而后的旅美生涯使她拥有的文化资源和持有的价值尺度等都有了变化。同时，严歌苓的海外创作经历了从故土"连根拔起"而"在新土扎根"的充满伤痛和慰藉的过程。而她一直将语言看作自己海外生存的最重要内容，是生命意识、生命情感、生命形式本身的呈现。她在很长时间里拒绝电脑写作，而坚持"刀耕火种"的手写，就因为她只有在这样一种语言流淌中才能充分感受到汉语质感的血肉，从而让语言与她的情感世界完全融为一体。严歌苓在非母语的写作环境中，用这样"原始"的方法保持她的母语感觉，语言成为她最重要、最丰富的生命感觉，这是严歌苓海外写作的核心，她是作为"语言的舞者"①赢得恒久的文学魅力的。

　　总之，1980年代后的海外华文文学，已不单一地纠结于"中国性""中华性""本土性"等，而是在走出它们的局限性中走向华文文学的新境界。海外华文文学的"中华性""本土性"不会消失，而当它们自自然然地表现于文学的境界、汉语的境界时，"出走"海外的生涯成为"出入"不同文化传统的人生的一部分，那是极其珍贵的生命价值的展开，是海外华文文学更令人期待的新前景。

第二节　"在地"和"旅外"：百年海外华文文学和中华文化

　　将百年海外华文文学按照三个历史阶段（二次大战结束前的"早期"，二次大战结束后至1970年代的"战后时期"，1980年代后的"三十余年"）展开，各国各地区华文文学所处世界性背景相同，民族性命运相连，地域性文学课题往往在发散、相遇中产生对话、汇聚，中华民族新文学的一些根本性问题得以浮现。其中海外华文文学和中华文化之间的关系是贯穿百年海外

---

　　①　黄万华：《语言的舞者严歌苓》，见《严歌苓自选集》序，山东文艺出版社2006年版。

华文文学历史的重要问题。这种关系是复杂的，它既指向各区域华文文学和包括五四新文学传统在内的中华文化传统之间的历史联系，也涉及各区域华族华人文化影响下各国各地区华文文学之间的关系。

一、"在地"和"旅外"：华文文学现代传统的形成

海外华文文学史得以成立，主要缘于近百年来发生在海外各国的华文新文学既与晚清民初诞生的中国新文学源流关系密切，又形成了自己丰富的传统。各国华文文学曾经因为侨民意识的主导而被视为中国文学的海外延伸，但终究会在华人的落地生根的过程中成为中国之外的国家的族裔文学。这样的共识较易形成，但这种认识还不足以说明海外华文文学和中华文化之间的复杂关系，需要在海外华文文学具体的语境中，从作家作品创作这一最感性也最根本的文学存在出发，展开历史的辨认、梳理。

本书完成的"百年海外华文文学史"着重讲述的重要作家有近37位，其活跃于"早期""战后""近三十余年"三个时期。作家"入选"的价值尺度坚持文学的经典筛选性和文学史的历史传承性，其中，既有饮誉世界的文学大家，如林语堂、程抱一、陈舜臣等；也有创作明显指向经典性、反映出中华民族新文学达到的高度的重要作家，如白先勇、王鼎钧、杨牧、郑愁予、北岛等；还有代表或引导了地区、国别一个时代审美趣味的改变，从而在那一时代的典律构建上产生重要影响的作家，如叶维廉、陈瑞献、严歌苓等和马华新生代旅台作家群；更有在各个文学领域中以其独异个性取得艺术突破，或在其居住国文学史中以其开拓性创作占有重要地位的众多作家，如丘士珍、林参天、铁抗、韦晕、郭宝崑、英培安、黎锦扬、鹿桥、熊式一、郭松棻、云鹤、赵淑侠、於梨华、李永平、商晚筠、潘雨桐、王润华、淡莹、林幸谦、黎紫书、哈金等，其作品往往也有着不可忽视的经典性或潜经典性（当代新移民作家中表现出色者众多，是当下海外华文文学批评的重要

对象，尚未作更多文学史的评判）。海外华文作家的"入选"，取与中国大陆（内地）、台湾和香港相对一致的文学价值尺度。"百年海外华文文学史"涉的作家超过百位，但这37位重要作家的创作实践构成了海外华文文学版图最丰沃的疆域。我们将这些作家的文学行踪聚合，绘成一种"地图"，由此出发，可以思考关于海外华文文学和中华文化复杂关系的一些重要问题。

"华文文学"是一个现代概念，它产生于百余年来华人多向流动、迁移而形成的多种移民文化中，海外华文文学更是如此。考察这37位作家的文学行踪，他们都没有自始至终生活于一国一地（即便是海外出生的作家，也未一直居于出生国），而是流动于这样几个大的文化迁徙群体。闽粤等地—东南亚文化迁徙群体：闽粤等地祖籍地域文化与东南亚各国本土文化资源的交融，构成这一群体文化迁徙的基本走向。台港—欧美日文化迁徙群体：既包括华人（中国人）被殖民时期在殖民宗主国的经历，也指殖民统治时期结束后从台港等地多向地迁居欧美等地区，有的是几度漂泊，出入于几种文化空间，自己拥有的母体文化多次面临异质的挑战，也展开丰富的对话。中原—台港（或海外）文化迁徙群体：1940年代后，主要因为政治变动而流落至台港的大陆（内地）作家群（抗战时期，香港已开始接纳大批内地作家）。这里的"中原"并非地理空间，而主要指内地的五四新文化空间。"南渡""南来"作家对1950年代后台湾、香港文学基本格局的影响举足轻重，其后代则将祖居地文化融入台湾、香港本土文化中，影响，甚至改变了台湾和香港文化的构成；而他们中一些人后来又移居海外，形成多重文化资源的叠合。东南亚—台港文化迁徙群体：1950年代起，东南亚华人的大批学子前往台湾、香港攻读高级学位，将非华文主流社会的华族文化和华文主流社会的文化交融。这种文化背景下成长的华人中生代、新生代作家对东南亚和台湾、香港文学构成双重存在和双重影响。中国大陆（内地）—欧美澳文化迁徙群体：既包括二战结束后迁居欧美并最终定居欧美的作家，更指1980年代后的新移民作家，前者在日积月累中展开中西文化的久远对话，后者有着压抑禁锢日久后爆发的文化交融……这些文化迁徙群体都将自身原先拥有的文化资源"旅外"迁移至现时文化空间，以"在地"的方式与原先的在地文化相遇、对话、交融，产生华文文学关系的变动性、开放性。"旅外"和"在地"是海外华文文学两种基本形态，两者之间包括转化在内的变动往往成为各地华文文学形成自身传统的过程的构成部分，既反映了中华文化传统播传中的新变，也呈现出在中华文化的接纳下各区域华文文学得以丰富的样貌。

所谓"在地"是就华文文学与所在地的关系而言，它往往是"将自己置身他者之间"，落实于所在地"本土"之中；而"旅外"则就华文文学与离开地的关系而言，前述文化迁徙群体都可视为其出发地的"旅外"群体。一地的"旅外"文学成为另一地的"在地"文学，某国某地的华文文学也往往包括"在地"文学和"旅外"文学两部分，而它们之间的关系并非单一。

首先，原先的"在地"文学情况复杂，往往存在多源多流的情况。例如东南亚地区，仅就"在地"的华人文学而言，就有马来亚海峡华人（峇峇）文学、印尼侨生马来由文学等非华文文学，而华文文学也随各国华人居留状况的不同而相异。语言不同，华人文学的历史情境也大不相同；语言相同（相近），华人文学的历史情境也会不同：菲律宾的天主教文化、马来亚的伊斯兰教文化、泰国的佛教文化等对当地华文文学的影响都不可忽视。而华人聚居或散居的居留方式等也影响着华人"在地"文化的走向。同样需要关注的是，同一个国度而不同地域的"在地"华文文学因为都处于所在国"边缘"，往往会各自为政。例如，东南亚华文文学重镇马来西亚被南中国海分成西马（马来半岛）和东马（沙捞越、沙巴州）两部分，东马的面积大于西马，但西马经济、文化的发达程度超过东马，首都吉隆坡也在西马，西马文学也就在近百年来都"堂而皇之"地代表马华现代文学。而事实上，东马华文文学虽相对滞后，但一直有着自己的发展轨迹，其从1950年代起渐成规模，少受早期，尤其是抗日时期马华文学"中国性"的影响，其东马"在地"性更加明显。从五六十年代的魏萌、吴岸等，到八九十年代的田思、梁放等，再到21世纪东马作家全方位"书写婆罗洲"实践的展开，还有旅台的李永平、张贵兴（主要指他们旅台前的创作），已足以构成东马华文文学的传统。这一传统密切联系着婆罗洲雨林、多元种族文化、沙共历史等东马特有的资源，与西马华文文学有着很大不同。西马和东马华文文学之间"不必存在任何从属关系"①，而是当道并行的马华文学。这种华文文学"在地"的多样性使得各地华文文学的历史情境具有丰富的差异性，即便都曾接受中国现代文学的影响，影响的内容和结果也会不同，甚至大相径庭。

其次，华人文化一直处于由"旅外"向"在地"的转化并不断展开的过程中。在这一进程中，一方面，"在地"的接纳性非常强大，旅外者即便明确地保留着原先的身份，其文化行为，尤其是创作实践仍然会有强烈的"在地"倾向，这大概是因为文学创作的历史情境性和现实关怀性。例如，马华抗日救亡文学一向被视为"侨民意识高涨"，具有鲜明的"中国性"，甚至被认为由此中断了马华文学的本土化进程。但具体分析马华抗日文学佳作，却会感受到其强烈的"在地"意识，"外来者"主导的马华抗日文学仍不失为马华文学本土传统形成中的重要一环。②这里涉及如何看待"本土"：华文文学的"本土"既是历史传统，也是现实情境。它抵抗外来殖民性文化，但也开放于"外来"向"在地"的转化中，促成"在地"的多元性。海外华文文学的丰硕成果，显示出中华文化海外"在地"播传、反哺的民间多样性。诸种文学，都以作家个人性的独立思考传承传统，根植于居住国土地而互相

---

① 陈大为：《鼎立》，见陈大为、钟怡雯、胡金伦主编：《赤道回声》序，（台湾）万卷楼图书股份有限公司2004年版，第ⅩⅧ页。

② 黄一：《马华抗日救亡文学中的在地意识》，《中国现代文学研究丛刊》2015年第9期。

呼应，又敞开胸怀，对话世界潮流，让中西方实现从未有过的接近，这些都构成了海外华文文学的"在地"性。华人所在国的土地接纳了华文文学，并孕育了其无穷的原创力，由此形成的文学传统才具有海外华文文学的本土性。有了本土性的丰富，才有中华文化的丰厚。

另一方面，"旅外"的流动性也始终存在。与"中国性"指向的终一性不同，海外华文文学的指向始终有着变动中的多样性：既有一开始就出于"子孙久留之计"而视居留地为唯一家园，落地生根于所在地建构华文文学自足体系的，也有随各种"出走"浪潮的起伏来回于原、新居留地之间的。落地生根者的"在地"性也会受到"旅外"的冲击而"再离散"，形成新的"在地"性。19世纪，新加坡就发生过在中国驻新加坡领事积极倡导下的"再华化"运动，明显带有中国背景下海外华侨归属中华文化的指向。而今天，这种"再华化"如果可能在已彻底归化居留国的华裔中发生，情况就会有所变化。例如陈政欣（马来西亚出生）的小说集《荡漾水乡》讲述亚太地区（澳大利亚、印尼、新加坡、马来西亚等国）华人所经历的"再离散或双重离散的过程"，其首篇《三城》就以在澳大利亚土生土长的第三代华人林麦克被公司派遣到上海、沈阳、西安三座城市的三个"第一天"，展现这个从未到过中国，而其父辈当年都选择"背弃和逃离中国"的华裔青年"再汉化"①的生命历程。林麦克不仅从不识汉字到能够直接阅读中文撰写的中国近代史与小说，而且逐渐走进了中国的"民间文化与地理风貌"。但即便他和中国恋人梅芬情意已深，他也"更愿意成为全球化的世界公民，而不是让一些国界来囚禁"自己。这并非"怀抱世界主义理念或理想"，而是因为他身处全球资本主义的时代，他要以"可以在世界上的任何国家工作"的"旅外"身份拥抱全球化。小说涉及的"再汉化"摆脱了国族归属，指向了全球

---

① 李有成：《改革开放症候群——读陈政欣的小说集〈荡漾水乡〉》，见陈政欣：《荡漾水乡》，（马来西亚）有人出版社2013年版，第11页。

化背景下华人生存的现实话题。

随着以经济领先的交流逐渐加强，回流式的"再华化"会发生，其他内容的"再离散"也在发生。然而，任何"旅外"的发生，不只是意味着作家迁徙离开了自己的国家，也意味着他流散于原先的传统之外。只有一种已经形成了自身传统的文学，才会产生"旅外作家"。例如，1960年代后，马华旅外作家群的出现，恰恰是马华文学在马来亚这个华文非主流国家已经形成自身独立的传统的印证。而1980年代后，以1960年代后出生的华人新生代为主的新马旅外作家的创作既产生于全球化语境，又密切联系着新马华人在居住国所处地位和社会参与方式等的变化，其"地域性与全球性兼有"的创作，不仅成就骄人，而且对新马国内，乃至东南亚各国华文文学都构成一种"重建再构"的关系，并逐步成为新马华文文学传统的重要组成部分。"离散"是传统展开、发展的重要形式，"旅外"与"在地"之间的互动，成为华文文学形成自身传统的过程。

二、"灵根自植"的"中华性"开掘了中华文化传统中的多种可能性

"中国性"和"中华性"往往是我们考察华文文学的重要视角。以往我们认为，"中国性"包含强烈的现代民族国家意识，主要表现在政治、经济、军事等层面，也会传递到文化、文学层面，它促进了华文文学与中国现代文学的密切关系；而"中华性"则表现为精神的、伦理的、审美情感的等文化层面的内容，它使得各地各国华文文学能以自己的方式与世界文学（包括所在国其他文学）对话、沟通，并形成自己的传统。①从"中国性"向"中华性"的转换，是华文文学的共同现象。问题在于"中华性"的复杂性，它既有从中华文化本源地（有意无意地）向外播传形成的"中华性"，也有在

---

① 黄万华：《文化转换中的世界华文文学》，中国社会科学出版社1999年版，第32页。

各地各国独立自主形成的"中华性"。后者既与近百余年中不同社会制度、国家架构形成的地区隔绝有关，更联系着各地区华人落地生根的艰辛历程。

1961年，唐君毅就在香港写下《中华民族之花果飘零》一文，提出了"灵根自植"的文化主张，认为在中国当时的情况下，坚守中华文化传统之道格外重要，但又要另辟蹊径，那就是海外华人凭借自己的力量种植中华文明的"灵根"，将其培育壮大。这一主张虽有历史的无奈，但却是海外保存、传承中华文化传统的正确之道，也道出了20世纪中华文化传承、发展的动力和现状，那就是原本多源多流汇合的中华文化在不同地域、社会中各凭"灵根"，自成传统。这种"灵根自植"，使"中华性"成为一种不断展开中的开放的生命进程。

"灵根自植"的"中华性"有着不同的情况。一种情况是华人在"被迫离开我熟识的空间和文化的中心而流徙到外国的时候，这份对中国的固执的爱，忽然升华为一种无比的力量……更清澈地认识到中国深层文化的美学形态和这形态所能……复活的民族风范"[1]。他们往往回到中国文化的源头去寻找在居留国生存、发展的精神力量，其中卓有眼光者会超越自身生存的需求，自觉展开中外（中西）文化对话；而更有成就者会"不断地在其本源文化积淀中最精华部分和'他者'提供给他的最精彩的部分之间去建立更多的交流"[2]，"本源"和"他者"两者的精华对话、交流，延续、丰富的不只是民族文化，更有人类文化。它们的成就还往往指向中华文化在其"本源地"被遮蔽的核心内容，与同时期华文主流社会的文化、文学取向没有关联，却切中民族文化长远建设之计。例如旅法的程抱一着力于生命运行根本问题的

---

① 叶维廉：《母亲，你是中国最根深的力量》，见陶然主编：《香港当代作家作品合集选·散文卷（下册）》，（香港）明报月刊出版社、（新加坡）青年书局2011年版，第338页。

② 贝尔托：《当程抱一与西洋画相遇——重逢和发现（达·芬奇，塞尚，伦勃朗）》，陈良明译，见褚孝泉主编：《程抱一研究论文集》，复旦大学出版社2013年版，第142页。

思考，视"三元思想"为道家和儒家共同之道，又和西方艺术思想有精神上的暗合相通，从而将三元论这一"中国思想所奉献的理想化的世界观"提升为人类的宇宙观；旅美的叶维廉在道家美学和现象学的汇通中提供了审视中国传统美学、中国古典诗歌的新视角，由此建构了纯任自然的诗学理论，对当前处于消费时代的东西方国家都有强烈的启迪性。他们的著述在中国大陆（内地）、台湾和香港产生的重要影响，不只是文化的反哺，更是文化的重生。

另一种情况是华人族群长期"灵根自植"，遭受的压力多种多样，现实生活状态纷繁复杂，其"中华性"有着更多的变迁性。从东南亚华文文学看，原先的"中华性"往往表现为家国、族群、语言存亡绝续的象征符号和意识形态，后来则一步步地更多表现为华裔东南亚国民的"精神性格、民族经验、工作风格、道德伦理、学术理念、生活模式"等。例如，中华古典形象中，屈原是流传最广的，他构成了一种源头，化成了一种习俗，代表了一种信仰。马华文学中"屈原"这一形象从族群矛盾尖锐化的1970年代开始大量启用，承载了马华社会沉重的危机、困境和压力，表达着不满，甚至抗争华人经济利益、政治权益被边缘化现状的情绪，也就有过多基于现实功利的取向。而后，随着马华社会生存状况的变化和华人自我反省的深入，作家笔下的屈原形象开始有了自我质疑、自我反省、自我超越的新的丰富含义，屈原传统的自由精神得到了一种现代性的建构，也更好地契合了华人的现实生存境况。由此呈现出的源自内心的深刻体验的批判性，表面上看是屈原（中华）传统被解构，实际上却是华人对于自己精神风貌、文化特质的建设，不失为对中华文化的一种丰富。如果将这种变化置于东南亚国家的本土化政策、华人处境、东南亚国家与中国的复杂关系等因素组成的大环境中，我们会强烈感受到，东南亚华人承受重重压力，着眼于自身生存的现实和未来而展开的文化建设，也许表面上看是中华文化传统的衰微，实际上却是开掘了中华文化传统多种发展的可能性。近几十年来，华文文学的成就往往产生于中华文化传统在中国大陆（内地）被忽视或被遮蔽的那些部分的现象，也可以提醒这一点。

文学史总是生成于具体的历史情境中，上述两种情况中，后者的"中华性"更具有文学史意义。在中国国力开始强大、不断走向世界的当下，"灵根自植"使"中华性"得以在各地华人社会以各自的方式延续，不断获得新的生命力。所以，更切实具体地从各地华人社会的历史境遇和现实处境出发去把握"灵根自植"的"中华性"，方可看清楚华文文学和中华文化的复杂关系。

华文主流地区，如台湾、香港等，还会有具有鲜明"中国性"的华文作家，而他们的创作会影响"中华性"强烈的海外地区的华文文学。例如余光中的创作不只是影响中国大陆（内地）、台湾、香港等华文主流地区的文学，也影响马来西亚、新加坡等国的华文文学。这也许说明文学中"中国性"和"中华性"的相连相通，文学使得"中华性"更加成为华人开放的心灵历程的记录。

三、双语写作：中华文化"在地"性生产的拓展和提升

"在地"程度最深的，当是以所在国家和地区非汉语的官方语言写作。这些作家如果是双语写作，其非汉语作品又被翻译成汉语，在汉语读者中产生影响，如林语堂的创作，那么，其作品仍应该纳入华文文学的研究范围。就海外华文文学而言，汉语写作和所在国非汉语的官方语言写作也构成了"旅外"与"在地"的关系。无论何时何地的写作，只要是用汉语写作，作者总会笼罩在中华文化之中，成为中华文化的"旅外"状态。那么，当作者进入另一种语言，尤其是另一种完全不同的语言，其写作的"中华性"又如何？

华人作者的非汉语写作，情况也很复杂。这里我们着重讨论熟悉汉语、同时又从事非汉语写作的作家。他们大部分是为了使自己的创作能进入所在国主流社会而选择非汉语写作，更多地属于个人性的写作选择，而非历史形成的区域性语言行为（例如殖民历史形成的英、法本土以外的英语国家、法语国家等的文学），具有更浓厚的跨文化交流性。这种跨文化交流性也非族群行为，所以无须过多考虑国家、地域、社会等问题，而是更多地从人类的内心交流需求和人的心灵世界出发，发掘"越界"写作的跨文化价值。例如，美国华文文学战后的重要成绩表现为此时期在美国产生影响的是几位打入美国主流社会的华人作家。首先是黎锦扬，他是五四时期湖南"黎门八骏"中的小弟，1941年毕业于西南联大外文系，抗战后期留学美国。他一开始就以唐人街为题材，进行英文创作。长篇小说《花鼓歌》（1957）以美国移民法禁止华人妇女入境为背景，围绕观念传统的父亲王奇洋和开始认同西方文化的儿子之间在婚事、事业上的冲突，讲述代际、族群冲突所包含的东方和西方、传统和现代的复杂关系。小说出版当年荣登《纽约时报》畅销书排行榜，黎锦扬也成为继林语堂之后第二位享此殊荣的华人作家。随后，《花鼓歌》的中文译本（欧阳璜译）在香港出版，同时，《花鼓歌》改编的百老汇音乐剧，在纽约和伦敦两地就上演了1000多场，得到6项东尼奖提名，又由环球影城拍成电影，也造成了轰动。2002年，华裔美国剧作家黄哲伦推出新版音乐剧《花鼓歌》，在洛杉矶上演，再次备受好评。小说《花鼓歌》也再度重版，至今仍是美国人心目中中国文化的典型。

《花鼓歌》作为最早将中国文化带进百老汇的作品，以1950年代美国唐人街父子之间的冲突表现中西、新旧文化的关系和年轻人对爱情的追求。小说生动地描述了旧金山唐人街"这一片狭长的土地在流亡者眼里，仍然是与家乡最为接近的地方。中国的戏楼子、粥棚、茶馆、报纸、饭菜、中药……都提供了一种气氛，使每一位流亡者疑惑自己是否站在外国的土地上。不过，在这一种熟悉的气氛中，他仍然要面对全然陌生的困难，而且要与这些困难做斗争"①。小说鲜明刻画了同一个家庭中不同的华人形象。一家之长王奇洋沉溺于旧中国情结中，他视唐人街以外为外国领土，对西方的一切都本能地拒绝，而他在唐人街的生活仿佛仍在旧日中国，毛笔、文言、中药、对联、瓷器、麻将……这是让他感觉到最安全、最陶醉的世界。他在仅有的一次走出唐人街的"罕见经历"中感受到夜总会的晦气，意识到自己孩子面临的"危险"，便命令儿子学习孔孟之道，以防止变得野蛮和西化。然而，王奇洋在强势的美国文化面前无能为力，不仅三儿子王三完全被美国文化同化，而且长子王大虽如同他一样穿长袍马褂，唯长辈意志是从，但在种种"难以战胜的禁锢"中挣扎之后，也终于摆脱那种"一无所有、无所作为和没人需要的感觉"，离家出走，去寻找他所倾心的姑娘李梅。小说结束于"也许五十年后，唐人街上这些熟悉的景象和气氛中，绝大部分会消失得无影无踪……""因为这是年轻一代的世界，一切事物都在变化之中，虽然过程缓慢，却是不可逆转的。"②这表达出美国华人在蜕变和冲突中的自信和乐观。

黎锦扬的成功有着他持久的追求。1941年大学毕业后，黎锦扬就到云南芒市土司衙门当英文秘书，和"摆夷"人友好相处，真诚地关注他们的命运。他出版过十多部小说（集），包括同样被列入《纽约时报》畅销书的长篇小说《情人角》（1958，中文版名《天涯沦落人》，李勉贤译，讲述在美华人教员的恋爱故事）等。他自认讲述云南土司故事的长篇《天之一角》（1959，中文译本曾连载于台湾《联合报》副刊，后由文星书店出版，译者吴作民。该小说还在台湾被改编成电视剧）是他写得最好的小说，其中写到

---

① 黎锦扬：《花鼓歌》，刘满贵译，山东文艺出版社1999年版，第1页。
② 黎锦扬：《花鼓歌》，刘满贵译，山东文艺出版社1999年版，第329—330页。

的中国远征军和边地少数民族的文化冲突反映出他敏锐的文化感受力。赴美后，黎锦扬也无水土不服，更没有陷入乡愁而不可自拔。他是中国作家中最早扎根美国的，和美国妻子组成的家庭生活和谐美满，社交圈也融入了美国社会，但他的创作却全部取材于中国历史和华人生活。《赛金花》《上帝的第二子（洪秀全）》等长篇小说着眼于人性、爱情来写中国历史人物，《金山姑娘》《堂门》等长篇小说取材于华工早年在美国采金、筑路的艰辛历史，《中国外史》更是以一个家庭四代人的命运讲述从晚清到"文革"的普通中国人命运。而其中的文化冲突和沟通始终是他关注的重点，但他不会将文化冲突政治化，而是用文学形式去展现，让读者观众自己去体悟思考。一直到新世纪，90多岁高龄的黎锦扬还创作了《新疆来客》《来自中国的女人》《中国女人的灵与肉》《旗袍姑娘》等多个剧作，这些剧作无一例外地写出了不同文化之间的对话和冲突。他理解美国文化，尊重美国文化的娱乐性，视创作为职业，认真、精心地建立起作品人物与读者、观众的关系，并采用美国人喜欢的幽默、轻松的方式表达。这些剧作在好莱坞等地上演，由此也让美国人认识了中国文化，尤其是华族与人为善、相忍为谋的文化气度。他的英文"好得不得了"，但他到了80岁，还用中文写作，出版了小说集《旗袍姑娘》（1995），塑造了众多富有生命实感和生活趣味的美国普通华人形象。中华文化在他的血液里根深蒂固。

　　黎锦扬的创作表明，双语创作自觉的文化交流意识不会陷入"东方主义"一类的陷阱，而能让中国文化进入所在国非华人的寻常百姓家，其"在地"性确是深入的。同样从事双语创作而有影响的乔志高（1934年赴美留学，之后一生大部分时间都在美国）也和黎锦扬一样，有自觉的文化交流意识，这事实上是从事双语写作者共同的文化取向。乔志高一生出版的13部散文集大部分是关于美国风土人情和美国语言的，亦庄亦谐的文笔将英语词汇演变的考证和社会习俗变化的体察结合在一起，让人感受到他在英语世界中遨游时汉语及其文化依旧陪伴他。这里有一个很有意思的问题，非汉语（英语）的"在地"性和汉语的"旅外"性如何对话，这构成了双语写作者的文化基石。

这方面，程抱一的创作当为最典型、最成功的。程抱一1949年旅法，1975年前主要用中文写作，其中文诗文集《和亚丁谈里尔克》（1972）和诗集《叁歌集》（1980）分别在台湾、香港出版，其内容已经包含了程抱一一生对生命奥秘、中西文化对话等的探索。此后程抱一开始用法文写作，但其诸多重要作品已译成中文，并在大陆、台湾等华文主流社会产生广泛影响。同时，他的法文作品获得法国社会的极高肯定，长篇小说《天一言》出版当年获法国极有影响的费米娜文学奖，其另一部长篇小说《此情可待》也在出版当年获法兰西学院颁发的法语文学大奖，这是该院三百多年来第一次颁奖给亚裔作家。程抱一也在获奖翌年当选为法兰西学院院士，成为与拉辛、高乃依、孟德斯鸠、伏尔泰、雨果、大仲马、泰纳、柏格森、法朗士等法国大家名列一起的"不朽者"。

汉语与法语的欣喜相遇、深层交流，是程抱一人生中最奇妙的经历，给他带来了丰厚的力量。程抱一是在"五十而知天命"之时集中开始文学创作的，此时他产生了两难的选择：选择汉语创作会容易一些。他在中国古典诗画的研究中对"汉语本身就是高度诗化的语言"体验深切，当时他汉语的诗歌、散文创作也已展开，他完全可以依靠他所熟悉的母语滋养的诗语言传统，"锻造出一种秉承传统的语言"。然而，他选择了法语，因为他坚信，语言是文化的源头，两种语言的对话会深入了解人与人之间存在的相通。而在程抱一进入法语世界的生命历程中，汉语始终是忠实的在场者。程抱一"将许多法语词汇作为表意文字来体验"[1]，从法文的语音开掘"它们所代表

---

[1] 高宣扬、程抱一：《对话》，张彤译，北京大学出版社2011年版，第85页。

的意象"。他在《对话》一书中列举了"ARBRE树""ROCHER ET PIERRE
岩石和石子""ENTRE间隔／进去""SOURCE源泉""NUAGE云""NUIT
夜"这些"美丽的法语词汇"的语音如何让人在联想中产生鲜明的意象，孕
育出美妙的诗歌。法语语音表达的内涵（色彩、气氛、味觉、面貌、动感
等）之丰富、相应产生的意象之精妙，让人惊叹。同时，程抱一也将包含
"二元""三元"思想的中国传统诗语言引入法国诗语言中，如"天—地—
人""阴—阳—冲气""笔—墨""云—雨"等，让这些词素可能产生的
"碰撞、爆裂"拓展出丰富的想象空间。这些中国诗语言启发程抱一神奇地
将法语一些复杂的词拆开来，显露出它们所暗含的原始意义……总之，汉
语与法语"这两者之间产生了丰富的交流。由此所产生的相互渗透极为深
刻"，汉语作为母语使程抱一不断产生灵感，得以进入法语的生命源头。当
我们阅读那些由法文回译为中文的程抱一作品时，其中至情大美之丰富深
邃，确是两种文化生命源头交流的珍贵结晶，这不仅丰富了法语文学的"在
地"性，也丰富了汉语文学的"旅外"性。

程抱一所处的欧华文学能对中华文化的世界性传播做出重大贡献，与其
双语的存在方式有密切关联。早在二十世纪五六十年代，熊式一、熊秉明的
双语创作就取得了重要成就，而如今欧华作家中双语写作的更不在少数，除
了程抱一这样的文学大家双语写作，关愚谦（1931— ，定居德国汉堡，为
汉堡州政府1956年设立"艺术与科学奖"后第一位获此奖的华人）等前辈作
家致力于中华文化典籍的翻译外，一些较年轻的新移民作家的双语创作也成
果丰硕。例如，亚丁的法语小说《高粱红了》《战国七雄的后代》《水火相
嬉》等从1980年代起就进入法国寻常百姓家，仅《高粱红了》就发行了59万
册，并被用作法国中小学读物，他也获得了法国荣誉军团勋章。山飒的8部
法语小说，屡获法国各种文学奖项，使得法兰西既是"巴尔扎克的故乡"，

也是山飒的"家园"。①戴思杰以中国知青经历为背景的法语小说《巴尔扎克与中国小裁缝》（2000）被改编成同名电影，广受好评。他的第二部法语小说《狄公情结》（中文版名《释梦人》）获费米娜文学奖，得到法国文学界的高度肯定。王露禄用荷兰文创作了10余部小说，在荷兰文中融入丰富的中国元素。友友的英文长篇小说《鬼潮》等艺术感受力敏锐丰富，文学叙事常从极为细腻的文字表现走向中西交融的知性表达。……这些都显示出欧华文学"在地"生产能力的提升。当欧华文学不再是异国消费的中华文化，而能"在地""生产"时，它的生命也由此打开。两种，甚至更多种语言的对话，是不同文化生命源头的对话，足以产生丰富双方（各方）的根本性的新东西，中华文化传统也必然得到更大的丰富。

在海外华文文学历史最深厚的马来西亚，一方面，华人作家对汉语有刻骨铭心的挚爱，华文教育始终陪伴华人社会的生存发展；另一方面，华人作家以马来文（如张发、林天英等）、英文（如李国良等）创作的作品呈现的仍然是马华民族生存的经验、智慧和力量。即便只用汉语写作，通过马来文、英文交流来丰富华族生活经验也已是常态。华文的"旅外"性日益转化为"在地"性，这恐怕是华文文学得以长久生存的根本原因吧。（香港被英国殖民统治时期的中文"在地"性更值得关注，其文学语言对多种语言资源的汲取起码丰富了中文的现代表现力。）中华文化不再是华人社会的消费品，而成为"在地"生产的文化得以丰富、提升。而那些蕴蓄华文文学生存发展潜力实践的展开，终将使得华文文学成为中华文化的重要资源。

四、"海外中国"：传统的创造性转换

在本节关于海外华文文学与中华文化传统关系论述的最后一部分，我们

---

① 法国前总理拉法兰之言。见山飒：《柳的四生》，上海书店出版社2011年版，封底。

想关注一种现象：海外中国知识分子群体一直致力于中华文化传统的现代转换。

　　白先勇关于人世沧桑的苍凉感等构成了中国文学最高境界的论述，恐怕是他半个世纪的创作生涯中最有价值的文字之一了。那种对中国文学历史特征的敏锐捕捉和深邃透悟，不仅来自白先勇飘零的家世所孕蓄的历史洞察力，而且直接联系着白先勇寓居海外五十余载的一种恒久努力，即在世界现代文明的匆匆进程中，接续上中国传统文化。有人将白先勇呼吁"我们需要一场新'五四运动'"称作"白先勇旋风"。（关于新的"五四运动"的具体含义，白先勇1988年6月在加拿大华裔作家协会举办的"华人文学——海外与中国"会议上作过明白无误的解释："我觉得海内外中国人最需要的是在2019年即五四运动100周年前，有一个中国文化的复兴，这个文艺复兴必须是重新发掘中国几千年文化传统的精髓，然而接续上现代世界的新文化。在此基础上完成中国文化重建或重构的工作。"①）而这一旋风所具有的巨大震撼力，正是海外中国知识分子这一群体角色迸发出来的。

　　所谓海外中国知识分子，是指寓居海外多年，且已加入居住国国籍，融入了居住国生活的多个层面，但仍视自己为中国人，又一直关心着中国文化现实命运的华人知识分子。他们不同于东南亚各国的华人，后者在身份上已自然地视自己为居住国国民，以一种较为纯然的国民心态参与居住国的政治、经济、文化事务，已习于把关注的重心落在居住国的现状上。海外中国知识分子群体主要存在于欧美地区，因为那里有着允许他们生存的社会环境。②其中的海外作家从生命感悟中领会文化传统的力量，提供给传统向现代转换的经验尤为丰富。而以作家身份扮演着海外中国知识分子角色，最出色

---

① 陈浩泉：《"白先勇旋风"》，《世界华文文学》1999年第4期。

② 可参阅本书《寻根和归化：海外华文文学创作身份的寻求》一节的论述。

的当推白先勇。他的海外生涯及其影响，使人得以窥见海外中国知识分子力图实现传统文化的创造性转换的不懈跋涉。

白先勇的海外生涯富有个性色彩。他的文化忧患浓聚于对个性生命的体悟中。白先勇自述其人生忧患始于豁达、乐观、勇于求生的母亲遽然长逝，"像母亲那样一个曾经散发过如许光与热的生命，转瞬间，竟也烟消云散，至于寂灭"。这种天崩地裂、栋毁梁摧之感，使白先勇"领悟到人生之大限，天命之不可强求"。而在以后长久的潜意识里，白先勇对母亲一直有着"没能从死神手里，将她抢救过来"的深疚。此事发生在白先勇初居美国之时，丧母之痛在异国羁留中化成了"一种天地悠悠之念"，一种"骤然间，心里增添了许多岁月"的"脱胎换骨"。①这些感觉直接孕育成了他日后的《纽约客》和《台北人》，而白先勇也直截了当地称此为他"写作生涯的分水岭"。

客居美国的五十余年中，白先勇在文章中反复写到了父亲、三姐、好友接连归真而去的伤痛。例如《第六只手指》一文所写49岁的三姐，童贞之身来、童贞之身去的一生，以三姐在亲朋好友真诚关爱下的孤独感，写尽了个体生命存在方式的不可抗拒。一直到他1998年末所写悼念亡友王国祥之作《树犹如此》，那种在苍凉浩茫的人生感怀中所包含的对命运从容而无奈的把握，对生离死别、起落兴亡的深沉而豁达的观照，都被作者那样"自由自在"地糅合在异域生涯、传统心灵的呈现中。文中那高贵、雅洁、秾丽的茶花和孤标傲世而无故枯亡的意大利柏树交相映衬，在有如"女娲炼石也无法弥补的天裂"的人生无奈中呈现出强韧而恒久的生命抗衡。如果将文化看作人类对生命认知和提升所作的努力，那么，白先勇在上述对个体生命消逝的体悟中深深浸润出的思想（这些思想成为引发其小说创作的重要契机）无疑

---

① 白先勇：《蓦然回首》，见《白先勇文集　第四卷：第六只手指》，花城出版社2000年版，第10—11页。

成为其更不可自断于母体文化的信念。

当白先勇越来越举重若轻地在至亲挚友命运的刻画中呈现出苍凉的历史感时，我们也越来越强烈地感受到其"将相"的家世、去国的境遇所积聚起的人生遗憾。白先勇体悟到的个体生命的脆弱、不可知，强化着其人生遗憾，使白先勇自然转向传统、转向民族文化去寻求永恒，去求得自身求生意志、灵魂感应能力与文化母体的永恒合一。

白先勇先是用"纽约客""台北人"这两组足以垂世不朽的小说人物形象，表达了其漂泊、出入于不同文化空间中，孤独而执着地寻回传统的价值信念。1980年，他在旧金山会晤沈从文时，突然醒悟到，像沈从文那样，以研究古代文物，来"扶植中国传统一线香火使之不坠"，"比写小说更迫切"。①所以，从1970年代后期起，他更是直接投身于重建中国文化的社会实践中。

白先勇重建传统文化的信念，来自他的传统文化危机感。在可以视作其小说代表作的《游园惊梦》中，白先勇以同样出身于昆曲艺人的钱夫人和窦夫人的境遇转换表达了他的危机感。昆曲被视作中国贵族艺术，乃至中国古典文化的精华，小说以命运困窘的钱夫人在正当富贵的窦夫人的宴席上感受到的心理阴影写出了一种文化被胁迫感。小说通篇的文化意象（桂花香、露台等）纷繁而自然地转换，在人生如梦的人物感受中浓缩起挽歌性的文化情感。窦夫人代表的现代工商社会文化足以表明白先勇的文化危机感来自何方。后来，白先勇在《惊变》一文中则直言："二十世纪中国人的气质倒是变得实在太粗糙了，须得昆曲这种精致文化来陶冶教化一番。"尤其是白先勇坦言："环顾世界各国，近半个世纪以来，似乎还没有一个国家民族像中国人这样对自己的传统文化如此仇视憎恨，摧毁得如此彻底的。我们的旧传

---

① 白先勇：《白先勇文集第四卷：第六只手指》，花城出版社2000年版，第89页。

统社会确实有其不可弥补的缺点，应当改革。但是对一个小说家来说，跟自己国家民族的传统过去，一刀两断，对他的艺术创作，害处甚大。"①白先勇寓居海外说这番话，应该说不带有现实政治批判的意识，而是侧重于文化、艺术的传承，其中的文化危机感是沉重而警醒的。从五四到60年代，到90年代，海峡两岸、香港地区、海外华人社会，都曾激烈徘徊在东方和西方、传统和现代之间，其共同原因在于自己的文化根基薄弱。政治的图强、经济的转型，都使我们急于借助外来文化以获得成功。即使有时虑及传统的复兴，也无法摆脱"急功近利"的现实压力。

据说，1980年代中国大陆（内地）一位从事传统文化研究的学者到国外访问，了解到海外中国知识分子在传统文化转换中所扮演的角色及其影响，回来后颇有点不平地说："那些事原本该是我们的。"这种不平倒让人思考：为什么海外中国知识分子反倒比身处中华传统主流社会的知识分子在传统文化的转换上做得更有成效。

海外中国知识分子关注传统的契机在于他们对五四传统的反思，尤其是对五四时期历史整体主义倾向的质疑。李欧梵就非常明确地说过，"以'五四'为代表的现代性为什么走错了路？就是它把西方的传统引进中国之后，把它看得太过乐观，没有把西方理论传统里面产生的一些比较怀疑的那些传统也引进来"②，即忽视甚至无视西方知识界对自身传统负面因素的思考。其原因就在于五四以来中国"大体上是一面倒，被某一种民族情绪所推动，做乐观的一面倒"③。这种历史整体主义态度既妨碍了对西方传统作出包

---

① 白先勇：《与沈从文的会见》，白先勇：《白先勇文集第四卷：第六只手指》，花城出版社2000年版，第54页。

② 李欧梵著、陈建华录：《徘徊在现代和后现代之间》，上海三联书店2000年版，第153页。

③ 李欧梵著、陈建华录：《徘徊在现代和后现代之间》，上海三联书店2000年版，第154页。

含质疑批判的深层思考，也导致了与自己民族传统的整体"断裂"。整个20世纪中，西方思想基本上是被用来挑战"宰制性"的传统权力结构，而忽略了被用于人之"灵性"（人之为人——叶维廉语）的复活，因此，就必然忽视了用西方思想中的怀疑精神、批判精神、开放精神去反思西方自由思想潜藏的精神困境。而当海外中国知识分子摆脱了前述制约，他们对西方文化有了清醒的反思，对传统文化也获得了科学的参照系。

白先勇曾言，"美国经验"使他"对自己国家的文化反而特别感到一种眷恋，而且看法也有了距离"。[①]这种摆脱了"身在其中"的距离感，正是海外中国知识分子得以对传统进行冷静观照的重要条件。例如，陈若曦、白先勇等旅美作家是最早（1971—1974）用小说对"文革"进行审视的作家，但他们的小说都极少对"文革"进行激愤的政治批判，也极少有意识形态的否定、抨击，而是将刚刚发生的民族灾难推至长远的民族传统背景中冷静审视，从中表达其对传统文化的哀悼、反思。张系国的小说《蓝色多瑙河》《红孩儿》、丛甦的小说《辛老太太的"解放"》等，则是将"文革"的记忆呈现于异域的生活中，作品中的"文革"灾难由此带有了人类共有的缺陷、人类普遍的弱点。这种从人类历史、文化的角度去审视"文革"的写法，实际上获得了观照传统文化的深度。这种距离的观照当然是国内作家较难获得的，但由此体现出来的通过反省中国人的"根性"而产生对传统渊源的眷恋进而理性地审视传统文化的思路，却是值得借鉴的。

对调和的、中庸的人生观、文学观的阐述，成为海外中国知识分子观照传统的一个重要内容。白先勇旅美后才更深刻地把握了传统，其中孔子"诗，可以兴，可以观，可以群，可以怨"的艺术精神为白先勇所倾心并致力追求，而白先勇看重的"诗，可以怨"等，又是作为人生的社会性和个人

---

① 白先勇：《白先勇自选集》，花城出版社1996年版，第379页。

性的二元存在而表现出的服膺，即以个人真挚的情感（悲悯同情）表现人性、社会。①孔子对诗的理解两千年来一直体现在中国文人身上，他们往往做人做事服膺儒家，但诗词赋文，却常表现出"个人主义的道家的出世心态"。所以，对于作家而言，社会性和个人性的"调和"极为重要。即使是社会意识强烈的作家，也要表达非常个人化的内容。而针对五四后七十多年文学的偏差，"海外中国群体"又明确提出了"诗的'中产阶级'"主张，这一主张实际上是对传统的"中庸"之道的现代性观照。

著名旅美诗人非马1997年在《美华文化人报》发表《我们需要诗的中产阶级》一文，其中说道：

> 我们都知道，在一个社会里，如果中产阶级（不太穷又不太富的小康阶级）的人口占大多数，这个社会通常会比较稳定。我想我们的诗坛也需要一个中层阶级。这个处在两极（指保守和前卫——笔者注）之间的诗人群，将遵循中庸之道（既不太保守也不太激进），用扎实的创作成果来构成诗坛的主流。主流之外，当然也需要有勇于冒险敢作试验的前卫诗人群……他们必须出身于诗的中产阶级，才有足够的历练和胆识来从事意义的探索。而诗的百万富翁——高瞻远瞩、著作等身的大诗人——也只能从中层阶级里脱颖而出，而不是一夜之间突然爆发起来的。

"诗的中产阶级"主张的是借用传统对五四后文学的一种反拨。此前的半个多世纪中，激进主义成为中国文学的主流。五四借激进主义否定了传统，传统的薄弱又使得这几十年来，无论是实践马克思主义文化思想，还是借鉴西

---

① 可参阅刘俊：《白先勇评传》，花城出版社2000年版，第58—59页。

方现代、后现代各种思潮，都难免偏激，这恐怕是20世纪中国文学无法厚积薄发的原因之一。"诗的中产阶级"主张不只是关注宽松的非功利性的生活环境孕成的自由洒脱的创作心灵，也强调在平衡协调于相异的文化走向间确立自信自立的创作姿态。面对炫奇出新、冲突对峙激烈的文化环境，"诗的中产阶级"则以平和、稳健的创作来构筑文学的发展环境，他们既钟情于中华文化的传统，也熟悉西方文化的来龙去脉；他们坚持文化上的民族主义，但又从容地出入西方文化；他们富有创新的锐意，但其实践大多是渐进有序的平稳变革；他们始终坚持对人性的深入开掘，又坚信着人性的向上；他们艺术视野敏锐多向，而较少操之过急或持之过偏。他们的存在，是传统的中庸之道和现代的自由心灵结合的产物。他们的拓展，会给华文文学留下丰厚的积累。

　　传统、本土融合于现代，是"海外中国群体"力倡传统的创造性转换的基本途径。白先勇在谈及台湾文坛时再三说过："一方面要继承中国一脉相传的文化传统"，另一方面，要在借鉴其他现代形式中注重"创新与建设"，由此"自创一种新形式，而在太平洋两岸都能被接受"。①所以，"海外中国群体"一直非常关注中国大陆（内地）、台湾和香港地区的文学创作，发表过不少真知灼见。同时，他们在海外境遇中梳理传统文化，从中提炼抵御现代、后现代异化的思想武器。例如，叶维廉对道家"去语障解心囚"之说的"梳理"就极有意义。他认为道家"去语障解心囚""最早是针对封建制度的名制而发"，指的是所谓"'天子'、'天道'、'王道'以至'君臣'、'父子'、'夫妇'所圈定的权势，是以一种语言建构的神话来巩固统治阶级及压制臣、子、妇等等"，而"'现代化'、'全球化'也是一种语言构建的神话"，因此也可用"'道可道非常道，名可名非常名'

---

① 白先勇：《树立我们文化的新模式》，见《白先勇文集第四卷：第六只手指》，花城出版社2000年版，第482—484页。

的方式将其神话爆破而回归合乎自然律动的一种朴素"。他具体剖析了"第一世界所想象的开放理论，完全违反了自然生长创造的律动"，并以道家和印第安人的思想互证，同时印证于"西方的前卫诗人和艺术家却静静地移向近似道家去语障解心囚的表达，对复归本样的自然与生命作出巨大的肯定"的现实，从而开掘出道家"去语障解心囚"之说抗衡全球化语境负冲击，维护生命世界自生自律自化的现实力量。①在上述梳理中，叶维廉从容自如地出入于传统、现代、本土间的智慧被发挥得出神入化。

"海外中国群体"倡导并实践传统的创造性转换的课题始于1970年代。四十多年来，当中国大陆（内地）、台湾和香港地区因自身的现实处境而一时无暇从容地顾及传统文化的现代转换时，他们却始终孜孜以求于传统文化与世界现代文明的续接，并在自己的创作中越来越多地呈现传统的魅力。他们的这种努力，构成了20世纪后期汉语文学孕蓄新世纪活力的主要环节。当我们今天重新开始重视文化传统时，他们的努力也会成为21世纪汉语文学的新起点。

第三节　序幕是这样拉开的：
从陈季同的旅欧创作看中华文化的海外传播

欧华文学是属于欧洲的海外华文文学，它包括留居欧洲的华人作家用汉语创作的作品和他们用欧洲各国语言创作、出版，但又被译成中文、在中文读者中产生影响的作品。真正意义上的欧华文学格局形成于二战后，因为从那时候起，欧洲才开始有了长期留居在那里的华文作家群体，但它的序幕却开启于晚清民初。

我们在考察欧华文学的发生时，往往会发现晚清民初学贯中西的文人的

---

① 叶维廉：《自然生态与文化生态的思考》，（台湾）《联合报》2000年3月7—10日。

影响。例如，1962年，曾任台湾当局教育部门负责人的张其昀在台北阳明山创办弘扬中华文化的"文化大学"（原名"文化学院"）。张其昀一生治学，以探索中华文化之渊源、发扬中华民族精神为己任，被视为"中华文化复兴运动"的重要领袖和儒学复兴运动的中坚，而其治学又面向世界（他1940年代曾在哈佛讲学）。"文化大学"的教授中颇多兼治中西者。当时的德语系主任王家鸿是晚清末代秀才，国学功底称得上"大师级"。而他早年又被保荐留德，其"德文造诣一如其国学般高深"。他的《德国诗歌体系与演变——德国文学史》等译著于1960年代由台湾商务印书馆出版后，影响至今，而"德诗他也常以中华的诗经体、五绝五律、七绝七律及长短赋等文体来中译"。这样一位晚清民初文人，正是著名的战后欧华作家朱文辉"一辈子永难忘怀的恩师兼贵人"。①这一事例颇能说明晚清民初留学、旅居欧洲的中国文人对战后欧华文学的影响。他们是第一代完整接受了中国传统文化教育同时又系统学习了西方知识、理论的中国知识分子。不少战后留学、留居于欧洲的华文作家从他们那里受到了熏陶，极大地影响了战后欧华文学走向，乃至整个欧华文学的格局。最早，也极为深刻地影响了日后欧华文学的，是陈季同。

一

陈季同（1851—1907）的国学修养深厚，清《福建通志·列传·陈季同传》记载：陈季同任福州船政局前学堂办公所翻译时，所里主管文案的举人王葆辰"一日论《汉书》某事，忘其文，季同曰：'出某传'，能背诵之"。而他16岁（1867）就读于福州船政局所办求是堂艺局前学堂时，教员多为法国人，教材和授课都是法语。他求学八年，打下了扎实的法文基础，

---

① 高关中：《推理小说家朱文辉》，（德国）《欧华导报》2017年1月7日。

以"西学最优"被船政局录用。此后他于1875年、1877年两次赴法考察、学习，又供职于清政府驻欧使馆，旅欧时间长达十八年。此期间，陈季同用法文写了8部著作，其中7部中国题材、7部在巴黎出版，这些著述绝大部分已有中译本。虽然陈季同的身份是清朝外交官员，但他留欧时间长，始终自觉于"我正从事的让西方欧洲了解东方亚洲的工作"[①]，文化经历成为其外交生涯的重要内容。他向西方传播中华文化，重点在于"风俗"，因为他认为"人被风俗所制约，就像按照万有引力定律，未来人类在宇宙中的生存无法离开天空一样"。[②]他视"风俗"为一个民族文化之根本，"比较风俗研究"成为他理解西方、介绍东方最主要的方式。他在海外介绍中国文化的方式，偏重于"讲故事"。其著述中，《中国故事》《黄衫客传奇》《英勇的爱》本身就是叙事作品，其他游记、演讲一类的著作也往往以"讲故事"的方式介绍中国。这种方式，使陈季同的文化传播更多地可以视为海外文学写作，其留居欧洲期间的著述拉开了欧华文学的序幕。

首先值得关注的是陈季同用法文展开其海外写作的价值和意义。当年，曾朴称赞陈季同"中国的诗词固然挥洒自如，法文的作品更是出色"[③]。陈季同海外写作时，白话文革命在中国远未发生。从陈季同唯一留存的诗集《学贾吟》（1896）看，他精通的汉语写作还是文言体。后来的五四文学革命中，包括鲁迅在内的先驱者，大多取欧化的白话文，其中重要原因是语言作为人的思维、人的存在的基本状态，欧化的白话文更好地承担了五四思想启蒙的重任。陈季同选择用法文创作，固然出于向法国读者传播中华文化的需要；同时，他的法文写作也避免了以文言文体表达现代启蒙性可能发生的窘境，也适应了汉语的现代语体尚未成熟的情况。更重要的是，陈季同认为

---

① 陈季同：《中国人的快乐》，韩一宇译，广西师范大学出版社2006年版，第1页。
② 陈季同：《吾国》，李华川译，广西师范大学出版社2006年版，第16页。
③ 曾朴：《孽海花》，上海古籍出版社1980年版，第313页。

中、法"两种语言没有任何共同之处"①。语言的陌生性，使陈季同通过法文学习这一"缓慢而渐进的教育，逐渐理解那个时代知识"，成为一种"逐渐启蒙的过程"，避免了作为"突然闯入同一领域者""在精神上受到强烈的冲击和地震般震撼"而"头晕目眩"。②母语世界仍然是文言文体的陈季同获得了一个不逊于现代中文表达的世界，母语文化和异质文化得以对话、交流。他在法文世界中了解了西方，又用法文向西方世界传达中国的声音。一个世纪后，当他的法文作品被译成中文，显得那样丰沛，我们会强烈地感受到，陈季同的法文写作极为丰富地留存了中华文化传统，又在与世界的对话中让其更加美好。法文，使陈季同的写作成为海外的"在地"写作，使中华文化在与西方文化的直接对话中得以"再生产"，即中华文化在海外不只是华人流徙中"消费"的文化，而是在"在地"生产中得以延续、丰富、发展的民族文化。

当年，罗曼·罗兰曾称陈季同在法国索邦大学的演讲"非常之法国化，却更具中国味"③。陈季同在欧洲的文化活动有极为自觉、强烈的文化使者意识：让西方走出对中国的误解、偏见，真正认识中国传统的久远和现实存在的变化。而他又是一个内骨子倾向于传统、偏爱中国文化的文人，其在欧洲所言所写，必"具中国味"。"非常之法国化"首先在于陈季同进入了法文世界，充分发挥了法语的力量。他在少年求学时期，就"渐悟法文之优美"，后翻译西学著作时，"目视西书，手挥汉文，顷刻数纸"，④在中、法文中出入自如。旅居法国期间，陈季同曾与他的法国友人蒙弟翁发生著作权纠纷，法国社会舆论却倾向于陈季同，认为"他用法语讲话和写作都极为风

<hr />

① 陈季同：《巴黎印象记》，段映虹译，广西师范大学出版社2006年版，第59页。

② 陈季同：《中国人的戏剧》，李华川、凌敏译，广西师范大学出版社2006年版，第3页。

③ 罗曼·罗兰1889年2月18日的日记，转引自陈季同：《吾国》，李华川译，广西师范大学出版社2006年版，扉页。

④ 福建通志局纂修：《福建通志》列传卷三四，1922年。

趣……他完全有能力写这些书"①。这表明陈季同对法语的掌握已广泛得到法国社会，尤其是法国文化界的认可。陈季同写作、演讲时"设身处地"地去缩短与法国读者、听众的距离（后文会具体述及），他"非常之法国化"的写作、演讲，让他的作品被法国民众广泛接受。例如，《中国人自画像》和《中国人的戏剧》出版后，法国著名报纸《费加罗报》载文称之为"轰动全巴黎的迷人著作"，前者出版后的一年多中重印了11次，并被译成英、德文字发行；后者初版年内也重印了3次。②可以说，欧洲人第一次通过一个中国人当下的写作，认识、了解中国。

陈季同的海外写作还有一种强烈的动机：为中国移民（海外华人）写作。恰如陈季同所言，近代以来，不少中国人已经"走出了国界，坚韧、顽强、勤劳、节俭的中国移民已在世界各地越来越为当地人所欢迎"，但一些地方也发生了排华运动，这中间自然有"种族和国家之间的敌意所产生的误解"，也有中国人"许多品德还不能被人们理解"③的因素。解决这些问题的最好方法，就是在与他国文化的对话、交流中让世界了解中国，也让海外中国移民面对世界时得以生存、发展。这种写作动机使陈季同真正进入了海外写作的语境，他的作品也更值得从旅欧文学的角度展开考察。

陈季同海外写作的基本取向是对中华文化传统的肯定、褒扬。"我们以淳厚的民风和真正符合人性的道德而超凡出众"④，中国人"所理解的敬……表示对全部义务的诚意"，"可以概括人心中的所有倾向"⑤，"大部分欧洲

---

① 李华川：《晚清一个外交官的文化历程》，北京大学出版社2004年版，第34页。

② 李华川：《晚清一个外交官的文化历程》，北京大学出版社2004年版，第34、56、57页。

③ 陈季同：《吾国》，李华川译，广西师范大学出版社2006年版，第126—127页。

④ 陈季同：《巴黎印象记》，段映虹译，广西师范大学出版社2006年版，第69页。

⑤ 陈季同：《吾国》，李华川译，广西师范大学出版社2006年版，第33页。

居民还未达到像中国人一样理解自由的程度"①，"越了解现代文明，就越热爱我们中国古老的制度，因为只有它才真正实现了我们曾经承诺的东西——和平与平等"②……这样一些从社会制度、伦理道德到民风、习俗、心态等，都热情肯定、高度赞扬中华文化传统的判断、结论，频繁出现在陈季同面对欧洲民众而写的文章中。这种褒扬，并未被视为封闭保守、自我膨胀，反而在欧洲社会被理解、接受，甚至被视为中国"开始在欧洲崭露头角"③。那么，陈季同的海外写作，是如何成功地播传了中华文化的呢？

二

陈季同的海外写作表现出对中华文化的特别钟爱，甚至偏爱，这自然与他的海外处境、身份密切关联。晚清著名翻译家曾朴曾述及，陈季同常说起他"在法国最久，法国人也接触得最多，往往听到他们对中国的论调，活活把你气死"④。这"活活把你气死"的"论调"，自然是法国人对中国的误解、偏见。一个中国人在这种场合，自然会产生强烈的维护中华文化的心愿，而陈季同的晚清外交官身份，更强化了这种心愿。但陈季同的这种心愿，绝非情绪型的，他首先自觉意识到的是，中国人之所以"对过去的传统保持着尊重，因为他们在传统中找到了对现在和未来的最好保证"⑤。所以，他总是从现在和未来来审视过去的传统。而着眼现在和未来审视过去的做法也容易展开与欧洲民众的对话，因为欧洲民众最为关注的往往是"现在与未

---

① 陈季同：《吾国》，李华川译，广西师范大学出版社2006年版，第134页。

② 陈季同：《中国人自画像》，陈豪译，金城出版社2010年版，第49页。

③ 比卢瓦：《陈季同》，《北华捷报》（ *The North China Herald* ，1891年12月31日）。转引自李华川：《晚清一个外交官的文化历程》，北京大学出版社2004年版，第51—52页。

④ 曾朴：《曾先生答书》，见胡适：《胡适文存三集》卷八，亚东图书馆1930年版，第1129页。

⑤ 陈季同：《吾国》，李华川译，广西师范大学出版社2006年版，第77页。

来"。例如，陈季同向欧洲社会展示，"数千年前，我们的祖先经过漫长艰苦的努力，创造出……一种实践道德和一种行政哲学……可以被视为我们的民族特性"①。他举例说，中国人的情感是"道德的情感"，即便是双方在身体上有强烈吸引的男女情爱，也是"内心被道德感所主宰"，"因为身体的吸引力是有限的，而道德的魅力却永无止境"，②它保证了家庭的持久，也有利于国家的稳定。而陈季同强调，这种"家国一致"的"实践道德"和"行政哲学"在倡导民主和自由的现代社会，依然是中国社会长治久安的不二法门。例如，中国社会"按照社会习俗和法律制定的荣誉和地位，将人们分成四个阶层，或四种类型，即士、农、工、商。中国社会的等级序列就是由它们构成的"。而这"四个阶层的人都可以参加考试，以博取功名"，从而打破了不同等级阶层之间的阻隔。这种给予所有人"平等的参与权"的考试制度，"远比国外人们所崇奉的'永恒原则'和载在'人权'中的所有条文都要珍贵"，因而当是"世界上最民主的制度"。③这样的辩护从现代社会的发展而言，自然有它的欠缺。但陈季同不回避历史久远的中国面临的民主、自由的世界潮流，直面现实去阐释中国的传统，起码为西方读者提供了另一种可以引发他们现实思考的文化，自然会引起西方读者的关注。

陈季同在欧洲传播中华文化取得成功的一个重要原因是他对"向欧洲公众展示我们两种文明的联系和差异"，自信于自己"能从你们（欧洲民众——笔者注）的角度"讲述中国故事，由此"拉近欧洲人所处的西方与我们的东方之间的距离"。④这种从"欧洲角度"讲述"中国故事"绝非迎合西方对中国的想象，而是出于人类文化背景下中西文化对话、交流的自觉意

---

① 陈季同：《吾国》，李华川译，广西师范大学出版社2006年版，第77页。

② 陈季同：《吾国》，李华川译，广西师范大学出版社2006年版，第32、33页。

③ 陈季同：《中国人自画像》，陈豪译，金城出版社2010年版，第43页。

④ 陈季同：《吾国》，李华川译，广西师范大学出版社2006年版，第1—2页。

识。陈季同在巴黎曾为法国作家潘若思讲述中国广东江湖传奇的长篇小说《珠江传奇》作序，尤其赞扬潘若思作为一位法国作家，却"于中华风土、律法、政治、教化颇能详焉"，其小说能"虚中写实，幻里传真"，"使阅者如历中土，如履羊城"；而作者能做到这一点，是因为作者讲述中国（东方），"不杂己意"，而能"设身处地"，"善体人情"，"使中西文字融会贯通"。陈季同甚至为此发出"谁谓天下非一家哉？"的感叹。①陈季同对潘若思的褒扬，表明他已自觉意识到东西方两种文明的差异是人类文化密切"联系"中的差异，并设身处地地从接收者的角度思考如何讲述自己国家的传统。19世纪的陈季同表现出的近现代中国知识分子的胸襟和视野，已经有了非常自觉的文化对话和交流的意识。

例如，陈季同对于中国风俗密切联系着"我们对于家庭及其起源——爱——的独特观念"，就是这样一种讲述。当陈季同给予"爱"最"本色的定义"——"爱就是爱"时，他显然体会到拥有另一种文化的法国人要理解中国人观念中的"爱"的难度。如何向法国人说明"爱"是中国社会最重要的结构——家庭——的"起源"？陈季同找到了法国人最熟悉的一个词：aimer。"尽管有时间的间隔和风俗的变迁，这个词在所有语法书中都是第一个"，表达的"是第一个人的第一声鸣唱、他心中的第一声呐喊"，而"既然爱是人类精神的特征和最优异的才能，它就是思想的第一召唤"。然而，"法文的aimer，英文的love，德文的lieben"，这些"表示爱的幸福的词"尚未"表达出爱的本义"，而中国人"祖先所创造的语言，通过一种表意文字、一种象征意义使我们理解爱的含义"。陈季同告诉欧洲人，汉字中最早的一个表达"爱"的含义的字是作为动词的"好"，"有两个符号组成，第一个符号表示女性，第二个表示孩子"，"女和子的组合这一微妙、神奇的

---

① 李华川：《陈季同编年事辑》，见李华川：《晚清一个外交官的文化历程》，北京大学出版社2004年版，第193页。

表达方式"，揭示了中国人所理解的"爱"的本义：中国社会的基础是古人所谓"五伦"，它使得不同成员能和谐相处，而"女性处于五伦的核心"，对夫君和孩子的爱"来自于天性"，使家庭有了坚固的纽带，也"使国家繁荣昌盛"。毫无疑问，中国女性不同于西方女性，然而，"大家彼此都是夏娃的女儿"，都有这种"需要听从本能的安排"的"爱"。至此，陈季同几乎与法国人一样感同身受地理解"爱"，他举出中国古诗、法国诗人对中国古诗的改写、自己的"拟古"诗作、法国历史中众多"被人热恋和欣赏"的女性等等众多生动例证，展示"真爱"是"在灵魂深处刻着自然的情感，而这种情感又完全出于天然"。①他由此出发，介绍中国社会的"基础组织是家庭制度"，"我们全部的国民生活都是以家庭之爱为基础的，这是我们真正的宗教"。②这足以被西方人理解。

《巴黎印象记》（1891，原书全名为《一个中国人描绘的巴黎人》）展示了陈季同从"中国角度"想象欧洲的努力，这是他拉近东方和西方距离的又一方式。《巴黎印象记》是陈季同唯一域外题材的作品，它以一种独特的记叙方式开启了中国域外游记，展示出中国知识分子身处欧洲的"西方想象"。中国近现代的域外游记一般会有两种形式：一是从作者怀想的中华古国出发去看世界，异域引发的往往是对中国更深的怀念；一是从包含各民族各文化的视野出发，在人类历史中去看世界，求得广博的见识和开放的思维来呈现不同文化之间的交流、交汇。陈季同的欧洲游记，却"旨在引领欧洲读者进入一个中国人的头脑深处"，看看欧洲的"奇异景象会使一个来自中央之国的人产生什么样的想法"。③就是说，他的欧洲游记，仍然是为欧洲人而写，是要让欧洲人更深入地了解中国人。因此，展示欧洲的人文风俗、自

---

① 陈季同：《吾国》，李华川译，广西师范大学出版社2006年版，第16—40页。

② 陈季同：《吾国》，李华川译，广西师范大学出版社2006年版，第82页。

③ 陈季同：《巴黎印象记》，段映虹译，广西师范大学出版社2006年版，第3页。

然风情不是《巴黎印象记》的重点，更不是目的；描述异域风物"唤醒"一个中国旅行者心灵、引发情感共鸣，同时也能让法国读者面对另一种文化而引发思考，成为《巴黎印象记》的写作取向。

在《巴黎印象记》中，异域让陈季同返回故国，但这种返回不是单纯的怀念，而是既有在世界文明的进步潮流中对中华文化的重新省察，也有在人类危机的意识中对中华传统价值的深刻肯定。异域也让他走入世界，法国的一切，从古老的文明到现代的革命，奔涌于其笔端之下，包罗万象。他从卢浮宫"堪称首屈一指"的收藏中思考为什么一些"曾经统治过世界上最辽阔的土地"的"伟大民族""如今却已经从地球上消失"，明了战争会让世界上一切民族都消亡，而"各民族友好相处"才是世界的出路（《参观卢浮宫博物馆》），从而传达出中国文化传统中的和平、平等的思想。他在火车旅途中从不同时代的法国作家作品中感受到"岁月会对一个民族的思想产生如此强大的影响"，火车所代表的工业时代必将出现在"遥远的东方故土"，改变千百年古老习俗中生活的中国乡民（《火车上》）。他惊讶于物品有如万国博览会一样丰富的巴黎百货公司，明了"孔子的国度"也无法避免这种"一家大百货公司吃掉几千家小商店"的现代商业竞争（《百货公司》）。最让他感到震撼的是印刷量超过百万份的现代报业，他"自问，我们中国人早在几千年前发明的印刷术，如何能够在几百年前才发明印刷机的欧洲得到如此令人惊叹的发展"，蒸汽机代表的科学发现不仅开启了工业生产的新纪元，也"催生了这些公众舆论的强大动力"。这对于"北京的《官报》是政府直接授意编撰的"，甚至"新闻界不存在"的中国不会不发生极大的震撼（《新闻界》）。这些实际上都表达了中国面向世界的变革愿望。他最为赞叹的是法国的文化建设，"在法国，所有为大众提供启蒙教育的机构"，从"植物园、万牲园"，到"博物馆、国家工场"，"参观者可以观赏和研究一切，却不用花费一文钱"，尤其是各类图书馆的优点"难以尽数！"，藏书丰富而具有国际性，设施周到而舒适，所有"有志于学习的人"都能得到免费服务。而这正是中国所欠缺的，"闭关锁国的时代，我们本国的收藏于己足矣。时至今日，我们与外部世界的交流与日俱增"，中国更需要有"世界性的图书馆"（《国家图书馆》）。他最为关注的是法国高校"堪称第一流人才"的教师和"完美"的教材，使学生的求学"没有任何无用的东西来干扰"，而来这里的"普通的中国学生""全身心投入到他们所热爱的学问上"，最终会成为一流人才（《拉丁区》）。他从不同于中国茶馆的巴黎咖啡馆文化中体会到"每个人对所有的人以及所有的人对每个人的尊重"是法兰西精神的魅力，也是法兰西民族"对全世界产生的精神上的影响"（《巴黎的咖啡馆》）。这些又都让人感受到中国渴望的变革、进步的方向。

当然，《巴黎印象记》中的陈季同始终是"守成"的，他对中国传统情有独钟，他对中国父母包办的婚姻制度全力维护，以至于他将"伟大的巴尔扎克，了不起的现实主义作家"作品中表达的与之不同的看法都斥为"野蛮"（《家庭》）；他对孔子时代延续至今的中国法律制度和模式全盘接纳，认为被此"恩泽"，"我们得以免遭西方司法制度的侵害"（《参观法院》。但相对于写《中国人自画像》（1884）时的同一个人而言，陈季同对世界（西方）的认知开放多了，他承认西方科学、民主所代表的世界进步也需要被中国所接纳，甚至实践，只是他的清醒使他陷入了"进步会造就幸运者，也会造成受害者"，而只"接受一项发明的好处而试图回避其弊端"是不可能的那样一种困惑。①而这样一种"中国人想象中"的巴黎，让法国人在熟悉的自身中走近了中国。

法国汉学家考狄称赞陈季同"对欧洲习俗的理解甚于对他本国习俗的理

---

① 陈季同：《巴黎印象记》，段映虹译，广西师范大学出版社2006年版，第95页。

解"①，而陈季同的演讲、文章中常有"这一切已经打动了你们"之类的说法，表明他时时意识到"你们"（西方民众）的存在。陈季同向西方世界传播中华古代文化，已经有了一种现代人类意识。他清醒地意识到中西两种文化是"分别在地球两端发展起来的文明：你们的文明激动而狂热，我们的文明则冷静沉着"。在很多事情上，"这两种文明是相反的"，但并非谁好谁坏，而是各自适合着自己国家的历史。②然而，当他向西方介绍"没有哪个国家能与中国媲美"的戏剧时，他却将是否会筛选出"符合人类精神创造艺术品理想——这是一种全人类共同的理想——的作品？一部无论在何种环境、观念和习俗中，在所有发生故事的舞台上，都应该出现的作品？"作为"唯一值得解决的问题"。③他向西方介绍中国悠久的诗歌传统时，更相信"在各个民族中，激发诗歌的情感都没有什么不同……这正是所有文明的特征"；"人们远隔天涯，但普天下的人心都是一样"，这一"自然的基础如此之好，我们彼此之间就能相互理解，而且科学也为我们了解对方创造了条件"。④他已能从人类文化的相异而相通中发现自己民族文化的珍宝，并且能借助于对异质文化的领悟加强对自身文化传统价值的把握。

例如，《中国人的戏剧》一书洋洋洒洒谈中国戏曲，挥洒自如地穿插西方戏剧的悠久传统和名家名作。作者不只是惊喜于中外戏剧的种种"巧合"，甚至"想像我们的祖先来过欧洲，来这里传授我们的戏剧艺术"，⑤或是思考"我们只需改变某些表达方式，改动某些与风俗相关的场景"，就能

---

① 李华川：《晚清一个外交官的文化历程》，北京大学出版社2004年版，第45页。

② 陈季同：《吾国》，李华川译，广西师范大学出版社2006年版，第16页。

③ 陈季同：《中国人的戏剧》，李华川、凌敏译，广西师范大学出版社2006年版，第31—32页。

④ 陈季同：《吾国》，李华川译，广西师范大学出版社2006年版，第41—42页。

⑤ 陈季同：《中国人的戏剧》，李华川、凌敏译，广西师范大学出版社2006年版，第70页。

改编出被欧洲观众接受且认为是"一出美妙、有趣、感人的戏"，①这些都表明中国戏剧中有着"亘古不变，超越时空"②的因素。《中国人的戏剧》更是将西方人完全陌生的中国戏剧内容充分展示。其卷三《剧本》，就将戏剧中的佛教和道教各自专门列为一节。佛教，尤其是道教，根植于中国文化土壤。但作为"终极关怀"的宗教，面对西方世界时，其相异互补性不乏相互启发的思想力量。例如，《道教徒》一节，介绍"道家哲学，这个与兴盛的儒学比肩的哲学"，特别强调了《道德经》中"道生一，一生二，二生三，三生万物"的"三位一体的原则""在我们所有古代哲学中都能遇到"③（例如儒家的"天地人"思想）。这与西方"二元"哲学其实构成了深刻的"对接"："三元"让"二元"思考如何提升（即"二元"应该提升为"三元"），"二元"让"三元"反省如何实现（即只有真"二"才能实现真"三"）④。中国国内的文化语境中，儒学始终占主导，加上"老子的门徒使用了他的名字和文字，却不能弘扬师傅的教理"，使道家哲学处于中国文化的"边缘"。海外写作的语境，使陈季同能将老子所阐释的作为一切事物之源的"道"向西方充分展示。⑤而他将《吕洞宾度铁拐李岳》一类"道士剧"与西方的轻喜剧对照，也让西方读者从他们熟悉的戏剧嘲讽中理解完全陌生的道教。

---

① 陈季同：《中国人的戏剧》，李华川、凌敏译，广西师范大学出版社2006年版，第91页。

② 陈季同：《中国人的戏剧》，李华川、凌敏译，广西师范大学出版社2006年版，第71页。

③ 陈季同：《中国人的戏剧》，李华川、凌敏译，广西师范大学出版社2006年版，第84页。

④ 西方"二元"哲学与中国"三元"哲学的关系，在旅欧作家程抱一的著作中有详细论述，可参阅本书《"本源"与"他者"交流后的升华：从程抱一创作看海外华文文学的经典性》。

⑤ 陈季同：《中国人的戏剧》，李华川、凌敏译，广西师范大学出版社2006年版，第84页。

　　置于世界视野中的考察使得陈季同对中华文化有了更全面的体悟，关注到以往被忽视，甚至被遮蔽的内容。中国的家国文化对作为个人存在的人是关注较少，甚至有所忽视的，而陈季同尤为钟爱中国的家国文化，其海外写作也往往围绕此展开。然而，当他在巴黎的万国博览会上参观中国馆时，他在各国艺术品的对照中，从中国工艺品，无论是刺绣、瓷器，还是木刻、牙雕，每一件都"保留着很强的个人印记"中悟到，"对个性的戕害"意味着"艺术品质的丧失"。①事实上，中国文化传统中，只有中国画家、诗人等的艺术创作，才给予个性最充分的重视和发挥，其"生命大开"的境界也是中国文化包容、开放，从而真正实现"第三元"的境界。而现代工业生产使这一被忽视的传统资源受到更多伤害。陈季同的海外考察，让他在对自己钟情的家国文化和对西方现实的工业文化的思考中，重新发现了重视个体生命的艺术传统。这对于全面、深刻理解中华文化传统无疑是重要的。

三

　　1887年9月，陈季同受邀在巴黎杜伊勒里宫发表主题为"中国的社会组织"的演讲，这是他在欧洲发表的最长的一次演讲。其单行本同年出版，这篇讲稿又被收为《吾国》（1892）一书的第一篇，成为陈季同海外介绍中国文化最重要的一篇文章。此次演讲时，陈季同用"必要的宁静"表达自己的心境。②"宁静"开启了中国文化在欧洲的传播历程，而这种"宁静"首先表现出陈季同那样的中国近现代知识分子面对世界的心态。

　　陈季同曾与友人谈及晚清国难的根源是"不通洋务者，惟有怨恨畏惧，而不知自强"和"熟悉洋务者，只知谄媚逢迎，而不识大体"，如能在"通

---

① 陈季同：《吾国》，李华川译，广西师范大学出版社2006年版，第168页。

② 陈季同：《吾国》，李华川译，广西师范大学出版社2006年版，第2页。

语言文字"的基础上，"明白道理，遇事能据理力争，洋人自然敬服"。①这种"不卑不亢"虽然是就晚清外交而言，却也是陈季同那样的旅居者在海外进行文化交流的自觉心态。这种心态表现为思想意识，就是他们已不满足于中国"在政府宗法制的统治下，在士大夫阶层明智的管理下，在平均主义的古老习俗中""安享平凡的快乐与幸福"，他们"以一种明智的谨慎""占有了西方的文明资源"，就是要"避免使我们的社会和悠久传统发生急剧的改变"，以免"匆忙接受"西方的"伟大发明"而"颠覆我们社会环境"。因此，要采取"稳步前进"的方式，让"长期隔绝的欧洲和东亚，将能高尚地一起为了科学和文明的进步而在未知领域中争先前进"。②这种从中国国情出发、稳中求变的心态使陈季同所代表的旅欧知识分子一般都采取稳妥地汲取西方科学思想的姿态，而不急功近利地激进改革。其实，陈季同在欧洲的演说、著述，对欧洲文化，不乏锋利，甚至尖刻之处；对古老的中华文化，又难免过分陶醉，尤其是他"面对专横的欧洲人对我们古老制度和习俗的蔑视"而要奋起"自卫"以"破除偏见"③时。当年，罗曼·罗兰在日记中记下听了陈季同演讲后的感受："透过那些微笑和恭维话，我感受到的却是一颗轻蔑之心：他自觉高于我们，将法国公众视作孩童……着迷的听众，被他的花言巧语所蛊惑，报之以疯狂的掌声。"④罗曼·罗兰在自己的高傲、敏感中听出了陈季同的自尊、自信，这是两种久远的文化相遇时微妙的对话。作为外交官，陈季同比一般中国人更能感受到西方列强的咄咄逼人和中华帝国衰微颓败之势；作为读书人，尤其是浸染于东西方两种文化的近现代中国读

---

① 陆树德：《庚子拳变后京津间之惨状》，见左舜生选辑：《中国近百年史资料续编（下）》，中华书局1933年版，第449页。

② 陈季同：《吾国》，李华川译，广西师范大学出版社2006年版，第97—98页。

③ 陈季同：《中国人的戏剧》，李华川、凌敏译，广西师范大学出版社2006年版，第2页。

④ 罗曼·罗兰1889年2月18日的日记，转引自陈季同：《吾国》，李华川译，广西师范大学出版社2006年版，扉页。

书人，陈季同更相信民族文化在与其他文化对话、交流中得以丰富、强大。
"当我要向你们的艺术、科学、文学、工业的杰作表达钦佩之情时，当我向
你们极其明晰的研究方法、解决所有构成19世纪科学进步的重大哲学问题的
思想力度致敬之时，我也要请你们以公正和严肃的态度评价我们这个古老文
明中重要而可敬的事物：我们三千年来的发明；我们许许多多勤劳坚韧的人
民；由于无可比拟的长久经验而适合我们需要的社会政治制度；由我们圣人
撰著的经书，已成为我们民族教育不可或缺的部分；这些书以平和、谦恭和
宽容的精神教导了一代又一代中国人，它们首要关注的是人内心的完善，在
一种高尚的道德上建立中国社会牢不可破的基础。"①这当然不是一般的外交
辞令，它包含了对自身和对方文化的透彻把握，由此产生文化对话的自信和
开放。1884年陈季同的《中国人自画像》在巴黎出版时，正逢中法战争，此
书却获法国政府"一级国民教育勋章"。当两国军事、政治处于高度对峙之
时，文化交流却富有建设性。这就是陈季同所怀有的"宁静"，超越国家、
民族之间一时剑拔弩张的对峙，进入久远而开阔的文化对话。陈季同的海外
写作，拉开了欧华文学的序幕。而他二十年中，以"Tcheng-Ki-Tong"之名
写作、出版的8种法文著作，成为中国人海外写作的最早成果。

　　有学者特别注意到陈季同对当时欧洲流行的"中国式"（chinoiserie）一
词的警觉和处理。18世纪欧洲的"中国热"中，"中国式"含有生活精巧、
雅致、欢快的含义；但19世纪末的欧洲，"中国式"一词更多地带上了"怪
诞、牵强、做作"等负面意义，成了与自然相对立的概念。例如，中国的皮
影戏被法文翻译成"中国阴影"，其中的误解、偏见是陈季同能敏锐觉察到
的。但他的纠偏心平气和。在点出法国人内心的偏见后，他以李白"举杯邀
明月，对影成三人"诗句中飘逸、豪放的情怀引发法国人的共鸣，从而破除

① 陈季同：《吾国》，李华川译，广西师范大学出版社2006年版，第16页。

法国人对"中国影子"（皮影戏）的偏见。①这样一种平和、从容的解释，包含文化交流的自信，更来自对自身文化传统的深刻把握。

陈季同多次称赞中国"中庸主义"的哲学是"一种极佳的精神状态"："不眷恋任何一种体系，而是追求中间状态"，如"蜜蜂飞到自己选中的花丛中采蜜"，"在各种体系和信仰之间汲取与自己的想象的完美相一致的知识"。②这种"中庸"的精神状态转化为陈季同从容、平和的写作状态。作为晚清外交官员，陈季同面临的局面、事态不乏紧张对峙或激烈冲突，但他看重文化交流，而其文化交流的姿态正是"在各种体系和信仰之间"的"为我所用"。陈季同曾在1888年5月18日巴黎的一次演讲中对包括俄国人在内的欧洲人直言："我们准备并且有力量从你们那里拿走一切我们所需要的东西——你们的精神和物质文化的全部技术；但我们却不要你们的任何信仰、思想或者爱好，我们只相信自己并且推崇强力。我们从不怀疑我们的力量，他比你们的力量更强大。"在表达了自信和开放后，陈季同继续直言中国"后发制人"的文化策略："你们在无休止的实验中弄得筋疲力尽，而我们却利用你们实验成果来加强我们自己。我们很高兴你们取得的进步，但我们不积极参与；我们不需要这样做，你们自己已经为我们准备好了一切征服你们所需要的手段。"③这里"征服西方"的表达除了有着出自晚清外交官使命的演讲策略外，展示的是陈季同那样的中国知识分子打算采取的变革方式："不积极参与"西方近现代发生的各种激进变革，而是在静观中从西方变革成功中"拿走一切我们所需要的东西"，"加强我们自己"。陈季同任驻德使节时，德意志帝国皇帝腓特烈三世（当时尚是王储）倾向于自由主义

---

① 陈季同：《巴黎印象记》，段映虹译，广西师范大学出版社2006年版，第56页。

② 陈季同：《中国人的戏剧》，李华川、凌敏译，广西师范大学出版社2006年版，第111页。

③ 海因茨·哥尔维策尔：《黄祸论》，商务印书馆1964年版，第122页。

思想，常与陈季同无拘无束地讨论有关社会政治、经济、科学等的问题。陈季同出使法国期间，和法兰西第三共和国的缔造者甘必大交流颇多，获得了相当多的关于民主、共和的思想。①这些都表明，久居欧洲的陈季同在文化上倾向于中国传统，但其在政治观念等方面已接受了欧洲自由主义理念。所以，他1891年归国后，积极投入清末维新变革运动。他与严复、康有为、梁启超等维新人物都有较多来往，"不可能不受到他们激烈言论的感召"。他1897年创办的《求是报》就是当时重要的宣传维新变法的报纸，然而，《求是报》不像梁启超等主办的"《时务报》那样直接揭橥'变法'旗帜，而是采取较为冷静、低调的态度"②，以翻译西方"立国始基、富强之根本"③的现代法律文献、报道国内维新运动等为主，且"不著议论"④，更少激烈的言论。这种温和、平实的办报风格，在当时起的是"润物无声的细雨"的作用。⑤这样一种言辞平和、放眼长远的姿态，在中国近现代社会变革中处于边缘，日后却成了海外，尤其是欧洲华人文学的主流。

陈季同的海外写作，会自觉防止民族自尊心可能导致的对中国文化传统的美化，也意识到不能仅仅出于"明显的爱国主义"而向西方展示"非常好的中国事物"。⑥他尤其反对文学上的"妄自尊大，自命为独一无二的文学之邦"，认为"非奋力前进，不能竞存"。⑦他的文学创作，仍以传播中国文化为己任，但奋力进入了新的领域。

---

① 比卢瓦：《陈季同》，《北华捷报》，见李华川：《晚清一个外交官的文化历程》，北京大学出版社2004年版，第50—51页。

② 李华川：《晚清一个外交官的文化历程》，北京大学出版社2004年版，第111页。

③ 《西津新译》，《求是报》第1期（1897年9月30日）。

④ 《告白》，《求是报》第1期（1897年9月30日）。

⑤ 李华川：《晚清一个外交官的文化历程》，北京大学出版社2004年版，第130页。

⑥ 陈季同：《吾国》，李华川译，广西师范大学出版社2006年版，第120页。

⑦ 曾朴：《曾先生答书》，见胡适：《胡适文存三集》卷八，亚东图书馆1930年版，第1129页。

四

陈季同在与法国文化界的广泛交流中产生了中国文学"要勉力的"是"不要局于一国的文学，嚣然自足，该推扩而参加世界的文学"的强烈愿望，为此，"非把我们文学上相传的习惯改革不可，不但成见要破除，连方式都要变换"。正是这样一种意识，使陈季同自觉突破中国文学"只守定诗古文词几种体格，做发抒思想情绪的正鹄，领域很狭"的传统，进入到西方"重视"而"我们又鄙夷不屑"的"小说戏曲"领域。[①]他翻译的法国小说《卓舒及马格利》[②]是"中国人翻译的第一部法文长篇小说"[③]，而他创作的小说戏剧当列入中国最早的现代小说戏剧，其文学史意义不可忽视。

陈季同的中篇小说《黄衫客传奇》[④]1890年在巴黎出版，翌年4月他成为法国《画刊》杂志的封面人物。显然，这部法文小说奠定了他在法国文坛的地位。小说的中译本直至2010年才问世。作者是为法国读者而写，其影响也在法国文坛，所以，从"属于欧洲"的欧华文学的角度考察这部小说，更有近现代文学史、文化史的价值和意义。

当年，法国《文学年鉴》1890年号曾评论《黄衫客传奇》所讲故事，"在所有国家的文学中，都不乏这类微不足道的情感故事"[⑤]。《黄衫客传奇》题材出自唐代蒋防的《霍小玉传》，这也表明其所讲述的就是中国文学中常见的情感故事。令法国读者、文坛感到其"新意"的是，"通过阅读这

---

① 曾朴：《曾先生答书》，见胡适：《胡适文存三集》卷八，亚东图书馆1930年版，第1131页。

② 此小说连载于1897年10月至1898年3月的《求是报》2至12期。

③ 李华川：《晚清一个外交官的文化历程》，北京大学出版社2004年版，第116页。

④ 陈季同：《黄衫客传奇》，李华川译，人民文学出版社2010年版。以下关于《黄衫客传奇》引文皆见该版本。

⑤ 陈季同：《黄衫客传奇·附录一〈黄衫客传奇〉有关评论》，李华川译，人民文学出版社2010年版，第119页。

本新书，我们会以为自己来到了中国。作者以一种清晰而富于想象力的方式描绘了他的同胞的生活习俗"①。《黄衫客传奇》给人印象最深的，是小说在人物命运的推进中，处处点染出浓重的中国文化习俗。李益第一次去城东金山岛寺院见小玉时，他所见到的松林红瓦的"寺庙本身是一所雄伟的建筑，从中找不到任何有关死亡的悲伤情绪，这种情绪我们是要藏在心底的。而一旦我们走近欧洲的修道院，却感到一种阴郁、沉寂的气氛，它们是那么缺少建筑特点，以致人们有理由怀疑那是不是一所监狱。／相反，在这里，从房屋式样到周边的田园，都是那么让人愉悦"②。我们如果读到同一年出版的陈季同的另一著作《中国人的快乐》，会发现它开篇就是从当时法兰西学院院士、著名汉学家帕莱奥洛格所著《中国艺术》对中国建筑的"误读"谈起的。（帕莱奥洛格认为，"中国在其历史的所有时代，无论民用住宅还是宗教建筑、公共建筑或私人建筑，只有一种建筑模式"。而陈季同回答说，中国建筑有"其风格上巨大的丰富性"③。）那么，《黄衫客传奇》为主人公安排的居住环境，正是在中西宗教建筑的对照中，这向西方人传达了中国民众的生死观念和日常生趣。这种自觉的文化交流意识，使《黄衫客传奇》区别于其他诞生于中国语境中的类似题材的小说。

　　这种文化交流意识，使陈季同对4000余字的《霍小玉传》进行了大幅度的改写：在300多页的《黄衫客传奇》中，原本负情的李益被描绘成痴情而善良的读书人，他最终"从身体的折磨和精神的痛苦中解脱出来"，如中国最美好的传说"梁祝"那样，与他挚爱的小玉相会于另一个世界。这样的改写，显然是要让西方读者感受到东方世界美好的人情。然而，这样的改写也

---

　　①　陈季同：《黄衫客传奇·附录一〈黄衫客传奇〉有关评论》，李华川译，人民文学出版社2010年版，第118页。

　　②　陈季同：《黄衫客传奇》，李华川译，人民文学出版社2010年版，第27页。

　　③　陈季同：《中国人的快乐》，韩一宇译，广西师范大学出版社2006年版，第3页。

面临如何处理《霍小玉传》提供的情节的难题，而难题的解决恰恰得力于陈季同对西方文化的汲取。

陈季同曾经谈到小说"这类文学在中国并不太受重视"，他甚至不了解"小说是什么"。然而，他从法国读者引发的"文学哲学高论"中明白，小说就是用"千差万别"的"形式"重新处理"过去发生在缓慢的驿车上的故事"。①例如，《黄衫客传奇》化用西方文学的心理剖析艺术，将核心情节处理为李益复杂的心理活动，使其始终未背叛小玉却又造成小玉含恨身亡的情节合情而可信。又如，李益抱着坚定不移的心志返家说服母亲同意他与小玉结缘，却陷入了奉母命而成婚的绝境，这一转折性情节就完成于防不胜防、急转直下的心理活动中。他母亲先是"温柔、平和"，"要使他陶醉在母爱之中，被母亲的体贴所包围"；随后，在祖宗牌位前，母亲忽然变得冷若冰霜，狂怒地呼唤"祖先"和"惩戒我们罪孽的神明"，要他屈从，让他"大脑停止转动"，"不知自己身在何处"；猝不及防之际，他又被母亲推入"布置周密，实施的也非常出色"的婚礼大厅，他在"噩梦"般的"朦胧"中，"好像有另一个像自己的人"完成着婚礼。场景在主人公的种种感觉（幻觉）中转换，人物心理的激烈变动与人物性格丝丝入扣，悲剧性的情节与人物悲剧性的心理分析相互推进，使得这一"微不足道的情感故事"饱含人性的感人力量。

陈季同在将《霍小玉传》中的负心人改写成《黄衫客传奇》中陷入困境的有情人时，已经自觉进入到了现代小说的心理剖析和悲剧刻画层面。《黄衫客传奇》第一节就写到了游湖弈棋中，表兄崔允明对李益一针见血地指出，他的内心始终处于"想要而又放弃"的冲突中，使得他处处"决定向右走"，但"最终却选择了向左走"，不断地"陷入与自我的斗争之中"。整

---

① 陈季同：《巴黎印象记》，段映虹译，广西师范大学出版社2006年版，第137—141页。

部小说所展现的，确是李益"在与自我的斗争中度过一生"，他"高贵慷慨的性格也包含软弱和惰性的成分"。他被母亲逼婚后，也还想回到小玉身边，但对"名誉扫地、背井离乡、隐姓埋名、居无定所、违背法律与道义"等后果的思虑又不断阻碍着他回到小玉身边的决心。在他平静而忙碌地履行公务的生活中，内心无时无刻不是狂风暴雨，折磨着李益自己，也祸及他无辜的妻子。于是，这一讲述男女情爱的故事，成了主人公"内心阻碍决断"的故事，也成为包括李益母亲、妻子等在内的中国伦理悲剧，这尤其体现在李益母亲形象的呈现上。陈季同原先在向法国人介绍中华文化传统时，对"父母之命"的婚姻是完全肯定的。然而，当他在《黄衫客传奇》中从心理分析的角度展开时，李益母亲对儿子"我爱你胜过爱自己"的行动动机得以充分呈现，"父母之命"被质疑甚至否定。李益母亲无法接受小玉，是因为小玉"她母亲只是一个侍妾，出身卑微"，当儿子"在天子身旁跻身高位之时，这个姑娘不可能被人们接受"，"她不配享我们的宗祠！但你配得上名字刻在祖宗的神主旁边。会有一天……也有我的位置"，母亲的心灵被牢牢禁锢在家族荣耀的枷锁中。同时，李益对亲生母亲的切身感受也让这种在中国无人能"不顾及无所不在、无时不在的母亲的意志"的悲剧得以深刻呈现：李益在理性上无法抗衡母亲的意志，甚至会认同母亲的说法、做法。然而，恰恰是在他昏迷中，在他的深层意识中，母亲成了"一个怪物，一个追逐他、啃啮他的心的吸血鬼"，封建家族伦理摧残了作为个体的青年男女的爱情。小说所涉及的，无论是心理活动的内容、心理分析的方法，还是人物悲剧的命运，在中国文学中都罕有，而其细腻、深入的写法，在日后中国现代文学中得到了呼应。《黄衫客传奇》由此开启了中华民族文学的现代性进程，而这开启发生在海外写作的语境中，呈现出"中国与海外"的文学新格局。

　　《黄衫客传奇》对《霍小玉传》最大的改动之一是题目，"黄衫客"并非主人公，以此命名，中国读者未免困惑。然而，法国读者却可以理解。《黄衫客传奇》出版当年的法国《文学年鉴》谈及"为什么叫《黄衫客传奇》"，就以像法国传说中，"一个红衣小人儿总在关键时刻现身一样，两者之间只是颜色不同而已"来解释。[①] "黄衫客"原本是家族传说中一位解救了"先祖"，并为家族复仇的恩人，他每次出现，都是在男女主人公命运转折的关键时刻，以人物梦境般的感觉（幻觉）出现。李益与小玉初次见面时，画幅上栩栩如生的黄衫客以柔和而悲伤的目光注视着李益，而郑夫人的笑语"如果对不起小玉，他会找您算账的"，连同画像让李益心里隐隐感到"可怕"，从而暗示出男女主人公的悲剧命运。之后，在李益铸成人生大错之际，在小玉临终之际，黄衫客都一再出现，梦幻般引导着主人公的命运。这一形象的梦幻性、神秘感为西方读者所熟悉。《黄衫客传奇》以被西方读者所接受的状况开启了中国文学逐步将小说等叙事文学推向文学文体中心的进程。这一进程使中国文学密切了与社会现实的联系，更便于承担日后中国文学所承担的社会启蒙等使命。

陈季同最后一本法文著作是"中国独幕轻喜剧"《英勇的爱》（1904，为东方出版社在上海出版的"东方丛书"的第10种图书）。其时，被称为"新剧"的中国现代话剧尚未出现，剧本创作更未提上日程，而陈季同已经采用了中国传统戏曲没有的"轻喜剧"，来表现中国传统的婚姻和家庭生活。

《英勇的爱》讲述的是陈季同此前一再向法国读者宣扬的中国另一类型的爱情剧，表现未婚夫死后的婚姻。在中国，"婚姻是一种道德需要，一种不能逃避的社会责任"[②]，由此，"订婚不仅被看作道德约定，也被看作正

---

① 陈季同：《黄衫客传奇·附录—〈黄衫客传奇〉有关评论》，李华川译，人民文学出版社2010年版，第120页。

② 陈季同：《吾国》，李华川译，人民文学出版社2006年版，第13页。

式契约"，"只要婚约已定，年轻的心就只属于对方了"，如果未婚夫在婚前不幸离世，女子就会"无人能够阻拦，甚至她的父母"而嫁入夫家。这种"在余生中都要服丧，不需要妆台"的生活被陈季同视为"看起来难以置信，但在长城以内经常发生"的"英勇行为"，而这之所以称得上"真正的英雄行径"，是因为"她履行了两种社会责任：一是保持了对未婚夫的忠诚，二是代替他尽了孝道"。①如果考虑到中国传统的婚约都是父母包办，那么女子这种独身孀居的生活完全被道德化，恰恰缺失了对她一生的人道关怀。也许是意识到这种社会道德化的婚姻不易被西方民众所理解，陈季同采用了"轻喜剧"这一西方戏剧形式。还有一个更为直接的原因，陈季同在巴黎曾结识当时的法兰西学院院士、剧作家拉比什（1815—1888），着迷于他的轻喜剧。1878年陈季同任中国驻欧洲使馆翻译时，恰逢拉比什的10卷本《戏剧全集》出版。拉比什的名剧大都是轻喜剧，有《贝吕松先生的旅程》《意大利草帽》《厌世者和奥弗涅人》等，无论是调侃各式可笑人物，还是鞭挞社会陋习，都包含了对人类美德和理想的肯定。这种"力量和激情"的表达尤其为陈季同所欣赏，促成他采用轻喜剧这一西洋剧形式。剧中，樱桃还是孩子时，双方父母定亲，她却从未与未婚夫见面。18岁婚礼前夕，传来其未婚夫海上"遇难"的消息，樱桃为了"履行义务，别人不会对我说三道四"，嫁入林家。悲伤之际，未婚夫获救生还，两人一起步入婚礼。《英勇的爱》渲染的自然是樱桃"守节"的"英勇"之举，然而，其轻喜剧的形式，无论是人物，还是戏剧动作，所包含的"轻喜剧"因素，都在"消解"樱桃"英勇"之举的"悲剧"色彩时，不知不觉地质疑，甚至颠覆了传统"守节"的意义。例如剧中樱桃的使女莲花自知"有其主必有其仆！一个嫁给死人，另一个终身不嫁"，她佩服樱桃的"勇气"，心里却不断为

---

① 陈季同：《吾国》，李华川译，人民文学出版社2006年版，第34页。

樱桃"不平"：为一个"没有一天做过真正的丈夫"的"陌生人牺牲！被一个没见过面的幽灵牵着走！"，"这是伟大、高尚、勇敢的行为！"，也称得上"荒谬、荒谬、荒谬！"为此，她甚至劝樱桃"随时还可以接受另一个夫婿"。樱桃的表兄太和"饱读诗书，聪明过人"，见到樱桃后将他的"四书、几百篇经传、几千篇注疏"统统"扔掉！"（连篇累牍的经传、注疏，恰恰是将儒学道德化的历史），而让太和能从樱桃"已经成婚，而且永远不会离婚"的痛苦中解脱出来的是"燕窝和米酒"那样的佳肴①……这些人物的举止都极具喜剧性，在全剧喜宴和灵堂气氛转换中，以日常生活的轻松喜剧性化解了主人公"守节"的沉重感。

陈季同在理性上自觉守护"未婚守节"所表现的传统道德，但当他借鉴西方轻喜剧形式时，他实际上表达了对守节女子命运的关怀。这种关怀从现代人生存的层面上提醒人们关注完全社会道德化的生活对个人存在的忽视。

陈季同的小说、剧本创作，从思想内容，到表现形式，都破除了"我们文学上相传的习惯"，而与世界文学潮流有所"一致"②了。这种情况的发生又远早于中国国内的文学创作，正显示了海外语境对于陈季同创作的重大影响。陈季同作为一个始终钟情于中华文化传统的文人，却开启了中华民族文学与世界文学的"接轨"，展开的依然是中华文化与异域（西方）文化的对话，所置于的是"各个民族的精神活动"日益突破"民族的片面性和狭隘性"，创造"共同享受的东西"的"世界的文学"③的时代背景下，不是对西方文化挑战的单向回应，而是陈季同所自觉意识到的"他们（西方——笔

① 陈季同：《黄衫客传奇·附录三〈英勇的爱（中国独幕轻喜剧）〉》，李华川译，人民文学出版社2010年版，第275—280页。

② 曾朴：《曾先生答书》，见胡适：《胡适文存三集》卷八，亚东图书馆1930年版，第1131页。

③ 马克思、恩格斯：《马克思恩格斯全集》第4卷，人民出版社1958年版，第470页。

者注）的名作要多译进来，我们的重要作品也需全译出去"①的双向交流。这种开启，会让我们重新认识近现代中华民族文学是如何发生的，海外华人（华语）文学是如何参与的。五四新文学诞生十余年时，曾朴推崇陈季同的创作说："中国人的文学作品，在世界文坛上，占着地位的，直到如今，只怕还没有第二人继起呢。"② 陈季同以其海外写作，承担起"中国人的文学""在世界文坛上，占着地位"的第一人的责任，不仅打开了"中国人的文学"面向世界的窗口，也开启了"中国与海外"的民族文学新格局，对中华文化的海外（世界）传播、发展、丰富产生了重要作用和深远影响。

第四节　"人的文学"和"自由的文学"：
百年海外华文文学和五四文学传统

五四新文化运动已百年，五四新文化（传统）也已成为中华文化（传统）的重要组成部分。20世纪初的海外，曾是五四新文化思想的重要策源地。对于海外华文文学而言，它如何在海外写作的语境中丰富、发展五四新文化，成为海外华文文学历史中极为重要的一页。

一

五四新文化运动在中国发生后，一些亲历五四新文化运动的中国知识分子旅居海外，开启了五四新文化思想在海外的传播，同时又在海外写作的语境中延续、丰富了五四思想。五四时期旅法作家盛成的创作，就足以让人审视五四新文化思想如何在海外得以传播、丰富和发展。

---

① 曾朴：《曾先生答书》，见胡适：《胡适文存三集》卷八，亚东图书馆1930年版，第1131页。

② 转引自李华川：《晚清一个交官的文化历程》，北京大学出版社2004年版，第124页。

盛成（1899—1996，江苏仪征人）是继陈季同之后，又一位可视为欧华文学开拓者的作家。五四前后，成批中国知识分子前往欧洲，欧洲成为五四思想、精神的重要基地。而盛成就是在五四运动的当年末留法勤工俭学的，直至1931年（1929年曾游近东）归国；1935年前后又曾重回欧洲，1965—1978年侨居法国，前后旅居欧洲的时间长达二十余年。与其他五四旅欧又较快归国的中国作家（他们的海外写作大部分还是留学背景下的创作）不同，盛成不仅在法国开始其文学创作，并在法国出版其最重要的作品，而且其创作与晚清陈季同一样，面向法国读者，甚至就是为法国读者而写，有着自觉而独特的跨文化意识。而与陈季同不同的是，他的重要作品同时期也在中国出版了中文版本，称得上是第一位双语写作均产生重要影响的作家。这在海外华文文学历史上显然具有重要意义。

盛成出身传统士人家庭，浸染古典文化甚深。而与陈季同不同的是，他已经投身于辛亥革命、五四运动，乃至创建共产主义组织的潮流。他曾被称为"辛亥革命三童子"之一，孙中山就任临时大总统时以"读书不忘革命，革命不忘读书"之言慰勉于他。[①]五四那年，他是北京长辛店工人领袖，在北京等地直接参与了"五四"到"六三"的爱国运动，而后又以"五四运动嫡系的延续"[②]的身份来到欧洲勤工俭学。旅欧后，他很快加入了法国社会党，随后又参与创建法国共产党，并任法共南方省委书记。这一切，都发生在他写作之前，所以，他的作品会让人看到古典与五四双重传统的影响，即在吸取中外古典传统资源的境遇中寻求五四开启的"人的解放"的道路。

盛成的创作也确实可以看作五四在海外的回应。1922年8月23日，盛成

---

① 许宗元：《盛成教授与〈盛成文集〉》，见《盛成文集·纪实文学卷》，安徽文艺出版社1998年版，第351页。

② 盛成：《海外工读十年纪实》再版序言，见《盛成文集·纪实文学卷》，安徽文艺出版社1998年版，第144页。

在徒步穷游意大利途中，特地拜访了当时栖居在地中海海岛的高尔基。他以
"流浪遇着流浪"的喜悦称这次相见为"不曾失过望的初恋"。而在那次
相见中，盛成印象最深的是高尔基面对大海，从"许多国界"有如"鬼的造
物"隔绝、囚禁人，谈到"人类造下许多的藩篱，许多的牢笼，自己来束缚
自己，自己来幽囚自己，不做人要做囚犯"，而当"有人打破了牢门，去救
他出来，叫他出来的时候，他还要问你，外面怎么样啊？我从来不曾出去过
啊！我出了牢门，没有牢饭吃，岂不要饿死了吗？"①每个中国人，都会从这
话语中听到鲁迅等五四先驱者的声音。盛成的海外写作，正是他要打破那些
"自己来束缚自己，自己来幽囚自己"的牢笼，不做囚犯而做人的努力。这
使得他的创作，真正成为五四文化的海外展开。

　　盛成曾在他最早的作品（1933）中开篇引用"梁惠王问：'天下恶乎
定？'孟子答：'定于一！'"②。他将1920年代旅欧写作的结集命名为《归
一集》③。"归一"，即"人类是一体，人道无二用"，"各种人有各种人的
文化"，却"仍不能不归于一"，都要实现"人"的彻底解放。"归一"反
映出盛成受古典传统与五四文化的双重影响，这成为他旅欧写作的出发点和
最终归宿。在"归一"的层面上看待五四新文化的海外传播和发展，正是在
人类解放的层面上揭示五四新文化传统的本质。而"归一的方式很多"，盛
成选择的一种方式就是写作。④

　　长篇传记《我的母亲》是盛成的第一部作品，就其在欧洲产生的影响而
言，《我的母亲》显然是五四后影响最大的一部作品。《我的母亲》用法文

　　① 盛成：《纪念高尔基》，见《盛成文集·散文随笔卷》，安徽文艺出版社1998年版，第
162—165页。
　　② 盛成：《我的母亲》叙言，见《盛成文集·纪实文学卷》，安徽文艺出版社1998年版。
　　③ 法文版《归一集》共5卷，分别为《我的母亲》《我的母亲与我》《海外工读十年纪实》
《东方与西方》《归一与体合》。
　　④ 盛成：《我的母亲》叙言，见《盛成文集·纪实文学卷》，安徽文艺出版社1998年版。

写成，1928年在巴黎出版。当时法国最负盛名的作家、法兰西学院院士瓦乃理（Paul Valery，今译瓦雷里）被曾任法国总理的著名学者班乐卫称为"一字千金"①，却为《我的母亲》作长篇引言，称《我的母亲》以一种"最高最上的情感"在"吾人"（欧洲人）面前"宣传中国民族的文化"，是一部"令吾人去敬爱吾人素来所漠视、所轻视、所仇视、所嘲弄之事物"的作品。②作品出版后，一版再版，发行达百万册，法国《世界报》《巴黎时报》《欧洲杂志》等数十种报刊，《纽约时报》等国际性媒体，罗曼·罗兰、萧伯纳、居里夫人及比利时作家梅特林等知名人士，都撰文给予好评，评论文章有20种文字之多。《我的母亲》被译成16种文字，一些章节被收入法国中小学课本，《我的母亲》迄今仍是法国高校文科必读名著。1935年，《我的母亲》中文版在上海出版，书内有章太炎所题《盛母郭太夫人》、徐悲鸿所作《盛母像》和马相伯、齐白石等五人分别作的《像赞》，称赞此书作为"子之文"，所写"母之德"，皆为"动人之性，沸人之血"。③

瓦乃理当年言："拿一位最可爱而最柔和的母亲，来在全人类底面前做全民族的代表，可算极奇特且极有正谊的理想。"盛成则自觉地以《我的母亲》为"中国的本来面目"。④一位日本学者读到《我的母亲》后对盛成说："我只见你是人，我忘记了你是中国人。"⑤盛成1919年出国时，拜别母亲，母亲说："你到外国去很好……我想你拿待我的心去待人，我相信天下人都是你的母亲。"⑥这些表明，无论从创作的层面，还是从接受的角度，《我

---

① 盛成：《汉学家庭》，见《盛成文集》，北京语言文化大学出版社1997年版，第368页。

② 瓦乃理：《我的母亲》引言，见《盛成文集·纪实文学卷》，安徽文艺出版社1998年版。

③ 许静仁：《像赞》，见《盛成文集·纪实文学卷》，安徽文艺出版社1998年版，插页8。

④ 盛成：《我的母亲》叙言，见《盛成文集·纪实文学卷》，安徽文艺出版社1998年版。

⑤ 盛成：《海外工读十年纪实》，中华书局1932年版，第268页。

⑥ 盛成：《我的母亲》，见《盛成文集·纪实文学卷》，安徽文艺出版社1998年版，第126页。

的母亲》不仅是以"人人有的""母亲"和"人人受的""母教"来向世界展示中华民族的性格、历史和命运，而且是要由此（天下母亲的"归一"）来探求人类的"大同"、世界的"归一"。同时，针对当时中国"上面的罪恶，把下面的功德，都掩盖着了"，以致"初到的外国人"往往对中国人产生误解的情况，《我的母亲》要以"母亲"忍苦耐劳的一生，展示中国民间的"功德"及其包含的生命力。而这一切，是在作者的"五四眼光"中得以呈现的。欧洲的读者，也就通过这位他们完全可以理解的中国母亲感受到包括五四在内的中国近现代历史。

《我的母亲》第一、二章《仪征塔》《浣纱女》，描述故乡仪征的地貌、人物，以仪征塔之诗味，浣纱女之忠烈，表达自己为"我的母亲"立传的初衷："中国的家族制度，向重父系，不重母系"，然而，晚近人类学、近代生物学，都揭示了"母系遗传力之有"及"母系遗传力之强"；数千年历史所呈现的"中华民族万寿无疆的佳兆""无一非天性中之至情"，而"我的母亲，是人中至情者！"[1]此处无论是从近代科学出发，去看待女性，还是立足个人感受，深切怀念母亲，都突破了中国家族制度的历史局限，以经受了五四洗礼的胸襟和视野来为母亲立传。

《我的母亲》"特详细申述我母系祖宗之历史"[2]，那是一部"主张民族革命"的"圣人"历史，无论是殉身民族大义的家族正史，还是诸事"听其自然"的家政逸事，体现出来的都是知行合一之风。而其家学传统，"明中外，知古今，实事求是！"，由此开启仪征学派。这些都"遗传到我的外祖父郭省吾，再传到我的母亲身上，成了天性。自然我的母亲，是平、实、

---

[1]　盛成：《我的母亲》，见《盛成文集·纪实文学卷》，安徽文艺出版社1998年版，第5—6页。

[2]　盛成：《我的母亲》，见《盛成文集·纪实文学卷》，安徽文艺出版社1998年版，第6页。

精、详的一个人"①。"平、实、精、详"乃仪征学派的学风，以此来描述母亲的"天性"，正是将母亲作为中华民族的一个代表、"中国的本来面目"来表现。写活母亲，也就是写活中华民族之生命力。

《我的母亲》记叙母亲的一生时，有个中心意象："返魂梅"。那本是仪征东门外准提庵里一棵一本五干、两度复活的千年古梅，每年早春，雪里开花，香闻数里。而母亲就是"一个庄严、慷慨、八面玲珑、婆娑浑沌之浣纱女的返魂梅"②。《我的母亲》述及母亲的生活时，往往用母亲的亲口述说，鲜活地呈现了生命力顽强的"返魂梅"形象。例如，母亲在述说她丧母之后，被父亲强令裹脚三年的"童子牢"生活时，这样讲述她在疼痛难耐中的心情："有时我将这对足，放在我双手之中。它们都是同胞手足，同年同月同日同时生的。现在手哥哥，一天一天的长大，心理也不变。足妹妹，一天一天的萎小，心理天天变。世间事，真是有幸有不幸！手哥哥有时，怜惜足妹妹……可是足妹妹是暗暗地哭，使手哥哥见不到，觉不着。实在说一句：我的母亲死的时候，我都不觉着这万般的苦痛！"由此，母亲年幼时渴望"梅儿自然长，花儿自然放"的心愿活龙活现地呈现出来，稚真话语成为对"弯枝""曲本"的封建礼教摧残女性、无视生命的自然成长的有力控诉。③通观全书，"返魂梅"在国事家事交织中处处映现出母亲在"做人"心愿中极其强韧的生命力，从而鲜明地表达了反封建、尊人性的五四精神。

盛成写母亲的柔笔将三方面的人事活泼直率地交织在一起：一是晚清风云变幻中的政治变革，慈禧太后、袁世凯、张勋等政治人物的沉浮，往往用

① 盛成：《我的母亲》，见《盛成文集·纪实文学卷》，安徽文艺出版社1998年版，第12—13页。

② 盛成：《我的母亲》，见《盛成文集·纪实文学卷》，安徽文艺出版社1998年版，第14页。

③ 盛成：《我的母亲》，见《盛成文集·纪实文学卷》，安徽文艺出版社1998年版，第19、20页。

"活而率的笔意"就生动点染出来，从而展现中国自鸦片战争以来五十年的历史；二是母亲一家的家事，礼仪习俗、风土人情，在起起伏伏而从不断绝的日常生活中延续，中国的人情世故得以真率地呈现；三是盛成兄弟的成长，身处变革年代，年轻人的心热切向往新的生活、新的世界。而将这三方面融成亲切回忆的，是母亲的挚爱和强韧的生命力。《我的母亲》不仅"以母氏口中所述极琐屑极细微之家庭痛苦，表现中国人之风尚与情性"，而且"常借家事喻国事，而又隐切世界各国之一切政治"，其"精心妙绪"当年就受到高度赞誉。①母亲平素对子女所言往往是以妇人持家之言喻天下治国之理。例如，母亲说得最多的是"忍"："死是易事，忍是难事"，"做烈妇易，做寡妇难！做寡妇，教子成人尤难！""我每天过日子，好像爬刀山"，"可是刀山有顶，这日子甚么时候，才能完咧？我指望你们成人，我就忍下去"。"君子之身，可大可小。丈夫之志，能屈能伸"。如果"人家欺我孤儿寡母，把我的头砍下地，我都不能承受的……"。②"忍"之古训，在母亲艰难持家的生涯中生发出强韧的生命力，成为一种生命哲学、一种顽强的生命意识。中国传统的家庭结构，使得母亲日常要承受的最大压力来自"我"的祖母，"礼教到衰落的时候，是上不尽其职，而下尽其职"，所以"我祖母可以不要三从，我母亲却要谨守四德"。面对祖母不近情理的行为，"我的母亲，反跪在她面前，请她恕她初次"。③然而，母亲的"忍"，是为了把子女抚养成人，她内心刚强，绝不屈从恶势力的压迫。1905年，西太后下谕，停止科举，遣员出洋考察各国宪政后，新思潮在民间如火如荼，

---

① 万叶：《中国少年海外立志者之成功史》，《上海时报》1928年7月27日，转引自盛成：《海外工读十年纪实》，中华书局1932年版，第265页。

② 盛成：《我的母亲》，见《盛成文集·纪实文学集》，安徽文艺出版社1998年版，第138页。

③ 盛成：《我的母亲》，见《盛成文集·纪实文学集》，安徽文艺出版社1998年版，第62、67页。

"禁烟""天足"等民间运动蒸蒸日上，家里也受到社会新思潮的冲击。外祖、年哥和"我"都决心做新人物，尽管"我们"当时只懂得空空洞洞的几个新名词，而祖母开口就说我们是"学洋鬼子"，于是"天天同我们冲突"。母亲则"极力斡旋于新旧两种潮流之间，自然她受两方面的抨击"。然而，当年哥的革命言论"遭了土豪劣绅之忌"，祖母被人欺骗，家产被人趁火打劫之时，知文识字的祖母，"不知道如何办法"，母亲成了"我们家中唯一有办法的人"。她认定"欺人孤儿寡妇，玩弄无知之人"，是"社会的罪恶"，"绝不让他一步！"当时是清王朝刚被推翻的"青黄不接的革命时代"，大清律例似乎已无效，而"民国律例不曾规定"，社会恶势力趁此"极其欺侮凌辱之能事"，"年哥与我，能革清朝皇帝的龙命，独无法来革恶社会的狗命"。母亲却有胆有识，既抱有"拼一个你死我活"的决心，又坚持"革命世界，更要说理"，挺身闯公堂，占衙门，硬生生让恶势力败下阵去。① 此时的家事国事，都指向了对人的尊严、对社会的公平的维护和追求；母亲以一个传统中国妇人朴真的家事回应了清末民初风起云涌的社会变革。

牢记母训的盛成"到欧洲之后，即与劳动阶级打成一片"②，组织劳动学会，倡导劳工神圣，他自己也身体力行地参加各种勤工活动。例如他最初在木工厂做"搬木头，扛木头"的重活，凌晨5点就要起床上工，"每天晚上，工余之遐，遂专读马克思的《资本论》"等"社会学说"。③这显然延续了他在国内五四运动中的理想和追求，但视野、胸襟都大大拓展了。巴黎国立图

---

① 盛成：《我的母亲》，见《盛成文集·纪实文学集》，安徽文艺出版社1998年版，第99—110页。

② 盛成：《海外工读十年纪实》再版序言，见《盛成文集·纪实文学卷》，安徽文艺出版社1998年版，第155页。

③ 盛成：《海外工读十年纪实》，见《盛成文集·纪实文学卷》，安徽文艺出版社1998年版，第188、189页。

书馆至今保存的共产国际法国党部公报，1921年第54期刊有盛成的《一位中国同志来函》。盛成写此信的目的是希望各国民众（同志）间能"彼此互相爱护，彼此互相了解，彼此互相补充，以期于至善"。为此，他在信函中这样说道："中国人，也与你们一样是一个人……有一个与你们相同的头脑，可以想象自由，一双手，为劳动，我生产，为建立世界人民一致的团结。最后，还有一颗心，可以爱，爱我们的兄弟朋友，爱人类的平等公理。"他呼吁欧洲人与中国人"彼此携起手来"，打倒"三大敌"："打倒中国反动政权！打倒日本帝国主义！打倒欧美资本主义！"[①]深重压迫中国民众的反动政权、严重侵犯中国的日本帝国主义、横行世界的欧美资本主义，被盛成视为一体。五四所昭示的中国民众的解放之路也就与世界各国的平等、自由紧密联系在一起。而作为盛成的个人实践，除了积极参与欧洲的社会活动，最重要的就是身体力行"工学主义"。盛成是勤工俭学到欧洲的，但他一直认为，当时勤工俭学的中国学生中，"俭学者"多，"勤工者"少。盛成是要踏踏实实做个"勤工者"，"勤工"才能获得欧洲的"在地"经验，切切实实了解欧洲，反观中国。于是，有了那本《海外工读十年纪实》，而这本书正是"借英、法、德、意、俄、土、埃及、印度为镜，直照出中国的本来面目"[②]。随后，又有了《意国留踪记》。这本讲述1922年"我"转学到意大利后的经历的作品，是盛成上世纪二三十年代创作中写得最好的一部作品。它"化合了《神曲》和《十日谈》的体裁"，杂糅的游记、随笔、诗歌、小说等各种写法，显得水乳交融，使得作者对"欧洲精神"的介绍"不是从外面的介绍"，而是一种深刻的"内心的介绍"，[③]从而进一步在走近欧洲中观照

---

① 盛成：《海外工读十年纪实》再版序言，见《盛成文集·纪实文学卷》，安徽文艺出版社1998年版，第144—145页。

② 盛成：《我的母亲》叙言，见《盛成文集·纪实文学卷》，安徽文艺出版社1998年版。

③ 盛成：《意国留踪记》，见《盛成文集·纪实文学卷》，安徽文艺出版社1998年版，第3页。

中国。

《海外工读十年纪实》《意国留踪记》与《我的母亲》一样，当年都有法文、中文版本，不同的是法文版《归一集》面向法国读者宣扬中华文化，就以《我的母亲》为第一卷；而中文版《归一集》以《海外工读十年纪实》为第一卷，是因为作者期望"知彼可以知己，借镜自照，或能复识"①。盛成海外工读十余年，苦苦寻求的就是中华民族从身受的多重压迫中挣脱，走上复兴、富强之路。而以他国为镜，"自识自知"，是经受了五四洗礼的盛成探求中华民族复兴的主要途径。

欧洲历史、欧洲精神中，盛成最看重的是欧洲文艺复兴，他曾斩钉截铁地说："欧洲虽有许多民族，却只有一个精神，这个精神，就是希腊、罗马合一的精神，也就是欧洲精神！文艺复兴，就是代表这种精神的运动！"②而从欧洲文艺复兴运动反观中国五四运动，是盛成旅欧寻"归一"的重要内容。

盛成视文艺复兴为欧洲各国的"自识自知之运动"，而在盛成看来，五四运动本身就是一场中华民族"自识自知"的启蒙运动，要解决的核心问题是世界变革的大潮中，中华民族何以自处。为此，他将康德的弟子费修题（Fichte，1762—1814，今译"费希特"）置于欧洲文艺复兴的开启者之一的地位看待，因为正是费修题的"自我论"促成了德意志民族的觉醒。熟悉西方哲学史的人知道，费修题哲学思想的重要性在西方哲学界被长期忽视。以往他常被视为从康德哲学到黑格尔哲学之间的过渡性人物；1990年代后，费修题的自我意识理论才得到充分重视。而早在1920年代，盛成就高度重视并评价费修题的"自我意识论"，写下了这样赞誉费修题的文字："1814年，

①　盛成：《我的母亲》叙言，见《盛成文集·纪实文学卷》，安徽文艺出版社1998年版。
②　盛成：《意国留踪记》，见《盛成文集·纪实文学卷》，安徽文艺出版社1998年版，第104页。

他死在柏林；而他的精神不死，他个我的精神，遂变成德意志联邦全民之精神……德意志人人皆认识已定绝对的我，认识祖宗系统之自由的我，曾几何时，自由变成实际！欧战后的德意志……确是费修题的德意志！不是铁血的德意志，确是发真理造自由的德意志。"①这段文字中"德意志人人皆认识"的内容正是费修题几十年学术生涯探究的问题："你究竟是甚么人？"盛成在《海外工读十年纪实》中用两段粗体大号字（可见于早期版本）对"四万万中国同胞"表达了他所理解的费修题的"自我认识论"："我有两个我：一个现在我，一个是原始我。现在我是实验的，是个人的我。原始我是族系的，是祖宗的我。""我是种族的代表，我是种族的相貌，绝对的我，是已定的。因为这一种族与那一种族相比较，然后就知道这绝对的我，是已定的。假如人人觉到他实在的自由，他的祖宗的我与个人的我就完全独立，不受外人压迫了！"②盛成强调人的精神自由，社会变革就应该"以发展理性，推尊自由为宗旨"，让"祖宗的我"和"个人的我"得以统一，③由此出发，在与其他民族的对照中，我们才能回答："我是甚么人？东方人。""我是甚么人？中国人。"④从而完成中华民族"自识自知"的启蒙运动。

　　盛成是在国内经历了五四运动后旅欧借助欧洲文艺复兴而反观中国的。《意国留踪记》的开篇借一位在意大利打工的德国人海拜川·毕特纳之口，揭示了"资本主义，大可投机于社会主义的买卖"的现实。人被异化，沦为

---

① 盛成：《海外工读十年纪实》，见《盛成文集·纪实文学卷》，安徽文艺出版社1998年版，第228页。

② 盛成：《海外工读十年纪实》，见《盛成文集·纪实文学卷》，安徽文艺出版社1998年版，第227页。

③ 盛成：《海外工读十年纪实》，见《盛成文集·纪实文学卷》，安徽文艺出版社1998年版，第227页。

④ 盛成：《海外工读十年纪实》，见《盛成文集·纪实文学卷》，安徽文艺出版社1998年版，第230页。

"金钱的奴隶"。墨索里尼的黑衫军则正利用社会的种种不公不平，企图夺取政权。而在"我"浪迹罗马的行程中，也时时见到"白色的恐怖，人命不如狗命，坏人当道，好人仁人，监狱里都坐满了，帝国主义的威严，军人封建的惨酷，布满了这不仁的世界"的当今现实。[①]这些认识显然都有"我"在中国国内的五四经历所打下的印记。这种背景使得"我"对欧洲精神，尤其是文艺复兴精神的寻找，成为五四精神的一种海外延续。而这种五四精神的延续，在海外语境中，又沟通了中国古典文化传统。这是盛成以他国为镜，"自识自知"的最有价值之处。

最先向"我"（盛成）提及"文艺复兴"的是"我"就读的意大利帕多瓦大学的校长，他在向"我"介绍该校七百年的历史时让"我"明白，欧洲文艺复兴揭示的人生哲学是，幸福不在以往神学所说"修来"的"天堂"，而"是拿经验换来的，是苦来的""今生"。[②]但"我"的"文艺复兴"的启蒙老师却是意大利恋人露意莎，她"热爱乡土"的感情使她对欧洲文艺复兴运动的历史极为熟悉。两人坠入爱河的浪漫行程，几乎是露意莎一曲曲口诵《神曲》、一步步引导"我"进入以《神曲》等为代表的欧洲文艺复兴世界的过程。这是一段非常特殊的异族恋。露意莎"自儿童时代就把《神曲》当作《圣经》读"[③]。而"我"和露意莎最心心相印的时刻，便是她向"我"讲述但丁的身世和《神曲》的始末。但丁一生凄凉悲惨，但其情感，始终"驰骋在自由思想里"，而"他的意识，是以生命为中心，以人道为鹄的，以民

[①]　盛成：《意国留踪记》，见《盛成文集·纪实文学卷》，安徽文艺出版社1998年版，第9、41页。

[②]　盛成：《意国留踪记》，见《盛成文集·纪实文学卷》，安徽文艺出版社1998年版，第19页。

[③]　盛成：《意国留踪记》，见《盛成文集·纪实文学卷》，安徽文艺出版社1998年版，第45页。

族为归宿的"，①就是说，一个民族的独立，恰恰在于这个民族拥有尊重生命、实行人道的意识，并努力去创造一个自由人的环境。《神曲》百首，正是但丁以"生命意识为中心"的人道主义产生的心灵历程；而意大利有了但丁，也就成为一个独立的民族。当"我"聆听露意莎将但丁和《神曲》娓娓道来时，"我"不断地反躬自问：但丁的生命意识开启了意大利的"独立"，那么中国呢？这让"我"去深入思考中华传统与生命意识的关系。

从但丁的《神曲》，到意大利画家的壁画杰作，文艺复兴的人道主义在"我"心中唤起的是"以生命为意识以人为主脑而造成的全自然大革命"："天的这里，天的那里；地的这里，地的那里；人的这里，人的那里；都含蓄着这种全自然的大革命！文艺复兴，原来是这生命意识底全自然的大革命！"②盛成显然以中国传统的"天地人合一"的生命整体观念应合、理解、把握了欧洲的文艺复兴思想。正是在这种生命意识中，盛成重新理解了他在国内1920年代（左翼）阶级斗争中接受的思想："要有阶级意识，先须有民族意识；要有民族意识，先有人道意识；要有人道意识，先须有生命意识。"③此时的盛成，全然没有国内五四时期与传统决裂的激进，相反，中国传统与西方"复兴"的沟通，深化了盛成的五四精神。

其实，少年的盛成，就有"见了先生骂圣人，见了圣人骂门生"的叛逆性格；辛亥革命期间，他更是"跑到学宫里面去，痛击孔子的牌位"。④然而，当年的法国学者却看出了，"孔子的仇人"的盛成，写出来的书"却含

---

①　盛成：《意国留踪记》，见《盛成文集·纪实文学卷》，安徽文艺出版社1998年版，第44页。

②　盛成：《意国留踪记》，见《盛成文集·纪实文学卷》，安徽文艺出版社1998年版，第41、42页。

③　盛成：《意国留踪记》，见《盛成文集·纪实文学卷》，安徽文艺出版社1998年版，第43页。

④　盛成：《我的母亲》，见《盛成文集·纪实文学卷》，安徽文艺出版社1998年版，第71、99页。

有圣贤所传中庸之道"，而其行为，"与圣人的教训反而极其相近"，甚至他"人道的观念，以及人类归一的意义……不过是孔子人道主义的扩张"。①为什么五四激烈反孔的盛成，实际上却传承了孔子的"仁道"？除了海外的语境使得盛成在向西方传达中国文化时必然关注中华文化传统外，还在于他对五四新文化运动所要达成目的的理解。

前述盛成极为看重欧洲文艺复兴，是要由此寻求中华民族的复兴之路。他非常推崇他称之为文艺复兴的"鼻祖"的潘特拉克（Francesco Petrarca，1304—1374，今译彼特拉克，盛成在当时的部分著述中也称其为"佩特拉克"），走访潘特拉克的多处旧居，苦苦探究"潘特拉克是如何的人，意大利又如何地出了这位孔子？"②盛成视欧洲文艺复兴的"鼻祖"为"西方的孔子"，不仅是因为潘特拉克的诗集"为意国文字语言的母胎"，其政治、历史、地理著作都确认了"罗马子孙意大利本性民族的精神"，从而使得"意大利，有语言，有精神，有族性，遂离教廷而独立了"；还因为其人文思想建立在欧洲古典文化传统的基础上，古典文化成为潘特拉克反对教会封建文化的强大思想资源。盛成将潘特拉克的这种努力视为对民族的"根本正性之功"。③显然，在盛成的心目中，文艺复兴的精神实质在于一个民族由此"有语言，有精神，有族性"，从而真正实现民族的独立；而五四反封建的时代使命，恰恰是要发扬中国文化传统中的人文精神，反对历朝历代等级森严、礼教严苛的封建思想，从而在语言、精神、族性上实现民族的复兴。

---

① 弗利德门：《盛成之使命》，见《欧洲杂志》1930年4月15日。转引自盛成：《海外工读十年纪实》，见《盛成文集·纪实文学卷》，安徽文艺出版社1998年版，第300页。

② 盛成：《海外工读十年纪实》，见《盛成文集·纪实文学卷》，安徽文艺出版社1998年版，第221页。

③ 盛成：《海外工读十年纪实》，见《盛成文集·纪实文学卷》，安徽文艺出版社1998年版，第223、224页。

　　盛成称意大利为自己"西方的中国"①，不只是因为他在那里遇见了令他
刻骨铭心的异国恋人，更因为他们恋人之间情感、思想的交流往往是东西方
文化的共鸣、应和。（《意国留踪记》的恋情部分完全在男女主人公唐诗与
《神曲》的吟和中展开："唐诗鼓荡着我们，《神曲》摆动着我们。"②）盛
成总会从恋人向他讲述的意大利文化中情不自禁地回到中国文化的境界，由
此思考中华文化复兴等问题。这是盛成海外写作最重要的心境，这种心境也
使他沟通五四和传统。例如，他踏访罗马，"好像是到了基督的家乡"，深
感"罗马所受基督教之影响，等于中国所受佛教之影响"，其最大的特点是
"外来居上"。他由此去思考：面对"外来居上"，自己民族的"灵魂今何
在"？他细细考察罗马教堂中文艺复兴诸先杰的绘画，也去感受整座罗马城
的雕刻艺术，深感文艺复兴已让"罗马与希腊再生"，"欧洲灵魂复活"。
他由此领悟到，"在这外来居上的时期，如依苏格拉底'自己要认识自己'
的原则，自然可以使固有的文化，重新复活起来"，那么，五四的中国面对
"外来居上"，自然也该"使固有的文化，重新复活起来"，现代的五四，
完全应该，也可以激活传统的中华文化。③

　　这种"复活"，是五四的核心价值与中国传统的本来之道的沟通。盛成
当年的恋人露意莎是最崇拜潘特拉克的一位意大利女子。一起登山凭吊潘特
拉克的老死之地时，她对盛成说道，如果"人"这个字还有"人"的意义的
话，那么潘特拉克"是一个人、第一个人"。这让盛成非常深切地体悟到，
封建社会的发展，使人在等级观念等束缚中"有种种区别，自有种种区别之

---

　　①　盛成：《海外工读十年纪实》，见《盛成文集·纪实文学卷》，安徽文艺出版社1998年
版，第208页。

　　②　盛成：《意国留踪记》，见《盛成文集·散文随笔卷》，安徽文艺出版社1998年版，第
31页。

　　③　盛成：《意国留踪记》，见《盛成文集·纪实文学卷》，安徽文艺出版社1998年版，第
102、103页。

后，原来'人'的意义，就消灭了"，"家庭底教训""宗教底指示"，都在教"人""做社会上的人"，而"唯最进了社会，反倒见不到人"。①所以，欧洲的文艺复兴，是要"有力能造成一个自由人底事物"，就是造成"自由人"所需的"自由底环境"。②以"平等"为核心的"自由"是盛成这样一位五四青年信奉的核心价值。在破除了"消灭人的意义"的种种"区别"之后，孔子的人道思想恰恰可以成为中国社会建立平等、自由的重要资源。因为孔子作为"初期儒家，原始孔教"（而非后来的儒教）的代表，最应该为当今世界看重的是，"宽容一切的异端学说，以形成人类的仁，即人道。孔子的开明，不但光照出人世的大同，还要启示着宇宙诸神的和合"，③即人类的"归一"。

盛成的创作让人看到，五四新文化在海外得以延续、发展。作家身处世界变革的潮流中，接通五四文化所高扬的"人的解放"与数千年中华民族文化传统的联系，不仅让人在其与中国国内五四新文化传统的发生、发展的对照中更深刻地理解五四文化的丰富内涵，也让五四新文化融入中华民族文化传统，成为中华民族文化传统中新的一章。

二

1947年，中国政治格局处于激烈动荡之时，平津地区一批年轻的作家重新聚合，发起了一场战后中国文学的重建运动。他们面对左翼文学的强势扩张，沉着而坚韧地提出"人的文学"应是五四后中国文学发展的总体趋势和

---

① 盛成：《意国留踪记》，见《盛成文集·纪实文学卷》，安徽文艺出版社1998年版，第49页。

② 盛成：《意国留踪记》，见《盛成文集·纪实文学卷》，安徽文艺出版社1998年版，第68页。

③ 盛成：《法译〈老残游记〉序言》，见《盛成文集·散文随笔卷》，安徽文艺出版社1998年版，第285页。

自身传统，强调文学应以更广阔的胸怀面对丰富的社会人生，最终由"人民的文学"回归"人的文学"。他们认为，所谓"人的文学"是指"包含二个本位的认识：就文学与人生的关系或功用说，它坚持人本位或生命本位；就文学作为一种艺术活动而与其他的活动形式对照着说，它坚持文学本位或艺术本位"。[①]与当时左翼的"人民的文学"相比，"人的文学"强调生活内容的真实丰富，注重文学所展现的人生经验的广度与深度，反对以狭隘的政治标准限定表现的对象："作品的主题意识方面只求真实与意义，而不问这一主题所属的社会阶层或性质上的类别……只有这样，文学才能接近最高的三个品质：无事不包（广泛性），无处不合（普遍性）和无时不在（永恒性）。"这三个品质体现的就是"最大可能量意识活动的获得"。只有以此为前提，才能真正立足现实，具有丰富思想价值，也才能成就优秀文学作品。相反，"人民的文学"以阶级为本位，展现的是"某一模型里的现实"，进行的是"对人，对生命，对文学极度的抽空，压缩，简化的工作"。在种种限制下，作家不可能写出体现"最大量意识状态"的好作品。[②]"人民的文学"应当属于"人的文学"，并最终归于"人的文学"。他们坚定地认为，坚持发展五四"人的文学"的传统，才是战后中国文学的根本出路。

　　几乎同时，五四时期就"很诚恳地宣言""中国今日需要的，不是那用暴力专制而制造革命的革命，也不是那悬空捏造革命对象因而用来鼓吹革命的革命。在这一点上，我们宁可不避'反革命'之名，而不能主张这种种革命"的胡适，面对汹涌澎湃的"民主"浪潮，到处坚定地宣讲，"多数人的

---

① 袁可嘉：《"人的文学"与"人民的文学"》，《大公报·星期文艺》（天津）第39期（1947 年7月6日）。

② 袁可嘉：《"人的文学"与"人民的文学"》，《大公报·星期文艺》（天津）第39期（1947 年7月6日）。

统治是民主，而多数人的政权能够尊重少数人的基本权利才是自由主义的精髓"，"最基本权利是自由"，再次张扬起"自由的文学"的旗帜以保存、发展五四传统。①

在战后两个中国之命运决战的年代，无产阶级革命日益赢得上风，"人的文学""自由的文学"的坚持甚至会犯众怒，所以在中国大陆（内地）很快就销声匿迹了。但这一流脉却在海外华文文学中保存且强劲地发展着。不仅1950年代初旅居纽约的胡适继续倡导"人的文学""自由的文学"，尤其针对台湾的情况强调"文学这东西不能由政府来辅导，更不能由政府来指导"，坚持文学只能有"两个标准""两个目标"，就是"人的文学，自由的文学"②；战后开始在居住国落地生根的海外华文文学也张扬起"人的文学""自由的文学"的旗帜。

创刊至今已七十余年、出版500余期的文学期刊《蕉风》，是由赴南洋的香港作家于1955年在新加坡创办的，其影响在南洋华文文学中极其深远。1959年4月，《蕉风》第78期改刊为纯文艺月刊时，鲜明地张扬起"人的文学"和"自由的文学"的旗帜。该刊将"发现'人'""肯定人的价值，提高人的尊严"作为改刊的宗旨和"马华文艺发展的方向"，并在一个更大的背景下来看待"人的文学"的价值和意义："在历史上中华文化有过五次大的变迁……每次的变迁，都使中华文化由北向南逐渐的向南伸展。而这种伸展所代表的意义，又莫不是反暴力及专横的统治，觅求自由和人性的尊严……人性的尊严，生命的和谐，是我们文艺创作的最高目标。"③将"人的文学"视为中华文化变迁中的扩展，自然有着海外华人社会的语境，但更道

---

① 李宗陶：《胡适 此生粘着"自由"行》，《南方人物周刊》2012年第9期。

② 胡适：《中国文艺复兴，人的文学，自由的文学》，（台湾）《文坛》季刊1958年第2期。

③ 《改版的话——兼论马华文艺的发展方向》，（马来西亚）《蕉风》第78期（1959年4月）。

出了中华文化传统向外播传中的丰富性："人的文学"也不只是对五四文学传统的延续，而是更有着保存、丰富中华文化传统的意义。同期与"人的文学"相呼应的有"自由的文学"的倡导。但与胡适主要针对政府对文学的干预而强调的文学自由有所不同，《蕉风》强调的是创作个体的自由，认为：既"承认个人的意识，发挥个人的个性，尊重个人的尊严"也"承认别人的意识、个性与尊严"的"个体主义即自由主义"，"是不隶属任何派别、任何主义的主义"。这种自由主义的文学"不崇拜偶像，不屈服权威"，其"作品，要求形式上的美，要求感情上的真，要求人与人之间的和谐，要求掘发人深处的良善，对失去的理想不失望，对悲惨的世界不悲观，在挑战与反抗中求进步，在进步中要求更深、更美、更好的创造"。① 将创作视为个体心灵最自由、充分的展开，不仅使文学能"不隶属任何派别、任何主义"地自立自强，而且使文学在追求"形式上的美"的过程中不断丰富表达想象和情感的方式，这种丰富会让文学有更自由的表达。上述主张并不只是一种倡导，更是《蕉风》身体力行的实践，深刻影响了战后马华文学的整体走向。②

　　上世纪五六十年代是近百年中华民族文学非常关键的时期："人的文学""自由的文学"的倡导使得五四新文学传统避免了在冷战意识形态高压下完全可能发生的断裂，甚至使得这一时期的华文文学出现了某种"中兴"局面（例如新马华文文学现实主义的高峰和现代主义的奠基、成型都发生在这一时期）。时间已流逝了半个多世纪，《蕉风》的文学倡导今天仍得到强烈的认同。例如，《蕉风》所言文学"要求人与人之间的和谐"，与当下主流意识形态承认的"文学艺术要以人为本""强调人与人之间的和谐发展"

---

① 鲁文：《文艺的个体主义》，（马来西亚）《蕉风》第78期（1959年4月）。
② 黄万华：《新马百年华文小说史》，山东文艺出版社1999年版，第17—19页。

不是同声相求？又如，旅法作家高行健呼吁作家"首先是没有主义，摆脱各种教条，以积极的态度去研究和把握今天人类现实的真实处境，和个人在现时代的真实的困境和位置"，"不是说创造另一个主义，而是通过反思，超越那些已经僵死的教条，直视我们面临的现实。这将是新思想产生的重要前提。"①这种"没有主义"不正是对《蕉风》"不隶属任何主义"的文学自由的新世纪呼应？这正说明，战后以来的海外华文文学中，存在着相当自觉地发展"人的文学""自由的文学"的脉络。正是这一流脉，抗衡了冷战及其后各种意识形态对文学的强力干预，在各种意识形态到处弥漫并持续地左右人们思想的20世纪。它不断拓展着文学表达的空间，传递着文学反思的力量，丰富着文学的经典性的生成，形成了百年海外华文文学的深厚传统。

"人的文学""自由的文学"是文学本体所在。所谓"人的文学"是"强调文学作品是属于人、为了人、关于人"，"文学面向作为人类的读者，并涉及人关注的各方面"，无论是创作还是批评，都要充分关注"文学与人性问题的复杂性和多样性问题"。②而"自由的文学"反映了文学以情感性想象展示具有丰富差异性的生命之美的本质，它完成于作家心灵最充分的自由展开之中，实现于人类思想包容力的深刻展开之中，更通过文学形式的丰富发展推进文学的自由表达从而拓展文学的自治空间。"人的文学""自由的文学"始终立足于"人本位或生命本位"和"文学本位或艺术本位"，在五四前后作为民族新文学的根本性课题被提出，进入近百年中华民族文学的历史进程。而其在海外华文文学中的延续、发展，成为这一历史进程中极富建设性的存在。

---

① 《高行健、刘再复、朴宰雨对谈：走出民族国家的思维模式》，（香港）《文学评论》第18期（2012年2月）。

② 迈克尔·费希尔：《编者前言》，见艾布拉姆斯：《以文行事——艾布拉姆斯精选集》，赵毅衡等译，译林出版社2010年版，第2、3页。

三

西蒙娜·薇依在论析"《伊利亚特》的真正主角、真正主题和中心是力量"时说："力量，就是把任何人变成顺服它的物。当力量施行到底时，它把人变成纯粹意义的物"，"在力量面前，人的肉身一再缩退"，"人的灵魂由于与力量的关系而不停产生变化，灵魂自以为拥有力量，却被力量所牵制和蒙蔽，在自身经受的力量的迫使下屈从"。力量"在把一个人杀死使之变成物的能力之外，还存在另一种呈现为别样的不可思议的能力，那就是把一个活着的人变成了物。他活着，拥有灵魂；但他是物。一件物品拥有灵魂，这是多么奇特的存在"。"有生之年变成了物"，"他们是最不幸的存在者"，"他们的生命里""没有自由空间，以保存任何发自他们内心的东西"。①20世纪中华民族文学的历史，正是人的心灵抗衡"把任何人变成它的物"的力量的进程。而百年海外华文文学所处的历史境遇和所遭遇的外部压力前所未有地复杂多样：欧洲、北美洲、大洋洲，东亚、东南亚，非洲，南美洲，华人身处各种社会制度、文化传统的国度中；发达资本主义、极权国家主义、民主社会主义、共产主义、自由主义、民族主义、法西斯主义等等，构成华人共时的社会生存环境；华文文学所面对的政治压力不仅来自西方资本主义，也来自东方民族主义。出生于南洋婆罗洲沙捞越的李永平是位优秀的小说家，他1980年代出版的小说集《吉陵春秋》是东南亚华文文学中唯一入选"20世纪中文小说100强"的作品。他一直有着这样抹不去的记忆："说句公道话，在英国人统治下的沙捞越，我少年时期的日子过得还挺自在、惬意。英国，毕竟是个老字号的殖民帝国，懂得使用怀柔的手段。"可是到了沙捞越和马来西亚等一起"独立"后，"政治气氛霎时间变得肃杀起

---

① 西蒙娜·薇依：《〈伊利亚特〉，或力量之诗》，吴雅凌译，《上海文化》2011年第3期。

来"，国家认同的压力甚至会让人"住进疯人院"。①这种压力绝非当下的殖民、后殖民理论能解释的，它完全要由华人以自己的生命来承受，而华人同时要应对的文化、商业压力也纵横交错。这些压力都有可能"把人变成纯粹意义的物"。在这错综复杂的环境中，正是五四开启的现代意义上的"人的文学"和"自由的文学"互为支撑，成为海外华文文学抗衡种种压力、保存发展自身的根本性力量。

华人海外的境遇使其文学更多、更深地通向"人的文学"和"自由的文学"。美籍华文作家陈河的长篇小说《沙捞越战事》讲述的二战期间加拿大华人参军空降到东南亚热带丛林与日本人作战的传奇故事，在历史的真实中包含着荒诞的存在：华裔后代为了加入加拿大国籍改变自己备受歧视的命运，千方百计地参军入伍上前线。正是这种切身命运中的荒诞感让华人作家倍感自由的重要。海外华人遭受排斥、放逐、流亡的命运，美国的排华法案，加拿大的移民拘禁，马来西亚不承认华人文化的国家政策，印尼的反华举动，菲律宾针对华人的绑架，越南的驱逐华人，等等，不只是殖民历史留下的烙印，更有民族独立国家造成的伤痕。在一个国家会因为"穷"而被歧视，在另一个国家又会因为"富"而被仇视，有时仅仅是"中国人"的身份就成了迫害的借口。这种种处境让华人作家切身感受到自由表达的迫切需要，而文学也在此种环境中成为最重要的自由表达。例如，印度尼西亚苏哈托时期，华文被禁三十二年，但华人作家仍在可能被军警逮捕、关押的危险处境中坚持创作，他们的作品后来被翻译成印度尼西亚文；或者作家用华文、印度尼西亚文双语写作，印尼文学界的朋友看过以后说，他们以为华人只关心经济，只知道拼命赚钱，没想到华人作家也会关心民间疾苦，展示民族爱心。华人作家也感受到："印尼朋友在差不多三分之二世纪中，不了解

---

① 李永平：《致"祖国读者"》，《大河尽头　上卷：溯流》简体版序，上海人民出版社2012年版。

华人的思想感情，也因为不了解，才会产生很深的误会，才容易被煽动仇华情绪。"①

文学作为自由的表达，足以化解民族之间的隔阂，超越种族间的对立。而华人流亡的处境，反而放逐了"国家"的先验主宰，使其创作可以不受国家话语的主导影响，更自由地进入个人话语的表达。在政治、经济等机制不断造成的人类困境中，海外华文文学是汉语文学中最早意识到深化人道主义的必要性的；意识到作为个体的人存在的脆弱，文学的人文关怀必须落实到对一个个具体的脆弱的人的现实性处境的关注，写出种种实现人身和思想自由的艰难和局限。文学只有"以这种脆弱的个人的认识为出发点，才可能展示现今社会中人的真实处境和种种困境，而独立思考的自由才是对困境的超越。也就是说，要超越意识形态和政党政治的模式，才可能把握到真实"②。海外华人的命运与中国、中华民族的命运密切关联，但他们更多的是作为个体而生活于各个国家，体验着自我和"他者"的命运。这种境遇中产生的华文文学自然会更充分地展开自我思考，也更为深切地关注个体的人，并以此与中国大陆（内地）文学发生强烈的呼应。

20世纪的华人经历的是一个理性高涨的世纪。非常值得关注的是，近百年来对人的统治、对人性的压抑也往往借助于理性。正如福柯深刻指出的："法西斯主义和斯大林主义"，"尽管它们有其历史独特性"，"尽管它们表现出内在的疯狂，但在很大程度上，它们还是运用了我们政治合理性的诸多观念和配置"，所以，从"现代国家的发展以来"，包括文学在内的人文学的"任务就是防止理性超越既定经验的限度"，"就是对政治合理性导致

① 萧成：《赤道线上文学风景一瞥——访印华作协主席袁霓》，（香港）《香港文学》第327期（2012年3月）。
② 《高行健、刘再复、朴宰雨对谈：走出民族国家的思维模式》，（香港）《文学评论》第18期（2012年2月）。

的过度权力保持警觉"。①回顾 20 世纪的历史，我们亲身经历的，不正是在各种"主义"／"理性"的旗号下对人的统治和对人性的压抑？而文学从生命体验出发的感性表达包含了对每个生命的理解和尊重，自然成为抗衡"理性过度"的力量。

所以，这里需要强调，五四开启的是现代意义上的"人的文学"和"自由的文学"，表现的是对于人的认识的深化和人性的全面解放的追求。即便是在政治层面上，五四的实质也在于人的根本利益和心灵自由。例如，正是在五四爱国运动高潮中，陈独秀发表了一系列文章，强调爱国绝不能损害个人权益，甚至提出了"我们究竟应当不应当爱国"的问题："我们爱的是人民拿出爱国心抵抗被人压迫的国家，不是政府利用人民爱国心压迫别人的国家。我们爱的是国家为人民谋幸福的国家，不是人民为国家做牺牲的国家。"②这种将国家强盛和国民自由、民族独立和个体解放视为一体的爱国情怀"追求的是'世界主义的国家'和以普世性的全球价值为依归的民族崛起"③。

这种爱国情怀的产生本来就有着中国近代以来的海外背景，而当它影响海外华文文学时，又回到了适宜其生长的环境。海外华人在面对母国和居住国（这两者在不同祖代的华人那里的含义是不同的）的复杂关系时，虽有曲折、艰难，但都会以世界主义背景下的爱国意识处理公民性与民族性等问题。海外华文文学的历史魅力就在于它以数千万华人在世界各国的经历、经验，在看重人的价值和心灵自由上不断提出新的课题；包括在"中华意识""文化认同""离散传统""多元身份"等问题中生长出的新含义，其

---

① 米歇尔·福柯：《主体和权力》，汪民安译，《上海文化》2009 年第6期。

② 陈独秀：《我们究竟应当不应当爱国？》，见《独秀文存》卷一，亚东图书馆1939年版，第650页。

③ 许纪霖：《"五四"的历史记忆：什么样的爱国主义》，《读书》2009年第5期。

实都在丰富"人的文学"和"自由的文学"的传统。

百年海外华文文学中"人的文学"和"自由的文学"的传统，还表现为"文的自觉"。文学作为心灵自由的表达，一直在寻找着如何深化表达人自身的复杂性，"人的自觉"不断推动着"文的自觉"，"文的自觉"又在捍卫文学性中深化了"人的自觉"。对于作家而言，当他将文学表达的复杂性置于创作中时，他也就扎实地把深入地理解人、表达人放到了首位。百年海外华文文学始终没有停止过对文学形式的探索，即便在五六十年代东西方冷战意识形态的高度压抑下，东西方华文文学却仍涌现着相当强劲的艺术探索潮流。例如，现代主义在海外华文文学中兴盛，孕育出了白先勇（美国）、程抱一（法国）、陈瑞献（新加坡）等极为出色的作家，也从整体上推动了所在国华文文学的发展，甚至促成了文学的转型。作为东南亚华文文学重镇的新马华文文学，就是在1960年代，由被称为"现代主义三驾马车"的《蕉风》《南洋商报·文艺》和新加坡五月出版社所驱动，使现代主义文学思潮和创作发生了根本性变化。本土现实主义和东方现代主义之间的深入对话大大推动了新马华文文学的"在地"化，作家对新马及其华人社会的关怀也得以更广阔地展开。即便是此时期处于战争状态的越南，其发展强劲的华文文学也强调"现代人应写现代诗……我们再不能墨守绳规"，而"应另辟新径，创造出一个崭新的诗的世纪"。[①] 而现代诗艺的自觉加深了作家对战争中"生存和死亡的真义"的体验。[②] 他们从生命的囚禁、消亡去揭露战争，从孩童的眼光、人类的根性去寻找制止战争的根本性力量，在东南亚华文文学中书写了特异的一章。现代主义文学在五六十年代海外华文文学中的兴

---

① 李刀飞：《演奏者的独白——写在风笛诗展二周年特辑》，http://www. fengtipoeticclub.com / phidaoli / phidaoli-j001htm。

② 秋梦：《越南中国现代诗诗坛走笔》，http://www.fengtipoeticclub.com / Kimaco / kimaco-k002.htm。

盛，是海外华文文学面对自身所承受的冷战意识形态压力和居住国政治、经济等矛盾作出的反应，推动华文文学走出原先较多受"国族"影响的传统现实主义，更广泛深入地与所在国历史、现实对话，加速了其"落地生根"的进程。

百年海外华文文学中，这种"文的自觉"是多方面的，但都无一例外地唤醒着"人的自觉"。例如，微型小说这种格外讲究技巧的文体在海外尤其在东南亚国家的蓬勃发展，是华文主流地区，如大陆、台湾等难以比拟的。这自然与海外华人作家的生存状态，如难以卖文为生等有关。而作家们在这种短小精悍的文体中展开的创新都体现出了对人类、社会、制度等的精细观察和细腻体会。例如，新加坡作家希尼尔一直在微型小说创作上寻求突破，他巧妙地将讣告、公文、手机短信、"闪"小说、科幻小说等现代"文体"引入微型小说；在提供新的微型小说样式的同时，借助当下社会人们的交流方式表达他对新加坡社会急剧变迁中文化传统失落的隐忧，呼唤现代社会要在传统的展开中求得发展。微型文体（小小说、小诗等）的兴盛实际上是海外华文作家"寻找和构筑精神家园"的努力。[①]

"人的文学"与"自由的文学"互为支撑，不仅抗衡着强力意识形态对文学的压抑，也不断促进着"文的自觉"。这里我们要思考的是，为什么"人的文学"和"自由的文学"的传统能在海外延续发展？海外华文文学从根本上说是华人在海外生存的体验，其生存的根本性处境往往是多重的边缘（母国的、居住国的，还有华文主流地区的，例如，上世纪五六十年代，不少海外华文文学作品都在香港出版，对于香港而言，海外华文文学也是边缘的），但恰恰是这种"边缘"状态孕育了海外华文文学的根本性活力。

当年芝加哥学派成员最早提出"边缘人"概念时，就有肯定的意味：

---

① 钟子美：《小说、闪小说和精神家园》，《泰华文学》2012年第3期。

"边缘人就是生活在两个世界之间，又不属于其中任何一个世界的人。"
他们作为"集团以外的人"，反而"具有某些优势，如在理解集团及其行为
方面具有客观性和确定性"；而且作为创新者，正因为他们"与他们的系
统相对来说不成一体"，所以"他们具有世界性"。①被认为最能代表芝加
哥学派的学者罗伯特·E.帕克在其《文化和种族》一书中明确地认为："边
缘人""生活在两个世界中，在这两个世界中，他或多或少都是一个外来
者"。这样，"相对于他的文化背景，他会成为眼界更加开阔，智力更加聪
敏，具有更加公正和更有理性观点的个人"。②帕克的学生斯道奎斯特1937年
撰写了《边缘人》一书，系统阐述了帕克的这种"边缘"观念。而当柯文在
研究中国近现代史中第一次使用"边缘"时，也充分关注了其孕蓄的创新改
革动力。他在《在传统与现代性之间——王韬与晚清改革》③一书中，述及
近代著名思想家王韬1861年从上海移居香港前后的改革思想和活动时认为：
中国近代改革往往来自边缘对中心的挑战，只有王韬这样无科举背景的"边
缘"人物，凭借上海、香港这样远离皇朝中心的"边缘"地带，才能有此作
为。这样，上海、香港那样"交汇了海洋与陆地资源"的"边缘"空间，跟
"同时拥有在地人与异邦人心智"的"边缘"者一起构成了极富创新活力的
存在。

　　这些论述似乎就是针对海外华文文学的处境而言的。所谓"边缘"往往
是多个中心圈交汇、叠合之处，于是"边缘"也就同时拥有了几种资源，又
可以面对多个中心，作出挑战、革新、整合。例如"原乡"的多重性、"传

---

① 罗杰斯：《传播学史：一种传记式的方法》，殷晓蓉译，上海译文出版社2002年版，第
184、185页。

② 罗杰斯：《传播学史：一种传记式的方法》，殷晓蓉译，上海译文出版社2002年版，第
179页。

③ 柯文：《在传统与现代性之间——王韬与晚清改革》，雷颐、罗检秋译，江苏人民出版
社1994年版。

统"的多重性，正是海外华文文学源头多元、资源兼容的边缘状态，也是其为百年中华民族文学提供的极富建设性的经验。东南亚华文文学在1930年代就提出"建立居住国本土文学的课题"，"在几成绝响的艰难存在过程中日益深化着建立融合'中国文学传统'和'本土文学传统'这样一种双重文学传统"的努力。这样一种努力，不仅"跟居住国其他民族，尤其是原住民族的文化有着多向的交流"，而且"较多融入了海外华人群体现代思维的成果"，①有效地展开了与西方文化的建设性对话。 而东南亚各国华人对自身所处"边缘"所兼有的多重文化资源有自觉、清醒的驾驭，各国国情不同，其多重传统的模式也不同，有利于本国多种文化资源的融合。例如，新加坡一直自觉意识到自身的国情：处于东西方之间重要通道的地理位置、英国殖民统治的历史沿革与中国等祖居地的血缘关系等等，独立翌年"就以双语（母语和英语——笔者注）政策作为国家教育制度的基石"②，充分发挥双语社会的资源优势。而其文学，也逐渐形成"以东方和西方文化为创作资源和原乡"的"双文化特色"。③海外华文文学一直有着自觉利用"边缘"的特质而展开无穷尽创造性活动的意识和实践：既利用远离"中心"的自由度，又发挥好边缘叠合的资源优势；既在与异质元素的广泛接触中敏锐地体验新事物，又在与"他者"的辩证互动中强化"自我"；既在"弱势"感中不断增强"突破"的追求，又在不确定性中将种种不安、不适转化为变革的创意……这是对"边缘"所包含的意义和所孕蓄的力量的真正体悟和开掘，也是海外华文文学能不断突破政治、经济、文化压力下的困境而生存发展的力量所在。

---

① 黄万华：《文化转换中的世界华文文学》，中国社会科学出版社1999年版，第188页。

② 陈志锐：《新加坡小学课本中的单元式教材在华文作为第二语文教学上的适用性和实用性》，见《"国民"中小学"国语"文教科用书之比较探析国际学术研讨会论文集》，台湾师范大学出版社2009年版，第25页。

③ 陈志锐：《从三篇作品窥见新华文学双文化原乡的构建》，《华文文学》2012年第2期。

　　数百年来，海外华人在不断流徙、漂泊中改变了安土重迁的传统，逐步适应了跨国的边缘生涯，甚至将移民视为"越洋搬家"，"从太平洋的那边搬到太平洋的这边"也只是"很平常""搬个家"。[①]这种随遇而安、落地为家的心态和生活状态逐渐使华人摆脱传统的"失根"状态，他们在文化迁移中丰富着"寻根"的含义。百年海外华文文学实际上是多个大的文化迁移群体多向迁移、融合不同文化资源的历史。这些文化迁移群体都处于几种文化叠合的边缘状态，其将自身固有的文化资源迁移到现时文化时空时所发生的离散等情况，使其在构筑百年海外华文文学的大开放空间上呈现出无穷的活力。

　　文学在本质上是"边缘"。作家本我的保持、自我的坚持，都需要坦然自觉于内省、静观，也就是甘于"边缘"。在文化层面上，作家"把自己的位置放在东西方文化之间"[②]。这种"对两方都保持距离"的姿态，表面上看处于双重文化的边缘，却避免了落入文化陷阱的危险。不痴迷也不拒斥，所做的是从个性出发去吸收消化中西文化有价值的内容，这才是文学对融合中西文化或完成传统的创造性转换可能做出的最好努力；而文学也只有在这样的文化"边缘"状态中，才能保持自身的本色、作家的本色。在社会层面上，则"最好置身于社会的边缘"[③]。文学既要避免沦为融合地域、民族、文化和群体的代言人，又要构成与读者密切的精神交流，就需要在甘于寂寞中维系本色。可以说，文学正是在"边缘"中不断回归自身、发挥其潜质的。所以，"边缘"并非海外华文文学特有的状态，只是百年海外华文文学在其自身的历史境遇中，将"边缘"发挥得最富有建设性。（例如海外华文

　　① 青洋：《文学是他的伊甸园——陈浩泉访谈录》，（香港）《香港文学》第328期（2012年4月）。

　　② 高行健：《没有主义》，香港天地图书有限公司1996年版，第169页。

　　③ 高行健：《没有主义》，香港天地图书有限公司1996年版，第17页。

写作难以卖文为生，也无须或无望依附于体制性力量，海外华文作家更多地是出于对于文学的理解和追求而从事创作，这使得他们更适应"边缘"。）而它由此提出的课题、积累的经验对中国文学的启迪是不言而喻的。

"人的文学"和"自由的文学"在海外华文文学中绵延不断，构成了一种传统。但传统是无法"在场"的。文学传统的延续、传承，实际上是传统"缺席"下的叙事，会有很多盲点。而"边缘"身份的警觉性、反思性使其能觉察"述"的盲目性，从而使传统处于超越自身的开放状态中。海外华人作家视"中国文学是未完成、进行中和保持开放的传统（这是事实）"，而海外华文文学"当然'属于'这传统，但是同时也以自己的诠释视野与传统对话"，[①]在反思中真正抵达海外华文文学的历史本域。这样一种状态中的"人的文学"和"自由的文学"必然会以更自由的心灵实现更深切的人文关怀。

第五节　马华文学何以成就百年

海外华文文学遍布世界70余个国家，经历百年风雨。而马来西亚华文学的百年历程已深深扎根于马来西亚土地，无空白之时、断裂之处，始终提出自身发展的新课题，丰富了海外华文文学的历史经验。海外华文文学的前途和价值在于落地生根，而非叶落归根。探讨马华文学何以成就百年硕果，能让我们探寻到海外华文文学生存、发展的根本性原因。

---

① 林建国：《为什么马华文学？》，见谢川成主编：《马华文学大系：评论（1965—1996）》，（马来西亚）彩虹出版有限公司、马来西亚华文作家协会2004年版，第61页。

一、"中国性"：历史张力中的落地生根

前述1927年发表于马来亚《荔》副刊的小说可视为马华新兴文学，即无产阶级革命文学的开启，《乘桴》的批孔倾向显然受到中国五四新文化运动的影响，但整个小说场景移到了南洋S岛，嘲讽矛头也就指向了殖民者。关吏认为外来者"像莫斯科来的怪物"而"觉得可怕"，"岛王"大悦于孔子"民可使由之，不可使知之"的条陈等，都以戏仿的手法讽刺了南洋殖民者的守旧，而且《乘桴》恰恰是以这些已不乏南洋色彩的文学性描写被后人关注。如果说《乘桴》还需挪用中国题材（孔子）来表达马来亚革命思潮（批判西方殖民者），那么诗剧《十字街头》（寰游，1930）就已立足马来亚现实而倡导"全世界的饿者们""去夺取我们的自由和面包"的红色革命理念了，全剧三个人物"胶工""矿工""路工"正是当时马来亚失业浪潮中底层民众的缩影。刊发此剧的《星洲日报》副刊《繁星》的编者林仙峤因此事被英国殖民当局驱逐出境，也反映了此剧与当时马来亚形势息息相关。

中国抗战爆发后，马来亚华侨支持抗战的热忱毫不亚于中国国内民众，马华文学与中国抗战文学再次强烈呼应，而援华抗日运动也以一种特有的巨大凝聚力，将散落的马来亚华侨社会聚合成一个生气勃勃的民族群体。正因为此，马华文学在回应中国抗战文学时，仍关注了马华民族自身的种种问题。铁抗（1913—1941）是这一时期创作最有深度的马华作家，其作品被著名马华文学史家方修认为"不会比香港'100强'（指《亚洲周刊》评选的"20世纪中文小说100强"——笔者注）里的一些小说差"。[①]他的创作即便呈现其历史回忆中的中国、现实想象中的中国，也是将其和身边变动中的马华社会融合成艺术形象。被视为"马华文学现实主义作品流传隔代的经典之

---

① 张永修：《马华文学史修史第一人》，（新加坡）《南洋商报·南洋文艺》1999年10月9日。

作"①的小说《白蚁》（1939）"用辛辣的笔触揭露混在马来亚援华抗日阵营中的'华威先生'，完全是在具有南洋风味的语言环境中展开叙事，而其现代人的观照中交融着中国的影响和马来亚土地的思考"。②小说尽管关注着祖国的战事，甚至关注到"延安，怪有生气的一个地方"，但笔墨着力之处都在"华社"被"白蚁"一样的败类掏空的痛心现实，正是小说描写的借民族大义施行的种种骗局阻碍了马华社会的现代化进程。此后，在日军占领马来亚的三年零八个月中，华人从自己所受劫难中"深深体验到：华人必须抛弃固有的移民思想，关心居留地的政治经济，并和其他民族共同建立一个独立自主的国家，以避免遭受另一次被侵略、被掠夺的灾难"③。战后马华文坛倡导的"爱国主义文学"，明确树立马来亚人民的国家观念，视马来亚为永久的故乡。尽管华人在马来亚独立前后仍遭受种种不公平的待遇，但马华文学的国族认同已清楚地指向马来亚。后获"马华文学奖"的韦晕（1913—1997），其1950年代的小说之所以被视为马来西亚华裔的"扎根文学"，也就在于其族群认同已清晰指向马来西亚的国家认同。《乌鸦港上黄昏》（1952年）讲述华族老渔夫伙金在马来渔民沙立夫冒死相救行为的感召下对娇妻奸情的宽恕，有着作家一向有的对人性弱点的悲悯。"大家都在咒诅鬼子"时，伙金竟然会有这样的念头："不是鬼子来了，阿珠那小妮子会跟自己一起么？"一个"过番了三十把年头"的老渔翁判断是非的标准只是自己的得失，这甚至主导着他的沉沦。但那次海上遇险又得救使他"第一次在番邦尝到了别种民族给自己这贱命一些温暖"，就是这种温暖让他最终放弃了

---

①　陈雪风：《解读〈白蚁〉的人物群》，见许文荣、孙彦庄主编：《马华文学文本解读（上册）》，马来亚大学中文系毕业生协会、马来亚大学中文系2012年版，第97页。

②　黄万华：《马华文学八十年的历史轮廓》，见黄万华、戴小华主编：《全球语境·多元对话·马华文学：第二届马华文学国际学术会议论文集》，山东文艺出版社2004年版，第36—37页。

③　林水檺、骆静山合编：《马来西亚华人史》，马来西亚"留台"校友会联合总会1984年版，第87页。

复仇。小说中还处处有伙金"枯藤"似的生命和其少妻阿珠"充满了热力的胴体"的对照性描写。伙金来自"唐山"，阿珠却土生土长于南洋，最后伙金的"放手"隐喻着"唐山客"的生活让位于马来亚的本土性。而小说富有热带风情格调的习俗、场景描写在闽南语与马来语的自然交织中更让人感受到友族和善相处的希望。韦晕的其他小说也有着这种强烈的愿望，如《春汛》中马来小伙子阿菩和华人少女阿玉至死不渝的爱情，《旧地》中华族妇女阿珍的异族恋情对于冲破种族隔阂的呼唤，等等。韦晕的小说充盈着对马来亚土地的归属感和国家的认同感，从而"包容着马来西亚国家文化的血和肉"。

从马华文学初期的左翼文学，到战后的爱国主义文学，马华文学在其思想层面上非常容易受到中国五四后新文学思潮的影响，但它更关注马来亚及其华人（华侨）社会的现实，关注华人在马来亚土地上的命运，这样一种人文视野使其比一般马来亚华人更早地认同了马来亚土地及其国家。战后绝大部分华人还抱有叶落归根的侨民心态。选择保留中国国籍时，马华文学已明确意识到，"马来亚要求独立，马来亚的华人要做独立国的主人，马华文艺自然没有理由不独立发展，没有理由追随中国文艺的路向"①。而此时的马华爱国主义文学主要指向了"民族独立、民族平等、民族友爱、民族互助、民族融合"等马来亚多民族相处的内容，将自身的国族认同扎根于马来亚土地。

马华文学视自身为马来亚国家文学的组成部分（尽管马来亚民族主义主导下的马来西亚国家文化政策长期将马华文学排斥于国家文学，甚至是马来西亚文学之外），但中国文学终究是马华文学的重要来源，这就构成了马华文学认同"中国性"的复杂矛盾。晚清至民初马来亚华人对中国革命的关注

---

① 方修：《战后马华文学史初稿》，马来西亚华校董事联合会总会1987年版，第75页。

和参与程度、对民国政府的忠诚程度都甚于其对居住国的，其对"中国性"的认同就发生在中国现代国家建立的进程中，与中国人现代的民族和文化想象有着内在的一致性。但这种"中国性"既受到马来亚民族独立运动中本土性的压力，也受到西方所代表的现代性（例如其所强调的现代国家建构中的"公民性"）的压力，由此形成的历史张力推动了马华文学的深入。马华文学越是融入马来西亚国家和社会，其"中国性"就越发强韧而复杂。

1972年，18岁的温瑞安写下那篇充满民族文化焦虑的散文《龙哭千里》，满篇是中华文化的传统意象：岳飞、李白、柳永、蒋捷、苏东坡，长城、明月、洞箫、茶馆、古体诗，等等。但异族的轻蔑、本族的世俗，使其成了一头"被压在垃圾箱底"的"龙"。这是马来西亚《1972年教育修正法令》压制华文教育的真实写照。然而，少年温瑞安在《龙哭千里》中构思的数个故事，结尾都是以死亡获得"新生"：那个百岁老人在破解"人类最基本又最无法解破的问题"的同时微笑仙逝；"对于艺术恒在求索而不惜耗费所有的金钱与生命"的兄长在欢呼"我知道了"的同时"带着笑容逝去"[1]……"中国性"是每个华人刻骨铭心、终身难舍的情结，但也未尝不是一种终极关切、一种对生命的大彻大悟、一种彻底解脱中的永恒。

林幸谦的《中文系情结》[2]为人们所熟知，他以女性叙述主体在中文世界中的声音讲述"为人妻"和扮演"文化媳妇"的生活，巧妙地揭示了"一个女人和中文普遍受到歧视"的社会现实，呈现华人"中国性"的"双重"边缘性。文中反复出现"双重"的女人、"双重"的生活、"双重"的痛苦、"双重"的身份、"双重"的文本等表述，种种"双重"的具体缘由也许不同，但都指向了对于母国和居住国而言，华人的存在都是"边缘"的这一根

---

① 温瑞安：《龙哭千里》，（台湾）《中国时报·人间》1972年7月20日。

② 林幸谦：《中文系情结》，（台湾）《中国时报》1996年1月22—23日。

本性缘由。此时，"中国性"也清晰浮现，那就是摆脱"被他人无限度地书写"的命运，用自己的语言"书写自我"。所有这些"中国性"，都绝非华文主流社会的中国人能深切体悟到的，它是马来亚华人数百年南洋血肉生活所孕，其提供的"中国"的生命意义、文化意义非同小可。

马华文学的"中国性"是一种落地生根的"中国性"，所以那些"中国性"最浓郁的作品，马来亚本土性也鲜明强烈。李永平（1947年出生于沙捞越古晋）的中国情结众所周知，他的《吉陵春秋》（1986）是唯一入选"20世纪中文小说100强"的东南亚华文小说，它以一个容纳了南洋热带雨林、台湾乡村和大陆古典市井等迥然相异的风情的小镇传奇，消解了现实乡思的种种羁绊，丰富了"原乡"传统，而其纯正、清亮的汉语恰恰在对"真幻皆得，虚实逢源"的吉陵小镇的描绘中魅力无穷。一直到他的近作，长篇小说《大河尽头》（2011年香港"红楼梦华语长篇小说奖"入围作品），他还言明这部小说也是为"祖国（中国——笔者注）读者"而作，其语言也越发有唐宋美文的神韵，这些都表明其"中国性"犹在。但小说又是一部深入到热带雨林生活骨子里的作品，一个华族少年"魂萦梦系"的是"举世独一无二、苍蝇最爱、我打小吃到大从不嫌它肮脏的马来特产"峇拉煎虾酱香，"满街客家话和潮州话，羼杂着马来话和洋泾浜英语，从这群唐山阿婆嘴里吐出来，呢呢喃喃摇篮曲似的"，在"我"听来有如"奇诡、迷魅、却也美妙动听的乐章"。而"我"整个生命成长历程完成于婆罗洲第一大河卡布亚斯河的溯源之旅，"我"最终在达雅克人的圣山"峇都帝坂"获得"新生"。

与李永平可以遥相呼应的有李天葆，这位马华新生代作家1990年代崛起于马华小说界，其作品连获马华文坛多项盛大赛事的首奖。他的语言地地道道化自"红楼梦传统"，日常描绘也有"张爱玲谱系"之神韵，其"中国性"豁然可现。但他的乡土已无疑是马来西亚，《州府人物连环志》

（1993）中的南洋州府"纵使不是自己的原乡，却比任何一个处所都亲"，印度妇"口里说着惠州客话"，华人伙计"用粤音""学马来语"，一个个州府人物就在这样文化混杂的环境中演绎自己的一生。在新移民阿欢心中，唐山"旧居"的一切也已遥不可及，就是"阿娘的坟，只不过一个土堆，没有立墓碑；他在上面种了一棵树。梦里的小树摇晃飘动，弱不可支，风吹得紧之时，唯恐就会连根拔起"。故乡已无根，只要一踏上南洋州府的土地，就是不归路。小说中精雕细刻的六个华人，来处各个不同，但归属都只有一个：落地生根于南洋。当小说中乌木算盘、八仙桌、雕花梯、山水折扇、雕花花梨木眠床等中国旧物汇集于南洋州府时，州府华人们的悲欢离合也都与马来亚土地息息相关了。

从李永平到李天葆，其在中国文化传统中浸淫之深，光是那一口典雅、纯正、清亮的汉语语言，就非中国大陆（内地）作家可以小觑，以此来写纯然的南洋社会，不管是人物命运，还是风土人情，都栩栩如生，"中国性"已深深扎根于南洋土地了。

不同于中国文学的"中国性"是马华文学的源头活水，沟通了母国文化和南洋乡土，天长日久地滋养着马华文学。

二、本土化：融入马来亚社会和历史的长久之策

马华文学的"中国性"是被本地化了的"中国性"，而马华文学百年起伏而不断绝，就在于它在本地化课题上的不懈努力，不断地产生了不同于马来文学但又地道的马来亚本土性。

20世纪初，马华新文学的诞生是从自身社会的结构特征去呼应中国的五四文学思潮的，所以，它在受到中国新文学思潮影响的同时也开始了自己的本土化进程。早在1920年代，就出现了"专把南洋的色彩放入文艺里去"的《新国民日报·荒岛》等副刊。非常值得关注的是一些土生土长于南洋的

本土作家，如张金燕等，出于"为子子孙孙久留之策"①来思考马华文学的本地化，强调南洋华人已"对于南洋的色彩浓厚过祖宗的五经，饮椰浆多过大禹治下的水"，因此要热情描写"我们祖宗"南洋拓荒"一百多年的伟功"。就是说，当马华新文学在中国五四文学思潮影响下诞生时，其长久发展之策就已经脱出中国新文学之格局，而朝向南洋本土化了。更值得关注的是，本土化被视为马华文学提升自身的根本途径。例如，1920年代末，受中国革命文学的影响，马华文学也形成较强劲的新兴（左翼）文学，但浓重的中国革命理念使其创作单调沉闷。而此时从"采访马来人文化"和"描写华人及其他人种的生活"入手建设南洋文艺的主张成为"唾弃今日之自号自召，竟刀枪血泪等肤浅字面表现他们所谓革命文学的肤浅"②，这成为扎实推进马华文学建设的重要途径。1930年代初，马华文学就有了中篇小说《峇峇与娘惹》这样极为本土化的作品，而作者丘士珍正是提出"马来亚地方文艺"的第一人。《峇峇与娘惹》③其实也有着新兴文学色彩：小说结尾女主人公阿美"认清楚了谁是这社会的作俑者：她决意踏上征途，牺牲一切，为磐石下的大众谋解放，争自由！"。但南洋"新客"阿美的命运是在接受英文教育，又受到马来文化极大影响，但还保留中国人的伦理习俗信仰等的"海峡华人"家庭中展开的。这种家庭中独特的峇峇文化是小说着力开掘的。阿美进入南洋富裕的峇峇家族，目睹了这个被马、英文化同化后的家庭伦理解体、家道衰微的过程，并被卷入了这个家庭姐弟杀父的疑案。作品中种种中、马、英交汇的日常场景和对话构成意味深长的反讽，揭示了"海峡华

---

① 张金燕：《南洋华侨的祖家观念》，（新加坡）《新国民日报·荒岛》第28期（1927年9月27日）。

② 张金燕：《南洋与文艺》，（新加坡）《新国民日报·荒岛》第10期（1927年3月25日）。

③ 本书的《峇峇与娘惹》引文据许文荣、孙彦庄主编《马华文学文本解读》（上册）所收版本，马来亚大学中文系毕业生协会、马来亚大学中文系2012年版。

人"抛弃前辈的刻苦奋斗传统，远离中华伦理道德后的悲剧。小说开了反映涂抹有马来亚多元种族、殖民地、移民社会等本土化色彩的文学先河。结合了闽南语和马来语的人物与叙述语言，这也使小说叙事较深地进入了峇峇家族的世界。

马华文学的本土化进程已有近百年历史，总的趋势是越来越深地关注、融入马来亚社会和历史，而其文学关怀的展开有两个方面。

一方面是"异族"书写的展开。马来亚多元族群之间关系异常复杂，独立后掌控政权的马来族民族主义者实施了对华族不公平的国家政策，宗教等隔阂也严重影响了族群关系，现实的经济、政治冲突更多地干扰了族群的友善相处。贺淑芳的获奖小说《别再提起》（2002）展现了宗教、族群间难以化解的矛盾。小说以"我"的童年回忆展开，一方面呈现"小孩子不要乱讲话"年代的童言无忌，另一方面又以后设叙事表现童年记忆的真伪难辨，更揭示族群矛盾的错综复杂。这篇小说也暗示出，马来亚多元种族题材的开掘，是百年马华文学最独异也是最困难的。

夏霖的《静静的彭亨河》（1946）描写沦陷时期华、巫两族同沦于日寇暴虐之下，却依旧生活于猜忌、隔阂甚至互相争斗之中梁园的《土地》（1971）讲述黄益伯落户乌鲁森林畔四十年，因为不懂马来语而让自己的土地梦屡次落空，后让儿子入赘马来族。儿子有了自己一块土地，他却被整个华族村落视为"出卖祖宗"的大罪人，孤独而终。马华文学一直探索着华、巫两大民族如何相处的问题。其中包含着深刻的思考，那就是马华文学从文学的人文关怀出发，关注到了在民族独立的进程中，民族性对于公民性的遮蔽：为什么一个国家在争取民族独立、解放以后却出现了民族不平等，乃至民族压迫？这是因为这一进程中有人将民族性和公民性对立起来，甚至将民族性远远高置于公民性之上。马华文学也就格外关注平等的公民权利的保护，强调"兼具公民性和民族性"的民族独立国家建设。由此，马华文学也从反省自身出发，展开为马来亚土地上比华族更为弱势的少数民族的书写。

李永平的成名作《拉子妇》（1972）和有"乡土作家"之美誉的梁放的获奖小说《龙吐珠》（1984）都讲述了东马原住少数民族（陆达雅族、伊班族等，被华人称为没有文化的土人，即"拉子"）女性嫁入华族后的悲惨命运。这些和华人结姻的女性令人想起李金发抗战时期的小说《异国情调》中的南非女子和琦君旅美后的散文《碎了的水晶盘》中的南美女郎。她们都是嫁入中国家庭的外邦媳妇，但拉子妇的为人更温顺，命运更悲惨，也更映衬出华族闭门自守中的妄自尊大。李永平和梁放小说都以"我"的忏悔视角展开：《拉子妇》中，"我"和二妹目睹来自婆罗洲雨林深处的土著三婶在歧视、冷漠、劳累中仍善良贤惠，二妹终身遗憾于"她那么爱我，我却一直没有对她说我爱她"，只是因为她"是个拉子"，一种"龙种"的优越感遮蔽了人性之亲情；《龙吐珠》中，"我"是个华伊混血儿，在父亲抛弃母亲回唐山后，"承续阿爸劣性"的"我"甚至耻于认伊班母亲，但"我"最终醒悟，"肖龙"的阿爸雕在木箱上的腾云驾雾之龙已被蛀成瞎眼，而母亲坟头的"龙吐珠"才开放得纯洁鲜艳。为什么一个遭受不平等对待的民族会对另一个更弱小的民族施以"暴政"？马华作家用小说表达的忏悔是要救赎自己，也是救赎民族的心灵。

多元种族是马来亚最丰富的本土资源，百年马华文学的"异族"书写包含了身份认同、人道关怀、公民价值、"他者"想象、文化焦虑、民族反思等多种话语，而这些话语都指向马华民族在马来亚土地上的现实境遇和最终命运，从而提供给马华文学无穷生机。

另一方面是"地志"书写的展开。马华文学最早的南洋色彩就表现为胶园、椰林等南洋自然景观以及"茨厂街"、甘榜等人文地理场景。在日后的文学描述中，华人先辈拓荒的历史越来越多地渗透在"地志"书写中，而华人作家对马来亚土地的情感也越来越深地在"地志"书写中得以表现。林金城的散文《回首——空间的可能》（1994）描述了吉隆坡有着百余年历史的陈氏书院如何散发出现代的亲和力，潘碧华的散文《旧庙》将华人漂洋过海的历史凝固于"零零星星散布于首都四周"的古老破旧的庙宇，唐林的诗《茨厂街的变调》（1987）呼唤百年老街的地标性建筑该享有马来亚国家文化的名分，辛金顺的诗《吉兰丹州图志》（2003）在马来化的意象系统中展开地域想象，构筑原乡记忆。这些"地志"书写的力作多声部地展开了马华作家和马来亚土地的对话。在《蕉风》2006年、2007年三次推出的"地志"书写专题专栏中，马华文学的"马来亚化"已经呼之欲出了。

马华作家对马来亚土地的挚爱使其"地志"书写很早就延伸至生态文学，他们将此视为维系尊天敬地、天人合一的中华文化传统和秉承马华文学关心社会、关心民瘼的优良传统的重要途径，而马华作家视马来西亚为自己唯一的家园的情感使他们格外关注马来亚土地的命运，倾听天声和倾听心声的融合给"地志"书写带来了思想深度和艺术魅力。马华文学中充满生态忧患意识的"地志"书写之多是其他华文文学中少见的，其中最有特色的自然是热带雨林书写。热带雨林不仅是马来西亚最富饶也最神秘的自然世界，也是世界生态平衡中极其重要的一环。马华作家的热带雨林书写，充盈着一种新的社会忧患意识和自我反省意识，寻求敬畏自然的心灵自由。

著名小说家潘雨桐被称为"马华雨林散文的开拓者"，他之所以在小说创作之外进入"雨林散文"写作，是因为他感悟到，"于此雨林……而回归到自然。还有什么比心灵回归到自然来得澄明呢？"①《东谷纪事》（1995）将苍郁浩瀚的雨林和乐天知命的原住民融为一体，呈现生命的自由自在。然而，"农药的气息"大面积渗透进茂密雨林，新生的可可种植园剥夺了万千植物"各守本分，在雨林中扮演各自应尽的角色"的权利。而原住民也要被

---

① 潘雨桐：《大地浮雕》，见陈奇杰主编：《马华文学大系：散文（二）（1981—1996）》，（马来西亚）彩虹出版有限公司2002年版，第338页。

迫离开"上苍赐予他们的家"，"浓烟"象征的贪婪吞噬雨林，也吞噬人类自身。《大地浮雕》（1996）讲述原本"属于雨林属于群山"的流浪儿阿祖加入伐木者行列后的生存困境。文中穿插的各种雨林传说、知识，暗示出自然万物的各自相安，破坏这样的机缘，一方侵入另一方，最终会导致家园、生灵被毁。

华人飘落异域，都是为了谋生，而第一代移民的生涯，往往是从拓荒开始的。这种向自然索取的谋生生涯是种严峻考验：异域的土地如何视同故土？如何在家园意识中珍惜自己刚踏上的陌生土地？这在华人落地生根的生涯中有着特殊意义。[①]当何乃健、郑良树、吴岸、方昂等马华著名作家都在自己的作品中倾听天声如同倾听心声，在敬畏自然中回到生命智慧的源头时，人们会强烈地感受到马华文学与马来亚土地的融合：文化始源于山河，马华文学传统也在马来亚山河中真正获得栖身之地。这一进程一旦开始，文学就不会枯竭了。

三、南洋文学的"现代派"

马华文学的"中国性"与"本土化"其实都是在百年马华文学的现代化进程中逐步深化的，所以才有了不同于中国文学的"中国性"和不同于马来文学的"本土化"。值得关注的是，马华文学是海外华文文学中最早、最持久地展开现代主义文学探索的，其范围之广、种类之丰富，甚至使得马华文学可以被视为南洋"现代派"。

马来西亚和新加坡一样，地处东西方文化交汇之地，历来又和香港等地文化交流密切，其文学风气开放、兼容。1963年4月，当时致力于介绍欧美现代主义文学的《蕉风》刊出启事，欲减少介绍西方现代主义文学的篇幅，

---

① 黄万华：《传统在海外：中华文化传统和海外华人文学》，山东文艺出版社2006年版，第109页。

未料及一个月内，编辑部收到了数百封读者来信，要求保留原有的固定篇幅来介绍西方现代主义文学，并由此引发了一场关于西方现代派文学的讨论，讨论使编辑部强烈地感受到"星马读者急切地需要认识和了解现代文学"。这一事实清楚地表明，现代文学在马华社会中的传播有广泛的受众基础。而在马华文学的实践中，互动中的作者、编者、读者是从"文艺属于一种创新，内容求新，形式也求新"这样一个开放的角度理解、展开马华"现代文学"，努力借助西方现代主义文学来"打开门户"、革故鼎新，"给文坛带来新的生机、新的希望、新的光荣"。[①]半个多世纪以来，马华文学一直既立足于"反映人生，反映社会，也反映时代"的文学基点展开现代文学的探索，也始终未忘创造和适应"西方现代文化挑战"的"新文化应含有民族色彩"的责任，追求"最具现实精神"的"现代人的生活"。[②]这样一种基点和实践，使马华现代文学成为既充分汲取西方现代主义精神和形式的探索经验，又向文学创新的整个世界开放的创作。这就是马华文学作为文学的"现代派"的实质。

马华文学的现代主义和现实主义之间虽也有过多次论战，有时也发生某种对立，但总体上处于互渗互补的态势，一起推动马华文学的现代艺术探索进程。马来西亚独立后的民族主义国家政策，使得马华文学面临很多创作题材的禁区，作家无法以现实（写实）主义的创作涉及族群、马共等领域。于是，借助现代文学手法进入这些领域探索历史真相、表达现实关怀的创作大量涌现，而那些和马来亚本土资源有密切关联的现代文学创作方法格外受到作家重视，例如魔幻现实主义，在马来亚热带雨林世界就获得了丰沃的土壤。丁云的获奖长篇小说《赤道惊蛰》（2007）展示的1968—1995年的马来

① 陆星：《为现代文学申辩》，（马来西亚）《蕉风》第127期（1963年5月）。

② 高宾：《我们有救了！》，（马来西亚）《蕉风》第128期（1963年6月）。

西亚有着马共武装斗争、族群暴力冲突、国家强权政治等诸多历史禁区。而
小说以女主人公槿花在苍茫的热带丛林中的成长、寻找，糅入灵异（槿花
幼时被救后有了特异的超感能力）、玄幽（槿花孤独囚禁中与幽灵对话，
寻找慰藉）、鬼魅（魅影似的乌鸦带来凶兆）、异化（槿花的弟弟在饥饿
中异化成鼠，贪婪的公会主席"四脚蛇"变成蜥蜴）等魔幻因素，大胆揭
示马共武装斗争、族群暴力冲突等历史真相。热带雨林本身就有的神秘、
奇异，使小说叙事浓郁地呈现出魔幻中的真实。整部小说对于社会现实的
高度关注，"魔幻"叙事中凸现"现实"，又使小说成为马来化的魔幻现
实叙事。已引起广泛关注的张贵兴的"雨林长篇系列"——长篇小说《赛
莲之歌》（1992）、《顽皮家族》（1996）、《群象》（1998）、《猴杯》
（2000）、《我思念的长眠中的南国公主》（2001），更是在雨林魔幻书写
中"几近问鼎当代中文小说写作的另一高峰"①。出生于婆罗洲的张贵兴将与
他童年记忆融合在一起的雨林传奇、民间传说、原始信仰、梦幻感受等转化
为长篇小说的审美追求和叙事方式，幻觉化和真实感相映成趣，深入探究了
南洋的殖民地史、华人的移民拓荒史、家族的隐秘史等。这种"深入探究"
在魔幻现实的层面上可以摆脱马共、族群等禁区题材既有历史及其经验的牵
制，而以作家主体性想象、建构突入历史，从而提供了马华魔幻现实主义的
经典性文本。

马华魔幻现实主义文学的成就表明了马华"现代派"文学的本土化倾
向。事实上，早在1960年代，马华现代主义滥觞之时，宋子衡、李永平等的
创作，就以一种自由的创作心态，用华族文化、南洋乡土的积淀去撞击外来
现代思潮，在思维模式、表述方式、诗学精神、历史意识等方面逐步提供了

---

① 黄丽丽：《〈群象〉：真实与虚构交织的魔幻雨林》，见许文荣、孙彦庄主编：《马华
文学文本解读》（下册），马来亚大学中文系毕业生协会、马来亚大学中文系2012年版，第447
页。

一种东方现代主义模式。到了1970年代中期，商晚筠已熟练地将南洋乡土的极致和现代笔法的极致结合在一起，丰厚的南洋积淀和多层面现代主义气息的融合，已显示了较成熟的东方现代主义。而此时以温瑞安为代表的马华现代派武侠小说家则借传统武侠小说而开现代小说创作新路径，在古典意味的叙事中传达现代生命体验，也可谓马华文学现代艺术探索的多种路向之一。之后现代诗、现代小说持久的创作中，东方式沧桑感、无常感等与西方现代主义的融合，原始复归中的现代探索等等，使得马华文学佳作不断。

正是因为马华现代文学的艺术探索根植于马来西亚社会现实，所以其艺术表达的复杂性和反映社会现实的深度同步发展。林若隐的诗《马来西亚和我的梦》写于1980年代末马来西亚政府实施政治大逮捕引起的社会大动荡中，然而，与以往的政治诗不同，林若隐在书写政治风暴中的感受时，"成功地融合后现代观念和女性自我意识，表现为一崭新的语言文本形式"[1]，日常生活中细腻、私密的女性思维和感受与无序、口语化、碎片化的后现代语言形式结合在一起，在逼视女性深层的生活欲望中寻找马来亚土地的梦。与直接书写政治动荡中的民族忧患意识相比，这首诗在切入二十世纪八九十年代的马来西亚社会现实上反而显得更加深刻。林若隐诗的代表性就在于其反映出马华作家现实的执着感和形式的敏锐度始终相伴而行。新锐题材的创作会包含马来亚的历史和现实。例如"同志"（同性恋）书写，陈志鸿的《腿》（2006）写恋童之事，处处流露出族群的因素。"祖先源自印度"的"先生"和"父母当小贩"的华族男孩之间的肉体纠葛在马来亚多种族的社群教育体系和家庭关系中消长，凸现马来亚族群、经济、权力、身份之间的复杂关系，这也超越了以往的"同志"书写。历史叙事对"边缘"力量的开掘淋漓尽致。例如，"七字辈"的黎紫书，对于马共历史的禁区，或以"女

---

① 许文荣、孙彦庄主编：《马华文学文本解读》（下册），马来亚大学中文系毕业生协会、马来亚大学中文系2012年版，第660页。

性”的“边缘”眼光为政治历史“去蔽”，如《州府纪略》；或以“日常魔幻”和“民间魔幻”的“边缘”姿态让政治历史的叙事获得自由，如《山瘟》。其他诸如都市文学、女性文学、离散书写、饮食文学等等，马华作家都往往开风气之先，以高度的现代艺术探索抵达社会和人的精神深处。

百年马华文学始终是海外各国华文文学中现代艺术探索持久而深入的一脉，马华文学能进入马来西亚从小学到大学的课堂教育，就在于它的文学创新意识和成果，它也以此为“现代文学”正名。

海外华文文学的前途和价值在于落地生根，而非叶落归根，而这也是海外华人的精神历程。百年马华文学的“中国性”“本土性”“现代性”都在“落地生根”中得以统一，也就深刻地包含了马来西亚华人的生命体验和心灵历程。这是马华文学最独异也最有价值的地方，也是其百年历程虽有曲折但始终生机勃勃地提供着海外华文文学发展的成功经验的根本原因。

第六节　百年历史中的东西方华文文学比较

一

以往，国内学术界在关注海外华文文学时一直以为，过去一百多年中，海外华人经历了从“落叶归根”到“落地生根”的心理、生活历程。这不仅指他们已有几代安然定居于居住国，生活习俗等开始融入居住国环境，而且指他们在身份上已自然视自己为居住国国民，以一种较为纯然的国民心态参与居住国的政治、经济、文化事务。因此，海外华文文学已从20世纪前半叶的华侨文学演变为今日的华人文学、华族文学，尤其对于已加入了居住国国籍的华人作家群体来说，“华侨文学作家”这一文化身份已不复存在。

然而，当1998年美国华文文艺界协会在中国出版了一套“美国华侨文艺丛书"后，我们发现前述想法并不能覆盖全部海外华文文学，因为丛书的作者大多是美籍华人，已失去华侨身份，但他们却坚持称自己的创作为"华侨文艺"而非"华人文艺"。丛书主编黄运基（他在美国生活六十余年，早已加入美国籍）在总序中特地解释了其中的缘由："就国籍法而言，真正算得上'华侨'的，实在已为数不多。但这里之定名'华侨'，则是广义的、历史的、感情的"，"美国华侨文艺有两个特定的内涵：一是它在美洲这块土地上孕育出来的，但它又与源远流长的中华民族文化紧密相连；二是在这块土地上土生土长的华裔，他们受了美国的文化教育的熏陶，可没有也不可能忘记自己是炎黄子孙……他们也在觅祖寻根"。① 显然，这里的"华侨文学"并非仅是侨民身份者的创作，它更是特定的文化思维、文化情感的载体，其中明显包含着东西方文化的差异。而由此产生的东西方华文文学的差异，则是我们把握百年海外华文文学历史进程的重要方面。

陈贤茂在《海外华文文学不是中华文学的组成部分》② 中言及这样一件事。1992年他同几位海外华文作家对话时问道，当你们教育子女时，是要他们认定自己是中国人呢，还是外国人？蓉子（新加坡籍）当即回答："新加坡人。"而赵淑侠（瑞士籍，现居美国）、赵淑庄（美国籍）则异口同声答道："中国人。"这种身份认同上的差异，在我们接触东南亚和欧美的华文创作时经常会强烈地感受到。东南亚华人作家的创作从1950年代后越来越多地充溢对居住国国家意识的认同，乃至不时表白自己的忠诚。而欧美华人文学却常使人感到，创作者在物质生活、现实观念等层面上可以"落地生根"，但在精神文化层面上却往往执着于"落叶归根"。这在美华文学中表

① 1996—1998年，《美华文化人报》和沈阳出版社合作出版"美国华侨文艺丛书"，计有黄运基长篇小说《奔流》、刘荒田散文集《唐人街的婚宴》、老南小说集《豪宅奇缘》、宗鹰散文集《异国他乡月明时》。黄运基总序谈及这些作品集。

② 陈贤茂：《海外华文文学不是中华文学的组成部分》，《世界华文文学》1999年第7期。

现得就很明显。

　　上述差异的产生，首先来自东西方社会、文化环境的差别。在东南亚各国，华族传统文化（包括地域文化）的久远深厚、华人在经济上的成功，构成了华人社会与拥有执政优势的当地民族的复杂纠结的关系。不同程度地被排斥于国家政权和主流文化之外的现实困窘，与文化、经济上的优势形成的失衡，使处于东方文化环境中的东南亚各国华人把族群的集体生存、发展放在首位。而华族和当地民族遭受殖民掠夺的共同遭遇，使华族有可能与其他民族在兼容互补中平等相处。反映在文学上，自然时时强调其并非中国文学或华侨文学的居住国文学身份。而在美国，华人一方面面对着现代层面上西方文化的强势，也经历过殖民主义文化的歧视；另一方面，则不断受到欧美自由主义思想这一体现了人类文明价值的思潮影响。反映在文学上，作家们自然把创作自由度的拓展、文学的个人抉择看得至关重要。而不管是遭受种族、政治歧视的个人记忆，还是置身西方的文化恐惧，加上路途遥远的地域距离，都强化了华人作家对精神家园的依恋。而美国移民社会的文化机制，也足以容纳华人"为自己的根感到骄傲"的民族心理。这样一种政治、文化环境，会催使一部分作家以华人的身份张扬起"华侨文学"的旗号。

　　在"华侨文学"问题上的不同观念，反映出东西方海外华文文学运行机制的差异。如果讲，东南亚华文文学侧重于外部抵抗力的构筑，那么，欧美华文文学似乎侧重于内部调整力的蓄积。东南亚华文文学一直强调居住国教育、文化政策上的歧视给华文文学造成的困境，因而也一直非常注重借助于华人社会，包括华文教育的兴办、华文报刊书籍的出版，来构筑一个华文文学自足生存的体系。所以，东南亚各国华文文学的社团性显得统一，群体性也显得鲜明，文学的现实主义传统较长时间地主导文坛。相比较之下，欧美华文文学显然无心也无力与各种华人社团结合在一起，构筑一个足以抗衡主流社会的华族文化教育系统。欧美华文文学的组织相对零散，各种文学力量在"群龙无首"的状态中各自寻找自身的调适力量，文学更多的是一种个人性选择。美华文学会出现"草根文群"和"中产阶级"的分流，正是作家个体选择的结果。

二

欧美华文文学的内在调适力，很重要的一个方面是其较为自觉的文化交流意识。与东南亚各国文化或多或少地相近于中华文化的情况不同，欧美华文作家面临一个西方文化处于强势、占据中心但又逐步容纳外来移民文化的国家环境。一方面，巨大的文化差异使欧美华文作家心存种种疑惧，强化了他们对自身文化身份的重新确认；另一方面，大部分欧美华人作家较为良好的教育背景使他们能以较为平和从容的心态去深入思考如何在东西方文化的对峙、互补中定位自身。如果将"个人身份"视为"在某种程度上是由社会群体或是一个人的归属或希望归属的那个其他的成规所构成"①，那么，当我们读到众多包括美华文学作品在内的欧美华文文学作品所呈现的欧美华人社会成规和作品本身遵守的成规（语言、文体、技巧等）时，我们会感觉到充溢其中的文化交流意识。

价值观念是文化成规构成的首要因素，自然也是作家确认自身文化身份的首要抉择。与东南亚华文文学作品中常见的固守华族传统、看重华族生存利益的文学形象不同，欧美华文文学形象体现的价值走向处于激烈变动之中，既有由"代沟""寻觅灵魂"等表现出来的中西价值观念的巨大冲突，也有因增强了文化适应能力而拥有的"多价多规"的自信和理想。从1960年代白先勇笔下的吴汉魂（《芝加哥之死》）以死抗争异域的异质化命运，依萍（《安乐乡的一日》）在与女儿屡起冲突中备尝"安乐乡"生活的苦果

---

① 佛克马、蚁布思：《文学研究与文化参与》，俞国强译，北京大学出版社1996年版，第120页。

起，美华文学最真切地传达了美国华人在文化移植中种种刻骨铭心的痛楚。与於梨华在《又见棕榈　又见棕榈》中描绘的回母土寻根的牟天磊们不同，美华文学表现的侧重点是力图在美国这片"新土"寻回母土的梦。这使得美华文学形象的价值取向显得多元：既有心甘情愿于边缘状态中保存传统、维系华侨文化血脉的，如黄运基主编的《美国华侨文艺丛书》；也有认同美国主流文化，努力沟通其与华裔文化的联系的，如木令耆、黄文湘等的创作，在异域他族的人物形象塑造中来寻梦觅"根"。这中间自然也包含一些人生抉择的悖论，例如固守东方传统，却可能恐惧于既排斥西方文明，又排斥东方进化，成了母体文化之外的"边缘人"；力图进入主流文化，却失落于美国文化多元格局的变动中，反倒始终流离于主流之外。然而，正是这些困惑，使美华文学形象的价值成规斑杂而变动，从而极大地丰富了其形象的内涵，并能引发许多思考。

就海外作家的身份而言，美华作家的一个明显特征是作为"中间物"的现时存在。美华作家自身多为第一代移民，绝少土生华人（土生华人习于英语创作，构成美国本土上的"华裔文学"），他们创作生命的前景（他们的"后代"是仍然在美国坚持华文创作还是被"同化"为"华裔文学"）尚处于不明确中（香港著名作家梁锡华曾断言欧美华文文学会消亡）。因此，美华作家更加执着于"现在"，他们只有在"此在"的创作中才能把握未来、实现未来。这使得他们自觉不自觉地视自己为历史、文化的"中间物"，既拒绝同化，又有所同化，从而提供一种不同于纯然的华族思维方式的艺术思维世界。例如，就作品语言而言，东南亚华文作家注重南洋色彩，其作品会较多地掺入闽粤方言、南洋土语；而美华作家，即使祖籍为闽粤桂，其作品也是较纯正、较规范的"国语"，表达的句式句法则更细密，并时而呈现出新变化，就如杨振宁当年称赞於梨华的作品语言，既有传统的清新灵动，又融入了西方句法修辞的丰富多变。这里，我们明显感受到了，美华作家既小心翼翼地保持着母语的纯净，又相当开放地吸收外来语言现代演化的成果。仅就语言而言，美华作家的贡献是非常值得关注的。如果在20世纪后半叶世界哲学与语言学关系演变的背景下来看待美华文学提供的语言形式，我们甚至感受得到，美华文学在构筑一种新的人生观、哲学观。美华作品努力保持"国语"层面的正宗、纯粹，既没有毗邻的加拿大魁北克法语文化运动的政治独立色彩，也少有将美国多元的文化认同和统一的国家忠诚间协调一致的倾向，而较多的是在一个文化差异巨大而文化交流空间又较自由的国家中不断克服文化恐惧，从而实实在在地拥有异域的"现在"所作的选择。

文化成规的其他方面，如家庭制度、生活方式、精神世界等，都构成文学表现的重要内容。在这些方面，东西方华文文学也呈现出明显差异。美华文学中有一类"香蕉人"形象，失落了东方文化而又无法完全被西方文化接受。而东南亚华文文学却常会写到人物的一种"马铃薯"悲哀。例如菲华作家佩琼的小说《油纸伞》中的中菲混血儿李珍妮从父亲那里继承了良好的中国文学、文化修养，却只是因为从母亲那里遗传的肤色而被恋人文斌的华族家庭拒之门外，甚至不被整个菲华社会理解。她由此悲叹："我的悲哀是——自己是马铃薯，不管内里怎样黄了，外表仍是褐色的。"这种情况在著名的马华小说家商晚筠、梁园等笔下也被表现得哀婉动人。上述差异让我们看到，东西方华文文学在观念上和倾向上都固守中国传统的家庭制度和模式（自然，华人在西方社会表现的文化恐惧和在褐色，乃至黑色人种社会表现出来的文化拒斥，是可以让人体味到更多东西的），但由于面对不同的异国文化，因而在家庭制度、生活习俗等方面的精神状态也很不同。东南亚国家所处的东方文化区域，不同程度地受到中华文化辐射影响，中华文化相对于当地其他族群文化，甚至呈现强势之态。当地的华人社会在与他族社会平等相处中也不乏保守、优越等心态。所以，华文作品所描写的华人家庭总带有浓郁的传统孝悌色彩，即便写到华人与他族成员结合而成的家庭，侧重点也在他族对华族家庭关系、习俗的认同、迁就。尽管东南亚华文创作的历史之长、数量之多都甚于美华文学，但他族形象的塑造，一直是东南亚华文文学创作的难点。这种情况恰恰是东南亚华人家庭、社会自足封闭性的表现。而美华作家身处西方强势文化的包围之中，艺术上被西方当代文学深深吸引，现实生活中又处处有异乡客旅之感。其心灵危机重重，作品所描写的家庭生活、行为方式都以心理冲突为主。有人比较过菲华作家陈琼华的小说《龙子》和美华作家庄因的小说《夜奔》，两篇小说都描写华人父子间的冲突，而冲突又都集中在语言认同上：父亲认为"中国人永远要说中国话"，而儿子却认为既然已归化了外国，就应该说"外国话"。语言的不同选择自然反映了不同的精神寄托和心灵归宿。两篇小说的不同在于，《龙子》以儿子对父亲的理解、尊重结尾；而《夜奔》则以父亲终与儿子隔阂重重，落寂中，只能饮酒独吟《林冲夜奔》收场。两篇小说的差异正揭示了西方文化世界中，华人家庭传统模式面临分崩离析，而由此引起的文化身份失落形成了美华作品中的沉重历史。

美华作家作为个体而言，几乎全是第一代移民作家（绝少有在美国出生的华文作家），这与东南亚中青年作家以第二至第四代移民为主不同。这种出身使美华作家的创作往往是中国故土经验和美国本土经验叠合交融的结晶。其故土经验既有对遥远而亲切的祖先、母体的集体记忆，也有单纯、温馨的童年原乡构成的个体回忆，还有其亲朋好友的现实境遇引发的故乡想象。这些故土体验交相纠结，互动撞击，往往以文化还乡的旨意填补美国本土经验中的空白，也时而拯救孕于其中的精神危机。这两种经验或冲突，或弥合，或包容的种种复杂状态，使得美华文学作品中的心理色彩比东南亚华文作品所呈现的要纷繁斑杂。美华文学中的"中国"形象、游子归客形象、"香蕉人"形象、"中餐馆"形象等，几乎都经历过很大的转折变化，积淀着迥然有异的文化心理。这在东南亚华文文学作品中较少见到。自然，由于美华作家多属于第一代移民，他们对归属国的艺术体悟也会不同于东南亚第二、三、四代移民出身的华文作家，这也影响着美华文学本土性艺术层次提升的走向。

整体上看，东南亚海外文学已是一种落地生根的海外华文文学，而美华文学所代表的西方华文文学还是一种移植中的文学。然而，这种移植中的文学也显得枝繁叶茂，其蔼然生机不逊于东南亚华文文学，其中的缘由是很有意味的。例如，脱离了华文主流社会机制的"距离"观照使美华文学对中华文化传统的传承显得清醒，而西方文化"张扬个性"的机制又使置身其中的美华作家对传统的汲取、抉择突破了单一的群体使命，而富有个性价值色彩。这两者的结合，使美华文学在开放机制中对中华文化的思考、诠释在某些方面比自足调适的东南亚华人社会，乃至中国大陆（内地）、台湾和香港地区等华文主流社会要广泛，甚至深刻。从整体上讲，美国华人融入主流社会的速度快于东南亚一些国家的华人，这意味着美国华人开始找到"根""魂"并存的路径。这种较短时间中完成或进行的巨大转折，造成的心理冲突是十分激烈的，这是孕育美华文学的丰厚土壤……这些都使得美华文学的移植之树常绿长青。

三

前面我们着重通过美华文学与东南亚华文文学的比较，考察东西方华文文学。本书《"出走"与"走出"：百年海外华文文学的历史进程》一节曾提及欧洲华文文学与东南亚华文文学的不同，这里我们不妨再将欧洲华文文学与东南亚华文文学做一番比较。与海外华文文学重镇东南亚的华文文学构成鲜明对照的欧华文学，一直显得波澜不惊，这也反映出东西方华文文学生存状态的差异。

在中华文化的现代发展进程中，五四新文化传统无疑是一个重要维度。

而自五四新文化传统形成之始，东南亚华文文学就与五四新文化所包含的
"中国性"发生了直接而复杂的纠葛。东南亚华文文学是在中国南来文人催
生下成长的，而从辛亥革命到抗战时期的中国革命人士也往往把南洋华人社
会作为其重要的海外根据地。所以，东南亚华文文学从一开始，就在社会意
识层面上引入了五四新文化感时忧国的传统。在相当长的时间里，感时忧国
之时势、国家都指向了中国，其文学思潮、运动等也几乎完全依傍中国现代
文学中感时忧国那一流脉的模式。以海外华人人口比例最高的马来亚地区为
例，从1920年代马华现代文学发生，到1940年代抗日援华文学运动的兴起，
同步于中国新文学的格局形成。①尤其是1937—1941年的马华抗日文学，援助
中国抗战的救亡运动压倒了马华现实主义本土文学传统的开展，甚至被认为
存在"过于极端的中国表述"②。这种深度融合"中国性"的状况使得马华文
学"惊涛骇浪"不断。1948年发生"侨民文艺派"与"马华文艺派"的激烈
论战后，马华文学的本地化进程变得自觉起来，但"感时忧国"的现实主义
传统始终是马华文学根本性的价值尺度。在马来亚独立建国后，马华文学界
一再提出"爱国主义的大众文学"等口号③，其"爱国"自然指向了马来亚。
然而，当马来西亚确立了"马来语为国语""以当地土著文化作为国家文化
的核心""马来人用马来语创作的作品构成国家文学的范畴"之原则④，华人
文化明显受到族群排斥、国家歧视时，马华文学必然要承担起以传承中华文
化传统来凝聚族群力量、反抗民族压迫的重任，其"感时忧国"的现实主义
传统成为抗衡之道。

　　长期的抗衡，使得传统的现实主义成为马华文学的主宰，也使马华社

---

①　黄万华：《新马百年华文小说史》，山东文艺出版社1999年版，第39—53页。

②　许文荣：《南方喧哗：马华文学的政治抵抗诗学》，（新加坡）八方文化创作室、（马
来西亚）南方学院出版社2004年版，第8页。

③　方修：《战后马华文学史初稿》，马来西亚华校董事联合会总会1987年版，第78页。

④　黄万华：《新马百年华文小说史》，山东文艺出版社1999年版，第21页。

会、马华文学无法避免某种无奈的恶性循环。1960年代、1980年代马来西亚都发生过马来族与华族的大规模社会冲突，而执政的马来民族主义者更是加大对华族文化的压制。中华文化在维系民族血脉、抵抗外来压迫中更多地成为被消费的资源，马华文学如何丰富、提升中华文化的问题较难被顾及，其自身的发展也受到制约。自1991年起，马华文坛接连发生几场争论，包括"马华文学的定位""经典缺席""文学及其研究的困境""断奶论和马华文学"等，其规模、激烈程度、影响是马华文学历史上和同时期其他地区华文文学中绝无仅有的。例如，黄锦树《"马华文学"全称之商榷》一文在"对马华文学史做全盘整顿、探源、瞻远"中力图打破"'华极'的思考模式"，将马华文学史从偏向于"文化上的强烈认同中国，甚至有'纯化'倾向的华人"中解脱出来，以"探索、前瞻大马华人的未来"，但却与马华文化的历史和现状产生了激烈冲突。①褐素莱《开庭审判》一文更在马华文坛引发"掷弹"效果。文章叙述了"日本东南亚史学会""权威衮衮诸公"断言"马华文学""不以本土语言为本"，是"连自己的政府也不承认的文学"，"根本不能冠以'马来西亚'四个字"，由此道出的是马华文学的某种历史困境。②激烈的争论，其实都是针对马华社会的封闭传统和华文文学现实主义的自我桎梏而发生的。马华文学在经历了这种激烈的争论之后，逐步实现了自身的蜕变。

相比较之下，欧华文学的发展显得格外平和悠长。在以往的文章中，人们已经谈及五四时期的旅欧作家采取一种全身心地融入世界文化潮流而又较为自然地沟通于传统文化的创作姿态的诸多原因。这里还要进一步指出的是，五四时期旅欧作家以这种生存状况积极参与了五四传统的形成，更多展

---

① 黄锦树：《"马华文学"全称之商榷》，（马来西亚）《星洲日报·文艺春秋》1991年1月19日。

② 褐素莱：《开庭审判》，（马来西亚）《星洲日报·星云》1992年5月1日。

开于文化建设的层面。包括徐志摩、老舍、巴金、林徽因、苏雪林、艾青、傅雷、朱自清、朱光潜、钱锺书、郑振铎、宗白华、戴望舒、许地山、冯至、季羡林等在内的旅欧中国作家，可以说是五四新文化建设者中最有成就的群体之一。当从鲁迅、周作人、陈独秀始，经郭沫若、郁达夫、成仿吾等，一直到夏衍、穆木天、胡风、周扬等几代留日作家，以对中国社会变革的激情参与建构了中国新文学的大半个舞台时，旅欧作家却较多地潜心艺术、学术，展开的是平和悠长的文化建设。苏雪林（1897—1999）的《棘心》（1929）一书就展示了这一点。

《棘心》是最早涉及旅欧题材的长篇小说之一，苏雪林曾很肯定地表示，小说"真的是我的自传"[1]。她借小说主人公醒秋之口回忆自己1920年代初旅欧的情景："留学生之爱恋法国，一半为学问欲之难填，一半为法国文化的优美，实有教人迷醉的魔力。"而身处法国，感受到"法国教育发达……高中学生，其智识程度，都堪与我们大学生相比，甚或过之"，"对于学问，遂更抱着一种热烈的研究心"。[2]这当是众多中国作家留欧的重要动机和追求。《棘心》的女主角思想开放，个性独立，但《棘心》对于女性婚姻等个性解放话题却"少了五四小说习见的激烈张扬，多的是新知识女性对于爱情的种种理性思考"[3]，显示出与萧红（1911—1942）等"激进而彻底"的"女权思想"迥异的道德选择：在深刻的自省觉悟而非盲目的传统保守中，有着"对德行之美的崇仰""谦虚接纳真知的无我不执，以及仰慕圣

---

① 吴达芸：《高贵的人生抉择——解读女性自传小说〈棘心〉》，见陈昌明编选：《台湾现当代作家研究资料汇编51 苏雪林》，台湾文学馆2014年版，第166页。

② 苏雪林：《棘心》，（台湾）光启出版社1957年版，第179页。

③ 刘乃慈：《爱的历程——论〈棘心〉的行旅书写》，见陈昌明编选：《台湾现当代作家研究资料汇编51 苏雪林》，台湾文学馆2014年版，第185页。

贤遇事虔祷的开放交托"①，整部小说的文风也开放而温和。

《棘心》展示的实际上是五四女作家的"另类现代性想象"：同属于五四新文化阵营，审视着中国文化和民族性，关注女性命运，但无论对于传统亲情还是西方宗教，都能纳入"爱"这个五四课题中。苏雪林这样的作家过去往往被视为保守派，但她其实"勇于走出旧时代家庭对于女性的桎梏，实践自五四运动以来，追求人文自由主义的精神"，"树立终身不懈追求生命、创作、阅读、教学与学术研究的形象"。②其他五四旅欧作家大多也抱有这种心态：并非激进式的断裂，而是在文化延续中的开放、变革。新月派、京派成员多出自旅欧中国作家，就说明了这一点。这使其在五四传统激进变革的潮流中，也开启了坚守文学本分、注重文化长远建设的流脉，使得五四新文化传统从一开始就是多源多流的。

五四时期的旅欧作家大多在学有所成后回国，不少人也有着异域写作的经历，但还较难归入海外华文文学，不过其感知个体生命、推动文化交融的创作取向成为五四文学传统形成中一种建设性的力量。这不仅影响了日后的欧华文学，而且影响了日后中华文化传统的海外传播。而那些在第二次世界大战结束后至1970年代长期留居欧洲的中国作家，由于其创作突破了东西方冷战意识形态的对峙，延续了五四新文化传统核心价值的论述，以他们为代表的欧华文学在此时期"中国与海外"文化格局的形成中发挥了重要作用。

1950—1980年代，不仅东西方意识形态严重对峙，即使在中国大陆（内地），受泛意识形态化思维的影响，五四文学革命后的创作观念也逐步被压缩成了"工农兵革命文艺"。但在欧华文学中，五四开启的现代意义上的

---

① 吴达芸：《高贵的人生抉择——解读女性自传小说〈棘心〉》，见陈昌明编选：《台湾现当代作家研究资料汇编51 苏雪林》，台湾文学馆2014年版，第173页。

② 《小传 苏雪林》，见陈昌明编选：《台湾现当代作家研究资料汇编51 苏雪林》，台湾文学馆2014年版，第44页。

"人的文学"和"自由的文学"得以坚持、发展，程抱一（1929—　）、熊式一（1902—1991）、熊秉明（1922—2002）、赵淑侠（1931—　）、韩素音（1917—2012）等欧华作家的创作都富有五四文学精神。1980年代之后，欧华文学已足可与东南亚、北美华文文学相媲美。在这一时期，大规模的中国移民潮给欧华文学提供了丰富的作家来源，其中也包括了对中国大陆（内地）现有体制持不同看法而出走的作家。但是，借文学来宣传其政治主张的情况在欧华文学中很少发生。在欧洲一体化进程时期，欧华文学始终以其深切丰厚的文学关怀响应社会，视"沟通"为作家职责，使得五四时期开启的坚守文学本分、注重文化长远建设的流脉得以延续、丰富，成就了程抱一等文学大家，更养成了包括杨炼、林湄、虹影、郑宝娟、吕大明、蓬草、绿骑士等在内的来自中国大陆（内地）、台湾和香港的一大批富有创作实绩的"新移民"作家。总之，恰如瑞典华文作家万之在《诺贝尔文学奖传奇》中所言："挖掘文学之美，维护诗歌之美，就是最高的伦理。"[①]欧华作家显示出对人性的深刻关怀，其创作人文气息浓厚，并以形式多样的有效探索表现出文学的力量。这种努力，也使得包括五四在内的中华文化传统与西方文化的对话得以成功展开。

总之，东南亚华文文学降生之际就在社会意识层面上引入了五四新文化感时忧国的传统，其文学思潮、文学运动等在相当长时间里依傍中国现代文学中感时忧国那一流脉的模式。而欧华文学则传承、发展了五四文学后看重文化的长远建设，其创作也更注重对中华传统价值的重新发现和提升。

这种发现和提升，首先在于对中华文化多源多流价值的把握，尤其是对被历史遮蔽的文化传统的开掘。与东南亚华文文学中儒家文化的影响占主导不同，欧华文学中中华文化传统的影响更为多元。例如高行健创作对"以老

[①]　万之：《诺贝尔文学奖传奇》，上海人民出版社2010年版，第243页。

庄的自然观哲学、魏晋玄学和脱离了宗教形态的禅学"为代表的"纯粹的东方精神"的重新发现，①源自他对文学自由精神的追求。他的长诗《逍遥如鸟》（2009）借庄子之意象，追求的是看透"这一片混沌"的澄明通透以及"飞跃泥沼，于烦恼之上，了无目的，自在而逍遥"的超脱自得的境界。这种境界，是卸却一切心灵重负的自由自在写作："从冥想中升腾／消解词语的困顿／想象都难以抵达。"另一首长诗《游神与玄思》（2011），也以大鹏高高遨游的形象，在戏谑"上帝""魔鬼""伊甸园"中表达"守住内心"，"了却妄念／抵达一个人／所能的极限"的旷达胸怀。高行健所希冀的这种文学境界，延续了从魏晋玄言诗开始萌芽，经唐、宋、元诸多名家充满禅味的山水、隐逸诗，直至明清"性灵"说中国文学的一脉传统，但展现的是现代人的心灵自由。

高行健对另一种中华文化的重新发现，还联系着他对民间文化传统即"小传统"的关注。1956年，美国人类学家雷德菲尔德（R. Redfield，1897—1958）在他的《农民社会与文化》（*Peasant Society and Culture*）中首次提出"大传统"与"小传统"这一对概念时，意在说明复杂社会中往往存在着不同层次的文化传统。而中国人类学家李亦园则结合中国情况说明，"所谓大传统是指一个社会里上层的士绅、知识分子所代表的文化，这多半是经由思想家、宗教家反省深思所产生的精英文化（refined culture）；而相对的，小传统则是指一般社会大众，特别是乡民或俗民所代表的生活文化。这两个不同层次的传统虽各有不同，但却是共同存在而相互影响，相为互动的"②。以往作家关注的重点往往集中于大传统文化，即便在五四倡导"人的文学"以后，启蒙现代性关注的也往往是用大传统去影响小传统。然而，从传统与

①　高行健：《文学与玄学·关于〈灵山〉》，见高行健：《没有主义》，（台湾）联经出版事业公司2001年版，第201页。

②　李亦园：《人类的视野》，上海文艺出版社1996年版，第143页。

现代的角度看，大传统较易接受新的变革观念，体现出与"现代"的紧密联系。这种联系，也使它易受居住国社会的现代性变动影响而发生变化。而生存于民间的小传统，虽然受到大传统的制约，但有其独立性。尤其是它更多地通过日常的、感性的生活形态密切联系着"过去"，即使在发生剧烈的社会变动、大传统受到巨大冲击时，它仍能保持某种稳定，因而有着更顽强更恒久的传承力量。而且有意味的是，"小传统的延续在很多方面是通过底层社会的活动来实现的。换言之，传统中国的'下九流'者，如乐户、优伶、算命者等，通过各种社戏、仪式、卜卦活动，将一些被大传统所定义的价值和行为取向传递到民间社会。即便在许多人认为传统已不复存在或处于不断被再创造过程中的今天，这些价值仍然顽强地延续着"①。

高行健的创作是非常自觉地展开这一点的。他将"民间文化，从多民族的神话传说、风俗习惯到民谣、演唱、说书、舞蹈、游艺，乃至由祭祀演变而来的戏曲，以及话本小说"等视为"中国古典文学中最富有创造性的作家和作品"的重要"来源"。②长篇小说《灵山》多画面展现了少数民族、民间文化所保留的丰富世界。"我"作为"民歌采集者"，游历彝族村寨、凯里苗族区、神农架山地的吊楼山洞、寺庙道观，参与对歌、赛龙舟等民俗活动，采集到民歌、巫术、神话传说，由此展开对民族"始原"的想象，寻回种族失落的根源。他的戏剧创作更是一以贯之地展现民间文化的顽强和丰富。其早期剧作《野人》中出现的歌队、舞蹈，就是对长江流域山地族群的婚嫁、祭祀文化传统的展现。《冥城》（1991）取材的着眼点是民间传说，而在表演形式上加入了古今诸多民间戏曲的趣味表现，包括来源于远古祭祀传统的傩舞和京剧脸谱、川剧变脸等地方戏曲特色，高跷、杂耍、魔

---

① 范可：《漂泊者的返乡之旅》，《读书》2005年第7期。

② 高行健：《文学与玄学·关于〈灵山〉》，见高行健：《没有主义》，（台湾）联经出版事业公司2001年版，第201页。

术等民间娱乐方式等，与角色演员的表演一起形成"一种大格调的仪式和剧场性"①。这不仅恢复了现代戏剧所丧失的娱乐和游戏功能，更在大大增强演出的感知色彩的同时凸显了民间文化传统的活力。另一剧本《山海经传》（1989），在以70多个天神的登场展现从女娲造人到大禹一统天下的历史时，意识到"中国远古神话丰富多彩不亚于古希腊，可惜被后世居于正统的儒家经学删改得面目全非"；为了"恢复中国远古神话的那分率真"，剧作借用摆地摊、卖狗皮膏药、耍杂技、弄木偶皮影等民间卖艺方式，并参考苗、彝等少数民族和荆州、苏北等地民间"且说且唱、似诵非歌的各种方式"，诸神扮相表演更"借助于抹花脸、戴脸壳、插翎毛、舞刀枪……翻筋斗、走钢丝"等数十种民间演艺方法，这一切都"切忌落入唐宋以后宫廷和世俗的趣味"，②从而回到《山海经》时代民间传说的古朴率真。

"失去了大传统的文化制度，民间所遗留下来的小传统文化则不但抵挡不住社会转型的压力，本身所能发挥的文化功能也十分有限。"③所以，大小传统应相互依存、补充、滋润。高行健的创作正是将道教、玄学、禅宗等"经由思想家、宗教家反省深思所产生的精英文化"和民间生活文化互相渗透，从而呈现中华文化传统的活力。慧能出身平民，"斗大的字不识一个"，又被"放逐"到被视为蛮荒之地的岭南，然而他坚守本心，入门八月就能悟出"菩提本无树，明镜亦非台，佛性常清净，何处有尘埃？"，抵达到"到彼岸都是大智慧，发平常心即是大慈悲"④的生命大自在。剧作突出了来

① 高行健：《有关演出〈冥城〉的建议与说明》，见高行健：《冥城》，（台湾）联合文学出版社有限公司2001年版，第100页。

② 高行健：《有关演出〈山海经〉的建议与说明》，见高行健：《高行健戏剧集006 山海经传》，（台湾）联合文学出版社有限公司2001年版，第108页。

③ 郑庭河：《华族文化的自卑和困境》，（马来西亚）《星洲日报》1999年10月24日。

④ 高行健：《八月雪：三幕八场现代戏曲》，（台湾）联经出版事业公司2000年版，第128页。

自民间的慧能如何依靠内心的力量，得到五祖弘忍（602—675）信任，使后者传法于他，他也穷其一生普度众生，成为大哲人。由此显示了高行健所寻找的另一种与中华文化交织的民间和"上层"文化传统。

如今研究者都已知晓，高行健《灵山》中的"我""你""他"表述的实际上是同一主体的感受。小说叙事人物在面对中国文化中久被遮蔽的那部分时，产生了复杂的感受，以至于要用"我""你""他"三个人称相互转换表达才行。但即便这样，仍有难以沟通之处，所以《灵山》中又出现了"她"，暗示叙事人物竭力走入"中国长江文化"而不如意。如果说欧华作家在面对本民族文化久被压抑的部分时尚且能产生如此复杂的感受，以至频繁地转换视角，那么，当他们面对有着自身稳定结构的西方异质文化时，其跨文化对话会更艰难。可恰恰是这种对话，使得中华文化得以丰富并在获得世界的更大敬重中得以传播。

此外，与东南亚华文文学作为华人族群、社会的"代言人"不同，欧华作家散居于欧洲数十个国家，多作为个体展开各自创作，虽然处于"孤独"之中，但其"灵根自植"中华文化的个人性努力，多层面提升了海外华文文学的质量。例如定居荷兰的女作家林湄1990年代的小说《漂泊》《浮生外记》等就表现出兼容并蓄东西方文化的开阔视野。2004年，她出版长篇小说《天望》，利用自己的边缘视角，通过巧妙的构思，在深刻繁复的探讨和追寻中，力图解答关于人之存在意义的终极命题。2014年，林湄又以"十年磨一剑"的潜心努力，出版了六十万言的巨著《天外》，继续其对人性、自我终极的超越现实的探寻。小说穿梭于商界、家庭等欲望实象与思考人类生命深度的"天外"视角中，拷问灵魂，反省人生，也在中西文化交流等问题上发人深省。

林湄的创作大致代表了欧华作家自甘寂寞、潜心于超越现实的哲思努力，这种努力最终指向超越中西两元的艺术境界。仅就欧华女作家的创作而言，在旅法女作家中，吕大明的散文"如屈原的诗一般"①，呈现出自然心灵化、人文历史化的美境；蓬草的小说，有如她自己说的，"是真真正正的以四海为家"，在展示生活"无穷无尽的可能性"②中充满了对人的自由的渴望；黎翠华的散文充满了现代人对自在生活的寻求，是"现代"让她明悟"传统"，是"城市"驱动她去寻找"乡村"，也唯有"远行"才让她"回归"；郑宝娟把写作视为"一条朝自己内在掏剖、挖掘的冒险历程"③，笔下人物都有着海外生存环境强化了的人性沉沦、灵魂救赎。在旅居其他国家的女作家中，旅英的虹影的小说，在中西、华洋的交织、纠结中呈现人性升华的丰富内涵；荷兰的丘彦明的散文，在异国他乡将中国传统的田园生活、隐逸文化表现得真切丰盈，又透出现代生活的热情；瑞士的赵淑侠的众多作品，始终在体悟人类之情、人性之根中显示出开阔的艺术视野……林林总总，艺术质量都趋于上乘，令人感受到欧华文学对中华文化的充实、丰富和拓展。

总之，欧华文学与东南亚华文文学的比较让我们再次意识到，海外写作语境复杂多样，各地区、各国华文文学生存形态丰富多变。然而，也恰恰是这种复杂丰富性，呈现出中华文化和汉语资源力量的强盛。

第七节　海外华文文学"中国性"与"在地性"
——以马华抗日救亡文学的考察为中心

"中国性"是百年海外华文文学历史进程中最重要的因素之一。除了前

---

① 祖慰：《纶音天语构筑的美庐（代序）》，见吕大明：《流过记忆》，河北教育出版社1995年版，第5页。

② 蓬草：《森林》，（台湾）联合文学出版社有限公司1993年版，自序第2页。

③ 郑宝娟：《有一个女人》，见郑宝娟：《三十岁》，（台湾）时报文化出版事业有限公司1987年版，自序第2页。

面已论及的"中国性"和"中华性"的关系外，在百年海外华文文学，尤其是早期海外华文文学中，与中国现代社会政治、经济等密切联系在一起的"中国性"和各国华文文学本土化进程之间的关系往往成为影响海外华文文学历史进程的关键因素。这里，我们以马华抗日文学这一与中国社会政治关联最密切的文学为考察对象，揭示海外华文文学中的"中国性"具有的"在地"属性，这使得即便直接呼应中国现实的"中国性"也可以构成植根于本土现实的海外华文文学建构自身传统的重要一环。

1937年中国抗战全面爆发至1942年2月日军攻占新马全境，这一时期被称为马华抗日救亡文学时期。以往一些文学史视这一时期为马华文学繁盛时期[①]，但因为此时期"较早时发展的本地观念受到挫折，侨民意识又再抬头"[②]，即援助中国抗战的救亡运动的"中国性"压倒了五四后马华现实主义本土文学传统的开展，甚至存在"过于极端的中国表述"[③]，造成马华文学的困境[④]。因此马华抗日救亡文学又往往被排斥于马华文学的建构之外[⑤]。其实这种类似"救亡（中国）压倒了启蒙（马华）"的情况是交织着各种复杂因素的，如果仔细辨析，从马华抗日救亡文学时期的本土化进程、抗日救亡意识的深化、文学创作的"两面性"等方面展开考察，就会发现此时马华文学体现了异常鲜明的"中国性"，也具有强烈的"在地性"。

---

① 1965年新加坡方修《马华新文学史稿》确认1937—1942年为"马华新文学繁盛时期"，并以十余节篇幅介绍其"繁盛"，此后一些文学史认同此观点。

② 李锦宗：《马华文学纵谈》，雪隆潮州会馆1994年版，第13页。

③ 许文荣：《南方喧哗 马华文学的政治抵抗诗学》，（新加坡）八方文化创作室、（马来西亚）南方学院出版社2004年版，第8页。

④ 柯思仁：《从戏剧副刊探讨战前新马剧运的困境与方向》，《亚洲文化》1996年第20期。

⑤ 近十余年，认为"马华文学"的建构开始于1957年马来亚独立后，最早开始于战后"侨民文艺和马华文艺"论战以后的看法较为得到认同。

一

抗日救亡时期马华文学的"繁盛"，以往主要指在"中国抗战文学的巨大影响与中国作家的直接参与"下，马华文学走出此前的沉寂，以空前高涨的支持祖国（中国）抗日的政治热情，展开"与抗战的时代主题密切相连"的文学活动，"无论是理论作品创作、理论建树，还是文艺运动、报刊出版，都取得了前所未有的成就"。[①]这种评估自然会指向这样一种情况：浓郁的中国意识、中国色彩会冲击，乃至妨碍马华文学自身进程的展开。文学史的传承功能决定了其展开的往往是对自身传统的建构，马华文学史确应是植根于马来亚本土现实的传统的建构。那么，对于马华文学史而言，马华抗日救亡文学的"繁盛"是延续、丰富还是偏离、迷失了马华文学传统的建构？或者说，抗日救亡文学最有价值进入马华文学史而得以传承的是什么？

1999年，在海外华人世界颇有影响的《亚洲周刊》评选"20世纪中文小说100强"，尽管有来自东南亚的华人评委参加，但东南亚华文文学最终只有一部小说——马来西亚作家李永平的《吉陵春秋》入选。对此，"马华文学史修史第一人"方修认为，抗日救亡时期的马华文学已出现了铁抗那样的优秀作家，"铁抗的作品在抗战前后，比一般当时的作家有深度"，"不会比香港'100强'里的一些小说差"。[②]铁抗（原名郑卓群，1913—1941）1936年到新加坡，1941年末日军占领新加坡后遇害。五年中，他发表了百余万字的作品，其"描写的细腻，当时很少有人赶得上他"[③]，而这种叙事的细密反映出他对马来亚土地上发生的抗日救亡运动的深切关怀和深入思

---

① 莫嘉丽：《抗战时期的马华文学：浓郁的中国色彩》，见黄万华：《史述和史论：战时中国文学研究》，山东大学出版社2005年版，第715、716页。

② 张永修：《马华文学史修史第一人》，（新加坡）《南洋商报·南洋文艺》1999年10月9日。

③ 方北方：《马华文艺泛论》，马来西亚写作人（华文）协会1980年版，第130页。

考。如被视为"马华文学现实主义作品流传隔代的经典之作"①的小说《白蚁》②（1939）完全是在具有南洋风味的语境中展开叙事，而其现代人的观照中交融着中国的影响和马来亚土地的思考，其犀利的笔触揭露了混在马来亚援华抗日阵营中的"华威先生"。搜刮数千"会员"登记费谋私利的护侨社社长陈鹏举、用印行《马华救亡领袖录》来求名取利的王九圣、扬言要到延安谋"一官半职"而用假古董骗筹"川资"的萧思义、冒充铁军团长奉召"回国抗日"以骗取钱财的林德明，他们相聚于牙兰加地筹赈分会主席萧伯益之宅，互相玩弄心计、诱骗对方，其权力欲恶性膨胀。整篇小说笔墨着力之处都在"华社"被"白蚁"一样的败类掏空的痛心现实。例如小说写到林德明信誓旦旦以"我不杀死一万个鬼子，决不姓林"骗钱募款时，心里时时挂念的是"麻坡老姘头阿雪"，一心想的是以回国抗日为名骗到钱后"带阿雪回去广西，开店，做小老板，大老板，发财，做官"……激昂的抗日誓言与卑劣的内心欲望构成极大的反差，在尖锐的讽刺中揭示了，正是这借民族大义施行的种种骗局阻碍了马华社会的现代化进程。另一篇小说《洋玩具》（1941）在一种更具南洋生活气息的语境中，嘲弄讽刺了从小接受西化教育的"峇峇"马奇烈在民族存亡之时冷漠、空虚的内心，表达出另一种历史反思：殖民教育的恶果造成了对中华民族精神的伤害。

铁抗的前期小说交织着浓烈的硝烟味和激昂的青春气息，其立足点是"援华抗日"，艺术表现上也往往着眼于文学的宣传功能。《试炼时代》（1938年）的创作和发表是铁抗小说创作的转折点。它在描写青年张健在中国战地的经历和磨炼时，也揭露了政治的积弊、历史的陈垢，新生和沉滞构

①　陈雪风：《解读〈白蚁〉的人物群》，见许文荣、孙彦庄主编：《马华文学文本解读（上册）》，马来亚大学中文系毕业生协会、马来亚大学中文系2012年版，第97页。

②　《白蚁》原收入铁抗1940年的小说集《白蚁》，后收入新加坡上海书局1979年版《铁抗作品选》。

成作者考察抗战现实、沉思民族命运的广阔视野，其艺术表现也同步于中国抗战小说蜂起后文风由亢奋向沉郁的转变。小说发表后，铁抗不满当时著名的文学评论家张天白（1902—？，1930年从中国移居马来亚）赞赏林参天（1904—1972，祖籍浙江，1927年移居马来亚，1929年开始在马来亚《星洲日报·野葩》《星中日报·星火》《新国民日报·瀑布》等发表文学作品）的长篇小说《浓烟》直接取材于南洋生活，认为张天白是出于朋友情谊而褒贬有别；而此时也有人批评铁抗的《试炼时代》所写中国战区的素材都是间接获得，由此在1938年末引发了一场关于"现实主义与朋友主义"的争论①，争论围绕"以实际生活为题材的《浓烟》"和"鸟瞰式的战地后方巡视印象"②的《试炼时代》的评价展开，实际上涉及抗日救亡运动之中，马华文学何以自处的核心问题。恰恰是这场持续两个多月的争论使铁抗调整了创作，才有了后来《白蚁》等关注马华社会在抗战中如何新生的南洋小说。

　　林参天的《浓烟》是马华文学的第一部长篇小说，完成于1935年。1936年与茅盾的小说集《泡沫》等一起被傅东华收入上海文学出版社的"文学丛书"出版。傅东华、郑振铎主编的《文学》（1933—1937）是1930年代文学质量最高的刊物之一，鲁迅、茅盾、叶圣陶、郁达夫、胡愈之、陈望道、洪深、王统照、黄源等皆为编委或参与编辑，包括叶圣陶《多收了三五斗》、许地山《春桃》、郑振铎《桂公塘》、郁达夫《出奔》、张天翼《包氏父子》、臧克家《罪恶的黑手》、鲁迅杂文、茅盾等的《作家论》等现代文学名篇都首先揭载于《文学》。所以，《浓烟》被收录于与《文学》关联密切的"文学丛书"，说明其文学质量得到了肯定。但小说返回马来亚时已临近

---

　　①　方修：《马华新文学史稿（下卷）》，（新加坡）星洲世界书局有限公司1965年版，第321—334页。

　　②　方修：《马华新文学大系（二）》，（新加坡）星洲世界书局有限公司1971年版，第492页。

抗战全面爆发，马华社会笼罩着援助祖国抗战的氛围。这种救亡的社会潮流对马华文学的本地化进程和五四思想启蒙的传统都产生很大冲击。而《浓烟》以作者长期任教于马来亚华校的生活为素材，讲述北马"啼儿国"一所国民学校的教学生活。小说第6章《月夜》写到富有理想抱负的教员毛振东和同道李勉之谈及南洋华文教育弊端丛生，尤其是教材，全部是有关中国的内容，没有丝毫南洋内容，学生理解、接受困难，学成也难以适应南洋社会。毛振东等不仅努力改进教学，要求教材"都要适应南洋的应用才是"，"国语的材料应首先注重文章的文艺性"，并且积极改造学校制度，更热情地在学生中展开反封建礼教、反资本主义的思想启蒙，学生的阅读能力大为提高，思想上也开始追求自由平等。然而，南洋华校的校董制制约着学校的改革，校董的昏庸专断使学校一再发生风潮，校长提呈辞职信，毛振东也黯然离校。小说叙事的重点始终在南洋华人社会的展示和国民教育的改革。毛振东等很清醒地认识到，"南洋是商业社会，'文化'根本就引不起他们的重视"，"在资本主义底社会，一切都成了商品化，神圣的教育，在他们看来，不过是一种点缀品吧了"。而他们大声疾呼的，是"现代教育，把孩子看作有人格的……教育是社会的事业，也可说是造福人类的事业"。[①]这是《浓烟》的主线。为此，小说将校园内外的场景交织，在社会生活多方面的展示中凸现"华侨的保守性是十分坚固的"这一特点和有志知识分子推动南洋社会进步的坚韧努力。

《浓烟》的日常场景充满南洋风味，从新加坡"红灯码头"、马来岛山巴海滩，到三宝公华侨椰园、马来人原始住地，在传统风情与现代生活交融的背景下，小说展开了南洋华侨社会华文教育的叙事，在马华文学本土题材的开掘中，凸现追求自由、平等、民主的五四精神。正是这些得到了被称为

---

① 林参天：《浓烟》，文学出版社1936年版，第93、99页。

马华"30年代初文艺斗士"①的张天白的赞赏。而它引发的争论发生在中国抗战的全面爆发使得马华社会"侨民意识腾涨，本地意识遭受挫折"的时期②，是具有双重意义的，表明"马华文学的在地化进程并未因抗日救亡的兴起而中断，五四思想启蒙在马华文学中开启的传统在马华社会抗日救亡热潮中仍有延续。对于马华社会而言，它需要抗日救亡去凝聚马华民族的意志，激发其斗志，也需要思想启蒙去推进华人社会的变革，而这两者的统一点在于马华社会自身的需求"③。

1919年起，马华文学在中国五四新文学思潮的影响下"同步"诞生。有意味的是，与大陆（内地）毗邻的香港、隔海相望的台湾，其新文学对大陆（内地）五四新文学的回应，都不如与大陆（内地）相隔甚远的马华新文学那么快速、密切。以小说为例，马华文学从"问题小说"起步，随后南洋乡土小说的倡导、"新兴小说"（类似普罗文学）的兴盛、抗日小说的蜂起等，都明显呈现出中国五四后小说发展的轨迹。④但这种轨迹又是在"南洋思想的萌芽"（1925—1926）、"南洋色彩的提倡"（1927—1933）、"马来亚地方性的提出"（1934—1936）⑤等马华文学本地化逐步深化的进程中展开的。中国新文学在马华文学中引起的每一次回应，都发生在马华文学本地化的现实需求中，尽管两者之间有难以言明的纠缠、冲撞，其对话也显得漫长而艰辛。中国五四新文学开启的现代意义上的"人的文学"和"自由的文学"及其思想启蒙是其区别于中国古典文学的根本之处，也成为其传统的基

---

① 马崙：《马华文艺脉搏》，（马来西亚）嘉阳出版有限公司2002年版，第8页。

② 杨松年：《编写新马华文文学史的新思考》，见陈荣照主编：《新马华族文史论丛》，新加坡新社1999年版，第27页。

③ 黄一：《马华抗日救亡文学中的在地意识》，《中国现代文学研究丛刊》2015年第9期。

④ 黄万华：《新马百年华文小说史》，山东文艺出版社1999年版，第39—53页。

⑤ 杨松年：《战前新马文学本地意识的形成与发展》，新加坡国立大学中文系、新加坡八方文化企业公司2001年版。

石。而将国家强盛和国民自由、民族独立和个体解放视为一体的思想启蒙对于马华社会恰恰是其生存、发展的首要因素，尽管"国家""国民"的身份对于马华社会而言，其明晰和获得是一个极为曲折、艰难的过程。马华社会形成于19世纪中叶大批华人南渡来到马来半岛之后，中国局势的动乱和自然灾害等造成的经济困窘是造成华人大量迁移的重要原因，这使得马华社会成员多关注自身发家致富改变命运。马来文学刻画的华人形象，往往是"剥削者、只热衷于累积财富的人、投机主义的商人、文化沙文主义者等"[①]，这除了马来精英的偏见外，也反映出马华社会确实背负着自私功利、自大封闭等重压，更显出马华社会现代进程中思想启蒙的紧迫、重要。而马华现代文学正是开启于南洋土地上的思想启蒙。特别需要指出的是，马华文学的自觉者是"为了子子孙孙久留之策"[②]，而非只是呼应中国文学来思考文学的南洋地方性的，更有人前瞻性地将马华文学看作植根于南洋土地的自足性体系，与"马来人的文化"和"华人及其他人种的生活"相互依存，[③]所以在充分开掘南洋"新鲜的环境供给我们无穷的材料"时，也要"唾弃""肤浅字面"地接受中国影响而表现出来的"浅肤"。[④]所以从1925年至1936年十余年中，五四启蒙文学传统在马华文学中的展开，是一种本土性的进程，从而也构成了马华文学自身的传统。而这种传统一旦形成，只要马华社会有现实需求，就不会断裂，即便发生了抗日救亡如此巨大的政治运动也是如此。

马华抗日救亡文学发生之前有过马华新兴文学（革命文学）的兴起。过

---

① 许文荣.《南方喧哗：马华文学的政治抵抗诗学》，（新加坡）八方文化创作室、（马来西亚）南方学院出版社2004年版，第29页。

② 撕狮：《南洋华侨的祖家观念》，（新加坡）《新国民日报·荒岛》第28期（1927年9月27日）。

③ 大男：《南洋的文艺》，（新加坡）《南洋商报·文艺界》1929年1月1日。

④ 曾圣提：《醒醒吧！星城的艺人》，（新加坡）《南洋商报·文艺周刊》第3期（1929年1月18日）。

去我们只强调马华新兴文学是直接受到中国革命文学、左翼文学的强大影响，而批评者则认为这表明"马华文学只是中国无产阶级运动的副产品"①。其实它更有着马来亚本土无产阶级政治的背景。1920年代末期，以华人为主体的马来亚共产党在共产国际的支持和印度支那共产党的主持下成立。它不同于此前已遭到英殖民当局镇压的中国共产党在南洋的分支——南洋共产党，而更着力于马来亚本土政治制度的改变。所以其建立的"马来亚无产阶级作家联盟"旨在"为政治服务"的政治已非中国政治，而是马来亚政治。其文学创作和教育更着眼于马来亚本土民众的宣传和组织（战后关于"侨民文艺和马华文艺论争"这一被视为马华文学本土意识自觉的标志事件，正是马共主张马华文学必须摆脱中国文学、中国政治意识形态，建立起完全独立的马华文学路线引发的）。这使得此时期兴起的新兴文学运动（仅1930年夏前后一年多中，《叻报》就发表10余篇论述新兴文学背景、形式、历史使命和现实意义的文章）在借助中国左翼文学理论时更关注马来亚1920年代末经济衰退、工农大众命运恶化的现实，更强调为南洋劳苦大众写作。这种新兴文学主张与马华文学的本土化进程有着内在的一致。例如倡导南洋乡土写作的张金燕是早期马华文学极少数出生、成长于南洋的作家之一，他1927年初参与"专把南洋的色彩放入文艺里去"②的《新国民日报·荒岛》的创办，在理论主张和创作实践上都十分自觉地倡导南洋色彩，宣称自己"对于南洋的色彩浓厚过祖宗的五经，饮椰浆多过大禹治下的水了"③。所以他对南洋土地及栖息于斯的华族的生存状态更有切肤之痛、入骨之爱，连连撰写了《南

---

①　许文荣：《南方喧哗：马华文学的政治抵抗诗学》，（新加坡）八方文化创作室、（马来西亚）南方学院出版社2004年版，第8页注25。

②　张金燕：《漫浪南洋一年的荒岛》，（新加坡）《新国民日报·荒岛》第35期（1928年2月2日），转引自杨松年：《新马早期作家研究（1927—1930）》，三联书店（香港）有限公司、新加坡文学书屋1988年版，第24页。

③　张金燕：《南洋与文艺》，（新加坡）《新国民日报·荒岛》第10期（1927年3月25日）。

洋与文艺》《拉多两句——续〈南洋与文艺〉》《南洋文人现在的愿望》等文，热情鼓吹去描写"我们祖宗"南洋拓荒"一百多年的伟功"。但他同时认同要"充分地认识和获得现在南洋华侨社会的意识形态"①，去表现苦苦挣扎于南洋社会的"矿夫""车夫""森林苦工"②的左翼文学思潮。马华社会成员大多是因为中国国内的经济、政治、社会生存状况不佳而漂泊南洋的，从1920年代到1960年代，左翼革命思潮对马华社会始终有很大影响，这已经成为马华本土的重要问题了。南洋乡土和左翼革命的汇合，是马来亚现实使然，而抗日救亡文学也自然可以成为马华本土文学的课题。当抗日救亡运动以其特有的政治、思想凝聚力，将原先松散的华人群落聚合成生气勃勃的华人社会（1938年成立于新加坡的南侨总会聚合了来自马来亚、菲律宾、荷属东印度、越南、沙捞越、缅甸、中国香港等地区的代表，其中马来亚的代表来自12个地区，覆盖了马来亚所有华族聚居地区）时，华人社会的建设、变革就是马华文学的题中之义了。马华救亡文学的一些作品，如林晨、哈莱、铁抗、李蕴郎、金丁等的小说，流芒、沈阳、黄莳等的剧作，塑造了马华社会抗日救亡中的投机者、市侩者、自私者等形象，揭示了历史的陈垢、政治的积弊，以警醒华人，这正是关注马华社会自身变革的体现。而抗日救亡文学的积极参与者，如殷枝阳（1912—1988，原名陈树英，笔名乳婴等，其为数不少的小说是抗日救亡文学中描写马华民族强悍性格最淋漓尽致的）等，恰恰是战后最有力地倡导马华文学自主自立道路的作家，也可以说明抗日救亡文学与马华本土化文学并非一刀两断的关系。

　　"救亡（中国）压倒了启蒙（马华）"是誓示，提醒马华文学在国家政治的强大冲击下如何坚持自觉性和现实性的路径；"启蒙（马华）"无法中

---

①　火星：《对于南洋文艺说些不重要的话》，（新加坡）《叻报》1929年8月17日。

②　张金燕：《南洋与文艺》，（新加坡）《新国民日报·荒岛》第10期（1927年3月25日）。

断是事实，它是马华文学之所以成为马华文学的重要传统。

二

马来亚华人很长时间里处于被殖民的状态，从英国殖民者，到日本占领者，甚至到马来亚独立后较长时间里的马来执政者，都让华人感受到歧视、压制。在这种历史进程里，华文教育和华文文学都不知不觉成为华人政治抵抗的重要手段[①]，马华文学自然会将"中国性"／"中华性"作为政治抵抗的重要资源。但马华文学中的"中国性"／"中华性"基本上是作为"想象的中国／中华"而存在的；而当中国抗战全面爆发，不计其数的中国文人、知识青年来到马来亚，整个马华社会都被动员起来出钱、出力、出人援华抗日，"中国"变得如此切近、具体、真实，甚至成为当下现实。此种境遇中，马华文学何以自处？

马来亚华人抗日情绪高涨，其实与他们的命运息息相关。当时华人绝大部分还是华侨身份，如果中国战败，会直接危及他们在马来亚的生存。所以，卢沟桥事变后，马华社会救亡运动的总目标被设定为"动员马华人力、物力、智力以及一切力量，坚持援助抗战到底，把日寇打出鸭绿江边，收回'九一八'以来一切失地，争取中国主权独立、领土完整，完成中华民族彻底解放，实现自由幸福的新中国"[②]。马华救亡文学也要直接、彻底地服从于中国的抗战。但马华社会的抗日救亡意识并未停留于此，而有着至今我们不能忽视的深化，这种深化实质上正是启蒙的深化，也是马华文学自身传统的深化。

---

① 许文荣：《南方喧哗：马华文学的政治抵抗诗学》，（新加坡）八方文化创作室、（马来西亚）南方学院出版社2004年版，第21—32页。

② 向明、沈戈、左舟等集体讨论，向明执笔：《当前马华剧运的任务》，见方修编：《马华新文学大系（九）》，（新加坡）星洲世界书局有限公司1971年版，第373页。

　　抗日救亡文学兴起后，《南洋商报·狮声》曾举行"我们笔尖的动向"的"特别征文"。写过多篇文论的吴文翔主张鲜明地提出，"我们的笔尖"应该有"四个动向"："一、我们的笔尖必须是救亡的；二、我们的笔尖必须是反法西斯反封建的；三、我们的笔尖必须是提倡世界和平的；四、我们的笔尖必须是指导人类向生活争取的。"[①]当时马来亚四大华文报纸（《南洋商报》《新国民日报》《星洲日报》《星中日报》）副刊中，《狮声》（1933年创办）是创办时间最长的副刊之一，和《星洲日报·晨星》同为抗战时期影响最大的副刊。吴文翔的这四点主张不仅仅将抗日看作中华民族的解放战争，更将其置于世界反法西斯斗争传统和五四反封建斗争传统中，将马来亚华人的命运、中国人的命运与世界和平、人类解放的前景紧密联系。抗战使中华民族第一次直接置身于与整个世界的命运、全体人类的价值息息相关的境遇中，数千万人的逃亡、无数生命的消逝，让民族"从整个世界文明危机的高度感受到了野蛮和文明、专制和民主、压迫和自由的对峙"[②]。这一认识是中国抗战时期文学能超越五四时期、1930年代文学最重要的原因。中国本土以外的华文作家从自己离散生存的环境中更真切地感受到了这一点。

　　吴文翔的主张并非个案。马华抗日救亡戏剧运动兴起时，马华戏剧界就提出了救亡剧运的四个具体方向："1.它必须抓紧现实，从现实出发，去暴露一切黑暗，揭发不合理的事情，摧毁一切罪恶的企图，去反映光明，去发掘真理。2.它必须反对法西斯的暴行，反对战争浩劫，提倡和平，拥护真理，保卫合理的社会制度、自由平等的国家。3.它必须反对蹂躏弱小的民族、分割殖民地的野蛮行动，援助弱小民族和殖民地的解放运动。4.它必须

---

　　① 转引自黄孟文、徐迺翔主编：《新加坡华文文学史初稿》，新加坡国立大学中文系、新加坡八方文化企业公司2002年版，第44页。

　　② 黄万华：《史述和史论：战时中国文学研究》，山东大学出版社2005年版，第352页。

拥护建立代表大多数人的国家、崭新的社会。"①这一方向的感时忧"国"指向了"国际",南洋的救亡剧运和反殖民、反侵略,争取民主、自由、平等的世界潮流密切关联,也紧密联系着马华社会、马来亚国家未来新社会和新国家的建立。这种认识会使马华文学"跟世界进步文化感同身受,息息相通,同时注入中华民族特有的文化凝聚力"②。而《南洋商报·狮声》当时率先倡导"反侵略战争文学",推出数个"反侵略专号",其意也是"意识到马华文学必须由'抗战文学'进入到意义更为广泛、更为深刻的'反侵略文学'"。③"反侵略文学"更为广泛、深刻的意义,就在于其揭示了二次大战的本质,表明马来亚华人与世界、人类的命运共同性。而这一主张甚至得到中国南渡作家巴人(王任叔)、杨骚、高云览等的支持,更表明了马华抗日救亡文学两种最重要力量,马来亚本土作家和中国南渡作家在这一主张上达成了共识。这种共识打破了马华社会传统的保守封闭,深化了马华抗日救亡文学的内涵。

这种深化,在马华救亡文学的初期创作中就有所反映。丁倩的小说《委屈》(1938)讲述大学教师杜先生一家在日本侵华战争爆发后遭受的"委屈"。杜太太敏子的日籍身份,不仅使杜先生与同事隔膜重重,参加救亡的热情一再受挫,上学读书的孩子则在学校被讥讽为"小东洋",而且使得往日融洽无间的夫妇关系也蒙上浓重阴影。杜先生的母亲陷于日占区,敏子以"日本人"的身份前往接应,被日本宪兵当作中国间谍逮捕,遭受严刑和凌辱。而她的失踪、归来,却使杜先生在周围高昂的反日氛围的压力下,对妻

---

① 转引自柯思仁:《从戏剧副刊探讨战前新马剧运的困境与方向》,《亚洲文化》1996年第20期,第97页。

② 黄万华:《从呼应到融合:世界战争文化格局中的中国文学》,《天津社会科学》2002年第3期。

③ 莫嘉丽:《抗战时期的马华文学:浓郁的中国色彩》,见黄万华:《史述和史论:战时中国文学研究》,山东大学出版社2005年版,第732页。

子产生了重重怀疑。小说从侵略国日本国民内心的痛苦这一特定角度质疑战争的非人性本质，让人联想到夏衍的抗日名剧《法西斯细菌》（1942）中俞实夫的日本妻子静子和在日本出生的女儿寿美子的遭遇，而《委屈》的发表比《法西斯细菌》要早得多。夏衍在创作完《法西斯细菌》后曾在《新华日报》发表文章，纪念法国大革命的《人权宣言》，"跨过了一切限制，向全世界的人类申诉，而在人类的历史上创造了一个新的时代。它鼓励了个人的理想自由，鼓励了人民结合起来，向一切藐视人权的势力斗争。它申诉的对象是'人'，不单是法国人，不单是法国的第三阶级，也不单是法国血统的民族，它像耶稣的福音书一样的对全人类宣言……从这时候起，人才发现自己是个有人权的人，人才能够昂起头来主张，挺起胸来战斗"。[①]一百多年来，争取、捍卫人权和藐视、摧毁人权之间的冲突成为人类历史的主线，二次大战和抗日战争都是这种冲突的激化。当时最兴盛的马华救亡剧除了生动塑造了处于抗日援华浪潮中的各阶层华人形象，还将创作视野放大到了世界反法西斯战争。当年活跃于马华文坛的剧作家与导演朱绪就曾忆及他和话剧同人创作的众多剧作，《黄昏时候》（朱绪，1938）、《夕影》（高云览，1939）等这些剧作反映了世界反法西斯战争背景下，马华文学从自身的离散存在出发达到的思想高度。

身处马华社会援华抗日洪流中的马华文化人和作家能有这种认识，实际上融合了中国性、本土性和现代性、世界性。这使得马华文学日后有可能走出单一的民族政治抵抗而获得更大的生存空间，也使得马华文学的传统更加丰富、深厚。

---

① 夏衍：《祝福！人类抬头的日子》，《新华日报》1943年7月14日。

三

有研究者在解读此时期马华最有影响的报纸之一《星洲日报》1937年11月至1938年2月出刊的《现代戏剧》时发现，"《现代戏剧》的独特之处也在于它的两面性：一方面，因抗战需要而凸显出来的功利性与实用性，而另一方面，它又不想流于作为时局（抗战救亡）宣传工具的机械性和标语化而力图以其较强的理论性予以反拨"①。戏剧创作和演出，是此时期马华文艺最活跃最繁盛的领域，而其"两面性"恰恰反映了处于抗日救亡热潮中的马华文学生存发展的复杂状况。

当时马华抗日救亡文学的报纸副刊，绝大部分由中国南渡作家主持，如当时最有影响的《星洲日报·晨星》《南洋商报·狮声》，前者由郁达夫主编，后者分别由张楚琨、王纪元主编。他们抗日救国的意识和热情自不待言，而且他们远离中国国内抗日的政治环境，较少受到国内政党政治的影响，对马来亚当地政治的认识也较为客观、超越。郁达夫、胡愈之（时任《南洋商报》编辑主任）等都强调"无党派""民主""团结"的政治立场，"并非以一个政治家而是以一个文学家的身份，参加南洋的宣传抗日救亡运动"②（战后胡愈之的政党意识就非常鲜明了）。加上他们又有五四和30年代文学的经验，所以抗战期间国内难以出现的政治观念、文学意识、办刊方针都会出现在当时南渡作家主编的报纸副刊上，例如办刊宗旨就强调"文艺性的副刊""是战斗的，亦是趣味的，诙谐的"③，反对抗战八股，重视抗

---

① 朱崇科：《艰难的现代性与无奈的本土化——解读〈星洲日报〉之〈现代戏剧〉（1937.11.3—1938.2.19）》，《华文文学》2002年第4期。

② 莫嘉丽：《抗战时期的马华文学：浓郁的中国色彩》，见黄万华：《史述和史论：战时中国文学研究》，山东大学出版社2005年版，第729页。

③ 王纪元：《今后的〈狮声〉》，（新加坡）《南洋商报·狮声》1940年12月5日，见方修编：《马华新文学大系（十）出版史料》，（新加坡）星洲世界书局有限公司1972年版，第435—436页。

战题材和表现形式的多样化等。①而事实上，一些有影响的文学刊物也在这方面进行了努力实践，如《狮声》"侧重刊登文艺小品，版面清朗悦目，题材多变化，避免落入旧框框"②。南渡作家中也不乏世界文学视野开阔者，抗日救亡的文学副刊常会刊发介绍世界文学的最新文章，例如郁达夫就撰写了《犹太人的德国文学》《英法的文坛近事》《奢儿彭论文集》《纪念柴霍夫》等多篇文章，刊发于《星洲日报·晨星》。得到过郁达夫的直接指导、后来成为战后马华文学重要作家的苗秀、温梓川等也谈及郁达夫的指导有着崭新而开阔的文学视野。可以说，抗日救亡文学时期是马华现代文学诞生后的开放时期。

但援华抗日的巨大潮流确实具有裹挟一切的力量，往往将宣传、组织、动员民众的功能推至无可置疑的首要，甚至唯一位置。以在抗日救亡文学中最有实绩的戏剧为例，抗战全面爆发前的新兴戏剧运动以同普通大众直接对话的有效方式给马华戏剧发展注入了活力，而随后的救亡戏剧运动更要求马华戏剧实现立竿见影的宣传、动员抗战的效果。1937年初，戴英浪（1906—1985，祖籍广东惠州，生于吉隆坡，曾就读于上海美术专科学校）在新加坡发起成立"业余话剧社"，聚集起吴静邦、陈剑光、叶尼等一大批优秀戏剧人才，成为当时戏剧界群伦之领袖。该社成立后不久即提出了《马来亚戏剧运动纲领草案》，明确强调"配合目前抗战形势，从事富有救亡意识及适应当地大众需要的戏剧"③，并具体阐释了开展救亡戏剧运动的途径、方法等，对南洋华侨社会具有极大号召力和凝聚力的救亡戏剧运动由此展开。当

---

① 郁达夫就发表多篇此类文章，如《战时文艺作品的题材与形式等》《关于抗战八股的问题》等。

② 马崙：《新马文坛人物扫描（1825～1990）》，（马来西亚）书辉出版社1991年版，第321页。

③ 方修编：《马华新文学大系（九）》，（新加坡）星洲世界书局有限公司1971年版，第16页。

时创作并演出的救亡剧不下百个，而演出救亡剧的业余戏剧团体多达数百个（有的说法是"不下千个"）。开始的救亡剧多以中国抗战为题材，也点缀有南洋背景，如曾"由业余话剧社作盛大的演出"的《伤兵医院》（作者叶尼），讲述上海战区伤兵医院里的伤员重返前线的故事，结尾时传来前线胜利的消息，而南洋急运来的药品也到了。叶尼还急切地将田汉的抗战名剧《回春之曲》改写成《春回来了》，由此引发了关于"南洋地方性剧本"的讨论。争论双方虽有强调"南洋地方性"和"题材是可以广泛摄取"的分歧，但都认同了此时戏剧创作的现实针对性，充分体现了"抗日救亡第一的大前提"。

但如前所述，文学传统是无法强行割断的，尤其是在文学传统已经与作家先前的创作实践血肉相连后，即便局势发生巨大变化，文学传统也会在调整、应对中得以延续、发展。南渡作家经历了五四、30年代文学创作实践，本地作家也有如前所述的创作实践，所以抗日救亡文学的每一次浪潮在论述上几乎都是抗日和艺术并举的。例如前述叶尼（1913—1989，原名洪为济，1936年赴马来亚，"叶尼"为马来语"这个"的谐音）即著名戏剧家吴天，他曾就读于上海美术专科学校，赴马前在南京从事左翼戏剧工作，又留学日本，组织中华戏剧座谈会，创作有话剧《洪水》，还改编过果戈理的剧作。他1939年离马返沪，先后任上海剧艺社编导、上海戏专教务主任，在上海"孤岛"时期以"方君逸"等名出版了《孤岛三重奏》《海燕》《家》《海内外》《离恨天》等十余部剧作和戏剧理论著作《剧场艺术讲话》，翻译了法国柯克兰的戏剧论著《表演艺术论》，是此时期上海最有影响的戏剧家之一。很显然，叶尼赴马之前之后的戏剧活动都融入了五四后的戏剧传统，其在马来亚时期也不会脱离这一传统，而是适应马来亚援华抗日的环境并予以调整。

叶尼当时是业余话剧社中创作剧本最多、与中国抗战形势配合最紧密的

剧作家。《同心合力》（1938年8月）、《活该》（1938年10月）、《串好的
把戏》（1939）等街头剧、独幕剧，或以《义勇军进行曲》号召海外侨胞抗
日，或宣传抵制日货，惩处汉奸，都是即时之作，现场鼓动力强。但他同时
也是最先强调"用提高艺术水准去开展马华救亡戏剧运动"[①]的，甚至将提
高救亡戏剧艺术水准作为戏剧工作者的重要路线[②]。其在《南洋周刊》发表
的《论救亡戏剧与提高艺术水准》等，被认为"代表了当时马华文艺理论界
的最高水平"[③]。而他注重的戏剧艺术水准，除了内容的充实，更包括观、演
的水平。为此，他甚至在1938年那样的抗日年月，导演曹禺的《日出》，在
马来亚各地巡回演出。叶尼知道演出《日出》那样的非救亡剧会引起激烈的
批评，而他的坚持也非常自觉，那就是"把《日出》做为一个桥梁"，提高
观众和演员的观、演水平，推动"上演那又能提高戏剧艺术，又能增加救亡
宣传效果（实际上这二者并不冲突而是互相关联着）的戏剧"。[④]《日出》的
演出引起激烈争论，但结果大家都认同，《日出》演出"能够提高舞台剧在
马来亚的艺术水准"，也"能够替今后的救亡剧号召更多的观众"。[⑤]这就认
同了救亡剧应该反映救亡现实的复杂内容，发挥戏剧强大而持久的艺术感染
力。此后，包括《雷雨》《原野》《花溅泪》《凤凰城》《一年间》等近十

①　叶尼：《论救亡戏剧与提高艺术水准》，（新加坡）《南洋周刊》1938年第21期，参见
方修编：《马华新文学大系（九）》，（新加坡）星洲世界书局有限公司1971年版，第237—
244页。

②　叶尼：《再论马华救亡戏剧运动》，（新加坡）《南洋周刊》1938年第25期，参见方
修编：《马华新文学大系（九）》，（新加坡）星洲世界书局有限公司1971年版，第245—254
页。

③　方修：《马华新文学史稿（下卷）》，（新加坡）星洲世界书局有限公司1965年版，第
85页。

④　方修编：《马华新文学大系（九）》，（新加坡）星洲世界书局有限公司1971年版，第
203页。

⑤　方修编：《马华新文学大系（九）》，（新加坡）星洲世界书局有限公司1971年版，第
235页。

出名剧在马来亚各地上演，本地创作的多幕剧也逐渐增多。这就是当时《现代戏剧》等戏剧副刊会较多地刊发斯坦尼斯拉夫斯基等的剧场理论和关于编剧、舞台演出的理论文章的重要原因。

这种努力，使得救亡剧在马华戏剧史上第一次提供了丰富多姿的南洋华人形象，劳工、士兵、学生、商人、农夫、知识分子……都在救亡剧中表现出了自身在南洋土地上的生存状态和抗争姿态。黄清谭、黄祝水执笔的《巨浪》讲述了南洋日资锡矿华人劳工在日军占领南京之时，集体罢工，进而逃出锡矿，投身于抗日的故事。流芒的《觉醒》则成功刻画了抗战中商人性格的复杂性。马来亚民众抵制日货，使日商佐藤山秀损失惨重。专门代理日货的梁光俊系土生华人，家产富殷，对当地同胞有歧视心理；其子梁阿九生活举止颇富"峇峇"气味，却未忘华人身份。佐藤山秀以百分之五十的利润诱使梁光俊将日货换贴华货商标出售。剧作在紧凑的台词中层层剥露了梁光俊的内心世界，他已淡忘自己的民族血缘，在佐藤山秀许以厚利高官时，他阿谀献媚："像贵国人一样，到处都没人敢低看"，而"生为'支那'人是最不幸的"。他得知侄儿在上海日机狂轰滥炸下惨死，也长吁短叹，但很快责怪侄儿回上海读书是"自作孽"，因为"'支那'这地方终归要给日本人夺去的"。然而，梁光俊身上总还流淌着华族血液，在和其妻其子的冲突中终于醒悟，明白了"中国人和中国人的关系"，表示"把日本人赶走，让我们相亲相爱地生存"。梁光俊这一形象，具有中华民族性和南洋乡土性的某种丰厚内涵。南洋社会历来有"三代成峇"之说，梁光俊这样的土生华人，由于几代居于南洋，生活上已视马来亚为乡土。这本来无可厚非，落地生根也是南洋华人的必然归宿。但"血浓于水"，在自己祖先故土遭受外寇蹂躏时，即便是已"成峇"的土生华人也会是非分明地奋起反抗。《觉醒》一剧借梁光俊这一土生华裔在"中国人和中国人关系"上的觉醒，写出了抗日援华运动以极其巨大的力量将各种华人聚合在一起，将散乱的华人族群整合成一个有民族凝聚力的华人社会。

理论、观念的前瞻性要转化为现实性，是非常复杂且缓慢的。尽管如上所述，观念、理论上，抗日和艺术始终没有偏废，但马华抗日救亡文学终究因中国的存亡危机而起，又因为英国处于反法西斯侵略阵营而使得马来亚也面临日军入侵，如此紧迫的局势使抗战的现实性主导了文学，原本具有观赏实用性的戏剧自然更凸显宣传鼓动性，努力反映抗日生活的复杂性、看重艺术表现力的剧作远不如急就章的剧作数量众多。然而，传统始终不是纯之又纯的存在，它生发于现实各种力量、因素的复杂纠结中，"两面性""多面性"是它积淀的基础。马华抗日救亡文学就是在"两面性""多面性"中延续马华文学根植于大马本土现实的努力，其建设性在日后马华文学中都会得到回应。

马华文学在中国情结和南洋认同复杂纠结中的发展因为其种种不确定性而显示出其复杂性。1937年至1942年，马华文学借助于抗日援华运动的巨大感召力形成高潮，这确实会冲击、弱化文学的本土意识，但极大地消除了马华社会内部的隔膜。同时，文学本土化进程仍在延续，反侵略意识的深化等也可能悄悄地弱化马华文学同中国文学现实形态的时效联系，促使马华文学形成脱离中国新文学阶段性的自身建设性轨迹。抗日救亡文学仍然构成了植根于本土现实的马华文学建构自身传统的重要一环，而马华救亡文学也让人思考中华民族的抗日救亡文学可以抵达的深度和高度。

马华抗日文学的"中国性"是海外华文文学历史中最鲜明强烈的，然而它同样具有鲜明强烈的"在地"属性，而且恰恰是后者使其在海外华文文学中产生了建设性。这启示我们，海外华文文学的"中国性"不同于中国文学的"中国性"，它在华人居留国的土地上发生、展开，又有着处于海外的世界性背景，必然被纳入海外华文文学的本土化进程并得以深化。

第八节　寻根和归化：海外华文文学创作身份的寻求

1980年代初，哈佛大学在政府资助下，编辑出版了千余页的《哈佛美国种族团体大辞典》（*Harvard Encyclopedia of American Ethnic Groups*）。该辞典在区分美国106个种族时，提出了下列种族标准：

（1）共同的生长地域；

（2）种族（血统）；

（3）语言或方言；

（4）宗教信仰；

（5）超乎家属关系、邻里关系的效忠认同；

（6）共同的传统、价值观念；

（7）文学、民风和音乐；

（8）饮食的嗜好；

（9）定居与就业的模式；

（10）对原居地和美国政治活动的看法；

（11）集会结社的目标；

（12）内心与人不同的感受；

（13）形诸外的与人不同的感受。①

这13项还仅是区分标准中的荦荦大者，它们几乎囊括了从血缘、传统到现实，从政治、经济到日常生活，从文化认同到个体精神等诸多层面的群体特征。有着如此多差异的族群容纳于同一片国土上（据说，在异族出身者加入美国国籍时，法官会特别提醒其说：美国是个多元化的国家，你是美国公民，同时也是你原出生地的国民），表明包括华人在内的美国移民种族正

---

① 刘绍铭：《寻根的辞典》，见刘绍铭：《情到浓时》，上海三联书店2000年版，第79—80页。

置身于一种新的文化环境。这种环境，一方面以其主流文化的强势"压力"催使异族的归化，另一方面却又以其多元文化的格局警醒异族的寻根。"归化"和"寻根"是海外华侨、华人长期的身份寻求中面临的矛盾，二者很多时候出现冲突、对峙。而这种使"归化"和"寻根"原本对峙的矛盾双方出现协调的局面是1980年代后世界文化的一种进步，它使海外华文文学有可能在执着民族传统和认同居住国文化之间找到契合点，在摄下海外华族在"归化"中寻根的历史面影的同时，也为自身构筑了一个充裕开放的生存环境。

对于美华作家，他们的现实和记忆似乎不得不分裂成两个世界。在现实中，他们认同美国宪法确立的价值观念并不困难，衣食住行的适应也并无大的障碍，他们实际上处于已归化或正归化的状态中。然而，他们的记忆世界，恰如刘绍铭所言，仍存在着种种文化上的"心魔"，无法拔除，也难以逾越。而这种两栖、中介的角色，也许恰恰是全球化进程中海外华人角色转换的前驱。李欧梵在一次对谈中说："我发现西方学界里的有些人，都像我这样。我碰到一位南美的，他一半在美国教书，一半在自己的国家里写小说。将来有可能大家都会这样。要我回到大陆待久啊，我不干；老在美国也没有什么意义。也就是说，扮演不同的角色。我以前是英文写作，现在要多写中文……而每个字、每个句子的背后都有文化资源的东西。"[1]李欧梵这种从容的对谈表明他要扮演"寻根"和"归化"两种不同的角色，这已不再是一种两难的人生抉择，而有着力图同时开掘不同的文化资源的自信。这种自信有可能将海内外汉语文学勾连成一片，而引起汉语文学内质的变化。

正是到了二十世纪八九十年代，海外华人知识分子经历了长期的为认同危机所困惑的心灵历程，原先在地缘、政治、文化、身份认同等层面上的"边缘"心态开始失落，而代替以关于"中心"的对话（这种对话，主要是

---

[1]　李欧梵著，陈建华录：《徘徊在现代和后现代之间》，上海三联书店2000年版，第165—166页。

对与"中心"保持距离的批评，但也不乏建设）。李欧梵在1990年代就曾这样明确自己的双重边缘立场："我对于'漂流的中国人'和'寻根'作家的情绪上的认同固然是因为其中包含着共有的边缘性，只是我在面对中国和美国这两个中心时，我的边缘性是双重的。处于这两个国家的边缘，我觉得我必须积极参与在这两种文化之间的对话。或许正是这种我所自觉的知识分子参与的需要，使我从两大陆之间的完全的'失落'感——如小说《又见棕榈》里的主人公——中解救出来。"①

其实，作家们早就用形象表达了在这一问题上的焦灼和思考。1940年代就移居美国的作家黄文湘当年就在种族歧视、底层生涯中开始了"美国梦"：初抵美国，即被移民局拘禁月余，与在洛杉矶谋生的父亲相聚后，又被迫辍学打工。然而，黄文湘的小说并未将这羁囿异域的不公简单化为愤懑不平，他创作首先探究的是阻拦华人融入当地社会的传统心态、守旧习俗。《芳邻》中的日光镇各民族杂居共处，不乏互谅互助的温馨。然而，一个华裔主妇在儿子兵役问题上的自私行径割断了她的家庭与全镇邻居的"联系"，她的传统伦常观念实际上关闭了她及其家人的心灵和生活。小说包含了一种严肃的思考：华人在美国的"边缘人"地位是否是由华人自身心理、行为所致？在另一篇小说《创业》中，作者通过一次华人聚会，将对1950年代美国华人困境形成根由的思考引向了华人社会自身：淘金梦加上过客心态，滞缓着华人自身融入美国社会的进程，也必然阻滞着美国社会接纳华人的进程。而《风波》这篇小说，则更急切地发出了对美国的国家认同意识。小说中的太平山市美国退伍军人会的三分之一创会会员是来自中国的移民，他们在二次大战中服役于美国陆、海、空军，转战世界各地，"他们虽有同乡关系，却没有因此形成小圈子"，而是视美国为自己的国家，尽力尽责，

---

① 转引自陈建华：《徘徊在现代和后现代之间》前言，见李欧梵著，陈建华录：《徘徊在现代和后现代之间》，上海三联书店2000年版。

所以与逃避兵役的余财亨发生了冲突。余财亨振振有词地为自己辩护："我是中国人，美国对我是异乡异域……美国被迫加入了第二次世界大战不是为我们中国人的利益而战，而是为了美国人的利益。"而在华人老兵激昂的坚持正义战争的斗志中，还有着这样特别的意味：华人们不再是出于物质层面上的生存原因而认同美国，而是基于人类进步的愿望和实践，视美国为自己的国家。

正是这样一种较为深刻的"同化"趋势，使黄文湘的小说目光深切地注视着华人融入当地社会的生命历程。他的长篇小说《萤火河之恋》描写华工谢伟生和印第安人赛安族酋长之女春花间的恋情。春花被白人歹徒凌辱，路遇谢伟生得救，两个有色种族的青年在患难中相爱。但春花父亲目睹了祖居土地上发生的太多的种族杀戮，对一切外族人均疑惧有加，自然要拆散这对热恋中的男女。而当谢伟生、春花结成夫妇，同到洛杉矶唐人街时，他们面对的仍是拒斥和放逐。谢伟生的同族无法认可春花的印第安人身份，一些骨子里同样有着种族优越感的华人在强暴春花未遂之后又投毒于谢家牲棚，纵火于谢家房舍……小说暗寓人性的相通正是超越狭隘民族主义、实现民族和睦的基石。

同样在1940年代那场民族大迁徙中赴美定居的女作家木令耆（原名刘年玲）在她1970年代到1990年代的小说创作中，以"异乡即故乡"的独特视角呈现着海外华人的心灵历程。她曾将她1987年出版的小说集取名为《边缘人》，说明她早就对海外华人的"双重边缘"（对母国和居住国而言，都处于"边缘"地位）身份有着切身感叉。然而这种感受并非抱怨、苦闷，而是有着跨文化交流的视角，因而是独异的，那就是如果"他乡即故乡"，那么也未尝不可讲"边缘即中心"。对海外华人而言，无论是在"边缘"持守华族传统，还是调适自身、认同主流主化（难免遭到主流社会世俗的排斥），或是自信于不同文化的兼容互补，都会变"边缘"为"中心"，可怕的是浑浑噩噩于世俗物质层面而不自醒自省。木令耆小说发出的就是这种警醒。《雁过也……》塑造了一个"非凡的精灵"——华人学者齐知。齐知比谁都敏感于"正统的华人社会"的"文化真空","他们只希望读个学位,找份安定工作,然后便是买房子,买车子",他们"不太理解美国的文化",甚至"连自己的文化也不理解!"①他在古希腊文和甲骨文中遨游,以寻找人类最初的相遇。他的寻找遭受过种种失败,包括失败于他自身俗尘未落。但他那种自觉的文化交流意识使他超越了"边缘"的尴尬处境,而与人类文化产生生命的共鸣。

将"异乡"视为"故乡",自然绝非数典忘祖。木令耆也一直在天涯般遥远的地理距离上寻找着咫尺比邻的心理感应,只是她的寻找往往是在"异乡""他者"的描绘中呈现"原乡"和"自我"。短篇小说《电话中的黑色对话》中的旅美华人李文在北欧女郎英格的身上寄托了自己对东方母国文化旧梦的寻觅,而英格最后用死亡来弥补生存价值上的全部缺陷的结局,震撼人心地使人领悟到原乡旧梦的寻觅会永远处于可求而不可得之中。中篇小说《竹林引幻》描写越战期间美国青年对社会传统的愤世嫉俗,是作者以中国魏晋遗风宣泄西方社会难以蓄积住的不满的创作努力。《塞壬的歌》则借古希腊神话中塞壬海女的歌声让海员迷茫终生、不得归去的异域传说来寄寓华人的母国情结。小说中的鲁平、东申是西欧音乐界"仅有的两个站得住脚的华裔音乐家"。鲁平的创作源泉是他在中国的那段生活,"他的大母亲与他亲骨肉之间的矛盾也许永远地折磨着他的身心"。而东申的创作激情,却来自一位"没有在成年时住过中国"的华裔女子"她":"她想念他,却远离他,爱他,又不需要他。"②这种飘聚、挣脱,又飘散、再飘聚的关系,正暗

---

① 木令耆:《爱的荒谬》,华艺出版社1997年版,第149、153页。
② 木令耆:《爱的荒谬》,华艺出版社1997年版,第113、119、120、126页。

示出一种现实和历史纠葛中的深层精神联系。比起"带有极其强烈民族感"的鲁平来，东申的母国情结显得迷惘而又恒久，它并非产生于现实的不平境遇中，也不多寄寓实体的渴爱；它根植于人类追本溯源的原初愿望，融入人类不断流离、追索的迷惘中。

木令耆的创作自然不是个例，一些旅居时间较长的作家，如瑞士的赵淑侠、美国的黎锦扬等，其笔下的母土文化形象，都有着作家对双重"异域"的独特感受：对母国的眷恋，已脱却了具体记忆，超越了生活实体的接触，更多地转化为想象中的"异域"精神乳汁，并在他者中拓展自我。

如果说木令耆一类的作家是在久居海外的经历中慢慢领悟着"异乡即故乡"的含义，那么，1980年代后的新移民们则是在全球化语境的冲击下，迅即消解着传统的"原乡"概念。欧阳昱1995年在澳大利亚办《原乡》中文刊物时，曾写过一篇颇有意味的《编者小语》：

> 有人问我何将本刊中文的"原乡"译作英文的"Otherland"，说"Otherland"在中文的意思不是"异乡"吗？这似乎是个很难回答的问题，"原乡"之于"异乡"，正如"异乡"之于"原乡"，是一正一反的关系，宛如镜中映象。
>
> 本来生活在"原乡"的人，现在来到了"异乡"，在另一片土地上建立了自己新的家园。这样一个移植的过程，对我们关于国家、民族，乃至文学、文化的观念都提出了新的挑战。我们是大一统中国文化的附庸"海外作人"，还是新时代民族大融合浪潮下产生的"新澳大利亚人"？我们是人在"异乡"，心回"原乡"，还是人去"原乡"，心归"异乡"？或者二者兼而有之？种种问题，值得20世纪末我们这一代飘零天涯的"原乡"人深思。
>
> 澳大利亚作家阿勒克斯·米勒说得好："流故如归家，错置即正

位"，在这一个时空似乎倒错的国度里，"原乡"和"异乡"的位置互换一下也是未尝不可的。①

对于欧阳昱这样的新移民作家来说，自身的出国抉择和异国的接受机制之间也有着复杂关系，他们最终落根于何处也取决于故国、新家和自我之间的文化张力场的变化。但与他们的前辈相比，他们的文化交流意识要自觉得多。著名武侠小说家梁羽生在给澳华青年作家张奥列的创作集《澳洲风流》作序时，曾引用过三副对联。一副是早期留美学生中的"望洋兴叹；与鬼为邻"，难以化解的乡愁，产生于与居住国文化的格格不入中。第二副是二十世纪六七十年代，越南等国华人再度漂泊到澳大利亚的："既来之，则安之，最喜地容尊汉腊；为福也，抑祸也？敢忘身是避秦人。"安居中的疑惑，自立中的惶恐，呈现的是一种过渡心态。第三副对联则是1980年代后新移民的"四海皆兄弟焉，何须论异族同族；五洲一乾坤耳，底事分他乡故乡"。此时的人生视野就不仅不再对立于居住国他族文化，而且有客居他乡依然有容乃大的胸襟和气魄了。正是这样一种文化自信，使新移民作家们身在异乡，没有了传统的"失根"恐惧和忧虑，而是以豁达开朗的胸襟和视野看待异域文化，从容而迅速地开始融入当地社会。

与"归化"相反的"寻根"倾向在1980年代后也变得格外强烈起来。马华作家林幸谦在《溯河鱼的传说》一文中，激情难抑地描述过自然生物界的一种恒久的奇迹：在海中长大的鲑鱼会在它们临产之时，凭着它们天赋异禀的嗅觉，溯河洄游到它们生命开始的河流源头。即便路途充满艰辛，它们也会执着地寻游到目的地，在那里产下鱼卵，让它们的后代"庄严地开始一个新的生命轮回"。溯河鱼"甘冒生命危险寻找出生地的悲壮历程"，"隐喻

---

① 欧阳昱：《编者小语》，（澳大利亚）《原乡》创刊号（1995）。

海外华裔对中华文化母体一往情深的孺慕及回归"。①马华民族是个看重"落地生根"的民族，几个世代定居南洋的经历已经使马华民族融入了当地的生活。因此，他们表现出来的"寻根"倾向就格外引人关注。

新马作家的"溯河"行为在1960年代就开始了。那时一批马华学子求学于台湾，首次深切地回溯中华文化的源头。例如，前面已述及的王润华、淡莹夫妇都出生于马来亚，高中毕业后赴台湾就读大学，此番"溯源"就给了他们终生享用的文化资源。王润华以自己对包括汉字在内的中华文化的深刻的领悟力寻到了自己生命轮回的出发地，而淡莹的"溯源"之作也呈现她在母体文化源头上的透悟。王润华、淡莹等后来都回南洋去了。他们在"源头"的"回归"使他们在南洋的文学创作有了不竭的生命源泉。晚于他们赴台湾求学的李永平、张贵兴等学成后却留在了台湾，开启了海外华文作家在华文主流地区的创作历程。到了林幸谦（1989年赴台求学）一代，虽然文化环境已处于后现代，然而后现代主义也无须彻底否定传统，反而可以从传统中汲取什么，从传统中看到某些可以借鉴、继承的东西。所以成群结队溯河寻源的马华青年作家仍纷纷赴台，陈强华、辛金顺、吴龙川、黄锦树、陈大为、钟怡雯、林惠洲、黄昏胜、许裕全等都在赴台求学后掀开他们创作崭新的一页。而他们的创作中分量颇重的是他们对中华民族历史和南洋先辈历史的双重开掘，这种开掘由于采取了颠覆、解构等后现代方式而显得深刻。

林幸谦的著名散文《中文系情结》采取质疑、反省的姿态，颠覆和消解了传统中文系的种种文化意义，但这种对现有"中文系体制"的摧毁恰恰构建了一种突破狭窄族群情结，从民族文化源头上来复苏中文活力的新视野。诗歌《父亲的肉体》《生命的启示》中既对父辈筚路蓝缕、拓荒南洋的历史充满敬意，也对其政治动乱不止的根由有着历史反思。

---

① 白先勇：《边缘人的自白》，（台湾）《联合报·联合副刊》1995年第4期。

陈大为是马华新一代中对双重历史开掘最勤的年轻诗人。他的诗集《治洪前书》《再鸿门》几乎全是重新诠释历史、书写新的民族形象之作。鲧、庄周、屈氏、曹操、项羽……这些几乎成为中国历史的代名词的形象，在陈大为这位从未到过中国大陆（内地）的马来子弟独异的叙事策略中被一一重新"定位"：或颠覆，或翻案，或重构，或折射，从而呈现现代思维的锋芒。如《再鸿门》在后设叙事策略的"调遣"下，范增、樊哙、张良都成了现实心理位置上鲜活的语言形象，而聚焦于"叱咤风云的人物在历史奔流长河中冲刷殆尽，而历经时间淘洗后存留的却是与世无争的芸芸众生"的题旨；《屈程式》中四段端午节的屈氏方程，将外婆"裹粽的手"和课堂上的屈原诗诵交织，以端午食粽"永恒的味觉"和"文本导读"的"强大磁场"来交互诠释屈原，以期穿上"由香草与恶草交织成"的"离骚蓑衣"，"走进"屈原"独醒"的叙述里。当这些存在久远的民族历史形象在陈大为笔下获得新的文化内涵时，陈大为也就寻到了属于南洋后代的中华传统。如果联系到陈大为另一类"叙说我的先祖们用血汗淘洗过的南洋"的史诗，如《甲必丹》对南洋殖民神话外衣的剥露，《茶楼》和《会馆》借南洋华人社会最有人文色彩和宗法亲缘氛围的生活场景，浓缩起的南洋华人社会百年变迁史，更可以看清陈大为的"寻根"源自一种带有深刻的内心体验的批判性，他的溯源是一种艰难而持久的心理跋涉。[①]

马华作家这种"落地生根"中的"寻根"实际上就是对新加坡华文作家1990年代提出的"建立双重文学传统"口号的呼应，是对母土和乡土双重故乡乳汁的吮吸。

"寻根，不是寻美裔的根，而是寻中华民族在异乡的花果飘零。"这是著名的旅美作家张错1985年在其纪实文学《黄金泪》于中国大陆（内地）、

---

① 陈大为：《代跋：换剑》，见《再鸿门》，（台湾）文史哲出版社1998年版，第139页。

台湾和香港同时出版时写下的话语。《黄金泪》是张错"追随史诗典范"而以"春秋之笔"评说第一代华工在"淘金"狂潮中来到美国加利福尼亚之后那段"永远是异乡飘泊，永远是黄金梦继续追寻，永远没有大结局"的历史的一部力作，①小说生动地呈现了美国开国神话族谱中华人的万千辛酸。而更重要的是，它不是将目光投回至黄河、长江去寻根，而是在美国土地上寻觅先祖的苦难脚印。这其实并不只是张错个人的创作行为。在美华作家中，黄运基的长篇小说《奔流》、穗青的长篇小说《双玉佩》、郑其贤的散文《虾村春秋》、吴瑞卿的散文集《没有天使的天使岛》、老南的诗作《少年淘金者和他的后代》等，都是于华人留在美利坚土地的足迹中"寻根""探史"的。这是落地生根中的寻根，是在"与当地融合没有隔阂困难"后的寻根。在这种寻根中，作家们并没有因为自己现今良好的生活状态，甚至自己的后代将"自然而然地成为土生土长的美国人"的现实而将历史淡化为软性朦胧的思乡哀愁，他们执着地在当年种族歧视的血泪、资本拓荒的辛酸中寻觅先祖的踪影，以探寻美国华族未来的命运。也许是因为与东南亚"土生"华人不同，美华作家绝大部分仍是第一代移民，所以他们无须太费力去寻找母土之根。他们关注的是，只要保存好华人在美洲土地上的最初足迹，那么即使以后一代代在美洲土地上生活下去，他们也永远是美洲的华人。

　　类似的寻根也在东南亚华文文学中被实践着。其中当在华文文学史中写上一笔的是马华作家郑良树。1985年，他执教于马来亚大学文学院时，完成了新马第一部华族历史小说《青云传奇》，在马来西亚《南洋商报》和新加坡《联合早报》连载后，华人社会为小说所感动者无数。之后，郑良树又完成了在新马土地上寻根的历史小说《石叻风云》和《柔佛的新曙光》。郑良树长期从事南洋华人历史研究，著述颇丰。而他恰恰以一种自觉的学术身

---

① 张错：《为〈黄金泪〉写下按语——并附〈答客问〉八则》，见张错：《枇杷的消息》，浙江人民出版社2000年版，第167—169页。

份，努力"把枯燥的学术论文改写为历史小说，让我们华族的历史深入民间，传得更远及更广，成为人人皆知的历史常识"①。所以，《青云传奇》叙写三百余年前马六甲第一代华族移民领袖李为经的业绩，呈现南洋华人先祖与明清王朝、荷兰殖民当局、廖内马来王朝之间的复杂纠葛；《石叻风云》描写19、20世纪之交南洋青云亭亭主陈若准家族的沉浮历史，交横错叠地展现了新加坡华族社会的历史面影，并揭示了海峡殖民地土生华人经历的种种文化冲突；《柔佛的新曙光》叙述马来西亚新山早年垦荒的沧桑史中，华族在马来民族不同派系的夹缝中艰难生存的困境。这些小说都是以严谨的治史作为文学呈现的基石。鲜明的人物形象因被恰如其分地镶嵌在历史的关键链条上而显得丰厚，宏大的历史叙事因与华人命运史交织而显得质朴，生动细腻的南洋风情描绘因呈现了华人精神而显得亲近。文学和史实在互相渗透中的密不可分，使华人作家真正寻到了华族在南洋土地上的"根"，人们也许就此"不再畏惧历史被人窜改、史实被人颠倒抹煞了"②。寻根既回母土，又在居住国，这种双重"寻根"，正反映了海外华族"根"的渴求。

归化和寻根并存，反映出人们对多元文化的动态理解。过去，人们在承认多元文化存在时，强调的是由血缘族缘关系决定的群体身份，它严格维护着民族／种族群体的界限。但近来，人们也开始用后现代文化理论中的多样性、不稳定性、混合性去看待文化身份问题。"这个社会不仅包含多种文化，而且每一个体都包含不同身份的多样性"③，随着跨国度移民生活和都市区域范围的扩展，人们的社会生活经验已经开始提供种种"强调边缘而非强

---

① 郑良树：《青云与石叻》自序，马来西亚南方学院2000年版。
② 郑良树：《青云与石叻》自序，马来西亚南方学院2000年版。
③ 托马斯·班德尔：《美国的多元文化主义、变异问题和自由主义》，董之林译，《文学评论》2000年第4期。

调界限的想象"①。族群性、地方性本身都在分化，人们确认自身身份时，既以民族的方式联结历史，也以公民、国民的方式沟通现实，并以这两者想象自身在全球语境中的位置。这种情况在美国、加拿大、澳大利亚等多元种族国家尤为明显，而作家在这种情况中显然是最富有想象力的。如果说，早一些的移民中像木令耆那样抱有"他乡即故乡"心态、在"他者"的呈现中寄寓故乡的尚属少数，那么，1990年代后新移民的创作中，不再把"双重边缘"视作异国人生的一种困境，相反却凭借"边缘"来沟通不同文化的创作多了起来。王瑞芸（1988年留美至今）的中篇小说《戈登医生》在"情圣"戈登医生以藏匿亡妻尸体的方式表达其眷恋娇妻之情的故事框架中容纳的正是不同种族文化的共处。小说让人感慨万分的并不是那个"自诩为'人权卫士'的国度""对活生生人性的扼杀"②，而是戈登医生家的黑人女仆凯西、领养的中国女孩爱米，乃至"我"，对白人医生戈登的"反常"举止的理解。在藏匿尸体的戈登医生的家宅，没有丝毫的阴森，相反，充溢着温馨、真诚、谅解、宽容，不同肤色的人似乎一起回到了古典时代，东西方民族都被对方的美所吸引、震撼。小说写得充实、隽永，戈登和他中国妻子墓碑上的那行字"这个世界不是我们的家园，我们仅是携手路过"，是这一对中西恋人对世界的共同理解。夏悲的《原始森林里的情人》在呈现中西文化冲突的同时，也显示了两者的互容性。出身英国贵族门第的加拿大嬉皮士麦可和崇尚内心修养的华裔博士生丽是各自家族的叛逆者，在北美森林所充溢的原始生命和龙卷风所象征的生命困境面前，这对性格迥异的异国男女都改变了原先的生活轨迹而心心相印，他们的邂逅颇有意味地象征了中西文化共同具有的返璞归真的趋向。

---

① 托马斯·班德尔：《美国的多元文化主义、变异问题和自由主义》，董之林译，《文学评论》2000年第4期。

② 王瑞芸：《戈登医生》，《小说选刊》2000年第8期。

归化和寻根并存，也反映出华族对人性彼此相爱、信任的境界的寻求。张错在回答香港作家忠扬"你认为美国华人是认同美国，视自己为美利坚民族的一个组成部分为好，还是入籍美国之后，持'身在曹营心在汉'的态度，继续认同中国"的问题时，作了这样的回答："做一个美国的美国人，还是做一个美国的中国人"，这"是一个知识分子的'良心'问题。我们曾读圣贤之书，当知'格物致知'的良知，以及致良知的'知行合一'，都是一种本乎自然的怵惕恻隐之心，是超乎国界与国籍的，更不能以偏狭的民族主义去判断事情的真相"。他还这样反问："中国人忠奸的二分法已成了我们多少年的包袱，难道一件事情的做与不做，就是基于自己的血缘和国籍吗？"①这番见解，道出了今日华人作家心境的提升。东西方文化的差异，中美两国的历史纠结和意识形态的对峙等，都是会持续下去的历史存在。但作家作为人性的探寻者，是应该超越历史恩怨、血缘界限的。20世纪东西方文化间的冲突，包括同化和异化，实际上都是人性之间猜疑、仇恨、嫉妒等的结果。即使同在东方文化圈内，人性间的阻隔也是严重的，华人在印尼、马来西亚、越南、菲律宾等都有过不平的遭遇。而当海外华人作家视归化和寻根为并存的状态时，意味着他们已开始摆脱血缘、国籍上的历史两难选择，而去化解人性间的猜疑和忌恨。他们所要寻求的历史真相，也不再是民族间是非的简单区分，而是人类的"怵惕恻隐之心"的自然呈现。

寻根和归化并存的状态，不仅可以促进华人融入当地社会的进程，而且有利于民族性格的拓展和提升。刘荒田在《向后代播种乡愁》中表述过那种"为了自己先后拥有的两个国籍而自豪"的"乡愁"。这种"只留精华，而淘尽糟粕"的"乡愁"，是"把故乡带回日常生活的国度——它，我称为异

---

① 张错：《批评的约会——文学与文化论集》，上海三联书店1999年版，第318—319页。

乡……却是后一代安身立命的本土"。①刘荒田1980年代移居美国，很快消泯掉"异乡"和"本土"的鸿沟，以坦然的心态落根于异域，实在是一种令人感慨的新移民性格。他在多篇作品中述及异域生活对中国传统的面子观念、依附性格、人际陋习的冲击。例如那篇《"洋插队"和"斯文扫地"》，在以切身经历自自然然地扫落了华人"官自读书高"的旧庭训和"赚钱不吃力"的新世风时，坦言在职业平等、自尊自立上"以进一步洋化为好"，摆脱"自卑自欺自怨自怜"心理，以"厨房牛"的职业做"顶天立地的大写的人"。②这种摆脱了意识形态偏见、逼视民族灵魂的开阔视野的获得，或多或少地反映了新移民性格的完善、健全。五四新文学开拓的"改造国民性"的主题，其丰富的意味会对华文文学史产生日益重要的作用。

归化和寻根并存，也并非纯然乐观的局面，而是危机隐伏。全球化语境中本来就遍布陷阱，而其中的文化陷阱则尤为人们漠视。文化生产的价值在于其地方性和民族性，而文化差异的内在性和不可克服性（如果硬要"克服"，那么引发的就不仅仅是一种文化的毁灭）也相当复杂。不同文化间能否真正平等取决于其主体间相互对待的态度是否平等。归化和寻根本是两种相反趋势的文化行为，伸向截然不同的文化实体，海外华文文学要在这两者间取得平衡，实际上是一种历史的被迫和无奈。居住国文化的强势状态、殖民话语的余威等仍然存在。在这种情况下，华文文学自身没有充分的积累，是难以应付的。如何摆脱"鱼狮"③式的结局，而真正形成异域华族文学独异而成熟的形态，将是一种艰难的跋涉。

① 刘荒田：《向后代播种乡愁》，见刘荒田：《纽约闻笛》，河南人民出版社1999年版，第21—22页。

② 刘荒田：《"洋插队"和"斯文扫地"》，见刘荒田：《纽约闻笛》，河南人民出版社1999年版，第248—250页。

③ "鱼尾狮"（"鱼狮"）是新加坡的象征物，而在诗人梁钺看来却隐含了华文文学难以找到自身身份认同的文化恐惧，详见拙著《新马百年华文小说史》，山东文艺出版社1999年版，第6—8页。

第九节　多元形态发展中的华人新生代和新移民创作
——对近三十余年海外华文文学的一种考察

1995年，陈大为主持编选《马华当代诗选》，收诗人15家，其中"六字辈"（即1960年代出生）的诗人8家。翌年，钟怡雯主持编选《马华当代散文选》，所收散文10家中8人属"六字辈"。这两本作品选皆由台北文史哲出版社发行，问世后已显示出其影响力，它表明海外华文文学重镇的马华文坛上，本土出生、成长的新生代作家崛起，而前行代、中生代作家则有某种淡出之势。这种情况也发生在其他一些国家的华文文坛上，海外华人新生代（以下简称"新生代"）作家成为这些国家华文文学世代更替的最重要力量。

与此同时，另一支文化背景、人生经历迥异的文学新军也崛起于海外华文文坛，那便是新华侨华人（以下简称新移民）作家。1980年代后，中国大陆人数多达数百万的"移民潮"（相当一部分开始是以"留学"身份居于他国，随后"学留"定居），使上世纪初以来的海外华族移民的流向有了很大变化。新移民中许多人没有经历前辈移民从"叶落归根"到"落地生根"的心灵历程，他们很快明确了自己的新华侨新华人身份。在短暂的异国沉寂后，他们就在故土和异邦交织的想象中开始了海外创作。

新生代和新移民创作成为三十余年海外华文文学中最重要的文学现象，也是我们考察百年海外华文文学的重要内容。新生代和新移民作家在1990年代就开始显示各自的创作实绩，在21世纪的最初一二十年中，他们的创作引起海外华文文学格局的一些深层次调整。这种调整自然联系着他们各自与居住国各族群的关系，各自在居住国主流社会所处地位、社会参与方式等。颇有意味的是，新生代作家主要活跃于东南亚各国，而新移民作家则主要崛起于欧美各国，所以他们各自创作的演变、特色和两者的关系等会构成全球区域化语境中东西方文学的一种对话。比较考察他们的创作，会让我们把握1980年代后海外华文文学的重要走向。

一

H.米勒曾用"理论在翻译中旅行"和"文学作品拒绝翻译，拒绝旅行"来概括当前文学所处的语境[①]：一方面，虽然几乎每一种理论都孕成于某一特定的区域文化，却不断在"扩张"中阐明着自身的普适性、充分有效性；另一方面，用任何一种语言写成的文学作品都必须保持自己的独特性，它们甚至害怕在翻译中失落自己，所以它们从本质上"拒绝旅行"。这恐怕就是米勒说的"兼备地域性与全球性"。而当世界在政治、经济等层面上越来越难以抗衡全球化的冲击时，也恐怕只有在文学中才能寻找到这种"兼备"的力量。新生代、新移民创作产生于这种背景中，他们比他们的前辈更渴求与世界对话，他们也比他们的前辈更执着地发出自己的声音。他们是"在旅行中""拒绝旅行"和在"拒绝旅行"中"旅行"的一群人。

历史上漂洋过海的华人都最先从庙宇登陆上岸"，以故土的神明安定异乡心灵；之后以会党的、血缘的、地缘的、业缘的等等组织聚合起华族各种力量，以传统的人际社会构筑面对陌生的异域环境；再后，就以创办教育等方式来维系、传承自己民族的文化，在岁月流逝中传递"香火"，聚合人心。这种安心托身的"原级性"方式[②]，源自汉民族祖先"立国建邦"的历史。生长于这样的历史环境中的新生代，从父辈那里接纳最初的历史意识。而新移民却不用承受这种历史，他们登陆异国，一开始就得面对居住国的生存、竞争机制，他们的未来甚至决定于他们与"历史"的告别。

[①]　H.米勒：《作为全球区域化的文学研究》，梁刚译，《社会科学辑刊》2002年第1期。

[②]　郑良树：《马来西亚的模式》，见《马来西亚华文教育发展史（第一分册）》总序，马来西亚华校教师会总会1998年版。

　　新生代作家土生土长于居住国，国籍身份明确。但他们中多半有赴中国台湾、中国香港等地区或海外求学的经历，有着出入于汉语主流和非汉语主流社会以及其他语种社会的经历，从中体验着"放逐"。新移民作家自身属于第一代移民，国籍、祖籍，原住地、现居地，都以鲜明的记忆和现实色彩交错重叠，或明或隐地造成了其身份的模糊。他们从汉语主流社会进入非汉语主流社会，大多出于自觉的"放逐"。新生代和新移民共同面对全球性和区域性都呈强化之势的文化语境，他们的放逐之痛、寻求之声，也往往既回应着全球化浪潮，又偏爱族裔、边缘、传统一类的话题。因为这样一些话题产生于全球化的语境中，可是又要求着对民族性、个体性的关注。

　　自觉的边缘意识，恐怕是新生代创作优势所在。与新移民曾处于母国文化的中心位置不同，新生代一直处于边缘状态。例如陈大为，1969年出生于马来西亚怡保，亲身体会着居住国"少数民族"的政治、文化生存状态。成年后到台湾求学，又以马来西亚人的身份生活于台湾这样一个汉语主流社会的边缘地带。但陈大为从不沮丧或困惑于自己的边缘身份和状态，相反，他清醒于自己由此拥有丰富的"边缘矿藏"，他从南洋审视中原，又从台北反观南洋，他的文学思考始终背向中心而放眼边缘。他最初的四部诗集《治洪前书》《再鸿门》《尽是魅影的城国》《靠近罗摩衍那》，无论是呈现黄河、长江构成的语言中国，还是"叙说我的先祖们用血汗淘选过的南洋"，或呈现马来西亚的多元种族文化，都在一种艰难而持久的心理跋涉中放开着视野，盈溢出睿智。其中历时五年写成的"南洋史诗"系列，最能呈现陈大为拥有的"边缘矿藏"和作者开掘的功力。陈大为如此表达他对"南洋史诗"的追求："我终于完成在心中密谋多年的南洋……我耗尽所有的技艺，所有的氧……我总算完成了那个属于我的，最后的南洋。"[1]

---

① 陈大为：《尽是魅影的城国》，（台湾）时报文化出版有限公司2001年版，第121页。

"南洋史诗"由三部分组成。第一部分"外篇：历史的力量"中的前三首呈现南洋华人历史，《甲必丹》叙写在历史课本中叩头供奉了近百年的华人英官甲必丹，却在"我"的考场幻觉中剥落了殖民神话的外衣；《茶楼》和《会馆》则借南洋华人社会最有人文色彩和宗法亲缘氛围的描写，浓缩起南洋百年变迁史，并传达出一种清醒而峻厉的乡思乡愁："百年的野史沼泽在巷里兀自冷清"，诀别族谱，"仿佛诀别一群去夏的故蝉"。陈大为的史家眼光容纳了自郑和抵达马六甲后的六百年南洋历史，但却又处处突破着南洋历史的遮蔽。这种充沛而自觉的历史意识最集中地表现在"外篇"第4首《还原》，这首诗中有着陈大为审视历史的基点和归宿："可别再用鱼骨　钉死海啸放肆的年代／拷问季风／看似东北似又西南的阴谋"，历史有如"海啸""季风"，充满着变动和活力。所以，当诗人突破学院派将"海啸""季风"装进"药丸大小的话里"的"蛮横"，用自身生命"培植一些鲜嫩的注疏"，去还原六百年前的郑和时，诗依旧终结于"他是假的"这一振聋发聩的后设。第二部分"序曲：在南洋"则充溢着诗人开掘自己脚下的"边缘矿藏"的自信和力量。"在历史饿得瘦瘦的南洋"，诗人"以梦为马　踢开月色和风／踢开土语老旧的护栏"，摇醒"英语里昏睡的后殖民太阳"，"重建那座会馆　那栋茶楼／那条刀光剑影的街道"，"激活史诗的臼齿"，"咀嚼半筋半肉的意象丛"，"出动诗的箭簇"，惊醒"史诗的章回"。这些诗句呈现出诗人构建中华历史长河中的南洋王国的勃勃野心，而如果不充分意识到"边缘矿藏"的丰富，就断然没有这种史诗般的野心。第二部分"内篇：我的南洋"仅有短诗十首，诗人却自叙写得"大汗淋漓"，他用全部心力托负起三种历史。《我出没的籍贯》《简写的陈大为》《在台北》等诗传达自我的历史，无论是"勾选外侨　说明国籍／区区一张表格令身份尘埃大起"的"籍贯出没"，还是"冰箱"被"当作冬季的简写"的现代造成的"文化虚脱"，陈大为始终寻找着"一匹／无从简写的麒麟／跨越文

言与白话 都市和城地／用先秦散文和后现代诗"，驰骋起"不会让南洋久等"的"我的圣兽"。《岁在乙巳》《整个夏季，在河滨》《接下了掌纹》《八月，最后的一天》等叙写家族的历史："任由广西在乡愁的定义上开一道门／爷爷跨不出去／父亲不跨回来 我侧身小立／门槛之上"；三代不同的姿态，呈现出南洋家族的历史："遥想那年（中国的）麒麟掉头"，南洋的"鼠鹿接下爷爷三十一岁的掌纹"，此后开始了"麒麟与鼠鹿 蹲在家门两侧"的南洋生涯。《别让海螺吹瘦》《暴雨将至》等诗则呈现南洋华族的历史：1850年太平天国起义之后，"天国的败寇"在"凤鸟不至"的雨林掀开"婆罗洲的扉页"；1862年，"客家的刀 广府丈八的长矛"，为争夺拿律的矿源，爆发了华人两大秘密会党间的酷烈战争；1901年，世界最丰富的锡矿储地霹雳州，又"成为龙 和独角兽的战场"……远行的海螺吹瘦了故土，缄默的三宝井"是一口钉／曾钉住六万双草鞋在拼命"，数万先人的生死，只剩下"百来字的史实"。自我的、家族的、民族的，三种历史叠加互注，不仅在繁复的层面上重写了久被湮没的南洋华人历史，而且重现了一种常被忽略的移民史观：移民的"边缘"状态并非是放逐的悲哀，相反却孕蓄着历史睿智的力量；在与强大的"中心"对话，乃至对峙中，"边缘"也显示出其"异质"的、"混血"的强大。

陈大为在新生代中的代表性不仅在于他自觉视"边缘"为财富，还在于他在艰难的心理跋涉中"回到一个纯粹的、'本质上边缘'的创作主体"[①]，不必孜孜以求于"边缘"思维，而以文学的本质，视"任何对象都可以是'边缘'或'中心'"[②]。在他的论著《亚洲中文现代诗的都市书写（1980—

① 罗智成：《在"边缘"开采创作的锡矿》，见陈大为：《尽是魅影的城国》序，（台湾）时报文化出版企业股份有限公司2001年版。

② 罗智成：《在"边缘"开采创作的锡矿》，见陈大为：《尽是魅影的城国》序，（台湾）时报文化出版企业股份有限公司2001年版。

1999）》和论文集《亚细亚的象形诗维》中，陈大为驱遣台湾的、大陆（内地）的、香港的、澳门的、马华的、新华的、菲华的、泰华的……现代诗，切入"屈原传统"，纵横现代都市，在"中心"领域发出"边缘"之声，淋漓酣畅，挥洒自如，全无"边缘"面对"中心"的困厄。

陈大为的创作代表着新生代的一种边缘姿态，他们背向中心，结果看到的是一个更广大的世界。他们的边缘意识显然受冲击于全球化的语境，但他们更独异于立足边缘而建立艺术自我的中心。

黎紫书的雨林风情小说、女性知性小说、马共历史小说等，都有着充沛的才气和南洋的"魔力"，其中"边缘"姿态提供着最丰富的力量源泉。例如马来亚共产党领导的武装斗争历史，在马来西亚一向被视为"禁区"，而黎紫书正是从边缘突入，使其历史解读显示出罕见的大度。《州府纪略》以女性的边缘眼光来为政治历史去蔽，以多重女性叙事交织起历史的多重视角，开掘出同一历史的多种个人日常记忆，从而提供了进入马共武装斗争这一历史禁区的多种可能性。《山瘟》则以"日常魔幻""民间魔幻"的边缘姿态来映现政治历史。黎紫书谙熟中华文化传统流落到马来半岛热带雨林后生成的"魔幻现实主义"。她用这种文化迁徙飘落中孕成的"日常魔幻"来讲述马共游击队长"山神"温义的雨林生涯，从而使历史禁区的叙事获得了自由。近作长篇小说《告别的年代》则在一种互文的阅读结构中，告别前辈的历史叙事，为日常自我，也为马华文学立传。

黄锦树的南洋叙事近作在越来越个人化，甚至不可思议的想象中表达最现实的关怀。海外新生代久居边缘，逐步养成了一种自觉利用边缘特质而展开创作的姿态，既利用着远离"中心"的自由度，又出入于与"中心"的距离创造的空间。

"边缘"和"中心"间的距离，构成着一个极有张力的空间。在对这一空间的把握上，新移民显然更显得有弹性。由于刚从"中心"抽身而出，新移民作家对"边缘"与"中心"关系的把握，更多地从现实的多层面切入。新移民处于创作的边缘的大致是两类人，一类是以留学生身份出国，一类则进入居住国的打工阶层。他们对于身居"边缘"而心入"中心"有着不同的努力。

以留学生身份开始移民生涯，而以"学留人"作为一种人生目标的新移民作家，会迅即消解传统的"原乡"概念，而以一种文化自信力图进入居住国的文化中心。欧阳昱1995年在澳大利亚创办《原乡》中文文学刊物时，就在《编者小语》中这样解释他缘何将中文的"原乡"译作英文的"Otherland"："'原乡'之于'异乡'，正如'异乡'之于'原乡'，是一正一反的关系，宛如镜中映象。""澳大利亚作家阿勒克斯·米勒说得好：'流放如归家，错置即正位'，在这一个时空似乎倒错的国度里，'原乡'和'异乡'的位置互换一下也是未尝不可的。"对于欧阳昱这样的新移民来说，自身的出国抉择和异国的接受机制之间仍有着复杂关系，包括错位等。他们最终落根于何处也取决于故国、新家和自我之间文化张力场的变化，但他们的"学院派"背景使他们的文化交流意识确实较为自觉，有的甚至有客居他乡，依然有容乃大的视野和气魄。这种对"原乡""异乡"互换的把握，正是意识到了"中心"和"边缘"相依相成的关系。因为如果"他乡即故乡"，那么也未尝不可讲"边缘即中心"。他们的创作，较多的正是自信于不同文化的兼容互补，或是调适自身，认同居住国主流文化（难免遭到主流社会世俗的排斥），但对于如何在"边缘"持守华族传统则显得薄弱（他们在母国生活的年代，往往正是传统被严重弱化的年代）。他们中有些人已开始双语创作，以这种语言双栖的方式在思维层面上力图介入"中心"，将来有没有可能出现既受惠于"中心"，又影响"中心"的作家，其答案是值得期待的。

在新移民中也存在着一个庞大的"草根"阶层。他们一直生活、奋斗在居住国社会底层，正如他们自嘲的"洋插队"。他们虽然加入了居住国国籍，但在文化身份上始终强调"归宗""归根"，唐人街成为他们发挥生存和创造能力的最适宜场所。他们心甘情愿于"边缘"，但与前辈相比，他们仍多了与"中心"对话的愿望和实践。而且独异的是，这种"对话"孕蓄于唐人街那样的传统社会内部。

诗人刘荒田1980年迁居美国，当属第一批新移民，在美国又生活于"草根"阶层，所以他的"假洋鬼子"视角在新移民文学中是很有代表性的，而"同时拥有"是他"假洋鬼子"视角中最重要的视域。《唐人街的咖啡店》叙事明快、清畅，却呈现出不乏"沉重"的"角色"转换："故土的茶楼到了异国"，"异化为住宅区内星罗棋布的咖啡店"，"茶楼以'闲'为底色，咖啡店以'忙'为基调；茶楼中多志在消磨光阴的清客，咖啡店多功利挂帅的事业家。茶楼出世，咖啡店入世。以吃喝方式观，上茶楼是工笔，是江南丝竹的柔曼抒情；进咖啡店是大写意，是金戈铁马的'急急风'"。按以往的客居异域心理，多少会有传统失落的怅惘。然而，刘荒田的叙事，却让人真切感受到，唐人街上的咖啡店比茶楼，"更富于中国民间生活的原汁原味"。[①]在刘荒田的叙事中，唐人街咖啡店生气盎然的土气、故园乡野一般的适性任情，与美国华人们随俗为变的处事方式、美国社会的生活节奏和价值尺度奇妙构成着一种互动，这确实与先辈移民乍居他乡时的忐忑不安，有着一种天壤之别。在旅居美国十二年后，刘荒田携家人返乡，是为了"使后代拥有乡愁"，然而，这种乡愁，也已经是"为了自己先后拥有的两国籍而自豪"的开阔而丰厚的讯息。刘荒田的平民身份，使他的异邦生涯也充满困厄、劳辛，然而，他的叙事已从美华文学1940年代的苦涩、1960年代的惆怅、1980年代的猎奇，自自然然地转变成一种旷达。

---

① 刘荒田：《"假洋鬼子"的悲欢歌哭》，贵州人民出版社2001年版，第1—2页。

欧美的咖啡店是极为日常的，这与中国大陆（内地）咖啡厅的贵族浪漫情调迥异。唐人街上的咖啡店得欧美风气之真传，这反映出一向闭关自足的海外华人社会开始了与外部"中心"社会的对话。刘荒田的"假洋鬼子"系列就是这样一种背景的产物。在宗鹰、王性初、冰子、老南、章平等新移民创作中，我们都可以强烈地感受到这种背景。与同样是异域苦力的前辈相比，其创作不仅有力拓展了海外华文文学的题材领域，而且以移民劳力阶层的乡野土气、适性任情表现出在居住国主流价值社会中的自信、旷达。

不管哪种情况，新移民已有了多元身份的自觉意识，即使他们最终落根于何处还取决于故国、新家和自我之间文化、社会张力的变化，他们也有"中心"和"边缘"相依相成、"故乡"和"异乡"兼容互补的意识，写作上就会有身居"边缘"心入"中心"的努力。

新移民作家显然还更清醒地意识到文学本质上是"边缘"的，他们甘于"边缘"的姿态，首先是在文化层面上，"把自己的位置放在东西方之间"。这种"对两方都保持距离"的姿态表面上看强化了双重边缘的处境，却避免了落入文化陷阱的危险，所做的是从个性出发去吸收消化中西文化的价值，这才是文学对融合中西文化或完成传统的创造性转换可能做出的最好努力，而文学也只有在这样的文化"边缘"状态中才能保持自己的本色。这一课题的探索在新移民笔下表现得尤为明显。严歌苓在海外居住日久，其创作无论是回望中国本土的历史，还是体察海外漂泊的命运，都在一种宽和、自由的言说中沉潜至人之根性深处。高行健在西方社会强烈感受到作家抵御商业消费社会唯新是好的诱惑"较之政治和社会习俗的压力甚至更难抗拒"[①]，所以他静心创作，其十余出剧作几乎都在将传统题材融入现代戏剧的处理中达到了出入于东西方文化的境界，使一种自如糅合中国传统戏曲和

---

① 高行健：《另一种戏》，见高行健：《生死界》，（台湾）联合文学出版社有限公司2001年版，第127页。

西方现代戏剧的剧作成为海外华文戏剧创作的最重要收获。虹影的小说一直极为关注中西文化冲突与调节的困境。长篇小说《K》和《阿难》都是描写中西文化冲突的爱情悲剧，"哪怕情人之间，最后都难以沟通"①最终都成为小说的扼腕长叹。然而虹影的小说本身却往往驾驭住了中西文化的调节。《K》正是化用了中西文化的艺术表现力才使男女性爱在诗性表达中升华。其近作《孔雀的叫喊》《鹤止步》都借用宋明笔记小说对想象力的引发，来颠覆正统的叙事结构、方式等，实现对中西双重现实的超越。他们都自信于从"边缘"构建与"中心"的对话，从容地在"我"和"他者"的互动中推动"我"的自立。

　　总之，在"边缘"和"中心"的关系上，新生代、新移民发出着异途同归的声音。新生代较多地关注"边缘"的历史，他们从华人不断迁徙、漂泊，从而面对多个中心的历史中开掘"边缘"孕蓄的力量，尤其是多个中心交叉于"边缘"时形成的力量；新移民作家则较多关注"边缘"的现状，自信于从"边缘"构建与"中心"的对话，从容地在"我"和"他者"的互动中推动"我"的自立。对于新生代、新移民而言，他们都更自觉地在漂泊中寻求自己的立足点，而不盲目于进入"中心"的急功近利，因此，在他们心中，"边缘"都不再是一种流放、一种无奈的困境，而可能是一种独异的文化财富、一种有价值的生命归宿。这使得华人新生代和新移民作家与居住国的关系都摆脱了过去的紧张性，他们写作方式的本土性、多样性拓展了海外华文文学的生存空间。

二

　　新生代、新移民作家登上文坛时，海外华文文坛已提出建立"双重传

---

　　①　虹影：《女人为什么写作》，见虹影：《鹤止步》，山东文艺出版社2005年版，第213页。

统"（即融有中国文学传统和海外本土文学传统双重因素的海外华文文学传统）的课题。而在如何对待这一课题上，首先是新生代发出了独异的声音。

历史的久远、传统的深厚，会弥漫出神圣、肃穆，孕蓄着恭谨、慎敬，也催生出恐惧、疏离。有意味的是，新生代似乎更多地偏向于后者。1969年生于马来西亚的钟怡雯被余光中誉为"得兼"天才、毅力，"成就了学者兼作家的双赢正果"①，她的《凝视》也被余光中推崇为"真正诡奇而达惊悚境地的杰作"②。发生在年幼的"我"与去世的曾祖父母之间的日常魔幻，隐伏着太多的敬畏。而这一切得以一再发生，只因为"我"一岁时，曾祖父、曾祖母就过世，四世同堂未留给"我"任何一点亲情的温暖，而只有其身后的威严。当曾祖父母成为一种纯然的传统、凝固的历史，那么，"我"凝视他们的遗照所能接收到的讯息就只有责怪、惩罚了。尽管二老的眼光无所不在，"任凭我走到哪里，都被盯着，眼神简直就贴在我背后一般"，但初生牛犊的"我"，仍有办法化解来自祖辈的戒慎恐惧。过年大扫除时，家里派定"我"清扫祖先的供台。尽管"我实在没有勇气把鸡毛掸子拂到照片上，愈靠近照片，他们的表情愈严肃，五官咄咄逼人"，然而"我"颤抖的心里仍在"不停的盘算，如果鸡毛逗出了他们的喷嚏，我该往哪儿躲"。这种儿童恐惧，会引发笑声，轻而易举地瓦解了维系了三代的祖辈威严。接着，"我"在曾祖父的照片后面，发现了颗小小的壁虎蛋。其中竟然有只小壁虎破壳而出，那吃力挪步的极小动作，似乎在二老冷峻的眼神、嘴角上搅起一丝笑意，祖辈无可置疑的权威被这小小生命彻底倾覆……当钟怡雯在文章结尾写道："那次大扫除好像一个告别仪式，永别那段被凝视的日子。可是凝

---

① 余光中：《狸奴的腹语——读钟怡雯的散文》，见钟怡雯：《听说》，（台湾）九歌出版社2001年版，第8页。

② 余光中：《狸奴的腹语——读钟怡雯的散文》，见钟怡雯：《听说》，（台湾）九歌出版社2001年版，第8页。

视的力量却从来未曾停止……"，人们读到的是一种要告别"原乡"、走出传统的心灵祈求。

南洋雨林世代累居的历史，有时甚至在钟怡雯的回溯中弥漫出某种尸腐味，"多少年后，我依然记得那种气味……那混浊而庞大的气味，像一大群低飞的昏鸦，盘踞在大宅那个幽暗、瘟神一般的角落"（《渐渐死去的房间》）。即便是对童年那口"带着青苔的清香"的井的忆想，也是出现在"我"寻找奇异逃逸的钥匙，来到电梯间的地下室，面对"一潭混浊的积水"的时刻，那"芝麻开门"的童年"咒语"中多少包含着无处容身的恐惧（《芝麻开门》）。钟怡雯的这种表达具有极有代表性的象征意义，呈现了新生代对传统的质疑。事实上，在上世纪90年代马华文坛那场关于马华作家的身份问题和马华文学的文化属性的讨论中，新生代发出的责疑声音最多。而他们对于南洋传统最具颠覆力的挑战是对于海外华人文学现实主义经典的责疑。

上世纪80年代后，中国大陆（内地）开始同海外华文文学界交流，学术界、出版界都偏重于从乡土现实的层面看待海外（南洋）华文文学，许多包含乡土写实、中华情结的作品在中国大陆（内地）出版，一直到1995年《东南亚华文文学大系》（鹭江出版社出版）问世，各界都偏重于前行代、中生代的现实主义创作，强烈地呼应着南洋本土上的典律构建实践。以新马文坛为例，70年代，方修编纂战前、战后的两套《马华新文学大系》，拉开了新马文学典律构建的大幕。方修坚持南洋文学的现实主义传统，其编选的大系强化了新马现实主义文学的经典地位。与此同时，新加坡教育出版社推出了苗廷辉、孟毅、苗秀、赵戎等参与编选的《新马华文文学大系》（1975），马来西亚华人文化协会推出了温任平主编的《马华当代文学选》（1985），都力图以一种较为兼容并蓄的眼光去实践新马华文文学的典律构建，但对写实主义的推崇有时还是压过了对语言艺术的要求。新生代对南洋文学的这种传统显然不满，他们甚至迫不及待地要用小说形象来宣判现实主义传统的死亡。黄锦树（1967年生于马来西亚）的不少获奖小说就是通过对马华文学史表征形象的否定性重写，力图剥露马华文学传统中潜伏的基本危机。例如《M的失踪》（获马来西亚第三届"乡青小说创作奖"特优奖）在思辨性的小说框架中，巧妙构筑了两个层面的世界。一是调侃意味浓郁的"半现实"世界。一位马来西亚作家以"M"为笔名撰写了一部英文长篇小说寄至纽约，轰动美国评论界，甚至被推荐竞选诺贝尔文学奖。《纽约时报》即刻长途电话联系马来人作家协会与华人作家协会，请他们协助查清"M"的真实身份。"出现'大作家'"这个"建国以来文学史上期待已久的好消息"不仅使得华巫文化的冲突再次表面化，而且使华文文学的危机也清晰浮现。小说用一种"无所顾虑"的笔法将马华文学界各流派的代表作家（一一被冠以真实姓名）几乎"一网打尽"，置于"马华文学史上无聊的争吵"中，以"M"作品的特异性揭示出马华文学困于"传统"而无所适从的尴尬。《M的失踪》还展示了另一个半梦幻的世界。小说中的"他"是个新闻记者，凭职业直觉，来到那弥漫着雨林、水雾的神秘和八卦、象形文字的幽冷的竹桥畔寻访"M"，可他越深入探访，就越深地陷入了一种无法走出去的传统。小说结尾中，记者被山林少女催促着离开山林时，突然发现报纸副刊刚刊出一篇署名"M"的《M的失踪》，与自己未完的手稿"雷同之处十之八九，剩下的一成不同似乎是润饰与不润饰的差别"。一切都是预设的，所以"会有一个这样的作者穿透他所有的心事且预写他的未来，硬生生地把他从'作者'的位置上挤掉"。这中间显然包含对马华文学价值预设的传统的嘲弄。创作犹如梦幻，而如今这种梦幻却是命定、预设、人为安排的，这种悲哀实在是任何一个民族的文学都承受不起的。

　　新生代对东南亚华文文学传统的这种否定性的挑战，实际上来自他们处于世界潮流中的"经典焦虑"，即他们用20世纪世界文学的价值尺度衡量东南亚华文文学感到的"经典缺席"。所以，对传统的激烈否定背后仍有着从内容和形式的整体合一上提升本国华文文学艺术质量、建立具有典律倾向的文学传统的热情追求。而这种追求，使出发于马来亚乡土的马华文学能终极于世界文学艺术的高度。事实上，新生代作家和前行代作家间也有良好沟通和交替，他们的共同努力已有力提升了东南亚华文文学的质量，就连对华文文学一向苛求的黄锦树也欣喜于"这十多二十年来，已是马华文学空前的'盛世'。自有马华文学以来，还未曾有如此整齐的文学水平"①。

在新移民作家那里，超越传统的声音集中在"白先勇时代已经过去"。旅美的青年文论家陈瑞琳在好几篇介绍北美文坛现状的文章中明确传达过这一信息。将一位作家的创作视为一个时代的里程碑，这在东南亚华文文学中是没有的。就是说，新移民作家是在承认"白先勇传统"的前提下挑战传统的。在我看来，"白先勇传统"最重要的内容当属"海外中国"，即以他的海外创作体现着人世沧桑的苍凉感这一"中国文学的最高境界"，始终关注着中国传统文化的现实命运，努力立足于海外环境来实现传统的现代性转换。白先勇的"海外中国"使命，实际上是将五四感时忧国的传统转移到对民族文化的长远积累和建设上来。从这点而言，"白先勇时代"远未结束。所以，新移民作家对"白先勇时代"的超越，主要是指他们异域创作的形象已迥异于白先勇笔下的"纽约客""台北人"，他们的价值寻求更多地纠结于个体生存方式的转型之中。

从"海外华文文学"的界定上看，严格意义上的"新移民"应该是指定居于海外者，他们已取得了海外的国籍，而中国规定，取得海外国籍者，自动丧失了中华人民共和国国籍。所以，新移民文学整体上本不属于中国当代文学。但新移民作家作为第一代移民，其作品基本都在中国大陆（内地）出版，其传播影响大致完成于中国大陆（内地），创作内容也与中国大陆（内

---

① 黄锦树：《写在家国之外——谈黎紫书》，见黄锦树：《鱼》，（台湾）INK印刻文学生活杂志出版有限公司2015年版，第320页。

地）历史与现实密切关联，是一种"在中国"的文学。"中国"和"海外"成为新移民创作的双重语境。新移民作家世代差别较大，有属于"文革"前的一代人和"老三届"一代中"知青"身份的，他们往往有着久被压抑后爆发中的观念变化；有与海外新生代年龄相仿的，其反叛性、超越性、独立性强烈；还有更年轻的，其成长伴随现代网络社会的拓展，显示出更契合全球化趋势和国际消费社会转型的创作走向。他们的人生都取决于个体生存方式的选择，其创作也更多地表现为"中国"和"海外"双重语境中对个体生存的关注。无论是海外华人漂泊历史和命运的书写，例如严歌苓的《扶桑》《魔旦》、张翎的《金山》《睡吧，芙洛，睡吧》、陈河的《沙捞越战事》等；还是新移民现实生存状态的呈现，例如林湄的《天外》《天望》、袁劲梅的《老康的哲学》、施雨的《纽约情人》《刀锋下的盲点》、苏炜的《远行人》等；或是回到中国大陆（内地）历史的开掘，例如虹影的《饥饿的女儿》《上海之死》、严歌苓的《第九个寡妇》《陆犯焉识》、哈金的《南京安魂曲》《等待》、卢新华的《紫禁女》、王瑞芸的《姑父》、陈谦的《特蕾莎的流氓犯》等，不同类型的作品都不缺失从个体精神、命运等层面介入的思考。自然，这种思考也会指向民族传统、人类生存等价值层面。由于具有"中国"和"海外"双重语境，新移民作家在个体生存上提供的文学形象恐怕是汉语文学中最丰富的。他们也正是在这种进程中逐步建构着新移民文学的传统。

新移民作家崛起于全球化的语境中，又产生于社会主义体制的中国第一次规模大而持续时间长的海外移民浪潮中，其状况尚与种种复杂的"海归"现象纠结在一起，使其在种种不确定中隐伏着某种危机。在这种境遇中，恰恰使文学的"殉身"精神得以化解创作困境，一些新移民作家得以孕蓄大气，也使新移民写作日后不至于夭折。新移民文学的形式探求与华人新生代作家创作实践形成呼应，与世界文学展开阔的对话，百年海外华文文学提升到一种成熟的艺术境界。

三

　　如果将身份理解成一个民族文化的固有特征及其在外来撞击下的变化，那么，海外华文文学如何处理异族题材，则构成海外华人作家身份寻求的重要内容。数百年来，海外华人一直以"唐人街"这样一个源自中华文化传统的有封闭自足性的特定社会结构跨越着居住国的结构障碍和文化障碍，将中国传统奇迹般地凝结在异域土地上，但同时也坚定地对世界进程说着"不"。这使得孕生于"唐人街"生存形态的海外华文文学在处理原住民题材上一直显得缓慢、艰难。纵观近百年的东南亚各国华文文学，从前辈作家到中生代作家，都较少涉笔于原住民题材。这反映出作家在既要表达自己民族对于被同化的焦虑和抵制，又要传达出和异族沟通的愿望上的难以把握。而这种情况一直到新生代作家似乎变化也不大。毅修（1960年生）在他的小说集《辗转》《穿过气候》《恶狗杀人事件》中描写的马来亚纯朴的乡间情怀一直为人们称道，可是当他在小说《辗转》中描写男主人公崇华的父亲再娶异族太太，巫族后母骄横跋扈，其子拉欣在银行被劫受伤，崇华不计前嫌，输血相救等情节时，虽然努力通过小说为民族问题这一重大的社会矛盾寻求解决的出路，但仍因为从抽象的理念或概念出发，编造出一个符合理念但却缺乏真实性与生动性。女作家柏一（1964年生）的小说《弃礼》写得好一些。《弃礼》讲述主人公谷文偶然得知自己是被一对华人夫妇收养的泰国弃儿，于是产生了激烈的内心冲突："究竟该向他的父母认亲，还是仍然接纳他的养父母？"这种内心挣扎暗示出南洋华人与主要民族的关系，并象征着一种在认同现实环境和寻回生命之根间的徘徊。小说起止于谷文的泰国之旅，这也是主人公的一段心灵历程（当谷文慢慢走向旅程的终点，也就渐渐走向了自己心灵的成熟）。这种双关的旅程写出了"寻根"的新含义：根就在脚下的土地，而这构筑起海外华人与居住国其他民族最基本的关系。但是在一些最优秀的新生代作家笔下，异族形象仍是一种遥远的呼唤。在这个恰恰能最有力地传达出海外华族声音的文学课题上，新生代却缄默不言，这正说明了新生代一时还未能走出民族传统性的负面机制。

可是异族题材却较多地出现在海外生活积累远不如华人新生代作家的新移民作家笔下，究其原因，可能在于新移民出国的背景使他们不仅少了些"唐人街"传统的负担，而且也多了些走出"唐人街"的自觉意识。所以，他们的笔下出现了不少异族形象。而这些异族形象，已不仅仅如过去那样，作家处于自己国家的文化中心，于是，"他们在'异域'寻求的往往是与自身相同的东西，以证实自己所认同的事物或原则的正确性与普遍性，也就是将'异域'的一切纳入'本地'的意识形态"，或"将自己的理想寄托于'异域'，把'异域'构造为自己的乌托邦"，①而且包含起更丰富的内容。例如，章平（1979年出国，现居比利时）的长篇小说《冬之雪》在描写秦冬和玛丽的异国婚姻时，让人们在北欧女子玛丽身上感受到了东方的气质，而在秦冬身上却看到了西方文化的影子，呈现出在"他者"身上看到自己的双向性。他在另一篇小说《教堂广场上的鸽子》以教堂、老人、鸽群组成了宁静、祥和、富足的文化氛围。然而那个在天使雕像下喂鸽子，满脸慈和的北欧老太太在杨果心中却意味着一种难以摆脱的阴影，他甚至梦见鸽子们纷纷被灰白的头丝绑住了腿脚……小说以杨果与北欧老太太之间的"对峙"呈现了不断面对文化恐惧和戒备的异域心态。林湄（1980年代初出国，现定居荷兰）长篇小说《漂泊》中的中国女画家吉利被祖国的贫困和表姐的绝情两度"放逐"到荷兰，她身上既充溢着对古典中国中心地位的自信和现代中国再度构建中心地位的渴望，又摆脱了现实中国在虚饰自醉中盲目崇外的拘囿。

---

① 乐黛云：《关于"异"的研究》序，见顾彬讲演、曹卫东编译：《关于"异"的研究》，北京大学出版社1997年版。

而其恋人，荷兰富家子弟迪克却始终生活于"仿佛一改变现状就六神无主"的尘封状态中。《漂泊》显示的那种俯视西方文化的心理状态，因为是产生在放逐异域，容不得"闭门过日子"的境遇中，所以它已经开始脱却以往民族性格中盲目自尊、无为自贱的束缚，而在清醒冷静中显示出自信自立。

上述作品中都不乏生动的异族形象，但他们都服从于华人形象的塑造、呈现，或映衬，或对比，这或多或少地反映出新华侨华人作家此时还未完全摆脱内心深处的不安。他们关注居住国的他族形象，主要还是为了在与居住国原住民族（他们的文化往往是强势的）对话时找到自己的精神支撑点。但在后来的创作中，这种情况开始有了变化。

张翎的中篇小说《尘世》（2002）所写多伦多的亚德莱街，呈现出另外一种象征。"亚德莱街对那个包围它的都市一直心存着一种爱恨交织的感情，既信赖又防备。它依赖着都市而生，却又害怕都市会将它沦为平庸。"[①]外乡客刘颉明在亚德莱街的生存，也暗示出这样一种情感。张翎的叙事语言是颇有魅力的，写意的神韵渗透于平实而生动的叙述中，使刘颉明的异乡漂泊在苦涩中渗透出温馨。刘颉明妻子亡于车祸，他的生活中"闯"入了两个女人：温州女子江涓涓，她的身世隐秘地联系着刘颉明亡妻的家庭变故，刘颉明和她之间的千里寻偶是中国人已非常熟悉的俗套；塔米，一个口无遮拦，却心纯如水的加拿大女子，其母开着排场极大的饭店，"绝非等闲之辈"，她却心甘情愿到刘颉明的小咖啡馆打工。这样的人物设置使小说的题旨显得非常清晰："他一生中经历过的所有女人都像月亮——阴柔如银，软弱如水，让人在无比的眷恋中失去勇气也失去方位。惟独眼前的这个女人像阳光——热烈、温暖、健康，无所不在，从不需要刻意寻求。曾经走进他生活的女人都让他联想起花朵——娇柔、温婉、开落无常，需要他时时刻刻的

---

① 张翎：《尘世》，广西人民出版社2004年版，第1页。

呵护关注。惟独这个叫塔米的女人让他联想起树木——一棵采集阳光采集水汽采集大自然一切力量的树，一棵在风雨里高扬着长矛般的枝叶的树，一棵在冰雪里孕育着来年生命的树，一棵在他疲惫的时候可以让他靠上去歇息片刻的树。"①而当塔米一出场，刘颉明、江涓涓似乎都退隐了。塔米虽然与刘颉明有着若即若离的关系，但她却是全然独立的，在她开朗、坦诚的性格与善解人意的行事中，包含着西方内在精神的价值尺度。《尘世》阅读上的魅力形成于温州文化与亚德莱街文化的穿梭交织中，人们都依赖于某种文化，却又恐惧沉溺于某种文化而变得平庸。此时，需要另一种文化的搀扶、冲击。而这种搀扶、冲击，恰恰来自他族文化中与本民族文化有着本质差异或很大差别的部分。对刘颉明而言，塔米就是那样的搀扶、冲击。

后来更多的作品中，异族形象从文化的各个方面展开。例如严歌苓《寄居者》中，场景是上海沦陷后的1942年，小说人物"我"（阿玫）和杰克布来自美国，彼得则来自奥地利。三个在中国上海的"寄居者"，跨越了他们之间不同文化的藩篱，在反抗日、德法西斯的"终极解决方案"的斗争中互相关爱，共同患难，"异族"成为不同文化对于人类苦难命运的共同承担。一些作品通过"异族"形象对西方国家、美国社会展开观照，例如严力的《遭遇9·11》、沙石的《亡命岛》等，这些作品塑造的异族形象，少了本地的意识形态性和乌托邦想象，而有着对人类现阶段社会的深度观察和思考。更多的作品会写异族之间的男女情感和婚恋，在不同族群之间的婚恋纠葛中表现复杂文化，尤其是伦理关系。虽然时而面临"中外情人／中外文化"这样二元叙事的瓶颈，但情感与婚恋的个人体验性还是会将不同文化的相处带入复杂的多层面世界，让人得以认识多元文化世界的丰富、深刻。

海外华人社会的转型从根本上讲决定于他们与居住国其他种族，尤其是

---

① 张翎：《尘世》，广西人民出版社2004年版，第44—45页。

原住民族的关系，融合和同化、认同和自立，会以纷繁复杂的形态使海外华人跋涉于追求和恐惧之中，也使新生代、新移民的创作继续在漂泊中寻找栖居地。与前辈作家在国家认同和文化认同的矛盾冲突中的痛苦抉择有所不同，新生代作家一是在亲近南洋土地的真挚人性中来看待华族的身份认同，由此呈现自己心灵的最终归宿在于自己生命与南洋土地的深切联系；二是从身份认同的"民族性"和"国家性"（本土性）的历史割裂中摆脱出来，其创作常常强烈地暗示出，华人和居住国原住民如何在"民族性"和"本土性"上逐步构成良性互动，强调民族性如何审察、拓展自身，甚至将是否把对立面的"他族"纳入可供吸纳的文化资源体系中看作是决定民族性命运的关键；三是真正关注文学自身，文学不再直接去纾解民族性所受压力，而只有文学自身确实在提升、发展，才有可能真正参与民族性的建设和提升。这些努力，使新生代作家与所在国其他民族的关系进入一个新时期，他们的创作中异族形象的丰满深刻是完全可以期待的。

华人新生代作家和新移民作家的创作在走向上呈现出一种互补格局。新生代追求的是出发于乡土而终极于世界的艺术境界，他们感到自己的艺术生命与居住国土地已密不可分，千方百计地解读其文化密码，构建居住国乡土层面上足以与其他华文文学中心分庭抗礼的艺术世界。所以在他们笔下写得最好的往往是居住国的华人传统社会，尤其是传统乡村社会。希尼尔（1957年生于新加坡）在小说《南洋SIN氏第四代祖屋出卖草志》中写到，儿子告诉父亲："我把屋子给卖了。"父亲惊愕："你们把老家给卖了？"一个把南洋祖屋只当作能在炒地产热中卖个好价钱的"屋子"，一个却视祖屋为魂之所系、根之所在的"老家"，这种历史眷恋同现实"代沟"间的矛盾冲突透露出作家心中对南洋乡土"祖屋"的看重。被视为张爱玲"南洋传人"的李天葆（1969年生于马来西亚）的小说《水香记》，描写了地母庙文化氛围中的女性命运。荷花、水香母女的命运，都损在了那阳衰的男子要"靠女人赚钱"的社会风气上，而水香的生活欲望，却有如那株一有风吹，就"树叶舞晃，花朵漾漾，在天上盈盈笑开"的沉香树，在从遥远的都市吹来的风中隐没。女性这种绵绵延续的生命感被扼杀，也出现在黎紫书（1971年生于马来西亚）的小说《推开阁楼之窗》中。那半掩半开的寂寂阁楼中，隐蔽着有如南洋雨林一样疯长的生命力，当年小爱的生母为此悬身房梁，而当小爱想从那肩上站着鹦鹉的说故事者不甘于摆布的眼神中找到自己命运的出口时，她又为此付出了两条生命的代价。地道的南洋风情故事弥漫着极浓郁的热带雨林生命气息。黎紫书《国北边陲》等小说更是将南洋华人社会的生命感渲染得淋漓尽致。鞠药如（1963年生于沙捞越）的小说《猫恋》《泣犬》虽然写法上完全抛弃了传统技法，以至有些地方像密码一样难解，但字里行间渗透出的琐细、古朴、亲切的乡野气息会透过现代小说技法的遮蔽，而使作者对贫贱而闭塞的生活中人无法把握的命运的悲悯被凝聚得清晰有力。希尼尔、李天葆、黎紫书、鞠药如等都是华人新生代中优秀的小说家，他们的作品南洋乡土意兴酣畅，已经使得其叙事方式、格调及由此弥漫起的氛围都已迥异于大陆乡土、台湾乡土了。

如果说，新生代着重呈现的是世界语境中的乡土世界，那么，新移民更多表现的是民族语境中的世界潮流。我们如果读一下少君（1988年赴美）的百篇小说集《人生自白》，那么就会感到新移民作家对世界巨大变动的大胆直面，对文学纪实和现代资讯世界的从容驾驭，亲身经历、体验在超越自我中获得的震撼人心的艺术魅力，使新移民文学达到的"真"呈现出个体遭遇和一代人命运的统一。如果读虹影的小说，从《饥饿的女儿》到《阿难》《好儿女花》等，那么就会感到新移民作家来回跋涉于东西方之间的疲累。他们不断地从自身的东方（西方）现实体验艰难地攀向（返回）西方（东方）的形而上世界，在叩敲世界大门时叩问自己心灵。如果读北岛、严力、王性初、刘荒田等的诗歌，那么又会看到新移民作家在传统和现代间的穿梭，他们的艺术探索更带有综合倾向，与"白先勇时代"形成的稳健、中和的艺术传统倒显得较为协调。他们对西方现代主义、后现代主义因素的借鉴、化用，不仅在反映新移民一代人的历史命运，表现其久遭压抑后爆发的人性欲望上寻找现代、后现代艺术的平衡点，而且往往交织着民族传统中的传奇、历史叙事等因素。

　　新生代、新移民创作的异同让人感觉到一个民族内部跨文化因素的出现，也显示出身份、传统、边缘等课题越来越影响一个民族的文学。新生代、新移民的创作也仅是开始，他们如何与前辈进一步沟通，将其各自同中华文化联系的不同层面交融于居住国艺术储量的开掘中，如何处理好居住国本土传承机制的构建和与中国大陆（内地）、台湾及香港汉语主流社会文学交流之间的关系，将会使他们在民族文学的重要课题上发出更丰富独异的声音。而"在旅行中""拒绝旅行"将长久是他们可取的创作姿态。

　　华人新生代和新移民作家的创作让人感觉到，海外华文文学的发展有了一个更开阔的背景：它身处东西方文化的不同国度里，同时展开着与中国大陆（内地）、台湾及港澳文学的对话，其艺术水准、历史深度都不逊于以上地区同世代的作家，其影响超越了中国本土。

第九章　百年海外华文文学的经典化

第一节　第三元：百年海外华文文学经典化的一种视角

一

　　1993年秋天，颇有影响的著名学者佛克马夫妇在北京大学进行了一个多月的学术演讲，其中专门讲到了"西方和现代中国经典构成（canon formation）的历史发展"[1]，第一次提出了中国现代文学经典化的问题。1995年秋天，加拿大学者斯蒂文·托托西也在北大讲学，将"经典形成"置于其"整体化文学理论"中予以考察。[2]这两次演讲稿都很快被整理出版，引起中国大陆（内地）学术界的热烈讨论。1996年，谢冕、钱理群主编的《百年中国文学经典》（8卷本，北京大学出版社）和谢冕、孟繁华主编的《中国百年文学经典文库》（10卷本，海天出版社）相继问世，之后一波波回顾百年中国文学而将其经典化的浪潮延续至今，其中的焦虑、急切时时扑面而来。相

---

　　① 佛克马、蚁布思：《文学研究与文化参与》，俞国强译，北京大学出版社1996年版，第39—49页。

　　② 斯蒂文·托托西：《文学研究的合法化》，马瑞琦译，北京大学出版社1997年版。

对而言，百年海外华文文学在其经典化的问题上却显得安静，有如它的"边缘"存在。这种"安静"的局面也许反而有利于人们从"经典化"的角度去考察百年海外华文文学。

在经典的问题上保持对经典的敬畏，不将经典政治化、商品化，依旧是我们对待文学经典的态度。但不管是本质主义的经典观，还是建构主义的经典观，经典化都始终是文学史的重要功能；任何文学展开自身，并进入自身传统的过程都是经典化的过程，即便是当下人们对同时代文学的阅读和研究，也是在参与文学的经典化。海外华文文学已有百年历史，既与中国大陆（内地）、台湾和香港、澳门文学有密切联系，也已形成自己的传统。其一代代作家中，既有饮誉世界的文学大家，也有创作明显指向经典性、反映出中华民族新文学达到的高度的重要作家，更有在各个文学领域中以独异个性取得艺术突破，或在其居住国文学史中以开拓性创作占有重要地位的众多作家，其作品都有着不可忽视的经典性或潜经典性。经典化主要是作家作品的沉淀，这些作家的创作已经为百年海外华文文学的经典化奠定了最重要的基础；但各种现实因素又使海外华文文学的经典性被遮蔽，经典化已成为海外华文文学及其研究深入发展的关键。

海外华文文学经典化有其历史复杂性，其区域性、国别性影响尤为明显。"20世纪中文小说100强"中，东南亚华文小说入选的只有一部《吉陵春秋》（马来西亚，李永平）。"20世纪中文小说100强"〔评委14人，其中中国大陆（内地）6人，中国台湾、中国香港、北美、东南亚各2人〕将中国和海外的作品置于同一典律中，反映出百年中文小说经典化的价值尺度。在这一尺度中，入选的台港、海外作家的作品有47部（在另外一份由网上读者投票产生的"20世纪中文小说100强"书单中，台港、海外作家的作品更是多达55部），说明这一尺度有其文学经典化的合理性、有效性。然而，这一尺度对于历来被视为海外华文文学最重要地区的东南亚却未必有其完全的有效性。问题还在于，东南亚华文文学是文学世代最久、历史形态最完整、和居住国关系最密切的海外华文文学，在海外华文文学的典律构建上举足轻重，但"20世纪中文小说100强"的中文主流社会（入选"20世纪中文小说100强"的海外作家基本上是从中国大陆（内地）、台湾或香港旅居于欧美的作家，其海外创作的作品也基本上是返回中国大陆（内地）、台湾或香港出版和产生影响的）的经典化价值尺度却难以覆盖东南亚华文文学（东南亚华文文学的生产和传播已有近百年东南亚本土的历史）。例如曾被称为"新马华文文坛现实主义三剑客"之一的姚紫（1920—1982）的第一本作品、中篇小说《秀子姑娘》1949年在《南洋商报》连载，当年在新加坡出版单行本，1个月再版3次，销量18000本，在当地华人中激起巨大反响。六十余年过去，这部描写1940年代后期东南亚战场生活及由此引发的情感纠葛的小说被视为"新华文库的经典"①，在东南亚华人中仍被传颂。但这类作品至今难以进入我们已建构的文学经典化视野。很显然，处理好中文主流社会和非中文主流社会创作、传播的关系，意识到中国大陆（内地）、台湾、香港和澳门地区与海外华人社会之间已经产生的巨大差异，把握百年中华民族文学多源多流的历史，由此出发，探寻百年海外华文文学经典化和百年中国文学经典化的对接，是当下我们关注百年海外华文文学经典化应该展开的。

百年海外华文文学经典化的考察有其多种视角，而海外华文文学作为海外华人在其离散生涯中的生命体验，其经典化的尺度孕育于这种独异而丰富的精神历程中。由此出发，我们会发现，"第三元"是百年海外华文文学的经典性所在，也是考察百年海外华文文学的重要视角，因为它产生于海外华人与多种文化对话的生命体验中，包含了其移民生涯的丰富经验，也体现出中华文化海外播传中的智慧。

---

① 柳舜：《姚紫——一支烟多于焰的火把》，（香港）《香港文学》第323期（2011年11月）。

　　不少海外华人作家关注过"第三元"的思想，例如高行健就多次谈及："一生二，二生三，三比二丰富，三生万物。一分为二是物理世界，三才有生命。"①"简单的一分为二，是一种粗鄙的哲学。一分为三，或一分为无数，乃至于复归于混沌，这种认识是更高明的。"②他将"第三元"的思想视为关于生命世界、生命价值认识的升华。但文化"第三元"的系统阐释主要来自旅法作家程抱一的论述。程抱一1948年留法至今，这位2002年当选为法兰西学院成立以来唯一的亚裔院士的"中西文化的摆渡人"，其创作一直在成功地将中西两种似乎迥然不同的传统结合起来的实践中实现着艺术的升华。他在对生命世界的深切领悟中发现了"第三元"的思想："生命世界是统一的有机体"，"'气'是生命世界整体的基础"，而在整个世界的生命网络中，"'气'的运转是三元的，即阳气、阴气、冲虚之气。阳气是一种积极的力量，阴气是一种柔性的接受力量，冲虚则是阴、阳两气相遇和循环运动所必需的'中空'。阴气和阳气都需要冲虚之气来使它们进入有效的相互作用、相互和谐的状态"。从太虚中产生出的元气孕育出的生命之气，即阴阳二气，需要第三元的"冲虚之气"来促进其结合，这是程抱一从"中国思想的精髓"中"提炼"出的"从一元跳到三元"的"思想的路线或方式"："最明确的宣示是《道德经》第四十二章：'道生一，一生二，二生三，三生万物，万物负阴而抱阳，冲气以为和'。一指元气，二指自元气分出的阴和阳二气，三指阴阳交互时所滋生的冲虚之气"，冲虚之气所起"以为和"的作用，使万物圆融，互有沟通。③"三"因为"二"的存在才存在，但"三"又提供了一个使"二"能进入并于其中转换变化的空间。所以真正

　　① 高行健、马寿鹏：《京华夜谈》，见高行健：《对一种现代戏剧的追求》，中国戏剧出版社1988年版，第192页。

　　② 高行健：《没有主义》，香港天地图书有限公司1996年版，第174页。

　　③ 朱静：《译者前言》，见程抱一：《万有之东——程抱一诗辑》，同济大学出版社2007年版，第3页。

的超越，不可能是一元，也不会是二元，而只能是三元。程抱一的追求充满了对"第三元"的思索，是因为他一直处于东西方文化交汇冲撞的语境中，他要在不回避冲突、不回避隔绝中求索到生命可沟通、可变化之处："一元的文化是死的，是没有沟通的，比如大一统、专制；二元是动态的，但是对立的，西方文化是二元的；三元是动态的，超越二元，又使得二元臣服，三元是'中'，中生于二，又超于二，两个主体交流可以创造出真与美。"[①]文学艺术就是第三元，"是物我之间的超出物"，它以"和"而接纳万物，在主体与主体的对话中创造出万千之美，达到生命最美妙的境界。这种"生于二而超于二"的"第三元"揭示了"只有对话关系才能滋生出最高境界"[②]的真谛。而百年海外华文文学所处的根本性境遇就是跨文化的对话，"第三元"自然成为百年海外华文文学追求的最高境界。

二

"第三元"的思想是中华文化传统的一种本根，它能在海外华文文学中有力浮现，根源自海外华人的处境和经历。海外华人对文化多元的深切认同萌生于其自身的移民生涯中，密切联系着华人从"叶落归根"的侨民心态到"落地生根"的人生选择的转变。以华文文学传统最深厚的马来西亚为例，二次大战结束后的国家宪制建立中，华人在殖民文化的背景下还感受到了马来民族主义的强大压力，无论是1948年的马来亚联合邦条约，还是1957年的马来亚独立宪法，都承认马来人作为"土地之子"的身份及其特别的地位。1956年《蕉风》25期刊出的诗歌《近打河的潮声》（唤云）以"英语"和

---

① 晨枫：《中西合璧：创造性的融合——访程抱一先生》，见程抱一：《天一言》，山东友谊出版社2004年版，第288页。

② 程抱一在《美的五次沉思》《对话》等著述中，多次提到文学艺术是"第三元""二元"的相遇，对话会产生（生命、艺术的）最高境界。

"巫文"竞相发出的恶魔似的冷笑表达了华人在殖民主义和民族主义双重文化压力下的隐忧。而恰恰是这种多重文化的压力，使华人将认同多元文化作为自身的生存之道。1950年代的马华文学论述中，这种文化取向比比皆是：华人文化"将是马来亚文化的一个主流，正如马来人的文化也是马来亚文化的一个主流一样"①，不同民族并存的"主流"交汇成马来亚文化；独立的马来亚文化是"融合各民族文化的一个新文化"②，不仅代表马来亚华、巫、印三大民族文化，也充分重视其他少数民族利益；等等。这些论述都包含着摒弃一元中心主义、走出二元对立模式的思考，其指向正是包容并蓄的"第三元"。尽管现实往往被一元中心主义主导，被二元对立模式钳制，马华民族由于其被压制的状况也会陷入某种民族对抗的怪圈，但"马来亚如果想走上真正富强康乐的道路，华巫两族就必须互相容忍，互相帮助，互相提携，互相把以前的怨隙一笔勾销，而重新携起手来，共同来创造新的国家，新的文化，新的前途"③，这也一直是华人致力追求的。这种努力孕蓄着"第三元"的世界，滋养着马华文学的生长。文化多元认同是华人走出以族群利益对抗居住国国家意识形态而形成的恶性循环的有效途径，可以说，百年海外华文文学就是一部文化多元认同的历史。

前文论及"第三元"在海外华文文学中的拓展不只是来自它身处"他国"、面对多种文化压力而认同文化多元，还在于它的处境可能会恢复中国大陆（内地）、台湾、香港和澳门中国人认知的整体性，成为全体华人／中国人的精神归属。这来自海外环境所凸现的民族语言的包容性、共享性，也来自海外写作所包含的文学殉身精神。痖弦曾谈及自己年轻学诗时崇拜何其芳的诗，称之为自己"年轻诗土上的第一场春雨"，但后来经历了"偶像破

---

① 海燕：《由沙漠的边缘说起》，（马来西亚）《蕉风》1956年第9期。
② 慧剑：《马来亚化是什么》，（马来西亚）《蕉风》1956年第16期。
③ 《编者的话》，（马来西亚）《蕉风》1957年第36期。

灭"的痛苦，只是因为何其芳"他离政治太靠近了"。①痖弦一生从大陆到台湾再到海外，漂泊失所，移位失声，诗歌成为他寻回自我的唯一所在。他的体验是文学离政治、商业等都不能"太靠近了"。海外华文文学为什么能产生经典？一个重要原因是它难以容纳现实功利心，即便在美国，也是"信教容易写作难。迷上写作这行，就等于自绝于上帝自绝于人民，甚至还得抛家舍业"，这反而"净化了海外严肃作者的队伍"，②使作家得以在内心深处保存对文学的挚爱。同时，海外华人作家也处于各种政治旋涡中，但大都是广义上的左派、右派，只是从对人的关怀出发而倾向于左或右，不会受政党的牵制而身不由己，当然更有告别一切主义而追求心灵的更大自由的。痖弦曾以"博大"和"均衡"表达他的观念：博大的真正含义"在于内蕴的丰厚，以及多元条件综合下的汇集交融"，其"真正的本质"是"一种内在的沉潜和静穆"，避免沦为商业的、工具的"文学"；"均衡"则包括新与旧、保守与激进、学院与草莽、乡土情怀与民族意识、此岸与彼岸等多个方面皆不能顾此失彼。③痖弦一生实践着这"博大"与"均衡"，成就了他在华文文学界的知名度和影响力，也提供了打开"第三元"世界的宝贵经验。

在国共全面对峙的1950至1970年代，海外华文文学就超越冷战意识形态而极大丰富了现代中华民族的文学传统。即便是写抗战、国共战争等题材，如於梨华的《梦回青河》（创作于1961年，1963年出版）、白先勇的《台北人》（1971）等也都深入到人性关怀、历史沧桑、命运轮回、时空意识等层面，这样的作品才会为中国人关注。对于文学与政治、文学与消费等关系的处理，海外华文文学提供了丰富的经验，其中最重要的就是文学跳出"诸神"的圈子，以自己的本性包容、表达一切。这就是作为"第三元"的文学的存在。

---

① 阿九：《痖弦访谈》，（香港）《香港文学》第322期（2011年10月）。
② 北岛：《硅谷的夏娃》，（香港）《香港文学》第323期（2011年11月）。
③ 方娥真：《博大与均衡》，（香港）《香港文学》第322期（2011年10月）。

海外华人的生活往往最先触及了文学所关注的，如爱情、婚姻等，最丰富地包含了"人之为人"内容的问题。旅德的潘可人将自己的第一本书命名为《昭君，你好吗？——异国婚姻的美丽与哀愁》，就意在揭示"昭君和番"的历史有可能成为华人的某种生活常态（包括婚姻的失败、挫折等）。"双元文化婚姻"[①]等开始使东西方文化的相处直接进入了华人的家庭日常生活，影响着家庭伦理等最重要的传统，也深层次地触及差异性很大的文化日常性对话的问题。这种触及，是传统中国人的生活从未有过的，也是现代中国人的思维尚未深入展开过的，而恰恰又为不同文化的相处提出了重要课题。可以说，海外华人跨文化生活的各个方面都会自然而然地孕育出作为"第三元"的文学空间，"第三元"本是海外华文文学的题中之义。

三

20世纪末，就有学者强调："三十年河东，三十年河西，21世纪将是中华文化的世纪。"新世纪以来，也有学者提出中国文化"足以成为欧洲文化、美国文化之外的'第三极文化'"[②]的构想。然而，直接处身于他族文化之中，有着强烈的传承、播撒中华文化传统意识的海外华文文学并无一争高下的意向。身处东西方文化的不同国度，同时展开与中国大陆（内地）、台湾和港澳文学的对话，其指向正是希望超越中西文化的二元对立，成为和谐相生的"三元"文化格局中的一元。由此，"第三元"也成为百年海外华文文学经典性的重要维度。

与中国大陆（内地）文学不同的是，海外华文文学创作和传播都在跨文

---

① 潘可人：《昭君，你好吗？——异国婚姻的美丽与哀愁》，（台湾）远流出版事业股份有限公司1999年版，第201页。

② 黄会林：《关于中国文化国际传播的思考》，《山西大学学报》（哲学社会科学版）2012年第3期。

化的语境中展开，百年海外华文文学提供的最有价值的经验也是如何处理中西文化关系。回顾其历史，我们常会欣喜地发现，海外华文作家往往能更早、更切实地把握中西文化传统之间的对话。例如，1955年，后来被称为香港诗坛"三剑客"的叶维廉、王无邪和崑南创办《诗朵》，之后又参与《文艺新潮》（1956）、创办《新思潮》（1959）等，成为香港现代文学最重要的推动者。1950年代香港的现代主义诗潮是1949年后中国文学中最早发生的现代文学思潮之一，其重要性不可低估。但在香港的文化环境中，香港诗人往往在西化狂潮中兴奋有余、反省不足。而走出香港来到海外的叶维廉却早早觉察到东方和西方、传统和现代的异质性和延续性。他接受了西方"新批评"等学术训练（他的硕士论文就是《艾略特诗的方法研究》），却以强烈的"东方意识"和"创建自觉"超越于原有西方语境中的理论内涵，发展出会通中国古典诗学和英美现代诗美学的"新的批评"。①他比同时代香港、台湾诗人都要早地以"步入诗的新潮流中，而同时有（原文如此，应为"又"——笔者注）必须把它配合中国的传统文化"②来自审反省，半个世纪中写下的近50种诗集、散文集，都在"对中国诗的美学作寻根"时又"能引发两种语言两种诗学的汇通"，③在"五四给了我们新的眼睛去看事物"时，又绝不"伤及我们美感领域及生活风范的根"。④总之，他在两种文化及美学的分歧中求交汇，一步步走向接纳双方、和谐相生的境地。他后来强调道家精神，也是因为"在他的意念里，道家所强调的语障，是一个不可忽视

---

① 郑蕾：《叶维廉与香港六十年代现代主义批评》，（香港）《香港文学》第324期（2011年12月）。

② 叶维廉：《论现阶段中国现代诗》，《新思潮》第2期（1959年12月）。

③ 叶维廉：《语法与表现——中国古典诗与英美现代诗美学的汇通》，见叶维廉：《比较诗学》，（台湾）东大图书股份有限公司2007年版，第67页。

④ 叶维廉：《语法与表现——中国古典诗与英美现代诗美学的汇通》，见叶维廉：《比较诗学》，（台湾）东大图书股份有限公司2007年版，第67页。

的境界，这个方向重现自由无碍、物我物物、互参互补、互认互显的圆融世界"①，"第三元"豁然显现。

叶维廉的努力可以代表百年海外华文文学的成就，从战后冷战意识形态尖锐对立的时代到当下文化多元的年代，从林语堂、鹿桥、程抱一到白先勇、郑愁予、王鼎钧再到高行健、王德威等，无一不是在现代文学中保存丰富传统，在"我们的固有思想"中发现、产生新价值。这中间包含着丰富的经验。例如身处海外的"边缘"状态，使海外作家面对多个中心，对民族传统有了参照系开阔的把握；又如，走出了华文主流社会，使作家有可能避免中国社会现实的政治、经济的因素对民族性的发扬、传统的现代转换等的负面制约，超越功利性地发挥传统的建设性作用；再如，海外创作使作家更多地回归自己的艺术个性，立足于追求发展、丰富自己的艺术个性来接纳西方，汲取现代，他们最终必然回归民族，沟通传统……所有这些经验，都使得作家们在现代创作中将华文背后的那个大传统发扬得淋漓尽致。《灵山》（高行健）的魅力就是将包括道家的自然文化、禅宗的感悟文化、士人的隐逸文化、原始的民间文化等的血脉都沟通了。在许多海外华文作家那里，强化文化冲突和漠视文化差异都不可取，他们的创作呈现出不同文化对话、沟通、融合、互补的迷人境界。

"第三元"或可被视为海外华文作家精神自由所在。华人作家漂泊海外，很多人是一种自我放逐。洛夫在讲到他耄耋之年旅居加拿大的心境时说："临老去国，远奔天涯，至少在形式上我已失去了祖国的地平线，失去了我生命中最重要的认同对象"，但"对一个作家来说，初期的流放生涯对他的创作绝对有利"，因为"他能百分之百的掌握绝对自由的心灵空

---

① 崑南：《叶维廉是当今诗坛一代宗师》，（香港）《香港文学》第324期（2011年12月）。

间"。① "失去"了对国家、民族一类的认同，反而"无牵无挂／没有家人／没有故乡／无所谓祖国"，"没有家族／更无门第／也无身份／孑然一身／倒更像人"②，中国人曾身受或仍拘囿其中的一切"枷锁"通通去掉了，"我"只是"天地之间的'人'，非男非女，非老非幼，非中非西，非古非今"③，这样一种"无所待"的状态"倒更像人"，有着一种精神的大自由、大自在。海外华人的漂泊生涯有着孤独、迷惘，也遭受着压抑、歧视，但海外生涯也给人某种程度的自由。那些在海外坚持写作的作家，他们以"人乃脆弱人""心乃平常心"的认知和体验在文学创作中寻找到了精神的自由。那些称得上海外华文文学经典性作品的文本，确实如鹿桥的小说集《人子》（1974）所写的那样，经历了种种"破障"的体验，终于达到了那种在有限的人生中把握到永恒的自由境界。如果讲，经典具有在历史逻辑修正中的丰富解读性，那么，海外华文文学的经典性就以对自由状态的充分感悟超越了历史逻辑的修正，让人领悟文学通向精神自由的无限可能性，就如洛夫在海外生涯中形成的"天涯美学"："天涯"不只是指海外，更是精神和心灵上的。漂泊的心境不但可摆脱民族主义的压力，而且极易捕捉到超越时空的永恒性，④ "人在天涯之外，心在六合之内，'天人合一'的境界在天涯美学中已不再是一种抽象的概念，而是一种实质"⑤。

"第三元"意味着不断打开"一种无穷无尽的可能性"，就如程抱一从

---

① 张晶、洛夫：《诗人洛夫访谈录》，（香港）《香港文学》第308期（2010年8月）。

② 高行健：《游神与玄思》，转引自刘剑梅：《现代庄子的凯旋——论高行健的大逍遥精神》，（香港）《城市文艺》第58期（2012年4月）。

③ 王良和、黎翠华：《凭倒影去观察自己——与黎翠华谈她的散文》，（香港）《香港文学》第310期（2010年10月）。

④ 陈祖君：《从"边界望乡"到"背向大海"：身体流放与地方错置》，（香港）《香港文学》第308期（2010年8月）。

⑤ 《诗探索》编辑部：《洛夫访谈录》，《诗探索》2002年第1—2辑。

里尔克那里得到的启悟："我们将步入生命的'大开'"①，所有的事物都会展开它们无穷尽的存在。而正如旅法作家蓬草说的，当你有如"一条深海的鱼，潜游自在，舒然往来"，"真真正正的以四海为家"时，那"一种无穷无尽的可能性"就向你打开了。②文学也许从来也不是反映"生活是什么"，而是探索"生活可能是什么"，文学的经典性就在于它揭示生活无穷无尽的可能性。当海外华人作家真正以四海为家时，这种无穷无尽的可能性就更有可能出现在他们的作品中。我们阅读海外华文文学作品，需要摆脱我们习以为常的文学"反映论"，至少将文学"反映论"只看作文学的一种可能性，将反映海外华人的历史和现实只看作海外华文文学存在的一种可能性。程抱一将自己那本在法国一版再版的诗集取名《万有之东》时，就强调："'万有之东'的'东'并不是指'东方'，而是指超越'万有'之外，超越东、西之外，超越一切之外的'东'，这是一种包容一切的境界。"③程抱一诗作的魅力就在于打开了东西方对话的无穷无尽的可能性，诗人从个人内心深处喷发而出的跨文化对话转化成一幅幅神韵生动的中西山水画，或笔墨淡雅有致，或色彩浓重有序，但都弥漫出和美的气质，又有着内在哲思的支撑，诗中那些吸纳种种自然之气，又包含种种生命主体对话的意象使"东方和西方，这两个世界从来没有"如此"接近"，④那真是生命得以"大开"、一切皆为"可能"的文学世界。

百年海外华文文学在推进人对于自身复杂性的认识和文学对于人的表达的复杂性上都取得了巨大进展，这些进展也都指向了"第三元"。海外华文

---

① 程抱一：《和亚丁谈里尔克》，（台湾）纯文学出版社1972年版，第23页。

② 蓬草：《森林·自序》，（台湾）联合文学出版社有限公司1993年版，第1页。

③ 程抱一：《万有之东——程抱一诗辑》译者前言，朱静译，同济大学出版社2007年版。

④ 法国报纸言，见程抱一：《天一言》封底，杨年熙译，人民文学出版社2009年版。

作家追求的"所有伟大的思想都是半雄半雌的"或"半神半兽"的[①]表现，并非只是强调文学表达人性的复杂性，而是要超越"雄"和"雌"、"神"和"兽"的二元对立，在接纳、表现"雄"和"雌"、"神"和"兽"中使思想深刻化。他们作品文字内涵的巨大张力也是在调度各种紧张冲突中的矛盾、反差、对峙、不协调等等时产生的，由此透射出他们所处环境、时代特有的美及其包含的力量。总之，无论在文学的哪一方面，"第三元"都构成海外华文文学最重要的一维。

四

类似影响巨大的作品还有一些，但它们至今难以进入我们的百年海外华文文学史的视野。"第三元"那样的经典化视角，可以超越政治意识形态之争等因素，在一个开阔的视角中审视百年海外华文文学的成果。

百年海外华文文学与百年中国文学关系极为密切，其发生大多是海外华人作家对于五四新文学运动的呼应，而当下相当多有成就的海外华人作家也有中国大陆（内地）、台湾或香港、澳门的文学背景。但百年海外华文文学在其发展中也已经脱出中国现代文学的传统。早在1980年代，旅美学者周策纵在考察东南亚华文文学时就觉察到海外华文文学"双重传统"（中国文学传统和本土文学传统）形成的事实。之后，"多重文学传统""多元文学中心""多元书写""双重透视力／视野""多重边缘"等课题不断在实践中被提出，逼近着海外华文文学的存在核心。一方面，海外华人，尤其是东南亚华人，在居住国世代日久，落地生根已成历史常态，"祖国""故土"等观念、想象都在发生变化，其文学描写多元族群的边缘世界、发出各种族文化的声音构成其交融性、斑杂性的特征。另一方面，海外华人，尤其是欧美

---

① 阿九：《瘂弦访谈》，（香港）《香港文学》第322期（2011年10月）。

华人，多流向的迁移在全球化环境中增强，华人在不同板块的区域间的政治放逐、文化迁徙、生活移居，使不少作家熟悉并接受了不同的文化成规；当他们能从容、自在地出入于两种或更多种文化空间时，"文学多价成规"，即"按照预设，所有意欲把一个表层文本实现为一个语言的、审美的交往性文本的参与者们都愿意而且能够通过多价而非一价来操作他们的加工处理过程"①，就成为海外华文文学的成规。本来，审美成规的作用之一就是"使人们对文学中所表现的事态比对'现实'中的事态怀有一种更大限度的宽容"②，文学多元成规在海外华文文学中的生成表明海外华文文学的多种传统、各种传承皆自成一脉。"我还能够听听孟浩然的春天早上的鸟声和晚上的风雨声，还常常眺望着窗外李白的月亮，还能跟徐志摩挥挥衣袖，走一走余光中的西螺大桥，用一用洛夫的望远镜探望一下家乡。我也还能陪纪弦喝杯酒，做罗门的流浪人，读杜十三火的语言。他们在我的人生中，从来未曾断过线。"③对于不少海外华文作家而言，接续孟浩然、李白的，已是余光中、洛夫、纪弦等中国大陆（内地）之外诗人组成的传统。所以，当我们考察百年海外华文文学时，需要从我们习以为常的"中原"立场中走出来，在多源多流的历史中理解、把握百年海外华文文学的经典性存在。

马来亚大学中文系毕业生协会、马来亚大学中文系2012年联合出版的《马华文学文本解读》，是由马来西亚"各大专院校的老师以投票的方式来定夺"的文学教材，反映出马来西亚本土的马华文学经典化，其第一原则就是"按着多元的书写倾向选文"，全书"选择了21种马华创作中最常见的书

---

① 西格弗莱德·施密特所言，转引自佛克马、蚁布思：《文学研究与文化参与》，俞国强译，北京大学出版社1996年版，第34页。

② 西格弗莱德·施密特所言，转引自佛克马、蚁布思：《文学研究与文化参与》，俞国强译，北京大学出版社1996年版，第32页。

③ 蔡景龙：《未曾中断的故乡脐带》，（台湾）《文讯》第284期（2009年6月）。

写类型"，[①]即"新兴文学"、"南洋文艺"、"抗战文艺"、"爱国主义文学"（对马来西亚的忠爱）、"中国性"、"文本混血"、"都市文学"、"女性文学与女性主义文学"、"政治抒情诗"、"生态文学"、"仿拟"、"后设小说"、"魔幻写实"、"离散书写"、"同志文学"、"少数民族书写"、"地志书写"、"历史书写"、"饮食文学"、"现代主义与后现代主义"和"自我书写"。这一文学读本显然与我们习以为常的中国现当代文学读本有很大不同，也提醒我们不能再有意无意地用中国现当代文学经典化的尺度对待海外华文文学。对于中国大陆（内地）的研究者而言，海外华文文学经典化的过程发生在"双重跨文化"（所谓"双重跨文化"是指作家的创作产生于跨文化语境中，而中国大陆（内地）的研究者对其的解读又发生于跨文化语境中。这种"双重跨文化"阅读会因误读程度较大而增加研究的难度）阅读中，而从海外华文文学自身传统中产生出来的"第三元"更应该成为我们展开百年海外华文文学经典化的一种重要视角。

第二节 "本源"与"他者"交流后的升华：从程抱一创作看海外华文文学的经典性

《第三元：百年海外华文文学经典化的一种视角》中提到"第三元"思想的系统阐释者程抱一，其创作一直在成功地将中西两种似乎迥然不同的传统结合起来的实践中实现着艺术的升华。考察其创作的展开，可以更充分地了解，"第三元"何以成为海外华文文学经典化的重要尺度。

程抱一欧洲"隐居"中的写作致力于在"本源"和"他者"两种文化的精华之间建立起生命感受的交流，由此丰富民族文化和人类文化。他视"三

---

① 许文荣、孙彦庄主编：《马华文学文本解读》，马来亚大学中文系毕业生协会、马来亚大学中文系2012年版，第5页。

元思想"为道家和儒家共同之道，又和西方艺术思想有精神上的暗合相通，从而将三元论这一"中国思想所奉献的理想化的世界观"提升为人类的宇宙观。他的文学作品充溢着交流本身独立创造的生命力，近代以来的中（传统）西（现代）二元的观念得以消解，中华民族人性的至尊和中国人灵魂的深邃得以丰富呈现，两种传统交流中的更新让异域的中华文化传统更为丰厚。这一切也是海外华文文学的经典性所在。

　　程抱一1949年旅居法国，在最初十余年中，"几乎一无所有：没有有效的文凭，没有职业。那时候故国文化与法国文化尚无对接，中国艺术在法国远没有今天这样受人瞩目"，而他在尚未"能够直接用法语创作散文、诗歌和小说"的"将近二十年里"，甚至"是一个失语者"。[1]这种西方文化环境，使得中华文化传统的延续没有任何现实功利性；对于程抱一而言，更是无现实功利而从内心生发故国文化与法国文化对接的愿望。法国学者形容程抱一来到法国的生活是"在悄无声息中默默吸收着西方文化，与此同时，他在孜孜不倦地探索中国本土古代艺术、绘画和诗歌传统的意义"[2]，这是一种文化"隐居"的生活。而程抱一恰恰是在这种文化"隐居"的环境中，成就了大学问。他最初在法国有影响的著述，就是运用新的研究方法，系统阐释唐诗和其他中国艺术。《中国诗语言》（1977）和《虚与实——中国绘画语言》（1979）、《梦的空间——千年中国绘画》（1980）、《气—神》（1989）等著述，不仅对中国独有的文学艺术宝藏作了精湛阐述，而且力图"把中国思想的精髓提炼出来"[3]，对生命的本质进行思索，在法国艺术界和

---

① 程抱一：《气化为符》，见程抱一：《美的五次沉思》，朱静、牛竞凡译，人民文学出版社2012年版，第128页。

② 米勒-热拉尔：《诗与画——程抱一与克洛岱尔》，见褚孝泉主编：《程抱一研究论文集》，复旦大学出版社2013年版，第42—43页。

③ 晨枫：《中西合璧：创造性的融合——访程抱一先生》，见程抱一：《天一言》，杨年熙译，山东友谊出版社2004年版，第279页。

学术界得到了广泛认同。之后他更是在小说、诗歌、散文、书法、绘画创作和哲学、美学、翻译等诸多方面成果丰硕，著述30余种屡获大奖，成为欧洲社会中涉及文学艺术门类最多、创作成就最大的华人作家和学者。更有意义的是，程抱一对中国传统诗书画世界的精妙诠释，不仅被拉康、雅可布森、列维-斯特劳斯等欧洲思想、艺术大师由衷赞许，而且可以进入法国"寻常百姓家"，被社会上读者大众像阅读自己国家的名家书籍一样喜爱。2001年，程抱一荣获法兰西学院文学大奖和法国总统颁发的荣誉骑士勋章。同年，法国当代著名作家、法兰西学院院士雅克·德·波旁-布塞去世。翌年，法兰西学院选举由程抱一接替出任。程抱一成为与拉辛、高乃依、孟德斯鸠、伏尔泰、雨果、大仲马、泰纳、柏格森、法朗士等人名列一起的"不朽者"：东方"大隐"成就于西方。

一、大隐隐于西

程抱一1975年前主要用中文写作，此后开始用法文写作，但其主要作品已译成中文，并在大陆、台湾等华文主流社会产生广泛影响。以程抱一为代表的"大隐隐于西"（就中华文化的海外播传而言，陈季同、赵无极、高行健等旅法者也称得上"大隐隐于西"）现象，传达出中华文化与欧洲华文文学的根本性关系，也反映出中华文化身处传统深厚、历史久远的欧洲文化圈中被激发的活力。

何谓"大隐"之"大"，程抱一的实践和成就是，"不断地在其本源文化积淀中最精华部分和'他者'提供给他的最精彩的部分之间去建立更多的交流"[1]。只有把握了"本源"和"他者"两者的精华，并予以交流，才可能丰富民族文化和人类文化。

---

[1]　贝尔托：《当程抱一与西洋画相遇——重逢和发现（达·芬奇，塞尚，伦勃朗）》，陈良明译，见褚孝泉主编：《程抱一研究论文集》，复旦大学出版社2013年版，第142页。

　　程抱一的这一实践，开始于东西方严重对峙的年代。他的《与友人谈里尔克》一书写于1961年至1964年，这段时间前后，中国正不断地发生着一场场"红色革命"，而法国也涌动着社会革命潮流，甚至为中国"文革"红卫兵运动思潮的狂热所裹挟。然而，《与友人谈里尔克》所展示的程抱一异域写作的起点却呈现包含人类根本性关怀的开阔视野。里尔克写作的意义在于他探讨人类现实的苦难而将思考深入至人类生命的根本意义。而程抱一最初就是在抗战时期敌机轰炸下的西南山洞里读到里尔克的诗，在自己的心和"受难的大地"的"脉搏同跳"的体验中，他理解了里尔克诗所包含的诗人"穿过死亡，追寻真生"的一生。如同当年冯至从里尔克作品的主调"死亡"中领悟生命的意义一样，程抱一也共鸣于里尔克视"死亡"为"生命中起决定性作用的因素"，它"使我们个别的生命突然变得无可替代"；但程抱一更强烈地感受到里尔克视"生命"为"大可能、大变化、大形成"的意义："只有把死亡纳入我们的生命，我们才能领会'全生'的真趋向"，"生命的实质与可能性在有形世界已经俱在了"，而"生命的另一面是精神吸收了有形世界的精华之后的另一种存在"，由此，我们才会经历生命的"大开"。[1]这种生命的"大开"通向"真生"，其真义包含"爱超越被爱——被爱是最终烧死火里，爱才是无尽的燃烧；被爱是最终归于消逝，爱才是永存"，尤其是在"人间的爱已经流于拘谨的限制，柔弱的妥协"的现实中。[2]显然，程抱一的写作起点就突破了不同政治意识的羁绊，之后一直沿着寻找生命的真正意义这一方向深化展开，因为"人类只有在享受意义时才真正享受生命"[3]。

　　里尔克成为程抱一写作的起点，还在于里尔克作为"一位伟大的西方诗

---

①　程抱一：《与友人谈里尔克》，人民文学出版社2012年版，第29—34页。

②　程抱一：《与友人谈里尔克》，人民文学出版社2012年版，第78页。

③　高宣扬、程抱一：《对话》，张彤译，北京大学出版社2011年版，第60页。

人，以基督文化为出发点，在其漫长的求索过程中，介入了伊斯兰教和佛教的精神世界……终于获得了和许多中国伟大诗人相近的人生观"①。程抱一在《和友人谈里尔克》中多次谈及"里尔克是一位罕有的懂得亲近东方的西方诗人"②，其诗具有李白、陶渊明、杜甫、李商隐、李清照等人诗作同样的品质。里尔克引导程抱一去思考东西方文化如何相亲相近。尽管此时期东西方正处于严重的意识形态对峙中，程抱一却开始了东西方文化相依相补的思考。

应该感谢法国给予了程抱一足以实现其抱负的文化环境，尽管法国有着大革命的传统，现代以来也处于西方意识形态阵营，但它作为西欧的中心国家，广纳各方影响，一直有着开放的文化胸怀。而欧洲本身在文化上既多样又融合，一些国家往往通用几种语言，多语言环境对外来文化较易接纳。而且与20世纪初日本"鄙视"中国传统的社会氛围不同，欧洲社会对悠久的中国文化传统有着仰慕、神往，"东方文化救世论"盛行于一部分欧洲知识分子中，挑战前人的反叛意识，使一些欧洲作家力图借助中国文化传统来建构新的美学境界。这样一种环境，使旅欧作家的中国文化背景在异域文化环境中仍得到了较从容的展开。同时，与其他宗教背景的移民不同，中国移民的儒、道等文化背景使得他们的信仰没有某些宗教的排他性，更不构成对居住国原有文化的威胁，使得其文化易与居住国其他文化传统和睦相处、平等对话。所以，就欧洲华文文学而言，它既无东南亚华文文学在殖民统治时期和民族独立以后都承受的族群冲突、民族压迫而带来的文化压力，也无美华文学因美国一度实行歧视华人法案而造成的艰难境地。所以，它未承担东南亚华文文学要以传承中华文化传统来凝聚族群力量、抗争民族压迫的重任，虽处于边缘，却长远平和地存在发展。程抱一也得以在这样的环境中长期努

---

① 高宣扬、程抱一：《对话》，张彤译，北京大学出版社2011年版，第106—107页。

② 程抱一：《与友人谈里尔克》，人民文学出版社2012年版，第100页。

力，成就了自己的追求。

程抱一首先是在生命运行的根本问题上把握住了中国本源思想的精华。他在长期思考中对中国文化的一些核心概念进行了深入的清理，意识到"中国宇宙思想的核心便是运用道教的三元思想来描绘自然界的运行机制"，"生命世界是统一的有机体"，"'气'是生命世界整体的基础"，在整个世界的生命网络中，"'气'的运转是三元的，即阳气、阴气、冲虚之气。阳气是一种积极的力量，阴气是一种柔性的接受力量，冲虚则是阴、阳两气相遇和循环运动所必需的'中空'。阴气和阳气都需要冲虚之气来使它们进入有效的相互作用、相互和谐的状态"。"中国思想的路线或方式极早就尝试从一元跳到三元，最明确的宣示是《道德经》第四十二章：'道生一，一生二，二生三，三生万物，万物负阴而抱阳，冲气以为和。'"[1]冲虚之气所起"以为和"的作用，使万物圆融，互有沟通。尽管"在中国思想发展过程中，道教思想一直和儒家学说相抗衡"，但儒家学者提出的以人为中心的思想也是三元的："'天'即'阳'的概念，'地'即'阴'，而'人'则依靠自身的智慧，借由'冲气'，实现三者间的调整。'人'必须循'中庸之道'而行，以构成'天地'之组合中的第三方。"[2]"道家的冲气，即儒家的中庸"[3]，三元思想是道家和儒家共同之道，它强调了支撑起生命世界的是"彼此间的紧密相连"，是"中国思想所奉献的理想化的世界观"[4]。

程抱一对上述中国文化传统精华更深入的把握在于他切实认识到中国文化传统的欠缺："只有滋生于真'二'的'三'才是真'三'"，尽管中国艺术家（中国美学）在开怀与生命宇宙对话时，达到了真"三"的意

① 程抱一：《万有之东——程抱一诗辑》，朱静译，同济大学出版社2007年版。
② 高宣扬、程抱一：《对话》，张彤译，北京大学出版社2011年版，第68、67页。
③ 高宣扬、程抱一：《对话》，张彤译，北京大学出版社2011年版，第104页。
④ 高宣扬、程抱一：《对话》，张彤译，北京大学出版社2011年版，第68页。

境，但中国历史及其"危机之境"表明，"中国历来因为未能创造真'二'的条件，也就是说未能给与主体以绝对的尊严与权利，所以，它所达到的'三'，往往只是妥协，只是折中；而妥协与折中乃一种'次二'，根本不能创造使'三'滋生的条件"。①中国思想在源头上就推崇"天人合一"，这一思想包含了人与自然共处的极高智慧，但也导致古代思想家从未尝试把客体作区分，从而未能具体、系统地探测、分析、把握客观世界。而在人作为主体的问题上，儒家虽然给予"人"以至高的尊严地位，却"过于把个人置于社会组织的人际关系中"，无法对"人"作为主体的存在本身展开充分而切实的思考。同时，儒家偏向"性善论"，"未曾正眼面对人性由于具有智力与自主而包孕了'至恶'可能的严峻问题，也未曾推出和发挥法权观念来保障主体的存在"。②这是中国未能创造"真二"条件的思想根源，也阻碍了真正实现"三"。

正是在这一意义上，程抱一充分肯定了西方思想家从"二元"的逻辑出发，区分主体和客体，这是西方思想成熟的重要标志，人们得以系统地观察和分析问题，进而在人类内部确立了"主体"和"权利"的概念。这一"整个人类的财富"，"是所有非西方国家所应该吸取的"，更是"迈向真正现代的中国"需要重视的。但同时，长期推崇"二元"思想的西方，也不能停留在"二元"论层次上，因为"二元"是对立的，因此，需要对"三"作出思考或再思考，以超越"二"，让"三"成为"开向无限的生命之道"。③西方艺术思想也加深了程抱一对"三元论"的思考。例如，他意识到拉康"真实、想象与象征"的"三领域说"与道家"阴、阳、冲气"的"三元说"有着精神上的暗合相通，从而将道家的"三元论"提升为一种人类的宇宙观。

---

① 高宣扬、程抱一：《对话》，张彤译，北京大学出版社2011年版，第122页。

② 程抱一：《美的五次沉思》，朱静、牛竞凡译，人民文学出版社2012年版，第63页。

③ 高宣扬、程抱一：《对话》，张彤译，北京大学出版社2011年版，第120—124页。

程抱一一生非常自觉地以介绍中华文化的"最精华部分为己任"。然而，他"不以某种传统的名义说话，不以古人留下的某种理想的名义说话"，"更不以先定的某种形而上学的名义说话，即不以某种既定信念的名义说话"，这使得他的思考、寻求始终不忽视"生命所包含的任何东西"，[①]从而真切地理解了中华文化的精华（同时也理解了中国思想的欠缺），并使之与他国、他者文化传统对话、沟通。就是说，没有一种外在力量要求程抱一在中华文化的播传上说什么，程抱一也没有听从任何一种既定信念而放弃独立思考，他完全从个人的生命感受来理解养育自己的传统、看待他者的传统，在其本源文化积淀中最精华部分和"他者"提供给他的最精彩的部分之间建立起生命感受的交流。这是程抱一在欧洲环境中得以成就"大隐"的根本原因。

二、"真正地相遇"中的"交流"

从世界文明的角度看，西方文化主要是指欧洲文化，它与中国文化有着先验的不同，但又是彼此认识自身最重要、最有意义的对话伙伴。近代以来最重要的思想成果，几乎都无法离开以欧洲为代表的西方文化与以中国、印度等为代表的东方文化之间的交流。欧洲华文文学比其他地区华文文学都更深、更直接地介入了东西方文化的互动对话，久居欧洲的华人作家也深切体会到，中欧双方"迥异"的源头，反而"使两种文化互容互谅、截长补短，去芜存精，产生一种新的精神的可能性更大"[②]。在整个世界东西方文化交流失衡的20世纪，欧华作家"具有一种揉和了中国儒家思想和西方基督教文明的特质"，"更习惯以这两种特质的混合观点来看人生，看世界"。[③]相当数

---

① 程抱一：《美的五次沉思》，朱静、牛竞凡译，人民文学出版社2012年版，第13页。

② 赵淑侠：《一棵小树——欧洲华文作家协会成立大会讲辞》，《四海》1991年第4期。

③ 赵淑侠：《从欧洲华文文学到海外华文文学》，《海南师范大学学报》（社会科学版）2007年第4期。

量的欧华文学作品，将一种较成熟的眼光投注到两种异质文化的深处进行互补观照，表现出中华民族有容乃大的睿智，使欧华文学呈现出东西方文化平和对话的境界。程抱一作为理论研究和文学艺术创作皆有极深造诣的华人作家，不仅是西方文化、学术界极为赞赏的"东西方文化的摆渡人"，更是对东西方文化的发展都做出了贡献的大智者。

程抱一早期（1980年代前）是以中法诗歌的翻译而充当中西文化的"摆渡人"，尤其是其唐诗法译在西方读者中获得广泛欢迎。他的唐诗翻译采取"3个版本的诗句（翻译）同时呈现"的方式：一是汉语原诗，呈现中国古诗汉字结构的排列；二是对照原诗每一个汉字含义的法文直译，这种"字面译"连同第一种排列，"存异为异"，即"在异者自身的语言空间内打开异者"，①让法国读者在汉字陌生的空间中接纳唐诗；三是程抱一凭借自己的法文功底和诗人悟性，将唐诗翻译成一首现代法文自由体诗，让法国读者通过优美的法文现代诗形式再次领悟唐诗在音韵、意境、形式上的美感。同时，程抱一还会附上较长的注解，对唐诗中象形、形声字的视觉意味等予以诗性的解释，将译者（诗人）主体性的"自我"置于法语这一"他者"中予以表现。三个版本的同时呈现，让汉、法两种互为"异者"的语言互为主体地交流、对话，使"不同语言传统的差异与交流互动，可以激发出各自语言和文化的活力"②。事实上，程抱一的唐诗法译译作成为西方读者最欢迎的书籍，他们被引导进一个平等的他者文化空间，既在汉语唐诗自身的空间中打开唐诗世界，又在法语与汉语互为主体的交流中分享唐诗世界。

程抱一的唐诗法译成功于他的"交流"，"交流"始终是程抱一最重要

①　袁莉：《"全球伦理"视阈下的译者程抱一》，见褚孝泉主编：《程抱一研究论文集》，复旦大学出版社2013年版，第61页。

②　袁莉：《"全球伦理"视阈下的译者程抱一》，见褚孝泉主编：《程抱一研究论文集》，复旦大学出版社2013年版，第68页。

的观念和方式，"既然人和人之间可以有交流与传播，那么，为什么越来越开放的文化与文化之间就不能达成这样的沟通呢？……这是一个共同培育的过程"[1]。在程抱一看来，任何称得上"世界性"的文化，都致力于从族群、个人"特有的灵敏感受出发，帮助人类体味生活之内涵与人类之本质"。但文化的独特性，只有在与其他文化的独特性的交流中，才会显示其意义，并得以丰富。保存文化的特异性，不能功利地将其固化为一种目标、一种模式，而要始终将其置于"交流"中。所以，程抱一怀有与"他者"相遇的渴望，而"相遇"过程中程抱一最深刻的情感体验是"重逢和发现"[2]。程抱一相信，"真美要通过互相交错和互相渗透来揭示"，会在不同文化背景的人们"真正地相遇"中产生。这种"真正地相遇"中，"交流"本身具有独立创造的生命力，使交流者领受交流本身对于原有心灵束缚的解脱，从而获得自身生命的提升和超越。《美的五次沉思》（2006）是程抱一在法国巴黎瑜伽教练培训中心，与法国"一群来自各方不拘形式的朋友"，相聚五个夜晚，在交流、分享中关于"美"的沉思。这是一次极为生动且成功的深度交流。参与对话的法国各界人士，有"东方通或中国通"，也有"对东方或中国一无所知的人"，但都是"有血有肉、有目光、会倾听的人"。[3]无论是沉思的场所，还是交流的对象，都表明这次在人类生活"最根本的东西"上展开的思考是中西文化的交流和分享。每个参与和程抱一交流的法国学者都在"聚精会神"中产生了"奇异的体验：有一个人全身心地、谦卑地要呼唤人们注意一种看似'无用'的，被忽视的，甚至被我们的社会丑化的现实"，

---

①　程抱一：《对法语的一份激情——〈对话〉节选》，张彤译，《跨文化对话》第17辑——"中法文化年"专号，上海三联书店2005年版，第115页。

②　贝尔托：《当程抱一与西洋画相遇——重逢和发现（达·芬奇，塞尚，伦勃朗）》，陈良明译，见褚孝泉主编：《程抱一研究论文集》，复旦大学出版社2013年版，第137页。

③　让·莫塔巴：《美的五次沉思》前言，见程抱一：《美的五次沉思》，朱静、牛竞凡译，人民文学出版社2012年版，第4页。

即"在各个生命存在（人与人）之间"的"美"，而在场者都由此"领悟到
这就是最根本的东西"。①这个唤起法国人重新关注美是生命生存、展开的根
本问题的人，自然是来自中国的程抱一。而他与人分享的"沉思"生动地告
诉人们："相遇"的深入一定会产生丰富双方的新东西。

程抱一的交流是如何让"交流"本身具有独立创造的生命力，使交流者领
受交流本身对于原有心灵束缚的解脱，从而获得自身生命的提升和超越呢?

程抱一曾动情地说过："我是长江黄河的子民，我的血管里始终流淌着
黄河长江的养分。……这种文化背景，势必使我要用中国人的眼光和中国头
脑来观察、思考问题，用中国心来感受世界。但我不仅仅停留在中国人的立
场，决不搞'中国主义'，尽管中国所有的东西，都与我息息相关，那儿所
发生的一切，欢乐和悲剧，对我都是切肤的，我不愿停留在民族主义的基点
上。风自四方来，我愿沐浴其中……我当然也反对法国人搞民族主义，我总
试用全人类这把标尺来衡量一切。总之，一句话，我孜孜以求的，就是力图
超越种族和地域的限制，提取中法这两个伟大民族文化中最优秀的部分，熔
铸新的生命，创造新的艺术。"②用民族之心感受世界，但决不搞民族、国家
主义，而"用全人类这把标尺来衡量一切"，这是大家的艺术、学问必须达
到的境界。程抱一的交流自觉展开于这一境界中，"风自四方来，我愿沐浴
其中"，双方交流中就会在许多重要问题上作出极具超越性的思考。程抱一
的交流从来不依赖所谓"远东魅力"来吸引人，却让西方读者最深切地感受
到中国文化的人类性魅力，而他自己也得以不断地提升。

程抱一人类文化意识的开阔在于他看待文化不作东方和西方、传统和现

---

① 让·莫塔巴：《美的五次沉思》前言，见程抱一：《美的五次沉思》，朱静、牛竞凡
译，人民文学出版社2012年版，第5页。

② 钱林森：《程抱一的意义》，见褚孝泉主编：《程抱一研究论文集》，复旦大学出版社
2013年版，第149—150页。

代的简单而固化的区分。近代以来的中（传统）西（现代）二元的观念在程抱一立足人类、放眼世界的胸襟中得以消解，中西被看作交流、对话中的世界，传统和现代也成为人类社会变革中并非只是断裂、隔绝，更有着延续、对接、转化等的不可分割的阶段，现代性存在于中西双方的对话、交流中。联系、交流，是程抱一看待中西文化最基本的立足点，这种立场成为他文学创作和学术思考的血肉。同时，他又高度警惕"传统的二元论的思维和分析程序"对于"精神与物质以及主体和客体"的分割。程抱一视人类文化创造活动为"存在本身朝向完美存在的自我实现过程"，[①]这一过程始终不间断地存在于更新之中，中西文化概莫能外。如果说，传统被程抱一视为世界多源并存中形成的区域文明，那么现代就是区域隔绝被打破后，世界各国、各民族交流越来越频繁而产生的文明进步。"对话"与"沟通"始终是传统与现代的主题。交流本身就让人不断摆脱束缚而丰富、提升自己。

中西"异而不背"是融入程抱一生命血肉而化入其交流中的想法，程抱一往往游刃有余地从生命存在的根本性上看待中西文化，所以，中西再"相异"的概念也不"相背"，而这种"异而不背"在西方（法国）文化的语境中凸显了中国传统的根本性价值。例如，"中国思想中没有圣经意义上的'创世'这个概念"，确实，"中国思想并不受某个人格化上帝观念的萦绕；相反，它卓越地具有一种本源意识和孕育意识"，"而这一切和创世神（造物主）的概念虽然不同，亦不相背"，[②]甚至可以相通。《圣经》意义上的"创世"，是西方文化本源性的观念。它在中国文化传统中的缺席反而凸显出中国文化中"造物"的本源意识（例如老子所言"道生一，一生二，二生三，三生万物"）的"卓越"价值，因为两者"异而不背"。

---

① 高宣扬：《同程抱一先生围绕"美"的主题的对话录》，见褚孝泉主编：《程抱一研究论文集》，第153—154页。

② 程抱一：《美的五次沉思》，朱静、牛竞凡译，人民文学出版社2012年版，第29页。

　　程抱一"异而不背"思考的强大力量还在于他举重若轻地在文化的具体层面上展开中西材料的参照、对话，让"异而不背"在互渗、互补、互通中揭示人类的共同命运。他常常有绝妙的体悟，会在西方人心目中引起灵犀相通的共鸣，使西方人真切体会到中华文化的精髓。例如他揭示始于老子，而经由柳宗元、苏轼、李清照、朱熹、郑燮等发展了的"造物有意"（作品价值在于其"意"所达到的水平）概念的丰富含义时，从"几乎所有的西方诗人都赞颂鲜花，其中有许多诗人赞颂玫瑰"的现象入手。他在以西方诗人所描绘的"那朵放出它全部现时存在的玫瑰，同时它将其节奏波向着它所向往的无限的纯净空间传播开去"的形象去揭示"美是属于生命存在的，是生命内在喷发出的向着美、向着让其此在的生命完美的冲动"时，让法语"sens"和汉字"意"互相产生联想。前者所"凝结"的生命存在的主要形态，类似玫瑰所"体现"的生存状态；后者的"意义更丰富些"，但基本"指出自生命内在深处的东西"。玫瑰完全绽放时"与生命存在本身趋向完美相吻合"，它"通过芳香得以无穷尽地存在"，即便凋谢也"姿影不见却仍余香萦绕"，这种"不可见之中"延续（震荡）的芳香正是玫瑰存在的"本质"；"意"则是"中国人眼里"美的根源，"'意'是它的无尽意味，不断凝发出它的芳香和震荡"。这样，西方人熟悉的玫瑰之美（芳香及其播传）与"中国想象"的"意"之美得以沟通。而程抱一在沟通"sens"和"意"，说明美是"生命存在全部趋向的一切潜在势能"，而"芳香存留不息"是其最好的特征时，又随手拈来十分贴切的汉语材料予以印证。例如，表意字"馨"上半部指"音乐性的石头"（磬石），下半部则指"香气"，两者合成"馨"，"说明：芳香不仅仅是稍纵即逝的气息，而且还是久久持续的歌唱"；"鸟语花香""香气钟声"（李白诗《春日归山寄孟浩然》言"香气三天下，钟声万壑连"）等词语也都说明，对于"美"，"中国想象中，把芳香及和音设想为表示不可见的最好的两种特征"。①由此揭示的"美"的"不可见"特征（"意"）呈现出的中华文化的深刻意味会引起法国人"美"的共鸣，而"真美是生命存在向着美的冲动以及这种冲动的更新，真生是生命存在向着生命的冲动以及这种冲动的更新"②这样一个关于生命和美的根本性理论就在西方人对中华文化的心悦诚服中得以确立。

三、"进入个人存在的深层"的"对话"

文化传统在交流中才得以实现常新，但程抱一又深知，"文化之间的真正对话是多么困难"，"对话要求参与者超越表面差异，要求他们接受进入各人存在的深层：那里才是生命提出基本的极限的一些问题的所在之处"，③而文学艺术是"进入各人存在的深层"的最有效的途径。这是程抱一选择文学创作最根本的缘由。而文学创作，也使得程抱一在异国延续、丰富中华文化传统的努力更为有效。

尽管程抱一在15岁流亡途中认识了几位"文学评论家胡风领导的七月派诗人中的成员"后，就领略了文学的魅力，他自己的文学创作却是大器晚成，五十而知天命时才进入个人创作的大好时光。在程抱一心目中，人是距离生命"大开"的世界最远的生物，文学才能反映人生命最终"大开"的历程。而他的创作，始终把自己归于"探测存在的诗人"群体中，要通过语言"去领会世界以及人类命运的秘密"。④这种创作意识的自觉展开，无疑不断提升着他创作的成就。程抱一的创作成就是多方面的，而其作品在中西文化

---

① 程抱一：《美的五次沉思》，朱静、牛竞凡译，人民文学出版社2012年版，第27—31页。

② 程抱一：《美的五次沉思》，朱静、牛竞凡译，人民文学出版社2012年版，第35页。

③ 程抱一：《此情可待》前言，刘自强译，人民文学出版社2009年版。

④ 高宣扬、程抱一：《对话》，张彤译，北京大学出版社2011年版，第109页。

对话中呈现的中华文化精华无疑是华人作家中成就最高的。

程抱一的文学创作是从中文诗歌开始，而后进入法文诗歌。程抱一自言"我的诗是以'对话与沟通'为主题"，从第一部诗集《双歌》"与有生宇宙各基本元素之间的对话"，第二部诗集《韵曲曲韵》"扩大了的与大地之间的对话"，一直到后期诗集《冲虚之书》（2004）"围捕有生宇宙中各元素间所产生的生命意义"，都在表明，"惟有在这间隔地盘上所产生的'交互'才永远是新鲜的"。[①]"交互"的最高境界是"真三"。例如《冲虚之书》以具象而又形而上的诗句探索着生命世界的三元之理，呈现出此生命与他生命沟通时的圆融、和谐。"天地之间／……／并非两可／而是真三／冲虚之气／自成一体。它，生自二／因大开而起／从此不停地／提升，超越……／肉身在其中完成／又在未完成中；／果子在其中充实／又在未盈满中"，生命的"大开"中包含了生死的统一，由此而生的"真三"高于"生"与"死"而不断超越，宇宙万物生命的境界都以此为至高境界。这种"真三"的最高境界，"不是身连身／而是心连心／并不清除血肉／亦不排除水、火"，二元之间有差异、有冲突，但又通过一个世界，即对话的世界，而共同存在，"于是吹起冲虚真气／于是飞过不速天使！"程抱一的诗在不回避悲剧、不回避隔绝中求索到了生命可沟通、可变化之处，在中西文化对话、交流这样一个大课题上，直追王维诗所言"行到水穷处，坐看云起时"的境界。

程抱一的《万有之东》是2005年列入法国著名的伽里玛出版社"诗"丛书的诗辑，在法国销售一空、一版再版。程抱一曾解释："'万有之东'的'东'并不是指'东方'，而是指超越'万有'之外，超越东、西之外，超越

---

① 高宣扬、程抱一：《对话》，张彤译，北京大学出版社2011年版，第110—111页。

一切之外的'东'，这是一种包容一切的境界。"①《万有之东》包容、超越的高远意境，将一种从个人心灵深处喷发而出的跨文化对话转化成一幅幅神韵生动的中西山水画，或笔墨淡雅有致，或色彩浓重有序，但都弥漫出和美的气质，和润而丰盈的中国意象有着内在哲思的支撑，指向超越中的永恒。如《砚台石》一诗，在"砚台石"这一和润而丰盈的中国意象中表达从"有限中寻找无限"的哲思。2009年，程抱一的新诗集《真光出于真夜》出版，这部"万分完整、无懈可击的诗集"②再次显示了程抱一深邃的思想和精湛的艺术功力。"真光／从黑夜里喷涌而出／真夜／孕育喷涌而出的光"（《夏娃》），这一"创世记"时的景象呈现了"光"和"夜"双重存在的真相，它们各以其"真"互依互存，成为发生在生命、时间诞生之时的现象，但也与我们的现实世界、生活如此相似，我们每个人的世界就在自己与天地万物交流的思考中实现生命大开。程抱一的诗作自始至终展现出交流中的生命更新。

程抱一在诗歌创作取得丰硕成果后才转向小说创作，是"渴望能够以一种更持久、更意味深长的形式"，释放"充满启示"的"岁月沉淀"，③他的小说自然多历史叙事，而从历史中提升出更为深厚的哲思。

1999年，程抱一发表了用十二年心血写成的长篇小说《天一言》，当年获法国极有影响的费米娜文学奖。法国报纸纷纷评论《天一言》"挖掘个人和近代中国最为深沉的痛苦"，同时使"东方和西方，这两个世界从来没有"过地"接近"，其"达到了放诸四海皆准的普遍性"，其"结构有如出自中国书法神奇的笔锋"，而且具有"精神世界的追求"。④2004年和2009年，中国大陆（内地）出版的两个版本的《天一言》，成为新世纪在中国大

---

① 程抱一：《万有之东——程抱一诗辑》译者前言，朱静译，同济大学出版社2007年版。

② 布吕内尔：《真光出于真夜》，李佳颖译，见褚孝泉主编：《程抱一研究论文集》，复旦大学出版社2013年版，第8页。

③ 高宣扬、程抱一：《对话》，张彤译，北京大学出版社2011年版，第113页。

④ 参见人民文学出版社2009年出版的《天一言》封底文字。

陆（内地）影响最大的欧华文学作品。

法国是"大河小说"的诞生地，而《天一言》这部法籍华人作家的"大河小说"以长江、卢瓦尔河、黑龙江三条亚欧大江的绵延不断，呈现主人公赵天一的人生体验。小说的叙事方式非常独特，"天一言"开始于午夜叫魂，"我"（天一）感到自己身体与灵魂的分离；结尾的叙事中，又奇异地发生了"我看见天一；我看见自己"。从"叫魂"对生死界限的模糊，到"我看见自己"的个体生命感知，都暗示出《天一言》的全部叙事都是从生命源头发生、绵延。小说的最后一段话是："那肉眼看不见的元气，既然它是生命之源，便不会忘记这块土地上的一切经历"，那支"永不放开手中的笔"将让生命"连绵不断地畅流下去"。生命的永恒正是体现于来自生命源头的写作，而《天一言》正是要以"语言的力量"实现对生死二元的超越，达到生命的永恒。小说共分三部。第一部《出发的史诗》讲述天一自1925年出生后在中国南北山水间的流徙、成长，以及在战乱中与东北青年孙浩郎、川戏女演员卢玉梅结下了刻骨铭心的友情的故事。乡土习俗、民间传奇、西域新说、家族陈事、传统工艺、地方戏曲、山水精灵、书画神韵……一一被巧妙地编织于天一身心启蒙的过程中，现代中国的种种时代风云又不着痕迹地伴随着天一的成长。第二部《转折的历程》讲述1948年天一来到巴黎学画的漂泊生涯。异国旅途的叙事在丰盈动人的细节中，呈现了一个饥渴的中国青年如何进入了与自身有天壤之别的西方艺术世界，也进入了自己的内心世界的过程。天一和法国女子薇荷妮克的情感更生动地展现了两种文化和谐相处的美好，在天一的"中国眼"中，巴黎是另一梦乡。第三部《回归的神话》讲述1957年初，天一得知当年投身中国革命的浩郎死于政治运动、玉梅孤身陷于困境，他割舍下与薇荷妮克之间的感情和刚开始尝试的新创作形式，回到了中国，但玉梅已自杀；他却又意外地得知浩郎在北大荒劳改农场"死而复生"的消息，于是开始了他与浩郎在严冬荒野中的精神炼狱，一直到"文革"，浩郎生命结束，让后来人懂得了等待。天一回到中国，也最终回归于生命之海的"元气"。在死亡和等待之中，人们看到了中华民族人性的至尊和中国人灵魂的深邃。

《天一言》也是程抱一对中西文化"第三元"的自觉探寻。小说从意象（如在天、地循环中的"云"）到人物（如处于天一、浩郎两个男性人物中的女性形象玉梅，都渗透了作者对"生于二，又超于二"的"三"的寻找。天一经历了太多的生离死别：妹妹、爸爸、妈妈、玉梅、浩郎、薇荷妮克……他最终没有绝望自杀，也是因为他找到了超越生死二元的"第三元"，那就是用文字的形式把自己的一生写下来。程抱一在《天一言》的中文版自序中引用法国作家普鲁斯特所言"真正的生命是再活过的生命。而那再活过的生命是由记忆语言之再创造而获得的"，就是说，当任何二元之间的对话关系都会产生"真三"的最高境界时，语言是实现由二元向三元转化的决定性因素。《天一言》将四个主要人物天一、玉梅、浩郎和薇荷妮克安排成在绘画、戏剧、诗歌、音乐四个不同的艺术领域各有所长，而语言作为"更高层次上人类超越自我进入创作的途径"，"任何的创作"，都成为"一门特殊的言语"[①]。小说也由此展开了人与人、人与社会及人与自然之间的广泛对话。这种对话甚至打破了时空、生死的界限，实现了生命的永恒。

《天一言》的叙事流畅动人，有着语言回归大地的至美，而由叙事引发的思考更给小说增添了罕见的魅力，在人物思绪中流淌出来的种种想法自然、清爽、亲切，有丰富的想象力，更有穷究后的柳暗花明之感，融汇着中西文化深度沟通后的智慧。

程抱一的第二部小说《此情可待》（2001）出版当年获法兰西学院颁发的法语文学大奖，这也是该学院三百多年来第一次颁奖给亚裔作家。这部再

---

① 高宣扬、程抱一：《对话》，张彤译，北京大学出版社2011年版，第63页。

次被法国文学界视为"传世之作"的小说讲述明末时期一对情侣的儿女私情，由此展示"人类精神潜在地具有的最高境界：开向无限，开向永恒的神往境界"①。小说的男主人公道生原在戏班演奏二胡，与赵家二爷之妻兰英相遇生情，后来他漂泊江湖，占卜行医，以"爱情与药物的结合"，使重病的兰英得以康复；又在二爷勒死兰英之际，以"手心如一的超我之境"使兰英"死而复生"。

小说故事发生的年代（17世纪）与小说书写的时间（21世纪初）存在巨大间隔，小说内部由此产生了更多阐释空间，而程抱一将小说讲述的明末两个无名男女对于"永恒之爱"的追求置于东西方文化对话的语境中。小说前言虚拟了一个在巴黎罗岳蒙修道院举行的"以不同文化间的交流为主题"的讨论会。就在修道院，"我"发现了一位在中国度过漫长岁月的老汉学家从中国带回来的明末手稿《山人叙事》，记述了道生和兰英"所经历的激情"。作者是明末一位"拒绝效忠新建的政权"而"隐居深山野林，专注于写作思考或回忆的书籍"的文士，"他见证到思想那样沸腾，江山那样动荡的时代，却专心致力于如此局限的叙述：两位无名人物的爱恋之情"。而他的记述，数百年后又使远道而来的欧洲汉学家"特别感兴趣"，历经千山万水带回法国珍藏。这些都说明，《山人叙事》恰恰是借助男女之恋体现的"爱的永恒"这一"堪称'无时间性'的主题"来"超越时代的局限"。②小说正文两个"激情"高潮的关键时刻，也安排了道生与欧洲传教士的交往。一是中秋夜兰英赴约私会道生，互相授受人间最安详、最和谐的默契，相约"今生今世，以至来世，都永远在一起"，身体得以净化，心中全无杂念，这显然是两人心灵契合的重要时刻。而在此前，小说刚刚讲述过道生行医结

---

① 高宣扬：《爱与美——与程抱一的对话录》，见程抱一：《此情可待》，刘自强译，人民文学出版社2009年版，第168页。

② 程抱一：《此情可待》前言，刘自强译，人民文学出版社2009年版。

识了不远万里而来传教的异国人，虽然异国人所言"并不易入耳"，道生和他之间还是发生了两个个体人真诚相待的对话，道生甚至向异国人坦陈了自己对兰英无以复加的爱。道家和基督，双方的信仰差异巨大，却在"真爱"问题上能毫无阻隔的交流："真爱、至爱""出自我们又超越我们"，产生于男女两方却又超越双方的"真爱"不正是"三"的精神世界？二是道生救活兰英后却无法再见兰英，孤寂泣血，他想"去听听那个一口说'爱'的异国人的话"。异国人一生"没有爱过一位特别的女人"，而"爱一位已婚的妇女"又有违基督教义，但如同明末"纷纷远道而来的西方传教士、文人和知识分子""关注和赞赏"当时中国"民间不乏萌生自由思想，而在情感方面，也正孕育着独特的人文伦理价值和异于传统的浪漫情操"。异国人对道生和兰英的相爱表示了理解、同情、赞赏："真正相爱的人不受空间也不受时间限制，他们是灵魂相系，这比肉身相系更亲密更不可分。"小说还特地写道："他们之间尚有许多事难以交流难以理解。互相注视时，却有巨大同情回旋在冲虚之气所开启的空间。"①这"冲虚之气"不正是不同文化"互相注视"而生的生命真爱？中国民间男女的恋情故事被明末中西文化交流的潮流激发出爱的真义。

程抱一的小说《游魂归来时》②是他唯一没融入他国因素而展开的纯然的中国故事，从"荆轲刺秦"的历史积淀中激发出"友情和爱情是否能并存？'三'的关系是人类所能及的吗？"这一人类生活的根本性问题的答案。内容和形式的密切融合使它又一次印证了程抱一的深切感悟："美的作品总是产生自某种'（二者）之间'，它是一种'三'，它从相互作用的两者之间喷发而出，使得两者都能超越自身。"③《游魂归来时》正是从程抱一和"荆

---

① 程抱一：《此情可待》，刘自强译，人民文学出版社2009年版，第145页
② 程抱一：《游魂归来时》，裴程译，人民文学出版社2015年版。
③ 程抱一：《美的五次沉思》，朱静、牛竟凡译，人民文学出版社2012年版，第108页。

轲刺秦"历史对话中喷发而出的绝美作品。

《游魂归来时》篇幅不长，内容深广。小说分"五幕"，每幕由合唱和小说人物的独白组成，讲述三个"生来就是为了彼此相遇"的人的故事。小说在人们熟知的荆轲、高渐离之间，添加了"春娘"这一人物，描写了她与荆轲、高渐离的友情、爱情，显示出强暴、专制年代存有的热忱和甜蜜。为了制止"始皇帝肇始的非人性专制将会久久地被许多皇帝效仿"，荆轲、高渐离相继刺秦身亡，三十多年后，他们的游魂回到春娘身边，由友情、爱情而生的至真至美的情感呈现生命自由的至高境界。

《游魂归来时》的戏剧独白体在"荆轲刺秦"的史传传统中融入了中国抒情传统。三个人物独白深入各自内心世界，显示自身的矛盾、冲突，乃至内心的魔障。例如太子丹托付荆轲刺秦时，荆轲的独白呈现其内心的声音，友情、爱情"作为生存的理由"让他无法割舍。这种不舍使他产生"生擒秦王当人质而生还的梦想"，最终导致他刺秦失手身亡。这种内心独白对历史的"改写"在悲悯人性中发人深省。但同时，独白也往往显示了各自心目中的对方，构成潜在的对白，由此抵达历史和心灵的深处。春娘听到的高渐离的乐声"来自原生的大地"，高渐离也确实在放牧生涯中"和山水林木的精气化为一体"，对万物生灵中的弱者充满同情，才有了那意味着灵魂觉醒的奏乐技艺，他的音乐"已无界限，阴阳间一气可通"。高渐离所感受到的春娘，是上天恩赐的"身体与灵魂和谐一体"的女性美，足以升华男性。荆轲所感受的春娘，也是一种"触及根本"的美。而在春娘心目中，两个男人"一阴一阳"，都能与她共享和谐幸福的至高境界。三人之间，"明明白白的友情和隐讳暧昧的爱情形成一种平衡"，平衡也会被"打破"，但这种"打破"引向更高的平衡。荆轲赴难临行前，与春娘欢愉，春潮般的情欲"使男性及女性各自完成至真的本性"①。高渐离却终能摆脱狭隘私情的纠

---

① 程抱一：《与友人谈里尔克》，人民文学出版社2012年版，第6页。

缠，甚至通过荆轲与春娘的欢愉"也体验到了激情"。这并非世俗智慧导致的既依恋又洒脱。在荆轲遇难后，高渐离仍然不懈寻求"能使真正的'三'在灵与肉的对话中得以实现"的"更高的境界"，他要"通过灵魂和荆轲重逢"，也能由此与春娘"永远合为一体"。失明的高渐离虽最终也刺秦失败，身躯成为暴君和爪牙兽性的盛宴，灵魂却与荆轲重逢、与春娘相伴。灵肉交融，友情爱情俱在，此生彼生合一，三个人的声音，"每一个声音都在永恒中同另外两个声音共鸣"，这是从"真二"升华起的"真三"。

《游魂归来时》完美呈现了从中国历史中升华起灵肉对话的最高境界，也证明了自身："艺之大者在于倾听自身灵魂与天地之魂的感应，并让他人也能听到这种感应的共鸣"①，这正是文学作品的最高境界。而推开来看其他海外华文大家的作品，会感受到，程抱一的创作不是孤独的，他有着众多同道者，这正是海外华文文学最迷人之处。

程抱一的成就绝非限于这里所述及的，但无论哪一方面的成就，都连接起两种文化的精华。例如，程抱一著作中，关于中西绘画的多达9部。从1976年的《虚与实——中国绘画语言》，到2008年的《卢浮宫朝圣》，他一直揭示着，西方杰出画家的作品如何接近中国山水画之大道，甚至"成为两种传统的衔接点，在这个衔接点上，两种传统可以互相承认，互相补充，还可通向共同更新的前景"②。程抱一沉潜学问与创作、不求功利，在现代生活的喧哗中称得上"大隐"；但他同时又始终开放于他者文化，致力于两种传统交流中的更新，更称得上"现代之大隐"了。欧华文学在创作"远行而回归"中一直表现出文化中和的特色，也当是程抱一境界的体现，由此呈现出的文

---

① 程抱一：《游魂归来时》，裘程译，人民文学出版社2015年版，第28页。
② 程抱一：《美的五次沉思》，朱静、牛竞凡译，人民文学出版社2012年版，第101页。

学境界当是海外华文文学经典性的重要体现。

第三节　乡愁美学：海外华文文学经典性的一种表现

海外华文文学的经典性往往在于它将海外写作语境中的情感、心绪提升为丰富的审美形态，从而为中华民族文学传统提供新的重要积累。乡愁成为一种美学，就是海外华文文学经典性的一种表现。离国去家的心灵剧痛、异域羁旅的现实禁锢，使乡愁获得丰富的审美形态，而文化归属、生命原型的命题，使乡愁进入哲学的层面。乡愁因乡土而生，海外华人作家在心灵安顿中展开的追求，拓展了乡土、故国空间，构建起超越家园之思、国族之愿的乡土观。在海外华人作家笔下，乡愁是个体心灵的回忆美学，它以个人化的记忆展开生命感觉，在"遥远"的多种指向中产生审美的心境距离，呈现"甜蜜折磨"的审美形态，将"可望而不可欲"的历史记忆转化为不受时间侵蚀的艺术情怀，并最终指向了精神原乡。古典而乡土的乡愁意象中融入现代的、世界的因素，使海外华人文学中乡愁的美学形态丰富而深刻，让人得以窥见其文学经典性所在。

一

中华民族长久以来有着安土重迁的传统，然而，20世纪的中国人却发出了这样的感慨："没有一个民族比华人更了解漂流究竟是怎么一回事"，"没有一个民族，比我们更能体验到漂流的意义"。①正是在3000万人漂泊海外，数百万人流落台港，更多的人在战争屡起、政治动荡、经济冲击中背井离乡的背景下，中国人的乡思乡愁得到了最丰厚、最复杂的"酿造"，从而

① 陈中禧：《闲说漂流》，见《白雪红枫——加华作家作品选Ⅱ》，加拿大华裔作家协会2003年版，第75页。

形成了独异丰富的"乡愁美学"。

旅美散文家王鼎钧大概最早直言"乡愁是美学"[①]。而这种"乡愁美学"孕成于他经历七个国家，看五种文化、三种制度的人生经历，也孕成于一代中国人跨越几个时代的几度漂泊中。这种现代漂泊，产生着许多人生悖论。庄子《齐物论》中，长梧子言："予恶乎知说生之非惑邪？予恶乎知恶死之非弱丧而不知归者邪？"郭象注解说："少年失其故居，故曰弱丧；夫弱丧者，遂安于所在，而不知归于故乡。"就是说，少年时流落在外，远辞故乡，之后安居于他乡，甚至"乐不思蜀"，于是不知归乡了，这就是"弱丧者"的命运。海外移民，多在年少气盛之时迁徙，但古人是"安于所在"而忘归，如今却是不知所归。要归于故乡，先得弄明白，"何处是故乡，什么是故乡"，而如今"故乡可以在任何地方"，这就使得"弱丧"者"老而弥丧"。海外华人的"乡愁"美学正是在"何处是故乡，什么是故乡"的寻求中展开的，其中充满着"不知所归"的迷茫和痛苦，也孕蓄着新的"故乡"生命的悲欢。

乡愁人皆有之，但其浓烈程度，莫甚于漂泊海外的华人了。他们常常是大笔泼洒着他们挥之不尽的乡愁。"如果必须写一首诗／就写乡愁／且不要忘记／用羊毫大京水／用墨，研得浓浓的／／因为／写不成诗时／也好举笔一挥／用比墨色浓的乡愁／写一个字——／家"（菲律宾诗人云鹤，《乡愁》）。乡愁的浓烈，是因为人移居海外，往往是出于国族、社会的剧烈变动。这种离家去国造成的心灵剧痛格外强烈，正如一位亲历者所写："离去是一种感觉，一种虚脱，自心识／慢慢撕开　弃掉　烙下不得已的缺憾　沿别人看不见的部位黯然结疤。"撕裂于"心识"的"缺憾"，交织起情感、理性的多重剧痛，那离情，"行在山中／住在水色　坐于炎焰　卧于凌风"，无处

---

① 王鼎钧：《左心房漩涡·脚印》，（台湾）尔雅出版社有限公司1988年版，第201页。

不在，无味莫有，"与谁都接近 都不接近 将没有形影／可留住"。①无形影所显出的沉重、久远，是一种历史的长痛。去而无返、永远难以愈合的是心灵的创痛。

乡愁之浓烈，还因为异域羁旅的境遇。有一首诗这样吟道：

街旁各棵大小树
枝已参天叶已落地
还是想不透

移民局的上空
一族云
要来就来
要去就去

这首题为《大小树》②的短诗出自菲华诗人月曲了之手。"枝已参天"自然暗示出"各棵大小树"已"落地生根"，而随即"叶已落地"未必不是在转折中暗示另一人生走向"叶落归根"；一声"想不透"，也许正是"落地生根"和"叶落归根"间的徘徊，但也指向了下节诗中的"要来就来，要去就去"。"一族云"而非"一簇云"，自然是更强烈地以云喻人，而来去自由无拘的流云与以国界拘囿人的移民局构成的反讽则更凸现了海外华人的历史境遇。正如另一位菲华诗人庄垂明《瞭望台上》表达的心灵叩问："向导说：／'那就是边界／不可擅越'∥站在落马洲的瞭望台上／我偷问苍鹰／

---

① 丐心：《离》，（香港）《香港文学》第235期（2004年7月）。
② 月曲了：《月曲了诗集》，台北林白出版社1986年版，第47页。

凛风、鸣虫／什么叫做边界／他们都说：／'不懂。'"①国界、国籍，这些人类的专利品，阻隔了人自身的生存自由，海外华人更深切地感受到了这种阻隔。所以，他们的乡愁，不仅在情感上受着"落地生根"和"叶落归根"间的煎熬，更在身心上受着种种现实的禁囿，于是便有了种种焦灼、忧郁、尴尬、创痛，从而给"乡愁"这一母题带来丰富意蕴、万千旋律。

乡愁之浓烈，更因为它是一种文化乡愁。与古人少小离家不同，华人漂泊海外，进入了另一种文化空间，经历着文化断裂的种种考验。旅居加拿大的著名诗人痖弦在谈及1960年代於梨华开拓的"文化的归属"这一中心主题时认为：与五四时期创造社旅日作家们自我中心、忧郁多感的浪漫倾向不同，於梨华与她同时期的一些海外旅居作家开始"把域外生活的经验作整体的社会观察"，并在表现"人性的崇高与卑下、强韧与脆弱"中开掘海外生活；而"她着墨最多的，乃是海外游子在精神失根状态下，那如影随形的文化乡愁，这种感觉，具体又抽象，它藏在每一位留学人士的心灵深处，平时不特别感觉它的存在，一旦与异国的文化产生碰撞，便会发出火花来，不管身在何处，海外华人的思维模式都宿命地受到这种潜在因素的影响"。这种"文化乡愁"是於梨华"真正要探索的主题"，如同"犹太裔作家把他们的宗教作为主题那样"。②文化归属的命题，是"圣经"般神圣的命题。它在一代又一代海外作家的探寻中，聚合起华人全部的生命体验，甚至构成着乡愁美学的哲学命题。

程明玲（美国）的《归属感》（1988）就表达了这种生命归依中的文化归属感。"我"在去大学教课和去中国城购物的途中会经常见到两个无家可

---

①　转引自萧萧：《月曲了的世界》，见月曲了：《月曲了诗集》，台北林白出版社1986年版，第236页。

②　痖弦：《於梨华小说中的校园经验——从留学生文学到北美版〈儒林外史〉》，见《白雪红枫——加华作家作品选Ⅱ》，加拿大华裔作家协会2003年版，第293—294页。

归者：一个倚身垫腕桥栏上的老人，脚踩着自己搬来的砖块，眺河望天；一个倚坐路边公园木靠椅的女人，神情木然无语。他们一天又一天地回到同一位置上，用同一姿容安顿自己，让"我"悲悯又惊心。老人踏上那几块砖，神情泰定安和。那一线水一片天，在他一次又一次眺望时，就成了他心灵寄憩之所。女人神情恍惚，似在梦中。也许她恍惚中回到老家屋前那张相仿的木靠椅，她一次又一次坐上去，便坐回了童年。桥边几块砖，路旁一张椅，成了他们回归隶属的咫尺寸土。人的生存，是肉体和精神的相互浸润，肉身形体有回归之地、精神心理有隶属之处，即使那只是几块砖、一张椅，也足以支撑任何漂泊生涯。"人到了毫无可寄、可属、可攀的心境时，大概就濒临绝望死亡了。"而回归之处、隶属之所，远近隐显，延展收缩，终极上还是文化的归属感。我们每个人，其实都像那个女人，在心理层面上一次又一次寻求认同一种生命的过程；也都像那位老人，用自己的方式砌成一叠文化砖，踩上去，见出自己生命的一片天地。所以，"我"对那老人、那女人的悲悯，也是对自己的悲情。"茫茫世界海，我们各自踩一叠砖，靠一张椅，归属一种文化。来作为生存意义的最后浮木。"①

《归属感》中，程明琤心灵感受的细腻丰富，得到了淋漓尽致的呈现。她曾经关注过众多"苦海无家"的美国流浪者，揭示过在他们失婚、失业、失居的"失家"中包含的"庞大复杂的种种社会因素"。②然而，程明琤在这两个"华府地区无家可归"者身上发现了更深广的人性，那就是对生存意义上的故土原乡的寻找。鸟不可无巢，兽不可无窝，人不可无家，而这家，是精神心理上回归隶属的原乡，是由地域、国度、种族等延展开来的记忆，是人生艰难中仍有终极归属感的韧力……这一切，只有在漂泊流散的人生中才

---

①　程明琤：《归属感》，《世界日报》1988年12月18日。

②　程明琤：《心湖款款风·苦海无家》，香港天地图书公司1992年版，第85页。

会真切强烈地体会到，而这就是海外华人文学一直苦苦寻求的文化归属感。

乡愁之浓烈，归根结底还因为它深入了人的生命底色。海外华人笔下的乡愁往往是一种脱却了具体记忆、超越了实体接触的母国情结，这使他们笔下的异域游子形象别有一种人生意味。木令耆（美国）的小说《塞壬的歌》借古希腊神话中塞壬海女的歌声让海员迷茫终生、不得归去的异域传说来寄寓华人的母国情结。小说中的鲁平和东申是西欧音乐界"仅有的两个站得住脚的华裔音乐家"。鲁平的创作源泉往往来自他成年后住在中国的那段生活，"他的大母亲与他亲骨肉之间的矛盾也许永远地折磨着他的身心"，蓄积着他的创作灵魂。而东申的创作激情，却来自一位"没有在成年时住过中国"的华裔女子"她"："她想念他，却远离他，爱他，又不需要他。"[①]这种飘聚、挣脱、又飘散、再飘聚的关系，正暗示出一种现实和历史纠葛中的深层精神联系。比起"带有极其强烈民族感"的鲁平来，东申的母国情结显得迷惘又恒久，它并非产生于现实的不平境遇中，也不多寄寓实体（具体人、具体地域）的渴爱；它根植于人类追本溯源的原初愿望，融入人类不断流离、追索的迷惘中。人类在其生存中始终是漂泊不定的，就如婴儿从被剪断脐带起注定无法再归回母体，乡愁就产生于这种欲回母体而不能的追寻中。在一种回归生命源头的渴望和这种渴望难以实现之中，乡愁成为人类生命的重要底色。

二

乡愁因乡土而生，然而，何谓乡土，却在海外华人的漂泊生涯中发生了很多变化。正是乡土、故国空间的多种拓展，赋予了"乡愁"丰富的美学内涵。

---

① 木令耆：《爱的荒谬》，华艺出版社1997年版，第113、119、120、126页。

乡愁产生于乡土感，而在海外华人社会，其乡土观更多地联系着认同危机。20世纪70年代，马来西亚经历了种族骚乱后，华人面对国家的媒体垄断、文化一尊化、经济保护主义等，产生认同危机，甚至难以接受国家的认同。1992年，曾庆邦以报国情怀提议以"乡土"（Home Land）代替"国家"作为效忠的对象。他认为，"国家"常使人想起国家机器，如政府、文官体系、法院、军警、监狱等统治乃至镇压机器。肤浅的爱国主义与狂热的政府主义者，扮演着守护国家机器的斗士的角色。任何人或团体违反国家意识形态原则，都被冠以"政治居心不良"之名。有些知识分子更沦为政客的工具，不再是意识形态的批判者，反而服务意识形态、拥护意识形态，使暴力合法化，造成"知识与权力的共犯关系"。而"乡土"的概念，亲切而富有人情味，它含有定位、归属与认同的意义，并指出这大地山河是"属于我们的"，是我们有份的，各族人民都是这土地的主人，我们在这土地上都有权利。①

曾庆邦所提出的乡土观，是一种将国民定位、文化归属和政治认同融于一体的现代意识："乡土"是文化命运所归，也是现实效忠的对象，它帮助华人摆脱现实认同的危机，也有利于华人文化的长远建设。从这样的"乡土"观出发，华人才会理直气壮、情真意切地生活于"吾乡吾土"的居留国，而不会因为国家的种种政治因素而放逐自己。马华诗人方昂曾在面对"又有人说我们是移民了／说我们仍然／念念另一块土地／说我们仍然私藏另一条脐带"的现实时，写下了"如果土地不承认她的儿女／儿女，如何倾注心中的爱？"的诗句，这诗句使许多人为之热泪盈眶。然而，当马华作家有了视国为乡土的"吾乡吾土"观后，他们在理解这诗句的情感的同时，也开始理智地对待诗中的思想，有人就认为方昂是"将执政党当作国家"，才

---

① 曾庆邦：《困惑与寻路》，马来西亚"留台"政大校友会编，1992年版。

会说"土地不承认我们"①，"华裔马来西亚公民就是马来西亚人，这一点不需要他人来肯定"，"马来西亚的土地是属于马来西亚的儿女们的，所以，马来西亚每一寸的土地都是属于我们的。这一点，也不需要任何人来肯定"，爱国"不是去爱执政党"，而是爱"乡土"。②这种乡土观使华人不管受到现实多少不公平待遇，即便"拥有最沧桑的过去／与最荒凉的未来"，他们也始终热爱脚下的土地。这是一种现代的乡愁，它超越了民族性、国家性的界限，指向了海外华人的根之所在。

18世纪德国哲学家赫德（今译"赫尔德"）（Johan G. von Herder）在其著作《人类历史哲学的思考》中提出了Volk的概念，"赫德将Volk界定为一个独特的文化组合，其特征由两类因素交互影响而形成：一是特定的自然地理环境，二是一个民族在历史进程中不懈的创造。两者相互渗透，形成特定的语言、文学、宇宙观、神话等，Volk就是我们通常所说的'家园'"③。传统的乡愁就是建立在这样一种国家观念上的，是对特定地缘中的民族精神的纯粹性的思恋。

然而，乡愁是在离开家园后为了返回家园而产生的，一个离开家园者的家园情感必然要和他所到之处的人文地理相撞击而融会，从而引起其家园观念的变化。例如，"家园不一定是自己离开的那个地方，也可以是在跨民族关联中为自己定位，为政治反抗、文化身份的需要而依属的地方"④。

从"飞散"（diaspora）的视角来看，"'家园'既是实际的地缘所在，也可以是想象的空间；'家园'不一定是落叶归根的地方，也可以是生命旅

---

①　应德：《诗人的眼泪》，见陈应德：《吾爱吾乡，吾爱吾土》，（马来西亚）东方企业有限出版公司1993年版，第69页。

②　应德：《诗人的眼泪》，见陈应德：《吾爱吾乡，吾爱吾土》，（马来西亚）东方企业有限出版公司1993年版，第69页。

③　童明：《飞散》，《外国文学》2004年第6期。

④　童明：《飞散》，《外国文学》2004年第6期。

程的一站"①。也就是说，飞散（离散）只是指生活于传统家园之外，而家园则是指一切繁衍生命之地了。当家园的空间有了拓展，人们在地缘上不断穿越空间，在文化上、精神上频繁出入于家园，起初离乡背井的悲凉所孕蓄的乡愁，必然渐渐注入繁衍生命的喜悦所带来的明朗。正如王鼎钧所言："所有的故乡都从异乡演变而来，故乡是祖先流浪的最后一站！"②如果从现实境遇看，离乡迁居海外有如遁入空门，"乡愁"会成为"失根""无根"的悲哀；但从生活原型看，离开母体则"是一种必要，是保存和开展的另一种方式。它不会是'无根的一代'，它们有根，它们是带着根走的，根就在它们的生命里"。③所以王鼎钧说："心灵的安顿就是心的故乡"，"它和出生的原乡分别存在"，"原乡，此身迟早终须离开，心灵的故乡此生终须拥有"。④有了这种心灵安顿中生命展开的追求，传统的家园观念有了无比开阔的空间，"乡愁"也有了生命再创造的喜悦。

"都说'乡愁'美就美在'愁'的思量，其实，真正的'美'却在于时空滤过那'乡'的重现。"⑤海外华人在摆脱了早期移民生涯的苦厄，进入一种文化漂泊空间后，他们便会在异域自然山水、社会风情的种种空间中重视"故乡"，从而呈现"异乡即故乡"的审美境界。"两个人驰骋在新大陆的万水千山之间。南端的大西洋里的岛寻到海明威的故乡，加州的淘金谷里看见了马克·吐温的小镇，新英格兰的秋天漫山是惠特曼唱歌的草叶，西北的荒原上看得见杰克·伦敦笔下狼的战场。然而，走在这样的风景里，心海上却总是浮着屈原的汨罗江，陈子昂的幽州台，陆游的沈园，更有曹雪芹西山

① 童明：《飞散》，《外国文学》2004年第6期。

② 王鼎钧：《左心房漩涡·水心》，（台湾）尔雅出版社有限公司1988页版，第13页。

③ 王鼎钧：《我们现代人·本是同根生》，国际文化出版公司2007年版，第66页。

④ 王鼎钧：《活到老，真好·心灵的故乡慰远人》，（台湾）尔雅出版社有限公司1999年版，第15页。

⑤ 陈瑞琳：《"蜜月"巴黎：走在地球经纬线上》，百花文艺出版社2003年版，第7页。

郊外卖风筝的草屋。站在尼亚加拉大瀑布的面前，想到的竟是李白的'飞流直下三千尺'，走在华州的维尼亚冰川雪山之巅，感觉里完全是杜甫老先生的'会当凌绝顶'。雄浑的'黄石'固然壮阔，却可惜他没有苏东坡的诗；犹他州的红土高原鬼斧神工，就缺少石林里阿诗玛的传说……"这种"生命的脚步离故乡的堤岸越来越远，灵魂里的距离却是越来越近"①的感觉，在异域的天地间浮现起故国的自然魂，用故国的诗文传说去淘洗尽新土的风光，虽然这种思乡之愁免不了排他性，但它的确是一种文化乡愁。

　　这种用"时空滤过"的"'乡'的重现"，发生在全球化的语境中，就更多了一些"家"的寻找。一千多年前，唐人贾岛就吟过："客舍并州已十霜，归心日夜忆咸阳。无端更渡桑干水，却望并州是故乡。"客居他乡十年，就已视他乡为故乡，其中的缘由可能就在于他乡已有了诗人自己的家。而今时过千年，迁徙频繁，漂泊遥远，哪里安顿下自己的家，哪里久而久之也就成了故乡。还是陈瑞琳，尽管她"听见雨就会念念早春里的渭城，看见柳就想起秋风的灞河，遇到一汪水就觉得那是月色里的荷塘，假日里乘船在圣安东尼奥城的运河倘佯，竟以为是行在'桨声灯影里的秦淮河'"，可是，当小儿子推开休斯敦郊外那朴实老屋的柴木门，一声雀跃："妈妈，到家了！"她才有了那"最爱"是"回家的感觉"，回到了自己"真正意义的家"。②北岛在一股"致命"的乡愁袭来之时，也曾强忍泪水对他居住的加州戴维斯写下过这样的话："戴维斯于我意味着什么？这个普普通通的美国小镇，就是我的家，一个人在大地上的住所。对于漂泊者来说，它是安定与温暖的承诺；对流亡者来说，它是历史之外的避难所，对于父亲来说，它是守

---

① 陈瑞琳：《"蜜月"巴黎：走在地球经纬线上》，百花文艺出版社2003年版，第8页。

② 陈瑞琳：《"蜜月"巴黎：走在地球经纬线上》，百花文艺出版社2003年版，第6—7、342页。

望女儿的麦田。"①所以，家就是故乡，不仅仅是出于漂泊中对个体存在的追求，也因为一个安顿下来的家对如今的海外华人已有了多重意义，它足以安放乡愁的沉重，也足以展开生命的再创造。

乡愁的沉重，往往根缘于身在异乡、心在故乡的身心分离。而对于海外华人作家而言，他们的身心分离还往往有着身在西方想东方的"分离"。这种乡愁在东西方对峙而又对话的全球性语境中流变着，呈现出海外华人们在世界性浪潮中的沉浮。汪文勤（加拿大）的诗《隔离》②就是对身心隔离于东西方的感叹："南和北／在赤道聚首"，"东和西在哪里／才能相拥一处"。诗人用"种籽"不管播到哪块土地都不会"失散"，"水"在"成云""成冰"的"离情依依"中也总归会"成水"的想象寻找着"东和西／哪里才是相约之地"。"时间不易碎／也不这么清脆／粘稠一点／挂一滴在指尖／千丝万缕地拖出去／作女的锦缎／作男的硝烟"，"东""西"无法相遇，是地球一日千里地转动，而这造就了不易破碎的"时间"。然而，"千丝万缕地拖出去"，"男""女"迥异而又相连，这何尝不是"东""西"间的状况？孕生于诗人内心的感觉化成了时间挂依指头千回百转的意象，使诗人相信："每个太阳的后边／都跟着月亮／造东西的／叫他们离得多远／就让他们／有多么亲密无间"。东西方的对立是人类有史以来最严重的对立，东西方的对话也是人类最广泛、最有意义的沟通。相离却亲密，是诗人身处西方想东方的真切感受，也是诗人消弭东西方历史隔阂的期望。这使得诗人的"乡愁"超越了家园之思、国族之念，成为沟通人类心灵的一种情感力量。正如诗人在另一首《移民生涯》③中所呈现的，"任凭风吹过大洋／择枝高栖／东嫁接西上"的移民生涯，是"被梦想捐出／移植在陌

---

① 北岛：《他乡的天空》，（香港）《香港文学》第245期（2005年5月）。

② 汪文勤：《隔离》，（香港）《香港文学》第235期（2004年7月）。

③ 汪文勤：《移民生涯》，（香港）《香港文学》第235期（2004年7月）。

生的眼角"的个人选择，待异域"一番风调雨顺之后"，到那"七八月／绝美的日子"，收获的"果甜果香／桃红李白之间"，仍"泛出故土之黄"。第一代移民生涯，就将异域之果和故土之黄融合在一起，虽然这中间，还会有"一滴泪掉落／仍饱含着故乡的月光"那样的苦辛。也许正是这样一种"东嫁接西上"（也期望着有"西嫁接东上"）的移民生涯，会让东西方有"相约""相遇""相拥"，从而使漂泊于东西方之间的华人能有身心合一的世界家园之感。

三

　　长期旅美的李黎曾经引用普鲁斯特《追忆逝水年华》中的一段美文，来说明"乡愁"是那"当人亡物丧，昔日的一切荡然无存的时候"，它还能"长久存在"的东西，"它们比较脆弱，但却更强韧、更无形、更持久、更忠实，好比是灵魂，它们等待人们去回忆，去期待，去盼望，当其他一切都化为废墟时，它们那几乎是无形的一点滴却傲然负载着宏伟的回忆大厦"。像"气味、滋味"那样的"无形的一点滴"都能负载起"回忆大厦"，是因为它们完全属于个人，"绵绵勾起心灵深处的遥远记忆"。李黎在《玛德兰的滋味》中笔触美妙地讲述过自己类似于《追忆似水年华》中《小玛德兰点心》那样的味觉经验：一次在美国见到了久违多年的荔枝，当"咬下一块果肉滑进舌和上颚之间轻轻挤压，透明甜蜜的汁液流淌出来触及味蕾的那一刹那，忽然童年和少年的记忆如光色般笼罩下来"。她会回忆起，童年的夏天放学回家吃到南台湾荔枝的全部感觉："一个凉爽的角落，啊，满满一个竹篾篓，粗糙简单的编织因盛载那般的美味而显得多么美丽，似乎散发着幽幽的光——带着果香的光，而外面的夏日午后炎煌日头和知了都很遥远了，深深一嗅……那真是一种快乐，即使用成长后的岁月里最苛酷的定义来要求，那果肉的滋味和它所带来的感觉，以及在我记忆中形成的一切有关的意象——绝对没有错，是快乐，是一去不复返的，但可以追忆的……快乐。"①

普鲁斯特会用两千来字把一口"小玛德兰点心"带来的味觉体验写得那么优美，李黎会把荔枝汁液的味觉写得如此传神，是因为那些感觉以最独特也最长久的方式负载着他们童年的记忆，那些感官的内容别人都无法分享，所以更能盛载个人化的记忆。乡愁乡思的美就是在这种个人性的回忆中保存着、萌生着。

希尼尔（新加坡）介绍自己时往往不说自己生于新加坡而说自己生于加冷河畔，"这是乡土意识的执着表现"，"在他潜意识里的乡土情怀，新加坡仅是国度名称，他要告诉读者的是他来自这个国度的哪个角落及根在哪里"。②加冷河是他父亲流浪的最后一站，比起新加坡来它是一种更感性更具体的存在。"父亲的偶然异乡却成了我的故乡"，"飘洋南迁的父亲对湘子桥的记忆依旧多过这片美丽的流域"，但加冷河已成了"我"的母亲河："灌我、沐我，那河／小时候不知道将它砌好围起／一任它摊开奔腾向南海／一去不回的旧梦。"（希尼尔《加冷河》）仅仅相隔一代，异乡已成故乡。这种变化不仅仅包含着华人的故乡观念已开始摆脱国家、民族等因素的决定性影响的历史信息，也表明"故乡"的记忆的确更多地伸向铺展个人性感受，尤其是童年梦想的水土风情。

回忆是一种遥望，而《另一种遥望》是旅美诗人张错海外漂泊近四十年后的新诗集，也是他独异的"乡愁美学"的表达，那就是"遥望"：不愿返回故乡，而在遥望中等待"归乡"。

张错的身世颇为特殊：他是广东惠阳人，六年小学在澳门读完，六年中学则在香港度过，上世纪60年代毕业于台湾政治大学西语系，随即赴美国留

---

① 李黎：《玛德兰的滋味》，见赵淑侠等：《美的感动：海外华文女作家散文集》，（台湾）圆神出版社1993年版，第114—115页。

② 李英群：《梦回故乡河》，（新加坡）《新华文学》第63期（2005年6月）。

学，学成居留任教至今。1988年他曾认真考虑在台湾定居，但他发现，"一旦抵达目的地，我心目中的众人皆已舍我而去"，他又选择自我放逐，返回美国。他也终于感到，在遥望中，心中的一切总还存在。

"距离产生遥望，遥望就是等待。"[1]遥望中"一无所遇"，相伴的只是"半生相随的独一静处"，所感的只是"心的律动"。因为是"等待"，所以"虽有希冀，却不敢有着太多期望"，于是，遥望中反有了"许多触动与回忆，温馨与体贴"。[2]正如张错用诗所吟：

> 从没有在如此近的距离
>
> 远远遥望
>
> 那么熟悉
>
> 又那么生疏，
>
> 那么渴切
>
> 又那么冷淡
>
> 那么接近
>
> 又那么遥远
>
> 那是另一种遥望
>
> 另一种甜蜜折磨

遥望是一种心的等待。"渴切"和"冷淡"，"接近"和"遥远"，"熟悉"和"生疏"才会相生聚合，呈现出"甜蜜折磨"这一审美形态。

"距离产生遥望"，这"距离"更多的是指作为美学距离的心境距离。

---

[1] 张错：《另一种遥望》，（台湾）麦田出版2004年版，第93页。

[2] 张错：《另一种遥望》，（台湾）麦田出版2004年版，第94页。

"自远距离中观想，比在近距离看得更清楚。因为远方透视，灵台清澈，远离颠倒梦想。而近处审察，关心则乱，见树不见林。"情也如此，"住"和"不住"似皆不可取，只有从沾滞于苦情中退却，又不舍情忘想，才会"保持一份心境距离……自有清香徐来"。这是一种生命的体认。而表达这种生命体认，唯有文学。这也就是张错所言"诗与遥望，就是彼此的唯一牵连"①。诗所表达的那种"从无处来，往无处去，心神为之一荡"的情感，张错在其漂泊生涯中体悟得最为深切，这就是距离的意义。他的"乡思乡愁"，可以不指向一种现实的存在，却可以指向久远。张错是从海外生涯的"世态炎凉、人情冷暖"中认识到"惟有在距离中，才能对生命投入冷冷的一眼"，而他更由此体认到了另一种距离、另一种遥望。那就是用诗表达"虽未同甘共苦，却也感同身受"，"乡思乡愁"，当应如此。

对于海外华人作家来说，"距离"中"遥望"的另一种意义是沉潜于民族历史，横越数千年的历史、直贯数十朝代的传统，足以产生遥远的距离。透过这种距离的遥望，需要饱览群书、聆听历史回音。这些都是文化人本位的欲望，也是超越时空的乡思寄托、乡愁表达，其中足以产生丰富的美。海外华人作家回溯历史而呈现其乡思乡愁的美学意义就在于此。而张错的《另一种遥望》则以"沉潜古文物"，呈现出"距离"的美。正如他所说，沉潜古文物，"它不是占有，因为经常可望而不可欲，也无法占有"，但它使人流恋如醉。"可望而不可欲"，也正是海外华人的乡愁所在。近年来，张错"多用文物配图入诗，以文呈象"，"不为史实驱囿，亦不为形相蛊惑"，②而借古文物之特征驰骋于其艺术情怀中。这种在"距离遥望"中突破了"史实驱囿""形相蛊惑"的咏物诗正是他于海外遥望故土时才有的情思造就

---

① 张错：《另一种遥望》，（台湾）麦田出版2004年版，第98页。
② 张错：《另一种遥望》，（台湾）麦田出版2004年版，第63页。

的。而他笔下的"遥望"有着多种指向，其最终归向是精神原乡，《遥望》《禁忌的游戏》等诗作将"遥望"演绎成"乡愁"的审美形态，以游子的精神跋涉、心灵袒露，指向了精神原乡。

"前世预写今生，今生终究也是来世。"①旅美女诗人潘郁琦所言的这种"三世缘"使乡愁在"遥望"中成为一种绵绵无尽的生命延续。她的诗《又见枫红》②是从"来世"写乡愁，"缓缓的走入／再生的一季／瑰丽／一片殷红的叶／赫然／唤起我久久遗忘的小名"。"遗忘"的"唤起"，是"来世"对"今生"的续写，所以，虽然"随手捡起"的枫叶，已"一片片皆是迸裂的过去"。但"乡愁"却"原来是以胭脂覆盖的颜色／缠绵着无语的山脉"，红枫虽会褪色，但那恒久静默的山脉却永远会让红枫一次次重新闪耀起生命的光彩。《如果枫叶未红》③则是从"前世"来写"今生"。贯串全诗的"枫叶"意象，成了"前世"对"今生"的承诺、约定。"如果枫叶未红／必然是妳／忘却了与秋有约／却在夏的喧哗里／早早以胭脂妆扮"。"秋"是思念的季节，枫叶红了，那是"秋声"在探寻"长天外的地址"，那是"秋山""写下血脉中苦的纵横"，那是"老枫为蝉的告别／犹在披沥着心血"。漫山遍野的红枫，那是在"山河之间""披展了天地的叶脉""书写着日月铅华"……在这些重量叠叠纷至沓来的秋的意象中，"我"苦苦的等待从"上一季"延续到了"今生"。而一声又一声"如果枫叶未红"，则以生命的焦灼感透露出思念的执着。即便"尽是冻寒成赭红的言语"，也是"一缕一缕地／镶嵌着思念的颜色／以血／写着这一种痛"，一种心永远在"归程"途中的痛。"今生"回溯"前世"，延伸"来世"，乡愁在回忆中完成着今生跟前世、来世的对话，从源头寻到归宿的心灵历

---

① 潘郁琦：《桥畔，我犹在等你》，（台湾）大地出版社2003年版，第156页。
② 潘郁琦：《桥畔，我犹在等你》，（台湾）大地出版社2003年版，第69—71页。
③ 潘郁琦：《桥畔，我犹在等你》，（台湾）大地出版社2003年版，第48—52页

程，正如潘郁琦在另一首《乍醒》中写的，思乡是在梦中，生命的梦中：

> 我的血脉醒着
>
> 呼应着
>
> 一滴悬在昨天
>
> 一滴留在今天
>
> 另一滴守候着明天

四

乡愁可以是古典的，它将自幼眷恋的那方水土"出神入化了"，"淡淡地浸入最薄的宣纸里／幽幽地烧进最脆的瓷器里／纤纤地绘在最小的烟壶里"，[①]久远而脆弱，需要如此小心翼翼呵护，一旦破碎，也许就不可能再复原。乡愁也可以是乡野的。"韭菜 麦苗 兰草／以相似的身躯／在原野披靡"，尽管"延人慧命者麦／颐养天性者兰"，但唯有清明时节，"含了春水"的"新韭"，才让"列祖列宗们""在齿间喋喋不休"；本以为"乡气忧结成石"，"韭菜可以解之化之"，谁知"欲解的乡愁如韭／割而复生"。[②]海外华人作家笔下乡愁的美学形态就是这样古典而乡土，但同时也会融入现代的、世界的因素，显得丰富而深刻。

水的意象常成为海外华人"乡愁"的写照，大概是因为水的源流性、流动性、久远性，在古典而乡土的美学形态中更能负载起漂泊中的"乡愁"。而华人作家们又都是用自己独异的生命感悟使水的意象呈现"乡愁"的丰富意

---

① 汪文勤：《素描中国》，见《白雪红枫——加华作家作品选Ⅱ》，加拿大华裔作家协会2003年版，第190页。

② 汪文勤：《韭菜盒子》，见《白雪红枫——加华作家作品选Ⅱ》，加拿大华裔作家协会2003年版，第189页。

蕴。月曲了的《三保井》以三保太监郑和下西洋"留下"的"三保井"为"乡愁"意象，让它生发出多重历史意味。"他们都有一条乡愁／长长的／可以汲水"，对于前辈移民来说，"三保井"是"乡愁"的源头，它永不枯竭、源远流长，使"乡愁"成为汩汩活水。然而，"我没有／我的 已用于／捆扎沉重的行李／准备回家／或者远行"，长长的乡愁，只能用来捆扎再次远行的行装，"三保井"的民族之根意义似乎遭到了质疑。[在华人中，郑和下西洋的真正动机，始终是一个耐人寻味的话题。例如印华作者钟若迟在其著作《榴梿树下》中曾这样介绍郑和："惠帝下落不明，疑已亡命，郑和遂奉诏七下西洋（南洋），一则追寻惠帝踪迹，再则宣扬国威。"[1]《明史》，清赵士哲《建文年谱》、钱谦益《建文年谱序》等也都有传言建文帝（明惠帝）踏海去，郑和奉旨泛海下两洋的记载。]"只记得 深深的／三保井／是时间的望远镜／可让里面／外面的中国人／自我瞭望。""里面"的中国人自然是指用"长长的乡愁"在"三保井"中"汲水"的"他们"，而"外面"的中国人是走出了"三保井"的"我"。无论是对"他们"还是对"我"，深澈清亮的"三保井"，都是一种跨越时间的自我瞭望，使彼此看清了历史漂泊中的自己。汩汩相涌的井水，也由此负载起海外华人的命运变迁。

雨，这一来往于天地、散落于南北的水的意象，在海外华人作家的艺术想象、历史想象中也成为乡愁最集中的一种意象，雨的精灵往往演化成民族的精灵。菲华诗人张琪的诗《雨！你来之形声义！》[2]这样写"雨"之"形"："倾一望辽渺的弦线／仰向千古的最初／风是你的影子／你飘泊的姿态竟是江南的吟客。"跨越时空的漂泊，是"雨"和诗人间的沟通，所以眼前飘飘洒洒的雨，瞬间泻黄河、走长江，裹挟来千年的记忆、万里的情

---

① 莫明妙：《关于郑和》，见高鹰主编：《印华散文选》，（香港）获益出版社有限事业公司1998年版，第182页。

② 张琪：《想的故事》，菲律宾华文作家协会2003年版，第20—21页。

思："你也虚张而来 / 把老祖宗和离乡人的心事 / 顺黄河的水势 / 从天倾泻 /
从此湿了多少年的秋海棠∥你走一趟长江 / 江上哽咽起无限的往事……"雨
"形"之大、寓情之深，其内涵，不只是离乡者的情意，更有着"湿了多少
年的秋海棠"的民族记忆。而诗人听到的"雨"之"声"，有着人生万千的
欢欣喜悦："你也放一串热闹 / 因你懂得童年∥你如风声 / 泅游入我少年 /
最雅致美丽的秘密。"更有着民族历史的悲壮："你也热血澎湃 / 是如读一
页中国现代史 / 怒吼长啸 / 喝醒入睡的苦难。"听雨声，有如读历史，这样
奇特的想象，撼魂动魄，根植于诗人深远而广阔的思乡之情。异域的雨声，
成了故国的历史风雨声。而最后展开的"雨"之"义"，更斑斓多彩：

> 一弧彩虹诠释你的意义：红雨烈烈
>
> 橙雨浪漫
>
> 黄雨如虎
>
> 绿雨清清
>
> 蓝雨如珠
>
> 靛雨静沉
>
> 紫雨烟幕
>
> 只是，你在史册上留了几夜的
>
> 黑雨凄凄

"赤橙黄绿青蓝紫"的雨后彩虹，有如人们对历史的各种解读，也有如故乡
在游子心中呈现的各种想象，悲壮、刚烈、浪漫、清纯、绚丽、沉静等等弥
漫、交织，而雨过虹现之时，仍无法忘却暗夜凄雨。一个"雨"字的形声
义，在张琪的异域想象中，"浓缩"一代代华人移民的身世，倾诉着一种种
中华民族的命运，诠释着一段段中国历史的悲欢……中国传统诗文中的听

雨、观雨，在诗人思念故国、理解中国的想象中获得了新的意义。

乡愁成为一种美学，是乡愁在传统之根意义上的文化象征意味被重新审视而被赋予新的意义的过程。它在海外华人作家自我感性的现代确证过程中得到了丰富的表现、深入的开掘，成为海外华文文学经典性的重要基石。

第四节　"第三只眼"：让中西文论从未有过地接近
——以叶维廉的比较诗学为中心

发生在海外的对包括华文文学在内的中华文化展开研究的有海外汉学（Sinology）和海外华文文论。前者当主要指外国学者对中国文化、文学的研究，而后者则主要是指1950年代至今，一批定居于海外的华人学者的文学研究。它们关系密切，却产生于不同语境之中，应当有所区分。

海外汉学历来重视对中国古典文化的研究，但二战后，也开始关注对现代中国的研究，甚至有了古代汉学和现代汉学之分。尤其是欧美各国汉学，研究1911年以后的中国文化的现代汉学有了长足发展。而在对百年中国文学的研究中，他们甚至关注海外华文文学的存在。海外现代汉学对百年中华民族文学的研究基本上是在二战后的西方和苏联、东欧的语境中展开的，呈现的是从各国文化传统和现实社会形态出发的对现代中国文学的跨文化认知。与此同时，一批在海峡两岸和香港的中文母语环境中养成自身文化背景，又接受了外国高等教育影响的学人开始进入各国汉学机构，尤其是著名大学东亚系一类的院系工作，其研究的对象与海外现代汉学一样，但他们的研究却是在自身民族文化传统和所在国文化教育的双重背景下展开的，呈现的是从中华民族文化传统出发，接受外国文化教育影响，又反观自己民族文化的双重跨文化认知。海外华文文论的发展已经产生了一批重要的文学理论家、文学史家、文学批评家。其建树，既受不同国度的历史、文化语境的制约，又受包括五四新文化传统在内的中华民族文化的影响。其学术建构中的理论范式、诗学范畴、批评话语的变化既反映出西方文论的变化，也包含其在海外研究中对中华民族文学提出的一些新的理论命题（包括中国传统文论、五四现代文论基本范畴在海外文化语境中的演化及其方式）。

研究者从当年普实克和夏志清的争论中注意到了其研究中国现代文学的差异。二人恰恰展现海外汉学与海外华人文论的不同形态。或者可以说，他们之间的差异，恰恰是海外华人文论与海外汉学的差异，反映出其生成的不同语境。夏志清的《中国现代小说史》虽用英文写成，但他研究的基础是对中国现代文学作品的母语阅读；而普实克即便用汉语写作，他的研究基础却是对中国现代文学作品的非母语阅读。

夏志清的著述中，《中国现代小说史》显然是其影响最深远的著作，已成为西方汉学界研究现代中国文学的必读书。1943年秋，还在上海沪江大学就读的夏志清在宋淇家中见到钱锺书夫妇。此时，《围城》等尚未问世，而夏志清向钱锺书求教学问之道。多年之后，夏志清的《中国现代小说史》被钱锺书赞为"文笔之雅，识力之定，迥异点鬼簿、户口册之伦，足以开拓心胸，澡雪精神，不特名世，亦必传世"。①这一知己之见中所言"识力之定""文笔之雅"正是中国传统文论的境界。文学批评家的重要职责就是以己之慧眼、胆识发掘"与众不同，能结合艺术与生命"的作家作品，而其对作品的阐释，是以其"文笔之雅"体现出来的"艺术与生命"的再创造。《中国现代小说史》问世于1961年，在世界冷战意识形态的年代，《中国现代小说史》的石破天惊之处就在于夏志清对沈从文、钱锺书、张爱玲、张天翼等作家创作的发掘。这种发掘通过夏志清对他们作品精辟的解读而产生了广泛影响。夏志清的作品解读不只受"新批评""细读法"的影响，更立足

---

① 姚嘉为：《在写作中还乡》，（台湾）允晨文化实业股份有限公司2011年版，第63页。

于他在母语阅读中对钱锺书、张爱玲等作家作品的深切体悟，而这种体悟在非中文母语的外国汉学者中是极难产生的。所以，尽管普实克研究现代中国文学也下力甚深，但夏志清那样的细读不可能出现在他的研究中，相反，他会从自身文化背景上认为夏志清的细读是主观化和非科学化的。而他处于欧洲文化背景中，信仰左翼意识形态，受西方结构主义方法的影响，其视野是很不同于海外华人学者的双重文化视野的。

正是有着前述双重跨文化语境的背景，海外华文文论成气候者都"天生""第三只眼"。"域于一人一事"的乃"政治家之眼"，"诗人之眼"则有待"通古今（中外）而观之"①，海外华人作家与传统的过去和身处的现代始终有着"若即若离"的关系。这种"漂泊"使华人作家超越了"简单化的二元对立，获得了某种更复杂的视角"②，即"第三只眼"，对母国文化和所在国文化都能自觉反省，认真评估，让两种文化，尤其是中西方文化展开从未有过的广泛、深入的对话，也让不同文化从未有过地接近。

在中西文化对话上，叶维廉无疑是最清醒、最自觉、最持久地展开实践的海外华文文论者。这里，以他为例，来探讨海外华文文论的"第三只眼"。

一

叶维廉（1937—　，著有《赋格》《三十年诗》《留不住的航渡》《冰河的超越》等十余种诗集，《中国诗学》《比较诗学》《道家美学与西方文

---

① 王国维在《人间词话》中称，"诗人之眼"是"通古今而观之"；宋琳认为，写作若渴望获得全部文化的依托，有待"通古今（中外）而观之"的双重视野。参见宋琳：《主导的循环——〈空白练习曲〉序》，收入张枣、宋琳编：《空白练习曲：〈今天〉十年诗选》，牛津大学出版社，2002年版第xviii页。

② 查建英：《北岛》，收入查建英编：《八十年代访谈录》，生活·读书·新知三联书店2006年版，第97页。

化》等十余种理论和批评集，《欧罗巴的芦笛》《寻索：艺术与人生》《幽悠细味普罗旺斯》等十余种散文集和画论《与当代艺术家的对话》）被美国著名诗人吉龙·卢森堡称为"美国现代主义与中国诗艺传统的汇通者"[①]。他1963年赴美，1967年获普林斯顿大学比较文学博士学位后，任教于加州大学（圣地亚哥校区）。他曾任比较文学系主任几十年，并曾协助台湾大学、香港中文大学、北京大学发展比较文学学科。这种教学生涯自然使他自觉展开中西文化的比较研究。但事实上，叶维廉是从一个更开阔的文化背景上展开其中西文论研究的。

1950年代后期，叶维廉从现代诗起步，跻身"香港文坛三剑客"。但那时，他就早早觉察到东方和西方、传统和现代的异质性和延续性，并从传统和现代的关系中敏锐而自觉地去探索中西文化的对话，而对西方文论运用到中国文学上的可行性和危机也都能展开根源性的质疑。他第一本诗集《赋格》（1963）表现出的质疑、追问充盈现代诗的精神，回到传统但更要面向世界："我们游过 / 千花万树，远水近湾 / 我们就可了解世界么？ / 我们一再经历 / 四声对仗之巧、平仄音韵之妙 / 我们就可了解世界么？"诗人的遐想、追索直抵存在的背反。诗学上，他接受了西方"新批评"等学术训练，却以强烈的"东方意识"和"创建自觉"超越于原有西方语境中的理论内涵，在香港1960年代的现代主义批评中就发展出会通中国古典诗学和英美现代诗美学的"新的批评"[②]。1959年，他在香港刊物上撰文以"步入诗的新潮流中，而同时有（原文如此，应为"又"——笔者注）必须把它配合中国的传统文化"[③]来自审反省，之后他一直都在尝试"对中国诗的美学作寻根"时又能"引发两种语

---

① 乐黛云：《叶维廉文集》序，见叶维廉：《叶维廉文集》第一卷，安徽教育出版社2002年版。

② 郑蕾：《叶维廉与香港六十年代现代主义批评》，（香港）《香港文学》第324期（2011年12月）。

③ 叶维廉：《论现阶段中国现代诗》，（香港）《新思潮》第2期（1959年12月）。

言两种诗学的汇通"，在"五四给了我们新的眼睛去看事物"时，又绝不"伤及我们美感领域及生活风范的根"。①就是说，如果要接受西方代表的现代，那就一定不能伤害自己民族生活风范之根；如果要向传统去寻根，那就一定要由此引发传统与现代的对话，从而丰富传统。这种探索并非在传统和现代、中国和西方之间取得简单的平衡，而是对传统与现代之间的建设性转化和根源性危机有着深刻认识。这构成了叶维廉中西文学比较研究的根本出发点，他由此在中西两种文化及美学的分歧中寻求交汇，一步步走向接纳双方、和谐相生的境地。这正是海外华文文论的"第三只眼"。

当今学界对叶维廉的中西诗学研究存在误读，认为叶氏虽然从中西比较的视域出发得到了一些关于中国诗学的独特见解，但其中西比较思路以突出中西文学思想的差异为目的，"从西方理论中找出一种二元对立的模式，并将这种模式套用在中西文学传统的对立上"②，其结果依然是用西方哲学美学框架来衡量中国文学。这种误读可能与论者对叶氏比较诗学缺乏整体性的观照视野、对其比较诗学中的关键性概念如"同""异""模子"等理解有误有关。叶氏比较诗学之所以能"突破了时代和文化固有的边界"③，在中西文化比较和会通的大视野中审视问题，正是得力于他对于"同""异"关系的辩证把握，以及将历时演变和美学结构因素纳入比较诗学的阐释；叶氏力图为中国美学的探求提供新视角和新观点，也为西方美学重新审视自身提供了全新的参照系。这里，我们首先以叶氏诗学中"同""异""模子"三个概念的重新剖析为起点，重新审视叶氏是如何以这三个基本概念作为根基构建起中西比较诗学理论体系。他对中西文学的探寻涵盖语言、历史、美学三个维度，在文学领域中，

---

① 叶维廉：《语法与表现——中国古典诗与英美现代诗美学的汇通》，见叶维廉：《比较诗学》，（台湾）东大图书股份有限公司2007年版，第67页。

② 张万民：《辩者有不见：当叶维廉遭遇宇文所安》，《文艺理论研究》2009年第4期。

③ 乐黛云：《叶维廉文集》序，见叶维廉：《叶维廉文集》第一卷，安徽教育出版社2002年版。

历史衍化和美学因素集中呈现于语言层面，以此构成一个整体，影响着比较诗学的发展。其次，探讨叶氏在道家美学的和现象学的会通研究中，是如何实践其比较诗学基本思路的，即如何真正实现中西的互识、互照、互对、互比。虽然任何理论家在构筑思想体系的同时，都难以避免其片面性，理论的缺憾与理论的建构是同时存在的，但叶维廉发生在海外语境中的比较诗学的新的思维方式和思维路径的价值和意义是不可忽视的。

叶维廉是著名的现代派诗人，同时也是在20世纪中西比较诗学理论建构中走在最前沿的理论家之一，他采用包括现象学、阐释学等西方最新的哲学和诗学理论，在比较视域中重新阐释中国古典诗歌，为中国传统诗学注入现代性的元素。针对中西比较诗学的一系列基础性命题，叶维廉力图建立一整套比较诗学理论：宏观的目标上，他提出了影响广泛的"东西比较文学中模子应用"的理论，以求对中西文学"同异全识，历史与美学全然汇通"[①]；具体的操作层面上，他以对观物方式的思考为基础，探讨中西山水诗表现出的美感意识的差异，进而提出中西美学的差异；在西方现代哲学美学的语境里对中国传统诗学进行探讨，比如借用现象哲学重新审视道家美学，在诠释学语境中探索"文意"论，试图探索中国美学得以更新的道路。无怪乎乐黛云如此评价叶维廉："他对中国道家美学、古典诗学、比较文学、中西比较诗学的贡献至今无人企及。"[②]

海外华文文论中，试图用西方前沿的哲学思潮、诗学理论重新审视中国传统诗学的努力并不少见。[③]然而，"作为一个诗人的学者和学者的诗

---

① 叶维廉：《叶维廉文集》第一卷，安徽教育出版社2002年版，第15页。

② 乐黛云：《叶维廉文集》序，见叶维廉：《叶维廉文集》第一卷，安徽教育出版社2002年版。

③ 如徐复观用现象学解释庄子美学，从而重新探讨中国艺术精神。

人"①，叶维廉有其颇为独特之处。他最初以现代派诗人的身份开始比较诗学的学术生涯，进入比较诗学研究领域最重要的动因是写诗和译诗。叶维廉认为，译者是"集读者、批评家、诗人的运思结构行为于一身的人"②，中国古典诗歌的英译，需要选择合适的英文语言结构来呈现中国古典诗歌的特殊意境，既要以诗人的敏锐选择恰当的字句，又要兼顾英语读者的阅读过程和审美接受。在这个过程中，叶维廉对两种语言的结构以及中西诗境不同表征的把握与体认逐渐深入与自觉，意识到真正成功的中国古典诗歌英译和西方现代诗歌汉译的创作实践背后，是中西两种美学"模子"的碰撞与交融，而非简单地用另一种语言重新阐发原诗所言。尤其是中国古典诗歌的意象，其作用往往在于形成某种特殊的气氛，以点染、唤起某种感受。中国诗歌的这种特殊美感产生于象形文字观物传达的方式。正是在此基础上，他进而提出从"观物方式"看待中西美学的差异。叶维廉的诗人身份以及对语言文字的敏感，使得他对西方诗歌传统和中国诗歌传统的认知非常深刻与准确，也为其理论建构提供了足够的感性材料的支撑，使其比较诗学建立在扎实的根基之上。他在大量阅读中西艺术作品后，深刻地感到在文学艺术中存在着超越种族、文化、语言的美感体验。这种感性经验促使叶维廉坚信中西文学存在着共同的"模子"，并将之作为构筑比较诗学研究的起点。叶维廉比较诗学的另一独特之处在于，大部分海外汉学家倾向于用西方形而上学的哲学框架去寻找中国文学、文化中与之相似的文学文本或艺术现象，忽略了中西不同的哲学传统和审美语境；而叶维廉对此有着充分的警觉，认识到中西沟通的前提是对彼此的"同"与"异"秉持同等的态度，其比较诗学的所有努力也就是通过"藉异而识同，藉无而得有"来达到会通跨文化美学的目的。

---

① 乐黛云：《叶维廉文集》序，见叶维廉：《叶维廉文集》第一卷，安徽教育出版社2002年版。

② 叶维廉：《叶维廉文集》第一卷，安徽教育出版社2002年版，第30页。

二

西方的比较文学研究，不论是法国学派还是美国学派，因同属希罗文化体系，故内在的美学假定是相似的，更易于找到共同的文学规律和美学据点，讨论的不同重点是比较文学研究的对象和范围。然而中西文学的比较研究，因涉及东西方两种迥异的文化系统和美学系统，故比较诗学的基本策略、侧重点和西方的比较文学研究大相径庭。针对于此，叶维廉提出了"东西比较文学中模子应用"的理论，其中涉及"模子""同""异"的概念以及"同""异"的辩证关系，重新剖析和厘清这些概念，对于我们重新审视其比较诗学研究有着重要意义。

叶维廉的比较诗学研究致力于寻求中西文化美学会通的可能，同时对比较文学中为了求同而排异的现象十分警惕，因此提出"东西比较文学中模子应用"的理论，试图用动态的模子理论解决既往比较诗学研究中遇到的问题。"模子"是叶维廉中西比较诗学中的一个重要概念。首先"模子"是"结构行为的一种力量，使用者可以把新的素材来拼配一个形式"[1]，比如西方的思维模子趋向抽象概念的演绎，中国的思维模子趋于形象构思，不同的思维模子观照下的文学样态自然迥然有别。其次，叶维廉将"模子"设计为圆的图示，是一种动态的思维框架。叶维廉的巧妙之处在于用一个圆的图示来表示模子时，以圆心作为作家所处的文化传统。在具体的创作过程中，作家依据创作需要对模子进行"增改衍化"，也就是说，同属于一个文化传统的作家都处于这个模子中，圆心不变，圆周是变化的。因此，模子并非一成不变，它是作家创作构思的起点，也是批评家面对作品的批评起点。

对于文学批评和文学理论研究，对模子的"选择及选择以后应用的方式及其所持的态度"[2]的研究是必须的。笔者将模子的呈现视为两种力量倾向的

---

[1] 叶维廉：《叶维廉文集》第一卷，安徽教育出版社2002年版，第27页。

[2] 叶维廉：《叶维廉文集》第一卷，安徽教育出版社2002年版，第27—28页。

互相作用，即"向心的倾向"和"离心的倾向"。"向心的倾向"是由传统发出的原动力的辐射，贯穿思维方式、美感经验、语言模式等层面；"离心的倾向"则包括对传统的反省和对外来文化传统的吸纳、接受。"向心的倾向"和"离心的倾向"的区分，有利于我们对叶氏理论的理解。首先，叶维廉反复强调要对"模子"做寻根的认识，这就涉及对"向心的倾向"和"离心的倾向"两种力量的认识，决定一个民族文化的"模子"是这两种力量彼此不断作用的结果，这是比较诗学的前提。其次，"离心的倾向"往往通过时间维度呈现出来，不管是对自身所处文化传统的反思、批评，还是对异质文化的接纳，都是一种历史衍生态的表现。而一个民族的文化传统以及由此形成的思维习惯、语言模式表现在文学上，时常通过"超脱历史时间而能自身具足的美学结构"呈现出来，因此"向心的倾向"与共时的美学结构密不可分。也就是说，将"模子"视作一个圆的图示，"向心的倾向"和"离心的倾向"其间必然包含着历时衍化和美学结构两个因素，于是"'模子'的讨论正好兼及了历史的衍生态和美学结构行为两个方面"。①

在两个"模子"的比较中，两个圆相交叠的那部分作为两种文化彼此可沟通之处，使得叶维廉所谓的"基本模子"得以建立，它是比较文学研究的焦点。在这两者交叠之处，两个"模子"各自的"向心的倾向"和"离心的倾向"交织在一起。因此，"基本模子"中，两个"模子"原本的框架结构并不适用于此处，需要寻求一种新的结构方式。叶维廉的"模子"理论，不仅注意到中西方文化属于不同"模子"，不能用自身的文化传统去"结构"对方的文学，避免落入用西方理论比附中国文学的狭隘思维模式，而且在探讨中西文学可沟通之处时，提醒我们要跳出中西各自的文化"模子"去审视"基本模子"的所在。

---

① 叶维廉：《叶维廉文集》第一卷，安徽教育出版社2002年版，第44页。

那么，应该采用何种路径去理解两个圆的交叠之处？叶维廉提出通过"藉异识同""同中辨异"的辩证思路以实现中西文学的会通。这也是叶维廉比较诗学中较为独特的"同异之辨"。以往比较诗学的方法或是比较为"同"，或是比较出"异"。对"同""异"观照的侧重点不同，其比较诗学的理论建构以及具体实践就有分别。叶维廉"同异之辨"建立在"模子"理论的基础之上，后者对历史的衍生态和美学结构行为两个方面的涵盖，赋予了"同异之辨"独特和丰富的面貌。叶维廉一方面将"同"视为中西比较文学的焦点问题；另一方面也给予"异"足够的重视，这集中表现在其对"同"的理解是通过"同异"的辩证关系得以实现的，并且随着对"同异"的辩证关系的理解的不断深入，其关于"同"的认知也呈现出逐渐深入的过程。20世纪70年代，叶维廉提出"东西比较文学中模子应用"理论，"同"指的是中西方共同的"模子"，它是"超脱文化异质限制的'基本形式及结构行为'"[1]，并提出通过"藉异而识同"的路径探讨"共同的模子"。也就是说，关于"异"的探讨是对"同"的理解的前提，"歧异之处的探讨和对比更能使我们透视二者的固有面貌，必须先明了二者操作上的基本差异性，我们才可以进入'基本相似性'的建立"。[2]对"异"的理解也要在"同"中完成，即"同中辨异"。它涉及"模子"理论中涵盖的共时的美学结构因素和历时演变的因素。比如在中西诗学的比较中，常有研究者用浪漫主义描述李白和屈原。浪漫主义作为西方的美学范畴，与李白、屈原诗歌精神的相似是一种表面或部分的相似，它们实则分属于不同的文化系统。因此"我们必须要从两个'模子'同时进行，而且必须寻根探固，必须从其本身的文化立场去看，然后加以比较加以对比，始可得到两者的面貌"。[3]两个表面相似

---

① 叶维廉：《叶维廉文集》第一卷，安徽教育出版社2002年版，第42页。

② 叶维廉：《叶维廉文集》第一卷，安徽教育出版社2002年版，第39页。

③ 叶维廉：《叶维廉文集》第一卷，安徽教育出版社2002年版，第38—39页。

的概念，其针对性、内涵却不同。因此不能做简单的比附。到了20世纪80年代，叶维廉比较诗学里的"同"更多指的是"可沟通"，因为比较诗学的目的不仅仅是异质文化或文学的比附，更是一种文化的交流，"文化交流的真义是，而且应该是，一种互相发展、互相调整、互相兼容的活动，是把我们认识的范围推向更大圆周的努力"。①交流的真正目的是将认知延伸至"更大的圆周"，换言之，交流旨在彼此的增益。对于两种文化的交流，"同"和"异"处于同等重要的地位，通过"同异全识"的"互照""互识"才能达成沟通。"互照""互识"的比较视域会形成一种互相阐发和互相解蔽，继而赋予我们看待自身传统更为丰富的角度和更为宽广的视域。这种"互照""互识"是"同异全识"带来的发明性，它不仅对于彼此的文学传统都具有创造性，而且会促发比较诗学研究新命题的提出。总之，叶维廉比较诗学的着眼点是通过比较视野的互相激活、互相阐释而达成的沟通。这种沟通会对彼此的文学传统都有增益作用，其建设性、创造性不言而喻。

在叶维廉的比较诗学中，"模子"理论始终占据着关键性的地位。正是通过"模子理论"的提出以及对"模子"的自觉应用，关于"同异之辨"的认识才辩证而深刻，其比较诗学的图景也因此呈现出较之其他学者理论更为丰富生动的面貌。

三

叶维廉沟通中西的比较诗学批评实践是在"东西比较文学模子"的理论框架下展开的，而在具体批评实践中，叶维廉则对胡塞尔的现象学方法和海德

---

① 叶维廉：《叶维廉文集》第一卷，安徽教育出版社2002年版，第51页。

格尔存在主义现象学思想有诸多借鉴。①叶维廉在其比较诗学策略中倚重现象学，源于现象学的"思想方式从根本上是境遇域构成的，而非概念化和观念化，因而在无形中消除了中西哲学对话中的最硬性的，也是最大的障碍"②。另一方面，在对待原真自然、物我关系等命题上，现象学和道家美学显现出某种程度的会通，为比较诗学"基本模子"的建立提供了可能性。在此基础上，叶维廉对中国美学、中国古典诗歌和英美现代派诗歌有了创造性的阐释。

叶维廉的"模子"理论强调了"模子"寻根的必要性，以回到现象学"境遇域"与道家"虚以待物"的境界中。

现象学的"本质直观"作为一种特殊的观看方式，其观看行为含有内在的超越性，促使现象学从方法论上突破了西方的形而上学传统，同时也在方法论的意义上解决了"模子"理论在具体批评实践中遭遇到的矛盾。直观行为之所以具有内在的超越性，在于直观是一种意向性的构成行为。我们的直观体验中存在着"境遇域"，它存在于观念形成的源头，有一种"在先的、潜伏的构成作用"③，也包含着过去和将来。胡塞尔的现象学直观方法通过本质还原，抵达观念形成之前的"境遇域"。对于叶维廉的比较诗学而言，"模子"作为一种结构行为，以观念性的框架决定着一个民族的文化以及文学样态。在具体的中西比较批评实践中，涉及两种极为不同的思想传统，两者间的巨大跨度和复杂关系很容易使比较流于概念化的比附，由此影响我们

---

① 有论者认为叶维廉以胡塞尔的现象学阐释道家美学，又因为胡塞尔的纯粹意识不是非理性的，故认为叶维廉最终背离了胡塞尔而走向海德格尔。但是笔者认为，叶维廉并没有在胡塞尔和海德格尔两人间做非此即彼的选择。一方面，他对胡塞尔的现象学的借鉴更多是方法论意义上的，旨在以"本质直观"的方法处理比较诗学如何超越传统概念化比附的问题；另一方面，他对海德格尔存在主义现象学的借鉴主要体现在观念内容上。

② 张祥龙、杜小真、黄应全：《现象学思潮在中国》，首都师范大学出版社2001年版，第50—51页。

③ 张祥龙、杜小真、黄应全：《现象学思潮在中国》，首都师范大学出版社2001年版，第46页。

对于"基本模子"的认识。叶维廉比较诗学的重要意义就是超越传统的概念化比较方式，在一种理解视域中进行比较研究。这种理解视域试图回到现象学意义上的"境遇域"状态。比如对中国美学某个审美范畴和西方美学范畴的比较，将范畴分析与相应的文化传统、思维方式、美感经验的分析结合起来，将这个范畴形成建构的过程充分显现出来，概念化的比附由此成为一种在广阔的理解视域中的场景比较。

这就是叶维廉反复强调比较诗学要对"模子"做寻根认识的重要性的缘由：在现象学"本质直观"观照下的"模子"的寻根，通过"直观"还原至"模子"还没形成前的"境遇域"，它是一切观念框架产生之前的状态，因此，寻根式的比较可以获得一种朝向概念范畴形成过程的视域；另一方面，更为重要的是，"境遇域"是观念形成之前的构成性视域，是孕育观念的地方，包孕着一切将发未发的状态，其"生发性"与"引发性"可以赋予比较诗学研究者更为丰富的解释契机。比如叶维廉例举中国古典诗歌的英文译文常有过度歪曲的现象，中国古典诗歌暗示性的美感经验无法被准确传达，而原因在于英译者忽略了中国文字的观物传达方式，而中国古典诗歌的美感经验与此息息相关，"象形文字代表了另一种异于抽象字母的思维系统：以形象构思，顾及事物的具体的显现，捕捉事物并发的空间多重关系的玩味，用复合意象提供全面环境的方式来呈示抽象意念"[①]。只有做寻根式的探讨，追溯到美感经验发生以前的"境遇域"，上溯至中国文字最初的观物传达方式，才能把握蕴蓄着中国美学特有美感的观物方式及其影响下的中国古典诗歌。

中国哲学"从一开始就对于概念型的、观念型的思维方式的缺陷有一种几乎可以说是天生的敏感，并因此而求助于'构成'的方式"[②]。正是在这个意

---

① 叶维廉：《叶维廉文集》第一卷，安徽教育出版社2002年版，第29—30页。

② 张祥龙：《现象学的构成观与中国哲学》，见《中国现象学与哲学评论》第一辑，上海译文出版社1995年版，第335—350页。

义上，现象学存在论意义上的"构成"思想，与中国哲学具有内在的对话性。具体说来，胡塞尔现象学所强调的"境遇域"，与道家美学的"虚以待物"非常相似，后者强调"虚静"的状态是至"道"的途径。为了达到主体心灵的"虚静"状态，道家提出"心斋""坐忘"等一系列概念，以求摆脱外在的道德礼仪束缚达到心灵的净化状态。"境遇域"和"虚以待物"都是一种先于一切现成人为规定性的"构成性"状态，"充满了境遇发生和维持的意味"①，是一种浑然整体的生发性状态。现象学"境遇域"与道家"虚以待物"的对话、呼应引导叶维廉走向海德格尔存在主义现象学与道家美学的会通。

对"模子"寻根的强调，将比较诗学研究者的视域带到现象学意义上的"境遇域"，为我们开启一种重新理解中西文学的新视域。在叶维廉的比较诗学研究中，这种方法主要体现在他关于道家哲学和海德格尔对待物象的态度的发现和重新发掘，继而对中西哲学的宇宙观做寻根式的追问。叶维廉文学批评的出色成就，尤其是对以山水诗为代表的中国古典诗歌的重新阐释，正是基于道家美学和海德格尔存在主义现象学的比较视域展开的。

四

叶维廉认为道家哲学和海德格尔对待物象的态度具有共通性，后者对存在与现象分野的批判，主张原真事物的追寻，表现出与道家美学趋同的倾向，"在这一个层次上，我们发现海德格（即海德格尔——笔者注）和道家主义者说着同一的语言"②。它集中体现在两者关于物我关系命题的阐释中。

在海德格尔的《形而上学导论》中，能清晰可见道家主张的"齐物论"。海德格尔认为人不应作为万物的中心和主导者，世间万物的价值是完

---

① 张祥龙、杜小真、黄应全：《现象学思潮在中国》，首都师范大学出版社2001年版，第51页。

② 叶维廉：《叶维廉文集》第一卷，安徽教育出版社2002年版，第159页。

全相等的。在此基础上，海德格尔进一步提出回到语言发生之前的事物，即没有被命名的事物，这是接近物象本身的唯一路径。"命名"，意味着用概念、理性去区分、类化事物。叶维廉对海德格尔通过"破除缩减性的概念、类分行为及以理念世界为主的秩序"[①]，指向事物本身的现象学观念，大加赞赏，认为"这番重新认识了解原有根据地的做法，把西方概念的累赘欲一扫而清"，将"消除玄学的累赘、概念的累赘"视为海德格尔哲学最为深刻之处[②]。道家的返璞归真，海德格尔对原真事物的重认，都彰显出将原真事物作为感应的主体、反对用人的理性去区分认知自然的态度。这种共通性提醒我们，相隔20多个世纪的两种哲学对同一命题的兴趣、对"物我通明的关系"的相似探寻，显示了重新拥抱真实世界的可能路径。但是，叶氏也看到，由于道家哲学和海德格尔处于迥然有异的东西方两个文化传统，表达相似的观念采用的表达方式也完全不同。道家哲学用诗化的语言表达哲思，海德格尔则要用许多语言去"解困"，要将从柏拉图到他之间"横亘着20多个世纪的诡奇缚茧的关系""慢慢拆除"。[③]遗憾的是，叶氏似乎只看到了早期的海德格尔用现象学方法寻求存在的意义，却忽略了后期的海德格尔用现象学方法研究语言，通过对荷尔德林、里尔克诗歌的解读来阐释自己的哲学诗学思想。有研究者已经指出，后期海德格尔采取"对反的、可逆性的言语方式"，深受中国道家"知其白，守其黑"的阴阳交互思维方式影响。[④]这种言语方式采用一对对相反的概念或状态，如黑暗和光明、敞开和遮蔽、人与神

---

① 叶维廉：《叶维廉文集》第一卷，安徽教育出版社2002年版，第159页。
② 叶维廉：《叶维廉文集》第一卷，安徽教育出版社2002年版，第162页。
③ 叶维廉：《叶维廉文集》第一卷，安徽教育出版社2002年版，第163页。
④ 赵奎英：《中西语言诗学基本问题比较研究》，中国社会科学出版社2009年版，第377页。

等，通过"双向"的"互相引发"的思维和言语方式揭示事物的存在，①与道家的诗化语言极为相似。或许我们可以循着叶维廉的思路这样理解海德格尔后期的诗化转向：因为秉持着与道家相似的齐物论的观念，追寻物我共通的关系，对逻辑演绎性语言有着警觉，所以他要找寻一种类似于道家诗化语言的形式来表达自己的哲学思想。

叶维廉在《无言独化：道家美学论要》一文中探讨"道家的宇宙现象论，如何为中国诗学提供了一种独特的'离合引生'辩证方法，一种'空纳——空成'的微妙的感应、表达程序"②。道家哲学和海德格尔相隔23个世纪，共同秉持着"物各自发自然也"的观念。而一旦诉诸语言，即将概念、类分加诸物象之上，天机的完整性就开始破碎。正是基于这种认识，在道家哲学中，随处可见关于语言文字限制性的论述。"知者不言，言者不知"，语言文字在表达物象上是不足的，这中间包含一个更为根本性的对人的认知，即"认定作为万物万象之一体的人是有限的，他不应该被视为万物的主宰者，更不可视为能给宇宙万象赋予秩序的动因。这一个对人、宇宙万物和语言的相互关系的认识，是道家影响下中国美学诗学的据点"。叶氏例举西方近代两位哲学家威廉·詹姆士和怀海德，认为二人"由于西方科学发展所激发出来的认识论的焦虑（epistemolgical agony），对认识宇宙现象的描述，和道家所关心的整体性曾有某程度上的回响"，在对人的理性认知的有限性上，与道家有一致性。③但由于西方分封的思想，故在对宇宙秩序的认知上，依然与道家有较大分歧。那么如何保持天机的完整呢？那就是在"概念、语言、意识发生前"的无言世界里，人与万事万物自然应和，这种调和的应和

---

① 张祥龙：《海德格尔思想与中国天道——终极视域的开启与交融》，中国人民大学出版社2010年版，第46页。

② 叶维廉：《叶维廉文集》第二卷，安徽教育出版社2002年版，第124—125页。

③ 叶维廉：《叶维廉文集》第二卷，安徽教育出版社2002年版，第127页。

即道家所谓的"天放"。叶氏特别提醒我们注意，道家对我们的重要意义就在于这种物我关系的揭示，尤其是"人在万物运作的天放中原有的位置和关系"。①宇宙的重心不是人类主体，而是自生自发的万物万象。"道家的美学大体上是要以自然现象未受理念歪曲地涌发呈现的方式去接受、感应、呈现自然，这一直是中国文学和艺术最高的美学理想，求自然得天趣是也。"②

叶维廉认为中西美学正是由于秉持两种不同的宇宙观、在不同的物我关系的观照之下，所以展开的美学的含义、目的、方式皆不同。西方"由我观物"和中国传统"以物观物"之间存在着美学感应和表现程序的分别："前者，以自我来解释'非我'的大世界，观者不断地以概念观念加诸具体现象的事物上，设法使物象撮合意念；在后者，自我融入浑一的宇宙现象里，化作眼前无尽演化生成的事物整体的推动里，去'想'，就是去应和万物素朴的自由兴现。前者'倾向于'用分析性、演绎性、推论性的文字（或语态），用直线追寻、用因果律的时间观，由此端达到彼端地推进，使意义明确地界定。后者'倾向于'将多层透视下多层联系的物象和它们并发性的兴发以戏剧的方式呈演出来，不将之套入先定的思维系统和结构里。"③叶氏提醒我们，道家描述的"以物观物"的活动要从"离合引生"的辩证方法去了解，离合的过程同时也是引发生成的过程。也就是说，语言文字的限制、"无为""无心""无知""无我"，表面上是对语言文字、"我"的否定，实则是对未被理性加诸的自由世界的肯定。将道家哲学证诸文学创作，则是一个"以心斋忘我而达至'即物即真'、历验'道不离物'（道虽不可道，但可在物的自由兴发而见之）的'离合引生''空纳空放'的程序"。④

①　叶维廉：《叶维廉文集》第二卷，安徽教育出版社2002年版，第130—131页。

②　叶维廉：《叶维廉文集》第二卷，安徽教育出版社2002年版，第133页。

③　叶维廉：《叶维廉文集》第二卷，安徽教育出版社2002年版，第133页。

④　叶维廉：《叶维廉文集》第二卷，安徽教育出版社2002年版，第138页。

　　道家美学和海德格尔存在主义现象学的比较视域，为叶维廉提供了全新的视角来审视中国传统美学及其观照下的古典诗歌，尤其是山水诗，建构了纯任自然的诗学理论。既往比较文学常将中西山水诗歌作对照研究，如将英国诗人华兹华斯比作陶渊明、谢灵运，认为他们都有"复归自然"之论，故颇为相似。叶维廉比较诗学主张对比较的对象作寻根式的追溯，即回到观念发生前的"境遇域"，将比较对象得以形成的相关因素纳入其间，这就使得既往比较中点对点的比附延伸扩展至语言、美学、历史多维度，在一种大为扩展的理解视域中进行比较，避免了点对点的比附式研究由于忽略各自所处的文学文化传统而流于肤浅与片面。由于"境遇域"自身的构成性作用，由此展开的比较研究往往具有生发性和建构性。叶维廉将中西山水诗歌从"历史中衍生态"和"美学结构活动"两方面对比，发现两者在"整个观物应物的程序"上有根本的差异，继而提出纯任自然的诗学理论。在"历史中衍生态"的维度，叶维廉将中西传统山水美感意识历史的生成进行对照，山水在中国古典诗歌中占有主位的美感对象，山水意识的兴起与魏晋到宋间文化的演化有密切关系。王维的山水诗中，山水占据主体地位。"作者不以主观的情绪或知性的逻辑介入去扰乱眼前景物内在生命的生长于变化的姿态"①，作者知性与感情的排除使得山水自然兴发，直呈于读者眼前。与之不同的是，自然的主体地位在华兹华斯的山水诗中，因主体知性与感情的介入而完全丧失。

　　叶维廉对山水诗提出两个重要问题，这两个问题也构成了其纯任自然诗学理论的核心："山水景物的物理存在，无需诗人注入情感和意义，便可以表达它们自己吗？山水景物能否以其原始的本样，不牵涉概念世界而直接地占有我们？"②第一个问题涉及山水景物如何做到自然兴发、直呈于读者眼

　　① 叶维廉：《叶维廉文集》第一卷，安徽教育出版社2002年版，第168、174页。

　　② 叶维廉：《叶维廉文集》第一卷，安徽教育出版社2002年版，第174页。

前，即"纯山水诗"的存在问题，第二个问题讨论读者在阅读"纯山水诗"时的阐释理解活动。

当年郭象注解《庄子》，肯定了庄子"道"之无所不在以及道是"自本自根"的观念，促发了道家思想的中兴，进而影响了中国古典诗歌山水意识的转变。道家任万物无碍自由兴现的观点，影响了中国山水诗人"以自然自身构作的方式构作自然，以自然自身呈现的方式呈现自然"①，中国古典山水诗的核心旨在呈现山水的本身。因此首先需要诗人直接对物象进行观照，去除自我意识，以求达到道家所谓"心斋""坐忘"和"丧我"状态。更为重要的是，中国诗人由此开拓出"以物观物"的思维方式，促使中国古典山水诗成为"演绎性、分析性及说明性的语态的不断递减而达致一种极少知性干扰的纯山水诗，接近了自然天然的美学理想"②。因此，"以物观物"的方法是创作"纯山水诗"的关键。何为"以物观物"？"即把我也变成物。是万物之一，而不是万物之灵，不是以我为中心，不是以我为主宰。在众物中我亦主亦客。"③有论者认为叶维廉"以物观物"的含义是通过消除人的知性和感情，缩减人与物性质上的差异。④然而笔者认为，叶维廉提出"以物观物"，旨在讨论人与物的关系或者说是人对物的态度问题，这也与庄子关于"物"的意义的命题一脉相承。山水景物的自然兴发、自然呈现，依赖于人对物持有的"道"的态度，即人要摒弃对于物的有用性的要求，摒弃将人的尺度赋予物的做法。因此"道"的态度即"合于自然"的态度。"以物观物"诉诸山水诗的创作，诗人使景物"原始的新鲜感和物性原原本本地呈现，让它们'物各自然'地共存于万象中，诗人融会物象，作凝神的注视、

---

① 叶维廉：《叶维廉文集》第一卷，安徽教育出版社2002年版，第184页。

② 叶维廉：《叶维廉文集》第一卷，安徽教育出版社2002年版，第185页。

③ 叶维廉：《中国诗学》，（台湾）东大图书股份有限公司1983年版，第106页。

④ 王文生：《论叶维廉的"纯山水诗"论及其以物观物的创作方法（上）》，《文艺理论研究》2008年第1期。

认可、接受甚至化入物象，使它们毫无阻碍地跃现"①。"以物观物"对于"纯山水诗"创作的关键性作用显现在诗人与物象的关系以及诗人对待物象的态度上。他引用王维的《辛夷坞》："木末芙蓉花，山中发红萼。涧户寂无人，纷纷开且落。"描述"以物观物"在诗歌中的呈现："花开""花落""涧""户""寂""无人""直接以其姿势、状态和读者（也是观者）交通。文字如水银灯，把读者的眼引向一个空间、一个环境；读者不被'意义的求索'所羁绊"。②再如柳宗元的诗集中体现了叶维廉所谓的"诗人融会物象"，如"千山鸟飞绝，万径人踪灭。孤舟蓑笠翁，独钓寒江雪"，"钓者"之所以能与自然、外物融为一体，皆因"诗人融会物象"的"以物观物"的运思程序和主体对待外物的"合于自然"的态度。这表示诗人也是自然的一分子，其情感的节律与自然同一，自然不需要额外的知性侵扰。

"以物观物"不仅影响创作者的视域以及物象在作品中的呈现，同时规定了在诗歌阐释过程中，读者对诗歌所呈现的物象的释义过程。文言文可以超脱英文分析性指义元素而构成句子，是一种比英文更为灵活的语法下的传意方式。传意方式的不同造成阐释的差别。文言文灵活的语法使得读者与语言之间的关系较为自由，也可以说，根源于道家美学的以物观物，观察者的中心地位被消解，物物互相应和。语言呈现的是"一种类似'指义前'物象自现的状态"，因此读者阅读诗歌，如同面对空间里并行的物象，不受先在的意义与关系束缚、从不同角度自由出入其间，得以对诗歌"作若即若离的指义活动"③，从而获得对诗歌多层次的感受。正由于道家美学主体虚位以及以物观物的思维程序，诗人在表物的过程中充满若即若离的指义活动，造成文言语法的自由。与之相应的对中国古典诗歌的阐释，不能通过分析说明性

---

① 叶维廉：《叶维廉文集》第一卷，安徽教育出版社2002年版，第175页。

② 叶维廉：《叶维廉文集》第二卷，安徽教育出版社2002年版，第255—256页。

③ 叶维廉：《叶维廉文集》第二卷，安徽教育出版社2002年版，第38页。

的文字引领读者的观感活动，而是使读者重新回到诗人最初接触物象时的那一瞬间。之所以强调对某一瞬间的感知与传达，那是因为事件发生的一刻，既是时间的也是空间的，时空一体，最能体现自然本真的面貌。读者只有回归到一瞬间的场景中，才能充分感受文本所提供的多重意蕴。

中国古典诗歌观物、感物、表物的过程，以及中国诗歌传统的传意表达的策略，在叶维廉比较诗学的视野中更加彻底地呈现出来。基于此，他也建构起"纯任自然"的诗学理论。这一诗学理论的核心一方面是要去除诗人知性的干扰，另一方面是要最大程度地求得山水景物自然的兴现，相辅相成，促动美感的形成。

五

叶维廉的中西比较诗学建立于20世纪70年代，时至今日，重新审视其比较诗学中的关键概念和在此观照下展开的批评实践，依然能发现，其理论在处理和阐释中西文学一些基本问题和文学文本时，有着极高的合理性和有效性。与任何试图建构体系的理论家一样，叶维廉的比较诗学体系虽然严密、阐释度高，但依然有其内在矛盾和疏漏之处。比如将道家美学视为中国传统的代表，没有将儒家哲学纳入研究视域；又如拈出王维等人的山水诗作为中国诗歌的代表，进而提出中国诗学"无我"的特征，有以偏概全之嫌。叶氏比较诗学的一大特点就是，借用诗人和译者的身份，列举大量中西诗歌进行分析，而由于文学创作的丰富多样性与复杂性，任何列举都很容易陷入以偏概全的境地。叶氏比较诗学的最重要之处，是其诗学体系建构的内在思路，即对中西诗学都能追根溯源、自觉反省、认真评估，加上他自始至终的随诗人身份携带而来的对语言的深刻的自觉与把握，使其比较诗学体系呈现极大的包容性。虽然其比较诗学有自身的局限性，但在之后中西美学的发展中，比较诗学研究始终无法回避他当初提出的问题。

如叶维廉那样，对西方强盛而强势的理论建构历史和现实，能保持清醒的根源性反思、多途径地探索跨文化对话的可能的海外华人学者，还有很多。在跨文化研究领域中，如何正确认知"他者"成为核心问题，这其实也是一个"自我"和"他者"之间的关系问题，任何对"他者"的观照，无不折射出对"自我"的体认。张隆溪的《道与逻各斯》一书对此作了探索性的研究。他对东西方文化有一个前提性的认识，即相信两者有共通的地方，更存在着相同的文学规律。这实际上是对传统的东西方认识的一个反叛。西方学术界习惯将东方视为与西方迥异的文化存在，在这种二元对立的思维前提下谈论中西问题，很容易造成西方中心主义的理论立场。张隆溪从根源上对这种传统的西方思维模式予以辨析、纠正。他从海德格尔的思想中，意识到"发现共同的东西并不意味着使异质的东西彼此等同，或抹杀不同文化和文学中固有的差异"，因此，不能"把同一混同于纯粹的等同而不加考虑"。在这种对"同"和"异"辩证认识的背景下，他面对"如此众多的当代或后现代的西方理论"，都"正好建立在对文化、种族、性别等种种差异的强调上"的现实状况，敏锐地觉察到"当代西方过分强调差异"的理论建构有其时代深刻性和局限性。于是他将自己的东西方比较研究的目的置于"正是要不顾深刻的文化差异而发现其中共同的东西"，而其研究也"集中在对同一性的强调之上而把不同的文学传统聚集在一起，使之有可能展开跨文化的对话"。①正是在这种从"不同的文学传统中"寻找共同东西的思路中，张隆溪提出中西方共有的逻各斯中心主义精神。在西方传统里，逻各斯中心主义认为思想的权力高于言说、言说的权力高于文字，因为思想一旦被言说传达，就不再完满；语音有着比文字更高的权力，因为语音比文字更能实现与主体内在思想的统一，西方语言是拼音文字，因此比象形表意文字的中国文字更

---

① 张隆溪：《道与逻各斯》序，冯川译，江苏教育出版社2006年版。

能实现思想的传达。德里达因此将逻各斯中心主义称之为拼音文字的形而上学①，并且指出这种逻各斯中心主义是"纯粹的西方现象，仅仅只与西方思想相关联"②。但是张隆溪指出，汉语的"道"与逻各斯"同样再现了最重要的哲学思想"，它"包含了思想与言说的二重性"。③他列举了《老子》以及后人对《老子》的注解，指出"不仅意指与言词、内容与形式、志意与表达的二分性深深植根于中国和西方的传统，而且这两两相对的术语还总是处于等级制关系之中。可见，思想、言说和文字的形上等级制不仅存在于西方，同样也存在东方；逻各斯中心主义也并非仅仅主宰着西方的思维方式，而是构成了思维方式本身"④，因而也成为中国（东方）思维的传统。类似的思考，都反映出海外华文文论的慧眼所在。这种中外文化交流的慧眼，事实上也推进了"第三元"视野中海外华文文学的经典化。

有意义的是，海外华人文论已经对海外汉学产生了重要影响，一批在海外华人学者培养下成长的汉学家正活跃于汉学界。例如，夏志清任教于哥伦比亚大学29年，"作育英才无数"，其中被称为"夏门四大弟子"的狄华斯根、何谷理、耿德华和齐夫斯都是当今美国有影响的汉学家。当海外华文文论的"第三只眼"影响到海外各国汉学家的研究时，中华文化与世界各国文化的交流会进入更开阔、更开放的阶段。

---

① 张隆溪：《道与逻各斯》，冯川译，江苏教育出版社2006年版，第32页。

② 张隆溪：《道与逻各斯》，冯川译，江苏教育出版社2006年版，第33页。

③ 张隆溪：《道与逻各斯》，冯川译，江苏教育出版社2006年版，第38页。

④ 张隆溪：《道与逻各斯》，冯川译，江苏教育出版社2006年版，第43页。

第十章　百年海外华文文学的语言世界

第一节　语言"双栖"状态中的诗性寻求

　　"所谓传统，主要指通过语言传下来的传统，即用文字写出来的传统。"①伽达默尔的这一著名论断是立足于语言规定了人的世界观这一存在的。早在19世纪，洪堡特就敏锐而深刻地阐述过语言与人的世界观、民族语言与民族文化传统的关系。他说："个人更多地是通过语言而形成世界观。""每一种语言都包含着一种独特的世界观。""每一种语言都包含着属于某个人类群体的概念和想象方式的完整体系。"②一种语言中隐藏着这个民族根本性的智慧、思维、秘密等，语言在深层层面上决定着民族思维的方向，因此，"一个民族的精神特性和语言形成这两个方面的关系极为密切，不论我们从哪个方面入手，都可以从中推导出另一个方面。……民族的语言即民族的精神，民族的精神即民族的语言，二者的同一程度超过了人们的任

---

　　①　涂纪亮：《伽达默尔》，见涂纪亮编：《当代西方著名哲学家评传（第一卷　语言哲学）》，山东人民出版社1996年版，第418页。

　　②　洪堡特：《论人类语言结构的差异及其对人类精神发展的影响》，姚小平译，商务印书馆1997年版，第70—71页。

何想象"。①正是因为民族的语言和民族的精神两者有着难以想象的同一性，"每个在特定的语言和文化传统中成长起来的人"都"是以一种不同于属于其他传统的人的方式来观察世界的"，②所以海德格尔认为人类之间最难以打破的是语言的隔绝，一个民族的文化和言说在另一个民族的语言世界中有着难以言说的困境。海德格尔甚至认为，"欧洲人也许就栖居在与东亚人完全不同的一个家中"，而"一种从家到家的对话就几乎还是不可能的"。③

　　然而，海外华人作家所面临的就是这种"不可能"的对话，他们一方面借助母语生活在民族传统中，另一方面则要利用居住国的"语言"获得现实生存。这样一种语言的"双栖"状态凸显了他们最基本最本质的生存状态。而在以文字想象中华的语言共同体中，海外华人作家不仅摆脱国界、"中心"等界限的束缚，认同着中华文化，而且以心灵与母语的相通相融完成着原乡意义上的合一，使母语滋养起更多的个体生命，也留下了更多的语言生命形象。海外华人作家有着对民族语言的"积藏感"和"延续感"的不懈寻求，他们以丰富的想象复苏汉语具象性的活力，使汉字的积藏感被表达得独异而丰富，而文言传统、方言形态的开掘使他们的语言更有延续感。在"工具的语言"和"灵魂的语言"的冲突中，海外华人作家不仅小心呵护母语，而且在双语写作、非母语写作中沟通着不同语言的诗性世界，或创造出一种生根于母语而又不同于故乡母语的汉语，或以非母语更开阔地承载了母语所代表的传统，以避免语言的"一体化"，也避免了文学的"一体化"。海外华人作家的这些诗性寻求，构成了海外华人文学的重要传统，也丰富了汉语

---

　　①　洪堡特：《论人类语言结构的差异及其对人类精神发展的影响》，姚小平译，商务印书馆1997年版，第50页。

　　②　涂纪亮：《伽达默尔》，见涂纪亮编：《当代西方著名哲学家评传（第一卷　语言哲学）》，山东人民出版社1996年版，第423页。

　　③　海德格尔著、孙周兴选编：《海德格尔选集》，生活·读书·新知上海三联书店1996年版，第1009页。

写作的生命形态。

一、语言挚爱：个体生命相通中的超越

如果讲世界上有一种最为刻骨铭心的情恋，那么我相信它应该是人们对自己母语的眷恋、归依。母语给了一个民族的文化以最初的生命源头，而语言又是与民族文化的命运紧密相连的，民族文化的弱势会导致语言的消亡。所以陈瑞献（新加坡）说："全世界大约有6000种语文，非常的多元。但是到2100年，估计语文的种类将降至3000种，有一半的语文将死去，这些都是在传统文化蜕变后，因为弱势而死去的。"①他还说："强大的母族文化是一棵树的根基，根稳枝叶宽，各方向的风，只能使树的风姿更美好，随时与他树嫁接，花果更奇特。反之，离根出土，等于源头切断，则大河最终是不流的死水。"②华文的书写使你感到自己是五千年古老文明的一部分，华语的维系需要更强大的民族文明的支撑。所以，在海外华人作家的写作中，语言成为他们对民族文化命运最重要的关注点。这种关注在移民日益频繁、文化认同变得日益复杂的今天显得格外急切。

张错（美国）在2001年吉隆坡"21世纪世界华文文学的展望"研讨会上发言认为，各区域的华文文学，是一种"语言的共同体"："在同一语言底下，它们个别衍生，而成一树多枝的多元体系，互相平衡发展，互相交错指涉，互相影响或拒绝对方。如果这体系经过调整组合，它滋生衍变的力量强大无比。"③而温任平（马来西亚）在与张错对谈中认为，这"语言的共同体"的提出，实际上是全球化浪潮对"花果飘零于世界各地"的华人困惑

---

① 方桂香：《巨匠陈瑞献》，（马来西亚）创意圈工作室2002年版，第145页。
② 方桂香：《巨匠陈瑞献》，（马来西亚）创意圈工作室2002年版，第146页。
③ 温任平：《与张错谈"语言的共同体"》，见温任平：《静中听雷》，（马来西亚）大将出版社2004年版，第134页。

于"中国性"和"中华性"的"中心"和"边缘"的心理纾解。华文"与血缘、文化、历史、族群、习俗相联，它凝聚了族群的集体记忆，来自欧美新马澳纽的华文书写都离不开'语言的共同体'，大家都可以用文字想象'中华'这个总体／本体。'语言的共同体'逾越了国界或至少模糊了国界，用文化理论来说那是'去疆域化'（deterritorialization），使中心变得不再那么权威，使边界变得不再那么附庸"[①]。"语言的共同体"的主张表明海外华人往往以语言作为他们认同中华文化的最基本条件（当然，这中间仍包含着一种困难，那就是华人的非汉语写作和认同中华文化间的关系），一种能使他们摆脱国界、"中心"等界限的束缚而自由地进入中华文化认同的条件。飘零世界各地的华人，面临各各相异的生存环境，甚至需要形成各自的超越"中国性"的文化传统。华文和汉字，就成为他们境遇相异中的生命相通。不过，对于华人作家来说，这种生命的相通，并非只是出于传承文化薪火的使命感，而更有着与血肉相关的生命存在。

董农政（新加坡）1990年写下题为《没有时间的雪》的"禅小说"，希尼尔认为小说所写跟新加坡当时"母语的地位刚被大调整"有关，"作者似乎传达了对母族文化的执着与一种微弱的呐喊"。[②]如果希尼尔所言成立的话，那么《没有时间的雪》在禅意的渗入中让人感受到，母语对于海外华人来说往往是心灵的存在，即便他们在日常谋生中会被居住国强势语言包围、淹没，母语也始终存在于他们的心灵。

《没有时间的雪》是一篇诗禅相通的微型小说。"禅小说"本来只可意会，不可言说，这里笔者只是不得已地略述对其的感受。小说是要人"领悟

[①]　温任平：《与张错谈"语言的共同体"》，见温任平：《静中听雷》，（马来西亚）大将出版社2004年版，第135页。

[②]　希尼尔：《等雪，自世纪末的狮城》，见董农政：《没有时间的雪》序，新加坡作家协会1999年版，第17—18页。

黑暗中的一点禅机"，这"禅机"存在于"我"与"她"的关系中。小说开头是这样写的：

> 已经没有时间了。她很小声的说。
>
> 怎么会呢？从求学时代开始，我就用我全部的时间爱你——我没把话说完，那火花很吃力的维持着不暗下去的局势。①

"她"是那"没有时间的雪"，这"雪"的意象以"乳房""唇""心房""手"等具象呈现出它在这"激荡着诱惑闭塞的冲动的夜"将"涩"转化为"暖和"。"从求学时代开始，我就用全部的时间爱你"，以及"那火花"是"她"为"我"点着的，都暗示出"我"的爱存在于"全部时间"和"没有时间"的"禅机"之中。"她很小声的说"和"我没把话说完"都反映出由"黑暗""熄""黑""暗""颤"等衬托出的周围环境造成的压力。随后，"我们已经没有时间了"，"我们"两字的增加，也暗示出共同承受的压力及其由来。因此，完全可以感受得到，那"雪"中寄托着的是"我"的超越时间的爱，这种爱是"语文的爱、文化的爱"②。

小说中最值得关注的是当时"我"的手腕"抚过她的心房"，"她"整个身体"是那么实在的颤了一颤"。佛缘禅心，禅最讲究的是"以心传心"、自悟自道。"我"用"全部时间"去爱，却"没有时间了"。然而，在"以心传心"中，"全部时间"和"没有时间"合一了，"心悟"得到的正是一种超越了时间的爱。小说是这样结束的：

---

① 董农政著，黄孟文主编：《董农政微型小说》，（新加坡）玲子传媒私人有限公司2004年版，第65页。

② 希尼尔：《序：等雪，自世纪末的狮城》，见董农政：《没有时间的雪》，新加坡作家协会1999年版，第18页。

　　我还想说什么，她却用那团雪压在我身上，手中仍没有放弃那点光。

　　那雪，那雪仍然胜过所有的黑，只是已经没有先前的暖和了。①

这中间的全部意味是可以放在上世纪80年代新加坡的语言文化环境中来体会的。新加坡独立后在语文教育政策上以英语为第一语文，在全社会逐步推行英语化教育。到1987年，新加坡全部中小学都以英文作为教学用语，华文教育被推入低谷，华文小学几乎出现零招生的情况。而整个新加坡社会盛行以英语能力水平来评定一个人的价值，从而决定其升迁的风气，华文源流教育出身的实际上被抛入"次等国民"的地位。张挥的著名小说《45.45会议机密》就是以"数学技巧"的独特叙事，描写在"英文作为第一语文，母语降为第二语文"的教育语言制度下及其引发的社会价值和给民众造成的心理变化中，"由华文源流'转变'为英文源流"的"变流"教师在学校中被歧视，乃至充当替罪羊的荒诞命运。在一个华人占多数的社会，国家政策、教育制度却无情地压缩了华人母语的生存空间，使用华文的场合日益萎缩。这时，董农政《没有时间的雪》表达了心在物在的禅意。禅宗的"以心传心"本来有对语言文学的破执，强调沉思潜想、养心得道。而当董农政将禅意渗透进自己的小小说，我们可以感受得到，与母语同在的是"心"，心在，即便在现实境遇中无法使用母语，母语也在。

　　海外华人所处的语言环境复杂，母语的使用受到种种压力，在这种情况下母语的存在的确就更是一种心灵的存在了。非为个人谋生，非为社会传承，而纯粹是心灵与母语的相通相融，一种原乡意义上的合一。这种相通在

---

① 董农政著，黄孟文主编：《董农政微型小说》，（新加坡）玲子传媒私人有限公司2004年版，第66页。

文学言说中会滋养起更多的个体生命。而一旦失去母语，华人就会感觉到难忍的生命饥渴。翁弦尉的小说《岛人》（2002年新加坡青年短篇小说比赛征文首奖）在新加坡青年族群的生活饥渴中呈现语言的"遮蔽"导致生命的窒息。小学时期因为英语不好，"他"和弟弟都被编进最后一班，班主任Ms.Ng课堂上禁说华语的命令使全班同学"连呼气都是轻轻的，深怕稍微用一点力，肚里的方块字就会从喉头吐出来"。一天，弟弟一溜口不小心用华语向Ms.Ng道早安，"他"和弟弟都被罚在烈日下站到中午，又被训育主任罚跑大草场10圈。"罩天阖地"的酷热中，"他"有了那种本以为神话人物才有的干渴。之后，"他"一直觉得自己被"困在一座荒岛而不自知，没有岛人听得懂他们在说什么，一切好象都失去了源头，某种强大的力量把他们丢掷在岛上，水不是他们的，语言不是他们的……"本来去蔽开显的语言此时完全遮蔽了"他"和弟弟的生活。"他"和弟弟甚至羡慕孟加拉劳工，菲律宾或印尼女佣那些异乡客，"他们都在此时此地旁若无人开着嗓门操一口家乡母语，我们在这里土生土长，说起华语却仿佛得瞻前顾后别人的眼光……""他"和弟弟在这种失语状态中突围不出。一位天生丽质的女孩爱上了"他"，语言的冲突却不时引发他们间的矛盾，"目下的女孩说起华语爱搀杂英语，操起英语又夹杂方言，像一盘香菇麻油阳春面混入英国的香肠玉米、美国的蕃茄酱，搅拌成一塌糊涂，食之无味，弃之又嫌可惜"。而弟弟最后跟大十几岁的印尼女佣"私奔"，在她那"生硬的华语"中寻找慰藉。①也许正是在兄弟俩失语的背景上，人们能更充分地理解小说中反复出现的意象的含义：那在暴阳下逐渐溶解的巧克力雪糕，那黑滴滴的地铁隧道……在一个华人占多数的国度，恰恰正是从情感到物质都追求着现实现代化的生活，最终让人们陷入"失语"的魔窟。

---

① 翁弦尉：《岛人》，《芳草》2007年第1期。

梁文福（新加坡）在2005年还讲了个关于汉语命运的《未完》①的故事。"我"和爷爷相依为命，爷爷失明，每天黄昏倚坐靠椅，听"我"为他调好的五分钟的粤语新闻是他最惬意的事。一年前，爷爷身体急遽转差，适逢电台宣布，方言新闻将在一个月后历史性地终结，爷爷感叹："就剩一个月了。听完这一个月，我也该走了。"但两周后，电台意外地宣布：由于许多听众请愿，方言新闻广播将延续一段时间，"每天五分钟的粤语新闻，竟然胜过仙丹灵药"，爷爷的精神渐渐好起来了。一年过去，爷爷在听着粤语新闻中含笑离去。"我"在整理爷爷遗物时，意外发现录着爷爷声音的一盒磁带，才得知爷爷早就知道"我"和小叔合作预制播放粤语新闻的真相。小叔在年轻时跟爷爷不和而被逐出家门，甚至发誓不会回来为爷爷送终。但他在"我"苦求之下，替"我"用变音器天天录制粤语新闻。小叔肺癌复发不治，在最后日子里，他赶录了一个月虚构的新闻，"尽是些爷爷想听到的好消息"，包括大陆和台湾"两岸一家亲的新闻"等。而事实上，爷爷早就从"你的小叔从小到大，都把香港的'香'字念成'想'"中得知了事情的真相。一场不知道谁"骗"了谁的新闻预制，透出了粤语在祖孙三代生命间的沟通。爷爷最终没有听到小叔录制的最后新闻就走了，他接受了先他而去的小叔粤语的祭奠。有意味的是，爷爷从来不讲华语，当粤语这种华语方言被现实挤得只剩下五分钟时，爷爷终日也只剩下了一种等待："我等的就是这五分钟。"粤语成了爷爷剩余人生的全部，小说把这种"等待"写得令人唏嘘不已。相对于华语②而言，粤语少了些文化大传统的意义，但更多了爷爷个体生命历程的意味。《未完》也由此道出了语言与个体生命间的密切联系。

所以，对于海外华人来说，用华文写作只是出于爱：一种个体生命的

---

① 梁文福：《未完》，新加坡作家协会《新华文学》第64期（2005年12月）。

② 这里的"华语"指的是普通话，海外常用"华语"指称普通话。

爱、一种对汉字本身的爱。例如，陈瑞献长期供职于法国驻新加坡大使馆，精通英、法文等，马来文、淡米尔文等也很谙熟，但他却辞去了大使馆的工作，选择以华文来写作。他说："华文是我的母文啊。我是一个作家、艺术家，我要表情达意，我需要一种能够让我很准确地，很恰到好处地表达我的思想感情的语文，那就是华文。……此外，用华文创作对我是一种热爱跟探求。在新加坡，写作完全是很孤单、很没有商业价值的创作行为，就是说写的东西几乎没有什么读者看。当然我希望能有读者，但是假如没有读者我一样写，但凡只要有一个，我就会用梵乐希的话来自我鼓励，就是说：我要写一首一个人读一千遍的诗。……对母语就像对待母亲一样，虽然她现在身体非常衰弱，我更要爱她。这情况就像辛格，他是个犹太作家，他用的语文是意弟绪语，他可以用英语或者别的语文创作，但他选择用他的母文，这是一种爱。"[①]

"这是一种爱"，"选择她，且愿意在今后，不论是清风明月或者是露重霜寒的日子里与她共此一生，完全只是因为最最私人的那个字：爱，对这种语言文字无法抗拒的爱"。这种源自血缘但又超越了"肤色""族群"层面来守望母语的爱，使得海外华文文学中的"语言形象"比中国文学的"语言形象"多得多。

被王德威称作各种题材小说"都优以为之"的黎紫书（马来西亚）的小说《流年》[②]如果不是汉语、古诗，尤其是书法的支撑，那么只是一篇描写师生恋的细腻生动的小说。然而，《流年》写的是一种随岁月流逝而弥在的情感。女学生有过许多青春的梦，这使得她们在可以逃离的最后一个时机却哪里都不能去。小说的女主人公"我"，纪晓雅，一个处于青春的"憎恨"年

① 陈瑞献：《没有休止的感动》，见方桂香主编：《陈瑞献谈话录》，（新加坡）创意圈出版社2004年版，第12页。

② 黎紫书：《流年》，见黎紫书：《出走的乐园》，花城出版社2005年版，第9—34页。

月的中学生也是这样。"我"的梦多而古怪，而有一个梦是真正属于"我"的，"我把下唇咬出一股甜甜的血腥。不是吗，你扔掉了爸爸留给我的《唐诗三百首》……不要哭了，妈妈。语言是我饲养多年，却仍桀骜不驯的宠物"。父亲死后，妈妈另嫁，"我""仅能以沉默驾驭我暴烈亢奋的语言之兽"。而当妈妈扔掉了爸爸留下的《唐诗三百首》，"我"反而日寝夜寐于唐诗中了。40岁的庄望老师吸引住了"我"，开始也仅仅因为"我喜欢他有那么唐诗的名字。庄生晓梦迷蝴蝶，望帝春心托杜鹃"。还有，"多么好看的男人，有着跟爸爸一样昂扬的浓眉"。庄望是教书法班的老师，"我"和他之间的交往最"惊心动魄"是"我"求老师暑假"教我书法"。"把笔伸入墨罐子里，让毛笔醮（原文如此，应为蘸——笔者注）饱墨汁。黑色，夜间的思念，满溢。""那淋漓的墨色。真可怜，这种悲伤怎能诉诸隶书。魏碑可能会比较好吧。隶书，太压抑了。""那垂直的羊毫吐出一滴墨汁，坠落在洁白的宣纸上。我们都看着那一摊墨色扩散，勾起各自的联想。""手中的毛笔又滴下一颗墨汁，无声地渗透在宣纸上"……汉字书法特有的动感，传达出"我"压抑的心灵所求的释放，谁也不能无视在"我"对父亲、对庄望的眷恋中有的对汉语的爱慕，哪怕只是汉字可以寄托、唤起"我"的"恋父"情结。故事的结局，"搞师生恋的老师被调到另一座城市去了"。初恋中虚妄的坚贞、被遗弃的凄凉美感……"我"此时感受到的一切，也都会使人感觉到对语言命运的暗示。

《流年》中，黎紫书饱写隶、楷、草各体汉字唤起的生命质感，汉字书法包含的丰富而深刻的生命韵律、生命形式乃至生命构造也由此得到呈现。作家对语言文字是最敏感的，他们对文字感受得到新生的体温、成长的呼吸，而汉字的质感、气息，又成为他们异国生存最温暖的薪火、最亲切的抚慰。同时，汉字也因为他们的存在而更蕴含生命魅力。例如，阿羊（日本）

曾在《文字》①一诗中这样呈现墨写文字的诞生："一抹新生的湿发／你带着墨的血液，黑的肌肤／倏尔，笔划的爪子／力透纸的产布／对于你的温婉它曾嗷嗷待哺。"这里，既有汉字墨写时特有的生命质感，又有所有文字具有的力量，而对于诗人而言，文字就是自己孤独的生存、不寐的生活、情感的归宿："像抚摸伤痕一样　我抚摸过这些文字／它则抚摸过你的美丽　我的孤独""暗夜里　它则是一支不寐的明烛／温热地舔着凉夜的皮毛／舔着小小的蜗居上／亮光划破的一道小小的伤口"。"伤痕""伤口"的一再出现，凸现了文字（母语）在异域生涯中的生命抚慰作用。也只有诗人，能如此细腻丰满地呈现出文字的生命质感。所以，"多少声音都已消逝／只有生的呼吸在这些方块字中刻书／你的。我的。／　瞬刻。永恒。／一如茌苒时光中呼吸的古玉／一如无言的宝石在岁月里圆睁炯炯的双目"，重叠中递进的修辞，呈现的是生命感上的深入。一切都生存于文字之中，尤其是作家的生命。

"煮过／煎过／炸过／蒸过／炖过／焖过／热气蒸腾的菜肴里／就只这一道／切不开挟不断的／乡音／最可口／不失原味"（《在曼谷吃潮州菜》，1993）。非马（美国）在这首诗中以千百种烹饪的纷繁变化暗示出异域人生的万千遭遇。"就只这一道"，轻轻的过渡，却强化了"不失原味"的"乡音"，是他乡境遇中最重要、最丰盈的生命滋润。乡音的不变，是生命的永恒；母语的存在，是灵魂的自由。其实，海外华人作家对母语的生死眷恋并不只是在于这些用文学形象表达的对母语命运的焦灼，他们本身的写作实践展开着更广阔更久远的对母语的挚爱。

---

① 阿羊：《诗二首》，（香港）《香港文学》第248期（2005年8月）。

二、回到源头：民族语言"积藏感"和"延续感"的寻求

温任平（马来西亚）曾用"言之寺，寺之言"来描述文学。"寺庙是崇敬虔诚的象征"，文学就是用语言创造出一种民族的圣殿，创造出一个为民族提供生存价值的世界。这种殿堂的建造，是靠语言的历史性和民族性实现的，语言应该"表现出历史文化的'延续感'和'积藏感'"①。许多海外作家几乎是用一种宗教般的虔诚，从两千年文言传统和五四后现代白话演变中吸取着营养，融入着居住国多元文化的现实影响，表现出强韧的"延续感"和丰厚的"积藏感"。民族语言"积藏感""延续感"的寻求，使海外华人作家时常回到汉语的源头，去体悟、承接民族语言丰富的生命形态。例如，民族审美心理中那些最富有本民族文化情感的内容往往最难以转译成其他民族的语言。中华民族的独特美学气质、品格、情调等，也往往保存在汉语这样一种具象语言符号之中，而汉语文学又用它来进行具象性思维，两种具象性的交融使汉字的历史"积藏感"日益丰富。所以，当海外华人作家力图回到汉语的源头时，他们往往更深地沉潜到汉字的具象性中去。

汉语字形状物的特点使它能把文字意境和音韵注入感物、咏物之中。在理性、科技日益主宰世界的今天，汉语在文学中的运用对于恢复人的感性生命经验有着独特作用。早在20世纪70年代，王润华（新加坡）的组诗《象外象》就独异地以汉字之象来沟通古今之象，既从汉字"死象之骨"来"想其生"，又注入现代人的感悟，如《秋》：

> 太阳终于将秋风
>
> 磨成一把镰刀
>
> 去收获野生的稻穗

---

① 温任平：《掌中风雷·风格与语言》，（马来西亚）大将出版社2002年版，第169页。

> 谷种的灵魂
>
> 原是一朵火花
>
> 燃烧自己绿色的腰①

石镰和野稻撞击的场景，被想象成社稷的崇拜，丰收还只是自然的赐予。这一先辈初民的生存实况叠加起太阳的图腾、土地的精灵的原始想象，构成了人们心中的"秋"。

又如《河》：

> 哗啦啦的江水
>
> 以一把浪花
>
> 切开我——
>
> 我的声音在右
>
>   遗体在左
>
> 河岸的行僧
>
> 只听见我的呼声
>
> 却看不见坠河的我②

这里的想象格外独异：九曲黄河，只以一把浪花，就切开了"我"的声音（灵魂）和肉体；行僧救得了"我"的灵魂，还不了"我"的身。这种想象

---

① 王润华：《王润华文集》，鹭江出版社1995年版，第6页。
② 王润华：《王润华文集》，鹭江出版社1995年版，第3页。

是诗人个性对汉字沉积的意象性的大胆开掘，而"江""僧"等字的嵌入，巧妙地使"河"这一"象"获得了一种历史流变的张力。

其他如《早》所呈现的"太阳站在白茅上／饮着风／吃着露／将黑夜的影子／吐在落叶底下"，《暮》所想象的"寺院／金黄色的钟声／将夕阳击落／野草丛中"，《东》所寻求的"太阳钉在神木上／春／夏／秋／冬／照着神秘的大门"，都是对汉字诗性隐喻的绝妙解读，于汉字的"象形"之外呈现华人祖先的生存之象、想象之象。①当王润华努力复原汉字诞生时人们初始的、率直的、直觉体验的言语心态，借汉字中保留的丰富的感性形态构筑自己的精神原乡时，他提供了复苏人类对自然世界的感性生命经验的独特途径，也让汉字在象形之体内外奔涌起充沛的历史想象力。

王润华复原汉字意象，回溯传统的源头。而另一位新加坡诗人梁钺的组诗《笔画极短篇》（8首）则化汉字笔画为意象，借历史想象和艺术构思将"横""竖""撇""捺"的笔画构筑成一种语言原乡。他借汉字笔画言志咏史，抒情写意，意兴酣畅，情志淋漓。如《竖》：

> 春秋以后
>
> 他便日益消瘦
>
> 最后被折磨成一支笔
>
> 竖立在天地间
>
> 不偏，不倚
>
> 白天写日
>
> 晚上写月②

---

①　王润华：《王润华文集》，鹭江出版社1995年版，第5页。

②　郭惠芬：《新马华文学的现代与当代》，厦门大学出版社2002年版，第166页。

自孔子述《春秋》之后，秉笔直书、言"春秋"大义，成为民族脊梁所在。而其中积淀的百般磨难、充盈的浩然正气，使"笔"这一意象凸现为民族的执守、历史的传承。

又如《卧钩》：

> 越王躺下
> 横卧成一柄虎头钩
> 仰首
> 他把天边的明月
> 和着心事
> 一口咽下
> 味道，居然比那胆
> 多了几分辣[①]

将"卧钩"想象成越王勾践这一复仇者形象，并将"卧薪"之举演化为"虎头钩"跃跃欲试的意象，更多几分复仇的意志；将"尝胆"之行延展成吞月明志，以"辣"代"苦"，更多几分复仇的动力。"卧薪尝胆"这一历史典故在奇妙的艺术构思中得到了丰满的呈现。

再如《提》：

> 就在拂晓以前
> 一条蛟龙

---

① 郭惠芬：《新马华文学的现代与当代》，厦门大学出版社2002年版，第169页。

猛然从水中窜出

张口咬住

东北角的一颗星

天空开始哭泣①

"提"在运笔上的猛然爆发，变成了水中蛟龙的形象，两者形神相合、历历在目。而"咬星""天哭"的奇特想象，为传说中的蛟龙呼风唤雨的情景披上了一层壮美的色彩。

简单的汉字笔画在梁钺心中是历史，是传统，所以"一笔"就会调动起梁钺对民族文化传统的独异体悟，延展成意蕴丰富的艺术世界。例如，"点"这一笔画在书法运笔中有顿回之力，这在梁钺心中被想象、演化成寻觅中回首在眼前的激情场景：

寻你千百度

终于发现

你哭成一滴黑色的泪

凝在半空

将坠

未坠

我胸中的山洪和海啸

一下子

① 郭惠芬：《新马华文学的现代与当代》，厦门大学出版社2002年版，第165页。

都蠢动起来①

"将坠／未坠"的"黑色的泪"，极备"点"之笔画的神韵，"寻你千百度"又是中国人极为熟悉的意境，两者呼应，激起的"山洪和海啸"汇聚起并不局限于爱情的、更多的人生意味。

在《笔画极短篇》中还有"撇"被喻为古服长袖，"捺"被写成"按捺不住的一把钢刀"，"横"被想象成"天高／地大／我与天地并行"的"地平线"，"竖钩"被叙事成"仓皇辞庙／总是由北向南"，"不能再南，再南／就进入蛮荒了／那么转折西北吧／蜀地有高山／最宜北望"的历史嘲讽等，都反映出梁钺浸淫传统文化之深，由此养蓄成的敏感沟通了文字和民族历史的联系。

汉字中象形、指事的意象性又往往扩展为象征性，它的创作运用实践呈现出极为丰富的文学性，而其建立在意象性基础上的文学性会提供适应当今读图时代的视像性诉求冲击的重要基石。一种略为粗浅的例子是一些作家直接借助于汉字的形体来突出视觉性，从而凸现某一文学性。例如，希尼尔（新加坡）的诗《触墓经心》②（2004）有这样的尝试：

父亲七十四
养足我三十四年，还不放心
总要我提防指鹿为马者

四岁那年

---

① 郭惠芬：《新马华文学的现代与当代》，厦门大学出版社2002年版，第164页。
② 希尼尔：《触墓经心》，（新加坡）《新华文学》第62期（2004年11月）。

他常离家未归

听说是做牛做马去了

十四岁刚过

我常离家未归

确定是狐朋狗友所累

二十四岁之际

我搬离老家，还带了家人

避开鸡同鸭讲的场面

四十四年已逝

父亲仍是七十四

如歧路之羊，我找到一荒墓

开始参悟

希尼尔将诗中"指鹿为马""狐朋狗友""做牛做马""鸡同鸭讲""歧路之羊"这些成语俗语中的"鹿""马""牛""狐""狗""鸡""鸭""羊"等字都以古文字时代的字形原体标出。这些字在呈现父辈历史、父子间的阻隔、儿子的心路历程上都有"点化"之用，使"四岁""十四岁""二十四岁""二十四岁""四十四岁"等场景在互相映照中凸现了父子间的复杂感情，最后收束于"开始参悟"，暗暗对应于标题中谐音字的使用，将儿子对父亲的忏悔表达得久远绵长。

这种汉字形体、语音的"活用"并非文字游戏，而是异文化环境中的母语敏感。如果不是出生海外、久居海外却又钟情于母语的历史传统，也许汉字的"积藏感"不会被表达得如此独异而丰富。

海外华人作家回溯汉语"源头"的努力，还表现在他们对文言传统的弘扬上。陈瑞献曾经引用法国作家米梭（Henri Michaux）所言"未来的诗人一定是多语文的"来说明文学要多吸收多种文字的营养，包括一个民族文字内部的多种资源。他举自己1995年写的《三峡刻石序》"吸收了佛经古文译风，中华古文传统，以及西洋哲人康德与诗人惠特曼等人的思想与修辞，综合转化而成"的例子来说明"文言文有一天要回归，成为一个新时代的新拉丁文式的语文"。文言是中文语言的传统资源，但在五四时期已被逐出新文学的语言实践，其重要原因在于文言无论在工具层面还是在思想层面都无法表达现代人的情感思想。其实，文言文对于纯化民族语言是极其有用的，只是五四文学革命无暇顾及这一点。可惜的是，在后来民族语言的建设过程中，这一问题始终没有得到重视，汉字在简化的使用中正在失去它的某种丰富性。文言有没有起死回生的可能，这一课题恰恰是在陈瑞献那样的海外华人作家笔下有了有益而成功的探索。我们不妨将陈瑞献的《三峡刻石序》的文言原文与白话译文①作一简单对照。

陈瑞献的文言序文是这样的：

> 人烟起炊于江河。原野茂而丝襟飘谣歌可闻。人观夜窗，惊见星空之炫目，复灯明图腾符号以惑众；彩绘器皿以增馔饮之趣，佩玉和鸣共天地语言；揭开梦幻纱帏，梦中所见铸成青铜一灵禽。江水长，长江乳育中华五千载，花发寰宇不衰。
>
> 山川之眉目显于人文。看神兽隐入密穴，身影一帙丹青，好屿天风

---

① 陈瑞献的文言序文与潘正镭的白话译文见于新加坡方桂香所著《巨匠陈瑞献》，（新加坡）创意圈工作室2002年版，第156—158页。

引来千秋之人帆，而悬棺扣花魂不堕于造化；是以四季有感官，节令传情，人于自然怀抱，遂如云之逍遥于岫。浩浩乎长江水，水位升，香草望神女，栈道高古，赤壁朝新波掷下猿啼，两岸人文之冲积，一代更厚出一层。

甲戌秋，世之华族画家，应中国画研究院、广东画院及湖北省美术院之召唤，展神思鹏翼，飞渡创造之三峡，过灵感之鬼门，抵大江岸。彼以刀笔，凿证艺人立东方，无异于筑巢之蜂穿岩之涓泉，乃自然不可分割肌理；与化海生物为仙鹤石之巧匠并肩，秉一生仅雕一佛趾之坚忍，孜孜作业江岸。取与自然至为榫合圆融之法度，龙呈线之无休止律动，寸色寸痕皆奇迹，蚕茧万变之空间缠结，寸通透寸光靡非天启，霍霍然凤翔一带造型结构之美，令造化于斯时斯地更净化，长江令人长留连。

甲戌年陈瑞献撰并书

新加坡《联合早报》副刊主编潘正镭的白话译文如下：

人类文明的起源总是在江河流域。农耕发达，原野变成茂盛的良田，纺织的进步，使人得以穿起丝绸的衣裳，又在劳作和休息的时候唱起了歌。人在家居向窗外望，为夜空中繁星的奥秘感到惊奇，他点上灯火，让他所创造的图腾和文字符号去感动别人。他在陶瓷的器皿绘上彩纹，为烹调和饮食增添情趣；在身上佩戴玉饰，让那玉串相互撞击的声音，去跟天地取得沟通。人在梦醒后揭开了梦的面纱，把梦中得到的灵感，用青铜铸成一只鹿角立鹤般灵异的禽鸟。长流的长江水啊，长江你养育中华民族已经五千年了，华族的文化在世间一直开展不衰。

山水是因为有了人文的参与才显出生命力和吸引力。看着一只辟邪一般的神兽走进秘密的洞穴，人就依照它的身影画了一幅画。美好的洲屿，款款的天风，把人类创造的帆船带到江上往还不休；而高高的山崖上的棺椁，把华族的魂魄跟自然造化紧紧扣在一起；所以说四季是有感觉器官的，时辰节令也都在传达人类的思想感情。人在大自然的怀抱里，就好象云露在山岫里逍遥一样。浩瀚的长江水啊，葛洲坝使你的水位上升，岸上的香草和峰上的神女看来更接近了，栈道却仍然是古远的遗物，历史上的赤壁向新涌来的波浪掷下猿猴的啼叫，长江两岸的人文文化的资源，每一代人都作出了每一代人的成绩。

甲戌年秋天，全世界的华族画家，响应中国画研究院、广东画院以及湖北美术院的号召，大鹏鸟展翅一般发挥出想象，想象力飞过艺术创造的三峡那样的高度广度深度，又超过了最险峻的表现灵感的鬼门关，大家才来到了长江的岸上。他们以刀代笔，通过雕刻来证明：在东方的艺术家，跟筑巢的蜜蜂以及滴穿岩石的泉水没有两样，是自然界不可分割的有机部分；他们跟一批能把海生物变成仙鹤化石的巧匠并肩，秉承那种准备用一生的时间来雕刻一只佛的脚趾的坚忍意志，在长江岸上不倦地创作。他们采取跟自然的理路最相配最融合的法度，创造出蟠动着的龙不断产生的线条的韵律感，每一点的颜色和每一条的刻痕都是奇迹；创造出蚕茧那样在缠绕中变化无穷的空间结构，没有任何一点的空间变化，或者任何一线透射过来的光，不是天然的启示，像一只凤鸟那样在这一带霍霍地飞翔，而形成这一大片的造型和结构的美，大自然便在这个时代这个地点得到进一步的提高，长江更是一个到来的人舍不得离去而又让人永远怀念的地方。

"山川之眉目显于人文"显然是全文的灵魂，文章赞美人类文明和自然天地的沟通铸成了人类历史、养育了民族传统，这些现代意识在陈瑞献驱遣的文言文中得到了表达。非常有意味的是，一些现代艺术术语，如"肌理""律动""空间""造型"等在文言句式中得到了较好运用。这些似乎都表明今人使用文言是可以表达现代思想情感的，而一些古代词语的化用，如利用古代"华""花"相通，写"花发寰宇不衰""花魂不堕于造化"等传神之句，也增添了全文的感染力。自然，陈瑞献之文言文，已属今人之文言文，从今人的语言习惯出发化用文言文中有生命力的词语句式，大概才是文言文的"回归"。陈瑞献曾这样谈起文言："文言作为一种实用文体，它当然不合时宜，但作为一种创作文体，它像毛笔是永久的，而它的有起有落是历史发展的必然。用文言创作，佛经是我最大的启示：佛经全是文言翻译文字，对中华文化而言，它装载的是全新的外来思想观念，结果却篇篇都是新颖的。"[1]海外华人作家在文言上的"回归"，求的也是用古老的"文体"写出"篇篇都是新颖"的文章。

当然，更多的海外作家是将语言之舟回溯古典，在古典语脉上构筑自己的语言原乡，这当然跟中国诗文传统对语言的开掘最为充分有关。例如，1990年代末，年轻的旅美女诗人潘郁琦的诗集《今生的图腾》和散文集《忘情之约》出版，许多寓居北美的前行辈作家不约而同地被诗中的古典精神、情调所吸引。"潘郁琦诗中早有一种仿佛是来自童年，甚至是来自前世的风雅修养，……假借着古典的文字语汇，使读者循着生生世世玄幽的时间甬道，窥视这似感伤又执着，似隐晦又倾诉的抒情世界，这个今生的图腾是铸刻在船头的古典爱神的胸像，一帆行去，风华所及皆是情的指涉。"（郑愁予语）"她诗中的特色，即在满纸氤氲中浮出一股古典的哀怨，一种难以言宣的凄清，笔下的感伤乃是过滤了郁卒与伤痛，通过时间的沉淀而产生的一种深沉的沧桑感，令人歔欷，低回不已。"（洛夫语）"她像一脉清溪，潺

---

[1] 方桂香：《巨匠陈瑞献》，（新加坡）创意圈工作室2002年版，第160页。

潺流淌如是清醇的、古典的情韵，这种韵味既来自中国古典诗词的语言节奏和优雅形式，也来自诗人本身豪放与婉约兼而有之的气质，这种气质使潘郁琦的诗不仅有个人与家园悲欢离合的咏叹，而且有大历史沧桑的苍凉感与高洁的忧伤。"（刘再复语）"潘郁琦的诗迥异时流，自成风格……即（原文如此，应为"既"——笔者注）传统又现代，视域辽阔，寄托远大，世间的千情百态、生命的欢喜赞叹，都在她质地绵密、诗情浓郁的作品中展现无遗，而长期涵泳中国古典诗歌后新语言的重铸功夫，尤能见出她积学修养的深厚与创造力的高迈。"（痖弦语）[①] 上述对潘郁琦诗文的关注，实际上是在关注语言传统会以什么样的形态、方式在年轻一代中延续。从海外作家的角度而言，显然这直接关系到"海外中国"存在和延续的实体性构建；而从整个汉语文学而言，则更关系到语言原乡的渊源何在。潘郁琦在一本诗集中多达30次使用了"前世"或相关词语，这并非出于对个别词语的偏爱，而恰恰反映了她将自己的语言构建回溯至前生前世的"古典"——一种早于她生命存在的传统的努力。

海外华人汉语的积藏感、延续感，还有一个丰富的内容，就是对汉语方言表现力的保存和开掘。中国北方官话对书面语的主导一直密切联系着有史以来中国大一统的权力体系向北方倾斜这样一种社会格局，这必然遮蔽了包括诸多南方方言在内的民间语言空间。五四后盛行的白话文服从于思想启蒙的目标，形成的是欧化的白话文，地域方言的表现活力依然未得到重视。海外华人由于其特殊的生活境遇，对语言看重的是乡音，久而久之，保存下了诸多方言的丰富形态。林忠民在给菲华女作家董君君的小说集作序时，就反复强调"假使将语言当作尼罗河，那文字便是受灌溉的两岸。语言愈丰富，文字活力便更充沛"，而这种活力往往存在于方言之中。他特地谈到了"非

---

① 潘郁琦：《今生的图腾》，（台湾）思想生活屋国际文化事业有限公司1999年版，封底页。

常丰富"的"闽南系方言"，不仅"保存古音"，"亦历经修改"，"积存不少鲜明生动的句法，颇有异趣"，"就平常人的说话，亦有独到之处"，常常"声既悦耳，意味复深长"，"即使村妇骂街，往往随意出口，就令人哭笑不得"。而且"这在董君君的作品中，例子多的是"。他也提醒说："这种特殊的语言，如任其消失，将是中华文化的损失。"①董君君是30年代末出生于菲律宾的，50年代零星有小说发表，80年代在长期生活积累后发表了众多小说，无论是写先人口传的故乡旧事，还是描述亲身体验的马尼拉市井小民的生活，都将乡音融入小说，其"最特出之处，还是在文中正确的保存闽南方言，不论雅俗、兼收并蓄，可谓巧夺'文功'"②。在董君君的小说中，我们的确能看到闽南语系的充沛活力，文言词语、诗句词句在日常叙事中运用之多，是其他作家小说中罕见的，而闽南方言、俗话和句式、句法与音译菲语词自然镶嵌，不仅使作品叙事时时浸润于浓郁的地域气息中，而且时常表现出人物的情操。菲律宾华人中，祖籍福建的占90%，这种人口构成有利于菲华文学对闽南方言的保存和开掘。类似情况在其他国家也存在。例如泰国等国华人潮汕籍居多，潮汕方言在泰华文学中也格外有活力，它甚至让人看到了中国语言的活化石的丰富形态（潮汕方言至今保留了古代汉语构词造句的多种特点）。近百年来，潮汕海外文化的影响比潮汕本土文化大，有时甚至是潮汕文化的海外延伸激活了潮汕文化的固有生命力。这种文化状态使潮汕方言在海外华人社会的保存远比在潮汕本地要好。众多方言的表现力在海外华人创作中得到开掘，使海外华人文学的语言储备更加丰厚。

---

① 林忠民：《董君君小说集》序，见董君君：《董君君小说集》，（菲律宾）王国栋文艺基金会1999年版。

② 林健民：《董君君小说集·序》，见董君君：《董君君小说集》，（菲律宾）王国栋文艺基金会1999年版。

三、安心立命："灵魂的语言"和"工具的语言"间的沟通

海外华人作家在语言上面临的最大挑战是多种语言的环境。正如本章节开头讲的，他们一方面要借助母语生活在民族传统中，另一方面则要利用居住国的语言适应现实生活。前者往往是他们"灵魂的语言"，后者则较多地作为"工具的语言"而存在。两种语言的冲突构成了海外华人作家文学命运的生命历程。

如何处理"工具的语言"和"灵魂的语言"的关系，后文还会继续专门分析。这里强调的是，这本身就是一种心灵的实践。对待母语，华人作家首先是报之以一种生命呵护和责任承担的统一。"语到沧桑意便工"的意味，在海外华人的环境中，就更多地表现为母语在与其他语言的冲突中的生存状态。在海外生存的现实中，语言的分流有时就是一种阶级、阶层的分流，升迁、高薪，往往意味着你必须以非华语生存。曾在新加坡国立大学任教的加拿大学者石百睿（Barry D.Steben）对此都深有感触："在大学，除了中文系的老师以外，几乎没有人愿意跟我讲华语。如果你讲华语，有些人会避开你，瞧不起你。因为新加坡毕竟是一个有阶级的社会，华文在下层，往往被上层的人视为是服务阶层的语言。"①使用母语的沧桑感正来自这种现实磨难，你必须摆脱现实功利的需求，从生命内在的欲求上去产生拥抱母语的力量。新加坡的青年作家方桂香曾经亲访过一些学华语的非华族人士，写成《盲目的爱情：非华族热爱中华文化的故事》一书，想以此来说明，只有"对功利的否定，才有内在纯文化本位的自觉追求"，从而"形成一种母族文化积淀的情感本身，这情感本身正是推动中华文化生生不息的本体力量"。②

---

① 方桂香：《宿命的因缘》，见方桂香：《从序文看新加坡本土出版脉搏》，（新加坡）创意圈出版社2005年版，第73页。

② 方桂香：《盲目的爱情：非华族热爱中华文化的故事》，（新加坡）创意圈出版社2004年版，第15页。

这本书很生动地写到了五位非华族人士学华语的经历，他们对华语的"热忱与执着，不会随环境或市场行情的升降而起落与转向"。他们没有"因为中国崛起才爱华文"，也没有因为"外在体制的变迁"和现实"深刻的困惑"而动摇学华语的执着。他们对华语的兴趣甚至像一种"盲目的爱情"，"自然生成一种陷入情网的神奇力量"。这种"宿命的因缘"是对语言本身包含的文化内蕴的爱。这种爱，不仅使他们无怨无悔地置身华语之中，而且使他们"尽管热爱中华文化，却没舍弃自己的本族文化"。马来人耶亚华（Jaffav Kassim）从小学到大学都接受华文教育，但他自始至终没放弃马来语文与马来文化。他说："不管我讲什么话，我还是马来人，我觉得很自豪！我只有一张脸，不能把我的脸换掉。我觉得文化价值就等于我们的生命和我们的价值。认识自己的根，就等于认识自己。"印族的拉维·沙尔玛也这样说："在家里，我们吃的是英式早餐，有面包和茶。但是中餐和晚餐就是印度式的。所以这几种文化都可以同时并存的。由于在中国这么多年，所以我们所受的教育都是中文的，我的弟妹也都是在中国毕业的，但是我们在家里都以淡米尔语交谈……即使当我成家后，也延续了这样的传统。"

加拿大人石百睿和美国人贝文凯最初进入中文世界是为了"发现东方神秘美"，但他们后来对东方的发现也是建立在他们稳固的西方文化认识的基础上。

面对这些"非华和中华文化相遇相恋的故事"，方桂香感叹："学习他人的语文与文化，不一定得以舍弃自己的母族文化为交换代价。"[①]她由此更加相信，如果从语言"能感觉自己的生命意义与文化责任的某种统一"，由此去呵护母语，那么母语就真正成了"安心立命"的基础，即使你要以非母语在现实环境中生存。

---

① 方桂香：《盲目的爱情：非华族热爱中华文化的故事》，（新加坡）创意圈出版社2004年版，第15页。

海外华人作家视母语为"安心立命之本",不仅小心呵护母语,也千方百计地发展、丰富母语。正如陈瑞献曾经说过的,目前"地球村已是一个现实而不是一种选择","唐王勃的'天涯如比邻'与当代英国社会学家费勒史登(M.Featherstone)的'我们都在彼此的后院'如出一典","商旅流动、货物流动、想法流动,文化也就嬗变了"。在这种全球化境遇中,以欧美为主导的强势,不仅在于其强大的科技、经济和商业实力,更在于其"优势的语文和前卫的人文创作"。因此,对于一个民族的生存而言,"有包容性大消化力强的语文传统"是至关重要的。"海外华人置身多元语言文化环境,更应该注重母族文化的承传和发扬"①,就是说,多元语言文化的吸收,必须有母语文化的根基。这种母语文化应该有很大的包容力,也有很强的扩张力。而母语的包容力、扩张力又决定于它与其他语言的相处。正是在这一意义上,海外华人在母语和其他语言使用上的实践引人关注。例如海外华人作家在语言双栖中选择转向双语创作,甚至转向主要以非母语写作等。

程抱一是那种几乎完全转向了非母语创作的作家。他1940年代旅居法国,21世纪初当选为法兰西学院唯一的亚裔院士。程抱一在他的"在法兰西科学院的就位演说"中谈及他"决定投身于法语",使法语成为他"创作的武器或者灵魂"时说,他得益于法语甚大,"它与我的日常生活和我的内心生活休戚相关,甚至成了我的命运的征兆。它使我产生了与我的源文化和我的生活经历之间的'间离效果'。与此同时,它使我有能力重新思考一切,将这一切变成一种重新创造的清醒行动。它并没有将我与过去割断,而是承载了过去。它以其固有本质要求我在表达中更加严格,在分析中更加细腻。多亏这种语言,我得以直接阅读我积累的名著,并且直接接触大量口头表达

---

① 方桂香:《陈瑞献谈话录》,(新加坡)创意圈出版社2004年版,第197页。

的思想或者内心私语，我也置身于那种与其特征相吻合的文笔要求的中心，这种要求表明了一种精神升华的持久愿望"①。法语使程抱一获得了与自身本源文化和"中国性"经历之间的距离，由此产生的"间离效果"成为一种创造的力量，更好地承载了母语所代表的传统。他的小说、诗歌创作正是展示了这样一种情景。而用汉语和德语同时创作的瑞士籍华裔作家赵淑侠、用汉语和英语同时创作的澳大利亚籍华裔作家欧阳昱等，其语言表现出的"丰富的痛苦"，便是单一语种创作没有的。对于一个作家来说，一种语言的"入侵"，不应该是摧毁而应该是丰富他的艺术感应的生命体系。在不同的语言外壳下寻求、体悟人类的情感状态，更有可能完成独特的语言储蓄，从而构筑起作家自己的语言艺术世界。

他们的创作经历都一再说明，汉语本身的文化意味、文学资源，由于"他者"语言的映现而为作家更深切地感知。林语堂恐怕是最先系统论述汉语的文学特征的现代作家之一，而他恰恰是在英语视野的对照中感受到这一点的。早在1935年，他在那本轰动海内外的《中国人》中，专门在《文学生活》一章中详细论及了"中国人的思维与文学的特征"如何源自汉语的特点。例如，他讲到，汉语"极端的单音节性造就了极为凝练的风格，在口语中很难模仿，因为那要冒不被理解的危险，但它却造就了中国文学的美……无论是在诗歌里还是散文中，这种词语的凝练造就了一种特别的风格，其中每个字、每个音节都经过反复斟酌，体现了最微妙的语音价值，且意味无穷。……这种洗炼风格的娴熟运用意味着词语选择上的炉火纯青。先是在文学传统上青睐文绉绉的词语，而后成为一种社会传统，最后变成中国人的心

① 程抱一：《程抱一在法兰西科学院的就位演说》，刘阳译，《当代外国文学》2003年第4期。

理习惯"①。林语堂将汉语的语音价值从文学传统延伸至社会习俗、心理习惯，从向西方世界介绍中国文化价值的角度凸显了汉语传统因素的审美价值。林语堂学习语言、浸润文化的经历早为人们熟知，他能成为20世纪为数不多能对后世作家产生广泛影响的作家（贾平凹就视林语堂为"具个性的同时还具有广泛影响性的作家"），不能说不得力于他汉语、英语的同等修养。从开放于世界语言的视野中寻回汉语的纯正、丰富，恰恰是海外华文作家的语言优势所在。

当然，两种语言冲突的危机依然是存在的。当华人使用非母语创作时，他的语言身份会变得可疑，甚至陷入困境。美国在国家文化政策上是倡导多元文化的，然而在美国那样一种国家主义环境中形成的"双重身份"反而"成功地剥夺了华裔在语言上使用方面的权威性，导致他们丧失了相互交流经验、使他们的生活经历合法化的手段。因为他们是'外国人'，英语不是他的母语；……那些来自中国的华人，即所谓'正宗的中国人'的出现，使华裔明白他们在使用汉语方面缺乏权威。而且，美国的白人也不把华裔使用的英语看作语言，甚至不认为那是一种少数民族的语言。……有机的、整体的'单一身份'观念已经被'双重身份'的观念排除了，它既不能用中国的文化传承解释，也不能用美国的文化传承解释，如同黑人的经验无法用非洲或者白人美国的文化传承解释一样。华裔英语的发展已陷入困境，因为很少有人意识到他们使用的是一种语言。对语言的否定实质就是对文化的否定"②。

美国华裔的这种语言困境对照出了东南亚华人"单一身份"语言归属的

---

① 林语堂：《中国人（全译本）》，郝志东、沈志东、沈益洪译，学林出版社1994年版，第222—223页。

② Frank Chin（赵健秀）、Jeffery Paul Chan：《种族主义者的爱》，李贵苍、徐纪阳译，《华文文学》2005年第3期。

明晰性。正是"中国性"的彻底丧失（切断）、单一的国民身份认同，使得东南亚华人如果争得了华文的使用权，那么其华语作为居住国的一种少数民族语言，具有汉语规范上的权威性。而这种华语的内涵，可以用中华民族的文化传承和东南亚华人社会的生活经验来解释。身份认同的多元性反而造成了语言归属的模糊性，而身份认同的严苛性却有利于华语地位的确定。这种历史的复杂性反映出汉语的命运不仅取决于语言的心灵性和工具性的冲突，还取决于华人需要面对的国家、民族、族群等诸多因素。

海外华人写作中的汉语会是一种什么样的前景？是萎缩、消亡，还是继续作为跨国界的存在而越发呈现蓬勃生命力？我们不得而知，如果把视野放开一些，我们也许会得到些启迪。一个鲜明的例子是，印度的国语是印地（Hindi）语。但获诺贝尔奖的印度诗人泰戈尔却是用孟加拉文和英文写作，然而谁也不会因此否认泰戈尔的作品属于印度国家文学，因为泰戈尔的作品是面向世界的印度意识最深邃、最生动的反映。另一个鲜明的例子是，90%的芬兰人使用芬兰语，只有少数人使用一种外来语——瑞典语，然而，瑞典文的芬兰文学在国际上产生的影响要比芬兰文文学的影响大。汉语写作现在分布于世界几十个国家，海外华人的汉语写作最重要的是扎根于居住国的土壤，让汉语在移植中孕蓄出新的生命力。

第二节 禁绝中播散和衍生的语言原乡

汉语是海外华文作家身份的自证，但在一些国家，华文不仅被放逐，甚至被禁绝。本节就以印尼华文文学为例，揭示语言禁绝中华文文学的生存状态。

华文在印尼遭无理禁绝三十余年，印尼华文文学却在这种禁绝中传递火种。海德格尔在《通往语言之路》一书中解释汉伯德的理论时说："语言是一种人对世界的观念……是对人的整体历史精神的全面的，并有其特性的表现。"语言是一个民族与外界交往的存在方式，语言的消亡意味着民族文化乃至民族现实地位的毁灭。在印尼"新秩序"政府统治的三十余年中，民族文化的窒息是每个印尼华人都强烈感受到的。于是，华文比以往更真切地成为印尼华人的精神原乡，而"诗"这种被海德格尔视为"人的存在之家园"的本源性语言更是作家们苦苦构筑的永不坍塌的精神原乡基石。在华文全面被禁的年月里，印尼华文文学在语言层面上的努力却甚于其他时期。

1965年后，印尼的华文大致在四个层面上还艰难地保存着。一是大学里的汉学系。在华校、华文报刊被逐步限制乃至全面取消后，印尼大学的汉学系还得以开办，但着重传播的是中国古典文学。二是印尼华人社会的民间写作。这种写作面向印尼现实社会，及时开掘着印尼华人社会的语言资源。虽然它的面世异常艰难，但却在数百万印尼华人中传承了华文现实形态的薪火。印华资深作家黄东平曾忆及他1993年在印尼秘密出版杂文集《短稿二集》的情景：先用佛经画像多层包起手稿通过邮局检查，将手稿寄至新加坡排版；再蒙朋友帮忙分批带过海关，用"新加坡岛屿文化社"的名义在雅加达秘密印刷；最后在许多"全心地热爱着故国文字"的华人帮助下将书销售一空。三是华文被禁年代中印尼国内唯一半官方、以华印双语出版的《印度尼西亚日报》，该报的文艺副刊推出过两百余位印尼华人作家的作品，功不可没。但在很长一段时间里，该报为印尼情报部门掌握，所以其所刊华文作品也就有了必须遵守的"秩序"，无法容纳印尼华人更深、更真的心声。四是印尼境外的一些华文报刊，包括流亡在外的印尼华人参与的一些华文刊物，主要分布在中国香港、中国台湾、新加坡等地。印尼国内华人的作品辗转寄给这些报刊发表，沟通了印尼华文界与世界的联系。

在这样一种生存体系中，华文创作的坚持，不仅有着维系民族文化血脉的担当，还有着作家身份认同的寻求。严唯真在不得已封笔的蛰居期间，还孜孜以求于唐诗宋词、日本俳句和印尼诗文的今译，就是要在印尼华文与古、外语言的"互换"、沟通中，确认、把握印华语言的"身份"。这种坚持以语言的存在形态作为作家自身存在方式的情况，给"禁绝"中的印尼华文文学事业带来了执着而丰富的心灵历程。

传统意象出现在印华文学中时，常显得独异。"在严禁华人文化的地方／看到飞腾跳跃的龙"（明芳《舞龙队》）；在"都用银叉银匙"的"现代"，"古老的筷子"仍传递着"悲凄古老的故事"（秋明月《筷子》）；"木里木气"的算盘虽已退位，仍"吟声舞影令人回味"（王山《算盘》）；诗人节的习俗仍年年重演，但"今年粽子的／馅／改包咖喱牛肉吧"（雨村《包肉粽》）……与华族传统纠结在一起的，有政治的重压、西俗的侵蚀、现代技术的冲击、商业气息的包围等。这种传统的困境，在其他国家华人作家的笔下也呈现过，但印华作家感受到的传统的困境更为多重。与此相关联的是出现这种传统困境的国家背景。印尼华人所受不公平待遇是举世罕见的，然而他们视印尼为故乡的情感却更深切。"流浪的孩子回来，／拖着一身的疲惫和尘土""故乡的风为他拂去疲惫和尘土，／故乡的河为他洗涤委曲和伤痕"（文涧《流浪的孩子，回来了！》）；"归箭搭在满弓的弦上，越远越久越拉越紧"（莎萍《乡情》）；"故乡的高脚屋／庭园里白玉兰／飘香来我梦中"（冬龙《故乡的高脚屋》）；"多情的土地，难忘的故乡"，"年老的心湖啊！／怎能容纳下如此深邃的思念……"（文涧《多情的土地，难忘的故乡》）这些思乡之诗，所言"故乡"，都非万里外的长城风、黄河水，而是诗人脚下的印尼土地。诗人们都是自自然然地视印尼为故乡，这种天长日久的地缘、血缘情感，跟印尼华人的现实境遇纠结在一起，显得更加朴实、庄穆。如果细加体味，人们会感受到，印华作家们对自己民族传统的维系、传承，绝非梦回母土，而是期求能有一份与印尼土地"相配"的华族文化遗产。印尼华文文学，就是在这样一种心灵寻求中孕蓄、开掘着自己的语言资源。

从印尼华文文学的作品来看，印华文学的语言储备积累机制大致是这样运行的：一是尽量拓展汲取外来语言营养的渠道和层面；二是依托印华社会自有的各种资源，建构语言的储藏、提升机制，并不断强化其功能。

在华文遭到查禁的三十余年中，印华社会与华文主流社会的文化通道日益狭窄，据说只有台港的武侠、言情小说还能悄悄进入印尼。也许是这类作品不犯禁忌，又有怡情娱心之用，一度在印尼华人社会很流行。"一些文艺爱好者和写作人没有更好的选择，在聊胜于无的情况下也接受它的影响，它的惟一好处是使如今40岁上下的这一群在方形文字的浸淫中不改（原文如此，应为"致"——笔者注）对华文生疏和断层。"[1]在个人藏书也遭焚毁的环境中，从非正常渠道流入印尼的台港言情、武侠小说成为华文作家们唯一能浸润的母语养料，也算得一件幸事。因为五六十年代后的台港通俗小说已有某种高雅化（精品化）的趋势，语言的生活和文化气息多层面交织，其审美趣味更多地符合华人的传统观念和欣赏习惯，而其语言技法的翻新也带有更多东方色彩。而印华文学在禁绝状况中还要生存，无论是从作者还是从读者的角度而言，写以言情为主的作品都是可取之路。比起新马泰的小说语言来，印华小说在某种意义上显得更加纯情、炽热，恐怕正是这种语言影响的结果。《印华短篇小说选》是1990年代前唯一纯粹的印华短篇小说选集，其中一半是言情小说，而这些作品"泰半是美得令人几乎窒息，写得回肠荡气的牧歌和抒情诗"[2]。《峡谷的哀愁》（白放情）将恋情置于完全脱却了尘世俗习的绿色峡谷中，一个"爱弄笔"的男子与一位患病少女殉情于洪水淹没

---

[1] 东瑞：《尺幅万里，看树看林》，见林万里选编：《印华短篇小说选》序，（香港）获益出版事业有限公司1997年版。

[2] 东瑞：《尺幅万里，看树看林》，见林万里选编：《印华短篇小说选》序，（香港）获益出版事业有限公司1997年版。

的峡谷中，生命的河流使他们合二为一。也许小说的框架过于浪漫，但如梦似幻的语言还是呈现出了唯美的山水、唯美的人性。《榕树下的风铃》（茜茜丽亚）将恋情置于家乡老榕树摇摆着的叮当风铃中。一个身不由己的异乡男子与一个身患绝症的少女相恋相娱，沟通心灵的是他不曾去过、只是由她口述的一个纯朴寂静的小城，她出生的故乡……如诗似画的语言将生离死别写得哀绝凄美。这样的作品还能举出许多。这大概正是港台言情小说在印尼这一华文的语言沙漠中留下的一方清泉吧。

与言情似乎相关的是印华散文中思亲、怀旧、悼亡之作颇多，这让人感到，印华语言的储蓄往往是在一种深恋苦思的情感状态中。《爸爸的手》（碧玲）、《我的父亲》（冰雪）都是悼父之作，一篇在"搜集所有的记忆"中成文，另一篇则以"乐极忘形"的梦境寄托思念，但都写得情深意浓，"父亲"之意也会引起人们无尽的联想。《鲸鱼的感情》（阿蕉）抒写对旧日恋人的思念，借情感拓开了思索的空间，"这一走，到底是从他乡回到了故乡，还是从故乡走往他乡？""百万年后"，"景非物换"，人们将"惊异"，"所谓'原住民'与'非原住民'一词在远古的社会中竟会引起过极大的风波"，苦恋和深思的纠结交汇，使此文的语言既刻骨铭心，又振聋发聩，绝非一般恋情之作可比。《井》（彩凤）是忆童年之作，东爪哇加威山下那口深不见底的水井，在"我"童年的记忆中留下了太多的东西。父辈心闲手不闲的拓荒，与原住民"比邻相居，亲如一家人"的日常生活，这些构成南洋华人史基石的重大场景，在童年视野中都化作了亲情琐事，使全文有着随岁月流逝而日渐珍贵的情意。读这些思怀之作，人们会清晰地感受到，处于禁绝中的印华语言之所以还有着那样丰润的生命力，以至于"开禁"后立刻呈现了它的丰富形态，就是因为印华语言始终浸润在印尼华人最宝贵、最深切的情感中。印华作家们首先是用华文来抒写他们最基本的生存情感，说明华文本身正成为印华作家的一种基本生存方式，并不仅仅是言说

者要借助语言说些什么，而是华文本身就在言说。当印尼华人社会处于三十年风雨飘摇的环境中，印华作家总是在最深切乃至隐秘的情感被触动之时落笔成文，天长日久，"父亲""故乡""井"这些"言"本身越来越丰富地取得特定的含义，甚至成为印尼文化环境中的"先验基础"；它们又会在后来作家的创作中，通过各种组合、变化（小说情节、人物关系、意象呈现等）表达得更加丰富、含蓄。这样，印华文学实际上已在自身的土地上开掘了一口深井。

自然，语言的活源泉在于生活。我们无法确切地想象印华作家过去如何在印尼日益缩小的华语交际圈中开掘生活语言的清泉，但我们从一些印华作品语言的乡土气息、市井气息、沙龙气息中，可以感觉到他们提炼生活语言的成功。柳岸将"夫妻档"发展起来的商行生活写得惟妙惟肖，各种人物身上的市侩气呈现得活灵活现，如《女公关》描写"通天"商务行职员吴乃儒祸从口出，败在与老板关系暧昧的女公关手中，同事健伯闻讯叹道："老椰城都知道，这大都会是人鬼相处的地方，一木一石都有灵，凡事都要打个招呼。若横冲直撞，口没遮拦，难免会闯邪。别看人家是弱女子，弱女子也会掀起滔天巨浪……"这样的对话，写得精练，语言中既有都市的世故，又有乡村的爽朗，清畅的白话汉语，恰如其分地嵌入素朴明了的方言（如"闯邪"），足见作者提炼生活语言的功力。钟若迟的《大白鳄》描写雨林中"老盖""梭伯"智捕鳄鱼的场景，他们焚"梵香"、念"真言"、烧"祭文"，猎捕了一头又一头大鳄鱼，其技艺真真假假、虚虚实实，但所写热带雨林的习俗世情，真切动人。而全篇用"老盖"的口述写成，其娓娓道来中，叙述语调、语言色彩，都充溢雨林乡土气息，在其他国家的华文文学中是绝少见到的。晓彤的散文《老司机"走"后》则提供了印华文学特有的一种幽默语言。印华作家大多人生坎坷，印华文学也多处于风雨飘摇之中，但印华文学一直少哀婉之音，反而从坎坷生活的磨炼中，从人生苦难的化解中，从跟其他民族的宽容相处中，逐渐孕蓄着语言的幽默感。《老司机"走"后》就充分体现了印华语言的幽默感。文章叙写老司机哈伯善病逝后，他的8位"结缘夫人"全都"随侍在侧，亲视含殓"。一位伊斯兰教徒的老司机，其貌不扬，生活清贫，却结婚8次。而其妻中，又不乏明理、大度者。在老司机死后，那些离婚而各立门户的妻子不约而同前来奔丧，个个悲戚至极……这一切，与华族的习俗、心理，实在都相差太远。作者写来，毫无奇风异俗的炫耀，而是视哈伯善为一个心地善良、温柔体贴而又个性软弱、轻浮重色的伊斯兰教徒，以善解人意的眼光和旷达、开朗的笔调，描写了哈伯善的"嫁娶"生活，同时引入华族的传统心理和习俗，调侃"自我"、嘲弄现代，呈现出一种从容有余的心态。全文虽然是写异族生活习俗，却处处可见华族的生活面影。这样的语言幽默感，的确是孕蓄于现实生活中的。

令人惊喜的还有，因于精神牢笼三十余年的印华小说，其语言技巧并未囿于单一。看来，西方现代小说也是印华作家汲取语言养料的一方天地。荒诞、暗示、黑色幽默、意识流动、内心独白、多声部对白、时空交错等现代语言技巧在印华小说中都有成功运用。林万里的小说《驾鹤西归》借一富贾死后意识在尘世的飘浮和灵魂在阴府的行走这样的对照性结构来进行对人性的多层面的揭示和批判，其思路的犀利和想象的机巧，令人想起鲁迅的杂文和钱锺书的小说。"时间旅行手法"的使用使主人公的意识突破了过去、现在和将来的界限，从自己"身后"亲朋好友的表现中窥见了自己生前的种种劣迹，嘲讽他人和调侃自我的交织颇有"黑色幽默"的味道，批判的笔触深入到了拜金主义、繁文缛节、流行文化、商品经济、宗亲观念等领域。阴府作为尘世生活的投影，其夸大、变形、扭曲的表现，使人间的阴暗、丑恶得到了凸现。作者人生的智慧和文学的才能在这些现代语言的技巧中得到了淋漓尽致的发挥。碧玲的小说《往日往事》将传统的意境构建和现代的时空交错相融合，在雨地、椰林、绿园、龙树、清泉构成的诗情画意中呈现了一个女子因无子嗣而遭丈夫遗弃的悲情故事。美的意境似乎恒定不变，而世俗力量却将和谐的时空撕裂，打破其平衡，这就是作者将传统和现代的语言技巧结合在小说中聚合起的艺术感染力量。

华语是印华民族的心灵，是印华民族生存的基本形态。这一心灵空间的开阔、这一生存形态的丰富，都让人感到，印华民族将永远是千岛之国中一个有无尽生命力的民族。

第三节　华人新生代和新移民作家：回报母语滋养的生命方式

一

曾经读到过一位加拿大学者的论述，大意是说：一个人的语言，是他生存和活动的世界，深深根植于他身上，比他称之为祖国和土地的物产更加重要。当海外华文作家被从故土连根拔起，甚至在异国他乡不得不认居住国为"祖国"、依赖新土而生时，语言的确成了他们赖以生存的精神原乡。一位新移民女作家在异国写下过这样的自白："此刻，我坐在一个完全与中文无关的世界。窗外，人声如天书。我完全失控了，恍若悬挂空中。我把听到的都想象成中文，用这个我唯一熟知的语言拥抱自己。我很难想象用另一种语言进行写作，象中文一样，在我的身体里自由飞翔。"[①]异域他乡的一切在想象中转换成了中文，心灵也在中文中获得了栖息地，语言成为旅外作家参与历史的内容和方式。20世纪中国知识分子在流亡、漂泊中一直将"土地""祖国"等视为自己的精神皈依，然而当旅外作家将语言看作比"土地""祖国"更重要的精神栖息地和生存方式时，似乎说明了华人知识分子精神寻

---

① 友友：《她看见了两个月亮》，时代文艺出版社1995年版，第287页。

求、精神状态的变化。当华人作家以对传统语义符号的现代转换和对汉语释义方式、表达方式的探求求得他们在异域他乡的生存时，他们实际上参与了民族话语的重建，并在其中构建了一个"海外中国"的"祖国"，一种精神的原乡。

海德格尔在谈到寻找诗的存在时就有过这样的表述："我们试图来翻译阿那克西曼德的箴言（古希腊哲人，在这里被视为古老诗人——笔者注）。这就要求我们把一个以希腊文言说出来的东西翻译到我们的德语中去。为此，我们的思想在翻译之前就必须转度到那个以希腊文言说出来的东西那里。运思着转渡到那在箴言中达乎其语言的东西那里，这乃是跳越一个鸿沟。此鸿沟绝不仅仅是两千五百年之久的年代学—历史学的距离。此鸿沟更宽更深。首先是因为我们濒临其边缘而立，此鸿沟才如此难以跳越。"[①]海德格尔在这里不仅谈及了将阿那克西曼德这样一种"古老的歌声"传达到现代人那里的困难，也揭示了语际转换的困难，这不仅是语言层面的"转渡"，更是思想层面的"转渡"。这种"转渡"之所以构成"难以跳越的鸿沟"，恰恰是因为转渡者处于两种语言、两种思维、两种"年代"之际的身份。这种状况很能说明海外华文写作者的处境。他们要在居住国生存，不仅要在日常生活层面上，更要在思维方式的层面上接纳另一种语言，可他们仍要以中文写作作为自己的生存方式、生存内容。他们对居住国语言的陌生限制了他们现实世界的范围，而他们又努力用母语拓展着自己的艺术世界，这两者间的冲突造成他们心灵复杂的纠结。这种冲突、纠结，在华人新生代、新移民作家创作中有了更丰富的意蕴，也成为他们回报母语滋养的生命方式。

这里所言"华人新生代作家"是指上世纪五六十年代后在海外出生、1980年代后崛起于海外各国、主要以华文创作的华人作家；"新移民作家"

---

① 海德格尔：《阿那克西曼德之箴言》，见海德格尔：《林中路》，孙周兴译，商务印书馆2007年版，第372页。

则指1980年代后，主要从中国大陆（内地）移居海外的作家。他们是当下海外华文文学创作成就最显著的群体，故以他们为对象作一考察。

二

1927年，巴黎出现了一份由移民作家主办的杂志 *Transition:an International Quarterly for Creative Experiment*。杂志题目"transition"的意思为"过渡、转变、变革"，既反映出移民作家的生存状态，又表现了移民作家在异域对词语变异能力的敏感。而正是在这份杂志上，乔伊斯发起了以词根、词缀的迁徙和杂交为内容的"词语革命"。与这相呼应的是20世纪末，由爱德华·赛义德等五位移民作家在纽约公共图书馆做的系列演讲结集出版。书名为 *Letters of Transit*，英文Transit的本义为"中转、过境、过渡"，所以书名可译为"过境的文字"，显然包含在"迁徙"过程中词语的变异潜能。①这很有意味地表明，移民生涯中，词语的变异显得突出起来了。这种词语的变迁在新生代、新移民作家笔下也有着明显不同的表现。东南亚华文文学往往会吸收本地艺术语言，从而呈现出浓郁的南洋色彩。新华作家赵戎曾以5年时间，从本地最具代表性的200多部华文文学著作中，辑录了2700多条华文新词语。如"马打"，原意指警察，为当地原住民族所通用；"马打厝"则由马来语"马打"与福建语"厝"组合而成，指警察局。赵戎的《看见风的人》中有这样的句子："你没礼申，我不把你抓进马打厝去鸟公，已经是多隆你了。"这就非常有地域特色。但是在华人新生代作家的创作中，我们却可以感到一种追求汉语的"纯正性"的倾向。例如新生代作家散文中很少见到从本地词语中转化过来的词语，有着向传统回归的色彩。李永平就曾表示过创作要坚守"中国文字的纯洁和尊严"，他说："保持中国白话特

---

① 参见陆建德：《地之灵——关于"迁徙与杂交"的感想》，《外国文学评论》2001年第3期。

有的简洁、亮丽，以那种活泼明快的节奏和气韵、令人低徊的无限风情，这一来，作者对中国语文的高洁传统，就有了一个交代，而个人的文学和民族良心也得到抚慰。"①也就是说，新生代正是从所处环境的语言压力中强化着对母语纯洁性的回归。例如，林幸谦文字那种根植于传统的悲郁凄美已为人们所熟悉，而这一语言质地就是在历史"高压"的环境中熔铸而成的。他对南洋华人的身份认同、文化归属、精神皈依等危机有异乎寻常的敏感，他一再地这样说，"我的书写，总一再从故园梦中出发，进入内心自我的地狱，在狂欢与破碎的世界中千回百转"，"在我对乡愁的书写中，我倾向于把自己隐藏掉，突显普遍性的心理。我在书写中力图寻找海外中国人的某种集体潜意识，以期把自己融入整体幻想之中"，"我的笔根植于原乡神话之中，狂欢的精神为我引路，追求一种诗的语言……我在思索与书写中，体悟到中国的历史场景中有阅读不尽的隐喻"。②正是这种文化反思在成熟的同时也趋临灭绝的美的境地，使他的语言在凄烈悲凉中呈现出一种复活汉语传统活力的努力。例如他那篇著名的《中文系情结》，表面上取质疑、反省的姿态，解构和颠覆着传统中文系的种种文化意义，但事实上，其对现有"中文系体制"的摧毁恰恰是为了构建一种突破狭窄族群情结的文化视野，以从源头上再度激发"中文系"的活力。而在《漂泊的诸神》中，他也反复倾诉，中国模式的历史情境、民族整体的精神活力，形成了灵魂的一种特质，暗中支撑了他的人生；思乡、恋乡的语言与他形影不分，使注定漂泊的人生也能"安然走在回家的路上"。这样一种语言立场、语言视野，自然使得林幸谦的语言向着母语的纯美性回归。这种努力不只是出现在林幸谦的笔下，许多

---

① 转引自黄万华：《文化转换中的世界华文文学》，中国社会科学出版社1999年版，第232页。

② 林幸谦：《狂欢与破碎——边陲人生与颠覆书写》，（台湾）三民书局股份有限公司1995年版，第17—21页。

全（1972年出生于马来亚霹雳州）的散文语言也呈现出一种传统的纯正性。例如他的散文《梦过飞鱼》虽是描写南洋群岛附近飞鱼群搏风击浪的情景，并以此串起祖父闯南洋的经历，但语言却是从那"父母于人恩最深，莫因荣辱忘天伦；须知古木千年秀，赖有绵绵一脉根"的"饮水思源"中流淌出来的，显得绵长纯正。

　　新移民在这点上似乎与新生代有所不同，他们有时喜欢在正文中杂用外文词汇。例如阿苍的小说《荷里活第8号汽车旅馆》中就有这样一段："不瞒你说吧，在美国'失踪'的这一年多，我干什么去了？——我当Motel的manager去了。……我告诉你，是'Motel'——汽车的旅馆，不是'Hotel'——正规的酒店、旅馆。我就在荷里活红灯区的Motel当manager——你说是'经理'也好，'经纪人'也好，其实只是个穷当班。"这里英文原词的杂用，不只是因为翻译不易准确，更是出于凸现新移民的生存状态的考虑。新移民大多不"寄生"于唐人街，而且直接生存于居住国社会的诸多地带，这就使他们的语言很快呈现出"杂交"的特色。这种"杂交"不只是表现在词语的借用上，也表现在居住国语言风格等的代用上。例如刘荒田散文语言上的自嘲自谑，就不失美国幽默的影响。正如他自己说的："无论生活方式、思维方式还是心态，基本上是中国的。如果说和国内同胞小有不同，那是长年在地理和心理的双重边缘，经受东、西方两种文化夹攻的缘故。'边缘人'往好处说是左右逢源，进退自如；往坏处说，是'猪八戒照镜子——里外不是人'。"这种生存状态，"和'洋鬼子'沾点边，却总真不起来"，但在反映"大陆移民""非传奇性、非戏剧性"的生活方面却显得真切，于是便有了自我超越的自嘲、幽默。[①]

　　海外华人在非母语环境中使用汉语写作，其母语无可避免地会受到英语

---

① 刘荒田：《"假洋鬼子"的自白》，见刘荒田：《"假洋鬼子"的想入非非》代序，贵州人民出版社2001年版。

或居住国其他语言的影响、渗透，于是就出现李欧梵所言的中文的"杂种化"（hybridization）。他就承认自己写作时两种文字的互涉互扰（mutual interference）："当我用英文写学术文章的时候，脑后仍潜伏了中文的影子，但用中文写作的时候，却往往英语先行，甚至须先在脑中译成中文后把'洋味'去掉，才能复归中文本位。"①黄子平曾提及香港的"旧三及第"文体（即文言加白话加粤语方言）和近年来流行的"新三及第"文体（即白话加粤语加港式英文）②，就是多元语言环境中中文混杂化的例证。"混杂"意味多义、复义，昭示的是现代语言得以丰富的途径。

当然，即便是在中国大陆（内地），中文的使用也在变化，文学语言更在突破语言的规范，但这种变化、突破都是丰富中文的表现。而在海外所发生的中文混杂化，其情况就复杂多了。由于外文背景而使母语受到伤害的情况比比皆是。例如，温任平曾经谈到，马来西亚华文界就流行某种"艰涩热"，"愈来愈多的中文论述，读起来像是拙劣的译文"。一些在马来西亚举行的国际马华文学研讨会上，"中文极拗口之能事，主词与受词之间远得可以害相思，令人读来牙为之碎"，沦为"专家的谜语"。③这种"西而不化"的状况，必然造成对母语写作的戕害。然而也有人认为，有西洋文学专修背景的人，常常比出身中文系者更能体味中文或华语文学的价值，"语言上深具世界观的人……比语言上的国粹派更懂得什么是'纯正的中文'"。④高行健就是一个例子，他由于熟悉法文，所以在使用中文写作时更注意开掘

---

① 温任平：《与张错谈"语言的共同体"》，见温任平：《静中听雷》，（马来西亚）大将出版社2004年版，第131页。

② 温任平：《与张错谈"语言的共同体"》，见温任平：《静中听雷》，（马来西亚）大将出版社2004年版，第132页。

③ 温任平：《与张错谈"语言的共同体"》，见温任平：《静中听雷》，（马来西亚）大将出版社2004年版，第104页。

④ 温任平：《与张错谈"语言的共同体"》，见温任平：《静中听雷》，（马来西亚）大将出版社2004年版，第132页。

中文词性、动词位置等的表达潜力。他甚至借助于他对法语音乐感的体悟，来发掘汉语特有的语音表达力。对他而言，汉语的原乡意味，不仅存在于其意义中，也存在于其特有的语音中。据说，他创作40万字的长篇小说《灵山》时，全部内容都自己先说一遍，录下音，然后细细地从录音中倾听自己内心的声音与语音、节奏的配合，再耐心地写成书面文字。这种写作方式反映出他在尽力开掘语音在文学叙述中的作用。对于一种民族语言而言，语音早于文字的存在。而在《灵山》中，高行健对汉语语音的调配组织，对于呈现汉民族的原生状态是起了很大作用的。也许是异国生涯使他比以往更深刻地体悟到了汉语语音特异的原乡魅力，而法语一类语音文字具有的语音感，使他对语言原乡构筑中语音力量的开掘更为自觉。所以他在《灵山》中，特别注重"我"、由"我"转化出来的"你"和来历不明的"他"叙事时的不同语调，呈现同一词汇系统在不同人物中的语音力量，从而较深入地发掘到了汉语语音的表达力量，使母语那抑扬顿挫的韵致把思想转化为诗。

所以，"中文混杂化"是可以成为海外华人作家丰富、发展母语的一种努力的。事实上，这种努力也正慢慢形成了一种有别于汉语主流社会中汉语形态的华文。正如聂华苓旅居美国三十余年后，谈到自己有三十九年储蓄的母语在海外环境中一直变化的结果："在海外，我们制造了自己的语言，不是台湾的，也不是大陆的。"① "在海外，我们制造了自己的语言"，一种从"母语"之"根"长出来而又不同于故乡母语的语言，这可以看作海外华文作家语言生命历程中最重要的内容，也是他们回报母语滋养的一种生命形式，也只有有了这种从"母语"之"根"长出来的、生存于异域的"自己的语言"，母语才更成为海外作家"灵魂的语言"。新移民作家可能更自觉地拥有这样一种母语的。

---

① 廖玉蕙：《打开作家的瓶中稿——再访捕蝶人》，（台湾）九歌出版社2004年版，第55页。

"中文混杂化"是在母语和非母语的不断转换中，更深入地体悟到母语的丰富内涵，包括种种生命的意味。在海外致力于英译中国古诗的陶永强（加拿大）在谈到他全情投入的中国古诗英译时说，虽然"语言文字的美感素质是不可能透过翻译在另一种语言文字中呈现出来的"，但是在文字躯体的内里，"还有一个更宝贵、更美的生命"却是通过翻译也可以传达的，这"或许是诗人一生面对诱惑、面对污辱而持守住的芬芳，或许是诗人走出世俗尘网、归于天然的新鲜，或许是诗人在困惑寻索中突破、泉涌的壮志，或许是诗人历尽沧桑推己及人的悲悯，或许是诗人痛失所爱历久而不淡忘的挚情，又或许是诗人冷眼看世界又复冷眼看自己之后不禁由衷的一笑"，而"译者的任务就是去捉住这一笑一泪、这一缕芬芳，把它呼进另一个躯体、另一个语言的诗里"。①陶永强这种向另一种语言传达中国古典意象的体会，正揭示了从不同语言转换中都难以流失的生命内容中感悟到的母语魅力。这种魅力沟通着不同语言的生命存在，它的呈现自然也会使世界更感受到汉语古老而年轻的生命。

三

海外华人作家在语言双栖中的另一种选择是转向非母语写作。双语写作成为越来越多的华人作家的选择，有的甚至以非母语写作为主，或者干脆放弃母语写作。这种选择会对华人作家的语言生命产生什么影响呢？

欧阳昱1990年才移居澳大利亚，由于从小"在浸淫东方文化的同时，也在努力通过译作和原著学习西方文学和文化"，现在已"能以同样的流畅和速度来用中英文两种文字进行思维和创作"。他称汉语是自己的"母语"，英语则是自己的"父语"，而他的英文创作已获得了10余项奖项。在英文世界中坚持中文写作他有着更自觉的驾驭。他认为，"所谓'世界图景'，其

---

① 陶永强：《遥远的歌声》，见《白雪红枫——加华作家作品选Ⅱ》，加拿大华裔作家协会2003年版，第267页。

实是'西方图景','一体化'即'西方化'",在这种世界性背景下，"继续以中文写作，本身就是对这种'一体化'或'西体化'的对抗和挑战"；但同时，欧阳昱又认为，"英语跟汉语一样，也'最具诗性'"，如果讲，"在可怕的所谓'世界图景'中"，诗的重要使命是"以个性对抗共性，以自由对抗'一体化'"，那么，诗人"首先要抗拒的是诗本身的'一体化'"，以发出最独特的诗的声音。从这点出发，恰恰需要诗人"以自己的个性自由来守护这两种语言的'尊严'，而不仅仅是汉语"。①双语写作，既自觉抗衡于后殖民语境中的话语"一体化"，又开放、沟通于其他语言的诗性世界，守护语言的诗性尊严，自觉避免诗本身的"一体化"。这样一种语言意识，使1990年代后新移民作家的双语写作也成为护文化之根、文学之根的行为。而对于高行健等新移民作家而言，法语等使他获得了与自身本源文化和"中国性"经历之间的距离，由此产生的"间离效果"成为一种创造的力量，更好地承载了母语所代表的传统。他们的小说创作是展示了这样一种情景的：它反映出新移民的"离散"写作取一种积极而又潜伏危机的混杂状态；它将身份认同更多地视为一种资源的重组过程，而非界限的划定；它将认同放置在偶然性、不确定性和冲突中来审视，凸显了身份的相对性。海外华人或出入或游移于几种不同的文化空间，因而有可能拥有更多元、更开阔的视角，以"一种形式上混杂的、时间上不纯的文化形式"②参与文化的传承、颠覆、重建，显示出成熟的文化认同感。正如萨义德将"出入于各种文化"而"不属于任何一种"视为非本质主义的文化认同观："移居对我来说是尤其难以忘怀的：从一种确定、具体的生活方式转变入或移入另一种。……人们需要理解、学习某一传统，但是不能真正归属于它。"③这样一

---

① 杨克：《欧阳昱访谈录》，（香港）《香港笔会》2000年6月号。
② 生安锋：《后殖民主义的"流亡诗学"》，《外语教学》2004年第5期。
③ 陆建德：《流亡者的家园——爱德华·萨义德的世界主义》，《世界文学》1995年第4期。

种文化认同感强调了文化的、民族的认同的变动性，它可能成为民族文化的一把双刃剑：它会孕蓄文化生存的优势，也会对民族文化的传统凝聚力构成一定威胁。

新移民作家语言的混杂化是一种叙事策略。而母语的回归和与他语的交融，实际上是海外环境中"灵魂的语言"和"工具的语言"沟通的努力。海外华人作家在语言上面临的最大挑战是多种语言的环境。他们一方面要通过母语生活在民族传统中，另一方面则要通过居住国的语言适应现实生活。两种语言的冲突构成了海外华人作家文学命运的生命历程。

海外华人所处环境已使母语的工具功能丧失殆尽。即便是在汉语被列为4种官方语言之一的新加坡，谋生的工具也主要是英语。在这种境遇中，华文写作更成为华人把自己的根深扎进"灵魂的语言"土壤中的选择，它表达着民族最深刻的记忆。

然而，当"灵魂的语言"和"工具的语言"被分离，"灵魂的语言"生存空间在缩小，而"工具的语言"依恃其强势语境，是否会强大到足以侵犯、伤害"灵魂的语言"，也的确是"灵魂的语言"面临的严峻问题。正如海德格尔那句最著名的论断"语言是存在之家"所揭示的，当把人的最高本质归结为语言的存在，"任何存在者的存在居住于词语之中"。[①]加达默尔更强调了人只有通过语言才能拥有、把握世界："语言根本不是一种器械或一种工具。因为工具的本性就在于我们能掌握对它的使用，这就是说，当我们要用它时可以把它拿出来，一旦完成它的使命又可以把它放在一边。"语言不是这样，"我们永远不可能发现自己是与世界相对的意识，并在一种仿佛是没有语言的状况中拿起理解的工具。毋宁说，在所有关于自我的知识和关于外界的知识中我们总是早已被我们自己的语言包围"，"我们只能在语

---

① 海德格尔著、孙周兴选编：《海德格尔选集》，生活·读书·新知上海三联书店1996年版，第1068页。

言中进行思维，我们的思维只能寓于语言之中"。①语言使存在者"源于其存在而达于其存在"，从而使人作为语言的存在者而存在，人的本质植根于语言的力量之中。也就是说，语言的力量在于它使人成为一种存在，能去把握存在者的存在。因此，并不存在着纯然的"工具的语言"，甚至很难截然区分"工具的语言"和"灵魂的语言"，"工具的语言"和"灵魂的语言"的分离最终必然造成互相的伤害。新生代、新移民作家正是在这种语言困境中表现出了生命呵护和责任承担的统一。

"语言与文化有一种'互塑互动'的作用"②，语言的"迁徙""变异"，会反映出一种文化及相应思维方式的变迁。尤其是语言形象的呈现，更能反映出文化和相关思维方式的变迁。例如，如果说，黄河、长江构成了语言的中国，那么，对于新生代而言，其笔下的语言形象既走出中国的文化乡愁，又不失民族血脉的源头。陈大为的诗集《治洪前书》《再鸿门》就可以视作书写新的语言形象的再出发。鲧、庄周、屈氏、项羽、曹操……这些几乎成为中国历史代名词的形象，在陈大为独异的叙事策略中一一被重新"定位"：或颠覆，或翻案，或重构，或折射，从而转化为新的语言的形象。当这些存在久远的民族历史形象在陈大为笔下有可能获得新的文化内涵时，新生代的语言已在南洋环境中发生了"迁徙""变异"。而与五四后语言转换往往只是群体言说方式的变革不同，新生代、新移民更多地将语言看作个体生存的内容（这与大陆、台湾地区的新生代创作很相近），所以他们的语言追求几乎成为他们个体生存方式的一种写照。例如，黄锦树曾在他的小说《胶林深处》中借一位"为人民，为文学史而写"的作家林材最终陷入无法驾驭那"每一个都是活的，有生命的"文字的痛苦，表述过其扩展言说

---

① 汉斯·格奥尔格·加达默尔著，夏镇平、宋建平译：《哲学解释学》，上海译文出版社2004年版，第63页。

② 戴昭铭：《文化语言学导论》，语文出版社1996年版，第24页。

自由的心愿。①而黄锦树的小说几乎一直在一种"引而未发"的语言饱满状态中扩展言说自由。他的小说《大卷宗》《鱼骸》《郑增寿》《猴屁股，火及危险事物》等都涉及马共武装斗争的题材，其语言的戏谑性、寓言性，乃至"后设"性都使得他能在质疑中融入反省，大大扩展了言说自由。鞠药如（1963年出生，著有小说集《猫恋》《泣犬》等）在1980年代无疑是女性作家中最有才气的，其小说在叙事上往往显得像密码一样难以破解，可字里行间意兴酣畅的南洋乡土气息会透过现代小说技法的"遮蔽"呈现出小说的意蕴来。李天葆一直把自己的创作看作是对底层人的关怀。其小说集《桃红秋千记》《南洋遗事》等着力于刻画南洋乡土世界对生命意识的浸润，一直才气逼人、驱遣自如地运用色彩繁复、暗示纷呈的语言传达乡土气韵，在乡间小人物神韵的呈现中构筑起一个蕴含多层象征意蕴的南洋世界。

总之，新移民、新生代作家也许并未自觉意识到20世纪后半叶语言学转向的世界性哲学背景，但在他们的创作中，语言已作为他们最重要的一种生命形态存在了，也构成着他们文化认同、身份寻求的重要内容。

第四节 语言原乡：中华文化传统最丰厚的资源
——以杨炼诗歌的"方言写作"为中心

欧华作家的语言习惯、表达方式、文化观念，乃至思维模式、审美意趣、内在精神，在很大程度上仍受到中华文化的深刻影响——即使是展示中欧文化差异与冲突的小说，所讲述内容都仍包含了"东方体验式"的观察与思考；而关于欧洲风情的散文作品则或多或少呈现出"中国眼中的欧洲镜

---

① 黄锦树：《胶林深处》，见黄锦树：《死在南方》，山东文艺出版社2007年版，第248、250页。

像"。可以说，成为每位欧华作家创作内涵和精神支柱的，仍是中华民族悠久丰厚的文化底蕴。就汉语写作而言，欧华作家这个创作群体是让汉语产生世界性影响最大的，他们在国际上屡屡获奖，甚至问鼎诺贝尔文学奖，使得诺贝尔文学奖打上了中华文化的烙印，不仅赢得了国际评论界对中国当代文学的肯定，也代表着汉语的胜利，提高了汉语写作在国际上的地位。

欧华作家让汉语走向了世界，其语言的运用也呈现出自身独特的风格，语言往往成为他们延续、发扬中华文化传统最重要的资源。语言原乡是海外华文作家创造力的蕴蓄，汉语的原乡意味存在于整个汉语世界，欧华作家开掘汉语原乡意义的努力是多方面的，其中很值得关注的一个方面是"方言写作"。作为历史悠久的民族文化产物，方言是民族语言在地域文化维度上的一种重要资源。对方言写作的重新发现，是对中文表述传统的重新开掘，是对中华文化传统的重新审视，有利于在传统中找到在当代扎根生长的力量。

一

"方言写作"的自觉倡导发生在欧华作家的海外语境中。2009年，已定居于伦敦的杨炼应邀参加斯洛文尼亚"薇拉尼查"国际文学节，置身于二十多种语言中，他意识到一切语言都必须"深深扎根于自身"并且"充分向周围文化敞开"[①]，否则便会灭亡。他在对比下发现了普通话写作的缺陷："斯洛文尼亚只有二百万人口，却有数种方言能用自己的文字书写，反观中国十几亿人口，却只有普通话一种文字。这'普通'也太普通了点！深刻的问题是，我们已经不察觉，只要写，文字就把我们从自己的根上切下，而纳入一个官方的、悬空的、抽象的'存在'。两千多年了，我们有'中国文化'，

---

① 杨炼：《诗意思考的全球化》，载《唯一的母语：诗意的环球对话》，华东师范大学出版社2012年版，第12页。

却没有真正的'地方文化',更遑论'个人文化'。"①由此,他产生了"方言写作"这一想法。他先在斯洛文尼亚,又回国在北京和成都举办了"方言写作"活动,活动从两个方面同步展开:一是杨炼与斯洛文尼亚诗人施泰格尔对话,并进行双方"方言诗"的互译;二是杨炼自己与其他几位中文诗人都开始尝试用自己的方言来写作。在前一项活动中,两个有"极为不同的语言背景"的诗人就全球化语境下的"方言写作"进行了深入的探讨。

"方言写作"的提出和实践,来自诗人对语言的自觉和对诗歌杰作的追求。什么是当代中文诗的杰作?如何找到它们?对这两个问题,在海外写作的杨炼提出了"深度"这一标准。"深度"体现在三个层次:自身文化内的深度,跨文化交流的深度,以及诗意的全球化即"个人美学反抗"的深度。②在全球化的当代,诗人"个人"应当具有语言的自觉,通过各种创作实验的"美学"来"反抗"被同化的威胁。而如何反抗,杨炼则提出了"母语美学程式"和"个人美学程式"的概念:"作为划分层次之用,我杜撰了两个词:'母语美学程式'与'个人美学程式'。'母语美学程式'指基于语言本身的特征,经由数千年历代诗人的摸索,而形成的一套相对'共同认可'的美学表现体系。如把中文文字的视觉和听觉美发挥到了极致的对仗、平仄,以及以此为基础的绝、律、骈文等等形式——'母语美学程式',为每个中文诗人提供了共同背景和出发点;而'个人美学程式',则是'这个'诗人对其语言的独特理解和表现。"③当代诗人的"个人美学程式",意味着对中文表达潜能的充分开掘,在中文所提供的无限可能中,实现中文诗歌

---

① 杨炼:《诗意思考的全球化》,载《唯一的母语:诗意的环球对话》,华东师范大学出版社2012年版,第12页。

② 杨炼:《诗意思考的全球化》,载《唯一的母语:诗意的环球对话》,华东师范大学出版社2012年版,第16页。

③ 杨炼:《"再被古老的背叛所感动"》,载《鬼话·智力的空间》,上海文艺出版社1998年版,第289页。

在当代困境中的突围。这里的"程式"，并不狭隘地指"形式"，而是一种超越诗歌形式、节奏的诗人自身独特的语言意识。"个人美学反抗"便是用"个人美学程式"这诗人对语言的自觉，去"敞开"中文；用诗人的"个人化"，使母语获得新的生命。"'个人写作'达到对母语'反哺'之日，就是中国当代诗成熟之时。"①这些显然都是海外语境中产生的自觉意识。在这样一种语言的自觉、诗的自觉中，相对于"普通话"而更为个人化的"方言"用于创作的问题被自然地提出。

杨炼倡导的"方言写作"项目，力图为突破当代诗歌的表述困境找到一个方向，扭转秦始皇统一文字以来钦定的文化体系，开创一个多元中文的历史。目前进行方言诗创作的诗人不多，杨炼和同道创作的"方言诗"数量也不多，然而，这"区区数首'方言诗'，也许就在'创始'一个多元中文的历史"②。

重新发现甚至是发明方言写作，是让语言与文化重新向内扎根至深。杨炼认为中国文化的"黄金时代"在先秦，那时并未统一文字，中国文化内部竞争激烈，百家思想交锋，北有《诗经》，南有《楚辞》，许多文学思想巨著都是用方言写就的，这些文化遗产塑造了中华民族的魂骨。秦始皇统一了六国，也消除了文化内部的挑战，"屈原的'天问'精神，先秦诸子百家的独立思考、特立独行，经历了和地方性书写语言一同消亡的命运"③。杨炼"返回"中华文化的起点，重新审视中国传统文化，发现书写文字全国统一后，本就以绚烂的地方文化建立起来的中国文化传统，逐

---

① 杨炼：《"再被古老的背叛所感动"》，载《鬼话·智力的空间》，上海文艺出版社1998年版，第305页。

② 杨炼：《诗意思考的全球化》，载《唯一的母语：诗意的环球对话》，华东师范大学出版社2012年版，第13页。

③ 杨炼：《本地中的国际：方言写作》，载《唯一的母语：诗意的环球对话》，华东师范大学出版社2012年版，第149页。

渐离了根，它不再建立在方言发音和地域文化上。这在诗歌领域表现得特别明显，当所谓的"主流""中心"逐渐步入绝境，诗人作家仍把住"中心"不放，忽略了方言的独特性和深刻性。由此，当代中文诗歌陷入表述的困境，在准确表达现代人瞬息万变、层次复杂的感知上显示出无能，难以表达当代生活的复杂。如今，对中文方言写作的重新发现，甚至发明，使固化了两千多年的中文写作系统被逆反，"不再仅仅是地区性朝向中心，而是中心向地区性分解"[①]。此时，并非方言被动向普通话妥协，而是方言在主动"筛选原来以普通话为基础的那个历史、那个传统，把它'改写'为自己的历史和传统"[②]。中文与中国文化本就扎根于方言与地方文化，赋予方言以表述的能量，方言的重现，是让中文与中国文化再次得到根的滋养，在现代获得充分的新生力量。

"方言写作"是要从"传统"与"现代"的对立中解脱出来，在"传统"内部发掘"现代"的因素。杨炼曾一语道破"传统"与"现代"的深刻关系："你越是'现代的'，你就必然比任何人都'传统'——或正或反，传统被纳入你，并经你再次敞开；你是'传统的'，也就比谁都更有'现代性'——因为那是使传统具有'永远现在时'的唯一动能。"[③]"现代"的含义，其实就是对"自我"的质疑，这个"自我"可以是"传统"。质疑传统其实是打开了传统，面向现代、未来，使其获得对"现代"的适应性，并从"现代"中不断获得生长的力量。对当代诗歌创作来说，这个"传统"意味着写作赖以存在的语言，以及孕育语言的思想文化内涵。在诸多文化被统

---

① 杨炼：《本地中的国际：方言写作》，载《唯一的母语：诗意的环球对话》，华东师范大学出版社2012年版，第158页。

② 杨炼：《本地中的国际：方言写作》，载《唯一的母语：诗意的环球对话》，华东师范大学出版社2012年版，第143页。

③ 杨炼：《"再被古老的背叛所感动"》，载《鬼话·智力的空间》，上海文艺出版社1998年版，第309页。

一、被简化的全球化浪潮中，本地的语言与文化显得尤其重要，这是使民族文化不被大浪所吞没的根基。而全球化的语境，又迫使我们不得不关注哪怕再小的一点民族资源——方言，找到这个根，并不断向下扎根，才能获得向上生长的蓬勃力量。

方言确是民族文化的一种重要资源。对方言写作的重新发现，便是对中文表述传统的重新开掘和对中国文化传统的重新审视，有利于在传统中找到在当代扎根并生长的力量，向内深深扎根。也就是说，用方言写作、地域文化来反哺母语表达和中国文化。由此，中国文化才能向内扎得更深，向外敞开得更充分，以方言写作的实验，在当代国际中扎稳脚跟并不断生长。

"方言写作"来自诗人的语言自觉。诗人不仅需要"返回"传统，更重要的是，必须带着对传统的焦虑而"出走"，诗人对这种焦虑和"出走"的自觉，便形成了"个人美学反抗"。杨炼在1986年之后，开始谈"自觉"，他认为"自觉"的定义永远是发现甚至创造自己困境的能力："'自觉'，学术点儿说：是'主动创造自己的困境'。……形象一点儿，就是屈原的'天问'精神——一口气追问二百多个问题，却没有答案！"①"方言写作"项目便是在推动诗人不断进行自我追问，在传统与现代、整体与个人之间建构起"自觉"。结构上具有力量和多层次的思考，语言上具有探索的深度，这种对中文的敏感，就是诗人的自觉。1988年，杨炼与其他诗人创立《幸存者》杂志，创刊号提出：语言的创造，"成为诗人幸存的唯一方式"②。在当代，诗人如果没有这种对语言的自觉，一味简单地继承或摒弃，最终只能是取消了自己；如果降低自己给语言提出的要求，终将陷入诗人与语言相互压抑的恶性循环。

----

① 杨炼：《"再被古老的背叛所感动"》，载《鬼话·智力的空间》，上海文艺出版社1998年版，第310页。

② 杨炼：《磨镜》，载《鬼话·智力的空间》，上海文艺出版社1998年版，第190页。

　　"方言写作"项目恰恰强调的是每个诗人的语言自觉，杨炼也尝试用自己的方言进行写作。这种语言的自觉，目的是创造一种涵括了国家层次、地区层次的"个人语言"。这种自觉在文化层面上。用汉语方言进行创作，便是要求诗人建构起涵括了中国文化、地域文化的"个人语言"。如杨炼所说："一个关系要颠倒过来：祖国、母语、传统，我们以为'先天'从属的，其实正从属于我们——诗人无须'寻根'，他自己就是根，一个源头……我不是'中国的'诗人，甚至不止是'中文的'诗人……我只是'杨文的'诗人。"①"杨文"是杨炼的"个人语言"，杨炼的"方言写作"便是一种"杨文的"表达，是杨炼在挑战自己对语言的敏感。这完全是极端的个人创作，但它必定包含了北京地区文化乃至中国文化，因为方言是民族文化的一种载体。这种自觉在诗人个人层面，是在促使诗人进行自我提问，诗人必须要有发现和创造困境的能力，突破共同逻辑和规则，建立起"个人美学反抗"。诗人的"自觉"，便是要求不断打破自己的现阶段平衡，使你永远在完成自我；诗人的"反抗"，必须抵达诗的深度和品位，挖掘并穿透自身。"方言写作"项目作为一种观念艺术和实验艺术，便是要让诗人发现中文写作的当代困境，突破由权力规定的"正"，去发现被"正"所压抑的其他语言包含的可能性，尝试建立自洽的个体诗学。

　　这种"写"，"更准确地说是'发明'——'发掘'存在于方言中的古老表达方式，并把它创造成一种新的诗歌书写"②。杨炼曾在与俄罗斯诗人弗拉迪米尔·米库舍维奇的对话中表明他的"自觉"——"我希望，通过当代自觉，有意识打开这三个层次：方言发音，书写系统，文学形式，重建我称

---

　　①　杨炼：《无国籍诗人》，载《鬼话·智力的空间》，上海文艺出版社1998年版，第190页。

　　②　杨炼：《本地中的国际：方言写作》，载《唯一的母语：诗意的环球对话》，华东师范大学出版社2012年版，第137—138页。

之为的中文'形式主义传统'"①，以此来建立有方言所在地的地域文化（但又超越地域局限）的诗人的个人文化。下面便从这"三个层次"展开对杨炼《方言写作》这一方言诗的分析。

二

《方言写作》是2011年杨炼写的一首方言诗，全诗如下：

> 界壁儿刘宅的四姑娘追着叫②
> "二姨爷" 板桥二条的花枝都甜了③
> 河沿儿喭暗的水波　清清擎出莲叶④

> 二姨爷是惯着他长大的
> 四姑娘薄薄的衫子下　两粒核
> 刚会硬硬挑衅他被搂紧的胳膊

> 坐在门槛上多少年　夜喭暗过
> 什么　板桥二条是座他各个儿的⑤
> 御花园　每一夜捯进那一夜⑥

---

① 杨炼：《把蘑菇放进锅里》，载《唯一的母语：诗意的环球对话》，华东师范大学出版社2012年版，第119页。

② 界壁儿：隔壁。——原注

③ 二姨爷：老北京对长两辈者，无分男女，一律加一"爷"字尊称。——原注

④ 喭暗：yuányin，言语。——原注（根据北京方言发音创造和借用的字形）

⑤ 各个儿：自己。——原注

⑥ 捯：duǐ，挤、推。——原注（根据北京方言发音借用的字形）

月亮也圆着他屋角上的圆

河沿儿的香　漏入一锅荷叶粥的香

甭提梦　葡萄架筛下一水儿的梦

教他光码字不够　懵外人寒碜

四姑娘不待见撒满一马路的诗

二姨爷指着他能　天下哑遍了偏他能①

给亩们写　黄土这部书②

拆着拼着他用童声学着问的字儿

一辈子问　赶亩们捂热了黄土

赶他回不了家前儿回不去③

一声哭喊　拆迁不了的疼只想听

茫茫人海中小胡同的乡愁

他压根没写出的　四姑娘远远嫁走

他被回眸的眼神切下　两千岁了

还没哭出④

　　我们先从方言发音的层面来分析这首诗。方言作为通行于某个地区的语

---

① 指着：指望。——原注

② 亩们：亩（闭口鼻音，无元音）们，我们。——原注（根据北京方言发音创造的字形）

③ 赶……前儿：当……的时候。——原注

④ 杨炼：《方言写作》，载《唯一的母语：诗意的环球对话》，华东师范大学出版社2012
年版，第159—160页。

言，包括两个层次：一是口语的语音，二是书面的字形、语义。语音，即语言的声音，在文学创作中，它具有两个方面的作用：对于作家，写下语言之前，先是听到头脑里想的声音，以这语音来组合成视觉和思想，最终形成作品；对于读者，在看到书面的文字后，唤起心中的语音、语调，激发对作者所述文字的想象和联想，代入自己的感受和经验，感知作者或进行二次创作。因此，语音并非只是一个形式，而往往是对内涵上的一种刺激或挖掘；方言语音更表达着方言所在地的文化。

杨炼在北京长大，《方言写作》这首诗写的是他老保姆当年住的那条胡同里的乡愁。北京方言多轻声和儿化音，承载的是悠然、闲适的北京文化，一种轻柔缓慢之感。用北京方言来写北京的乡愁，不仅使语言形式本身就是一种乡愁内涵，而且这乡愁也因轻声和儿化音而显得细腻又悠长。

语言的音乐感能唤起视觉意象，方言发音与乡愁主题之间往往有深刻的联系。如诗的第一节：

> 界壁儿刘宅的四姑娘追着叫
> "二姨爷" 板桥二条的花枝都甜了
> 河沿儿嘹喑的水波 清清擎出莲叶

全诗第一个词"界壁儿"就是北京方言词，用"界壁儿"而不用"隔壁"，一下子就凸显了方言本身既是形式又是内涵。从发音看，第一个字"jiè"是降调，有一种把乡愁一泻而下的奔涌之势，为全文抒发乡愁奠定基调。"jiè"这个音节中，"j"为舌面前音，整个音比较靠前也比较高，作为第一个字，急于发音又起音高，仿佛乡愁早已按捺不住，急切地从高处一泻而下，更加强了抒情的氛围和力度，比起"gé"的升调以及"g"这一舌面后音，"jiè"更能表现出堆积如山的乡愁从高处一泻千里的磅礴气势，作为全诗第一个字，实为妙用。同时，这个词是儿化音，好像高处倾泻下来的乡愁在轻的"er"这里打了个回旋，稍稍有了一点舒缓、停顿，为后面紧接着对四姑娘的描写留下了一定的空间，直抒胸臆而又不至于泛滥不止，同时也塑造了整行诗的节奏。

诗的第三行中，"河沿儿"这一北京方言的意思是"水边"，这里指胡同尽头积水潭的岸边，"喭喑"音为"yuányin"，意即"言语、说话"，"喑（yin）"与其后的"的（de）"，两个轻声连用，仿佛水波与岸边在窃窃私语，营造出水波荡上岸边又退回的轻缓柔慢之感，而乡愁也在这一荡一回中渐渐漫延开来，这与第一行的奔涌而下形成对比，仿佛这乡愁从高处倾泻再向远方流去；而紧随其后的"清清（qīngqīng）"，两个平声连用，有舒缓、悠长之感，将前面两个轻声所营造的漫延之感又进一步伸向远方。

可见，音响是有动态、有姿势形象的。音乐感是敞开视觉意象的动力，杨炼运用的两个北京方言词独具匠心，无形的乡愁便在这方言语音所塑造出的纵向倾泻和横向流远的视觉意象中立体、生动地呈现出来。

方言发音的特点也表现出地域文化的内容。北京方言中多轻声和儿化音，这与北京地域文化有关。《方言写作》这首诗中，也多次出现轻声词和儿化音，轻声词有"二姨爷""喭喑""寒碜""指着""吾们"等，儿化音有"界壁儿""河沿儿""各个儿""水儿""赶……前儿"等。如诗的第六节：

给吾们写　黄土这部书
拆着拼着他用童声学着问的字儿
一辈子问　赶吾们捂热了黄土

诗在这一节已经由描写转为抒情，由对四姑娘、二姨爷、"板桥二条"胡同的回忆性描写，转向了对当下乡愁的渲染、抒发。第一行，用"吾们"而不用"我们"，是为这一段的抒情做铺垫，渲染一种柔和的氛围，与后面紧接着的"黄土这部书"所传达出来的乡愁相呼应。第二行，轻声词与儿化音的搭配则使诗句更具节奏感，写出它们的拼音来便于发现其间的妙处："chāizhe pīnzhe xuézhe wèn de zìr"，平仄与轻声、儿化相间，前面用两组阴平与轻声的搭配，起蓄势作用，整句诗的情绪与气势从平地而起；其后是阳平这一升调与轻声搭配，乡愁的情绪在逐渐攀升；最后用两个降调结尾，浓浓的乡愁一泻而下，一泻再下，奔腾不尽，又以儿化音结尾，无限的乡愁仿佛打了个旋儿，在舌尖萦绕，在心头缱绻，久久不散。

在阴平、阳平、去声之间夹杂轻声、儿化音，起到调节节拍的作用，舒缓语气，仿佛并不着意抒情，乡愁只是悠悠然地流泻下来，这正与北京悠游、闲适的文化有关。

方言发音不仅塑造了诗歌的韵律，更是一种内在诗意、地域文化的传达。形式与内涵之间有一种命运般的联系，方言如何发音根本上是由当地文化所决定的，因此方言发音便成了地域文化的载体。杨炼在与弗拉迪米尔·米库舍维奇谈到语言性的差异时提出："音乐的内在限定、内部规律，反过来在筛选诗意。其实，韵律本身就是一首诗的内部记忆。"[1]在文学创作中，语音是敞开视觉意象、自由语法、超现实想象的动力，而这视觉意象的构成、语法独具的特点、超现实想象的内容却都是由这一语言的文化思维所决定的。因此，方言发音承载着地域文化。

我们再从"书写系统"这一层面分析《方言写作》这首诗。"方言写作"项目创始了一个多元中文的历史，不仅体现为发音上的多元，还体现为文字上的多元。用自己的方言写诗，最大的障碍就是没有表达某些方言读音

---

[1] 杨炼：《把蘑菇放进锅里》，载《唯一的母语：诗意的环球对话》，华东师范大学出版社2012年版，第113页。

的合适的汉字，而杨炼则是鼓励诗人们去发明它："去要求汉字追随方言的发音，而不是压缩方言屈就汉字！"①当现有汉字不能表达方言语音和含义时，就造字，逐渐建立起方言书写系统。思想和文化完全建立在一个人为的书写系统上，由方言发音而发明的书写文字，不仅是音义结合体，更是地域文化的载体，体现方言所在地的思想文化。这一方言书写系统构建得最成功的便是《楚辞》，屈原使用的"辞"，承载了楚地风物、楚语表述习惯、楚人思想内涵、楚国文化传统，这些地域文化都通过"辞"表现出来。先秦时期汉字数量有限，屈原也创造发明了一些字，构成了"辞"这一书写系统。这正是在强调文字，强调书写，《楚辞》就是楚国、楚地的书写。一旦我们重新审视传统，扎根于自身，建立起各个方言书写系统，那么我们将会有多么丰富的当代诗！中国文化也必定因自足的各地区文化，而呈现出种类上的丰富和内涵上的深厚。

建立与方言配套的书写系统，需要立足于中文特性，发掘存在于方言中的古老表达方式，创造出表现思想与文化内涵的书写。地方性书写语言与地方思想文化精神紧密联系，否则为什么秦统一文字之后，屈原的天问精神、先秦诸子百家的独立思考和特立独行，与地方性书写语言一同消亡？由于全国通行普通话，中文书写也以普通话的表达为中心，因此书写便与诗人方言所在的"本地"层次相排斥甚至互相打压。杨炼在与日本诗人高桥睦郎的对话中，曾指出语言对人类的深刻影响："我们的绝境正因为我们是语言的动物。'自然'只是一个想象，或一个比喻。我们的手摸到的不是树，而是'树'这个词。事实是，我们被词封锁在自己里面，根本摸不到世界。"②

① 杨炼：《一座向下修建的塔——答木朵问》，载《一座向下修建的塔》，凤凰出版社2009年版，第239页。

② 杨炼：《开掘每个人自己的智慧之井》，载《唯一的母语：诗意的环球对话》，华东师范大学出版社2012年版，第170页。

其实要突破这个绝境也容易，那便是将自己独特的感觉诉诸新的语言，使世界染上自己的独特感知，从而改变自己从外被封锁的困境，从自我内部探出触角，向外探索。地方文化必定会影响本地诗人感知世界的思维方式，诗人带着这种思维方式去表述自己所发现、感知的世界，这表述是受到地方文化影响的。而这地方化、个人化的表述本身，却写出了无人和一切人。杨炼的《方言写作》一诗，便是在写当地的同时写普遍，打上北京标签的那条"板桥二条"胡同、二姨爷、四姑娘、河沿儿，表达的却是全人类共有的乡愁。"方言写作"所提倡的建立诗人方言书写系统，便是要从地方文化中发掘力量，又使书写形式成为地方文化的载体，最终达到对世界、一切人的表达。

杨炼曾提出从字到诗的四个层次："'字'：是中国审美、思维的基本材料，不了解其特质则无从写作；'语'：由字组成的意象、词组，节奏与初步的意念由此获得……；'句'：……使中文文字的审美特征得以呈现，且固定为'程式'……；最后，全体呈现于——'诗'：一首诗是前面诸层次之和，但其效果，是它们的乘积。"① 可见，"字"与"语"体现为一种书写系统，而"句"与"诗"体现为一种文学形式，这与杨炼所说的建立中文的"形式主义传统"相呼应。诗由字起，写诗的过程就是诗人将主观因素诉诸文字，赋予文字以某种表达能力而使其满足诗人的表述欲望的过程。"方言写作"是如何迫使语言变形、敞开、应对诗人之要求的？下文便以从字到诗的这"四个层次"展开阐述。

"字"，作为"中国审美、思维的基本材料"，左右着整个中文语法关系、思维方式以至存在形态。为了表达方言读音和含义而发明汉字，则是以方言文字来展现地方自然人文景观，表现地方文化思维，从而实现对人类共同经验的表达。

---

① 杨炼：《"再被古老的背叛所感动"》，载《鬼话·智力的空间》，上海文艺出版社1998年版，第295—296页。

杨炼在《方言写作》一诗中发明或借用了四个汉字，其中"喃"字最能体现出北京的地域文化。杨炼造"喃"字时参考了粤语文字"冇"的造字思路："他们的'冇'（MOU），是'没有'的意思，造字时拿掉了'有'字里面的两小横。一个空了的'有'，就是无。我的'喃'字，是老北京人说的'我'，但它的发音是'MM'，紧闭嘴唇只发鼻音，所以我用古典化的'吾'，打叉封闭那个'口'来绘制这个新字。"①为什么要以"吾"字为基础呢？首先，这个字显示出字音和字形上的紧密关系，因为方言中是先有语音才有文字的，所以字形的创造往往会与字音有关。它的发音是"m"，闭口的音，既然口是闭着的，那么就用"吾"中的"口"里打个叉来表示发这个音的时候口的封闭状态。其次，因为表示第一人称"我"的现有汉字中，只有"吾"有"口"的部分，同时"吾"和"喃"的音也相近。再次，粤语中以"有"为基础创造了表示"无"的"冇"，表现出中国道禅文化中的"有"与"无"的辩证关系，杨炼便以"喃"这个打叉的"吾"来表示"我"，表现出"无我"与"我"之间的哲学思维，以个体的"我"表示一切"我"甚至"无我"的境界。这个字所体现出的思想文化内涵，不仅与道禅文化有关，也可能是受到了北京四合院建筑的影响。四合院的院落宽绰疏朗，四面房屋有游廊连接彼此。院内，四面房门都开向院落，一家人和美相亲，其乐融融，这种建筑强调了人与人之间的亲密关系，从而形成了由己及人的文化，由"小我"到"大我"再到"无我"的境界。从这个字的读音上来说，无元音，声音强度较低，表现出北京人对"我"是持谦卑态度的，尊称别人而谦称自己，北京人的日常表达中多说"您"，表示第一人称的"我"不仅说得较少而且发音较轻，这正与北京人讲究礼节的文化有关。

剩下的三个字都是形声字，构词比较简单。"喃喑"意为"言语，说

---

① 杨炼：《本地中的国际：方言写作》，载《唯一的母语：诗意的环球对话》，华东师范大学出版社2012年版，第150页。

话"，故取口字旁为形旁；音为"yuányin"，便分别取"原"和"音"为声旁。"挩"音为"duǐ"，意为"推，挤"，则以"兑"为声旁、提手旁为形旁。

杨炼根据他对北京的记忆即北京的"过去"而使用文字，使它们永远成为"现在"，北京的文化和记忆就活在你写下这字的瞬间，在这瞬间，传达的又不仅是北京人的感知，更是现代人的生存现状、多重感受；同时这些方言文字又标示着一种"未来"，以前方言未出现在诗的书写里，这些方言文字开创了一个方言书写系统的未来。因此，对方言文字的发明创造，不仅在时间上贯穿了当地的过去、现在和未来，而且在空间上也传达出当地的、中国的甚至全人类的现代感知，其文化内涵是丰富而深邃的。

"语"，即意象或词组，是构成诗歌节奏和初步的意念的基础。由于有了修饰词和限制语的成分，"语"便成为诗人主观情感和诗歌思想文化内涵的体现。若使用的是现有汉字，不必自创，那么在从字到诗的"四个层次"中，"语"则是诗人"加入"主观因素的第一步，体现出诗人的自觉和努力。

《方言写作》是一首关于胡同里的乡愁的诗，其中与胡同相关的意象或词组无疑体现出北京特有的胡同文化。诗的第七节中，"茫茫人海中小胡同的乡愁"点明题旨，全诗第一次也是唯一出现"胡同"这一意象。胡同，是北京城市中一种狭长的通道，作为两排宅第之间的一条隔离空间带，作用是便于宅院通风、采光和居民出入。关于"胡同"的称谓，有多种说法，认可度比较高的一种为"胡同"源于蒙古语，即"水井"之意，或说"有水井的地方"。胡同这一建筑形式也许并非只出现于北京，但"胡同"这一称谓却是北京特有。诗的第一节中"板桥二条的花枝"这一词组，表明胡同名为"板桥二条"。胡同的命名也是北京特有的文化，老北京的地名生活化，有以生活用品命名的如"扁担胡同""井儿胡同""米市胡同""油坊胡同"、"盐店胡同"、"金丝胡同"、"银丝胡同",除此之外,很多胡同也以姓氏、形状、标志物、职业招牌、寺庙、衙署机构等命名。诗中的"板桥二条"便是以标志物命名的,因附近有座石板桥,此为附近顺序第二条胡同,清起称二条胡同,1911年后改称板桥二条,以附近顺序来看,还有板桥头条、板桥三条胡同。这是方言诗所体现出的方言所在地的文化内涵。

《方言写作》一诗中的许多意象,表面上看都是北京的本地风物,却是在以当地写普遍。"板桥二条的花枝都甜了",那"板桥二条的花枝",是被四姑娘追着叫"二姨爷"而催甜的,更是因每个人心中对童年纯真的美好回忆而灿烂起来的"花枝";"月亮也圆着他屋角上的圆","坐在门槛上"看到的不仅是北京小胡同里的"月亮",更是照耀了人们千百年思乡之愁的、活在每个人心中的那轮皎洁的"月亮";"茫茫人海中"的"小胡同",这北京特有的"小胡同",却是众多漂泊游子都普遍体验过的一种"茫茫人海中"的"乡愁"。诗人通过主观创造,使这些北京特有的意象之"语",层层渲染,写出了人们的普遍感受。方言诗,只有以"本地"向内深深扎根,才能向外充分敞开。

诗歌创作是以写个人而写一切人到写无人,以写当下而写一切时间到写非时间,这种能力正是诗歌的文学形式所赋予的。文学形式,在杨炼这里体现为一种空间意识、"同心圆"的结构:"一个字的构成,实际是一个空间的构成——'非时间的空间'……然后,意象的创造,意境的形成,句式的规定,直至整首诗的结构(在我甚至到组诗的结构),都是一个字构成方式的逐级放大——因此,一个组诗……本质上都是环绕一个字的细胞核构成的'同心圆'……中文字,包涵着'结构'的启示,它从开始已经形成了一种隐喻(每个人可以对其有完全不同的理解)。而它通过词、句、对句、诗、组诗,不断扩张其'空间'的内在因素,并使每一个'结构'形成新的、更丰富的隐喻,这就是中文诗的（至少是应有的）魅力！"[①]由字到诗再到组诗，直到一个诗人一生的全部诗作，都存在这种"空间"意识，一首诗的组成逻辑并不是字、语、句的时间上的推移，而是空间上的组成，前后句子、诗节之间多存在空间上的平行（平等）关系，很少存在时间上的递进关系，叙述是围绕一个圆心旋转，是一种"同心圆"的叙述。同时，构成这个同心圆的各部分既向心又挣脱，不断自我挣扎自我丰富化，最终实现对自我的超越。从中文传统和中国文化传统中开掘中文文字的表现特点和表达潜能，又把它与现代人的复杂感受结合起来，扩展成诗的空间结构，由写个人到写全人类，由写某个时间到写非时间，由写当地到写世界，诗作的普世性价值由此显现。

"方言写作"中的方言句式和方言思维，无不影响着方言诗的整体结构、形式，而这方言思维则是方言所在地的文化的体现。杨炼《方言写作》这一北京方言诗中的空间结构，与北京四合院建筑所影响下的文化有深刻的联系。同时，越是个人化、本地化，则越是普遍化，《方言写作》越是写个人、童年、北京，则越是体现出对全人类自古以来的乡愁情怀的抒发。这首方言诗的普世性价值，恰恰存在于它的结构、形式之中。

"句"，是中文表现的基础单元，呈现中文文字的审美特征。从字到诗的"四个层次"中，"句"才开始体现诗人的意境、风格、语言和思想，诗人的"个人美学程式"便由"句"呈现。

在方言诗中，诗人的造境、炼意离不开若干只存在于方言里的句式。杨炼的《方言写作》，记录了许多北京方言的句式，如诗的第三节：

坐在门槛上多少年　夜嘹暗过

什么　板桥二条是座他各个儿的

---

① 杨炼：《"再被古老的背叛所感动"》，载《鬼话·智力的空间》，上海文艺出版社1998年版，第292页。

御花园　每一夜捝进那一夜

这一节诗句的语言跳跃感强，使读者在意象的断层中感受如河流般静淌的乡愁。

首先，"坐在门槛上多少年"，是谁坐？是"我、你、他、她、他们、我们……"？或者是后面的"夜、板桥二条、每一夜、那一夜"？人称选择有多种可能，使得是"谁"不重要，而重要的是谁"怎么样"，重要的是营造的这个"处境"。杨炼充分开掘中文表达潜能，发现中文动词没有时态的区分，动词也不会随人称而变化，便以无人称来取消时间，只描绘乡愁的"处境"，而非具体到某人某时的乡愁，使诗意达到普遍性。

其次，"夜啺暗过什么"和"板桥二条是座他各个儿的御花园"两句，采用换行的方式，将一句话故意断开，本就增加了语言上的陌生感，而又用了"啺暗"和"各个儿"这两个方言词，再度加强语言的跳跃感和空白感。方言诗这样锻造诗句，让方言词在句中发挥阻隔作用，使得读者必须跳出个别方言词去整体把握诗歌情感，而最终又不得不回到这些方言词上，去品味它们的妙处，从而深入体会诗歌情感。

再次，此节诗共四句，后三句皆用方言句式来完成超现实想象，进而共同"组成"乡愁这个"同心圆"。"夜"本不会说话，而"夜啺暗过什么"这一反问句式，将"夜"拟人化，"夜"没有"啺暗"过，只是静静地在那里，凝视着你或被你凝视，任万千乡愁淌过；"板桥二条"就是一条胡同，跟"御花园"仿佛并没有什么联系，不论它是座"他各个儿的"还是你自己心中的"御花园"，这胡同永远像御花园一般生机勃勃又华丽地鲜活在你的记忆里，它就是你的乡愁；"每一夜捝进那一夜"，打破了时空秩序，"夜"本是一个时间性的存在，而用"捝"字，将"夜"形象化，成为一个空间性的存在，使"夜"能够像具体事物一样被推挤，不仅使"夜"变得有形、可感，而且使"坐在门槛上"的"那一夜"成为浸满了浓浓乡愁的"每一夜"的缩影，这"每一夜"，同时指向过去、现在和未来，乡愁贯穿生命中的"每一夜"。这三句诗就像一个同心圆的三部分，每句诗都在写乡愁，没有时间上的顺序，而是共同组成"乡愁"这个圆。

这几行方言诗句，显示出杨炼的部分"个人美学程式"，运用不定向视角、超现实想象，来打破时空秩序，取消时间，追求空间结构，以写当下、当地而达到写普遍。同时，语言断层且跳跃感强，强调语言揭示并拓展"存在"的神秘力量，语言精致玄奥。

这几行诗句所体现出的地域文化不仅在个别词语上，也体现在思维结构上。方言词"晾暗""各个儿""挠"是北京人特有的语言表达，"御花园"这一北京特有的风物也是北京都城文化的体现。在思维结构上，这节诗的四句都是"乡愁"这个同心圆的组成部分，这与北京四合院这一地域建筑所影响下的思维有深刻联系。第一句，"坐在门槛上多少年"，不直接触及乡愁主题，而是从侧面烘托情境，这与北京四合院大门的方位设置有一定联系，步入大门是进入四合院的第一步，正如第一句是进入整个诗节的第一步。四合院的正房坐北朝南，而大门开在正南方向的东南方向，开在院之东南。这是受风水文化的影响，认为在东南方向开门会财源广进，因此北京四合院大门开在东南方向，不直接与正房相对，正如第一句诗不直接进入乡愁主题。诗节的这四句诗又自成一体，并没有时间顺序上的牵连，而是空间上的独立的部分，这与北京四合院四个方向的房屋各自独立相暗合。东西厢房与正房、倒座房的建筑本身并不连接，连接这些房屋的只是转角处的游廊，表面上看起来独立存在，但也有暗藏的联结物，在四合院里体现为游廊，在这节诗中体现为一以贯之的"乡愁"情感。同时，四合院里四面房子都朝向院落中心开门，共同构成四合院整体，正如诗节里的四句诗共同构成指向"乡愁"这个圆心的同心圆。杨炼在北京长大，思维认知也无不受到北京当地文化的影响，他在诗歌创作中创造性地提出"同心圆"空间结构思维，与北京文化密不可分。

"诗"，是"字""语""句"三个层次之和，使得选字、组词、造境、炼意都通过"结构的能力"依次展示，由此呈现诗人"个人美学程式"。在这一层次，诗人更加注重对语言材料进行空间上的结构安排，从而使诗作实现对语言的超越，最终超越诗人自身，纳入"非时间"。这种对诗的空间结构的重视，是诗人自觉向中文诗歌传统中的空间性的回归，向中国诗歌传统内部深深扎根。诗人的自觉便是发现困境，同时才能发现创造的力量——"一个无字，一个字，一首诗，一部组诗；'道生一，一生二，二生三，三生万物'"[①]，由字到诗的"四个层次"，是诗人对其赖以写作的材料——语言——的超越，是诗人对自己个体身份的超越，是对一切时间、空间的超越。在其创作所搭建的空间结构里，无所不含却又空无一物——这就是"结构"的力量。

《方言写作》这一北京方言诗结构形式的复杂，暗示着内涵层次的丰富，其中也有北京地域文化的影响。从韵律上看，考察每行诗最后一个字的拼音，可以有新的发现：

界壁儿刘宅的四姑娘追着叫（jiào）／"二姨爷" 板桥二条的花枝都甜了（le）／河沿儿㬠暗的水波 清清擎出莲叶（yè）

二姨爷是惯着他长大的（de）／四姑娘薄薄的衫子下 两粒核（hé）／刚会硬硬挑衅他被搂紧的胳膊（bo）

坐在门槛上多少年 夜㬠暗过（guò）／什么 板桥二条是座他各个儿的（de）／御花园 每一夜捯进那一夜（yè）

---

① 杨炼：《"再被古老的背叛所感动"》，载《鬼话·智力的空间》，上海文艺出版社1998年版，第310页。

月亮也圆着他屋角上的圆（yuán）／河沿儿的香 漏入一锅荷叶粥的香（xiāng）／甭提梦 葡萄架筛下一水儿的梦（mèng）

教他光码字不够 懵外人寒碜（chen）／四姑娘不待见撒满一马路的诗（shī）／二姨爷指着他能 天下哑遍了偏他能（néng）

给崽们写 黄土这部书（shū）／拆着拼着他用童声学着问的字儿（er）／一辈子问 赶崽们捂热了黄土（tǔ）

赶他回不了家前儿回不去（qù）／一声哭喊 拆迁不了的疼只想听（tīng）／茫茫人海中小胡同的乡愁（chóu）

他压根没写出的 四姑娘远远嫁走（zǒu）／他被回眸的眼神切下两千岁了（le）／还没哭出（chū）

在音调上，以数字1—4分别表示四种声调，0表示轻声，则可将每行诗最后一个字的声调记为"404，020，404，214，012，103，412，301"，前四节诗的声调更有章可循。前四节与后四节的形式上出现差异，为什么会这样？进一步审读诗歌内容便可找到答案：诗歌前四节是对"板桥二条"进行回忆、描写，而后四节则是议论、抒情；前四节是间接抒情，暗含乡愁，而后四节是直抒胸臆。回忆是幸福、美好的，像音乐一样美妙，故韵律和谐；而后面的人生之感是苦涩的，思乡之情也具有一种"剪不断理还乱"的复杂性，则韵律上便显得更杂乱——形式与内涵相呼应。在地域文化上，诗行末字有较多的轻声和儿化音，轻声和儿化音入韵，体现出北京方言的表达特色，如前文所述，这是受北京悠游、闲适的市民文化的影响，方言诗歌结构也与地域文化有关。

从诗行数量上看，杨炼的诗作中有许多三行诗，这首北京方言诗也采用三行的形式，则让人不得不联想到北京当地对单数"三"的崇尚风气。在北京四合院的建筑中，北房多为三间，东西厢房也多以三间为准，目的是在院中建筑组合里产生一条中轴线，这条线有如人身上的脊梁，是院落中最重要的风水源头。在《方言写作》这首诗中，每一节诗，三行中也有一个中轴线，即中心：第一节主要以听觉来进行描写，第二节以触觉，第三节以视觉，第四节以嗅觉，其中的意象构成语意上的"冲突"、跳跃，却共同指向对胡同情境的描绘。第五节讲"他"写的是诗，第六节"他"写的是书，第七节"他"写的是乡愁。全诗在第七节达到情感抒发的高潮，不管写的是诗还是书，都是在写乡愁。前面讲的是写了什么，第八节则是讲没写什么，与前文形成"对比"，这一节诗的中心是"回眸"，作为全诗的结尾，再回首，"两千多年"贯穿中国文化的古今。"还没哭出"的，是四姑娘出嫁的怨意，还是千百年来每位漂泊游子眼中的乡愁？此节再次渲染全诗的思乡愁绪。全诗在最后一节回顾前文所叙，与前文形成"呼应"，恰如北京四合院里处于南边的倒座房把门开向北边，正对着正房。如果有人游览一座四合院，从东南门进，途经东厢房、正房、西厢房，最后来到倒座房，要离开这座四合院的时候，在倒座房的大门可以再回望一次正房，回望整个院子。通过找出每节诗的"中轴线"，不难发现，杨炼以相互冲突、对比、呼应的诗节，刺激语言充分敞开，这便是一种建立诗的空间的诗歌意识。可见，形式与内容有着命运般的联系，其中又有着深刻的思想文化内涵。

　　读完全诗，你只深深沉浸在浓浓的乡愁里，而这乡愁是谁的，何时的，何地的，你都不知道，也都不重要。这种效果的形成，得益于杨炼对中文非时态的特性的发掘，这被杨炼称为"幻象空间写作"："通过建构作品的内部空间，最终撕去时间幻象，还原人之处境。……这些作品结构上的力量、多层次的思考，以及语言探索的深度，都令我震撼。……这就是'自觉'了。我称这一类自觉的创作为'幻象空间写作'。"①充分发掘中文表达潜

---

　　①　杨炼：《幻象空间写作》，载《鬼话·智力的空间》，上海文艺出版社1998年版，第179页。

能，诗人对语言层次的发掘越充分，思想的维度越丰富，诗意整体综合的程度越高，内涵的不定指向的内部运动和诗歌形式的外在宁静间张力越大，那么，诗就越可能留住一些永恒的东西，成为优秀的作品。

三

"方言写作"发生在海外语境中，让人思考"本地"和"国际"的关系。诗歌，越是写个人，则越能达到普遍；越是写本地，则越能走向国际——它们向内深深扎根的同时，也在向外充分敞开。创作从本地文化汲取营养，然后丰富中国文化，最终成为世界文化的一部分，一旦具有普世价值，也就形成了诗人的个人文化。由个人到本地到国际最终再回到个人，文学创作就是这样一个循环，在这个循环中，向内扎根深，获得向外敞开的力量，与外部交流后再返回滋养根部，就像水的循环，水从土壤里渗出地面，在外界蒸发成云，再变成雨降落到地面上，最终回归土壤，滋养万物。正如杨炼所言："个人的深度沟通所有人，本地的深度建立起'国际'，方言的深度充实了全球化——全球话。"[1]

没有对"本地"的自觉，"国际"就是一句空话。如何向"本地"这一内部深深扎根？这需要回到对传统的认识上来。当代的我们需要传统，其实是为了面向未来。这意味着要改造传统，因为传统是面向过去的，而每一次对传统的反对、批判、质疑，其实都打开了传统。我们要拿传统干什么呢？同样作为中国当代诗人的西川如此回答："传统可以帮助我们再一次想象这个世界和我们的生活。如果我们能够最终形成这样一种想象，我们就有资格

---

① 杨炼：《本地中的国际：方言写作》，载《唯一的母语：诗意的环球对话》，华东师范大学出版社2012年版，第158页。

与其他文化对于世界和生活的想象……展开真正的对话了；而与世界的对话其实也是与自己的对话。"①我们拿传统就是来面对世界、面对未来，本质是为了面对自己。在文学创作中，这个"传统"不仅包括赖以写作的语言材料——中文，也包括使作品达到深度的中国文化，需要落到语言和文化上来。如前文所述，当前统一的中文表达是基于各地方言而建立起来的，中国文化的构成和丰富也是得益于独具特色的各地区文化。地域文化是中华文化传统的重要组成部分，而方言则是地域文化的核心内容。因此，当代文学要有所创造，不得不从方言这一民族文化的重要资源出发。杨炼的"方言写作"，在这个意义上便具有了深刻的现实意义。

方言"在所在地域扎根深"，同时"又向周围文化敞开"才有活力。发掘地域文化，重视方言，并不是狭隘化，而是为了追求精确，找到在全球化浪潮中的定位点。当代诗歌创作，应强调内涵与形式之间必要的平衡，方言诗更应如此。通过创造上下文，把方言字词里闭锁的文化、历史打开，在形式与内涵之间建立起"深刻的联系"。这种"打开"，召唤着诗人对语言的自觉这一"个人美学反抗"，需要诗人深入地域文化，发掘出"本地"文化的内在深度。一旦没有向内深深扎根的力量，作品必将在全球化的狂风中被吹走。在地域文化中深深扎根，找到蕴藏在方言中的表达潜能，使得方言获得向周围文化敞开的力量，实现语言的普世性价值。向周围外部文化敞开，在不同文化之间进行深度的对话与交流，这建立在对自己文化的深入发掘的前提下。与外部充分对话、竞争、互补，在积极互动中加强自己，方言诗才能触及在当代生存的可能，中文诗歌才可能从当代困境中突围。

杨炼倡导的"方言写作"项目，与全球化环境唤起诗人的语言自觉有关。海外写作的处境，使作家更强烈感受到全球化这一浪潮的冲击。"方言

———————————

① 西川：《传统在此时此刻》，《当代作家评论》2011年第4期。

写作"是语言的，也是行动的。在与傅小平的谈话中，被问到怎样从根本上抵抗全球化冲击下"无出路"的处境，做一个幸存者，杨炼回答："今天我们身处这样一个全球化的，被利益、利润绝对统一的，彻底自私和玩世不恭的世界。这是我们人的存在，就是绝对的幻灭，绝对的孤独与无奈。这就是为什么我从最初政治的反抗，历经文化的反抗，最终落实为诗意的反抗。因为当全球化使每个人的无出路如此明确，当民族的、文化的、政治的甚至宗教的群体都不足以依托时，只有文学才能独自承担起我们个人的'美学的反抗'。"①在全球化的国际形势下，我们当前的困境是，如何在诸多文化的大浪潮中，避免被"冲刷消亡"的命运。我们都应该有这种"危机潜意识"，这"影响了我们对自己哪怕再小的文化资源的重视，例如方言"，这是国际交流反馈对中文的推进。②在当代诗歌创作形势严峻的当下，诗人们需要进行"个人美学反抗"，从方言中发掘突出重围的力量，找到语言的深度。因为在方言诗里，方言既是内涵又是形式，语言的深度，正是诗意的深度。对于具有"反抗"的自觉的诗人来说，诗的意义就是"从不可能开始"，写诗就是反抗，诗人唯一的自由就是诗。

方言是民族文化的一种重要资源，它在所在地域扎根深，同时又向周围文化敞开才有活力。古人说"满招损"，一旦自满自足便会转向反面，因为丧失了应变的能力。当代中文诗歌创作，要有对困境的危机意识。重新发现方言这一重要资源，用"个人美学反抗"使中文随境遇而变，是当代中文诗歌突围的重要路径。杨炼诗歌"方言写作"的意义也在于此。

---

① 傅小平：《杨炼 别让你的诗沉沦为冷漠死寂的美》，载《四分之三的沉默：当代文学对话录》，广西师范大学出版社2016年版，第365页。

② 杨炼：《本地中的国际：方言写作》，载《唯一的母语：诗意的环球对话》，华东师范大学出版社2012年版，第146页。

　　总之，中华民族的当代文学传承、形成的是多种中华文化传统，因此整体呈现出多源多流、海纳百川的面貌；而欧华文学则与中国文学血脉相通、密不可分，虽加入了欧洲文化传统的内涵，但其根源与本质仍是中华文化传统，从而使中国文学形态真正得以完整。无论是作品中隐含着的儒释道文化、少数民族民间文化及知识分子隐逸文化等，还是借汉语的文学表现力寻找表达现代人精神的尝试和努力，都一方面展现出欧华文化和中华文化传统间的根本性关系，另一方面也由此激发出中华文化传统在欧洲文化圈中的活力和创造力。而欧华作家在异域环境中所进行的创作则既含政治和文学千丝万缕的复杂纠葛，又具中西方文化生态的调适融合。这些实际上都将欧华文学和中国大陆（内地）文学在彼此影响、彼此渗透中纳入进了同一格局——二者同有浓厚的中国情怀，无论是着眼于当前还是传统，也不管立足于东方还是西方，它们都同样"根"在中华，甚至交汇合流，共同推动了中国当代文学的进程，并使我们在二者的互为参照中看到了中国文学发展在创作范式、文学格局等方面产生的种种新质。

后　记

　　2014年和2017年，拙著《多源多流：双甲子台湾文学（史）》和《百年香港文学史》出版，这部《百年海外华文文学研究》的上册为《百年海外华文文学史》。至此，我的"华文文学三史"告一段落。我在《百年香港文学史》的《代前言》中曾说："这几年我在中文系大二、大三年级连续性开设'台湾文学史'、'香港文学史（兼及澳门）'和'海外华文文学史'三门课程（简称'三史'），'三史'覆盖了华文文学的全部时空，作为文学史系列课程，互相间又有着呼应、沟通、整合。例如，'三史'都按照三个历史阶段（1945年二次大战结束前的'早期'、1945年至1970年代的'战后时期'、1980年代后的'近30余年'）展开，所处世界性背景相同，民族性命运相连，地域性文学课题往往在发散、相遇中产生对话、汇聚，中华民族新文学的一些根本性问题得以浮现（'三史'都能按照这三个历史时期讲解，也说明'三史'内在关系的密切）。'三史'以文学史课程方式展开，高校课堂教学强调的问题意识在教、学互动中能强化、凸现华文文学自身的重要问题，文学史的传承意识则推进包括经典化在内的重要问题思考的深入。有关华文文学议题的深入思考与华文文学教学实践的结合，是当下思考与历史语境的对话，使当下思考得以更具体切实地展开。"这也大致道出了我写作这部《百年海外华文文学研究》的初衷。

《百年海外华文文学研究》也是国家社科基金重点课题"百年海外华文文学（整体）研究"的最终成果，结项鉴定为"优秀"，此次出版又立为国家出版基金项目。课题立项、完成、结项和出版过程中，得到了张炯、赵稀方、温儒敏、王列耀、张福贵、黄发有、刘俊、汪文顶、王卓、朱文斌、刘东方等专家学者的真诚帮助和指导，感谢他们的认真负责、热情无私。课题的论文曾在《中国现代文学丛刊》《文艺理论研究》《中国比较文学》《南京大学学报》《中山大学学报》《暨南学报》《广东社会科学》《山西大学学报》《南国学术》《理论学刊》《曲阜师大学报》《吉首大学学报》《晋阳学刊》《华文文学》等发表，感谢这些学术刊物编辑的辛苦、认真。

参与"百年海外华文文学（整体）研究"的成员撰写了本书中的一些章节。上编中，刘璇撰写第二章第三节"蒋彝创作"、第六章第二节"山飒创作"和第七章第二节"张翎创作"部分内容；岳寒飞撰写第三章第三节"李永平创作"大部分内容、第五章第一节"李天葆创作"；张雪撰写第六章第一节"杨炼创作"、第七章第二节"李彦创作"；张越撰写第七章第一节"严歌苓创作"部分内容；于京一撰写第七章第二节"张翎创作"部分内容；荆文萱撰写第六章第二节"戴思杰创作"；周孟琪撰写第七章第一节"哈金创作"；冯国藩撰写第七章第二节"陈河创作"；黄一撰写第五章第一节"黎紫书创作"部分内容。下编中，《海外华文文学"中国性"与"在地性"——以马华抗日救亡文学的考察为中心》《"第三只眼"：让中西文论从未有过地接近》由黄一撰写，《马华文学何以成就百年》由岳玉杰撰写，《语言原乡：中华文化传统最丰厚的资源——以杨炼诗歌的"方言写作"为中心》由张雪撰写。黄一还为课题资料的整理、书稿的定稿等做了不少工作。感谢所有参与课题和书稿的成员做出的努力。

"百年海外华文文学（整体）研究"于2017年结项。此后几年，我一直承担（山东大学威海校区中文系）每年四门本科生课程的教学，身体也时有不适，加上其他两个国家社科基金重大课题子课题的任务等，没有时间能对书稿作补充、修订。一些已写完的内容，例如我较早关注的马华小说，我近日撰写了关于铁抗、商晚筠、潘雨桐、李永平、张贵兴、黄锦树、黎紫书等创作的长文，未能收入本书。现在，我已完成教学任务，高校讲堂四十一年的生涯结束了，剩下的心愿就是好好修改"三史"了。

我上一本著作《跨越1949：战后中国大陆、台湾、香港文学转型研究》是在百花洲文艺出版社出版的。此次，在同一个出版社出版《百年海外华文文学研究》一书，对百花洲文艺出版社重视、支持学术著作出版的作为和责编童子乐为本书所做的工作充满感谢。

黄万华

2020年8月于山东大学南院